MAUREEN CHILD

Un bébé en hiver

L'ENFANT DE NOËL

Traduction française de
SYLVIE CALMELS-ROUFFET

HARLEQUIN

Titre original :
THE SURPRISE CHRISTMAS BRIDE

Ce roman a déjà été publié en 2021

HARPERCOLLINS FRANCE
83-85, boulevard Vincent-Auriol, 75646 PARIS CEDEX 13
Service Clients — https://www.harlequin.fr/contenu/contactez-nous
ISBN 978-2-2805-2423-0

Édité par HarperCollins France.
Composition et mise en pages Nord Compo.
Imprimé en octobre 2025 par ScandBook UAB en Lituanie
en utilisant 100% d'électricité renouvelable.
Dépôt légal : novembre 2025.

FSC
www.fsc.org
MIXTE
Papier | Pour une gestion forestière responsable
FSC® C021394

Pour limiter l'empreinte environnementale de ses livres, HarperCollins France s'engage à n'utiliser que du papier fabriqué à partir de bois provenant de forêts gérées durablement et de manière responsable.

1

— J'aurais dû relever la capote avant de me noyer, maugréa Casey Oakes.

Puis, le visage fouetté par une pluie glaciale, elle repoussa une mèche de cheveux ruisselante et cligna des yeux. Un long frisson la parcourut.

— De toute façon, c'est trop tard, maugréa-t-elle de nouveau en songeant avec amertume que, après tout, la noyade serait peut-être une bénédiction.

Cette fin aurait au moins le mérite d'être originale. Se noyer dans une décapotable sur une petite route de campagne desservant Simpson, en Californie, n'était pas digne de « ce que la société attend d'un membre de la famille Oakes », dirait sa mère, et tant mieux !

Qui plus est, accomplir ce tour de force en robe de mariée la ferait entrer dans la légende. D'ici à quelques années, sa petite escapade appartiendrait probablement au folklore local. On raconterait l'histoire de Cassandra Oakes, à voix basse, autour des feux de camp, et les parents puniraient les enfants désobéissants en les menaçant d'une visite nocturne du fantôme de la mariée.

Perdue dans ses sombres pensées, Casey sursauta lorsque son voile de tulle blanc détrempé par l'averse vint une fois de plus lui gifler le visage. Aveuglée, elle donna un coup de frein brutal et perçut un claquement sec sous son véhicule avant que celui-ci n'arrête sa course dans une brusque secousse.

La jeune femme coupa le moteur. Une fois disparu le puissant ronflement de la mécanique, seul le martèlement de la pluie torrentielle faisait encore écho au chuintement rythmé des essuie-glaces impuissants à lutter contre le déluge. Le plancher du cabriolet disparaissait déjà sous plus d'un centimètre d'eau et la luxueuse moquette rouge était irrémédiablement gâtée. Casey grimaça en constatant que les sièges de cuir, eux non plus, n'en sortiraient pas indemnes.

— Et, flûte ! marmonna-t-elle. De toute façon, cette journée est maudite ! Il ne manquait plus que l'orage, pour finir !

Levant les bras, elle rejeta son voile en arrière et contempla la campagne mouillée qui s'étendait autour d'elle. Par temps sec, la route n'était guère plus qu'un étroit chemin de terre, recouvert d'une fine couche de gravier renouvelée chaque année. Mais, à présent, les trombes d'eau chassaient les gravillons, transformant la chaussée en un véritable marécage. De chaque côté, des clôtures de barbelés s'étiraient à l'infini, délimitant les prairies dont les hautes herbes s'inclinaient sous la pluie diluvienne. Au milieu des champs, quelques arbres noueux dépourvus de feuilles semblaient monter la garde depuis des siècles tandis que, à l'arrière-plan, se dessinait la ligne sombre d'une forêt de pins majestueux, aux branches rabattues par l'eau et les assauts du vent... Rien d'autre.

Aucune habitation.

Aucune lumière.

Personne.

Et, pour couronner le tout, cela faisait si longtemps qu'elle n'avait pas remis les pieds à Simpson qu'elle n'avait aucune idée de la distance qui lui restait à parcourir pour atteindre la ferme des Parrish.

Casey poussa un profond soupir et sentit le picotement familier des larmes qui emplissaient ses yeux. Elle les essuya d'un revers de main. Il y avait déjà bien assez d'eau comme ça. Inutile d'en rajouter !

C'est alors qu'elle l'entendit.

D'abord faible, le gémissement se transforma bientôt en une plainte lancinante.

Intriguée, Casey ouvrit sa portière et descendit de voiture. Elle eut une seconde d'hésitation quand la boue glaciale engloutit ses escarpins de satin blanc, mais très vite elle ne songea plus qu'à assurer son équilibre dans la gadoue terriblement glissante.

Beurk ! Chacun de ses pas s'accompagnait d'un désagréable bruit de succion et le risque était grand de plonger tête la première dans le bourbier.

Le gémissement déchirant retentit de nouveau tout proche. Immobile, la jeune femme tendit l'oreille et tourna la tête, cherchant à en localiser la source. Elle plissa les yeux.

Et, lorsqu'elle l'aperçut, une brusque bouffée de tendresse l'envahit.

— Oh, pauvre petite chose, murmura-t-elle en progressant prudemment vers le bas-côté de la route.

— N'insiste pas. Je ne te dirai rien !

Une tasse de café à la main, le téléphone dans l'autre, Jake Parrish éclata de rire. Décidément, sa sœur ne changerait jamais. Comme lorsqu'elle était enfant, Annie ne supportait pas d'être tenue en haleine. Pour elle, c'était la pire des tortures.

— Allez, Jake…, supplia Annie au bout du fil. Donne-moi un petit indice, juste un !

— Pas question ! Ce serait un peu trop facile ! Si tu veux satisfaire ta curiosité, tu n'as qu'à venir ici dès demain matin.

— Tu es un véritable démon !

— Je sais, répliqua Jake avec un large sourire. A propos, ce serait bien que tu puisses également amener Papa, Oncle Harry et Tante Emma.

Annie soupira bruyamment, et Jake imagina sans peine les sourcils froncés par l'exaspération de sa cadette, incorrigible curieuse.

— Ce doit être énorme, finit-elle par dire.

— Assez, oui.

— Bon sang, Jake ! s'écria Annie dont la voix prit soudain le ton sévère qu'elle utilisait parfois avec Lisa, sa petite fille de trois ans. Tu sais combien je déteste les mystères. Si tu ne me donnes pas la moindre indication, je ne pourrais pas fermer l'œil de la nuit.

« De toute façon, cela ne changerait rien », songea Jake amusé en se remémorant certains épisodes de leur enfance. Les soirs précédant son anniversaire, Annie restait éveillée jusqu'à l'aube en se demandant ce qu'on lui offrirait le lendemain. Et, la veille de Noël, c'était encore pire ! Non seulement elle ne dormait pas, mais elle le réveillait pour lui faire part de ses suppositions !

— D'accord, dit-il avec un sourire espiègle. Juste un petit indice.

— Youpiii !

Jake réfléchit quelques instants à la façon dont il pourrait formuler une indication sans toutefois dévoiler la surprise. Nonchalamment adossé au mur, pieds croisés, le droit sur le gauche, il leva les yeux vers le lustre imposant suspendu au-dessus de sa tête. De la taille d'une roue de chariot, le chandelier de cuivre portait six globes de verre taillé. Ceux-ci diffusaient une douce lumière à travers la pièce plongée dans l'ombre par les nuages d'orage d'un noir d'encre qui obstruaient le ciel en cette fin d'après-midi.

Il but une gorgée de café et tourna la tête vers la fenêtre. De lourdes gouttes d'eau vinrent frapper les vitres. Il y eut un grondement dans le lointain et soudain la pluie s'abattit sur la vallée, torrentielle. Il sourit. Les intempéries ne sauraient entamer sa bonne humeur. Une heure plus tôt, il avait enfin signé l'acte d'acquisition des terres qu'il convoitait depuis tant d'années pour agrandir l'exploitation et rien d'autre n'avait d'importance, à présent !

— Jake...

— Oh, désolé, Annie. Je réfléchissais.

— Surtout, ne te fais pas mal !

— Très drôle. Après tout, rien ne m'oblige à te confier quoi que ce soit.

— Jake Parrish, si tu ne...

Il éclata de rire.

— O.K., Annie. Tu as encore gagné. Ecoute bien. C'est quelque chose que j'ai toujours désiré.

Il y eut un long silence au bout du fil.

— Et… C'est tout ? s'indigna Annie.

— C'est tout. Jusqu'à demain.

— Je te l'ai déjà dit et je le répète encore. Tu es un démon, Jake. Tu brûleras en enfer.

— J'espère que tu dis vrai. Ce sera fantastique ! Nous serons toute une bande de copains.

— Compte là-dessus !

Pour toute réponse, il fit entendre un ricanement diabolique et ne fut pas surpris qu'Annie lui raccroche au nez. Oh, il savait bien que sa petite sœur lui ferait payer ses cachotteries d'une façon ou d'une autre, mais l'événement était de taille ! L'affaire ayant été longue et difficile à négocier, il désirait prendre tout son temps pour savourer chaque instant de son triomphe.

L'acquisition de ces arpents de prairies représentait l'aboutissement de ses projets pour la ferme. Désormais, il pourrait se consacrer à l'élevage des chevaux, son rêve depuis des mois.

Comme quoi, il ne fallait jamais désespérer !

Il reposa doucement le combiné du téléphone et traversa la pièce pour déposer sa tasse de café sur le comptoir de granit gris devant la fenêtre. Appuyant son front contre le carreau, il scruta l'obscurité qui s'épaississait. Des trombes d'eau poussées par le vent balayaient la cour. Une bourrasque plus rageuse que les autres fit vibrer la vitre. Une véritable tempête s'annonçait.

Jake se redressa et jeta un regard circulaire sur la pièce. Un sourire mélancolique se dessina sur ses lèvres. C'était une cuisine de rêve avec son électroménager dernier cri, l'étincelant carrelage espagnol au sol et la cheminée d'angle de style résolument moderne. Les talents culinaires du propriétaire des lieux se limitaient pourtant au strict nécessaire : faire un café, des sandwichs au fromage et réchauffer des plats cuisinés au four à micro-ondes.

Mais, peu importe ! L'essentiel pour Jake était d'avoir respecté ses engagements et transformé le ranch en une exploitation prospère, aux revenus suffisamment importants par ailleurs pour avoir permis à son ex-épouse d'entreprendre de coûteux travaux de rénovation. Fort heureusement, Linda n'avait pas réussi à le ruiner, en dépit de tous ses efforts.

Au souvenir de la femme qui l'avait trompé, ridiculisé, Jake perdit son sourire, mais très vite il écarta ses sombres pensées pour se concentrer sur la réussite de ses projets. La ferme n'avait plus rien à voir avec celle de son enfance, celle où il avait grandi avec Annie.

Certains détails resteraient pourtant à jamais gravés dans sa mémoire. L'antique cuisinière à bois dont sa mère s'était toujours servie, la vieille table familiale en pin massif sur laquelle Annie et lui faisaient leurs devoirs. C'était aussi cette même table autour de laquelle se réunissait toute la famille pour souper et discuter avec un égal enthousiasme des Chicago Cubs ou des théories de Darwin.

Devant lui se dressaient les meubles en chêne de l'imposante salle à manger choisie par Linda trois ans auparavant, juste avant leur divorce. Il fronça les sourcils. Certes, la ferme manquait de confort quand il était enfant. Cependant, il y régnait quelque chose qui manquait cruellement aujourd'hui à cette demeure luxueusement restaurée : la chaleur d'un foyer, l'amour...

Jake secoua la tête, s'efforçant d'éloigner les images amères d'un passé encore trop proche. Il devait à tout prix chasser ses idées noires s'il voulait conserver l'esprit clair pour organiser la gestion du ranch et les changements à venir. Broder sur les sentiments ou sur ce qui aurait pu être n'avait jamais fait avancer les affaires.

Et penser à Linda ne pouvait que lui donner un ulcère.

— Tout d'abord, annonça-t-il à haute voix dans la vaste pièce silencieuse. S'assurer avant la tombée de la nuit que tout est bien arrimé.

Avec la pluie et les rafales de vent, il ne pouvait courir le risque de voir s'envoler les bâches protégeant le fourrage. D'autant que, si la météo ne s'était pas trompée, la première neige de la saison n'allait pas tarder, et il fallait se dépêcher.

Il attrapa son ciré suspendu au portemanteau et sortit dans la pluie glaciale.

— J'imagine ce que tu ressens, dit Casey d'une voix apaisante en se penchant.

Avec des gestes doux, elle se baissa à la hauteur du corps tremblant du jeune veau et l'enveloppa dans le magnifique châle de dentelle irlandaise qu'elle venait de retirer de ses épaules. Le serrant dans ses bras, elle lui caressa l'encolure en murmurant doucement :

— Ce n'est vraiment pas drôle d'être transi de froid, tout seul et trempé jusqu'aux os, n'est-ce pas, petit ?

Le veau éternua.

— A tes souhaits ! fit machinalement Casey en soufflant pour tenter d'écarter les mèches blondes ruisselantes qui pendaient devant ses yeux.

Elle n'osait lâcher son protégé pour repousser ce qui restait de son voile de mariée. Le pauvre animal était si terrifié qu'il s'échapperait à la première occasion et Casey ne se voyait pas patauger dans la boue pour le rattraper !

Frissonnant, le veau changea de position et se blottit contre la jeune femme. Puis il leva vers elle de grands yeux bruns.

— Tu sais quoi ? Tu as le même regard que mon fiancé... Ou plutôt que mon ex-fiancé, devrais-je dire.

Elle fronça légèrement les sourcils avant d'ajouter :

— Enfin, il ne faut pas que ça te vexe ! Toi, tu as l'air bien plus intelligent.

L'animal renifla et beugla tristement.

— Moi aussi, je pleurais il y a quelques instants, chuchota-t-elle. Tu ne le sais peut-être pas, mais j'étais censée me marier aujourd'hui.

Un violent frisson parcourut le corps du petit veau.

— Je te comprends. J'en tremble comme toi rien que d'y penser.

Casey pencha la tête et frotta sa joue contre le front de son compagnon d'infortune. Tentant d'oublier ses doigts engourdis par le froid et ses pieds réduits à l'état de deux blocs de boue glacée, elle poursuivit son monologue :

— Le plus terrible a été de leur annoncer qu'il n'y aurait pas de mariage. Tu aurais dû voir leurs têtes !

L'animal meugla doucement, comme pour l'interroger.

— Qui ? demanda-t-elle avec un rire étranglé. Les gens à l'église, bien sûr !

Elle renifla.

— Et mes parents ! Heureusement pour Steven. Son message disait qu'il partait pour Mexico. Si mon père avait mis la main sur ce pauvre type...

Casey soupira et dévisagea son nouvel ami.

— Ce n'est pas tous les jours qu'une fille se fait plaquer le jour de ses noces. Tu ne penses pas que je devrais être plus affectée que je ne le suis ?

Le veau secoua la tête.

— Tu as raison. En réalité, je dois avouer que je suis presque soulagée, murmura Casey.

Pensive, elle serra le petit animal plus étroitement contre elle ; il remua et piétina les escarpins de Casey.

— Eh ! Tu danses aussi comme Steven ! s'écria celle-ci en retirant son pied.

Une bourrasque de vent souleva son voile de tulle qui vint s'enrouler autour de ses épaules.

— Me croirais-tu si je te disais qu'il y a quelques heures à peine j'étais une mariée absolument ravissante ? poursuivit Casey.

Une image l'assaillit brusquement. Elle se revit à l'entrée de l'église au bras de son père, attendant que retentissent les premières mesures de l'orgue pour s'avancer le long de l'allée centrale, vers l'autel. Dévisageant ses demoiselles d'honneur, elle avait brusquement eu l'impression de faire face à des inconnues. Oh, bien sûr, elles avaient assisté ensemble aux mêmes réceptions, raconté les mêmes histoires, ri aux mêmes plaisanteries, mais ces jeunes femmes n'étaient que des connaissances. Aucune n'avait été sa confidente. Casey avait alors cruellement ressenti l'absence de sa seule véritable amie. Annie avait en effet catégoriquement refusé d'assister à ce qu'elle considérait comme une « monstrueuse bêtise ».

A ce moment précis, les doutes que Casey tentait de faire taire depuis des mois avaient brusquement resurgi. Puis l'orgue avait retenti, emplissant l'église, lui coupant la respiration. Comme la première demoiselle d'honneur s'apprêtait à marcher vers l'autel, un coursier était accouru, porteur d'« un message de Steven pour la mariée ».

Durant quelques minutes qui parurent une éternité, Casey avait enduré les coups d'œil curieux, les murmures et même un ou deux rires étouffés. Personne, dans la foule des invités surpris et déçus, n'avait été capable ou désireux de lui offrir un geste affectueux, une parole réconfortante.

Même ses propres parents étaient trop abasourdis pour se préoccuper de son désarroi. Son père, l'air sombre, les lèvres pincées, tentait maladroitement de réconforter son épouse qui sanglotait silencieusement dans son mouchoir. Les jumeaux, frères aînés de la mariée, semblaient sur le point de sauter à la gorge de toute personne qui oserait émettre un avis.

Abandonnée, désorientée, Casey s'était alors précipitée hors de l'église pour sauter dans sa décapotable garée au bas du parvis. A cet instant, elle n'avait qu'une seule idée en tête : rejoindre la seule et unique personne qui saurait l'écouter, lui dire qu'elle n'était pas folle, qu'elle avait raison de se sentir libre... Libre comme l'oiseau libéré de sa cage.

Annie Parrish.

Casey releva le jupon de sa robe pour abriter le veau de la pluie glaciale. Il ne lui restait plus qu'à trouver la ferme des Parrish, en espérant ne pas mourir de froid d'ici là. Elle avait quitté la petite bourgade de Simpson depuis seulement cinq ans et, pourtant, le paysage semblait si différent ! Ses repères avaient changé... Probablement à cause de la pluie. Une fois l'orage passé, elle retrouverait certainement son chemin.

Elle posa un regard inquiet autour d'elle. D'épais nuages noirs s'amoncelaient dans le ciel, poussés par un vent violent qui rendait le froid presque insoutenable. Alors, pour la première fois depuis que Casey avait fui l'église, l'angoisse l'étreignit. Son intuition lui dictait de se mettre rapidement à l'abri si elle ne souhaitait pas se voir transformée en statue de glace. Il allait neiger d'une minute à l'autre…

Mon Dieu… La robe de mariée semblait peser une tonne, à présent. La soie ivoire s'était gorgée d'eau comme une éponge, et le feston de dentelle de la jupe englué de boue entravait le moindre de ses mouvements. Casey imagina un instant avec un sourire amusé la tête du créateur de cette somptueuse tenue s'il la voyait maintenant… La tente la plus luxueuse au monde pour abriter les veaux en détresse !

« Et mon père ? », se demanda-t-elle avec une soudaine anxiété. Il serait probablement vert de rage.

Quelle importance, après tout ? Ses parents s'étaient-ils seulement inquiétés de sa disparition ?

Elle ferma les yeux. Les Oakes faisaient partie de ces gens pour qui les apparences étaient bien au-dessus des réalités, et ce, quelles que soient les circonstances. Henderson Oakes était un homme froid et orgueilleux. Il ne faisait aucun doute qu'il considérait l'affront subi par sa fille comme une offense personnelle.

Mieux valait ne pas y penser.

La pluie redoubla de violence. Le corps parcouru de frissons convulsifs, Casey se serra davantage contre son petit compagnon. Leur situation n'était guère réjouissante. Non seulement son dos transpercé par la pluie glaciale commençait à souffrir de la position accroupie, mais elle avait aussi perdu l'un de ses escarpins dans la boue et s'était griffé les bras contre les barbelés en sortant le veau du fossé. Par-dessus le marché, elle n'échapperait pas à la pneumonie.

Epuisée par les émotions de cette journée, engourdie par le froid, la jeune femme se sentit soudain envahie par un surprenant détachement à l'égard du monde qui l'entourait.

— Voici venir la mariée, chantonna-t-elle doucement avant de s'arrêter net.

— Que diable faites-vous ici ?

La voix grave et profonde semblait venir de nulle part. Casey sursauta et tourna vivement la tête. S'accrochant d'une main au pelage du veau, elle se redressa prudemment en maintenant son équilibre, et leva les yeux vers l'homme à cheval qui lui faisait face.

Ouf, ce n'était ni une hallucination due à la fatigue ni un fantôme surgi du froid. Juste de l'aide. Enfin, de l'aide !

Tout du moins, l'espérait-elle.

Perdue dans ses pensées, elle n'avait même pas entendu le cavalier arriver.

Une main posée sur l'encolure de son protégé, Casey pencha la tête pour tenter d'apercevoir le visage du nouveau venu. Ses traits étaient dissimulés par le capuchon du vêtement de pluie vert olive qui l'enveloppait entièrement à l'exception de ses bottes usées, maculées de terre, calées dans les étriers.

L'averse continuait de marteler le sol autour d'eux et Casey repoussa le voile de mariée gorgé d'eau qui pendait lamentablement devant ses yeux.

— Cassandra Oakes, marmonna l'inconnu. Je ne peux pas le croire !

Au son de cette voix âpre où perçait un mécontentement évident, Casey tressaillit. Les souvenirs affluèrent brutalement. Combien de fois n'avait-elle pas entendu cette même voix lui dire : « Va-t'en, laisse-moi tranquille ! » ? Combien de fois cette voix rauque n'avait-elle pas hanté ses rêves ?

Un frisson qui n'avait rien à voir avec la pluie et le vent parcourut ses épaules, ses bras, avant de gagner tout son corps.

Un seul homme possédait ce je-ne-sais-quoi qui lui donnait la chair de poule. Et cela même, alors qu'elle ne l'avait pas vu depuis cinq ans.

Cinq ans déjà qu'il avait brisé son cœur.

— Hello, Jake.

2

— « Hello, Jake » ?

Pétrifiée au milieu du chemin, les pieds enlisés dans la boue glaciale, empêtrée dans sa robe de mariée complètement détrempée, agrippée d'une main à l'encolure d'un veau qui meuglait pitoyablement, Casey ne trouvait rien d'autre à dire et répéta :

— « Hello, Jake », oui.

Jake Parrish réprima un juron. Décidément, c'était son jour de veine !

Quelques minutes auparavant, il avait enfourché son cheval pour faire le tour de l'exploitation afin de vérifier la résistance des clôtures aux fortes rafales de vent. Comme le chemin peu fréquenté qu'il venait d'emprunter desservait uniquement son ranch et celui de Don Wilson, quand il avait découvert la décapotable au bord de la route, il avait aussitôt pensé à un touriste égaré dans l'orage ou à un visiteur pour la ferme voisine…

Certainement pas à une mariée.

Et encore moins cette mariée-là !

Incroyable comme une journée qui avait pourtant bien commencé pouvait tourner au cauchemar en quelques secondes ! se dit-il. Vingt minutes plus tôt, il était parfaitement heureux, et maintenant…

Il aurait dû se douter que ça ne durerait pas.

Et pour comble de malchance, il fallait que ce soit Casey Oakes, sortie de nulle part, qui vienne gâcher sa bonne humeur.

Il inspecta lentement la jeune femme de la tête aux pieds et, à regret, dut se rendre à l'évidence : il ne pouvait passer son chemin et la laisser plantée dans cet état, au beau milieu de la prairie.

Se préparant à l'inévitable, il demanda :

— Que diable fais-tu donc ici, Casey Oakes ?

Désignant d'un bref coup d'œil la tenue de noces saccagée par la pluie, il ajouta, moqueur :

— Tu cherches une église ?

— Bien au contraire ! répondit Casey, déjà sur la défensive.

Elle hésita une seconde avant d'ajouter d'une voix mal assurée :

— En fait... Je me suis sauvée de l'église !

— Ah !... Et qu'est-il advenu de l'heureux élu ? Où as-tu enterré le corps ? demanda Jake, en s'inclinant sur le pommeau de sa selle.

— C'est une longue histoire..., bredouilla Casey.

Sa voix resta en suspens.

— Naturellement, ironisa Jake.

Rejetant la tête en arrière, la jeune femme réussit à écarter de son visage le voile de tulle ruisselant, et plongea ses yeux verts dans ceux de Jake. Sous ce regard insistant, ce dernier sentit son estomac se nouer.

— Peut-être pourrions-nous discuter de tout ceci un peu plus tard ? proposa Casey avec raideur. Mais là, tout de suite, ça t'embêterait de m'aider ?

Hésitant sur la conduite à tenir, Jake ne put s'empêcher d'admirer bien malgré lui l'aplomb de cette fille qui se trouvait pourtant dans une situation impossible. Nulle autre que Casey n'était capable d'avoir autant d'allure même couverte de boue, songea-t-il. Aussitôt, un désir qu'il croyait définitivement disparu pointa son nez, et il s'entendit répondre d'un ton bourru :

— T'aider à quoi faire ?

— Le sauver, lui, bien sûr ! répondit Casey en baissant les yeux sur son petit protégé.

Interloqué, Jake jeta un bref coup d'œil sur le veau qui lui parut en excellente santé. Puis il se rappela combien, quelques années plus tôt, la jeune femme avait déjà le cœur tendre à l'égard de tout ce qui marchait sur quatre pattes... Il sourit machinalement au souvenir de sa réaction, quand, fillette, elle avait appris que les vaches finissaient en hamburgers. Elle avait été proprement scandalisée !...

Bien sûr, sa vie citadine ne l'avait pas vraiment préparée au contact avec la nature... Les seules fois où Casey et ses frères avaient approché un animal d'assez près, c'était au ranch Parrish. Leurs parents n'avaient jamais toléré chez eux la présence d'un compagnon domestique, quel que soit le spécimen.

Ses frères... Il y avait une éternité que Jake n'avait pas vu les jumeaux. Evidemment, les « vingt-quatre heures » de travail quotidien sur l'exploitation, et son bref, mais mémorable, mariage avec Linda, ne lui avaient pas laissé beaucoup de temps à consacrer à ses vieux amis.

— Jake ? Hou, hou, on revient sur terre !

— Hein ?

Jake fronça les sourcils.

— Ah, oui ! Le veau. Le sauver de quoi déjà ?

La fatigue de la journée commençait à se faire sentir, et Jake n'avait franchement pas le cœur à débattre de ce problème sous des trombes d'eau glacées. Il savait aussi, pour l'avoir expérimenté de nombreuses fois par le passé, qu'il était difficile d'avoir le dernier mot avec Casey. Elle avait toujours réponse à tout. Et, même avec l'esprit clair et vigilant, ses interlocuteurs capitulaient de façon quasi systématique à l'issue d'interminables discussions.

— Il est terrifié, répondit Casey.

— Terrifié ?

Les doigts de Jake se crispèrent sur les rênes de sa monture. Sachant qu'il le regretterait sous peu, il ne put s'empêcher d'insister :

— Et de quoi est-il effrayé au juste ?

— L'orage, bien sûr.

Le vent rugit entre les cimes des arbres comme pour appuyer cette affirmation et le veau se blottit contre la jeune femme.

Celle-ci haussa les sourcils et hocha la tête, l'air de dire : « Tu vois ? »

Sentant l'exaspération monter en lui, Jake serra les mâchoires et la dévisagea fixement. Décidément, cette fille était toujours aussi têtue. Et aussi belle, ne put-il s'empêcher de constater. Même avec sa robe couverte de boue, ses cheveux châtain doré qui pendaient lamentablement le long de ses joues, ses yeux émeraude clignant à travers la pluie torrentielle, Cassandra Oakes restait d'une beauté à couper le souffle, d'une beauté pure associée à un sex-appeal dont elle n'avait pas conscience. Mal à l'aise, il la regarda tandis qu'elle assurait sa prise sur l'encolure de l'animal et le tirait sur la route.

Une violente émotion l'étreignit brusquement. Quelque chose de dur, d'implacable lui serra la poitrine, accélérant les battements de son cœur. Il prit une profonde inspiration. Même après cinq ans, Casey lui faisait toujours autant d'effet.

Il devait se ressaisir ! Mais une question vint aussitôt le tarauder. Et cette robe de mariée ? Casey avait mentionné qu'elle s'enfuyait d'une église, mais était-ce avant ou *après* le mariage ?

L'idée que Casey puisse appartenir à un homme le mortifia et accentua encore le serrement dans sa poitrine.

Il s'efforça de se concentrer sur le crépitement des gouttes d'eau sur son ciré. Au moins, il savait quoi faire avec la pluie. *Elle*, c'était un tout autre problème !

Il se surprit soudain à regretter de ne pas avoir encore fait réparer la jeep tombée en panne au début de la semaine. Il aurait au moins pu être confortablement assis au sec, au lieu de se tortiller sur une selle de cheval, engoncé dans un vêtement dont le capuchon lui tombait sur les yeux.

Il réagit aussitôt, furieux contre lui-même. Bon sang ! Que lui arrivait-il ? Il avait toujours adoré les chevauchées sous la pluie. Il n'allait pas changer maintenant, sous prétexte qu'une fille était plantée là, à l'observer !

— Vas-tu te décider à descendre de cheval pour m'aider, oui ou non ? s'exclama cette dernière.

Jake secoua la tête. Les rênes dans une main, il se frotta vigoureusement la mâchoire de l'autre. Pas question de céder ! Il ne prendrait pas ce veau sur ses genoux pour le ramener à la ferme !

Il fallait pourtant faire quelque chose. Cet affrontement ridicule ne menait à rien, si ce n'est à geler sur place.

— Les vaches *vivent* dans les prés, déclara-t-il sèchement en détachant chaque mot.

Le veau meugla tristement.

— Mais ce n'est qu'un bébé, protesta Casey, sans se laisser impressionner par le ton cassant de son interlocuteur.

— Qui pèse deux fois plus que toi.

Un fort mugissement résonna soudain tout près d'eux. La jeune femme se raidit et resserra les bras autour de son protégé qui s'agitait.

— Qu'est-ce que c'était ?

— Probablement la mère qui vient chercher son petit, répondit Jake, un sourire narquois aux lèvres.

Il pointa le menton vers la lisière sombre de la forêt de pins et ajouta :

— La voilà qui approche !

Casey tourna la tête dans la direction indiquée et réprima un cri de frayeur. Une vache énorme s'avançait vers elle à une vitesse incroyable.

Terrifiée, Casey libéra le veau et, relevant ses jupes, se fraya un chemin dans la boue vers l'homme qui restait son unique chance de ne pas mourir piétinée par le mastodonte mugissant.

Le bruit des sabots qui se rapprochait lui faisait l'effet d'un véritable roulement de tambour et le marécage qui la séparait de Jake Parrish lui parut brusquement infranchissable. Naturellement, celui-ci ne semblait même pas prêt à lever le petit doigt pour l'aider !

Comme s'il avait deviné ses pensées, Jake poussa sa monture vers la jeune femme, sortit un pied de l'étrier et tendit une main secourable.

Alors, levant la tête vers lui, Casey fut frappée par la lueur d'hostilité qui brillait dans ses yeux bleus et tranchants comme des éclats de glace sur la rivière, en hiver. Elle hésita une fraction de seconde, mais le souffle puissant des deux tonnes de vache offensée qui se précipitaient vers elle lui fit choisir le moindre mal.

Nouant ses doigts à ceux de Jake, ignorant délibérément la chaleur familière provoquée par ce contact, elle cala un pied boueux dans l'étrier et se laissa enlever par la poigne de fer de son sauveur.

Celui-ci la tira sans ménagement pour l'installer derrière lui. Dans le même temps, il fit pivoter son cheval et, d'une pression des genoux, l'éloigna rapidement. Ils s'arrêtèrent une centaine de mètres plus loin.

Se retournant sur la selle, Jake jeta un coup d'œil sur le chemin. Casey suivit son regard.

Elle sourit à la vue du veau qui pressait sa tête contre le ventre de sa mère en quête de lait. Son jeune ami était sain et sauf.

Et elle aussi... était sauvée.

— Et voilà, fit Jake en repoussant la capuche de son ciré. Inutile de s'attarder plus longtemps sous ce déluge. Je t'emmène au ranch.

Casey le dévisagea sans un mot.

La pluie torrentielle plaquait les épaisses boucles brunes de Jake sur son front. Il les écarta d'un revers de la main, tout en gardant son regard glacial rivé à celui de la jeune femme. L'espace d'un battement de cœur, celle-ci eut pourtant l'impression de lire autre chose que le mécontentement sur le visage de Jake Parrish.

— Je te ramènerai ici dans la soirée, dès que le gros de l'orage sera passé.

— Ce ne sera pas la peine, répondit Casey en se souvenant du claquement sec qui s'était produit sous le cabriolet quand elle avait écrasé la pédale de frein. Je crois qu'elle est en panne.

— Merveilleux, grommela Jake. Passe les bras autour de ma taille. Le ranch est à dix minutes de cheval.

— Que fait-on pour la voiture ?

Jake fronça les sourcils et lança un rapide coup d'œil à la décapotable.

— Je téléphonerai à un dépanneur, déclara-t-il en éperonnant sa monture.

Quand l'animal s'élança au galop, Casey fut projetée en arrière et eut toutes les peines du monde à se rétablir sur la selle. Elle comprit rapidement qu'elle n'avait d'autre possibilité que de nouer ses bras autour du ventre plat et ferme de Jake. Collée contre son dos, elle percevait chaque contraction de ses muscles durs tandis qu'il dirigeait leur course. Une vague de chaleur qu'elle n'avait pas ressentie depuis cinq ans irradia dans tout son corps. Elle ferma les yeux. Elle avait cru ne plus jamais connaître de telles sensations. Dieu sait qu'elle avait tout fait pour tenter d'oublier !

Apparemment sans grand succès.

Il n'y avait pas dix minutes qu'elle était avec cet homme et, déjà, ses jambes étaient en coton. Le meilleur moyen de se guérir de ce trouble ne serait-il pas de se souvenir des derniers instants passés avec Jake ? Se rappeler la gêne terrible. L'humiliation. Ce devrait être suffisant pour faire taire tout vestige de sentiment à l'égard de Jake Parrish.

Non. Elle ne pouvait pas faire ça. A aucun prix, elle ne voulait revivre cette nuit-là, même en pensée.

« De toute façon, ce ne sera pas nécessaire », se dit-elle fermement. Le trouble qu'elle éprouvait maintenant était certainement dû au choc émotionnel de cette journée, et n'avait absolument rien à voir avec la présence de Jake.

Engourdie par le froid, elle sentit une somnolence insidieuse la gagner. Une fraction de seconde, elle imagina combien il serait agréable de laisser aller sa tête contre le large dos de son compagnon. Elle se ressaisit presque aussitôt. Décidément, elle n'avait pas son pareil pour aller au-devant des ennuis !

Délibérément, elle se redressa et desserra son étreinte sur la taille de Jake. S'efforçant de faire le vide dans sa tête, elle se concentra sur les mouvements de son corps pour suivre le rythme familier des pas du cheval. Au moins, les leçons particulières d'équitation que ses parents lui avaient imposées pendant des années trouvaient enfin leur utilité !

Jake soupira fortement et Casey crut qu'il murmurait quelque chose à son adresse.

Elle se pencha de côté et tendit le cou en demandant :

— Que dis-tu, Jake ?

— Rien, grogna celui-ci. Et arrête donc de te tortiller sur cette selle, bon sang !

Dix minutes plus tard, Jake déposait Casey devant la porte de la demeure principale du ranch Parrish. Il lui enjoignit d'attendre à l'intérieur tandis qu'il ramenait le cheval à l'écurie. Là, peu désireux de rejoindre la jeune femme, il prit tout son temps pour desseller et bouchonner sa monture. Ce n'est qu'une fois celle-ci installée devant une belle ration d'eau et d'avoine qu'il envisagea de regagner la maison. Indécis sur la conduite à tenir, il s'arrêta sur le seuil de l'écurie.

Les nuées orageuses avaient plongé la demeure dans l'obscurité. Les fenêtres éclairées de la pièce principale au rez-de-chaussée déversaient leur lumière et jetaient mille étincelles de couleur dans les flaques d'eau. Un rideau de pluie masquait le porche qui abritait une grande terrasse en teck rendu gris par les ans. Dans la cour, des arbres dénudés, tels des squelettes hostiles, projetaient sur le revêtement de bois peint en blanc de la maison des ombres tordues qui incitaient presque à la fuite.

Jake tourna la tête vers le petit pavillon en contrebas, deux cent mètres plus loin. Tout était éteint et la camionnette bleue n'était pas garée devant l'enclos.

Manifestement, le contremaître et sa femme étaient descendus en ville malgré l'orage.

Il était donc seul avec Casey. Bien trop seul à son goût…

Et, entre la jeep en panne et la camionnette indisponible pour Dieu sait combien de temps, il n'allait pas se défaire de cette fille de sitôt !

Bon sang, qu'était-elle venue faire ici ? Et pourquoi possédait-elle encore un tel pouvoir sur lui ? Un seul regard… Et elle lui coupait la respiration !

Furieux contre lui-même, il claqua les lourds battants de l'écurie derrière lui et s'avança lentement dans la cour. La pluie lui cinglait le visage. Peut-être effacerait-elle cette sensation de chaleur qu'il avait ressentie au contact des mains de Casey sur sa taille. Mais rien n'y faisait. Le feu dévorant était toujours là. Il avait encore l'impression de sentir les jambes de la jeune femme collées aux siennes, son corps plaqué contre le sien. A mi-chemin, il s'arrêta brusquement et leva les yeux vers le ciel orageux.

De grosses gouttes de pluie s'écrasèrent sur son visage, sa poitrine. Une bourrasque rude et froide s'engouffra dans les pans de son ciré. Il cligna des yeux et contempla les premiers flocons qui descendaient légèrement vers lui.

Fantastique ! La neige arrivait plus tôt que prévu. C'était le bouquet !

— Mais, pour l'amour de Dieu, qu'ai-je donc fait pour mériter cela ? s'écria-t-il d'une voix rauque.

Pour toute réponse, un coup de vent furieux lui lança d'épais flocons en pleine face.

Jake haussa les épaules et pataugea dans la boue jusqu'au porche.

Une fois à l'abri, Jake retira son ciré ruisselant et le secoua. Puis, se laissant tomber sur un banc tout proche, il frappa ses bottes l'une contre l'autre afin d'en faire tomber la boue. Au bout d'une longue minute, il se redressa et se décida enfin à ouvrir la porte d'entrée pour affronter celle qui lui causait tant de tourments.

Immobile, devant la cheminée, Casey fixait les flammes du foyer.

— Tu trembles de froid, observa Jake d'un ton qui se voulait détaché.

Elle détourna le regard vers lui.

— Je suis plus réchauffée que je ne l'ai jamais été, affirma-t-elle crânement en dépit de ses dents qui claquaient.

Jake se contenta de hausser les sourcils tout en détaillant la robe de mariée, certainement hors de prix, réduite à présent à l'état d'éponge. Il ne put s'empêcher de s'interroger silencieusement sur l'identité du mystérieux prétendant. Quel homme était assez fou pour laisser échapper une fille pareille le jour des noces ?

La soie détrempée collait à son corps, soulignant sa silhouette longiligne, sa poitrine haute et ronde, la courbe douce de ses hanches. Ce qui avait été un splendide jupon de dentelle pendait lamentablement.

Alors, il frémit d'imaginer qu'elle avait bien failli épouser un autre que lui... Il serra les dents. C'était pourtant fini depuis longtemps, eux deux ! Et le passé était le passé ! Inutile d'y revenir : il avait pris sa décision cinq ans plus tôt et il était encore persuadé d'avoir agi pour le mieux.

Même s'il l'avait payé très cher.

Il affronta de nouveau le regard de la jeune femme.

— Maintenant, passons aux choses sérieuses : Qu'es-tu venue faire ici, Casey ?

Elle renifla, tira brusquement sur son voile et le froissa nerveusement entre ses doigts.

— J'avais besoin de parler avec Annie.

C'était donc sa sœur qu'elle cherchait. Jake hocha la tête. Quel idiot ! Evidemment, pourquoi diable aurait-elle voulu le voir, *lui* ? Il prit une profonde inspiration avant d'annoncer :

— Annie n'habite plus ici.

Devant l'air interrogateur de Casey, il précisa :

— Cela va bientôt faire trois mois qu'elle a déménagé en ville.

— J'aurais dû m'en douter, murmura Casey en baissant les yeux. Je savais qu'elle voulait retrouver son indépendance le plus vite possible.

Le visage assombri par la déception, elle lui lança un rapide coup d'œil.

— Comment va-t-elle ?

— Pas trop mal, répondit Jake avec un haussement d'épaules. Tu connais Annie, l'échec de son couple a été dur à encaisser, comme pour n'importe qui. Mais elle possède un solide tempérament qui lui permettra de surmonter l'épreuve sans trop de dégâts.

— Tu as probablement raison.

Casey se raidit imperceptiblement avant d'ajouter :

— Annie m'a parlé de ton divorce. Je suis sincèrement désolée, Jake.

Un silence gêné s'établit.

Sous le regard empreint de compassion et de compréhension de la jeune femme, Jake soupira doucement, priant pour qu'elle change rapidement de sujet. Il n'avait aucune envie de discuter de Linda avec qui que ce soit et encore moins avec Casey. En fait, il désirait effacer définitivement cette période de sa vie et ne retenir que la dure leçon tirée de ce mariage raté : rester sur ses gardes en amour comme dans les affaires.

— C'est déjà de l'histoire ancienne, dit-il.

— Trois ans seulement...

Jake fronça les sourcils. Il n'avait pas revu Casey depuis cinq ans, mais sa petite sœur l'avait apparemment tenue informée des moindres détails de sa vie privée.

— J'imagine qu'Annie n'a rien laissé dans l'ombre ?

— Je ne crois pas, avoua Casey.

— Rappelle-moi de lui en toucher deux mots !

— Comment va Lisa ? demanda hâtivement Casey, désireuse de ne pas être à l'origine d'une dispute entre un frère et une sœur qui s'adoraient.

Un sourire éclaira le visage de Jake à l'évocation de sa nièce, une adorable petite terreur de trois ans.

— Oh, Lisa est géniale. Elle fait tourner Annie en bourrique. A ce rythme, elle va la rendre bonne pour l'asile d'ici peu de temps !

Casey éclata de rire et durant de trop brèves secondes Jake rit à l'unisson. Le silence qui suivit les mit tous deux mal à l'aise, comme si le seul fait d'avoir partagé cet instant de gaieté avait tissé entre eux cette ancienne intimité dont ils ne savaient plus trop comment se débarrasser.

— Il y a bien longtemps que je ne l'ai pas vue, finit par dire Casey. Elle doit avoir beaucoup changé.

Elle s'interrompit un instant avant de poursuivre :

— Et son père ?

Jake se raidit et inconsciemment serra les poings. S'il ne pouvait s'empêcher de sourire à la pensée de sa nièce, il bouillait de rage quand on lui rappelait l'homme méprisable qui avait conçu Lisa.

— Il n'a pas donné signe de vie depuis un bout de temps et,

contrairement à toi, il ne prend jamais de nouvelles de sa gamine. Il s'en moque éperdument.

— C'est une honte.

— Le mot est faible.

Il y eut un long silence, troublé seulement par le martèlement de la pluie sur les tuiles du toit et le crépitement du feu dans la cheminée. Puis Casey toussota et demanda :

— Te serait-il possible de me conduire jusqu'à Simpson ?

— Je ne pense pas.

— Et peut-on savoir pourquoi ?

Jake haussa les épaules.

— La jeep est en panne et le contremaître a pris la camionnette pour passer la soirée en ville avec sa femme, déclara-t-il d'un ton sec. D'ailleurs, étant donné la tournure prise par la tempête, je doute qu'ils soient rentrés d'ici demain matin.

Incrédule, Casey le fixa un instant d'un œil sceptique.

— Tu ne vas pas me faire croire qu'une exploitation de cette taille dispose uniquement d'une jeep et d'une camionnette, soupira-t-elle.

— M'dame, si je pouvais vous ramener en ville, je le ferais sans hésiter, ironisa Jake d'une voix traînante. Mais j'ai bien peur que ma Ford ne se comporte pas mieux que *la vôtre* dans ce bourbier.

— Oh...

— Oui, oh !

— Le gros de l'orage est probablement passé, observa calmement Casey, faisant mine d'ignorer le sarcasme. La météo peut-elle être pire que ce qu'elle est maintenant ?

— Sans aucun doute, si l'on considère qu'à présent il neige à gros flocons, précisa Jake.

— Il neige ! répéta Casey avec un petit rire nerveux étranglé.

Elle croisa les bras, les mains posées sur ses épaules pour se réchauffer et peut-être aussi dans un geste inconscient de protection.

La voyant frissonner, Jake se traita d'imbécile. A coup sûr, elle allait attraper une pneumonie s'ils continuaient à discuter ainsi.

— Tu n'arriveras pas à te réchauffer en gardant cette robe sur toi.

Casey haussa ses sourcils joliment arqués et susurra :

— Je te demande pardon, Jake. Serait-ce une invitation à me déshabiller devant toi ?

— Arrête ton cinéma, Casey.

Jake se dirigea nonchalamment vers la cuisinière sur laquelle il prit une bouilloire. Tandis qu'il la remplissait d'eau, il ajouta :

— On se connaît depuis trop longtemps pour ça. Enlève donc cette fichue robe ! Tu connais le chemin de la salle de bains. Je vais te chercher quelque chose à mettre sur le dos.

Il mit la bouilloire sur le feu et sortit de la pièce sans se retourner pour vérifier si Casey s'exécutait.

En son for intérieur, il n'était sûr que d'une seule chose : à aucun prix il ne devait se trouver près de cette fille quand elle se déshabillerait. Furieux contre lui-même, il ne pouvait nier l'extraordinaire attirance qu'elle exerçait sur lui. Casey était bien trop dangereuse pour la paix de son esprit et de sa chair, songea-t-il, agacé.

Il grimpa quatre à quatre les marches de l'escalier conduisant à l'étage et courut dans sa chambre. Celle-ci était située à l'arrière de la demeure dont les épais murs de pisé et de bois protégeaient ses habitants aussi bien des chaleurs estivales que du froid hivernal. Il claqua la porte sur lui et marcha d'un pas décidé vers la penderie. Il avait une mission et pas n'importe laquelle ! Trouver quelque chose de décent qui dissimule totalement le corps de sirène de Cassandra Oakes.

Un sac de grosse toile avec un capuchon bien ajusté serait idéal. Malheureusement, tout ce qu'il pouvait proposer dans l'immédiat était ce peignoir en tissu-éponge couleur tabac suspendu à la patère derrière la porte de son cabinet de toilette.

Et par-dessus le marché, le vêtement était on ne peut plus court !

« Tant pis ! » se dit-il, l'air sombre. Le plus important était de lui permettre de se sécher. Ensuite, il dénicherait bien un pull ou un truc de ce genre. D'une manière ou d'une autre, il devait survivre à cette nuit jusqu'à ce qu'elle fiche le camp et sorte définitivement de sa vie... Une nouvelle fois.

Le poing crispé sur le peignoir, il s'apprêtait à sortir de la pièce lorsqu'il se ravisa. Il s'immobilisa sur le seuil et parcourut la chambre du regard avec un mélange de nostalgie et de vague tristesse.

En cinq ans, tant de choses avaient changé. Il s'était installé dans cette pièce dès le début de son mariage avec Linda. La plupart des meubles avaient alors été remplacés, les murs repeints, les tentures renouvelées. Seul le vaste lit à colonnes était resté tel que par le passé. Aussi loin qu'il s'en souvienne, il y avait toujours dormi.

C'était dans ce même lit qu'il avait découvert Casey, une nuit d'été, cinq ans auparavant.

Immédiatement, le passé resurgit avec force. Des images s'imposèrent brutalement. C'était la fête. La famille Oakes quittait la petite bourgade de Simpson pour Morgan Hill, une ville plus importante située une centaine de kilomètres plus loin. Hillary et Henderson Oakes avaient organisé une fastueuse réception d'adieu pour leurs amis et ceux de leurs enfants.

Jake avait pris congé assez tôt dans la soirée, bien avant sa sœur et ses parents. A cette époque, il habitait le petit pavillon aujourd'hui occupé par le contremaître et son épouse. Une faveur, disait son père. Une nécessité, selon Jake. En effet, si travailler en famille sur le ranch était tout ce dont il avait toujours rêvé, un homme de trente ans avait cependant besoin d'un minimum d'intimité.

Ce soir-là, il était entré chez lui, sans même prendre la peine d'éclairer. Il se rappelait encore l'écho de ses pas dans les pièces désertes, sa tristesse à l'idée du prochain départ des jumeaux... et de Casey.

La tête entre les mains, il s'était laissé tomber sur le bord du lit, quand une petite voix l'avait fait sursauter.

Cette voix si familière avait une résonance particulière, cette nuit-là. Elle était douce, grave, profonde, tremblante… Pleine de promesses.

— Je voulais juste que tu saches que je ne te quitterai jamais.

3

Comme mû par un ressort, Jake avait bondi sur ses pieds et s'était rué sur l'interrupteur de la lampe de chevet. La lumière avait jailli, éblouissante, révélant la présence d'une femme dans son lit.

... Adossée aux oreillers, Casey cligna des yeux. Elle était allongée sous les couvertures. Le drap, soigneusement rabattu sur sa poitrine, dégageait à peine le haut des épaules, laissant entrevoir sa peau satinée, juste ce qu'il fallait pour permettre à Jake de deviner qu'elle était nue. Interdit, le souffle bloqué, il la dévisagea un instant sans comprendre. Puis, ostensiblement, il recula de quelques pas et prit une profonde inspiration avant de demander aussi calmement qu'il lui était possible en de telles circonstances :

— Que diable fais-tu là ?

La jeune femme parut déconcertée et hésita. Fuyant le regard inquisiteur de Jake, elle baissa les yeux.

— Jake, je..., commença-t-elle d'une toute petite voix.

— Comment es-tu entrée ici ? coupa-t-il.

— Annie m'a donné une clé.

— Annie ?

Bon sang, sa sœur était de connivence ! Etait-ce une blague d'adolescentes ? Instinctivement, il sut que ce n'était pas le cas. Il suffisait d'observer le petit visage sérieux de Mlle Cassandra Oakes pour deviner que, quoi qu'elle eût en tête, elle ne plaisantait pas.

Il ne put s'empêcher de glisser un coup d'œil appréciateur sur la silhouette dessinée par les draps. Il admira secrètement l'opulente chevelure d'une nuance rare, aux reflets d'or roux, qui ondulait sur les épaules et les bras nus de Casey. Lentement, leurs regards se rencontrèrent. Il tressaillit. Les yeux couleur d'émeraude étincelaient d'excitation... de passion. Une passion dont l'ampleur le dérouta, le troubla et l'effraya tout à la fois.

Seigneur ! C'était de la pure folie ! Casey était la meilleure amie de sa petite sœur, Annie. Il la connaissait depuis qu'elle était une gamine de dix ans et il l'avait toujours considérée comme une gosse. Pourtant, force était de reconnaître que, ces derniers temps, il l'observait d'un autre œil. Il s'était déjà surpris à guetter sa visite au ranch, espérant apercevoir la silhouette longiligne de l'adolescente dont l'extraordinaire beauté s'affirmait chaque jour un peu plus. Il était intensément conscient de l'étrange attirance qu'elle exerçait sur lui et, en son for intérieur, il s'en voulait terriblement.

Nom d'un chien ! Il avait déjà trente ans ! Il avait terminé ses études et pris le temps de voir du pays avant de s'installer définitivement à la ferme de son plein gré. Aujourd'hui, il avait l'âge de se marier, de fonder une famille... Et non de flirter avec une gamine d'à peine dix-neuf ans. Casey sortait tout juste de l'école et ne connaissait rien de la vie. Se connaissait-elle elle-même ?

Quand bien même il se laisserait tenter, il pouvait déjà prévoir la suite et la fin de leur histoire : au moment même où l'avenir s'ouvrait à elle — d'autant que la fortune des Oakes lui autorisait tous les espoirs —, Casey ne s'embarrasserait pas longtemps d'un type comme lui.

Jake avait donc décidé de taire ses sentiments et de garder ses distances, le temps que Casey explore le monde.

Mais c'était compter sans la farouche détermination de la jeune fille. Pas un instant, il n'aurait pu imaginer qu'elle irait jusqu'à lui tendre une embuscade dans sa propre chambre à coucher !

Prenant sur lui de maîtriser son irritation et... son désir, il déclara calmement :

— Tu ferais mieux de sortir d'ici.

— Mais je t'attendais, protesta Casey vivement.

Ramassant les couvertures autour d'elle, elle s'agenouilla sur le lit et attendit.

Jake soupira, incapable d'écarter son regard du drap qui masquait à peine la poitrine haute et ronde de la jeune fille. Chaque respiration en dévoilait un peu plus, agissant tel le supplice de Tantale, le poussant à l'extrême limite de sa résistance. Il mourait d'envie de caresser ses seins. Il pouvait presque sentir leur douce tiédeur sur ses paumes.

Il serra les poings et, dissimulant à grand-peine sa frustration, il reprit lentement en détachant chaque mot :

— Bon. Eh bien, maintenant que je suis là, tu peux partir.

— Non.

— Non ?

— Oh, Jake..., implora Casey, en tendant une main vers lui. Tu ne comprends pas ? J'attends ce moment depuis si longtemps... Je pars demain.

Le regard voilé par la tristesse, elle ajouta :

— Et je ne sais pas quand je te reverrai... Tu vas tellement me manquer.

Au prix d'un violent effort sur lui-même, Jake retint les mots qui se précipitaient sur ses lèvres. Lui aussi avait terriblement peur de la perdre. En réalité, ce soir-là, il avait fui la réception des Oakes parce qu'il n'avait pas le cœur à fêter le départ de Casey. Et, comme il ne croyait guère au vieil adage qui disait : « loin des yeux, près du cœur », il était persuadé que la jeune femme l'oublierait vite, prise dans le tourbillon de la vie dorée qui s'offrait à elle.

Raison de plus pour qu'elle fiche le camp de cette chambre sans tarder ! lui souffla la voix de la raison.

— Casey, tu ne devrais pas être ici, dit-il sévèrement.

— Tu te trompes, Jake, répliqua celle-ci avec un sourire timide mais néanmoins déterminé.

Balançant ses longues jambes fines hors du lit, Casey drapa la couverture autour de son corps et s'avança lentement vers lui. Elle posa une main tremblante sur son avant-bras.

Jake tressaillit à son contact et serra les dents, s'efforçant d'ignorer la sensation presque électrique qui le parcourait et menaçait de lui faire perdre tout contrôle sur ses sens.

— Je ne pouvais pas attendre que tu te décides à faire le premier pas, murmura Casey. Nous n'avons plus le temps. J'ai quelque chose d'important à t'avouer.

— M'avouer quoi ? soupira Jake.

— Je t'aime.

L'aveu direct, spontané, lui coupa la respiration. Un coup de poing au creux de l'estomac n'eût pas eu plus d'effet. Il plongea les yeux dans ceux de Casey et y lut tout ce qu'un homme pouvait rêver d'y voir briller. Seigneur ! Il eût tant aimé lui murmurer les mêmes mots, la serrer contre lui. Il avait envie de goûter la tiédeur de sa peau, de l'entendre gémir doucement quand il explorerait la douceur de son corps. Mais c'était impensable. Même si, aujourd'hui, elle clamait son amour pour lui.

Elle était encore très jeune. Trop inexpérimentée pour réellement savoir ce qu'elle attendait de la vie... Ce qu'elle attendait d'un homme. Elle restait cette gamine qui le poursuivait dans tous les recoins du ranch en le bombardant de questions jusqu'à ce qu'il l'enferme en riant dans la chambre d'Annie.

En dépit du fait qu'elle n'avait plus le corps et le comportement d'une enfant, il n'avait pas le droit de profiter de son innocence pour satisfaire le désir presque douloureux qui le taraudait. Et surtout, il ne pouvait exiger d'une jeune fille de dix-neuf ans qu'elle reste fidèle à son premier amour.

A regret, conscient qu'il risquait de la perdre à tout jamais, il s'obligea à dire d'une voix impassible :

— Merci, Casey. Je suis très touché.

Elle le regarda, hébétée, incapable de comprendre la véritable portée de ses paroles. Lentement, son cerveau analysa l'information et, au bout de quelques secondes, elle parvint à balbutier :

— Tu... Tu es touché ?

— Casey, je ne voudrais pas te blesser, mais...

— Alors tais-toi. Je t'en prie, Jake, implora-t-elle, les doigts crispés sur le bras de l'homme auquel elle était prête à se donner tout entière. Surtout ne dis rien.

Jake posa une main apaisante sur celle de Casey.

— J'ai trente ans, chérie. Et tu en as seulement dix-neuf.

— J'aurai vingt ans le mois prochain.

— D'accord, vingt ans, concéda Jake en caressant gentiment les doigts prisonniers des siens. Et après ? Tu n'as même pas terminé tes études.

— Quelle importance pour nous deux ?

— Il n'y a pas de « nous deux » qui tienne, Casey, répliqua Jake, intensément conscient de la dureté de ses paroles, pour lui comme pour elle.

— Pourquoi pas ?

Jake secoua la tête.

— Dois-je comprendre que tu ne ressens rien pour moi ? demanda Casey.

— Casey...

— Ne mens pas, Jake. Reconnais qu'il *existe* quelque chose entre nous. Tu me regardes d'une façon qui ne trompe personne ; surtout pas moi ! Et j'ai le même regard pour toi.

Elle se tut quelques secondes avant de supplier :

— S'il te plaît, ne me repousse pas. Je t'aime. Je ne pourrais pas vivre loin de toi.

Sans réfléchir, n'écoutant que son cœur, elle fit un pas vers Jake et glissa une main derrière sa nuque. Lentement, elle se dressa sur la pointe des pieds et posa ses lèvres sur celles de son amoureux.

Jake gémit et se contraignit à rester parfaitement immobile sous le tendre assaut. Le contact de cette bouche tiède éveillait en lui de délicieuses sensations qu'il ne pouvait cependant ignorer. Il eut l'impression fugitive qu'un courant passait entre leurs deux corps. Une émotion rare, intense, exceptionnelle.

Pourtant, il résista à l'incroyable tentation de butiner ses lèvres offertes et ne fit pas un mouvement pour l'enlacer.

Perplexe, mais nullement découragée par son absence de réaction, Casey laissa tomber à ses pieds le drap qui l'enveloppait. Se pressant contre le corps réticent de Jake, elle noua les bras autour de son cou et leva vers lui ses grands yeux lumineux, confiants.

Il aurait dû la repousser. Au lieu de cela, il savoura le plaisir de sentir contre son torse la rondeur ferme de ses seins, et, vaincu par le désir de l'étreindre, il referma les bras autour d'elle. Dieu était témoin qu'il n'était qu'un homme brûlant de désir pour cette fille qui s'offrait à lui ! Impossible de renoncer...

Ses mains descendirent lentement le long du dos nu de la jeune femme, caressant sa peau, ses courbes. Le soupir satisfait qu'elle exhala ne fit que l'embraser un peu plus. Il plaqua les lèvres sur celles de Casey et explora cette bouche fruitée, savoureuse à souhait. Il éprouva aussitôt un désir fulgurant, dont la violence le décontenança. Un signal d'avertissement résonna alors dans son cerveau, lui intimant l'ordre de s'arrêter avant qu'il ne soit trop tard.

Il relâcha brusquement son étreinte et recula d'un pas.

— Qu'est-ce qui ne va pas ? murmura Casey, les yeux brillant d'excitation.

— Ce qui ne va pas ? répéta Jake d'une voix rauque. Ceci.

Se baissant, il ramassa le drap et le lui tendit.

— On allait faire une bêtise, reprit-il sèchement.

— Comment peux-tu parler ainsi, alors que nous sommes si bien dans les bras l'un de l'autre ? Je n'ai pas rêvé quand tu m'as embrassée, non ?

— Bon sang, Casey, essaie donc de comprendre ! Je suis un homme. Il est normal que je ne reste pas de bois quand une fille en tenue d'Eve se colle contre moi, d'accord ?

Il détourna les yeux et, s'approchant de la fenêtre, posa son front contre la vitre. La nuit était noire, silencieuse, uniquement troublée par le bruissement des feuillages et les stridulations des criquets.

— Fais-moi plaisir, Casey. Va-t'en, à présent. Pars avant que nous ne fassions quelque chose que, tous deux, nous regretterions.

Il l'entendit renifler. Il avait l'impression qu'un bloc de glace écrasait sa poitrine, mais il ne broncha pas pour consoler Casey. Car il savait que la seule vue de ses larmes lui ferait perdre la dure lutte qu'il se livrait à lui-même.

Au bout d'un long moment, Casey parvint à balbutier :

— Tu as gagné. Je m'en vais.

Sur le seuil de la chambre, elle s'immobilisa un instant, le temps de déclarer d'une voix qui trahissait un bouleversant mélange de dépit, de douleur et de tendresse.

— Tu fais une erreur monstrueuse, Jake.

Lentement, elle secoua la tête. Une larme roula sur ses joues, puis une autre qu'elle essuya du revers de la main. Elle ajouta :

— L'âge n'a rien à voir avec l'amour, Jake Parrish. Et, un de ces quatre matins, tu t'en voudras de m'avoir repoussée.

... Comme ces dernières paroles résonnaient encore dans sa mémoire, Jake revint lentement au présent.

C'est vrai, il l'avait amèrement regretté.

Chaque nuit.

Et encore plus ce soir.

— Alors, demanda doucement une petite voix derrière lui. Tu regrettes ?

Perdu dans ses pensées, Jake sursauta et fit volte-face pour se trouver nez à nez avec Casey.

Elle s'était finalement débarrassée de sa robe et, drapée dans une serviette de bain turquoise, immobile sur le pas de la porte, elle l'observait paisiblement... Tendrement.

— Plus que tu ne peux l'imaginer, admit Jake.

La jeune femme s'avança dans la chambre, le regard rivé sur l'homme qui l'avait tant fait souffrir. Etrange comme l'histoire se répétait. La dernière fois qu'elle avait été seule avec lui, elle était nue, et aujourd'hui... Elle n'était enveloppée que d'une serviette. Et, à en juger par la lueur qui brillait dans ses yeux, Jake en était tout aussi conscient qu'elle.

Quelque part au fond d'elle-même, elle était satisfaite de savoir qu'il avait éprouvé des remords après cette fameuse nuit. Que dirait-il s'il savait que son seul regret, à *elle*, était d'avoir baissé les bras et accepté de partir ?

Jake lui tendit le peignoir en grommelant :

— Tiens. Mets-toi ça sur le dos, le temps que je te trouve un pull.

— Merci.

Lui tournant le dos, Casey enfila le vêtement directement par-dessus la serviette de bain qui l'enveloppait. Une fois la ceinture serrée autour de sa taille, elle se retourna vers Jake.

— J'ai suspendu ma robe dans la douche pour ne pas mettre de la boue partout. J'espère que ça ne te dérange pas si...

— Pas de problème, l'interrompit Jake.

Un silence pesant s'établit entre les deux jeunes gens.

Gênée, Casey toussota.

— Ce n'est pas exactement ainsi que j'imaginais ma nuit de noces, dit-elle abruptement en réprimant un fou rire nerveux.

Le froncement de sourcils de Jake aggrava son malaise. Fuyant son regard trop fixe, elle feignit de s'absorber dans l'examen de la pièce.

— Raconte-moi donc ce qui est arrivé, finit par demander Jake, d'une voix radoucie. Comment se fait-il que tu sois ici, dans cette chambre, au lieu d'être en route pour ta lune de miel ?

— Si je ne me trompe pas, répondit Casey avec un petit rire étranglé, je crois que les convenances exigent que l'on soit d'abord *marié* avant d'enchaîner sur le voyage de noces !

Le temps sembla s'arrêter. Elle vit Jake se raidir tandis qu'il la fixait d'un œil soupçonneux.

Mal à l'aise, elle passa une main nerveuse dans ses longs cheveux encore humides. Puis elle s'approcha du lit et s'assit à l'extrême bord du matelas, les pieds posés sur le cadre de bois patiné par les ans.

— Qu'est-il arrivé ? insista Jake.

Appuyant les coudes sur ses genoux, Casey baissa la tête.

— Oh, rien de très original. Mon fiancé a changé d'avis à la toute dernière minute. Il a dû penser qu'épouser Cassandra Oakes n'était peut-être pas une si bonne idée, après tout.

— Et tu ne t'es doutée de rien ?

La jeune femme ne répondit pas immédiatement. Combien d'humiliations était-elle censée subir dans une seule journée ? Se faire plaquer le jour de ses noces était en soi suffisamment pénible. Mais l'admettre devant Jake tenait du supplice. Pourtant, elle allait devoir s'habituer. Dieu seul savait combien de personnes se délecteraient des détails de sa mésaventure en affichant de faux airs de compassion !

Tirant machinalement les fils de coton du peignoir, elle finit par répondre d'une voix mal assurée :

— Je n'avais jamais imaginé que Steven..., mon ex, puisse me laisser tomber quelques secondes avant l'échange des anneaux, jusqu'à ce qu'un coursier me remette un message de sa part.

— Un message ? répéta Jake, incrédule.

Un pli profond creusa son front et il se tut pendant quelques secondes. Puis, lentement, il s'approcha du lit et s'assit à côté de Casey. Il ne fit pas un mouvement pour la toucher et la jeune femme retint sa respiration, partagée entre soulagement et frustration.

— Eh oui ! conclut-elle avec un sourire triste. Il semble que Steven ait brutalement eu envie de visiter Mexico.

— Quel salaud !

— Je ne te le fais pas dire, renchérit Casey en posant distraitement sa main sur celle de Jake.

Pensive, elle s'étonna soudain de n'éprouver aucune colère. La fureur qui l'avait d'abord animée, soutenue, durant ces dernières heures s'était évanouie comme par enchantement. Etrange. Tout ce qu'elle ressentait à présent ressemblait plutôt à une sorte de soulagement qui prenait le pas sur l'humiliation subie.

Certes, il y avait eu une époque pas si lointaine où elle avait été folle de Steven. Grand, mince, l'air aristocratique avec ses cheveux blonds soigneusement peignés en arrière, il possédait un charme irrésistible et était la coqueluche incontestable de toutes les soirées. Toutes les filles se l'arrachaient. Et, comme sa mère adorait à le répéter, il était de bonne famille. Traduisez, « riche », songea Casey.

Pourtant, elle se rendait compte qu'elle n'avait jamais été

amoureuse de lui. A bien y réfléchir, Steven et elle n'avaient fait qu'obéir à leurs familles respectives qui souhaitaient cette union. Elle ne se rappelait même pas avoir entendu Steven lui demander sa main. Leur mariage était tout simplement dans l'ordre des choses.

Elle fit la grimace et porta une main à son front. Décidément, elle avait eu son compte d'émotions pour aujourd'hui. Sa tête menaçait d'exploser !

— Je suis sincèrement désolé pour toi, Casey.

— Il n'y a vraiment pas de quoi. Cette fois-ci, ce n'est pas toi qui m'as plaquée, répliqua-t-elle, avec un sourire amer.

— Ne remettons pas ça sur le tapis. D'accord, Casey ?

— Pourquoi pas ? s'emporta celle-ci, en fusillant du regard l'homme assis à côté d'elle. Après tout, c'est ma nuit de noces. Le moment me semble particulièrement approprié pour parler des relations amoureuses et, en l'occurrence..., de leur absence.

— J'ai laissé la bouilloire sur le feu, soupira Jake en se levant. Nous ferions mieux de descendre prendre un thé bien chaud et...

— J'ai éteint le gaz avant de monter. L'eau bouillait déjà, l'interrompit Casey, qui lui fit signe de se rasseoir.

Jake obtempéra tout en maintenant une certaine distance entre eux.

— Casey, dit-il d'une voix conciliante. Tu as eu une dure journée. Tu devrais peut-être te reposer, non ?

— Je n'ai absolument pas envie de dormir, décréta la jeune femme.

Et c'était la pure vérité. Elle ne s'était jamais sentie aussi vivante, l'esprit aussi alerte qu'en ce moment même. En temps normal, elle n'eût pas osé reparler de cette fameuse nuit avec Jake. Mais, ce soir, un curieux concours de circonstances en avait décidé autrement. Elle ne partirait pas avant de connaître la véritable raison pour laquelle il l'avait chassée de sa vie, cinq ans auparavant.

Mal à l'aise et agacé par l'obstination de la jeune femme, Jake se releva d'un bond et se mit à arpenter la pièce d'un pas nerveux.

— Du calme ! Je ne vais pas renouveler ma tentative de

séduction, se moqua Casey. J'ai depuis longtemps compris que je ne t'intéressais pas. Je n'insisterai donc pas.

— Hein ? Je ne me rappelle pas avoir proféré une telle sottise ! protesta Jake, d'une voix où perçait l'exaspération.

Puis il se remit à faire les cent pas, les yeux rivés au sol.

Casey le dévisageait, l'air pensif. Comme un flash, le souvenir de cette nuit traversa son esprit... La chaleur de ses mains sur son corps, le goût de sa bouche, sa respiration lourde.

— Dois-je comprendre que... tu voulais bien de moi ? glissa-t-elle d'une voix hésitante.

Jake interrompit brusquement son va-et-vient.

— Vouloir de toi ? répéta-t-il, songeur. Oui... Je suppose que l'on peut l'exprimer ainsi.

Fuyant le regard incrédule de Casey, il s'avança vers la fenêtre dont il écarta les rideaux.

La cour était à présent recouverte d'une épaisse couche blanche.

— Il neige encore, observa-t-il.

Casey resta silencieuse. Assise sur le lit, le dos bien droit, elle contemplait la haute silhouette de Jake Parrish, ses larges épaules, ses hanches étroites, le jean serré sur ses cuisses musclées.

— Si tu voulais de moi, alors pourquoi m'avoir repoussée ? demanda-t-elle.

Cherchait-elle encore à se faire du mal, pour poser une telle question ? N'était-ce pas suffisant d'avoir été plaquée devant l'autel, le jour de son mariage ? Etait-il vraiment nécessaire d'obtenir une réponse à cette question, dans la même journée ? Les pensées s'entrechoquaient dans sa tête, mais l'envie de comprendre était plus forte que tout. Comprendre pourquoi l'homme qu'elle aimait et dont elle était certaine qu'il partageait les mêmes sentiments à son égard l'avait si implacablement rejetée.

Comme il ne répondait pas, elle insista :

— Pourquoi, Jake ?

Le visage de marbre, il se tourna enfin vers elle.

— Je n'avais pas le choix, dit-il d'une voix rauque. Tu n'étais encore qu'une enfant.

Il détourna de nouveau les yeux vers la fenêtre avant de poursuivre dans un souffle :

— Un homme ne profite pas de la situation avec une adolescente... qui a le béguin.

— Le béguin ? murmura Casey. Mais... Je t'*aimais*.

— Tu étais bien trop jeune pour savoir ce qu'était réellement l'amour.

— Qui peut affirmer une chose pareille ?

— Moi.

— Dans ce cas, dois-je comprendre que, cette nuit-là, ton attitude envers moi était tout à ton honneur ?

— J'ai *décidé* d'agir comme il le fallait, corrigea-t-il, les doigts crispés sur le rideau de la fenêtre. Mais, oui... J'avoue que je te désirais.

La gorge serrée par les regrets à l'idée de leur bonheur gâché, Casey fixait Jake avec intensité. Il n'avait pas vraiment changé. Il avait juste perdu un peu de l'intrépidité de la jeunesse. En contrepartie, ses traits avaient acquis une force calme qui le rendait encore plus séduisant... et encore plus implacable. Il avait les cheveux plus bruns qu'elle ne se le rappelait, et les yeux plus clairs, mais le dessin de sa bouche exprimait toujours la même sensualité, la même douceur. Non, décidément, il n'avait pas changé, physiquement. Quant à sa vie privée... Bien sûr, il s'était marié, mais ce mariage, pour autant qu'elle le sache, n'avait pas été une réussite. Annie l'avait tenue régulièrement informée des déboires sentimentaux de son grand frère.

A cet instant, Casey aurait donné cher pour parler avec Annie. Elle seule saurait lui dire si Jake voulait encore de Cassandra Oakes.

Médusée, elle s'entendit poser l'inévitable question.

— Quand m'as-tu définitivement bannie de ton cœur ?

Jake tourna lentement la tête vers elle.

— Je te le ferai savoir quand ça arrivera, dit-il avec un faible sourire.

— Tu veux dire... ?

La jeune femme n'osa terminer sa phrase.

Jake prit une profonde inspiration, s'éloigna de la fenêtre et marcha vers la porte.

— Nous ferions mieux de mettre fin à cette discussion, maugréa-t-il.

Stupéfaite, partagée entre l'espoir et la crainte, Casey bondit et intercepta Jake avant qu'il ne passe le seuil de la chambre. Une main posée sur son bras, elle le força à la regarder dans les yeux.

Non, elle ne se trompait pas. Ce qu'elle lut sur son visage, dans ses prunelles bleues, la bouleversa. Désir. Amour. Tendresse. Toutes ces émotions qui, une nuit d'été, avaient été brutalement balayées par d'absurdes convenances morales étaient encore là, intactes. Malgré les années, elles avaient survécu et rien désormais ne pourrait les faire disparaître.

La gorge serrée, Casey comprit pour la première fois la force des sentiments qu'elle avait toujours éprouvés et qu'elle éprouvait encore pour Jake. Il lui semblait que toutes ces épreuves, cette fameuse nuit, l'échec de ses noces, n'avaient eu pour seul et unique but que de renforcer leur amour jusqu'à ce jour.

Sauraient-ils tous deux saisir cette seconde chance ?

— Jake, murmura Casey. Je ne suis plus une enfant.

— J'avais remarqué.

Casey sourit. Une onde de chaleur traversa ses doigts toujours posés sur le bras de Jake pour atteindre son cœur.

— Je te l'ai dit, je ne te le redemanderai pas..., murmura-t-elle.

— Sage décision.

—... Mais je ne t'ai pas dit quelle serait ma réponse si *toi*, tu me le *demandais.*

— Casey...

— Je te répondrais... *Oui.*

Elle se tut, terrassée par l'étrange et terrible impression d'être en sursis. Comme si son cœur s'était arrêté de battre. Comme si sa vie était suspendue à la décision de Jake.

Lentement, il se pencha et prit entre ses larges mains le petit visage anxieux. Puis, tendrement, il caressa du bout des doigts la peau satinée de ses joues. D'un geste empreint d'une grande douceur, il écarta les mèches qui barraient le front pâle de la jeune femme.

— Tu es folle, souffla-t-il.

— Je ne crois pas, murmura Casey.

Jake secoua doucement la tête.

— Tu viens de vivre un sacré choc, Casey. Tu crois m'aimer, mais, en réalité, tu cherches seulement un peu de réconfort. Et je ne suis pas certain d'être celui qu'il te faut.

— Tu te trompes encore, Jake.

Casey tourna la tête et déposa un baiser au creux de sa paume toujours posée sur sa joue. Calmement, elle reprit :

— Ce que nous vivons en ce moment n'a rien à voir avec ce qui se passe, ou ce qui a pu se passer, en dehors de cette chambre.

Jake soupira profondément.

— Cette nuit m'a poursuivie pendant toutes ces années, continua Casey. Et, pour je ne sais quelle raison, le destin nous accorde une nouvelle chance. Ce soir.

Elle leva une main tremblante et effleura la joue de l'homme qu'elle chérissait plus que tout au monde.

— Il y a cinq ans, tu as peut-être eu raison de me chasser de ton lit, concéda-t-elle. Mais c'est le passé. Oublions-le. Cette nuit, ton choix sera celui de ton cœur. Tu n'as pas le droit à l'erreur cette fois-ci.

Jake réfléchit un long moment, le regard braqué sur Casey avec une extrême concentration, comme à la recherche de quelque motivation secrète qui aurait pu l'aider à prendre sa décision.

— Que ce soit bien ou mal, murmura-t-il enfin. Je te le demande, Casey. Veux-tu rester près de moi, cette nuit ?

— Oui, dit-elle avec un petit soupir de plaisir.

Et, se dressant sur la pointe des pieds, elle déposa un baiser sur ses lèvres.

4

S'efforçant de maîtriser le flot d'émotions qui le bouleversait, Jake garda les yeux clos et, l'espace d'un terrible instant, Casey crut qu'il avait changé d'avis. Elle retint son souffle. Alors, il ouvrit les yeux et contempla la jeune femme lumineuse qui s'offrait à lui sans détour, en toute simplicité. Lentement, il pencha la tête, posa les lèvres sur sa bouche et l'embrassa follement — avec toute la violence accumulée au cours de ces années de frustration.

Avidement, sans hésitation, avec la générosité dont elle était capable, Casey lui rendit son baiser. Ses lèvres, son corps répondaient avec une ardeur presque effrayante pour elle. Elle gémit lorsqu'une vague de désir fiévreux la souleva. Les cinq années qui venaient de s'écouler disparurent brusquement et Casey redevint la jeune fille de vingt ans qui voulait se donner à l'homme qu'elle chérissait.

Mais, cette fois-ci, Jake, lui aussi, était prêt à partager sa passion.

Leur baiser s'approfondit, leurs langues se cherchèrent et, pour Casey, la terre chavira. La bouche exigeante de Jake, ses lèvres brûlantes sur les siennes devinrent ses seuls repères. Ivre de sensations nouvelles, elle se serra contre lui. Avec fièvre, elle glissa une main sous sa chemise et caressa sa peau tiède.

— Oh, Casey, murmura-t-il, le souffle court.

Avec un gémissement rauque, il dénoua la ceinture du peignoir qui couvrait le corps tendu de désir de la jeune femme. D'un geste plein de tendresse, il fit glisser le vêtement sur ses épaules satinées et le fit tomber à ses pieds.

Casey tressaillit quand elle sentit ses doigts s'attaquer à la serviette de toilette qui drapait encore ses hanches. Il fallut moins d'un battement de cœur pour que celle-ci rejoigne le peignoir sur le parquet.

Ses longs cheveux encore humides, qui coulaient lourdement jusqu'à sa taille, la firent légèrement frissonner. Alors Jake l'enlaça et la pressa contre lui. Ses mains puissantes et légères caressèrent son dos en un langoureux va-et-vient et le tremblement de Casey ne fut plus dû, bientôt, à la fraîcheur de la chambre.

Elle avait l'impression que chaque fibre de son être répondait aux caresses de Jake. Le rythme de son souffle correspondait au sien. Elle se sentait libérée de toute contrainte, transformée sous le regard avide, passionné, lourd de désir, de l'homme qui la retenait captive entre ses bras. Peu lui importaient désormais ces cinq années de regrets, de tristesse. Seules comptaient la douceur, la sensibilité de Jake, sa force aussi... En gémissant son nom, Casey se cambra contre lui.

Jake emprisonna de nouveau sa bouche dans un baiser dévorant, doux et brutal en même temps. Leurs corps communiquaient en silence, dans une intimité que les mots n'auraient pas pu exprimer. Quand ils se séparèrent, à bout de souffle, Jake s'écarta un peu de Casey, la regarda longuement, comme s'il voulait s'assurer qu'elle était consentante, qu'il ne lui imposait pas son désir. Puis, telle une caresse, son regard s'attarda sur le corps de la jeune femme.

— Casey, es-tu certaine...?

Il s'interrompit, bouleversé par la passion qui brillait dans les yeux de la jeune femme. Une passion qui balayait tout sur son passage : raison, logique, pudeur...

Les joues en feu, prisonnière du regard bleu qui la déshabillait autant que ses doigts experts, Casey n'avait en cet instant précis qu'une seule pensée : s'offrir sans retenue à cet homme qui serait son amant, quoi qu'il advienne. Cela, elle l'avait toujours su.

Cinq ans auparavant, il avait trouvé les arguments pour la repousser, mais ce soir... Elle n'était plus une gamine. Elle ne lui faciliterait certainement pas la tâche.

— Je suis ici, nue, dans ta chambre... Et tu me demandes si... ?

— Je dois te le demander. Je dois savoir, souffla-t-il. Je dois savoir si tu es consciente de ce qui va se passer entre nous. C'est notre dernière chance, Casey.

Ses mâchoires se crispèrent et il prit une profonde inspiration avant d'ajouter :

— Tu peux encore changer d'avis.

Encore une tentative, somme toute peu enthousiaste, pour la faire fuir... Une petite voix au plus profond d'elle-même lui soufflait de saisir l'occasion, de se sauver à toutes jambes. C'était la voix de la prudence, de la raison, de la logique. Mais ce que Casey éprouvait en ce moment n'avait rien à voir avec le bon sens.

— Je veux faire l'amour avec toi, Jake.

Il soupira.

— J'ai besoin de toi, Jake.

Avançant une main tremblante, elle la posa doucement sur la poitrine de Jake. Il tressaillit comme sous l'effet d'une brûlure.

— Maintenant, ajouta-t-elle.

Tandis qu'elle retenait son souffle, il entreprit de se dévêtir. Sans la quitter des yeux, il ôta lentement sa chemise. Calmement, il fit de même avec son jean et jeta ses vêtements en tas dans un coin de la chambre.

Lorsqu'il fut complètement nu, il se planta devant elle.

La gorge serrée, Casey contempla, fascinée, ce corps puissant et musclé, aussi beau qu'elle l'avait imaginé.

Le travail à la ferme avait sculpté le corps de Jake. Bronzée par le soleil, sa poitrine était ombrée d'une toison sombre, ses épaules étaient carrées, rassurantes. Casey ne put s'empêcher de comparer ce corps à celui d'un animal souple et fort. Son regard suivit la ligne sombre qui descendait le long du ventre...

Mais Jake s'avança vers elle.

Plaquée contre lui, Casey savoura le plaisir de sentir son torse contre ses seins. Elle adorait la sensation de sa peau contre la sienne. Sa chaleur. Ses courbes épousant parfaitement les siennes. « Comme s'il était fait pour moi et moi pour lui », songea-t-elle.

En sentant contre elle la preuve du désir violent qu'elle inspirait à Jake, Casey prit feu tout à fait. Instinctivement, elle ondula et lui arracha un gémissement rauque. Une fois de plus, il s'empara de ses lèvres avec avidité. Nouant les bras autour de sa nuque, Casey lui rendit son baiser. Leurs langues se rencontrèrent et le plaisir parcourut leurs corps à la façon d'une décharge électrique.

Quand Casey sentit la main de Jake s'aventurer vers les plis intimes de sa chair, une sensation étrange s'empara d'elle. Sa respiration devint saccadée et le gémissement qui monta de sa gorge fit sourire Jake. Avec audace, il poursuivit son exploration. Casey frissonna en même temps que les doigts vagabonds trouvaient le point sensible. Leur baiser se fit de nouveau plus exigeant, passionné. La caresse devint plus insistante. Et le plaisir qui déferla en Casey fut si violent qu'elle trembla. Elle rejeta la tête en arrière, tout entière absorbée par les sensations qui l'étourdissaient, la désorientaient. Pour rien au monde, elle n'aurait voulu que cela s'arrête...

Tendrement, Jake la poussa vers le lit sur lequel elle bascula avec un soupir de volupté. Elle le regarda, suppliante.

— Viens...

Alors il se coula sur elle, souple, félin. Peau contre peau, enlacés, unis, ils roulèrent entre les draps en s'embrassant. Ivre de bonheur, Casey avait l'impression de sentir les mains de Jake sur tout son corps. Quand il se pencha pour saisir entre ses lèvres la pointe d'un de ses seins, elle ronronna de plaisir, et supplia :

— Jake..., s'il te plaît...

— Nous ne faisons que commencer, chuchota-t-il en la repoussant gentiment sur le lit.

Reprenant le sein abandonné un instant, il joua de ses lèvres, de sa langue et de ses dents pour amener la jeune femme dans un monde dont elle n'avait jamais soupçonné l'existence.

Casey avait l'impression de flotter sur un nuage ; elle savourait chacune des caresses de Jake, folle de désir, l'encourageant à aller plus loin, toujours plus loin. Elle n'avait jamais imaginé connaître un tel supplice, jamais pensé que ce puisse être ainsi, à la fois douloureux et exquis. Jake faisait naître au plus profond d'elle-même quelque chose d'incroyablement intense.

Le contact de ses mains puissantes lui rappelait sans cesse sa force. Le frottement de sa barbe naissante contre ses seins accroissait encore les sensations prodiguées par ses baisers. C'était comme s'il goûtait chaque parcelle de son corps avec ses lèvres tandis que ses doigts magiques poursuivaient leur exploration.

Jake releva la tête et croisa le regard de Casey ; il lut dans ses yeux l'impatience, l'émotion… la confiance. La jeune femme le contemplait, admirant son visage, ses cheveux, ses yeux bleu-gris, comme un ciel d'orage, assombris par le désir.

Jake lui sourit tendrement. Les joues roses, ses lèvres gonflées à peine entrouvertes, Casey avait l'air tout à la fois effrontée et timide, farouche et vulnérable… femme et enfant.

Sa bouche s'empara de nouveau de celle de la jeune femme, comme si sa vie en dépendait. Et c'était peut-être bien le cas. Il avait l'impression que chaque baiser lui insufflait force et vie nouvelle, que la chaleur du corps de Casey le revivifiait.

Probablement avait-il eu raison de la repousser quelques années plus tôt. Cette longue attente n'avait fait que renforcer leur passion.

Il gémit de plaisir sous les lèvres frémissantes de Casey. Il ne s'était jamais senti aussi électrisé. Son corps vibrait d'un désir et d'une énergie qu'il n'avait pas connus depuis trop longtemps. Il voulait se fondre en elle.

Se coulant entre les jambes de sa compagne, il posa les lèvres sur son ventre et la caressa lentement du bout des doigts.

Les gémissements de Casey se firent plus sourds, son corps se tordit, se cambra. La tête rejetée en arrière sur les oreillers, les doigts crispés sur les épaules de son amant, elle implora dans un souffle :

— Je t'en prie, Jake. Je ne peux plus…

— Je sais, chérie, murmura-t-il d'une voix rauque.

Il n'avait jamais ressenti un désir d'une telle intensité, et quelque part, au fond de lui-même, cette violence l'effrayait. Il ne pouvait contenir plus longtemps ce désir de ne plus former avec Casey qu'un seul corps, un seul être, de s'enfoncer dans sa douce moiteur. Il avait déjà attendu si longtemps avant de serrer ce corps contre lui, de le goûter, de s'enivrer de son parfum... De le faire sien.

— Regarde-moi, murmura-t-il en prenant entre ses mains le visage de sa compagne.

Casey plongea dans ses yeux bleus. Alors, il la posséda, lentement et puissamment, au point de la faire se cabrer, entre plaisir et douleur.

A cet instant, Jake comprit qu'il venait de lui prendre sa virginité...

Jake se figea.

— Tu es vierge..., dit-il, les dents serrées de frustration. Pourquoi m'avoir caché que tu es vierge?

A présent, il ne bougeait plus, se retenant, se maîtrisant.

Casey inspira profondément avant de répondre :

— Cela fait-il une différence?

Jake la dévisagea avec circonspection. Il eut une seconde d'hésitation. Après tout, le mal était fait. Et puis, avait-il envie de renoncer à Casey? Non, de toute façon.

— Plus maintenant, répondit-il en s'enfonçant plus profondément dans la chair de la jeune femme.

Il sentit les ongles de Casey lui labourer les épaules, ses jambes s'enrouler autour de ses hanches. Leurs corps s'unirent dans un rythme vieux comme le monde. Il prit tout son temps et contempla les yeux éperdus de désir de Casey, qui se mordait les lèvres pour retenir un cri. Et, quand le plaisir déferla en eux, ce fut avec une telle violence qu'ils chavirèrent ensemble, avant de retomber, pantelants, épuisés, comblés.

Ils demeurèrent de longues secondes immobiles dans les bras l'un de l'autre.

Jake voulut parler, mais le souffle lui manquait. Les battements fous de son cœur résonnaient à ses oreilles. Il devait bouger, libérer le corps de la jeune femme. Mais il n'en avait ni la force... Ni la volonté.

Il ne se rappelait pas avoir vécu une telle jouissance. Bien sûr, il avait pris soin de se tenir à bonne distance de la gent féminine après son divorce. Chat échaudé craint l'eau froide ! Mais était-il possible que sa longue abstinence lui ait fait oublier les plaisirs procurés par les jeux de l'amour ?

Jake fronça les sourcils et roula sur le côté. Non, il n'avait pas oublié. Avec les autres femmes, l'amour avait toujours été un plaisir partagé ; avec Casey, c'était différent. C'était une union parfaite, d'une beauté magique et troublante... Exquise. Il réagit brusquement. Bon sang, il était son premier amant !

— Pourquoi ne m'avoir rien dit ? demanda-t-il dans un souffle.

— Hmm ?

Jake regarda à la dérobée la jeune femme étendue contre lui qui s'étirait et souriait aux anges.

— J'aimerais une réponse à ma question, dit-il d'une voix plus ferme. Comment diable se fait-il que tu sois encore vierge ?

— Je ne le suis plus, corrigea Casey d'une voix satisfaite. Merci beaucoup.

— *Merci* ?

— Eh bien, oui !

Soudain rouge de confusion, elle lui jeta un regard gêné.

— Désolé, c'est la première fois... Ce n'est peut-être pas ce qu'il faut dire après avoir été...

— Dépucelée ? acheva Jake, l'air maussade. Ou bien dit-on déflorée ?

Casey éclata d'un rire détendu, heureuse d'être enfin libérée du passé, soulagée d'avoir brisé le mur que Jake avait dressé entre eux, cinq ans plus tôt.

— Déflorée ? Mon dieu, Jake, ce que tu peux être puritain !

— Puritain ? Moi ?

— Du calme ! Inutile de t'énerver ! Je ne pense pas que mon père soit en possession d'armes à feu, plaisanta-t-elle.

— Casey, tu aurais tout de même pu m'avertir.

— Tu ne m'as rien demandé.

— Comment pouvais-je savoir ? Tu étais fiancée. Tu étais censée te marier aujourd'hui même.

— N'as-tu pas remarqué que ma robe est blanche ?

— Je croyais que, de nos jours, cela n'avait aucune signification.

— Eh bien, maintenant, tu sais que le blanc garde encore tout son sens pour certaines filles.

Passant une main nerveuse sur son front, Jake leva les yeux au plafond.

Les ombres des arbres agités par la tempête de neige dansaient entre les poutres de chêne.

Casey lui jeta un coup d'œil. Il semblait perdu dans ses pensées, mais elle n'aurait su dire s'il était furieux, triste ou simplement préoccupé.

— A quoi penses-tu ? demanda-t-elle timidement.

— Tu aurais tout de même pu me le dire, insista-t-il.

— Si je l'avais fait, tu n'aurais peut-être pas...

— Evidemment, coupa-t-il, exaspéré.

— Tu vois ! C'est bien ce que je disais.

La jeune femme s'étira.

Jake soupira et ferma brièvement les yeux. Bon sang ! C'était la première expérience pour cette fille, et il l'avait prise avec fougue et brutalité, comme si elle avait déjà fait ça une centaine de fois !

— Je t'ai fait mal ? demanda-t-il, appréhendant sa réponse.

— Me faire mal ?

Casey se redressa sur un coude et dévisagea son compagnon.

— C'était... parfait. Je ne pensais pas que ce serait aussi merveilleux.

— Que croyais-tu ?

— Oh, je ne sais pas.

Pensive, elle soupira et posa distraitement le plat de la main sur le torse de Jake.

— Je suppose que, au fond de moi-même, je savais que ce serait agréable, mais comment aurais-je pu imaginer ressentir un tel bouleversement, *quelque chose* d'aussi intense ?

Jake lui saisit la main et la tint serrée dans la sienne. Incroyable comme le seul contact des doigts de cette fille sur son torse faisait renaître son corps à la vie.

Il la dévisagea longuement, étudiant ses traits délicatement ciselés, son nez droit et fin, la masse de ses cheveux emmêlés qui formaient autour de sa tête une sorte de halo cuivré, et la douce lumière de ses yeux émeraude. Nom d'un chien, son fiancé n'était pas normal ! Pourquoi ne l'avait-il pas épousée ? Et nom de Dieu, pourquoi n'avait-il jamais *couché* avec elle ?

Sans y réfléchir, Jake posa cette dernière question à voix haute.

Aussitôt, il sentit le corps de Casey se raidir. Elle retira brusquement sa main et se laissa retomber à côté de lui sur le lit, tout sourire évanoui.

Croisant les bras sur sa poitrine nue, Casey respira à fond pour tenter de parler sans que sa voix ne tremble.

— L'occasion ne s'est pas présentée.

Elle marqua une pause avant de préciser :

— Ou plutôt, la question ne s'est même pas posée.

A son tour, Jake se releva sur un coude et la dévisagea, incrédule.

— Je croyais que les jeunes filles n'attendaient pas leur nuit de noces pour goûter aux plaisirs de la chair ?

— Excuse-moi de ne pas être à la page, rétorqua Casey, sur la défensive.

— Ce n'est pas ce que je voulais dire.

— Alors, dans ce cas, ne va surtout pas imaginer que j'ai conservé ma virginité pour *toi* !

— Je n'ai pas dit ça non plus.

« Discuter avec cette fille est toujours aussi déroutant », songea Jake.

— De toute façon, tu devrais te rappeler que, lorsque j'ai fait le premier pas vers toi, insista Casey avec rancœur, tu m'as clairement signifié ton désintérêt pour moi.

— Etant donné les circonstances présentes, j'oserais affirmer que cette remarque n'est plus d'actualité, coupa Jake.

Casey pinça les lèvres.

— D'accord, un point pour toi.

Il y eut un long silence. Puis Jake posa la question qui le démangeait depuis le début de la soirée.

— Quel est son nom ?

Casey ne répondit pas tout de suite, comme si elle cherchait à se souvenir d'un passé déjà lointain. Elle répondit enfin avec brusquerie :

— Steven.

— Steven, répéta calmement Jake. Cet homme doit être fou !

Casey redressa la tête et tourna vers son compagnon un visage éclairé d'un large sourire.

— Quoi ? Jake Parrish, je n'en crois pas mes oreilles ! Ce sont les paroles les plus *gentilles* que vous m'ayez jamais adressées.

L'interpellé leva les yeux au ciel et se laissa retomber sur le dos, fixant de nouveau le plafond.

— Revenons à ce qui vient de nous arriver, Casey.

— Oui, approuva celle-ci, en se lovant instinctivement contre l'épaule de son amant avec un sourire satisfait. Allons-y.

— Ça va comme ça, Casey, grommela Jake en essayant de mettre un peu de distance entre eux.

— Tu ne vas tout de même pas prétendre que tu ne veux plus de moi ! s'exclama Casey, l'air faussement indigné, en effleurant d'une main légère la preuve évidente du désir de son amant.

— Bon sang, Casey ! gronda Jake.

Il replia ses doigts sur la main audacieuse qui s'enhardissait et la tint serrée dans la sienne.

— Tu es *vierge*. Tu es l'amie de ma petite sœur. Tu n'es qu'une... *gamine* ! reprit-il.

— Chéri, tu mélanges tout ! Reprenons tes objections dans l'ordre, une par une, répliqua posément Casey en plantant un rapide baiser sur le torse de Jake. Comme tu t'en es probablement aperçu, je ne suis plus vierge, et tu y es très certainement... pour quelque chose.

— Seigneur !

— Concernant mon amitié avec Annie, bien sûr, je ne peux le nier. Et après ? On est tous l'ami de *quelqu'un*.

— Arrête Casey, maugréa Jake, tandis que la jeune femme lui mordillait le lobe de l'oreille, attisant encore son désir.

Elle releva la tête et conclut l'air candide :

— Quant à ton dernier argument, je ne te crois pas aveugle à ce point. Il est évident que je ne suis plus une enfant.

Vaincu, Jake poussa un profond soupir.

Casey sourit pour elle-même. Jake fléchissait. Enfin... Seule sa volonté flanchait, car pour le reste... Son regard malicieux descendit vers le ventre de son compagnon. Elle avança une main hésitante vers l'objet de tant de délicieuses tortures.

Quand elle le caressa, Jake réprima un gémissement de plaisir et frissonna violemment. La jeune femme ressentit alors un incroyable sentiment de joie, de puissance. Jake Parrish la désirait. Il ne pouvait le nier. Tout son corps le criait.

Son cœur se mit à battre la chamade. A présent, elle comprenait la raison de son soulagement quand Steven l'avait plaquée à quelques secondes de leur union. Evidemment, ce jeune et riche garçon choisi par ses parents n'était rien pour elle.

Parce qu'elle était toujours aussi amoureuse de Jake !

— Une *vierge*, murmura ce dernier, d'une voix lasse.

Casey s'allongea sur lui, sa chevelure tombant tel un rideau protégeant leurs visages des regards indiscrets. Ses lèvres frôlèrent langoureusement celles de Jake. Puis elle plongea son regard dans le sien.

— Jake, une vierge de plus ou de moins, ce n'est pas la fin du monde ! Tu n'as pas commis de crime. Tu ne m'as pas bâillonnée et ligotée pour me violer.

A cette idée, Jake gémit de nouveau.

— De toute façon, poursuivit Casey avec un large sourire. On pourrait presque croire que j'ai profité de *toi*.

— Quoi ?

— Evidemment, insista-t-elle. Je t'ai séduit avec mes grands airs de citadine et tu es tombé dans le piège. Tu n'es qu'un malheureux cow-boy qui n'avait d'autre choix que d'obtempérer.

Jake esquissa un pâle sourire devant les efforts de Casey pour le rassurer.

— Tu te sens mieux ? s'enquit celle-ci d'une voix où perçait une pointe d'inquiétude.

— Un peu, murmura-t-il.

— Bon, souffla-t-elle en se penchant de nouveau sur ses lèvres. Je crois que je sais comment te *réconforter*.

— Casey, chuchota Jake en prenant le visage de la jeune femme entre ses mains. Il ne serait pas raisonnable de recommencer. La première fois, c'était une erreur... En revanche, la seconde serait une folie.

Blessée une fois de plus au plus profond d'elle-même, Casey réussit à lui adresser un sourire enjôleur. Elle ne baisserait pas les bras. Pas encore.

— Alors, soyons fous tous les deux, mon chéri, répliqua-t-elle en déposant de légers baisers sur ses sourcils, ses yeux, ses joues. Juste pour cette nuit !

5

Elle retint son souffle.

L'estomac noué, la bouche sèche, les mains tremblantes, Casey attendait.

Quelle idiote ! songea-t-elle, furieuse contre elle-même. De quoi s'inquiétait-elle ?

En fait, en son for intérieur, elle était parfaitement consciente des raisons de son anxiété. Elle attendait de Jake un signe indiquant qu'il était prêt à avoir une vraie relation avec elle. Elle espérait bien plus qu'une simple relation brève et passionnée, uniquement dictée par le plaisir physique.

Si Jake acceptait de l'aimer une nouvelle fois avec ses mains, ses lèvres, tout son corps, ce serait la preuve qu'il était prêt à assumer leur passion, que leurs étreintes ne se réduisaient pas seulement à une folie passagère.

Jake fronça légèrement les sourcils et ses yeux bleus scrutèrent le visage de Casey avec une soudaine circonspection.

— Qu'est-ce qu'il y a ? s'inquiéta celle-ci.

— Une question vient de me traverser brusquement l'esprit, répondit-il en se redressant sur ses coudes, la tête penchée sur le côté. Tu étais vierge et tu ne m'as rien dit.

— Tu ne vas pas recommencer avec ça, soupira Casey.

— Si tu m'as caché cela, tu as pu me cacher bien d'autres choses... Alors ? Que m'as-tu encore caché ?

— Que veux-tu dire ? Que suis-je censée avouer ?

— Casey, es-tu… ? Enfin… Oh, et puis m… ! Utilises-tu un moyen de contraception ?

— Mon Dieu, non ! s'écria Casey, l'air interloqué.

Réalisant brusquement la situation, elle se couvrit la bouche de la main.

— Bon sang !

Jake retomba en arrière sur le lit, comme s'il avait pris un boulet de canon en pleine poitrine.

— Je n'y ai pas pensé, bredouilla Casey. En fait, j'ai toujours souhaité avoir des enfants, et Steven n'y voyait aucun inconvénient.

Embarrassée, elle baissa les yeux. En réalité, Steven avait dès le début de leur relation manifesté un total désintérêt concernant le fait qu'ils puissent tous deux avoir ou non des enfants. Le sujet n'avait jamais été franchement abordé entre eux et, au moment du mariage, la jeune femme n'avait donc pas songé à se protéger contre une éventuelle grossesse. De toute façon, elle avait toujours rêvé de fonder une famille, une vaste tribu exubérante, résonnant de rires et de cris de bambins. En fin de compte, tout ce qu'elle n'avait pas connu dans son enfance et qu'elle avait observé avec envie chez les autres.

Instinctivement, elle porta la main à son ventre plat et se demanda si Jake lui avait déjà donné l'enfant qu'elle désirait de tout son cœur.

Remarquant son geste, Jake se méprit et la rassura d'une voix qui se voulait désinvolte :

— Il n'y a probablement aucune raison de s'inquiéter. Les chances de concevoir lors d'un premier rapport sont certainement infimes.

Il soupira profondément avant de poursuivre :

— Enfin, si par hasard tu étais enceinte… Bref, il sera toujours temps d'aviser.

Casey s'étendit de nouveau contre Jake, la tête posée sur sa large poitrine. Les battements réguliers de son cœur résonnaient tout contre son oreille. Il se passa un long moment avant que Jake ne passe un bras autour de ses épaules. Et, quand il l'enlaça, elle sourit de bien-être.

— Je suis sincèrement désolé, Casey, dit-il doucement. Tout ceci n'aurait jamais dû arriver. Je n'arrive même plus à me rappeler la dernière fois où j'ai eu une pensée cohérente avant d'agir.

— Tu n'as rien à te reprocher, assura calmement la jeune femme.

Elle se redressa sur un coude et plongea son regard confiant dans celui de l'homme étendu à son côté.

— J'attendais cette nuit depuis si longtemps, murmura-t-elle.

Jake réprima un rire nerveux et secoua la tête.

— On peut dire que tu t'y entends pour déculpabiliser les hommes.

— Il n'y a aucune raison pour que tu te sentes coupable.

— Tu es peut-être enceinte, lui rappela Jake.

Un bref instant, sa main se crispa sur le bras de la jeune femme.

— Mais il y a de fortes chances pour que ce ne soit pas le cas, répliqua celle-ci. Tu as dit toi-même que les possibilités étaient infimes.

Bien qu'avec sa *veine* habituelle, s'il existait une seule probabilité, à tous les coups c'était pour elle ! songea-t-elle.

— Tu as raison, fit Jake.

Il lui donna une petite tape affectueuse sur l'épaule et se dégagea de son étreinte pour sortir du lit.

Une fois debout, il déclara :

— Nous ferions mieux de chercher des vêtements secs à te mettre sur le dos. Tu peux rester dans l'ancienne chambre d'Annie, cette nuit. J'appellerai le dépanneur pour ta voiture dès demain matin.

— Jake...

— Casey, je t'en prie, n'insiste pas. C'est fini.

— Tu n'as pas le droit de dire une telle absurdité, s'emporta brusquement la jeune femme.

Elle ne supportait pas l'idée que ces instants de bonheur partagé appartiennent déjà au passé. Par Dieu sait quel miracle, le ciel lui avait accordé cette nuit avec l'homme qui hantait ses songes depuis tant d'années. Et seulement cette nuit ! Alors elle était prête à *tout* pour prolonger ces moments d'intense plaisir, les graver à jamais dans sa mémoire et survivre le restant de ses jours à une vie sans passion... Sans amour.

Elle désirait cette nuit avec Jake plus que toute autre chose au monde. Et, cette fois-ci, elle était prête à se battre jusqu'au bout.

— Casey, ne tentons pas le diable !

— Jake, penses-tu réellement ce que tu dis ? Vas-tu encore une fois te dérober ?

Casey marqua une pause avant de reprendre d'une voix vibrant d'émotion :

— Jake... C'est notre nuit !

Il la regarda fixement et, dans la demi-pénombre, Casey lut l'incertitude sur ses traits tirés par le désir et l'anxiété. S'armant de courage, elle prit une profonde inspiration et s'assit le dos bien droit, laissant ainsi le drap retomber autour de sa taille et dévoiler sa poitrine. Le regard de Jake s'égara sur la peau laiteuse de la jeune femme avant de revenir sur son visage.

— Tu ne penses pas vraiment ce que tu dis, Casey ?

— Oh, si ! affirma celle-ci, en tendant vers lui une main hésitante. Même si je ne sais pas pour quelle obscure raison le destin nous a de nouveau réunis ce soir, je suis certaine qu'il serait fou de ne pas profiter de cette chance qui nous est offerte.

— Bon sang, Casey...

A cet instant, sous l'effet d'une violente rafale de vent, une branche d'arbre vint heurter la fenêtre de la chambre.

— On dirait que le ciel nous envoie un signe, observa la jeune femme avec un timide sourire.

— Seulement une tempête, répliqua Jake.

Lentement, très lentement, il tendit la main et lui effleura le cou. Puis il caressa une boucle de cheveux qui reposait sur sa poitrine. Le contact de ses doigts la fit frémir.

— Juste pour cette nuit, Jake, implora-t-elle.

— Je dois avoir perdu la raison, murmura-t-il dans un souffle, comme il s'agenouillait sur le lit pour la serrer dans ses bras.

Casey, le souffle coupé, sentait son grand corps musclé contre le sien. Ils restèrent ainsi les yeux dans les yeux, pendant une seconde ou un siècle. Ils ne savaient plus. Le temps pour eux avait suspendu son vol. Puis doucement, presque en hésitant, Jake posa ses lèvres sur celles de Casey. Leurs bouches s'unirent avec impatience et, enlacés, ils se laissèrent envahir par le torrent de leur passion.

Jake couvrit de baisers fiévreux son cou et sa gorge. Il la tenait, ployée dans ses bras, caressant la courbe douce de ses hanches et de sa cuisse. Lentement, Casey bascula sur le lit. Leurs regards s'enchaînèrent avec une intensité à couper le souffle. Du bout de la langue, Jake traça la dentelure d'une oreille, s'égara dans le cou de sa compagne qui se sentait comme transpercée de plaisir. La passion qu'il éveillait en elle la faisait trembler.

Agrippée aux épaules de Jake, Casey était intensément consciente de la force que dégageait chacun des muscles qui roulait sous sa peau bronzée, de ce corps qui la dominait, à la fois si puissant et si tendre. Ce corps qui l'emprisonnait, la protégeait, la comblait.

S'arquant contre lui, elle exigea silencieusement qu'il lui donne plus encore. Elle voulait de nouveau sentir ses mains et sa bouche sur ses seins. Le sentir tout entier sur elle, en elle.

Comme s'il avait entendu sa prière muette, Jake baissa la tête et taquina ses seins, de la bouche et des doigts. Il la caressait langoureusement, attentif au plaisir de Casey — comme il aurait dû le faire la première fois, songeait-il. Mais pourquoi y revenir ? Mieux valait se concentrer sur l'instant présent pour offrir à Casey l'incandescence de cette nuit... Cette nuit qu'elle avait ardemment défendue.

La jeune femme se laissait dériver et gémit de plaisir quand la main de Jake s'aventura dans des régions plus intimes avec une hardiesse qui la laissa pantelante. Ses jambes s'ouvrirent. Elle avait le souffle court et son cœur battait très fort.

— Oh, Jake..., soupira-t-elle.

Et, tandis qu'elle lui offrait ses lèvres entrouvertes, elle se mit à le caresser.

Jake retint sa respiration. Les doigts légers qui exploraient son corps allumaient des brasiers. Il n'avait jamais connu un tel désir, une telle torture. La femme qu'il tenait entre ses mains lui procurait des délices infinis. Et il avait hâte de la posséder tout entière.

Elle répondait à l'ardeur de ses baisers, lui rendait caresse pour caresse, avec une spontanéité, un enthousiasme qui attisaient encore son désir. Et, quand celui-ci se fit trop violent, Jake tendit le bras vers le tiroir de la table de nuit d'où il sortit la protection dont il aurait dû se servir dès leurs premiers ébats. Rapidement, il se protégea puis entra en elle avec douceur, allant et venant sur sa peau.

Il observa le plaisir s'emparer de la jeune femme. La tête rejetée en arrière, les yeux fermés, Casey murmura son prénom.

Jake s'exhorta au calme. Cette nuit était celle de Casey. Désireux de la satisfaire pleinement, il ne précipiterait rien, s'attardant en elle, bougeant lentement, tendrement.

Elle suivait d'instinct ses mouvements, son rythme. La sueur perlait à son front. Jake ne pensait qu'à elle.

Et bientôt, tout comme la première fois, Casey sentit que les vagues de plaisir qui s'enflaient en elle prenaient une ampleur toute particulière. Chaque coup de reins, puissant, enivrant, lui faisait atteindre un nouveau palier de désir, et chaque fois l'extase était si près que Casey croyait sombrer. Pourtant, elle montait toujours plus haut.

Perdant toute retenue, elle enroula les jambes autour des hanches de Jake. Haletante, elle ouvrit les yeux et rencontra le regard bleu. Le bleu de l'océan.

— Jake..., souffla-t-elle en tendant une main vers lui.

Il s'y agrippa comme un homme qui se noie.

Alors, doigts enlacés, ils se confondirent dans un même tourbillon de plaisir.

Puis tout s'apaisa peu à peu...

Ils restèrent enlacés sans force, épuisés. Serrant toujours la main de Jake, Casey se blottit contre son grand corps chaud et posa la tête sur son épaule. Elle éprouvait une telle paix qu'elle essayait de résister au sommeil qui la menaçait pour prolonger ces instants de béatitude. Mais, bientôt vaincue, elle perdit tout contact avec la réalité et s'endormit profondément.

Quant à Jake, un bras passé autour d'elle, il rassemblait petit à petit ses esprits et reprenait lentement conscience. Tendrement il remonta le drap sur la jeune femme endormie. Scrutant l'ombre des arbres projetée par la lumière de la lune sur le plafond, il réfléchissait.

A quoi diable avait-il donc pensé ?

Il s'était conduit comme un jeune fou, uniquement guidé par ses pulsions, prêt à se jeter sur ce qui s'offrait à lui sans songer une seconde aux conséquences.

Casey remua dans son sommeil et marmonna quelques paroles inintelligibles. Inconsciemment, elle passa l'une de ses jambes sur celles de Jake.

Celui-ci fronça les sourcils. Le contact de ce corps contre le sien lui envoyait de petites décharges électriques pour lesquelles les hormones n'étaient certainement pas la seule explication. Il n'avait jamais vécu rien de tel de toute sa vie. Le simple fait de toucher Casey faisait naître en lui une vague de sensations qui se transformaient rapidement en feu d'artifice. Ce n'était pas qu'un simple désir charnel.

Pourtant, en son for intérieur, il n'était pas encore prêt à accepter cet état de fait.

Il n'y avait pas si longtemps, il avait cru faire un mariage d'amour avec Linda. Leur histoire s'était soldée par un échec douloureux. Il était hors de question de retenter l'expérience.

Cependant, admit-il silencieusement, là n'était pas l'unique problème. Nom de Dieu, il lui avait pris sa virginité ! Une situation qu'il avait toujours pris soin d'éviter par le passé. Enfer et damnation ! Il n'était pas le genre de type qui couche avec une vierge puis disparaît tranquillement dans la nature.

Surtout quand la fille en question se nomme Cassandra Oakes.

Sans parler du fait qu'il existait une probabilité non nulle, même si elle était mince, que Casey soit enceinte.

Mais que faire maintenant que le mal était fait ?

Tentant vainement de mettre un peu d'ordre dans ses pensées,

Jake secoua la tête et laissa dériver son regard vers la fenêtre. Des étoiles scintillaient dans le ciel à présent redevenu clair. L'orage s'était enfin éloigné. Peut-être était-ce un heureux présage ?

Il ferma les paupières. Quelques heures de sommeil lui éclairciraient certainement les idées.

— Mince alors !

Se dressant sur la pointe des pieds, Annie décrocha délicatement la robe de mariée boueuse suspendue à la barre de douche et se précipita dans le couloir.

— Maman ! claironna une adorable gamine de trois ans qui courait derrière elle. J'ai envie de faire pipi !

Trop excitée par sa trouvaille, Annie ne fit pas attention à la fillette et se rua vers la cuisine où son père, son oncle et sa tante étaient assis autour de la table, attendant patiemment que Jake se réveille et descende prendre le petit déjeuner avec eux.

— Regardez ! Regardez ce que j'ai trouvé.

— Dieu du ciel ! s'exclama Tante Emma. Quelle robe magnifique ! Mais que lui est-il donc arrivé ?

— Où l'as-tu trouvée ? demanda Frank Parrish.

— A la salle de bains, répondit Annie. Dans la cabine de douche.

— Tu aurais mieux fait de la laisser là où elle était, observa Tante Emma avec une grimace de dégoût à la vue des traînées de boue qui maculaient à présent les délicats motifs espagnols du carrelage de sol.

— Je me demande bien ce que Jake peut fabriquer avec une robe de mariée ? observa Oncle Harry, en se grattant le menton.

— Mais vous ne comprenez donc pas ? s'étonna Annie.

Elle laissa tomber la robe sur les genoux de son père et regarda l'un après l'autre les occupants de la pièce comme s'ils étaient des simples d'esprit.

— C'est cela, la *surprise* de Jake !

— Quelle surprise ? intervint Oncle Harry.

Annie lui lança un regard agacé et poursuivit en s'adressant à son père :

— Jake a annoncé hier soir au téléphone qu'il avait enfin obtenu ce qu'il désirait depuis toujours !

— Ah, oui ?

— C'est sûrement ça ! s'écria Annie en repoussant une boucle brune qui lui tombait sur les yeux. Jake s'est *remarié* !

Tante Emma écarquilla ses grands yeux bruns comme des soucoupes.

— Remarié ? répéta distraitement Oncle Harry. Qui s'est remarié ?

— Jake.

— Annie, ne dis pas n'importe quoi. Comment peux-tu être aussi affirmative ? observa calmement Frank Parrish.

— Et pour quelle autre raison trouverait-on une robe de mariée dans la salle de bains ? répliqua la jeune femme en secouant la tête d'un air exaspéré.

Une nouvelle mèche brune s'échappa de son chignon tandis qu'elle s'exclamait :

— Quel cachottier ! Nous avoir caché son mariage ! Pourquoi ne nous a-t-il pas invités ?

Pensif, Frank Parrish caressa de ses doigts noueux la soie ivoire posée sur ses genoux. Il examina le jupon de dentelles couvert de boue.

— S'il s'est réellement marié, peux-tu m'expliquer pourquoi ce vêtement est dans un tel état ? Il a attaché la fille derrière son cheval et l'a traînée dans la boue jusqu'à ce qu'elle accepte de l'épouser ou quoi ?

— Oh, je ne sais pas, admit Annie en commençant à faire les cent pas. Je me fiche de la façon dont c'est arrivé. Je veux seulement savoir qui est l'heureuse élue.

— Maman !

Le cri provenait des escaliers.

— Lisa ! s'écria Annie, en se précipitant vers la porte, le rouge aux joues. J'ai complètement oublié. Elle voulait aller sur le pot.

— Le pot... Vraiment ! intervint Tante Emma avec un reniflement dédaigneux. C'est probablement déjà trop tard !

Annie lui lança un regard furieux et se demanda pour la énième fois comment cette vieille bique à la langue acérée avait bien pu ensorceler Oncle Harry, un doux rêveur dont la bonhomie et la gentillesse étaient légendaires.

— Un enfant doit apprendre dès son plus jeune âge à ne pas parler en public de ses fonctions corporelles, sermonna Tante Emma, les lèvres pincées dans une moue dédaigneuse.

— Elle n'est pas *en public*. Elle...

Annie s'interrompit brusquement. De toute façon, elle n'avait de compte à rendre à personne, et surtout pas à Tante Emma, sur la façon dont elle éduquait son enfant.

— Aucune importance, conclut-elle.

Elle se tourna vers sa fille qui se tenait à présent sur le seuil de la cuisine.

— Maman ! fit Lisa. C'est qui la dame dans le lit d'Oncle Jake ?

Tante Emma couvrit sa bouche de la main pour étouffer un cri d'indignation.

— Quoi ? demanda Harry. Quelle femme ? Où ?

— Hum, hum, marmonna Frank Parrish.

Repoussant sa chaise, il suivit sa fille dans l'escalier qui montait à l'étage, Oncle Harry et Tante Emma sur les talons.

La porte de la chambre de Jake était grande ouverte. Le soleil déjà haut dans le ciel jouait sur la fenêtre encore mouillée de pluie, dardant ses rayons sur le vaste lit et ses deux occupants blottis entre les draps.

Annie s'immobilisa brusquement sur le pas de la porte. Son père qui la suivait de près la heurta et la propulsa au beau milieu de la pièce, tandis que, derrière eux, retentissait le cri horrifié de Tante Emma. Annie fusilla cette dernière du regard.

De son côté, tirant une paire de lunettes de sa poche, Oncle Harry se mit en devoir de les ajuster sur son nez, avant de se dresser sur la pointe des pieds pour tenter d'apercevoir la scène par-dessus les larges épaules de son épouse.

Jake ouvrit un œil. Au pied du lit, Lisa, une minuscule boule d'énergie aux cheveux noirs comme du jais et aux yeux bleus, sautait d'un pied sur l'autre, attendant avec impatience que quelqu'un se décide à s'occuper d'elle.

— Bonjour, mon garçon, dit Frank Parrish.

— Papa, bredouilla Jake en se redressant lentement, le regard fixé sur la petite assemblée. Annie...

— Oncle Jake, demanda Lisa. C'est qui la dame toute nue ?

Réveillée par la voix enfantine, Casey releva la tête et tira vivement le drap sur sa poitrine. Encore ensommeillée, elle cligna des yeux et adressa un sourire gêné aux personnes qui l'observaient l'air incrédule.

— Lisa, cette dame est ta Tante Cassandra, dit enfin Annie.

— Est-ce qu'*elle* pourrait m'accompagner aux toilettes ?

6

La tête dans les épaules, les poings crispés au fond de ses poches de pantalon, Jake donna un coup de pied rageur dans une motte de terre gelée. Il y avait déjà un bon quart d'heure qu'il arpentait nerveusement la cour de la ferme. Par-dessus l'épaule, il lança un coup d'œil derrière lui sur la maison couverte de neige. Sa sœur y était enfermée avec Casey, et Dieu seul savait ce qu'elles pouvaient bien se raconter ! Il haussa les épaules et se demanda soudain avec anxiété si Oncle Harry allait réussir à maintenir Tante Emma hors de portée du téléphone.

Depuis l'instant où Casey avait été découverte dans son lit, Jake était poursuivi par l'image des doigts de Tante Emma sur les touches du récepteur téléphonique. La pauvre femme devait piaffer d'impatience dans l'attente de répandre la nouvelle qui allait certainement l'élever au premier rang des commères de Simpson. Elle savourait déjà probablement son succès. Surprendre Jake dans son lit en compagnie d'une nouvelle épouse aurait déjà constitué en soi un excellent scoop. Mais le surprendre au lit avec Cassandra Oakes, jeune fille de bonne famille censée épouser un autre homme la veille ; là, c'était un exploit !

Avec un sourire amer, il se souvint de la vitesse avec laquelle l'annonce de son divorce avait fait le tour de la ville. A peine Jake avait-il pris sa décision que Tante Emma s'était chargée d'informer tout le voisinage en moins de deux heures.

— Alors, mon garçon...

Jake tourna la tête vers son père qui s'était approché.

— Que comptes-tu faire ? demanda calmement Frank Parrish.

— Que veux-tu dire ? répondit Jake d'une voix cassante.

Conscient d'être sur la défensive, il se sentit soudain étrangement mal à l'aise. Pourquoi réagissait-il aussi vivement ? Après tout, il était adulte. Casey aussi. Nom d'un chien ! Ils avaient tout à fait le droit de passer la nuit ensemble s'ils en avaient envie. Et leurs ébats ne regardaient personne ! Il se renfrogna et releva d'un geste agacé le col de sa canadienne. Bon sang ! il se comportait comme un adolescent qui aurait été surpris à passer sa main sous les jupes d'une fille.

— Jake, reprit son père. J'ai vu la robe de mariée.

Le vieil homme haussa un sourcil gris, l'air dubitatif, avant de poursuivre :

— Cette robe était blanche. De mon temps, cette couleur avait une signification.

— Tout le monde porte du blanc aujourd'hui, papa, rétorqua Jake.

Ce n'était certainement ni le lieu ni l'heure de disserter sur les quelques exceptions dont justement... Casey faisait partie.

— C'est vrai, soupira le vieil homme. J'imagine que, de nos jours, une femme qui a su préserver sa virginité jusqu'au mariage fait figure d'oiseau rare.

Mal à l'aise, Jake détourna la tête. Casey, elle, avait attendu. Tout cela pour se voir plaquée par son fiancé devant l'autel, le jour de ses noces. Enfin, ce n'était pas le moment d'avancer ce genre d'argument. Il donnerait l'impression de se dérober à ses responsabilités. Bon sang ! C'était exactement ce qu'il avait le sentiment de faire en ce moment même, et pourtant il n'avait aucune raison, absolument aucune, de chercher à se disculper ! Casey s'était littéralement jetée dans ses bras !

De toute façon, à en juger par le regard inquisiteur de son père, la conversation promettait d'être épineuse, quoi qu'il dise.

Quelques jours auparavant, la famille Parrish avait fêté Thanksgiving. S'il avait su la tuile qui allait lui tomber dessus peu de temps après, il n'aurait pas été aussi reconnaissant envers son Créateur ! maugréa Jake en son for intérieur.

Mais là n'était pas la question ! On était à la fin du XXe siècle, nom d'un chien ! Les mœurs avaient évolué.

— Papa, Casey est une grande fille. Elle agit comme elle l'entend.

— Comme toi, bien sûr, répliqua Frank. Et vous êtes tous deux des adultes responsables. Du moins… Je l'espère.

Jake baissa les yeux. Il ne put s'empêcher de penser au risque qu'il avait pris en négligeant toute protection lors de ses premiers ébats avec Casey. Il avait agi comme un sauvage en rut. Et Casey était peut-être enceinte de ses œuvres. Enfin, pas de panique… La probabilité était *infime*.

Furieux contre lui-même, Jake laissa errer son regard sur la prairie enneigée. Sous l'action du vent, la neige avait ondulé, et les vagues gelées formaient comme une mer de glace.

Ridicule ! Il allait peut-être devenir père à cause d'une tempête de neige et d'un veau égaré.

S'approchant de la barrière de l'enclos, il s'y accouda et posa le menton sur ses avant-bras, tentant de se convaincre qu'il n'y avait vraiment pas lieu de s'inquiéter.

Frank Parrish poussa de nouveau un profond soupir. Il cala une botte sur un barreau de bois et, appuyant un coude sur son genou, il posa le menton au creux de sa main.

— J'imagine que tu es parfaitement conscient que le premier geste de Tante Emma sera d'empoigner le téléphone dès que la voie sera libre, dit-il nonchalamment.

— Oui.

« Mais où est le problème ? », se demanda Jake. Lui et Casey étaient deux adultes consentants.

— Bien sûr, le fait que Mlle Cassandra Oakes se soit enfuie de l'église pour sauter directement dans ton lit va rendre l'histoire encore plus croustillante pour bon nombre de gens, poursuivit son père.

Jake resta silencieux. Il avait le sentiment d'être pris dans un tourbillon dont il connaissait l'issue, mais contre lequel il ne pouvait lutter. Il ne savait tout simplement pas comment l'arrêter.

— Ta mère…, continua Frank.

« Décidément, il sort la grosse artillerie », nota Jake pour lui-même, les lèvres pincées.

—... Elle a toujours adoré Casey. Elle l'aimait comme sa propre fille.

— Seigneur, cette petite aventure risque de tourner à l'inceste ! ironisa Jake.

Ignorant le sarcasme, Frank Parrish continua :

— Même si Casey n'est pas de notre sang, elle a toujours été proche de nous. Tu es d'accord avec moi ?

Jake ne desserra pas les dents. Son père avait raison. Fillette, Casey passait tout son temps libre au ranch et tout le monde l'adorait.

— On peut dire qu'elle fait partie de la famille en quelque sorte, poursuivit Frank. Et je ne supporterais pas qu'un homme la fasse souffrir... Pas plus que je ne puis supporter l'idée d'être resté planté comme un idiot, à regarder un homme profiter de ta sœur.

Le regard voilé de tristesse, le vieil homme se tut. Jake savait qu'il songeait à l'ex-mari d'Annie, et qu'il se reprochait pour le restant de ses jours de ne pas avoir su protéger sa fille contre la douleur et l'humiliation. Aujourd'hui, Frank Parrish semblait manifestement déterminé à se racheter avec Casey.

Jake étira sa nuque comme si un nœud de cravate trop serré emprisonnait son cou. Une fraction de seconde, il eut l'impression d'avoir les épaules bloquées dans le carcan d'un smoking de location amidonné.

— Il existe cependant un moyen de faire taire les commérages.

Frank marqua une pause.

Jake connaissait déjà la réponse. L'air absent, il observa les volutes blanches qu'exhalait son souffle dans l'air froid. Il préféra se taire, retardant ainsi le moment où les paroles fatidiques seraient prononcées à haute voix.

— Vous pourriez vous marier, suggéra son père.

Et voilà ! La balle était dans son camp ! Jake eut soudain la nette sensation que le nœud de cravate imaginaire se resserrait autour de sa gorge.

— Se marier ? Jake se redressa et enfonça les mains dans les poches de sa veste. Il pivota lentement sur ses pieds pour faire face au regard tranquille et déterminé de son père.

— Non merci, papa. Une fois m'a suffi !

Le vieil homme ne dit pas un mot. Il se contenta de dévisager son fils.

Terriblement mal à l'aise sous le regard inquisiteur de Frank Parrish, Jake se balançait d'un pied sur l'autre. La dernière fois qu'il avait lu une telle réprobation dans les yeux de son père, c'était la nuit de ses dix-sept ans. Comme tous les jeunes de son âge, Jake était persuadé qu'il n'y avait pas de fête digne de ce nom sans bière. Malheureusement, à la fin de la soirée, il s'était cru capable de prendre le volant pour rentrer chez lui. Il n'avait pas vu l'arbre couché en travers de la route. La seule chose dont il se rappelait ce jour-là, c'était le regard de Frank Parrish lorsque celui-ci était venu le récupérer au commissariat.

Dès lors, Jake avait tout fait pour éviter d'avoir à revivre une telle scène.

Jusqu'à ce matin.

Embarrassé, Jake tourna la tête vers la maison. Bon sang ! Son père avait peut-être raison, après tout. Peut-être *devrait*-il demander Casey en mariage ? Certes, on allait aborder le troisième millénaire, mais, comme dans toutes les régions rurales des Etats-Unis, la morale puritaine et les règles sociales donnaient parfois l'impression qu'on vivait encore au siècle dernier. Jusqu'à présent, ces convenances ne l'avaient guère dérangé. Du moins, tant que ça ne le touchait pas personnellement.

Il n'existait pas trente-six solutions. Il devait proposer le mariage à Casey. De toute façon, elle refuserait à coup sûr de s'enterrer dans une ferme. Mais, en agissant ainsi, il ne décevrait pas son père et l'honneur de la jeune femme serait sauf. Après, plus question de remettre cette histoire sur le tapis !

— Alors ? intervint Frank.

— Je vais lui parler.

Et, afin de ne pas se donner le temps de changer d'avis, Jake se dirigea à grands pas vers la maison.

Debout devant la lourde coiffeuse de chêne, Casey donna un coup de brosse dans la masse de ses boucles blondes et se contempla dans le miroir avec un sourire amusé. Longiligne comme elle était, elle nageait dans les vêtements trop grands que lui avait prêtés Jake. Elle devait sans cesse remonter les manches du pull-over qui lui tombaient sur les mains, et elle marchait sur le bas du pantalon serré autour de sa taille trop fine par une cordelette.

Une véritable femme fatale.

— Que diable s'est-il passé entre toi et Jake ? demanda Annie en se laissant tomber sur le lit.

Sans détourner la tête, Casey lui jeta un coup d'œil dans la glace et haussa les sourcils avec un petit air entendu.

Annie éclata de rire.

— Je vois, dit-elle. Mais ce que je ne comprends pas, c'est *pourquoi* ?

— Je suppose que tu ne me croiras pas si je te réponds que moi aussi, je n'en ai pas la moindre idée, rétorqua malicieusement Casey.

— Allons, Casey, protesta Annie en se penchant vers l'avant, les bras noués autour de ses jambes repliées. La dernière fois que nous nous sommes parlé, tu étais sur le point de te marier avec Steven et la cérémonie devait avoir lieu hier après-midi... Si je me souviens bien...

— C'est vrai. Sauf que, quand je me suis avancée vers l'autel, Steven s'est mis à courir... dans la direction opposée.

— Tu plaisantes ? Ce salaud t'a plaquée ?

— N'as-tu jamais remarqué à quel point ce mot sonne bien ? Je parle de *plaquer*, bien sûr.

Incrédule, Annie secoua la tête et la masse de ses cheveux bruns dansa d'une épaule à l'autre.

Casey pivota lentement et, posant les fesses sur le rebord de la coiffeuse, contempla l'expression à la fois gênée et déconcertée de son amie. N'aurait-elle pas dû se sentir, elle aussi, terriblement embarrassée ? Bizarrement, il n'en était rien.

Elle avait plutôt l'impression de s'être évadée de prison pour entrer dans un monde nouveau, un monde merveilleux. D'accord, Steven était un garçon on ne peut plus séduisant. Mais, quand elle pensait aux quelques baisers rapides et sans passion échangés avec son ex-fiancé, Casey ne pouvait s'empêcher de songer à ceux de Jake... Il n'y avait aucune comparaison !

La veille, elle avait failli gâcher le restant de ses jours en s'unissant à un homme pour de fausses raisons. Ne pas décevoir ses parents. Ne pas blesser les sentiments de quiconque. Et surtout, parce qu'il était tout bonnement impensable d'annuler un mariage prévu de longue date et dont l'organisation avait coûté les yeux de la tête.

Pourtant, aujourd'hui, tout ou presque semblait possible, même... passer une nuit avec Jake.

Elle rougit brusquement au souvenir de la tête de Frank Parrish et des autres membres de la famille, quand ils l'avaient surprise le matin même, toute nue dans le lit de Jake.

— Mon Dieu, je ne pourrai plus jamais regarder ton père en face, dit-elle.

Annie ne put s'empêcher d'éclater de rire. Devant la mine consternée de son amie, elle se leva d'un bond et entoura d'un bras affectueux les épaules de Casey.

— Ne t'inquiète pas.

— Et ton Oncle Harry qui est pasteur !

— Je me suis laissé dire que les pasteurs n'étaient pas totalement indifférents aux plaisirs de la chair.

Annie s'interrompit et fit semblant de frissonner avant d'observer :

— Bien que la vue du couple formé par Oncle Harry et Tante Emma me donne envie de prendre le voile.

Casey éclata d'un rire si spontané qu'elle ne réussit plus à l'arrêter. Lorsqu'elle fut enfin calmée, elle se sentit libérée de toute anxiété.

— Tu vois ? Rien de tel qu'un bon fou rire pour guérir le stress, plaisanta Annie.

— J'espère que tu réagiras de la même façon quand tu auras constaté l'état dans lequel Lisa a mis sa jolie petite robe neuve !

Les deux femmes se tournèrent d'un seul bloc vers Jake, immobile sur le seuil de la chambre.

— Qu'a-t-elle donc encore inventé? demanda Annie d'une voix lasse, mais déjà résignée.

— Je ne sais pas, répondit Jake avec un haussement d'épaules. C'est noir et cela ressemble à du feutre indélébile.

— Ohhh...!

Annie se précipita vers la porte.

— Je reviens tout de suite, Casey. Attends-moi.

— Pas de danger qu'elle sorte d'ici, marmonna Jake, comme sa sœur disparaissait dans le couloir.

Restés seuls, les deux jeunes gens s'affrontèrent un instant du regard.

— Tu ne me laisserais pas sortir de cette chambre? attaqua aussitôt Casey, l'œil espiègle.

— Pas avant que nous ayons parlé.

— A quel propos?

— A propos de notre mariage.

Prise de vertige, Casey s'adossa au mur contre la fenêtre. Jake fit quelques pas vers elle et lui saisit les mains. Doucement, il la poussa vers le lit et s'assit à côté d'elle.

— Nous marier? répéta la jeune femme en levant vers Jake un regard stupéfait.

— Casey, il faut que tu saches qu'à chaque seconde qui passe Tante Emma progresse inexorablement vers le téléphone. Oncle Harry et Papa ne pourront pas la maîtriser encore bien longtemps.

— Et alors?

— Avec un téléphone en main, cette femme est bien plus redoutable que tous les journaux à scandale réunis.

— Tu te préoccupes de ce genre de choses?

Aussitôt ces paroles prononcées, Casey se mordit la lèvre. Elle savait par Annie combien Jake avait souffert des ragots colportés dans toute la vallée au moment de son divorce.

— Cette fois-ci, ce n'est pas moi qui alimenterai les potins, répliqua-t-il avec un petit rire amer. Je ne suis plus à la mode, tandis que toi...

Il se redressa d'un bond et se mit à arpenter la chambre.

— Tu représentes... de la chair fraîche, acheva-t-il en pointant un doigt sur la jeune femme.

— Oh !

Les grands yeux verts de Casey se posèrent sur Jake. Mal à l'aise, celui-ci s'arrêta net. Nom d'un chien, pourquoi le regardait-elle ainsi ? Et pourquoi lui avait-il prêté ce pull-over bleu ? La teinte marine augmentait l'éclat de ses yeux verts et la rendait encore plus belle... plus désirable. Il serra les dents, bien décidé à dominer la brusque sensation de chaleur qui irradiait dans son ventre.

Pensive, la jeune femme se mordillait la lèvre inférieure. Ses traits délicatement ciselés la faisaient paraître si fragile, si vulnérable. Et, même s'il savait qu'elle avait un caractère bien trempé, Jake ne pouvait s'empêcher de ressentir un immense besoin de la protéger — surtout contre les commérages.

— Jake, je n'habite plus ici. Qu'importe ce que raconteront sur moi les gens de Simpson ?

— Morgan Hill n'est pas si loin, objecta Jake. Et le nom des Oakes possède une certaine notoriété.

Le seul fait d'entendre mentionner son nom de famille amena le désarroi dans les yeux de la jeune femme. Elle pâlit.

Jake détourna la tête et s'approcha de la fenêtre.

« Quelle importance, après tout ? » se dit-il. Bien sûr, les Oakes ne seraient certainement pas ravis d'être la cible des commérages, mais ce n'était absolument pas son problème ! Bon sang, la situation était pourtant simple ! Si Casey se sentait capable d'affronter Tante Emma et ses congénères — sans parler de son père, Henderson Oakes —, c'était son affaire ! Il n'avait pas à s'en mêler. Tout ce qu'il avait à faire était de lui proposer le mariage. De se conduire en homme d'honneur. Alors, pourquoi s'échinait-il à convaincre cette fille de l'épouser, tout en priant pour qu'elle dise non ?

Dieu qu'il lui tardait que cette journée se termine ! Il se frotta la gorge comme s'il sentait encore la cravate imaginaire autour de son cou.

Bon sang ! Il n'avait même pas pu parler à son père de

l'acquisition des terres. Avec toute cette histoire, la surprise qu'il réservait à sa famille depuis des lustres — sa plus belle réussite, en fin de compte — était passée au second plan.

Enfin ! Ils auraient le temps de se réjouir dans les jours à venir.

— D'accord, Jake, murmura Casey.

Il pivota vivement sur ses talons.

— D'accord quoi ?

— Eh bien, j'accepte de t'épouser.

Le nœud de cravate imaginaire se resserra autour du cou de Jake, et l'étrangla.

La Belle et la Bête...

L'image effleura l'esprit de Jake tandis qu'il regardait la mariée s'avancer posément vers lui au bras de son père. Casey était d'une beauté à couper le souffle. Ses boucles cuivrées retenues par une simple couronne de roses et d'œillets cascadaient sur ses épaules. Sa robe de coton blanc à la ligne épurée rehaussait la finesse de sa silhouette. Il ne put s'empêcher de repenser à la luxueuse robe de mariée qu'elle portait la semaine précédente. Il préférait de loin celle-ci.

Son regard se posa sur la Bête. Henderson Oakes. Un homme dur et dénué de tout humour. L'air sévère, comme en signe de protestation, il escortait sa fille au sourire radieux.

Sur la première rangée de chaises, avaient pris place Frank Parrish, Tante Emma et Lisa. De l'autre côté de l'allée, se tenait la mère de Casey. Vêtue de soie sauvage de la tête aux pieds et couverte de diamants, Hillary Oakes était assise sur le bord de son siège. Elle donnait l'impression de vouloir fuir la cérémonie à la première occasion.

Sur l'injonction de Jake, Casey avait finalement prévenu ses parents de son mariage à la dernière minute, la veille de la cérémonie.

« Ma foi, je n'aurais peut-être pas dû insister », songea Jake en observant ses futurs beaux-parents. Quand on voyait ces deux-là, on comprenait mieux la hâte de leur fille à se marier. C'était assurément l'unique issue de secours.

Soudain la Bête fut là, face à lui.

Elle mit la main de la Belle dans celle de Jake, puis se recula vivement, marquant ainsi sa distance avec le couple.

Doigts entrelacés, les deux jeunes gens se tournèrent vers Oncle Harry, qui officiait pour l'occasion. Le cœur battant, la gorge nouée, Casey sentait le regard désapprobateur de ses parents sur sa nuque. Heureusement, les vœux de bonheur sincères et enthousiastes des Parrish et de tous les employés du ranch avaient adouci son amertume à la vue des visages sombres et fermés de Henderson et Hillary Oakes. Et puis, de toute façon, ses frères étaient de son côté. Casey se pencha pour jeter un coup d'œil discret aux jumeaux qui se tenaient à la droite de Jake. Ils lui adressèrent un sourire complice.

De nouveau souriante, elle se redressa, tourna la tête sur sa gauche, vers Annie qui, l'air grave et solennel, assurait son rôle de témoin de la mariée.

Des rayons de soleil filtraient à travers les fenêtres du temple et l'odeur des branches de pin fraîchement cueillies pour décorer la salle embaumait. Cette cérémonie toute simple, célébrée dans l'intimité, avait été préparée en moins d'une semaine. Pourtant, aux yeux de Casey, elle était bien plus belle, bien plus chargée de sens et d'émotions que celle organisée par sa mère des mois à l'avance pour son mariage avec Steven.

Une bûche éclata dans la cheminée et, instinctivement, Casey se rapprocha de Jake. Etrange était le destin, songea-t-elle. A cette heure, elle aurait dû vivre sa lune de miel à Hawaii en compagnie d'un autre homme. Et la voilà de retour à Simpson, sur le point de s'unir au garçon qu'elle aimait depuis l'enfance.

— Oui, je le veux, fit la voix rauque et profonde de Jake.

Le regard vacillant, Casey s'efforça de concentrer toute son attention sur la cérémonie. Elle s'entendit promettre d'une voix faible :

—... De l'aimer, de l'honorer et de le chérir.

— Je vous déclare mari et femme.

Oncle Harry leur sourit affectueusement.

— Mes enfants, vous pouvez à présent vous embrasser.

Obligeamment, Jake se tourna vers Casey et plongea les yeux dans le regard vert plein de confiance et… d'espoir de sa nouvelle épouse. Une bouffée de regret l'envahit. Pour avoir déjà subi les tourments du mariage, il savait combien la route était difficile, pour ne pas dire douloureuse. Une fois de plus, il s'était laissé prendre au piège.

La petite assemblée redoubla d'applaudissements, exigeant le baiser des nouveaux époux. La lueur d'espoir dans les yeux de Casey vacilla et Jake comprit qu'il n'avait pas le droit d'hésiter plus longtemps. Inclinant la tête, il effleura les lèvres de la jeune femme. Aussitôt, celle-ci se blottit contre lui et noua ses bras autour de son cou. A cet instant, Jake eut l'impression que le monde s'estompait et il n'y eut plus aucune notion de devoir quand il couvrit la bouche de Casey d'un baiser qui envoya des étincelles dans tout son corps. Sa jeune épouse répondit à son ardeur et sa langue se mit à jouer timidement avec la sienne, dans une danse silencieuse pleine de promesses.

Des acclamations et un sifflement admiratif qui semblait émaner de l'un des jumeaux les firent brutalement revenir à la réalité. Redressant la tête, Jake dévisagea sa compagne et entendit l'Oncle Harry déclarer joyeusement :

— Pas de doute, c'est bien un mariage d'amour !

« L'amour… Pour rien au monde, je ne parierais là-dessus, songea Jake. Attirance physique serait certainement une expression plus appropriée. »

— Ne nous raconte pas d'histoires, Cassandra, marmonna Henderson Oakes. Tu t'es précipitée dans ce… mariage pour sauver la face. Steven nous a tous humiliés et tu as probablement cru bien faire.

La bouche sèche, Casey préféra se taire. Elle jeta un coup d'œil par la porte entrouverte sur le salon de réception attenant au temple. L'ambiance semblait détendue et les invités paraissaient ravis de passer un moment ensemble. Que n'aurait-elle donné pour être au milieu d'eux et partager leurs rires ! Au lieu de ça, elle était coincée dans le hall, endurant vaillamment la rancœur de ses parents, résignée à subir leur sermon dont elle devinait sans peine le contenu.

— Je ne comprends vraiment pas comment tu as pu imaginer qu'épouser un homme que tu connaissais à peine, une semaine après avoir été…

Sa mère baissa la voix.

—… plaquée par ton fiancé, effacerait notre honte !

— Je connais Jake depuis des années, maman, objecta timidement Casey.

Hillary Oakes haussa brièvement les sourcils, le temps de se souvenir que ce type d'expression accentuait les rides. Son visage reprit aussitôt l'habituel masque inexpressif qu'elle arborait en toutes circonstances.

— Bien sûr, tu as fréquenté sa famille. Mais sincèrement, Cassandra, on ne peut pas passer d'un fiancé à un autre comme une abeille butinant de fleur en fleur.

Casey soupira profondément.

— Je suis certain que Steven aurait rapidement repris ses esprits, bougonna Henderson Oakes. Il n'y avait pas lieu de paniquer ainsi.

— Je n'ai pas paniqué, déclara Casey d'une voix plus ferme. Et, même si Steven était revenu sur sa décision, j'aurais refusé une telle union.

— Bien sûr, chérie, tu aurais pu…, temporisa Hillary Oakes en agitant une pochette de soie parfumée. Mais il est dommage que de petits malentendus gâchent un avenir qui se présentait sous les meilleurs auspices. Ces tracasseries sont le lot de nombreux couples.

— J'ai déjà discuté avec le père de Steven, enchaîna aussitôt Henderson Oakes. Il a promis de remettre son fils dans le droit chemin et les choses redeviendront rapidement telles qu'elles auraient dû l'être. Enfin… Dès que nous aurons réglé le problème de ton mariage avec Jake Parrish, Cassandra.

Secouant la tête, l'air agacé, il poursuivit :

— Un désagrément supplémentaire dont nous nous serions aisément passés, si tu avais pris la peine de nous tenir informés de tes projets *avant* qu'il ne soit… trop tard.

C'était exactement la raison pour laquelle Casey avait retardé l'annonce de son mariage à ses parents. En fait, si Jake n'avait pas tant insisté, elle les aurait probablement mis devant le fait accompli bien après la cérémonie.

La jeune femme n'avait pas douté un seul instant que ses parents accourraient à son mariage. C'était bien dans leur style d'assister à cette union tout en réfléchissant aux différentes solutions qui permettraient d'y mettre un terme le plus rapidement possible. Henderson et Hillary Oakes étaient avant tout préoccupés par les *apparences*. Tout allait pour le mieux dans le meilleur des mondes, tant qu'ils donnaient l'image d'une famille aimante, unie et parfaitement heureuse.

— Papa, déclara Casey fermement décidée à se faire entendre. Désormais, je suis l'épouse de Jake, et j'entends le rester… toute ma vie.

— Cesse donc ces sottises, Cassandra, coupa sèchement Henderson Oakes.

La jeune femme baissa les yeux. Rien ne changerait donc jamais ? Qu'avait-elle espéré ? Pas une seule seconde — et ce, depuis toujours — ses parents n'avaient daigné l'écouter. Elle balaya du regard la salle de réception où un orchestre de musique country entraînait les invités dans une gigue endiablée. Elle eut brusquement une furieuse envie de se perdre dans la foule bruyante et joyeuse, de mettre de la distance entre elle et ce couple guindé qui était censé l'aimer et se soucier uniquement de son bonheur… au-delà des faux-semblants.

— Ma chérie, le divorce fait parfois partie des formalités de la vie, susurra Hillary Oakes. Même dans les plus grandes familles, le divorce est… monnaie courante.

— Je mettrai notre avoué en relation avec M. Parrish, renchérit Henderson Oakes. Et je suis certain que nous trouverons une solution à l'amiable de façon à ce qu'aucune des deux parties ne soit lésée par le désagrément occasionné.

Les ongles enfoncés dans ses paumes, Casey se concentra sur la douleur physique bien plus supportable que la blessure ouverte par les paroles cruelles de ses parents. *Désagrément.* Elle ne put s'empêcher de se demander si Jake la considérait également comme un désagrément.

A cet instant même, des pas résonnèrent dans son dos et la jeune femme tourna la tête. C'était son mari qui s'approchait d'elle, de cette démarche nonchalante et fluide qui n'appartenait qu'à lui. Il était merveilleusement séduisant dans son smoking emprunté pour l'occasion. Jamais Casey n'avait été plus heureuse de le voir qu'en cette seconde.

Jake salua Hillary Oakes d'un bref hochement de tête et tendit la main à Henderson Oakes. Ce dernier serra la main de son gendre avec une évidente mauvaise grâce. Il ouvrit la bouche pour dire quelque chose, mais Jake l'ignora ostensiblement et se tourna vers Casey.

— Il est de votre devoir de m'accorder la première danse, madame Parrish, dit-il doucement en lui prenant les mains.

Casey le regarda, incrédule. Elle cligna des yeux. Certainement les spots lui jouaient des tours et lui faisaient lire dans le regard de son époux ce qu'elle eût tant aimé y voir. Inquiétude. Tendresse. Et peut-être une lueur d'amour.

De toute façon, l'essentiel était qu'il soit venu à son secours.

— Avec plaisir, monsieur Parrish.

7

— Je déménage mes affaires dans la chambre d'amis, déclara Jake en évitant soigneusement de rencontrer le regard de Casey.

— Pourquoi ? murmura celle-ci d'une voix blanche.

Mal à l'aise, Jake ne répondit pas immédiatement. En réalité, il ne comprenait pas vraiment lui-même les raisons de son attitude. Il n'était certain que d'une seule chose : le serment qu'ils venaient tous deux de prononcer devant le pasteur les unissait certes par les liens du mariage, mais en aucun cas l'amour ne devait être mêlé à cette histoire. L'amour — il l'avait cruellement appris à ses dépens quelques années plus tôt avec Linda — était un sentiment extrêmement dangereux dont il était bien décidé à se passer.

Il jeta un regard circulaire sur le salon.

Les invités partis, les restes du buffet avaient été rassemblés, la vaisselle lavée et la maison remise en ordre sous la houlette énergique d'Annie.

A présent, ils étaient seuls.

La vaste demeure était silencieuse, l'atmosphère intime.

— Vois-tu, Casey..., commença Jake.

Il s'interrompit une seconde, le temps de relever les yeux pour affronter le regard de la jeune femme.

C'était bien le moins qu'il puisse faire, la regarder en face tandis qu'il poursuivait :

— Nous sommes tous deux conscients que ce mariage n'est pas un mariage ordinaire.

— Il pourrait l'être, rétorqua Casey aussi sereinement qu'elle put.

Jake la dévisagea avec attention. Une fleur s'était échappée de sa couronne de mariée et pendait le long de sa joue. Son visage était illuminé de ce rose diaphane qui vient avec le plaisir, l'excitation de la fête. A hauteur du sein droit, le corsage de sa robe portait des taches couleur framboise qui ressemblaient à s'y méprendre à l'empreinte de petits doigts potelés. Manifestement, Lisa avait obtenu une danse ou deux avec la mariée et ne s'était pas souciée de se laver les mains avant de se jeter dans ses bras.

Se rendant compte que son regard était rivé sur la poitrine de Casey, Jake se raidit, s'efforçant d'ignorer le frisson d'excitation qui naissait dans ses reins. Il n'allait tout de même pas se laisser dominer une fois de plus par ses pulsions !

— Casey, reprit-il d'une voix rauque. Accordons-nous un peu de temps, d'accord ? Préservons chacun notre espace privé, histoire de s'habituer doucement l'un à l'autre.

L'air dubitatif, la jeune femme secoua lentement la tête. Ce faisant, ses boucles balayèrent ses épaules de nacre et Jake ressentit de nouveau l'aiguillon du désir.

— Pourquoi m'as-tu demandé de t'épouser ? demanda-t-elle abruptement.

Jake lui lança un regard interrogateur, comme pour demander si elle tenait vraiment à le savoir. Elle ne broncha pas. Il prit une profonde inspiration.

— Pour de multiples raisons, répondit-il, visiblement mal à l'aise.

— Donne-m'en au moins une, insista Casey. J'attends.

Croisant les bras, elle releva le menton et plongea ses yeux verts dans ceux de son époux.

Un instant désarçonné par l'aplomb de la jeune femme et son regard inquisiteur braqué sur lui, Jake baissa les yeux et s'absorba dans la contemplation de ses chaussures.

— Très bien, marmonna-t-il. Tu es peut-être enceinte.

— Ce n'est pas une raison valable, objecta Casey. Nous n'en serons vraiment certains que dans une semaine ou deux. Rien ne pressait.

— D'accord. Mais que fais-tu de mon père, sans parler de mon oncle et de ma tante qui nous ont surpris dans le même lit ?

Au souvenir du contact du corps satiné de Casey contre le sien, Jake réprima un soupir. Depuis plus d'une semaine, les images de cette nuit passée ensemble le hantaient, le torturaient sans répit. Il se rappelait les gémissements de plaisir de la jeune femme, la sensation brûlante de son corps s'arquant sous lui, leurs jambes emmêlées.

A cette seule évocation, son désir se fit plus violent et devint manifeste. Il changea de position et s'adossa au chambranle de la porte. Mais rien n'y fit, et la preuve de son excitation n'échappa pas à Casey.

— Gênant, dit-elle, malicieuse, en penchant la tête sur le côté comme pour mieux étudier le phénomène. Mais pas vraiment surprenant !

— Bon sang, Casey ! s'emporta Jake, mortifié par le regard moqueur de son épouse. Quelle différence cela peut-il faire maintenant de savoir pourquoi je t'ai demandée en mariage ? Je l'ai fait et tu as accepté. Nous sommes donc mari et femme. Un point, c'est tout !

— Il me semble pourtant que cela fait une énorme différence, protesta doucement Casey. Tu ne me feras pas croire que l'on peut prendre une telle décision à la légère. Il y a forcément une raison.

Laissant ses bras tomber le long de son corps, elle s'avança lentement vers lui.

— Est-ce la même raison qui t'a incité à venir me tirer des griffes de mes parents à l'issue de la cérémonie ?

Jake haussa les épaules. En fait, il n'en savait rien lui-même. Simplement, Casey lui était soudain apparue terriblement seule, fragile et vulnérable, face à Henderson et Hillary Oakes, les personnes les plus intimidantes qu'il ait jamais rencontrées. Alors, il s'était approché. Impulsivement. Par instinct de protection, sûrement. Oui, l'instinct.

— Tu semblais avoir besoin d'un coup de main, réussit-il à dire.

— Et tu t'es porté volontaire.

— Normal, en tant qu'époux.

— C'est vrai, acquiesça Casey, l'air soudain pensif.

Elle s'approcha de lui. Levant lentement les bras, elle les noua autour de sa nuque.

— Casey..., gémit Jake en se raidissant, tentant de faire appel à toute sa volonté pour ne pas la serrer dans ses bras.

— Chéri, chuchota Casey.

Se dressant sur la pointe des pieds, elle approcha ses lèvres de celles de Jake et demanda dans un souffle :

— N'es-tu pas curieux de savoir pourquoi moi, j'ai accepté de t'épouser ?

— Non, répondit Jake avec un peu trop de hâte.

En réalité, il eût donné cher pour comprendre ce qui avait poussé Casey à unir son destin au sien. Après tout, il n'était qu'un amour d'enfance qui s'était trouvé là par hasard pour la consoler, et il se demandait encore ce qui avait bien pu motiver la brusque décision de la jeune femme de l'épouser. Mais il était trop fier pour le demander.

— Probablement pour les mêmes raisons que moi, se contenta-t-il d'observer.

— Qu'en sais-tu ? murmura Casey.

Telle une caresse, ses lèvres effleurèrent celles de Jake.

Celui-ci déglutit difficilement et serra les poings, luttant pour ne pas poser ses mains sur le corps de la jeune femme qui se pressait contre lui.

— En fait, c'est très simple, poursuivit Casey, s'interrompant de nouveau pour déposer un autre baiser sur la bouche de son mari. Je ne l'ai réellement compris que cet après-midi.

Jake pressentit la suite. Avant même qu'ils aient été prononcés, il se raidit, rassemblant ses forces pour affronter les mots fatidiques, ceux qui n'étaient que mensonges... Ceux qu'il souhaitait par-dessus tout ne plus jamais entendre.

— Je t'aime, Jake... Je t'ai toujours aimé.

Casey l'embrassa de nouveau.

— Et je t'aimerai toujours.

Jake sentit son désir s'éteindre brutalement. Une douche

glacée n'eût pas eu plus d'effet. Il dévisagea la jeune femme, l'air brusquement suspicieux.

Consciente du changement d'attitude de son mari, le regard vacillant, Casey laissa retomber ses bras le long du corps et, instinctivement, recula d'un pas.

— Jake... ?

— Tu m'aimes vraiment ? questionna froidement celui-ci.

Déconcertée, Casey hésita une fraction de seconde avant de répondre :

— Bien sûr. Quelle question !

Tout compte fait, elle ne paraissait pas si convaincue. Elle avait hésité, observa Jake en son for intérieur, partagé entre déception et soulagement.

— Pourtant, il y a tout juste une semaine, reprit-il. Tu étais sur le point de te marier avec un autre homme. L'aimais-tu également ?

— Non.

— Et tu étais prête à l'épouser malgré tout ?

— Qui sait ? J'aurais peut-être eu le courage de dire « non » devant l'autel.

— Ça... Nous ne le saurons jamais.

S'écartant de l'embrasure de la porte, il inspira profondément. Le parfum vanillé de la jeune femme envahit ses poumons et l'emplit d'un trouble incontrôlable, mêlé de révolte. Impossible de nier l'attirance que cette fille exerçait sur ses sens. Nom d'un chien ! Mais que lui arrivait-il ? Il s'était juré de ne plus jamais se laisser ensorceler par une femme. Il ne voulait plus être amoureux. Il ne voulait plus se laisser enchaîner par des sentiments, devenir prisonnier de ses émotions, dépendre des caprices d'une femme. « Amour », ce mot magique se retournait contre vous tel un boomerang. A la minute où un homme s'en saisissait, commençait à y croire, il était fichu.

Eh bien, cette fois-ci... Jake Parrish ne se laisserait pas prendre au piège.

Et, si cela signifiait que leur mariage allait devenir le premier mariage platonique de l'histoire, alors tant mieux ! De toute façon, une sorte de compromis finirait bien par s'établir tout naturellement entre eux. Casey et lui pouvaient être de bons amis et occasionnellement... des amants. Après tout, la nuit qui avait scellé leur destin avait prouvé qu'ils s'entendaient à merveille sur le plan physique.

Le souvenir de leurs ébats amoureux le fit tressaillir.

Toutefois, si Casey continuait à rechercher de l'*amour* dans tout ce fatras d'émotions, il ne prendrait pas le risque de partager son lit ! Quelle que soit la force de son désir, il ne coucherait pas avec cette fille tant qu'elle persisterait à ne pas comprendre qu'il ne voulait plus entendre parler d'*amour* ! La chasteté était encore préférable !

Immobile sous le regard intense et brûlant de son époux, Casey retenait son souffle.

Elle était d'une beauté presque irréelle et, en dépit de ses résolutions, Jake sentit de nouveau le désir tarauder ses reins. Si l'homme savait exactement ce qu'il voulait, son corps, lui, avait visiblement d'autres projets.

— Bonne nuit, Casey, conclut-il abruptement.

Il quitta aussitôt la pièce... Tant qu'il en avait encore le cran.

Une semaine plus tard...

Assise à la table de la cuisine, l'air absent, le regard rivé sur la fenêtre, Casey buvait une tasse de café. Son mari était sorti dès le lever du jour. Comme d'habitude depuis le premier jour de leur mariage, il avait enfourché son cheval et s'était évanoui quelque part sur les terres du ranch. Il faisait son possible pour passer le moins de temps avec elle. Même le soir, quand le travail de la ferme était terminé, il s'enfermait dans son bureau, évitant ainsi délibérément toute possibilité de discussion. Il fermait la porte de cette pièce à double tour, de la même façon qu'il lui fermait son cœur.

En y repensant, Casey avait compris que le véritable problème s'était installé entre eux à la seconde même où elle lui avait parlé d'amour. Pourtant, ces mots n'étaient généralement pas de ceux qui déclenchent les hostilités. Elle n'avait certainement pas voulu lui déclarer la guerre !

Elle soupira et but une nouvelle gorgée de café. Puis elle alluma la radio, l'éteignit, la ralluma, indécise. Elle termina son café. La journée semblait s'étirer sans fin devant elle. Comment allait-elle bien pouvoir la remplir ? Elle se détendit dans un long soupir et un sourire plein d'amertume étira ses lèvres à l'idée qu'elle n'aurait bientôt plus le loisir de se torturer l'esprit avec ce genre de questions.

Si ce qu'elle soupçonnait depuis deux ou trois jours se confirmait, sa dose quotidienne de caféine lui serait également interdite pour les huit mois à venir.

Le breuvage chaud coula doucement dans sa gorge. Elle savoura l'agréable sensation de chaleur. L'hiver s'était brusquement abattu sur Simpson quelques jours plus tôt. Un froid polaire régnait sur la vallée et l'atmosphère à l'intérieur de la maison était elle aussi glaciale... A tous points de vue. Casey frissonna.

Elle avait naïvement cru que sa déclaration d'amour toucherait le cœur de Jake, le surprendrait peut-être... Mais, pas une seconde, elle n'avait imaginé le transformer en bloc de pierre.

La sonnerie du téléphone rompit le silence. Casey se précipita sur l'appareil, furieuse d'être dérangée au beau milieu d'une séance d'apitoiement sur elle-même.

Elle décrocha avant la seconde sonnerie.

— Allô ? fit-elle d'un ton brusque.

— Eh bien, bonjour, toi ! répondit Annie en laissant échapper un petit rire.

— Désolée, s'excusa Casey. Je ne sais pas ce qui m'arrive aujourd'hui.

— Ouais. Je me rappelle qu'au tout début je ne me sentais pas vraiment dans mon assiette.

— Annie..., gémit Casey. J'espère que tu n'as rien dit à personne !

Elle n'aurait jamais dû en parler. Même pas à sa meilleure amie. Pas tant qu'elle n'en était pas certaine. Et surtout pas avant d'en avoir discuté avec Jake.

— Je suis muette comme une tombe ! la rassura Annie. Alors, tu as fait le test ?

— Non.

— Mais enfin, pourquoi ? Tu attends le déluge ? Un miracle, peut-être ?

Casey fronça les sourcils.

— Si c'est positif, je vais encore semer la panique autour de moi.

— Casey, dit affectueusement Annie. Que tu le fasses ou non ne changera pas grand-chose.

— Je sais… Je sais.

Pensive, Casey sortit de la poche de son pantalon la petite boîte rose et blanche qu'elle avait achetée à la pharmacie la veille au soir. Se forçant à adopter un ton désinvolte, elle poursuivit :

— D'ailleurs, je ne suis probablement pas enceinte. Quelles sont les chances ? Une sur un million ?

— A peu près.

— Ce n'est pas comme si je n'avais jamais eu un ou deux jours de retard.

— Exact.

— Je m'inquiète pour rien. Tu n'es pas d'accord ?

— Tout à fait.

— Menteuse !

— Peureuse !

— O.K., tu as gagné, soupira Casey. Je vais le faire.

— Maintenant ?

— Dès que j'aurais raccroché.

— *Bye.*

Il y eut un clic puis le bruit discordant de la tonalité. Anxieuse, la jeune femme contempla longuement la boîte qu'elle tenait dans ses mains.

— Voici venu le moment de vérité, murmura-t-elle, en se dirigeant vers la salle de bains.

Jake s'avança au centre de la cuisine et s'immobilisa.

Aucun effluve odorant de petits plats mitonnés pour l'accueillir ?…

Son regard fit le tour de la pièce. Pas de casseroles sur la cuisinière. Pas le moindre dessert en vue. Même la cafetière était vide, bien qu'elle ait été laissée en marche.

Fronçant les sourcils, il coupa l'interrupteur. Pivotant sur lui-même, il regarda la pièce déserte, comme s'il attendait que Casey fasse son apparition d'un coup de baguette magique, telle une fée. Mais où était-elle donc passée ? Pour la première fois depuis leur mariage, il ne la trouvait pas devant les fourneaux en rentrant de sa journée de travail. Bizarre comme on s'habituait rapidement à certaines choses : le bruit des poêles qui s'entrechoquaient, la façon de chanter un peu fausse mais toujours enthousiaste de Casey et puis, surtout, ses talents culinaires.

Cette fille était un véritable cordon-bleu, une artiste ! Après la cérémonie du mariage, les habitants de Simpson n'avaient cessé de s'extasier, des jours durant, sur le somptueux repas qu'elle avait concocté à cette occasion. Depuis, le téléphone n'arrêtait pas de sonner pour lui proposer — ou plutôt la *supplier* — de s'occuper de la préparation de petits buffets.

L'air songeur, il passa dans le salon. La pièce était plongée dans l'obscurité. Par la fenêtre, la neige qui tombait donnait l'illusion d'une véritable carte de Noël. Fronçant les sourcils, il retourna dans le vestibule et s'avança dans le couloir. Tout était sombre. Pas une lumière. Quelque chose clochait.

A cette pensée, il réprima un petit rire nerveux. Y avait-il quelque chose qui ne *clochait* pas dans leur vie de couple ? Il n'existait certainement pas beaucoup de jeunes mariés qui non seulement ne partageaient pas le même lit, mais en plus ne s'adressaient quasiment jamais la parole.

Il était tout à fait conscient que tout était de sa faute. Maintes fois, Casey avait essayé de renouer le contact. Mais à chaque tentative, quand il s'était senti faiblir, quand il s'était surpris à vouloir la serrer dans ses bras, il lui avait aussitôt semblé entendre une petite voix féminine susurrer à son oreille les trois mots qui suffisaient à éteindre son désir.

« Je t'aime. »

La maison lui parut brusquement trop silencieuse. Pris d'une soudaine inquiétude, il grimpa l'escalier quatre à quatre et s'arrêta sur le seuil de sa chambre — celle de Casey, à présent. La porte était grande ouverte sur l'obscurité. Il entra et murmura le nom de la jeune femme. Pas de réponse. La gorge serrée, il pivota lentement sur lui-même. Que diable fabriquait-elle ? Son regard fut soudain attiré par un rai de lumière sous la porte de la salle de bains. Lentement, il s'approcha et frappa légèrement.

— Jake ?

Une vague de soulagement le submergea brutalement. Quel idiot ! L'espace d'une seconde, il avait eu peur pour elle.

— Oui. C'est moi. Tout va bien ?

— Oh, oui. C'est dans le rose.

Jake haussa les sourcils. De quoi parlait-elle ? Le son de sa voix trahissait manifestement un certain malaise.

— Casey ? Ouvre, je t'en prie.

— Laisse-moi seule. Va-t'en, Jake.

Il y avait effectivement un problème. Avec un soupir, il se campa devant la porte.

— Casey, je ne partirai pas tant que tu ne m'auras pas dit ce qui ne va pas.

Il perçut un petit rire bref, presque douloureux.

— Bon sang, Casey...

Il posa sa main à plat sur la porte, comme s'il pouvait toucher la jeune femme à travers le bois qui les séparait.

— Vas-tu ouvrir cette porte, ou dois-je aller chercher ce qu'il faut pour la démonter ?

Casey rit de nouveau... D'un rire sans joie.

— Le plus simple serait de tourner la poignée, finit-elle par dire. Je n'ai pas mis le verrou.

Réprimant un geste d'agacement, Jake ouvrit doucement la porte. La lumière l'aveugla l'espace d'une ou deux secondes, le temps d'accommoder sa vue. Alors, il la vit. Assise sur le rebord de la baignoire, elle fixait une languette de plastique blanc qu'elle tenait entre ses doigts crispés.

— Casey ?

— Blanc, négatif. Rose, positif.

— Qu'est-ce que tu racontes ?

— Blanc, négatif. Rose, positif, répéta machinalement Casey.

Elle ne voulait pas le regarder et tenait obstinément ses yeux rivés sur le bout de plastique blanc, comme si ce qu'elle y voyait était une question de vie ou de mort.

Jake sentit l'exaspération le gagner. Il croisa les bras et se campa devant la jeune femme dans une position qui traduisait clairement sa détermination à rester le temps qu'il faudrait pour obtenir des explications.

— Pourquoi rose, as-tu une idée ? demanda Casey.

— Qu'est-ce que c'est que cette histoire de couleur ?

Visiblement, Casey n'était pas prête à lui faciliter les choses en avouant tout simplement ce qui n'allait pas. Il allait devoir deviner. Il jeta un coup d'œil circulaire sur la salle de bains dans l'espoir d'y trouver un indice.

Il n'avait pas remis les pieds dans cette pièce depuis le mariage. Des poinsettias ornaient le bac de terre cuite sur l'appui de fenêtre au-dessus de la baignoire. L'effet était ravissant. Décidément, sa nouvelle épouse avait l'art de rendre une maison accueillante avec trois fois rien. Ce n'était pas comme avec Linda qui avait dépensé des fortunes en matière de décoration.

Pivotant lentement sur lui-même, il poursuivit son examen. Cela lui semblait étrange de voir toute cette panoplie typiquement féminine de flacons et de petits pots, soigneusement disposés sur les étagères où d'ordinaire traînaient un tube de dentifrice et une bouteille d'après-rasage. Près du lavabo, un papier attira son attention. Il s'agissait d'un mode d'emploi. Fronçant les sourcils, il s'en saisit au moment même où Casey reprenait la parole.

— Si c'est rose, est-ce que c'est une fille ?

Jake se raidit et tourna doucement la tête vers son épouse.

— Peut-être pas, poursuivit-elle pour elle-même. Rose signifie seulement que je suis enceinte. C'est peut-être un garçon.

Fille ? Garçon ? Jake sentit sa gorge se serrer, son estomac se nouer. Avait-il bien entendu ? Non. Il avait probablement mal compris. Ce n'était pas possible ! Que disaient les statistiques à propos du nombre de chances de tomber enceinte lors d'un premier rapport sexuel ?

Casey releva la tête et, quand Jake rencontra ses yeux pleins de larmes, il comprit... Il comprit — quoi qu'aient pu démontrer les statistiques.

— Félicitations, Jake. Tu vas être papa, annonça-t-elle d'une voix tremblante.

Elle retint son souffle, crispa les doigts autour du bâtonnet de plastique et redressa les épaules comme si elle se préparait au combat. Brusquement, une myriade d'émotions l'assaillirent de toutes parts.

Ainsi, elle attendait un enfant...

Le temps passa. Ce ne fut pourtant que l'espace de deux ou trois battements de cœur au mieux. Mais, dans ce bref instant, Jake vit se succéder un cortège d'émotions différentes sur les traits délicats de son épouse. Il lut dans ses immenses yeux verts le passage du désespoir à la joie, puis de la peur à la fierté d'être mère.

Se penchant vers Casey, il desserra doucement ses doigts crispés sur le bâtonnet et le lui enleva. Il ne jeta pas un regard au test. Au lieu de cela, il saisit les mains glacées de la jeune femme entre les siennes et ce contact fit naître en lui un étrange sentiment de culpabilité.

— Je ne peux pas dire que je le regrette, Jake, murmura Casey. Je sais que tu ne veux pas de ce bébé, mais moi, je le désire... Et je crois avoir assez d'amour pour deux.

— Tu te trompes, Casey.

Celle-ci le dévisagea, déconcertée par cette réaction à laquelle, visiblement, elle ne s'attendait pas.

Il ne pouvait réellement blâmer son regard incrédule — il avait certainement l'air quelque peu désorienté. Mais la seule chose qui comptait à présent était la venue de ce bébé. Quoi qu'il puisse arriver entre lui et Casey, il était hors de question que son fils ou sa fille puisse en souffrir.

— C'est *notre* enfant, déclara-t-il fermement, espérant de tout son cœur qu'elle le croyait. C'est le plus beau cadeau de Noël qui m'ait jamais été offert !

Il s'assit à côté de la jeune femme sur le rebord de la baignoire et, passant un bras autour de ses épaules, l'attira contre lui.

— Peu importe la façon dont a démarré notre mariage. Nous allons bientôt former une vraie famille.

8

Un enfant…

A peine trois semaines plus tôt, il était célibataire et pleinement satisfait de son sort, du moins le croyait-il. Et le voilà aujourd'hui sur le point de devenir père, tout cela pour une nuit passée dans les bras d'une fille qu'il n'avait pas revue depuis des années.

Jake leva les yeux au ciel. Décidément, celui qui là-haut présidait à la destinée des hommes avait un bien curieux sens de l'humour.

Casey tressaillit, son regard incrédule toujours fixé sur le bâtonnet de plastique posé au coin du lavabo.

— Tu sais, ce n'est pas en le regardant ainsi qu'il va changer de couleur, observa Jake, avec gentillesse.

Elle détourna timidement les yeux vers lui.

— Tout me paraît tellement bizarre.

— D'être enceinte ?

— Pas seulement ça.

Elle marqua une pause avant de poursuivre d'une voix hachée :

— C'est tout ce qui nous entoure… qui est étrange. Notre situation… Notre couple.

Jake retira doucement son bras des épaules de Casey pour prendre sa main toute froide qui tremblait dans la sienne.

— Il y a trois semaines, tout était si différent, murmura-t-elle. J'étais censée épouser Steven pour le meilleur et pour le pire.

Ses yeux se tournèrent de nouveau vers le bâtonnet de plastique.

Absorbée dans ses pensées, elle ne perçut pas le raidissement de son époux.

En effet, même s'il se refusait à l'admettre, Jake digérait mal le fait que Casey ait été sur le point d'épouser un autre homme, le jour même où elle s'était imposée dans son lit. D'ailleurs, la capacité de la jeune femme à changer d'avis aussi rapidement quand il s'agissait de choisir un mari le mettait terriblement mal à l'aise, et ne faisait qu'accroître ses doutes quant à la sincérité de ses sentiments à son égard.

— Mais ensuite...

La voix de la jeune femme se brisa. Elle poursuivit cependant, plus pour elle-même que pour Jake :

— Si j'avais épousé Steven, rien de tout ceci ne serait arrivé.

De toute façon, *rien* ne s'était déroulé comme prévu, soupira Jake en son for intérieur. Les jeux étaient faits et il serait certainement plus judicieux pour tous deux de saisir le taureau par les cornes au lieu de ressasser de l'histoire ancienne.

— Je ne crois pas que Steven souhaitait avoir des enfants, continua Casey, pensive, en frottant du bout de l'index le carré rose foncé du test de grossesse.

— Tu aurais peut-être dû t'en inquiéter avant le grand jour ? ne put s'empêcher d'insinuer Jake.

Ignorant le sarcasme, Casey secoua la tête.

— Nous n'avons jamais véritablement abordé le sujet. Elle lui jeta un coup d'œil oblique.

— J'imagine que cet aveu ne joue pas en ma faveur, n'est-ce pas ? dit-elle doucement. Je veux dire que tu dois me juger folle ou stupide... Peut-être même intéressée, voire vénale, pour avoir accepté d'épouser un homme avec lequel je n'ai guère échangé que des banalités.

— Ma foi, je n'en sais rien. Je dois avouer que tout ça ne te ressemble pas vraiment, répondit Jake.

Et il était sincère. Casey ne lui semblait pas être le genre de fille qui saute au cou du premier venu sur un coup de tête ou par intérêt. Mais, de toute façon, que savait-il des femmes ? Linda était la seule dont il avait brièvement partagé la vie et il s'était trompé sur toute la ligne !

— Je ne sais même pas quand, comment, et pourquoi nous nous sommes fiancés, reprit Casey.

— N'exagère pas !

— Je t'assure que c'est vrai ! Parfois, j'essaye de me souvenir du moment exact où Steven m'a proposé...

Jake grimaça malgré lui. Entendre Casey parler de son ex-fiancé alors qu'elle portait à présent le nom des Parrish le dérangeait plus qu'il ne voulait le reconnaître.

—... Je ne crois pas qu'il m'ait jamais proposé quoi que ce soit, continua Casey. Nous nous sommes seulement pliés aux désirs de nos familles respectives. Mes parents l'adoraient.

Jake réprima un soupir exaspéré. Pour le peu qu'il en savait, il considérait déjà Steven comme un pauvre type. Apprendre en plus que ses beaux-parents l'appréciaient ne le lui rendait que plus antipathique.

Subitement, il décida qu'il en avait assez entendu à propos du fiancé fugueur.

— Oublions Steven, déclara-t-il brusquement en se redressant. Occupons-nous plutôt de ce qui nous concerne dans l'immédiat. Nous voilà mari et femme, avec un bébé en route.

Il tendit la main vers Casey.

Celle-ci leva les yeux sur lui, mais ne prit pas la main offerte.

— Entièrement d'accord avec toi sur ce dernier point, répliqua-t-elle. Mais, en ce qui concerne le premier point, je ne nous considère absolument pas comme mari et femme. Notre mariage n'est qu'une parodie qui se résume à une courte cérémonie officielle.

— Qu'est-ce que tu racontes ?

Jake laissa retomber sa main.

Casey se leva lentement pour lui faire face. Bien qu'elle eût une bonne tête de moins que lui, la sincérité, la tristesse et la détermination tout à la fois qui se lisaient dans ses grands yeux émeraude la rendaient presque impressionnante... Intimidante.

— Je parle de nous. De toi et moi.

— Ça n'a pas de sens.

— C'est notre mariage qui n'a effectivement aucun sens.

Jake poussa un profond soupir trahissant son agacement, mais ne dit mot.

— Si notre mariage était bien réel, insista Casey, ne devrions-nous pas *prétendre* à la vie d'un véritable couple ?

— Il n'est pas nécessaire de prétendre. Nous formons bel et bien un couple devant la loi. Oncle Harry nous a unis. Tu étais présente, si je ne m'abuse ?

— Les papiers et tout le tralala ne veulent rien dire pour moi. Je ne nous considère pas comme ce que j'appelle un couple, Jake. Nous sommes seulement deux personnes vivant sous un même toit. Nous sommes colocataires.

Mal à l'aise, Jake passa une main nerveuse dans ses cheveux.

— Casey, je te l'ai déjà dit. Nous avons besoin d'un peu de temps pour nous habituer l'un à l'autre.

— Si tu regrettes de m'avoir épousée…, fit la jeune femme, d'une voix tremblante. Tu n'as qu'à le dire. Je ferai en sorte que mon père s'occupe de notre divorce. Je suis certaine qu'il ne demanderait pas mieux.

Dans la seconde, le regard bleu de Jake s'assombrit dangereusement tandis que la colère l'envahissait. La seule évocation du mot « divorce » paralysait son bon sens. Peu importe que ce soit ou non l'unique solution à leurs problèmes ; il ne pouvait tout simplement pas envisager cette issue. Et le seul fait que Casey puisse parler aussi facilement d'une telle éventualité le rendait fou de rage.

— Il n'est pas question de divorcer, Casey, dit-il entre ses dents serrées, la voix rauque. Il faudra t'y faire. Je n'accepterai jamais. Tiens-le-toi pour dit une bonne fois pour toute ! D'ailleurs, tu attends *notre* enfant et il est temps d'assumer nos responsabilités de futurs parents.

Casey frissonna. Le regard de glace et la voix implacable de Jake lui firent l'effet d'une bourrasque de vent du nord. Elle pouvait percevoir la tension qui habitait le corps de l'homme qui lui faisait face. Une fois de plus, il n'avait pas compris son message. Elle ne souhaitait pas le divorce. Bien au contraire ! Elle ne demandait qu'un mari... Un mari aimant.

De toute façon, quoi qu'elle fasse, quoi qu'elle dise, Jake se méprenait systématiquement sur ses intentions. Tant pis. Ravalant son amertume, elle acquiesça :

— Tu as raison, Jake. Il n'est pas question de divorcer. Je ne souhaite pas plus que toi en venir à cette extrémité.

Comme il semblait se détendre un peu, elle reprit aussitôt :

— Cependant, je désire être plus qu'une simple colocataire.

Elle marqua une pause, le temps pour Jake d'argumenter. Mais celui-ci resta silencieux. Elle poursuivit alors :

— J'ai besoin de quelqu'un à qui parler, quelqu'un avec qui partager mes rires, quelqu'un avec qui bâtir des projets...

Il fléchissait. Le regard de glace s'adoucissait. Casey crut même y lire une pointe de tendresse. Elle acheva dans un murmure :

— Quelqu'un à aimer.

Aussitôt, elle perçut le raidissement de son époux et regretta d'avoir prononcé ces derniers mots.

— Laisse donc l'amour en dehors de cette histoire, d'accord ? s'emporta Jake.

— Comment peut-on exclure l'amour d'un mariage ? demanda Casey d'une voix sans timbre.

— Ne t'inquiète pas pour ça, répondit Jake avec un sourire amer. Crois en mon expérience, il est plus facile de tenir ce genre de sentiment à l'écart que d'essayer de l'apprivoiser.

Une vague de découragement mêlé de désespoir submergea brusquement la jeune femme. Luttant pour retenir ses larmes, elle détourna la tête. Une fois de plus, Jake faisait preuve d'une obstination sans limite. C'était ce même entêtement stupide qui les avait séparés cinq ans plus tôt. Il l'avait repoussée sans chercher à comprendre, uniquement soucieux de ses propres notions de l'ordre moral.

Soudain rendue furieuse par tout ce gâchis, Casey redressa fièrement la tête et étudia un instant le visage de celui qu'elle avait épousé une semaine plus tôt. La mâchoire solide bien dessinée, les pommettes hautes, le nez élégant et fin, et les yeux...

Des yeux à l'expression attentive et froide, pourtant dépourvue de dureté, qui prenaient à certains moments la couleur riante d'un ciel d'été et à d'autres, le gris d'un ciel d'orage.

L'absurde sens de l'honneur de cet homme leur avait fait perdre cinq longues années de bonheur. Un temps précieux. Casey était persuadée que, s'il ne l'avait pas repoussée cette fameuse nuit d'été, ils auraient connu la même extase, les mêmes moments magiques qu'ils avaient vécus lorsque leurs corps s'étaient emmêlés. Ils ne se seraient pas quittés. Peut-être seraient-ils déjà parents, et l'enfant qu'elle portait aujourd'hui viendrait agrandir une famille déjà nombreuse.

— Allez, viens, dit Jake en lui saisissant la main. Tu n'as probablement rien mangé de la journée. Il est temps de trouver quelque chose à se mettre sous la dent.

Comme ils avançaient dans la vaste demeure silencieuse, Jake alluma les pièces l'une après l'autre et le ranch retrouva soudain un semblant de chaleur. Alors, la jeune femme comprit que la patience serait sa meilleure arme. L'une après l'autre, elle ferait briller les lumières qui chasseraient les démons qui tourmentaient l'âme de son époux et lui fermaient son cœur.

— Tu vois ces terres ?

Du plat de la main, Jake lissa la carte qui s'étalait devant lui sur son bureau. Il désigna de l'index la zone cerclée à l'encre rouge.

Casey se pencha par-dessus son épaule et Jake retint son souffle, s'obligeant à respirer lentement, doucement. A lui seul, le parfum de la jeune femme suffisait à le rendre fou de désir. Et la caresse de ses longs cheveux soyeux contre sa joue était une véritable torture. Sa chevelure blonde sentait la vanille… Les promesses. S'il prenait une profonde inspiration, il perdrait définitivement tout contrôle sur la montée de son désir.

— Qui a tracé ces limites ? demanda Casey en inclinant la tête pour rencontrer le regard de Jake.

— Moi, répondit celui-ci.

Et, délibérément, il détourna les yeux. Plonger dans les prunelles vert émeraude de sa jeune et belle épouse n'était certainement pas le meilleur moyen de récupérer un semblant de sérénité.

— J'ai convoité ces terres pendant des années. Les encercler de rouge m'a aidé à me concentrer sur cet objectif, expliqua-t-il.

— Tiens, tiens…, reprit Casey, l'air manifestement étonné.

Relevant la tête, Jake rencontra son regard, et son esprit se mit à vagabonder.

Ces derniers jours, depuis la découverte de sa future paternité, il s'était efforcé d'être un mari plus attentionné. Chaque soir, après dîner, il tenait compagnie à son épouse devant un film ou quelque émission de télé stupide, sur lesquels il avait d'ailleurs toutes les peines du monde à se concentrer, du seul fait de la présence de la jeune femme. Ensemble, ils discutaient des projets d'avenir pour la ferme et des propositions de travail que recevait Casey pour l'organisation de réceptions et de cocktails. Et, quand elle s'animait pour parler du premier Noël qu'ils passeraient ensemble, il s'efforçait de montrer le même enthousiasme.

Oh, bien sûr, ils partageaient à présent le quotidien d'un jeune couple, mais, quant à partager le même lit, c'était là un tout autre problème qu'il n'était pas décidé à résoudre dans l'immédiat. Pourtant, ses nuits relevaient du cauchemar. Etendu sur son lit, incapable de fermer l'œil, il ne pouvait s'empêcher de songer à la jeune femme qui dormait à quelques mètres de lui, au bout du couloir. Le souvenir de son corps de déesse le hantait sans répit. Il rêvait de l'enlacer, de caresser le grain satiné de sa peau, de glisser dans sa douce et voluptueuse tiédeur. Il désirait plonger en elle, s'enfoncer en elle. Mais, dans les bras de Casey, le danger rôdait… Et il ne se sentait pas de force à l'affronter. Pas encore.

Cependant, il ne pouvait nier que la chasteté lui pesait. Preuves en étaient les cernes qui ombraient ses yeux, témoins de ses nuits blanches. En réalité, il n'avait pas vraiment l'intention de poursuivre très longtemps ce célibat forcé. Mais il espérait sincèrement qu'avec le temps il deviendrait capable de mettre une distance émotionnelle entre lui et Casey. Alors seulement ils pourraient tous deux commencer à envisager de nouveau l'aspect physique du mariage. Et tout irait pour le mieux dans le meilleur des mondes !

Soudain conscient du regard interrogateur de son épouse posé sur lui, il fit un effort pour écarter les pensées qui se bousculaient dans son esprit et revenir à leur conversation.

— Que signifie cet air surpris ? demanda-t-il.

— Oh, rien, répondit la jeune femme en haussant négligemment les épaules. C'est juste que je ne te savais pas intéressé par une visualisation positive des choses.

— De quoi parles-tu ?

— De visualisation, répéta Casey en s'écartant d'un pas sur le côté.

— Je ne comprends pas ? Je n'ai fait que tracer un trait autour des terres que je souhaitais acquérir.

— C'est bien ce que je dis. Avoir une visualisation positive signifie concentrer son énergie sur l'objet de son désir et faire appel aux forces de l'univers pour l'obtenir.

Jake ne put s'empêcher d'éclater de rire devant l'air incroyablement sérieux de son épouse. Comme si l'univers suffisait à résoudre tous vos problèmes !

Il secoua la tête et son rire s'évanouit lorsqu'il s'aperçut que Casey ne semblait pas partager son hilarité.

— Tu sais, plusieurs livres ont été publiés sur le sujet, ajouta celle-ci sur un ton professoral.

— On a aussi beaucoup écrit sur les ovnis.

— Ce n'est pas tout à fait la même chose, répliqua Casey, les lèvres pincées.

— D'accord, admit Jake.

— Bien que..., poursuivit pensivement Casey. L'un de mes ouvrages préférés traite de ces phénomènes pour la plupart inexpliqués ; les fantômes, par exemple.

Jake faillit s'étrangler de rire.

— Enfin, là n'est pas la question, reprit tranquillement Casey en se dirigeant vers le salon. Je voulais simplement t'expliquer que c'est la conjugaison de ton énergie avec celle de l'univers qui est très certainement à l'origine de ta réussite.

— Evidemment, plaisanta Jake en la suivant. Dès que j'ai

eu réuni mes forces et la rondelette somme d'argent que Don réclamait, les terres me sont tombées du ciel !

— C'est bien ce que je disais, reprit Casey, l'air faussement ingénue.

Jake ne put réprimer un nouvel accès d'hilarité. Depuis leur mariage, il lui était arrivé plus d'une fois de rire de bon cœur, ce qui était rarement le cas par le passé. Cette fille l'avait-elle donc changé à ce point ?

Casey se blottit au milieu des coussins dans un coin du canapé, et attendit que son époux la rejoigne pour poursuivre avec conviction :

— Même si tu ne veux pas le reconnaître, ce sont les forces de l'univers qui t'ont donné l'énergie pour trouver l'argent nécessaire à l'acquisition de ces terres.

Décidément, Casey resterait toujours la même quand il s'agissait d'avoir le dernier mot. Amusé par son aplomb, Jake renversa la tête en arrière et, les yeux rivés au plafond, conclut avec un sourire :

— Tout simplement stupéfiant !

— Je ne te le fais pas dire !

Soudain, sans prévenir, une énorme boule de poils noirs, baveuse et haletante, fit irruption dans la pièce et s'élança pour atterrir sur l'estomac de Jake, lui coupant momentanément le souffle.

— Salut, toi, s'exclama Casey, amusée par le manège du chiot qui frétillait de plaisir, sa grosse tête posée sur la poitrine de Jake.

— Ote-toi de là, espèce de sac à puces ! gronda celui-ci.

Le chien laissa retomber ses oreilles mais ne bougea pas d'un centimètre.

— Jake, tu ne devrais pas lui parler ainsi. Tu lui fais de la peine.

Plongeant son regard dans les doux yeux bruns de l'animal, Jake se sentit presque coupable d'avoir crié après lui.

Enfin... Presque.

— C'est bon, Pataud, dit Casey en flattant le museau du chien. Viens par ici et n'embête pas Papa.

— Jake fronça les sourcils.

— Je tiens à te rappeler que ne suis pas le père de cet animal.

Casey ne répondit pas.

Manifestement, elle ne se préoccupait plus de lui, songea Jake avec un sourire indulgent à la vue de son épouse occupée à câliner la plus horrible bête qu'ait jamais hébergée le ranch des Parrish.

Des touffes de poils gris se dressaient bizarrement sur le sommet de la tête du chiot. Ses oreilles pendantes lui donnaient toujours l'air penaud. Et il avait les plus grosses pattes jamais vues chez un animal, excepté chez les éléphants, bien sûr. Jake secoua la tête, imaginant d'avance avec inquiétude la taille de l'animal à l'âge adulte.

Il n'avait pas encore tout à fait compris comment ce chien avait fait irruption dans la maison. Il n'était même pas certain que Casey le sût elle-même. Pataud, ainsi surnommé à cause de sa démarche trébuchante, était apparu un soir au dîner et, depuis, n'avait plus quitté la ferme.

Casey avait immédiatement adopté le chiot qu'elle considérait comme un « don du ciel ». Le renvoyer ne leur attirerait que des malheurs, avait-elle posément expliqué à Jake.

— Il n'est pas si laid.

Jake la dévisagea, l'air surpris.

— Comment as-tu deviné ce à quoi je pensais ?

— Ce n'est pas sorcier ! La façon dont tu le regardes trahit tes pensées.

De son côté, indifférent aux jugements émis à son sujet, Pataud se tortilla pour se pelotonner entre les deux jeunes gens sur le canapé. Posant sa tête sur la cuisse de sa maîtresse, il baissa ses paupières et se mit aussitôt à ronfler bruyamment.

Jake leva les yeux au ciel, s'accommodant autant que possible du peu de place que lui laissait l'intrus.

— J'ai toujours rêvé d'avoir un chien, murmura Casey.

Jake la regarda passer lentement ses doigts dans l'épais pelage du jeune chien. La tristesse qui perçait dans la voix et transparaissait à présent sur le visage de la jeune femme lui noua l'estomac, lui causant une douleur qu'il eût voulu ne pas ressentir, ou du moins ignorer.

Brusquement, l'image de Casey adolescente lui revint à l'esprit. Il se souvint de son adoration pour tous les animaux de la ferme, que ce soient les poules, les vaches, les chats de gouttière ou les chevaux. Malheureusement pour la jeune fille, ses parents ne pouvaient concevoir la présence d'un animal domestique chez eux.

Jake imaginait sans peine la réaction du couple « Hillary, Henderson Oakes » face à Pataud. Ils auraient aussitôt appelé la fourrière. Prisonnier d'une étroite cage, le pauvre animal n'aurait certainement pas attiré un seul regard d'acquéreur potentiel et, le délai de garde écoulé, il aurait été condamné à une mort certaine.

Il réalisa soudain combien l'existence rigide et austère de la famille Oakes avait dû être pénible pour une fille comme Casey, généreuse, débordante de vie et d'amour.

— En tout cas, s'il veut rester avec nous, déclara-t-il abruptement, il va falloir l'emmener chez le vétérinaire pour ses vaccins.

Casey le remercia d'un sourire et Jake se sentit étrangement ému.

— Il va également avoir besoin d'un collier et d'un tatouage, dit-elle avec sérieux. Il ne faudrait pas que quelqu'un nous le vole.

Jake éclata de rire et Pataud grogna, manifestement dérangé dans son sommeil. A part Casey, qui aurait pu avoir envie de voler cet horrible chiot ? Bon… ! Puisqu'elle le souhaitait, Pataud porterait un collier et un tatouage.

En son for intérieur, une petite voix insidieuse lui souffla qu'il prenait des risques à se plier ainsi aux désirs de son épouse.

Quelques jours plus tard, seule dans l'immense cuisine, Casey s'activait devant ses fourneaux. Chaque muscle de son corps lui faisait mal. Elle avait passé une bonne partie de la nuit à préparer le buffet qui lui avait été commandé.

Tant de choses avaient changé en si peu de temps. Mariée, enceinte et apparemment à l'aube d'une belle carrière dans la restauration.

— Qui aurait cru à un tel bouleversement, Pataud ? murmura-t-elle à l'adresse du chien docilement allongé sous la table.

En guise de réponse, Pataud se contenta de fouetter le sol de sa queue et un gémissement sourd monta de sa gorge.

— Pas question ! Ces délices ne sont pas pour toi ! s'exclama Casey dans un éclat de rire.

Résigné, l'animal laissa retomber sa tête entre ses larges pattes et observa sa maîtresse qui déambulait dans la pièce, en inspectant soigneusement chacun des plateaux disposés sur le comptoir.

Une liste en main, Casey énuméra pour la troisième fois ce qui lui avait été commandé.

— Les crèmes brûlées, les éclairs, les crêpes Suzette et les petits fours. Le compte y est ! Et les gâteaux…

Des douzaines de sablés — aux formes de sapins, d'angelots et d'étoiles — couverts de sucre glace et décorés de dragées argentée subirent l'examen avec succès.

Arrivée au bout de sa liste, Casey poussa un soupir satisfait. Le résultat semblait absolument parfait et la livraison serait assurée à temps.

C'était de loin la plus grosse commande qu'on lui ait passée depuis son mariage. L'Association des dames de Simpson lui avait en effet demandé un somptueux buffet pour la fête de Noël.

— Prête ?

Casey tourna la tête.

Immobile sur le seuil de la cuisine, adossé au chambranle de la porte, les bras croisés sur la poitrine, Jake l'observait. Son pull couleur flanelle faisait ressortir l'intensité du bleu de ses yeux fixés sur elle, avec une expression qui fit battre le cœur de la jeune femme.

La bouche sèche, elle le dévisagea et, presque aussitôt, l'étincelle de désir qu'elle avait aperçue dans son regard s'évanouit pour faire place à une lueur amicale, détachée. Casey ressentit une nouvelle fois ce sentiment familier de découragement qui l'étreignait souvent le soir, quand Jake la quittait sur un simple « Bonne nuit ». Elle avait pourtant l'impression que leurs rapports s'étaient nettement améliorés et il leur arrivait souvent de partager de bons moments ensemble. Pourtant, Jake continuait à faire chambre à part. Il gardait ses distances avec elle. Et pas seulement avec son corps... Avec son cœur aussi.

— Casey?

— Hmm...?

Perdue dans ses pensées, elle sursauta.

— Désolée. J'étais dans la lune.

Jake hocha la tête et s'avança vers elle.

— Alors, tu es prête? On peut partir?

— Jake, ce n'est pas la peine que tu perdes du temps à m'accompagner en ville. Je peux conduire la camionnette toute seule.

— Cela ne me dérange pas. De toute façon, il n'est pas question que tu décharges tous ces plateaux.

Casey acquiesça silencieusement avec un soupir las.

— Tu sembles fatiguée, constata Jake avec une soudaine inquiétude dans la voix.

— Je le suis, avoua la jeune femme. J'ai passé presque toute la nuit debout pour terminer cette commande.

Il lui jeta un bref coup d'œil.

— Ce n'est pas très raisonnable dans ton état. Tu devrais te ménager.

— Ne t'inquiète pas, Jake. Je vais très bien.

Les paroles rassurantes de la jeune femme ne parurent pas le convaincre outre mesure.

— A quelle heure as-tu rendez-vous chez le médecin?

— Cet après-midi à 3 heures.

— Lui as-tu demandé s'il voyait un inconvénient à ce que je t'accompagne?

La jeune femme esquissa un pâle sourire.

— Le médecin m'a assuré que tous les pères étaient les bienvenus — s'ils s'en sentaient le courage, bien sûr.

— Parfait.

Tout en s'emparant de l'un des plateaux, il ajouta négligemment :

— Je souhaite soulever le problème de toute cette activité

que tu déploies ces derniers temps. Je veux m'assurer que toi et le bébé ne courez aucun risque.

— Jake...

— Ça ne coûte rien de demander.

Casey poussa un soupir et jugea préférable de changer de sujet.

— Je m'étais dit que je passerais voir Annie avant de me rendre au cabinet médical.

— Pas de problème, dit-il en enfournant le plateau d'éclairs dans une boîte. J'ai des courses à faire en ville. On décharge les gâteaux et je te laisse chez ma petite sœur. Je reviendrai te chercher vers 3 heures.

Casey savait qu'il était inutile d'argumenter, avec Jake. Elle avait déjà tenté de lui dire que, tout compte fait, sa présence lors de la visite médicale n'était peut-être pas indispensable. Mais ses efforts avaient été vains. Comme d'habitude, il n'en faisait qu'à sa tête. Il était décidé à l'accompagner et il n'y avait aucune raison pour qu'il capitule maintenant.

Quoi qu'elle dise, il paraissait décidé à remplir son rôle de père. Après tout, c'était peut-être bon signe.

Non ?

9

— J'ai l'impression de devenir complètement cinglé !

Frank Parrish éclata de rire et avança une chaise vers son fils.

— Rassure-toi, fiston ! Tu n'es pas encore fou. Je crois plutôt que tu perds trop de temps à te torturer l'esprit avec des idées saugrenues au lieu de tout simplement écouter ton bon sens.

Immobile devant la fenêtre, Jake observait la place principale de Simpson où trônait un gigantesque sapin de Noël. En ce début du mois de décembre, les commerces débordaient d'activité. Hommes et femmes se pressaient dans la grande rue, en quête de leurs achats de fin d'année, se saluant joyeusement au passage. D'humeur mélancolique, Jake se sentait totalement exclu de l'atmosphère de liesse qui régnait un peu partout autour de lui. Toute cette effervescence lui faisait l'effet d'être un extraterrestre.

Il tourna la tête vers son père.

Celui-ci se laissa tomber dans son fauteuil préféré, aux coussins avachis et usés par le temps, mais au confort inégalé selon lui.

— Que veux-tu dire ? demanda Jake, l'air sceptique.

— Tu sais très bien ce dont je veux parler. Tu imagines des problèmes là où il n'y en a pas et tu vis dans l'angoisse.

— Angoissé, moi ? s'esclaffa Jake en secouant la tête avec dérision. Je suis un type plutôt cool, non ?

— Ce n'est peut-être pas le terme qui convient, je te l'accorde, reprit le vieil homme. Mais les faits sont là. Tu as épousé une femme merveilleuse, gentille et... ravissante de surcroît. Tu vas bientôt être père, tu possèdes une belle exploitation, une vaste demeure et tous tes projets pour la ferme sont en passe de devenir réalité. Malgré cela, on dirait que tu portes toute la misère du monde sur tes épaules ! Je ne te comprends plus.

Evidemment, présentée ainsi, la situation matérielle et affective de Jake Parrish paraissait pour le moins enviable et son attitude, totalement dénuée de sens. Mais, bon sang ! C'était oublier un peu trop facilement qu'il avait déjà eu ces mêmes atouts entre les mains quelques années auparavant et que tout avait lamentablement échoué. Linda était partie, le laissant seul, humilié... Sous le choc.

Comment songer un instant qu'il puisse sourire béatement à son bonheur tout neuf, en sachant pertinemment qu'il courait le risque de voir Casey lui faire le même coup ?

— Elle ne ressemble pas à Linda, poursuivit doucement son père comme s'il avait deviné ses pensées. Ce n'est pas du tout le même genre de femme.

— Je n'ai jamais dit le contraire.

— Tu n'as pas besoin de parler, Jake. L'anxiété se lit dans tes yeux jour après jour.

— Quoi ?

— On dirait que tu attends que la foudre te tombe dessus. Tu passes ton temps à guetter les nuages au lieu de profiter de l'éclaircie au-dessus de ta tête.

— Tu as peut-être raison, après tout. Mais que se passerait-il si je me faisais de nouveau surprendre par l'orage ?

— Tu te ferais mouiller.

Jake eut un petit rire.

— Et, selon toi, je n'aurais plus qu'à me sécher et à repartir, conclut-il avec amertume. Eh bien, non merci !

Il était intensément conscient qu'il ne serait pas capable d'affronter l'épreuve d'une nouvelle séparation. Il savait qu'avec Casey ce ne serait pas un simple orage comme avec Linda, mais plutôt une véritable tornade dont il ne sortirait pas vivant cette fois-ci. Il sentait confusément combien la jeune femme lui était devenue précieuse, bien plus précieuse que ce qu'il avait imaginé ou... même souhaité.

En réalité, il en était arrivé au point où il lui était difficile de concevoir l'existence sans elle. Le son de sa voix, l'écho de ses pas dans la maison silencieuse — avec, bien sûr, toujours ce maudit chiot sur les talons — lui étaient devenus indispensables. Jusqu'à l'arrivée de Casey dans sa vie, il n'avait jamais compris à quel point il avait souffert de la solitude.

Mais, si maintenant, il lui avouait combien elle lui était chère, combien il l'aimait, tout ça pour la perdre, il en mourrait.

— Evidemment, le bonheur ne tient qu'à toi, déclara Frank Parrish.

— Qu'entends-tu par là ? demanda Jake, les yeux rivés à ceux de son père.

— Toi seul peux décider de saisir la seconde chance qui t'est offerte.

Jake se raidit et baissa les yeux.

— Ou..., poursuivit son père. Tu peux également lui tourner le dos. Choisir de ne prendre aucun risque, et continuer de lui préférer la sécurité d'une existence médiocre, sans passion.

Jake resta silencieux. De son point de vue, le choix n'était pas aussi simple. Autant jouer à pile ou face.

Côté pile, la solitude, gage de sérénité.

Côté face, l'amour avec, à coup sûr, son cortège de souffrances.

Car qu'était-ce que l'amour en fin de compte ? Une phase dans n'importe quelle relation. Rien de plus. Qui ne durait jamais longtemps. Le pouvoir était ce qui importait vraiment. Le pouvoir de blesser l'autre. Autrefois, c'était Linda qui le détenait. Et, aujourd'hui, il s'était juré que ce ne serait plus jamais le cas... Avec aucune femme.

— Alors, comment se porte la future maman ? s'enquit joyeusement Annie.

— Très bien, répondit Casey avec un pâle sourire. Cependant, je me sens vraiment lasse ces temps-ci. Crois-tu qu'il se passe quelque chose d'anormal ?

— Que vas-tu imaginer ? Tout va très bien et tu te fais du souci pour rien, affirma Annie en passant un large peigne dans les cheveux gris de sa cliente. Tu devrais faire comme Mme Dieter. Prendre la vie comme elle vient, de préférence du bon côté.

Elle éleva la voix un ton plus haut et cria presque :

— N'est-ce pas, madame Dieter ?

— Vous me parlez, Annie ? hurla la vieille dame.

Casey sourit en croisant le regard amusé d'Annie.

Une odeur entêtante de produit pour permanente flottait dans le petit salon de coiffure. Annie en était l'heureuse propriétaire et l'unique employée, si bien que ses clientes devaient souvent patienter en attendant leur tour, mais, comme la jeune femme le disait elle-même, la décoration du salon méritait qu'on prenne le temps de s'y s'attarder.

Casey jeta un coup d'œil circulaire sur la petite pièce, admirant au passage les petits pots de fleurs et les plantes qui donnaient à l'endroit un air de forêt vierge. Au milieu de la verdure, des étoiles lançaient leurs reflets or et argent. Des posters du Père Noël grandeur nature tapissaient les murs et des guirlandes lumineuses avaient été artistiquement disposées autour de la porte d'entrée. Pour parfaire l'ambiance, caché dans un coin, un radiocassette distillait en sourdine des chants de Noël.

Une étroite bibliothèque recouvrait la cloison du fond, du mur au plafond, et offrait aux clientes profusion de journaux et de magazines de mode. Des catalogues de commande par correspondance s'étalaient sur une table basse disposée au centre d'un cercle de quatre chaises à l'assise confortablement rembourrée.

Casey choisit une revue et s'installa sur l'un des sièges.

— Je n'en ai plus pour très longtemps, annonça Annie. Mme Dieter avait besoin d'un coup de peigne en urgence. Son petit-fils l'emmène faire des courses cet après-midi, n'est-ce pas, madame Dieter ?

La voix d'Annie monta d'un ton pour demander :

— Joe entre bientôt à l'université ?

— Comment voulez-vous que je vous réponde si je n'entends pas vos questions ? marmonna la vieille dame.

Sur ce, elle ferma les yeux, apparemment bien décidée à faire un petit somme.

Avec un sourire, Annie se tourna vers Casey et demanda :

— Alors, comment mon grand frère a-t-il réagi à l'annonce de sa prochaine paternité ?

— Je crois qu'il est content.

— Evidemment. Pourquoi ne le serait-il pas ? plaisanta Annie.

Casey n'en était pas si certaine, mais elle l'avait entendu marmonner « un *bébé* » suffisamment souvent, pour savoir qu'il n'arrêtait pas d'y penser. Quant à savoir s'il était heureux, c'était une autre histoire ! Peut-être était-il effrayé par la prise de conscience d'un changement irrévocable dans leur existence ? Mais comment deviner ? Jake s'appliquait à cacher toute émotion.

Oh, bien sûr, leurs relations s'étaient nettement améliorées ces derniers temps. Tous les soirs, ils passaient un moment à discuter de choses et d'autres. Jake se montrait très attentionné. Il lui apportait une tasse de thé, installait un oreiller derrière son dos. Bref, il s'identifiait à l'image parfaite du futur papa, comme dans les films des années cinquante.

Cependant, ils continuaient à faire chambre à part, et, chaque fois que leur conversation prenait une tournure plus personnelle, Jake, lui, se tournait vers la sortie. Emotionnellement parlant, bien sûr.

— Sinon... Le reste se passe bien ? demanda Annie, avec une pointe d'hésitation.

Casey ne leva pas les yeux de sa revue.

— Toujours pareil, soupira-t-elle.

Elle détestait cette note de découragement qui perçait dans sa voix, mais que pouvait-elle faire de plus ? Elle avait essayé de séduire Jake Parrish cinq ans auparavant, en vain. Et, aujourd'hui, toutes ses tentatives pour l'apprivoiser s'avéraient plus infructueuses les unes que les autres. Il y avait de quoi baisser les bras, non ? Elle n'était vraiment pas douée avec les hommes.

— Jake a toujours fait preuve de trop d'obstination pour son propre bien, maugréa Annie en tirant un peu trop fort sur une épingle à cheveux récalcitrante.

La vieille dame ouvrit les yeux pour les refermer aussitôt.

— Désolée, madame Dieter.

Casey lut distraitement le sommaire du magazine posé sur ses genoux.

— Crois-tu que je pourrais trouver là-dedans un article expliquant la meilleure façon d'attirer les maris dans le lit de leur épouse ? demanda-t-elle négligemment.

Comme Annie ouvrait la bouche pour répondre, Mme Dieter la devança.

— Jouez la carte de la sensualité ! Déshabillez-vous devant lui, déclara-t-elle abruptement. C'est un truc qui a toujours marché avec feu mon cher époux.

Casey échangea un regard sidéré avec Annie.

— Pour Noël, ajouta malicieusement Mme Dieter, je portais toujours une robe transparente ornée d'un gros nœud de velours rouge juste entre mes seins.

Elle marqua une pause et contempla tristement sa poitrine.

— A l'époque, je peux vous assurer que j'avais une belle paire de nichons.

Dans le silence stupéfait qui suivit cette déclaration, la vieille dame releva les yeux et, considérant attentivement les deux jeunes femmes qui la dévisageaient bouche bée, elle ajouta :

— Vous pensiez peut-être que, dès la naissance, j'avais le même physique qu'aujourd'hui ?

Annie éclata de rire et se pencha pour embrasser la joue parcheminée de sa cliente.

— Madame Dieter, je suis certaine que bon nombre d'hommes devaient envier votre mari !

— Appelez-moi donc Agnès.

Comme les deux femmes partaient de nouveau dans un fou rire, Casey renversa la tête en arrière et, les yeux rivés au plafond, elle songea avec amusement que ce qui avait été bon pour M. Dieter pourrait bien l'être pour Jake Parrish.

Tandis qu'ils progressaient avec précaution sur le trottoir couvert de neige glacée qui séparait le parking du cabinet médical, Jake et Casey croisèrent quelques connaissances qui s'arrêtèrent toutes pour les féliciter de la naissance à venir. Comme la dernière personne s'éloignait, Casey leva vers Jake un regard inquiet.

— Comment est-il possible que tout le monde soit au courant de cette grossesse ?

Jake lui prit la main et tira gentiment son épouse en direction du centre médical nouvellement construit dont les baies vitrées étincelaient sous le soleil hivernal.

— Facile à deviner ! répondit-il avec un sourire ironique. Je t'ai déjà avertie que Tante Emma munie d'un téléphone était capable d'alimenter les chroniques de tous les journaux à scandale du pays.

— Elle est drôlement forte, murmura songeusement Casey.

Jake éclata de rire.

— Heureusement que nous avons attendu jusqu'à hier soir pour lui faire part de ton état. Imagine un peu ce que ce serait, si l'information circulait en ville depuis plus d'une semaine !

— Quelle horreur ! s'exclama Casey, en allongeant le pas pour se tenir à la hauteur de son mari.

Oncle Harry et Tante Emma n'étaient cependant pas les derniers informés. Il restait encore quelques personnes à prévenir et, parmi celles-ci, les parents de Casey. La jeune femme tremblait rien qu'à l'idée de leur annoncer qu'ils allaient être grands-parents.

Quelques minutes plus tard, ils étaient appelés dans la salle d'examen. Une infirmière conduisit Casey vers une cabine exiguë en lui recommandant de se préparer pour l'examen. Nerveuse, Casey se déshabilla et revêtit une blouse d'hôpital trop grande pour elle. Peu après, elle s'étendait sur la table d'examen et ramenait ses jambes nues sous elle. Dans l'ample blouse bleue qu'elle avait passée, elle avait l'air d'une fillette égarée.

Tournant la tête vers Jake, elle murmura d'une toute petite voix :

— Tu sais, tu n'es pas obligé d'assister à l'examen. Quand le médecin aura terminé, il t'appellera et tu pourras poser toutes les questions que tu veux.

Jake jeta un bref coup d'œil aux étriers métalliques placés de chaque côté de la table d'examen. Puis son regard revint vers Casey.

— Si cela ne t'ennuie pas, je préfère rester, déclara-t-il d'une voix ferme que démentait son air inquiet.

La gorge serrée, Casey ferma les paupières.

— D'accord, tu restes, soupira-t-elle.

Sur ces entrefaites, le Dr Diana Hauck entra dans la pièce, suivie de l'infirmière. Elle lut rapidement le dossier concernant la patiente et adressa un sourire jovial au jeune couple qui la regardait avec une anxiété mal dissimulée.

— Alors, jeune dame, commença-t-elle. On attend un heureux événement ?

— C'est ce que semble indiquer le test de grossesse.

— Ces satanés kits font tout le travail à ma place, plaisanta le médecin. Mais nous allons tout de même vérifier.

Tournant la tête vers Jake, elle ajouta :

— Vous restez ?

— Si cela ne dérange pas...

— Pas de problème, du moment que vous n'êtes pas dans mes pattes, assura le Dr Diana Hauck avec un sourire encourageant à l'attention du futur père. C'est ce que je dis toujours en salle d'accouchement. Il faudra vous y faire.

Elle s'assit sur le tabouret au pied de la table d'examen.

— Allons, Cassandra, détendez-vous.

L'infirmière tendit au médecin une paire de gants en latex et Jake, désireux de ne pas gêner le déroulement de la consultation, vint se placer à la tête de la table d'examen. Instinctivement, la main de Casey vint se nicher dans la sienne. Elle avait les doigts glacés. Etait-elle aussi nerveuse que lui ?

Et si le test se révélait être faussement positif ? Comment réagirait-il si le médecin annonçait qu'il n'y avait pas de bébé en route ? Serait-il soulagé ou... déçu ? Il plongea les yeux dans ceux de Casey et y lut les mêmes interrogations.

— C'est fini. Vous pouvez vous rhabiller, déclara le Dr Diana Hauck en se redressant.

Elle se dirigea vers le lavabo et, tandis qu'elle se lavait les mains, elle leur jeta un coup d'œil par-dessus son épaule.

— Je ne pense pas vous surprendre si je vous annonce que vous serez parents d'ici environ sept à huit mois !

Jake, qui avait sans s'en rendre compte retenu son souffle, laissa échapper un profond soupir. Il lui sembla que l'étau qui enserrait sa poitrine depuis quelque temps se relâchait sensiblement. Une étonnante sensation de chaleur irradia au plus profond de lui-même. C'était donc ça. Il allait être père. Et il était heureux.

Se rapprochant de Casey, il resserra son étreinte sur la main de son épouse et se mit à poser les questions rituelles des futurs papas...

Toute la journée du lendemain, Casey s'affaira devant ses casseroles. Répétitif, le fait de tourner la cuillère dans une sauce ou de couper les légumes avait quelque chose de thérapeutique. Les préparatifs du dîner lui occupaient juste assez l'esprit pour l'empêcher d'envisager l'avenir dont elle avait l'impression qu'il béait tel un gouffre noir devant elle. Résolue à ne pas céder au découragement, elle avait décidé de tout mettre en œuvre pour séduire son mari ce soir-là.

La nuit était tombée. Casey tourna l'interrupteur. La vaste salle à manger baignait à présent dans la douce lueur des chandeliers. Sur la table dressée pour deux, les couverts étincelaient dans la lumière diffusée par les bougies élégamment disposées sur la nappe.

Un bon feu crépitait joyeusement dans la cheminée. La cuisine était rangée. Rien ne traînait sur le comptoir. Le canard mijotait doucement sur la cuisinière, les gâteaux et la crème glacée qui les accompagnait attendaient sagement l'heure du dessert au réfrigérateur.

Tout était prêt.

Même elle.

Elle sursauta en entendant le moteur d'une voiture qui annonçait le retour de Jake. S'approchant de la fenêtre, elle appuya son front contre la vitre et le vit sauter de la jeep, puis la contourner de sa démarche souple pour récupérer dans le coffre les outils qu'il avait achetés l'après-midi même à la coopérative agricole de Simpson.

L'estomac noué, elle prit une profonde inspiration. Le moment était enfin arrivé de mettre en pratique les conseils de Mme Dieter. Elle s'examina une dernière fois de la tête aux pieds. Elle s'était confectionné pour l'occasion une petite robe courte, dans une mousseline arachnéenne bleu pâle, dont elle avait orné le corsage d'un ruban. La tenue transparente ne cachait rien de son anatomie et, même si l'élégance et le bon goût du vêtement laissaient quelque peu à désirer, Casey espérait que son mari aurait l'esprit trop occupé par ailleurs pour s'en soucier.

Elle frissonna. La pièce lui parut soudain glaciale. Elle aurait dû rester près de la cheminée. Attendre son mari à moitié nue en plein mois de décembre était probablement la meilleure façon de développer une pneumonie !

La gorge serrée, elle s'efforça d'écarter les images terriblement humiliantes qui se précipitaient à présent dans son l'esprit. Que ferait-elle si Jake s'avançait sur le pas de la porte et éclatait de rire en la voyant ? Et pire, s'il passait devant elle sans s'apercevoir qu'elle était totalement nue sous le tissu transparent ?

« Cela n'arrivera pas », se rassura-t-elle. Jake la désirait comme elle le désirait. Elle le savait. L'étincelle qui brillait dans le regard bleu de son mari ne trompait personne.

La porte d'entrée s'ouvrit, puis se referma aussitôt. Tendue, Casey se détacha de la fenêtre et prit une pose qu'elle espérait naturelle. Nonchalamment accoudée au comptoir de la cuisine, elle croisa les chevilles et attendit.

Dans le hall, Jake se débarrassa de sa veste humide et retira ses bottes en prenant soin de ne pas salir le carrelage. Il huma avec délices les effluves en provenance de la cuisine. Le dîner promettait d'être un régal. Incroyable comme on s'habituait vite aux bonnes choses, songea-t-il avec un sourire. Il n'y avait pas si longtemps, il rentrait dans cette maison silencieuse après une dure journée de travail et s'attablait seul, devant un plat décongelé au four à micro-ondes.

Mais c'était avant l'arrivée de Casey.

Il s'adossa un instant au mur derrière lui, se demandant combien de temps il serait encore capable de vivre auprès d'une telle femme sans tomber amoureux. Il devenait chaque jour plus difficile de faire semblant d'ignorer la présence de Casey. D'ignorer les discrets mais très agréables changements qu'elle avait apportés à la maison... A sa vie.

Il fronça brusquement les sourcils au souvenir de sa précédente épouse. « Rappelle-toi Linda, se dit-il. Souviens-toi de l'effet que ça fait quand on apprend que les mots d'amour n'étaient que mensonges. Souviens-toi de la souffrance et de l'humiliation. »

Se redressant lourdement, il gagna le petit cabinet de toilette au fond du couloir et se lava rapidement les mains avant de s'avancer sur le seuil de la salle à manger. Là, il s'immobilisa.

— Joyeux Noël, Jake...

Il cligna des yeux, secoua la tête, puis regarda fixement comme s'il ne pouvait croire à ce qu'il voyait.

— Casey ?

Chaque muscle de son corps se tendit quand son regard descendit le long du corps de la jeune femme. A la lueur des bougies, la fine mousseline voilait à peine sa peau aussi pâle et crémeuse que de la porcelaine fine. Le ruban s'épanouissait telle une fleur entre ses seins, puis descendait frôler son ventre, attirant le regard sur le triangle un peu plus sombre qui se cachait entre ses cuisses.

Sous le regard à la fois incrédule et admiratif de son époux, Casey décroisa lentement les chevilles... Et Jake sut qu'il avait perdu la bataille. Les lèvres sèches, le cœur battant à se rompre, il comprit que ses instincts allaient l'emporter. Impossible de garder ses distances avec une telle fille. Difficile de ne pas être amoureux d'une femme aussi surprenante. Il faudrait évidemment trouver une solution... plus tard. Mais, ce soir, reculer était au-dessus de ses forces.

— Nous sommes encore à trois semaines de Noël, Casey, finit-il par dire, en se félicitant en son for intérieur de ne pas avoir perdu sa voix sous le coup de la surprise.

— Rien ne nous interdit de faire la fête un petit peu avant, murmura Casey, soudain terriblement consciente du ridicule de la situation.

Jake la dévisagea sans un mot, puis son regard accrocha de nouveau le nœud qui s'épanouissait entre ses seins. Un véritable cadeau de Noël ! C'était bien la première fois que le Père Noël se montrait aussi généreux avec lui...

Le temps passait, il fallait dire quelque chose. Mais quoi ?

— Le dîner sent merveilleusement bon.

Pas génial comme entrée en matière, mais c'était un début.

— Du canard.

Il hocha la tête et s'aperçut que la jeune femme s'agrippait littéralement au comptoir. Nerveuse ? Il plongea les yeux dans les siens et demanda :

— Et pour le dessert ?

Casey toussota et pointa le menton en direction du réfrigérateur.

— Des sablés avec de la crème glacée.

— Je crois que c'est toi que je veux pour le dessert.

La jeune femme poussa un soupir et la tension perceptible dans tout son corps se relâcha, tandis qu'elle desserrait ses doigts crispés.

Quand elle fit un pas hésitant vers lui, Jake s'en voulut. Avait-il donc été si dur ? Au point de la rendre malade d'angoisse ? De lui faire perdre toute confiance en elle ?

Oui, il l'avait été.

Pour se protéger. Et dire qu'il en avait même tiré une certaine fierté, songea-t-il vaguement écœuré de lui-même. Quelles que soient les circonstances dans lesquelles ils s'étaient mariés, Casey était sa compagne pour la vie. Il n'avait pas le droit de la rendre malheureuse. A partir de maintenant, il ferait en sorte de lui accorder tout ce qui était en son pouvoir... En priant, bien sûr, pour qu'elle n'exige pas ce qu'il était tout simplement incapable d'offrir à une femme.

— Jake ?

Il lui sourit et, comme par enchantement, il vit disparaître le pli soucieux entre les sourcils parfaitement dessinés de son épouse.

— C'est la première fois que je suis accueilli aussi chaudement, plaisanta-t-il gentiment.

— Accueilli ! Certainement, répliqua malicieusement Casey. Chaudement ! Pas vraiment, conclut-elle avec un frisson.

Elle avait la chair de poule.

Jake s'avança rapidement et l'enlaça. Faisant courir ses mains en un langoureux va-et-vient sur son dos, il murmura :

— Tu aurais peut-être dû attendre l'été pour ce petit jeu.

— Je ne voulais pas…, dit-elle en rejetant la tête en arrière pour le regarder droit dans les yeux. Je ne pouvais attendre plus longtemps. Tu m'en veux ?

Pour toute réponse, Jake lui caressa tendrement la joue et, quand elle tourna la tête pour déposer un baiser dans le creux de sa main, il savoura la fraîcheur de ses lèvres sur sa peau.

Une lueur canaille se mit à briller dans ses yeux. Du bout de l'index, il effleura le nœud de satin qui ornait la robe de Casey.

— Ai-je le droit de défaire l'emballage ?

— Ce soir, tu as tous les droits, dit Casey dans un souffle.

Un frisson la fit tressaillir.

— Encore froid ? murmura Jake, en la serrant plus étroitement contre lui.

— Plus maintenant.

— Bien, dit-il doucement.

Puis il exigea le baiser auquel il aspirait depuis tant de jours et de nuits.

La jeune femme se pressa contre lui et Jake sentit tout son être s'enflammer tandis que sa bouche rencontrait la sienne. Désormais, quoi qu'il advienne, son sort était scellé à celui de cette fille. Il ne tenterait rien pour s'éloigner d'elle. Tant qu'elle voudrait de lui, il serait là, tout près.

Il s'empara de sa bouche et son baiser se fit exigeant. Casey y répondit avec la même ardeur et sa langue se mit à jouer avec la sienne à un jeu provocateur. Caressant, explorant, savourant,

Jake redécouvrait chaque parcelle du corps de celle qu'il avait épousée. Il le faisait avec tout autant de plaisir et d'impatience que lors de leur première nuit ensemble.

Lentement, Casey glissa ses mains sous son chandail, sous sa chemise. Elle se voyait dans ses yeux, puis il les ferma et l'embrassa de nouveau. Parcourue de délicieux frissons, elle se laissa faire. Des baisers légers pleuvaient sur sa gorge, ses seins ; de savants petits coups de langue enflammaient sa peau.

— Tu es *mon* dessert, n'est-ce pas ? murmura Jake, au paradis.

— Oui...

— Et..., poursuivit-il en faisant habilement glisser la robe un peu plus bas sur les hanches de Casey, tu as dit toi-même que je pouvais faire ce que je voulais, ce soir ?

— Je crois que oui, répondit Casey, frissonnant de désir.

La robe s'étala à ses pieds. Jake sourit et souleva Casey pour l'asseoir sur le comptoir. Puis il se dirigea vers le réfrigérateur...

Il en sortit un bol de crème. Y plongea l'index.

— J'ai décidé d'accommoder le dessert, déclara-t-il alors, l'œil brillant.

10

Il étala un peu de crème sur la pointe des seins de Casey, lui arrachant un petit cri de surprise. Lentement, très lentement, il fit glisser son index jusqu'au nombril. Puis il se mit à la lécher. De la langue, il mettait le feu partout sur son passage, et la passion qu'il éveillait en elle faisait trembler Casey.

Agrippée au comptoir, elle s'efforçait de ne pas succomber aux frissons de plaisir qui la traversaient. Elle avait une furieuse envie de s'ouvrir pour Jake, de le supplier de la combler — de combler ce vide qu'elle ressentait comme une douleur tout à la fois exquise et insupportable.

— Pas de précipitation, souffla-t-il. N'oublie pas que tu es *mon* dessert et... Je désire prendre tout mon temps pour le déguster.

Bizarrement, Casey se sentit soudain non pas mal à l'aise, mais plutôt gagnée par la timidité. Cette intimité complice la désorientait. La pudeur le disputait à l'excitation.

— Jake, dit-elle pour se défendre, les maris bien élevés ne font pas ça.

— Ah non ? Mais existe-t-il une femme qui souhaite que son mari soit bien élevé ?

— Moi.

— Tu es une petite menteuse, Casey, affirma-t-il avec un clin d'œil.

— Je suis... intimidée, avoua-t-elle enfin.

— Ta tenue, ce soir, laisse pourtant penser le contraire.

Il avait raison. Inutile d'argumenter sur ce point. D'ailleurs avait-elle vraiment envie d'argumenter ? Elle attendait depuis si longtemps qu'il lui fasse l'amour... C'eût été un comble de trouver à redire, maintenant.

Et de s'interdire d'en profiter.

Alors, elle décida de s'abandonner...

Elle se laissa glisser dans ses bras et se pelotonna contre son torse tandis qu'il la transportait vers le grand lit à colonnes de la chambre. Mis à part le grincement des branches contre les carreaux de la fenêtre sous les assauts du vent, la maison était totalement silencieuse. Ils étaient seuls au monde.

Jake déposa doucement la jeune femme sur le matelas. Il étouffa un soupir lorsqu'elle se pencha vers lui et entreprit de le déshabiller. Elle sortit sa chemise de son pantalon, déboutonna son jean et le fit glisser sur le sol, puis lui retira son caleçon. Elle lui offrit ses lèvres tandis qu'elle faisait glisser ses mains le long de son dos. Ses doigts allumaient des brasiers qu'il n'était plus en son pouvoir de contenir. En tremblant, il se hissa sur elle et, enfin, il la posséda. Ils fusionnèrent. Homme et Femme. Mari et Femme. Ils étaient liés l'un à l'autre, chacun donnant tout à l'autre et recevant tout en retour.

Un peu plus tard, la tête de Casey reposant sur son épaule, Jake caressait le dos de la jeune femme. Comme il s'émerveillait de la douceur de sa peau, un signal d'alarme résonna brusquement au plus profond de lui, l'incitant à se ressaisir.

Bon sang, il était en train de s'attacher à Cassandra Oakes ! C'était exactement ce qu'il voulait à tout prix éviter ! Ce à quoi il avait juré qu'on ne le reprendrait plus ! Aimer aveuglément jusqu'à en perdre la raison, pour se retrouver seul comme un idiot à la fin de la belle histoire d'amour.

Inconsciente des tourments de son époux, Casey se lova contre lui, effleurant au passage sa joue d'un rapide baiser. Elle posa un bras en travers de son torse.

Cette intimité qui s'était tout naturellement installée entre eux était agréable et... tout à la fois effrayante, songea Jake.

— Le dîner ne va-t-il pas être trop cuit ? marmonna-t-il, dans un dernier effort pour s'éloigner de la pente dangereuse sur laquelle il se sentait glisser.

— Tu peux encore penser à ton estomac dans un moment pareil ? le taquina Casey.

Se redressant sur un coude, elle le dévisagea.

— Je n'ai pas la force de penser à autre chose, répondit Jake en lui jetant un coup d'œil, un sourire las sur les lèvres. Du moins, pas tant que j'aurais l'estomac vide.

— Dans ce cas, priorité à ton appétit ! plaisanta Casey en roulant sur elle-même pour sortir du lit.

Elle prit un T-shirt posé sur une chaise et, le plaçant devant elle, demanda l'air faussement sérieux :

— Dois-je m'habiller pour le dîner ?

Dans un mouvement langoureux, elle balança les hanches.

— Les épouses bien élevées ne torturent pas leur mari.

— Aurais-tu déjà oublié ? Il semble que je préfère l'audace à la bienséance.

— Il ne faut jamais jouer avec un homme affamé, femme ! rétorqua Jake, une lueur canaille dans le regard. Passe-moi ma chemise.

— La lune de miel est déjà terminée, soupira Casey, la mine lugubre, mais l'œil malicieux.

Elle enfila rapidement son T-shirt et un jean avant de lancer un pull et un pantalon à son époux. Puis, sautant sur le lit, elle s'assit sur ses talons près de lui et, les yeux brillant de plaisir, elle déclara d'une voix vibrante de sincérité :

— Je t'aime, Jake Parrish.

Le silence qui suivit sembla durer une éternité.

Que pouvait-il répondre à une telle spontanéité, sans passer pour un salaud ? Il choisit donc de ne rien dire, de se cacher comme d'habitude derrière un masque d'impassibilité alors que son cœur criait le contraire. S'asseyant, il enfila son pantalon, s'appliquant à éviter le regard émeraude rivé sur lui.

— J'ai l'impression que la lune de miel est bel et bien terminée, finit par conclure tristement la jeune femme.

Jake inspira profondément et passa la tête dans l'encolure du pull. Puis, n'ayant plus le choix, il affronta le regard déçu de son épouse.

— Casey...

— Ne dis rien, murmura celle-ci, en secouant doucement la tête.

— Essaye de comprendre...

— Tais-toi, je t'en prie. Je ne veux surtout pas t'entendre me répéter qu'il existe plusieurs sortes de contrats de mariage et que l'amour ne fait pas partie du nôtre.

— En a-t-il jamais fait partie ?

— Pour moi, oui, répondit-elle avec amertume, en passant ses longues jambes fines par-dessus le rebord du lit.

S'appuyant des deux mains sur le matelas, elle se redressa avec effort et s'avança vers la porte de la chambre. A mi-chemin, elle s'immobilisa et se tourna de nouveau vers Jake. Celui-ci eut l'impression que ses prunelles vertes scrutaient au plus profond de son âme avec la froideur d'un juge et il sut qu'il méritait ce regard.

— Très bien. Tu ne m'aimes pas... ou tu ne *veux* pas m'aimer, déclara Casey d'une voix soudain raffermie et déterminée.

— Cela n'a rien à voir avec toi, protesta-t-il faiblement.

Pour rien au monde, il ne voulait la blesser. Alors, il lui donna l'explication qui lui semblait être la plus proche de sa vérité, à lui.

— Tout est ma faute. J'ai l'impression de ne plus avoir d'amour à offrir à une femme et...

— Arrête, Jake ! Tu racontes n'importe quoi.

— Comment ?

Surpris, il la dévisagea et, même de là où il se tenait, il vit briller un éclair de rage dans ses yeux.

— Tu m'as très bien entendue, répondit posément Casey.

— Allons, Casey...

— Ce que nous venons de vivre dans les bras l'un de l'autre était...

— Purement sexuel, l'interrompit Jake.

— C'est tout ce que tu as ressenti ? Vraiment ?

Jake baissa les yeux une fraction de seconde, mais ce fut suffisant pour Casey. Elle comprit que, comme elle, il avait éprouvé bien plus qu'un simple désir charnel. Le contact de ses doigts sur sa peau, ses baisers, chacune de ses caresses clamaient son amour pour elle. Mais il était bien trop fier et entêté pour l'admettre.

— Il n'y a aucune raison pour que... nous ne soyons pas heureux en ménage, bredouilla Jake. Nous pourrions mener la vie d'un couple normal. Nous appuyer l'un sur l'autre. Elever nos enfants et, tout compte fait, vivre une union heureuse, peut-être même plus heureuse que celle de la plupart des gens qui nous entourent.

Casey hocha lentement la tête et garda le silence.

Mal à l'aise, Jake prit une profonde inspiration et conclut :

— N'exige pas de moi plus que je ne peux t'offrir, Casey. Nous en souffririons tous les deux.

Stupéfiant ! Croyait-il réellement aux inepties qu'il débitait ? songea la jeune femme.

Croisant les bras, elle inclina la tête sur le côté pour saisir le regard de son époux.

— Alors là, tu te trompes complètement, Jake.

Ce dernier tressaillit et posa les poings sur ses hanches, sur la défensive.

— Tu me demandes de ne pas croire en ton amour, de ne rien attendre de toi ? poursuivit Casey. Soit ! Mais n'inversons pas les rôles ! C'est *ton* problème, Jake. Pas le mien !

— Que dois-je comprendre ? marmonna celui-ci.

— Cela signifie, Jake Parrish, que tu peux agir comme bon te semble, en prétendant ce que tu veux. Mais je sais que *tu* m'aimes. J'en ai la certitude.

Jake releva le menton comme pour affronter l'attaque suivante qui ne se fit pas attendre.

— Et moi, je t'aime aussi, espèce d'abruti ! reprit Casey. Mais c'est la dernière fois que je te le dis.

Traversant la pièce d'un pas qui trahissait une colère mal contenue, la jeune femme s'arrêta face à son époux et pointa sur lui un doigt accusateur.

— Désormais..., poursuivit-elle en détachant chaque mot.

Vis-à-vis du monde extérieur, nous jouerons notre rôle de mari et femme, délicieusement attentionnés l'un envers l'autre. Nous aurons même des enfants que nous élèverons avec tendresse. Mais je te préviens une bonne fois pour toutes ! Tant que tu ne seras pas capable de me déclarer ton amour, nous ne serons qu'un simulacre de couple !

— Casey...

— Et c'est toi qui viendras me supplier, Jake Parrish. Tu ne m'entendras plus jamais parler d'amour entre nous, pas avant que tu n'en parles toi-même.

Jake resta silencieux et Casey eut une brusque envie de le gifler. Ses mains se crispèrent le long de son corps.

— Tu finiras par le reconnaître, Jake. Ou bien tu te priveras, et moi aussi par la même occasion, d'un don précieux que la vie n'offre qu'à peu d'êtres humains sur cette terre.

Jake tenta de la prendre dans ses bras, mais elle se rejeta en arrière.

— Casey, tu ne vois donc pas que je cherche seulement à nous protéger ? soupira-t-il.

— Non. Je ne vois qu'un homme têtu comme une mule.

Vexé, Jake serra les poings, mais ne dit mot.

Pivotant sur ses talons, Casey lui tourna brusquement le dos et se dirigea vers la porte, en lui lançant par-dessus son épaule :

— Viens donc dîner. Tu vas avoir besoin de toutes tes forces.

— Mes forces ? répéta Jake, interloqué.

— Evidemment, rétorqua Casey avec un sourire ironique. Tu n'espères tout de même pas que je vais me priver du plaisir de t'aimer ou de coucher avec toi sous prétexte que tu es trop obstiné pour profiter du bonheur qui est à portée de main, juste sous ton nez.

Sur ces paroles, elle sortit de la chambre, le laissant seul dans la pénombre.

— Casey..., murmura Jake.

Elle allait donc vraiment faire comme si de rien n'était ? Avait-il gagné la partie ?

Jake eut soudain le désagréable sentiment d'être le dernier des idiots.

Figé, il resta un long moment les yeux rivés sur le pas de la porte, se demandant ce qui ne fonctionnait pas dans son plan qui, jusqu'à cet instant, lui avait semblé parfaitement raisonnable.

Une semaine plus tard, il en était toujours au même point de ses réflexions.

Une oreille velue frappa sa joue et, pour couronner le tout, Pataud se mit à lui aboyer joyeusement en pleine face.

— Ça va, grommela Jake, en repoussant le chien sur le siège du passager. Oublie-moi un peu pour une fois.

Obligeamment, Pataud se détourna et, se dressant sur son arrière-train, passa ses pattes de devant par-dessus la vitre ouverte de la camionnette. Il pencha sa grosse tête à l'extérieur et le vent fit voler ses oreilles.

Jake jeta un coup d'œil au chiot dont la stature se faisait chaque jour plus imposante. Puis, l'air absent, il fixa le paysage qui s'étendait au-delà du pare-brise. Il avait parcouru cette route si souvent qu'il en connaissait chaque ornière, chaque virage. Il aurait pu conduire les yeux fermés. Même dans ce bourbier. Cela faisait plus d'une semaine qu'il n'était pas tombé un seul flocon et, dans les prairies, la première neige s'était transformée en une épaisse couche de boue. Tout était sombre. Comme son humeur d'ailleurs... Et ses pensées se mirent à vagabonder tout naturellement vers Casey.

Depuis une semaine, elle jouait les épouses modèles. Ils faisaient l'amour, passaient les journées et les nuits ensemble. Il l'aidait à assurer les commandes de buffets et de dîners d'un nombre croissant de clients et, en contrepartie, elle s'occupait de la comptabilité de l'exploitation. Ils parlaient du bébé à naître et projetaient d'aménager une chambre d'enfant. La veille, ils étaient descendus en ville acheter un immense sapin de Noël qu'ils avaient remorqué jusqu'à la maison. Ils mangeaient ensemble, dormaient ensemble et vivaient comme n'importe quel autre couple marié.

Maugréant dans sa barbe, Jake se tortilla sur son siège et frappa rageusement le volant du plat de la main.

Le bruit fit sursauter Pataud qui poussa un gémissement de frayeur.

— Désolé, dit Jake.

Le voilà qui se mettait à faire des excuses auprès d'un chien ! Bon sang, il devenait complètement cinglé ! Son mariage avec Casey l'avait totalement déboussolé. Cela faisait des semaines qu'il n'était pas dans son assiette. Il se sentait comme isolé du monde, mal à l'aise, pitoyable... Triste.

Il possédait pourtant tout ce qu'un homme peut désirer et Casey agissait en tout point comme il l'avait souhaité. Alors que demander de plus ?

En son for intérieur, il *savait*. Ce qui lui manquait à présent, c'était d'entendre ces trois petits mots dans la bouche de Casey... Les lire dans son regard émeraude.

— Bon Dieu ! jura-t-il en lançant un coup d'œil au chien. Même à toi, elle te dit qu'elle *t*'aime.

Pataud gémit doucement et s'allongea sur le siège pour poser sa bonne grosse tête sur la cuisse de son maître.

— Oui. Je sais. Je t'aime aussi, reprit Jake en lui grattant le poil entre les oreilles.

Le chiot se serra un peu plus contre lui.

— Tu ne trouves pas ça bizarre ? reprit Jake. A toi, je peux te dire que je t'aime. Mais pas à elle...

Il plissa les yeux. Un peu plus loin sur la route, une camionnette de livraison venait de déboucher du chemin conduisant au ranch et roulait vers lui. Le conducteur retournait manifestement en ville.

Au fur et à mesure que la distance se réduisait entre les deux véhicules, Jake sentit grandir en lui une désagréable impression de déjà-vu. Dans le soleil couchant, il cligna des yeux et, quand la camionnette grise ne fut plus qu'à quelques mètres de la sienne, il se rangea sur le bas-côté de la route pour la laisser passer.

Longtemps après que le conducteur lui eut adressé au passage un signe amical de la main, Jake resta assis, figé devant le volant, le moteur toujours en marche, le chien gambadant autour de lui. Il regardait la maison à travers le pare-brise.

Le cauchemar recommençait.

— Je sais, maman, dit Casey comme son mari entrait dans la cuisine. Je croyais seulement que tu serais contente de savoir.

Il la regarda.

Elle lui sourit, mais il ne lui rendit pas son sourire. Il ne pouvait pas. Pas maintenant. Maintenant qu'il savait que ce qu'il redoutait tant ne faisait que commencer.

— Je suis certaine que ce voyage vous fera beaucoup de bien à papa et à toi, poursuivit Casey en roulant des yeux. Oui, Paris est certainement merveilleux à cette époque.

Elle leva l'index en direction de Jake comme pour lui dire qu'elle n'en avait plus que pour une minute.

— Maman, je sais très bien que le rôle de grand-mère ne te convient pas du tout. Mais personne ne te demande de préparer des biberons ou de changer des couches.

Seigneur !

— Je sais, maman. Je suis certaine que Jake comprendra tout à fait qu'une femme enceinte est condamnée à prendre des kilos et à se cacher des regards.

Apparemment, pour Casey, discuter avec sa mère par téléphone interposé ne semblait pas plus réjouissant que de lui parler en tête à tête. Mais, en ce moment, il n'avait pas vraiment envie de plaindre la jeune femme. Oh, non ! En cet instant même, il s'efforçait surtout de contenir la vague de rage et d'amertume qui montait en lui. Il avait eu raison de se méfier. Il avait su dès le départ que rien de bon ne sortirait de ce mariage.

Traversant la cuisine à longues enjambées, il lança un coup d'œil sur le salon et remarqua l'absence de décorations sur l'arbre de Noël dressé devant les hautes fenêtres baignées par les derniers rayons du soleil. Elle n'avait même pas pris la peine de s'en occuper ! Il sortit lentement dans le hall. Il savait déjà où trouver les colis. Où, sinon dans la chambre ?

Avec Linda, le va-et-vient des livreurs avait été incessant. Les livraisons se succédaient et les paquets s'entassaient sur le lit, afin que l'épouse adulée puisse se prélasser dans le luxe absolu. Eh bien, cette fois-ci, il n'allait pas se laisser faire. Il n'allait pas rester planté là, bêtement, à regarder filer l'argent des Parrish entre les doigts de la seconde épouse. Son indulgence pour les exigences de Linda l'avait presque conduit au bord de la faillite. Elle était la seule femme qu'il connaisse à avoir besoin d'une douzaine de paires de chaussures neuves toutes les six semaines.

Il entra dans la chambre et les aperçut immédiatement.

Les paquets s'entassaient en une pile — tout compte fait relativement petite — sur une chaise près de la porte. S'emparant de la boîte du dessus, il arracha fébrilement le papier brun qui l'enveloppait et souleva le couvercle, curieux de découvrir le résultat du premier raid de Casey en matière de dépenses.

Une chemise de flanelle.

Pour *lui*.

Les sourcils froncés, il passa rapidement en revue le reste des achats, déchirant hâtivement les emballages et les jetant sur le sol. Un pull, deux paires de chaussettes en laine, un pantalon de velours côtelé et un ciré.

Tous ces achats lui étaient manifestement destinés.

Non seulement ça, mais ces vêtements correspondaient exactement à ce qu'il aurait lui-même choisi s'il avait pris le temps de courir les magasins.

Il laissa tomber le dernier paquet et passa une main nerveuse dans ses cheveux. Déconcerté, il se demandait ce que tout ceci pouvait bien signifier. Ses théories se trouvaient pour le moins bousculées.

— Eh bien ! Il me semble que le Père Noël a pris un peu d'avance.

Au son de la voix pince-sans-rire, Jake sursauta et se retourna brusquement pour se trouver nez à nez avec Casey.

Celle-ci esquissa un sourire amusé à la vue du désordre à ses pieds.

— C'est une chance que tous les cadeaux n'aient pas été livrés. Tu es pire qu'un gosse.

— C'est tout pour moi ? demanda Jake, l'air incrédule.

— Pourquoi ? Ça pose problème ? demanda négligemment Casey en se baissant pour ramasser une boule de papier froissé.

— Non... Non, balbutia-t-il.

En réalité, ce n'était pas un problème, mais plutôt un *mystère*.

— Quand as-tu pris le temps de faire tous ces achats ?

— Annie possède un fantastique catalogue de vente par correspondance.

Un pli soucieux barra subitement le front de la jeune femme, tandis qu'elle levait la tête vers Jake.

— En fait, ne le lui dis pas, mais je le lui ai piqué, poursuivit-elle. Je ne pensais pas que ça te contrarierait. De toute façon, il fallait renouveler ta garde-robe. Tes pantalons n'ont plus aucune tenue. Tu reviens trempé comme une soupe dès que tu sors avec ton ciré sous la pluie. En outre, Pataud semble avoir un faible pour tes chaussettes.

Elle remarquait donc tout. Elle avait dépensé uniquement pour lui. Lentement, il se baissa à son tour pour l'aider à ramasser les derniers papiers qu'il avait déchirés dans sa frénésie. Quand il se redressa, Casey le regarda droit dans les yeux.

— Le fait que je me sois chargée de t'acheter des vêtements semble te surprendre, observa-t-elle doucement.

— Oui. On peut le voir ainsi, marmonna Jake.

— C'est pourtant le devoir d'une épouse.

S'approchant de Jake, la jeune femme planta un rapide baiser sur sa joue.

— Je...

Elle s'interrompit brusquement. Pinçant les lèvres, elle secoua la tête, l'air buté.

Elle avait failli le dire.

Bizarre comme l'absence de ces trois mots pouvait être difficile à supporter, songea Jake.

— Je suis contente que tu sois revenu un peu plus tôt ce soir, déclara abruptement Casey, manifestement décidée à détourner la conversation. J'étais impatiente de décorer le sapin avec toi. Tu veux bien ?

— Bien sûr, fit Jake, l'air absent, le cerveau toujours en ébullition et cherchant à comprendre pourquoi tous ces achats lui étaient destinés.

Il existait donc encore des femmes capables de penser d'abord à leur mari avant de penser à elles ?

— Je me demandais, poursuivit Casey d'une voix plus forte destinée à attirer son attention. Faut-il installer les guirlandes lumineuses en premier ? Veux-tu le faire toi-même ou préfères-tu que je m'en charge ?

— Les guirlandes ? répéta Jake, reprenant brusquement ses esprits. Il vaut mieux que je le fasse. Je ne veux pas te voir grimper sur une échelle dans ton état.

— D'accord, acquiesça Casey. Je voulais aussi te prévenir que j'ai trouvé une boîte pleine de décorations de Noël au garage. J'espère que ça fera l'affaire.

De plus en plus désorienté, Jake bredouilla :

— Mais... Hier, je t'ai montré où étaient rangées les décorations les plus récentes.

Chaque boule de verre, chaque personnage de couleur coordonnée avait coûté une fortune. Evidemment, Linda avait exigé les plus luxueuses, les plus tape-à-l'œil.

— Je les ai vues, observa gravement Casey. Mais tout est si... Je ne sais pas. Enfin, peu importe. J'ai décidé de sortir les ornements que ta maman accrochait chaque année pour Noël.

— Pourquoi ? ne put s'empêcher d'insister Jake.

— O.K., Jake, soupira la jeune femme. Les décors que tu m'as montrés hier soir sont très jolis... Cependant, ils me font penser aux sapins à la décoration sophistiquée que ma mère achète tous les ans. On se croirait dans la vitrine d'un grand magasin.

Elle haussa les épaules avant d'ajouter :

— Pour notre premier Noël ensemble, je voulais quelque chose de plus...

— Original ?

— Non. Seulement plus simple… Plus familial, corrigea Casey. Cela ne t'ennuie pas que j'utilise les anciennes décorations ?

— Non, se hâta de répondre Jake. Cela ne m'ennuie pas du tout.

En réalité, il n'était pas encore certain d'avoir tout compris.

— Bien, conclut Casey, en se tournant vers la porte. Tu as juste le temps de faire un brin de toilette avant que nous ne nous mettions au travail !

Elle s'éclipsa sur un sourire.

Noël…, songea Jake en s'asseyant sur le bord du lit. Noël avec les décorations de son enfance. Un vrai sapin et Casey à côté de lui !

Normalement, il aurait dû se réjouir.

Alors, bon sang ! Pourquoi ne s'y autorisait-il pas ?

11

Tôt le lendemain matin, l'humidité avait fait place pendant la nuit à une température glaciale et les arbres étaient couverts de givre, décorant le paysage d'une multitude de cristaux qui scintillaient au soleil levant.

Debout dans le salon, enveloppée dans une épaisse robe de chambre, Casey observait Jake qui s'apprêtait à sortir.

— Tu restes loin de l'échelle, recommanda celui-ci.

Levant la main droite, la jeune femme promit d'un ton solennel :

— C'est juré. De toute façon, je n'ai plus besoin de l'échelle.

Elle jeta un coup d'œil aux guirlandes lumineuses qui ornaient les hautes fenêtres du sol au plafond. Les couleurs vives de Noël luisaient doucement dans l'aube naissante.

— C'est joli, tu ne trouves pas ?

— Magnifique, approuva Jake.

Se tournant de nouveau vers lui, Casey rencontra son regard bleu fixé sur elle. Une délicieuse chaleur l'envahit. Il l'aimait. Elle pouvait le lire dans ses yeux dès qu'il les posait sur elle. Pourquoi s'entêtait-il ? Pourquoi ne voulait-il pas admettre la vérité ?

— Es-tu certaine de vouloir prendre ta voiture pour descendre en ville ? demanda-t-il brusquement. Je pourrais rentrer plus tôt.

Casey refusa. Qu'est-ce que ce serait quand sa grossesse serait plus avancée ? Jake s'inquiétait déjà pour tout, surveillait de près son alimentation, ses activités, mais... Malgré toutes ses attentions, il se refusait toujours à admettre qu'il l'aimait.

— Vas-y, dit-elle. Du moment que tu as équipé ma voiture avec les pneus neige, je ne risque rien. Ne te fais donc pas de souci !

Jake attrapa sa veste de pêche.

— Je serai de retour avant la nuit.

— Je rentrerai avant toi, assura Casey.

Jake la dévisagea un instant. Puis il se pencha pour l'embrasser. Ce qui ne devait être qu'un rapide et chaste baiser se transforma en un baiser passionné lorsque Casey, se serrant contre lui, noua les bras autour de sa nuque.

Il gémit sourdement et laissa tomber sa veste pour mieux enlacer sa jeune épouse. Qu'importe tout ce qui les séparait, ils partageaient tous deux cette même sensation magique dès qu'ils se touchaient.

Quand elle fut certaine d'avoir attisé le désir de Jake, Casey interrompit leur étreinte et recula d'un pas. A voir la frustration qui se peignit aussitôt sur le visage de son mari, elle jugea son devoir accompli. Elle avait accepté de rentrer dans son jeu ridicule concernant ce que devait être leur mariage, mais, en aucun cas, elle n'avait promis de lui faciliter les choses.

— Amuse-toi bien, dit-elle. Le bonjour à mes grands frères.

Jake prit une profonde inspiration et lui jeta un regard en coulisse.

— Rien ne m'oblige à aller pêcher, tu sais, marmonna-t-il.

« Comme il est agréable de le savoir prêt à se priver d'une partie de pêche, uniquement pour rester près de moi ! » songea Casey avec un petit sourire amusé, tout en poussant son mari dans le vestibule.

— Tu y vas, déclara-t-elle d'un ton ferme. Tous trois ne parlez que de cette sortie de pêche hivernale depuis le jour du mariage !

Résigné, Jake enfila sa veste et passa son attirail de pêcheur par-dessus l'épaule.

— A l'époque, ça me paraissait une bonne idée, concéda-t-il.

— L'idée qu'on puisse prendre plaisir à creuser un trou dans la glace et à piétiner devant jusqu'à ce qu'un malheureux poisson vienne mordre à l'hameçon me dépasse de toute façon, quelle que soit l'époque, plaisanta Casey.

Elle lui sourit tendrement et releva le col de sa veste.

— Les femmes ne comprennent jamais rien aux histoires d'hommes ! se moqua gentiment Jake.

« Peut-être, peut-être pas », ajouta Casey pour elle-même. En tout cas, elle en savait bien assez pour mettre à profit le temps libre octroyé par cette partie de pêche. Jake allait passer la journée avec John et Nathan. C'était l'occasion rêvée pour inviter Annie au ranch, afin d'avoir une petite discussion entre filles. En effet, après mûre réflexion, Casey était finalement arrivée à la conclusion qu'il lui fallait en apprendre un peu plus sur la personnalité de Linda afin de lutter contre les souvenirs de Jake et ses principes absurdes à propos du mariage. Et, dans ce domaine, Annie était certainement la seule à pouvoir l'aider.

Il était encore tôt, le soleil levant rosissait à peine les nuages. Elle n'appellerait pas sa belle-sœur avant deux bonnes heures.

Immobile devant la baie vitrée, elle agita la main jusqu'à ce que la jeep de Jake disparaisse au bout de l'allée. Puis elle se prépara une tasse de chocolat chaud et se pelotonna dans un fauteuil proche de la cheminée pour déguster le délicieux breuvage.

Le regard fixé sur les bûches qui crépitaient dans l'âtre, elle se mit à réfléchir au plan qui lui permettrait de vaincre les tourments et les réticences de l'homme qu'elle aimait.

— Cette fille était un vrai panier percé ! Je suis prête à parier qu'elle serait capable de délester un milliardaire de toute sa fortune jusqu'au dernier sou !

Annie s'interrompit, le temps de prendre une bouchée de tarte au citron. Elle la savoura, soupira et ferma les yeux.

— C'est un véritable péché ! s'exclama-t-elle enfin, en passant une langue gourmande sur ses lèvres. Toutefois, il n'était pas nécessaire de tenter de me corrompre pour me faire parler.

— Je ne considérerais pas ça comme un pot-de-vin, mais plutôt comme un encouragement.

Les sourcils bien dessinés d'Annie se dressèrent d'un coup. Elle inclina la tête.

— Une façon comme une autre d'épargner ma susceptibilité, plaisanta-t-elle.

Pot-de-vin ou encouragement, ce gâteau avait épargné à Annie un réveil trop matinal. En effet, peu après le départ de Jake, Casey s'était lancée dans la confection de cette tarte afin d'occuper son esprit agité de pensées contradictoires. S'il n'avait tenu qu'à elle, elle aurait appelé Annie sur-le-champ, mais elle éprouvait quelques remords à réveiller son amie un dimanche matin dès l'aube. Elle avait donc patiemment attendu 8 heures en mettant à profit ses talents de cordon-bleu.

— Si je comprends bien…, reprit Casey en avançant la main vers la cafetière, Jake aurait divorcé parce que Linda était outrageusement dépensière ?

A présent, elle commençait à comprendre la réaction bizarre de son époux, la veille, quand il était arrivé juste après le départ du livreur.

— C'est probablement l'une des multiples raisons de leur mésentente, confirma Annie. Cependant, ce n'est pas celle qui a mis un terme à leur vie commune. Il y a eu bien plus grave…

Casey posa un doigt sur ses lèvres et jeta un coup d'œil en direction du salon. Elle ne tenait pas à ce que Lisa entende sa mère et sa tante discuter des déboires sentimentaux de l'Oncle Jake. Les sons étouffés d'une émission de télé pour enfants lui parvinrent accompagnés des éclats de rire de la fillette. Pataud et Lisa étaient devenus une paire d'amis en un temps record, certainement grâce à la générosité de la petite qui avait partagé son morceau de tarte avec le chiot affamé, toujours en quête de quelque gourmandise.

Se tournant vers son amie, Casey remplit de nouveau les tasses de café.

— Raconte, dit-elle.

— Il faut d'abord que tu saches que Jake croyait sincèrement aimer Linda.

Casey ne put s'empêcher de tressaillir. Ainsi, Jake avait cru aimer cette femme… Evidemment, puisqu'il l'avait épousée ! Enfin… Cela ne signifiait rien. Il l'avait bien épousée, elle ! Et pourtant, il affirmait ne pas être amoureux ! Du moins, c'est ce qu'il disait !

— Très sincèrement, poursuivit Annie en se léchant le bout des doigts, je n'ai jamais compris ce qu'il trouvait à cette fille. La cupidité se lisait sur son visage. Elle avait le regard mauvais. Tout le contraire de toi.

Casey esquissa un sourire et tapota affectueusement le bras de son amie.

— Merci. Que s'est-il passé ensuite ?

— Oh, l'histoire habituelle, dit Annie en serrant sa tasse de café entre ses mains, l'air gêné. Un après-midi, il est rentré plus tôt que d'habitude et a découvert Linda en train de s'ébattre dans le lit conjugal avec un type de Reno, un vendeur de voitures.

— C'est pas vrai !

— Eh oui, conclut tristement Annie. Jake est resté près de la porte et a entendu cette garce susurrer à son amant de ne pas se tracasser pour son mari. Elle disait que Jake était tellement fou d'elle qu'il ne se rendait compte de rien et que, de toute façon, si par hasard il l'apprenait, il serait assez bête pour tout lui pardonner.

Seigneur ! Un flot d'émotions assaillit Casey. Tout d'abord, la colère. La colère contre Linda qui avait si impitoyablement blessé Jake. Puis vint la compassion. La compassion pour l'homme qu'elle aimait et qui avait si cruellement souffert.

Elle comprenait mieux à présent sa froideur, ses réticences à parler d'amour, la distance qu'il mettait entre eux dès qu'il s'agissait de sentiments.

Une femme lui avait brisé le cœur en mille morceaux.

— Ça a vraiment été dur pendant un moment, reprit Annie. Mais, tu vois, je ne peux pas m'empêcher de penser que, tout compte fait, il ne pouvait pas vraiment aimer cette garce.

— Que veux-tu dire ?

— Il était plus furieux que réellement blessé. Bien sûr, il en a fait toute une maladie, observa Annie en haussant les épaules. Tu connais les hommes ! Ils ont tendance à amplifier le moindre bobo !

— Un bobo ! s'indigna Casey, prête à sortir ses griffes pour défendre son époux.

— Je ne dis pas qu'il n'a pas souffert. Je dis simplement qu'il a surtout été blessé dans son amour-propre, vexé de s'être comporté comme le premier imbécile venu, aveuglément amoureux d'une fille qui n'en valait pas la peine.

S'accoudant sur la table, Casey posa le menton dans le creux de sa main et murmura pensivement :

— Et maintenant... Il s'est juré de ne plus jamais faire confiance à aucune femme. De bannir l'amour de son existence.

— Oh, il finira par changer d'avis, pouffa Annie.

— Je n'en suis pas si sûre, dit Casey en se levant pour découper une nouvelle part de tarte. D'ailleurs, pourquoi changerait-il d'avis ?

— Hein... ?

— Eh bien, oui ! Mets-toi un peu à sa place. Il est marié. Un bébé est en route. Il sait que je l'aime, mais ne veut pas entendre parler de sentiments de son côté. Il ne lui reste plus qu'à faire en sorte que nous vivions comme un couple marié tout à fait normal, sans les inconvénients de la passion amoureuse. Un mariage tout ce qu'il y a de plus convenable, en fin de compte.

— Ooh, dit Annie en riant. Tout ceci a un petit côté pantouflard guère enthousiasmant !

— Il va pourtant bien falloir que je m'y habitue.

— Tu es folle !

— Malheureusement non, dit Casey dans un soupir.

Elle mordit dans sa part de tarte et prit le temps de la déguster avant de poursuivre avec un sourire amer :

— Moi, je sais trop bien à quoi ressemble un mariage convenable... sans amour. J'ai vu celui de mes parents.

Annie lui tapota affectueusement le bras. Elle comprenait Casey mieux que personne. Fillettes puis adolescentes, elles avaient partagé leurs jeux et leurs secrets et s'invitaient souvent l'une chez l'autre. En de nombreuses occasions, Annie avait ainsi pu constater par elle-même la tension et l'extrême froideur qui régnait entre Henderson et Hillary Oakes. Les parents de Casey représentaient l'image même du mariage réussi, basé sur l'argent, les voyages et les relations sociales.

En revanche, Casey, elle, avait toujours rêvé d'autre chose. Elle s'était bâti un monde imaginaire au cours de ses longues nuits solitaires ; elle s'en était nourrie. Et, depuis l'été de ses quinze ans, elle devait secrètement reconnaître que ce monde tournait exclusivement autour de Jake Parrish.

A présent, elle avait une chance de voir se réaliser ses rêves. A la seule condition de convaincre Jake de la sincérité de son amour pour lui... Et, surtout, de réussir à percer l'épaisse carapace de désillusions et de rancœur qui étouffait son aptitude à aimer.

— Maman ! appela Lisa. Viens m'ouvrir la porte. Je veux aller jouer dehors avec Pataud !

Annie soupira et se leva.

— Ce sera bientôt ton tour d'être harcelée sans répit par un bout d'chou, dit-elle en riant.

Restée seule, Casey s'adossa à sa chaise et jeta un coup d'œil distrait sur le quotidien local posé sur la table. Un titre attira immédiatement son attention.

En première page s'étalait en gros caractères : « HARRY BIGGS GAGNE LE GROS LOT DE LA TOMBOLA ». Juste en dessous, en plus petits caractères : «A la stupéfaction de son épouse».

La jeune femme éclata de rire et se saisit du journal pour lire l'article en détail. Décidément, n'importe quelle histoire, aussi anodine soit-elle, pouvait faire l'objet de la première page du quotidien d'une petite bourgade comme Simpson.

Sourcils froncés, elle réfléchit quelques secondes et, soudain, son visage s'éclaira d'un sourire.

Une idée venait de lui traverser l'esprit.

Trois jours plus tard, Casey posait négligemment sur la table de cuisine le journal qui devait apporter une solution à ses problèmes conjugaux. Elle jeta un coup d'œil au quotidien soigneusement plié et sourit.

Ça marcherait.

Il fallait que ça marche.

Reprenant le cours de ses occupations, la jeune femme débita les aubergines en grosses rondelles qu'elle empila sur une assiette, elle ébouillanta les tomates et les sortit une à une, se brûlant les doigts pour les peler. L'huile d'olive virait déjà à l'or au fond de la lourde poêle, quand on frappa à la porte d'entrée.

Jetant un coup d'œil à Pataud, son garde du corps intrépide, Casey éclata de rire. Le chien, endormi sous la table, n'avait même pas bougé une oreille.

La jeune femme regarda tour à tour la poêle et les légumes et fit la grimace. Elle ne pouvait laisser l'huile sur le feu pour aller ouvrir. Pas question de s'interrompre maintenant.

Espérant qu'un tueur en série n'aurait pas la politesse de s'annoncer avant d'entrer, elle cria :

— C'est ouvert !

Remuant vivement le mélange de légumes jetés dans l'huile bouillante, elle tourna les yeux vers le hall d'entrée et attendit.

— Casey ? appela une voix grave.

Une voix qu'elle n'avait pas entendue depuis un petit bout de temps. Une voix qui aurait dû, quelques semaines plus tôt, prononcer devant plus de trois cents invités réunis dans la cathédrale de Morgan Hill : « Je le veux ».

Steven.

— Casey ? appela de nouveau celui-ci. Tu es là ?

Interdite, la gorge serrée, la jeune femme toussota pour s'éclaircir la voix.

— Par ici, dit-elle.

Il apparut dans l'encadrement de la porte et s'immobilisa, comme s'il hésitait à franchir le seuil de la pièce. Ils se dévisagèrent. Pendant de longues secondes, ni l'un ni l'autre ne put émettre le moindre son. Finalement, ce fut Steven qui rompit le silence.

— Puis-je entrer ?

— Il me semble que c'est déjà fait.

Casey s'en voulut aussitôt pour sa remarque acerbe. Elle n'avait aucune raison de se comporter méchamment. D'ailleurs, en toute honnêteté, elle aurait dû être reconnaissante à Steven de l'avoir plaquée avant que leurs vies ne soient irrémédiablement liées l'une à l'autre. S'il ne s'était pas enfui pour Mexico, Jake n'aurait certainement plus jamais croisé son chemin.

Prenant une profonde inspiration, elle dit d'une voix douce, sans aucune trace de ressentiment :

— Salut, Steven.

Le jeune homme parut se détendre quelque peu. Otant son écharpe d'une main et déboutonnant son manteau de l'autre, il traversa d'un pas hésitant la vaste pièce pour rejoindre Casey dans le coin-cuisine.

Il paraissait en pleine forme. Bronzé par le soleil du Mexique, le regard sombre toujours aussi charmeur, il appartenait à cette race d'hommes qui faisaient battre le cœur des jeunes filles, même s'il n'était pas aussi grand et bien bâti que Jake. Habituellement, il attirait tous les regards par son aisance en société. Mais là, dans la cuisine accueillante fleurant bon les épices, sa présence semblait totalement incongrue. Avec ses cheveux blonds soigneusement peignés en arrière, son pardessus de cachemire ardoise, son costume et sa cravate portant la griffe d'un grand couturier, il paraissait tout droit sorti d'un magazine de mode.

Le regard méfiant, il s'arrêta à quelques pas de la jeune femme.

— N'aie pas peur, plaisanta celle-ci. Je ne vais pas t'arracher les yeux.

— Je ne pourrais pas vraiment t'en blâmer, rétorqua Steven avec un sourire penaud. Cependant, je te sais gré de te maîtriser aussi bien.

— Que viens-tu faire ici, Steven ?

Que diable lui voulait-il aujourd'hui ? Justement le jour qu'elle avait choisi pour pousser Jake dans ses derniers retranchements et lui arracher l'aveu qu'elle attendait depuis de longues semaines.

— Je viens de rentrer du Mexique et ma mère m'a dit où je pourrais te trouver.

— Je me moque de savoir comment tu as déniché ma nouvelle adresse. Je veux seulement comprendre *pourquoi* tu es ici.

— C'est tout simple, commenta calmement Steven, en jetant un coup d'œil autour de lui.

Il secoua la tête d'un air approbateur, puis reporta son attention sur Casey.

— J'imagine que je voulais m'assurer par moi-même que tout allait bien pour toi.

— Comme tu vois, je vais très bien, assura Casey qui ne put cependant s'empêcher d'ajouter :

— Ce n'était pas le cas quand j'ai pris connaissance de ton message à l'église, quelques secondes avant le début de la cérémonie.

Le jeune homme se raidit imperceptiblement. Se donnant une contenance, il se pencha pour gratter la tête de Pataud qui, le traître, était occupé à baver sur ses mocassins Gucci maculés de boue.

— Je suis sincèrement désolé, Casey, dit-il d'une voix sèche et crispée qui trahissait sa nervosité. Tu dois m'en vouloir à mort, n'est-ce pas ?

Pour toute réponse, Casey se détourna vers la poêle sur le feu et en remua vivement le contenu, surprise de constater qu'au fond d'elle-même elle lui gardait encore un peu rancune de ce qui s'était passé ce jour-là.

— Tu sais, j'ai essayé de t'en parler la veille de la cérémonie.

— Quoi ?

— J'ai téléphoné chez tes parents et c'est ton père qui a décroché.

Steven marqua une pause, le temps de jeter un coup d'œil dégoûté à ses mocassins copieusement léchés par le chiot.

— Quand j'ai insisté pour te parler, il m'a répondu que ce n'était pas le moment de te déranger, reprit-il.

Interdite, Casey dévisagea son ex-fiancé. Les pensées s'entrechoquaient dans sa tête. Son père ? Il ne lui avait jamais mentionné l'appel de Steven.

— Il ne t'a rien dit ? s'étonna le jeune homme, devant l'air interloqué de la jeune femme.

Muette, celle-ci secoua la tête en signe de dénégation. Elle s'efforça d'écarter le sentiment de malaise qui la gagnait. Pour elle ne savait quelle raison, elle sentait confusément que les paroles qui allaient suivre la feraient cruellement souffrir.

— Et j'imagine aussi qu'il ne t'a pas dit que je ne serais pas à l'église, ajouta Steven.

Brusquement, Casey eut l'impression que le monde vacillait autour d'elle. Ses doigts se crispèrent sur le manche de la casserole. La déception, telle une douleur fulgurante, lui tordit soudain les entrailles et l'air sembla s'épaissir dans ses poumons. Son père ! Son propre père savait que son fiancé ne viendrait pas à l'église ! Pourquoi n'avait-il rien dit ? Pourquoi avait-il laissé les choses continuer comme si de rien n'était ? Pour quelle raison avait-il permis que sa fille soit humiliée devant des centaines d'invités ? Toutes ces questions se précipitaient sur ses lèvres, mais tout ce qu'elle parvint à dire, ce fut :

— Il *savait* ?

— Bien sûr qu'il savait ! s'exclama Steven, en passant une main nerveuse dans ses cheveux. Je lui ai clairement dit que je ne désirais pas poursuivre plus longtemps cette mascarade. Je lui ai aussi fait observer que *toi* non plus, tu ne semblais pas particulièrement enthousiaste à l'idée de te marier...

Il s'interrompit brièvement, le temps de balayer la cuisine du regard.

— Du moins, pas avec moi, conclut-il, avec un faible sourire.

— Tu... Tu avais raison, bredouilla Casey, surprise d'être encore capable d'émettre un son.

— Tu connais ton père, renchérit Steven. Il n'a rien voulu savoir. Il m'a raconté ces stupides histoires de trac des futurs mariés à la veille d'enterrer leur vie de garçon, assurant que je reprendrais mes esprits d'ici le lendemain matin et que le mariage arrangerait tout.

Steven leva les yeux sur Casey et celle-ci put lire dans son regard le remords et la honte.

— Je croyais sincèrement qu'il t'en parlerait, Casey, souffla-t-il. Je n'ai pas imaginé une seconde que tu serais à l'église. A m'attendre.

Toute cette histoire ressemblait bien à son père, songea amèrement Casey. Evidemment, il n'avait pas tenu compte un seul instant des hésitations de Steven. Pour lui, il était hors de question qu'un jeune homme issu du meilleur milieu ait le front de faire échouer un mariage prévu de longue date et somptueusement préparé. D'ailleurs, existait-il quelqu'un qui puisse songer, ne serait-ce qu'une seconde, à refuser une alliance avec les Oakes ?

— Tu étais pourtant là, observa Casey d'une voix blanche. C'est bien toi qui m'as fait porter le message ?

— Oui. Je suis passé devant l'église et, quand j'ai vu tout ce monde rassemblé devant le parvis, je me suis douté que ton père t'avait caché mon appel.

Steven fit quelques pas vers Casey.

— Tu ne pouvais pas venir me parler ? demanda celle-ci, une pointe de reproche dans la voix.

— J'aurais dû. Je ne suis pas fier de moi.

La jeune femme hocha doucement la tête. Elle savait pertinemment que la présence de Steven aurait rendu la situation pire qu'elle n'était. La confrontation des deux familles avait été suffisamment pénible comme ça, chacun des clans regardant l'autre comme s'il était seul responsable de cette catastrophe. Si l'initiateur du désastre avait été là, nul doute que les éclats de voix auraient encore ajouté à l'humiliation.

— Eh bien, reprit Steven, en examinant d'un œil approbateur le décor ambiant. Es-tu heureuse ? Maman m'a dit que tu t'étais mariée.

— Oui… Et j'attends un enfant, ajouta Casey avec un large sourire.

Steven haussa les sourcils, l'air interrogateur.

— Je suis très heureuse, Steven. Je t'assure. En fait, je voulais t'écrire pour te donner des nouvelles et je regrette de ne pas avoir pris le temps de le faire.

Elle marqua une pause avant d'ajouter :

— Je ne t'en veux pas, tu sais. Bien au contraire !

— Tu ne peux pas savoir comme je suis soulagé, murmura Steven.

S'avançant vers lui, Casey éclata brusquement de rire et, dans un geste spontané, l'entoura de ses bras.

— Tu es pardonné, Steven.

Le jeune homme hocha doucement la tête puis, posant ses deux mains sur sa taille, il la souleva et la serra contre lui.

— Le type que tu as épousé est un sacré veinard ! dit-il en riant aux éclats.

Son rire s'évanouit comme la porte d'entrée claquait violemment contre le mur.

— Bon sang ! s'écria Jake.

12

Casey reprit brutalement contact avec le sol. Se tournant vers son époux, elle prit conscience de la fureur qui brûlait dans son regard sombre comme un ciel d'orage. Ses yeux lançaient des éclairs tandis qu'ils se posaient tour à tour sur Steven puis sur elle. Casey n'avait jamais vu Jake dans un tel état. Il était blême de colère, les mâchoires crispées, les poings serrés dans un ultime effort pour contenir la rage qui l'habitait.

— Nom de Dieu ! Otez vos mains de ma femme !

Aveuglé par la douleur, Jake avait l'impression que sa tête allait exploser.

— Ce n'est pas ce que vous pensez, protesta Steven.

— Pour l'amour du ciel, calme-toi, Jake, s'indigna Casey, en affrontant son regard. Tu te conduis comme un idiot !

Et, par-dessus le marché, *elle* se permettait de *le* critiquer ? fulmina Jake en son for intérieur.

Ignorant le regard furibond de son mari, elle se précipita dans le hall pour fermer la porte d'entrée restée ouverte sur le froid polaire qui régnait ce jour-là.

Steven intervint de nouveau :

— Je ferais peut-être mieux de me présenter.

Il tendit la main vers Jake.

— Steven Miller, annonça-t-il avec un sourire engageant.

Steven.

Jake dévisagea Casey de retour dans la pièce. Sa jeune épouse paraissait radieuse. Il reporta son attention sur l'homme qui lui tendait toujours la main, l'air si sûr de lui, si élégant. Et là, sa colère explosa brutalement. Il « vit rouge ». Rentrer chez lui, une fois de plus pour trouver sa femme dans les bras d'un autre homme, en l'occurrence un ex-fiancé, était plus qu'il n'en pouvait supporter.

Telle la brûlure d'un fer chauffé à blanc, la douleur lui tordit le ventre. Et, avant même de comprendre ce qui lui arrivait, ivre de rage, il s'avança sur Steven, écarta d'un geste brusque sa main tendue et écrasa son poing sur sa mâchoire.

Durant une fraction de seconde, Jake savoura la satisfaction que lui procura la propagation du choc sourd le long de son bras. Une lueur vengeresse dans les yeux, il regarda vaciller son adversaire. Assommé, ce dernier s'affaissa sur le sol, entraînant dans sa chute une assiette de gâteaux qui firent aussitôt les délices de Pataud, en embuscade sous la table.

Un moment, Jake resta immobile, les yeux rivés sur Steven, allongé de tout son long à ses pieds. Puis il pivota vers son épouse, le cœur battant toujours à un rythme effréné, bouillonnant de rage, la tête prise dans un étau. Même dans ses pires angoisses, il n'avait pas imaginé un seul instant que Casey puisse le trahir de la sorte. Il n'avait pas non plus imaginé que sa souffrance puisse être aussi vive, la blessure aussi profonde.

La douleur ressentie lors de la trahison de Linda n'était rien en comparaison de ce qu'il éprouvait aujourd'hui, en cet instant même. La vue de Casey dans les bras d'un autre lui avait fait l'effet d'un coup de poignard. A présent, chaque seconde qui passait amplifiait sa souffrance. Des jets d'acide bouillant semblaient attaquer de toutes parts les cellules de son cerveau.

— Mais tu es devenu complètement fou ! hurla Casey.

— Quoi ?

Respirant lourdement, interdit, Jake fixa la jeune femme. Comment osait-elle se mettre en colère contre lui, alors qu'il venait de la surprendre pendue au cou de ce salaud ?

Se penchant sur Steven, Casey l'aida à se relever. Une fois sur ses pieds, le jeune homme mit prudemment une certaine distance entre lui et la jeune femme, de peur de réveiller l'esprit combatif du propriétaire des lieux.

— Pourquoi l'as-tu frappé, Jake ? s'enquit Casey, le regard lourd de reproches.

— Et lui ! De quel droit serrait-il *ma* femme dans ses bras ?

— C'était amical, Jake. Tout simplement amical, corrigea Casey en jetant un coup d'œil consterné sur le sol jonché de biscuits écrasés dans lesquels se vautrait allègrement Pataud. Pour l'amour du ciel, nous sommes dans une cuisine. Pas dans une chambre !

Jake fronça les sourcils, se demandant si son épouse avait déjà oublié leurs ébats amoureux sur ce même terrain quelques soirs plus tôt.

Brusquement, les joues de Casey rosirent et il sut que la mémoire lui revenait.

— Je me fie à ce que je vois, Casey.

— Tu as seulement vu ce que tu t'attendais à voir, déclara celle-ci en pointant le menton avec défi.

Le regardant droit dans les yeux, elle reprit d'une voix où perçaient amertume et colère :

— Il m'en aura fallu du temps pour comprendre ton manège. En réalité, tu n'as fait qu'attendre cet instant depuis le jour où nous nous sommes mariés. Et, durant toutes ces semaines, l'ombre de Linda n'a cessé de planer sur notre couple. Tu ne peux donc faire confiance à aucune femme ?

Pris de court, Jake ne répondit pas.

— Je sais tout ! dit Casey, tremblant de rage et de dépit.

— Annie..., murmura Jake dans un soupir.

— Oui, Annie. Ta *sœur* m'a raconté tout ce que *tu* n'aurais jamais dû me cacher.

La gorge serrée, Jake se contenta de dévisager Casey. Il n'avait pas voulu qu'elle sache. Il n'avait pas voulu qu'elle sache que son ex-femme avait si peu d'estime pour lui, qu'elle s'était permis d'amener ses amants dans le lit conjugal. Nom d'un chien, il était pourtant facile de comprendre qu'il n'ait pas eu envie de remettre sur le tapis cette histoire sordide de mari trompé dont il était le principal acteur !

— Il n'y avait aucune raison pour que nous discutions de Linda, lâcha-t-il enfin entre ses dents serrées. Cette histoire n'a rien à voir avec nous.

— Comment ça, rien à voir avec nous ? explosa Casey, indignée par tant de mauvaise foi et d'obstination.

Le regard étincelant de colère, elle fit un pas vers son mari, puis s'immobilisa.

— Eh bien... Excusez-moi, bredouilla Steven derrière elle. Je ferais peut-être mieux de partir.

— Vous, fermez-la ! intima Jake.

— Fous-nous la paix, Steven ! cria Casey dans le même temps.

Désorienté par la tournure prise par les événements, le jeune homme secoua lentement la tête et jugea préférable de se faire oublier. Il baissa les yeux sur le chien qui se gavait de gâteaux à ses pieds.

— Comment oses-tu prétendre que ce qui s'est passé entre toi et Linda ne me concerne pas ? insista Casey.

— C'est de l'histoire ancienne.

— Même si cette histoire continue de jeter une ombre sur notre mariage ?

— Casey...

— Laisse-moi terminer. Je ne me tairai plus !

Jake tressaillit à la vue des larmes qui emplissaient à présent les yeux de son épouse. Il n'avait qu'une envie, courir hors de cette pièce, fuir la douleur. Oublier l'image de Casey dans les bras de Steven, et reprendre la vie telle qu'elle était avant ce matin.

Dans une ultime tentative pour retarder l'inévitable, il implora :

— Tais-toi, Casey. Tais-toi avant qu'il ne soit trop tard. Tirons un trait sur ce qui vient de se passer.

Steven toussota. Le couple l'ignora.

— Essayons de reprendre le cours de notre existence là où nous en étions, poursuivit Jake. Ce n'était pas si mal, après tout ?

— Pour toi, peut-être, mais pas pour moi, Jake, déclara lentement Casey, en détachant chaque mot. Du moins, plus maintenant. Je ne supporterai pas plus longtemps ce simulacre de vie à deux. Je veux être aimée… Vivre l'existence d'un couple normal. Un *vrai* couple, Jake… C'est un homme et une femme qui ne se cachent rien… Qui se font confiance.

Les lèvres tremblantes, Casey poursuivit :

— Le bonheur était à portée de main, mais tu as choisi de tout saccager. Depuis des semaines, tu m'observes, tu m'épies, attendant que je fasse le faux pas qui te prouvera que je ne vaux pas mieux que Linda. On croirait presque que tu retiens ton souffle, espérant avoir l'occasion de dire « Tu vois ? J'avais raison de ne pas t'aimer », au lieu de comprendre que je ne suis pas Linda et que je ne le serai jamais.

— Je n'ai jamais dit que tu ressemblais à Linda, protesta Jake, d'une voix faible.

La gorge nouée, Casey resta un instant silencieuse. Le regard chargé de reproches, elle contempla son époux, et secoua lentement la tête.

— Tu n'as pas besoin de le dire. Tu le penses tellement fort que c'est là. Entre nous. Chaque jour.

Puis, détournant précipitamment la tête pour cacher ses larmes de dépit, elle attrapa son sac à main posé sur un coin du comptoir et, saisissant son ex-fiancé par le bras, elle le remorqua derrière elle en direction de la porte d'entrée qu'elle ouvrit rageusement.

Sur le seuil, elle se tourna vers Jake.

— Tu cherchais une occasion pour te débarrasser de moi et de mes sentiments ? Eh bien, voilà qui est fait ! Tu as gagné ! Tu n'auras plus à supporter ma présence.

— Où vas-tu ? s'écria Jake.

— Qu'est-ce que ça peut te faire ?

Ouvrant la porte toute grande, Casey poussa Steven sur le perron. Avant de sortir derrière lui, elle se retourna une dernière fois.

— Je ne comprends toujours pas comment j'ai pu tomber amoureuse d'un homme aussi stupidement fier et entêté que toi, Jake Parrish ! conclut-elle avec un sourire triste et désabusé.

La porte claqua.

Figé, Jake demeura longtemps les yeux rivés sur la porte,

avec, pour toute compagnie, les grognements de plaisir du chien occupé à laper les dernières miettes de gâteau.

— Où sommes-nous ?

Casey fronça les sourcils et regarda Steven.

— Que dis-tu ?

Le jeune homme frotta doucement sa mâchoire et la remua prudemment avant d'articuler de nouveau avec précaution :

— Où sommes-nous ?

Casey jeta un coup d'œil au bâtiment devant lequel elle s'était arrêtée. La vitrine du salon de coiffure était entièrement décorée de scènes de Noël habilement peintes par sa propriétaire. On se serait cru au royaume du Père Noël et l'on n'aurait pas été surpris de voir surgir des lutins. Bizarrement, Casey ne se souvenait pas avoir conduit la voiture jusque devant chez Annie. D'ailleurs, elle ne se rappelait même plus le trajet qui l'avait amenée en ville.

En fait, quand ils étaient sortis du ranch, sa colère contre Jake était telle qu'elle pouvait à peine prononcer un mot. Elle avait pris les clés de la voiture des mains de Steven et s'était installée au volant de la Porsche. Se gardant de protester, le jeune homme avait pris place sur le siège du passager.

Elle avait conduit dans un état second et se rappelait vaguement avoir entendu gémir Steven chaque fois qu'elle faisait sauter les vitesses de son précieux bolide. Mais elle l'avait ignoré. Chaque parcelle de son être était tournée vers l'homme dont elle n'avait pas su conquérir l'amour. Elle ne pensait qu'à son mari et à rien d'autre. Un flot d'images de leur couple lui traversait sans cesse l'esprit.

S'il fallait décerner la palme à l'homme le plus dur, le plus orgueilleux, le plus obstiné, le plus... bête qui existât sur la planète, à tous les coups, Jake Parrish gagnerait haut la main !

Dire que cet imbécile croyait qu'elle l'avait trompé ! Oh, évidemment, après sa mésaventure avec Linda, il avait des excuses. Mais de là à la comparer à cette garce ! C'était impardonnable !

— Casey, intervint Steven. Connais-tu un bon médecin en ville ? Je crois qu'il faut que je passe une radio pour ma mâchoire.

Elle lui lança un bref coup d'œil.

— Si tu peux encore parler, c'est qu'elle n'est pas cassée, Steven.

— Je ne sais pas, grommela le jeune homme, en portant une main à sa joue. Mais, quand je la bouge comme ceci, j'entends un petit craquement.

— Eh bien, ne le fais pas, rétorqua Casey en guise de consolation.

La mine renfrognée, elle ouvrit la portière et descendit de voiture sans un regard pour son passager. D'ailleurs, elle n'attendit pas qu'il la suive. Traversant le trottoir à longues enjambées, elle entra dans le salon de coiffure.

Il régnait un silence de mort…

Jake s'étira. Chacun de ses muscles était tendu comme si son corps était resté trop longtemps replié sur lui-même. Il jeta un coup d'œil au chien.

— Qu'est-ce que tu as à me regarder ainsi ? grommela-t-il.

Queue basse, oreilles tombantes, Pataud s'éclipsa furtivement de la pièce.

Furieux contre lui-même, écœuré par tout ce gâchis, Jake se mit à arpenter le salon d'un pas nerveux, le talon de ses bottes claquant rageusement sur le carrelage.

— Mais quelle réaction espérait-elle donc ? gronda-t-il en levant les yeux au plafond comme pour prendre le ciel à témoin. Je rentre chez moi pour trouver ma femme dans les bras d'un homme ! Et je suis censé rester calme et accueillir le nouveau venu avec un grand sourire ?

Ses paroles résonnèrent dans le silence de la maison, lui faisant brusquement prendre conscience de sa nouvelle solitude. Il s'immobilisa et, l'air absent, baissa les yeux sur les restes de gâteaux qui avaient échappé à l'appétit de Pataud et qui, à présent, maculaient le sol.

Des cookies.

Ses gâteaux préférés.

Elle les avait certainement préparés pour lui.

Son regard se posa sur la table de cuisine où traînaient le quotidien local, un catalogue de Noël et une liste de cadeaux pour Lisa, Annie et son père, sans oublier Oncle Harry et Tante Emma.

Casey avait pensé à sa famille. Elle pensait toujours à lui.

S'accoudant au comptoir de granit, le front contre le carreau de la fenêtre, il laissa son esprit vagabonder au fil des semaines passées.

Avec l'arrivée de Casey, la maison avait de nouveau retenti de rires, retrouvé la chaleur d'antan. Même maintenant, l'odeur du sapin de Noël emplissait la demeure, rappelant à Jake l'atmosphère familiale des fêtes de fin d'année quand il était enfant. Chaque fois qu'il rentrait chez lui, il avait le sentiment d'être attendu. C'était donc cela... l'amour de Casey ?

Le destin lui avait accordé une seconde chance. La fille trop jeune qu'il désirait si fort quelque cinq ans plus tôt avait finalement fait de nouveau irruption dans sa vie, prête à lui offrir tout ce dont il avait jamais rêvé. Pendant des semaines, elle l'avait enveloppé de son affection et lui, pauvre imbécile, il n'avait malheureusement pas su — ou pas voulu — maîtriser ses peurs et ses doutes.

Bien sûr, Casey était aussi différente de Linda que peuvent l'être le jour et la nuit. Quelque part, au fond de lui-même, il le savait. Mais, dans son stupide orgueil, il n'avait pas voulu l'admettre. C'était comme si le cataclysme qui avait bouleversé sa vie trois ans plus tôt avait aussi anesthésié ses émotions. Et maintenant, il était peut-être trop tard. Etait-elle partie pour de bon ? L'avait-il dégoûtée à ce point qu'elle ne veuille plus jamais le revoir ?

Serait-il capable de vivre sans elle ?

Impossible.

— Alors, que faire ? questionna-t-il à voix haute, en croisant les mains sous son menton.

Le regard perdu, il revit leurs ébats amoureux dans cette même pièce et frissonna au souvenir de leurs baisers.

Il tenta de s'imaginer Casey dans quelques mois, quand son

ventre se serait arrondi. Il dessina mentalement les traits de celle qui portait son enfant : son sourire éclatant, ses yeux pétillant de joie quand elle le regardait.

Lentement, il se redressa. Il n'existait pas trente-six solutions. La seule chose à faire était de la ramener ici.

Chez elle.

Près de lui.

Sans hésiter une seconde de plus, il se rua hors de la maison.

— Casey ! s'écria joyeusement Annie. J'allais justement t'appeler. Je viens de lire les titres du journal. C'est génial !

Casey fit la grimace et jeta un bref coup d'œil sur le minuscule salon de coiffure.

Les mains expertes de sa belle-sœur s'activaient dans les boucles d'une cliente, tandis que deux autres femmes attendaient patiemment leur tour, assises dans le coin lecture.

Il n'était pas question de parler de l'avis passé dans le quotidien local. Pas maintenant. Surtout pas après ce qui venait d'arriver ! Dire qu'elle avait mis tant d'espoir dans cette annonce qui aurait dû convaincre Jake.

— Qu'est-ce qui ne va pas ? questionna Annie, inquiète devant l'air désespéré de son amie.

— Tu ferais mieux de me demander ce qui va bien, marmonna Casey. Ça prendrait nettement moins de temps.

— Oh, non... Jake a encore fait l'imbécile ?

La sonnette retentit quand la porte s'ouvrit sur Steven.

— Annie, soupira Casey. Je te présente Steven Miller.

— Steven ? *Le* Steven ? chuchota Annie.

— Pourquoi parler de moi comme s'il s'agissait de Jack l'Eventreur ? s'enquit l'intéressé qui avait visiblement quelques difficultés pour articuler.

— Désolée, s'excusa Annie, compatissante. Que vous est-il arrivé ? Votre mâchoire est toute bleue.

Elle chercha le regard de Casey.

— Jake... ? souffla-t-elle.

Casey acquiesça lentement de la tête, l'air abattu.

— Je ne voudrais surtout pas déranger, intervint Steven. Mais je me demandais si vous pourriez me trouver un peu de glace.

— Bien sûr. Servez-vous, proposa Annie en désignant du menton la pièce du fond.

Offusqué par le peu d'empressement manifesté à son égard, Steven haussa les sourcils mais se garda bien de faire une quelconque remarque. Il suivit la direction indiquée.

Dès qu'il eut disparu, Annie se tourna vers Casey.

— Qu'est-ce que c'est que cette histoire ?

— Je... Je n'arrive pas à réaliser, bredouilla Casey. Jake est rentré à la maison au moment où je sautais au cou de Steven et il l'a frappé.

— Mince, alors ! s'écria Annie.

Des chuchotements animés s'échappèrent du fond du salon. Casey foudroya du regard les deux commères. Gênées, celles-ci esquissèrent un pâle sourire à son adresse, s'efforçant d'adopter un air désinvolte. En revanche, la cliente assise dans le fauteuil de coiffure, elle, ne faisait pas le moindre effort pour marquer un désintérêt poli. Elle se tordait littéralement le cou pour ne pas perdre une bribe.

Dommage pour Jake, songea Casey, le cœur lourd. Lui qui haïssait tant les potins, ses aventures conjugales allaient encore alimenter les bavardages.

Sur ces entrefaites, Steven sortit de la pièce du fond, en tenant un sac de glaçons pressé contre sa joue. Lentement, il examina Annie des pieds à la tête, l'œil connaisseur. Mais, quand il croisa le regard bleu acier inquisiteur de la jeune femme, il se troubla.

— Est-ce que... Ça ira, Casey, si je t'abandonne maintenant ? bredouilla-t-il.

— On peut dire que vous avez l'art de la laisser tomber ! Vous faites la même chose avec toutes les filles ? coupa Annie, sarcastique.

Steven se raidit, l'air indigné.

— Je ne l'ai pas laissée tomber, protesta-t-il.

— Entièrement d'accord avec vous ! Plaquer conviendrait mieux, mais c'est plus vulgaire, ironisa Annie.

Les chuchotements reprirent de plus belle au fond du salon et Casey soupira. Décidément, vu la tournure prise par les événements, elle allait être la cible de tous les potins à des kilomètres alentour pendant des mois, voire des années. Ses petits-enfants entendraient peut-être parler du fameux jour où l'ex-ami de leur grand-mère était réapparu en ville, et de la façon dont leur grand-père avait fait le ménage avec ses poings.

— Evidemment que tout se passera bien pour elle ! poursuivit Annie, belliqueuse. Pourquoi voulez-vous que ça n'aille pas ?

— Je ne souhaite rien de tel ! objecta Steven, en haussant le ton à son tour.

Casey détourna les yeux de la scène. Elle n'avait vraiment pas la force d'entrer dans ce genre de dispute.

Vidée de toute énergie, elle fixa la porte vitrée au-delà de laquelle la rue principale bourdonnait d'activité. La nuit était tombée et les lampions accrochés dans les arbres scintillaient de mille feux, illuminant la petite bourgade de Simpson. Casey poussa un profond soupir de lassitude et perdit le peu de courage qui lui restait quand elle entendit le vrombissement de la jeep. Les sourcils froncés, elle regarda Jake se garer derrière la Porsche de Steven, lui bloquant ainsi toute possibilité de dégagement. Les épaules voûtées, il descendit de voiture.

— Salut Jake, cria M. Holbrook, le propriétaire de la quincaillerie adjacente au salon de coiffure. Toutes mes félicitations, mon garçon !

Jake lui rendit son salut avec un sourire aimable, en se demandant de quoi diable Holbrook voulait bien parler.

— C'est tellement charmant ! s'extasia une voix féminine juste derrière son dos.

Jake se retourna pour faire face à Dolly Fenwick qui lui souriait béatement.

—... Et si romantique, minauda la vieille dame avec un soupir rêveur. Souhaitez donc de ma part un joyeux Noël à votre adorable épouse.

Jake hocha distraitement la tête. Que signifiait donc tout ceci ? Il jeta un coup d'œil sur la Porsche avec laquelle Casey avait quitté la maison. Bloqué par la jeep, le véhicule n'irait nulle part. Du moins, tant qu'il n'aurait pas convaincu Casey de retourner au ranch avec lui.

Il s'immobilisa devant le salon de coiffure, le temps de prendre une profonde inspiration. Puis il ouvrit la porte, prêt pour la bataille, conscient de l'importance de l'enjeu. Sa vie en dépendait.

Lorsqu'il fit son entrée, Steven lâcha aussitôt le sac de glace et se mit en position de combat. Les poings levés à hauteur des yeux, les genoux légèrement pliés, il prit la pose du boxeur professionnel. Sautillant sur place, il attendit, les yeux rivés sur Jake Parrish.

— Je ne suis pas venu pour vous, déclara calmement celui-ci.

Steven haussa les sourcils et baissa lentement sa garde, le regard méfiant.

— Alors, pourquoi es-tu là ? demanda Casey d'une voix lasse.

— Je suis venu pour toi.

— Tu as peur que je sois partie en emportant l'argenterie ?

Un reniflement dédaigneux en provenance du fond de la pièce fit écho aux paroles de la jeune femme.

— Bon sang, Casey !

Se rendant compte qu'il avait presque hurlé, Jake baissa le ton.

— Je suis venu pour te ramener à la maison.

— Je ne rentrerai pas.

— Bravo, ma fille ! Ne te laisse pas faire ! murmura quelqu'un.

— Tu ne peux pas me quitter, déclara Jake, lentement, en détachant chaque mot.

Etonnant comme les mots pouvaient encore se faufiler sur ses lèvres malgré sa gorge serrée. Jetant un coup d'œil circulaire autour de lui, il croisa d'abord le regard réprobateur d'Annie, puis le regard méfiant de Steven, avant de rencontrer celui des trois clientes qui le dévisageaient avec un intérêt non dissimulé. Peu importe ! Après tout, il se moquait éperdument que tout le monde écoute ce qu'il avait à dire à son épouse. Il se fichait complètement de ce qu'ils pourraient raconter sur lui pendant des semaines. Une seule chose comptait. Convaincre Casey de lui donner une nouvelle chance. Trouver les mots qui sauraient la retenir près de lui.

— Je ne te laisserai pas me quitter, Casey.

— *Te* quitter ? répéta celle-ci, d'une voix surprise.

— Tu avais raison, murmura Jake en se rapprochant de la jeune femme. J'ai agi comme un idiot. Je ne voulais pas le reconnaître, mais en réalité j'ai besoin de toi, Casey.

Celle-ci inclina la tête et plongea son regard dans celui de son mari.

— Mais encore... ? insista-t-elle.

Jake fit un pas de plus vers elle, se gardant bien de la toucher. Il ne pouvait prendre le risque qu'elle s'écarte de lui. Il ne le supporterait pas.

— Je t'aime depuis toujours, Casey, déclara-t-il brusquement avec fougue.

— Redis-le-moi !

Il esquissa un sourire timide.

— Je t'aime. Je t'ai aimée dès le premier regard. Je t'en prie, reste. Pataud et moi ne survivrions pas si tu nous abandonnais.

Casey le considéra d'un air impassible et pinça les lèvres, la mine faussement sévère.

— Pas très élégant d'utiliser ce pauvre chien pour me faire fléchir.

— D'accord. Tu as gagné. C'est moi qui suis désespéré.

— Jusqu'à quel point ?

— Assez pour être prêt à tout pour que tu me pardonnes. Je t'aime. Rentre à la maison. Laisse-moi te prouver que je peux être amoureux fou.

Se risquant alors à poser ses mains sur les épaules de son épouse, il ajouta dans un murmure que seule celle-ci entendit :

— Mon plus grand désir, c'est de vivre auprès de toi et de... notre enfant.

— Grand bêta ! chuchota Casey.

— Alors... ? C'est oui ?

La jeune femme éclata de rire.

— De toute façon, je n'ai jamais envisagé de te quitter, Jake Parrish.

— Quoi ?

— Bien sûr que non, mon chéri ! assura Casey.

Tendrement, elle caressa la joue de son époux.

— Tu sais bien que je ne me laisse pas facilement décourager, ajouta-t-elle d'un ton sentencieux. Et puis je t'adore, même si tu es l'homme le plus exaspérant qui soit sur cette terre !

Elle sentit la tension qui habitait son époux se relâcher légèrement. Il lui parut soudain terriblement vulnérable.

— Que je me mette en colère ne change rien à mon amour pour toi, Jake. J'ai préféré m'éloigner de la maison uniquement pour éviter de te donner la gifle que tu méritais !

— A partir de maintenant, je te donne la permission de me gifler si nécessaire.

— Je m'en souviendrai, assura Casey en éclatant de rire.

Puis, tournant lentement la tête vers sa belle-sœur qui souriait aux anges, elle demanda le journal. Annie s'exécuta sans se faire prier et lui tendit le quotidien avec un regard complice.

Intrigué, Jake observa Casey qui dépliait soigneusement la première page.

— Si tu lisais les journaux comme tout un chacun, le matin au petit déjeuner, déclara Casey en reculant d'un pas, tu saurais... ce que tout le monde ici sait déjà.

Elle étendit le journal devant elle et attendit.

Jake lut le titre. Il cligna des yeux et le relut une nouvelle fois pour s'assurer qu'il ne rêvait pas. Mais non, tout était bien réel. Un sourire éclaira son visage. Il comprenait maintenant à quoi avaient fait allusion Holbrook et la vieille Mme Fenwick. La nouvelle avait dû faire le tour de la ville comme un feu de paille. Leur histoire allait faire jaser à des kilomètres à la ronde.

Il jeta un dernier coup d'œil sur le titre qui faisait la une du quotidien, et qui venait de faire disparaître comme par enchantement ses doutes et ses peurs. En haut de la page, s'étalait en gros caractères :

« UN AMOUR FOU : CASEY AIME JAKE. »

Jake leva les yeux sur son épouse et lui tendit les bras. Laissant tomber le journal à ses pieds, la jeune femme se lova contre lui, la tête au creux de son épaule. Il l'enserra de ses bras en se balançant tout doucement. Le monde autour de lui semblait avoir repris sa place. Il avait l'impression de revivre.

Avec Casey, une nouvelle vie s'offrait à lui. Se penchant vers elle, il murmura à son oreille :

— Je crois que, tout compte fait, l'amour a du bon, n'est-ce pas, chérie ?

Pour toute réponse, Casey lui offrit ses lèvres. Ils s'étreignirent en un long baiser passionné, indifférents aux applaudissements de leur public ravi.

CATHERINE MANN

Noël au Cap-Vert

L'ENFANT DE NOËL

Traduction française de
FLORENCE MOREAU

HARLEQUIN

Titre original :
YULETIDE BABY SURPRISE

Ce roman a déjà été publié en 2021.

1

La princesse Mariama Mandara n'avait jamais été une coéquipière très convoitée, en cours de gymnastique. Et pour cause : le sport n'était pas du tout son fort ! En revanche, quand il s'agissait d'orthographe, d'exposés ou de contrôles de mathématiques, elle était à l'époque la plus sollicitée.

Ses compétences physiques ne lui permirent donc pas, ce soir-là, de courir aussi vite qu'elle l'aurait souhaité, dans le couloir de l'hôtel sélect où elle était descendue.

Et pourtant, plus que jamais, elle avait besoin de fuir les paparazzis qui traquaient les têtes couronnées et n'avaient pas manqué de la poursuivre jusqu'à la station balnéaire du Cap-Vert. Situé au large de l'Afrique de l'Ouest, l'archipel en forme de fer à cheval pouvait s'apparenter à un Hawaii de l'Atlantique Nord.

Elle résidait à Santiago, la plus grande des îles. Mais peu importait l'endroit où elle se trouvait, des légions déterminées de photographes tentaient systématiquement d'obtenir un cliché d'elle. Pourquoi refusaient-ils de comprendre que, si elle séjournait aujourd'hui au Cap-Vert, c'était pour assister à une conférence scientifique, et non pour faire des mondanités ?

Haletante, Mari s'adossa un instant contre un mur, près d'un palmier en pot orné, en cette période de Noël, de lumières scintillantes. Fuir en permanence des poursuivants n'est pas un exercice aussi facile que cela en a l'air dans les films, surtout si l'on a pas envie de tout faire voler sur son passage ou de sauter acrobatiquement par des fenêtres ! L'issue la plus proche était bloquée par deux touristes penchés sur leur guide, et une autre par un chariot de service. Elle n'avait pas le choix : elle devait continuer à avancer.

Ayant retrouvé son souffle, elle se remit en marche sans courir, afin de ne pas attirer davantage l'attention. Le claquement de ses sandales résonnait sur la moquette au même rythme que *Ecoutez le chant des anges*, qui servait actuellement de musique d'ambiance à l'établissement. Vivement que cette conférence médicale se termine ! songea-t-elle avec lassitude. Elle pourrait alors retourner s'enfermer dans son laboratoire de recherche, loin de la folie des fêtes de fin d'année, et avaler tranquillement des tonnes de données, plutôt que des bonbons au sucre de canne !

Pour la plupart des gens, Noël est synonyme d'amour, de joie et de famille. Mais, pour Mari, la trêve des confiseurs signifiait plutôt des batailles familiales épiques, et cela même vingt ans après le divorce de ses parents. Si seulement son père et sa mère avaient été voisins, ou bien avaient au moins habité sur le même continent, les vacances n'auraient pas été aussi pénibles pour elle. Mais ils s'étaient livré une lutte transcontinentale acharnée au sujet de leur enfant unique pendant des années. Durant son enfance, elle avait passé plus de temps dans l'aéroport d'Atlanta et dans les avions avec sa nourrice que près d'une cheminée en train de savourer un chocolat chaud, au moment des fêtes de Noël. Elle avait même passé un 25 décembre dans un hôtel, sa correspondance ayant été annulée en raison d'importantes chutes de neige !

Le mariage de ses parents n'avait en effet pas résisté à la pression constante des projecteurs braqués sur leur famille. Sa mère ayant fini par flancher, elle avait alors divorcé de son prince charmant d'Afrique de l'Ouest pour retourner vivre à Atlanta, sa ville natale de Géorgie.

Mari, quant à elle, n'avait pas pu rompre avec son héritage. Son père et ses sujets comprendraient-ils un jour qu'elle était plus à même de servir leur petit pays grâce à ses recherches dans son laboratoire universitaire que par ses sourires lors de cérémonies où elle devait couper les rubans de rigueur ? Elle préférait mille fois ses vêtements amples et confortables aux robes de soirée impeccables qui étaient de mise pour les éternelles photos officielles.

Elle finit par repérer une cage d'escalier libre et s'y engouffra, accompagnée cette fois de *Il est né le divin enfant*. Il lui suffisait à présent de regagner le cinquième étage où elle pourrait enfin se terrer pour la nuit dans sa chambre, avant de retourner au séminaire, le lendemain. Aujourd'hui, elle avait présenté pendant près de quatorze heures d'affilée les nouveaux traitements antiviraux sur lesquels elle effectuait des recherches, et elle était tout simplement à bout de force. Elle n'avait plus l'énergie de sourire ou de répondre à des questions trop personnelles, sachant que ces échanges seraient enregistrés sur des smartphones, avant d'être postés sur internet.

S'agrippant à la rampe, elle s'efforça de gravir les marches... Elle avait le cœur battant, et dut effectuer une pause au troisième étage pour reprendre son souffle. Quand elle arriva enfin au cinquième et ouvrit la porte, elle manqua heurter une mère et sa fille adolescente. Cette dernière la regarda à deux reprises, comme si son visage lui rappelait quelque chose... Mue par un élan d'adrénaline, Mari se dépêcha de tourner à l'angle du couloir. Sauf que, maintenant, elle se dirigeait dans la direction opposée à sa chambre !

Elle ne pouvait pas tout simplement faire demi-tour, n'étant pas certaine que la voie était libre, et redoutant que l'adolescente ne l'ait reconnue. Il lui était tout aussi impossible de stationner indéfiniment dans le couloir... Balayant bien vite le palier du regard, elle repéra tout à coup un chariot de service, apparemment abandonné. Mais oui, elle tenait sa solution !

Elle vérifia d'un coup d'œil qu'il n'y avait aucun employé en uniforme dans les parages, et n'aperçut qu'une femme qui s'éloignait, son téléphone portable collé à l'oreille... Après une demi-seconde d'hésitation, elle se rua sur le chariot. Et là, incapable de résister à la tentation, elle souleva la cloche en argent : l'odeur alléchante du carré d'agneau braisé au safran qui s'en échappa la mit tout de suite en appétit. Sans compter le tiramisu… Elle songea l'espace d'un instant à s'enfermer dans le placard le plus proche pour se sustenter, ayant à peine eu le temps d'avaler un sandwich et un café durant sa longue journée. Allons, que lui arrivait-il ? Elle devait regagner sa chambre au plus vite et mettre fin à cette folle journée par une bonne douche bien méritée ! Elle commanderait ensuite son repas avant de s'effondrer enfin dans son lit confortable.

Apporter le chariot à son destinataire représentait maintenant la meilleure des couvertures. D'autant qu'une veste portant le nom de l'hôtel était posée sur la poignée, et qu'un carton indiquait : « suite 5A ».

Le bruit des portes de l'ascenseur la stimula vivement à entrer en action !

Sans perdre une seconde, elle enfila la veste vert foncé sur son tailleur noir et trouva dans une poche un bonnet de Père Noël rouge. Elle ne pouvait rêver de meilleur camouflage ! Relevant ses cheveux, elle se coiffa du bonnet et se mit à pousser le chariot plutôt lourd vers la suite située au bout de couloir. Ce fut alors que des voix s'élevèrent derrière elle.

— Où peut-elle bien être ? demanda une adolescente en portugais, sa voix aiguë résonnant dans tout le couloir. Tu m'avais bien dit qu'elle était montée par l'escalier jusqu'au cinquième étage ?

— Tu es sûre que ce n'était pas le quatrième ? renchérit une autre fille à la voix aussi stridente.

— Certaine ! coupa une troisième. Préparez vos téléphones, les filles, on va pouvoir vendre nos photos une petite fortune.

Qu'elles ne comptent pas là-dessus !

Mari poussait résolument son chariot, la porcelaine cliquetant sur la nappe qui le recouvrait. Ce fichu engin aux roues grinçantes était bien plus lourd qu'il n'en avait l'air. Elle dépassa des masques sculptés accrochés aux murs, un éléphant en poterie… La suite 5A était enfin en vue, mais le trio de conspiratrices la talonnait.

— Et si on interrogeait la femme de service…

Elle sentit la panique la gagner : les photos seraient encore plus humiliantes si elles l'immortalisaient dans ce déguisement !

Elle devait s'engouffrer sans attendre dans la suite 5A dont, ô bonheur, elle venait d'atteindre la porte !

Nerveuse, elle appuya deux fois sur la sonnette.

— Room service, annonça-t-elle.

Les secondes n'en finissaient pas de s'écouler... N'était-il pas préférable d'entrer sans y être invitée plutôt que de risquer d'être démasquée par le trio infernal ?

Alors qu'elle cédait à l'affolement, la porte s'ouvrit, Dieu merci ! Elle se précipita dans la suite, épuisée par le poids du chariot... Ce fut alors qu'elle huma un parfum masculin qu'elle aimait particulièrement, au sillage frais et discret.

Troublée par cette fragrance subtile, elle manqua trébucher. Il était vrai qu'elle était une cérébrale et qu'elle n'avait pas le sens de la pose parfaite, au grand dam de l'attaché de presse royale.

Et, soudain, la curiosité l'élança : quel homme pouvait bien porter un parfum si simple et résider dans une telle opulence ? Elle n'osa toutefois pas lever les yeux vers lui, de peur d'être reconnue.

La tête toujours baissée, elle avança le chariot dans la pièce, passant tout près de l'homme. Celui-ci n'avait commandé qu'un seul repas, mais elle inspecta tout de même rapidement la suite, en quête d'éventuels autres occupants. Elle passa devant un lion en teck. La pièce semblait vide. De larges canapés en cuir et une table basse de bois brut occupaient une grande partie de l'espace. Les persiennes avaient été relevées et une immense baie révélait le clair de lune, sur la plage. Des palmiers et des arbres fruitiers décorés de lanternes illuminaient la grève. Sur un îlot éloigné, une église en pierre blanche se profilait au sommet d'une colline. Le panorama était paradisiaque.

Elle se dirigea vers la table qui se trouvait près de la fenêtre.

— Je vais poser votre repas ici, dit-elle.

— Merci, lui répondit une voix envoûtante... et familière !

Elle se figea.

— Mais vous pouvez aussi le mettre près de la cheminée.

Il ne lui avait pas fallu plus d'une seconde pour identifier cette voix de baryton et se glacer, comme si la neige avait finalement décidé d'envahir ce Noël africain.

Elle n'avait nul besoin de se retourner pour s'assurer que le destin venait de lui jouer un mauvais tour. Parmi toutes les suites que possédait cet hôtel de luxe, il avait fallu qu'elle atterrisse dans celle du Dr Rowan Boothe !

Autrement dit son cauchemar professionnel.

Un médecin dont elle ridiculisait les inventions en public.

Qu'est-ce qu'il fichait ici, bon sang ? Elle avait vérifié la liste de tous les intervenants, et elle aurait juré qu'il n'y figurait pas.

Elle entendit le cliquetis de la porte qui se refermait, puis ses pas qui se rapprochaient, tout comme son parfum. Elle s'efforça de maintenir la tête baissée, les yeux fixés sur ses chaussures et l'ourlet de son jean délavé, tout en s'accrochant à l'espoir qu'il ne la reconnaîtrait pas.

— Voilà, j'ai mis votre repas ici. Bonne soirée !

Mais, de sa haute stature, il lui barra alors le passage. Elle redressa timidement la tête.

Son torse musclé était moulé dans une chemise blanche dont il avait relevé les manches et qu'il avait sortie de son jean. Elle se rappelait tout à fait sa carrure bien trop parfaite… Et pria pour qu'il ne se souvienne pas de leur dernière rencontre qui remontait à cinq mois, lors d'une conférence à Londres.

Tandis que la honte la gagnait, elle se sentit rougir malgré elle. Hélas, elle n'avait pas besoin de lever les yeux plus haut pour se remémorer son superbe visage. Ses traits à la Brad Pitt ne pouvaient qu'avoir été sublimés par le soleil du Cap-Vert. Ses cheveux auraient été jugés trop longs pour un médecin si on ne l'avait pas su bien trop accaparé par ses activités philanthropiques pour consacrer un peu de son temps précieux à une visite chez le coiffeur.

Le monde entier voyait en lui le Docteur Parfait, alors qu'elle ne pouvait tout simplement pas supporter la façon dont il circonvenait aux règles.

— Il y a un problème, mademoiselle ? demanda-t-il en inclinant la tête pour attirer son attention.

Surtout, elle devait rester calme, ne pas se trahir. Finalement, elle aurait préféré qu'on lui ait volé quelques photos, plutôt que de faire face à cet homme, un bonnet de Père Noël sur la tête !

Il lui tendit soudain un pourboire.

— Joyeux Noël.

Elle ne pouvait refuser les billets au risque d'éveiller sa suspicion. Elle s'en saisit donc du bout des doigts, évitant tout contact avec lui, et se promit de remettre cette coquette somme à une association caritative.

— Merci pour votre générosité.

— Je vous en prie.

Pourquoi fallait-il qu'un homme odieux comme lui possède un timbre aussi velouté et séduisant ?

Elle expira profondément, puis le contourna. Ouf, elle allait bientôt se retrouver chez elle ! Elle posait la main sur la poignée en laiton quand...

— Docteur Mandara, vous ne voulez vraiment pas vous attarder un peu ? demanda-t-il d'un ton sarcastique.

Oh non ! Il l'avait reconnue. Et elle imaginait bien le petit sourire satisfait qu'il devait afficher en ce moment même dans son dos.

— Et moi qui pensais que vous aviez recouru à ce subterfuge pour vous introduire dans ma chambre en vue de me séduire.

Rowan attendit que ses paroles fassent leur effet, l'idée d'échanger quelques reparties bien senties avec cette princesse aussi sexy qu'intelligente accélérant la course de son sang dans ses veines. Il ne comprenait pas ce qui le troublait tant chez Mariama Mandara, mais il avait renoncé depuis longtemps à trouver une explication.

Le dédain qu'elle affichait pour lui était un fait indéniable, tout comme l'attirance qu'il éprouvait pour elle.

En réalité, il était las que le monde entier voie en lui un saint parce qu'il avait refusé l'offre d'un cabinet lucratif en Caroline du Nord pour ouvrir une clinique en Afrique. Il se trouvait qu'il avait de l'argent à ne plus savoir qu'en faire depuis qu'il avait mis au point un programme de diagnostiques médicaux numérisés, programme que Mari critiquait immanquablement chaque fois qu'elle en avait l'occasion, estimant qu'il s'agissait d'une pratique réductrice et factice de la médecine. L'ouverture de sa clinique n'avait même pas entamé sa fortune, aussi n'y voyait-il aucun saut dans le vide, contrairement à son entourage et au public. La réelle philanthropie implique le sacrifice de soi-même ; or il n'était pas homme à renoncer à la satisfaction de ses besoins.

Et, en l'occurrence, c'était Mari qu'il désirait.

Toutefois, à voir l'air horrifié qu'elle arborait, il n'avait visiblement pas fait mouche avec sa réplique ironique.

Elle ouvrit la bouche, puis la referma, de toute évidence incapable de répliquer quoi que ce soit. Oh ! cela ne le dérangeait pas ! Il pouvait tout à fait se contenter de la dévorer des yeux. Il s'adossa au bar, savourant la vue de sa longue silhouette élégante, absolument pas gêné par l'affreuse veste qu'elle portait pour apprécier ses formes délicates. Il l'avait observée assez souvent pour la connaître en détail. Et il brûlait d'envie de la déshabiller et de goûter chaque parcelle de sa peau couleur café au lait…

La fièvre qu'elle lui inspirait avait dû briller dans ses yeux, car elle afficha soudain un regard choqué.

— Vous plaisantez, naturellement, dit-elle enfin, retrouvant la parole. Vous ne pouvez tout de même pas croire que je cherchais à vous séduire, surtout dans un accoutrement si ridicule.

Bon sang ! Ce qu'elle pouvait être sexy quand elle s'indignait, sans compter que le petit bonnet de Père Noël juché sur sa tête la rendait encore plus ravissante.

Elle tapa du pied.

— Et ne vous avisez pas de vous moquer de moi !

— Il est charmant, votre bonnet, se contenta-t-il de répondre.

Poussant un soupir exaspéré, elle jeta son couvre-chef par terre et se débarrassa dans le même temps de la veste de l'hôtel.

— Croyez bien que, si j'avais su que vous logiez ici, j'aurais bien évidemment choisi une autre chambre pour me cacher.

— Vous cacher de qui ? demanda-t-il d'un ton absent, plus captivé par son physique que par ses explications.

Un élan de plaisir inattendu et tout à fait déplacé venait en effet de le saisir à la vue du chemisier blanc qui épousait parfaitement sa poitrine sous sa veste noire froissée. Cela faisait deux ans qu'il luttait systématiquement contre l'excitation inopportune qu'il ressentait chaque fois qu'elle montait sur une estrade devant une salle comble pour tirer à boulets rouges sur son travail. Elle estimait que son outil informatique de diagnostics était simpliste, et l'accusait d'enlever à la médecine sa dimension humaine. A cette pensée, il serra les mâchoires et son sourire disparut...

Elle possédait une rigueur et une impartialité qui auraient dû l'agacer et pourtant... Ce qu'il avait envie de lui faire perdre son sang-froid et de voir ses yeux mordorés s'alanguir sous le feu d'une passion dévorante...

Mais... bon sang ! Il était sur le point d'avoir une érection. Il devait de toute urgence reprendre le contrôle de la situation. Et, soudain, une raison tout à fait probable pour expliquer la présence de Mari dans sa suite s'imposa à son cerveau embrouillé.

— Que faites-vous dans ma chambre, au juste ? De l'espionnage industriel ?

— Mais de quoi est-ce que vous parlez ? s'insurgea-t-elle en tripotant la ceinture de sa jupe en tweed.

Il ignorait jusque-là que le tweed pouvait être si érotique. Il s'imagina aussitôt en train de lui retirer ses sandales, puis de faire glisser sa bouche le long de ses jambes, sous sa jupe, pour découvrir enfin sa peau douce et satinée...

Bien vite, il s'éclaircit la voix et posa les yeux sur son visage délicat.

— Ne jouez pas l'idiote avec moi, cela ne vous va pas du tout !

Il savait parfaitement qu'elle avait un QI exceptionnel.

— Que cherchiez-vous ? poursuivit-il. Des informations sur la nouvelle version de mon programme ?

— Absolument pas ! se récria-t-elle en lissant ses cheveux. Je n'aurais jamais cru que vous nourrissiez des théories conspirationnistes. Vous, un homme de science ! Enfin, si l'on peut dire.

Il haussa un sourcil.

— Donc, si vous ne vous êtes pas introduite dans ma suite pour chercher des informations, qu'est-ce que vous faites là ?

Avec un soupir, elle croisa les bras.

— Très bien, je vais vous le dire, mais il faut me promettre de ne pas rire.

— Parole de scout, dit-il en croisant les doigts sur son cœur.

— Vous avez été scout ? Eh bien, on en apprend tous les jours !

Oui, avant d'avoir été envoyé dans une école de redressement militaire, mais c'était là un sujet qu'il n'aimait guère aborder. Quel que soit le nombre de dispensaires qu'il ouvrirait dans le monde durant le reste de sa vie, jamais il ne pourrait expier ce qu'il avait commis à cette époque.

— Bon, vous vous apprêtiez à m'expliquer la raison de votre présence dans ma chambre, lui rappela-t-il.

Elle jeta un coup d'œil vers la porte, puis s'assit prudemment sur l'accoudoir du canapé en cuir.

— A la fin de ma conférence, j'ai été suivie par des photographes en quête d'un scoop, jusque dans les couloirs de l'hôtel. Puis ce sont des paparazzis en herbe qui ont pris le relais. Ces gamines me poursuivaient avec leurs smartphones pour me voler des photos et les poster ensuite sur internet, afin de récolter quelques minutes de gloire, j'imagine.

Ses instincts protecteurs prirent immédiatement le dessus sur tous les autres sentiments qu'elle lui inspirait.

— Votre père ne vous a-t-il donc pas attribué de gardes du corps ? s'exclama-t-il.

— Je préfère m'en passer, rétorqua-t-elle, avec un air souverain, signifiant qu'elle ne souhaitait pas s'étendre sur le sujet. Ma fuite ne s'est pas passée comme prévu, mais la femme de service ayant été distraite par un appel téléphonique, j'en ai profité pour saisir ma chance, ou plus exactement ce chariot, et passer incognito.

Elle avait beau refuser les gardes du corps, son père aurait dû insister ! L'idée qu'elle soit traquée et bousculée lui donnait envie de hurler.

— Je sais que je devrais me contenter de sourire pendant qu'on me photographie, mais il ne s'agit pas de clichés officiels. Et, moi, j'ai un travail sérieux à effectuer, une réputation à maintenir !

Elle redressa le menton, visiblement frustrée.

— Cela ne faisait pas partie du contrat, fit-elle en secouant la tête.

Frappé par son désarroi, il aurait voulu poser les mains sur ses épaules et la masser pour qu'elle se détende un peu. Sauf qu'elle lui aurait vraisemblablement lancé à la figure le plat qu'elle venait de lui apporter ! Il décida alors de prendre le chemin le plus sûr pour dissiper le stress : la plaisanterie.

— Pauvre petite princesse riche ! dit-il d'un air moqueur.

Mais, là encore, il faisait fausse route…

— Vous n'êtes pas très gentil, rétorqua-t-elle en plissant ses yeux de chat.

— Vous êtes la seule à le penser, se défendit-il.

Il s'était rapproché d'elle et une dizaine de centimètres à peine les séparait à présent. Avec lenteur, elle se leva pour lui faire face.

— Eh bien, pardonnez-moi de ne pas faire partie de votre fan-club !

— Vous êtes bien certaine que vous ignoriez que la 5A était ma suite ? insista-t-il alors qu'il percevait clairement, à la lueur qui brillait dans ses yeux, qu'elle lui avait dit la vérité.

— Oui, sûre et certaine ! répondit-elle, nerveuse. Seul le numéro de la suite figurait sur le chariot, pas votre nom.

— Et si vous vous étiez rendu compte qu'il s'agissait de ma chambre, de mon repas, auriez-vous cédé à la brigade des porteuses de smartphones pour ne pas avoir à me demander de l'aide ?

Pour la première fois, un petit sourire éclaira ses traits.

— J'imagine que nous ne connaîtrons jamais la réponse, qu'en pensez-vous ?

Elle tira sur sa veste et ajouta :

— Bon appétit, docteur.

Ah non ! Elle n'allait tout de même pas repartir si vite !

— Le repas est copieux, vous pouvez tout à fait le partager avec moi, de sorte que, lorsque vous ressortirez de ma suite, vos poursuivants auront abandonné.

— Est-ce que vous m'invitez à dîner ?

Un éclat d'humour passa dans ses belles prunelles, et il eut l'impression que de l'électricité crépitait dans l'air.

— Ou bien prévoyez-vous de m'empoisonner, ni vu ni connu ? ajouta-t-elle.

Alors elle se mordilla la lèvre inférieure, et il aurait juré à cet instant qu'elle était en proie au même désir que lui. Déjà, il s'imaginait glisser le doigt dans le V de son décolleté et l'attirer à lui pour qu'elle tombe dans ses bras...

Toutefois, préférant se montrer prudent, il se contenta de replacer l'une de ses boucles brunes derrière son oreille.

— Mari, il y a beaucoup de choses que j'aimerais vous faire, mais je peux vous assurer que vous empoisonner ne figure pas sur ma liste.

Il vit la confusion empreindre immédiatement ses traits, mais elle ne prit pas la fuite, pas plus qu'elle ne se mit à rire. En réalité, il crut même voir passer une lueur d'intérêt dans ses yeux. Oh ! c'était une faiblesse involontaire de sa part, bien sûr ! Mais il n'en fallait pas plus pour l'encourager. Que se passerait-il si...

Un gémissement l'arracha soudain au brouillard dans lequel l'avait plongé son imagination débordante. Et, de toute évidence, ce n'était pas Mari qui venait de l'émettre, car elle regarda par-dessus son épaule, surprise. Le cri se fit plus puissant pour dégénérer en un hurlement qui emplit bientôt toute la pièce.

Il avait l'air de provenir de dessous le chariot de service, qui était recouvert d'une nappe.

— Ça alors ! fit-il en regardant Mari. Qu'est-ce que c'est ?

Elle leva les mains comme pour prouver son innocence.

— Ne me regardez pas ainsi, je l'ignore.

Il fondit vers le chariot, souleva la nappe en lin... et découvrit un bébé vociférant.

2

Les cris de l'enfant résonnaient dans la suite de l'hôtel, tandis que Mari, sous le choc, fixait le bébé calé dans son cosy. Pas étonnant que le chariot lui ait paru plus lourd que la normale. Si seulement elle avait eu l'idée de soulever la nappe…

Et dire que le pauvre bébé était resté là-dessous tout ce temps. Il était si petit, sans défense. Il devait être âgé de deux ou trois mois, il portait une couche et un T-shirt blanc, et une couverture verte avait été enroulée autour de ses jambes.

Elle déglutit avec difficulté, incapable de la moindre pensée cohérente.

— Oh ! mon Dieu ! finit-elle par dire. C'est un bébé ?

— Non, c'est un chiot ! répliqua Rowan d'un ton pince-sans-rire, en se lavant les mains.

Puis il s'agenouilla près du chariot et en sortit le cosy.

Il venait visiblement d'endosser son rôle de médecin et palpait à présent le nourrisson, qu'il prit ensuite dans ses larges mains rassurantes. L'enfant se mit à agiter ses bras et ses jambes couleur moka, avant que Rowan ne le pose contre son torse. Alors il émit un petit hoquet et se calma.

— Mais qu'est-ce qu'il peut bien faire là ? demanda-t-elle en s'écartant pour que Rowan puisse s'asseoir sur le canapé.

— Ce n'est pas moi qui ai apporté le chariot de service dans cette suite, répliqua-t-il avec désinvolture, tout en passant le doigt sur les gencives du bébé.

— Ce n'est pas moi qui l'ai caché sous ce chariot, en tout cas, se défendit-elle.

Fille ou garçon, elle n'aurait su dire... Le nourrisson ne portait ni rose ni bleu, et pas le moindre nœud n'ornait ses minuscules boucles.

Une fois assis, Rowan posa un coussin motif panthère sur ses genoux, et plaça le bébé dessus pour continuer son examen.

Toujours aussi troublée, elle croisa les mains derrière le dos.

— Est-ce qu'il va bien ? C'est une fille ou un garçon ?

— Une fille, l'informa-t-il en refermant la couche. Et elle a environ trois mois.

— Il faut appeler la police. La personne qui l'a abandonnée se trouve peut-être encore à l'hôtel.

Quoique, à la réflexion, c'était peu probable, étant donné le temps qu'elle avait passé à flirter avec Rowan !

— J'ai vu une femme s'éloigner du chariot, poursuivit-elle. Comme elle avait un portable collé contre l'oreille, j'ai supposé qu'elle voulait téléphoner tranquillement, mais c'était peut-être la mère de l'enfant.

— C'est une piste à explorer, dit-il. Elle aura sans doute été filmée par les caméras de surveillance. Il faut que vous repensiez à tous les détails pour les fournir à la police quand elle vous interrogera.

Tiens, il avait revêtu le costume d'inspecteur, à présent, reléguant celui de médecin aux vestiaires.

— Avez-vous vu quelqu'un tourner autour du chariot, avant de vous en emparer ?

— Vous ne m'accusez tout de même pas d'y avoir mis ce pauvre bébé ?

— Bien sûr que non !

Pourtant, elle ne pouvait se défaire d'un sentiment de culpabilité.

— Et si tout cela était ma faute ? Après tout, le bébé n'est peut-être pas abandonné. C'est peut-être juste une femme de chambre qui, ne sachant pas à qui confier son enfant, l'a amené au travail et caché sous ce chariot. Si c'est le cas, elle doit être complètement affolée de l'avoir perdu.

— Ou peut-être paniquée à l'idée de se faire prendre, renchérit-il d'un ton sec.

— On présume que c'est une femme qui l'a abandonné, mais il peut tout à fait s'agir d'un homme. Bon, je vais appeler la réception, dit-elle en se dirigeant vers le téléphone, posé sur le comptoir en marbre.

— Avant que vous ne téléphoniez, pouvez-vous me donner le cosy ? Je voudrais vérifier qu'il n'y a aucun indice laissé par la famille, ou au moins un biberon de lait.

— Bien sûr ! Tenez !

Et elle le lui tendit, tout en remerciant le sort qu'il ne soit rien arrivé au nourrisson pendant qu'il était tout seul dans le couloir. Ou encore qu'il ne soit pas tombé du chariot quand elle le poussait avec acharnement ! La pensée que l'on ait pu laisser ce petit être fragile et précieux sous cette nappe en lin lui brisait le cœur.

Puis, sans lâcher Rowan ni le bébé des yeux, elle composa le numéro de la réception. Au bout de quatre sonneries, on décrocha.

— Un moment, s'il vous plaît, lui dit-on aussitôt sans qu'elle ait eu le temps de prononcer le moindre mot.

Et la chanson *Ô Douce Nuit* résonna alors dans l'appareil.

— Ils m'ont mise en attente, fit-elle avec un soupir, en s'appuyant au comptoir.

Rowan leva les yeux vers elle, des yeux d'un bleu pur comme l'azur qui, sous l'effet de la frustration, s'assombrirent légèrement.

— Je me demande qui a eu l'idée de génie d'organiser un séminaire à cette période de l'année alors que l'hôtel est déjà plein de touristes. C'est insensé.

— Pour une fois, je suis entièrement d'accord avec vous.

Et la musique du téléphone enchaîna avec *L'Enfant au tambour*, tandis qu'elle regardait Rowan bercer le bébé contre lui. Il était plus que touchant dans ce rôle, elle devait le reconnaître. Peu désireuse de se laisser de nouveau distraire par son visage de séducteur, elle dirigea le regard vers la fenêtre. Des lumières multicolores clignotaient sur les voiliers et les ferries.

L'atmosphère joyeuse de Noël battait son plein, sur l'île. Sur le continent africain, le pays de son père présentait une version plutôt éclectique de la fête, plusieurs religions apportant leurs touches propres. Noël n'y était pas aussi élaboré qu'aux Etats-Unis, mais on le fêtait tout de même. Au Cap-Vert, les traditions étaient bien enracinées, puisque l'île avait été auparavant une colonie portugaise.

Depuis qu'elle avait pris son indépendance, Mari était ravie d'échapper aux excès de la fête, même si elle ne pouvait pas l'ignorer complètement. Et le fait qu'une mère ou un père ait abandonné un enfant en cette période de l'année lui semblait particulièrement tragique.

Soudain, Rowan lui donna le bébé… Mon Dieu, mais elle n'avait aucune expérience en la matière ! Redoutant de commettre un faux pas, elle le lui rendit sans tarder : la petite fille était en de bien meilleures mains avec lui. Il la reprit sans mot dire.

Tout en maintenant fermement le nourrisson de la main gauche, il se mit à fouiller dans son cosy de l'autre main… Soudain, il marmonna un vague juron, puis tourna la tête vers elle.

— Qu'est-ce qu'il y a ? demanda-t-elle en posant la main sur le combiné du téléphone. Le bébé a un problème ?

— Non, ce n'est pas le bébé qui a un problème, mais les parents. Vous pouvez arrêter de vous tracasser au sujet d'une mère ou d'un père qui aurait apporté son bébé au travail et se serait fait prendre la main dans le sac, si je puis dire.

Sur ces mots, il brandit un bout de papier.

— J'ai trouvé ce message dans la pochette qui se trouve au dos du cosy, poursuivit-il.

Elle se précipita sur le canapé à côté de lui, le téléphone toujours à la main.

— Qu'est-ce qu'il dit ?

— La mère de l'enfant l'a déposé intentionnellement sur ce chariot qui m'était destiné. Lisez.

Et il lui donna le papier.

Docteur Boothe, vous êtes connu pour votre générosité et pour être un homme charitable. S'il vous plaît, prenez soin de ma petite Issa. Mon mari est mort lors d'un combat, à la frontière, et je ne peux pas offrir à ma fille ce dont elle a besoin. Dites-lui que je l'aime et que je penserai toujours à elle.

Mari relut plusieurs fois la lettre, incrédule, incapable d'imaginer qu'une mère ait pu confier son enfant à un étranger sur sa seule réputation.

— Est-il fréquent que l'on dépose des bébés sur le seuil de votre porte ? demanda-t-elle, ironique.

— Figurez-vous que c'est déjà arrivé deux fois à la clinique, mais pas dans des conditions si rocambolesques.

Soudain, il lui tendit la petite fille.

— Prenez-la. Je vais contacter quelques personnes de ma connaissance qui pourraient commencer à enquêter pendant que nous attendons que ce fichu réceptionniste prenne notre appel.

Mari recula vivement.

— Ecoutez, je n'ai aucune expérience des bébés. Vraiment aucune, si ce n'est d'avoir donné des baisers sur le front à quelques-uns, lors de bains de foule sous haute surveillance.

— Vous n'avez jamais fait de baby-sitting, quand vous étiez lycéenne ? demanda-t-il en berçant le bébé d'une main tout en cherchant son portable de l'autre. A moins que les princesses ne soient pas autorisées à faire du baby-sitting...

— J'ai sauté le lycée pour entrer directement à l'université, répondit-elle.

Elle omit de préciser que cela avait eu un effet catastrophique sur ses aptitudes sociales, ainsi que sur son sens de la mode, encore que cela ne l'ait jamais gênée. Du moins, jusqu'à maintenant.

Mari lissa sa jupe froissée.

— J'ai l'impression que vous avez Issa et votre portable bien en main, ajouta-t-elle.

Compétent et séduisant à la fois, le Dr Boothe avait peut-être plus de qualités qu'elle ne l'avait imaginé. Elle n'était pas étonnée qu'il soit décrit, dans tous les magazines internationaux, comme l'un des célibataires les plus séduisants du monde. Elle concevait aussi qu'il puisse être attirant sur le plan intellectuel, même si à titre personnel il l'irritait vraiment. Mais elle venait juste de prendre la mesure de son charme...

D'un coup, il lui sembla que tout son corps s'embrasait, alors que Rowan mettait tous ses sens en émoi. Rowan – le dernier homme sur la planète qui aurait dû l'attirer !

Sa réaction devait être hormonale : c'était cette satanée horloge biologique qui jouait des tours à son esprit parce qu'il tenait un bébé dans les bras. Elle aurait éprouvé les mêmes sensations pour n'importe quel homme dans cette situation.

Du moins, elle l'espérait...

Car son cerveau refusait catégoriquement l'idée qu'elle puisse être fascinée par un homme qui ne lui convenait absolument pas.

Enfin, la musique au téléphone se tut, pour faire place à la voix du réceptionniste.

— Que puis-je pour vous ?

« Si vous saviez ! », eut-elle envie de hurler. Elle avait besoin que l'on prenne Issa en charge et que l'on veille à son bien-être. Elle désirait aussi mettre le plus d'espace possible entre elle et l'homme incroyablement intrigant qui se trouvait en face d'elle.

Bref, elle n'avait qu'une hâte : sortir au plus vite de cette maudite suite.

— Quelqu'un a abandonné un bébé devant la suite 5A, celle du Dr Rowan Boothe, déclara-t-elle sobrement.

Rowan savait que le mystère du bébé abandonné ne se résoudrait pas rapidement. Pas ce soir, en tout cas. Les personnes qui confient leurs enfants à un homme qu'ils ne connaissent que de réputation ne s'attardent pas, en général, et disparaissent dans la nature.

Il arpentait actuellement la suite tout en tapotant doucement le dos du nourrisson, afin qu'il fasse son rot après le biberon qu'il venait de prendre.

Sourcils froncés et jupe relevée à mi-genoux, Mari lisait ce qui figurait sur la boîte de lait maternisé. Le garçon d'étage avait en effet apporté de la nourriture pour bébés, car Rowan n'avait pas confiance en celle qu'il avait trouvée dans le sac d'Issa.

L'hôtel n'avait reçu aucun appel au sujet d'un enfant enlevé dont la description aurait correspondu à Issa. Les enregistrements vidéo ne révélèrent rien non plus, si ce n'est les images d'une femme de dos, s'éloignant du chariot quand Mari s'était avancée pour le prendre.

Après son appel à la réception, cette dernière avait également téléphoné à la police, qui n'avait pas paru particulièrement s'alarmer, dans la mesure où aucune vie n'était en danger. Et l'implication d'une princesse dans l'affaire ne les avait pas fait réagir plus vite. En revanche, il était fort probable que la presse s'empare très rapidement de l'information... Rowan devait impérativement garder le contrôle de la situation ! Si ses connaissances en matière d'enfants pouvaient l'aider, elles ne seraient, hélas, pas en mesure de museler les médias.

La police finit par accepter de se déplacer, avec une assistance sociale. Ils ne devaient plus tarder, à présent, et Rowan était plus morose que jamais. L'idée que ce pauvre bébé allait être pris en charge par un service surchargé et sans fonds suffisants pour mener sa tâche à bien lui fendait le cœur. Certes, il ne pouvait pas non plus sauver tous les malheureux qui croisaient son chemin. Cependant, la vulnérabilité de cette petite fille abandonnée précisément à Noël le touchait bien plus que de raison.

Issa fit un rot, puis se mit à gazouiller. Toutefois, il était sûr qu'elle avait encore faim : elle avait avalé si goulûment son premier biberon que, de toute évidence, qu'elle avait dû rester de longues heures sans être nourrie.

— Je crois qu'Issa est prête pour son deuxième biberon, dit-il.

Mari secoua le lait qu'elle avait mesuré et l'eau minérale, l'air toujours stressé.

— J'espère que je ne me suis pas trompée. Vous auriez dû vérifier.

— Honnêtement, je ne doute pas que vous sachiez mélanger de l'eau et du lait en poudre, dit-il en lui adressant un sourire pour l'apaiser.

C'était la première fois qu'il la surprenait dans un tel état d'agitation. Savait-elle combien elle était séduisante quand elle laissait libre cours à ses émotions ?

— Imaginez qu'il s'agisse d'une expérience en laboratoire, ajouta-t-il.

Elle porta la main à son front, et il remarqua qu'elle portait une montre très sobre au poignet.

— Si je n'ai pas mis le bon dosage...

— Je suis sûr que si ! coupa-t-il en tendant la main pour se saisir du biberon.

Elle le lui donna avec réticence.

— Elle a l'air si fragile.

— Il ne faut pas se fier aux apparences. En réalité, elle est en excellente santé, bien nourrie et propre.

Sa mère l'avait peut-être abandonnée mais, auparavant, la petite fille avait été bien traitée. Une autre personne s'en était-elle occupée ? La mère regrettait-elle déjà son geste ? Bon sang, il espérait que oui ! Il y avait si peu d'orphelinats, et ceux qui existaient étaient tellement bondés...

— Elle ne porte pas la moindre trace de maltraitance, précisa-t-il encore.

— Elle a l'air toute câline, dit Mari avec un faible sourire aux lèvres.

— Vous êtes certaine que vous ne voulez pas la prendre dans vos bras pendant que je passe un appel ?

Elle secoua vigoureusement la tête, et replaça dans son chignon une mèche qui s'en était détachée.

— Vous voulez appeler vos « contacts » spéciaux, c'est ça ? demanda-t-elle.

Il retint un sourire devant sa tentative de détourner la conversation. Hélas, il ne pouvait absolument pas partager quoi que ce soit avec elle sur son réseau top secret !

— Ce serait tout de même plus pratique si je n'avais pas à jongler avec l'enfant et le biberon pendant que je parle au téléphone, insista-t-il.

Elle se mordit la lèvre.

— Très bien, si vous êtes sûr que je ne vais pas lui faire mal, finit-elle par dire. Mais laissez-moi m'asseoir d'abord.

Il était très surpris de son manque de confiance en elle, et il en éprouvait une impression fort curieuse. La jeune femme qui se tenait devant lui n'était plus la chercheuse qu'il connaissait et qui dirigeait toujours ses conférences avec une assurance extraordinaire, même s'il n'approuvait pas toujours ses conclusions. Non, ce soir, Mari révélait une vulnérabilité qui la rendait soudain accessible.

Il lui plaça le bébé dans les bras, et sentit au passage son parfum, une fragrance fleurie et étonnamment originale pour une femme aussi pragmatique qu'elle.

— Prenez juste garde à bien lui caler la tête et à tenir le biberon suffisamment haut afin qu'elle n'avale pas d'air, lui recommanda-t-il.

Mari jeta un regard sceptique au biberon avant de placer la tétine dans la bouche du bébé.

— Il faudrait inventer quelque chose de plus précis pour nourrir les enfants, déclara-t-elle. Dans cette situation, la probabilité qu'une erreur humaine survienne est trop grande.

— Justement, les enfants apprécient la touche humaine. Regardez comme Issa presse sa tête contre votre cœur !

Soudain, il vit le pouls de Mari palpiter très fort sur son cou délicat, et il eut la terrible envie de se pencher vers elle pour l'embrasser à cet endroit précis, pour goûter sa peau...

— Le bébé entend battre le cœur de la mère in utero et cette musique le rassure ensuite, après la naissance, dit-il.

Son regard croisa le sien, et il aurait juré qu'elle était troublée.

— Rowan..., commença-t-elle d'une voix légèrement essoufflée, vous pouvez passer votre appel, à présent.

Oui, c'était une bonne idée de s'arracher à ce moment déstabilisant pour se concentrer sur les recherches au sujet de l'enfant. Sans compter qu'il devait aussi réfléchir aux conséquences de la présence tellement inattendue de Mari dans sa suite...

Rowan se retira dans sa chambre et ouvrit la porte-fenêtre qui donnait sur le balcon. Le soir, la température de l'air était parfaite, ni trop élevée, ni trop basse. En général, au Cap-Vert, elles varient entre 24 et 27 degrés au mois de décembre. Il prit une profonde inspiration... Le vent charriait le sel de la mer et, normalement, à cette heure-ci, il aurait dû être assis sur la terrasse, en train de siroter un verre ! Ce qui lui aurait donné l'impression d'être en vacances, lui qui n'en avait pas pris depuis... Peu importait, il ne comptait même plus les années.

Il sortit son téléphone portable et s'appuya à la balustrade de sorte à apercevoir Mari dans le salon. Il laissa son regard courir sur son corps souple, dissimulé en grande partie par son tailleur à la coupe très stricte. D'ici, au moins, elle n'entendrait pas sa conversation. Ses contacts ne faisaient pas partie des circuits traditionnels, aussi était-il préférable qu'il agisse dans la discrétion. C'étaient des liens qui remontaient à très loin dans le temps, au lycée en réalité.

Après que sa vie eut déraillé suite à un accident de voiture lié à la boisson, dans son adolescence, il s'était retrouvé dans une école de redressement militaire, avec une poignée de têtes brûlées comme lui. Il y avait noué des amitiés pour la vie, et c'était là qu'était né le groupe auto-baptisé la « Confrérie Alpha ». Des années plus tard, après avoir obtenu leurs diplômes universitaires, ses membres avaient tous été étonnés d'apprendre que leur proviseur entretenait en réalité des relations avec Interpol. Celui-ci avait alors recruté certains d'entre eux comme agents de terrain. Leurs passés agités, ainsi que leurs comptes en banque bien fournis, leur servaient de couverture pour s'introduire librement dans des cercles puissants et parfois suspects.

Rowan n'était appelé en mission qu'une fois par an, mais il éprouvait toujours un grand plaisir à contribuer à la capture de criminels. Il voyait trop souvent les retombées de leurs terribles exactions lors des batailles qui éclataient dans les régions voisines de sa clinique, entre les seigneurs de guerre.

Bientôt, une voix familière résonna à son oreille :

— Je t'écoute, Boothe.

— Colonel, j'ai besoin de votre aide.

Ce dernier se mit à rire gentiment.

— Rien de nouveau sous le soleil à ce que je vois. Lequel de tes patients a des ennuis, cette fois ? A moins que tu ne te sois intéressé à une autre cause ? Ou bien...

— Il s'agit d'un bébé.

Il entendit le craquement d'une chaise et il imagina son vieux proviseur se redresser sur son siège, l'oreille soudain particulièrement attentive.

— Tu as un bébé ?

— Non, ce n'est pas le mien. J'ai parlé « d'un » bébé.

Loin de lui l'idée d'avoir des descendants, il était bien trop passionné par son travail, sa mission. Il n'aurait pas été juste pour un enfant de se retrouver à devoir rivaliser avec le tiers-monde pour obtenir un peu du temps de son père. Pour l'instant, néanmoins, il avait les yeux rivés sur Mari et le bébé, inquiet que celui-ci ne lui glisse des mains, même si elle semblait le tenir fermement.

— Quelqu'un a abandonné un enfant dans ma suite, avec un mot me priant de prendre soin d'elle.

— Une petite fille, donc ! Tiens, et moi qui ai toujours rêvé d'avoir une fille.

La nostalgie qu'il perçut dans la voix du colonel tranchait avec l'aspect sévère que ce dernier présentait au monde, même s'il n'arborait plus aujourd'hui l'uniforme militaire. En tant que membre d'Interpol, il ne portait que des costumes gris avec une cravate rouge.

— Mais revenons à ton problème. Qu'en disent les autorités ?

— Aucune disparition d'enfant n'a été signalée à l'hôtel ou au commissariat. Le visionnage des vidéos de surveillance n'a rien donné ; on y voit juste une femme de dos, qui s'éloigne du chariot de service où le bébé a été déposé. La police locale traîne à démarrer l'enquête, voilà pourquoi j'ai besoin de votre aide.

— Dans quelle mesure ?

— Vous savez comme moi que les services de la protection à l'enfance sont surchargés et toujours au bord de l'effondrement.

Un plan était en train de se former dans sa tête… Oh ! Un plan complètement déraisonnable, mais qui lui semblait néanmoins le plus approprié, dans les circonstances…

Alors, sans plus réfléchir, il ajouta :

— Je voudrais que les autorités m'accordent la garde temporaire de l'enfant, jusqu'à ce qu'on retrouve sa mère ou que la petite soit placée dans une famille d'accueil.

Bon, il n'était peut-être pas le meilleur candidat au poste de parent, mais Issa serait bien mieux avec lui que dans un orphelinat surpeuplé. Evidemment, il lui faudrait de l'aide…

Son regard tomba alors sur l'adorable tableau éclairé par une lampe tamisée, dans le salon. S'il gardait l'enfant, il pourrait peut-être également passer plus de temps en compagnie de Mari, le tout étant de bien plaider sa cause auprès de celle-ci. Bien sûr, ce n'était pas gagné, dans la mesure où donner le biberon à l'enfant s'était apparenté pour elle à une grande aventure…

— Désolé pour cette question, Boothe, mais comment comptes-tu jouer au papa et sauver le monde en même temps ?

— Ce sera une situation temporaire.

Assurément, il n'envisageait pas ce rôle sur le long terme. Par ailleurs, il était clair que Mari était complètement accaparée par son travail ; cependant, un petit arrangement entre eux, dans l'intérêt d'Issa, pourrait peut-être trouver grâce à ses yeux.

— Et je peux également compter sur l'aide de… quelqu'un, ajouta-t-il.

— Ah, maintenant, je comprends mieux !

— Et que comprenez-vous, au juste ? demanda-t-il, agacé d'être aussi transparent, alors que le colonel et lui ne se trouvaient même pas sur le même continent.

— Après que ma femme s'est enfin réveillée et m'a quitté, j'ai eu la garde de notre fils le week-end, et je ne savais jamais comment l'habiller. Un jour, je lui ai mis un pantalon vert pomme avec un T-shirt rouge vif qui n'allaient vraiment pas ensemble.

L'image de Salvatore dans son uniforme marchant aux côtés d'un petit garçon aux allures de perroquet fit sourire Rowan. Il était rare que le colonel livre des détails de sa vie privée, aussi savourait-il pleinement ces précieuses confidences.

— Je me rendais bien compte que quelque chose clochait, mais je ne savais pas comment y remédier. En revanche, j'ai appris une leçon, ce jour-là. Quand vous entrez dans une épicerie avec un enfant accoutré de la sorte, vous attirez forcément le regard intéressé des femmes, qui vous identifient tout de suite comme un « père célibataire » grâce aux vêtements dépareillés de votre progéniture.

— Comment ? Vous vous êtes servi de votre fils pour séduire les femmes ?

— Pas de façon intentionnelle, mais c'est ce qui est arrivé, oui. Et j'ai l'impression que tu es animé de la même stratégie envers ce « quelqu'un » qui pourrait t'aider.

Touché ! Ce qui n'empêcha pas Rowan de se défendre.

— Si Mari n'avait pas été là, j'aurais tout de même demandé la garde temporaire d'Issa et cherché de l'aide.

— Mariama Mandara ? reprit aussitôt Salvatore, surpris. Tu en pinces pour une princesse ?

Curieux comme Rowan oubliait facilement les origines royales de Mari. Il la considérait comme une scientifique, une collègue… et parfois une adversaire. Mais, avant tout, il voyait en elle une femme désirable — et il n'avait nulle envie de parler d'elle avec le colonel.

— Pouvons-nous revenir à ce qui nous occupe, colonel ? M'aiderez-vous à enquêter sur les parents de l'enfant, oui ou non ?

— Bien sûr que oui ! déclara Salvatore du ton professionnel et assuré qui était le sien.

— Merci, colonel. Je ne peux vous dire à quel point je vous en suis reconnaissant.

Outre son attirance pour Mari, il ne perdait pas de vue que l'avenir d'un enfant sans défense était en jeu.

— Envoie-moi des photos de l'enfant, ses empreintes digitales, celles de ses pieds et toutes les données que tu peux relever.

— Soyez sans crainte, je connais la marche à suivre.

— Et bonne chance avec la princesse ! dit encore Salvatore avant d'éclater de rire et de raccrocher.

Rowan prit une profonde inspiration, s'imprégnant de l'air sain et iodé avant de réintégrer la suite. Il détestait être confiné et sa clinique ainsi que les grands espaces qui l'entouraient habituellement lui manquaient. Il en avait assez de tenir des discours interminables à ce fichu séminaire !

Sauf que, quand il rentrerait chez lui pour préparer Noël, dans un peu plus d'une semaine, il lui faudrait refermer la parenthèse « Mari » et revenir à ses affaires.

Celle-ci ne leva pas les yeux quand il s'approcha d'elle, entièrement absorbée par le bébé qu'elle était en train de nourrir. Il était tellement rare de la voir baisser la garde ! Même si elle prétendait ne rien connaître aux enfants, elle possédait les bons instincts. Cela, il était en mesure d'en juger sans ambiguïté : ayant rencontré tant de jeunes mères dans sa carrière, il pouvait d'un simple coup d'œil repérer celles qui auraient des problèmes et celles qui comprendraient naturellement les besoins de leur bébé.

Elle lui évoquait une Madone à l'enfant, pensa-t-il soudain. Mais cette image lui avait sans doute été soufflée par l'atmosphère de Noël… Bon, s'il voulait que son plan fonctionne, il devait se concentrer afin de trouver les arguments qui la convaincraient de l'aider. Il lui fallait développer une stratégie.

— Comment va Issa ? s'enquit-il.

Mari leva rapidement les yeux, surprise. Elle brandit le biberon vide.

— Elle a tout bu.

— Je m'étonne que vous ne soyez pas déjà debout, prête à repartir. Vos fans doivent avoir renoncé à vous poursuivre, maintenant. La voie jusqu'à votre chambre est assurément libre.

Il avait oublié de mentionner à Salvatore ces paparazzis qui ne cessaient de la traquer. Il faudrait peut-être mettre en place un service de sécurité privé. Puisqu'il en avait les moyens, pourquoi s'en priver ? D'autant que ça n'avait pas toujours été le cas. A une époque, il croulait sous les dettes qu'il avait contractées lorsqu'il était étudiant, jusqu'à ce qu'il s'associe avec l'un de ses anciens camarades de classe, génie de l'informatique.

— Vous ne rentrez pas dans votre chambre ? insista-t-il comme elle gardait le silence.

— Je me sens responsable d'elle, dit-elle en effleurant la joue du bébé. Et la police voudra sûrement m'interroger. Si je reste ici, les choses iront plus vite.

— Vous vous rendez compte, n'est-ce pas, qu'il y a peu de chances pour que l'on retrouve ses parents cette nuit ?

— Bien sûr, dit-elle en essuyant gentiment, avec le pouce, une trace de lait au coin de la bouche de l'enfant. Cela ne m'empêche pas d'espérer que nous aurons bientôt de bonnes nouvelles.

— Vous avez l'air très à l'aise avec elle, pour quelqu'un qui n'a jamais fait de baby-sitting.

Elle haussa les épaules.

— J'étais toujours en train d'étudier, à l'époque.

— Il n'y avait aucun enfant, dans votre monde ? demanda-t-il en s'asseyant à côté d'elle.

De nouveau, il s'enivra de son parfum. Il aurait été curieux de savoir quelles fleurs entraient dans sa composition, et quelle était la préférée de Mari.

— Ni mon père ni ma mère n'avaient de frère et sœur. Je suis la fille unique d'enfants uniques.

C'était la première fois qu'elle s'ouvrait un peu à lui. Le moment était fort peu opportun pour chercher à la séduire, étant donné qu'elle avait un bébé dans les bras, mais il la sentait soudain bien plus détendue en sa présence. Et il avait tant envie de connaître le vrai visage de cette femme qui l'excitait terriblement…

Comment réagirait-elle s'il posait un bras nonchalant sur le dossier du canapé ? songea-t-il en esquissant le mouvement. Pendant quelques instants, elle soutint son regard et il fut entièrement captivé par ses prunelles d'or, ne souhaitant à aucun prix briser le contact…

Brusquement, le téléphone sonna…

Mari sursauta, et le bébé poussa un cri.

Néanmoins, Rowan sourit. Certes, le moment de grâce venait d'être interrompu, mais il reviendrait à la charge. Il voulait saisir la chance qui se présentait enfin à lui d'explorer le désir tenace que Mari lui inspirait depuis leur première rencontre.

Oui, il persuaderait la belle princesse de succomber à l'alchimie qui existait entre eux et les poussait l'un vers l'autre, à leurs corps défendant.

3

Tout en faisant les cent pas devant la fenêtre du salon, Mari tenait le bébé contre son épaule et le berçait doucement. Tandis que Rowan s'entretenait au téléphone avec la police locale, elle réfléchissait tranquillement… Issa semblait avoir environ trois mois mais, dans ses bras, elle paraissait encore plus jeune, bien plus fragile.

Sans défense.

Et la petite reflétait tant de contradictions ! Certes, elle avait été abandonnée, et pourtant elle semblait avoir été bien traitée jusqu'ici. Outre ses petits bras et jambes bien potelés, ses ongles étaient soignés. Ses vêtements étaient simples, mais propres. Et elle sentait bon, preuve qu'on lui avait donné un bain le matin même. Etait-il possible qu'elle ait été enlevée ? Lorsque Mari était enfant, on l'avait toujours mise en garde contre les personnes mal intentionnées qui pourraient chercher à atteindre son père à travers elle, et contre ceux qui auraient pu l'instrumentaliser pour se rapprocher du roi. On lui avait répété à toute occasion qu'on ne peut faire confiance à qui que ce soit.

Elle secoua la tête, agacée par ses pensées paranoïaques, et se concentra sur le petit être qu'elle tenait dans les bras. Elle se mit à caresser ses joues incroyablement douces, passa son doigt sur la fossette de son menton… Issa ressemblait-elle à sa mère ou à son père ? Lui manquaient-ils ? Toujours était-il que la petite braquait sur elle de beaux yeux noirs confiants.

Soudain, son cœur se serra. Que lui arrivait-il ? Elle ne

connaissait ce bébé que depuis quelques heures et, cependant, elle avait envie de lui donner un baiser sur le front... Incapable de résister, elle l'embrassa, avant de regarder bien vite dans la direction de Rowan pour s'assurer qu'il n'avait pas remarqué ce moment de faiblesse... Mais non, il était concentré sur sa discussion.

Que faisait-il au juste pour être si beau ? Même en jean, il en imposait. Sa virilité était indéniable, et ses muscles saillaient sous sa chemise. Il émanait de lui une aura de puissance ; on sentait aussi qu'il était fortuné, alors qu'il n'affichait aucun signe ostentatoire de richesse. Comment pouvait-il être à la fois un homme si bon et... si agaçant ?

Il raccrocha et se tourna promptement vers elle, la prenant en flagrant délit d'espionnage. Il releva alors un sourcil, et elle se contenta de lui adresser un vague sourire innocent. Hélas, elle affichait une indifférence qu'elle était loin de ressentir ! Au fond d'elle-même, un immense trouble l'avait envahie...

— Qu'a dit la police ? demanda-t-elle d'un ton détaché, tout en berçant doucement la petite Issa de droite à gauche, comme cela semblait lui plaire.

— Ils sont dans le hall de l'hôtel.

Puis il se rapprocha d'elle et ajouta :

— Ils vont bientôt l'emmener.

— L'emmener ? répéta-t-elle en resserrant les bras autour du bébé. Dans quelques minutes, elle sera donc partie ? Vous ont-ils dit ce qu'ils allaient faire d'elle ? J'ai des relations, elles peuvent sans doute intervenir.

Elle lut à la fois de la compassion et de la lassitude dans ses beaux yeux bleus.

— Vous et moi savions comment cette affaire allait se terminer. Issa sera conduite dans un orphelinat pendant que la police essaiera, avec les moyens limités qui sont les siens, de trouver son identité. Seulement, ils ont tant de cas semblables à traiter... Je sais, c'est terrible, mais ainsi va la vie. Nous faisons ce que nous pouvons, quand nous le pouvons.

— C'est tellement injuste, murmura-t-elle, bouleversée.

Elle éprouvait une affreuse frustration… Elle aurait tant aimé pouvoir changer le destin de l'enfant qu'elle tenait dans les bras, tout comme celui de ceux qui vivaient dans la pauvreté, dans son pays.

Rowan lui prit le bébé des bras avant qu'elle n'ait eu le temps de protester.

— Toutefois, je crois que, si nous le voulions, nous pourrions modifier le cours des événements, décréta-t-il soudain.

— Qu'entendez-vous par là ? demanda-t-elle, piquée par la curiosité.

Et elle se raccrocha tout à coup à l'espoir que Rowan ait trouvé une solution raisonnable.

— Il ne nous reste que quelques minutes avant l'arrivée de la police, aussi, je serai bref.

Il posa le bébé sur son épaule et lui frictionna le dos, effectuant de petits cercles hypnotiques…

— Nous pourrions proposer de nous occuper d'Issa, ajouta-t-il.

Par chance, c'était lui qui tenait l'enfant, car elle l'aurait probablement laissé échapper.

— Pardon ? fit-elle, tâchant de rassembler ses esprits.

— Nous sommes tous les deux des adultes responsables, dit-il d'une voix veloutée, et nous devons penser à l'intérêt d'Issa. Si nous la gardions avec nous, ce serait aussi un grand message d'espoir pour Noël, notre BA en quelque sorte.

La garder ? Mari, sentant ses jambes se dérober sous elle, s'écroula sur le canapé. Elle devait se ressaisir… et oublier l'attirance qu'elle éprouvait pour lui afin de réfléchir dans de bonnes conditions !

— Qu'avez-vous dit ?

Alors il s'assit à côté d'elle, et sa jambe chaude et solide frôla la sienne.

— Nous pourrions facilement obtenir la garde provisoire d'Issa, pendant deux semaines par exemple, le temps que la police mène l'enquête et retrouve d'éventuels membres de sa famille capables de la prendre en charge.

— Auriez-vous perdu la tête ? s'écria-t-elle.

A moins que ce ne soit elle qui ne sache plus au juste où elle en était, car elle sentait bien que cette folle proposition la tentait…

— Pas que je sache.

Désemparée devant le sérieux de Rowan, elle songea à son travail, au tohu-bohu que cela ne manquerait pas de déclencher dans la presse…

— C'est une grande décision que l'on ne peut pas prendre dans la précipitation, finit-elle par dire.

— En tant que médecin, je suis habitué à réfléchir vite. Prendre le temps d'observer et de peser les pour et les contre est un luxe réservé aux scientifiques, lui dit-il, un sourire satisfait aux coins des lèvres. Mon instinct me dit que garder Issa représente la meilleure des solutions pour elle dans les circonstances actuelles.

Certes, elle n'aurait jamais envisagé par elle-même un tel dénouement, mais Mari devait bien reconnaître que la perspective de prendre soin de l'enfant plutôt que de le remettre à une institution était des plus attrayantes…

— Notre proposition aura plus de poids si nous nous engageons à nous occuper d'elle ensemble, argua-t-il alors.

Evidemment, sa logique était implacable.

— Et pensez aux retombées positives que cette affaire aura pour vous. La presse ne parlera que de cet acte charitable, de sorte qu'elle cherchera moins à vous traquer.

— On voit bien que vous connaissez mal les journalistes. Ils seraient plutôt capables de réécrire l'histoire et d'affirmer que ce bébé est le nôtre.

Elle ferma les yeux quelques secondes, avant de se lever d'un bond.

— Ecoutez, j'ai besoin de plus de temps pour…

Mais des coups frappés à la porte l'interrompirent.

— Issa n'a pas le temps, Mari. Il faut que vous vous décidiez. Si vous voulez vous engager, c'est maintenant ou jamais.

Le cœur battant, elle soutint son regard bleu acier. A cet instant, ils étaient avec Issa tous les trois si proches qu'ils formaient presque un cercle familial.

— Vous pourriez tout à fait prendre cette responsabilité seul, argua-t-elle alors.

— Il n'est pas certain que les autorités l'acceptent. Nous devons faire équipe, pour elle, dit-il en caressant gentiment le front d'Issa. Nous n'avons rien demandé, c'est vrai — seulement voilà, nous sommes là...

Elle aperçut alors de petits sillons aux coins de ses yeux, preuve qu'il s'était beaucoup tourmenté dans la vie, et qu'il avait aussi passé de nombreuses heures au soleil.

— Nous sommes souvent en désaccord, vous et moi, mais aider les autres est notre moteur à tous les deux.

— Vous essayez de me piéger en tirant sur la corde sensible de ma culpabilité, lui asséna-t-elle d'un ton accusateur.

Evidemment, cela marchait ! Quant à ses soucis liés aux commérages, ils lui semblaient bien futiles face à la situation critique du bébé.

Même si elle méprisait les programmes numériques de Rowan, elle reconnaissait tout à fait le travail humanitaire qu'il menait dans son dispensaire. Il avait consacré sa vie aux autres, et possédait certaines qualités, sous son charme arrogant.

— Lorsqu'on se trouve dans une situation extrême, tous les moyens sont bons pour parvenir à ses fins, riposta-t-il avec un petit sourire qui creusa encore les rides de ses yeux. Alors, vous marchez ?

Elle pouvait certes désapprouver ses méthodes, mais il lui était impossible de remettre en cause ses motivations, sa générosité. Tout en tentant de la convaincre, n'était-il pas en ce moment même en train de bercer Issa afin qu'elle s'endorme ?

Sa décision était prise : cette fois, rien que cette fois, elle serait à ses côtés. Pour Issa.

— Allez ouvrir, dit-elle. Vous verrez bien.

L'air pensif, Mari regardait Rowan prendre congé des policiers, sur le seuil de la porte. Les papiers qui se trouvaient sur la table prouvaient que la situation était désormais officialisée. Rowan et elle avaient obtenu la garde temporaire du bébé, le temps que la police mène ses investigations et retrouve l'employée qui s'était éloignée du fameux chariot de service.

Pour l'instant, Issa dormait dans son cosy, en sécurité.

Laissant échapper un long soupir, Mari s'assit sur le canapé. Elle avait osé le faire…

Devant l'hésitation des policiers à leur confier l'enfant, elle avait sorti la carte princière, et leur avait demandé d'accéder à sa requête : elle s'occuperait de l'enfant jusqu'à Noël, c'est-à-dire un peu moins de deux semaines sauf si, d'ici là, les parents d'Issa étaient retrouvés. Elle se chargerait du bébé avec Rowan Boothe, un médecin qui avait sauvé un nombre incalculable de vies. Les policiers avaient soudain paru soulagés que le problème se résolve ainsi. Ils avaient pris des photos du bébé, ainsi que ses empreintes. Ils allaient s'occuper de l'enquête, leur avaient-ils assuré, même si leurs expressions inquiètes indiquaient qu'ils ne nourrissaient guère d'espoir quant à son issue.

Elle devrait peut-être louer les services d'un détective privé, qui serait plus efficace que la police. Sauf qu'il était près de minuit, et qu'il valait mieux maintenant attendre le lendemain pour entreprendre quoi que ce soit.

Rowan revint vers le canapé et lui posa la main sur l'épaule.

— Est-ce que vous voulez bien aller chercher ma sacoche médicale, dans ma chambre, afin que j'examine Issa plus attentivement ? J'aimerais écouter son cœur.

Il lui étreignit alors l'épaule de façon si délicieuse qu'elle sentit sa bouche s'assécher d'un coup.

— Votre sacoche, répéta-t-elle en bondissant du canapé. Oui, bien sûr.

Elle était trop fatiguée pour résister à son charme outrageusement sensuel. Elle entra dans sa chambre, le regard à l'affût de la moindre trace qu'il y avait laissée. Un costume recouvrait un fauteuil en osier, placé près d'une porte coulissante qui donnait sur une terrasse. Elle ne se considérait pas du tout comme une romantique, et pourtant la pensée de s'asseoir un instant sous les étoiles en compagnie de…

Assez ! Que lui prenait-il ? Cet homme l'exaspérait depuis des années, et voilà qu'elle était en train de fantasmer sur une conversation au clair de lune avec lui, badinage qui les mènerait directement dans son lit !

Son regard glissa alors machinalement sur la couette vaporeuse, alors que le sourire provocateur de Rowan enfiévrait encore sa mémoire... Elle nota la tablette de lecture posée sur la table de nuit, et un ordinateur portable en dessous. Alors elle l'imagina étendu sur cet immense lit en train de lire, de travailler. Déjà, son esprit s'égarait dans l'intimité d'un homme qu'elle avait passé sa vie à éviter !

Elle détourna bien vite la tête et entra précipitamment dans la salle de bains. Ici, son parfum saturait l'air, et elle ne put s'empêcher de l'aspirer à pleins poumons. Des frissons lui parcoururent le dos, ses sens étaient en émoi.

Les cris d'Issa, dans le salon, la ramenèrent à la réalité et à la mission dont on l'avait chargée. Chassant ses pensées frivoles, elle s'empara de la sacoche médicale sur le comptoir de marbre. Le cuir en était usé et la plaque qui portait le nom de Rowan était toute griffée. Comment un homme aussi fortuné que lui pouvait-il se contenter d'une telle sacoche ? Voilà qui rajoutait une nouvelle contradiction à celui qu'elle avait toujours cru connaître.

Le sac plaqué contre elle, elle revint dans le salon. Rowan, qui avait reposé le biberon sur la table basse, juchait maintenant l'enfant sur son épaule, sa large main lui recouvrant presque entièrement le dos.

Comment allaient-ils se débrouiller avec cette petite fille dont ils avaient requis la charge ? Mari n'en avait pas la moindre idée !

Pour la première fois de sa vie, elle avait commis un acte tout à fait irrationnel. Et l'idée que Rowan Boothe ait autant de pouvoir sur son comportement d'habitude raisonnable l'ébranlait fortement.

Une bonne nuit de sommeil s'imposait pour lui permettre de recouvrer ses esprits. Oui, demain, elle aurait repris le contrôle d'elle-même. Ce qui signifiait aussi qu'elle ne devait plus fantasmer sur ce médecin sexy, au parfum envoûtant.

Bien calé sur le canapé, Rowan prit son ordinateur et rouvrit le dossier d'Issa pour relire les notes qu'il avait tapées à son sujet. Il avait envoyé une copie de l'ensemble au colonel Salvatore. Il espérait qu'il recevrait bientôt des résultats, pour le bien de l'enfant.

D'ici là, il aurait accompli un petit miracle : s'assurer la compagnie de Mari pendant près de deux semaines, ou peut-être un peu moins si l'on retrouvait rapidement la famille de l'enfant. Il ne regrettait pas sa décision, même si elle reposait en partie sur des motivations égoïstes. Issa lui avait en effet fourni une occasion en or d'en apprendre davantage sur Mari, la princesse qui, non contente d'être une source permanente d'irritation pour lui, attisait son désir depuis leur première rencontre.

Tandis qu'il relisait la note qu'il avait trouvée dans le cosy, il sentit soudain le parfum fleuri de Mari dans son dos. En se retournant, il se rendit compte qu'elle lisait par-dessus son épaule.

— « Dites-lui que je l'aime ? », fit-elle d'un ton sceptique. Il y a de quoi en douter ! Cette femme a abandonné sa fille et l'a confiée à un étranger sur sa simple bonne réputation.

— Et vous en êtes bouleversée ? répliqua-t-il en refermant son ordinateur pour lui faire face.

— Bien sûr que mon cœur saigne pour cette petite fille, dit-elle en regardant Issa qui dormait tranquillement dans son cosy. Que va-t-il lui arriver si nous ne retrouvons pas sa famille ?

— Je fais confiance à mes contacts, ils découvriront des indices plus rapidement que la police.

Ce qui signifiait aussi qu'il devait profiter au maximum du temps qui leur était octroyé ! Il n'était pas tout à fait exclu que Salvatore l'appelle dès le lendemain à l'aube pour lui livrer des informations bien précises sur Issa.

Il fit glisser son regard sur Mari et s'imagina alors avec elle, dans sa chambre, c'est-à-dire à quelques mètres seulement de l'endroit où ils se tenaient actuellement...

— Parlons de la façon dont nous allons nous organiser, dit-il, retrouvant ses esprits.

— Maintenant ? s'écria-t-elle, stupéfaite. Mais il est près de minuit.

— Il faut décider qui va surveiller Issa demain, pendant le séminaire, et il nous faut aussi régler quelques questions concrètes, comme commander des accessoires de puériculture, rencontrer l'équipe de baby-sitting de l'hôtel...

Et il énuméra sur ses doigts la liste de leurs tâches.

— Franchement, vous pensez que nous allons gérer tout cela à cette heure ? demanda-t-elle, un sourire moqueur aux lèvres.

Des lèvres qu'entre parenthèses il mourait d'envie d'embrasser.

— Inutile de vous montrer impertinente avec moi, répondit-il, ravi néanmoins qu'elle se comporte ainsi avec lui.

Contrairement à la plupart de ses fréquentations, Mari ne le traitait pas comme un saint, loin de là, et il aimait la façon dont elle le bousculait.

Il n'était pas l'homme au cœur pur que l'on dépeignait dans la presse et, il avait beau avoir changé, son passé n'en avait pas été pour autant effacé. Il est des dettes dont on ne peut jamais s'acquitter.

— J'essaie juste d'être responsable, répliqua-t-elle. Et je ne sais pas si je l'ai vraiment été en acceptant la garde de ce bébé.

Mari tripotait nerveusement le rebord de son chemisier légèrement sorti de sa jupe, l'air à la fois las et soucieux.

— C'est un bébé, un être humain, poursuivit-elle. On ne peut pas faire des expériences avec elle, improviser.

Il aurait voulu la prendre dans ses bras et lui murmurer des paroles rassurantes, lui certifier qu'elle n'avait pas à supporter le poids du monde sur ses seules épaules, qu'elle pourrait en partager le fardeau avec lui.

A la place, il lui fit signe de s'asseoir en face de lui.

— Mari, il ne s'agit pas d'improviser, mais au contraire de s'organiser. Je vous rappelle que j'ai les moyens de louer les services de personnes compétentes. Je n'agis pas à vue de nez.

— D'autant que vous pouvez toujours passer outre les lois pour arriver à vos fins, lança-t-elle avec sarcasme.

— Ecoutez, vous êtes libre de partir, si c'est ce que vous souhaitez.

Elle secoua la tête.

— C'est moi qui ai amené Issa ici, elle relève de ma responsabilité.

Parfait, elle n'avait donc pas l'intention de s'enfuir en courant !

— Vous comptez donc vous occuper d'elle personnellement ? reprit-il.

— Je peux moi aussi me faire aider.

— Ah oui ! J'oubliais que vous étiez une princesse, la taquina-t-il en prenant ses mains dans les siennes.

Elle voulut se dégager.

— En d'autres termes, vous me traitez d'enfant gâtée ?

Il lui étreignait doucement les doigts, n'ayant aucune envie de la lâcher, appréciant la douceur de sa peau.

— Je n'oserai jamais vous insulter, princesse. Mais vous savez bien que j'aime vous provoquer.

— Oh... ! répondit-elle simplement, en se mordant la lèvre.

Gentiment, il se mit à lui caresser les poignets.

— Bon, nous avons besoin d'une couverture. Voilà ce que je vous propose : afin d'éviter toute spéculation et devancer la rumeur, nous allons faire comme si nous sortions ensemble.

— Comment ? Vous pensez vraiment que les gens vont croire que nous sommes passés d'adversaires professionnels à amants, du jour au lendemain ?

Il sentit le pouls de Mari s'accélérer, sous ses doigts...

— Amants ? L'idée n'est pas déplaisante.

— C'est vous qui...

— Non, j'ai parlé de sortir ensemble. Cela dit, je préfère nettement votre proposition.

— Ce n'était pas une proposition, se défendit-elle en retirant cette fois ses mains des siennes. C'est de la folie !

— Je vous assure que les gens y croiront. Tout le monde se réjouira pour la belle princesse mystérieuse qui a trouvé l'amour et joue les bonnes fées au moment de Noël. Et cela les empêchera de chercher plus loin.

Elle ouvrit grands les yeux, comme saisie de panique, mais ne protesta pas davantage, ce qui constituait déjà une petite victoire.

— Je crois qu'il est temps d'aller au lit, dit-il en se levant.

— Au lit ?

Elle avait rougi malgré elle, et il comprit qu'elle aussi avait imaginé partager son lit. Il en tira une grande satisfaction, et se promit d'attendre son heure, quand elle serait moins nerveuse, et prête à explorer l'incroyable attirance qui existait entre eux.

— Oui, Mari, au lit ! Je vais m'occuper d'Issa, cette nuit et, si vous vous sentez suffisamment à l'aise, vous pourrez prendre le relais demain soir.

Elle le regarda, surprise.

— Vous êtes certain de pouvoir vous occuper d'un bébé cette nuit et participer à une conférence demain ?

— Voyons, je suis médecin ! Je suis habitué aux gardes, à l'hôpital. Je m'en sortirai sans problème.

— Bien sûr… Bon, je vais appeler la réception pour qu'on me trouve une suite plus grande, afin que j'aie assez d'espace pour Issa et une baby-sitter la journée.

— Inutile. Ma suite est immense.

— Pa… Pardon ? bégaya-t-elle, visiblement affolée.

— Du calme, dit-il avec un sourire apaisant, bien que jouant le tout pour le tout. Nous serons plus efficaces si nous partageons le même espace. Le réceptionniste a déjà envoyé quelqu'un rassembler vos affaires.

Il vit sa poitrine se soulever sous son chemisier de soie.

— Vous prenez rapidement des décisions.

— Je vous l'ai dit, c'est l'une de mes qualités. Dans peu de temps, un garçon d'étage vous apportera vos bagages et des affaires de première nécessité pour le bébé.

Oui, il avait agi dans l'urgence, bien conscient que c'était la seule façon de ne pas la laisser s'échapper.

— Comment ? Nous allons tous cohabiter dans votre suite ? s'exclama-t-elle.

Elle ergotait mais, en tout état de cause, elle n'avait pas dit non. La victoire était proche.

— Une suite immense, je vous le rappelle. Vous aurez votre proche chambre. A moins que vous ne préfériez partager la mienne.

Il arbora un sourire, avant d'ajouter :

— Si c'est le cas, sachez que je ne m'y opposerai pas.

4

Le lendemain, tout en boutonnant son tailleur bleu marine, Mari se demandait encore comment elle avait bien pu accepter de passer la nuit dans la suite de Rowan Boothe. Pas dans sa chambre bien sûr, mais dans celle d'à-côté, c'est-à-dire bien trop près de lui ! Il s'était occupé du bébé, comme promis, et heureusement, car elle avait encore beaucoup à apprendre en matière de puériculture.

Elle enfonça des pinces dans son chignon, face au miroir. Non, elle n'avait pas changé de tête, elle avait toujours l'air de l'intellectuelle qu'elle était. Evidemment, elle avait déjà connu des hommes, mais elle n'était pas le genre de séductrice téméraire qui passe la nuit avec des inconnus !

Malgré tout ce qui s'était passé la veille et les questions qui n'avaient pas manqué de la tarauder, elle avait parfaitement bien dormi, comme cela ne lui était pas arrivé depuis longtemps. Peut-être parce qu'il n'y avait aucun risque pour que quelqu'un vienne la trouver dans la suite de Rowan Boothe. La rivalité professionnelle que tous deux entretenaient était bien connue et ils n'avaient pas encore annoncé publiquement l'étrange décision qu'ils avaient prise d'accepter la garde commune d'une enfant abandonnée.

Dès qu'ils feraient un communiqué à la presse, elle serait de nouveau poursuivie par les paparazzis, éblouie par les flashes des photographes... Elle sentit son estomac se nouer à l'idée de tous ces désaxés qui la poursuivaient sans relâche, de tous les médias qui se jetaient sur la moindre miette de sa vie. Rowan n'avait-il pas été un peu optimiste en affirmant que la présence du bébé musellerait la presse ?

Soudain, elle n'eut plus qu'une envie : se réfugier dans son laboratoire, loin de tout ce stress. Oui, elle rêvait du calme de son laboratoire, de son bureau débarras dans lequel elle régnait en maître. A l'inverse, dans la suite de Rowan, tout lui échappait, au point qu'elle se sentait complètement déséquilibrée !

Un gazouillement en provenance de la pièce voisine lui rappela qu'elle devait se dépêcher. Se détachant du miroir, elle enfila des escarpins bleu marine, puis ouvrit la porte… et resta figée sur le seuil. La vue de la petite Issa dans une grenouillère rose, contre l'épaule de Rowan, était digne d'une carte de vœux. L'image était si parfaite…

Sauf que cette perfection était une illusion et qu'Issa n'en restait pas moins une enfant sans défense : personne ne se battrait pour elle si Rowan et elle renonçaient à s'en occuper. Le bien-être de cet enfant dépendrait sans doute de sa réputation de princesse : si tout le monde s'intéressait à cette affaire parce qu'elle y était mêlée, la famille d'Issa serait retrouvée plus vite. Elle devait donc jouer son rôle et rester auprès de la petite — et de Rowan.

La suite était jonchée d'accessoires pour enfant, et quiconque y aurait pénétré aurait tout naturellement pensé qu'ils étaient les vrais tuteurs de la petite fille. Rowan avait dévalisé toute la boutique de puériculture. Il y avait un berceau en osier dans un coin du salon, avec un baby-phone incorporé. Il avait également commandé un transat, une poussette, des vêtements, des boîtes de lait, des couches…

Il savait ce dont un nourrisson avait besoin, ou du moins avait-il de bons informateurs !

Il avait dû aussi embaucher une baby-sitter, puisqu'il était vêtu d'un Savile Row noir et d'une cravate rouge, prêt donc à se rendre au séminaire. Bon sang, ce qu'il était beau avec ses cheveux blonds encore humides et peignés en arrière ! Il portait toujours une barbe d'un jour qui lui donnait ce petit air si sexy, sans qu'il ne paraisse négligé pour autant.

Il avait l'air parfaitement à l'aise dans son costume. Y avait-il un royaume où cet homme ne se sentait pas chez lui ? Il s'était occupé du bébé toute la nuit et, pourtant, il semblait tout fringant, ce matin.

Elle réprima un léger frisson quand il croisa son regard. Cet homme mystérieux possédait un curieux don pour deviner les pensées des autres, et notamment les siennes. La veille au soir, il avait pressenti son point faible : après tous les Noëls qu'elle avait connus au milieu de deux continents et la tension afférente, il lui était tout simplement impossible de supporter que cette petite fille passe la période des fêtes dans la confusion et la peur pendant que l'administration tentait de résoudre son cas.

Certes, Mari ne pouvait pas remplacer la mère d'Issa, mais elle était en mesure de s'assurer qu'elle serait bien traitée jusqu'à ce qu'on retrouve sa famille. Pour que tout se passe bien, néanmoins, elle devait cesser de fantasmer sur l'homme charismatique qui se tenait à quelques centimètres d'elle !

— Bonjour, le petit déjeuner est servi, déclara-t-il d'un ton tranquille. Il y a du café et des viennoiseries.

L'appétit lui vint immédiatement, tant pour le petit déjeuner que pour l'homme qui venait de le décrire… Résolue à se ressaisir au plus vite, elle se dirigea vers le comptoir, et se servit une tasse de café aux notes riches et profondes, allant du grillé à des fragrances plus fruitées.

— Est-ce qu'elle a bien dormi ? demanda-t-elle, en s'asseyant à la table.

— Plutôt bien pour un bébé qui a connu de si grands bouleversements, répondit-il en plaçant Issa dans son transat. L'hôtel va nous envoyer une baby-sitter pour la journée. J'ai vérifié personnellement ses références et son CV, elles semblent solides. Ce soir, nous pourrons aller dîner avec Issa et faire une promenade incognito, bref tuer le temps pendant que la police mène l'enquête. S'ils n'ont rien trouvé d'ici demain, alors nous annoncerons la nouvelle par communiqué de presse.

Pourquoi tenait-il à sortir le soir même, s'il comptait attendre jusqu'au lendemain pour parler aux journalistes ? Elle sentit la nervosité la gagner. Il y aurait forcément des fuites dès aujourd'hui...

Si la famille d'Issa n'avait pas été retrouvée dans les vingt-quatre heures, elle devrait appeler ses parents et les mettre au courant de son étrange association avec Rowan. Il faudrait qu'elle soit prudente dans sa manière de présenter la situation afin que ses parents n'en tirent pas de conclusions hâtives, ni n'essaient d'intervenir.

Mais, au fond, peut-être se tracassait-elle inutilement. Il n'était pas impossible qu'Issa soit de retour chez les siens avant le dîner. Ce qui serait sans doute la meilleure conclusion à toute cette affaire.

Rowan commença à bercer doucement l'enfant, tandis qu'un chant de Noël se faisait entendre, en rythme avec le cliquetis du transat. Il avait commandé des accessoires nec plus ultra !

Mari s'éclaircit la voix.

— Je viendrai voir si tout se passe bien à l'heure du déjeuner.

— Excellente idée, merci, répondit-il en s'emparant d'une tasse en porcelaine qu'il aurait pu aisément briser, s'il l'avait un peu trop serrée.

Elle haussa les épaules.

— Ce n'est pas un grand sacrifice ! Personne n'aime la nourriture que l'on sert lors des séminaires.

Il émit un petit rire et la regarda par-dessus sa tasse de café.

— J'apprécie que vous ayez accepté de faire équipe avec moi.

— Je n'ai pas vraiment eu le choix, monsieur le maître en l'art de la culpabilisation, rétorqua-t-elle alors.

Un sourire éclaira le visage de Rowan, creusant des fossettes dans ses joues.

— Qui aurait cru que vous aviez le sens de l'humour ?

— Voilà qui n'est guère sympathique !

— Honnêtement, Mari, personne ne vous a forcée à vous occuper d'Issa. On a toujours le choix, précisa-t-il en s'asseyant autour du guéridon, près de la fenêtre.

Bien sûr, il avait raison. Elle pouvait toujours s'en aller, et le fait qu'elle reste malgré tout la rendait nerveuse. Elle prit place en face de lui, et contempla le soleil du matin qui brillait sur la crête des vaguelettes, dehors.

— J'ai agi de mon plein gré, je ne le conteste pas. Mais c'est pour le bien d'Issa ! Ma décision n'a absolument rien à voir avec vous.

— Je pensais que nous jouions cartes sur table...

Elle détourna les yeux et avala une gorgée de café brûlant.

— Je ne vois pas ce que vous voulez dire, répondit-elle.

— Très bien, alors je vais vous expliquer ! La grande mission de votre vie, c'est de porter atteinte à ma réputation professionnelle et de garder vos distances avec moi. Pourtant, vous avez accepté de rester ici, pour le bébé, affirmez-vous. Seulement, vous et moi savons qu'une autre raison vous motive : nous sommes attirés l'un par l'autre. La voici, la vérité. Vous n'entendez pas les étincelles crépiter entre nous ?

— Ces étincelles dont vous parlez, commença-t-elle avec méfiance, sont précisément le reflet de nos désaccords.

— Nos désaccords ? Le mot est faible. Vous dénoncez systématiquement la légitimité de mon travail.

— J'entends effectivement vos fameuses étincelles crépiter. Et ce sont les étincelles de la colère.

Il plissa les yeux.

— Ça, on peut dire que vous êtes douée pour détourner la conversation !

— Très bien, revenons à notre sujet, déclara-t-elle d'un ton guindé. Concernant notre travail, vous refusez de comprendre que j'appréhende les choses d'un autre point de vue que le vôtre. Vous refusez invariablement toutes les idées pertinentes que je pourrais vous apporter en vue d'améliorer vos inventions technologiques. Vous semblez oublier que je suis une scientifique.

Il se passa une main dans les cheveux.

— Et si vous m'expliquiez ce que vous reprochez vraiment à mon programme informatique ?

— Je pensais que nous devions discuter de ce qui est le meilleur pour Issa, déclara-t-elle tout à coup.

Elle regarda alors la petite fille qui somnolait dans son transat, tandis que la berceuse continuait de jouer.

— Princesse, vous me donnez la migraine, asséna-t-il. Nous sommes ici pour Issa, bien sûr, mais cela ne nous empêche pas d'aborder d'autres sujets, alors cessez de changer de sujet à tout instant, et discutons enfin du dédain que vous affichez publiquement pour le travail auquel j'ai consacré ma vie.

Etait-il sérieux ? Voulait-il vraiment qu'ils s'expliquent maintenant ? Il n'avait pas l'air de plaisanter, en tout cas.

Au fond, elle était bien placée pour savoir qu'il ne sert à rien de balayer les problèmes sous le tapis, ils rejaillissent toujours à un moment ou à un autre. Autant les affronter quand l'occasion se présente.

— Ce que je reproche à votre programme, c'est qu'il aboutit à un résumé de diagnostic. Je l'apparente à une espèce de fast-food de la médecine : il ne prend pas en compte suffisamment de variables.

Après quoi, elle attendit qu'il explose de colère… Mais il inspira profondément, et se cala sur sa chaise avant de répondre :

— Je comprends votre argument et, d'une certaine façon, je l'approuve. J'aimerais avoir la possibilité de fournir à chaque patient le traitement le plus performant possible, dans la meilleure clinique du monde. Mais il se trouve que je dois examiner des patients innombrables, avec une équipe médicale minimaliste. Ce programme nous permet d'effectuer un premier bilan.

— Et que pensez-vous des professionnels qui utilisent votre programme pour rogner sur les coûts ?

Rowan fronça les sourcils.

— Que voulez-vous dire, au juste ?

— Tout le monde n'est pas aussi altruiste que vous, Rowan. Certaines cliniques utilisent ce programme pour traiter plus de patients afin d'engranger plus d'argent !

A ces mots, il serra les mâchoires.

— Je ne peux pas être la conscience du monde, argua-t-il d'un ton grave. Je gère les problèmes auxquels je suis confronté, et je me bats constamment pour qu'on m'envoie de l'aide. Bien sûr que je préférerais disposer d'un plus grand nombre de médecins, d'infirmières, d'assistants, de sages-femmes ! Mais je dois faire front avec ce que j'ai, tout en restant le plus efficace possible, dans des conditions qui n'ont rien à voir avec ce qu'on nous enseigne lors des études.

— Vous admettez donc que votre programme n'est pas optimal ?

— Vous écoutez ce que je vous dis, oui ou non ? Je travaille sur le terrain, je suis un pragmatique alors que vous êtes une idéaliste enfermée dans sa tour d'ivoire. Et désolé si cela vous déplaît !

— Je vous en prie, répondit-elle froidement, tout en se retenant de le gifler.

Un sourire éclaira soudain le visage de Rowan.

— Qu'est-ce qui vous amuse ? reprit-elle.

— Vous êtes vraiment très sexy quand vous êtes énervée…

Elle crut s'étrangler.

— Dites-moi, ce genre de réplique fait-il fondre les femmes que vous côtoyez d'ordinaire ?

— Je l'ignore, c'est la première fois que je la teste.

Ce fut alors qu'il se pencha au-dessus du guéridon, rapprochant son visage du sien, au point d'effleurer ses lèvres des siennes…

— A vous de me le dire ! ajouta-t-il.

Et il captura sa bouche.

Passé le choc, de délicieux frissons la parcoururent, et une vague de plaisir la submergea… C'était leur premier baiser et il était déjà gravé pour toujours dans sa mémoire.

Elle posa la main sur son torse, tandis qu'il continuait à l'embrasser, et sentit le battement solide de son cœur, sous sa paume. Elle ne s'était pas attendue à un baiser si subtil, à des caresses aussi raffinées…

Incapable de résister au désir qui l'envahissait, elle s'abandonna aux sensations grisantes que lui procurait cette étreinte. Elle voulait que ce baiser dure toujours, et que Rowan lui donne bien plus… Oui, ils auraient tout à fait pu s'arracher mutuellement leurs vêtements et faire sauter toutes leurs inhibitions, tant ils étaient consumés par la passion, seulement voilà : c'était bien trop risqué ! Et ce, pour une multitude de raisons, la première étant que n'importe qui pouvait faire irruption dans la suite, à commencer par la baby-sitter.

Elle n'avait pas du tout envie que ce moment aussi fou qu'intime soit immortalisé et diffusé au monde via internet !

Mais elle s'inquiétait sans raison, car rapidement — trop rapidement — Rowan s'écarta d'elle. Comme il était gênant qu'il ait été le premier à reprendre ses esprits ! Jamais elle n'avait perdu à ce point le contrôle d'elle-même.

Perturbée, elle s'adossa à sa chaise.

Par un simple baiser, il avait mis son monde sens dessus dessous... En avait-il été affecté de la même façon ? Elle leva les yeux vers lui, mais se heurta à son dos. Il se dirigeait en effet vers la porte.

— Rowan ?

— On vient de sonner, dit-il d'une voix rauque, en jetant un coup d'œil par-dessus son épaule. Ce doit être la baby-sitter.

Mari toucha ses lèvres qui vibraient encore de plaisir, se demandant si une journée lui suffirait pour reprendre ses esprits avant d'affronter la soirée.

Ce soir-là, Rowan faisait rouler la poussette dans la rue principale, animée par les vendeurs ambulants. Il était à l'affût de tout incident éventuel afin d'y parer le plus efficacement possible, même si des gardes du corps les talonnaient.

Mari, qui l'accompagnait, était elle aussi très vigilante. Elle avait retiré la veste de son tailleur, et noué un foulard à pois rouges sur ses cheveux. Avec ses lunettes à large monture, elle avait l'allure d'une star des années quarante.

Elle n'en jetait pas moins des coups d'œil intéressés aux innombrables étals qui regorgeaient de vêtements tissés à la main, et de bijoux en perles de toutes les couleurs. Des caisses entières de légumes et de fruits frais s'offraient également au regard, et des odeurs de poulets rôtis et de viandes de chèvre grillée se mêlaient à la brise salée. Au loin, on percevait le bruissement de l'océan dont le rythme se mêlait aux airs de Noël joués par un groupe de percussionnistes ; des enfants dansaient devant eux. Les habitants de l'île et les touristes se croisaient, et une myriade de langues s'entremêlaient : le créole capverdien, le portugais, le français, l'anglais et d'autres encore qu'il ne parvenait pas à identifier.

Ce soir, il avait réussi à arracher Mari à son travail et à se trouver seul avec elle. A l'exception bien sûr du bébé, des gardes du corps et… d'une foule de flâneurs !

Les derniers rayons du soleil baignaient Mari d'une lumière dorée des plus flatteuses. Elle n'avait pas fait allusion au baiser qu'ils avaient partagé le matin même, et il s'était bien gardé d'évoquer le sujet, trop content qu'elle ait accepté de sortir se promener avec lui en dépit de son impulsion. Toutefois, il la soupçonnait d'avoir été aussi retournée que lui par cette étreinte inattendue.

Le goût du baiser flottait en effet encore sur ses lèvres, des heures après, et il était plus déterminé que jamais à savourer bien plus que sa bouche. Cependant, il était assez stratège pour prendre son temps. Il avait passé sa vie à poser des diagnostics et il s'estimait plutôt fin psychologue, mais Mari, aussi intelligente qu'ombrageuse, était la femme la plus complexe qu'il ait jamais croisée !

Etait-ce pour cette raison qu'elle l'attirait autant ? Etait-ce le mystère qui émanait d'elle qu'il trouvait irrésistible ?

Au fond, il se fichait bien de trouver des réponses à ces questions. Il avait juste envie de profiter pleinement de cette soirée. Certes, des regards curieux s'étaient attardés sur eux et quelques photos subreptices avaient été prises, mais personne ne les avait abordés jusqu'à présent.

Il tourna la tête à droite, puis à gauche, s'assurant qu'il n'y avait toujours aucun danger et que les gardes du corps se trouvaient bien derrière eux. Le colonel Salvatore avait été accommodant et efficace, comme toujours, même s'il n'avait pas encore trouvé de renseignements sur l'enfant. Les empreintes d'Issa ne figuraient dans aucune base de données, d'ailleurs il était tout à fait possible qu'elle soit née au domicile de ses parents et n'ait pas été déclarée aux services municipaux. Mais Savaltore ne désespérait nullement de trouver des éléments significatifs.

Et, pendant tout le temps que durerait l'enquête, il aurait le bonheur de profiter de Mari, de lui faire la cour, dans un pays qu'il aimait, et qui plus est durant la période des fêtes, un moment de l'année où l'on a l'impression que le temps suspend son cours. Etant donné qu'il aurait demandé la garde temporaire du bébé même si Mari s'était désolidarisée de lui, il n'éprouvait aucun sentiment de culpabilité de s'être servi d'Issa pour la persuader de rester avec lui. Il était simplement surpris qu'elle ait accepté aussi facilement.

Ce qui lui donnait bon espoir...

Elle hésita devant un marchand de poteries, dont les motifs peints représentaient des scènes de la vie quotidienne. Elle passa lentement le doigt sur un bol, avant de s'intéresser à un autre stand où l'on vendait des bijoux. Elle stationna un peu plus longtemps devant, et il comprit que c'était son point faible. Curieux, il n'aurait pas pensé qu'une chercheuse aussi sérieuse qu'elle s'intéresserait à des colliers en perles ! En général, elle n'affichait pas de fantaisie, s'en tenant à une mise pratique et classique.

Soudain, elle se tourna vers lui, et parut revenir à la réalité.

— Nous devrions trouver un endroit où dîner. Je meurs de faim.

— Je te suis.

Il était passé naturellement au tutoiement, après leur baiser du matin

— Dis-moi où tu as envie d'aller, ajouta-t-il, curieux de savoir quel genre de lieu elle choisirait.

Les gens s'affairaient autour d'eux, leurs sacs remplis de souvenirs ou de provisions. Instinctivement, elle se posta entre la poussette et la foule pressée.

— Et si nous mangions dans un café sur la place du marché, cela nous permettrait de regarder les animations, qu'en penses-tu?

— Bonne idée, approuva-t-il.

De la sorte, il pourrait exercer une meilleure surveillance de leur entourage. Ses différentes missions pour Interpol lui avaient appris que les incidents ne se produisent pas toujours là où on les attend.

Il observa un instant la rue, captivé par les joueurs de flûte.

Plus bas, un groupe d'enfants formaient une crèche vivante, dans des costumes simples mais ingénieux. Le soleil n'étant pas encore couché, il y avait toujours de la lumière, de sorte qu'il n'était pas nécessaire de redoubler de vigilance.

Rowan désigna un café équipé de tables bleues, où l'on servait du poisson frais.

— Ici, ça te conviendrait ?

— Parfait. Je verrai les paparazzis arriver de loin.

— Même si on dirait que ton fan-club a fait un break ce soir !

Sa remarque la fit rire aux éclats.

Il roula alors la poussette vers le restaurant, où une serveuse leur indiqua une table avec un aimable sourire. Issa dormait à poings fermés, tout en suçant son pouce. Elle était réellement adorable dans sa gigoteuse de Noël rouge.

L'air détendu, Mari retira son foulard, qu'elle laissa flotter autour de son cou.

— Curieux que je ne sois pas parvenue à échapper à des paparazzis amateurs hier, à l'hôtel, et que maintenant personne ne me remarque, alors qu'un peu de publicité servirait notre cause.

— Rassure-toi, répondit-il avec ironie, l'affaire deviendra publique dès demain, ce qui devrait accélérer le cours des événements. Pour ce soir, je crois que tu vas pouvoir savourer ton dîner en paix : Issa et moi te servons de camouflage !

— De « mamouflage », oui ! dit-elle en s'asseyant sur la chaise qu'il lui présentait.

— J'aime de plus en plus ton sens de l'humour, tu sais.

Tout comme cette soirée qu'il passait avec elle. Une bouffée de son parfum lui emplit les poumons quand elle prit place à la table. Et soudain des images de Mari, portant uniquement cette sublime fragrance et une parure en perles colorées, s'imposèrent à son esprit. Bon sang, il était à présent certain de rester éveillé toute la nuit, obsédé par la silhouette gracieuse qu'elle dissimulait toujours sous des vêtements un peu amples.

— Quelque chose te tracasse ? demanda-t-elle soudain.

Elle le regardait par-dessus ses lunettes noires, ses yeux couleur de l'ambre reflétant le coucher de soleil.

— Non, pas du tout, dit-il en s'asseyant en face d'elle, un pied fermement posé sur la poussette, même s'il savait qu'ils étaient entourés d'une demi-douzaine de gardes du corps.

La serveuse leur apporta des verres et un pichet de jus de fruits — goyave et mangue — sans paraître reconnaître son illustre cliente.

— Mais qu'il est mignon, ce bébé ! s'exclama-t-elle. J'adore sa grenouillère de Noël. On dirait un petit elfe.

— Merci, dit Mari avant de chuchoter à Rowan d'un air amusé : mamouflage.

Une fois qu'ils eurent commandé de l'espadon accompagné de *cachupa* — le plat national à base de maïs et de haricots secs —, Mari s'adossa à sa chaise, semblant bien plus détendue que la femme qui s'était réfugiée dans sa suite la veille au soir. Elle releva ses lunettes de soleil sur le dessus de sa tête.

— Tu veux boire un grog ? demanda-t-il.

C'était une autre spécialité capverdienne, à base de rhum et de miel.

— Non, merci, je ne prendrai pas d'alcool ce soir. C'est à moi de m'occuper d'Issa.

— Je peux tout à fait veiller sur elle cette nuit également, si tu ne te sens pas à l'aise avec elle ou si tu es trop fatiguée.

Elle releva un sourcil.

— Devenir mère donne une énergie incroyable, tu n'étais pas au courant ?

— Je voulais juste t'aider : c'est toi qui as fait le plus d'exposés aujourd'hui.

Ella avala une gorgée de jus de fruits.

— Je te trouve bien prévenant, tout à coup. Essaies-tu de me séduire pour pouvoir m'embrasser de nouveau ?

— Autant que je me souvienne, tu n'as pas protesté, ce matin...

— Peut-être, mais ce n'est pas pour ça qu'il faut recommencer.

— C'est noté, dit-il sans en concevoir la moindre contrariété, tant il était manifeste qu'elle pensait tout le contraire.

Sous prétexte de balayer une miette de pain, il lui effleura alors la main et repéra au même moment un couple de touristes étrangers qui se dirigeait droit vers eux.

Tandis que Mari se redressait brusquement sur sa chaise, il considéra le couple avec attention : la menace peut survenir sous n'importe quelle forme, il ne le savait que trop bien. D'ailleurs, les gardes eux aussi étaient sur le qui-vive quand le duo se rapprocha du périmètre de protection.

Mari remit ses lunettes de soleil et Rowan, bien que ne décelant aucun signe alarmant, glissa la main dans sa poche pour la poser sur son 9 mm, au cas où...

L'homme, d'un âge respectable, portait un appareil photo autour du cou et une sacoche à l'épaule. Il s'arrêta juste à côté de Mari.

— Excusez-moi, commença-t-il avec un fort accent du New Jersey, est-ce que je peux vous poser une question ?

Leur couverture venait-elle de voler en éclats ? Et quand bien même, était-ce vraiment grave ?

— Je vous écoute, dit Mari, relevant la tête d'un air souverain, avant de poser de la même façon ses lunettes de soleil sur la table.

— Est-ce que vous êtes de la région ? intervint alors la femme d'un ton empressé.

Non, ils n'avaient pas été découverts, pensa aussitôt Rowan, rassuré.

— Nous ne sommes pas du Cap-Vert, mais du continent, répondit-il.

— Oh ! je vois ! dit son interlocutrice. Mais vous pourriez peut-être nous aider. Savez-vous où se tient la fête du Kwanzaa ?

Mari ouvrit de grands yeux stupéfaits, puis un éclat d'humour brilla dans ses prunelles.

— Madame, le Kwanzaa est une fête afro-américaine, répondit-elle avec amabilité.

— Oh ! bien sûr ! J'ai parlé sans réfléchir. Je ne m'attendais pas à ce que l'on fête Noël de façon si marquée, ici.

Mari regarda alors les enfants qui avaient présenté leur crèche vivante et qui défilaient à présent parmi les spectateurs afin de récolter des dons destinés à leur église.

— L'Afrique possède un riche héritage culturel et religieux, dit-elle. Il varie en fonction du lieu où l'on se trouve sur le continent. Ici, nous sommes dans une zone portugaise, d'où une large prédominance des traditions chrétiennes.

— Merci pour vos explications et votre patience, dit la femme, les yeux toujours rivés sur Mari. C'est curieux, votre visage me semble familier. Nous sommes-nous déjà rencontrées ?

Mari considéra le couple un instant, puis déclara :

— On me dit souvent que je ressemble à la princesse Mariama Mandara. Et, parfois, je me fais même passer pour elle, ajouta-t-elle avec un clin d'œil malicieux.

La femme se mit à rire.

— Après tout, c'est bien mérité, les gens sont tellement curieux !

Alors, sans doute parce qu'elle était joueuse et que la situation l'amusait terriblement, Mari se pencha vers la poussette, et redressa légèrement Issa.

— Vous voulez nous prendre en photo, avec le bébé ? Ainsi, vous pourrez faire croire à vos amis que vous avez photographié une princesse.

— Hélas, je ne sais pas comment me servir de l'appareil photo de mon téléphone ! Ce sont nos enfants qui nous l'ont offert pour nos cinquante ans de mariage.

Elle donna un coup de coude à son mari.

— Mais on peut utiliser notre vieux polaroïd, n'est-ce pas, Nils ?

— Tout à fait, Meg. Une minute, que je le retrouve.

Mari saisit la femme par le bras.

— Meg, prenez la pose avec nous, dit-elle.

— Oh ! c'est très gentil ! Mes petits-enfants vont adorer.

Elle se recoiffa rapidement avec les doigts et, se plaçant tout près de Mari, afficha un beau sourire.

— Et maintenant, dit Meg, je vais vous prendre avec votre mari et votre fille.

Votre fille ? A ces mots, Rowan sursauta. La plaisanterie que Mari jouait aux touristes venait de prendre un tour inattendu. Il aimait les enfants, et il désirait Mari, mais de là à prétendre qu'ils étaient parents et mariés… Non, l'idée même du mariage lui donnait de l'urticaire ! Il déglutit avec difficulté à la pensée de sa famille dont il avait provoqué le naufrage, des années auparavant. Pourtant, il fit comme si tout était normal et s'agenouilla près de la poussette, arborant un sourire de circonstance. Finalement, il avait toujours été un bon acteur.

Une fois la séance photos terminée, le couple se répandit en remerciements et leur laissa le cliché où ils figuraient tous les trois. La photo se développa sous les yeux de Rowan, passant du flou à des contours nets.

Resté seul, il s'adossa à sa chaise.

— Pourquoi est-ce que tu n'as pas dit la vérité à ce couple ? Après tout, leur réaction aurait été un bon test pour nous.

Elle attendit que la serveuse qui leur apportait leurs plats s'éloigne pour répondre.

— Je ne voulais pas attirer l'attention sur nous dès ce soir. Demain, quand on diffusera la nouvelle au sujet d'Issa, Nils et Meg se rendront compte qu'ils ont bel et bien rencontré une princesse et leur histoire enchantera leurs petits-enfants.

— C'est gentil de ta part, dit-il en dépliant sa serviette, compte tenu que tu détestes la notoriété que t'attire ton titre royal.

— Je ne suis pas aussi impitoyable que tu le crois, répliqua-t-elle d'un ton sec.

Avait-il blessé ses sentiments ? Il n'imaginait pas qu'une femme aussi forte qu'elle puisse être ébranlée par si peu.

— Je n'ai jamais dit ça, se défendit-il. J'ai d'ailleurs toujours admiré tes recherches.

— Vraiment ? Je me rappelle pourtant d'une interview dans une revue spécialisée où tu m'accusais de saboter ton travail. Et d'ailleurs, quand j'ai trouvé refuge dans ta suite, hier soir, tu m'as tout de suite accusée d'espionnage.

— J'étais sous le choc, mes mots ont dépassé mes pensées. Et puis, comme je te l'ai déjà dit, je travaille sous pression, contrairement à toi.

— Peut-être, mais ce n'est pas une raison pour être à couteaux tirés. Il y a déjà tant de conflits dans le monde !

Et, sur ces mots, elle détourna le regard pour fixer un groupe de musiciens. Alors il oublia qu'elle ne manquait pas une occasion de le critiquer et eut très envie de mieux connaître cette femme qui se dérobait si souvent et qu'il rêvait de tenir de nouveau dans ses bras.

S'il voulait obtenir plus de Mari, il devrait aussi se livrer davantage, perspective qui ne le réjouissait guère...

Pourtant, à la voir se balancer légèrement au rythme de la musique, à contempler son corps si gracieux et si souple, il comprit soudain qu'il était prêt à tout pour qu'elle soit à lui.

5

Mari était captivée par la musique de rue qui se fondait si agréablement dans l'air encore très doux de la soirée. Le battement régulier du bougarabou, enrichi par les bracelets cliquetants du musicien, l'avait replongée dans son enfance, à l'époque où ses parents vivaient encore ensemble, et où elle résidait tout le temps en Afrique, ne la quittant que pour rendre visite à ses grands-parents maternels, aux Etats-Unis.

Les sept premières années de sa vie avaient été idylliques, ou du moins était-ce ainsi qu'elle les percevait aujourd'hui. A l'époque, si jeune et naïve, elle ignorait tout encore des tensions qui traversaient le mariage de ses parents, ne sentait pas la pression attachée aux devoirs royaux qui pesait sur les épaules de sa mère, ni la nostalgie de celle-ci pour son pays natal.

Elle qui passait pour un génie n'avait détecté aucun signe avant-coureur. Sans doute parce qu'elle était bien plus douée pour décrypter des données que pour percer les gens à jour. Mari avait à peine remarqué que sa mère voyageait de plus en plus souvent outre-Atlantique ! Seulement, un jour, sa mère lui avait annoncé qu'elle allait acheter une maison aux Etats-Unis, où elles pourraient séjourner lors de leurs vacances de Noël. Ainsi, elles seraient plus indépendantes, avait-elle argué. En réalité, ses parents s'étaient officiellement séparés et avaient demandé le divorce.

A partir de ce jour-là, les chants de Noël n'avaient plus jamais eu le même charme pour Mari.

Chassant ses souvenirs, elle cessa peu à peu de remuer au rythme de la musique, tandis que la brise du soir charriait des odeurs de viande grillée et des rires d'enfants. En se concentrant sur ces impressions-là, elle parvenait presque à oublier le regard de Rowan posé sur elle.

Presque.

— Pourquoi est-ce que tu me fixes comme cela ? ne put-elle s'empêcher de demander. Je suis décoiffée, c'est ça ? La journée a été longue et le vent est fort ce soir.

Elle passa alors la main dans ses cheveux, puis tira sur sa jupe avant de lisser son foulard. Depuis quand son apparence la tracassait-elle, en dehors des poses qu'elle devait prendre devant les photographes ?

— Tu as l'air émerveillé par tout ce qui t'entoure, jusque dans les moindres détails, et ton plaisir est tout simplement fascinant, répondit Rowan avec un sourire.

Ses yeux bleus se mirent à scintiller comme les étoiles dans le ciel, éclairant son visage bronzé.

Etait-il en train de flirter avec elle ? Elle lui jeta un regard suspicieux. Derrière lui, la fenêtre avait été décorée avec de la neige artificielle, de sorte que tout semblait flou à l'intérieur du restaurant. Ces petits détails, destinés à recréer la magie de Noël dans un lieu où les températures et l'ambiance ne correspondaient pas à la représentation qu'on s'en faisait, la touchaient tout particulièrement.

— C'est la période des fêtes, de la joie, et cela me rend heureuse, bien sûr, lui dit-elle précipitamment.

Elle n'avait pas du tout envie de parler d'elle, elle préférait de loin se pencher sur le passé de Rowan !

— Qu'est-ce que tu aimais, à Noël, quand tu étais enfant ? enchaîna-t-elle.

— Nous restions dans la tradition : sapins, chants, beaucoup de nourriture.

— Que mangiez-vous ? demanda-t-elle.

Issa gémit alors légèrement dans sa poussette, et Rowan lui

remit aussitôt sa tétine afin qu'elle se rendorme. Comme il était à l'aise avec les enfants ! pensa Mari, émue.

— Ce que l'on mange habituellement à Noël.

— Sois un peu plus précis, tout de même ! Il y a de nombreuses façons de célébrer Noël. Il se trouve que j'ai grandi entourée de chefs et que la cuisine est restée un mystère fascinant pour moi.

Il avala une bouchée d'espadon.

— Pourtant, c'est l'équivalent d'une expérience chimique, non ? demanda-t-il.

— En théorie, peut-être.

Elle avala une gorgée de jus de fruits, et crut y reconnaître un soupçon de noix de coco. Ses sens lui semblaient bien plus acérés depuis que Rowan l'avait embrassée.

— En tout cas, je suis meilleure scientifique que cuisinière. Mais revenons-en à toi ! Quel était ton plat préféré à Noël ?

Il reposa sa fourchette et se mit à battre doucement la mesure, du pied, sur la poussette.

— Ma mère nous faisait des cookies aux épices recouverts d'un glaçage, mais mon frère Dylan et moi ne mangions que la décoration.

Le souvenir qu'il venait d'évoquer avait quelque chose de rassurant et elle s'en imprégna doucement, comme on s'enveloppe dans une couverture confortable.

— J'aurais tant aimé avoir des frères et sœurs, avoua-t-elle. Raconte-moi encore... Qu'est-ce que vous receviez comme cadeaux ? Des trains électriques ou des motos téléguidées ? Des vélos ou d'horribles chandails ?

— Mes parents n'avaient pas beaucoup d'argent, aussi économisaient-ils toute l'année pour nous offrir un cadeau qui nous plairait. Et c'était bien plus que ce que reçoivent la plupart des enfants dont je m'occupe aujourd'hui.

— Tu avais visiblement une famille unie, c'est un bien précieux.

A cet instant, une curieuse lueur brilla dans les yeux de Rowan, comme des nuages gris traversant un ciel d'azur, mais elle passa si vite que Mari se demanda si elle l'avait rêvée.

— A environ 3 h 30, le matin de Noël, Dylan et moi nous

glissions hors de notre lit pour aller voir ce que le Père Noël nous avait apporté.

Elle l'écoutait avec la plus vive attention. C'était la première fois qu'elle avait tant envie de connaître un homme. Peut-être parce qu'elle avait la sensation de s'être réellement trompée sur lui... Soudain, elle perçut comme une tristesse dans sa voix, en écho à l'ombre fugitive qu'elle avait vu passer dans ses yeux, quelques secondes plus tôt. Elle n'avait donc rien imaginé !

— Nous jouions alors environ une heure avec nos cadeaux, puis nous les remballions pour que nos parents ne se rendent compte de rien, et regagnions nos chambres sur la pointe des pieds. Au matin, nous faisions comme si nous les découvrions.

— On dirait que tu es très proche de ton frère, dit-elle, étonnée par le voile qui avait recouvert sa voix.

— Etais, corrigea-t-il. Dylan est mort.

Elle ne put retenir un petit cri, à la fois choquée et pleine de compassion pour cette affreuse perte. Et, soudain, la musique de *C'est Noël* lui parut totalement incongrue, tellement en décalage avec la révélation qu'il venait de lui faire.

— Je suis vraiment désolée, Rowan. Je n'étais pas au courant.

— Comment aurais-tu pu le savoir ? Dylan est mort dans un accident quand il avait dix-huit ans.

Que disait-on dans ces cas-là ? Pour une princesse, elle manquait cruellement de mots réconfortants.

— Et toi, quel âge avais-tu ? finit-elle par demander.

— Seize ans, dit-il, tout en se mettant à tripoter les lunettes de soleil qu'elle avait posées sur la table.

— Ça a dû être terrible pour toi et tes parents.

— Exact.

Et il continua à triturer ses lunettes à large monture.

Un étrange silence s'abattit entre eux ; les chants de Noël semblaient résonner dans le vide, à présent. Elle se mordit la lèvre, hésitante, puis posa la première question qui lui passa par la tête.

— Est-ce que tu étais encore à l'école de redressement militaire à cette époque ?

— C'était la semaine de remise des diplômes.

Encore une fois, elle sentit son cœur se serrer. C'était d'autant plus affreux que l'accident avait précisément eu lieu à un moment où il aurait dû se réjouir d'avoir terminé le lycée.

Sans réfléchir, Mari écarta son verre et posa une main sur la sienne.

— Rowan, je ne sais que te dire.

— Il n'y a rien à dire, dit-il en retournant sa main pour lui caresser le poignet. Je voulais juste que tu saches que je te fais assez confiance pour te parler de cette partie-là de mon passé.

Le contact de ses doigts sur sa peau la troublait infiniment.

— Tu me parleras aussi de toi ? poursuivit-il en dardant soudain sur elle un regard indéniablement sensuel et fiévreux. Afin que je te connaisse mieux. Ce baiser n'était pas fortuit, tu sais. Je n'ai rien du saint que dépeignent les médias.

Elle avait la sensation qu'à la moindre étincelle elle aurait pu s'embraser... Non, elle n'était pas le jouet de son imagination, Rowan Boothe la désirait bel et bien...

Et, le pire, c'est qu'elle avait également très envie de lui !

Le bruit d'une camionnette pétaradante fit revenir Rowan à la réalité du moment. Mari sursauta en face de lui, avant d'attaquer son plat d'espadon et de *cachupa*.

L'engin résonnant encore à ses oreilles, il inspecta la place, et vérifia le positionnement des gardes du corps. Il remarqua un couple manifestement en lune de miel, à la table voisine. Meg et Nils étaient quant à eux en train de régler leur addition. Une famille de vacanciers occupait une grande table.

L'endroit ne présentait pas plus de danger qu'un autre, et il espérait que Mari profitait en toute quiétude de la soirée. La pensée qu'elle devait se cacher en permanence le contrariait, elle méritait tellement mieux que de vivre dans l'ombre !

Il était reconnaissant à la petite Issa de les avoir rapprochés l'un de l'autre. Il était touché par la sensibilité de Mari, la douce humanité qui émanait d'elle au-delà de son brillant cerveau de scientifique et de son héritage régalien.

Rowan posa les yeux sur le bébé. Par chance, la petite fille était en excellente santé, même si elle n'en restait pas moins un être fragile. Toutefois, il ne doutait pas qu'avec l'aide de Salvatore il trouverait la meilleure solution pour elle, soit sa famille biologique, soit des parents adoptifs.

En revanche, l'avenir de sa relation avec Mari lui causait plus de soucis. Si le désir qu'il lisait dans ses beaux yeux était bien réel, ce sentiment était à l'évidence entrelacé de méfiance.

Il devrait attendre le moment opportun, faire preuve de patience pour ne pas l'effrayer. Il n'avait pas prévu d'évoquer la disparition de Dylan avec elle, mais leur conversation avait convoqué de vieux souvenirs. Il se jura que cela ne se reproduirait plus.

S'emparant du pot de café que la serveuse avait apporté, il en versa dans leurs tasses respectives.

— Tu as dû avoir des Noëls fastueux, avec ton père, dit-il.

Paupières baissées, elle s'empara de sa tasse.

— Mon père n'est pas homme à dépenser outrageusement l'argent public, déclara-t-elle d'une voix un peu tremblante. L'économie de notre pays s'est stabilisée grâce à une augmentation de l'exportation de cacao, mais les finances de l'Etat sont loin d'être satisfaisantes. J'ai été élevée dans un esprit responsable.

— Et tu n'avais pas de frère et sœur avec qui partager ce sens des responsabilités.

Il avait parlé sans réfléchir, sans doute parce qu'il pensait encore à Dylan. A la façon dont il avait échoué à lui sauver la vie. Si seulement il avait effectué des choix différents... De nouveau, il se concentra sur Mari.

— Mes deux parents se sont remariés, après leur divorce, mais aucun d'eux n'a eu d'autres enfants.

Elle leva les mains, ses lunettes dansant alors au bout de ses doigts.

— Je suis donc seule à incarner l'avenir de mon pays ! conclut-elle.

— Et cela n'a pas l'air de t'enthousiasmer particulièrement !

— Je préférerais laisser ma place à une personne plus compétente !

Elle reposa ses lunettes et avala un peu de café.

— Pourquoi ce regard surpris ? reprit-elle. Tu dois tout de même deviner que je suis plus à mon aise dans un laboratoire que douée pour régler les problèmes quotidiens des gens.

— Je pense que tu réussiras dans tout ce que la vie te poussera à entreprendre, lui assura-t-il, déconcerté de voir soudain sa belle assurance s'effriter. Quand tu entres dans une salle, tout s'illumine autour de toi et tu en imposes par ta présence.

— Merci, dit-elle avec un petit sourire. Mais je ne cherche pas à être charismatique, ce sont les faits concrets qui m'intéressent.

— Avoir un esprit logique est une qualité chez les leaders, observa-t-il.

Elle détourna le regard, puis s'empressa d'ajuster l'ombrelle accrochée à la poussette du bébé.

— Je n'ai pas toujours été ainsi, dit-elle alors.

— Que veux-tu dire ?

— Enfant, j'avais l'esprit brouillon. Je perdais mes barrettes dans les hôtels, j'oubliais mes livres et mes poupées dans les avions. J'étais toujours grognon le matin, en retard à des rendez-vous importants. Le personnel avait pour consigne de me réveiller toujours de très bonne heure.

Sans doute était-ce parce qu'elle avait toujours dû jongler entre deux continents, entre deux fuseaux horaires, sans compter qu'elle avait sauté beaucoup de classes...

Avait-elle trouvé le temps de s'amuser, enfant ?

— Tu as beaucoup voyagé quand tu étais une petite fille. Beaucoup d'adultes oublient leurs affaires dans les avions à cause du décalage horaire.

— Tu es gentil de me trouver des excuses. Au fil du temps, j'ai appris à établir des listes et à mieux structurer ma vie. Ainsi, le monde m'a semblé moins confus.

— C'est-à-dire ?

Elle se mordit la lèvre.

— Oublie ce que j'ai dit.

— Impossible.

Chacune de ses paroles, de ses révélations, lui en disait plus que tout ce qu'il avait appris d'elle au fil des années.

— Eh bien, je suis une princesse, que je le veuille ou non ! fit-elle en reposant sa tasse avec délicatesse. Et je pourrai établir autant de listes que je veux, mon monde sera toujours pavé d'imprévus.

— Cela peut avoir son charme.

Comme il avait envie de faire courir ses doigts le long de son visage, de son cou, de sa gorge ! songea-t-il soudain en s'efforçant de chasser ces pensées peu appropriées.

Elle prit une profonde inspiration.

— Et c'est là que tu me surprends en m'embrassant une deuxième fois ?

Sur ces mots, elle planta son regard dans le sien. Il était certain qu'elle allait éclater de rire et lui dire d'aller au diable quand…

Quand elle pressa ses adorables lèvres contre les siennes !

Il sentit une réelle ivresse s'emparer de lui, alors que Mari posait sa main douce sur la sienne… Le désir, puissant et impérieux, souleva tout son être…

Mais, bien vite, elle s'écarta de lui et s'adossa à sa chaise. Elle avait délicieusement rougi.

— Ce n'était pas… Je ne voulais pas…

— Chut ! murmura-t-il en posant d'autorité un doigt sur bouche. On ne doit pas toujours tout analyser, tu sais. Finissons de dîner pour rentrer au plus vite.

— C'est une proposition ?

Encore une fois, un élan d'excitation le traversa et il perçut clairement son écho dans les yeux de Mari.

— Que vas-tu penser là ? dit-il d'une voix mâtinée d'ambiguïté. Je veux simplement rentrer de bonne heure pour te permettre de t'occuper du bébé toute la nuit.

Un sourire éclaira aussitôt le visage de Mari. Comme lui, elle aimait badiner, de sorte que l'atmosphère resta détendue entre eux. Bon sang, elle était incroyable ! A la fois intelligente et pleine d'humour. Il recouvrit sa main de la sienne et…

Un cri résonna soudain dans l'air du soir.

— Oh ! mon Dieu ! C'est elle !

La jeune femme de la table voisine secoua son mari avec insistance.

— C'est la princesse Mariama ! Je veux être prise en photo avec elle.

Visiblement, les effets du « mamouflage » s'étaient estompés. Et ils n'auraient pas à attendre le lendemain pour que l'histoire de leur garde temporaire éclate au grand jour.

Enfin dans sa chambre…

Après s'être assurée qu'Issa était bien endormie dans son petit berceau, Mari goûtait à quelques instants de tranquillité, étendue sur son lit.

Les deux heures qui venaient de s'écouler avaient été bien occupées. A peine avait-elle été repérée au restaurant que les smartphones avaient surgi de partout. Mari n'avait pas eu le temps de se remettre du baiser impulsif qu'elle venait de donner à Rowan que, déjà, elle avait dû endosser son rôle de princesse.

Heureusement, Rowan avait géré la foule curieuse en expliquant qu'ils assuraient tous deux la garde provisoire d'un enfant, et que plus d'informations seraient transmises à la presse dès le lendemain lors d'un communiqué.

Finalement, les choses s'étaient plutôt bien passées. Même si elle avait été contrariée que des gardes du corps interviennent, d'autant qu'elle ignorait leur présence à ses côtés. Pourquoi son père n'avait-il pas respecté ses vœux ? Il savait pourtant qu'elle souhaitait se déplacer librement et sans protection. Elle devrait en discuter avec lui.

Quoi qu'il en soit, elle avait cette fois apprécié l'intervention de ces hommes de main, qui les avaient raccompagnés discrètement jusqu'à l'hôtel. Grâce à eux, il n'y avait pas eu de course-poursuite, et elle n'avait pas eu besoin d'enfiler les vêtements du personnel hôtelier !

Nul doute que, dès le lendemain matin, Rowan, Issa et elle

feraient la une des journaux, et que le hall de l'hôtel serait comble pour le communiqué de presse.

Incapable de dormir, elle se releva. Par chance, Issa dormait comme un ange après le gros biberon qu'elle lui avait donné : elle pouvait donc se consacrer à une autre mission, c'est-à-dire appeler son père !

Se saisissant de son portable, elle appuya sur le numéro de ce dernier. Deux sonneries plus tard, il décrochait.

— Papa, il faut que je te parle…

Le rire de son père résonna dans l'appareil.

— De quoi ? De ton petit ami et du bébé que tu m'as caché ?

Mari ferma les yeux, imaginant aisément son père en train de travailler dans la véranda, son corps dégingandé calé dans son fauteuil en cuir préféré. En ce lieu, il prétendait être plus proche de la nature, même si trois murs et trois barrières de gardes du corps l'en séparaient.

Elle soupira, tout en se massant légèrement les tempes.

— Comment as-tu entendu parler de Rowan et d'Issa ? Tu m'espionnes, à présent ? Et pourquoi m'as-tu attribué toute une légion de gardes du corps sans me consulter ?

— Une question à la fois, ma chère enfant. Tout d'abord, j'ai appris tes attaches avec le Dr Boothe et le bébé sur internet, il y a quelques instants seulement. Deuxièmement, je n'espionne pas ma famille, sauf en cas de nécessité. Et enfin, les gardes du corps dont tu parles ne sont pas les miens. Je suppose que c'est ton petit ami qui les a engagés.

Rowan aurait employé des gardes du corps à son insu ? Décidément, le contrôle des événements lui échappait.

— Pour commencer, répliqua-t-elle, ce n'est pas mon petit ami.

Même s'ils s'étaient embrassés et que cela lui avait terriblement plu !

— Deuxièmement, Issa n'est pas notre enfant. Elle nous a été confiée provisoirement, ainsi que Rowan l'a expliqué, au restaurant, aux personnes qui nous ont alpagués.

Même si son cœur était déjà conquis par la jolie petite poupée qui dormait dans la dentelle, à côté d'elle.

— Je sais bien que ce bébé n'est pas le tien, Mariama, déclara son père.

— Ah bon ? L'information était aussi sur internet ?

Elle se laissa retomber sur le lit et, plaquant un oreiller sur son ventre, se mit à observer le petit torse d'Issa qui se soulevait et s'abaissait au rythme régulier de sa respiration.

— Je garde tout de même un œil sur toi, ma chère fille. Je ne t'ai jamais vue enceinte et je sais aussi que tu n'as jamais été une grande fan de Rowan Boothe.

Brusquement, l'image de ce dernier arpentant le salon avec Issa dans les bras s'imposa à son esprit.

— Le bébé a été abandonné dans la chambre du Dr Boothe, expliqua-t-elle, et nous en avons tous les deux la garde en attendant que les autorités retrouvent sa famille. Tu sais que l'Afrique ploie sous le poids des orphelins. Nous ne pouvons pas décemment la rendre à une instance administrative alors que nous avons le pouvoir de l'aider.

— Hum, fit son père en poursuivant son travail, ainsi qu'elle le comprit au bruit des touches du clavier.

C'était un homme qui ne s'arrêtait jamais, un dirigeant sérieux, sincèrement dévoué à son pays, pas un pantin.

— Ce que je ne comprends pas, enchaîna-t-il, c'est pourquoi tu t'associes avec un homme que tu ne supportes pas pour aider un bébé que tu ne connais même pas ?

— Aurais-tu oublié que je suis philanthrope ?

— Non, et il est vrai que tu l'es, concéda son père. Tout comme tu es une piètre menteuse, Mariama. Le bébé n'a pas surgi dans la suite du Dr Boothe comme par magie !

Décidément, elle ne pourrait jamais rien dissimuler à son rusé de père.

— J'essayais d'échapper à un groupe de touristes qui voulaient me voler des photos alors que j'étais épuisée après une journée de travail. J'ai saisi le premier chariot de service venu pour tromper mon monde, et je l'ai poussé jusqu'à la chambre à laquelle il était destiné.

En cet instant, toute la soirée de la veille repassa dans sa tête, et elle se demanda encore comment elle avait pu agir de manière aussi impulsive. Il fallait dire qu'elle était alors loin d'imaginer que l'affaire se terminerait ainsi !

— Il se trouve que c'était celle de Rowan Boothe et que, sous la nappe qui recouvrait le chariot, il y avait un bébé ! En revanche, il n'y a rien entre ce médecin et moi.

Un petit cri la fit sursauter, et elle se redressa pour bercer la petite fille. Un instant plus tard, on frappait à sa porte... Elle recouvrit le combiné de sa main.

— Tout va bien, dit-elle à travers la porte...

... qui s'ouvrit néanmoins ! Un Rowan à l'expression sceptique se matérialisa alors devant elle.

— Tu es sûre ?

— Oui, oui, dit-elle, avant de reprendre à l'attention de son père : Papa, désolée, mais je dois te laisser.

Sans mot dire, Rowan s'appuya contre le chambranle et lui jeta un regard interrogateur. Gênée, elle pressa le téléphone un peu plus fort contre son oreille et tira sur sa chemise de nuit.

— Mari, ma chérie, dit son père, finalement, tu mens mieux que je ne le pensais, car il semblerait qu'il se passe bien plus de choses dans ta vie que je ne le croyais.

Elle sentit son pouls s'accélérer : son père avait raison. Il ne s'agissait pas d'Issa... Elle se mentait à elle-même en affirmant qu'il n'y avait rien entre Rowan et elle. La preuve : le regard enfiévré qu'il dardait actuellement sur elle la troublait infiniment.

— Tu devrais te réjouir de ce qui m'arrive, reprit-elle d'un ton détaché, puisque cela va te faire une superbe publicité et offrir aux gens une belle histoire pour Noël. Tu vois, pour une fois, je te donne l'occasion d'être fier de moi.

Rowan sourcilla et Mari regretta tout de suite ses paroles... Même si elles n'étaient pas tout à fait dénuées de fondement : elle s'était toujours sentie frustrée de ne pas être à la hauteur des attentes de ses parents.

— Ma chère Mari, fit son père d'une voix enrouée, tu as toujours été source d'une grande fierté pour moi.

Un sourire amer lui vint aux lèvres.

— Tu mens encore bien plus mal que moi. Mais ne t'en fais pas, je t'aime, papa. Bonne nuit.

Et elle raccrocha.

Elle se leva alors, secouée par les émotions que la conversation avec son père avait soulevées en elle.

La présence de Rowan dans sa chambre ne faisait que renforcer son trouble. Elle devait se ressaisir, et vite. Il y avait trop de choses en jeu, et notamment le bien-être du bébé qui leur avait été confié.

Et puis elle devait aussi se protéger, car elle sentait bien que son ancien ennemi avait le pouvoir de lui faire perdre totalement le contrôle de sa vie.

6

Refusant de se laisser impressionner par son regard brûlant, Mari s'avança vers Rowan avec détermination.

— Pourquoi as-tu embauché des gardes du corps sans m'avertir ? demanda-t-elle d'un ton sec.

Il fronça les sourcils.

— Pensais-tu qu'ils étaient tombés du ciel ?

— J'ai cru qu'ils étaient envoyés par mon père.

— C'est ce qu'il aurait dû faire depuis longtemps ! J'ai remédié à cette carence afin d'assurer ta protection, répondit-il avec une légère arrogance.

Elle releva un menton défiant. Si elle était prête à accepter ses gardes du corps au nom d'Issa, cela ne signifiait pas pour autant qu'elle allait céder sur tout.

— Ce n'est pas parce que je t'ai embrassé au restaurant que je vais t'inviter dans mon lit, le prévint-elle.

Prenant un air théâtral, il posa la main sur son cœur.

— J'en suis profondément offensé.

— Tu plaisantes, bien sûr, dit-elle d'un ton incertain, troublée par son badinage.

— A toi de voir, mais je préfère t'avertir : j'ai envie de te faire l'amour et, chaque jour, l'attente est une torture.

La passion à peine contenue qu'elle entendit dans la voix de Rowan fit courir un délicieux frisson le long de son dos.

— Toutefois, je possède encore assez de raison pour accepter que cela n'ait pas lieu ce soir, ajouta-t-il.

— Et si cela n'arrive jamais ? rétorqua-t-elle, peu désireuse de lui montrer à quel point il la déstabilisait.

Il repoussa dans son dos une mèche qui s'était détachée de son chignon, effleurant sa joue au passage.

— « Si » ? reprit-il avec un petit air ironique. Eh bien, princesse, cela ne signifie-t-il pas que nous sommes déjà à moitié nus ?

Et alors qu'elle se faisait violence pour ne pas se jeter dans ses bras, il sortit avec lenteur de la chambre, en refermant doucement la porte derrière lui.

Elle était tellement troublée que ses jambes se dérobèrent littéralement sous elle et qu'elle se laissa tomber sur le lit.

Un lit soudain bien froid et vide.

Rowan franchit les portes coulissantes de l'hôtel qui donnait sur le littoral. La brise fraîche du soir ne parvenait pas à apaiser la fièvre qui s'était emparée de son corps. Il avait fourni un effort surhumain en sortant de la chambre de Mari sans se jeter sur elle. Mais il n'avait pas eu le choix, et ce pour deux raisons.

Tout d'abord, il était encore trop tôt pour agir : il ne voulait pas prendre le risque de voir Mari changer d'avis et de suite ! Elle ne devrait avoir aucun doute sur le bien-fondé de sa décision quand ils feraient l'amour.

Ensuite, il lui avait été nécessaire de mettre une distance immédiate entre elle et lui, car il avait à présent rendez-vous avec un contact d'Interpol.

Il regagna la plage à grandes enjambées. Des vacanciers noctambules s'amusaient encore sous les jets d'eau qui se trouvaient entre l'hôtel et la mer, tandis que d'autres sirotaient un dernier verre autour de la piscine.

Le rendez-vous avait été fixé dans la cabine de bains n° 2, loin d'éventuels regards inquisiteurs. En outre, la discussion ne pourrait pas être entendue par des oreilles indiscrètes puisqu'elle serait directement happée par le bruissement de l'océan. Ses mocassins s'enfonçaient dans le sable grumeleux, tandis que l'abri se dessinait à quelques mètres de lui, entouré d'un écran de verdure. A l'horizon, les bateaux dansaient sur l'immensité de l'océan, tel un écho aux étoiles qui scintillaient sur le vaste dôme de la nuit.

Il écarta la porte en toile et entra.

— Désolé pour le retard, dit-il.

Elliot Starc, son ancien ami d'école, était nonchalamment allongé sur une chaise longue, pieds en éventail face à la mer.

— Je n'ai rien d'urgent en vue, en ce moment, répondit-il.

Agent secret lui aussi, Elliot utilisait comme couverture son titre de coureur automobile de Formule 1 pour s'introduire dans des pays où il devait mener des enquêtes, sans que cela ne paraisse le moins du monde suspect. Il fréquentait les cercles du pouvoir.

— Merci quand même pour ce détour au Cap-Vert.

Elliot gratta son crâne quasiment rasé.

— J'ai tout mon temps depuis que ma fiancée m'a laissé tomber, commenta-t-il.

— J'en suis navré, vieux.

Evidemment, son ami ne lui apprenait rien. Ses histoires de séducteur international faisaient souvent la une des chroniques mondaines sur tous les continents, et tout le monde pensait que c'était en raison de son « glorieux » passé que sa fiancée avait rompu. Rowan se doutait toutefois qu'il y avait une autre explication : elle avait sans doute paniqué en apprenant qu'il travaillait pour Interpol. Ce métier avait souvent été préjudiciable aux relations amoureuses de la Confrérie.

D'ailleurs, que penserait Mari de son propre lien avec Interpol si elle le découvrait ?

Elliot avala un trait d'alcool ambré.

— Tout est ma faute... Bref, j'avais libéré du temps dans mon agenda en vue de notre lune de miel et, quand nous avons rompu, je lui ai donné nos deux billets en guise de compensation, pour qu'elle puisse partir avec sa « meilleure amie pour la vie ». A l'heure où nous parlons, elles doivent être en train de dévaler les pistes des Alpes...

Il poussa un soupir.

— Autant que je sois utile à quelque chose ici, ajouta-t-il.

De toute évidence, Elliot ne voulait pas qu'on s'apitoie sur son sort. Pourtant, il avait de gros cernes sous les yeux et ne semblait pas en grande forme. Sans doute n'avait-il pas non plus beaucoup dormi.

— Que t'est-il arrivé, mon vieux ? lui demanda Rowan en désignant ses cheveux tout courts.

Sa chevelure bouclée et épaisse avait toujours suscité l'admiration des femmes, aux quatre coins de la planète, et lui avait même valu de poser pour une publicité de sous-vêtements qui avait fait le tour du monde. Ses amis de la Confrérie ne s'étaient pas privés de le taquiner à ce sujet !

— J'ai eu un accident en m'entraînant pour une course, et la voiture a pris feu. Mes cheveux ont trinqué.

— Quoi ? Tu as été brûlé ?

— Non, les flammes m'ont juste scalpé, répondit Elliot avec un petit sourire.

— Et pourquoi personne ne m'a mis au courant ?

— Pour quelle raison ? Ce n'était pas bien grave.

Rowan secoua la tête.

— Tu es vraiment une tête brûlée.

Et les deux hommes éclatèrent de rire.

Ils en étaient tous, autrefois, et c'était d'ailleurs pour cette raison qu'ils s'étaient retrouvés dans une école de redressement militaire. Ils portaient encore les cicatrices de leur passé, bien après en être sortis la tête haute.

— Tu n'as rien à m'envier, toi qui vas inoculer des vaccins et distribuer des couvertures dans des zones de guerre.

— Au moins, je ne suis pas harcelé en permanence par des groupies.

— En général, elles sont inoffensives.

« En général », songea Rowan, sceptique. Mais là n'était pas la question : s'il avait donné rendez-vous à Elliot, c'était pour que ce dernier lui indique la meilleure façon de protéger Mari et Issa.

— Je ne pense pas que la sécurité soit un détail, reprit-il donc. J'en ai eu la preuve ce soir.

Elliot émit un petit rire et vida son verre.

— Alors dis-moi, c'est amusant de jouer au papa et à la maman avec la princesse ?

— L'enfant avait besoin de mon assistance. Je la lui ai apportée.

— Il est vrai que tu as toujours été le saint de la Confrérie. Mais cela n'explique pas la présence de la princesse à tes côtés.

— Je ne vois pas où est l'exploit, répondit-il sans relever la référence à Mari.

— Et la princesse ? insista son ami qui avait sans doute un peu trop bu. Elle a la réputation d'être très critique envers le Dr Rowan Boothe, non ?

— Mari aussi avait besoin de mon aide, c'est tout, répondit-il.

Elliot se mit de nouveau à rire.

— On est en plein délire !

Hélas son ami n'avait pas tout à fait tort, songea Rowan en retenant un soupir.

Un couple passa devant la cabine, main dans la main pour sa promenade nocturne le long de l'océan, chacun s'écartant légèrement de l'autre quand un jogger les dépassa, talonné par son chien qui courait et bondissait derrière lui.

— Si tu étais vraiment un bon ami, tu accepterais mon déni, finit-il par dire.

— Tu n'es pas dans le déni si tu reconnais qu'il y en a un, dit Elliot en remplissant de nouveau son verre.

— En effet, admit-il.

Son désir pour Mari le taraudait depuis une éternité et il n'avait jamais été aussi près de résoudre son « problème » !

— Et qu'as-tu l'intention de faire, concernant ton béguin pour la princesse ?

— Mon béguin ? Eh, vieux, on n'est plus au lycée !

— Ravi que tu t'en sois aperçu. Alors, quel est ton plan ?

— J'en élaborerai un au fur et à mesure que la situation évoluera, rétorqua-t-il.

Il n'avait aucune envie de discuter de cette attirance, mais son ami ne voulait pas lâcher prise.

— Que se passera-t-il si ça ne se finit pas bien entre vous ? Le père de la princesse jouit d'une grande influence, tu sais.

Même si tu ne résides pas dans son pays, il a le pouvoir de te rendre la vie difficile.

Curieusement, il n'avait pas considéré la situation sous cet angle, ce qui prouvait l'effet troublant que Mari exerçait sur son jugement.

— Dis-moi, Starc, es-tu désormais chargé de délivrer des autorisations aux agents d'Interpol concernant leurs relations amoureuses ?

— Crois-moi, je suis expert en la matière. Je connais très bien les ennuis que peut valoir une relation sérieuse.

— Qui a parlé de « relation sérieuse » ?

Elliot fixa un instant l'océan, avant de déclarer avec gravité :

— Je te le répète, tu délires, vieux.

— Ce n'est pas un conseil.

— Si tu y réfléchis bien, si.

Brusquement, Rowan se leva. Il en avait assez de cette discussion stérile au sujet de Mari et sur les possibles dégâts épiques qu'une liaison avec elle pourrait lui valoir. Il rencontrerait son ami une autre fois pour évoquer les questions de sécurité.

— Bonne nuit, Elliot, dit-il alors.

— J'ai touché un point sensible ?

— J'apprécie ta sollicitude et ton aide, répliqua-t-il en lui tapotant l'épaule. Mais, maintenant, je dois retourner à l'hôtel.

Il s'était absenté bien trop longtemps. Même s'il faisait confiance au choix d'Elliot en matière de gardes du corps, il préférait garder un œil vigilant sur Mari et Issa.

Le vent soulevait les vagues, s'engouffrant dans sa chemise ouverte quand il s'éloigna de la plage pour regagner sa suite. Les lumières qui scintillaient dans les palmiers et la neige artificielle qui recouvrait les fenêtres lui rappelèrent que Noël approchait à grands pas… Il le passerait chez lui, à la clinique, et s'occuperait des urgences, comme tous les ans. Quels projets Mari pouvait-elle avoir pour Noël ? Rendrait-elle visite à sa famille ?

Pour les fêtes, ses propres parents se terraient chez eux et ne faisaient absolument rien. Et il s'en félicitait, car Noël aurait éveillé des souvenirs bien trop pénibles chez eux.

Il s'efforça de se débarrasser de ces sombres pensées, alors qu'il franchissait les portes de l'hôtel. Il était préférable de se concentrer sur le présent — sur Mari et Issa.

Les palmiers en pots, les masques et les têtes d'animaux sculptés défilèrent dans une sorte de brouillard tandis qu'il regagnait sa suite. Il fit un signe de tête aux gardes du corps qui en surveillaient la porte et entra.

Une petite lumière donnait au salon une atmosphère ambrée. Le silence régnait dans la suite, tout comme dans la chambre de Mari, constata-t-il en passant devant.

Toutefois, la porte était entrebâillée… Il la poussa très doucement, transgressant toutes les lois de l'intimité. Bien sûr, il tenait avant tout à vérifier si Issa allait bien… Ce n'était certainement pas le désir insensé de voir Mari endormie qui l'incitait à pénétrer dans la pièce !

Pour apaiser sa mauvaise conscience, il examina d'abord le bébé dans son sommeil. Issa suçait son pouce et dormait paisiblement. Sans doute rêvait-elle. Mari et lui avaient eu raison de demander sa garde, quelle que soit l'issue de leur relation. Ils auraient au moins sauvé ce petit être.

La mère d'Issa regrettait-elle son abandon ? Dans le message qu'elle lui avait laissé, elle soulignait qu'elle souhaitait remettre la garde de son enfant à un homme comme lui. Si elle avait su qu'il faisait partie d'Interpol, jamais elle ne lui aurait confié Issa, car il ne tarderait pas à la retrouver. Ce n'était qu'une question de temps.

Mais, dans l'intervalle, il devait se montrer prudent avec Mari, car elle lui était d'une grande aide en la matière. Il n'aurait plus manqué qu'elle quitte le navire !

La façon dont elle s'occupait d'Issa le touchait, même s'il avait pu s'attendre au pire étant donné sa réaction initiale envers le bébé. Mais elle aimait les enfants, c'était une évidence, et la tendresse qui emplissait son cœur était venue à bout de ses inhibitions. Sa douceur transparaissait d'ailleurs sur son visage.

En la regardant dormir, il en oubliait presque qu'elle n'avait pas manqué une occasion de le rabaisser, par le passé. Ses cheveux étaient étalés sur l'oreiller, tel un halo de satin noir sur le coton blanc d'Egypte. Le clair de lune épousait la courbe de sa nuque, et sa poitrine se levait et s'affaissait doucement au rythme de sa respiration.

Il aperçut une bretelle de soie beige sur son épaule. Etait-ce une chemise de nuit ? Un caraco ? Brusquement, son instinct prit le pas sur sa raison... Il ne pouvait plus résister, il allait l'emporter dans sa chambre, puis trouverait bien un moyen de la convaincre du bien-fondé de son impulsion.

Mais, alors qu'il se rapprochait d'elle pour mettre ses plans à exécution, il se rappela les paroles qu'elle avait échangées avec son père, ses regrets au sujet de sa famille qui n'était pas fière d'elle. Et l'idée que l'on puisse penser que cette femme n'était pas extraordinaire lui ôta soudain toute énergie. Certes, il n'approuvait pas tout ce qu'elle disait, mais il reconnaissait ses talents et son intelligence.

Et elle méritait bien mieux que d'être enlevée et arrachée à son sommeil ! Aussi se ravisa-t-il et décida-t-il d'attendre encore. Il regagna la porte, jetant un ultime coup d'œil à la belle alanguie pour l'emporter dans ses rêves.

En attendant de la rejoindre, il lui fallait d'abord appeler Salvatore.

Mari rêvait de Rowan... Il la caressait de son beau regard bleu, de ses mains, tandis qu'ils faisaient la planche sur l'écume des vagues, loin du travail et des responsabilités. Elle ne s'était jamais sentie si libre, si lascive, fondant sous ses baisers furtifs, ses effleurements, les mots sensuels qu'il lui murmurait à l'oreille. Même le timbre de sa voix l'excitait et elle mourait d'envie d'enrouler ses jambes autour de sa taille et de le sentir en elle.

Elle n'avait de cesse de rattraper le temps perdu, d'effacer les années qu'elle avait passées à lui faire la guerre. Toutes ces querelles, sources d'une réelle frustration, avaient finalement forgé en elle un profond désir, une passion explosive pour un homme qu'elle avait cru détester...

Elle se réveilla en sursaut, dans un cri.

Confuse, elle constata qu'elle était dans son lit. Peu à peu, son rêve se dissipa et la réalité reprit ses droits : le moelleux de l'oreiller, la douceur des draps, le bruissement de l'océan au-delà de la fenêtre...

La voix de Rowan derrière la porte !

Elle se redressa rapidement sur son lit. *Rowan ?*

Pas étonnant qu'elle ait rêvé de lui : il n'était qu'à quelques mètres d'elle, dans cette suite qu'ils partageaient pour quelques jours. Que faisait-il ? Elle remonta la couette, et tendit l'oreille. Mais ses paroles demeurèrent inintelligibles. Comme elles étaient entrecoupées de silence, il devait parler au téléphone.

Mari se leva sans bruit, veillant à ne pas réveiller le bébé, puis enfila son peignoir. Les peignoirs en satin étaient son péché mignon, elle en possédait toute une collection. Lorsqu'elle les portait, elle avait la sensation d'être une star des années quarante. Elle adorait alors glisser les pieds dans des pantoufles à petits talons, ornées de fourrure.

Comment les trouverait Rowan, s'il les apercevait ? Sexy ou ridicules ? Bon sang, à cause de lui, elle se mettait à penser à des choses parfaitement superficielles ! Et, le plus désolant, c'était qu'elle avait envie de rentrer dans le rêve dont elle avait été arrachée et d'oublier tout le reste.

Alors qu'elle aurait dû être mobilisée par une seule idée : Issa et son avenir !

Mari se pencha sur le berceau pour vérifier que le bébé respirait bien, puis elle posa un baiser sur ses minuscules doigts fragiles... Comment ce tout petit être avait-il pu lui devenir si précieux en si peu de temps ?

Elle s'approcha de la porte à petits pas. La conversation de Rowan avait fini par piquer sa curiosité. Avec qui pouvait-il bien s'entretenir à une heure si tardive ? Ce devait forcément être important ; d'ailleurs, il n'était pas exclu que le sujet de la discussion soit Issa.

Elle sentit sa gorge se serrer : avait-il reçu des nouvelles de sa famille ? En réalité, elle ne savait plus si cette idée la rendait joyeuse ou l'attristait. S'emparant d'un des baby-phones, elle ouvrit doucement la porte…

Rowan était bel et bien au téléphone. Il lui tournait le dos, faisant face au panorama que lui offrait la fenêtre, c'est-à-dire un merveilleux clair de lune sur la mer. Elle éprouva un secret plaisir à l'observer à son insu.

Son regard glissa de sa nuque à ses fesses… Elles étaient fermes et bien moulées dans son jean. Soudain, elle eut la folle envie de glisser la main dans l'une de ses poches arrière. C'était la première fois qu'elle observait cette partie de son corps, sans doute parce qu'il portait habituellement une veste.

Le reste de sa personne lui était en revanche tout à fait familier : sa blondeur chatoyante, son regard bleu perçant, son corps d'athlète.

Comme elle avait envie de palper ses muscles fermes ! A cette simple perspective, elle sentit ses seins se tendre… La promesse de plaisir qu'il représentait lui coupait le souffle.

Avait-il vraiment les mains légèrement calleuses, ou bien les avait-elle imaginées ainsi dans son rêve ? A cet instant, il lui semblait impératif de le savoir : elle désirait réellement sentir ses mains sur sa peau nue.

A présent, il hochait la tête, approuvant les propos de son interlocuteur. Puis il mit fin à la discussion.

Une vive émotion la saisit, mais elle s'efforça de se dominer, afin d'afficher un visage composé quand il se retournerait…

Il ne montra aucune surprise en la voyant, et posa son téléphone sur le comptoir. Son regard s'attarda alors quelques secondes sur ses pantoufles, et un sourire éclairait ses traits quand il releva la tête.

— Mari… Depuis combien de temps es-tu réveillée ?

— Quelques minutes. Juste assez pour t'avoir entendu murmurer une demi-dizaine de « hum, hum » au téléphone.

Elle resserra les pans de son peignoir pour mieux lui dissimuler les pointes durcies de ses seins.

— Est-ce que je peux te demander avec qui tu t'entretenais ?

— Je vérifiais que ta sécurité était bien assurée et prenais quelques renseignements au sujet d'une piste.

Son cœur se mit aussitôt à battre comme un fou.

— Une piste ? Vous avez retrouvé la famille d'Issa ?

— Non, désolé, dit-il en lui étreignant l'épaule. Mais nous y travaillons dur.

Elle déglutit avec difficulté.

— Qui est ce « nous » que tu viens de mentionner ?

— Comme tu le sais, je dispose d'un grand réseau en raison de ma fortune. Je l'utilise, c'est tout.

Il fit alors légèrement glisser ses mains sur le satin de son peignoir... Elles étaient bel et bien calleuses, comme elle les aimait !

Et, soudain, elle les imagina se promenant sur sa peau... Un frisson la parcourut. Mon Dieu ! Comment pouvait-elle être à ce point dépendante de ses sensations ? Elle était une intellectuelle, une cérébrale, une chercheuse, bon sang ! Elle devait reprendre ses esprits !

Son instinct lui disait que Rowan ne lui avait pas tout dévoilé au sujet de cette mystérieuse conversation. Bien qu'il fût un homme enveloppé d'un halo de lumière en raison de ses actions humanitaires, il conservait de sombres secrets, c'était à présent évident !

Soudain, il enchevêtra ses doigts aux siens, avant de l'entraîner vers le canapé. Elle sentit les battements de son cœur redoubler mais ne broncha pas, trop curieuse de voir où cela allait les mener, et réticente à l'idée de lui lâcher la main.

Une fois qu'ils furent assis, il soutint son regard et, de son pouce, se mit à lui caresser doucement le poignet. Attendait-il qu'elle se jette sur lui ? Elle lui avait pourtant dit qu'elle ne ferait pas l'amour avec lui. Avait-elle alors espéré en secret qu'il argumente ?

Quoi qu'il en soit, il était impératif qu'elle meuble le silence pour oublier la main de Rowan qui ne faisait qu'attiser son désir !

— Tu crois vraiment que l'on va retrouver la famille d'Issa ?

— Ce que je sais, c'est que toutes les ressources possibles sont mobilisées dans cet objectif.

A chaque inspiration, l'odeur de son après-rasage la grisait davantage… Assez ! Elle devait rester concentrée sur Issa.

— Dès que le jour va se lever, les choses sérieuses vont commencer, déclara-t-elle. Finies, les mascarades, je vais me servir de ma notoriété pour aider Issa.

Il lui étreignait légèrement le poignet.

— Tu n'as pas besoin de t'exposer de façon brutale aux feux des projecteurs, tu sais.

— N'est-ce pas précisément pour cette raison que tu as requis mon aide ?

— J'aurais tout à fait pu m'occuper seul d'Issa, répondit-il alors en dardant sur elle un regard empli d'une indéniable sincérité. Mais autant t'avouer la vérité : je voulais passer du temps avec toi, voilà !

Il lui était difficile de masquer complètement son trouble, étant donné l'allure à laquelle battait son pouls, mais elle s'efforça malgré tout de garder contenance.

— Tu t'es donc servi du bébé à des fins égoïstes ? Pour pouvoir m'approcher ?

— C'est une façon un peu rude de résumer la situation.

— Que veux-tu dire, au juste ?

Il enlaça de nouveau ses doigts aux siens et plaqua leurs mains jointes contre son cœur.

— Ta présence m'aide à gérer le bébé et les recherches. Mais je suis surtout heureux de te découvrir.

— Que cherches-tu exactement ? A mieux me connaître ou à m'embrasser ?

Son cœur fit un bond dans sa poitrine quand il se rapprocha d'elle au point de lui frôler les lèvres.

— Est-ce problématique si je veux les deux ?

— Tu as compris, je crois, que pour moi rien n'est simple, répliqua-t-elle tandis que leurs souffles se mêlaient.

— En raison de ton titre royal ? Oui, j'ai saisi à présent les conséquences qui en découlent.

Encore une fois, la réalité la glaça : elle ne pourrait jamais échapper à sa lignée, qui lui avait déjà causé bien des soucis par le passé. Pourtant, elle aurait aimé croire que cet héritage n'influençait en rien le regard que Rowan posait sur elle.

— Je sais que tu penses que je suis une princesse gâtée, dit-elle, amère.

— Parfois, sous le coup de la colère, on prononce des paroles qu'on ne pense pas. Je te prie de m'excuser si je t'ai blessée à ce propos.

Puis il étendit le bras sur le dossier du canapé, sans la toucher toutefois.

— Alors que penses-tu de moi, au juste, Rowan ?

C'était la première fois que l'opinion d'autrui lui importait autant, ses parents mis à part, bien sûr.

— Je pense que tu es belle et intelligente, Mari.

Elle sourit.

— Ainsi que psychorigide et coincée, compléta-t-elle.

Il lui rendit son sourire.

— Aussi productive qu'une abeille, pleine de passions contenues, enchaîna-t-il.

— Autant le reconnaître, je suis aussi une princesse gâtée, admit-elle, se sentant fondre sous son regard de braise. Je dispose de tout le luxe imaginable, contrairement à ce petit bébé que nous avons recueilli. Et je me sens affreusement coupable de vouloir juste être normale.

— Tu veux dire de vouloir mener une vie normale ?

Il secoua la tête et s'adossa au canapé.

— J'ai mené autrefois cette fameuse existence à laquelle tu aspires tant et j'ai tout gâché, ajouta-t-il.

Elle avait lu dans la presse qu'il avait donné un tout autre tour à sa vie après avoir causé un accident pour conduite en état d'ivresse, dans sa jeunesse. Il était désormais celui qu'on prenait en exemple pour prouver qu'une deuxième chance est toujours possible.

Les articles négatifs qu'elle écrivait à propos du programme de Rowan n'étaient pas toujours bien accueillis. Certains insinuaient même, dans les milieux médicaux, qu'elle devait avoir des comptes d'ordre privé à régler avec lui, autrement dit qu'il avait dû l'éconduire. Ces supputations parfaitement éhontées l'atteignaient chaque fois dans sa fierté.

Au fond d'elle-même pourtant, elle avait toujours reconnu que Rowan était un bienfaiteur et que le monde aurait besoin de plus de gens comme lui.

— Tu étais adolescent, argua-t-elle, et depuis tu t'es largement amendé.

— Cela n'efface pas la faute que j'ai commise. Rien ne le pourra.

Il se passa la main dans les cheveux.

— Et je suis en rage quand la presse me dépeint comme un saint. Quand elle tient à donner un dénouement heureux à ce drame !

— Mais ton exemple apporte de l'espoir aux gens, Rowan.

Il marmonna alors un juron.

— Ah non ! Ne joue pas à Grincheux avec moi ! fit-elle.

— Grincheux ! Ah oui, j'oubliais que tu étais issue d'un monde de contes de fées.

— Rowan..., fit-elle d'un ton mi-agacé, mi-amusé.

— Ecoute, si tu veux que je sois de meilleure humeur, il faut que l'on parle d'autre chose.

Subtilement, il lui effleura l'épaule avec la main.

— Tu cherches à me distraire, c'est ça ? demanda-t-elle.

— Moi ? Mais pas du tout !

Et, sur cette protestation, il l'attira à lui pour capturer sa bouche.

7

Surprise, Mari se figea.

Puis toute la passion qui couvait en elle depuis son rêve fit violemment surface. D'un geste fiévreux, elle noua les bras autour du cou de Rowan et pressa son corps contre le sien, tandis que son peignoir glissait sur son épaule.

Sa bouche mentholée était un pur délice. Elle sentit ses mains courir le long de son dos en une danse tout simplement hypnotisante. Puis il enfouit ses doigts dans sa chevelure, et se mit à la masser doucement. Une magnifique impression de détente la submergea alors, avant que son désir ne prenne le pas sur toute autre sensation.

Elle plaqua ses seins contre son torse, ce torse si vigoureux, et un trouble exquis l'envahit.

Dans un geste possessif, il la fit basculer sur le canapé, lui arrachant un petit gémissement : le contraste entre le cuir froid et la chaleur qui émanait de Rowan rajouta au déchaînement de ses sens.

Le contact de son corps musclé la recouvrant entièrement rendait plus folle la course de son sang dans ses veines tandis que leurs langues s'entremêlaient…

Cet homme embrassait comme un Dieu !

Et ses caresses étaient également divines. Soudain, il glissa un genou entre ses cuisses et son excitation redoubla d'intensité.

Elle aussi palpait son corps, en découvrait les courbures. Elle tâtait enfin ses épaules qui l'avaient tant fascinée, tout comme ces fesses dont elle avait découvert le charme récemment. Toutes les fibres de son corps étaient en éveil, en attente de bien plus que ces simples baisers.

Elle le désirait. Maintenant !

Enchevêtrant une jambe à la sienne, elle se cambra contre lui… La force de son érection lui sembla une promesse délicieuse, et lui valut un violent élan de désir.

Il rejeta alors sa chevelure dans son dos, et déversa une pluie de baisers le long de son cou en mordillant la base, là où battait son pouls. Elle laissa de nouveau échapper un gémissement et lui griffa doucement le dos, puis chercha à lui ôter sa chemise. Elle devait agir vite, ne pas réfléchir, avant que la raison lui revienne et qu'elle se ravise…

Ce fut alors que brutalement, et contre toute attente, il se détacha d'elle. Elle rouvrit les yeux, décontenancée… Rowan se tenait près du sofa, penché en avant, les mains sur les genoux, haletant. De toute évidence, il était toujours très excité, aussi pourquoi semblait-il faire machine arrière ?

— Que… que se passe-t-il ? bredouilla-t-elle. Où vas-tu ?

Dans la lumière argentée de la lune, il riva ses yeux aux siens tout en respirant avec difficulté, comme s'il avait couru le marathon. Il arborait une expression fermée, et un regard indéchiffrable.

— Bonne nuit, Mariama, dit-il sèchement.

Elle cligna des yeux, sonnée. Pourquoi la congédiait-il, alors qu'il était incapable de masquer le désir qu'elle lui inspirait ?

— Bonne nuit ? Et… c'est tout ?

— Oui, il faut s'arrêter là, fit-il en rentrant sa chemise dans son pantalon. Les choses deviennent trop intenses entre nous.

Non, elle ne lui avouerait pas que ces paroles lui brisaient le cœur. Elle tairait ses émotions à cet homme qui ne savait pas ce qu'il voulait !

— Merci, j'ai remarqué, se contenta-t-elle de répondre.

— Nous devons attendre que tu sois prête, Mari.

Mais qu'est-ce qu'il racontait ? L'avait-elle repoussé ? Non, bien au contraire ! Elle l'avait embrassé de façon aussi torride que lui. Comment osait-il la traiter comme une élève qui avait besoin d'un cours de rattrapage ?

— Mais je suis prête, Rowan ! lui assura-t-elle, la fureur se mêlant peu à peu à la perplexité.

— Laissons passer la nuit, répliqua-t-il en lissant ses cheveux ébouriffés par les doigts déchaînés qu'elle y avait glissés. Nous verrons si tu ressens la même chose demain, Mariama.

Et, sur cette déclaration professée sur un ton hiératique, il lui tourna le dos et regagna sa chambre.

Mari s'affaissa alors contre le canapé, complètement désorientée. A quel jeu se livrait-il au juste avec elle ? Rowan l'avait enchaînée à lui en lui demandant d'accepter la garde partagée du bébé, il était clair qu'il la désirait et, maintenant qu'il avait chamboulé tous ses sens, il se retirait dans ses appartements pour la nuit ! C'était un peu fort.

Elle n'était pas une jeune fille innocente, que diable ! Avant lui, elle avait connu des hommes, deux en fait. Le premier avait été une aventure sans lendemain : il l'avait éloignée des hommes pendant un bon bout de temps, quand elle avait appris qu'il n'avait cherché à la séduire que par intérêt pour son illustre famille. Puis elle était sortie avec un autre homme, aussi introverti qu'elle. Leur relation s'était peu à peu éteinte, comme un feu que l'on n'entretient pas. En réalité, c'était elle qui l'avait quitté. Malgré son manque évident de passion, il n'avait pas du tout apprécié cette initiative qui avait mis à mal son ego et avait réagi en vrai goujat.

Alors que Rowan, lui, était un véritable gentleman !

Hélas, s'il ne cherchait pas à tirer avantage de l'effet qu'il avait sur elle, il lui faisait bel et bien perdre la raison !

L'obligation morale qui avait conduit Rowan à mettre un terme brutal à son élan passionnel pour Mari s'était apparentée à une vraie torture pour lui, et la frustration l'avait maintenu éveillé une bonne partie de la nuit.

Mais, à présent, l'aube pointait et une nouvelle journée

commençait. La brise salée du matin pénétrait par la fenêtre ouverte, tandis qu'il rentrait son polo dans son jean, heureux à l'idée de revoir Mari. Jamais il n'avait désiré une femme avec autant de force. Se détacher d'elle, la veille, lui avait certes coûté un effort surhumain, mais il progressait : désormais, il en était sûr, elle le désirait et c'était tout ce qui lui importait.

Aujourd'hui, ni Mari ni lui ne devaient effectuer de conférence, aussi accepterait-elle sans doute de manquer les diaporamas ennuyeux du séminaire et le poulet à la chair caoutchouteuse pour s'accorder une journée de détente.

Durant sa nuit agitée, il avait réfléchi à la meilleure façon de la faire craquer définitivement. Ce n'était pas une femme très conventionnelle... Il poserait une fleur sur son oreiller pendant qu'elle serait sous la douche, puis il commanderait des beignets pour le petit déjeuner, car il avait découvert qu'elle en raffolait. Après, ils feraient une petite promenade, puis il l'emmènerait déjeuner dans un restaurant de bord de mer où l'on jouait de la musique. Mais, avant, il y aurait le communiqué de presse...

Elle parut agréablement surprise par le petit déjeuner et accepta facilement de passer la journée avec lui, même s'il sentait encore chez elle une forme de défiance. Il lui assura par ailleurs qu'il s'occuperait des journalistes.

A présent, elle l'attendait dans le salon, Issa dans les bras, ajustant tendrement les petits chaussons roses de l'enfant.

Elle portait une robe fourreau de soie qui soulignait les courbes de son corps quand elle bougeait. Et la fleur tropicale rose qu'elle avait trouvée sur son oreiller était maintenant calée derrière son oreille. Il la considéra un instant, captivé par sa grâce, tandis qu'elle berçait le bébé pour qu'il s'endorme. Elle le plaça enfin dans la poussette, puis tourna les yeux vers lui, un beau sourire aux lèvres.

— Où allons-nous ? demanda-t-elle.

S'était-elle rendu compte qu'il l'observait ? Avait-elle mesuré ce qu'il lui en avait coûté d'écourter leurs étreintes, la veille ?

— C'est une surprise, répondit-il.

— Les surprises me rendent nerveuse. Sans compter les

journalistes qui nous attendent en bas, avoua-t-elle. Je ne suis pas douée pour affronter les imprévus.

— Je te rappelle que nous sommes en compagnie d'un bébé, donc mes projets ne peuvent pas être très audacieux.

Elle ouvrit grands les yeux, puis chercha visiblement à reprendre contenance.

— C'est vrai, reconnut-elle enfin, avant d'ajouter en touchant sa fleur : à propos, merci.

Ce fut alors que, se penchant vers elle, il lui déposa un baiser sur l'oreille, juste à côté de la fleur. Son parfum était aussi entêtant que troublant. Quand ils sortirent de la suite, il la laissa passer devant lui avec la poussette, afin de pouvoir admirer ses belles boucles qui tombaient en cascades sur ses épaules. Il était rare de la voir cheveux détachés. En général, elle portait un sage chignon.

Il devait fournir de constants efforts pour ne pas l'enlacer, pour résister à l'envie de sentir son corps souple et chaud contre le sien...

Pourtant, il n'avait d'autre choix que de se montrer fort. Dans l'ascenseur, il dut encore subir le supplice de son parfum et, quand les portes s'ouvrirent, il en ressentit un grand soulagement.

Comme il l'avait prévu, un groupe de journalistes les attendait dans le vestibule. Ils allaient donc donner leur premier communiqué de presse officiel. Rowan avait beau savoir que les gardes du corps étaient placés à des endroits stratégiques, il n'en restait pas moins nerveux.

Il avait posé la main sur les reins de Mari, qui tenait la poussette. Il entendait le cliquetis des appareils photo, tout comme l'agitation qui montait dans le hall, alors qu'ils avançaient entre les colonnes de marbre. Il sentit Mari se tendre imperceptiblement.

— Tu es certaine que tu ne veux pas remonter dans la suite ? lui glissa-t-il à l'oreille. Nous pouvons tout à fait lézarder sur le balcon toute la journée en profitant du soleil et de la vue.

— Non, agissons comme prévu ! Il faut que le monde sache pour Issa, afin que nous mettions toutes les chances de notre côté pour retrouver sa famille.

A son ton déterminé, il comprit qu'elle n'en démordrait pas. Et, avant de commettre une folie en l'embrassant sur une impulsion, il se tourna vers les journalistes.

— Pas de questions, aujourd'hui, annonça-t-il d'une voix ferme, je vais juste faire un communiqué. Le Dr Mandara et moi-même avons connu des désaccords, par le passé, mais nous partageons néanmoins un désir commun : celui de venir en aide aux personnes dans le besoin. Nous sommes en période de fêtes, et un bébé sans défense a surgi inopinément dans nos vies. Comment aurions-nous pu détourner les yeux de cette petite fille que vous découvrez aujourd'hui ? La princesse Mariama et moi nous sommes associés pour prendre soin de ce bébé jusqu'à ce que nous retrouvions sa famille. Alors vous voyez, si nous avons été capables de faire la paix, tous les espoirs sont permis.

Il fit un petit clin d'œil et des rires parcoururent la foule assemblée devant eux.

Une fois le calme revenu, il poursuivit :

— C'est tout pour aujourd'hui. Nous avons fort à faire, entre le bébé, le séminaire, et le shopping de Noël. Merci de votre attention et bonnes fêtes à tous.

A cet instant, les gardes du corps émergèrent de la foule et créèrent un mur de sécurité autour d'eux, de sorte qu'ils purent sortir en toute tranquillité de l'hôtel.

A l'extérieur, les sandales de Mari claquèrent joyeusement sur la promenade de bois qui menait aux boutiques et aux étals du marché.

— Nous allons vraiment faire du shopping ? demanda-t-elle en se tournant vers lui. Je pensais que les hommes détestaient ça.

— C'est mieux que d'assister à des présentations assommantes et de manger de la nourriture semblable à du carton, non ? Enfin, peut-être qu'au fond tu préférerais...

— Ne te moque pas de moi ! lança-t-elle en lui donnant un coup de coude dans la hanche.

— Alors, allons-y !

Et il passa un bras autour de ses épaules.

— Merci, dit-elle en levant les yeux vers lui.

— Merci pour quoi ? répliqua-t-il en se retenant de l'embrasser.

— Pour le communiqué de presse. Tu sais t'y prendre avec les médias ! Je t'envie. Moi, je passe mon temps à les fuir, mais ça ne me réussit pas.

— J'espère que cela aidera à faire avancer la situation d'Issa.

— Pourquoi, tu en doutes ?

Depuis le temps qu'il travaillait avec Interpol, il savait à quel point les gens pouvaient se montrer égoïstes et parfois même machiavéliques.

— Il se peut que nous recevions des appels de personnes prétendant détenir des pistes et n'ayant en réalité aucun indice. En somme, des imposteurs juste avides d'établir un contact avec toi. Heureusement qu'aujourd'hui les tests ADN permettent de démasquer les fraudeurs.

— Mon Dieu, je n'avais pas pensé à ça ! s'exclama-t-elle en ouvrant des yeux horrifiés.

Il lui étreignit l'épaule de façon rassurante, tellement ravi qu'elle soit près de lui.

— La police va avoir fort à faire à trier les fausses pistes.

— C'est pour cela que tu voulais attendre une journée avant que nous ne fassions une annonce officielle..., murmura-t-elle comme si elle se parlait à elle-même.

Ils venaient de passer devant un petit groupe qui chantait des mélodies de Noël.

— Pourquoi pensais-tu que j'avais attendu ?

Il crut alors voir passer un éclat de tristesse dans ses beaux yeux dorés.

— Pour passer plus de temps avec toi ? insista-t-il.

— Ce n'était pas le cas ?

— Peut-être, répondit-il, cultivant à dessein le mystère.

Elle poussa un soupir, avant de détourner la tête.

— Honnêtement, je ne sais plus quoi penser, Rowan. Depuis que j'ai atterri dans ta suite avec ce chariot de service, tout semble... complètement fou. Je n'ai plus le temps de penser, les événements s'enchaînent trop vite. Et cela me déprime de penser que quelqu'un puisse utiliser la détresse de cette précieuse petite fille pour attirer l'attention ou se faire de l'argent.

Il savait jusqu'où la mesquinerie humaine pouvait aller, et il sentit ses mâchoires se contracter malgré lui.

— Nous nous en sortirons ! lui assura-t-il. Personne ne s'approchera de toi ou de l'enfant sans que nous ne nous soyons renseignés de façon approfondie à son sujet. Nous saurons séparer le bon grain de l'ivraie et, pendant ce temps, Issa sera en sécurité avec nous. As-tu remarqué qu'elle tourne déjà la tête quand tu parles, comme si elle reconnaissait ta voix ?

— Tu es gentil de me dire cela mais, à mon avis, elle est surtout intéressée par son prochain biberon.

— Tu peux croire ce que tu veux mais, je connais les enfants.

Il avait pu constater au cours de l'exercice de son métier que des liens s'établissent rapidement entre une femme et le bébé dont elle prend soin, même si celle-ci n'est pas la mère biologique de l'enfant.

— Tu me contredis encore ? reprit-elle. Je croyais que l'on était censés s'entendre. N'est-ce pas ce que tu as affirmé à la conférence ?

— Je te taquine. En fait, je flirte avec toi.

Et, incapable de résister à la tentation, il lui baisa le front.

— Oh... ! fit-elle, surprise.

— Détends-toi, je ne vais pas te sauter dessus dans la rue.

Il y avait bien trop d'appareils photo tapis dans l'ombre, même s'ils n'étaient pas ouvertement poursuivis.

— Encore qu'un plus long baiser permettrait à la presse de se mettre quelque chose sous la dent. Ensuite, ils passeraient sans doute à autre chose.

Il la vit alors sourciller.

— Tu ne crois pas que ce serait les laisser gagner ? fit-elle.

— Non, il s'agit au contraire de gérer les relations publiques afin que la presse ne prenne pas le contrôle.

A cet instant, il l'encouragea à tourner la tête vers un journaliste, à qui il adressa un grand sourire, puis ils continuèrent leur chemin.

— Pense à toute la publicité positive que tu réalises pour ton père, ajouta-t-il.

— Rowan, il s'agit avant tout du bébé, lui rappela-t-elle.

— Oui, bien sûr, concéda-t-il, désolé de la voir soudain si soucieuse. Mais cette conversation devient bien trop sérieuse pour une journée où nous sommes censés nous divertir et nous détendre.

— Tu as raison…

Elle ferma alors les yeux, comme si elle cherchait à retrouver un équilibre intérieur. Quand elle les rouvrit, elle semblait plus sereine.

— Pour qui vas-tu faire du shopping, aujourd'hui ? demanda-t-elle. Pour ta famille ?

— En un sens, répondit-il en s'arrêtant devant une boutique de jouets.

Il vit soudain son sourire s'agrandir, ses lèvres appétissantes brillant sous le léger gloss qu'elle avait appliqué.

— Tu vas faire du shopping pour Issa ? fit-elle d'un ton ingénu.

— Pour Issa et les enfants de ma clinique.

Ce jour-là, Mari dut se rappeler très souvent que Rowan, Issa et elle ne formaient pas une véritable famille et, chaque fois, cela lui retourna le cœur. L'homme qui avait déposé une fleur sur son oreiller et commandé son petit déjeuner préféré était vraiment charmant. Mais celui qui faisait du shopping avec elle pour Issa et ses petits patients était tout à fait irrésistible.

Comme ils remontaient dans leur suite, elle s'agrippa à la barre en laiton de l'ascenseur pour garder l'équilibre, prise d'un léger vertige. Cela n'avait rien à voir avec les vibrations de l'ascenseur, mais tout avec Rowan !

Elle ne cessait de repenser à cette merveilleuse journée de liberté. Evidemment, les paparazzis n'avaient jamais été très loin, mais ils n'avaient pas été envahissants, car Rowan avait parfaitement su les maîtriser, répondant de temps à autre à leurs questions, ce qui avait permis de tempérer leur curiosité et avait eu le don de les calmer. Et puis, de la sorte, Issa ferait la une des journaux le lendemain. En espérant que les bonnes personnes la verraient…

Même si son estomac se serrait à l'idée qu'elle devrait se séparer de la petite fille, Mari souhaitait le meilleur pour Issa. Elle voulait qu'elle se sente aimée et puisse aimer sans réserve. Tout enfant le mérite. Rowan partageait également cet avis, lui qui se démenait pour aider cette petite fille inconnue, tout comme il s'engageait sans réserve pour ses propres patients.

Leur shopping en avait été la preuve flagrante !

On aurait pu facilement mettre son comportement généreux sur le compte d'une démonstration destinée à la presse, ou bien d'une stratégie pour la conquérir. Mais Rowan possédait la liste des noms de tous les enfants hospitalisés, avec un petit commentaire en regard qui devait correspondre aux jouets que ceux-ci avaient commandés. Les gardes du corps s'étaient chargés de mettre les achats dans le coffre d'une limousine qui les avait suivis d'une boutique à l'autre.

Et bien sûr, sur cette liste, figurait aussi Issa. La petite avait déjà reçu un nouveau jouet, un zèbre en peluche, dont les rayures semblaient la captiver. Le vendeur avait rapidement brodé son nom en fil de soie rose.

Issa.

C'était le seul élément qui lui restait de sa vie d'avant, songea Mari avec amertume. On l'attribuait indifféremment aux filles et aux garçons et il signifiait « sauveur ». Un nom tout à fait approprié à cette période de l'année… La coïncidence était si frappante qu'elle se demandait s'il s'agissait du vrai prénom de l'enfant ou si celui-ci n'avait pas été attribué à la petite juste avant qu'elle ne soit abandonnée, afin de mieux égarer les autorités.

Emue à cette pensée, elle se pencha pour effleurer la joue incroyablement douce de l'enfant, laquelle leva ses grands yeux noirs vers elle et la regarda avec une confiance qui la toucha profondément. Que se passerait-il si on retrouvait sa famille et que celle-ci ne l'aimait pas comme Issa le méritait ?

Comme ses pensées menaçaient d'assombrir sa belle humeur,

Mari s'efforça de les écarter au moment où les portes de l'ascenseur s'ouvraient. Elle refusait que cette merveilleuse journée soit gâchée, tout comme les promesses qu'elle contenait, à savoir passer plus de temps avec Issa ainsi qu'avec Rowan. Recevoir d'autres baisers de sa part, et peut-être plus...

La veille au soir, alors que la passion brûlait entre eux, Rowan s'était détaché d'elle, redoutant qu'elle ne soit pas prête. Au fond, il avait peut-être eu raison, même si cette sollicitude rendait encore plus ardu l'exploit de le tenir à distance. Et elle refusait de s'attarder sur la pensée que le bébé servait les plans de Rowan pour la séduire...

Décidément, trop de questions se pressaient dans son esprit. Elle devait lâcher prise, se laisser aller... Il fallait qu'elle cesse de se demander s'ils finiraient par faire l'amour et qu'elle profite tout simplement de la compagnie de Rowan. Pourquoi en effet ne pas apprécier la cour qu'il lui faisait et se délecter de l'alchimie qui existait entre eux ?

Comme elle entrait dans leur suite en faisant rouler la poussette, Rowan lui barra soudain le chemin.

— Il y a quelqu'un ici, la prévint-il alors.

A cet instant, une femme se leva du canapé.

Mari sentit son allégresse retomber d'un coup. Que signifiait la présence de cette personne dans leur suite ?

— Rowan ! s'écria alors avec enthousiasme une belle rousse à la mise élégante.

Et la créature, aussi fraîche que spontanée, s'élança vers lui pour se jeter à son cou.

Ce fut alors que l'inquiétude qui avait d'abord envahi Mari céda la place à un sentiment bien plus sombre : la jalousie.

8

Rowan ressembla son courage, tandis que l'ouragan aux cheveux auburn se pendait à son cou. Il avait brièvement évoqué la situation avec son associé et Hillary, la femme de ce dernier, tout en leur assurant qu'Elliot Starc avait pris l'affaire en main. Apparemment, ses amis ne s'étaient pas contentés de ses explications, et il pouvait dire adieu à son idylle pour ce soir.

— Hillary ! s'exclama-t-il en se dégageant de son étreinte. Je suis évidemment content de te voir, mais... peux-tu me dire au juste ce que tu fais ici ?

— Tu devrais savoir que les nouvelles se répandent vite dans la Confrérie, et que chacun est toujours prêt à aider l'autre.

Elle jeta un coup d'œil par-dessus son épaule vers Mari et le bébé avant d'ajouter :

— Et, bien sûr, nous étions très curieux d'en connaître plus sur la situation.

Mari les regardait tour à tour, l'air confus.

— La Confrérie ? répéta-t-elle.

— Le nom que nous nous sommes donné, les anciens du lycée et moi, expliqua Rowan. A l'époque, nous nous étions surnommés la « Confrérie Alpha ».

Et ils avaient conservé cette appellation ! Au début, c'était une plaisanterie, une façon de se démarquer des autres élèves de l'école, jusqu'à ce que le nom leur colle vraiment à la peau.

Hillary tendit la main à Mari.

— Bonjour, je suis Hillary Donavan, l'épouse de Troy, lui-même l'associé de Rowan.

Mari fronça les sourcils.

— Oh ! Votre mari est le nabab bien connu de l'informatique ?

Hillary s'empara alors de la poussette qu'elle emporta jusque dans le salon, tout à fait à l'aise.

— Tant qu'on y est, autant l'appeler l'« As du piratage informatique ».

— Non, commença Mari, ce n'est pas... Je ne voulais pas...

— Ce n'est rien, vraiment, reprit Hillary avec ce large sourire apaisant dont elle avait le secret. Détendez-vous. Tout le monde connaît l'histoire de mon mari.

Mari lui adressa un sourire contrit, puis se pencha pour prendre le bébé dans ses bras.

— Je ne suis pas très adroite dans l'art de la conversation, avoua-t-elle alors.

— Ce n'est pas grave, je suis experte en la matière, renchérit Hillary avant de caresser doucement la joue de l'enfant. Quel adorable bébé ! Issa, n'est-ce pas ?

— Oui, confirma Rowan en plaçant la poussette dans un coin du salon. Est-ce que tu l'as appris par les torchons qui colportent les rumeurs ou bien par la Confrérie ?

Hillary s'était rassise sur le canapé, se sentant visiblement comme chez elle.

— En réalité, je suis venue vous aider, dit-elle avant de se tourner vers Mari. Rowan et Troy sont plus que des associés, ce sont des amis de longue date. J'avais des achats de dernière minute à effectuer pour les durs à cuire qui peuplent ma vie, alors voilà, j'ai atterri ici. Il est très agréable de faire du shopping sur cette île !

Soudain, Rowan comprit que Hillary était au courant des activités secrètes de son mari pour Interpol et que, en réalité, elle-même était ici en mission, envoyée par Salvatore.

Finalement, elle représentait le garde du corps idéal pour Mari et Issa. Personne ne s'interrogerait sur sa présence, et elle apportait un niveau supplémentaire de protection.

Evidemment, il arrivait que la Confrérie soit un peu envahissante, c'était là le revers de la médaille…

Soudain, le bébé se mit à pleurer et Rowan tendit les mains. Mari hésita à le lui donner. Il haussa un sourcil, surpris.

— Je peux tout à fait m'occuper d'elle, assura-t-il.

Et d'autorité, il lui prit Issa des bras avant d'ajouter :

— Ainsi, vous pourrez parler tranquillement, toutes les deux.

— Eh bien, tu sais comment t'y prendre avec les enfants ! s'exclama Hillary en l'observant. Pas étonnant que tu sois un célibataire aussi convoité. Poste une photo de toi sur internet avec le bébé dans les bras… et tu ne pourras plus sortir de chez toi.

Le sourire de Mari se crispa imperceptiblement… Etait-il possible qu'elle soit jalouse ? se demanda-t-il. Quand Hillary l'avait pris dans ses bras avec l'enthousiasme débordant qui était le sien, il avait surpris la même lueur dans ses yeux. Certes, il voulait qu'elle le désire, mais il souhaitait aussi qu'elle lui fasse confiance.

— Hillary, ça suffit !

— Oui, tu as raison. Allez, fiche le camp, laisse-nous parler entre femmes.

Rowan fronça les sourcils, sidéré qu'elle le congédie de la sorte ! Enfin, cela lui permettrait de se retirer dans une autre pièce et d'appeler Troy. Ainsi que de réfléchir à la manière d'avancer avec Mari. Il avait certes réalisé des progrès aujourd'hui, mais il fallait encore que ses amis lui laissent assez d'espace pour qu'il mène son idylle à bien !

Mari s'assit sur le rebord du canapé, la tête bourdonnant en raison de la vitesse à laquelle la situation évoluait autour d'elle. Sans compter le débit de Hillary.

— Une seconde, s'il vous plaît, dit-elle. Vous avez dit tout à l'heure que Troy était un pirate de l'informatique… Etait-ce pour plaisanter ou bien a-t-il vraiment trouvé des informations sur Issa en effectuant des recherches… un peu particulières ?

Hillary se laissa tomber dans le fauteuil en osier, à côté d'elle.

— Ne vous inquiétez pas. Il agit toujours dans la légalité, je vous le certifie. Aujourd'hui, Troy est du bon côté de la loi. Je suis au courant du passé de mon mari, tout comme je suppose que vous l'êtes au sujet de celui de Rowan. Tous les deux se sont largement amendés depuis leur jeunesse.

Mari fronça les sourcils. Hillary sous-entendait-elle que Rowan avait commis quantité de délits qu'elle ne soupçonnait pas, et qu'il s'était bien gardé de lui révéler ?

— Oui, j'ai lu des comptes rendus de ses bonnes actions, dans les journaux, répondit-elle évasivement.

— Oh ! la presse ne dit pas tout, vous savez !

En cela, Hillary ne lui apprenait rien. Toutefois...

— Pourquoi me précisez-vous cela ? demanda-t-elle, curieuse.

— La rivalité qui existe entre Rowan et vous n'est un secret pour personne, répondit son interlocutrice. Aussi, je trouve étrange que vous soyez ici.

— Je suis ici à cause du bébé.

— Vraiment ? fit Hillary d'un ton sceptique. Mais vous pourriez tout à fait vous occuper tous deux de cet enfant sans partager la même suite !

Piquée au vif, Mari s'efforça de garder le contrôle de la situation. Elle se sentait déjà impuissante face à la perspicacité de cette femme assurée qui ressemblait à un mannequin pour Ralph Lauren, avec son jean serré et sa chemise façon pirate.

Lissant sa robe, elle redressa les épaules et fit appel à toutes les fibres royales de son corps.

— Notre conversation prend un tour bien trop intime, alors que nous venons à peine de faire connaissance.

— Vous avez raison, et je vous prie de m'excuser d'avoir usé d'une telle liberté avec vous. Je suis devenue encore plus extravertie depuis mon mariage avec Troy.

Sur ce mea culpa, Hillary leva une main ornée d'un énorme diamant avant de poursuivre :

— Je voulais juste que vous sachiez que Rowan est bien meilleur qu'il n'en a lui-même conscience.

Encore une qualité ? pensa Mari. Comme si le Dr Rowan Boothe n'en possédait pas assez... Plus elle apprenait à le connaître, plus elle l'appréciait. Plus elle le désirait... Et les sentiments inédits qu'elle éprouvait à son égard ne correspondaient pas du tout à la manière scientifique dont elle abordait la vie d'habitude.

S'efforçant d'ordonner ses pensées, elle se rappela que Rowan l'avait poursuivie de son regard brûlant toute la journée... Et Hillary avait raison : ils auraient tout à fait pu prendre soin du bébé sans pour autant occuper la même suite. Elle était ici parce qu'elle en avait envie, et parce que Rowan le souhaitait aussi.

Elle devait cesser de se mentir à elle-même. Oui, elle brûlait de faire l'amour avec Rowan.

Et, la prochaine fois qu'ils se retrouveraient en tête à tête, elle entendait bien mener la séduction à son terme et conclure de façon satisfaisante le petit jeu qu'ils menaient tous les deux.

Ce soir-là, Rowan referma avec soulagement la porte derrière Hillary, Troy et Elliot qui avaient dîné avec eux dans la suite. Puis il passa une main dans ses cheveux et considéra Mari, tandis qu'elle mettait Issa en pyjama.

Il appréciait l'aide de ses amis, mais il n'avait jamais été aussi heureux qu'un dîner se termine et que chacun regagne sa suite.

En réalité, il soupçonnait ses amis de vouloir en savoir plus sur la relation qu'il entretenait avec Mari. Sans doute n'avait-il pas réussi aussi bien qu'il le pensait à dissimuler l'attirance qu'il ressentait pour elle depuis toutes ces années. Hillary, Troy et Elliot étaient venus pour lui apporter leur assistance bien sûr, mais aussi par curiosité. Cependant, la sécurité qu'ils leur fournissaient était inestimable, ce dont Mari ne se rendait peut-être pas vraiment compte.

Depuis le communiqué de presse de la matinée, tous les projecteurs étaient braqués sur eux ; qui plus était, en raison des fêtes de fin d'année, il y avait énormément d'allées et venues sur l'île. Comme il l'avait prévu, la police avait reçu des centaines d'appel concernant le bébé, aucun n'ayant débouché sur une piste sérieuse. Pour l'instant, l'enquête était au point mort.

Rowan comprenait que les recherches puissent requérir du temps mais, étant personnellement impliqué dans l'affaire, il le déplorait aussi, inquiet pour Issa.

Un membre de sa famille finirait bien par tomber sur une photo d'elle dans les journaux ! Ou bien des voisins, ou encore des amis. Et même si les parents de l'enfant ne souhaitaient pas la reprendre, ils pourraient sans doute au moins signer un document officiel d'abandon. Ainsi, la situation serait éclaircie.

Les liens familiaux ne sont pas toujours aussi idéaux qu'on le souhaiterait. Brusquement, il repensa au décès de son frère, à la douleur de ses parents, et la puissance du déni s'empara de lui... Il se dirigea alors vers le bar pour se servir un bon scotch, mais se ravisa : après la façon dont son frère était mort, noyer son chagrin dans l'alcool n'était décemment pas possible !

A la place, il se servit un thé local au gingembre puis, mordant dans un cookie aux épices de Noël, il s'adossa au comptoir, le regard perdu dans le vide... Dès le lendemain, Mari et lui devraient tous les deux mener leurs conférences, puis viendrait le week-end, où auraient lieu le dîner et le bal de fermeture. Le compte à rebours était lancé pour eux. Il devait profiter de chaque instant...

Soudain, Mari le rejoignit dans le salon.

— Apparemment, le bébé dort, dit-elle. J'aurais tout à fait pu m'en occuper.

— Il faut respecter le contrat, chacun son tour.

— Tu es têtu, constata-t-elle en souriant.

Alors elle s'approcha de lui, ondulant comme une sirène dans sa robe fourreau de soie grise. Elle vérifia que le baby-phone fonctionnait bien. De la musique de Noël s'en échappait, Mari ayant pris l'habitude de laisser son smartphone près du moniteur qui était dans la chambre, afin d'être certaine que l'appareil fonctionnait bien.

Elle se servit du thé au gingembre, ajouta du sucre et du miel. Puis, sa tasse à la main, elle avala quelques gorgées avant de pousser un soupir.

Rowan lui effleura alors gentiment la joue avec le poing.

— Tu vas bien ? demanda-t-il.

Elle hocha la tête.

— Je ne m'attendais pas à ce que la presse montre autant de compassion.

Etait-ce son imagination, ou bien s'était-elle légèrement appuyée contre lui quand il l'avait touchée ?

— Tu es une princesse. Les gens sont émus par tes actions.

Hélas, certains photographes n'hésitaient pas à se blesser pour voler une photo d'elle ! Après un incident survenu à l'hôtel et impliquant de faux laveurs de carreaux, l'accès à leur étage avait été fermé au public. Rowan n'était pas certain qu'il soit très prudent de sortir en compagnie de Mari et d'Issa, même avec les gardes du corps. Les débordements étaient toujours à craindre.

— Je voulais juste apporter mon soutien à Issa. Pas déclencher des excès...

Et encore, elle n'était pas au courant de tout ! Les histoires les plus improbables s'accumulaient au commissariat, d'après ce que Troy lui avait appris. Une femme déclarant être la demi-sœur illégitime de Mari avait appelé pour affirmer que le bébé était le sien. Une autre avait téléphoné d'une prison, prétendant qu'Issa ressemblait tellement à sa petite-fille qu'elle pensait qu'il s'agissait de sa jumelle, que tout le monde avait cru morte à sa naissance.

Il était inutile de rapporter toute cette folie à Mari.

— Ne t'inquiète pas, mes contacts feront le tri.

— Quels contacts ? demanda-t-elle en se trompant de tasse et en prenant la sienne. Hillary et son mari ?

Il sentit son estomac se contracter quand elle posa ses lèvres à l'endroit où il avait placé les siennes quelques minutes auparavant.

— J'ai étudié dans une école militaire. Il est donc normal que certains de mes anciens camarades de classe se retrouvent à des postes clés dans la police.

— Sans vouloir te blesser, il s'agissait d'une école militaire de redressement.

— En réalité, la moitié des élèves qui se trouvaient dans cette école souhaitait exercer un métier dans la police ou dans l'armée.

Alors il lui fournit plus de détails. Il était prêt à tout pour oublier son envie de lui prendre la tasse des mains et de l'embrasser à perdre haleine, jusqu'à ce qu'ils oublient de quoi ils étaient en train de parler.

— Et l'autre moitié était constituée d'élèves qui avaient eu des ennuis, je te le concède.

— Tu fais confiance à ta fameuse Confrérie pour l'avenir d'Issa ?

— Bien sûr !

Elle secoua la tête, puis détourna les yeux.

— J'aimerais être aussi confiante.

— Tu es inquiète, Mari ?

— Comment ne pas l'être ?

— C'est parce que tu es très attachée à Issa.

Il n'aurait pas cru qu'un lien si fort se nouerait entre la petite fille et Mari. Décidément, cette femme lui réservait de nombreuses surprises : elle était bien plus sensible qu'elle ne voulait le montrer. Il se rappela alors la jalousie qu'elle avait de toute évidence ressentie quand elle avait découvert Hillary dans la suite.

Il avait besoin d'éclaircir la situation.

— Que penses-tu de Hillary ? demanda-t-il tout à trac.

— Elle ne mâche pas ses mots, et elle t'adore, cela se voit.

Sur cette déclaration, elle croisa les bras.

— Ne me dis tout de même pas que tu es jalouse !

— Au début, quand elle s'est jetée dans tes bras… Eh bien, je me suis demandé si ce n'était pas ta petite amie. Et puis je me suis rendu compte que, de toute façon, cela ne me regardait pas.

— Je t'ai embrassée. Tu étais en droit de te poser la question.

Il riva son regard au sien avant d'ajouter, avec la plus grande honnêteté :

— Sache que je suis complètement monogame, Mari. Quand je sors avec une femme, je n'en embrasse pas une autre.

Il vit passer un éclair de soulagement dans ses yeux, avant qu'elle n'incline légèrement la tête sur le côté.

— Ce qui s'est produit hier soir…, commença-t-elle.

— Ce qui aurait pu se produire hier soir, corrigea-t-il.

— Comme tu voudras, en tout cas…

— Je comprends, la coupa-t-il. Tu veux me dire que cela ne se reproduira pas.

Elle fronça les sourcils.

— Tu sais lire dans les pensées, maintenant ? dit-elle en se rapprochant de lui.

— Cela n'a rien à voir avec des talents de devin. En revanche, je sais déchiffrer des faits et tu n'as pas manqué une occasion par le passé d'exprimer ce que tu pensais de moi ou de mon travail.

— Il est vrai que, logiquement, je devrais te tenir à distance, admit-elle en posant une main sur son torse.

Leurs bouches étaient à un murmure l'une de l'autre. Il fut soudain happé par son regard couleur de l'ambre, fasciné par sa peau dorée qui rougissait...

— Mari, lui dit-il d'une voix chuchotée, j'ai l'intention de te séduire.

Le regard de celle-ci se fit plus intense.

— Rowan, tu es un homme... troublant. Je pensais te connaître mais, en réalité, je me suis trompée. Après le baiser d'hier soir...

— C'était plus qu'un baiser, protesta-t-il d'une voix rauque.

— Oui, tu as tout à fait raison.

Il lui saisit doucement le poignet et pensa aux bracelets qu'il lui avait discrètement achetés sur le marché : il ne les lui avait pas encore offerts, attendant le moment opportun.

— Toutefois, sache que je ne te ferai pas l'amour avant que tu ne me le demandes expressément.

— Et tu es confiant ? demanda-t-elle d'un ton amusé.

Son haleine qui fleurait le thé au gingembre lui parut soudain bien plus enivrante que n'importe quel alcool fort.

— Oui, je nourris de grands espoirs.

— Parfait, dit-elle en avançant un peu plus sa bouche vers la sienne, car je vais te le demander : fais-moi, l'amour, Rowan.

Cette fois, il n'était pas question qu'il se dérobe.

9

Mari se hissa sur la pointe des pieds pour sceller ses lèvres à celles de Rowan, frissonnante de désir… Chaque minute lui avait paru une éternité depuis qu'elle avait pris la décision de s'abandonner à lui, ce soir, de céder à la puissante attirance qu'il suscitait en elle.

Qu'ils se disputent ou qu'ils soient sur la même longueur d'onde, comme c'était le cas à présent, leurs relations étaient toujours plus intenses. Nul doute que l'un comme l'autre attendait cet instant depuis des années…

— Nous devrons être silencieux, pour ne pas réveiller le bébé, dit-elle en lui mordillant la lèvre.

Il poussa un grognement qui résonna délicieusement en elle.

— Quel challenge !

— Nous verrons jusqu'où nous le pousserons, répliqua-t-elle d'un ton provocateur en laissant courir ses mains sur le dos chaud de Rowan.

— Tu me lances encore un défi ?

— A ton avis ? riposta-t-elle en glissant cette fois les mains dans les poches arrière de son jean.

Il plongea les yeux dans les siens.

— Tu es bien sûre de toi ?

Elle le pressa contre elle.

— Je viens de te faire des avances, non ? Je suis adulte, Rowan, en parfaite possession de mes moyens intellectuels, et complètement sous ton charme. Je crois que je ne peux pas être plus claire. Prends-moi...

Un sourire sexy éclaira alors son beau visage bronzé.

— Ça ne pouvait pas mieux tomber, dit-il avec une grande douceur, car toi aussi tu me fascines complètement, Mari...

Elle sentit son trouble grandir. Sous le regard de Rowan, elle devenait une femme extrêmement sexy et c'était sans doute l'une des raisons pour lesquelles il l'attirait tant.

Et puis elle ne pouvait nier qu'elle l'avait toujours trouvé séduisant. D'ailleurs, quelle femme aurait pu avoir une autre opinion de lui ? Il était particulièrement beau avec ses cheveux blondis par le soleil et ses muscles qu'il n'avait pas acquis dans une salle de gym. Rien n'était calculé chez lui et ce charme naturel était particulièrement captivant. Sans compter ses magnifiques mains... Ses simples caresses auraient pu lui faire perdre la tête.

Il fit glisser la bretelle de sa robe. Aujourd'hui, elle avait troqué ses vêtements confortables pour une tenue plus chic, même si elle savait que Rowan n'attachait pas d'importance aux apparences. C'était la femme qu'il désirait en elle, ainsi que le lui indiquaient ses yeux.

Cette pensée la fit de nouveau frémir...

Rowan l'embrassa alors dans le cou, puis sur les épaules, avant d'écarter, avec sa bouche, la bretelle de son soutien-gorge couleur champagne. Comme les peignoirs en satin, les dessous raffinés étaient son péché mignon. Elle rejeta la tête en arrière, pour qu'il puisse l'explorer sans entrave, tout en s'efforçant de retirer son polo de son jean. Elle plaqua alors les paumes de ses mains sur sa peau brûlante, tandis que la radio jouait *Le Premier Noël*. Il était un rêve devenu réalité.

Impatiente, elle lui ôta son haut sans prévenir, puis le jeta sur le sofa. Les yeux semblables à deux flammes d'un bleu pur, Rowan fit alors glisser l'autre bretelle de sa robe qui tomba à ses pieds...

Et, tandis qu'il laissait son regard courir sur son corps, elle se mit à admirer ses larges épaules, sa peau gorgée de soleil, ses muscles bandés... Puis, avec une lenteur délibérée, il suivit du bout du doigt les lignes de son soutien-gorge, la dentelle qui épousait ses seins... Elle sentit leurs pointes se tendre sous l'étoffe.

Alors, le souffle court, elle se serra tout contre lui. La chaleur de Rowan se répandit en elle. C'était un peu comme s'il avait emmagasiné en lui tout le soleil de l'Afrique et qu'il le partageait avec elle en cet instant précieux.

— Sur le sofa ou par terre, murmura-t-elle d'un ton saccadé. Mais prends-moi vite.

— Princesse, j'ai attendu bien trop longtemps pour précipiter les choses au dernier moment. Nous allons faire l'amour dans un lit. Et en l'occurrence dans le tien, puisqu'il y a un bébé dans ma chambre.

Elle ne protesta pas pour ne pas retarder encore le cours des événements, se contentant de poser la main sur son ceinturon.

— J'aime les femmes qui savent ce qu'elles veulent, dit-il. Ce que tu peux me plaire, Mari !

Et, soudain, il dégrafa son soutien-gorge avant de prendre sa poitrine dans ses deux mains. Un brusque élan de désir la traversa et elle laissa échapper un petit cri.

Alors, elle entreprit de déboutonner son jean... jusqu'à ce qu'elle se heurte à son sexe dur et tendu. Il poussa un grognement qui vibra délicieusement en elle, et elle se mit à l'explorer avec lenteur, accélérant peu à peu ses caresses...

— Nous devons être silencieux, lui rappela-t-elle.

— Cela vaut pour nous deux, répliqua-t-il les yeux plissés, la voix porteuse de promesses.

Et il glissa la main entre ses cuisses... Elle se mordit la lèvre pour ne pas gémir de bonheur, tant elle était prête pour lui. Ce qui n'échappa visiblement pas à Rowan qui se mit à caresser savamment son intimité... Elle s'agrippa à lui, enfonçant les ongles dans ses épaules. Le simple jeu de ses doigts la rendait folle et la faisait défaillir. Sans doute conscient des sentiments qui la traversaient, il passa un bras dans son dos pour la soutenir.

— Allons dans ta chambre, murmura-t-elle, folle de désir.

— Tout de suite, mais pas avant d'être en mesure de te

protéger, répondit-il à voix basse, en frottant sa barbe de deux jours sur sa joue.

Elle serra les dents, frustrée. A quoi jouait-il, au juste ?

— Rowan, deux gardes du corps sont postés devant la suite ! Ne peut-on pas parler des forces de sécurité plus tard ?

Prenant son visage dans une main, il posa un baiser sur son nez.

— Je parlais de contraception.

— Oh... !

Comment était-il possible qu'elle n'y ait pas pensé elle-même ? Il fallait croire que, dans la fièvre du moment, sa raison l'avait désertée !

— Je m'en occupe, trancha-t-il.

Et il s'éclipsa, son jean tombant sur ses hanches.

Sans perdre une seconde, elle gagna sa chambre, bientôt rejointe par Rowan. Celui-ci jeta une boîte de préservatifs sur le lit.

— Eh bien ! s'exclama-t-elle en souriant. Tu es ambitieux.

— Essaies-tu de me défier ?

— Si c'est le cas, nous en sortirons tous les deux vainqueurs, non ? Et, maintenant, tu veux bien enlever ton jean ?

— Vos désirs sont des ordres, princesse.

Et, rivant son regard au sien, il obtempéra. Puis, de nouveau, il l'enlaça et l'embrassa avec une intensité qui la bouleversa. La réalité dépassait ses rêves. Rowan avait le pouvoir de décupler son désir.

Il la fit basculer sur le lit où s'empilaient les oreillers et les coussins. Au loin battait le ressac de l'océan, comme un écho aux battements de son cœur. Tout était comme dans un songe : le bruit des vagues, la suite luxueuse, et un amant au corps solide comme un roc...

Il n'y avait plus qu'une ombre au tableau : le fin tissu qui les séparait encore l'un de l'autre... Alors elle se mit à rouler son caleçon sur ses hanches et sentit le sourire de Rowan s'élargir contre sa bouche quand le sous-vêtement atterrit par terre. Ils étaient enfin peau contre peau... Et son érection incarnait une promesse de plaisirs imminents.

Elle se cambra légèrement contre lui, et il captura l'un de ses seins avec sa bouche, tandis qu'il posait la main sur l'autre. Il répondait instinctivement à ses moindres désirs, même là où elle ne soupçonnait pas qu'ils puissent venir se loger.

Désireuse de lui faire connaître les mêmes plaisirs, elle coula la main vers son sexe. Il plaqua son front contre le sien, le souffle haletant, la laissant prendre les commandes pour quelques secondes... Elle lui murmura alors à l'oreille les mille façons dont elle avait envie qu'ils fassent l'amour, et elle sentit son sexe palpiter plus fort sous ses caresses...

Laissant échapper un râle de plaisir, il roula sur le côté et attrapa un préservatif. Sans mot dire, elle le regarda faire tout en se jurant que, la prochaine fois, ce serait elle qui en déroulerait un sur son sexe.

La prochaine fois ? Oui, cette nuit ne pourrait pas rester unique, il y en aurait forcément une autre !

Pourtant, penser à l'avenir en cet instant précis était bien téméraire. Il était préférable de s'en tenir au présent et de savourer pleinement ce moment incroyable. Forte de cette résolution, elle étreignit les épaules de Rowan lorsqu'il s'allongea de nouveau sur elle.

Il se redressa bientôt sur les coudes, et elle enroula ses jambes autour de sa taille, son monde se réduisant à la vue de son visage d'Adonis et de ses épaules immenses...

Leurs corps en sueur avaient déjà mouillé les draps, et une tension folle l'habitait. A chaque respiration, elle sentait son odeur si masculine, excitante...

Ce fut alors qu'il la pénétra...

Une sensation inconnue la souleva et elle rejeta la tête sur l'oreiller, l'encourageant à accélérer ses coups de reins, à la prendre plus vite, plus fort, sans retenue... Peu à peu, les premières vagues du plaisir la traversèrent pour l'emporter bientôt vers une jouissance absolue... Elle se mordit la lèvre pour ne pas crier, tandis qu'il serrait les mâchoires pour étouffer ses râles...

Encore tout étourdie de plaisir, elle se lova contre lui, sentant son torse se lever et s'affaisser rapidement, en écho aux propres tremblements de son corps...

Elle était épuisée, et pourtant elle n'avait pas envie de glisser des bras de Rowan à ceux de Morphée, consciente que le lendemain apporterait trop de questions. Aussi s'efforçait-elle de se concentrer sur les lumières multicolores, par-delà la fenêtre, sur les yachts, les voiliers, les ferries. Elle en observait chaque détail pour demeurer éveillée, afin de pouvoir de nouveau revivre son rêve dans les bras de Rowan. Elle voulait profiter pleinement de cette nuit, de ce moment volé à la vie. Car, au petit matin, il lui faudrait retourner à son monde structuré et clinique.

— Est-ce que tu dors ?

Le murmure de Mari parvint jusqu'au petit nuage où se trouvait Rowan et il l'attira plus étroitement à lui. Il la désirait depuis des années, et il avait toujours été persuadé que ce serait très harmonieux entre eux. Mais jamais il n'avait soupçonné à quel point l'expérience serait hallucinante.

Comment aurait-il pu dormir alors que chaque fibre de son corps vibrait encore des sensations merveilleuses que Mari avait fait éclore en lui ?

— Non, pas du tout. Tout va bien, Mari ?

Et, soudain, il redouta qu'elle ne lui ordonne de sortir de son lit. Les princesses ne sont-elles pas connues pour leurs volte-face ? Par mesure de précaution dérisoire, il remonta le drap sur eux.

— Merveilleusement bien, lui assura-t-elle en jouant avec les poils qui recouvraient son torse. C'est si bon d'être blottie contre toi, après l'amour. Surtout après la frénésie de ces derniers jours.

— Ce n'est pas moi qui te contredirai, dit-il en déposant un baiser sur son front.

Elle le considéra à travers ses longs cils épais.

— Tu t'en sors très bien avec Issa, déclara-t-elle. Est-ce que tu as déjà envisagé d'avoir des enfants ?

Il se figea. Il avait depuis longtemps renoncé à fonder un foyer. Depuis qu'il s'était réveillé un matin dans une chambre d'hôpital pour apprendre que son frère et lui étaient responsables de la fausse couche d'une femme enceinte. Et ses dernières illusions avaient été définitivement enterrées le jour où son frère avait perdu la vie en percutant le mur d'une maison, au volant de son pick-up.

Rowan fit courir ses doigts sur le ventre de Mari. En réalité, il s'était construit une nouvelle famille avec la Confrérie et ses patients.

— Les enfants de la clinique sont comme les miens, répondit-il. Ils ont besoin de moi et j'en suis responsable.

— Donc tu sais qu'il t'est possible d'aimer des enfants qui n'ont pas de liens du sang avec toi.

Mais pourquoi lui disait-elle cela ? Soudain, il comprit. Elle envisageait qu'ils pourraient peut-être garder Issa plus d'une semaine.

— Tu commences à t'attacher à elle, c'est ça ?

— Comment pourrais-je rester insensible ? argua-t-elle, son regard rivé au sien. Et si Issa avait été placée sur mon chemin par le destin ? Je n'ai jamais envisagé de me marier et d'avoir des enfants. Je ne me suis jamais crue très douée avec eux. Et pourtant, avec Issa, je sais comment m'y prendre. Elle reconnaît même déjà ma voix !

Elle avait raison. Il était indéniable qu'un lien spécial s'était noué entre eux et cette enfant abandonnée. Toutefois, Rowan était quasi certain qu'ils allaient bientôt obtenir des réponses au sujet d'Issa : Hillary et Troy s'employaient en effet activement à retrouver sa famille. Et la seule idée que Mari allait souffrir lui brisait le cœur...

Mais elle secoua la tête, avant qu'il n'ait eu le temps de trouver une façon douce de lui rappeler la réalité.

— Je sais que nous l'avons recueillie depuis très peu de jours et qu'il est probable qu'elle ait de la famille en dehors de sa mère. Ou que cette dernière change finalement d'avis. Ah, je déteste cette incertitude !

Il repoussa la mèche qui lui barrait le front pour y planter un baiser.

— Tu ne resteras pas longtemps dans le doute, je te le promets.

Et, soudain, la culpabilité l'étreignit à l'idée que c'était lui qui l'avait attirée dans cette aventure, afin de pouvoir partager du temps avec elle.

— Mes amis et moi mettons tout en œuvre pour retrouver la famille d'Issa, précisa-t-il encore.

— Je sais… Tes amis sont visiblement toujours là pour toi quand tu as besoin d'eux.

— Et vice versa.

En début d'année, il avait fait son possible pour réconcilier Conrad avec sa femme. Mais ce dernier l'avait aussi aidé à ouvrir sa clinique, autrefois.

— Bien que vous ayez eu une adolescence agitée, tes amis et toi vous en êtes vraiment bien sortis. Et, même si je n'approuve pas toujours tes projets, ton travail philanthropique est indéniable. Et il n'est un secret pour personne que le propriétaire de casinos Conrad Hughes t'a largement soutenu.

Brusquement, il se tendit : il aurait tant aimé partager avec elle cet aspect confidentiel de son existence. Mais peu de femmes pouvaient s'accommoder d'une double vie, et Mari avait déjà sa part de complications en raison de son héritage. Inutile de la perturber davantage.

— Oui, il m'a permis de me lancer. La manne financière est venue plus tard.

— Ne joue pas les modestes, Rowan ! Même avant ce que t'a rapporté ton programme, tu aurais pu ouvrir un cabinet lucratif aux Etats-Unis, mais tu as choisi l'Afrique, où tu gagnes un centième du salaire auquel tu aurais pu prétendre ailleurs.

Il passa la main sous le drap et la glissa sous ses fesses…

— Je ne suis pas à plaindre, franchement !

— Je sais, répondit-elle avec un sourire, ton programme t'a permis d'engranger des millions, même s'il est un sujet de discorde entre nous. Cela dit, je pourrais t'aider à l'améliorer, si tu consentais à m'écouter.

Il lui donna une petite tape sur les fesses.

— Tu veux vraiment que l'on parle de cela maintenant, au risque de nous disputer de nouveau ?

— Pourquoi refuses-tu mon aide ? La presse t'adore, mais tu pourrais gagner l'estime des quelques réticents qui restent !

Il fit la grimace.

— Non, merci.

Elle posa le coude sur son torse.

— Très bien, je comprends. Cependant, réfléchis à ma proposition. Tu pourrais servir d'exemple à tant d'autres enfants. Tu t'engages toujours à fond dans les causes que tu embrasses.

— Ce n'est pas vrai. Sinon, je serais complètement exténué et plus bon à rien. Je m'investis avec prudence.

Il supportait très mal qu'on le mette sur un piédestal, car il ne méritait pas les honneurs.

— Décidément, ta modestie t'aveugle !

Non, c'était sa culpabilité qui le dévorait, et il avait toujours tenté de l'endiguer à coups de millions. Il reprit sa respiration.

— Arrête, d'accord ? dit-il en l'embrassant sur la bouche. J'agis selon ma conscience, c'est tout. Il faut que je paie pour mes fautes.

Elle fronça les sourcils.

— Parce que tu as conduit en état d'ivresse dans ta jeunesse ? C'est cher payé, tu ne trouves pas ? Tu pourrais tout à fait employer d'autres médecins pour te décharger un peu.

— Rien ne peut payer une vie, riposta-t-il d'un ton plus brusque que voulu. Est-ce que tu sais pourquoi on m'a envoyé dans une école militaire ?

— Oui, parce qu'une femme a été blessée et que...

— Blessée ? Quel euphémisme !

Soudain, il s'assit sur le lit, et ramena ses genoux sous son menton.

— La femme qui conduisait l'autre voiture était enceinte, et elle a perdu son enfant dans l'accident.

— Oh ! Rowan, c'est tragique pour elle ! s'exclama Mari, la voix empreinte d'une sincère tristesse. Et quel terrible fardeau à porter pour toi, le conducteur.

Décidément, elle ne connaissait pas l'homme qui se cachait derrière le médecin, songea-t-il, amer. Mais comment le lui reprocher, alors que tout le monde ignorait ce qui s'était réellement passé, ce jour funeste. Il n'avait pas voulu entacher la mémoire de son frère mort, et pourtant, pour la première fois, il allait avouer la vérité.

A Mari.

— Ce n'était pas moi qui conduisais.

Elle se redressa elle aussi sur le lit, s'enveloppant dans le drap, et se mit à lui frotter gentiment le dos.

— Les journaux ont pourtant rapporté que c'était toi.

— C'est ce que nous avons dit à la police.

Il lui jeta un coup d'œil.

— Mon frère et moi avons déclaré dans le rapport officiel que c'était moi qui conduisais.

— Quoi ? fit-elle, visiblement stupéfaite. C'était ton frère qui était au volant ? Et il était ivre ?

Il hocha la tête.

— Nous avons été tous les deux blessés et conduits à l'hôpital. Quand je me suis réveillé après mon opération pour un poumon perforé, ma mère était à mon chevet. Mon père se trouvait quant à lui près de mon frère, qui avait le nez cassé et la mâchoire fracturée. Ils voulaient que l'on accorde nos violons avant de parler à la police.

Soudain, cette terrible soirée lui revint à la mémoire comme un boomerang, charriant confusion et douleur, ainsi que la culpabilité qui ne l'avait ensuite jamais quitté, en dépit du nombre de vies qu'il avait sauvées à la clinique.

— Est-ce que tes parents t'ont poussé à mentir pour sauver ton frère ? demanda-t-elle en ouvrant de grands yeux horrifiés.

A son regard, il était clair que ses parents à elle n'auraient jamais envisagé une telle issue. Pourtant, il comprenait la démarche des siens et il tenta de la lui expliquer.

— Nous étions tous les deux ivres, mais Dylan avait dix-huit ans et moi seize. J'étais mineur, pas lui, de sorte qu'il risquait de passer de longues années derrière les barreaux. Aussi, si je prétendais être au volant, mon frère avait encore un avenir, la chance de s'amender...

— Alors tu t'es accusé à sa place, enchaîna-t-elle. Tu as accepté d'être envoyé dans une école militaire parce que ta famille a fait pression sur toi... Oh ! Rowan, je suis tellement désolée pour toi !

Et elle lui passa la main dans les cheveux.

Non, il ne voulait pas de son réconfort, il ne le méritait pas. Mais, plutôt que de la rejeter brutalement, il enlaça ses doigts aux siens, puis baissa le bras.

— Moi aussi, en un sens, j'étais coupable. J'aurais pu appeler un taxi ou demander à quelqu'un de nous déposer.

Il revit la scène, les sirènes de police, le soir de l'accident, puis son arrestation, un peu plus tard...

— Ce n'était certes pas moi qui conduisais, mais je suis coupable d'avoir donné les clés à mon frère. Il n'était pas en état de prendre le volant.

Son frère était doté d'une forte personnalité, et tout le monde l'avait cru quand il avait clamé haut et fort, après l'accident, sa volonté de changer. Lui-même avait toujours été sous l'influence de Dylan. Quand ce dernier lui avait affirmé que sa cure de désintoxication se passait bien, qu'il se rendait aux réunions et qu'il ne buvait plus, Rowan n'avait pas songé un instant à mettre sa parole en doute.

— Et ton frère ? N'a-t-il pas ressenti de la culpabilité ? Tu ne crois pas qu'il méritait de payer pour ce qui était arrivé à cette femme, et pour avoir accepté que tu t'accuses à sa place et finisses dans une école militaire ?

On pouvait compter sur Mari pour analyser la situation de manière tranchée. Mais la vie ne correspondait pas à cette vision manichéenne, le monde fourmille de zones grises et floues.

— Mon frère a payé de sa vie pour cette soirée et les décisions que j'ai alors prises.

S'il avait opéré les bons choix et ne l'avait pas « couvert », Dylan serait toujours en vie.

— Deux ans plus tard, poursuivit-il, il a eu un nouvel accident de voiture. Il conduisait encore en état d'ivresse. Il a foncé dans une maison et, cette fois-ci, il a trouvé la mort.

Il prit une profonde inspiration, s'efforçant de ne pas repousser la main de Mari.

— Donc, tu vois, mes mauvais choix ont coûté la vie à deux personnes.

A ces mots, toujours enroulée dans le drap, Mari vint s'agenouiller devant lui. Ses cheveux noirs tombaient en cascades sur ses épaules et ses yeux reflétaient son émotion.

— Tu avais seize ans, et tes parents ont fait pression sur toi pour que tu prennes une mauvaise décision. Ils t'ont sacrifié pour sauver ton frère. Ils ont eu tort d'agir ainsi !

Ses paroles lui firent l'effet d'une gifle. Il se leva d'un bond, désireux de mettre de la distance entre eux, et enfila rapidement son caleçon.

— Tu n'écoutes pas ce que je te dis, Mari ! lança-t-il alors en attrapant son jean. J'accepte totalement la responsabilité de mes actes. Je n'étais pas un petit enfant. Rejeter la faute sur mes parents serait une échappatoire.

Quelle ironie : plus il essayait de s'amender, plus on le dépeignait comme un saint. Il avait besoin d'air.

La sonnerie d'un téléphone perça soudain la nuit. C'était le sien et, qui plus était, il l'avait laissé dans sa chambre, là où dormait Issa.

Il s'y précipita, ravi au fond d'échapper à cette conversation qui avait pris l'aspect d'un interrogatoire. Pourquoi Mari et lui ne s'étaient-ils pas contentés de s'étreindre jusqu'à ce qu'ils sombrent dans le sommeil ?

Avec un soupir, il ouvrit la porte de sa chambre. Le téléphone sonnait sur la commode, tout près du berceau. Il le saisit brusquement et se réfugia dans le salon, où il lut le nom qui s'affichait sur l'écran.

Troy ?

Une curieuse prémonition s'empara de lui. Son ami devait avoir trouvé des informations de première importance pour l'appeler à cette heure indue.

Mari se dessina alors dans l'encadrement de la porte, toujours enveloppée dans son drap, comme s'il s'agissait d'une toge.

— Que se passe-t-il ? demanda-t-elle, l'air grave.

— Je ne sais pas encore, répondit-il.

Et il prit la communication.

— Salut, Rowan.

C'était la voix de Hillary.

— Troy a découvert une piste qui établit un lien entre une employée de l'hôtel et une personne hospitalisée dans l'une des îles de l'archipel, dit-elle. Il affine encore les données, mais il est certain d'avoir retrouvé la mère d'Issa.

10

Mari berçait la petite Issa dans ses bras pour l'endormir. Ce serait la dernière fois, pensa-t-elle, le cœur brisé. Elle regarda par la fenêtre, où le soleil lui indiquait que la journée était largement entamée et que le temps qui lui restait avec l'adorable enfant était compté.

Elle n'arrivait pas à croire que, sous peu, elle devrait se séparer d'elle. Elle n'avait même pas eu le loisir de réfléchir aux conséquences de la nuit qu'elle avait passée avec Rowan que, déjà, son monde avait chaviré dans le chaos le plus total, à cause d'un simple appel téléphonique...

En étudiant attentivement la vidéo de surveillance, Troy Donovan avait fini par identifier la femme que l'on voyait s'éloigner du chariot sur lequel Issa avait été abandonnée. Il avait poursuivi ses investigations, et celles-ci l'avaient finalement conduit à la sage-femme qui avait accouché la mère d'Issa. Mari n'avait pas retenu tous les détails, mais elle était sûre d'une chose : grâce aux empreintes de pieds du bébé, son identité ne donnait plus lieu à aucune ambiguïté.

La jeune mère avait minutieusement préparé son coup. Elle avait découvert que Rowan participerait au séminaire et s'était fait embaucher provisoirement à l'hôtel qui recevait les congressistes, du personnel supplémentaire y étant requis pendant les vacances de fin d'année.

Apparemment, elle avait fait une dépression nerveuse juste après avoir abandonné son enfant, et se trouvait actuellement à l'hôpital. Issa n'avait pas de grands-parents, mais une grand-tante et un grand-oncle qui désiraient vivement la recueillir. Ils étaient âgés d'une cinquantaine d'années et, leurs quatre fils ayant quitté la maison, ils n'avaient pas hésité une seconde à se porter volontaires pour s'occuper de leur arrière-petite-nièce. Ils possédaient une galerie d'art spécialisée dans les marines, sur l'île principale, et avaient une grande expérience en matière d'éducation. Ils n'étaient pas très fortunés, mais menaient une existence simple et équilibrée.

Tout indiquait qu'ils pourraient procurer à Issa une vie remplie d'amour. Et Mari aurait dû s'en réjouir sincèrement : tant d'orphelins, en Afrique, n'avaient aucune famille sur laquelle compter...

Pourtant, à l'idée de devoir quitter l'enfant, elle éprouvait du mal à respirer.

Soudain, la porte d'entrée s'ouvrit et Mari se sentit flancher... C'était Rowan qui revenait. Les cernes sous ses yeux attestaient de sa nuit sans sommeil.

Il portait un jean et son polo de la veille, celui qu'elle lui avait arraché dans la fougue de la passion... Comme tout ceci semblait loin, à présent !

— Du nouveau ? s'enquit-elle, fébrile.

Pourquoi se mettait-elle dans un tel état, alors qu'elle n'était pas du tout en mesure de s'occuper d'un bébé ? En fait, elle ne s'était même jamais imaginée mère avant que le destin ne lui fasse rencontrer Issa. Pour l'instant, pourtant, elle avait la sensation que sa vie ressemblerait à un immense désert dès qu'on lui enlèverait cette petite fille.

Rowan secoua la tête, et s'assit sur l'accoudoir du fauteuil dans lequel elle se trouvait. Il les engloba toutes deux du regard.

— Non, rien que nous ne sachions déjà. Le message de la mère était sincère : son mari, un militaire, a en effet trouvé la mort dans un combat, à la frontière. C'est bien elle que tu as vu s'éloigner du chariot, ce fameux soir. Elle a de la famille sur l'île principale de l'archipel, mais la mort de son mari l'a profondément perturbée, alors qu'elle souffrait déjà d'une dépression postnatale.

— Je crois que je préférais encore notre version, celle de la mère égoïste, dit-elle, le cœur serré.

— Une femme sur huit aux Etats-Unis souffre d'une dépression postnatale, lui apprit-il alors en se pinçant l'arête du nez, comme s'il luttait contre une migraine. Et, ici, ce doit être pire avec la pauvreté et le manque de soins.

Instinctivement, Mari serra un peu plus l'enfant qu'elle tenait toujours dans les bras. La mère d'Issa aurait-elle eu une réaction différente si elle avait eu elle-même des parents sur qui compter ? Ou bien avait-elle coupé les ponts avec sa famille ?

Tant de questions se pressaient en elle... jusqu'à ce qu'elle se rende subitement compte qu'en réalité elle cherchait juste un coupable, une raison qui lui permettrait d'affirmer qu'il était préférable pour Issa qu'elle la garde encore.

Elle inspira profondément et la douce odeur du bébé lui emplit les poumons. Ce petit être lui était si cher... Quand Issa se mit à gigoter, Mari s'efforça de se détendre. Sans doute percevait-elle la tension qui l'habitait.

— J'imagine que je devrais me réjouir que sa mère ne lui ait pas fait de mal, dit-elle. Et, maintenant, que va-t-il se passer ?

Elle baissa alors les yeux vers Issa, qui luttait contre le sommeil, pliant et dépliant ses petits doigts.

— On va la rendre à sa famille, répondit-il d'un ton impassible.

— Où était-elle, cette famille, quand la mère d'Issa a sombré dans la dépression ?

La question lui avait échappé, et elle avait bien conscience qu'elle était tout à fait irrationnelle. Mais Mari avait besoin de réponses pour pouvoir lâcher prise.

Rowan posa la main sur le pied d'Issa, recouvert d'un plaid aux couleurs de Noël.

— L'oncle et la tante affirment qu'ils ont voulu aider la mère d'Issa, mais que cette dernière a refusé. Par ailleurs, ils ignoraient qu'elle allait si mal.

— Et tu les crois ?

— Ils habitent loin, de sorte qu'il est parfaitement possible qu'ils n'aient pas perçu les signes avant-coureurs chez leur nièce.

Il se mit à caresser le pied de l'enfant et poursuivit :

— Ils sont venus pour les funérailles, il y a six semaines. Ils lui ont laissé de l'argent puis, une fois repartis, ils lui ont téléphoné régulièrement et, chaque fois, elle leur a assuré qu'elle s'en sortait bien.

— Et ils l'ont crue.

Mari avait honte de traquer la moindre faille morale chez ces braves gens, le moindre prétexte qui ferait d'eux des personnes inaptes à élever le petit ange qu'elle serrait contre son cœur.

— Ecoute, Mari, toutes nos sources s'accordent à reconnaître que ce sont des personnes convenables, qui gagnent leur vie honnêtement et ont des revenus réguliers.

Il poussa un soupir et regarda par la fenêtre.

— Ils demandent la garde d'Issa et il n'y a aucune raison légale ou morale qui pourrait les empêcher de l'obtenir.

— Et nous ? Ce que nous voulons ne compte-t-il donc pas ? demanda-t-elle sans réfléchir.

— Nous n'avons aucun droit sur Issa, dit-il avec douceur. C'est vraiment le meilleur scénario que nous aurions pu imaginer.

— Oui, j'en suis bien consciente... C'est juste que...

Il se planta devant elle, et croisa les bras.

— Je comprends ce que tu ressens, Mari. Tu l'aimes déjà, cette petite.

— Je me suis forcément un peu attachée à elle.

Un sourire triste éclaira les traits de Rowan.

— Juste un peu, tu crois ?

— Je la connais depuis quelques jours seulement, reconnut-elle, cherchant à se raccrocher à la logique qui avait toujours été la sienne.

— J'ai observé suffisamment de mères dans ma vie pour savoir que le cœur s'engage très vite.

Pourquoi remuait-il le couteau dans la plaie ?

— Je ne suis pas sa mère.

— Tu t'es comportée comme telle envers elle, argua-t-il. Il n'est pas surprenant que tu aies envie de la garder.

Mari sentit l'émotion lui nouer la gorge.

— Je ne suis pas en mesure de m'occuper d'un bébé. Elle a une famille qui désire la recueillir et s'occuper d'elle. Je sais ce que j'ai à faire.

— Tu ferais pourtant une mère formidable, dit-il en enserrant son visage entre ses mains.

— Pourquoi cherches-tu à me déstabiliser ?

— Comment peux-tu me soupçonner d'un tel machiavélisme ? riposta-t-il d'un ton amusé.

Puis il lui adressa un clin d'œil, et elle s'en trouva désarmée.

— Tu vois, tu essaies de me faire rire pour éviter que je pleure ! Tu n'es qu'un manipulateur.

Il lui caressa alors la joue.

— Tu peux pleurer, Mari, si tu en as envie.

Elle secoua la tête.

— Je vais continuer à bercer Issa et à lui chanter des chants de Noël jusqu'à ce que sa famille arrive. Je sais qu'elle ne se souviendra pas de moi, mais...

Un bref coup de sonnette retentit et, quelques secondes plus tard, Hillary se matérialisait dans la suite, suivie de Troy. Mari laissa échapper un soupir de soulagement : ce n'étaient pas l'oncle et la tante, elle bénéficiait encore d'un petit répit avant la séparation.

Hillary lui adressa un sourire bienveillant.

— La famille va bientôt arriver. J'ai pensé qu'il fallait vous prévenir.

— Merci pour votre aide, parvint-elle à répondre d'une voix détachée, alors que son cœur se consumait d'émotions plus vives les unes que les autres.

Troy s'assit sur le canapé près de sa femme, et passa un bras autour de ses épaules.

— Je suis ravi que nous ayons trouvé aussi rapidement une issue heureuse à cette affaire, dit-il.

A cet instant, Mari éprouva la curieuse sensation d'avoir passé la moitié de sa vie avec Rowan et le bébé. Elle était à mille lieux de l'humeur joyeuse du couple.

— Mari, reprit Hillary, Rowan vous a-t-il précisé que l'indice qui nous a permis d'assembler toutes les pièces du puzzle nous est parvenu grâce à vous ?

— Non, pas que je me souvienne.

Encore que ce ne soit pas exclu, étant donné que, depuis qu'elle savait qu'Issa allait partir, elle vivait comme dans un brouillard.

— L'infirmière qui a nous a permis de dénouer l'affaire nous a avoué que, si vous n'aviez pas été mêlée à l'histoire, elle n'y aurait pas prêté attention. Vous avez parfaitement orchestré la situation, Mari.

— Ce n'est pas moi qui ai retrouvé la famille d'Issa. Le mérite vous en revient, répliqua-t-elle. Rowan a de la chance de pouvoir compter sur des amis comme vous.

Et, en prononçant ces paroles, elle se rendit compte qu'elle-même ne pouvait pas s'appuyer sur un cercle amical, en cas de crise. Elle avait juste des collègues, avec qui elle n'avait jamais établi de liens intimes ; quant à sa famille, Mari la tenait à distance.

En réalité, elle avait passé sa vie d'adulte enfermée dans son laboratoire, elle s'était retranchée du monde, fuyant les relations, tout comme elle se dérobait à la presse. Elle avait également cherché à échapper à la désapprobation de ses parents : son père aurait en effet aimé qu'elle assume son rôle de princesse, tandis que sa mère l'encourageait à se rebeller de façon ouverte. Finalement, elle les avait déçus tous les deux.

Rowan et ce bébé étaient les premières personnes avec qui elle avait noué un lien profond depuis une éternité… Et la perspective de se séparer d'eux la déchirait littéralement.

Comme elle maudissait cette douleur ! Elle aurait tant voulu qu'on lui rende sa vie bien ordonnée, le monde qu'elle s'était créé dans son laboratoire, où elle pouvait prédire et quantifier les résultats de ses recherches.

La sonnette résonna de nouveau et Mari se mordit la lèvre pour ne pas crier. Bon sang, elle devait se dominer ! Il fallait qu'elle se montre digne et ne fasse rien qui puisse perturber Issa.

Même si elle avait envie de hurler.

D'un œil impuissant, Rowan observait la scène de séparation. Quand il remettait un enfant à sa famille, il s'assurait toujours que cette dernière présentait toutes les conditions pour bien s'occuper de lui ; en l'occurrence, le poids de la responsabilité pesait encore plus lourd sur ses épaules que d'ordinaire.

Le couple avait une cinquantaine d'années, le mari était vêtu d'un costume en lin beige et la femme d'une robe colorée assortie d'une écharpe. Ce fut elle qui prit Issa des bras de Mari, tandis que son époux portait le sac à langer.

Quant à Mari, qui se tordait les mains, elle résistait manifestement à l'envie de leur reprendre le bébé.

— Elle aime qu'on la tienne très étroitement, mais avec le visage tourné vers l'extérieur, afin de pouvoir voir ce qui se passe, précisa-t-elle. Il faut bien veiller à ce qu'elle fasse son rot après avoir bu son biberon, sinon elle vomit. Elle aime beaucoup la musique...

Elle s'interrompit, sa voix s'étant mise à trembler. La tante lui posa alors une main rassurante sur le bras.

— Merci d'avoir pris si grand soin de notre petite Issa, princesse. Si nous avions connu les intentions de notre nièce, nous lui aurions immédiatement proposé de nous occuper d'Issa. Mais, quand une jeune mère assure que tout va bien, qui penserait à lui proposer de recueillir son enfant ? Vous pouvez nous faire confiance pour abreuver Issa d'amour. Et nous lui dirons aussi que vous avez été son ange gardien.

Les yeux remplis de larmes, Mari hocha la tête, sans dire un mot

Ce fut alors que Troy brisa le silence.

— Ma femme et moi allons vous raccompagner à votre voiture. Nous passerons par l'escalier de service, afin que vous ne soyez pas importunés par la presse.

Comme Rowan sut gré à Troy d'accélérer le processus des adieux ! Le cœur serré, il vola un dernier regard à l'adorable bébé aux joues bien potelées, puis se tourna vers Mari. Il ne faisait pas de doute qu'elle avait plus que jamais besoin de lui.

En effet, dès que la porte se referma sur le petit groupe, elle s'écroula sur le rocking-chair, le souffle court.

— Rowan, commença-t-elle en se mordant la lèvre, je ne crois pas être en mesure de tenir ma conférence, cet après-midi.

Il comprenait tout à fait ce qu'elle ressentait !

— Je vais appeler le coordinateur pour le prévenir que tu es souffrante, répondit-il en l'enlaçant par les épaules.

Elle leva alors vers lui un regard perplexe, encore mouillé de larmes.

— Que m'arrive-t-il, Rowan ? Je ne me suis jamais fait porter malade ! Cela va à l'encontre de mes principes.

— Tu éprouves une immense peine, donne-toi du temps.

Lui aussi était profondément bouleversé. La petite Issa incarnait un bébé bien particulier à ses yeux, sans doute parce que c'était grâce à elle que Mari et lui s'étaient rapprochés. Son humeur sombre était peut-être également liée aux fêtes de fin d'année. A moins, tout simplement, que la petite Issa n'ait su le toucher, lui qui s'efforçait depuis tant d'années de se protéger derrière une armure de la pauvreté et de la misère qui l'entouraient au quotidien.

— Tu es un être humain, Mari, insista-t-il. Il est normal que cette séparation soit difficile pour toi.

— Mais je ne connais Issa que depuis quelques jours. Ce n'est pas mon enfant…

Elle pressa sa main sur son cœur, touchant une blessure qui, pour être invisible, n'en était pas moins profonde.

— Je ne devrais pas être chamboulée à ce point, ajouta-t-elle d'une voix brisée.

— Tu l'aimes, c'est évident, dit-il en s'agenouillant devant elle pour lui prendre les mains.

— Je sais, dit-elle en retenant ses pleurs, mais je ne veux pas m'attarder sur les sentiments que j'éprouve pour elle. J'ai besoin de… ça !

Et elle le saisit par sa chemise, avant de le faire basculer en arrière. Tous deux se retrouvèrent alors sur la moquette épaisse. Mari le recouvrit de tout son corps et l'embrassa avec fièvre… Elle avait visiblement trouvé un exutoire à son chagrin et il n'en était que trop heureux. D'ailleurs, lui aussi avait besoin de cette étreinte pour se sentir mieux.

Elle se pressa avec un érotisme désarmant contre son sexe en érection, et il laissa échapper un râle de plaisir quand elle se mit à lui mordiller l'oreille. Ce soir, le silence n'était plus de mise, ils pouvaient perdre le contrôle.

Il releva sa robe et plaqua les mains sur ses fesses, afin de contrôler le rythme de ses ondulations au-dessus de lui. Elle lui retira fébrilement son polo, son souffle saccadé mêlé au sien. Il lui enleva sa robe avec le même empressement et découvrit alors ses sous-vêtements de soie vert pâle. Comme il aimait son raffinement ! Et ce qui le réjouissait le plus, c'était l'idée de la départir bien vite de sa fine lingerie.

Dès qu'elle fut nue, elle lui saisit les mains et les posa sur ses seins... Ses exigences l'excitaient terriblement. Il se mit à palper ses mamelons, à les mordiller... Ses cris et ses gémissements le rendaient fou, et lui permettaient en même temps de se libérer de ses sombres pensées au sujet d'Issa. Non, il ne devait pas songer à la petite fille, mais se concentrer sur Mari... Le besoin de la pénétrer se fit soudain plus vif...

Il dut se détacher d'elle pour aller chercher un préservatif, mais il revint bien vite et, de ses mains brûlantes, elle le guida en elle...

Il rejeta la tête en arrière en emmêlant ses doigts aux siens, et s'accorda à sa cadence déchaînée... Tout comme les chants, les étreintes désespérées ne sont-elles pas les plus belles ? pensa-t-il furtivement avant de sentir peu à peu la jouissance monter en lui...

Il serra les dents, et s'efforça de se contrôler, désireux de l'attendre. Mais aux cris qui montaient d'elle en crescendo, il comprit qu'elle était prête à s'envoler avec lui vers une autre dimension... Alors il lui donna quelques ultimes coups de reins, jusqu'à ce qu'un puissant orgasme le saisisse. Dans un vague brouillard, il vit le corps de Mari secoué lui aussi par les spasmes du plaisir...

Elle resta un long moment étroitement accrochée à lui, et il put jouir encore de la chaleur de sa peau, des battements de son cœur.

Ce fut l'air frais entrant par la fenêtre qui le ramena à la réalité, comme si le monde se reconstituait peu à peu autour de lui. Mais il n'avait aucune envie de quitter leur îlot de paix... Evidemment, il ne pouvait pas lui refaire l'amour tout de suite; toutefois, il y avait mille possibilités de lui donner de nouveau du plaisir.

Avec douceur, il la fit basculer sur le dos, puis embrassa sa bouche, son cou, s'enivrant de son odeur fleurie si particulière. Il captura alors un de ses seins, puis l'autre.

— Rowan?

— Chut, dit-il en soufflant de l'air sur son mamelon mouillé avant de le reprendre dans sa bouche et de le titiller avec sa langue.

Puis, délaissant sa poitrine, il déposa une pluie de baisers le long de son corps avant de glisser sa langue entre ses cuisses... La sensation fut exquise. Et, quand elle se mit à onduler sous lui pour lui indiquer qu'elle en voulait davantage, il éprouva un vif sentiment de satisfaction. Mari était à lui, pensa-t-il dans un élan primaire. Pressant ses fesses, il l'approcha plus près de lui et lui prodigua des caresses plus délicieuses encore... Enfin, la jouissance la souleva, et elle rejeta la tête sur le tapis tout en criant son prénom...

Après quoi, sentant que de nouveau la brise menaçait leur havre, il décida que le seul moyen de repousser la réalité était de lui faire l'amour toute la nuit, jusqu'à ce que tous deux s'effondrent de fatigue.

Alors il se mit à genoux, la prit dans ses bras, et se releva pour l'emporter dans sa chambre, tandis qu'elle reprenait peu à peu sa respiration.

Il la posa sur le lit, et la vue de son corps nu, de ses longues jambes et de ses courbes subtiles ravivèrent immédiatement son désir. Des ombres dansaient sur sa peau mate, l'invitant à l'explorer, à se perdre de nouveau en elle.

A oublier pendant quelques heures encore le vide laissé par Issa, la petite fille qui leur avait donné une raison de rester ensemble.

11

Mari avait passé une nuit sans sommeil dans les bras de Rowan. Quand le jour avait pointé, il avait suggéré qu'ils quittent la suite, qui était irrémédiablement liée aux souvenirs d'Issa. Elle avait accepté sans l'ombre d'une hésitation.

A présent, elle se trouvait sur la proue d'une goélette et s'étirait, tout en scrutant le ciel où des frégates glissaient, toutes ailes déployées. Les vagues battaient contre la coque et les cordes claquaient contre les mâts. Rowan avait loué un grand voilier de luxe pour leur permettre de passer la journée dans une crique déserte. Aucun paparazzi ne viendrait les y surprendre, et rien ne leur rappellerait le bébé dont ils avaient dû se séparer. Il n'y avait que les eaux azur à contempler, les poissons et les caouanes.

Comme elle avait besoin d'échapper aux souvenirs ! Ces quelques jours passés avec Issa l'avaient profondément émue et lui avaient fait prendre conscience de ce tout ce qui manquait à sa vie. L'amour. Une famille. Elle s'était jusque-là noyée dans le travail, se retranchant dans un monde qui avait un sens pour elle après une enfance déstabilisante. Mais, maintenant qu'elle avait tenu cette adorable petite fille dans ses bras, Mari comprenait qu'elle avait tourné le dos à la vraie vie, depuis des années.

Cela ne signifiait pas pour autant qu'elle savait comment y remédier. Ou changer. Pour l'instant, elle regardait Rowan qui manœuvrait l'embarcation, chemise ouverte volant au vent, cheveux inondés de soleil.

Ils avaient fait l'amour jusqu'à épuisement, la nuit dernière.

Elle avait la sensation que Rowan, tout comme elle, avait l'esprit confus ce matin, mais elle avait du mal à décrypter ce qui le tourmentait. Sans doute était-elle trop perdue dans sa propre douleur pour saisir la sienne.

Au matin, quand il lui avait demandé de s'habiller pour aller faire un tour en mer, elle avait obtempéré sans lui poser de questions, trop heureuse de la distraction qu'il lui proposait. Elle avait revêtu un sarong, chaussé des lunettes noires et recouvert sa chevelure d'une écharpe à la Garbo pour passer incognito. Rowan lui avait alors offert les bracelets qu'elle avait admirés sur le marché, le premier soir où ils étaient sortis avec Issa. Elle avait été à la fois surprise et ravie de cette attention.

Elle tendit soudain le bras pour admirer les reflets du soleil sur les cercles en argent et les perles colorées.

Le voilier se dirigeait à présent vers une crique déserte, et des montagnes à la végétation luxuriante se dessinaient à l'horizon. Ils avaient suivi la côte toute la matinée, en direction d'une île privée.

Alanguie sur sa serviette, elle roula sur le ventre et, mains sous le menton, observa les fous de Bassan et les pétrels qui plongeaient dans l'eau pour pêcher des poissons. Les palmiers s'étiraient le long de la grève, créant un bel écran de verdure au-delà de la bande de sable blanc. L'endroit était aussi calme que parfait, et lui rappelait les plages de son enfance, où elle passait les vacances avec ses parents.

Soudain, une ombre la recouvrit. Elle se remit sur le dos, mains en visière pour pouvoir lever les yeux vers Rowan.

— Tu as abandonné le gouvernail ? demanda-t-elle.

— Nous avons jeté l'ancre, lui répondit-il en s'accroupissant à ses côtés.

Il était si beau dans son caleçon de bain, avec sa chemise ouverte, et la brise de l'océan qui soufflait dans ses cheveux.

— Tu viens boire un verre avec moi ? proposa-t-il.

Alors elle saisit ses mains tendues et se leva, avançant avec prudence entre les gréements et les chaînes. Le sol de bois était brûlant sous ses pieds nus.

— Pourquoi es-tu si mystérieux sur notre destination ? questionna-t-elle.

— Je veux te faire la surprise, répondit-il en sautant sur le pont.

De nouveau, il tendit les bras pour la rattraper quand elle le rejoignit. Il désigna alors deux verres remplis de jus de mangue sur une table.

— C'est la seule raison ? renchérit-elle.

— Je n'étais pas certain que tu approuverais cette croisière, mais nous avions tous les deux besoin de sortir de l'hôtel, dit-il en lui donnant un verre. Et puis, tu devais te divertir, ma superbe et sérieuse scientifique !

— Mon travail est très divertissant, répondit-elle en sirotant son jus de mangue.

Il releva un sourcil et la regarda par-dessus ses lunettes de soleil.

— OK, tempéra-t-elle avec un sourire, mon travail est juste gratifiant. Mais je n'ai pas eu l'impression d'être très sérieuse, hier soir, quand nous roulions sur la moquette.

— Exact, concéda-t-il. Il faut croire que cette croisière fait partie de mon plan de séduction. Encore que tu as déjà succombé à mes charmes, il me semble.

— Ou toi aux miens, rétorqua-t-elle.

Alors elle lui retira ses lunettes, puis enleva les siennes et captura sa bouche, plus que jamais désireuse d'oublier les questions qui se pressaient dans sa tête, notamment celle de savoir ce qui se passerait entre eux quand le séminaire serait terminé...

— A qui est-ce le tour de prendre l'initiative ? demanda-t-il en relevant la tête.

— J'ai perdu le fil, répondit-elle, grisée par ces petits jeux entre eux.

Il la considéra longuement, d'un regard intense, puis fit glisser le foulard qui recouvrait sa chevelure.

— Princesse, vous méritez les compliments les plus fous, déclara-t-il avec emphase.

Elle éclata de rire.

— Tu dis des choses vraiment étranges.

Puis du doigt, elle suivit le contour de ses lèvres, cette bouche qui lui avait procuré tant de plaisirs la nuit précédente.

— Nous sommes ici pour nous amuser, pas pour nous livrer à une séance de psychanalyse, rétorqua-t-il.

— Et je m'en réjouis, car je n'ai aucun talent pour déchiffrer les pensées d'autrui.

— Qu'est-ce qui te fait dire ça ?

Sa question se mêla aux cris des oiseaux dans les arbres et aux plongeons des poissons dans l'eau.

— Sans doute mon esprit trop rationnel.

— Tu es assurément une femme rationnelle, mais aussi sacrément sexy, dit-il en lui saisissant le doigt qu'elle continuait à faire courir sur sa bouche, pour le lécher.

Elle roula des yeux.

— Rowan ! Tu es vraiment...

— Vraiment quoi ?

— Je ne sais plus ! Je ne trouve pas de mots pour te qualifier.

Pour la première fois depuis le début de la journée, Rowan prit un air sérieux.

— Ravi de savoir que je te plonge dans la perplexité, car c'est réciproque.

— Je me suis toujours considérée comme une personne simple, et certains me trouvent donc assommante. Mais je me fiche de ce que pensent les autres, je veux juste être moi-même.

Il riva alors ses yeux aussi bleus que l'océan aux siens.

— Tu peux me dire qui te trouve assommante ? Car je vais lui...

Elle lui plaqua la main sur la bouche, et ses bracelets cliquetèrent.

— C'est inutile, trancha-t-elle, mais merci quand même.

Elle retira sa main au moment où une vague plus grosse heurtait la coque, derrière elle.

— A l'école, je n'arrivais pas à nouer des amitiés. J'étais différente pour des quantités de raisons. De mon QI ridiculement élevé à mon statut de princesse, tout parlait contre moi. On me trouvait trop jeune, puisque j'avais sauté plusieurs classes, ou bien on m'en voulait d'appartenir à l'illustre famille qui est la mienne. Personne n'éprouvait d'empathie pour moi, car on n'arrivait pas à me cerner.

— Moi aussi, j'ai eu des difficultés à m'adapter, à l'école, confia-t-il en l'enlaçant par les épaules.

Des épaules dénudées, en raison de son sarong.

Elle s'appuya contre lui, le regard attaché à l'eau turquoise, pensive… Le continent qui l'avait vu naître représentait un tel mélange de beauté luxuriante et de terrible pauvreté.

— Ce n'est pas la peine de réécrire ton histoire pour que je me sente plus à l'aise, fit-elle. Je n'ai pas de problème avec moi-même, tu sais.

— Mais je t'assure que c'est vrai ! A l'école militaire, nous étions tous plus ou moins inadaptés, et notre proviseur a réalisé un travail remarquable en nous remettant sur le droit chemin, en nous aidant à nous construire un avenir digne de ce nom.

— Vous vous en êtes tous sortis ? C'est un exploit, effectivement.

— Pas tous, non, certains étaient irrattrapables, malheureusement.

Il soupira et son souffle chaud la caressa agréablement.

— J'imagine que tu as lu dans la presse ce qui est arrivé à Malcolm Douglas, le célèbre homme d'affaires véreux. C'était un de mes camarades de classe, mais il s'est égaré en chemin, il a oublié les lois et la notion d'intégrité. En réalité, il voulait faire de la publicité à un client.

— Comment ? Douglas fait partie de la Confrérie ?

— Je suis bien moins proche de lui que des autres, précisa Rowan, et pourtant je ne peux pas renier son amitié.

Il planta ses yeux dans les siens et ajouta :

— Personne n'est parfait, mais nous pouvons tous compter les uns sur les autres.

— Comme ton ami propriétaire de casinos qui t'a prêté l'argent pour construire ta clinique…

Il était vrai qu'il avait eu la chance de disposer d'un réseau formidable qui avait pallié les carences de ses parents. Elle en revanche s'était coupée du monde.

— Exact. Si je te montrais des photos de classe, tu ne reconnaîtrais pas Conrad. Il était dégingandé et portait à l'époque des lunettes à verres très épais, mais il était brillant, et il le savait. On l'appelait « M. Wall Street » à cause de son père. Il avait utilisé les fonds de son fidéicommis pour truquer le marché boursier, afin de punir un investisseur indélicat.

— Si je comprends bien, vous étiez tous habités par un désir de justice.

— Au début, on ne s'entendait pas très bien, tous les deux. J'étais différent, du moins c'était ce dont je voulais me convaincre. Je ne venais pas d'un milieu fortuné comme la plupart de mes camarades, et je n'étais pas particulièrement doué, contrairement à Douglas, par exemple. Je me pensais pourtant supérieur à cette bande de privilégiés.

— Aujourd'hui, c'est Conrad qui doit te remercier pour le retour sur investissement !

— Pour être honnête, dit-il, je dois ma bonne fortune à un cookie.

— Un cookie ? répéta-elle en riant.

Puis elle inclina la tête en arrière, à la fois enivrée par le soleil et le charisme de l'homme assis à côté d'elle.

— Ma mère m'envoyait régulièrement des colis remplis de cookies.

Les yeux de Rowan prirent alors un air songeur et un sourire nostalgique éclaira son visage.

Mari éprouva, en revanche, un sentiment de révolte : elle n'avait pas oublié que c'était la mère de Rowan qui l'avait envoyé à l'école de redressement pour épargner son frère ! Ces biscuits devaient avoir un goût de poussière, eu égard à la trahison commise par la femme qui aurait dû le protéger. Mais elle se garda bien de lui livrer le fond de sa pensée et se contenta d'écouter le vent bruire dans ses cheveux.

— Un jour, j'étais sur ma couchette, en train de grignoter ces cookies, tout en faisant mes devoirs de biologie, commença-t-il. Soudain, j'ai vu Conrad qui me regardait comme si je mangeais du caviar. Je me suis pourtant bien gardé de lui en proposer un, car j'aurais alors porté atteinte à sa fierté. Nous avions des codes de l'honneur bien précis.

Elle entrelaça ses doigts aux siens, et les étreignit, posant sa joue contre le coton tout chaud de sa chemise pour écouter les battements réguliers de son cœur.

— Nous étions des écorchés vifs, à l'époque. Mais, par chance, je recevais régulièrement ces cookies et des lettres de ma mère, et cela me permettait de tenir. Sans cela, je crois que je n'aurais pas survécu à mon sentiment de culpabilité.

C'était incroyable ! Ne se rendait-il donc pas compte que ses parents et son frère l'avaient sacrifié ?

— Mais revenons à Conrad, poursuivit-il. Environ une semaine plus tard, alors que je me rendais à la cafétéria, je l'ai aperçu dans la salle des visites, avec son père. J'en ai conçu une affreuse jalousie, dans la mesure où mes parents n'avaient pas les moyens de prendre l'avion pour venir me rendre visite. En fait, le père et le fils étaient en train de se quereller.

— A propos de quoi ? demanda-t-elle malgré elle, pleine d'empathie pour l'adolescent sacrifié qu'il avait été et se demandant comment il avait pu devenir l'homme brillant et assuré qu'il était aujourd'hui.

— D'après ce que Conrad hurlait, j'ai compris que son père voulait escroquer les parents de Troy en les convainquant d'investir dans une société bidon. Conrad a fini par flanquer son père par terre et les surveillants ont dû intervenir pour les séparer.

Et dire qu'elle s'était toujours plainte de l'enfance qu'elle avait eue ! Finalement, c'était un long fleuve tranquille à côté de ce que Rowan et ses camarades avaient subi ! Elle avait eu des parents aimants, deux maisons et, si elle avait constamment effectué des allées et venues entre les deux, elle avait aussi toujours baigné dans un univers de luxe.

— Et le cookie ?

— J'y viens... Conrad a passé quelques jours à l'infirmerie, car son père, en se défendant, lui avait démis une épaule. J'avais mal pour lui alors j'ai enveloppé un cookie dans une serviette en papier, et je l'ai posé sur son lit pour qu'il le trouve à son retour. Quand il est revenu, il n'a rien dit, mais il ne me l'a pas jeté rageusement au visage. Ce simple geste a marqué le début d'une grande amitié.

Il ouvrit les bras en grand.

— Et voilà où j'en suis aujourd'hui, conclut-il.

Son cœur battait si fort qu'elle avait du mal à parler.

— Pourquoi est-ce que tu m'as raconté ça ?

— Je ne sais pas... Je voulais que tu comprennes que mon travail est primordial pour moi, qu'il est constitutif de mon histoire. Et que je n'aurais pas pu garder Issa, même si sa famille ne s'était pas manifestée. Parce que, si je commence à m'attacher à tous les orphelins qui m'émeuvent, je ne serai plus capable de me battre pour ce que j'ai construit... La clinique représente tout pour moi. Elle m'aide à combler le vide que la mort de Dylan a laissé dans ma vie, à expier les vies perdues.

Dans ses paroles résonnait en réalité une grande solitude, en dépit de tous les amis qui le soutenaient. Il avait consacré sa vie aux autres, mais il menait une quête en solitaire. Elle eut mal pour lui...

Enfouissant la main dans ses cheveux, elle attira son visage à elle. Alors il se laissa glisser contre elle, et elle le serra très fort dans ses bras.

— Fais-moi l'amour, l'implora-t-elle d'une voix chuchotée, en s'emparant du préservatif qu'il avait glissé dans la poche de sa chemise.

Rapidement, leurs vêtements volèrent à terre, elle entoura sa taille de ses jambes et il la pénétra... Elle s'accrocha alors à la barre qui se trouvait derrière elle et inclina la tête en arrière pendant qu'il allait et venait en elle avec une folle énergie. Le bateau oscillait aux rythmes de leurs étreintes et bientôt ses cris de jouissance se mêlèrent aux siens, cris emportés au large par la brise...

A cet instant, elle eut la sensation qu'un lien plus que physique les reliait l'un à l'autre. Elle s'identifiait totalement à lui, à la solitude qu'il éprouvait en ce monde et qui était aussi la sienne. Mais, en même temps, un immense sentiment d'impuissance l'accabla : les murs que Rowan avait érigés autour de lui étaient aussi épais que les siens, sinon plus, comprit-elle en se blottissant contre lui.

Drôle de moment et d'endroit pour se rendre compte qu'elle avait jusqu'à présent sacrifié sa vie à son travail... et qu'elle venait de tomber amoureuse d'un homme qui était tout dévoué au sien.

Rowan avait encore le goût de la mer et de Mari collé à la peau lorsqu'il ouvrit la porte de leur suite, le lendemain matin, priant pour que leur retour à la vie réelle ne soit pas trop pénible. Il avait voulu lui faire oublier la séparation d'avec Issa, tout en envisageant un avenir avec elle.

Indéniablement, tous deux étaient dévoués corps et âme à leur travail, ce qui représentait un bon point commun et, même s'ils avaient quelques désaccords, ils pouvaient se servir de leurs différends comme tremplin pour avancer, pour progresser ensemble. Cette croisière n'avait fait que renforcer sa détermination.

Il espérait à présent pouvoir en convaincre Mari.

Au moment où ils entrèrent dans leur suite, il se figea, tous les sens en alerte. On avait encore une fois transgressé les règles de leur intimité : il y avait quelqu'un chez eux ! Bon sang, en dépit de tous les gardes du corps supposés les protéger, il y avait plus de va-et-vient dans cette maudite suite que dans le hall de l'hôtel.

Evidemment, c'était l'un de ses amis qui s'était introduit dans sa chambre, comme il s'en rendit compte quand Elliot Starc se leva du canapé. Mari poussa un petit cri lorsqu'elle reconnut le pilote de Formule 1, et accessoirement le mannequin qui posait pour les publicités de sous-vêtements.

Rowan ravala un juron.

— Bonjour, Elliot. On t'a flanqué à la porte de ta chambre ?

Eclatant de rire, celui-ci serra la main de Mari et ignora sa question.

— Princesse, c'est un vrai honneur de vous rencontrer.

— Vous êtes, j'imagine, l'un des amis de la Confrérie ? dit-elle.

Elliot fronça les sourcils.
— Il vous a dit ?
— Nous avons discuté.
— Ah, très bien ! enchaîna Elliot. Le bébé a eu de la chance d'atterrir dans la chambre de Rowan. Nos contacts d'Interpol ont permis d'assurer votre sécurité tout en réglant l'affaire au plus vite.
La mention d'Interpol resta suspendue dans l'air, tandis que Mari dardait sur Rowan un regard stupéfait.
Comme Elliot ne paraissait pas se rendre compte de sa bourde, Rowan lui adressa un sourire crispé.
— Merci, vieux.
— Interpol ? articula enfin Mari, sourcils froncés.
Elliot se tourna vivement vers Rowan.
— Tu viens de me dire que tu lui avais parlé de la Confrérie !
— Je crois que tu as besoin de reprendre l'entraînement, lui répondit durement Rowan.
Elliot leva les mains en l'air et poussa un soupir d'impuissance.
— Bon Dieu ! Je pensais que...
Et sans ajouter un mot, il tourna les talons et sortit de la suite.
Mari se laissa lourdement tomber sur le canapé.
— Tu travailles pour Interpol ? fit-elle d'un ton perplexe. Oui, bien sûr, j'aurais dû m'en douter.
— Je suis avant tout médecin, c'est ma première priorité, ma mission.
Il s'interrompit, comprenant qu'il ne pourrait pas lui cacher la vérité plus longtemps.
— Et, oui, poursuivit-il en s'agenouillant devant elle, je suis un agent occasionnel d'Interpol. Je n'éveille les soupçons de personne quand je participe à des dîners mondains destinés à collecter des fonds ou que je voyage dans des pays éloignés.
Déjà, les traits de Mari s'étaient durcis, comme si elle s'était fermée à lui.
— Mari ? Est-ce que tu m'en veux parce que je ne t'ai rien dit ?
— Pourquoi t'en voudrais-je ? C'est un secret, tu n'avais pas à le partager avec moi, répliqua-t-elle d'un ton amer. Ton ami s'est

juste trompé sur la nature de notre relation. Mais je te promets que je n'en dirai rien à personne. Je comprends tout à fait ce que c'est que d'être marié à son travail.

Son ton était posé, et son corps bien droit, attestant de son éducation royale.

— Mari, cela ne change rien entre nous.

Elle détourna les yeux.

— Cela fait beaucoup à encaisser, tu sais... Hier Issa, aujourd'hui Interpol...

Il voulut la prendre par les épaules, mais elle se dégagea.

— Tu peux me crier après si tu es en colère ou pleurer à cause d'Issa. Je suis là pour toi.

— Je préférerais que tu me traites comme ton égale, au lieu d'enfiler ta blouse de médecin et de me considérer comme une malade ! rétorqua-t-elle d'un ton furieux.

— Excuse-moi de chercher à te comprendre !

— C'est bien cela ton problème, Rowan. Tu cherches toujours à réconforter autrui, à sauver le monde, à jouer les saints, ce qui te permet en réalité d'ériger un mur entre toi et les autres.

— Bon sang ! Mais de quoi est-ce que tu parles ? s'écria-t-il en se levant.

— Ah, voilà ! s'exclama-t-elle en se mettant debout elle aussi, bras croisés. Exprime ta fureur, enfin ! Nous serons ainsi sur un pied d'égalité. Encore que cela paraît peu probable. Toi le suave docteur/agent secret, et moi le génie mal à l'aise en société qui s'enferme dans son laboratoire, que pouvons-nous bien avoir en commun ?

— Nous sommes donc revenus au point de départ ? Tu te réfères encore à ce vieil antagonisme ? Je croyais que nous l'avions dépassé.

Après tout ce qu'ils avaient vécu ensemble ces derniers jours, il trouvait son attitude proprement injuste.

— Ce n'est pas ce dont je parle et tu le sais très bien. Tu es un homme intelligent.

— Non, de nous deux, c'est toi le génie patenté ! Eclaire ma lanterne puisque, visiblement, je ne comprends rien.

— Tu veux que je pleure devant toi, que je m'ouvre à toi, dit-elle en lui donnant des petits coups sur le torse pour ponctuer ses paroles. Et toi ? Est-ce que tu te livres à moi ? Si Elliot n'avait pas commis cette bourde, quand m'aurais-tu dit que tu faisais partie d'Interpol ? Quand vas-tu jouer cartes sur table avec moi ?

— C'est déloyal, Mari, je t'ai raconté de nombreux éléments de mon passé, protesta-t-il.

— Oui, je le reconnais. Cela dit, tu m'as épargné certains « détails ». Et puis tout va bien, tant que c'est toi qui me consoles. En revanche, tu n'acceptes pas le moindre réconfort de ma part ! Comme en ce moment... Je suis certaine que tu es très triste qu'Issa soit partie, mais tu ne veux pas le montrer.

— Elle est entre de bonnes mains, je ne m'en fais pas pour elle, dit-il, mâchoires serrées.

— Tu vois ? Qu'est-ce que je disais ? Tu veux que je pleure, que je montre des émotions, mais toi, non... Pour toi, tout va toujours très bien. Je me demande même si tu t'es permis de pleurer la mort de ton frère.

Ses paroles le piquèrent au vif.

— Je ne te permets pas de te servir de mon frère pour m'attaquer. Cela n'a rien à voir avec notre discussion.

— C'est au contraire le cœur du problème ! A moins que tu puisses m'expliquer en quoi je me trompe ? Vas-y, dis-moi ce que tu ressens.

Et elle attendit.

Que lui répondre ? Il ne savait vraiment pas comment la rassurer...

— C'est bien ce que je pensais, reprit-elle alors en secouant tristement la tête.

Puis, s'éloignant peu à peu de lui, elle ajouta :

— Je n'ai plus aucune raison de rester avec toi dans cette suite.

Sur ces mots, elle pivota sur ses talons, et il vit son sarong virevolter derrière elle, avant qu'elle ne fasse claquer la porte de sa chambre. Quand il l'entendit sortir sa valise de dessous son lit, il comprit qu'elle était en train de faire ses bagages. Et soudain, il perçut des sanglots étouffés…

Nom d'un chien, il avait tout gâché ! Même si de nombreux éléments lui demeuraient obscurs, une évidence s'imposait à lui : il n'était plus le bienvenu dans la vie de Mari.

12

Assise devant sa coiffeuse, Mari était d'humeur morose. Le séminaire étant terminé, sa semaine avec Rowan l'était aussi. Elle enfonça une épingle dans son chignon. Ce soir se tenait le bal qui clôturait la semaine de conférence. Hélas, elle aurait tout donné pour pouvoir échapper aux festivités, mais il lui était impossible de manquer l'événement sans éveiller les soupçons et faire naître des commentaires dans la presse.

Il y en avait eu bien suffisamment, jusque-là. Encore que, par ce biais, elle avait appris qu'Issa s'était adaptée sans problème à son nouveau foyer, où elle résidait depuis deux jours à présent, et qu'elle se portait comme un charme. Ce dont elle se réjouissait de tout son cœur, d'autant que les amis bien placés de Rowan lui avaient confirmé l'information.

Après sa dispute avec lui, elle avait attendu qu'il se batte pour la reconquérir, qu'il déploie l'énergie dont il usait dans son travail, et pour toute personne qui franchissait le seuil de sa clinique. Mais, depuis qu'elle était sortie de sa suite comme un ouragan et qu'elle s'était réinstallée dans sa chambre, à l'étage en dessous, elle n'avait plus entendu parler de lui. Il l'avait laissée partir si facilement que cela lui brisait le cœur.

Toutefois, cette expérience l'avait transformée. Désormais, elle ne vivrait plus retirée du monde. Elle affronterait les autres, surmonterait ses peurs, et tant pis si elle décevait.

Elle lissa sa robe de soie rouge chatoyante, avec en surimpression des motifs de roses. La tenue épousait sa poitrine, ses hanches, avant de tomber jusqu'à ses pieds en une petite traîne. Elle se fit soudain l'impression d'être Cendrillon allant au bal, sauf qu'elle ne tenait pas à passer pour une princesse fragile. Elle préférait se considérer comme une reine d'un soir, solide et indépendante.

Elle saisit alors la petite tiare posée sur la coiffeuse dont les lumières en faisaient scintiller les diamants. Prudemment, elle la posa sur sa tête. Tout un symbole, pensa-t-elle avec dérision.

Après quoi, elle se dirigea vers la porte de sa chambre d'un pas d'autant plus assuré qu'elle portait des sandales plates et non les escarpins aux talons vertigineux qui auraient été de mise. Son sens pratique lui avait en effet dicté de ne pas prendre le risque de tomber en public.

Le couloir était vide ce soir, et elle put se rendre tranquillement vers l'ascenseur sans avoir à fuir ses fans. Appuyant sur le bouton pour appeler l'appareil, elle sentit son estomac se contracter à l'idée de la foule qui l'attendait en bas et qu'elle devrait affronter seule... Mais elle était encore plus nerveuse à la perspective de revoir Rowan.

Finalement, les portes de l'ascenseur s'ouvrirent... Sauf que celui-ci n'était pas vide. Elle sentit son cœur s'emballer...

— Papa ? demanda-t-elle en fixant son père sans en croire ses yeux.

Et tout à coup, sa mère se dessina derrière lui !

— Tu descends aussi, ma chérie ? questionna cette dernière.

Chancelante, Mari pénétra dans l'ascenseur.

— Mais que faites-vous là ? parvint-elle enfin à articuler, tandis que sa mère la prenait dans ses bras.

Le parfum familier de cette dernière l'enveloppa alors tout entière, comme si elle était passée sous une tonnelle de gardénias. Sa mère était sur son trente et un, avec sa somptueuse robe de bal vert fougère, et ses magnifiques cheveux blonds rassemblés sur le dessus de sa tête.

Mari n'avait pas vu depuis des lustres son père et sa mère l'un à côté de l'autre, comme sur les photos d'antan.

— Joyeux Noël, petite princesse, lui dit son père en lui baisant le front.

Elle agrippa ses bras, ceux-là mêmes qui la faisaient voler dans les airs, quand elle était enfant, et ne manquaient jamais de la rattraper.

Ce soir, le roi portait un smoking avec une écharpe tribale aux couleurs vives et ourlée d'or. Il n'était pas venu en djellaba, comme il en avait l'habitude pour les cérémonies officielles. Enfant, elle lui enviait ces superbes tenues et les lui dérobait pour se déguiser, ce qui provoquait le rire de ses parents. Elle avait oublié ces beaux souvenirs…

— Vous ne m'avez toujours pas dit ce que vous faites là, reprit-elle en revenant à la réalité.

— Tu es notre enfant et, par toi, nous sommes liés pour la vie, commença sa mère. Nous sommes venus t'apporter notre soutien mutuel pour affronter la presse.

Redoutaient-ils qu'elle ne s'en sorte pas ?

— J'aurais aimé que ce petit rassemblement familial ait lieu quand j'étais plus jeune ! déclara-t-elle, amère.

— Avec l'âge, on s'assouplit, répondit sa mère en lui caressant la nuque. J'aurais préféré moi aussi que ta vie soit moins compliquée, et je pense que ton père aussi.

Son père hocha la tête.

— Tu es superbe, Mariama. Tu représentes la quintessence de la princesse telle que je l'imagine.

— Tu n'as pas l'habitude de me voir habillée comme une princesse, n'est-ce pas ? fit-elle en riant. Mais je peux t'assurer que je déteste toujours autant couper les rubans et assister aux dîners d'Etat.

— Peut-être, pourtant tu es toujours aussi généreuse, et c'est le principal. Tu as su faire ta place à ta façon, et c'est très bien.

Et, alors que les portes de l'ascenseur allaient s'ouvrir, il ajouta :

— Mesdames ? Vous êtes prêtes ?

Les décorations du hall s'étaient encore enrichies depuis qu'elle était montée dans sa chambre se changer, après sa présentation finale au séminaire. L'orchestre, qui se tenait dans la salle de bal, composé de flûtes, de harpes et de percussions, jouait déjà des airs de Noël. Et puis l'air était empli des odeurs de son enfance, celles du *chalalaka* et des cookies.

Quand elle pénétra dans la grande salle de bal, tous les yeux se tournèrent vers elle et, lorsque les cliquetis des appareils photo se mirent à crépiter, elle sourit avec grâce.

Ce fut alors qu'elle aperçut Rowan. Il se tenait parmi ses confrères et portait un smoking noir. Il était d'une beauté à couper le souffle… Il avait ramené ses cheveux en arrière, et elle resta un moment captive de ses yeux bleus.

L'avait-il remarquée ? Elle l'ignorait, mais elle espérait qu'il n'allait pas venir la saluer. Hélas, il se dirigea soudain droit vers elle.

Tandis que Rowan se plantait devant elle et ses parents, elle crut que son cœur allait cesser de battre.

— Monsieur, dit-il alors à l'adresse de son père, je crois que votre fille et moi devons une danse à la presse.

La presse ? Mais que racontait-il ? Et n'y avait-il plus rien entre eux que des apparences à sauver ?

Comment pouvait-il se tenir devant elle comme si rien ne s'était passé entre eux, comme s'ils ne s'étaient pas donnés corps et âme l'un à l'autre ? Elle eut une furieuse envie de le repousser, mais elle devait briller, ce soir, et elle n'allait pas le laisser lui gâcher la soirée. Puisqu'il insistait, elle allait lui accorder une danse.

Ils s'élancèrent au son d'un *Ave Maria* chanté par une soliste. Déjà, les battements de son cœur redoublaient. Les autres couples qui dansaient s'écartèrent bientôt, les laissant seuls sur la piste, à la merci des appareils photo et des regards curieux.

Pour garder contenance, Mari s'efforça de faire la conversation.

— J'aime beaucoup ce chant.

— Il est de circonstance, répondit-il sobrement, sourcils froncés.

— Comment trouves-tu ma robe ? enchaîna-t-elle, à court d'idée.

— Elle me plaît, mais la femme qui la porte me plaît bien davantage, dit-il d'une voix rauque.

— Dans ces conditions, pourquoi as-tu l'air si sombre ?

— Parce que j'ai hâte que cette semaine épuisante se termine.

— Oh ! fit-elle, tandis que Rowan resserrait son étreinte.

Ils bougeaient en harmonie, avec fluidité, leurs corps s'accordant aussi parfaitement que lorsqu'ils faisaient l'amour.

— Pourquoi as-tu dormi à l'étage en dessous du mien ? questionna-t-il à brûle-pourpoint.

— Rowan ! s'indigna-t-elle. Tu crois vraiment que le problème entre nous, c'est le sexe ?

— Non, mais j'aimerais bien que tu m'expliques quel est le problème, justement !

— C'est ta façon de te fermer aux autres, à moi. En fait, je me suis rendu compte que je mérite mieux. Et toi aussi, tu mérites mieux qu'une relation superficielle !

— Très bien. Je suppose qu'il n'y a rien à ajouter.

A cet instant, le morceau de musique toucha à sa fin, et ils tournoyèrent rapidement jusqu'à ses parents pour s'arrêter devant eux. Prenant la main de Mari, il la tendit à son père.

— Avec tout le respect que je vous dois, Monsieur, prenez mieux soin d'elle, à l'avenir.

Sa mère étouffa un petit rire, tandis que son père levait un sourcil étonné.

— Je vous demande pardon ?

— Soyez plus vigilant sur sa sécurité. Mari est une princesse, elle mérite la protection due à son titre.

Et, après un hochement de tête en guise d'adieu, Rowan pivota sur ses talons et se fondit dans la foule.

Il venait de sortir de sa vie.

Cinq heures plus tard, Mari pressait son oreiller contre sa poitrine, tout en regardant sa mère s'installer dans le lit double, à côté du sien.

— Mère, nous sommes tout de même assez riches pour que tu puisses te permettre de louer une suite, ou au moins une chambre pour toi seule ! dit-elle.

Sa mère roula sur le côté pour lui faire face. Seul le clair de lune éclairait la pièce.

— Je pensais sincèrement que tu partageais la suite du Dr Boothe. Et, même si ton père et moi nous efforçons de faire bonne figure, nous n'avons pas l'intention de partager de nouveau notre lit.

Les rideaux frémirent alors sous la brise en provenance de l'océan, qui portait dans son sillage la musique des tambours jouée par un petit orchestre, sur la plage, à l'attention des couche-tard.

— Rowan et moi ne formons plus un couple, dit-elle sombrement, même si la danse qu'ils avaient partagée la hantait encore. C'était juste… une liaison sans lendemain.

Et les plus beaux jours de sa vie, compléta-t-elle en silence.

— Mari, ma chérie, tu n'es pas le genre de femme à collectionner les liaisons d'un soir, lui rappela sa mère d'un ton affectueux. Pourquoi est-ce que tu le fuis ?

Elle sentit des sanglots lui nouer la gorge.

— Je suis trop bouleversée pour en parler, articula-t-elle.

Comme Mari s'allongeait sur le dos, sa mère vint se rasseoir sur son lit.

— J'ai commis une immense erreur, dans ma vie, quand j'avais à peu près ton âge, commença-t-elle.

— Oui, je sais, tu as épousé papa, j'ai compris.

Etait-il inscrit dans ses gènes qu'elle échouerait dans ses relations ? Ses parents avaient tous les deux déjà divorcé deux fois !

— Non, j'ai épousé un homme que j'aimais, ton père, et en cela, j'ai eu raison. C'est en pensant que je pouvais le changer que j'ai eu tort. Mais je ne crois pas non plus être seule responsable de l'échec de notre mariage. Ton père aussi a cru que je changerais. Pourtant, il aurait dû comprendre que j'étais trop indépendante pour me plier aux règles d'une vie de souveraine. C'était d'ailleurs mon goût de la liberté qui l'avait attiré chez moi. Et je dois reconnaître que le dévouement dont il faisait preuve envers son pays me fascinait.

Qu'est-ce que sa mère essayait de lui dire, au juste ? Au moment où précisément elle avait décidé de changer ! C'était un comble.

— Tu peux t'expliquer plus clairement, maman ?

— Ton père et moi n'étions pas faits l'un pour l'autre, c'est tout. Et nous n'avons pas été de très bons parents. Heureusement, tu es devenue une jeune femme remarquable, ce qui prouve bien que Deen et moi n'avons pas tout raté.

Mari eut soudain très envie de confier à sa mère le conflit qui l'opposait à Rowan, de lui dire combien il lui cachait ses sentiments, alors qu'il lui reprochait précisément de masquer ses émotions...

— Sais-tu combien il est difficile d'être amoureuse d'un saint ? s'écria-t-elle.

Dans l'obscurité, sa mère se leva pour venir s'asseoir à côté d'elle.

— Tu l'aimes ? demanda-t-elle.

— Bien sûr que je l'aime. Seulement, je ne sais pas comment fendre son armure.

— Vous êtes ensemble depuis combien de temps ? Une semaine, c'est ça ? Tu ne trouves pas que tu as renoncé bien vite ?

Mari se raidit.

— Je le connais depuis des années, lui rappela-t-elle, sur la défensive. Et cette semaine a été très éprouvante.

— Alors tu abdiques ? insista sa mère. Je pensais que tu serais plus intelligente que moi. Réfléchis bien, Mari. Et, à présent, bonne nuit.

Mari passa une bonne partie de la nuit à songer aux propos de sa mère, tout en regardant par la fenêtre les lueurs scintillantes dans les palmiers de la plage. Le roulement des vagues qui venaient mourir sur la grève lui rappelait sa croisière avec Rowan. Il avait fait tout ce qui était en son pouvoir pour la réconforter, après le départ d'Issa.

Et elle, quel effort avait-elle fourni pour lui ?

Aucun...

Alors qu'il avait toujours respecté ses opinions, même quand ils étaient en désaccord professionnel, elle lui avait demandé des comptes, au lieu de l'accepter tel qu'il était.

Et n'était-il pas normal que Rowan ait construit des remparts autour de lui, puisque sa famille entière l'avait abandonné ?

Personne ne s'était préoccupé de son bien-être. Evidemment, il avait noué des amitiés à l'école militaire, mais il lui avait avoué qu'il s'était toujours senti différent de ses amis.

A présent, elle aussi l'avait laissé tomber. Il s'était ouvert à elle autant qu'il le pouvait, mais elle l'avait rejeté, prétextant que ce qui lui offrait ne lui suffisait pas. Sans doute parce qu'elle-même avait peur de ne pas représenter assez pour lui...

Mais, à présent, elle comprenait ses erreurs. Forte de la nouvelle confiance qu'elle venait d'acquérir et qui soufflait en elle telle une brise calme et apaisante, elle savait désormais ce qui lui restait à faire.

Oui, il était temps qu'elle se batte pour récupérer l'homme qu'elle aimait, non parce qu'il était un saint, mais en raison de ses sacrées imperfections.

Rowan était heureux de rentrer à la clinique, sur le continent. Depuis qu'il s'était installé en Afrique, c'était ici qu'il avait passé tous ses Noëls, se dédiant aux urgences et laissant aux autres les réunions familiales.

Mais cette année, sans qu'il ne comprenne bien pourquoi, Noël avait un goût amer. Etait-ce la vue des boîtes à présent vides des cadeaux qu'il avait choisis avec Mari qui le rendait nostalgique ?

Inutile de chercher à comprendre, il préférait se noyer dans le travail.

Le combiné coincé contre l'épaule, il écoutait actuellement les dernières nouvelles que lui communiquait Elliot au sujet d'Issa. Son ami enchaîna avec le compte rendu de ses vacances de Noël en Australie.

Assis devant son écran, Rowan étudiait en même temps le dossier d'une jeune mère qui devait quitter la clinique le lendemain avec son bébé. La clinique pédiatrique prenait en charge tous les soins, de la vaccination aux traitements prénataux, y compris le traitement contre le virus HIV. Elle n'était pas très grande, mais disposait d'un matériel efficace et moderne. L'aile droite du bâtiment était dédiée à un hôpital doté de trente lits.

Même s'il était satisfait de son établissement, il déplorait de ne pouvoir agir davantage pour sauver d'autres vies.

L'odeur liée aux désinfectants envahissait ses poumons, tandis qu'il entendait deux infirmières discuter dans leur bureau. A part ça, tout était calme autour de lui.

— Je suis ravi pour toi, dit-il à Elliot. Et, maintenant, je dois te laisser. Mon repas de Noël m'attend.

En réalité, c'était juste un plat à réchauffer au micro-ondes, mais il n'était pas particulièrement affamé. En fait, il ne cessait de penser à Mari dans sa belle robe rouge, une Mari pleine d'assurance, de confiance. Comme il regrettait sa présence…

— Pourquoi est-ce que tu l'as laissée filer ?

Il sursauta. Elliot lisait-il dans ses pensées, à présent ?

— Pardon ?

— Allons, tu sais très bien de qui je parle. Tu es fou d'elle, cela saute aux yeux, et la réciproque est tout aussi évidente.

— Elle ne veut pas que je fasse partie de sa vie, articula-t-il.

La douleur du refus qu'il avait essuyé était encore vive.

— C'est ce qu'elle t'a dit ?

— Oui, à peu de choses près.

— Ecoute, Rowan, tu n'as jamais été très doué pour comprendre les messages subliminaux et…

Rowan plissa les yeux, refermant son ordinateur.

— Je t'assure qu'en l'occurrence j'ai parfaitement saisi le fond de sa pensée, le coupa-t-il.

— Et qu'est-ce que tu comptes faire ? Continuer à souffrir ou bien sortir de ta clinique et aller parler à Mari qui se trouve à l'entrée ?

A l'entrée ?

Il se redressa d'un bond.

— Mais qu'est-ce que tu racontes ? Tu es en Australie ! Comment…

Pourtant, il se précipita à la fenêtre.

— Oui, mais je suis toujours chargé de sa sécurité, comme tu le sais, reprit Elliot. Donc grâce aux renseignements des gardes du corps qui la suivent et aux informations du GPS de sa voiture de location, je suis en mesure de te dire que ta princesse vient d'arriver devant chez toi. Enfin, si ma connexion satellite est bonne, bien sûr...

A cet instant, Rowan distingua un SUV dans l'allée qui menait à la clinique. Etait-il possible que Mari soit derrière le volant ? Qu'elle soit ici ? Chez lui ?

Et, tout à coup, il comprit que son ami ne lui avait téléphoné que pour s'assurer qu'il se trouverait bien au bon endroit au moment opportun.

— Et un dernier petit conseil, Rowan : c'est à toi de lui dire en premier que tu l'aimes, étant donné qu'elle a déjà fait la moitié du chemin en venant jusqu'à toi. Bon Noël, mon frère.

Qu'il l'aimait... ?

Mais bien sûr qu'il l'aimait ! Il la désirait, l'admirait, et il ne comprenait soudain pas pourquoi il ne le lui avait pas dit plus tôt. Heureusement que ses amis le connaissaient mieux que lui-même et qu'ils n'hésitaient pas à lui donner un petit coup de pouce en cas de besoin.

Comme il était reconnaissant à Mari de ne pas avoir renoncé à lui ! Elle l'avait mis au défi, l'avait souvent critiqué, et voilà qu'aujourd'hui elle était là, pour lui...

Il s'élança à toute vitesse hors de son bureau, et ses tennis crissèrent sur les carreaux quand il tourna à l'angle de la terrasse pour bondir vers la grille d'entrée, alors que le soleil commençait à décliner, à l'horizon.

Le SUV était maintenant garé à côté de l'ambulance de la clinique, sous le large karité qui ombrageait la cour. Le toit du véhicule étincelait, tel un paquet de Noël d'où Mari allait bientôt sortir...

Ses longues jambes se matérialisèrent en premier, puis sa silhouette lui apparut. Elle portait un pantalon et une tunique de soie dont l'étoffe épousait délicatement son corps...

Alors soudain, il sentit renaître en lui un espoir fou.

— Tu es venue, dit-il simplement.

— Bien sûr, c'est Noël, aujourd'hui, répondit-elle de la même façon.

Elle s'avança vers lui, avec en toile de fond la nuit africaine, presque aussi magnifique qu'elle. Elle portait les bracelets qu'il lui avait offerts, et qui cliquetaient à son bras.

Elle s'arrêta juste en face de lui, et sa fragrance fleurie et chaude enveloppa d'un coup tout son être.

— Avec qui d'autre pourrais-je me trouver aujourd'hui qu'avec l'homme que j...

Il posa vivement un doigt sur ses lèvres.

— Attends, j'ai quelque chose à te dire, l'interrompit-il. Je t'aime, Mariama Mandara. Et je te désire. Et cela, depuis de nombreuses années. Je promets de faire tout ce qui est en mon pouvoir pour être digne de ton amour.

— Oh ! Rowan, tu représentes déjà l'homme idéal pour moi ! Je t'aime, mon amour...

Un immense soulagement le submergea alors, tandis que ces paroles s'insinuaient au fond de son cœur pour l'éternité. Incapable d'attendre une seconde de plus, il l'étreignit très fort contre lui et l'embrassa avec passion. Elle l'aimait, pensa-t-il encore tout en percevant vaguement des chants de Noël par la fenêtre ouverte.

Mari détacha ses lèvres des siennes et lui sourit.

— J'avais préparé un beau discours que j'ai répété pendant tout le trajet jusqu'ici. Je voulais t'offrir des mots aussi précieux que ce que nous avons partagé.

— J'espère que tu me crois quand je te dis que je t'aime.

Comme il aurait aimé lui exprimer ses sentiments de façon plus romantique !

— Bien sûr, dit-elle en tirant sur les extrémités de son stéthoscope. Tu me l'as prouvé. Seulement, il y avait si longtemps que je n'avais pas écouté la voix de mon cœur. Il me soufflait pourtant que nous étions faits l'un pour l'autre. Pour vivre ensemble.

— Pourquoi avons-nous mis tout ce temps à nous trouver ?

— Parce que nous sommes aussi entêtés l'un que l'autre, sans doute, dit-elle en déposant un bref baiser sur ses lèvres. Et que nous avons besoin de relever des défis. Et tu peux compter sur moi pour te lancer des challenges chaque jour, tout au long de notre vie !

Il la regarda avec intensité, ayant encore un peu de mal à croire à son bonheur.

— Mari, je t'aime depuis si longtemps…

— C'est ce qui me plaît chez toi, répondit-elle, une lueur d'excitation dans les yeux. Que tu aies pu me trouver sexy dans les robes informes que je portais jusqu'ici.

— Pour tout te dire, te retirer tes vêtements est le plus grand plaisir de ma vie.

Et, de nouveau, il l'étreignit étroitement, bien déterminé à ne plus jamais la laisser repartir.

— Eh bien, docteur Boothe, trouvons un endroit privé où tu pourras ouvrir ton cadeau de Noël !

KAREN BOOTH

Le Noël de Miranda

L'ENFANT DE NOËL

Traduction française de
ROSELINE AULIAC

HARLEQUIN

Titre original :
ALL HE WANTS FOR CHRISTMAS

Ce roman a déjà été publié en 2021.

1

Andrew Sterling avait presque oublié à quel point le mois de novembre à San Diego pouvait être agréable. Tandis qu'il descendait la passerelle mobile de son jet Cessna, une brise légère lui ébouriffa les cheveux et le soleil californien lui réchauffa le visage. Au jugé, il devait faire près de 21 °C alors qu'à Seattle, sa ville d'adoption, la pluie et le froid régnaient déjà en maîtres à l'approche de Thanksgiving. De toute évidence, il valait mieux être à San Diego à cette époque de l'année. Mais cette ville lui rappelait trop de mauvais souvenirs : des rêves brisés, des trahisons, un amour perdu et finalement, deux frères divisés pour toujours. Il ne s'y attarderait donc pas malgré la douceur du climat.

Divisés pour toujours. Cette réalité le hantait, car il ne pourrait plus jamais se réconcilier avec son frère. Johnathon était mort il y a trois mois à l'âge de quarante et un ans à la suite d'un malheureux accident. Une balle de golf l'avait atteint en pleine tempe sur un green. Andrew n'avait pas eu le temps de lui dire au revoir. Leur conversation n'aurait pas été facile. Ils auraient eu beaucoup de choses à se dire et encore plus d'excuses à se faire. Mais elle n'aurait pu avoir lieu que si l'état de leur relation à cette date l'avait permis. Or, Johnathon et Andrew ne se parlaient plus depuis un an. Plus grave encore, Andrew avait ourdi un plan pour ruiner l'entreprise de construction de Johnathon, Sterling Enterprises.

Il avait eu de bonnes raisons de chercher à se venger de

son frère mais, aujourd'hui, ces raisons n'avaient plus cours. Johnathon était parti, et Andrew devait stopper son plan funeste. Désamorcer la bombe qu'il avait armée. Cependant quelqu'un d'autre voulait toujours allumer la mèche, un allié d'Andrew pour la circonstance, connu uniquement sous le prénom de Victor. Ledit Victor avait été le grand perdant d'une transaction commerciale de plusieurs millions de dollars qu'il avait passée avec Johnathon, et il n'était pas du genre à pardonner et à oublier. La culpabilité et le regret avaient incité Andrew à mettre un terme à leur projet, mais Victor n'avait pas ce genre de scrupules. Il était impitoyable. À défaut d'exercer sa vengeance sur Johnathon, il était prêt à détruire son héritage. Et c'était pour l'en empêcher qu'Andrew était de retour dans cette ville qu'il avait prise en aversion.

Il traversa le tarmac en direction du SUV avec chauffeur qui l'attendait à Gray Municipal, une piste d'atterrissage très au sud de San Diego, presque à la frontière avec le Mexique. Personne ne s'attendait à ce qu'Andrew arrive à San Diego depuis une localité aussi éloignée et aussi peu attractive. Il y avait plus d'une douzaine d'aérodromes près de San Diego avec de meilleures installations pour remiser son avion. Mais il voulait arriver en ville sans se faire remarquer. C'était le meilleur moyen de surprendre Victor et de le neutraliser.

Il y avait une demi-heure de route jusqu'au US Grant Hotel, véritable institution cinq étoiles dans le centre-ville de San Diego. Mais au lieu de se faire déposer devant l'entrée principale, Andrew passa par le parking de l'hôtel pour emprunter l'entrée privée réservée aux dignitaires et aux chefs d'États. Andrew n'était ni l'un ni l'autre, mais il disposait d'une équipe de sécurité et d'une fortune suffisante pour s'offrir ce traitement préférentiel. Lui et un de ses gardes du corps, Pietro, empruntèrent l'ascenseur jusqu'à la suite présidentielle luxueuse avec ses grandes fenêtres ogivales, son plafond de près de trois mètres de haut et sa décoration impeccable. Non qu'Andrew ait prévu de s'y prélasser. Pietro inspecta le salon avant de se diriger vers la mezzanine abritant la chambre et la salle de bains. En attendant son verdict,

Andrew faisait les cent pas. Il avait hâte de se mettre au travail, de découvrir ce que Victor manigançait puis d'élaborer un plan pour le contrer.

— Tout est en ordre à l'étage, l'informa Pietro. Voulez-vous que j'aille m'assurer que Mme Sterling est en sécurité ?

— Oui, mais soyez discret. Elle n'est pas au courant de la situation.

Andrew eut un pincement au cœur en songeant à Miranda, la veuve de son frère. C'était à cause d'elle qu'il avait décidé de mettre un terme au plan funeste qu'il avait conçu contre Sterling Enterprises et dont elle ignorait tout.

Andrew était allé la voir quelques semaines après la mort de Johnathon, et cette visite ne s'était pas du tout passée comme il s'y attendait. Miranda aurait eu de bonnes raisons d'être furieuse contre lui et de refuser de le recevoir. En effet, il n'avait pas assisté à l'enterrement de Johnathon, trop bouleversé par l'avalanche d'émotions qui l'avait submergé à l'annonce de la mort soudaine de son frère. Mais contre toute attente Miranda lui avait réservé un bon accueil dans sa maison décorée à la perfection. Cela ne l'avait pas empêché de lui reprocher son absence lors des funérailles. Andrew avait tenté de se justifier, mais l'exercice s'était avéré difficile. Puis Miranda avait eu un geste d'une grande générosité qui l'avait touché : elle lui avait pardonné.

Après cette mise au point, Miranda lui avait parlé de sa vie avec Johnathon et surtout de son bébé à naître - l'enfant dont son frère avait appris l'existence sur son lit de mort. Andrew n'avait pas cru à l'image trop policée de son frère que les récits de Miranda lui renvoyaient. Johnathon avait toujours su créer sa propre réalité, déformant les faits de façon à toujours avoir le beau rôle. En revanche, Andrew avait été bouleversé d'entendre Miranda évoquer son avenir et celui de son enfant qui ne connaîtrait jamais son père. Puis, au moment de se séparer, elle lui avait donné l'accolade et l'avait embrassé sur la joue, le considérant comme un membre de la famille. Elle avait posé une main sur son ventre et lui avait dit qu'elle espérait qu'il ferait partie de la vie de son bébé à naître. Encore aujourd'hui, plus de deux mois après leur entrevue, les paroles de Miranda le hantaient. Il avait toujours su que la famille était importante, mais de façon abstraite, sans l'avoir expérimenté par lui-même.

Ce jour-là, sa décision avait été prise. Il était aussitôt retourné à Seattle pour prévenir Victor qu'il n'avait plus aucune raison de se venger de son frère maintenant qu'il était mort, et qu'il mettait donc fin au plan qu'il avait ourdi pour empêcher Sterling Enterprises de remporter un appel d'offres de la mairie concernant le réaménagement de la Promenade portuaire, un vaste espace public surplombant la baie de San Diego. Andrew avait choisi ce projet pour des raisons très personnelles, persuadé que Johnathon avait fait de même. En effet, c'était dans le pavillon dédié aux mariages, situé précisément sur cette Promenade, qu'Andrew avait été abandonné au pied de l'autel par sa fiancée, des années auparavant.

— Surtout, prévenez-moi si vous remarquez quoi que ce soit d'inhabituel, dit-il à Pietro, s'efforçant de chasser les mauvais souvenirs qui menaçaient de le submerger.

— Bien sûr, monsieur.

— J'aimerais qu'avec votre équipe vous continuiez de surveiller la maison de Victor à San Diego, les lieux qu'il a l'habitude de fréquenter ainsi que les aéroports. Tenez-moi au courant s'il donne signe de vie.

— Vous serez le premier informé, monsieur Sterling.

Andrew raccompagna Pietro jusqu'à la porte de sa suite et la verrouilla. Puis il décida d'appeler une dénommée Sandy. À la demande d'Andrew, elle s'était fait engager chez Sterling Enterprises en tant qu'assistante de direction avec pour mission de saboter leur dossier de candidature concernant le réaménagement de la Promenade portuaire en y glissant des erreurs. Sandy avait accepté d'arrêter quand Andrew le lui avait demandé, mais Victor avait réussi à la faire changer d'avis en lui proposant une forte somme d'argent, et elle avait repris son travail de sape, au grand dam d'Andrew.

Comme elle ne répondait pas, il lui laissa un message :

« Sandy, c'est à nouveau Andrew. Cela n'a que trop duré. Vous ne répondez pas quand je vous appelle, et Victor non plus. Il faut absolument arrêter cette machine infernale. Si Victor veut que je le rembourse ou si vous voulez que je rachète votre contrat avec lui, je suis prêt à négocier, mais pour cela, l'un de vous deux doit me rappeler. »

Il répugnait à fixer une limite à ne pas dépasser, mais il tenait au moins à dicter quelques règles du jeu.

« Et ne vous avisez pas, l'un et l'autre, de vous en prendre à Miranda Sterling. Si vous touchez à un seul de ses cheveux, cela changera la donne. Il s'agit uniquement d'affaires, et de rien d'autre. »

Il raccrocha et contempla un instant son téléphone, l'air soucieux. Avait-il commis une erreur ? Dévoilé son jeu en laissant entendre que Miranda comptait pour lui ?

Il s'affala sur le canapé et fourragea dans ses cheveux. Tout se passerait bien. Il le fallait. Pietro et son équipe assureraient à distance la sécurité de Miranda pendant qu'il réglerait le problème avec Victor. Après quoi, il pourrait commencer à tisser une relation avec Miranda et le bébé. Avec un peu de chance, il parviendrait à surmonter la mort de Johnathon, ce frère tant aimé et tant détesté, et à tirer un trait sur un passé douloureux. Pourtant, à cet instant, il avait l'horrible impression que ce passé lui revenait en pleine face, déterminé à le détruire. Mais il ne se laisserait pas abattre. C'était hors de question.

Après une longue journée de travail dans sa société d'architecture d'intérieur, MS Designs, Miranda Sterling avait hâte de rentrer chez elle. Au volant de sa Range Rover, elle anticipait avec délectation son début de soirée consistant en un dîner succulent composé de raviolis au homard préparés par son chef personnel, suivi d'un bain avec bulles dans sa grande baignoire relaxante. La grossesse avait ses avantages, et elle comptait bien profiter de chacun d'eux.

Elle s'engageait dans son allée quand la sonnerie de son téléphone retentit. L'identifiant de l'appelant s'afficha sur son écran : Tara Sterling. Tara était une de ses amies et associées en affaires, mais elle avait aussi été la première épouse de Johnathon, le mari récemment décédé de Miranda. Tara et Miranda se partageaient le bloc de contrôle dans Sterling Enterprises avec Astrid, la deuxième épouse de Johnathon. Celui-ci avait légué ses parts de la société à ses trois épouses, une façon de leur témoigner combien il les avait toutes aimées. Johnathon avait toujours eu le chic pour faire les choses avec éclat.

— Bonsoir, Tara. Je viens d'arriver chez moi. Est-ce important ou pouvons-nous parler plus tard ? Je meurs de faim et j'ai hâte d'enlever ces fichus escarpins.

Miranda se gara dans un des quatre boxes de son garage et coupa le moteur.

— Je viens te voir avec Astrid. Il faut que nous parlions d'Andrew.

Miranda détestait être mêlée malgré elle aux divers incidents survenus dernièrement chez Sterling Enterprises. Tout le monde était convaincu qu'Andrew, le frère de Johnathon, s'ingérait d'une façon ou d'une autre dans les affaires de la société. Miranda n'était pas de cet avis. Certes, les deux frères avaient entretenu une rivalité de longue date, mais lors de sa visite, Andrew lui avait fait bonne impression, loin du portrait diabolique qu'en dressait son entourage.

— Encore ? Nous avons déjà parlé de lui ! J'ai de sérieux doutes à propos de votre théorie. Pensez-vous vraiment qu'il soit à l'origine des nombreuses erreurs qui ont émaillé le montage de notre dossier de candidature concernant le projet de la Promenade portuaire ?

— Oui. Astrid et moi sommes presque arrivées chez toi. Nous en discuterons plus longuement une fois sur place.

Miranda n'aimait pas la façon dont Tara et Astrid s'invitaient chez elle à l'improviste. Comme s'il était évident qu'elle n'avait pas de vie personnelle en dehors de son travail et de son bébé. Cela ne l'empêchait pas d'apprécier Tara et Astrid. Elles étaient devenues de vraies amies, même si le lien qui les unissait sortait de l'ordinaire.

— J'espère que vous aimez les raviolis au homard.

— Tu plaisantes ? On les adore !

Miranda pénétra dans sa maison. Elle ne parvenait pas à surmonter le sentiment de vide que lui inspirait cette immense bâtisse depuis la mort de Johnathon. Sept cent quarante mètres carrés ! Une superficie ridicule pour deux personnes, à plus forte raison pour une seule. Mais elle ne se résolvait pas à s'en séparer, non seulement à cause de la vue imprenable sur le Pacifique, mais aussi parce qu'elle en avait décoré chaque recoin. Cette maison lui procurait du réconfort les jours où elle peinait à s'extirper des profondeurs de son chagrin, et elle lui redonnait de l'espoir chaque fois qu'elle trouvait le courage d'envisager les bonnes choses à venir, notamment Thanksgiving, Noël, puis la naissance de sa petite fille.

Miranda glissa trois portions de raviolis dans le four, se félicitant d'avoir demandé à son chef de prévoir du supplément. Tara et Astrid arrivèrent quelques minutes plus tard.

— Entrez.

Miranda s'écarta pour les laisser pénétrer à l'intérieur.

Tara, avec sa chevelure blonde impeccablement coupée au carré et sa démarche résolue s'avança la première, suivie d'Astrid, ancienne *top model* à la silhouette svelte et adepte d'une beauté naturelle. Tandis que Miranda refermait la porte d'entrée, elle ne put s'empêcher de remarquer qu'elle était la plus petite des trois, surtout sans ses escarpins. Certes, avec son mètre soixante-quinze elle était bien proportionnée, mais ses deux amies la dominaient.

Astrid lui donna une chaleureuse accolade.

— Comment te sens-tu ? Tout va bien ?

Astrid montrait toujours beaucoup d'enthousiasme pour le bébé à naître, même si elle n'avait pas pu avoir d'enfant à l'époque où elle était mariée avec Johnathon. Maintenant qu'elle était fiancée à Clay, le frère de Miranda, celle-ci se demandait si elle ferait une nouvelle tentative de fécondation *in vitro* ou si elle choisirait de devenir une maman à part entière pour Delia, la fille de Clay.

— Oui, je vais bien, sauf que j'ai tout le temps faim.

Miranda les invita à traverser le salon spacieux pour accéder à la cuisine d'où s'échappaient de divins effluves.

— Par chance, les raviolis seront prêts dans une quinzaine de minutes. En attendant, que diriez-vous d'un verre de chablis ?

Miranda sortit une bouteille de sa cave à vins nichée dans l'îlot central.

— Volontiers, répondit Astrid, s'installant sur un tabouret de bar.

— Moi aussi, j'en veux bien un. Mais je souhaiterais que nous commencions à parler d'Andrew sans attendre.

Miranda déboucha la bouteille.

— Entendu. Je t'écoute.

— Il est de retour en ville. Une de mes amies l'a aperçu au US Grant Hotel. Nous ne pouvons pas attendre de voir ce qu'il tentera la prochaine fois, insista Tara.

Puis elle rappela à Miranda les méfaits qu'elle attribuait à Andrew, notamment la subornation d'une personne employée à la mairie afin qu'elle fournisse des informations erronées à l'équipe de Sterling au sujet des clauses techniques de l'appel d'offres.

— Nous devons passer à l'offensive.

Miranda remplit deux verres de vin, luttant contre le sentiment de frustration qui s'emparait d'elle à cet instant. Elle avait passé un peu de temps avec Andrew quand il était venu à San Diego quelques semaines après la mort de Johnathon. Il n'était sans doute pas parfait, mais il ne lui avait pas fait l'effet d'un être foncièrement mauvais.

— Je ne comprends pas ce que je viens faire dans cette histoire. Je ne travaille même pas chez Sterling.

— C'est pourquoi tu es la candidate parfaite. Il ne te soupçonnera pas, expliqua Tara.

— En outre, tu entretiens de bonnes relations avec lui alors que nous le connaissons peu, voire pas du tout, ajouta Astrid.

Miranda ne le connaissait pas aussi bien que le prétendait Astrid. Une chose était certaine, il n'avait pour ainsi dire jamais fait partie de la vie de Johnathon durant les trois mariages de ce dernier. Et Miranda était la seule à avoir eu affaire à lui récemment. Elle se targuait d'être bon juge de caractère et une part d'elle ressentait le besoin de le disculper des soupçons de malveillance qui pesaient sur lui.

— Qu'attendez-vous de moi, au juste ?

— Appelle-le, propose-lui de le rencontrer et essaie de découvrir ce qu'il manigance.

— Il m'a dit qu'il me contacterait s'il revenait à San Diego, déclara Miranda. Or, il ne l'a pas fait. Il doit avoir ses raisons. Peut-être ne souhaite-t-il pas me voir.

Pourquoi cette pensée l'ennuyait-elle autant ?

— Ou peut-être peaufine-t-il son plan. La mairie attribuera le contrat de la Promenade portuaire dans quelques semaines. S'il a l'intention de nous empêcher de le remporter, c'est maintenant qu'il doit agir.

Miranda secoua la tête, exaspérée.

— Vous déraisonnez ! Je ne le crois pas capable d'une telle vilenie.

— Peut-être n'en as-tu pas envie, répondit Astrid, allongeant le bras par-dessus le comptoir et effleurant les doigts de Miranda. Moi non plus, je ne voulais pas le croire, mais tous les indices convergent vers lui. Je sais que c'est difficile. Il est notre seul lien vivant avec l'homme que nous avons aimé toutes les trois.

Justement. C'était une bonne raison pour accorder le bénéfice du doute à Andrew, songeait Miranda. À moins qu'elle ne soit naïve. Certes, Johnathon lui avait parlé d'actes cruels et malveillants qu'Andrew avait commis à son encontre, mais elle était certaine que Johnathon lui avait rendu coup pour coup. Il n'était pas homme à laisser un affront impuni.

Quoi qu'il en soit, Miranda voulait éclaircir cette histoire de prétendue ingérence dans les affaires de Sterling. Si Andrew était innocent, elle voulait être en mesure de l'affirmer avec certitude. Elle voulait aussi que son enfant connaisse le plus grand nombre de membres de sa famille. Miranda et son frère Clay n'avaient aucun souvenir de leur père. Elle ne pourrait pas épargner ce chagrin à sa fille, mais peut-être serait-il moindre si l'enfant était en mesure de tisser des liens avec son oncle paternel.

— Entendu. Je l'appellerai.

— Vraiment ?

Visiblement, Tara s'était attendu à plus de résistance.

— Oui. Je souhaite dissiper toute équivoque afin que nous puissions tous aller de l'avant.

Disant cela, elle récupéra son téléphone sur le comptoir et rechercha le numéro d'Andrew dans ses contacts.

Il répondit après la deuxième sonnerie.

— Miranda ?

Elle sentit un frisson d'excitation lui parcourir le dos en entendant la voix d'Andrew. La faute à ses fichues hormones de grossesse. Tournant le dos à Tara et Astrid, elle alla se poster près de la cuisinière, à l'autre extrémité de la pièce.

— Bonsoir, Andrew. Comment vas-tu ?

— Bien. Et toi ? Je ne m'attendais pas à ton coup de fil.

De nouveau, sa voix était chaude et apaisante, comme le bain relaxant dont elle rêvait.

Miranda ferma les yeux, mal à l'aise, car ce qu'elle allait dire risquait de la faire passer pour une harceleuse.

— J'ai entendu dire que tu étais en ville.

Le silence qui s'éternisa à l'autre bout du fil lui fit craindre une coupure de la communication.

— Qui t'a prévenue ?

Cette fois, son ton était froid et crispé. Plus du tout apaisant.

Ne pouvant pas mettre en cause Tara ou Astrid, elle inventa une excuse.

— Une de mes amies t'a aperçu. Elle est d'un naturel curieux. Elle a dû penser que nous nous verrions durant ton séjour.

Elle ne put s'empêcher de tiquer devant sa propre audace.

— Je suis en ville pour affaires. J'envisageais de t'appeler si j'avais un moment de libre.

— Oh ! bien sûr.

Miranda jeta un coup d'œil par-dessus son épaule en direction de Tara et d'Astrid, perchées au bord de leurs sièges et suspendues à ses paroles. Elle s'était mis une sacrée pression sur les épaules.

— Combien de temps vas-tu rester en ville ?

Andrew s'éclaircit la gorge, visiblement pris de court.

— Pas longtemps.

— Accepterais-tu de dîner avec moi ?

C'était l'invitation logique pour Miranda, la nourriture étant devenue une obsession depuis qu'elle était enceinte.

— Aussi occupé soit-il, un homme doit se nourrir, non ? plaisanta-t-elle.

— Sans doute.

— J'ai récemment refait la décoration intérieure d'un grill à Harbor Island. Il possède une vue splendide sur la baie. Mais je n'ai pas encore eu l'occasion de voir le restaurant la nuit.

— Hum. Oui. Je peux me libérer.

Elle crut déceler une certaine réticence dans l'intonation d'Andrew, comme si elle lui forçait la main. Tara et Astrid auraient-elles raison ? Miranda se trompait-elle sur le compte d'Andrew ? Apparemment, elle le découvrirait bientôt.

— Que dirais-tu de demain soir ? 19 heures ?

2

L'estomac noué, Miranda confia les clés de son véhicule à un voiturier du grill Harbor Prime. Elle était en proie à la nervosité depuis son coup de fil à Andrew, la veille, car elle était sur le point de faire un numéro de haute voltige sans filet de sécurité. Tara et Astrid attendaient des réponses d'Andrew à des questions très difficiles alors que Miranda voulait continuer à tisser un lien authentique avec lui. Deux objectifs diamétralement opposés. Comment était-elle censée soutirer des informations sensibles à Andrew tout en évitant de couper les ponts avec lui ? Elle l'ignorait, mais elle était sûre d'une chose : elle ferait de son mieux pour concilier ces deux objectifs.

Elle pénétra à l'intérieur du restaurant, ravie des résultats de la rénovation qu'elle avait menée à bien. Elle n'aimait pas se vanter, mais elle était en droit d'admettre qu'elle avait fait de l'excellent travail chez Harbor Prime. Les poutres en bois repeintes en noir barrant le plafond élevé soulignaient l'architecture insulaire du bâtiment. Les sièges des alcôves étaient recouverts d'un tissu splendide aux motifs botaniques dans les tons marron et vert. Bien sûr, Miranda n'était pour rien dans la caractéristique la plus remarquable du restaurant, à savoir la vue. Le mur du fond était percé de baies vitrées qui mettaient en valeur la vue fabuleuse donnant sur la baie, la ligne de toits et les lumières de la ville en arrière-plan.

— Bonsoir, madame Sterling.

L'hôtesse contourna son bureau pour serrer la main de Miranda.

— Je suis ravie que vous vous joigniez à nous, ce soir.

— Moi aussi, j'ai enfin l'occasion de voir les résultats de la rénovation avec l'éclairage nocturne.

Miranda jeta un regard circulaire dans la salle, mais n'aperçut pas Andrew.

— Nous vous avons choisi une table très bien située pour profiter de la vue magnifique.

— Merci. La personne avec qui j'ai rendez-vous ne semble pas être arrivée.

Miranda se sentait stupide de parler ainsi d'Andrew, mais c'était la première chose qui lui était venue à l'esprit.

— En réalité, M. Sterling est arrivé depuis dix minutes. Je l'ai installé à votre table. Par ici, je vous prie.

Miranda la suivit à travers la salle qui fleurait bon les arômes de la bonne chère et qui bruissait des conversations de dîneurs satisfaits sur fond sonore musical. Tandis qu'elles contournaient un groupe d'alcôves, Miranda aperçut Andrew de profil, le regard tourné vers la mer. Un frisson d'excitation la parcourut, ne contribuant nullement à calmer ses nerfs à vif. Pourquoi lui faisait-il cet effet ? Était-ce dû aux hormones de la grossesse ? À moins que son cœur ne lui rappelle qu'il était étroitement lié à l'homme qu'elle avait aimé et perdu.

À leur approche, Andrew tourna la tête vers elle et riva son regard intense au sien tout en esquissant un sourire réservé. Puis il se leva et ouvrit grand les bras, une invitation qu'elle accepta avec gratitude.

— Miranda, c'est si bon de te revoir, murmura-t-il dans ses cheveux.

Son étreinte était chaleureuse et réconfortante, et une part d'elle rêvait d'y demeurer pendant des heures. Cela faisait une éternité qu'elle ne s'était pas sentie aussi bien.

— Moi aussi, je suis contente de te revoir.

Andrew la relâcha et se recula, son regard s'attardant sur son ventre.

— Le bébé a profité depuis la dernière fois que je t'ai vue.

Miranda résista à l'envie de passer ses mains sur son ventre.

Son état ne se remarquait pas beaucoup, et elle n'aimait pas s'appesantir sur les changements de son corps. Sa situation de veuve la rendait vulnérable, et sa grossesse ne faisait que renforcer ce sentiment.

— J'en suis à un peu plus de la moitié de ma grossesse.

— Cela te va bien. Tu es splendide.

Andrew s'empressa de tirer une chaise pour qu'elle prenne place.

Miranda lui sut gré de son geste galant et de ses paroles affables. C'était si bon d'être choyée.

— La flatterie mène à tout, plaisanta-t-elle.

— Je saurai m'en souvenir.

Il eut un sourire amusé et s'assit en face d'elle.

— Je n'ai pas encore commandé de boisson, mais j'ai demandé au serveur de t'apporter de l'eau. J'ignore si elle est filtrée. Peut-être vaudrait-il mieux commander de l'eau en bouteille. Je crois savoir que les femmes enceintes font très attention à leur nourriture et à leur boisson.

Il était tellement attentionné ! Comment pouvait-on le soupçonner d'avoir des intentions malveillantes ?

— Merci, c'est très bien ainsi.

Elle but une gorgée, et sa nervosité s'apaisa peu à peu. Elle sourit, incapable de s'empêcher de l'admirer et de remarquer les ressemblances et les dissemblances avec son frère. Il était remarquablement beau, comme Johnathon, avec des cheveux châtain foncé ébouriffés, mais ses yeux étaient d'une nuance de vert plus complexe, tirant sur le bleu, et son ombre de barbe était plus fournie. Cependant, ce qui les différenciait le plus, c'était l'attitude réservée d'Andrew. Il ne cherchait pas à être le centre de toutes les attentions, contrairement à Johnathon qui avait toujours fait en sorte d'être le soleil autour duquel les autres gravitaient.

Le serveur vint prendre leurs commandes de boissons - un jus de cranberry et de l'eau de Seltz avec une rondelle de citron pour Miranda, et un bourbon sec pour Andrew, ravi que l'établissement ait sa marque préférée, Michter.

— Tu ne le bois pas *on the rocks* ? demanda Miranda.

— Non, pas celui-ci. Il résulte de l'assemblage de quelques fûts. Il est trop délicieux pour être dilué.

— Je vois.

Le regard d'Andrew s'attardait sur elle et, l'espace d'un instant, elle le soutint hardiment, ne serait-ce que pour tenter d'y découvrir des indices sur sa véritable personnalité et sur ses intentions. Johnathon lui avait raconté tellement d'histoires à son sujet, qui le dépeignaient toutes sous un jour défavorable. Pourtant, alors qu'il se tenait en face d'elle, elle avait du mal à l'imaginer commettant des actes horribles ou se comportant de façon sournoise. Elle finit par détourner les yeux en sentant la nervosité la gagner à nouveau. Par chance, le serveur leur apporta les boissons.

— À ta santé, déclara Andrew en levant son verre.

— À la famille, répondit-elle.

De fait, elle avait très envie de renoncer à la véritable raison de sa visite. Ce dîner était l'occasion idéale de tisser un lien avec lui et non de lui soutirer des informations.

Il ferma les yeux quelques secondes, savourant sa gorgée de bourbon, puis il reporta à nouveau son regard sur elle. Il la fixait avec une telle intensité qu'elle avait l'impression d'être un spécimen rare étudié au microscope. Que voyait-il quand il la contemplait ainsi ? Une amie ? Ou simplement une belle-sœur qu'il se sentait obligé de fréquenter ? Le fait qu'il ne l'ait pas informée de sa présence en ville semblait suggérer qu'elle n'était pas sa priorité du moment. Et elle ne pouvait pas ignorer qu'il avait hésité avant d'accepter son invitation.

Andrew ouvrit la carte des plats.

— Que me conseilles-tu ?

Miranda reporta son attention sur son sujet favori du moment : la nourriture.

— Tout est bon. En entrée, ils proposent une excellente salade composée accompagnée de petits pains chauds. En plat principal, les steaks sont fabuleux et préparés à la perfection. Quoi que tu choisisses, tu ne peux pas te tromper.

Il hocha la tête et referma la carte.

— Très bien. As-tu choisi ? Nous pourrions commander.

— Es-tu pressé ?

— J'ai une affaire dont je dois m'occuper en fin de soirée.

— Cela me convient. La nourriture est ma priorité, en ce moment.

Elle se mit à rire.

— Je ne pense qu'à cela. Manger et dormir.

Aussitôt, il se retourna pour faire signe au serveur.

— Tu as besoin d'être choyée. Comme mon frère n'est plus là pour s'occuper de toi, je le ferai à sa place.

À ces mots, Miranda se sentit soudain désemparée. Elle avait l'impression de partir à la dérive, livrée à elle-même. C'était un sentiment familier depuis la mort de Johnathon, et elle espérait ne pas avoir à vivre avec toute sa vie.

Andrew tendit le bras par-dessus la table et s'empara de la main gauche de Miranda. Sa paume chaude recouvrit ses doigts, y compris l'annulaire orné de son alliance et de sa bague de fiançailles.

— Je suis désolé. Je n'aurais pas dû dire cela. Ma remarque était totalement dépourvue de tact.

— Andrew, tout va bien. Toi aussi tu as perdu un être cher.

Le serveur arriva à leur table.

— Êtes-vous prêts à commander ?

Andrew consulta Miranda du regard.

— Prête ?

— Oui. Absolument.

Elle fit part de ses choix, un peu ragaillardie à l'idée des mets succulents qu'elle allait déguster.

Andrew l'imita, et le serveur s'éloigna, les laissant seuls.

Miranda se sentit de nouveau nerveuse à la pensée de la mission qu'elle s'était fixée. Elle voulait clarifier au plus vite la question de l'ingérence supposée ou réelle d'Andrew dans les affaires de Sterling Enterprises afin qu'ils puissent ensuite apprécier tranquillement leur repas ensemble. Hésitant sur la façon d'aborder ce sujet ô combien délicat, elle opta pour l'approche directe.

— Maintenant que nous pouvons discuter de vive voix, j'aimerais clarifier un point avec toi.

Elle s'agita sur son siège, soudain gênée au moment de formuler sa question. *Allons, débarrasse-toi du problème une fois pour toutes.*

— Es-tu revenu en ville parce que tu t'intéresses au projet de la Promenade portuaire ?

Le bourbon Michter de vingt ans d'âge n'était pas censé être avalé d'un trait, mais savouré lentement. Pourtant, Andrew songea à vider son verre cul sec, ne serait-ce que pour calmer ses nerfs à vif et réfléchir à la réponse la plus appropriée. Hélas, la question de Miranda le déstabilisait tandis que sa beauté le déconcentrait. Ses prunelles d'une riche couleur chocolat étaient fascinantes malgré la lueur d'incertitude qui s'y reflétait. Sa chevelure brune et soyeuse encadrait son visage sans défaut et retombait sur ses épaules en une cascade luxuriante. Ce n'était pas étonnant que Johnathon ait été attiré par elle. Andrew n'arrivait pas à en détacher son regard. Pourtant, il le fallait. Elle était la veuve de son frère et, à ce titre, inaccessible.

Il ne pouvait pas ignorer plus longtemps sa question ni feindre la surprise devant sa perspicacité. Ce serait faire injure à son intelligence car, selon ses informations, elle jouait un rôle actif dans Sterling Enterprises maintenant qu'elle détenait une participation directe dans la société de son défunt mari. Une part de lui avait envie de passer sous silence son projet de vengeance jusqu'à ce qu'il puisse neutraliser Victor et arrêter la machine infernale qu'il avait mise en route. Mais l'autre part de lui en avait assez de vivre avec le poids des secrets et de la culpabilité.

— Que sais-tu exactement ? demanda-t-il, cherchant à gagner du temps.

— Qu'es-tu disposé à me dire ?

Il faudrait des heures à Andrew pour qu'il lui détaille tous ces petits incidents survenus entre Johnathon et lui depuis l'enfance, et dont l'accumulation avait finalement abouti à sa décision de contrecarrer les projets de Sterling. Mais ce dîner n'était pas le cadre idéal pour exposer ses multiples griefs à Miranda.

— Je me suis effectivement intéressé au projet de la Promenade portuaire afin d'empêcher Johnathon de remporter l'appel d'offres lancé par la mairie.

— Je vois.

Elle but une gorgée de sa boisson et passa ses doigts fuselés autour du pied de son verre avant de le reposer sur la table. Tout était séduisant chez Miranda, mais ses mains avaient quelque chose d'enchanteur.

— Veux-tu dire que tu t'es personnellement employé à faire échouer notre dossier de candidature ?

— Oui. C'était mon idée.

Elle prit une profonde inspiration, s'efforçant visiblement de garder son sang-froid.

— Pourquoi as-tu fait une chose pareille ? À ton propre frère ?

Sa voix tremblait légèrement, mais son attitude demeurait résolue. Elle ne le lâcherait pas tant qu'il ne lui fournirait pas les informations qu'il avait pris tant de soins à dissimuler.

— Johnathon a dû te parler de notre relation. Il a dû te dire à quel point il me détestait.

— Il m'a expliqué que vous ne vous entendiez pas. Que tu étais capable de fourberies, ce que j'ai eu du mal à croire après notre première rencontre, quand nous avons eu l'occasion de nous parler.

Il n'en revenait pas qu'elle lui ait accordé le bénéfice du doute. Personne ne l'avait jamais fait. Lui-même ne se cherchait pas d'excuse. Cela aurait été stupide.

— Pourtant, c'est vrai. Il m'est arrivé de mal agir.

— Et moi qui t'ai défendu auprès des responsables de Sterling. Ne me dis pas que je me suis trompée sur ton compte !

Ainsi, Miranda n'était pas la seule à avoir des soupçons à son sujet.

— Je ne t'ai jamais donné de raisons de me faire confiance.

— C'est faux. Nous avons eu une merveilleuse conversation

le soir où tu es venu me voir, quelques semaines après la mort de Johnathon. Je ne savais pas à quoi m'attendre à ton sujet, mais tu avais l'air sincèrement bouleversé par sa disparition.

Les souvenirs de ce fameux soir déferlèrent dans sa mémoire. Cette première rencontre avec Miranda l'avait profondément marqué. Il était allé la voir en s'attendant à ce qu'elle l'accable de reproches ou le jette dehors. Après tout, il s'était conduit de façon impardonnable en n'assistant pas aux funérailles de Johnathon. Mais il avait été incapable d'affronter la disparition brutale de ce frère qui avait occupé tant de place dans sa vie, qu'il avait aimé et haï, et qu'il ne reverrait plus jamais.

Finalement, pris de remords, il était allé trouver Miranda pour lui présenter ses condoléances. Il avait été sous le choc en apprenant qu'elle était enceinte. Non seulement cet enfant - son futur neveu ou sa future nièce - ne connaîtrait jamais son père, mais Andrew s'apprêtait à lui rendre la vie encore plus difficile en cherchant à salir la réputation de Johnathon et celle de son entreprise. C'est à ce moment-là qu'il avait décidé de stopper son plan.

— J'ai perçu ton chagrin, ce soir-là, quand nous avons parlé de Johnathon, poursuivit Miranda. Quoi qu'il se soit passé entre vous deux, je suis certaine que vous vous aimiez. C'est tout ce qui m'importe.

Avait-elle raison ? Il n'en était pas aussi sûr. Pour l'instant, il s'inquiétait davantage de la présence d'un homme au bar qui jetait de fréquents coups d'œil dans leur direction. L'obstination de Victor à poursuivre leur plan initial l'incitait à la plus grande vigilance.

— Je regrette d'avoir échafaudé ce plan. J'avais mes raisons, mais elles n'ont plus d'importance, maintenant.

Il se renversa contre le dossier de son siège et but une autre gorgée de son bourbon.

— Si j'avais pu prévoir la fin tragique de mon frère, je n'aurais jamais mis en place cette machination.

La première surprise passée, Miranda parut réfléchir à ce qu'il venait de dire. Puis le serveur apporta leurs salades accompagnées des fameux petits pains. Elle partagea aussitôt le sien, le beurra et mordit dedans avec délectation avant de lécher sa lèvre inférieure où demeurait accrochée une miette de beurre. Fasciné par cette vision, Andrew eut le plus grand mal à détacher son regard de sa bouche pulpeuse.

— Cette conversation me rend anxieuse. Heureusement qu'il y a la nourriture pour me revigorer, remarqua Miranda.

Il en convenait, les petits pains, chauds et réconfortants, constituaient un répit bienvenu dans cette confession à haut risque.

— Écoute, poursuivit-elle. Je ne vais pas t'obliger à me raconter tous les différends que tu as eus avec Johnathon. À l'évidence, tu ne tiens pas à en parler, et ton frère n'est plus là pour se défendre. Il me paraît donc plus sage de laisser ce sujet de côté. Mais il y a une chose à laquelle je tiens. C'est que tu arrêtes de t'ingérer dans les affaires de Sterling Enterprises.

— C'est mon intention, mais les choses ne sont pas aussi simples.

De nouveau, l'homme installé au bar jeta un coup d'œil dans leur direction. Andrew était tenté de demander à Miranda si elle le connaissait, mais il craignait de l'inquiéter outre mesure. Si la situation devenait dangereuse, il renforcerait le dispositif de sécurité autour d'elle.

— Selon moi, elles sont on ne peut plus simples. Tu es mon seul lien vivant avec Johnathon. Le seul parent biologique de mon bébé à naître du côté paternel. Je tiens à ce que tu fasses partie intégrante de la vie de ma fille. Encore faut-il que tu cesses de menacer ses droits essentiels avec le plan odieux que tu as mis en route.

— Tu attends une fille ?

— Oui.

Un sourire radieux s'épanouit sur son beau visage.

Chaque minute qu'il passait avec Miranda contribuait à alourdir le poids de sa culpabilité. Dans son esprit, sa future nièce devenait bel et bien réelle. Lui faire du mal était impensable. Et voici que sa mère l'invitait à faire partie intégrante de leurs vies alors qu'elle avait toutes les raisons d'être furieuse contre lui ! Une telle générosité le bouleversa.

— C'est précisément pour le stopper que je suis venu à San Diego.

— Alors, fais-le, et vite, déclara Miranda, péremptoire.

Le repas était délicieux, mais Andrew avait perdu l'appétit.

— Le problème, c'est que je n'ai pas agi seul. Pour la circonstance, j'ai fait alliance avec un dénommé Victor. Tu dois comprendre que Johnathon avait beaucoup d'ennemis, et Victor était l'un des plus acharnés. Il a aussitôt accepté ma proposition. Quand Johnathon est mort, j'ai prévenu Victor que nous devions tout arrêter. Mais il a refusé. Et maintenant il poursuit notre plan en solo en se cachant Dieu sait où. Il faut donc que je commence par le localiser si je veux le convaincre d'arrêter.

L'incompréhension se peignit sur le visage de Miranda.

— S'il est ici, à San Diego, laisse-moi lui parler. Je peux me montrer très persuasive.

Andrew n'en doutait pas un instant. Dans d'autres circonstances, la propension de Miranda à faire confiance à son prochain l'aurait fait sourire. Elle était courageuse, mais terriblement naïve. Il était hors de question qu'il la laisse s'approcher de Victor, surtout dans son état.

— Je suis le seul à pouvoir l'arrêter.

Il remarqua à nouveau que l'homme du bar regardait dans leur direction. À en juger par son insistance, il ne se trouvait pas là par hasard. Il devait manigancer quelque chose.

— C'est le genre de remarque que Johnathon aurait faite. Tu as tort de ne pas me laisser t'aider. Je suis concernée, moi aussi.

— Je t'en prie, Miranda, n'insiste pas. C'est une affaire entre Victor et moi.

Et le fantôme de ton défunt mari.

— Je devrai sans doute le dédommager d'une façon ou d'une autre, mais je réussirai à le persuader. Je te le promets.

Miranda secoua la tête tout en savourant une bouchée de son steak.

— Je ne comprendrai jamais les jeux dangereux auxquels les hommes se livrent dans le domaine des affaires, surtout quand ils ont déjà amassé une fortune. Ne peuvent-ils pas se satisfaire de ce qu'ils ont ?

Elle avait raison sur toute la ligne. Si seulement il avait eu une Miranda dans sa vie pour le guider et le maintenir sur le droit chemin, les choses auraient pu être différentes. Mais contrairement à Johnathon, Andrew n'avait pas eu de chance en amour.

— Nous, les hommes, sommes ridicules, n'est-ce pas ? Nous amassons des jouets mais ne voulons pas les partager.

— Exactement. Johnathon était ainsi fait. Toujours à l'affût de la prochaine compétition. Il prenait un malin plaisir à battre ses concurrents à plate couture.

Andrew était bien placé pour le savoir. Il avait fait les frais de cette compétition acharnée entre eux un nombre incalculable de fois.

— Mon frère était très bon à ce petit jeu de massacre. C'est difficile d'arrêter quand on excelle dans un domaine.

— Peut-être. Il n'empêche que je ne comprends pas ce besoin de se monter impitoyable.

— Parce que tu es gentille et généreuse. Tu ne peux pas savoir à quel point je suis heureux que tu me proposes de faire partie de ta vie et de celle de ton bébé !

— J'attache une très grande importance à la famille, et la mienne est très restreinte. Voilà pourquoi je tiens à garder des liens avec chacun de ses membres.

Non seulement elle était belle, mais elle avait un cœur pur. Il n'était pas sûr de mériter d'être assis à la même table qu'elle, encore moins de faire partie de sa vie.

— Je comprends. Je suis dans la même situation.

— Voilà pourquoi nous devons nous serrer les coudes. Et ce, dès maintenant. Ta place n'est pas à l'hôtel. En tant que membre de la famille, tu dois t'installer chez moi.

À ces mots, son pouls s'affola, faisant battre son sang à ses tempes. Il était hors de question qu'il cohabite avec Miranda. Sa proximité physique le déconcentrerait dans la mission qu'il s'était fixée.

— Je te remercie, mais non.

— Tu m'opposes une fin de non-recevoir ?

Je te protège de moi.

— Je ne veux pas te déranger.

— Tu ne me déranges pas. Je me sens seule et triste dans cette grande maison vide. Tu me rendrais service en t'y installant. Je serais vraiment ravie d'avoir de la compagnie.

Andrew cherchait désespérément un autre argument à lui opposer. Il luttait déjà contre une attirance inappropriée. Passer plus de temps avec Miranda ne ferait qu'aggraver les choses.

Le serveur apparut opportunément à leur table.

— Avez-vous terminé ?

— Moi, oui. J'ai tout mangé. C'était délicieux.

Puis elle désigna l'assiette d'Andrew à moitié pleine.

— Tout va bien ?

— Oui. J'ai été trop accaparé par notre conversation pour faire honneur au repas.

— J'ai un gâteau au chocolat à vous offrir de la part d'un client assis au bar, annonça le serveur.

Aussitôt, Miranda se retourna, un sourire aux lèvres, pour adresser un signe de remerciement à ce généreux client, mais elle laissa retomber son bras, dépitée.

— Oh ! quel dommage. Il a dû partir.

— As-tu vu quelqu'un que tu connaissais ? demanda Andrew, espérant qu'elle lui répondrait par l'affirmative.

— Non. Mais que cela ne nous empêche pas de manger le gâteau.

Un frisson glacé le parcourut. Il avait trouvé cet homme suspect. Et s'il était envoyé par Victor pour lui faire savoir qu'il se trouvait dans les parages ? Mieux valait qu'il garde ses soupçons pour lui.

— Tu as raison.

Une fois le serveur parti, Andrew termina son bourbon. Avec l'aide de Pietro et de son équipe, il se chargerait de Victor. Alors pourquoi se sentait-il aussi nerveux ? Sans doute à cause de la jeune femme enceinte assise en face de lui.

— Eh bien ? Que penses-tu de mon invitation à t'installer chez moi ? demanda Miranda.

Andrew le savait, ce n'était pas une bonne idée. Il se sentait déjà extrêmement coupable d'avoir ourdi ce plan pour nuire aux intérêts de Sterling Enterprises. Il avait promis à Miranda de réparer ses erreurs. Mais sa tâche risquait de devenir plus compliquée s'il devait aussi lutter contre son attirance pour la femme de son défunt frère.

Allons, l'heure n'était pas aux tergiversations. Sa priorité était de protéger Miranda. Johnathon n'en attendrait pas moins de lui.

— C'est d'accord. J'accepte ton invitation.

3

— Comment ça ? Il emménage avec toi ? Dans ta maison ? s'exclama Tara à l'autre bout du fil.

La série de questions fit tiquer Miranda. Tout était négatif. L'intonation. Le volume sonore. Le sous-entendu.

— Il n'emménage pas avec moi. Il va demeurer chez moi pour quelques nuits. Ces choses-là arrivent fréquemment dans les familles. Cela s'appelle l'hospitalité.

Miranda regardait par la fenêtre, guettant l'arrivée d'Andrew.

— Il ne fait pas partie de ta famille.

— Bien sûr que si ! C'est le frère de Johnathon. Il aura un lien biologique avec mon enfant. C'est cela, la famille.

Elle remit le rideau en place et alla s'asseoir dans le salon.

— Les membres d'une famille se serrent les coudes. Ils assistent aux funérailles de leurs proches, riposta Tara.

— Lui et Johnathon s'étaient perdus de vue. Ces choses-là arrivent. Plutôt que d'en vouloir ma vie durant à Andrew pour les fautes qu'il a commises, je préfère aller de l'avant. Et puis sa présence me réconforte. J'en ai besoin après ce que j'ai enduré.

De fait, la perte de son mari alors qu'elle venait de tomber enceinte de leur enfant avait été une épreuve extrêmement douloureuse. Ce qui l'avait sauvée du désespoir, c'était la perspective de la naissance prochaine de son bébé.

— Il n'empêche que Grant et moi sommes très inquiets.

Ce n'était pas surprenant que le fiancé de Tara réprouve

la décision de Miranda puisqu'il avait été le plus vieil ami de Johnathon.

— Non seulement tu permets à l'homme qui a conçu un plan pour nuire à Sterling Enterprises de s'installer chez toi, mais il accepte l'invitation. Que manigance-t-il ?

Miranda exhala un soupir. Elle faisait confiance à Andrew. Tant pis si les autres la jugeaient déraisonnable ou naïve. Elle pourrait au moins se dire qu'elle avait tenté de tisser un lien avec lui.

— Ainsi que je te l'ai expliqué, il est en ville pour débusquer ce dénommé Victor.

— Grant ignore qui est ce Victor. Pourtant, il est au courant de toutes les affaires que Johnathon a traitées et il connaît toutes les personnes qui auraient eu des raisons de le détester. Pour tout te dire, il est persuadé qu'Andrew ment.

Miranda n'était pas le genre de femme à se persuader de choses qui n'étaient pas vraies. Pourtant, elle décelait des qualités chez Andrew que les autres ne voyaient pas. Peut-être lui incombait-il d'en faire prendre conscience à son entourage.

— Andrew n'a pas tenté de nier qu'il avait conçu un plan contre Sterling. Il m'a tout avoué et s'est excusé. Pourquoi se comporterait-il ainsi s'il avait des arrière-pensées ?

— C'est le propre des objectifs cachés.

Miranda réprima un grognement de frustration.

— Je ne pense pas qu'il ait des intentions malhonnêtes. Alors, pouvons-nous en rester là ?

— Qu'en pense ton frère ?

Clay avait émis des réserves, mais c'était normal de sa part. Il se montrait toujours très protecteur envers Miranda, comme il l'était envers sa fille Delia et, maintenant, sa fiancée Astrid, la deuxième ex-épouse de Johnathon. Miranda avait fini par convaincre Clay que c'était la bonne solution et qu'il n'avait rien à craindre.

— Il accepte ma décision.

— Vraiment ?

L'incrédulité dans la voix de Tara n'échappa pas à Miranda.

— Oui.

Miranda entendit le claquement d'une portière de voiture.

— Je dois y aller, Tara.

— J'espère que tu sais que si j'insiste autant, c'est parce que je me soucie de toi et du bébé. Je te considère comme une sœur.

Miranda se sentait écartelée entre les personnes qu'elle appréciait le plus : Tara, Grant, Astrid, Clay d'un côté, et Andrew de l'autre.

— Je sais que tu es pleine de bonnes intentions. Mais s'il te plaît, fais-moi confiance.

— Surtout, appelle-moi en cas de problème.

— Promis.

Elle mit fin à la communication et prit son temps pour se diriger vers la porte d'entrée. Elle ne voulait pas donner à Andrew l'impression d'être trop fébrile à l'idée de l'accueillir. À vrai dire, elle ne savait pas ce qu'elle était censée ressentir au sujet de son arrivée. Bien sûr, elle était ravie de ne plus être seule dans cette grande maison, mais elle ignorait si leur cohabitation se passerait bien. Entre le portrait peu flatteur que Johnathon avait dressé de son frère et sa propre expérience, Andrew demeurait un inconnu à ses yeux.

Elle ouvrit la porte d'entrée juste au moment où il descendait de son imposant SUV noir. Elle ne put s'empêcher de remarquer la façon dont son cœur tressauta dans sa poitrine quand Andrew apparut vêtu d'un jean noir, d'une chemise habillée noire aux manches retroussées et arborant des lunettes de soleil. Cet homme était peut-être une énigme, mais il avait un physique remarquable. Et un charme fou... Comment était-elle censée ignorer ses attraits pendant qu'ils vivraient sous le même toit ?

— Je ne m'attendais pas à un comité de bienvenue, dit-il en grimpant les marches du perron, un sac de voyage en cuir marron à la main.

— Je m'en voudrais d'être une mauvaise hôtesse, répondit-elle, s'efforçant de parler d'un ton dégagé malgré son envie de se mordiller la lèvre inférieure.

Andrew la prit par les épaules et l'embrassa sur la joue, laissant dans son sillage une chaleur qui se diffusa dans tout son corps.

— Comment vas-tu ?

Étourdie.

— Bien. Et toi ?

— Oh ! je suis ravi de ne plus être à l'hôtel.

— Tant mieux.

S'efforçant de maîtriser son trouble, Miranda précéda Andrew dans l'entrée.

— Je te conduis à ta chambre pour que tu puisses déposer tes affaires et t'installer, dit-elle.

— Merci.

Elle longea le large couloir central, laissant le salon et la cuisine sur sa gauche et son bureau sur sa droite. Quand ils s'engagèrent dans l'escalier menant à l'étage, elle ressentit la présence d'Andrew derrière elle avec une intensité accrue. À mesure qu'ils montaient les marches, ils s'aventuraient plus près de la sphère intime et privée, là où absolument tout pouvait arriver. Ce constat déclencha un conflit entre son corps et son cerveau. Elle était indéniablement attirée par Andrew. Sa réaction physique immédiate en était la preuve. Mais il était le frère de son défunt mari. Elle n'avait pas le droit d'éprouver du désir pour lui. C'était un sentiment répréhensible et terriblement inapproprié. Comment allait-elle concilier les élans de son corps et les exigences de la raison ?

Arrête. Tu raisonnes comme Tara. Miranda ne se laisserait pas dominer par l'inquiétude. La perspective d'être bientôt maman lui procurait déjà suffisamment d'incertitudes comme cela. Andrew était un homme merveilleux mais totalement inaccessible. Elle devait consolider leur relation. Devenir proche de lui, mais pas trop.

Elle longea le couloir du premier étage et s'arrêta devant l'une des trois chambres d'amis. Johnathon avait toujours aimé être entouré, et il avait souvent invité des amis venant de tous les coins du monde. Ces souvenirs d'une vie joyeuse formaient un contraste frappant avec le vide et le silence actuels de la maison.

— Voici ta chambre, indiqua Miranda, pénétrant à l'intérieur et allumant.

— C'est parfait.

Andrew posa son sac à côté de la commode.

— Est-ce toi qui as décoré la pièce ? Elle est magnifique.

Une onde de chaleur colora les joues de Miranda. Elle était fière du travail qu'elle avait accompli dans cette pièce. C'était la plus masculine des chambres d'amis. Chacune des deux tables de chevet en bois sombre était surmontée d'une suspension originale. Quand elles étaient allumées, l'effet était spectaculaire.

— Oui, j'ai décoré toute la maison.

Andrew posa ses lunettes de soleil sur l'une des tables, puis se tourna vers elle, un petit sourire aux lèvres.

— Je suis vraiment impressionné.

Si quelqu'un était bluffé, c'était Miranda. Tout chez Andrew était un régal pour les sens : sa fragrance chaude aux notes d'agrumes, son sourire affable et le mystère de ses yeux. Ces attraits lui faisaient apprécier encore plus sa présence, mais elle devait se souvenir qu'il n'était ici que de façon temporaire.

— Je suis heureuse que tu aies accepté mon invitation. Combien de temps comptes-tu rester ?

— Quelques jours, voire une semaine. Je retournerai à Seattle dès que j'aurai réglé le problème avec Victor.

— Ne pourrais-tu pas prolonger ton séjour jusqu'à Thanksgiving ? C'est dans moins de deux semaines.

Elle perçut la déception dans sa propre voix et sut qu'elle devait se ressaisir. Elle n'était pas en droit d'exiger quoi que ce soit de lui.

— Je veux dire, ce serait bien si tu pouvais être présent ce jour-là. Je reçois pour l'occasion. Mon frère sera là avec Astrid et sa fille. Il y aura aussi Grant et Tara.

— Je ne pense pas avoir besoin de rester aussi longtemps.

Peut-être n'attachait-il pas autant d'importance qu'elle aux fêtes. Elle mettait un point d'honneur à les célébrer parce qu'elles incarnaient une forme de normalité qu'elle n'avait pas toujours connue dans sa vie.

— As-tu besoin d'un espace de travail ? Tu pourrais t'installer dans le bureau de Johnathon.

Il se raidit, visiblement mal à l'aise.

— Je ne crois pas que ce soit une bonne idée. Je ne veux pas m'immiscer dans les souvenirs que tu as de lui. Ce bureau doit avoir une signification particulière pour toi.

— À vrai dire, je n'ai pas eu le courage d'y mettre les pieds depuis qu'il est mort. Je crois que ce serait une bonne chose si quelqu'un l'utilisait. Ainsi, ce ne serait plus un lieu de recueillement, mais une pièce fonctionnelle.

Andrew fourra les mains dans ses poches, peu convaincu.

— Je ne sais pas.

Miranda n'avait pas l'intention de l'obliger à faire ce dont il n'avait pas envie, mais elle pressentait qu'il n'avait pas surmonté la mort de Johnathon. Peut-être trouverait-il un certain réconfort à voir ces lieux.

— Je comprends ton hésitation. Mais que cela ne t'empêche pas d'y jeter un coup d'œil.

— Entendu.

Ils se dirigèrent vers une pièce située à l'extrémité du couloir. Si Miranda ne s'y était pas aventurée après la mort de Johnathon, c'était surtout par peur de sombrer définitivement dans le désespoir. Les premiers jours, elle avait passé ses mains sur les vêtements de son mari suspendus dans le dressing, respirant l'odeur de son eau de Cologne. Hélas, ce recueillement ne lui avait pas permis de se sentir mieux ni, bien sûr, de ramener Johnathon à la vie. Alors pourquoi aurait-elle voulu aggraver sa souffrance en pénétrant dans une pièce où il avait passé tant de temps ?

Cette pièce était exactement dans l'état où Johnathon l'avait laissée - impeccablement rangée. Au centre se trouvait son bureau, un meuble massif en acajou que Miranda avait mis des mois à dénicher. Une collection de cartes anciennes de San Diego et du sud de la Californie rappelait l'amour qu'il portait à cette région. Bien sûr, un mur entier était consacré à sa réussite et aux nombreuses récompenses qu'il avait reçues au cours de sa courte vie - sa nomination d'homme d'affaires de l'année, sa participation à des manifestations philanthropiques, des couvertures de magazines, des articles élogieux.

— Cette pièce est splendide, remarqua Andrew depuis le seuil. Mon frère avait beaucoup de chance.

— Il avait une façon bien à lui de plier l'univers à sa volonté, n'est-ce pas ?

— En effet.

Miranda pénétra à l'intérieur, espérant qu'Andrew la suivrait, mais il n'en fit rien. Elle percevait sa nervosité et son hésitation, lesquelles contrastaient de façon frappante avec son assurance habituelle. Était-ce parce que cette pièce lui renvoyait trop de souvenirs ?

— Vas-tu m'expliquer ce qui s'est vraiment passé entre vous ou préfères-tu rester dans le flou, comme Johnathon ?

Avant de répondre à la question de Miranda, Andrew ne devait pas perdre de vue ses objectifs : neutraliser Victor, assurer la sécurité de Miranda et saisir l'opportunité qu'elle lui offrait de faire partie de sa vie et de celle de son bébé à naître. Une pareille offre était généreuse, et il n'avait pas l'intention de la gâcher. Il avait très envie d'être plus proche de Miranda, mais elle était la veuve de son frère et, s'il y avait une femme qu'il devait considérer comme inaccessible, c'était elle. Il ne prendrait pas la place de son frère.

Mais qu'il le veuille ou non, il était sous le charme de Miranda depuis leur première rencontre. Et maintenant il devait gérer cette attirance inappropriée tout en étant confronté au spectre de son frère omniprésent dans cette pièce, véritable hymne à sa réussite. Il avait triomphé dans tous les domaines, aussi bien professionnel que personnel, comme en attestait son union avec Miranda.

— Tu vas mettre au monde son bébé, Miranda. Tu étais son épouse. Je ne veux pas dénaturer par mes propos le souvenir que tu gardes de lui. Ce serait injuste pour lui comme pour moi. Et puis quel piètre invité je ferais si je te racontais comment nous étions rivaux ou comment il tirait toujours son épingle du jeu à mon détriment.

— Il n'était pas parfait. Alors, ne te sens pas obligé de le mettre sur un piédestal.

Andrew n'était toujours pas convaincu.

— Ce n'est jamais une bonne idée de dire du mal d'un mort.

— Je comprends tes scrupules, mais après sa mort j'ai appris certaines choses à son sujet qui m'ont choquée.

Elle jeta des regards furtifs autour d'elle, comme si elle cherchait un soutien quelconque, puis elle parut se ressaisir.

— D'ailleurs, tu dois savoir de quoi je parle, n'est-ce pas ? Le fameux secret qu'il me cachait ?

— Non, je ne vois pas de quoi tu parles.

— Pourtant, c'est bien toi qui as tout orchestré. En m'envoyant cet e-mail. D'après le département informatique de Sterling Enterprises, il provenait de ta société. Cela faisait partie du plan que tu avais ourdi pour déstabiliser Sterling, n'est-ce pas ?

Elle avait l'air profondément bouleversée. Un afflux de sang colorait ses joues, et son regard était douloureux sans qu'il comprenne pourquoi.

— Je ne t'ai pas envoyé d'e-mail, Miranda. Franchement, j'ignore à quoi tu fais allusion.

— J'ai reçu un message provenant de l'ordinateur de Johnathon, mentionnant qu'il avait couché avec Astrid, sa seconde ex-épouse, alors que lui et moi étions fiancés. Le message était rédigé comme s'il émanait de Johnathon lui-même. J'ai cru que c'était une mauvaise plaisanterie. Mais Astrid m'a confirmé que c'était vrai. Apparemment, cette information a été divulguée par une ex-employée de Sterling prénommée Sandy. Si tu n'es pas au courant de l'envoi de ce message, cela signifie-t-il qu'elle travaille pour Victor ?

Andrew sentit son sang se figer dans ses veines. Ce qu'il venait d'apprendre était terrible : d'une part, son frère avait trahi Miranda, et de l'autre, Victor s'était chargé de divulguer la nouvelle. Cet homme était d'autant plus dangereux qu'il n'avait aucune pitié. Cela confortait Andrew dans sa décision d'apporter son soutien indéfectible à Miranda parce qu'elle avait le plus à perdre dans l'histoire et qu'elle avait déjà beaucoup souffert.

— Je suis désolé que Johnathon t'ait trahie. Je l'ignorais.

Il ne prenait aucun plaisir à découvrir cette fissure dans la façade parfaite de son frère. Miranda en avait payé le prix fort.

Elle enroula ses bras autour de son ventre, comme si elle voulait se protéger du monde entier.

— Ce qui est fait est fait. Je m'en suis remise.

— Tout de même, cette trahison est terrible.

— Bien sûr. Mais elle prouve aussi que ton frère n'était pas parfait. Alors, arrête de penser que tu as encore des choses à prouver pour l'égaler.

Andrew soupira et trouva finalement le courage de pénétrer dans la pièce. Il avait un peu l'impression d'être confronté à l'esprit de son frère mais, pour l'instant, sa tâche prioritaire était de réconforter Miranda. Il l'attira dans ses bras et l'étreignit.

— Notre rivalité s'est éteinte avec lui.

— Tu n'es donc pas à l'origine de ce message ?

— Non.

Il s'écarta légèrement pour observer son beau visage. Ses yeux étaient humides, comme si elle était sur le point de pleurer. Non, il n'était pas responsable de cet acte abject, mais il avait fait entrer le loup dans la bergerie.

— En revanche, c'est moi qui ai engagé la femme qui a divulgué l'information. La dénommée Sandy. Je l'ai fait entrer chez Sterling. Le problème, c'est qu'elle a choisi de travailler pour Victor quand j'ai décidé de mettre un terme à notre plan.

— Quel était son rôle ?

— Elle était notre taupe chez Sterling.

— Elle a été engagée en tant que nouvelle assistante de Johnathon. Elle occupait donc un poste stratégique pour espionner pour votre compte.

— Oui. Pour nous, c'était une occasion inespérée. Elle était chargée de glisser des erreurs dans votre dossier de candidature concernant le réaménagement de la Promenade portuaire afin que vous ne remportiez pas le contrat.

— Pourquoi avoir choisi ce projet ? Pour autant que je sache, Sterling s'occupe d'affaires beaucoup plus rentables. Avais-tu une raison personnelle de faire capoter ce projet ?

Andrew n'avait pas l'intention de répondre totalement à sa question, mais il lui exposerait les grandes lignes de sa théorie sur les motivations de Johnathon.

— En effet, ce projet avait une signification particulière pour moi, et cela le rendait donc important aux yeux de Johnathon. La faible rentabilité de cette opération prouve qu'il l'a choisie pour me provoquer. Non content de me planter un couteau dans le dos, il prenait plaisir à le remuer dans la plaie.

— Qu'est-ce que cette Promenade a de si important pour qu'elle ait suscité une telle animosité entre vous deux ?

— Elle est un des symboles de la ville. C'est là où nous avons grandi et où nous avons tenté de nous construire une vie. Johnathon a réussi à bâtir son empire dans cette ville. Pas moi.

Il inspira profondément, répugnant à aller plus loin dans les confidences. Il ne voulait pas de la pitié de Miranda et il n'était pas prêt à lui ouvrir son cœur.

— Johnathon et moi avons toujours été rivaux. C'était à qui l'emporterait sur l'autre.

Miranda ne semblait pas convaincue par sa réponse.

— Pourquoi ai-je le sentiment que tu ne me dis pas tout ?

Parce que c'est le cas.

— Se montrait-il parfois mesquin ou vindicatif ?

Miranda prit le temps de la réflexion.

— Jamais envers moi. Mais j'ai entendu des histoires allant dans ce sens.

— Certaines étaient vraies. Victor a été la victime de l'une d'elles. Lui et Johnathon s'étaient associés pour réaliser une importante transaction immobilière qui a tourné au fiasco, et c'est Victor qui a essuyé le plus gros des pertes. Il se moque du projet de la Promenade portuaire, mais il veut porter un coup fatal à la réputation de Sterling Enterprises.

— Mais puisque Johnathon n'est plus là, il n'a plus de raison de se venger. Alors, à quoi bon s'en prendre à des personnes innocentes ?

Le raisonnement de Miranda était d'une logique parfaite, mais à l'époque Andrew n'avait pas vu les choses sous cet angle. Bien qu'ébranlé par la mort de Johnathon, il avait été aveuglé par le souvenir de sa rivalité avec son frère - une rivalité de chaque instant qui avait façonné presque tous les aspects de son existence.

— Je sais, tu as raison. Mais Victor ne veut rien entendre.

Écrasé de remords, Andrew était plus désireux que jamais de réparer ses torts. Il se promit de redoubler d'efforts pour localiser Victor et mettre un terme à son projet de vengeance.

— Peut-être devrais-je lui être reconnaissante. Sans lui, tu ne serais pas revenu à San Diego, et nous n'aurions pas eu l'occasion d'apprendre à mieux nous connaître.

Fallait-il que Miranda ait une âme confiante et généreuse pour penser une chose pareille ! Pour sa part, il se sentait condamné à n'avoir jamais confiance en personne - que cela résulte d'un trait de son caractère ou d'une vie de trahisons.

— Tu as une façon très optimiste de voir la situation.

— Ou désespérée. Je me raccroche à tout ce que je peux.

L'idée qu'elle compte sur lui le touchait. Il était prêt à tout pour mériter sa confiance.

— Mais je manque à mes devoirs d'hôtesse. Tu dois avoir faim. Veux-tu que je te prépare quelque chose ?

— Puisque tu m'offres l'hospitalité, laisse-moi cuisiner pour toi.

Miranda haussa un sourcil surpris.

— Vraiment ? Je doute que ton frère ait jamais su faire fonctionner la cuisinière.

— Tu as d'ores et déjà dû te rendre compte que nous étions très différents.

— Je remarque aussi des similitudes entre vous. D'une certaine façon, je vois Johnathon à travers toi.

Décidément, Andrew en serait toujours quitte pour se distinguer de son frère.

— Puisque tu remarques surtout nos similitudes, j'aimerais attirer ton attention sur nos différences.

4

Andrew avait réussi à franchir le cap de sa première semaine chez Miranda sans rien faire de stupide. Et c'était déjà une victoire. Durant la journée, il travaillait dans le bureau de Johnathon. Le soir, il était heureux de retrouver Miranda et de passer d'agréables moments avec elle. Ils s'arrangeaient pour éviter de parler de Johnathon, même si son ombre était omniprésente dans la maison. Il avait le sentiment de rendre Miranda heureuse en lui préparant à dîner chaque soir, et il en tirait une satisfaction de plus en plus grande. Mais il savait que le plaisir qu'il prenait à la côtoyer n'était pas une bonne chose à la longue. Il ne pouvait pas se permettre de se sentir trop à son aise en sa compagnie. Sa vie était à Seattle. Une existence solitaire et dans laquelle les seuls risques qu'il prenait étaient liés à ses affaires.

Hélas, il n'avait pas progressé concernant Victor. Il lui avait laissé de nombreux messages. Il avait aussi envoyé Pietro explorer plusieurs endroits dans les alentours de la ville où Victor était susceptible de se trouver. Mais il se cachait, tapi quelque part dans l'ombre, et ce n'était pas bon signe. Andrew avait aussi tenté de joindre Sandy, sans plus de succès. Si c'était l'appât du gain qui l'avait incitée à passer dans le camp de Victor, Andrew était disposé à lui proposer une forte somme d'argent pour la faire changer d'avis.

En cette fin d'après-midi de vendredi, Andrew était à la maison quand le carillon de la porte d'entrée retentit. Il alla ouvrir et découvrit un livreur sur le seuil, dont le camion était garé dans l'allée.

— J'ai une livraison pour Mme Miranda Sterling.

L'homme lui tendit une écritoire à pinces.

Andrew examina le bon de livraison. Il émanait d'une entreprise d'ameublement. Miranda n'aurait-elle pas dû se faire livrer à son entrepôt plutôt qu'à son domicile ?

— Avant de signer, je préfère appeler Mme Sterling pour m'assurer que tout est en règle.

Comment savoir si Victor ne lui envoyait pas un autre message pour l'avertir qu'il les épiait, Miranda et lui ?

— J'ai d'autres livraisons à faire, bougonna le livreur.

— Je m'en doute. Une minute, je vous prie.

Andrew s'écarta pour appeler Miranda.

— Hello. Tout va bien ? demanda-t-elle.

— Oui. Je t'appelle pour savoir si tu attends une livraison d'une entreprise dénommée Bella Furniture.

— Oh ! mon Dieu ! Il s'agit du berceau. Il ne devait être livré qu'à la mi-décembre. Oui, bien sûr, accepte la livraison.

Contre toute attente, l'excitation qu'il perçut dans sa voix le remplit d'allégresse.

Le téléphone calé contre son épaule, il signa le bon de livraison.

— Voulez-vous que je transporte le colis à l'intérieur ? demanda le livreur.

— Oui, merci.

Andrew reporta son attention sur sa conversation avec Miranda tout en surveillant le livreur et son collègue pendant qu'ils chargeaient le colis sur un chariot avant de l'acheminer vers la maison.

— Le paquet paraît plutôt plat. Le berceau est-il en kit ?

— Oui, mais un employé de mon entrepôt viendra à la maison pour le monter.

— Et si tu me laissais m'en occuper ?

Il s'écarta pour permettre aux livreurs de déposer le colis encombrant dans le hall d'entrée.

— Ce n'est pas nécessaire. Tu es déjà bien assez occupé.

Il ne voulait pas lui dire qu'il se sentait totalement inutile puisqu'il n'avait pas réussi à atteindre le principal objectif qu'il s'était fixé en venant à San Diego : neutraliser Victor.

— Je serais heureux de le faire pour toi et le bébé.

— Bon. Si tu insistes, c'est d'accord.

— Oui, j'insiste.

Il se surprit à sourire. C'était si bon de la rendre heureuse.

— Je profite de l'occasion pour te prévenir que mon frère Clay passera à la maison dans un moment. Il a sa propre clé, mais je lui ai dit que tu serais peut-être là. Sa fille Delia a oublié un de ses livres préférés chez moi la dernière fois qu'elle est venue.

— Entendu. Je serai ravi de faire sa connaissance.

— Parfait. Alors, à ce soir.

Andrew raccrocha, envahi par un sentiment de bien-être. Mais il ne devait pas s'y habituer. Ce n'était pas sa vie.

Le colis étant trop volumineux pour être transporté à l'étage, Andrew décida de l'ouvrir et d'apporter les pièces au fur et à mesure dans la chambre d'enfant. À chaque voyage, il songeait à l'avenir qui attendait Miranda, celui d'une maman seule. Bien sûr, son frère l'aiderait. Elle ne serait pas livrée à elle-même. Il n'empêche qu'Andrew aimerait bien lui aussi avoir une place dans ce cercle familial. Peut-être pourrait-il lui rendre régulièrement visite. À condition qu'elle le veuille.

Il en était à son sixième ou septième voyage quand le carillon de la porte d'entrée retentit à nouveau. Andrew alla ouvrir et se retrouva face au frère de Miranda.

— Je suis Clay Morgan. Miranda m'a dit que tu serais peut-être ici, annonça-t-il en tendant la main à Andrew.

Il ressemblait physiquement à Miranda, mais avait une attitude plus décidée.

Andrew lui serra la main et ouvrit la porte en grand.

— Je t'en prie, entre.

— Je ne serai pas long. Le livre que je viens récupérer doit se trouver dans le bureau de Miranda, dit Clay.

— Tu peux rester si tu veux. Je suis en train de déballer le berceau que Miranda a commandé.

— Vraiment ? Je peux t'aider ?

— Bien sûr.

Il aurait ainsi l'occasion de faire plus ample connaissance avec le frère de Miranda.

— Emporte ce que tu peux au passage. La plupart des pièces sont déjà à l'étage.

À eux deux, ils finirent de transporter le restant du berceau en un seul voyage.

— Tu comptes assembler les pièces toi-même ?

Andrew contemplait le matériel qui jonchait le parquet.

— Oui, aussi fou que cela paraisse.

— J'ai assemblé celui de ma fille quand elle est née et je peux t'assurer que c'est plus facile quand on est deux. Je serai ravi de te filer un coup de main.

— Je ne voudrais pas te retenir plus que nécessaire.

Clay consulta sa montre.

— Je peux t'aider pendant une heure. Astrid est encore au bureau et Delia avec sa nounou.

— Alors, j'accepte avec plaisir.

Ils travaillèrent de concert, Clay triant les pièces et Andrew lisant les instructions après avoir récupéré quelques outils dans la buanderie.

— Combien de temps vas-tu rester en ville ? demanda Clay tandis qu'ils commençaient l'assemblage.

— Au départ, j'avais prévu de ne rester que quelques jours, mais le projet sur lequel je travaille ne se déroule pas comme je l'avais escompté.

— Tu veux dire, stopper le plan que tu avais commencé pour ruiner l'entreprise dans laquelle je travaille ?

Mince ! Clay ne mâchait pas ses mots ! Mais Andrew ne pouvait qu'admirer sa franchise.

— Oui, c'est vrai. J'ignore ce que Miranda t'a raconté.

— Elle m'a donné les grandes lignes de l'histoire. En tout cas, j'apprécie que tu veuilles réparer le préjudice que tu nous as causé. La plupart des gens sont plutôt enclins à dissimuler leurs erreurs.

Andrew commençait à penser que la gentillesse et la générosité étaient des traits de caractère propres à la famille Morgan.

— Tu es trop indulgent avec moi. J'ai fait un sacré gâchis.

— N'ayant pas de frère, j'ai un peu de mal à comprendre la rivalité qui existait entre toi et Johnathon. Mais je sais à quel point la relation entre un frère et une sœur peut être intense et vous pousser à faire des choses insensées.

— Tu aimes beaucoup ta sœur, n'est-ce pas ?

Clay regarda Andrew droit dans les yeux.

— Oui. C'est pourquoi j'espère que tu pourras mettre ce dénommé Victor hors d'état de nuire. S'en prendre à Sterling Enterprises revient à s'en prendre à Miranda. Et au bébé. C'est le ciment qui unit cette famille.

Andrew sentit le poids des responsabilités peser lourdement sur ses épaules. Il ne décevrait pas Miranda. Il n'en avait pas le droit.

— Ne t'inquiète pas. J'ai déjà promis à Miranda que je réglerai le problème une fois pour toutes.

Miranda avait eu un mal fou à se concentrer après le coup de fil d'Andrew. Elle n'en revenait pas qu'il lui ait proposé de tout laisser tomber pour assembler le berceau. Encore une fois, contrairement à beaucoup de personnes, elle ne parvenait pas à voir en lui un homme mauvais. Elle ne discernait que des qualités chez lui.

Elle avait eu hâte de quitter le bureau pour passer le week-end avec lui. Elle savait qu'elle ne devrait pas s'attacher autant à lui, mais c'était plus fort qu'elle. Après cette première semaine passée ensemble, il était évident qu'ils n'avaient pas de problèmes de cohabitation. Chaque matin, ils se retrouvaient pour le petit déjeuner, puis ils vaquaient à leurs occupations, Miranda se rendant dans son bureau en ville et Andrew dans celui de Johnathon, depuis lequel il dirigeait à distance sa société de promotion immobilière tout en s'efforçant de débusquer le mystérieux Victor. Le soir, ils étaient à nouveau réunis pour le dîner qu'Andrew tenait à préparer. Il aimait cuisiner. Il disait que cette occupation le délassait et qu'il était heureux de lui faire plaisir.

Plus elle passait du temps avec Andrew, plus elle mettait en question l'opinion que tant de personnes avaient de lui. Elle ne le trouvait ni intrigant, ni vindicatif, ni mesquin. Elle en venait même à mettre en doute le portrait que Johnathon lui avait fait de son frère. Peut-être l'un et l'autre se comportaient-ils différemment quand ils étaient ensemble, mais elle ne le saurait jamais. Cela l'attristait de penser à ce qui aurait pu être si les deux frères avaient réussi à se réconcilier avant que l'un d'eux ne disparaisse.

Elle arriva chez elle un peu après 18 heures. Elle avait dû partir du bureau plus tard que d'habitude à cause d'un client de dernière minute. Alors qu'elle garait sa voiture, elle reçut un texto de Clay.

J'ai fait la connaissance d'Andrew. Un type très sympa. On se parle bientôt ?

Quel soulagement de savoir que quelqu'un d'autre appréciait Andrew ! Elle ne se faisait donc pas des idées.

Ravie que tu partages mon avis sur Andrew. Et, oui, nous devons parler de Thanksgiving.

Elle rangea son téléphone dans son sac et pénétra dans la maison.

— Hello ? cria-t-elle à la cantonade.

— Je suis dans la chambre d'enfant, lui répondit Andrew.

Elle posa son sac dans l'entrée et se hâta de le rejoindre. Arrivée sur le palier, elle aperçut Andrew vêtu d'un jean et d'un T-shirt, qui l'attendait devant la chambre du bébé, un grand sourire aux lèvres. Oh ! oui, cet homme était un régal pour les yeux, mais elle devait arrêter de s'attarder sur son pouvoir de séduction. Elle pourrait éventuellement lui conseiller de porter des vêtements plus larges, mais elle n'était pas sûre que cela lui soit d'une aide quelconque. *Profites-en tant que tu le peux. Il ne sera pas là éternellement.*

— Alors, l'assemblage avance ? demanda-t-elle.

— C'est fait, annonça-t-il d'une voix excitée.

— Vraiment ?

— Je dois dire que ton frère m'a aidé.

Elle ne pouvait pas ignorer la façon dont son T-shirt moulait ses larges épaules et son torse sculpté.

— J'ai hâte de voir le résultat.

Elle tenta de pénétrer dans la chambre, mais Andrew la retint par les épaules.

— Patiente encore un peu.

— Pourquoi ? C'est mon bébé, ma maison !

Andrew secoua la tête, une lueur espiègle dans le regard.

— J'aimerais te surprendre par mon travail acharné.

— Je croyais que mon frère t'avait aidé.

— Soit. Notre travail acharné. Et maintenant ferme les yeux.

Elle obtempéra, frémissant d'impatience à l'idée de voir à quoi ressemblerait la chambre de son bébé. Elle l'avait imaginée si souvent, mais maintenant, avec la présence du berceau, cette pièce deviendrait bien réelle. Elle sentit qu'Andrew lui lâchait une épaule, qu'il pivotait derrière elle, puis qu'il remettait sa main en place. Il se tenait si près d'elle qu'elle percevait la chaleur de son corps viril.

— Je vais te guider à l'intérieur. Tu n'auras que trois pas à faire, droit devant toi.

La douceur de sa voix contre son oreille déclencha des frissons dans tout son corps.

— D'accord.

Elle fit un premier pas, et Andrew commença à compter.

— Un.

Encore deux autres pas.

— Deux. Trois.

— Puis-je ouvrir les yeux ?

— Oui.

Elle le fit lentement. La pièce lui apparut clairement, avant de devenir floue tandis que des larmes d'émotion lui brouillaient la vue. Le berceau était installé exactement à l'emplacement qu'elle avait prévu, fait d'autant plus surprenant qu'elle ne l'avait pas montré à Andrew. Ce petit lit en bois blanc, en forme de traîneau était encore plus beau que sur le catalogue, avec la tête et le pied de lit chantournés, et les rails délicatement sculptés.

— Tu ne vas pas pleurer ! s'exclama-t-il en se postant à côté d'elle. Ce moment est censé être heureux.

— Mais je suis heureuse !

À vrai dire, sa joie était teintée d'anxiété. Tout allait trop vite. Malgré son naturel optimiste, elle se sentait écrasée par le poids de tout ce qui l'attendait. La maternité constituait un grand saut dans l'inconnu, et elle le ferait toute seule.

— C'est une bonne chose que ton bébé ait son petit nid douillet tout prêt, non ?

— Bien sûr. Je suis émue à la vue du berceau. Et je commence à me sentir submergée par tout ce que j'ai à faire pour le bébé et pour les fêtes qui approchent.

Elle s'en voulait de faire part de ses états d'âme à Andrew. Il avait d'autres chats à fouetter.

— Cesse de t'inquiéter et profite de ce moment. D'accord ?

— Oui, tu as raison.

Elle se tourna vers lui et chercha le réconfort de ses bras. C'était si bon qu'elle ne s'interrogea pas sur les répercussions d'une telle proximité physique. Sans hésitation, il noua ses bras autour d'elle et la serra contre lui. Il était solide comme un roc, et elle se sentait à l'abri dans son étreinte, comme si rien de mal ne pouvait lui arriver ainsi qu'à son bébé.

Il lui caressa lentement le dos, suscitant en elle des sensations allant bien au-delà du réconfort. Elle brûlait d'envie de le toucher et qu'il la touche. Ils étaient seuls dans cette grande maison, avec la perspective d'un week-end entier devant eux. Il lui serait tellement facile de se lover contre lui et de l'embrasser. Mais elle redoutait sa réaction. Aurait-il un mouvement de recul ? La repousserait-il ? Quitterait-il la ville ? Et puis, il y avait la menace d'une réprobation générale s'ils franchissaient les limites de la bienséance. Une veuve et son beau-frère n'étaient pas censés avoir des relations charnelles. Même si elle désirait Andrew de tout son être.

— Je te remercie pour tout ce que tu fais pour moi.

Au lieu de s'écarter de lui, elle posa sa tête sur son épaule et enroula ses doigts sur son dos musclé.

— Le fait que Clay t'ait aidé à assembler le berceau est très important pour moi.

— Je l'ai trouvé très sympathique, dit-il, poursuivant ses caresses réconfortantes le long de son dos.

C'était si bon qu'elle avait l'impression de flotter sur un petit nuage.

— J'en suis heureuse. C'est un homme merveilleux. Je ne sais pas ce que j'aurais fait sans lui à une certaine époque.

— Je comprends. Mais je crois que si je l'apprécie autant, c'est parce qu'il me fait penser à toi.

Les paroles d'Andrew la prirent de court. Puis elle se dit qu'il était naturel qu'il ait de l'estime pour elle. D'ailleurs, cette estime était réciproque.

— C'est gentil de me dire ça.

— Je suis sincère, Miranda. Cela fait à peine sept jours que nous vivons dans la même maison, mais c'est une des plus belles semaines que j'ai vécue ces derniers temps. Et cela, grâce à toi.

— Pas uniquement grâce à moi, dit-elle, renversant la tête en arrière pour le regarder dans les yeux.

Son visage arborait son expression sérieuse habituelle, mais aussi une certaine vulnérabilité qu'il parvenait à dissimuler en temps normal.

— Toi aussi tu as contribué à cette belle entente en cuisinant pour moi et en me tenant compagnie. Cela faisait longtemps que je n'avais pas été aussi heureuse.

— Même avant la mort de Johnathon ?

Sa remarque la frappa. Bien sûr, elle avait de merveilleux souvenirs avec Johnathon, mais elle ne se rappelait pas avoir été simplement heureuse à son côté dans la vie quotidienne. Un jour, Tara lui avait expliqué que durant tout le temps qu'elle avait été mariée avec lui, elle avait ressenti chez lui un certain mécontentement, un besoin d'obtenir davantage de la vie. À l'époque, Miranda n'y avait pas vraiment prêté attention. Mais maintenant elle comprenait ce qu'avait voulu dire Tara, car elle avait eu un aperçu de ce qu'était ce supplément de bonheur, même s'il n'y avait pas de romance entre elle et Andrew.

— Je ne suis pas en mesure de déterminer une date précise, se contenta-t-elle de dire. Une chose est sûre, je suis heureuse en ce moment.

Un sourire étira les commissures de sa bouche sensuelle. Elle brûlait d'envie de l'embrasser - ou mieux encore qu'il l'embrasse. Qu'il lui montre qu'il la désirait. Elle n'était pas sûre que cela se produise un jour. Il n'était qu'un rêve inaccessible. Et c'était sans doute mieux ainsi.

— Je suis ravi de l'entendre.

Il la prit par les épaules et pressa ses lèvres sur le haut de son crâne, confirmant ainsi le rôle qu'il lui attribuait dans sa vie. Celui de belle-sœur et amie.

— Je voulais te dire que j'ai pris une décision tout à l'heure, en parlant avec ton frère.

— Une décision ?

— Oui. Clay m'a expliqué à quel point Thanksgiving comptait pour toi. Puisque je n'ai pas encore réglé le problème avec Victor et que Thanksgiving tombe la semaine prochaine, j'ai décidé de rester pour l'occasion. Et je serai ravi de t'aider à préparer les festivités.

Décidément, Miranda était une femme chanceuse. Elle devait se montrer reconnaissante de ce que la vie lui offrait et cesser de faire des vœux irréalisables.

— Je suis heureuse que tu aies pris cette décision.

5

Thanksgiving n'avait jamais été un événement marquant chez les Sterling quand Andrew et Johnathon étaient enfants. Leur père avait eu un accident du travail quand ils étaient jeunes, et le salaire que percevait leur mère constituait la seule source de revenus du ménage. Alors, avec peu d'argent et une mère qui se tuait à la tâche, il n'était pas question d'organiser des repas festifs. Souvent, pour Thanksgiving, ils avaient droit à un burger acheté dans un drive. Andrew n'en éprouvait aucune rancœur. C'était simplement une succession de mauvais coups du sort. Désormais, il n'y avait plus que lui pour se souvenir de cette triste époque. Mais grâce à Miranda, il allait pouvoir se forger des souvenirs plus réjouissants de cette fête de Thanksgiving.

Lui et Miranda avaient passé presque toute la soirée de la veille à cuisiner. Comme à chaque fois qu'il passait du temps avec elle, il se sentait heureux. Ils avaient tissé un lien, surtout depuis le jour où il avait assemblé le berceau avec l'aide de Clay. Mais Andrew était obsédé par la scène qui avait eu lieu ce jour-là, dans la chambre du bébé. Tenir Miranda dans ses bras lui avait procuré un trop-plein de sensations exquises qu'il n'était pas sûr de mériter. Il avait eu l'envie folle de céder aux signaux que lui envoyait son corps : enserrer le beau visage de Miranda entre ses paumes et l'embrasser éperdument ; l'emporter dans sa chambre et lui faire l'amour.

Qu'est-ce qui l'en avait empêché ? L'omniprésence du fantôme de son frère et le sentiment de ne pas être digne d'une femme aussi belle et merveilleuse que Miranda. Il s'était donc contenté de l'embrasser sur le haut du crâne et de lui promettre de rester pour Thanksgiving. Cela ne l'avait pas empêché de fantasmer sur elle, cette nuit-là. Oh ! il n'était pas fier des pensées érotiques qui l'avaient assailli tandis qu'il l'imaginait endormie de l'autre côté du couloir… Que n'aurait-il donné pour caresser son corps splendide et la faire jouir, encore et encore. Même maintenant ces pensées l'obsédaient. Elles le suivaient partout où il allait.

— Tout est prêt pour accueillir nos invités, déclara Miranda en rectifiant un des couverts sur la table de la salle à manger.

— Oui. Le résultat est fabuleux, confirma Andrew. Comme tout ce que tu fais.

Comme toi.

Le carillon de la porte d'entrée retentit, et Miranda sursauta.

— Ils arrivent !

Elle était aussi surexcitée qu'une petite fille, le matin de Noël, songea-t-il, amusé, en la suivant dans l'entrée.

— Si Grant et Tara ne sont pas aimables avec toi, ignore-les, dit-elle avant d'ouvrir la porte.

Heureusement pour Andrew, il s'agissait d'Astrid, de Clay et de Delia, la fille de ce dernier.

— Tata Miranda ! s'exclama la fillette en se jetant dans les jambes de Miranda et en les encerclant avec ses bras.

Miranda se pencha pour embrasser Delia sur le haut du crâne.

— Bonsoir, chérie. Joyeux Thanksgiving.

Clay tendit une bouteille de vin à Andrew.

— Andrew, je te présente Astrid.

Ancien mannequin, Astrid était aussi éblouissante que sur les photos qu'il avait vues d'elle. Décidément, Johnathon avait été un homme très chanceux.

— Je suis heureuse de faire ta connaissance, Andrew. Curieusement, tu as été jadis mon beau-frère, mais nous ne nous étions jamais rencontrés.

Parmi les nombreuses choses qui risquaient d'être embarrassantes ce soir, ce détail figurerait en haut de la liste.

— Mieux vaut tard que jamais, pas vrai ?

Clay jeta un regard compatissant à Andrew. Tous deux avaient évoqué les mauvaises relations qu'avaient entretenues Andrew et Johnathon, et Clay avait paru comprendre la complexité du problème.

— Bienvenue à tous. Laissez-moi vous offrir une boisson, déclara Andrew en invitant le petit groupe à le suivre.

Ils pénétraient au salon quand le carillon retentit à nouveau.

— J'y vais, annonça Miranda en faisant demi-tour.

Andrew remplit deux verres de vin pour Clay et Astrid, et prépara un Shirley Temple pour Delia.

— C'est tellement chic avec une cerise, remarqua Delia en aspirant goulûment le liquide avec sa paille.

— Doucement, Delia, sinon tu vas être pompette, plaisanta Clay.

Delia leva les yeux au ciel.

— D'accord, papa.

— Regardez qui voilà, annonça Miranda, précédant Tara et Grant.

Tara donna l'accolade à Astrid tandis que Grant serrait la main de Clay. Andrew se faisait l'effet d'un intrus, ce qui n'était pas surprenant. La dernière fois qu'il avait vu Grant et Tara, c'était lors d'une réception à San Diego, quelques semaines après la mort de Johnathon. Il se trouvait en ville pour tenter de convaincre une première fois Victor de mettre un terme à leur projet de sabotage de Sterling Enterprises. Grant et Tara lui avaient alors reproché de ne pas avoir assisté à l'enterrement de son frère. Pris de remords, il avait rendu visite à Miranda pour s'excuser. C'était à ce moment-là que sa fascination pour elle avait débuté. Mais il garderait ce détail pour lui.

— Andrew, le salua Grant d'un ton sec en lui tendant la main.

— Grant, répondit-il. Ravi de te voir.

À en juger par la moue de Tara, elle n'en croyait pas un mot.

— Ainsi, tu as décidé de rester pour Thanksgiving.

Sous-entendu, Andrew n'avait rien à faire ici.

— Miranda m'a demandé de rester. C'est sa première fête de Thanksgiving sans Johnathon.

— Et tu espères le remplacer ? demanda Tara.

Andrew tiqua, ulcéré par une telle suggestion.

— Non.

Par chance, Miranda réapparut, et Tara et Grant se détendirent. Apparemment, il réservait leur animosité à Andrew.

— Andrew, il est temps de sortir la dinde du four.

Il consulta sa montre.

— Tu as raison.

— Je viens avec toi, annonça Miranda.

Il se dirigea vers la cuisine, soulagé de ce répit.

— Tara et Grant sont mécontents que je sois ici, dit-il en vérifiant la température affichée sur le thermomètre numérique.

Muni de maniques, il éteignit le four et ouvrit la porte. L'arôme de la dinde rôtie emplit la cuisine, lui rappelant opportunément qu'il était ici pour faire plaisir à Miranda, n'en déplaise à Grant et à Tara.

— J'espère que tu sais que je me moque de ce qu'ils pensent, dit Miranda en sortant le couteau et la planche à découper.

— Ne dis pas cela. Tu attaches de l'importance à leur avis. Tu es tellement attentionnée. Tu te soucies de tout le monde.

— Pas quand c'est au détriment des sentiments de quelqu'un d'autre.

Elle se tourna vers Andrew et agrippa son avant-bras.

— Tu es ici parce que je le veux. C'est un de mes jours de fête préférés et, cette année, je ne l'imaginais pas sans toi. D'accord ? Alors, sers à boire à Grant et Tara, assieds-toi avec nous pour déguster un fabuleux repas et tâche d'oublier tout le reste.

Elle avait le don merveilleux de le calmer.

— Un vrai programme de fête !

Il se pencha vers elle et l'embrassa sur la tempe. Hélas, ce n'était qu'un baiser léger. Il aurait tant aimé attarder ses lèvres sur sa peau soyeuse pour inhaler une bouffée de sa fragrance enivrante ! Son désir insatisfait lui laissait une douleur brûlante au creux de la poitrine, une douleur qui faisait écho à son regret de ne pas pouvoir lui donner un baiser digne de ce nom.

Ils furent bientôt rejoints par Astrid qui les aida à transporter dans la salle à manger des plats succulents composés de purée de pommes de terre, de haricots verts avec des échalotes croustillantes ainsi que d'une farce aux herbes. Un deuxième voyage leur permit d'apporter des petits pains, des patates douces et bien sûr la fameuse dinde avec sa sauce. Ce menu très copieux avait exigé des heures de travail de la part de Miranda mais, à en juger par son visage rayonnant, il n'y paraissait rien. Quelques jours plus tôt, Andrew lui avait suggéré d'engager du personnel, mais elle s'était formellement opposée à cette idée. Elle voulait que cela reste une fête exclusivement familiale.

Tandis qu'ils prenaient place à table, Miranda et Clay officiant à chaque extrémité, Andrew était assailli par deux sentiments. D'abord, la tristesse à l'idée d'être si peu familier de ce genre de réunions. Bien sûr, il avait participé à quelques célébrations de Thanksgiving dans des restaurants chics, mais elles avaient perdu leur connotation familiale. Ensuite, le sentiment récurrent d'être un intrus. Miranda avait beau dire qu'elle tenait à ce qu'il soit là ce soir, le souvenir de Johnathon était omniprésent. Et il en déduisait logiquement que si Johnathon avait encore été de ce monde, lui-même n'aurait jamais été invité à s'asseoir à cette table.

Le repas était succulent, et tout le monde semblait prendre plaisir à être ensemble, y compris Tara et Grant. Peut-être Miranda avait-elle raison en disant que le vin avait un pouvoir lénifiant. Après le dessert, constitué d'un assortiment de pâtisseries à la citrouille, aux noix de pécan et aux pommes, Clay et Astrid sortirent dans le jardin pour jouer avec Delia, laissant Andrew et Miranda seuls avec Tara et Grant.

— Dis-moi, Andrew, combien de temps comptes-tu rester ? demanda Tara.

— Aussi longtemps qu'il voudra, s'empressa de répondre Miranda. Je suis contente d'avoir de la compagnie dans cette grande maison.

— Mais tu prévois bien de retourner à Seattle, n'est-ce pas ? Une fois que tu auras réglé le problème que tu as créé ? insista Grant.

— Oui. J'ai fait une offre à Victor pour qu'il mette un terme à ses agissements, mais je ne suis pas sûr qu'il ait reçu mon message. Voilà pourquoi je mets tout en œuvre pour le retrouver.

Grant eut une moue dubitative.

— Veux-tu que je te dise ce qui m'intrigue ?

— Je t'écoute, dit Andrew, pressentant une mauvaise nouvelle.

— Sterling n'a rencontré aucun problème depuis que tu es arrivé à San Diego. N'est-ce pas surprenant ?

— Victor a peut-être fait machine arrière, suggéra Miranda.

Tara secoua la tête.

— Ou peut-être Victor n'existe-t-il pas.

Andrew prit une ample inspiration pour s'obliger à garder son sang-froid. Il méritait ces soupçons. C'était lui qui avait créé ce problème et c'était à lui de le régler.

— Si je pouvais vous prouver qu'il existe, je le ferais. Mais pour le moment, vous devez me croire sur parole.

Miranda était consternée par la passe d'armes entre Andrew, Grant et Tara. Andrew leur expliquait que Victor travaillait autant que possible sans laisser de trace, utilisant des comptes off-shore et des holdings. Il aimait se rendre invisible, d'où la difficulté de le stopper.

Tout cela paraissait irréel à Miranda, mais elle faisait confiance à Andrew. Son seul regret, c'était la tournure acrimonieuse que prenait la conversation, alors qu'elle se faisait une joie de réunir sa famille et ses amis. Mais peut-être valait-il mieux que chacun dise ce qu'il avait sur le cœur et qu'on passe à autre chose. Aussi décida-t-elle d'intervenir à son tour dans la conversation.

— Je crois Andrew. Je n'ai aucun doute sur sa bonne foi.

Miranda se redressa, comme si elle pouvait transmettre sa conviction par son langage corporel.

Andrew se tourna vers elle et lui sourit avec reconnaissance.

— Je te remercie de la confiance que tu m'accordes.

— Miranda, puis-je te parler en privé ? demanda Tara en se levant.

— Je ne vois pas pourquoi nous devrions nous isoler. Si tu as quelque chose à me dire, parle devant Andrew.

Tara eut une moue contrariée.

— Il vaudrait beaucoup mieux que nous parlions en privé.

Miranda sentit la colère monter en elle.

— Non. Quelle que soit la nouvelle sordide que tu souhaites me révéler, fais-le ici.

— Allons, du calme ! intervint Andrew. Cela fait des semaines que Miranda se fait une joie de cette fête. Elle a travaillé dur pour nous concocter ce festin. Ce serait vraiment injuste de lui gâcher ce moment.

Juste ciel, quel homme adorable et prévenant ! Il fallait vraiment que Tara et Grant aient des œillères pour ne pas remarquer ses qualités.

— Merci, Andrew.

— Aucun de nous ne cherche à gâcher cette fête, déclara Grant. Mais, Miranda, je manquerais à mes obligations en tant que meilleur ami de Johnathon si je ne te disais pas qu'à mon avis Andrew abuse de ta confiance.

Il se tourna vers Andrew.

— J'ignore à quoi tu joues, mais ton histoire ne tient pas la route. Je ne connais aucun Victor. Pourtant, je suis au courant de toutes les affaires que Johnathon a traitées. Et je m'intéresse de très près à tous les incidents survenus récemment chez Sterling Enterprises. Voilà pourquoi je ne crois pas à l'existence de ce Victor. Je suis persuadé que c'est une ruse pour dissimuler tes méfaits ou, tout au moins, un prétexte pour ne pas avoir à t'excuser de tes tentatives de sabotage à l'encontre de la société de ton frère.

— Tu te trompes ! protesta vivement Andrew. Je me suis déjà excusé. Victor existe bel et bien, et ce n'est qu'une question de temps avant qu'il s'en prenne à nouveau à Sterling. Voilà pourquoi je suis ici. Pour le neutraliser.

— Tes explications ne me convainquent pas, intervint Tara. Je veux savoir ce que tu manigances en t'installant chez Miranda.

Essaies-tu de te faire bien voir d'elle afin de mettre le grappin sur Sterling Enterprises ?

Andrew se leva d'un bond et jeta sa serviette sur son assiette.

— C'en est trop !

Il se tourna vers Miranda, tremblant presque de rage.

— Je retourne dans la cuisine. Je ne veux pas que le reste de ta soirée soit gâché à cause de ma présence.

Il sortit de la pièce d'un pas décidé.

Miranda était atterrée. Comment les choses avaient-elles pu dégénérer ainsi ?

— Qu'est-ce qui vous a pris, à tous les deux ? C'était censé être un dîner convivial !

Tara tendit le bras pour s'emparer de la main de Miranda, mais elle la retira, trop en colère pour se laisser amadouer.

— Miranda, je suis désolée mais je ne comprends pas ce qu'il cherche en s'installant chez toi et en traquant un individu qui, j'en suis sûre, n'existe pas. Aucun incident ne s'est produit chez Sterling depuis qu'Andrew est en ville. Je suis persuadée qu'il a mis fin à son plan. C'est une bonne chose, et nous lui en savons gré. Il n'empêche qu'il te ment.

Miranda fit de son mieux pour contenir sa colère, mais elle bouillait intérieurement. Pourquoi Tara et Grant ne comprenaient-ils pas qu'Andrew était quelqu'un de bien et qu'elle appréciait sa compagnie ?

— Vous aurez beau dire et beau faire, je lui fais entièrement confiance. Par ailleurs, non seulement il est mon seul lien avec Johnathon, mais il fera aussi partie de la vie de mon bébé. Si vous ne comprenez pas pourquoi c'est si important pour moi dans ma situation, je n'ai rien d'autre à vous dire.

Elle inspira profondément pour reprendre son souffle, soulagée d'avoir enfin exprimé ce qu'elle avait sur le cœur.

Tara la contempla, l'air peiné.

— Miranda, Grant et moi ne voulons que ton bien. Nous essayons de te protéger. Si Johnathon savait ce qui se trame ici, il serait fou d'inquiétude pour toi. C'est notre devoir de te mettre en garde.

— Vous pouvez extrapoler autant que vous voulez sur la réaction de Johnathon, mais le fait est qu'il n'est plus là. Et si nous ne pouvons pas trouver le moyen de nous entendre, ce bébé n'aura pas de famille.

— Quand tu parles de famille, tu inclus Andrew ? demanda Grant.

— Oui.

L'espace d'un instant, personne ne dit mot, et Miranda leur sut gré de ce silence. Mais elle avait surtout envie que ses invités s'en aillent pour qu'elle puisse se retrouver seule avec Andrew et lui dire à quel point elle était désolée de ce qui s'était passé. Bien sûr, elle était déçue qu'une de ses fêtes préférées soit gâchée, mais elle déplorait surtout les accusations injustes portées contre Andrew.

— Je vais aider Andrew à faire la vaisselle, déclara Miranda en se levant de table et en commençant à récupérer les assiettes sales.

— Je vais t'aider, proposa Tara en se levant à son tour.

— Non, c'est inutile. Si vous le souhaitez, vous pouvez passer du temps avec Clay et Astrid. Mais je préférerais que vous rentriez chez vous.

Grant accusa le coup.

— Je ne peux pas partir en sachant que tu es bouleversée.

Miranda haussa les épaules.

— Je m'en remettrai. Malgré l'amitié que je vous porte, ce soir, vous avez dépassé les bornes, et j'ai besoin d'être seule.

Sur ce, elle sortit de la salle à manger. En arrivant dans la cuisine, elle aperçut Andrew et Clay qui bavardaient. Ils souriaient. Ils riaient, même. C'était cette ambiance conviviale qu'elle avait espéré créer aujourd'hui. Elle se réjouit de ce minuscule moment de bonheur. Finalement, la fête ne serait pas un échec total.

— Comment ça se passe avec Tara et Grant ? demanda Clay.

— Je leur ai demandé de partir. Leur attitude a été inqualifiable.

Elle déposa la pile d'assiettes sur le comptoir et fit couler l'eau chaude dans un bac de l'évier.

Clay la rejoignit.

— Je suis désolé. Tu te faisais une telle joie de cette fête. Je pense que Tara et Grant sont tellement stressés par les préparatifs de leur mariage qu'ils ont perdu tout sens de la mesure. Grant a invité sa très nombreuse parentèle alors que Tara voulait une cérémonie intime.

Tara et Grant avaient prévu de se marier juste avant Noël. Si tel était leur problème, il finirait par se résoudre. En attendant, Miranda avait le moral en berne.

— Peut-être.

Astrid et Delia vinrent les rejoindre.

— Je crois qu'il est temps de rentrer. Je suis épuisée de courir après Delia. Elle est infatigable !

Clay la gratifia d'un grand sourire. Son expression était si pleine d'amour que Miranda en fut bouleversée. Son frère avait trouvé le bonheur. Tout n'était pas perdu.

— En parlant de mariage, dit Miranda, Clay et toi avez-vous fixé une date ?

Ils échangèrent un sourire complice.

— Non, répondit Astrid. Nous sommes trop occupés à nous amuser. Nous verrons plus tard.

Comme ils avaient raison, songea Miranda, heureuse qu'ils se soient trouvés.

— Merci pour ce succulent repas, dit Clay, donnant une chaleureuse accolade à Miranda.

— Merci d'être venus.

Elle se libéra de l'étreinte de son frère et enroula ses bras autour d'Astrid et Delia qui se tenaient côte à côte. Elle observa Andrew pendant qu'il saluait leurs invités et nota avec plaisir qu'il existait déjà une complicité entre lui et Clay. Dieu merci, elle n'était pas la seule à penser qu'Andrew était quelqu'un de bien.

Une fois seuls, ils se retrouvèrent dans la cuisine en désordre.

— Finalement, je regrette de ne pas avoir engagé du personnel, remarqua Miranda, versant du liquide vaisselle dans l'eau chaude du bac.

— Je suis désolé.

Andrew s'approcha d'elle, cherchant à intercepter son regard.

— Ne le sois pas. J'ai été stupide de ne pas suivre ton conseil.

Il secoua la tête en riant doucement.

— Je ne parlais pas de ça mais de la scène avec Grant et Tara. Elle ne se serait pas produite si je n'avais pas été là.

Miranda leva un doigt pour l'arrêter.

— Non, ne dis pas ça. C'est leur problème, pas le tien.

— J'ai entendu ce que tu leur as dit après mon départ. Je venais récupérer les assiettes sales quand j'ai surpris votre conversation. Je veux que tu saches à quel point j'ai été touché que tu prennes ma défense. Tu n'y étais pas obligée.

— Si. Je ne pouvais pas les laisser t'accuser à tort.

Malgré la gravité du sujet, elle se sentait d'humeur plus légère. Elle se retrouvait enfin seule avec Andrew et n'avait plus besoin de se soucier de l'opinion d'autrui.

— Je te remercie de ta confiance. Tu ne peux pas savoir à quel point c'est important pour moi.

Il prit la main de Miranda.

— Ces deux dernières semaines comptent parmi les plus belles de ma vie. Cela semble stupide, mais c'est la vérité.

Elle sentit son cœur battre plus vite quand Andrew lui pressa les doigts.

— Ce n'est pas stupide. Moi aussi, je suis heureuse de t'avoir ici.

Elle scruta son visage, à la fois intriguée et troublée par la douce pression qu'il continuait d'exercer sur ses doigts. Mais quand il passa sa langue sur sa lèvre inférieure, elle sentit ses genoux flageoler. Comment résister à la tentation ? Sa bouche était tellement sensuelle, ses épaules tellement larges et ses cheveux si soyeux. Elle brûlait d'envie d'y glisser les doigts, d'enserrer sa nuque et d'enrouler sa jambe autour de sa cuisse musclée.

Avant qu'elle comprenne ce qui lui arrivait, Andrew ancra son regard dans le sien et l'emprisonna. Ce fut si intense qu'elle eut l'impression d'être traversée par une décharge électrique. Une connexion invisible s'était établie entre eux. Ils se rapprochèrent un peu plus, l'espace entre eux se réduisant comme peau de chagrin et le temps devenant élastique. Dans un sursaut de bon sens, Miranda s'efforça de détourner le regard afin de rompre cet enchantement, mais elle n'y parvint pas. C'était comme si la clé de l'avenir résidait dans les yeux d'Andrew et qu'elle devait la trouver.

Il effleura la mâchoire de Miranda, une caresse à peine perceptible et pourtant grisante au possible.

— Je crois que je vais commettre une erreur, Miranda.

Son cœur battait si vite qu'il menaçait d'éclater dans sa poitrine.

— Que veux-tu dire ?

Elle avait très envie d'entendre la réponse, et en même temps elle la redoutait. Car si Andrew s'écartait d'elle, elle aurait beaucoup de mal à s'en remettre. Durant ces derniers mois, elle avait dû affronter le chagrin, la solitude et quelques vérités déplaisantes. Et aujourd'hui elle aspirait à plus de clémence de la part du destin.

— J'ai envie de t'embrasser, mais je crains que ce ne soit une erreur.

Sa paume chaude lui enserrait la joue, et sa chaleur se diffusait en elle.

Elle eut beau chercher une réponse appropriée, elle n'en trouva pas, tellement soulagée qu'ils soient sur la même longueur d'onde. Elle ignorait depuis combien de temps il ressentait cette attirance, mais la réponse importait peu. La seule chose qui comptait, c'était qu'elle le suive sur le chemin qu'il venait de tracer.

— Que dirais-tu d'essayer pour voir ce qu'il en est ?

6

L'air dans la cuisine était chargé d'anticipation.

— Si je t'embrasse, Miranda, il n'y aura pas de retour en arrière possible.

Sous le feu du regard d'Andrew, Miranda avait une conscience aiguë de sa propre respiration oppressée, des battements effrénés de son cœur et de la tension de son corps. Ce qu'elle ressentait à cet instant n'était pas très différent de ce qu'elle avait éprouvé l'autre jour, dans la chambre du bébé : un besoin impérieux qu'Andrew la touche. Partout.

— Je ne vois pas pourquoi nous devrions revenir en arrière, Andrew. Tout ce qui m'intéresse, c'est aller de l'avant.

Pourquoi ne l'embrassait-il pas ? Attendait-il qu'elle fasse le premier pas ? Elle regrettait de ne pas avoir formulé une réponse plus aguichante mais, à ce stade, les mots lui semblaient inutiles. Elle ne pensait qu'à gérer l'urgence, ce qui signifiait notamment le délester de ses vêtements.

— Il faut que je sois sûr et certain que c'est ce que tu veux.

Il se rapprocha un peu plus d'elle et lui embrassa la joue.

Juste ciel, s'il ne lui donnait pas un baiser digne de ce nom, elle allait exploser ! Se haussant sur la pointe des pieds, elle s'agrippa à ses épaules pour garder l'équilibre.

— Oui, c'est ce que je veux.

Elle ferma les yeux et se risqua à poser ses lèvres sur celles d'Andrew dans un baiser qui lui donna l'impression de flotter en apesanteur. Après une infime hésitation, il passa sa langue le long de sa lèvre inférieure. Aussitôt, la joie et le soulagement déferlèrent sur tout son être. S'enhardissant, elle enroula ses bras autour du cou d'Andrew et glissa ses doigts dans ses cheveux épais. Les lèvres d'Andrew, douces, chaudes et humides, s'aventurèrent avidement sur sa mâchoire et son cou tandis qu'il nouait ses bras autour d'elle, l'attirant contre lui et la soulevant presque de terre.

Quand il glissa une main sous son pull, elle eut enfin la confirmation tant attendue qu'il la désirait autant qu'elle le désirait. Il s'escrimait sur la fermeture de son soutien-gorge, ce qu'elle trouva adorable. D'habitude, il était si sûr de lui. Cette maladresse le rendait terriblement humain, et elle se sentait encore plus proche de lui.

— Laisse-moi faire, murmura-t-elle.

Elle fit passer son pull par-dessus sa tête puis le plaqua contre sa poitrine dans un sursaut de pudeur, appréhendant la réaction d'Andrew à la vue de son corps de femme enceinte.

— Est-ce que tu te caches de moi ? demanda-t-il.

— Non. Enfin, oui. As-tu déjà été obligé de faire l'amour à une femme enceinte ?

— Obligé ? Je brûle d'envie de te faire l'amour.

Il lui ôta le pull des mains et le posa sur le comptoir. Puis il passa son doigt sous la bretelle de son soutien-gorge en soie blanc et la fit glisser le long de son épaule.

— Tu as un corps somptueux. J'ai hâte d'en découvrir chaque centimètre.

Ses paroles ne déclenchèrent pas seulement des frissons délicieux sur sa peau ; elles s'ancrèrent durablement dans sa mémoire. Tout son être vibrant du plaisir de l'anticipation, elle dégrafa son soutien-gorge mais laissa à Andrew le soin de le lui ôter.

— Continue de me dévoiler tes charmes, dit-il d'une voix rauque.

Il l'embrassa au creux du cou, un endroit très sensible, et elle cambra les reins, gémissant presque de plaisir.

À sa demande, elle ramena les pans de son soutien-gorge vers l'avant, et il l'aida à s'en débarrasser. Quand il riva son regard sur sa poitrine, elle sentit son cœur battre plus vite sous l'effet de l'anticipation. Lui enserrant les côtes avec ses deux mains, il caressa la peau tendre sous ses seins à l'aide de ses pouces et s'inclina pour lécher un téton.

Le halètement qui s'éleva des profondeurs de sa gorge semblait exprimer la fin de semaines de frustration. Elle inclina la tête vers lui pour le regarder faire, heureuse de se sentir admirée et cajolée, et émue de savoir qu'elle l'excitait.

— J'ai envie de toi, Andrew. Maintenant.

— Alors, montons, répondit-il d'une voix rauque de désir.

Sans lui laisser le temps de faire un seul pas, il la souleva dans ses bras comme si elle était un poids plume. Un petit exploit, étant donné son état. Il longea le couloir et grimpa prestement les marches tandis qu'elle s'accrochait à son cou, brûlant d'envie de l'embrasser à nouveau.

— Ta chambre ou la mienne ? demanda-t-il.

La question n'était pas anodine. Miranda occupait la chambre conjugale où elle avait couché avec Johnathon.

— La tienne. C'est la plus proche.

Il lui adressa un large sourire.

— Excellent argument.

Parvenu à destination, il la déposa délicatement sur le grand lit sans se départir de son sourire. Il se redressa et commença à déboutonner sa chemise. La lumière tamisée soulignait les contours incroyables de son torse et de ses abdominaux. Un séduisant duvet brun recouvrait ses pectoraux, et un sillon duveteux des plus affriolants partait de son nombril et disparaissait sous la ceinture de son pantalon. Ses épaules étaient encore plus musclées qu'elle l'avait imaginé. Même ses costumes sur mesure ne leur rendaient pas justice tant elles étaient ciselées et faites pour les caresses.

Il s'avança vers le lit, et elle se redressa, avide de plaquer ses mains sur son torse ferme, la chaleur de sa peau se diffusant dans sa paume et ses doigts. Alors qu'elle avait les bras levés, il cueillit ses seins et titilla ses mamelons durcis. La tête rejetée en arrière et les yeux clos, elle exhala un gémissement de pur plaisir. C'était si bon qu'elle se sentait chavirer. Elle se força à se redresser parce qu'elle brûlait d'envie de sentir à nouveau ses lèvres sur les siennes. Comme s'il lisait dans ses pensées, il s'inclina et captura sa bouche pour un long baiser incandescent. Le genre de baiser qui faisait perdre la tête à une femme.

Elle mentirait si elle disait qu'elle n'avait pas hâte de voir le reste de sa personne. Après lui avoir ôté son pantalon, elle glissa ses doigts sous la ceinture de son boxer noir et le fit descendre le long de ses hanches minces. Il l'embrassa à nouveau, et elle enroula ses doigts autour de son érection, exultant d'entendre le râle profond qui passa directement de sa bouche à la sienne.

Il l'obligea doucement à s'allonger et embrassa le renflement de son ventre nu. Il se montrait si tendre et si délicat qu'elle en était bouleversée. Elle l'observa pendant qu'il lui déboutonnait son pantalon et le faisait glisser le long de ses jambes. Puis il parcourut son corps d'un long regard admirateur qui attisa un peu plus son désir. Tout son corps était figé dans l'attente de ses caresses.

Enfin, il lui ôta sa culotte et ancra ses yeux assombris de désir dans les siens pendant que ses doigts s'immisçaient au cœur de sa féminité. Elle se raccrocha à lui, ivre de passion, tandis qu'il lui prodiguait des caresses grisantes. C'était si bon d'être à sa merci. D'être désirée par lui comme elle l'avait désiré si souvent au cours des dernières semaines. Tandis que leurs regards demeuraient soudés l'un à l'autre et qu'une connexion s'établissait entre eux, elle croyait discerner chez lui certains aspects de son moi intime qu'il s'appliquait à dissimuler, notamment une certaine vulnérabilité, comme s'il avait beaucoup souffert.

La pression montait en elle, annonciatrice de la jouissance, mais elle aspirait à une connexion plus intense avec Andrew. Elle avait besoin de lui. En elle.

— S'il te plaît, fais-moi l'amour, Andrew.

Elle n'en revenait pas d'avoir prononcé ces paroles. Cette situation était tellement surréaliste, et pourtant faire l'amour était la seule chose qui lui paraissait appropriée.

Il égrena des baisers légers sur son ventre.

— Veux-tu que j'utilise un préservatif ?

Elle eut un petit rire.

— À quoi bon ? Je suis déjà enceinte !

— Dans ce cas, je tiens à te préciser que je n'ai aucun problème de santé. Et cela fait très longtemps que je ne suis pas sorti avec une femme.

Tout en lui sachant gré de sa prévenance et de sa prudence, elle était sidérée par sa deuxième remarque. Il était tellement beau et séduisant. Comment se faisait-il qu'il n'ait pas une kyrielle de femmes à ses trousses, prêtes à tout pour le séduire ? Ce serait peut-être un sujet de conversation pour une autre fois, quand elle n'aurait pas des besoins aussi urgents à assouvir.

— Alors, tout est pour le mieux.

Il s'allongea à côté d'elle, magnifique spécimen de mâle, robuste et musclé, mais souple et sans aucune once de graisse. Il rejeta la tête en arrière en exhalant un râle de plaisir quand elle enroula ses doigts autour de son pénis et qu'elle le caressa sur toute sa longueur. Elle n'en revenait pas de la charge de tension qui émanait de son corps. Quand leurs regards se connectèrent à nouveau, elle lut un désir tellement dévorant dans celui d'Andrew qu'elle se sentit galvanisée. C'était précisément ce qu'elle voulait. Qu'il la consume tout entière.

— Qu'est-ce qui est le mieux pour toi et le bébé ? Que tu sois dessus ou dessous ?

À vrai dire, elle n'y avait pas réfléchi, car cette situation était inédite pour elle. Mais à ce stade son ventre peu proéminent ne gênerait pas leur rapport.

— Je préfère être dessous, pour cette fois. J'ai envie de sentir le poids de ton corps sur moi.

— Le bébé ne risque rien ?

— Non. Elle n'est guère plus grosse qu'une balle de tennis.

Andrew se positionna entre ses jambes, et elle arqua son dos pour le recevoir. Il adopta un rythme lent et méthodique, faisant preuve d'une patience dont elle lui fut reconnaissante. Elle éprouvait une sorte de griserie tandis que leurs corps s'unissaient et qu'elle commençait à savourer chacune des sensations annonciatrices du plaisir suprême. Elle n'avait jamais laissé ses fantasmes au sujet d'Andrew s'aventurer aussi loin, et rien n'aurait pu la préparer à un tel embrasement de ses sens.

Il se mit à onduler des hanches, et ce mouvement accrut aussitôt la pression au cœur de son intimité en provoquant une délicieuse friction. Puis il captura à nouveau sa bouche, son baiser profond et ardent en parfaite harmonie avec le balancement langoureux de leurs deux corps.

Attentive au plaisir qui montait en elle, elle enroula ses jambes autour des hanches d'Andrew pour l'accueillir plus profondément en elle. Puis elle enserra son visage entre ses paumes pour que leurs deux bouches demeurent unies pendant qu'elle savourerait la délivrance ultime. Elle se concentrait sur le moment présent, sans autre souci en tête que l'anticipation du plaisir orgasmique qui l'attendait.

Miranda était proche de la jouissance, il le percevait dans chaque mouvement sensuel de son corps. Il s'efforçait de retarder son propre orgasme, une tâche presque impossible. Son seul moyen d'y parvenir était de se concentrer sur la respiration de Miranda et sur ses mains autour de son visage.

À cet instant, elle avait le souffle court. Chaque gémissement de plaisir qui s'échappait de sa bouche pulpeuse flattait son ego, mais il ne s'était pas attendu à ce qu'elle crie son nom, agrippée à son dos, ses ongles lui labourant la peau. Mais qu'importait la douleur ; elle formait un délicieux contrepoint à la satisfaction de voir le corps de Miranda se convulser de plaisir autour du sien et s'y raccrocher comme à une bouée de sauvetage.

La tension était si forte en lui qu'il n'était plus capable d'aligner une pensée cohérente. En voyant le sourire démesuré qui illuminait le visage de Miranda, il laissa son instinct prendre le relais. Après quelques coups de reins supplémentaires, il sentit la pression se relâcher enfin et il s'abandonna au plaisir qui explosa en lui, embrasant chacune de ses terminaisons nerveuses.

Il s'empressa de rouler sur le côté, attentif à ne pas peser inutilement sur le bébé. Miranda vint se lover contre lui, la tête nichée au creux de son aisselle. Il s'efforçait de reprendre son souffle et ses esprits, mais une part de lui appréhendait le moment où ses idées s'éclairciraient car il risquait d'être assailli par des pensées rationnelles embarrassantes.

— C'était fabuleux !

Elle promena ses doigts sur son torse et renversa la tête en arrière pour l'embrasser.

Curieusement, il avait le sentiment que ce baiser était encore plus passionné que les précédents. Mais il aurait dû savoir que les choses se passeraient ainsi dès lors qu'il n'y aurait plus de barrière entre eux. De fait, il la désirait encore plus intensément que quelques heures auparavant. Et il redoutait de ne jamais se rassasier d'elle.

— C'est toi qui es fabuleuse, Miranda, crois-moi.

Elle rit doucement et embrassa son torse.

— Tu me gâtes.

— Non. Mais tu mériterais de l'être. Choyée. Adorée. Couverte de louanges et de bijoux, de maisons, de yachts.

Elle se redressa sur un coude et le contempla, confuse.

— Je n'ai jamais eu envie d'avoir un bateau.

Ce fut à son tour de rire.

— Je voulais dire par là que je te donnerais tout ce que tu pourrais vouloir.

À peine ces paroles avaient-elles franchi ses lèvres qu'il craignit d'avoir été trop loin. Mais après tout, qu'importait ? Il avait déjà gaspillé trop de temps à force de s'inquiéter de choses et d'autres. Il avait prononcé ces mots de façon spontanée ; ils venaient du cœur, et il les assumait pleinement.

— Je n'ai pas besoin de grand-chose, assura-t-elle.

— Dans ce cas, dis-moi ce que tu veux.

Il l'observa pendant qu'elle réfléchissait. Que n'aurait-il pas donné pour connaître ses pensées les plus intimes ! Il s'inquiétait à l'idée qu'elle n'attache pas la même importance que lui à ce moment magique qu'ils venaient de partager.

— Je voudrais avoir une vie agréable et normale. Être heureuse.

Elle posa à nouveau sa tête sur son épaule.

— Cela peut paraître stupide et banal, mais c'est la vérité.

Il lui caressa le bas des reins, se délectant de la douceur de sa peau.

— Ta vision du bonheur n'est ni stupide ni banale. Elle est belle dans sa simplicité. En outre, c'est le genre de choses qui ne s'achète pas, et c'est ce qui me plaît.

— Ce sont aussi les plus difficiles à obtenir.

Nous pourrions être heureux ensemble. Cette pensée lui traversa l'esprit en dehors de toute réflexion. Il savait par expérience que ces idées spontanées étaient les plus sincères parce qu'elles venaient du cœur.

— Mais elles méritent qu'on se batte pour tenter de les obtenir, non ?

Elle approuva d'un signe de tête.

— Puis-je t'avouer une chose dont je ne suis pas très fière ?

— J'ai du mal à croire que tu aies la moindre chose à te faire pardonner, plaisanta-t-il.

Elle se lova un peu plus contre lui.

— Il ne s'agit pas de quelque chose que j'ai fait mais d'une pensée que j'ai eue le jour où tu m'as fait découvrir le berceau. Quand je t'ai dit que j'étais heureuse que tu sois ici.

Il ne savait pas du tout ce qu'elle allait dire, et il en ressentait un peu d'appréhension, mais elle éprouvait visiblement le besoin de parler.

— Dis-moi tout, Miranda. Je ne te jugerai pas.

Elle exhala un lourd soupir.

— Je me suis rendu compte que je n'avais pas vraiment été heureuse avec Johnathon.

C'était un sujet qu'il n'avait pas envie d'aborder, mais il était curieux de savoir ce qu'elle voulait dire par là.

— Tu avais des problèmes avec lui ?

— Non. En fait, nous étions encore dans cette phase « lune de miel » où tout paraît facile. Tu vois ce que je veux dire ?

— Pas vraiment. Je n'ai jamais été marié.

Il avait failli se marier, jadis, mais il n'était pas prêt à lui faire ce genre de confidence.

— Je parle de cette phase exaltante où on voit la vie en rose auprès d'un ou d'une partenaire qu'on idéalise. Mais je ne crois pas qu'il y ait eu des sentiments profonds entre nous deux. La vie avec Johnathon était un tourbillon. Notre rencontre, nos fiançailles, notre mariage. Tout s'est passé si vite que j'en viens à me demander si je ne me suis pas laissé emporter par la griserie du moment.

Andrew avait entendu des femmes raconter qu'elles avaient été subjuguées par Johnathon. Ce n'était pas le style d'Andrew. Il préférait tisser des sentiments plus profonds avec une partenaire.

— Tu dis cela parce que tu as appris qu'il te trompait ?

— Peut-être.

Ses doigts tambourinèrent sur son torse, ramenant à la vie chacune de ses terminaisons nerveuses.

— Tu es tellement perspicace.

Il venait de coucher avec la veuve de son frère et il n'était pas sûr que ce soit la chose la plus intelligente qu'il ait faite.

— Merci, mais c'est beaucoup trop d'honneur.

Il avait envie de ramener la conversation sur un sujet plus léger et qui ne concernerait pas Johnathon.

— Es-tu sûre de ne pas vouloir ajouter d'autres choses à la liste de tes envies ? Un collier en diamant ou une belle voiture ?

— Ni l'un ni l'autre. Il y a bien une chose qui me ferait très plaisir, mais j'hésite à te la dire.

Il contempla, intrigué, la lueur espiègle qui brillait dans son regard.

— Vas-y. Je t'écoute.

— Demain, je voudrais décorer la maison pour Noël.

— Tu plaisantes !

— Non. J'adore les fêtes. Thanksgiving a été plutôt désastreux, et je considère que la saison de Noël commence ce soir à minuit. Je ne veux donc pas perdre une minute pour la célébrer dignement, ce qui suppose transformer la maison en un pays des merveilles hivernales.

— Dans le sud de la Californie ?

— Oui.

Il arbora un grand sourire et l’attira contre lui.

— Entendu. Nous passerons la journée de demain à décorer.

— Super ! Mais maintenant c’est à ton tour de me dire ce que tu veux.

Était-ce vraiment nécessaire de le préciser ?

— C’est toi que je veux, ce soir.

7

Quand Miranda se réveilla dans la chambre d'Andrew, le lendemain matin, ses premières pensées furent nettement plus conflictuelles que celles qu'elle avait eues la nuit dernière. Sa soirée avec Andrew avait été à la fois inattendue et incroyable. Tellement fabuleuse que la culpabilité menaçait d'annihiler l'état de béatitude dans lequel elle baignait. Elle n'avait aucune envie d'être submergée par ces sentiments négatifs, mais ils étaient bel et bien à l'affût, prêts à fondre sur elle.

Andrew ne se trouvait pas dans le lit avec elle, mais ce n'était guère surprenant. Il ne semblait pas être un gros dormeur. En tout cas, il avait peu dormi la nuit dernière. Pour tout dire, il l'avait épuisée ! Mais elle avait eu besoin de ce degré d'épuisement purement physique pour se vider la tête après cette folle journée. Elle s'assit sur le rebord du lit, les jambes pendantes. Faire l'amour avec Andrew l'avait transformée. Elle se sentait différente, ce matin. Plus vivante.

Elle regagna sa chambre et récupéra une nuisette affriolante ainsi que son peignoir en soie. Dans la salle de bains, elle se brossa les dents, se coiffa et se parfuma un peu. Elle voulait être belle et sentir bon pour Andrew. Elle avait envie qu'il la désire, comme la nuit dernière. L'avant-goût qu'il lui avait offert ne lui suffisait pas, tant s'en faut.

Quand elle revint dans sa chambre pour sortir dans le couloir, quelque chose la stoppa net : la photo d'elle et de Johnathon le jour de leur mariage, posée sur la commode. L'inconvenance de sa conduite la frappa. Cela faisait un peu plus de trois mois que Johnathon était mort. S'était-elle accordée suffisamment de temps pour faire son deuil ? Combien de temps était-on censé pleurer ses morts ? Elle l'ignorait, mais ce délai devait être plus long que celui qu'elle avait respecté. Que diraient les gens ? Surtout quand ils apprendraient que son amant n'était autre qu'Andrew, le frère de son défunt mari ?

Tout ceci était tellement injuste. Elle avait été anéantie à la mort de son mari, et pourtant elle était toujours debout, avec un cœur qui continuait à battre et un besoin désespéré de donner et de recevoir de l'amour. Andrew était bon et compatissant. Séduisant et solide. Il était aussi lié à jamais à l'homme qu'elle avait beaucoup aimé. Il était donc normal qu'elle éprouve des sentiments forts envers lui. Quel mal faisaient-ils en exprimant leur affection l'un pour l'autre ?

Aucun, décida-t-elle. Ce qu'ils avaient fait la nuit dernière ne portait préjudice à personne et ne concernait qu'eux. Elle méritait d'être heureuse, comme tout un chacun. Et Andrew aussi. Elle n'avait cure des idées préconçues des uns et des autres sur le bien et le mal. Personne ne connaissait le secret de son âme, ses pensées les plus intimes ou les réalités de sa vie. Personne ne savait ce qui pouvait la rendre heureuse.

Ce ne fut pas facile, mais elle se força à surmonter sa culpabilité, à considérer cette photo comme un merveilleux souvenir du passé et à sortir dans le couloir, l'esprit résolument tourné vers l'avenir. L'arôme délicieux du café aiguisa ses papilles. Elle sourit et une onde de chaleur colora ses joues à la perspective de voir Andrew. Elle se limitait à une tasse de café par jour depuis qu'elle savait qu'elle était enceinte, mais elle avait du mal à renoncer à sa dose de caféine. Comme c'était agréable d'avoir quelqu'un qui vous préparait ce breuvage chaque matin, comme le faisait Andrew depuis qu'il s'était installé chez elle ! Même s'il était ici pour accomplir une mission peu reluisante, il apportait du bonheur dans sa maison.

En pénétrant dans la cuisine, elle fut accueillie par un spectacle époustouflant : Andrew en pantalon de pyjama, torse nu, en train de cuisiner. La nuit dernière, elle avait eu conscience d'être une femme chanceuse, mais elle en avait la confirmation ce matin. Son pyjama, en coton écossais dans les tons bleus avec un cordon qu'il ne s'était pas donné la peine d'attacher, laissait à découvert le contour séduisant de ses hanches et ses abdominaux inférieurs musclés.

— Bonjour, dit-elle, s'approchant de lui, irrésistiblement attirée par son torse nu.

— Bonjour à toi.

Il l'attira dans ses bras et l'enlaça étroitement tout en égrenant des baisers sur le sommet de son crâne.

Elle ferma les yeux, heureuse de se sentir ainsi choyée. Oh ! oui, elle s'y habituerait facilement, mais ce ne serait pas raisonnable. Andrew avait été très clair, il retournerait à Seattle dès qu'il aurait réglé le problème avec Victor. Miranda ne pouvait pas quitter San Diego. Les liens qu'elle avait tissés ici, tant familiaux, qu'amicaux et professionnels, étaient profonds. Pour l'instant, elle ne voulait pas y penser, préférant profiter du présent avec Andrew et remettre à plus tard les décisions difficiles.

Elle ouvrit les yeux à regret et aperçut le plat à rôtir.

— Oh ! mon Dieu, nous avons complètement oublié de faire la vaisselle, hier soir !

Il rit et la libéra de sa chaude étreinte.

— Nous avions d'autres choses en tête.

Elle contempla la cuisine presque impeccable.

— Depuis quand es-tu levé ?

— Depuis 7 heures.

Un coup d'œil à l'horloge lui indiqua qu'il était 9 h 15. Elle se servit une tasse de café à laquelle elle ajouta un nuage de crème et une cuillerée de sucre de canne.

— Je suis désolée. Pourquoi ne m'as-tu pas réveillée ?

Il lui décocha un regard réprobateur.

— Tu plaisantes ? On ne réveille pas une femme enceinte. Ce serait comme provoquer un ours.

Elle n'apprécia pas la comparaison avec un gros plantigrade velu, mais il n'avait pas tort.

— Tu es mon invité. Tu n'aurais pas dû tout nettoyer. Surtout après avoir préparé une grande partie du dîner, hier.

Il haussa un sourcil interrogateur tout en essuyant une assiette.

— Il me semble que depuis cette nuit je suis devenu plus qu'un invité. Du moins, je l'espère.

Elle s'en voulut de l'avoir blessé.

— Je suis désolée. Ce n'est pas ce que je voulais dire. Tu es beaucoup plus qu'un invité.

— Ne t'excuse pas. Nous nous aventurons tous les deux en territoire inconnu.

Il rangea l'assiette dans le placard puis récupéra sa tasse sur le comptoir et but une gorgée de café. Tout en réfléchissant à sa remarque pleine de bon sens, elle ne put s'empêcher de noter à quel point tout chez lui la séduisait. Même la lueur interrogatrice de son regard la captivait, et cela ne contribuait pas à apaiser les doutes qui s'insinuaient en elle depuis qu'elle était réveillée.

— Tu as raison.

Passer du stade d'inconnus à beau-frère et belle-sœur, puis d'amis et colocataires à amants était une trajectoire atypique.

— Comment vis-tu cette situation ? demanda-t-il. Je ne suis pas du genre à faire étalage de mes états d'âme, mais il faut bien admettre que notre situation est hors norme. Des sentiments complexes sont en jeu, et à ma connaissance, il n'existe aucune règle régissant ce cas de figure. Ce peut être une bonne comme une mauvaise chose.

Son aveu, quoique décourageant à première vue, lui procura un immense soulagement. Elle n'avait donc pas réagi avec excès tout à l'heure en voyant la photo d'elle et de Johnathon. Il était naturel qu'elle soit assaillie par une foule de pensées contradictoires.

— Je mentirais si je te disais que je ne me sens pas partagée entre des sentiments opposés.

— Bien.

— Tu trouves que c'est une bonne chose ?

— Oui, c'est une réaction normale à une situation inédite.

La sonnerie du minuteur retentit, et Andrew se saisit d'une manique pour sortir un plat du four.

Une autre odeur délicieuse aiguisa ses papilles : bacon et fromage.

— Tu as préparé une quiche ?

Il haussa les épaules et posa le plat sur la grille de la cuisinière.

— Je cuisine quand je suis stressé. Ça m'aide à réfléchir.

— Tu veux dire que cette situation te perturbe, toi aussi ?

— Bien sûr. Nous avons franchi une limite, la nuit dernière. Du moins, je l'ai franchie.

— Nous l'avons franchie tous les deux.

Il demeura pensif un instant.

— Je me demande ce que je ressentirais ce matin si nous n'avions pas succombé à la tentation.

Regrettait-il leur choix ? Pour sa part, malgré ses scrupules d'ordre moral, elle n'éprouvait aucun remords. Elle avait eu besoin de cette délivrance physique, mais aussi et surtout de tendresse et d'attentions. Elle avait eu besoin de se sentir davantage femme que future maman. Par ailleurs, elle ne pouvait pas nier que son attirance pour Andrew s'était considérablement renforcée à mesure qu'ils devenaient plus proches au fil des semaines.

— Je crois que j'éprouverais de la frustration, dit-elle.

Il hocha la tête et lui prit la main pour l'attirer vers lui. Son assentiment la soulagea d'un grand poids. Elle s'était sentie à la dérive durant ces dernières minutes alors qu'il était aux prises avec sa mauvaise conscience.

— Tu as raison. Moi aussi, je me sentirais frustré. Mon problème, c'est que j'ai lutté contre l'attirance que tu exerçais sur moi depuis le jour où je t'ai rencontrée. Car cette attirance était totalement inappropriée.

— Tu ne pouvais rien y faire, Andrew.

— Pourtant, je me demande si elle n'est pas la véritable raison de mon retour à San Diego. J'aurais sans doute pu m'occuper de Victor depuis Seattle. Mais inconsciemment j'avais envie de saisir ma chance avec toi. Et c'était malhonnête de ma part. Voilà pourquoi je me sens aussi coupable, ce matin.

Elle soupira en contemplant son beau visage rembruni. Encore une fois, elle crut discerner dans ses yeux les ombres et les souffrances de son passé.

— Tu es venu ici avec de bonnes intentions. Et tu as été merveilleux avec moi. J'ai eu besoin de toi pendant tout ce temps, et tu n'as pas hésité à m'aider.

— Cela n'allège pas pour autant le poids qui pèse sur ma conscience.

— Qu'est-ce qui l'allégerait ?

— Franchement ? Je ne sais pas. Ma culpabilité est beaucoup trop liée à mes sentiments envers mon frère et à notre rivalité. Cela me rend triste de penser à tout ce temps que nous avons gaspillé à nous faire la guerre. Et maintenant il est trop tard pour que je me réconcilie avec lui.

— Si je comprends bien, vous étiez tous les deux engagés dans cette rivalité. Tu n'as donc aucune raison d'en assumer seul toute la responsabilité.

— Je sais. Mais je suis vivant, et lui ne l'est plus.

Il secoua la tête, et l'espace d'un instant, son regard se perdit au loin tandis que son front se plissait sous l'effet du remords. Comme elle détestait voir la manifestation physique de son tourment !

— Je crois qu'on appelle ça la culpabilité du survivant. Je devrais peut-être consulter un psychothérapeute.

— Je ne suis pas médecin, mais je sais écouter. Nous avons toute la journée et le week-end devant nous. Si tu as envie de te confier, n'hésite pas.

— Pendant que nous décorerons la maison ?

— Oh ! oui, ce serait merveilleux ! La décoration est une de mes activités préférées. Quand j'étais enfant, je rêvais de connaître des Noëls féeriques, mais je n'ai jamais eu cette chance. Maintenant que je suis adulte, je m'efforce de réaliser mes rêves.

— Je comprends.

Il l'embrassa tendrement sur la joue.

— Ce programme me convient.

Andrew ne pouvait pas s'empêcher de se dire qu'il avait commis une folie en ayant une relation charnelle avec Miranda. Malgré tout, il se sentait un peu mieux après leur conversation. L'un et l'autre étaient partagés entre la loyauté et l'amour, l'attirance et le désir, et surtout, entre le passé et l'avenir. S'il devait continuer à affronter son histoire avec Johnathon, du moins il aurait une alliée qui comprendrait en grande partie d'où il venait.

Après le petit déjeuner, lui et Miranda délaissèrent à nouveau la vaisselle. À un moment, il dit quelque chose qui fit rire Miranda, et ce son ô combien sexy galvanisa son désir pour elle. Se levant de sa chaise, il s'agenouilla devant Miranda, enserra son beau visage entre ses paumes et captura ses lèvres. Leur baiser était si délectable qu'il ne put attendre une minute de plus. Il tira sur la ceinture de son peignoir et en écarta les pans, dévoilant une nuisette en soie noire affriolante. Puis il glissa ses pouces sous les fines bretelles et les fit glisser le long de ses bras, libérant ses seins opulents. Consumé de désir, il les cueillit aux creux de ses paumes et titilla ses mamelons durcis avant de lécher sa peau d'une douceur incroyable.

Puis il inséra une main entre ses cuisses et exulta en découvrant son intimité moite pour lui. Il la caressa du bout des doigts en appliquant des mouvements circulaires, et elle gémit de plaisir contre sa bouche.

— Je vais jouir, haleta-t-elle.

— C'est ce que je veux.

Elle agrippa son poignet et riva son regard au sien.

— Moi aussi. Mais je veux que tu sois en moi à ce moment-là.

Elle s'agenouilla à son tour, et il ôta son pyjama en un tournemain. Sa nuisette retroussée autour de la taille, elle s'installa à califourchon au-dessus de lui et se coula sur son sexe, sa chaleur intime l'enserrant, accueillante. C'était si bon qu'il se sentait chavirer. Entre-temps, la vision sublime de Miranda au-dessus de lui et le balancement de ses seins splendides lors de chacune de ses poussées constituaient un spectacle de toute beauté.

— Je vais bientôt jouir. Et toi ? demanda-t-elle d'une voix haletante.

Si seulement elle savait qu'il était sur le point d'exploser depuis qu'il était en elle !

— Moi aussi. Préviens-moi, et nous jouirons ensemble.

Elle hocha la tête en souriant et poursuivit ses va-et-vient lascifs, les mains plaquées sur son torse, les yeux clos, sa chevelure brune déployée sur la peau crémeuse de ses épaules nues. Il avait le plus grand mal à se contenir tandis que le plaisir l'encerclait et menaçait de fondre sur lui. Aussi se concentrait-il sur le visage de Miranda et les doux gémissements qui s'échappaient de ses lèvres entrouvertes.

Soudain, elle inclina la tête vers lui.

— Maintenant !

Dieu merci ! Aussitôt, il s'abandonna à l'extase en même temps qu'elle criait son nom, les reins cambrés, le visage extatique. Les vagues du plaisir continuaient de déferler sur lui tandis que les muscles féminins de Miranda se resserraient et se relâchaient autour de lui, encore et encore.

Finalement, elle s'effondra sur son torse et l'embrassa tendrement.

— J'adore ce genre de petit déjeuner !

Il rit et écarta sa chevelure pour contempler son visage transfiguré. Il ne s'était jamais senti aussi chanceux ni aussi écartelé. Miranda représentait davantage encore que tout ce qu'il avait toujours désiré dans ses souhaits les plus fous. Elle était un rêve devenu réalité. Mais cela signifiait qu'il s'aventurait en territoire interdit. Il était en train de tomber amoureux de la veuve de son frère.

Ils finirent par se relever, et Miranda lui proposa de faire la vaisselle pendant qu'il se doucherait. Il avait très envie de lui proposer de le rejoindre, mais son bon sens l'incitait à la modération. Après tout, ils avaient tout le week-end pour eux. Quand il redescendit, prêt à se mettre au travail, il croisa Miranda qui montait se préparer.

— Pendant que je me douche et m'habille, pourrais-tu commencer à sortir les décorations de Noël ? Elles sont entreposées dans le débarras, au fond de la buanderie.

— Je connais l'endroit. Je suis allé y chercher des outils quand Clay et moi avons assemblé le berceau.

— Parfait. Tu trouveras plusieurs piles de bacs en plastique rouge et vert. Ils devraient être regroupés ensemble. Je serai prête dans quelques minutes.

Elle se dressa sur la pointe des pieds et l'embrassa tendrement.

— J'ai hâte de me mettre à l'ouvrage !

Tout en riant, il se dirigea vers la buanderie et le débarras. La pile de bacs était impressionnante. Il en décompta plus de vingt-cinq. Mais il n'allait pas s'en plaindre. Ce serait une aventure inédite qu'il vivrait auprès de Miranda.

Il se mit rapidement au travail, transportant deux ou trois bacs à la fois dans le salon. Il y avait suffisamment de place pour tout stocker à côté de l'imposante cheminée. Quand Miranda le rejoignit, il avait presque fini.

— Oh ! tu travailles vite !

Son apparition lui ôta souffle et pensée. Elle était la beauté incarnée, vêtue d'un pull blanc mousseux au décolleté bateau et d'un jean, les cheveux noués en une queue-de-cheval haute. Elle avait l'air épanoui, comme en témoignaient ses yeux brillants et ses joues délicatement colorées. Il était fier de se dire que c'était en partie grâce à lui.

— Tes désirs sont des ordres, plaisanta-t-il. Pendant que tu commences à déballer, je vais chercher le dernier chargement.

De retour dans le débarras, quelque chose attira son attention - plusieurs vieux cartons étiquetés « Cartes de base-ball ». Lui et Johnathon les collectionnaient quand ils étaient jeunes. Bien que l'âge d'or de ces cartes soit passé, leur collection avait constitué pour eux un passe-temps bon marché - un avantage non négligeable, car l'argent était rare chez les Sterling.

Andrew écarta le rabat d'un des cartons et aperçut les cartes soigneusement rangées. Bien sûr, il ne pouvait pas dire depuis combien de temps elles étaient là ni si Johnathon les avait regardées récemment, mais elles lui rappelaient avec une vive émotion la vie qu'ils avaient jadis partagée et un des rares passe-temps qu'ils appréciaient ensemble. De nouveau, la culpabilité s'insinua en lui, mais il était hors de question qu'elle lui gâche sa journée. Refermant résolument le carton, il retourna au salon avec son dernier chargement.

— Tu vas bien ? demanda Miranda quand il posa les bacs.

Elle avait déjà sorti des guirlandes, des ampoules lumineuses et d'autres ornements.

— On dirait que tu as vu un fantôme.

Apparemment, il ne s'était pas tout à fait remis de l'émotion suscitée par sa découverte.

— J'ai aperçu des cartons contenant des cartes de base-ball. Elles m'ont fait penser à Johnathon.

— Elles t'ont rappelé des bons ou des mauvais souvenirs ?

Elle s'exprimait d'un ton si hésitant qu'il en eut le cœur serré.

— Je ne veux pas en parler si ce sujet te bouleverse. Cette journée est censée être la tienne.

— Tu plaisantes ? J'ai très envie de savoir comment vous étiez, enfants. Johnathon n'a jamais voulu aborder ce sujet.

Elle reposa une guirlande lumineuse et s'approcha de lui.

Il détourna un instant le regard, bouleversé qu'elle s'intéresse à ce point aux nombreux souvenirs qu'il gardait pour lui depuis si longtemps.

— Nous ne faisions rien de spécial pour Noël, chez nous. Est-ce que Johnathon te l'a dit ? demanda-t-il, trouvant enfin le courage de croiser son regard.

— Non. Mais nous n'avons passé que deux Noëls ensemble, l'année de nos fiançailles et celle de notre mariage.

— Notre père était ouvrier dans le bâtiment et il a eu un accident du travail quand nous étions jeunes. Il a obtenu une maigre pension d'invalidité et quelques aides de la part de son syndicat, mais c'était insuffisant pour compenser la perte de son salaire. Notre mère a donc été obligée de prendre deux emplois simplement pour que nous ayons de quoi manger. Entre son travail et l'éducation de deux garçons turbulents, elle n'avait plus assez d'énergie pour penser à Noël.

Miranda le prit par la main et l'entraîna vers le canapé.

— Parle-moi encore de votre enfance.

Il hésita, mal à l'aise, mais un sentiment plus profond le poussa à continuer. Miranda méritait de connaître leur histoire. Elle méritait de comprendre comment il en était arrivé à faire ce qu'il avait fait, et Noël en était une parfaite illustration.

— Notre père ne s'occupait pas de nous. Il était devenu très amer après son accident, et au fil des ans son acrimonie s'est accentuée. Il passait ses journées devant la télévision et fulminait contre le monde entier. Je ne me souviens pas qu'il ait manifesté de l'affection ou de la reconnaissance envers notre mère durant les dernières années de sa vie.

— Quand est-il mort ?

— Quand Johnathon et moi étions au lycée.

— Cette histoire est tellement triste.

— Oui. Mais chacun a des pans de son passé dont il n'aime pas se souvenir.

Il haussa les épaules, fataliste.

— Cela te donne une idée de la vie quotidienne que nous menions. Johnathon et moi marchions sur des œufs. Notre père était irascible et notre mère exténuée. C'est dans ce contexte qu'a débuté notre rivalité. Johnathon était l'aîné, et c'était tellement plus facile pour lui de me manipuler. D'autant que je recherchais désespérément son approbation.

— Comment te manipulait-il ?

— S'il faisait quelque chose de mal, il m'en rendait toujours responsable. Même s'il était évident que c'était sa faute, comme un échec à un contrôle de connaissances à l'école. Il racontait que je l'avais déconcentré pendant qu'il essayait d'étudier. Il ne supportait pas d'avoir tort ou qu'on porte un jugement négatif sur lui.

Miranda acquiesça d'un hochement de tête.

— Je m'en suis rendu compte très souvent. Il voulait toujours être fêté et admiré.

— Exactement. Et j'acceptais parce qu'il était plus gentil avec moi si je ne me rebellais pas. Il lui arrivait même de me remercier d'encaisser les reproches à sa place, mais jamais devant nos parents, bien sûr.

— Et cela a continué à mesure que vous grandissiez ?

—Oui. Les choses ont même empiré car les enjeux devenaient plus élevés. Une fois, il a été arrêté pour détention de *marijuana*. Une autre fois, il a embouti la voiture de notre mère dans un réverbère. Et j'en passe.

— Eh bien, il s'est attiré de sacrés ennuis !

— Je n'étais pas un ange. Moi aussi, je me suis parfois mis dans de sales draps. Mais du point de vue de nos parents, et surtout de celui de notre mère après la mort de notre père, j'étais le fils indigne tandis que Johnathon était paré de toutes les qualités ou presque. Il profitait de la situation. Mais je n'arrivais pas à lui en vouloir et je le laissais faire.

— Pourquoi ?

Andrew s'était posé la question un nombre incalculable de fois. Et il aboutissait toujours à la même réponse :

— Parce que je l'aimais.

Il perçut la fêlure dans sa voix et s'efforça de se ressaisir. Il ne voulait surtout pas craquer devant Miranda.

— Mon Dieu, quel gâchis, soupira-t-elle.

Il secoua la tête, comme pour chasser sa tristesse.

— Est-ce que cela t'aide à mieux comprendre comment nous en sommes arrivés là ? La guerre entre nous était devenue notre seule dynamique. Plus je le combattais, plus il s'intéressait à moi. Et, malgré mes efforts, je n'ai jamais trouvé un autre moyen de capter son attention.

— C'est donc pour cette raison que tu t'en es pris à son projet pour la Promenade portuaire. Tu avais là une autre occasion de le combattre.

— Oui. Sauf que c'est Johnathon qui a ouvert les hostilités. Il savait exactement ce qu'il faisait en ciblant ce projet. Il savait que cela me blesserait.

— Parce qu'il s'agissait de votre ville natale ?

Andrew déglutit, mal à l'aise. Il ne se sentait pas prêt à lui raconter un épisode particulièrement douloureux de sa vie. Mais d'un autre côté il ignorait combien de temps il resterait auprès de Miranda et il en avait assez de vivre avec des regrets.

— Parce que c'est dans le pavillon dédié aux mariages, sur la Promenade, que je devais me marier. Mais la cérémonie n'a pas eu lieu, et Johnathon le savait. Sa décision de participer à l'appel d'offres de la mairie pour rénover et embellir cet espace m'a blessé. Je l'ai considérée comme une attaque personnelle.

Miranda plaqua sa main sur sa bouche, atterrée.

— Je l'ignorais. Pourquoi ton mariage n'a-t-il pas eu lieu ?

Il inspira profondément pour se donner du courage. Il répugnait à évoquer ce souvenir cuisant, mais il se sentait en confiance avec Miranda.

— Une histoire banale. Ma fiancée a revu un ex-petit ami quelques semaines avant notre mariage et elle m'a plaqué pour lui. Sauf qu'elle a attendu le matin de la cérémonie pour prendre cette décision. J'ai dû tout annuler en catastrophe. Depuis lors, je ne suis plus jamais retourné sur la Promenade. Johnathon savait parfaitement que cet endroit me rappelait de douloureux souvenirs.

— Tu t'es donc senti trahi et tu as décidé de l'empêcher de participer à ce projet de rénovation.

— Oui.

Maintenant qu'il s'était expliqué sur ses motivations, il ne savait pas s'il devait se sentir soulagé ou honteux. Après tout, il ne pouvait pas affirmer avec certitude que Johnathon avait choisi ce projet par cruauté envers lui. C'était pure conjecture de sa part.

— Je suis sincèrement désolée.

Andrew ne voulait pas que cette triste histoire vienne gâcher leur journée. À la réflexion, il était content de s'être confié à Miranda. Elle comprendrait mieux ses motivations et l'enchaînement des circonstances.

— Ne sois pas désolée. C'est du passé. Je préfère me concentrer sur le moment présent.

Il se leva, se dirigea vers la montagne de bacs et sortit de l'un d'eux une longue guirlande argentée.

— Il est grand temps de se mettre au travail.

Miranda se leva à son tour.

— Nous ne sommes pas obligés de décorer la maison si tu n'en as pas envie.

— Oh ! si. J'y tiens ! Tout ce que je rêvais d'avoir pour Noël, c'était un peu de joie et de bonheur.

Miranda souleva le couvercle d'un autre bac.

— Je ne sais pas si tu seras toujours aussi enthousiaste une fois que tu auras démêlé tout ce fatras de guirlandes lumineuses !

Il passa son bras autour de ses épaules en riant et se pencha pour l'embrasser sur la joue.

— Puisque tu seras tout à moi durant ce long week-end, je ne peux qu'être heureux.

8

Ce lundi matin après le week-end de Thanksgiving débuta comme à l'habitude pour Miranda. Prenant place au volant de sa voiture, elle se dirigea vers son bureau en écoutant sa station de radio préférée. La musique, mélange de pop et de succès de sa jeunesse, jouait en sourdine tandis qu'elle s'efforçait de se concentrer sur le programme de sa journée. En vain. Car c'était Andrew qui monopolisait toutes ses pensées.

Une part d'elle avait du mal à croire que les événements des derniers jours avaient vraiment eu lieu, même si elle savait au fond de son cœur qu'ils étaient bien réels. Le souvenir des caresses d'Andrew lui réchauffait encore la peau, et les mots qu'il avait murmurés à son oreille résonnaient encore dans sa tête. « Si je t'embrasse, Miranda, il n'y aura pas de retour en arrière possible. » Plus que les paroles en elles-mêmes, c'était la façon dont il les avait prononcées qui l'avait bouleversée. Le message implicite était lourd de sens : il ne pouvait pas lui faire l'amour puis simplement redevenir ami avec elle. Mais quant à savoir où cette aventure les mènerait elle l'ignorait.

Jamais elle n'aurait imaginé connaître une telle renaissance. Quand elle avait perdu Johnathon, elle avait pensé qu'il n'y aurait plus d'autre homme dans sa vie. Elle se voyait en maman élevant seule sa fille et n'imaginait pas une seule seconde rencontrer à nouveau l'amour. Pas après une telle tragédie. Mais au fil des jours elle avait peu à peu repris le dessus et commencé à envisager l'avenir. Le chagrin était toujours présent en arrière-plan, plus ou moins intense selon les moments, mais la plupart du temps elle trouvait la force d'aller de l'avant, en partie grâce aux personnes qui l'aimaient et la soutenaient : Clay, Astrid, Tara et Grant.

Puis, Andrew était arrivé et avait tout remis en question. Il avait réveillé quelque chose en elle qu'elle avait mis de côté car c'était une chose désormais inutile. Grâce à lui, elle s'était sentie à nouveau femme désirée et choyée. Il n'avait sans doute pas conscience de l'importance de ce qu'il avait fait, rallumer en elle une étincelle de vie, mais elle lui en était infiniment reconnaissante.

Bien sûr, elle savait qu'elle jouait un jeu dangereux, mais elle avait besoin de lui dans sa vie. Andrew serait plus qu'un oncle pour sa petite fille à naître. Il serait l'unique prolongement vivant de son père, et Miranda tenait à ce que son enfant le connaisse. Pour que ce lien entre eux perdure, elle devait faire comprendre à Andrew qu'elle n'attendait rien de lui. Elle ne pouvait pas lui infliger le fardeau de ses sentiments. Ils ne vivaient pas une histoire d'amour, même si son corps le croyait, même si son âme en rêvait, et même si certains moments de tendresse l'incitaient à penser qu'ils se dirigeaient dans cette direction. Ce qu'ils vivaient, c'était... Elle n'arrivait pas à définir avec précision la nature de leur relation. Mais peut-être était-ce préférable. Cela lui éviterait de trop espérer et d'être déçue par la suite.

Arrivée sur son lieu de travail, elle aperçut la petite décapotable gris métallisé d'Astrid sur le parking. Miranda ne pouvait que se féliciter d'avoir engagé sa future belle-sœur. Non seulement elle travaillait dur pour apprendre le métier d'architecte d'intérieur, mais elle était très appréciée des autres membres de l'équipe. Elle lui serait d'une aide précieuse au bureau après l'arrivée du bébé. Pour le reste, elle ne savait pas comment elle gérerait sa nouvelle situation de maman seule. Pourrait-elle compter sur l'aide de son entourage ? Andrew ferait-il acte de présence ? Dans l'incertitude où elle se trouvait, elle était heureuse de pouvoir se reposer sur Astrid.

Miranda passa la tête dans le bureau d'Astrid.

— Bonjour

Son amie lui adressa un sourire chaleureux.

— Hello. Comment te sens-tu après cette soirée mouvementée de Thanksgiving ?

Sur le moment, Miranda avait été atterrée, mais maintenant cela lui semblait presque un lointain souvenir. Si la passe d'armes avec Tara et Grant ne s'était pas produite, ses émotions et celles d'Andrew n'auraient pas atteint leur paroxysme ce soir-là. Ils ne se seraient pas embrassés dans la cuisine et n'auraient pas fait l'amour.

Elle désigna un fauteuil en face du bureau d'Astrid.

— Puis-je m'asseoir ?

— Bien sûr !

Miranda s'installa et croisa ses jambes.

— On peut même parler d'un fiasco ! Je me demande quelle mouche a piqué Tara et Grant !

— J'étais absente au pire moment, mais il est évident qu'ils ne font pas du tout confiance à Andrew.

— Ils ne lui ont même pas accordé le bénéfice du doute.

— Andrew ne faisait pas partie de la vie de Johnathon à l'époque où nous étions mariés, remarqua Astrid.

— Pareil pour moi. Il arrivait à Johnathon d'évoquer son frère, mais c'était pour des faits survenus dans le passé.

— Je ne suis pas en mesure de dire si Andrew est fiable, mais il semble être un type bien. Clay l'apprécie beaucoup.

C'était très important pour Miranda, d'autant que son frère était un excellent juge de caractères.

— Quoi qu'il en soit, Andrew ne restera pas longtemps ici. Il retournera à Seattle, et nos vies reprendront leurs cours d'avant.

Miranda prit une profonde inspiration avant d'ajouter :

— Le problème, c'est que je ne peux pas me contenter de si peu. Je veux qu'il fasse partie de la vie du bébé. Il sera un de ses rares parents proches en vie.

— Crois-tu vraiment que tu puisses compter sur lui ? Johnathon avait coutume de dire qu'il était imprévisible. Il peut te paraître solide maintenant, mais tu ne sais pas si cela durera. Je ne veux pas jouer les oiseaux de mauvais augure, mais s'il te fait faux bond, tu risques d'être déçue et blessée.

Miranda appréciait la sollicitude d'Astrid, mais elle détestait les doutes que ces questions instillaient en elle. N'en déplaise à son amie, au cours des dernières semaines Andrew s'était montré solide comme un roc, mais aussi tendre et attentionné.

— Selon moi, le jugement que Johnathon portait sur son frère était faussé. Il se laissait influencer par certains épisodes du passé, quand ils étaient enfants et adolescents. Andrew m'en a parlé au cours du week-end.

— Que t'a-t-il dit ?

— Que Johnathon était considéré comme le sujet brillant de la famille, celui qui ne faisait jamais d'erreurs. Andrew l'admirait mais, d'après lui, Johnathon en profitait. Quand il faisait des sottises, il rejetait la faute sur Andrew, puis il lui expliquait ensuite que cela faisait partie de leur rivalité et que si Andrew ne voulait pas s'attirer des ennuis, il devait apprendre à inverser le rapport de forces entre eux.

— A-t-il réussi à renverser les rôles ?

— Pas autant qu'il l'aurait voulu. Johnathon avait toujours une longueur d'avance.

— Jusqu'à ce qu'il s'intéresse au projet de la Promenade portuaire.

— Oui. Andrew a enfin vu l'occasion de se venger de son frère.

Miranda préféra ne pas parler de la rupture des fiançailles d'Andrew. C'était une information très personnelle qu'il avait tardé à lui révéler alors même qu'il avait eu tout loisir de lui exposer ses motivations.

— Puis, nous avons perdu Johnathon, et Andrew a essayé de stopper son plan.

Astrid hocha lentement la tête, s'efforçant visiblement d'assimiler ces informations.

— Peut-être faudrait-il en parler à Tara et Grant pour qu'ils révisent leur jugement sur Andrew. On ne peut pas ignorer le fait que Clay l'apprécie. C'est important, surtout pour toi.

Bien sûr. Son frère était d'un naturel méfiant. S'il faisait instinctivement confiance à Andrew, Miranda pouvait s'autoriser à faire de même.

— Et toi, que penses-tu de lui ? demanda Astrid.

— Il est incroyablement beau, intelligent et gentil. Que demander de plus ?

Les commissures des lèvres de Miranda frémirent, comme pour esquisser un sourire, et un flot de chaleur envahit ses joues. Il n'y avait pas une seule chose qui ne soit pas digne d'admiration chez Andrew. Du moins, pas à sa connaissance.

Astrid fixa Miranda, l'air soupçonneux. Elle était très perspicace, ce qui rendit Miranda nerveuse.

— Tu as un drôle d'air.

— Je ne sais pas de quoi tu parles.

Hélas, son intonation suraiguë la trahit.

Astrid se renversa contre le dossier de son siège et le fit pivoter d'un côté à l'autre.

— Tu n'es pas obligée de m'en parler si tu ne le veux pas.

Miranda avait envie de lui raconter ce qui s'était passé, mais elle redoutait sa réaction. Peut-être serait-elle choquée. Peut-être penserait-elle que Miranda n'avait pas respecté un délai suffisamment long après la mort de Johnathon.

— À vrai dire, j'ai peur de t'en parler.

— Tu peux te confier à moi. Je ne dirai rien à personne. Pas même à Clay.

— J'ai couché avec lui.

Les mots étaient sortis tous seuls de la bouche de Miranda.

Astrid écarquilla les yeux, abasourdie.

— Avec Andrew ?

— Évidemment ! Avec qui d'autre ?

Astrid finit par hocher la tête, comme si elle jugeait cet aveu plausible.

— J'avais remarqué que vous flirtiez.

— Vraiment ?

Miranda était horrifiée. Dire qu'elle croyait leur attirance insoupçonnable.

— Je ne te blâme pas. Au contraire, votre complicité m'a

paru être une bonne chose. Tu as vécu des moments tellement difficiles avec la disparition de Johnathon.

— Coucher avec le frère de son défunt mari n'est pas la thérapie la plus saine pour faire son deuil.

Astrid haussa les épaules avec détachement.

— Vous vous entendez très bien et vous vivez sous le même toit. Ce n'est pas étonnant que vous soyez attirés l'un par l'autre.

Mais où cette attirance les mènerait-elle ? Miranda n'en avait pas la moindre idée. Et avec l'arrivée prochaine de son bébé, elle ne pouvait pas ne pas réfléchir à son avenir. Que se passerait-il si tous deux considéraient finalement qu'il ne s'agissait que d'un engouement passager ? Seraient-ils capables de maintenir une relation d'amitié après avoir mis un terme à leur aventure ? Ou seraient-ils toujours gênés en présence l'un de l'autre à cause de ce qui s'était passé entre eux ?

Le lundi matin, peu après le départ de Miranda pour son travail, Andrew reçut un coup de fil de Pietro.

— Bonjour, monsieur Sterling. J'ai retrouvé Sandy.

Un immense soulagement l'envahit. Il devait à tout prix débusquer Victor. Or, localiser Sandy, ancienne taupe chez Sterling Enterprises et désormais appointée par Victor, était le meilleur moyen de parvenir jusqu'à lui.

— Où est-elle ?

— Elle s'est installée dans un appartement du centre-ville. Un bâtiment ultramoderne comptant peu de résidents, mais doté d'un système de sécurité très perfectionné.

— Avons-nous une chance d'arriver jusqu'à elle ?

— Oui. Nous avons trouvé un moyen pour accéder au garage et nous connaissons assez bien son emploi du temps. Je me trouve en ce moment devant son immeuble.

Andrew récupéra ses clés de voiture posées sur le bureau.

— Je vous rejoins.

— Je ne sais pas si c'est très prudent, monsieur Sterling. J'ai la situation bien en main.

Andrew savait gré à Pietro de vouloir le protéger, mais il avait hâte de retrouver Victor pour le convaincre de mettre un terme à ses agissements. Bien sûr, Andrew tenait à réparer le mal qu'il avait fait en cherchant à ruiner l'entreprise de son frère, mais il voulait avant tout protéger Miranda et son bébé de la vindicte de Victor. C'était une promesse qu'il avait faite à Miranda, et il la tiendrait.

— Ne vous inquiétez pas pour moi, répondit Andrew. Communiquez-moi l'endroit où vous vous trouvez.

— Tout de suite, monsieur Sterling.

Miranda et le bébé occupaient toutes ses pensées quand il s'installa au volant de sa voiture et qu'il franchit les grilles de la propriété de Miranda. Il sentait son cœur battre à tout rompre en songeant qu'une page était peut-être en train de se tourner. En effet, s'il pouvait parler à Sandy et si elle parvenait à convaincre Victor de mettre un terme à sa vengeance, il aurait résolu le problème qu'il avait créé... Mais il n'aurait plus de raison de rester à San Diego avec Miranda. Ces dernières semaines avaient été fantastiques ; elles lui avaient donné un avant-goût de la vie qu'il avait toujours rêvé d'avoir et qui lui échappait sans cesse, comme s'il n'était pas fait pour le bonheur. Peut-être vaudrait-il mieux qu'une fois le problème résolu, il passe à autre chose et laisse Miranda vivre sa vie. Mais ce serait la chose la plus difficile qu'il ait jamais faite.

Il rejoignit Pietro dans une petite rue.

— S'est-elle montrée ? demanda-t-il.

— Pas encore. Elle devrait bientôt sortir du garage. Selon un de mes gars, elle vient juste de quitter son appartement.

— Alors, allons-y, déclara Andrew en traversant la rue tandis que Pietro lui emboîtait le pas.

L'accès au garage était commandé par un digicode. Pietro composa un code, et la porte métallique se releva. Andrew se fit la réflexion que cet homme méritait une augmentation. Le garage, à la fois cossu et impeccable, ressemblait davantage à un showroom pour voitures de luxe, sans mauvaises odeurs d'huile de moteur ou d'essence.

— Mettez vos lunettes de soleil, suggéra Pietro. Vous serez plus difficilement identifiable par les caméras de vidéosurveillance.

Décidément, Pietro avait l'œil à tout, songea Andrew en s'exécutant. Les deux hommes traversèrent la structure en béton en direction de l'ascenseur. Ils venaient à peine d'arriver que le bouton s'éclairait, indiquant que quelqu'un descendait.

— Je ne veux pas l'effrayer, précisa Andrew.

C'était lui qui avait engagé Sandy. Il la connaissait bien et ne pouvait pas s'empêcher de penser qu'elle était devenue un pion dans un jeu qu'elle ne maîtrisait pas.

— Ce n'était pas mon intention. Mon travail consiste seulement à vous permettre de lui parler.

— Parfait. Merci.

Quelques secondes plus tard, une sonnerie retentit, et la porte de l'ascenseur s'ouvrit. En apercevant Andrew, Sandy blêmit. Elle actionna aussitôt le bouton de fermeture, mais Pietro la devança et glissa son pied dans l'interstice, provoquant la réouverture de la porte.

— Je n'ai rien à vous dire, lança-t-elle à Andrew tandis qu'il s'approchait d'elle.

Elle avait changé de style de coiffure et arborait désormais une coupe au carré lisse et chic.

— Ce n'est pas un problème. J'ai simplement besoin que vous transmettiez un message à votre nouveau patron.

— C'est tout ? demanda-t-elle, dubitative.

— Oui.

Levant les yeux au ciel, Sandy passa devant les deux hommes et pénétra dans le garage.

— Alors, quel est ce message ?

Elle se retourna et fit face à Andrew, l'air méfiant. Elle portait un grand sac à main de styliste. Visiblement, Victor la rémunérait bien.

— Dites à Victor que je lui verserai dix millions pour qu'il arrête tout et qu'il disparaisse. C'est deux fois la somme qu'il a perdue lors de sa transaction avec Johnathon.

Sandy ne parut pas impressionnée par ce montant.

— Et qu'advient-il de moi ?

— C'est à Victor qu'il faut poser cette question. Je ne suis plus votre employeur.

— Si vous voulez que je délivre ce message, il faut me rémunérer pour ce service.

— Soit. Je vous offre un million.

— Je l'aurai dépensé en trois mois. Le loyer de cet appartement est ridiculement élevé. Faites-moi une meilleure offre.

— Deux millions ?

Elle prit le temps de réfléchir.

— Quatre millions.

Toute cette surenchère devenait absurde.

— Si j'accède à votre demande et que Victor l'apprend, il exigera davantage de moi.

— Vous êtes un homme riche.

— Vingt millions pour Victor et cinq millions pour vous. C'est mon dernier mot.

Sandy parut hésiter, et Andrew reprit espoir. Peut-être finirait-il par la convaincre.

— Je lui transmettrai le message, mais je ne garantis pas le résultat.

— Dites-lui que j'aimerais avoir de ses nouvelles aujourd'hui.

— Entendu.

Elle actionna sa clé de contact, et les phares de son Audi noire clignotèrent.

— Il se trouve donc en ville ? demanda Andrew.

— Bien essayé. Mais je ne vous dirai pas où il se trouve.

Elle chaussa ses lunettes de soleil et posa la main sur la poignée de sa portière.

— Et ne vous avisez pas de recommencer. Je n'apprécie pas que vous vous introduisiez en catimini dans mon immeuble.

— C'est noté.

Andrew et Pietro la regardèrent monter en voiture. Ils

attendirent qu'elle ait démarré avant de la suivre et de sortir par la porte ouverte du garage. Quelques instants plus tard, ils rejoignaient leurs véhicules.

— Il ne nous reste plus qu'à attendre, remarqua Andrew.

— Vous me préviendrez s'il y a du nouveau ? demanda Pietro.

— Bien sûr.

Andrew grimpa dans sa voiture et reprit le chemin de la maison de Miranda. Il était presque arrivé quand la sonnerie de son téléphone retentit. L'identification de l'appelant indiquait « inconnu », mais il décida de prendre l'appel.

— Tu dois être au bord du désespoir.

Victor !

— Qu'est-ce qui te fait dire cela ? demanda Andrew, s'efforçant de garder son sang-froid.

— Tu essaies de me soudoyer. Et j'en déduis que tu deviens proche de la veuve de ton frère. Miranda, c'est bien ça ?

Ulcéré, Andrew sentit son estomac se révulser. Il ne voulait plus jamais entendre Victor prononcer le prénom de Miranda.

— Ce n'est pas pour cette raison que je t'ai fait une offre. Je veux que tu arrêtes ton projet de vengeance.

— Il faut que tu comprennes que l'argent ne résout pas tout. Je ne pourrais jamais dépenser celui que j'ai déjà, même si j'essayais.

Désireux de se concentrer sur une conversation qui s'annonçait difficile, il quitta la route principale et se gara dans une petite rue transversale.

— Je ne cherche pas à te soudoyer, mais à réparer la faute de mon frère.

— Les fautes. Au pluriel. Elles représentent davantage que les cinq millions que ton frère m'a fait perdre lors de la transaction dont tu parles. C'était l'insulte finale. Il y en a eu une autre d'environ cinquante millions. Sans compter les mensonges. Ton frère semait la destruction partout où il passait.

Andrew comprenait qu'il lui faudrait débourser une petite fortune s'il voulait apaiser la colère de Victor, mais il était prêt à tout pour résoudre cette affaire. Pour avoir une chance d'envisager l'avenir et d'y voir des possibilités de bonheur.

— Que veux-tu ? Dis-moi ton prix.

Victor rit.

— Ce que je veux, tu ne peux pas me le donner. À moins que tu ne te ranges à nouveau dans mon camp.

Andrew se pinça l'arête du nez, sentant venir une crise de migraine ophtalmique.

— Dans quel but ?

— Pour m'aider à détruire Sterling Enterprises. À la rayer de la carte.

Andrew exhala un soupir d'exaspération.

— À quoi bon ? Johnathon est mort.

— Peut-être, mais si je n'interviens pas, c'est sa société qui remportera le contrat de la Promenade portuaire. C'est sa société qui engrangera les félicitations et les récompenses. Si ça se trouve, la nouvelle promenade portera le nom de Johnathon, et son portrait trônera en bonne place. On lui tressera des couronnes, comme s'il n'avait jamais rien fait de mal dans sa vie, et c'est injuste.

— Mais tu ne fais que punir les personnes qu'il a laissées derrière lui.

— Tu veux parler de ses femmes ? Et de son associé, Grant Singleton ?

— Oui.

Sa future nièce serait aussi une victime de la vindicte de Victor, mais il s'abstiendrait de le mentionner.

— De cette façon, tout le monde saura que Johnathon n'était pas l'homme parfait qu'on croyait.

La frustration d'Andrew grandissait de minute en minute.

— Pourquoi t'acharnes-tu ainsi sur lui ? J'ai l'impression que ce n'est pas seulement une question d'argent ou d'ego.

— Non, en effet. Johnathon a séduit ma fille alors qu'elle n'avait que vingt ans. Il lui a brisé le cœur. Il lui a fait des promesses qu'il n'a pas tenues. Je ne le lui pardonnerai jamais.

Andrew se figea, horrifié par cette révélation.

— Quand est-ce arrivé ?

— Il était marié à sa deuxième épouse.

— Astrid.

— C'est ça.

Andrew secoua la tête, incrédule. Il en avait assez de réparer les torts causés par son frère mais, dans ce cas précis, il ne pourrait rien y faire.

— Je suis désolé. Je ne sais pas quoi dire à propos de ta fille. Je n'étais pas au courant. Mais pourquoi diable as-tu continué à travailler avec lui après ce qu'il avait fait ?

— J'espérais encore pouvoir me venger de lui à l'occasion d'une nouvelle transaction et le ruiner définitivement. Hélas, il avait toujours une longueur d'avance sur moi. Or, je déteste me faire doubler et être ridiculisé en prime.

Andrew sentait qu'il était dans une impasse.

— Qu'attends-tu de moi, Victor ? Il faut que cela s'arrête. Je te donnerai tout l'argent que j'ai sur mon compte.

— J'ai encore quelques tours dans mon sac. S'ils réussissent, je me retirerai. J'ai simplement envie de voir quelques personnes connaître les affres de l'angoisse. À défaut d'éradiquer Sterling Enterprises, je peux au moins leur faire beaucoup de tort.

La communication se termina abruptement. Victor avait raccroché.

Andrew aurait pu rester assis là à se lamenter sur son sort, mais la dernière phrase de Victor tournait en boucle dans sa tête : « leur faire beaucoup de tort ». Cette menace semblait personnelle. Andrew devait prévenir quelqu'un chez Sterling. La personne logique était Grant. Ou Tara. Mais après la scène qu'ils lui avaient faite à Thanksgiving, Andrew préférait parler à une personne plus encline à l'écouter. En l'occurrence, Clay.

9

En proie à l'incertitude, mais déterminé, Andrew se rendit aussitôt chez Sterling Enterprises. L'autre jour, il avait eu une conversation encourageante avec Clay et il espérait trouver en lui un véritable allié au sein de la société. Il aurait besoin de toute l'aide possible pour neutraliser Victor. Dieu sait à quelles extrémités celui-ci était prêt à se livrer pour assouvir sa vengeance.

La préoccupation centrale d'Andrew demeurait toujours Miranda et le bébé. Il devait à tout prix assurer leur sécurité et leur bonheur. Il ne pouvait plus faire la paix avec Johnathon, mais il pouvait prendre soin des personnes qu'il avait laissées derrière lui. Son devoir lui dictait de trouver une solution pacifique pour demeurer dans la vie de Miranda. Pour cela, il devait entretenir de bonnes relations avec les personnes constituant son entourage proche. C'était déjà le cas avec Clay et Astrid. Restait à convaincre Grant et Tara de sa bonne foi. Ils n'étaient pas obligés de l'aimer. Cela n'arriverait sans doute jamais. Mais il ne voulait pas que sa présence occasionne de la souffrance ou du stress à Miranda. Elle avait déjà traversé suffisamment d'épreuves.

— Je souhaiterais parler à M. Clay Morgan, dit-il au réceptionniste quand il arriva dans les locaux de Sterling situés au dernier étage d'un gratte-ciel du centre-ville.

— Andrew, le salua Clay, s'avançant à sa rencontre.

Il lui serra la main et haussa un sourcil interrogateur.

— Tu vas bien ? Tu as l'air nerveux.

Était-ce si évident ?

— Ça pourrait aller mieux. J'aimerais te mettre au courant de quelque chose.

— Bien sûr. Allons dans mon bureau.

Clay conduisit Andrew à travers un dédale de couloirs bordés de bureaux qui constituaient l'empire bâti par son frère. Par chance, le spectre de Johnathon paraissait moins envahissant ici que dans sa maison.

— Nous voici arrivés. Entre, dit Clay.

— Merci.

Par chance, ils n'avaient pas croisé Tara ou Grant en chemin. Andrew n'avait pas envie d'une nouvelle altercation. Celle de Thanksgiving lui avait suffi.

Clay referma la porte et s'installa à son bureau.

— Je t'en prie, assieds-toi.

Andrew prit place sur un canapé en cuir noir et décida de rentrer dans le vif du sujet.

— J'ai parlé à Victor. Je lui ai proposé de l'argent pour qu'il renonce à ses tentatives de sabotage de Sterling, mais il ne veut rien entendre. Je pense qu'il essaiera à nouveau de vous empêcher de remporter le contrat de la Promenade portuaire, mais il se peut qu'il tente autre chose.

— Quoi, par exemple ?

Si seulement Andrew connaissait la réponse à cette question ! Cela lui faciliterait les choses.

— Je l'ignore. Tout ce que je sais, c'est qu'il est résolu à se venger. Johnathon lui a fait perdre beaucoup plus d'argent que je ne pensais. Environ cinquante millions.

— Une somme colossale !

— Plus grave encore, Victor a aussi un motif de vengeance très personnel.

Il hésitait à en dire davantage, craignant que la révélation de Victor ne perturbe Clay en raison de sa relation avec Astrid.

— Quel est ce motif ?

Andrew s'éclaircit la gorge et décida d'aller droit au but.

— Johnathon a séduit la fille de Victor quand elle avait vingt ans. Il lui a brisé le cœur. Cela remonte à plusieurs années, mais la colère de Victor est loin d'être éteinte. Sa fille semble compter énormément pour lui.

L'inquiétude se peignit sur le visage de Clay.

— Je comprends. Je serais dans le même état d'esprit s'il s'agissait de ma fille.

— Bien sûr.

Andrew songea au bébé de Miranda. Elle n'était pas encore née, et pourtant il éprouvait déjà le besoin de protéger sa nièce. Il imaginait sans peine la fureur qui s'emparerait de lui s'il découvrait qu'un homme l'avait séduite et abandonnée, comme Johnathon l'avait fait avec la fille de Victor.

— En somme, il veut que le sang coule, ou quelque chose d'approchant.

— Exactement. Mais je dois te fournir un autre détail important. Johnathon a séduit cette jeune fille alors qu'il était marié à Astrid.

Clay tressaillit, comme s'il venait de recevoir un coup de poing dans le plexus. Ce n'était pas étonnant qu'il réagisse ainsi. Il aimait Astrid. Tout ce qui était susceptible de la blesser le blessait à son tour.

— Grands dieux !

Il fourragea dans ses cheveux, visiblement sonné.

— Elle va avoir tellement de peine quand elle l'apprendra. Mais peut-être n'a-t-elle pas besoin de le savoir.

— Je ne lui dirai rien. C'est à toi de décider.

— Que faisons-nous maintenant ?

Si seulement Andrew avait un plan qui ne consistait pas seulement à attendre de voir ce que Victor allait faire !

— Il faut redoubler de vigilance. Et puisque sa principale cible est Sterling, vous devez tout contrôler soigneusement.

— Je ne peux pas assumer seul cette responsabilité car je ne participe pas à l'élaboration de chaque projet chez Sterling.

— Dans ce cas, il faut mettre Grant et Tara au courant, admit Andrew à contrecœur. Mais je doute qu'ils m'écoutent.

Clay se redressa dans son fauteuil.

— Qui ne tente rien n'a rien.

Il s'empara de son téléphone de bureau et pressa une touche.

— Salut, Grant, c'est Clay. J'aimerais te parler ainsi qu'à Tara. C'est important.

Andrew sentit son estomac se nouer, mais il devait surmonter son appréhension. En fin de compte, il était du même côté que Tara et Grant. Il fallait simplement qu'il le leur prouve.

Clay hocha la tête.

— Parfait. Je te rejoins dans quelques secondes avec Andrew.

Il raccrocha aussitôt.

— J'ai préféré ne pas lui donner l'occasion de me hurler dessus maintenant.

— Bien joué.

Sauf que c'est moi qui vais faire les frais de sa colère...

Pour accéder au bureau de Grant, Clay et Andrew traversèrent un vaste bureau paysager où travaillaient plusieurs personnes. Andrew s'attirait des regards curieux à chaque pas, sans doute à cause de sa ressemblance avec Johnathon, et ce constat ne contribua pas à calmer sa nervosité. C'était une façon de lui rappeler qu'il avait passé sa vie dans l'ombre de son frère et qu'il était peut-être condamné à y rester.

Clay hésita sur le seuil du bureau de Grant, mais celui-ci leur fit signe d'entrer. Tara était déjà là, perchée sur l'accoudoir d'un fauteuil, les bras croisés. Toute son attitude trahissait la défiance et la combativité. Grant était confortablement installé dans un fauteuil en cuir doté d'un dossier haut, tel un roi inspectant son domaine. Le silence s'installa tandis que Clay refermait la porte et que lui et Andrew s'avançaient dans la pièce. Ils ne furent pas invités à s'asseoir, mais Andrew n'en avait cure. Il n'avait pas l'intention de s'attarder.

— Andrew est ici car il a des éléments nouveaux concernant Victor, déclara Clay de but en blanc.

Tara secouait déjà la tête.

— J'espère que ce ne sera pas long.

Andrew était à bout de patience, mais il garderait son sang-froid et exposerait les faits d'une manière aussi sereine que possible.

— Vous n'êtes pas obligés de m'écouter, mais j'espère que vous le ferez.

Il répéta ce qu'il avait dit à Clay, en omettant toutefois le détail concernant Astrid. Quand il eut fini, Grant et Tara demeurèrent de marbre.

— Que veux-tu que nous fassions, exactement ? demanda Grant.

— La décision vous appartient, mais je vous conseille d'exercer un contrôle étroit dans chaque domaine. Gelez les nouvelles embauches. Prévenez votre service de sécurité et votre service informatique. Surveillez les personnes qui entrent et sortent de vos bureaux et celles qui ont accès aux serveurs informatiques de la société. Et surtout, soyez très vigilant en ce qui concerne le projet de la Promenade portuaire car il demeure la cible prioritaire de Victor.

— Encore une fois, nous sommes en droit de nous demander si tu n'inventes pas cette fable insensée afin de poursuivre le plan que tu as initialement ourdi, déclara Tara.

— Qu'ai-je à gagner en vous mentant ? Je désire autant que vous en finir avec cette histoire.

— Pour pouvoir quitter la ville ? demanda Grant.

Un sentiment d'angoisse étreignit la poitrine d'Andrew. Il était peut-être mal vu par les amis de Miranda, mais quand il était seul avec elle, il avait un aperçu de la vie qu'il avait toujours désirée. Il n'avait pas envie de renoncer à son rêve, mais comment pouvait-il prouver sa bonne foi à ces personnes qui avaient une si piètre opinion de lui ? Pendant des années, Johnathon l'avait rabaissé dans l'esprit de Grant et Tara. Il lui faudrait du temps pour les faire changer d'avis à son sujet. Et cela ne se produirait sans doute pas tant qu'il ne leur aurait pas apporté la preuve de l'existence de Victor.

Andrew se tourna vers Clay.

— J'ai dit tout ce que j'avais à dire. Je saurai retrouver le chemin de la sortie.

Puis il s'adressa à Tara et Grant.

— Merci de m'avoir accordé un peu de votre temps.

Il devait trouver le moyen d'ignorer ces vexations.

Il s'engagea à nouveau dans le bureau paysager, s'efforçant

d'ignorer les regards braqués sur lui. Il l'avait presque traversé en entier quand Clay le rattrapa.

— Attends une minute. Ça va ?

Andrew continua d'avancer jusqu'à ce qu'ils atteignent un coin tranquille dans le couloir.

— Oui, ne t'en fais pas pour moi. Je me doutais bien qu'ils ne me croiraient pas.

Clay posa une main sur le bras d'Andrew.

— Moi, je te crois. Je veillerai à ce qu'on redouble de précaution, et tout se passera bien.

Si seulement Andrew pouvait en être aussi sûr !

— Merci de ta confiance.

— Merci à toi de veiller sur ma sœur.

Cette remarque lui fit un bien fou. C'était pour Miranda qu'il se battait.

— Inutile de me remercier. Je suis content de l'aider.

Une fois dans la rue, Andrew téléphona à Miranda. Il n'avait pas l'intention de l'ennuyer avec cette histoire, mais il avait besoin d'entendre sa voix.

— Quelle bonne surprise ! répondit-elle. Tout se passe bien à la maison ?

Andrew se dirigea vers sa voiture garée non loin. Il faisait froid dans l'ombre des gratte-ciel, mais parler à Miranda lui réchauffait le cœur.

— Oui. En fait, je sors des bureaux de Sterling.

— Pourquoi ? Que se passe-t-il ?

Andrew déverrouilla sa portière et grimpa dans sa voiture.

— Je n'avais pas le choix.

Il lui résuma les événements de la matinée en omettant le détail concernant Astrid.

— Voilà où nous en sommes. Je crains de devoir rester à San Diego plus longtemps que prévu. J'espère que ça ne te dérange pas. Je peux très bien retourner à l'hôtel.

— Andrew, ne sois pas stupide ! Je veux que tu restes avec moi. J'ai besoin de toi à la maison.

Une onde de chaleur se diffusa dans tout son corps.

— Tant mieux. Parce que c'est là que je veux être.

— Ce serait formidable si tu pouvais rester jusqu'à Noël.

Cette idée le remplit de joie, mais il ne voulait pas aller trop vite en besogne. Chaque chose en son temps.

— Si la situation le permet, j'essaierai de rester.

— Tu n'as donc pas réussi à convaincre Tara et Grant de ta bonne foi ?

— Non. Nous en sommes au même point.

— Oh.

La déception de Miranda était perceptible, et il se sentit encore plus frustré par son échec.

— Cela te surprend ?

— Pas vraiment. Mais j'espérais que les choses s'arrangeraient entre vous.

Andrew rit. C'était plus fort que lui. Miranda était une incorrigible optimiste.

— Tu gardais encore l'espoir d'une réconciliation entre nous après notre altercation lors du repas de Thanksgiving ?

— Je prenais peut-être mes désirs pour des réalités.

— Pourquoi ?

— Parce que je veux que tu sois mon cavalier au mariage de Grant et Tara.

— Vraiment ?

Andrew tombait des nues. Il était prêt à accompagner Miranda n'importe où, mais assister au mariage de Grant et Tara ne l'enchantait pas du tout.

— Oui, vraiment. Astrid et moi sommes les demoiselles d'honneur, et je n'ai aucune envie d'y aller seule.

— Tu n'as pas non plus envie d'avoir un paria pour cavalier.

— Cesse de dire des sottises ! Tu es parfait. Et j'adore l'idée de paraître à ton bras.

Il se sentit fondre devant tant de gentillesse. Comment

pouvait-il refuser ? C'était impossible, même s'il avait une liste de réserves longue comme le bras.

— Dans ce cas, je ferais bien de louer un smoking.

Miranda faillit ne pas décrocher son téléphone quand Tara l'appela le vendredi soir. Entre la discussion déplaisante qu'Andrew avait eue avec elle et Grant chez Sterling au début de la semaine et les accusations qu'elle avait portées contre Andrew lors du dîner de Thanksgiving, Tara n'était plus la bienvenue.

Malgré tout, la curiosité l'emporta, et elle répondit après avoir activé le haut-parleur.

— Bonsoir, Tara.

— Tout est fichu ! Absolument tout !

On aurait dit que Tara pleurait, ce qui alerta Miranda. Tara n'était pas le genre de femme à pleurer.

— Le mariage a été annulé !

— Il s'est passé quelque chose avec Grant ?

— Non. Tout va bien entre nous. Ce sont les préparatifs du mariage qui ont été annulés. Dire que j'ai passé des mois à tout peaufiner. Et maintenant, tout est fichu !

Ce que disait Tara n'avait pas de sens. Elle devait sûrement paniquer à cause d'un détail de dernière minute qui clochait. Le mariage avait lieu dans deux semaines. C'était normal qu'elle soit sur les nerfs.

— Calme-toi et raconte-moi ce qui s'est passé.

— Quelqu'un a appelé le responsable de l'hôtel pour dire que nous annulions la location de la salle de banquet. Pareil pour le fleuriste et le traiteur. Même les locations de smokings ont été annulées.

— C'est fou ! Comment est-ce arrivé ?

— Je l'ignore. Les annulations ont eu lieu lundi, mais personne ne s'est donné la peine de m'avertir. Comme ils récupéraient les dépôts de garantie, je suppose qu'ils s'en fichaient. J'ai tout découvert quand j'ai voulu appeler le traiteur pour lui indiquer le nombre définitif d'invités. Puis j'ai passé d'autres appels et j'ai eu droit à la même réponse. Tout est fichu. Je ne sais plus quoi faire.

— Il doit bien y avoir un moyen d'arranger les choses. Je vais t'aider à le trouver.

À cet instant, Andrew pénétra dans le salon et fixa Miranda, l'air interrogateur. Elle coupa le son sur son téléphone pour empêcher Tara d'entendre ce qu'elle allait dire.

— J'ai Tara en ligne. Quelqu'un a annulé tous ses préparatifs de mariage. C'est bizarre, tu ne trouves pas ?

Andrew fourra les mains dans les poches de son pantalon et secoua la tête, la mine grave.

— J'ai un mauvais pressentiment.

— Attends. Il vaut mieux que je reprenne Tara, sinon elle va s'inquiéter.

Miranda actionna à nouveau le haut-parleur.

— Détends-toi, Tara, nous allons trouver une solution.

Dieu sait qu'elle aurait préféré passer un week-end de détente en compagnie d'Andrew, mais c'était dans sa nature d'aider les gens.

— Et si c'était Andrew qui avait fait ça ? demanda Tara.

Miranda s'en voulut d'avoir mis Tara sur haut-parleur en présence d'Andrew.

— Je comprends que tu sois bouleversée, mais ton accusation est ridicule ! Pourquoi ferait-il une chose pareille alors qu'il s'efforce par tous les moyens de gagner votre confiance ?

Andrew leva les mains, ulcéré, et sortit du salon. Maintenant, Miranda en était quitte pour apaiser la susceptibilité de deux personnes. Elle en profita pour désactiver ce fichu haut-parleur.

— Parce que cet incident met Sterling en danger. Sur un des sites web dédiés aux entreprises, le bruit court que Grant et moi avons annulé nos fiançailles et que Sterling est en difficulté parce que ses deux principaux responsables sont en conflit ouvert. Depuis, nos actionnaires n'arrêtent pas d'appeler Grant.

— Crois-tu vraiment qu'Andrew soit capable de faire un coup aussi tordu ? Pour ma part, je n'y crois pas du tout.

— S'agissant d'Andrew, tu refuses de voir les choses en face. Vous couchez ensemble, n'est-ce pas ?

Miranda savait que la nouvelle finirait par s'ébruiter, mais elle se sentait mal à l'aise à l'idée d'en parler.

— Comment le sais-tu ? C'est Astrid qui te l'a dit ?

— Donc, vous couchez ensemble ! s'exclama-t-elle d'un ton accusateur. Astrid ne m'a rien dit, mais je m'en doutais. Il y a trop de complicité et de solidarité entre vous. Je m'en suis rendu compte lors de ton repas de Thanksgiving.

— Nous nous aidons l'un l'autre pour traverser ce moment difficile. Si c'est un crime d'être solidaire, je plaide coupable, mais je ne m'en excuserai pas. Je suis adulte, et il s'agit de ma vie.

— Te rends-tu compte à quel point ta conduite bouleverserait Johnathon ?

Miranda sentit son cœur lui manquer. C'était un coup extrêmement bas. Comment Tara osait-elle lui poser une question aussi cruelle ?

— Bien entendu ! J'étais encore sa femme quand il est mort. Pas toi.

Le silence s'éternisa à l'autre bout du fil. Miranda regrettait sa riposte, mais elle en avait assez de subir un tel manque de respect de la part de son entourage. Tellement de personnes lui avaient suggéré, directement ou indirectement, qu'elles connaissaient Johnathon mieux qu'elle. Bien sûr, leur union avait été brève, et elle n'avait pas fréquenté Johnathon suffisamment longtemps pour connaître tous les détails de sa vie, mais cela ne voulait pas dire qu'elle n'avait pas été proche de lui et qu'elle n'avait pas su ce qu'il ressentait pour elle.

— Oh ! Seigneur ! Je suis vraiment désolée, Miranda. Je ne sais pas ce qui m'a pris de te dire une horreur pareille.

— Il faut que tu comprennes une chose, Tara. Chaque jour que Dieu fait, je suis confrontée au fantôme de Johnathon et à la question de savoir ce qu'il aurait voulu que je fasse ou non. Je tiens à lui faire honneur. Vraiment. Mais je suis aussi celle qu'il a laissée sur terre derrière lui. Je veux vivre, Tara. Le jour où Johnathon nous a quittés, j'ai bien cru que mon cœur était mort avec lui, mais il a fallu que je me ressaisisse à cause du bébé. Ma fille sera bientôt là. Elle aura besoin que j'aille de l'avant pour que je lui forge un avenir.

— Tu as tout à fait raison, Miranda. Si tu savais comme je regrette ce que je t'ai dit ! Peux-tu me pardonner ?

— Et toi, peux-tu faire un peu confiance à Andrew ? Parce que je suis intimement convaincue qu'il n'aurait jamais annulé le mariage de quelqu'un et qu'il n'aurait jamais diffusé de fausses rumeurs. Ça ne lui ressemble pas du tout.

— Tu lui fais vraiment confiance, n'est-ce pas ?

À cet instant, Andrew pénétra à nouveau dans le salon. Il arborait cet air soucieux qui assombrissait trop souvent son beau visage. Il ne méritait pas de porter un tel fardeau sur ses épaules.

— Oui. Je fais entièrement confiance à Andrew, répondit Miranda en interceptant son regard.

Le visage d'Andrew s'éclaira et son regard étincela.

— Merci, murmura-t-il.

— Tara, Je vais devoir raccrocher. Que puis-je faire pour t'aider à surmonter ce fiasco ? À mon avis, la salle de banquet devrait être ta priorité numéro un. Ne peux-tu pas insister auprès du responsable ?

— Ce serait inutile. À l'approche de Noël, ces salles sont très demandées, et la nôtre a déjà été louée. Mais finalement ce n'est peut-être pas plus mal. Je n'ai jamais voulu d'un grand mariage, et je pense avoir convaincu Grant d'organiser la cérémonie et la réception à la maison avec un nombre restreint d'invités.

— Quelle merveilleuse idée ! Tu ne pouvais pas choisir un plus beau décor. Mais qu'en est-il des fleurs, des autres objets décoratifs et des véhicules de location ? Tu auras besoin de chaises. As-tu songé à installer une tente ? Je serais heureuse de m'occuper de tout cela. Par mon métier, j'ai des contacts utiles dans ce domaine.

— Tu ferais cela ? Après ce que je t'ai dit à propos de Johnathon et d'Andrew ?

Peut-être Miranda était-elle naïve, mais son instinct lui dictait de continuer à œuvrer en faveur d'une réconciliation entre ses amis et Andrew. Quand le bébé naîtrait, elle voulait que son univers soit le plus harmonieux possible.

— Oui.

— Dans ce cas, si tu pouvais t'occuper des fleurs et des locations, cela me soulagerait grandement. Je me chargerai du traiteur et du reste.

— Entendu. Peux-tu m'envoyer une liste détaillée de ce que tu avais prévu ? Je contacterai les personnes concernées pour leur dire à quelle date nous aurons besoin de leurs services. Le 19 décembre, c'est bien ça ?

— Oui. Du moins, la date n'a pas changé. Tu es merveilleuse, Miranda. Mille mercis.

— Tu es comme une sœur pour moi, Tara. Il t'arrive d'être exaspérante, mais cela ne m'empêche pas de t'aimer et de me soucier de ton bonheur.

— Je t'aime aussi. Et je veux que tu sois heureuse.

— Tant mieux. Parce que Andrew sera mon cavalier à ton mariage, et j'espère que cela ne te cause pas de problème.

Tara prit une profonde inspiration au bout du fil.

— Non, aucun.

— Il faut que tu en parles à Grant, d'accord ?

— D'accord. Crois-moi, je veux que ce jour-là soit parfait.

— Moi aussi, Tara.

Miranda raccrocha et posa son téléphone de côté.

— Je n'en reviens pas. Quelle histoire !

— Je n'ai entendu qu'une partie de la conversation. Les préparatifs du mariage de Tara et Grant ont été annulés ?

— Oui. Et une rumeur court sur Internet, selon laquelle ils se seraient séparés en mauvais termes, ce qui affole les actionnaires de Sterling.

Andrew secoua la tête, consterné.

— Ce ne peut qu'être l'œuvre de Victor. Il m'a dit que s'il ne pouvait pas détruire Sterling, il ferait subir les affres de l'angoisse à certaines personnes. Or, gâcher le mariage de quelqu'un est une attaque tout ce qu'il y a de plus personnel.

— Qui plus est, Grant et Tara sont les principaux responsables de Sterling.

— Il fait ainsi d'une pierre deux coups. Je dois impérativement le stopper avant qu'il invente autre chose.

— Comment comptes-tu t'y prendre ?

— Pendant que tu étais au téléphone avec Tara, j'ai essayé de joindre Sandy. En son absence, je lui ai laissé un message. J'espère qu'elle me rappellera.

— Nous en sommes donc réduits à attendre ?

— Pour l'instant, nous n'avons pas d'autre choix. Lundi, j'ai conseillé à Tara et Grant de tout surveiller, mais je faisais référence à Sterling. Qui aurait pu penser que Victor s'en prendrait à leurs préparatifs de mariage alors qu'ils avaient déjà tout organisé ?

Miranda se leva, irrésistiblement attirée par Andrew, comme toujours.

— J'ai dit à Tara que tu serais mon cavalier et que tout le monde devrait se comporter correctement avec toi.

Il ancra ses yeux dans les siens et, encore une fois, elle eut le sentiment qu'elle ne comprendrait jamais la complexité qui se cachait au fond d'eux.

— Tu ne devrais pas être obligée de me défendre.

— C'est plus fort que moi. Et je sais qu'ils finiront par changer d'avis à ton sujet.

Il l'attira contre lui et glissa ses doigts dans sa chevelure.

— Tu es une énigme pour moi, Miranda. Tu as toutes les raisons d'être amère et en colère, pourtant tu ne cèdes jamais à ces sentiments négatifs. Tu pourrais m'en apprendre beaucoup en matière de générosité et de pardon.

— C'est gentil, murmura-t-elle, le cœur empli de bonheur.

Elle brûlait d'envie qu'il l'emmène à l'étage et qu'il la déshabille pour pouvoir sentir ses mains partout sur son corps. Elle avait tant besoin de lui. Elle le désirait tellement. Mais avant qu'il exauce son vœu et lui fasse l'amour, elle devait passer quelques coups de fil. Elle l'avait promis à Tara.

— Si tu veux en apprendre davantage à propos de générosité, tu devrais m'aider à réorganiser le mariage de Tara et Grant.

10

Tandis que Miranda s'attelait à sa nouvelle tâche, Andrew s'efforçait de l'aider. Installé devant son ordinateur, il passait en revue les longs e-mails que Tara avait envoyés à Miranda, dans lesquels elle détaillait tout ce qu'elle jugeait nécessaire, depuis les fleurs jusqu'à un objet appelé « feston ». Malgré sa bonne volonté, Andrew se sentait un peu dépassé.

— Ouf ! C'était le dernier appel.

Assise à son bureau, Miranda reposa son téléphone.

— As-tu avancé dans la liste des souhaits de Tara ?

— Dans la moitié des cas, je ne sais même pas de quoi elle parle, dit-il, dépité.

Elle se leva et vint se poster en face de la causeuse où il était assis.

— Donne-moi un exemple.

L'intonation flirteuse de sa voix le surprit.

— Un feston, dit-il, tournant l'écran vers elle pour lui montrer l'e-mail.

Mais elle rabattit l'écran, refermant ainsi son ordinateur.

— Te rappelles-tu la guirlande de feuillage entremêlé de clochettes argentées que nous avons suspendue au-dessus de la porte du salon quand nous avons décoré la maison pour Noël ? Cela s'appelle un feston. Sauf que pour le mariage, la guirlande sera composée de fleurs.

Le sourire de Miranda était à la fois aguicheur et timide. Et le sang colorait délicatement ses joues d'un rose plus pâle que ses lèvres. Oh ! oui, elle était la tentation personnifiée, et il n'avait qu'une envie : y succomber.

— Assez travaillé pour ce soir.

Elle se tenait devant lui, vêtue de la même robe bleue qu'elle portait le matin même pour aller travailler, mais il n'avait pas pris le temps d'admirer la façon dont elle soulignait chaque courbe de son corps splendide et faisait ressortir ses grands yeux marron.

— Tu es superbe, dit-il, brûlant d'envie de sentir ses mains sur son corps.

Leurs regards se soudèrent naturellement, et une sensation électrisante se répandit dans tout son corps.

— Merci du compliment. Tu n'es pas mal non plus.

Il émanait d'elle un mélange fascinant de sérieux et de badinerie. Si elle voulait sérieusement batifoler avec lui, il était partant.

Elle le tira par la main, et il se leva. Puis elle plaqua ses paumes sur son torse, lissant le tissu de sa chemise. Il la contemplait en souriant, grisé de percevoir la flamme du désir brûler, vive et intense, dans ses grands yeux. Lequel des deux embrasserait l'autre le premier ? Il l'ignorait. Il savait seulement qu'il serait gagnant dans les deux cas de figure.

— Je veux que les choses se passent bien entre nous, Miranda. Je n'ai pas envie que nous traînions derrière nous un lourd bagage émotionnel. Ce serait injuste.

Il ressentait le besoin urgent d'aborder l'état de leur relation, même si c'était un sujet extrêmement délicat. C'était le prix à payer pour vouloir faire l'amour à la femme de son défunt frère.

— Je suis d'accord. Rien ne doit s'immiscer entre nous.

Ses lèvres s'entrouvrirent, laissant passer un léger soupir de soulagement.

— Y compris nos vêtements, ajouta-t-elle, mutine, ses doigts jouant avec les boutons de sa chemise. Je propose que nous ne nous souciions que de nous deux durant toute cette soirée.

Il accueillit ce programme alléchant avec un large sourire.

— Oh ! tu te dérides enfin, lui fit-elle remarquer, la mine radieuse.

— Bien sûr. Il est impossible de ne pas être heureux à tes côtés. Même quand ma journée a été affreuse, tu as le don de me faire tout oublier.

Attirant Miranda tout contre lui, il posa une main au creux de ses reins. Elle approcha ses lèvres des siennes, comme pour l'embrasser, puis elle s'arrêta, hésitante, et se mit à fredonner à la place, cette douce vibration le faisant frissonner d'anticipation. Elle défit un bouton de sa chemise. Un seul. Cela risquait de se transformer en un jeu d'effeuillage mutuel mais, s'il trouvait du charme à une lente séduction, à cet instant il avait hâte de voir Miranda nue. Aussi, entreprit-il d'abaisser la fermeture Éclair de sa robe jusqu'à la taille pendant que Miranda se décidait enfin à défaire les autres boutons de sa chemise. Impatient de contempler le morceau de peau révélé par les pans ouverts de sa robe, il la fit pivoter entre ses bras, admirant la blancheur crémeuse de sa peau qui contrastait avec son soutien-gorge noir. Il abaissa un peu plus la fermeture métallique, et sa respiration se bloqua l'espace d'une seconde quand il aperçut sa culotte en dentelle. Il écarta la robe des épaules de Miranda et promena le revers de sa main le long de sa colonne vertébrale, savourant les exquises sensations que lui procuraient sa fragrance, la chaleur de son corps et la douceur de sa peau. La proximité de Miranda n'avait pas seulement pour effet de le griser. Elle le rapprochait dangereusement du bord du précipice.

La robe glissa le long de son corps jusqu'au sol, et Miranda tourna la tête vers lui, un sourire mutin aux lèvres.

— C'est beaucoup mieux ainsi, non ?

Oh ! oui. Il la plaqua contre son torse et noua ses bras autour de sa taille, caressant son ventre arrondi. Elle tourna la tête vers lui, et il l'embrassa avec ferveur, mettant toute son âme dans son baiser pour qu'elle ne doute jamais de la force de son désir pour elle. Puis il cueillit un sein, le tissu soyeux de son soutien-gorge taquinant sa paume, tandis que son mamelon durcissait sous sa caresse. Leurs langues se mêlèrent un instant dans une joute sensuelle, puis Miranda pivota dans ses bras, et tout s'accéléra. Elle l'aida à se débarrasser de ses vêtements, tant l'un et l'autre avaient hâte de passer à l'essentiel. Une fois nu, il l'attira à nouveau dans ses bras et l'embrassa langoureusement, mais la bouche de Miranda se fit plus exigeante, et il s'empressa de lui donner satisfaction.

Il dégrafa son soutien-gorge et le lui ôta prestement. Puis il cueillit ses seins au creux de ses mains, et les yeux de Miranda papillonnèrent avant de se fermer quand il frotta ses pouces contre ses tétons rose foncé. Le halètement de plaisir qui s'échappa de ses lèvres quand il passa sa langue sur sa peau soyeuse était une musique exquise à son oreille.

Elle s'écarta légèrement pour ôter sa culotte, et la vue de sa splendide nudité accrut un peu plus le désir qu'il avait d'elle. Dans ces conditions, se rendre dans la chambre était hors de question. Du moins, dans un premier temps. Aussi s'installa-t-il sur la causeuse, à moitié allongé, et tendit-il la main à Miranda.

— Viens. J'ai trop envie de toi.

Elle sourit, malicieuse, et prit sa main.

— Nous n'allons pas dans la chambre ?

— Pas maintenant. Nous aurons toute la nuit pour nous aimer au lit.

— Es-tu tellement impatient ?

— Oh ! oui.

Un instant, son souffle se bloqua dans sa gorge quand il la vit poser précautionneusement son genou à côté de sa hanche et s'installer à califourchon sur lui. Dehors, l'obscurité était tombée, mais la lampe posée sur le bureau de Miranda éclairait suffisamment pour souligner les creux et les reliefs de sa clavicule si délicate dont il traça les contours du bout des doigts.

Elle sourit et se pencha pour l'embrasser, sa chevelure soyeuse lui effleurant le visage. Il regretta presque de ne pas voir son geste quand elle prit son sexe dans sa main pour le guider vers son intimité et qu'elle commença à se couler lentement sur lui. Un râle de plaisir s'échappa de sa gorge tandis que le corps de Miranda se moulait autour de lui, chaud et accueillant. Oh ! non, il n'y avait pas d'autre endroit au monde aussi délectable que celui-ci.

Elle reposa son poids sur lui, et ils entamèrent un ballet érotique qu'il aurait aimé faire durer toute l'éternité, tant il s'estimait heureux qu'une femme aussi belle et généreuse éprouve du désir pour lui. Elle se déhanchait lascivement contre lui tandis qu'ils s'embrassaient et qu'il enserrait ses fesses parfaites dans ses mains. Il était déjà si proche de l'extase qu'il avait l'impression que son corps flottait en apesanteur, mais il mentirait s'il disait qu'il n'avait pas le cœur lourd. Ce sentiment de culpabilité s'emparait de lui chaque fois qu'ils faisaient l'amour. Chaque fois que Miranda se donnait à lui, comme maintenant. Il avait commis l'impensable en tombant amoureux de la femme de son défunt frère et il devait en assumer les conséquences.

Soudain, le souffle de Miranda accéléra, et ses muscles féminins convulsèrent autour de lui. Ce fut suffisant pour arracher Andrew à ses pensées sinistres et le ramener au moment présent. Miranda se redressa, et leurs regards se connectèrent l'espace d'un instant, puis elle s'abandonna pleinement à la jouissance, les yeux clos et la tête rejetée en arrière. Il ferma les yeux à son tour, savourant la libération charnelle tant attendue et s'émerveillant de voir le degré de complicité qui existait entre eux.

Miranda se sentait à la fois exténuée et légère comme une plume. Elle s'affala contre le torse d'Andrew, s'efforçant de reprendre son souffle tandis que des petites répliques du plaisir parcouraient son corps. Pendant quelques secondes, au cours de leur ébat, Andrew avait eu un moment de distraction. Il avait paru s'éloigner d'elle. C'était un détail négligeable compte tenu de la complicité charnelle qu'ils venaient de partager, mais elle se faisait du souci pour lui.

— Tu vas bien ?

Elle se redressa et enserra le visage d'Andrew entre ses paumes, son regard rivé au sien.

Il rit doucement.

— Tu plaisantes ? Je vais divinement bien. Grâce à toi.

Il posa ses lèvres sur son épaule nue, rappelant à son corps toutes ces sensations exquises qu'il était capable de lui procurer rien qu'en la touchant. Ses mamelons durcirent à nouveau et son intimité se languit de ses caresses alors même qu'elle était toujours juchée sur lui et qu'ils étaient nus.

— Tant mieux. Je te pose cette question parce que, à un moment donné, j'ai eu l'impression que tu avais l'esprit ailleurs. Mais peut-être me suis-je fait des idées. Ces fichues hormones de grossesse chamboulent tout mon système. Bref, je voulais simplement m'assurer que tu allais bien.

— Oui.

— Tu sais que tu peux tout me dire.

Il lui adressa un sourire malicieux.

— Tu as l'art de pousser les gens dans leurs retranchements.

Elle haussa les épaules avec détachement.

— Je n'aime pas les non-dits.

Il l'attira plus près de lui, l'obligeant à nicher sa tête au creux de son épaule. Peut-être trouvait-il plus facile de parler sans avoir à croiser son regard. Il avait beau promener ses doigts le long de son dos dans un geste d'apaisement, elle sentait qu'il y avait un non-dit entre eux, et elle le déplorait.

— Cette situation n'est pas facile pour moi, Miranda, même si je me sens stupide de dire cela. Parce que pour toi aussi elle n'est pas évidente.

Elle devinait ce qu'il allait dire ensuite et elle en eut le cœur meurtri.

— Que tu le veuilles ou non, c'est Johnathon qui nous a réunis. C'est à cause de lui si nous sommes ici, seuls. J'ai beaucoup de mal à l'accepter et je me demande si mon sentiment de culpabilité disparaîtra un jour.

Miranda se redressa un peu pour voir son visage. Elle voulait lui faire comprendre qu'elle était aussi écartelée que lui.

— Je sais. Il y a des moments où j'arrive à faire la part des choses et d'autres où c'est impossible. Mais je ne veux pas que la culpabilité nous dicte notre conduite.

Elle se sentait ridicule de dire une chose pareille, mais la vérité, c'est qu'elle était une veuve attendant un bébé. Elle n'était plus seulement responsable d'elle-même ; elle devrait bientôt assumer son rôle de maman seule.

— Moi non plus. J'essaie simplement de t'expliquer que je suis en proie à une lutte intérieure. Mais je ne veux pas t'embêter avec mes problèmes. Tu as déjà suffisamment de soucis entre le bébé, ton travail et maintenant le mariage de Tara et Grant.

— Pourquoi me suis-je embarquée dans cette histoire ?

— Parce que tu es trop gentille.

— Hum, ce n'est pas tout à fait vrai. J'ai tenu tête à Tara, ce soir. Elle sait que nous... faisons cela.

— Que nous couchons ensemble ?

— Oui. Je croyais qu'Astrid lui en avait parlé, mais non. Elle l'avait simplement deviné.

— Parce que Astrid est aussi au courant ?

Miranda sentit ses joues s'empourprer.

— Euh, oui. Lundi, nous évoquions l'altercation qui a eu lieu lors du dîner de Thanksgiving, et ça m'a échappé. Tu m'en veux ?

— Non. Je suppose que ton frère est aussi au courant.

— Sans doute.

Elle n'y avait pas vraiment réfléchi, mais cela paraissait logique. Astrid et Clay formaient un couple très uni.

— Et il continue de t'apprécier.

Andrew éclata de rire... Un rire spontané trop rare, au goût de Miranda.

— L'autre jour, il m'a remercié de veiller sur toi.

— Il a eu raison. J'étais triste et déprimée avant que tu t'installes chez moi.

— J'ai du mal à le croire. Bien sûr, je sais que tu as traversé une terrible épreuve avec la mort de Johnathon et que tu le pleures encore, mais tu es tellement optimiste.

Miranda songea à tous ces matins où elle avait eu un mal fou à sortir du lit et où, après un petit déjeuner bâclé, elle ne trouvait pas le courage de remonter pour prendre une douche, s'habiller et aller travailler. Et il y avait eu tous ces jours où elle était incapable de rester au bureau plus de quelques heures parce qu'elle était exténuée. Sans oublier les nuits où, roulée en boule dans son lit, elle pleurait toutes les larmes de son corps. Elle s'était abandonnée aux exigences de son esprit et de son corps parce que c'était une étape nécessaire dans le processus du deuil. Mais avec l'arrivée d'Andrew, ces exigences s'étaient faites de moins en moins sentir. Le souffle de la vie pénétrait à nouveau dans sa maison, lui redonnant le goût du bonheur. D'autant qu'Andrew était un homme estimable. Fort et désintéressé. Chaleureux et prévenant. Tout le contraire de ce qu'on lui avait dit.

Elle aimait Johnathon, mais pourquoi avait-il dépeint son frère sous un jour aussi peu flatteur ?

— Disons simplement que je me sens beaucoup mieux depuis que tu es ici. Et pas uniquement parce que tu cuisines pour moi et que tu me prépares le café le matin.

Elle repoussa des mèches de cheveux qui retombaient sur le front d'Andrew.

— Et ce n'est pas non plus parce que tu m'as rendu service dans la maison ou que tu m'as écoutée quand je te racontais mes problèmes. C'est parce que tu ne m'as jamais jugée.

— Quand on a subi le poids du jugement d'autrui, on s'efforce de ne pas infliger le même châtiment aux autres, surtout aux personnes qu'on apprécie.

Elle ancra ses yeux dans les siens, consciente de la chaleur qui irradiait du centre de sa poitrine. Son cœur se remettait peu à peu de ses blessures, simplement parce que cet homme merveilleux avait fait irruption dans sa vie au moment le plus inopportun. Elle était en train de tomber amoureuse de lui. Mais elle devait se montrer prudente car elle ne savait pas s'il s'autoriserait à être heureux et s'il resterait dans sa vie.

— Peux-tu me faire une promesse ? demanda-t-elle.

— Laquelle ?

— Puisque tu vas déjà rester jusqu'au mariage de Tara et Grant, promets-moi de fêter Noël avec moi.

— C'est vraiment ce que tu veux ?

— Oui. Absolument.

11

Andrew n'en crut pas ses oreilles quand il entendit la voix de Grant sur le téléphone en mode haut-parleur de Miranda.

— Peux-tu passer dès que possible à la maison avec Andrew ?

Il échangea un regard perplexe avec Miranda. Ils étaient en train de s'habiller pour le mariage. Et il était déjà convenu qu'ils arrivent une heure avant le reste des invités.

— Tout va bien ? demanda Miranda.

— Oui, mais je vous dois à tous deux des excuses. Si vous venez de bonne heure, nous pourrons lever tous les malentendus.

— D'accord. Nous ferons de notre mieux.

Miranda raccrocha.

— À ton avis, de quoi s'agit-il ?

— Je l'ignore, mais la perspective d'excuses me plaît beaucoup.

Il se sentirait aussi un peu moins stressé à l'idée d'assister à ce mariage. Il redoutait cette journée, non pas parce qu'il serait le cavalier de Miranda - et qu'il devrait porter un smoking –, mais parce qu'il devrait affronter un peloton d'exécution virtuel dans la personne des mariés. C'était une chose d'être critiqué en petit comité lors d'un dîner restreint de Thanksgiving, et c'en était une autre, très différente, d'être ostracisé au cours d'une réception.

— Es-tu prête ? demanda-t-il à Miranda alors qu'il finissait d'enfiler ses chaussures. Je ne mettrai ma veste qu'une fois sur place pour éviter de la froisser.

Miranda émergea du dressing dans sa tenue de demoiselle

d'honneur, une robe longue bordeaux sans bretelles qui laissa Andrew muet d'admiration.

— Ai-je l'air d'un ballon de plage ?

Il s'avança vers elle, regrettant qu'ils doivent se dépêcher, et caressa ses épaules soyeuses dans un geste réconfortant. *Tu ressembles à la femme de mes rêves.*

— Bien sûr que non ! Tu es splendide et pleine de vie.

— Est-ce un code pour ballon de plage ? Parce que je vais me tenir à côté d'Astrid qui a un corps parfait et qui portera la même robe que moi. La comparaison ne sera pas à mon avantage.

— Cesse de te comparer à Astrid. Tu es la plus belle femme que j'ai jamais vue.

Elle fit la moue.

— Ce n'est pas vrai.

— Si ! C'est d'autant plus vrai que je sais ce qu'il y a là, sous ce beau front, et là aussi.

Il posa sa main à l'emplacement du cœur de Miranda, constatant avec joie que sa moue sceptique se métamorphosait en un sourire.

— Merci. Je ne te crois pas tout à fait, mais tu m'as insufflé suffisamment de courage pour me permettre de faire bonne figure à côté d'Astrid. C'est tout ce dont j'avais besoin.

Soudain, l'expression de Miranda s'illumina.

— Le bébé bouge, murmura-t-elle, prenant la main d'Andrew et la posant sur son ventre.

Miranda lui avait expliqué à quel point le bébé était actif, mais il se manifestait rarement en présence d'Andrew, et quand il le faisait, il ne parvenait pas à détecter le moindre mouvement.

À sa grande déception, ce fut encore le cas à cet instant.

— Je ne sens rien.

— Appuie un peu plus fort, dit-elle, plaquant sa main sur la sienne.

— Je ne veux pas lui faire de mal…

À peine avait-il prononcé ces mots qu'il perçut des coups et des battements contre sa paume. La grossesse de Miranda constituait un tout nouvel univers pour lui, à la fois mystérieux et fabuleux.

— Je la sens, murmura-t-il, très ému. Elle n'y va pas de main morte !

Miranda rit.

— C'est merveilleux, n'est-ce pas ?

— Oui.

Il était tellement impressionné qu'il n'osa pas bouger jusqu'à ce que le bébé cesse de se manifester.

— Il faut vraiment qu'on y aille. Tara et Grant vont s'impatienter, dit Miranda.

— Entendu.

Avant de sortir de la chambre, elle récupéra sa pochette et un châle. Au rez-de-chaussée, ils prirent leurs manteaux. La cérémonie devait se dérouler dans le parc de la maison de Grant, surplombant le Pacifique. Malgré les radiateurs et les braseros, il ferait froid, le soir.

Ils prirent la voiture de Miranda, et Andrew s'installa derrière le volant. Comme il n'était pas sûr de l'itinéraire, Miranda afficha l'adresse de Grant sur le GPS. Tandis qu'il conduisait, il sentit les muscles de ses épaules se contracter. Il s'était tellement inquiété de l'accueil que Tara et Grant lui réserveraient aujourd'hui qu'il n'avait pas réfléchi au fait qu'il n'avait pas assisté à un mariage depuis que sa fiancée l'avait quitté. *Ce n'est rien*, se dit-il. Il n'empêche que cette pensée le rongeait. Elle lui rappelait qu'il avait souvent déçu les personnes de son entourage : ses parents, sa fiancée... Serait-il capable de répondre aux attentes de Miranda ? L'idée de rivaliser avec le souvenir de Johnathon, ce frère qui l'avait toujours devancé, ne contribuait pas à apaiser son stress.

Il était amoureux de Miranda. Il était obligé de l'admettre, même s'il gardait ses sentiments sous clé depuis des semaines, notamment depuis le soir où, après avoir fait l'amour dans le bureau de Miranda, ils avaient eu une conversation d'une grande franchise. Il avait été frappé par l'honnêteté avec laquelle Miranda avait abordé un sujet aussi délicat que le deuil et la résilience. Avant de la rencontrer, il vivait dans un monde construit sur des décisions rapides, des motivations douteuses et des tours de passe-passe. Miranda était à l'opposé de cet univers, et sa pureté d'âme l'avait bouleversé de façon inattendue.

Il guettait les occasions où il pourrait mettre ses sentiments sur le compte de la luxure ou de l'engouement mais, à chaque fois, il était forcé de convenir qu'il s'agissait bel et bien d'amour. Toutes les fois où ils étaient ensemble, elle disait ou faisait quelque chose qui lui donnait envie de prononcer ce mot. Même un simple sourire de Miranda le faisait monter à ses lèvres, mais à chaque fois il s'empêchait de le prononcer.

Principalement à cause de Victor. Il ne s'estimait pas le droit d'avouer ses sentiments à Miranda tant qu'il n'aurait pas mis Victor hors d'état de nuire. Mais Johnathon était aussi en embuscade dans un recoin de sa tête, lui rappelant sans cesse qu'il n'était pas à sa place ici.

— Ça va ? Je te trouve bien silencieux, demanda Miranda quand ils se garèrent devant la somptueuse maison de Grant.

Ce n'était pas le bon moment pour lui révéler les pensées qui tournaient en boucle dans sa tête.

— Je me demandais ce que Grant avait à nous dire.

— Rien d'autre ? Parce que je me disais que ce devait être dur pour toi d'assister à un mariage après l'affront que t'avait fait subir ta fiancée.

Quelle intuition ! songea-t-il, touché. Certes, elle n'avait pas deviné tout ce qui le tracassait, mais elle en avait perçu une partie.

— Oui, un peu, mais je m'en suis remis. Allons-y.

Il mit pied à terre et contourna la voiture pour l'aider.

— Sache que je suis là si tu as besoin d'en parler ou si cette fête devient trop pénible pour toi, dit-elle tandis qu'ils se dirigeaient vers la maison. Je ne veux pas que tu penses que j'ai manqué de tact en t'amenant ici.

— N'aie crainte. Je ne pense rien de tel.

La porte d'entrée était ouverte, avec son flot habituel de personnes qui entraient et sortaient. Une fois à l'intérieur, ils s'adressèrent à un serveur :

— Savez-vous où se trouve M. Singleton ?

— La dernière fois que je l'ai vu, il était dans son bureau. Près du salon. En face de la cuisine.

Miranda et Andrew traversèrent le vaste salon décoré en prévision de Noël, avec un grand sapin trônant à côté de la cheminée, surchargé d'ornements argentés et blancs. Des grandes baies vitrées procuraient une vue imprenable sur le parc luxuriant et, au-delà, sur l'océan.

Tara apparut à l'arrière de la maison, vêtue d'un peignoir blanc, et leur fit signe.

— Je suis heureuse que vous soyez ici, dit-elle, s'avançant vers eux, pieds nus. Grant vous attend dans son bureau.

Miranda l'embrassa sur la joue.

— Je croyais que ça portait malheur si le futur marié voyait sa promise avant la cérémonie.

— Uniquement si elle porte sa robe de mariée. D'où mon peignoir. Même si je ne crois pas vraiment à ces superstitions.

Puis, à la grande surprise d'Andrew, elle s'avança vers lui et lui donna l'accolade.

— Je suis heureuse que tu sois venu.

Vraiment ? Il trouvait ce revirement très étrange, mais il s'abstint de tout commentaire désobligeant. Aujourd'hui était un grand jour pour Tara. Elle avait le droit d'agir comme elle voulait, même si son attitude déroutait Andrew.

— Je suis content d'être ici.

Tous trois pénétrèrent dans le bureau de Grant, décoré avec goût, même s'il aurait pu être davantage mis en valeur grâce au talent de Miranda. Grant se leva aussitôt pour donner l'accolade à Miranda et serrer la main d'Andrew. Comme Tara, il n'était pas habillé pour l'occasion, mais vêtu d'un jean et d'un T-shirt.

— Merci d'être venus plus tôt. Je vous en prie, asseyez-vous.

Cela ressemblait fort à une réunion formelle, mais là encore Andrew s'abstint de tout commentaire. Il laissa Miranda s'asseoir la première, au milieu du canapé, et prit place à côté d'elle tandis que Tara s'installait à côté de Grant, tous deux se tenant par la main.

— Vous devez vous demander pourquoi nous voulons vous parler de vive voix mais, après ce qui s'est passé lors de Thanksgiving puis quelques semaines plus tard, dans les bureaux de Sterling, Andrew mérite que nous lui présentions en personne nos plus plates excuses.

— À propos de Victor ?

— Grant croit savoir qui il est, intervint Tara.

Miranda se tourna vers Andrew.

— Oh ! mon Dieu, c'est incroyable !

— Je suis curieux d'apprendre ce que tu as découvert.

Après tout, il n'avait pas cessé de clamer que Victor existait bel et bien.

— La première fois que Johnathon et moi nous sommes associés à un autre promoteur pour un projet immobilier de grande envergure, c'était avec un dénommé James Bloodworth, commença Grant. À l'époque, Sterling Enterprises était une jeune société, et Tara n'était pas encore arrivée.

— Mais je me souviens du fiasco Bloodworth, intervint Tara. Tout le monde en parlait.

— Johnathon avait voulu se lancer dans un projet en dehors de San Diego, d'où notre partenariat avec James Bloodworth pour la construction d'un gratte-ciel à Toronto. Ce fut un échec complet pour lui et pour Sterling. Tout le monde a perdu beaucoup d'argent. Nous avions sous-estimé les délais et les coûts de construction, et largement surestimé les besoins du marché. Ce fut la seule et unique fois que nous avons travaillé en dehors de San Diego.

— Je ne comprends pas. Que vient faire Victor dans cette affaire ? demanda Miranda, reflétant l'incompréhension d'Andrew.

— Victor est le deuxième prénom de James Bloodworth. Bien sûr, j'ignorais ce détail, indiqua Grant. Il était très difficile de travailler avec lui. Une vraie tête brûlée. Johnathon et moi avions convenu de ne plus jamais nous associer avec lui. Mais cela n'a pas empêché Johnathon de me court-circuiter et de faire directement des affaires avec lui en utilisant son propre argent.

C'était la pièce manquante du puzzle : le partenariat initial de Johnathon avec Victor et la mise à l'écart de Grant dans les autres transactions passées entre Johnathon et Victor. Grant connaissait Victor, mais pas sous ce prénom.

— Je commence à mieux comprendre, remarqua Andrew. Mais comment as-tu découvert ces informations ?

— Après la mort de Johnathon, j'ai entrepris de consulter ses fichiers pour m'assurer qu'il n'avait pas dissimulé des informations importantes concernant la société. Il était un peu cachottier.

Grant adressa un sourire entendu à Tara.

— Il ne m'en restait plus qu'un à consulter, et je l'ai fait ce matin. Le dernier de la liste, figurant sous la lettre *V*, pour Victor. Apparemment, il a cessé d'utiliser son patronyme complet après le fiasco de Toronto.

Andrew prit une profonde inspiration pour s'éclaircir les idées. Certes, l'énigme était résolue, mais cela faisait beaucoup d'informations à assimiler d'un seul coup.

— Où en sommes-nous, maintenant ? demanda Miranda.

— Avec un peu de chance, sa tentative de ruiner notre mariage sera son dernier acte de malveillance, répondit Tara. L'attribution du contrat de la Promenade portuaire aura lieu mercredi 23 décembre.

Quel soulagement ce sera, songea Andrew. Et en même temps, c'était presque trop beau pour être vrai. Il imaginait mal Victor en rester là ou disparaître du paysage. Mais peut-être était-il trop méfiant.

Grant lui tendit la main.

— Encore une fois, je te présente toutes mes excuses. Johnathon nous a laissé quelques surprises, n'est-ce pas ?

Miranda posa sa main sur le genou d'Andrew.

— Je suis contente que nous puissions tous aller de l'avant.

Ce doux contact le réconforta, comme s'il était enfin autorisé à se détendre. Il espérait en profiter dès aujourd'hui.

— Un mariage me paraît être un bon début, remarqua Grant en prenant la main de Tara.

Une expression de panique se peignit sur le visage de Tara.

— Oh ! Seigneur ! Il faut que je me prépare ! Miranda, peux-tu m'aider ?

— Bien sûr.

Maintenant que le malentendu entre Grant, Tara et Andrew était dissipé, Miranda aurait dû être pleinement satisfaite. Pourtant, ce n'était pas tout à fait le cas. Peut-être parce que Andrew semblait nerveux et que son sourire était forcé quand elle l'embrassa sur la joue avant de rejoindre Tara.

— Assieds-toi au premier rang pour que je puisse te voir.

— Je ne m'y sentirai pas à l'aise. Ces sièges sont réservés à la famille.

Elle se rendit soudain compte qu'elle le jetait pour ainsi dire dans la fosse aux lions. Il ne s'agissait pas d'un grand mariage, mais la plupart des invités connaissaient Johnathon et devaient donc avoir une piètre opinion d'Andrew.

— D'accord. Assieds-toi où tu veux. La cérémonie sera courte. Puis nous passerons le reste de la journée ensemble.

En le voyant esquisser un autre sourire forcé, elle se sentit écartelée entre la promesse qu'elle avait faite à Tara et son désir de rester auprès d'Andrew.

— Cesse de t'inquiéter à mon sujet, Miranda.

Il déposa un baiser léger sur sa joue.

— Je te verrai après la cérémonie.

Elle admira sa silhouette robuste tandis qu'il se dirigeait vers le salon, et un lourd soupir s'échappa de ses lèvres. Elle était amoureuse de lui, mais ce n'était pas le moment de s'appesantir sur ses états d'âme. Elle devait se concentrer sur son rôle de demoiselle d'honneur. Aussi se hâta-t-elle vers la chambre où Tara l'attendait.

— Si tu pouvais m'aider à enfiler ma robe sans que je la tache avec mon maquillage, ce serait formidable.

— Attendez !

Astrid pénétra dans la pièce et ferma la porte derrière elle.

— Je suis experte en la matière. Laissez-moi vous aider.

En tant qu'ancienne *top model*, Astrid avait dû faire ce genre de choses un nombre incalculable de fois.

— Tu tombes à pic, déclara Miranda, incapable de détacher son regard d'Astrid, resplendissante dans sa robe.

Les paroles d'Andrew résonnèrent dans sa tête : « Tu es la plus belle femme que j'ai jamais vue. » Bien sûr, il exagérait, mais il avait su trouver les mots justes pour la rassurer.

— Oui, je crains de mettre du maquillage partout, précisa Tara en ôtant son peignoir.

Se sentant inutile, Miranda s'écarta, observant Astrid pendant qu'elle décrochait la robe du cintre, glissait ses bras dans la jupe et le corsage puis soulevait le vêtement au-dessus de la tête de Tara. Comme Astrid était grande et qu'elle portait des talons hauts, cela facilitait la manœuvre.

— Lève les bras mais rentre le menton, indiqua Astrid.

Tara obtempéra.

— Je ne vais pas être décoiffée ?

— Un peu. Mais nous réparerons les dégâts.

Astrid abaissa lentement la robe et l'ajusta sur Tara. Puis elle rectifia les bretelles et remonta la fermeture Éclair.

— Et voilà le résultat. Aucune trace de maquillage. Et même pas décoiffée.

Tara pivota sur elle-même dans sa superbe robe d'hiver en satin blanc au profond décolleté en V, agrémentée de fines bretelles et d'une jupe évasée très élégante. Astrid et Miranda s'empressèrent de la complimenter.

— Tu es incroyable ! s'exclama Astrid.

— Splendide ! renchérit Miranda. Grant va être époustouflé.

— Je suis si heureuse que vous soyez ici. Vous êtes mes meilleures amies. Ce qui est étrange, si l'on y songe.

— Tu as raison, dit Astrid. Je me demande ce que Johnathon aurait pensé s'il avait vécu pour voir ce jour.

— Son ego en aurait pris un coup quand il nous aurait vues, plus ravissantes les unes que les autres, répondit Tara.

Miranda rit, mais elle était fatiguée qu'on s'interroge sans cesse sur la façon dont Johnathon aurait réagi dans telle ou telle circonstance. Bien sûr, elle l'avait aimé, mais ces interrogations pesaient, telle une menace, sur la vie de chacun.

— Nous devrions plutôt nous féliciter des efforts que nous avons fournis afin de trouver un terrain d'entente et travailler en bonne harmonie. Nous aurions très bien pu partir chacune de notre côté après la lecture du testament.

— C'est l'argent qui nous a motivées, déclara Tara en vérifiant son maquillage dans le miroir de sa commode.

— Non, Miranda a raison, intervint Astrid. L'argent a peut-être été le point de départ, mais il a fallu ensuite que nous fassions l'effort de travailler en bonne intelligence pour maintenir la cohésion de notre trio. La tâche n'a pas été facile. Il y avait des secrets et des difficultés entre nous, et nous avons dû surmonter tous ces handicaps.

Elle prit la main de Miranda et la pressa.

— Et aujourd'hui, nous allons assister à la célébration d'un mariage, dans quelques mois nous fêterons la naissance d'un bébé et, espérons-le, en guise de cadeau de Noël, Sterling Enterprises remportera le contrat de la Promenade portuaire.

Miranda soupira. Ce serait une bonne chose que ce dernier vœu se réalise, mais elle se préparait aussi à la perspective d'un échec et s'inquiétait de la réaction d'Andrew. La culpabilité le rongerait et son estime de lui-même serait écornée.

— Oui, ayons foi en un dénouement heureux.

Le téléphone d'Astrid bipa, lui indiquant qu'elle avait un SMS.

— C'est Clay. Grant est en place, et Clay t'attend pour te conduire à l'autel. Delia se trouve avec lui.

— Le moment décisif est arrivé, fit remarquer Miranda.

Après une dernière touche de parfum et de laque pour Tara, Miranda vérifia que la voie était libre dans le couloir, puis toutes trois empruntèrent l'escalier de derrière menant à l'étage inférieur. La demeure de Grant était construite sur un terrain légèrement en pente, avec un tiers de cet étage en sous-sol. À l'arrière, les portes-fenêtres en accordéon étaient ouvertes, et les invités patientaient sur des chaises pliantes blanches disposées sur la vaste pelouse. Au-delà, sur la suggestion de Miranda, se dressait une arche garnie de roses blanches. Par chance, une haute clôture en bois délimitait la propriété sur un côté, gage d'intimité et de protection contre le vent.

— Prêtes ? demanda Clay en s'approchant des trois femmes.

Delia, intimidée, lui tenait fermement la main, mais en voyant Miranda, elle se précipita vers sa tante.

Miranda se pencha pour l'embrasser sur le front.

— Tu es superbe dans ta robe d'enfant d'honneur.

— Merci. Mais mes chaussures me font mal.

Elle tendit un pied chaussé de *babies* blancs.

— Je comprends, chérie. Mais il faut parfois souffrir pour être belle.

— Il est temps d'y aller, rappela Astrid.

Delia fut invitée à se positionner en tête du cortège, suivie de Miranda et Astrid, puis de Tara au bras de Clay.

Un instant plus tard, les musiciens entamèrent la marche nuptiale, et Delia remplit son rôle à la perfection, jetant des pétales dans l'allée à mesure qu'elle avançait vers Grant et l'officiant. Les invités se levèrent et, à cet instant, Miranda aperçut Andrew à l'extrémité de l'avant-dernière rangée. Aurait-il un jour le sentiment d'être membre à part entière de leur groupe ? Le voudrait-il, seulement ? Elle l'espérait de tout son cœur. Alors qu'elle s'avançait à son tour dans l'allée, elle riva son regard au sien, percevant dans son expression ce mélange si familier de tristesse et de tendresse.

Comme promis, la cérémonie fut courte et émouvante. Après que les nouveaux mariés eurent descendu l'allée sous un tonnerre d'applaudissements, les serveurs entreprirent de réarranger les chaises en vue de la réception. Miranda en profita pour rejoindre Andrew.

— La cérémonie était très réussie, dit-il.

— Oui, n'est-ce pas ?

Elle lui prit la main.

— Tu es sûr que tout va bien ?

Il l'attira dans ses bras et déposa un baiser sur son crâne.

— Cesse de t'inquiéter pour moi. Et profite de cette journée. C'est tout ce qui m'importe.

Ces paroles ne contribuaient pas à la rassurer, mais elle jugea préférable de ne pas insister.

— Allons choisir une boisson.

— Je prendrai la même chose que toi. J'ai entendu dire qu'il y avait du cidre chaud aux épices.

— Tu ne préfères pas du bourbon ?

— Non, pas aujourd'hui.

— Tu as le droit de choisir la boisson que tu veux.

— Je sais, mais je me sens solidaire de toi.

Elle sourit, heureuse, et se dressa sur la pointe des pieds pour l'embrasser sur la joue.

— Tu es adorable.

Les mots « Je t'aime » dansaient sur ses lèvres, mais elle attendrait d'être sûre que son amour soit réciproque. Et si ce jour n'arrivait pas et qu'Andrew décide de partir, elle lui avouerait son amour à ce moment-là, pour qu'il ne doute jamais de ses sentiments et se remémore avec plaisir ce laps de temps qu'ils avaient passé ensemble. Les choses entre eux ne seraient jamais simples ou tranchées une fois pour toutes. Il était le frère de son défunt mari. Il en serait toujours ainsi.

Le dîner et le début de la réception se déroulèrent sans incident, même si Miranda remarquait que quelques amis de Johnathon jetaient des regards réprobateurs dans leur direction quand elle et Andrew se tenaient la main ou qu'ils dansaient. *Ce ne sont pas leurs affaires*, songeait-elle, mais elle savait que cette hostilité ennuyait Andrew. Et elle aussi, dans une moindre mesure.

Ils évoluaient sur la piste de danse au son d'un slow romantique quand celui-ci céda la place à une musique plus rythmée. Aussitôt, les invités se levèrent et envahirent la piste. Pour Miranda, il était temps qu'ils se retirent.

— Viens. Accordons-nous un instant de solitude avant de rentrer à la maison, dit-elle, le tirant par la main.

Andrew hésita.

— La réception commence seulement à battre son plein. Es-tu sûre que ce soit le bon moment pour partir ?

— Oui. Le gâteau a été découpé et les toasts ont été portés.

Elle tira un peu plus fort sur sa main.

— Nous n'avons pas été seuls de toute la journée, et je tiens à avoir un moment d'intimité avec toi.

Il arbora un grand sourire.

— Comment résister à une invitation aussi séduisante ?

Ils s'éloignèrent de la réception et s'aventurèrent dans l'obscurité de cette nuit étoilée. La brise marine soufflait, et Miranda regretta de ne pas avoir pris son manteau, mais elle ne dit rien de peur de gâcher ce moment d'intimité. Quand ils parvinrent à l'extrémité de la propriété de Grant, ils se trouvaient tout près du précipice, sur la falaise surplombant le tumulte de l'océan.

— Viens ici, tu frissonnes, dit Andrew, l'attirant dans ses bras et l'enveloppant dans sa chaleur.

Elle n'avait pas besoin d'un manteau. C'était de lui dont elle avait besoin.

— Je vais bien. Je voulais simplement admirer la vue. Avec toi.

Blottie contre son torse, elle contempla les vagues qui se fracassaient contre la falaise, l'éclat de la lune se réverbérant sur les gerbes d'écume.

— As-tu passé une bonne journée malgré la présence de tant d'amis de Johnathon ?

Il resserra son étreinte, lui donnant le sentiment réconfortant que rien de mal ne pourrait lui arriver. Elle ignorait ce qu'elle ferait s'il décidait de partir, mais elle ne voulait pas commencer à s'inquiéter par avance.

— J'y suis habitué, Miranda. Toute ma vie, j'ai combattu mon frère. Même mort, il projette son ombre menaçante sur ma vie.

— Il faudra bien que tu finisses par te libérer de son emprise, même si c'est facile pour moi de dire cela puisque je n'ai jamais été confrontée à ce genre de problème.

— À cause de lui, je traîne une réputation de paria. Par chance, Tara et Grant ont enfin reconnu ma bonne foi. C'est déjà ça.

Elle renversa la tête en arrière pour contempler son beau visage, heureuse qu'il positive un peu.

— Tu vois ? Avec le temps, les choses s'arrangeront.

Il lui caressa tendrement la joue.

— En attendant, comme je ne tiens pas à ce que tu prennes froid, je vais te ramener à la maison.

— Et tu me réchaufferas au lit ? demanda-t-elle, mutine.

— Tes désirs sont des ordres.

12

Le lundi matin, lendemain du mariage de Grant et Tara, Andrew fut réveillé en sursaut par une pensée glaçante. Il se redressa sur le lit, le souffle court. Et si l'annulation du mariage n'avait été qu'une diversion destinée à dissimuler le véritable objectif de Victor, à savoir la ruine de Sterling ?

— Tu vas bien ? marmonna Miranda en se tournant dans le lit. Tu parlais dans ton sommeil.

Andrew jugea prématuré de lui faire part de sa théorie. Il n'avait pas encore les idées claires et devait approfondir sa réflexion. Se penchant, il embrassa l'épaule de Miranda.

— Ça va. Je vais préparer le café.

Elle se blottit contre son oreiller.

— Je descendrai dans un instant. L'alarme de mon réveil ne se déclenchera pas avant une demi-heure.

Tout en rejoignant la cuisine, Andrew tâchait de se remémorer sa dernière conversation avec Victor. Il avait évoqué la possibilité d'interférer dans la vie personnelle des personnes travaillant chez Sterling. Cela expliquait la tentative d'annulation du mariage mais ne prenait pas en considération le projet de la Promenade portuaire. Or, c'était depuis le début l'objectif prioritaire de Victor. Après tout, ce serait la dernière fois que les citoyens de la ville pourraient rendre hommage à Johnathon.

Andrew moulut les grains de café et s'accouda au comptoir pendant que le liquide s'écoulait goutte à goutte dans la verseuse. Plus ses idées s'éclaircissaient plus son hypothèse lui paraissait vraisemblable. Mais Grant et Tara étaient persuadés d'être dans la toute dernière ligne droite de la compétition, et s'il leur exposait sa théorie, ils risquaient de le prendre pour un fou et de le rejeter à nouveau. Clay était la seule personne susceptible de l'écouter. Il n'était que 7 h 10, mais Andrew ne voulait pas que Miranda surprenne sa conversation avec son frère, et Clay comprendrait qu'il avait une bonne raison de l'appeler.

Par chance, il répondit à la première sonnerie.

— On dirait que je ne suis pas le seul lève-tôt ! dit-il.

Andrew réussit à sourire malgré l'inquiétude qui le rongeait.

— Je ne dors pas beaucoup.

— Moi non plus. Que se passe-t-il ?

Andrew entendit Miranda marcher à l'étage. Elle n'avait pas dû réussir à se rendormir. Il devait donc faire vite.

— Peux-tu me rendre un service et aller à la mairie aujourd'hui pour voir où en est votre dossier de candidature et d'offres concernant le projet de la Promenade portuaire ?

— La responsable nous a clairement dit qu'elle ne voulait pas qu'on vienne aux nouvelles. La décision finale est censée être prise le mercredi 23 décembre.

— Je comprends, mais je crains que la tentative d'annulation du mariage de Tara et Grant n'ait été qu'une diversion. Elle a obligé tout le monde, surtout les deux principaux intéressés, à se concentrer sur d'autres choses que le travail durant les deux dernières semaines.

Andrew espérait sincèrement se tromper.

— C'est une simple précaution, insista-t-il. Je m'en voudrais que vous échouiez si près du but.

— Entendu. Je m'en occuperai dès que j'arriverai au bureau.

Andrew entendit les pas de Miranda dans l'escalier.

— Tiens-moi au courant.

— Bien sûr.

Andrew raccrocha et fourra son téléphone dans la poche arrière de son pantalon de pyjama juste au moment où Miranda pénétrait dans la cuisine. Le simple fait de la voir déclenchait toujours en lui un tourbillon d'émotions. Il en avait assez de se retrouver en porte-à-faux, faisant partie de la vie de Miranda, mais pas complètement ; lui exprimant physiquement son affection, mais jamais en paroles. Il avait envie de risquer le tout pour le tout en lui avouant ses sentiments, mais il redoutait de mettre Miranda dans une situation impossible. S'il devait finalement retourner à Seattle, il voulait s'assurer que tout irait bien pour elle et qu'il ne lui avait pas rendu la vie encore plus difficile en laissant sans solution les problèmes qu'il avait créés.

— Veux-tu du café ? demanda-t-il.

— Volontiers. Les lundis matin sont toujours difficiles.

Il lui remplit une tasse et y ajouta un gros nuage de crème.

— J'espère qu'un peu de douceur t'aidera à te sentir mieux.

— Merci. C'est parfait.

Elle but une gorgée et lui adressa un sourire chaleureux.

Des moments comme celui-ci - ces petits riens de la vie quotidienne - avaient le don de le bouleverser. Il aurait un mal fou à quitter San Diego une fois qu'il aurait mis Victor hors d'état de nuire. *Si tant est que j'y arrive*, pensa-t-il. À vrai dire, il ne se sentait pas le droit d'avouer ses sentiments ou son désir de rester à Miranda tant qu'il n'aurait pas réparé ses erreurs. Le pardon de Grant et Tara constituait un grand pas en avant, mais il voulait faire table rase du passé. Miranda méritait qu'il lui offre un nouveau départ sans conditions.

— J'ai décidé de m'accorder un congé pour le reste de la semaine à partir de demain, dit-elle. Nous pourrons ainsi passer du temps ensemble. Un peu de détente avant Noël nous fera le plus grand bien.

Oh ! oui, il en avait grand besoin !

— Excellente idée.

— Il y a environ un mois, j'ai commandé des tableaux pour la chambre d'enfant. Ils devraient arriver demain. Nous pourrions les suspendre puis regarder un film sur le thème de Noël.

Elle eut une moue dubitative.

— Mais ce programme doit te paraître plutôt ennuyeux.

C'est ce dont j'ai toujours rêvé.

— Détrompe-toi. Ce sera plus amusant que de travailler.

— Oh ! j'y pense. Il faut que je vérifie mes e-mails. Il se peut que le rendez-vous avec mon unique client de la journée soit avancé. Je reviens tout de suite.

Après son départ, Andrew prépara leur petit déjeuner - œufs, saucisses et fruits frais - tout en s'efforçant de s'éclaircir les idées. Il y avait de grandes chances pour que Clay l'appelle après 9 heures pour lui dire que Sterling était toujours dans la compétition pour l'attribution du projet. Miranda rentrerait à la maison après le travail et il lui préparerait un repas fabuleux. Puis ils feraient l'amour, et il la tiendrait dans ses bras pendant qu'elle dormirait. Ils passeraient ces quelques jours de vacances ensemble à la maison. Ses premières vraies vacances heureuses de Noël.

Si les choses se déroulaient de cette manière, il prendrait le risque de lui dire à quel point il l'aimait. Et si la chance était de son côté, Miranda lui répondrait que cet amour était réciproque. Il avait très envie de croire qu'il avait enfin droit au bonheur, mais il savait que les choses ne se passaient pas toujours comme on le souhaitait.

Miranda le rejoignit, et ils s'assirent pour prendre le petit déjeuner ensemble.

Après sa première bouchée, Miranda gémit de plaisir.

— Quel délice ! Tu me gâtes.

Ses compliments lui allèrent droit au cœur.

— Je ne te gâterai jamais assez.

Elle eut un grand sourire.

— En tout cas, tu t'y appliques.

Et j'adore ça. Après le petit déjeuner, Miranda monta se doucher pendant qu'Andrew faisait la vaisselle et priait pour que son téléphone se manifeste bientôt, mais il demeurait obstinément muet. Après le départ de Miranda, il prit sa douche et s'habilla pour la journée.

Enfin, peu après 10 heures, Clay l'appela :

— Tu avais raison. Notre offre a été retirée. Purement et simplement.

Andrew sentit son cœur s'arrêter. Il ne prenait aucun plaisir à voir son hypothèse vérifiée.

— Comment est-ce arrivé ?

— Apparemment, une femme s'est présentée vendredi matin au bureau des adjudications, munie d'une demande officielle de retrait de la compétition sur du papier à en-tête de Sterling.

— La veille du mariage.

— Oui. Grant et Tara n'étaient pas venus au bureau de toute la journée. Et moi non plus, car ce matin-là j'ai assisté au spectacle de Noël à l'école de Delia puis j'ai accompagné Grant pour récupérer les alliances.

— Pouvez-vous revenir sur cette annulation ?

Les neurones d'Andrew moulinaient à mille à l'heure, à la recherche d'une solution.

— Oui, nous avons déjà entamé les démarches en ce sens. Au début, l'employée ne voulait rien entendre, mais j'ai réussi à la convaincre de notre bonne foi et, avec un peu de chance, nous serons à nouveau dans la course.

Andrew s'autorisa un soupir de soulagement. C'était une bonne chose que la manœuvre de Victor ait été déjouée *in extremis* mais, pour Andrew, ce n'était pas suffisant. Il fallait que Sterling franchisse la ligne d'arrivée, mercredi. Même si la société ne remportait pas le marché, au moins la procédure aurait été respectée.

— Tant mieux. Je vais continuer à traquer Victor et mettre un terme définitif à ses manigances.

— Andrew, tu sais que j'ai confiance en toi, mais je t'ai entendu dire cela si souvent. Qu'est-ce qui est différent, aujourd'hui ?

Andrew était obnubilé par la perspective de passer les prochains jours avec Miranda. Ou peut-être davantage ? Il avait l'impression que le bonheur était à portée de main. Mais pour le saisir, il devait d'abord réparer ses erreurs.

— J'ai une idée.

— Peut-être n'avons-nous aucun moyen de stopper ce type et en serons-nous quitte pour déjouer chacune de ses manœuvres jusqu'à ce qu'il se lasse et aille voir ailleurs.

— J'y ai pensé, mais je ne veux pas que nous vivions avec cette épée de Damoclès au-dessus de la tête.

— Nous ? On dirait que tu as l'intention de rester. En as-tu discuté avec Miranda ?

Andrew ne voulait pas trop s'avancer.

— Non. Je ne me sens pas le droit de lui dire quoi que ce soit tant que je n'aurai pas mis Victor hors d'état de nuire.

— Mais tu as envie de rester ?

— Comment réagirais-tu si je te répondais oui ?

Andrew avait envie de croire que lui et Clay étaient devenus suffisamment proches pour qu'il se permette cette question, mais il n'en était pas sûr.

— Je dirais que c'est une excellente idée.

Andrew ne put se retenir de sourire.

— Bien. Mais n'en parle pas à ta sœur. Je préfère attendre que tout soit réglé avant d'aborder ce sujet avec elle.

— Entendu. Motus et bouche cousue.

Le téléphone d'Andrew lui signala qu'il avait un autre appel. C'était un numéro inconnu, mais il espérait contre toute attente qu'il s'agissait de Victor.

— Clay, je dois raccrocher. Tiens-moi au courant s'il y a du nouveau.

— Bien sûr.

Andrew raccrocha et prit l'autre appel.

— Monsieur Sterling ?

La surprise cloua Andrew sur place.

— Sandy ? Vous allez bien ? Vous avez une drôle de voix.

— Parliez-vous sérieusement quand vous m'avez fait une offre, l'autre jour ?

— Oui. Pourquoi ? Vous envisagez de laisser tomber Victor ?

— Il vient de m'appeler. Il était furieux après moi. Une personne de chez Sterling a contacté une responsable de la mairie et l'a persuadée de réintégrer l'offre de Sterling dans le processus d'adjudication. Victor pensait qu'il avait réussi à mettre Sterling hors jeu.

Ayant une confiance limitée en Sandy, Andrew jugea préférable de ne pas dévoiler son jeu.

— Oh ! je l'ignorais.

— Il m'en veut terriblement.

Andrew était embarrassé.

— Écoutez, Sandy, je vous donnerais volontiers ce que je vous avais promis mais, à ce stade, je doute que vous puissiez m'aider. Victor est décidé à aller jusqu'au bout de son projet de destruction, avec ou sans vous.

— J'ai quelque chose qui pourrait vous aider à le mettre hors d'état de nuire. Des enregistrements audio.

— Qu'avez-vous enregistré ?

— Toutes les conversations que lui et moi avons eues. Tout ce qu'il m'a demandé de faire. Et cela ne concerne pas seulement Sterling Enterprises. J'ai aussi espionné d'autres sociétés pour son compte. Des projets d'envergure avec des protagonistes de premier plan.

Andrew réfléchit à toute vitesse.

— Accepteriez-vous de me les donner ? Mon offre tient toujours si vous êtes d'accord. Cinq millions.

— L'argent n'est pas suffisant. Il faut que je disparaisse. Que j'aille quelque part où il ne pourra jamais me retrouver. Je sais trop de choses et, si ces enregistrements étaient divulgués, il comprendrait que je l'ai trahi.

— Un de mes jets privés se trouve dans un hangar à Gray Municipal. Je peux vous faire conduire au Mexique. Pietro, mon chef de la sécurité, vous accompagnera. Une fois que vous serez en lieu sûr, vous lui donnerez les enregistrements et je transférerai l'argent en votre faveur.

— Je veux que ce soit vous qui veniez avec moi.

— Quoi ? Pourquoi ?

— Parce que j'ai plus confiance en vous qu'en votre chef de la sécurité. Vous avez plus à perdre. C'est vous qui traquez Victor depuis des semaines.

Andrew réfléchit aux propos de Sandy. De fait, il avait tout à perdre. Si Sterling Enterprises ne remportait pas l'appel d'offres, ses dirigeants trouveraient un moyen de surmonter cet échec en décrochant d'autres contrats, et la réputation de Johnathon n'en souffrirait pas trop. Bien sûr, la perte de cet énorme marché avec la mairie les mettrait dans une position délicate. Miranda lui pardonnerait sans doute d'avoir essayé de ruiner Sterling. Mais il ne se serait pas réconcilié avec le souvenir de son frère et il ne trouverait pas la paix de l'âme tant qu'il n'y serait pas parvenu. Il devait être sûr et certain d'avoir fait tout son possible pour sauver l'œuvre de Johnathon.

— Entendu. Je vous accompagnerai.

— Je ne veux pas que vous vous contentiez de me faire franchir la frontière et de me laisser me débrouiller par mes propres moyens. Je veux que vous m'emmeniez dans un endroit éloigné et sûr.

Andrew avait voyagé dans le monde entier, mais il y avait un endroit qu'il avait visité quelques années auparavant et qui lui avait paru idéal pour disparaître - un petit village niché dans les montagnes du Costa Rica.

— J'ai une idée. Je vous l'expliquerai dans l'avion. Indiquez-moi où vous vous trouvez, et je viendrai moi-même vous chercher.

— D'accord, mais faites vite.

Andrew raccrocha et se rua à l'étage. Il n'avait aucune envie de partir, mais avait-il le choix ? C'était lui qui avait engagé Sandy pour espionner Sterling. Bien sûr, elle avait ensuite décidé de travailler pour Victor, mais Andrew était mal placé pour lui reprocher ses mauvais choix. Lui-même en avait fait beaucoup trop dans sa vie.

Une fois à l'étage, il appela Clay et activa le haut-parleur pendant qu'il préparait son sac de voyage.

— Eh, Andrew. Que se passe-t-il ?

— J'aimerais que tu gardes un œil sur ta sœur pendant les prochains jours.

— Tu t'en vas ?

— Oui. Je dois régler notre gros problème. Il est préférable que je ne te dise pas où je vais. Qui sait si nous ne sommes pas sur écoute.

— Miranda est-elle en danger ?

— Non. Mon chef de la sécurité restera à San Diego. Un de ses hommes surveillera la maison en permanence, mais je serais plus rassuré si tu veillais aussi sur elle.

L'écran de son téléphone afficha une notification provenant du numéro de Sandy. Elle lui indiquait l'endroit où elle se trouvait.

— Je dois y aller. J'éteindrai mon portable pour éviter d'être géolocalisé. D'accord ?

— Entendu. Bonne chance.

Andrew referma son sac et dévala l'escalier, mais il s'arrêta net en apercevant les splendides décorations de Noël dans le salon. Le manteau de la cheminée était orné de branches de sapin entremêlées de rubans en velours rouge et d'ampoules blanches. Au-dessus de la porte du couloir se trouvait le fameux feston composé d'une guirlande lumineuse et de clochettes argentées de différentes tailles, le tout arrangé avec goût. Dans un coin, trônait le sapin si admirablement orné qu'il pourrait faire la une d'un magazine de décoration. Grâce à son talent et à sa nature généreuse, Miranda avait fait pénétrer l'esprit de Noël dans cette maison. Il s'en voulait de ne pas passer les prochains jours avec elle. Ils avaient fait des projets ensemble. Certes, il avait la ferme intention de revenir mais il avait déjà pris tellement de bonnes résolutions qui ne s'étaient pas concrétisées. Il espérait sincèrement que tout serait différent cette fois-ci. Quoi qu'il en soit, il devait informer Miranda qu'il serait absent quand elle rentrerait du travail.

Il attendit d'être sorti de la propriété de Miranda pour la contacter.

— Comment se fait-il que tu m'appelles si tôt ? demanda Miranda. Tout va bien ?

— Oui, mais je dois quitter la ville pour quelques jours.

— Oh ! Seigneur, y a-t-il un problème ?

La détresse qu'il percevait dans sa voix le bouleversait et lui rendait la tâche encore plus difficile.

— Je suis sur le point de régler mon problème.
— Victor ? Mais je croyais que l'affaire était résolue.
— Non. Du moins, pas entièrement.
— Tu n'en finiras donc jamais ! Quelqu'un d'autre ne peut pas s'en charger ?
— Non. C'est moi qui ai mis en branle cette affaire et c'est à moi de la terminer.
Miranda grommela.
— Rien ne t'y oblige. Tu as déjà tenté l'impossible. Tu es trop exigeant avec toi-même.
Il s'entêtait, il en avait conscience. Mais cela ne modifiait pas sa détermination d'en finir une bonne fois pour toutes.
— Ce matin, nous parlions de passer les prochains jours ensemble. Tu disais que ce serait amusant. Ce n'est pas suffisant pour que tu restes ?
— Ne me rends pas les choses plus difficiles, d'accord ?
Miranda ne répondit pas tout de suite, mais il percevait son souffle oppressé.
— Tu reviendras, c'est sûr ?
— Oui, j'en ai l'intention.
— Quand ?
Il ne voulait pas lui donner de réponses définitives, mais il répugnait à la laisser dans l'incertitude.
— Je serai de retour à Noël. C'est promis.
Il espérait de tout cœur qu'il n'aurait pas de contretemps et ne serait pas contraint de manquer à sa promesse. Miranda attachait une telle importance aux fêtes, notamment à Noël.
— Me promets-tu aussi d'être prudent ?
Sa voix commençait à se briser.
— Bien sûr.
— Parce que je veux que tu reviennes, Andrew. J'espère que tu le sais.
Il esquissa un sourire, mais il avait le cœur gros. Il y avait tant de choses qu'il avait envie de lui dire ! Mais encore une fois il éprouvait le besoin impérieux d'attendre le moment propice.
— Je veux revenir, Miranda. J'espère que tu le sais.

— Oui. Au revoir, Andrew. Sois prudent.

— Au revoir, Miranda.

Il raccrocha avant de prononcer les mots qui lui brûlaient les lèvres : « Je t'aime. »

13

En cette fin d'après-midi de mercredi, Miranda commençait à perdre espoir. Andrew était parti depuis quarante-huit heures. Où était-il et que faisait-il ? Elle chercha son numéro de téléphone dans ses contacts et l'appela. La sonnerie retentit encore et encore, comme les autres fois où elle l'avait appelé depuis qu'il était parti, lundi. Puis le répondeur s'enclencha, et le son de sa voix lui fit regretter douloureusement sa présence :

« Andrew Sterling. Je suis absent pour le moment. Veuillez laisser un message. »

Elle attendit le bip pour dire :

— Eh, c'est moi. Je me fais du souci pour toi. S'il te plaît, rappelle-moi ou envoie-moi un SMS pour me dire que tout va bien. Même une simple émoticône avec le pouce levé me réconforterait.

Elle raccrocha et jeta rageusement son téléphone à l'autre extrémité du canapé. Elle en avait assez de se sentir aussi désemparée. La dernière fois qu'elle avait éprouvé ce sentiment d'impuissance, c'était juste après la mort de Johnathon, quand elle avait dû s'habituer à vivre seule dans cette grande maison. D'une certaine façon, elle avait l'impression de revivre ce même sentiment de perte. Et c'était très douloureux.

La sonnerie de son téléphone retentit. Elle le chercha fébrilement parmi les coussins et décrocha sans regarder qui l'appelait.

— Andrew ?

— Désolée de te décevoir. C'est Tara.

Miranda s'affaissa contre une pile de coussins, le cœur gros.

— Oh ! ça ne fait rien. Que se passe-t-il ?

— Sterling a remporté l'appel d'offres pour la Promenade portuaire ! La mairie vient de l'annoncer.

Contre toute attente, la première réaction de Miranda fut de pleurer. Peut-être à cause du stress. Peut-être parce que ce chapitre se refermait en l'absence d'Andrew. Sterling avait réussi malgré les manigances de Victor. Si Johnathon était encore de ce monde, comme il serait heureux.

— Félicitations. Vous devez tous être fous de joie.

— Oh ! oui. Et immensément soulagés, aussi.

— Comment allez-vous fêter l'événement ?

— Nous le ferons en janvier, une fois les fêtes passées. Après avoir dû réorganiser mon mariage en l'espace de deux semaines, je ne suis pas pressée de planifier une nouvelle réception !

— Je comprends.

Il y eut un silence sur la ligne, puis Tara demanda :

— Si je comprends bien, tu n'as pas de nouvelles d'Andrew.

— Tu es au courant de son départ ?

— Oui. Clay nous l'a dit, à Grant et à moi. Mais rassure-toi. Nous n'en avons parlé à personne.

— D'accord.

— À vrai dire, je suis inquiète. Grant et moi voulions qu'il mette Victor hors d'état de nuire, mais qu'il le fasse à distance. Nous n'aurions jamais pensé qu'il sauterait dans un avion et qu'il se lancerait à sa poursuite.

Miranda sentit son sang se glacer dans ses veines. Elle avait toujours cru à l'existence de Victor, mais maintenant que tout le monde en était persuadé, ce personnage lui apparaissait encore plus menaçant.

— Crois-tu qu'il soit en danger ? Personne n'a de ses nouvelles depuis lundi après-midi. Je ne sais plus quoi faire. Je me fais un sang d'encre à son sujet.

— Veux-tu que Grant essaie de se renseigner ?

La seule chose dont Miranda était sûre, c'était qu'Andrew tenait à agir en toute discrétion.

— Non. Je ne veux pas que nous fassions quoi que ce soit susceptible de mettre sa sécurité en danger.

À ce propos, elle ferait mieux d'arrêter de lui laisser des messages. Dieu sait dans quelle situation il se trouvait.

— Entendu. Je t'en prie, préviens-nous quand tu auras de ses nouvelles. Andrew avait raison depuis le début, et Grant et moi nous sommes très mal comportés envers lui. Nous avons aussi une dette à son égard. Sa réactivité, lundi matin, nous a permis de rester dans la course et de remporter l'appel d'offres. Nous sommes tous si heureux !

Sauf moi. Miranda détestait nourrir des pensées aussi négatives, mais c'était plus fort qu'elle.

— Je suis contente que Sterling ait décroché le contrat. Avec un peu de chance, je le dirai bientôt à Andrew.

— Tiens-nous au courant.

— Entendu. Au revoir, Tara.

Elle raccrocha. Hélas, malgré cette formidable nouvelle, elle n'avait pas meilleur moral.

Elle redoutait d'affronter une hypothèse très plausible : Andrew pourrait ne pas revenir. Désireuse de se changer les idées, elle se rendit à la cuisine pour se préparer une tasse de chocolat chaud puis retourna au salon pour regarder un film. Une chaîne diffusait *La vie est belle*. Le film venait de commencer, montrant des scènes en noir et blanc de la ville pittoresque de Bedford Falls. Miranda baissa le son. Elle avait vu ce chef-d'œuvre tellement de fois qu'elle connaissait les dialogues presque par cœur, mais aujourd'hui elle était trop inquiète pour se concentrer sur quoi que ce soit en dehors d'Andrew. Peut-être retournait-il à Seattle et n'avait-il pas le courage de le lui dire.

Non. Ce serait l'Andrew fictif construit par Johnathon, et parfois par Grant et Tara, qui se comporterait ainsi. Le vrai Andrew, celui que Miranda connaissait, tenait ses promesses. Alors que la nuit tombait en ce 23 décembre, elle oscillait toujours entre espoir et déception. Il lui avait dit qu'il serait de retour à temps pour Noël. Or, il ne restait guère plus de vingt-quatre heures avant le réveillon. Le fait de penser qu'il n'arriverait pas à temps, ou qu'il ne viendrait pas du tout, lui rappela toutes ces fois où elle l'avait défendu bec et ongles. Elle avait toujours voulu croire qu'il ne lui mentirait jamais ou qu'il ne la décevrait pas. De son côté, bien qu'il l'ait toujours remerciée de la confiance qu'elle lui témoignait, il lui avait aussi dit qu'elle n'y était pas obligée. Mais c'était son instinct qui lui avait dicté d'avoir foi en lui.

Ils avaient eu un lien invisible dès leur première rencontre. Bien sûr, c'était la mort de Johnathon qui les avait rapprochés, et ce constat la rongeait encore de temps à autre. Si seulement elle pouvait parler à son défunt mari et lui expliquer qu'elle l'aimerait toujours malgré ses sentiments pour Andrew ! Quand le bébé naîtrait, sa tendresse pour Johnathon ne ferait que se renforcer. Mais elle avait un cœur immense, capable de beaucoup donner et de beaucoup recevoir. Contre toute attente, elle était tombée amoureuse du frère de son défunt mari. Elle avait eu une deuxième chance de bonheur. Que ne lui avait-elle avoué ses sentiments avant qu'il parte !

La sonnerie de son téléphone retentit à nouveau, la faisant sursauter. Elle s'efforça de refouler sa déception en constatant encore une fois que ce n'était pas Andrew qui l'appelait. Bien sûr, elle était contente de parler à son frère, mais ce n'était pas la même chose.

— Tu n'es pas obligé de veiller sur moi sans arrêt, dit-elle, sans préambule.

— Bien sûr que si. Je l'ai promis à Andrew. Pourquoi ne viendrais-tu pas à la maison ? Delia serait ravie de te voir. Nous préparons des cookies. Je passe te chercher.

— Merci, c'est gentil, mais je préfère rester chez moi.

Cette invitation lui aurait permis de se changer les idées, mais elle se raccrochait encore et toujours à l'espoir de revoir Andrew. La faute à son incorrigible optimisme. Hélas, cette fois, il pourrait lui jouer un vilain tour.

— Tara m'a appelée pour m'annoncer que vous aviez remporté l'appel d'offres. Félicitations.

— Merci. C'est la victoire de toute une équipe. Et surtout,

celle des épouses. C'est vous trois qui avez le plus œuvré pour la réussite de ce projet.

— Oui, il nous tenait à cœur.

— Tu sembles fatiguée.

— Je le suis. Même si je n'ai pas de raison de l'être. Depuis deux jours, je ne fais que tourner en rond dans la maison et me ronger les sangs.

— Tu t'épuises à force de t'inquiéter, lui fit remarquer Clay.

— Sans doute. Tu n'as pas eu de ses nouvelles, par hasard ?

— Voyons, tu sais bien que je t'aurais appelée aussitôt.

Elle exhala un soupir de frustration. Bien sûr, elle le savait, mais ça ne coûtait rien de demander.

— Je ferais mieux d'aller me coucher.

— D'aussi bonne heure ?

— Oui. Je me sens trop fatiguée.

— Bon. Tu viendras prendre le brunch à la maison le matin de Noël, n'est-ce pas ?

— Bien sûr.

— Alors, bonne nuit.

Miranda n'avait pas le courage de monter dans sa chambre. Le canapé ferait l'affaire. Elle éteignit la télévision, arrangea quelques coussins en guise d'oreiller et s'enveloppa dans un plaid. Les yeux clos, elle s'efforça de penser à des choses positives pour faciliter l'arrivée du sommeil : son espoir de ne pas passer Noël seule et de ne pas devoir affronter l'avenir sans l'homme qu'elle aimait auprès d'elle.

L'avion d'Andrew atterrit en douceur sur la piste privée de l'aéroport de San Diego. Il désactiva le mode avion de son nouveau téléphone, l'ancien étant malencontreusement tombé dans la petite piscine du *cottage* qu'il avait déniché pour Sandy au Costa Rica. Il avait hâte de contacter Miranda mais, auparavant, il attendait de recevoir le coup de fil de Pietro lui indiquant que la voie était enfin libre.

Comme il avait laissé sa voiture de location à Gray Municipal quand il avait quitté la ville avec Sandy, un chauffeur l'attendait.

— Monsieur Sterling, vous attendiez ceci, je crois.

Tout en lui tenant la portière, le chauffeur lui tendit une petite boîte en velours noir.

Andrew l'ouvrit. L'objet qu'elle renfermait était exactement comme dans son souvenir, même si cela faisait des années qu'il ne l'avait pas regardé.

— Merci.

Il glissa la boîte dans sa poche et monta en voiture. Il était à la fois excité et nerveux à l'idée de revoir Miranda. Bien sûr, il pourrait enfin lui avouer son amour, mais il redoutait une certaine forme de rejet. Elle pouvait arguer qu'elle préférait attendre ; que c'était beaucoup trop tôt ; qu'elle n'avait pas encore fait le deuil de son mari.

Finalement, le téléphone d'Andrew vibra dans sa main. C'était Pietro.

— Alors ? demanda aussitôt Andrew.

— Je suis désolé d'avoir tardé à vous appeler. Le vol de Victor a été retardé, mais il est enfin en route pour Munich. J'ai attendu jusqu'à ce que son avion décolle.

Andrew avait demandé à Pietro de s'acheter un billet pour le même vol à la seule fin de garder un œil sur Victor pendant qu'il franchirait les contrôles de sécurité et accéderait à la porte d'embarquement.

Andrew ne s'était jamais senti aussi soulagé. Il avait fait promettre à Victor de demeurer en Europe pendant les douze prochains mois. Il avait suffisamment de preuves en sa possession pour l'obliger à se tenir tranquille. Pour toujours.

— Merci infiniment, Pietro.

— Vous vous rendez chez Mme Sterling ?

— Oui.

— Alors, je vous souhaite bonne chance, déclara Pietro, une note espiègle dans la voix.

— Je vous remercie aussi d'avoir demandé à un de vos hommes

d'aller récupérer la bague à Seattle et de la rapporter ici. Le chauffeur vient juste de me la remettre.

— Je vous en prie. Puis-je faire autre chose pour vous, monsieur ?

— Maintenant que cette affaire est résolue, vous et vos hommes pouvez retourner à Seattle.

— Quels sont vos projets ? demanda Pietro.

— Je ne sais pas encore, mais j'espère rester ici à San Diego.

— Qu'adviendra-t-il de votre société à Seattle ?

— Je n'ai pas encore décidé, mais rassurez-vous, j'aurai toujours du travail pour vous.

— C'est bon à savoir, monsieur. Je ne m'imagine pas travailler pour quelqu'un d'autre.

Andrew sourit.

— Tant mieux. Bonne nuit, Pietro. Vous avez fait de l'excellent travail.

— Merci. Bonne nuit, monsieur.

Andrew raccrocha. Il avait attendu cet appel de Pietro avant de contacter Miranda. Il n'était qu'à une dizaine de minutes de chez elle, mais il était trop impatient pour attendre une seconde de plus. Hélas, son appel atterrit sur sa messagerie vocale. Était-elle déjà couchée ? À 21 h 30 ? Cela n'avait pas de sens. Il espérait tirer cette histoire au clair dès qu'il arriverait.

Après que le chauffeur l'eut déposé devant la maison de Miranda, il composa le code de sécurité pour déverrouiller la porte d'entrée. À l'intérieur, la maison était étrangement silencieuse.

— Miranda ? appela-t-il en posant son sac de voyage.

Il n'obtint pas de réponse. Puis il aperçut un rai de lumière filtrant sous la porte du salon. Il s'avança sur le seuil et aperçut Miranda endormie sur le canapé. Il s'approcha d'elle, le cœur empli d'amour. Elle représentait tout pour lui. Elle était son univers. Et il s'était infligé une véritable torture en retardant le moment de lui déclarer son amour.

Il s'agenouilla à côté du canapé et prit le temps de la contempler.

Comme elle était belle dans son sommeil paisible, avec sa bouche pulpeuse détendue, ses paupières pâles ourlées de cils sombres, son teint crémeux et sa splendide chevelure cascadant sur ses épaules. Finalement, il posa une main sur son bras et l'embrassa sur le front.

— Miranda ? murmura-t-il en se reculant.

Elle entrouvrit les yeux avant de les écarquiller. Elle paraissait si surprise qu'il craignit de l'avoir effrayée.

— Oh ! mon Dieu ! Tu es ici !

Il s'assit sur ses talons tandis qu'elle se redressait puis se jetait à son cou. Ils atterrirent, enlacés et riants, sur le parquet. Elle n'en finissait pas de le couvrir de baisers. Si c'était sa récompense pour toute la souffrance qu'il avait endurée, il n'avait plus aucun regret.

— Enfin, tu es de retour ! J'étais si inquiète.

— Je suis désolé de ne pas t'avoir appelée. Mon téléphone a rendu l'âme, et il m'a fallu du temps pour en acheter un autre au Costa Rica.

— C'est donc là que tu es allé ?

Il hocha la tête mais posa son doigt sur ses lèvres.

— Oui. Pour mettre Sandy à l'abri de la vindicte de Victor. Mais personne ne doit le savoir. Cela n'a pas été facile de la faire entrer dans ce pays, de lui obtenir des papiers d'identité et de lui ouvrir un compte offshore. Mais elle est en sécurité.

— Oh ! j'y pense, Sterling a remporté l'appel d'offres. C'est Tara qui m'a prévenue.

— Oui, je suis au courant.

— Victor est donc parti pour de bon ?

Andrew épargnerait les détails à Miranda, mais il avait la certitude que Victor ne reviendrait pas. Il possédait des heures d'enregistrements au cours desquels ce dernier détaillait ses divers projets, la plupart illégaux. Andrew lui avait mis le marché en mains : il ne remettrait pas certains de ces enregistrements compromettants à des partenaires malheureux de Victor à condition qu'il disparaisse une bonne fois pour toutes de la circulation.

— Oui, chérie. Il ne nuira plus à personne.

Surprise, Miranda se rassit, les jambes repliées sous elle.

— Tu m'as appelée chérie ? C'est la première fois que tu me donnes ce surnom.

Andrew s'assit à son tour, un peu gêné.

— Euh, oui, sans doute.

Elle lui adressa un large sourire.

— J'adore !

Il sentit son cœur battre à tout rompre.

— Tant mieux, parce qu'il faut que je te demande quelque chose...

Elle leva la main pour l'interrompre.

— Non. S'il te plaît, attends. Auparavant, j'ai quelque chose à te dire.

Il rit. Elle était tellement adorable quand elle se montrait insistante.

— Entendu. Je t'écoute.

— Après ton départ, j'ai compris à quel point j'avais besoin de toi. Et je m'en suis voulu de ne pas t'avoir dit que tu comptais énormément pour moi, que tu remplissais un vide dans mon cœur...

Il secoua frénétiquement la tête.

— Miranda, je ressens la même chose pour toi.

Une larme roula sur la joue de Miranda.

— Peux-tu me laisser finir, s'il te plaît ? J'ai répété tout ce que j'avais à te dire dans ma tête et je ne veux rien oublier.

— Bien sûr.

Comment lui dire non alors qu'elle pleurait ?

— Je ne veux pas perdre une autre personne qui compte pour moi, Andrew. Je ne le supporterai pas.

— Je t'aime, dit-il, tout à trac. Je suis désolé, mais je ne pouvais plus attendre.

Maintenant, elle laissait libre court à ses larmes.

— C'est vrai ? Parce que je t'aime, moi aussi. Je t'en prie, dis-moi que tu ne t'en vas pas.

— Je t'en prie, dis-moi que je peux rester.

— Oh ! oui. J'en serais si heureuse !

Très ému, il glissa ses mains dans la chevelure soyeuse de Miranda et rapprocha son visage du sien. Tandis qu'ils s'embrassaient avec ferveur, il laissa pour la première fois l'espoir l'envahir tout entier. Ces retrouvailles ressemblaient fort à un nouveau départ plein de promesses lumineuses. Malgré toutes les déconvenues qu'il avait accumulées au cours de sa vie, il s'estimait chanceux. Il avait l'amour et la réussite. Et il aurait bientôt une famille si Miranda répondait par l'affirmative à sa prochaine question.

Mettant un terme à leur baiser, il sortit l'écrin de sa poche, l'ouvrit et le présenta à Miranda.

— Veux-tu m'épouser, ma chérie ?

Il ne savait pas exactement quelle serait sa réaction, mais il ne s'était pas attendu à ce qu'elle montre un tel empressement à sécher ses larmes et à lui tendre sa main gauche, un grand sourire aux lèvres.

— Oh ! Seigneur ! Oui ! Je veux t'épouser.

Andrew ôta la bague de son écrin et la glissa à l'annulaire de Miranda.

— Elle appartenait à ma mère et, avant elle, à sa mère. C'est pour ainsi dire le seul héritage de la famille Sterling. J'avais demandé à Pietro d'aller la récupérer à Seattle pendant que je m'occupais de Sandy.

— Tu as fait cela ? Pour moi ?

Elle inclina la main d'un côté et de l'autre pour admirer la bague.

— Elle te plaît ? Réponds-moi franchement. Je ne me formaliserai pas si elle te déplaît.

— Je l'adore ! Elle est splendide et tellement originale.

— Bon. Parce que mon ex-fiancée la trouvait laide et en voulait une autre.

— Sa réaction aurait dû t'alerter.

— Peut-être.

Elle leva à nouveau les yeux vers lui.

— Cela n'a pas dû être facile pour toi de faire une deuxième demande en mariage.

Andrew se mit à rire.

— Curieusement, je n'y ai même pas pensé. J'étais nerveux, mais uniquement parce que tu comptes tellement pour moi.

— Ton appréhension n'était pas justifiée. Nous sommes devenus tellement proches durant ces quelques semaines. Tu peux tout me dire, sans aucune réserve. Je ne te jugerai pas.

— C'est ce qui m'a le plus frappé chez toi. Tu m'as toujours fait confiance, même quand tu avais des raisons de douter de moi. Je crains de ne pas être digne de toi, mais c'est normal puisque tu es tellement fabuleuse.

— C'est toi qui es fabuleux.

Elle lui donna un baiser léger qui le réchauffa de la tête aux pieds.

Soudain pressé de l'emmener dans sa chambre, il se leva et lui tendit la main.

— Viens. Il est temps d'aller au lit.

— Pour dormir ou pour la bagatelle ? demanda-t-elle, mutine.

Il rit et l'entraîna vers l'escalier.

— La seconde option, si tu es d'accord. J'ai envie de faire l'amour à ma fiancée.

Miranda s'arrêta au bas des marches.

— Je suis tellement heureuse que tu sois arrivé à temps pour Noël !

— Je te l'avais promis. Je ne manquerai cette fête pour rien au monde.

— J'ai hâte d'être à demain pour te faire découvrir mes traditions de Noël préférées : préparer des cookies, allumer un feu de bois, écouter des chants de Noël...

Il ne savait pas quoi dire, faute de trouver les mots appropriés pour définir l'état de bonheur dans lequel il baignait.

— Je crains de te paraître ennuyeuse avec mes traditions.

Il la souleva dans ses bras et commença à monter les marches.

— Au contraire, c'est tout ce dont j'ai toujours rêvé.

Épilogue

Quatre mois plus tard

La petite Chloe pleurait. Miranda savait que c'était une ruse du bébé, mais Andrew s'y laissait prendre à chaque fois.

— Chut ! Tout va bien, trésor.

Il la sortit de son siège et la posa délicatement sur son épaule.

— Tu n'es pas obligé de la prendre chaque fois qu'elle pleure, fit remarquer Miranda, passant derrière Andrew pour attirer l'attention du bébé.

En apercevant sa maman, Chloe écarquilla les yeux et arbora son nouveau sourire qui dévoilait ses gencives roses. Miranda sentit son cœur fondre de tendresse. Cela lui arrivait des centaines de fois par jour, surtout depuis que Chloe avait commencé à sourire, quelques semaines auparavant.

— L'entendre pleurer me brise le cœur. Je n'y peux rien.

Andrew se tourna vers Miranda. Dieu, qu'il était beau avec un bébé dans les bras !

— Tu auras beau me dire d'arrêter, je doute d'y parvenir.

— Je te pardonne. Mais je ne voudrais pas qu'elle soit trop gâtée.

Miranda consulta l'horloge murale.

— Oh ! zut ! Il est temps de partir, sinon nous allons être en retard.

Andrew récupéra le sac à langer posé sur le comptoir de la cuisine et vérifia son contenu tout en tenant Chloe :

— Couches. Vêtements de rechange. Lingettes. Tétines. Oh ! non ! Il manque sa chenille. Où peut-elle bien être ?

Chloe avait une chenille multicolore en guise de doudou, suffisamment petite pour qu'elle la tienne avec ses doigts minuscules.

— Sur le canapé, suggéra Miranda.

— Je vais la chercher.

— Je m'en occupe, dit-elle. Pendant ce temps, remets Chloe dans sa coque.

— Je préfère attendre la dernière minute, sinon elle va se remettre à pleurer.

Miranda secoua la tête, amusée, récupéra le sac à langer et entreprit de chercher la chenille.

— Il est vraiment temps de partir, insista-t-elle. Tara sera furieuse si nous arrivons en retard.

— Même si nous manquons quelques minutes de la cérémonie, ce n'est pas dramatique.

Il installa Chloe dans sa coque et, bien sûr, elle se remit à pleurer dès qu'il l'eut attachée.

— Désolé, trésor, mais maman dit qu'il faut y aller.

Ils quittèrent en hâte la maison. Puis Andrew cala le siège à l'arrière du SUV de Miranda. Par chance, à peine avait-il mis le contact que Chloe cessa de pleurer.

— Prochain arrêt, la Promenade portuaire ? demanda Andrew.

— Dieu merci, le jour est enfin venu de poser la première pierre de ce site. Je ne sais pas pour toi, mais je sature à force d'entendre parler de ce projet.

— C'est vrai. Ces derniers temps, il était l'objet de toutes les conversations, confirma Andrew.

Bien sûr, Miranda savait qu'Andrew était aussi soulagé qu'elle d'en finir avec ce projet. Aujourd'hui, il affrontait à nouveau le souvenir de Johnathon, mais cette fois il était mieux armé car il avait gagné l'estime de son entourage et redoré l'image qu'il avait de lui-même en réparant ses erreurs. L'héritage de Johnathon serait préservé, mais Andrew avait la vie devant lui auprès de Miranda et Chloe. Aujourd'hui, c'était lui le gagnant, après avoir été toute sa vie le perdant dans sa relation avec son frère.

Ils arrivèrent en centre-ville quelques minutes plus tard, et Andrew trouva une place de parking près du palais des congrès, ce qui les obligeait à faire une petite marche jusqu'à la Promenade. Il déplia la poussette de Chloe et casa le sac à langer dans l'espace de rangement pendant que Miranda installait la coque dans la poussette. Désormais, presque deux mois après la naissance de Chloe, ils étaient bien organisés, mais cela n'avait pas toujours été le cas. Les trois ou quatre premières semaines avaient été stressantes, tous trois dormant peu à cause des coliques du nourrisson dont avait souffert Chloe. Elle était née le 4 février et, à ce moment-là, Miranda et Andrew étaient encore dans la phase lune de miel de leur relation, bien qu'ils aient repoussé leur mariage à une date ultérieure. Puis, ils étaient passés sans transition aux nuits sans sommeil, aux couches sales, aux douches trop rares. Rien de tel pour tester la solidité d'un couple ! Mais ils avaient surmonté l'épreuve, et Andrew était très vite devenu à l'aise dans son nouveau rôle de père d'adoption. Il avait beau être fort et parfois stoïque, il avait craqué dès qu'il avait vu Chloe dans la salle d'accouchement. Et tous deux avaient pleuré devant ce miracle de la vie. Certains jours, Miranda avait encore l'impression de vivre un rêve. Un rêve parfait.

Ils marchèrent le long du trottoir, savourant la douceur de cette journée d'avril ensoleillée. Puis ils empruntèrent un passage couvert pour piétons conduisant à l'emplacement de l'ancienne promenade. Sa démolition, commencée en janvier juste après l'attribution du contrat à Sterling, était désormais terminée. Elle incluait la destruction du pavillon dédié aux mariages, celui-là même où Andrew se serait marié si sa fiancée ne l'avait pas plaqué. En apprenant la démolition de ce fameux pavillon, Andrew avait fait part à Miranda d'une hypothèse troublante qui lui était venue : et si Johnathon n'avait pas été animé de mauvaises intentions quand il avait candidaté pour le projet de la Promenade portuaire ? Peut-être avait-il voulu réaménager cet espace pour permettre à son frère d'effacer ce mauvais souvenir de sa mémoire. C'était une pensée touchante, et même si personne ne saurait jamais quelles avaient été les intentions de Johnathon, Andrew et Miranda avaient décidé que ce serait la version qu'ils raconteraient à Chloe. Malgré ses nombreuses fautes, il avait été un homme au grand cœur. Et il avait contribué à faire entrer dans la vie de Miranda les deux personnes qui comptaient le plus pour elle à ce jour : Chloe et Andrew.

En sortant du passage, ils aperçurent le chantier de construction fermé par une palissade et arborant une énorme pancarte indiquant Sterling and Singleton Enterprises. En effet, en février, peu après la naissance du bébé, Grant avait proposé à Andrew de fusionner sa société de promotion immobilière avec Sterling Enterprises. Les deux groupes se complétaient. Qui plus est, Andrew n'aurait rien eu à gagner en décidant de diversifier ses activités à San Diego et de concurrencer la société de son frère.

À son tour, il avait proposé à Grant que son patronyme figure dans la raison sociale de la nouvelle entreprise. Andrew maintenait en activité le bureau de Seattle, mais il ne s'y rendait qu'une fois par mois et uniquement pour la journée car il répugnait à s'éloigner plus longtemps de Miranda et du bébé. « J'ai besoin de ma famille », disait-il pour se justifier.

Une cinquantaine de personnes était rassemblée, pour la plupart des employés de Sterling and Singleton et quelques journalistes. À l'autre extrémité se tenaient Astrid et Clay. Ils étaient en pleins préparatifs de leur mariage qui aurait lieu en juin sur la plage de Coronado. Ils voulaient attendre les vacances scolaires pour pouvoir emmener Delia en Norvège pendant un mois et lui faire découvrir le pays natal d'Astrid. Miranda n'avait jamais vu son frère aussi heureux, et cela rendait son propre bonheur encore plus complet.

— Bonjour, les salua Clay quand Andrew et Miranda s'avancèrent vers eux. Comment va ma splendide nièce ?

Andrew replia le pare-soleil de quelques centimètres et regarda à l'intérieur.

— Elle dort.

— Puis-je la voir ? insista Clay.

Miranda et Astrid riaient en se donnant l'accolade.

— Ils sont trop amusants en tontons gâteaux, remarqua Astrid.

— Oui, limite gâteux, ajouta Miranda.

— Mesdames et messieurs, nous sommes prêts à commencer, annonça Tara dans le micro.

Elle et Grant portaient un casque de chantier et tenaient une pelle à la main. À leur côté se trouvaient le maire et plusieurs conseillers municipaux. Andrew avait été convié à participer à la cérémonie, mais il avait décliné l'offre, arguant qu'il préférait rester avec sa famille.

— Nous serons brefs pour permettre à chacun de profiter de cette belle journée, poursuivit Tara. Et maintenant je cède la parole à Grant Singleton pour les remerciements d'usage.

Grant récupéra le micro et embrassa sa femme sur la joue.

— Sterling Enterprises a la chance de faire partie de cette communauté depuis plus de quinze ans, mais a toujours œuvré dans le secteur privé. Bien sûr, nous avons construit de beaux bâtiments ultramodernes dans cette ville, mais ce nouveau projet sera celui qui, en définitive, comptera le plus pour nous. J'espère sincèrement que cet endroit deviendra un lieu de rassemblement convivial pour les habitants de cette ville comme pour les touristes qui visitent notre fabuleuse cité. Et maintenant, posons la première pierre de cette future Promenade.

Grant, Tara et plusieurs conseillers municipaux levèrent leurs pelles au-dessus d'un monticule de terre déposé à cet effet à l'entrée du chantier de construction. Après un décompte jusqu'à trois, ils plantèrent leurs pelles dans le monticule, inaugurant ainsi officiellement la future Promenade portuaire.

La foule applaudit à tout rompre, ce qui rendit Andrew nerveux. Il jeta un coup d'œil dans la poussette pour voir la réaction de Chloe.

— Ouf ! Elle dort toujours.

Miranda rit et l'embrassa sur la joue.

— Je t'aime, Andrew.

— Moi aussi, je t'aime.

Puis ils reportèrent leur attention sur la cérémonie tandis que Grant, Tara et les autres dignitaires locaux se serraient la main.

— Au fait, je pense à une chose, dit Andrew. Et si nous nous mariions ici, quand tout sera fini ?

C'était la seule pièce manquante pour parfaire l'heureux dénouement de leur histoire. Miranda n'avait pas voulu convoler à huit ou neuf mois de grossesse, et ils devaient encore s'adapter à l'arrivée de Chloe dans leurs vies. En juin, Astrid et Clay célébreraient leur mariage. Peut-être Noël conviendrait-il. C'était la période préférée de Miranda.

— Vraiment ? demanda-t-elle. Pourtant, cet endroit doit te rappeler des mauvais souvenirs.

Il secoua la tête et lui adressa un sourire épanoui.

— Chérie, maintenant que tu fais partie de ma vie, je n'ai plus que des bons souvenirs.

Sean Thomas Russell is a lifelong sailor whose passion for the sea – and his love of nautical history – inspired *Under Enemy Colours*. He lives on Vancouver Island.

Under Enemy Colours

SEAN THOMAS RUSSELL

PENGUIN BOOKS

PENGUIN BOOKS

Published by the Penguin Group
Penguin Books Ltd, 80 Strand, London WC2R 0RL, England
Penguin Group (USA) Inc., 375 Hudson Street, New York, New York 10014, USA
Penguin Group (Canada), 90 Eglinton Avenue East, Suite 700, Toronto, Ontario, Canada M4P 2Y3
(a division of Pearson Penguin Canada Inc.)
Penguin Ireland, 25 St Stephen's Green, Dublin 2, Ireland (a division of Penguin Books Ltd)
Penguin Group (Australia), 250 Camberwell Road,
Camberwell, Victoria 3124, Australia (a division of Pearson Australia Group Pty Ltd)
Penguin Books India Pvt Ltd, 11 Community Centre,
Panchsheel Park, New Delhi – 110 017, India
Penguin Group (NZ), 67 Apollo Drive, North Shore 0632, New Zealand
(a division of Pearson New Zealand Ltd)
Penguin Books (South Africa) (Pty) Ltd, 24 Sturdee Avenue,
Rosebank, Johannesburg 2196, South Africa

Penguin Books Ltd, Registered Offices: 80 Strand, London WC2R 0RL, England

www.penguin.com

First published in the United States of America by G. P. Putnam's Sons,
a member of the Penguin Group (USA) Inc. 2007
First published in Great Britain by Michael Joseph 2008
Published in Penguin Books 2009
1

Set in 12.5/14.75 pt Monotype Garamond
Printed in England by Clays Ltd, St Ives plc

PBK ISBN: 978–0–141–03314–3
OM PBK ISBN: 978–0–141–04149–0

www.greenpenguin.co.uk

This book is dedicated to my son,
Brendan Thomas Russell,
with all my love.

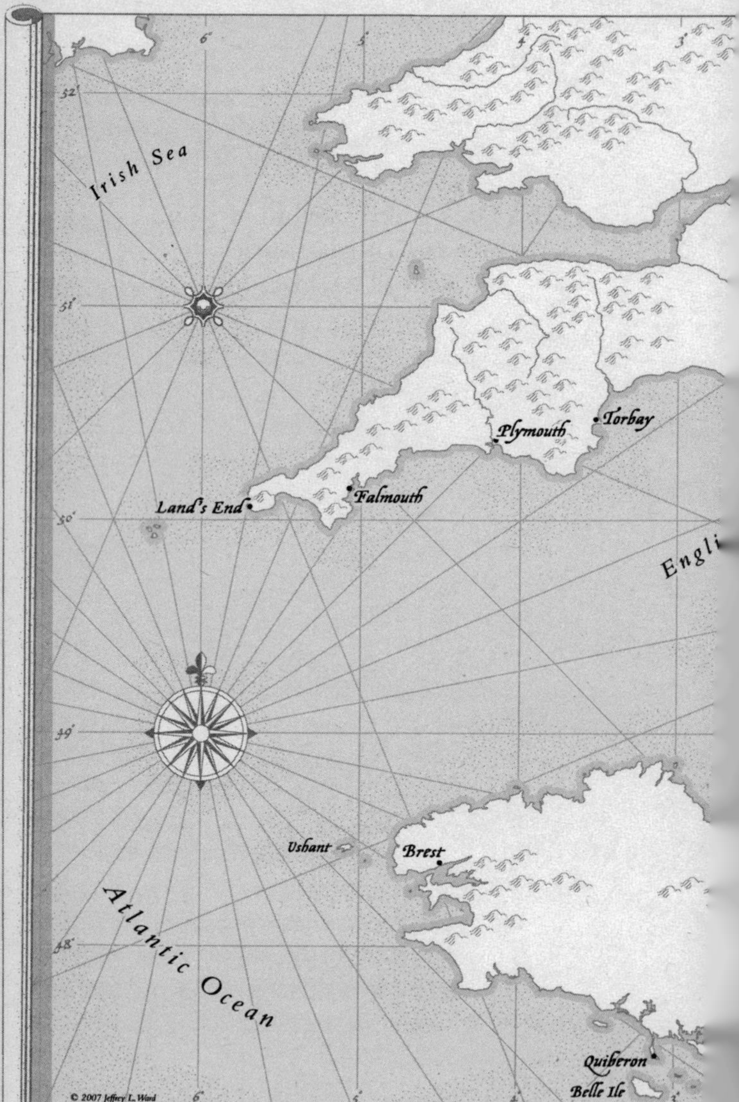
Irish Sea
Land's End
Falmouth
Plymouth
Torbay
Engli
Ushant
Brest
Atlantic Ocean
Quiberon
Belle Ile
52°
51°
50°
49°
48°
6°
5°
4°
3°
© 2007 Jeffrey L. Ward

NGLAND
London
North Sea
Portsmouth
Isle of Wight
hannel
Malo
Paris
FRANCE
0 Miles 50 100
0 Kilometers 50 100
52°
51°
50°
49°
48°

KEY

1. Forecastle
2. Gangway
3. Quarterdeck
4. Gun-deck (Upper Deck)
5. Berth-deck (Lower Deck)
6. Hold
7. Orlop (Cable Tier)
8. Fore Platform
9. Aft Platform
10. Bowsprit
11. Foremast
12. Mainmast
13. Mizzen Mast
14. Capstan
15. Steering Wheel
16. Manger
17. Galley
18. Riding Bitts
19. Pumps
20. Great Cabin (Captain's Cabin)
21. Gunroom
22. Midshipmen's Berth
23. Fore Magazine
24. Shot Locker
25. Hold Well (Pump Well)
26. Aft Magazine

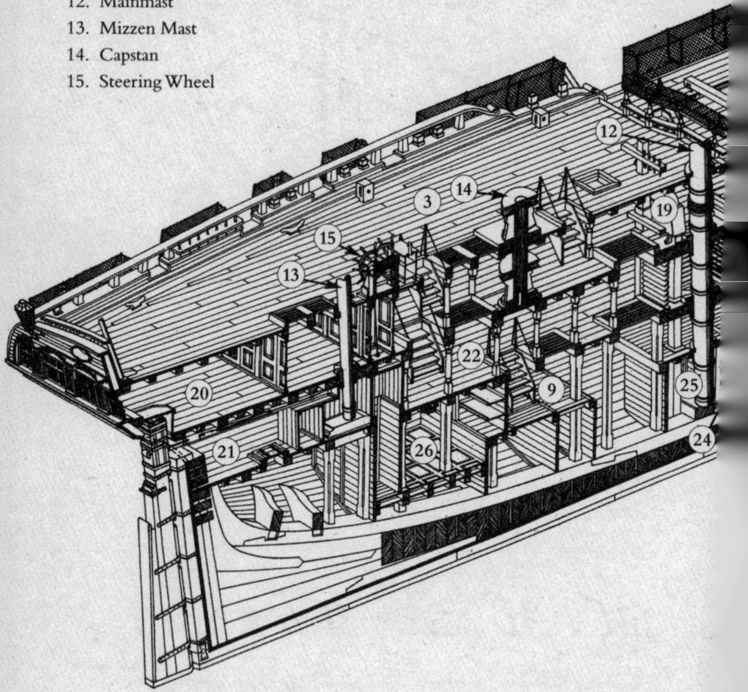

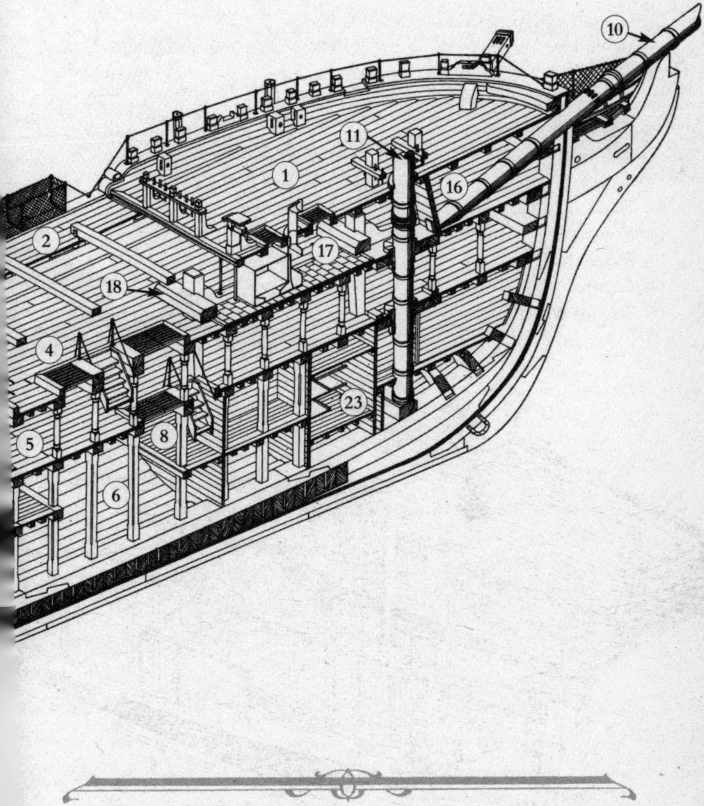

H. M. S. Themis

1793

I

A hard gale blew in off the Atlantic at dusk, west by south, raising a steep, breaking sea. All through the first watch pale crests surged out of the darkness, lifted in ghostly rumblings, then boomed against the forward quarter, staggering the ship.

Just before eight bells a thin, angular man emerged from the aft companionway, crouched precariously on the slippery planks, and looked anxiously about. Perceiving a cascade of water break along the deck, he made a reeling dash to the windward shrouds just as water spun about his knees. The frigate, deeply laden and labouring, rolled heavily to leeward and a blast of wind struck the man, Griffiths, wetly across the face.

'Is that you, Doctor?' a voice sounded over the wind.

A timely flash of lightning illuminated the sailing master, not two feet before him, face pale and streaming, hat clamped down to his eyebrows and bound tightly in place by a length of blue cotton.

'I must have more hands,' the sailing master shouted almost into Griffiths' ear.

'I have given you all who can walk, Mr Barthe,' the surgeon responded in like manner. 'Those remaining are too ill to stand.'

'Is it the yellow jack, then? That is what men are saying.'

'It is not, Mr Barthe. It is acute poisoning from some substance ingested – likely the pork served this very day. But I have never seen it so severe. Men cannot stand, and have disgorged more fluids than their bodies can bear. It was my hope that you could spare men to aid *me* . . .'

'I cannot, Doctor. I have been reduced to sending boys and reefers aloft, where they should not be. I can spare no one.'

The ship rolled again, and water sluiced across the deck, slopping about them. The doctor felt Mr Barthe's hand grasp his shoulder to preserve him from harm. The master began to speak again, but a gust devoured all human sound.

In the distance, lightning branched down into the sea, illuminating, for an instant, the chaotic waters, the spider-work of rigging. Four men wrestled the wheel, their eyes sunken, faces faintly blue.

A boy struggled towards them, crabwise, hand over hand along the lifeline. In the flare of godly light, he slipped and fell, then dragged himself up on the taut line. He reached them, breathless, dismayed.

'Mr Barthe!' he shouted. 'We have lost Penrith.'

'What in hell do you mean, you've 'lost' him?'

'He went aloft with us, but no one saw him climb down. We do not know what became of him.'

'Did you not number off the men as they reached the deck?'

A second of hesitation. 'No, sir.'

The master cursed. 'Has he taken ill and repaired below?'

'Williams made a thorough search. We fear he's gone overboard, unseen.'

'Damn this night! Have Mr Archer go down to Captain Hart!' The master began to struggle forward but turned back to the doctor. 'Will you take yourself below, Doctor? There is naught you can do here, and I should be happier knowing you were below in such weather.'

Griffiths agreed, and scrambled toward the companionway, his last view of the gale, Barthe, and some others in the waist, gazing up at the yards – stark, angular, gone. He backed down the companionway stair, which moved with the ship, describing a long, irregular arc. Finding the deck, he stepped aside and let the few men ascend who could stand watch. As the last man went cursing up into the moaning night, the off-watch came slipping and thumping down, throwing spray about them, glistening in the smudge of light from a stained lamp.

Down again they went, to the berth-deck, and as they descended there ensued some shoving at the bottom of the stair so that one man tumbled down the last steps. Voices were raised in anger.

'You men!' Griffiths shouted down. 'Do I need to call Mr Landry?'

Several *No, sir*s came floating back up and the shoving and cursing stopped. The hands went muttering forward as Griffiths descended.

'They've done for Penrith,' the surgeon thought he heard one man say. 'The fucking blackguards. Penrith!'

2

Philip Stephens had been First Secretary of the Admiralty for thirty years. Previous to that, he had been Second Secretary. Through his delicate hands passed the correspondence of admirals and captains, First Lords, ministers, and spies. Lieutenant Charles Hayden was well aware that no one in the offices of the Admiralty was more intimate with the details of the Navy and her distant fleets than the little man who sat, mostly hidden by a writing-table, before him. That he should be aware of the existence of one Lieutenant Charles Saunders Hayden, however, was still something of a surprise.

The First Secretary bent over a letter, his spectacles refracting the dull London sunlight from the nearby window into a faint prism on his cheek. The most prominent features of the man's face were inflamed arteries that spread, crimson, over his bulbous nose. They meandered onto his cheeks and branched into deltas beneath the rainbows from his spectacles. It was not so much a face, Hayden thought, as a landscape.

'Captain Bourne holds you in high regard,' Stephens rasped, his voice throaty and thick.

'An honour I strive to deserve.'

Stephens seemed not to hear this, but put the letter down upon his tidy table, removed his spectacles, and rather directly took Hayden's measure. Too easily trespassed against, the lieutenant felt heat flush into his face. It was, however, not the moment to take offence; that anyone in the Admiralty building had noticed him was an opportunity not to be squandered.

Hayden had come to think of the Admiralty as a court. The

First Lord was sovereign, the Lords Commissioners his ministers, all men of rank. Below him, the courtiers in their tiers, admirals, vice admirals, rear admirals, captains both high and low on the list. Far below these influential personages waited the lowly lieutenants, all desperately hoping to be appointed governor of that tiny outpost of empire known as a ship of war. Those possessing family interest and the skills of a courtier tended to rise. Certainly, the Admiralty would always need a few gifted functionaries, like Philip Stephens, to keep things running smoothly; a handful of stouthearted, fighting captains; an admiral or two who could manage a fleet action; but for the most part the courtiers succeeded and everyone else bowed their heads, smiled charmingly when noticed, and hoped to find a patron who might advance their cause. Hayden was not, by nature, a courtier, but he did his best to appear receptive and amiable, all the same.

Stephens did not seem to notice. 'I have a position for you, Lieutenant.'

Hayden took a long breath and released it slowly into the small room. 'I should be forever in your de—'

The First Secretary did not allow him to finish. 'It is not the sort of position that puts you forever in another's debt. Captain Josiah Hart has need of a first lieutenant.' A grim, little smile flickered across the pale lips. 'I see by your face that you had hoped for a command . . .'

Hayden considered a tactful response, but then gave in to exasperation and perhaps disappointment. 'I had hoped, by this time, to have earned greater consideration than a first lieutenant's position . . . But I will not refuse it,' he added quickly.

The little man made a humming sound, produced a pocket handkerchief, and began to clean the lenses of his spectacles. 'Captain Hart has at his command a new-built frigate, the *Themis*, in which he has been cruising the French coast . . . to damned little effect.'

Hayden feared his eyes widened at this utterance.

'Five weeks ago he lost a seaman in a gale,' Stephens continued, the linen being worked back and forth by the quick cocking of a wrist. 'Man fell from the mainsail yard by night. Never found. Not an entirely uncommon occurrence, one must say. But on the morning next, when the course was set, this dropped from the bunt.' The Secretary reached down behind his table and produced a glass jar, stoppered and sealed with wax. In murky, amber fluid, a thick worm lay suspended, washing slowly forth and back. And then Hayden saw the nail.

'It is a finger!' the lieutenant blurted.

'Severed, cleanly, by a blade – or so the ship's surgeon concluded. He saw it freshly fallen from aloft, so I must give way to his opinion. As everyone aboard had their full complement of digits, except for three men who were known to have parted with theirs sometime earlier, it was assumed that the lost man had left his second finger behind.' Stephens returned his gaze to Hayden, as though expecting a response.

'But severed by a blade, sir . . .'

'Yes – hardly misadventure. The unlucky man was seen that very day in dispute with a landsman known to be of evil disposition. A knife in a bloody sheath was found rolled up in the landsman's hammock. He denies all, of course. Says he butchered some poultry – unfortunate bugger. He sits in Plymouth awaiting his date with the courts-martial.'

'Surely he will not be convicted on such evidences as that?'

Stephens shrugged. Apparently the man's fate did not affect him overly.

'And what was a landsman doing aloft, if I may ask?'

'Half the crew were down with some malady – rancid pork, the surgeon posits. They sent boys and midshipmen aloft that same night.' Stephens waved his hand, as though brushing aside this line of conversation. 'Do you know Captain Hart at all?'

'I have not had the honour.'

The First Secretary bobbed his head. 'He is, how shall I say . . . ? A man of some influence through Mrs Hart's family.'

It was the lieutenant's turn to nod. *Interest* was something he understood well – due to his utter lack of it. In the court of the Admiralty, having a wife related to a 'minister' counted for any number of successful actions at sea.

'There is some concern about this affair on the *Themis*. Her first lieutenant invalided out at the end of the cruise. He claims to know nothing of the matter, and we pray that is so.'

Hayden felt himself straighten a little in his chair. 'If there are malcontents aboard Hart's ship, why not exchange them elsewhere?'

Stephens meticulously adjusted the position of a tidy stack of papers on his desk. 'And suggest that Captain Hart cannot manage his own crew? I don't think that would answer in this case.' He glanced up at Hayden. 'But then you have dealt with a discontented crew before – most ably, I am given to understand.'

Apparently the First Secretary knew Hayden's service record intimately. 'When I was job-captain aboard the *Wren* . . .'

Stephens nodded once, but then a crease appeared between his meagre eyebrows. 'Are you certain, Lieutenant, that you know nothing of Captain Hart? You are not being disingenuous?'

'I had not heard his name before entering this room.'

Stephens gazed at him a moment, as though gauging the truth of this statement. 'Hart's connexions within the Admiralty are of the highest order . . . It is, therefore, perhaps not surprising that I have received a request to place a lieutenant with . . . *bottom* aboard Captain Hart's ship – after all, even the most skilled captain has need of such an officer from time to time. Do you not agree?'

'What captain would argue against competent officers?'

The First Secretary indulged another grim little smile. 'What captain, indeed. It was my intention to find such an officer to serve aboard the *Themis* . . . but I am looking for something more. I tell you this in the strictest confidence, Mr Hayden. Is that understood?'

Hayden nodded, liking this conversation less by the moment.

'I require a man who will keep a most accurate record of Hart's exploits. I'm sure the good captain's modesty is such that an honest account of his endeavours has never been made known within these walls.'

Hayden sat forward a little. 'I will not take this position, Mr Stephens,' he said firmly, but then added, 'though I am not ungrateful of the offer.'

'But you have already accepted. Did I not hear correctly?'

Hayden tried to keep the anger from his voice, with only partial success. 'That was before I knew you wished to turn me into an informant. Under such a circumstance I do not feel honour-bound.'

Neither man spoke for a moment, but Hayden feared his voice had betrayed him. Philip Stephens' face changed ever so slightly; drawn in but a little more, it would have formed a scowl.

'Allow me to be uncharacteristically forthright, Lieutenant Hayden.' The First Secretary sat back in his chair and steepled his fingers before him. 'You have little future in the King's Navy.'

Hayden could not hide his complete and utter surprise at this statement – not because it was in the least untrue, but due to its audacity.

'Your friend . . .' Stephens shuffled through some papers, 'the Honourable Robert Hertle, is about to make his post, as would you have, had you half his interest. Despite your manifest abilities – and I am certain Captain Bourne is too shrewd to have misjudged them – you are lodged in your present circumstances with little hope of forward movement. It does not help your cause that we are at war with France and that you are half a Frenchman.'

'I am an Englishman, sir. My mother is French.'

Stephens held up his hands. 'Be at peace, Lieutenant. I have recently made the argument that your parentage weighs in your favour, for I am given to understand that you have lived in that country a good many years and speak the language as a native . . .'

Hayden nodded.

'You must understand, Mr Hayden, that I am your advocate, but the prejudice of others is not easily overcome. That is why I am able to offer you only this first lieutenant's position . . . at this time. It is true that I am asking you to write an account of your cruise, but certainly you would keep a journal, as a matter of course. Would you not?'

'It is not quite the same thing, Mr Stephens, as you well know.'

'It certainly isn't if you choose to believe it is not. And I do admire your loyalty to the captain under whom I have proposed you serve, but sometimes loyalty to one's own cause is not such a terrible evil. Captain Hart, you should know, has a very good understanding of this distinction.' He spread a little rectangle of paper on the table. 'This is the address of one Thomas F. Banks, Esquire. My name should never appear on your letters in any way, but I will receive them all the same.'

Hayden eyed the scrap of paper disdainfully but made no move to pick it up.

'That is not just an address resting on my table, Lieutenant. It might be better to think of it as representing your future in the Navy. You may take it up . . . or you may leave it lie. I will allow you the evening to consider, but I shall require an answer by tomorrow, noon. At such time the position will be offered elsewhere.' He leaned forward and slid the paper closer to Hayden. 'In case you decide in favour of a career in the Navy.'

Hayden rose without taking the offered paper, but then found himself hesitating, hovering, as it were, over the table, eyeing the little rectangle of white overwritten in a spare hand. He knew if he left that room without it he would remove his uniform that day for the final time. His career in the Navy would be over – a decision not to be hastily made. His left hand reached out and took up the paper, slipping it quickly into a pocket. Philip Stephens had returned to his papers and appeared not to notice.

3

Lieutenant Hayden stood with his back to the hearth, his sodden hose steaming like kettles. The little withdrawing room – Mrs Hertle's 'Chinese Room' – seemed a bastion of warmth and good cheer that night. Outside, a summer rain battered at the pane. A gust rattled the sash. Mindful of the ancient vase, Hayden rested a damp elbow on the mantle, where a small puddle immediately formed.

'This will set you up, Charles.' Robert Hertle passed his friend a steaming glass, the perfume of hot brandy filling the air. 'Let me find you some dry hose.'

'No, no, Robert – don't trouble yourself. The fire will dry me presently.'

Robert appeared unconvinced by this argument, Hayden could see, but kept his peace. The two had known each other while still in the nursery, for their fathers had been close friends. It was, in this case, not an exaggeration to say they were like brothers, though they could hardly have been less alike despite identical years – four and twenty. Hayden was as dark as Hertle was fair.

Hayden raised his glass. 'We must have a toast. To Post Captain Robert Hertle.'

Hertle smiled modestly, pleased by his friend's kindness, and by the gratifying warmth the words seemed to spread through his entire being. 'It is undeserved, as you well know.'

'It is richly deserved. Think of all the deadwood that made their post before you – though the Lords Commissioners set them upon the quarterdeck instead of beneath the stern, where deadwood belongs.'

Robert laughed. 'What I was trying to say was that I am not as deserving as you.'

'Well, I won't hear any of that talk,' Hayden enjoined, trying, for his friend's sake, to mask his bitterness and disappointment.

'You shall hear it, I fear, and not just from me.' Robert gestured to a chair. 'Please, Charles, be at ease.'

'As soon as I am dry.'

Robert rang a little silver bell and a maid hurried in. She curtsied to the gentlemen. 'Anne, can you find a blanket to lay over the chair? Lieutenant Hayden was caught by a squall with all his canvas up.' He set his snifter on the mantle and peeled off his friend's coat. 'It must be dried,' he admonished. 'I'll find you a frock-coat for supper.'

The dripping coat went out with Anne, and a thick blanket came quickly back to be draped over a chair. Charles settled himself, suppressing a shiver.

'You must tell me all the particulars,' Charles said. 'What ship have they given you?'

'Just a little brig until a frigate comes off the stocks. My commission will be granted then.' He was trying not to sound too pleased with his situation, Charles could tell; no doubt out of consideration for him.

'Now,' Robert said, taking the seat opposite, 'tell me about your visit to the Admiralty.'

'How in this world did you know of that?'

Robert smiled, enjoying this small triumph. 'You were observed, sir. Observed ascending to the First Lord's chambers. I have not been still all afternoon in anticipation of good news.' Robert waited a moment. 'Well, don't keep me in uncertainty,' he said when Hayden offered nothing. 'Did they give you a ship?'

'No. Nothing like it. A first lieutenant's position only – aboard a frigate.'

Robert closed his eyes a moment and his face went pale

with anger. 'How can they treat you so? You've had command of a brig-sloop.'

Hayden rose and paced back and forth before the fire. 'Yes, well, apparently job-captains are abundant and command little respect in Whitehall Street.'

'Even so, it is unjust. You should have been made Master and Commander – long ago. Tell me what the First Lord said.'

'First Lord? It was the First Secretary with whom I spoke.'

'Stephens?'

'None other.'

This apparently surprised Robert, who leaned forward in his chair, a crease appearing between his eyebrows. 'Pray, what did he say you?'

Hayden took a sip of his brandy by way of buying himself a moment to consider. Anger and resentment surfaced again, and he pressed them down. Hayden wanted his friend's counsel, but the truth was he felt ashamed of what had transpired, of what Stephens had asked of him – and the shame fuelled a long, simmering resentment.

'Are you familiar with a thirty-two-gun frigate named the *Themis*?' he asked, exerting all his energies to compose himself.

Robert sat back in his chair as though pushed. 'Not Hart's ship?'

'The very one.' Hayden gazed at his friend, unsettled by his reaction. 'I am to be Captain Hart's first. Do you know the man?'

Robert let his gaze flow once around the room, as though it were suddenly unfamiliar. 'I have met him once or twice, but his reputation precedes him. I am astonished you have not heard. Among his detractors he is known as "Faint Hart." The good captain has his command courtesy of Mrs Hart, whose family tree has more than one branch extending into the Admiralty. It would be very charitable to say that he is not held in high regard among his peers in the service.'

Hayden cursed silently. 'You are deeper into the Admiralty court than I, Robert. Have you ever heard of any cause for antipathy between Mr Stephens and Captain Hart?'

'I have not, but Hart gave me the distinct impression that he had little charm to spare for those he does not consider useful to his own particular cause. Stephens is a man of immense ability, so it is easily imagined that an officer known as "Faint Hart" might earn his disdain. Men like Stephens have little time for fumblers. Did the First Secretary give you some indication that he harboured a dislike of Captain Hart?'

'I was left with the impression that someone within the Admiralty was no friend to Hart.'

A small roll of the eyes by Robert. 'You've not accepted this position, surely?'

Hayden drew in a breath and released it in exasperation. 'And what other choice have I, Robert?' he asked, the edge of his anger making itself known. 'Mr Stephens was at pains to point out my French parentage and made it clear that within the walls of the Admiralty building no one but he knew my name.'

Robert looked positively alarmed at this intelligence. 'Is he aware of your . . . affairs in France, do you think?'

'If so, he was too discreet to mention them.'

Robert did not appear to be reassured by this, but also rose and went restively across the room to the window. 'You've never told anyone what you told me?'

'No one, though any number of people know I was in France that year, even in Paris. That was never a secret.'

Robert smiled bitterly. 'Then your revolutionary past is likely still buried.'

Hayden bridled at his friend's attempted jest. 'It was but a few days, caught up in the moment . . . like everyone there. Once I had witnessed a mob set loose, I was soon back in my right senses. You cannot know, Robert, how much I have come to regret my actions of those days, and I was all but blameless in that place – an innocent.'

'I have noted that you've come no nearer forgiving yourself, even so.'

Hayden felt the usual distress wash over him when this subject surfaced. 'There are times when it is important *not* to forgive oneself,' he said quietly.

A look of distress crossed his friend's face. An awkward moment, and then Robert said, 'I don't suppose Stephens mentioned if Hart had requested some other to be his first lieutenant?'

'He said nothing of it.' Hayden was happy to turn away from the subject of his sojourn in Paris.

'Then let us hope Hart did not. Imagine your position if so? I do not like this situation one bit, Charles. I'm not convinced you wouldn't be better to refuse it.'

'Then you will not need to return my jacket when dried. I will have no further need of a uniform.'

Robert leaned back against the sill, his look pained. 'Did Stephens promise you anything if you took this position? a ship, advancement?'

'Nothing. He seemed to suggest that he might be inclined to secure me a better situation in the future . . . but it was clear that success in the offered commission would first be required.'

Robert cursed softly. 'It is unforgivable that he should offer you a situation – so beneath your gifts – and promise nothing in return.'

'That is not the worst of it. There is apparently some discontent among Hart's crew and Mr Stephens seems to believe I will remedy it.'

'Blast the man to hell! If Hart has an understanding that you are being sent as his nursemaid you will be made most unwelcome.'

'Let us hope he does not comprehend that.' Hayden shrugged

and placed an elbow on the mantle, finding the small puddle he had left earlier. 'Such is the state of my career, Robert, that a refusal will see it ended. So I am for the *Themis*. I see no other course. Perhaps a few successful actions will place me in better circumstances.'

But Robert did not even make an effort to agree with this.

'She never retires to her chamber, no matter the hour, but wanders about the house with a pack of dogs in train, and sleeps for two hours, now and again, upon a sofa or ottoman; any place it might please her. The consternation of the servants, who come to clean the rooms in the small hours, cannot be hidden. When they find the countess asleep amid her pack, they must tiptoe out and leave the room ashamble.' Miss Henrietta Carthew laughed; a charming tinkling, Hayden thought, like water in a raceway. 'I have come upon her myself, at two of a morning, amid a swarm of candles, her face buried in a book, her feet propped up on a sleeping hound she has christened Boswell.' They all laughed at this.

Mrs Hertle glanced Hayden's way and he hastily withdrew his gaze from the fair speaker. They were seated around the table in the Hertles' dining room, the sound of horses' hooves, like dripping water, passing by on the comparatively quiet street outside. The bustle of London was a distant hum, not even remarked by anyone at table – as unnoticed as one's own heartbeat.

Hayden had heard many stories about the charms of Miss Henrietta Carthew, but had never expected to respond to her presence as he did. She should not be called beautiful, if the truth were to be admitted. Or perhaps it would be more true to say he had never met a woman in whom the line between 'beautiful' and 'peculiar-looking' was so fine. Considered individually, the features of her face were all beyond criticism, but taken as a whole there was something amiss, as though the elements were disparate, dissonant. Her nose, though straight and finely formed, appeared to have been made for a different face. The eyes, brown, bottomless, and flecked with amber, were just slightly too wide apart. But then she would smile, and all that appeared disharmonious would be swept away and he would understand why she was thought so handsome. The overall effect was utterly unknown to Hayden – he struggled not to stare.

'I don't know why you visit that madhouse,' Robert observed, breaking into Hayden's reverie.

Henrietta appeared surprised. 'There is no place like it. The beauty of the countryside is unrivalled, and you are left to your own devices from morning until dinner, Lady Endsmere arranging no amusements during the day. It is near to Heaven in that alone . . .'

Her voice drew Hayden's eyes back again: pearl-smooth skin, hair the colour of new-sawn mahogany: auburn, chestnut, copper, bronze.

'. . . at night, the same disregard for convention is apparent. The conversation around the dinner table is of politics and art, natural philosophy and poetry. All the ladies take their cue from Lady Endsmere and freely offer their opinions upon any subject. There is no other house like it in all of England, I think. Only the most substantive gentlemen and ladies visit. The table is not decorated with those frivolous "wits" so valued in London—'

'There is very little wit at our table,' Mrs Hertle interrupted. 'Are we fashionable?'

'You are quite the thing, my dear,' Henrietta assured her, a smile like a cresting wave on a sunny day.

Another glance Hayden's way from Mrs Hertle, making him wonder if she realized how Henrietta's voice pierced right to his core. But how could it not? musical, nuanced, assured, able to subtly colour the meaning of words, reveal shades of feeling, or hide them utterly.

In her presence he felt as though he stood upon a cliff edge. The height stole his breath away, his head spun. But even so, he could not will himself to step away from the edge. Some unseen force drew him nearer.

Henrietta lifted a fork to her lovely mouth. 'This is exquisite. Have you a new cook?'

'Did I not tell you? Charles found us a French cook who had served a noble family before all the troubles began in that country.'

'I approve of your taste, Lieutenant Hayden,' Henrietta pronounced.

'Charles has many such areas of specialized knowledge,' Robert interjected. 'Tell me what you think of the claret, Charles? From Spain, I was assured . . .'

'It is not from Spain, as you well know,' Hayden stated, seeing his friend suppress a smile.

'Where is it from, pray?' Robert asked innocently.

'It is a finely smuggled wine from the French Pyrenees,' Hayden said. He turned to the other guest. 'Do your family keep a house in London, Miss Henrietta?'

'No longer, though my father did for many years. We are so close to town, it is hardly worth all the trouble and expense. Forgive me for changing the subject, Mr Hayden, but how do you know this claret is from the French Pyrenees and not Spain? Surely the two nations are but a border apart in that region.'

Robert's partly suppressed smile blossomed fully. He took a malicious pleasure in making his friend perform.

Hayden took up his glass in resignation. 'The style, largely; the French and the Spanish have different ideas about wine. And then each variety of grape has its own distinctive palette.' Hayden tasted the wine. 'This is a skilful blend of

Carignane . . . Teret noir, with perhaps a hint of the Picpoule. But I am no authority. My uncles could tell you who made the wine and precisely where the grapes were grown. They would go on at length regarding the *terrier*, then shake their heads at the backward methods of the rustic wine-makers.' He held the glass up to the light. 'Where this wine is made the soil is often so thin over the rock that the vineyard owner must use a dibble, an iron bar, to break a depression in the stone into which the vine is planted. Then the vine is allowed to grow over the ground, wherever it will, rather than upon *echalas* – properly constructed wooden frames. They persist in crushing by foot, and refuse to use the press. Scientific methods have not reached them.'

Henrietta glanced at her cousin, the look impenetrable to Hayden.

'When this foolish war is over,' Mrs Hertle said, 'Charles has promised to take us on a tour of France. Until then, I suppose, we must be content with seeing the parts of England we do not know, though I can't imagine when we will manage even that, with Dame Duty always knocking at our door.'

'You must come to visit Lady Endsmere with me this summer, Eliza,' Henrietta urged, returning to their earlier subject. 'Captain Hertle shall be upon his ship, and you will not be disappointed in the countryside.'

'Yes,' Robert said, 'you must not miss this chance. I want to hear the stories.'

'You see,' Henrietta said, 'you will join "the menagerie," as everyone names it, for there are monkeys and exotic birds and who knows what all around the grounds. Lord Uffington said the only difference between the animals and the humans was that the animals only dressed for supper if they were of a mind to . . . because a monkey once spent most of a meal sitting in Lady Endsmere's lap, like a favoured child, eating whatever it fancied from her plate.'

'Now we know you are exaggerating, Henri!' Mrs Hertle laughed.

'You will come with me this summer and see for yourself. Enough stories can be gathered in a fortnight to dine out on the rest of the year.'

The smile suddenly disappeared from Mrs Hertle's face. 'But I shall worry so for Captain Hertle,' she responded softly.

Henrietta reached out and patted her cousin's hand. 'We will pray the war will be over, the radicals all suffering the fate they so readily prescribe others.'

'What do you think, Charles?' Mrs Hertle asked, lines appearing at the corners of her eyes. 'You know more of France than anyone in our circle. Certainly this war cannot be as long as the last?'

Charles took a sip of claret. As his glass returned to the table the footman leaned silently forward and recharged it. 'So we might hope, but it is my experience that wars often defy predictions of their brevity.'

'But so many of the officers of both the French Army and Navy have resigned their commissions,' Mrs Hertle said. 'How will they fight without officers?'

'Recent evidence would indicate quite well,' Hayden said, 'in the case of the Army, at least. The Navy has yet to be tested.'

Robert waved a hand. 'Charles, you let your sympathies blind you, I think. Surely an entire officer corps cannot be replaced by ill-trained tailors and farm boys and success then expected.'

Charles felt suddenly defensive. 'But imagine a navy where promotion was by merit rather than interest. Would not our own service be the better for it?'

'Certainly it would, but if we destroyed the officer class and promoted from the foremast hands, what kind of navy would we have?'

Hayden did not have an answer for that, and when he did not speak, Mrs Hertle said softly, 'Then it *will* be a short war . . .'

'Certainly it must be,' Hayden offered, trying to sound reassuring.

'I should be allowed nothing but milk or water,' Hayden said passionately. 'Wine makes me too forthright. I do apologize, Robert, I didn't mean to frighten Mrs Hertle.'

Robert poured two glasses from a decanter. They had retired to the library for after-supper port and conversation. A brief interlude of male association before joining the ladies in the drawing room.

'Don't apologize. Mrs Hertle is accustomed to hearing the truth, however distasteful. And you know I should rather have a harsh truth than a sweet lie.' Robert pressed a glass into his friend's hand. Taking up a poker, he crouched and thrust it into the embers, tumbling a small hill of coal in a clatter. 'You don't believe that this conflict will be brief, I collect?'

'I have no special knowledge of the future, Robert, but such pronouncements have often proved frightfully optimistic in the past.'

Robert raked out the coals, then, satisfied with the effect, he stood, leaning a shoulder against the mantle. 'What do you think of the situation across the Channel, now?'

Charles walked three paces, and turned, regarding his friend, propped against the mantle, a soft sadness come over him. 'It grows more frightening by the day. That is what I think. The Girondins were the voice of moderation, and with them gone . . . I fear what might occur next. You read reports of the prison massacres last autumn. The resentments of the Paris mob are too easily inflamed; they have not done their worst yet, even without Marat to provoke them. I will own this, Robert: thank God for my English common sense or I might be among the mob even now.'

'I am thankful for your English half, too,' Robert said. 'I cannot imagine having grown up without your friendship.'

The two men raised glasses in a silent toast to that bond.

'Perhaps we should both take oaths of temperance,' Robert said. 'A bit of wine and you become uncomfortably candid, and I am overwhelmed by sentiment.'

Charles smiled. He knew what was in his friend's mind, though neither would speak of it. Men went off to war and did not always return. Charles' own father had been lost at sea when his son was only a boy.

As if his thoughts had run in the same path, Robert asked, 'How fares your mother, pray?'

'Very well, when last she wrote; life in Boston seems agreeable, her husband adores her. One might think America had been created just for her, so happily does it appear to suit her temperament.'

'I am glad to hear it. She deserves happiness. God knows she has had sorrows enough.'

Charles did not answer. Truth seemed to be in the air that night. Not the most common thing in London that summer.

'*And* a French mother,' Henrietta observed. 'That explains much.'

Mrs Hertle could not help but note that her cousin had rather adroitly worked the conversation around to her husband's childhood friend, Charles Hayden.

'There is something in his face . . .' a crease appeared between Henrietta's lovely eyebrows – her thoughtful pose.

'Charles always says he inherited his grandfather's Gallic nose,' Mrs Hertle responded. 'His "unfortunate nose," he calls it.'

'Though he seems entirely English in his manner,' Henrietta offered.

'Indeed he does, but I have come to believe that he is more French beneath the surface than one would guess. One must be wary of these Navy men, Henri, they are not always what they seem. Both Robert and Charles have been at sea much of their lives – since they were but thirteen – beginning together as midshipmen. Since that early date they have been trained to be very decisive – indeed, irresolution at an inopportune moment might cost many lives aboard a ship. Some Navy men bring this decisiveness ashore with them, where often their understanding is not so great as at sea. I have watched the ill effects of this many times. It is fortunate that Robert does not suffer this defect of character, or from its opposite disability – a chronic indecisiveness upon the land where they are so out of their element. These Navy men take some little study, I have found.'

Henrietta nodded, her attention apparently focussed on smoothing a crease in the skirt of her gown. They perched on chairs in the drawing room, speaking quietly.

Mrs Hertle had noted before that women were almost never neutral in their response to Charles Hayden: they either found his overly serious mind an impediment, or they could not stop speaking of him. She could hardly remember how she herself had felt when first introduced, some four years past. Certainly, she had thought him well made, though thick of thigh, 'just shy of a fathom in height' as he said himself. A strong, appealing face, surely – though rather full-featured – inky hair drawn back in a queue. Nose, aquiline – not unhandsome but neither was it modest in proportions; mouth full and pleasant, very used to smiling. His brow, however, could only be termed 'heavy,' imparting a certain intensity to eyes that would have been perfectly fine if one had not been blue and the other shading to green.

'The Lords of the Admiralty must be sensible of his parentage?' Henrietta ventured.

Mrs Hertle nodded.

'It is a wonder he has a commission at all.'

'I fear you are right, Henrietta. Robert refuses to see it. In his mind Charles can do no wrong. Though I am sure he is a fine seaman and officer; Robert is not so blind as that.'

'I wonder what will become of him?' Henrietta asked, now examining a fingernail with great attention.

'I believe his future is in America. His stepfather is a very prosperous Boston merchant and has offered Charles command of one of his ships. A few more disappointments and I think poor Charles will finally perceive this proposal differently.'

'But it would be so demeaning – from officer in the King's Navy to master of a merchantman – an *American* merchantman.'

'Indeed, but in America he would find acceptance, I think. His stepfather is a man of some influence.'

'I should not want to live in Boston. Should you?'

'Whoever asked you to live in Boston, dear Henrietta?' Mrs Hertle said quickly.

'Well, of course, no one did,' Henrietta protested. 'And I did not mean *that*, as you well know!'

Mrs Hertle laughed gently at her cousin's response. 'Let us call the gentlemen for tea. The hour grows late.'

She was all long limbs and slim torso, Hayden thought, yet she perched upon her chair with such easy elegance, a look of amused contentment upon her face, that Hayden could not help but think her as lovely as a naiad. Her carriage was erect and proper but not without a hint of sensuality. In truth, Hayden was beginning to think Henrietta's distinctive appearance perfectly matched her somewhat unconventional disposition.

The Carthews, he knew, were of good family, distantly related to the Russells. Her father was a gentleman of some means, had married well, and spent life riding his own particular hobby horse, which was the matter of education, and the education of women in particular. As he was a father of six daughters, Mr Carthew's preoccupation with this subject was clearly defensible, and his daughters had been the subject of much experimentation in regards to their own learning, though it had gained them a perhaps undeserved reputation as bluestockings.

Mrs Hertle was gently chafing her cousin, teasing about this very subject, as Hayden raised his teacup.

'How many languages do you speak, dear Henri? Come now, don't be modest.'

'Fluently?' Henrietta asked. Apparently they had played this game before.

'Let us begin with those you speak fluently and pass on to the others presently. Is it five or six?'

'You are evidently more familiar with this subject than I,' Henrietta protested.

'English we shall not count,' Mrs Hertle rejoined. 'French, of course.' Mrs Hertle pushed up a slim finger, a glance finding Charles, then returning. 'Italian, Spanish, High German – or is it Low?'

'Both,' Henrietta admitted.

'Greek and the Latin . . .'

'Not to be counted, as I read them only.'

'Dutch,' Mrs Hertle continued. 'Does it come in High and Low?'

'Mmm . . .' her victim shrugged, pretending not to know.

Mrs Hertle counted off another finger. 'Six, or is that seven? And then either Danish or Swedish, I can never remember.'

'Danish, but I am by no means fluent.' Henrietta's unblemished skin had begun to colour – the object of Mrs Hertle's cross-examination, Hayden guessed.

'We shall count Danish . . .' Mrs Hertle said, 'for you are rather prone to modesty. I will make that eight, or seven if you insist, but we must not forget Russian.'

'By no means, Russian. I am unable to carry a conversation beyond mere pleasantries.'

Mrs Hertle laughed. 'Seven, plus one half for Russian, and

I'm certain I have missed a tongue or two. It is quite a little catalogue, don't you think, Lieutenant Hayden?'

'Very impressive. Apparently Mr Carthew's pedagogical methods were as successful as he claimed.'

'I think, the truth is that dear Henrietta has a genius for language.'

'Rather like me,' Robert declared, to a roll of the eyes from his wife and laughter from the others. Robert's attempts at French and Spanish were the subject of much teasing within their circle.

'He did manage some striking results with his gifted daughters,' Mrs Hertle said, gazing unselfconsciously at her cousin.

'Charles speaks a number of languages,' Robert noted. 'French he had at his mother's knee and speaks it like a native. Of course, he spent almost half his childhood there. He is also fluent in the argot of Cheapside. The other day he said to me, "You've dropped your foggle, Robert," and I had not a clue what he meant.'

'Pray, what does it mean?' demanded Henrietta. 'Or should a lady not inquire?'

'"Handkerchief,"' Robert told her. 'But then many men of fashion speak the *cant* these days.'

'I did not realize you were such a follower of fashion, Lieutenant,' Miss Henrietta observed, her manner a little mocking, Hayden thought.

'In truth, I'm not. I had, for a time, a servant aboard one of my ships who had been an "angler" – a thief who used a hooked stick to steal things through gratings and from shop windows. He and a few others aboard spoke what amounted to another language. I'm not sure why, but I found it more than a little fascinating. I even began to compile a lexicon. For instance, "balderdash" is watered-down wine.'

'Tell them what "bachelor's fare" is . . .' Robert urged.

'Bread, cheese, and kisses.'

The ladies pretended to be shocked, but then Henrietta became quite serious.

'Do you miss it, Lieutenant?' Henrietta asked, almost solicitously. 'France, I mean.'

Hayden was not quite sure how to answer. 'At times I do, for I am a man terribly divided. An Englishman raised on French food, wine, and their particular variety of conversation. At the same time, I am a Frenchman who prefers English order, government, and rationality. The French are passionate, proud, and prone to letting emotions make their decisions – which makes me cherish my English side even more.'

'But if all the ills of France were cured tomorrow and order restored, in which country would you choose to live?' Henrietta regarded him closely, as though the answer to this question were of particular importance.

Hayden was no more given to introspection than many a young man of active temperament, nor were his brief forays into self-awareness productive of great insight, so to be questioned so closely, while wishing so to impress, had the effect of banishing all thoughts. He threw up his hands. 'The truth is, when I am in France I feel like an Englishman masquerading as French. When I am here I feel like a Frenchman pretending to be English.'

'Then you are at home in neither country,' Henrietta observed softly.

Hayden was about to answer when Robert interrupted.

'He is at home upon a ship – preferably in mid-Channel between his two nations.'

But Henrietta did not smile at this. She merely regarded him gravely a moment, then looked quickly away.

'Henrietta is writing a novel, did you know?' Mrs Hertle said, as though whispering a secret.

'Now, Elizabeth, there really is such a thing as a confidence,'

Henrietta chastised her friend, but Hayden thought she was not really sorry this had been brought to light.

'It is about two women,' Mrs Hertle went on mischievously, 'one a woman of education – rather like Henrietta – the other of no education to speak of but much social advantage. How does it progress, Henri?'

'Despite my greatest efforts, anything one might term "progress" has ceased.'

'You must keep at it. Art is not made without adversity.' Mrs Hertle turned to Hayden. 'I have read a good number of pages, now, and can avouch for the author's skill, which is very high indeed.' She smiled, including both men. 'But there is a matter that cannot be decided by the authoress and I seem to have very little influence, much to my chagrin. Now, give us your most considered opinion: should not the woman of education have the happier ending? That is what we have been arguing for several months.'

'These gentlemen are not interested in novels!' Henrietta argued.

'I happen to know that Lieutenant Hayden has read Rousseau's *Emile*,' Mrs Hertle stage-whispered behind her hand, 'and Captain Hertle once indulged in a volume of Mrs Richardson's.'

'Who do you think should have the happier ending, Miss Henrietta?' Hayden asked.

She shook her head, looking genuinely distressed. 'First I believe it should be the one, then the other.'

'Certainly it must be the educated woman who achieves the happier life,' Mrs Hertle insisted, 'while to the other befalls the unhappy; though, perhaps, not of her making. Not a downfall so much as a stifled kind of complacency. Just what one would expect for a person who had not thought deeply about the time allotted her.'

'But you place so much emphasis upon happiness,' Henrietta

replied. 'I do realize that the Americans have recently enshrined it in their Declaration, but I am not certain it is mankind's highest calling. What think you, Captain Hertle?'

'Oh, do not ask *them*,' Mrs Hertle interrupted. 'Navy men must all answer that the highest calling is "duty," like a flock of bleating, blue-coated sheep.'

Robert Hertle did not look perturbed by his wife's pronouncement. 'I do not pretend to have an answer where greater minds than mine have strived and failed.'

'Certainly *lesser* minds than yours have had much to say on the subject,' Henrietta responded. 'Come, you are not usually chary with your opinions . . .'

Robert laughed, as though embarrassed. 'Happiness is certainly of great import to me, but I am putting my happiness at risk by leaving Mrs Hertle's side and going off to war, so I must be one of those Navy men who bleat "duty" by day and night.'

Henrietta Carthew considered this a moment, then turned to Hayden. 'And do you agree, Lieutenant?'

'I fear a great deal has been accomplished in the world by people who make no claim to happiness or contentment of any form. I am much of two minds as regards this; like Mrs Hertle, I desire nothing more than to be contented and comfortable, and yet I wonder if I should accomplish little under such circumstances. I fear your woman of education may not have the happiest life but might make more of it.'

For the briefest second Henrietta met his eye, her gaze quickly withdrawn. 'And I fear you are right. Once one has eaten of the tree of knowledge it is out of the garden and into the harsh world for all Adams and Eves.'

'You see,' observed Mrs Hertle, 'there is our thoughtful Lieutenant Hayden, who hides his true nature away. Do you know, Henri, Mr Hayden is a prodigious reader—' But at that moment Mrs Hertle was called away to deal with some domestic matter, and Robert excused himself also, though only for a moment, and Hayden found himself alone with Henrietta. They were, to begin, silent – perhaps awkwardly so – but before Hayden could speak Henrietta broke the silence.

'Who is your favoured author, Lieutenant? Are you a Rousseau man? Elizabeth mentioned you had read *Emile*.'

'I suppose if I could take only one book to sea with me it would be Sterne,' Hayden answered.

To this, Henrietta appeared surprised but rather approving, he thought.

'Which?' she asked. '*Shandy* or the *Sentimental Journey*?'

'It must be *Tristram Shandy*. Do you know it?'

'I do. It is one of my father's favourites, as well. He knew Sterne a little, but then everyone did. He was an inveterate dinner guest for many years.'

'I should have liked to have met him myself. And you, Miss Henrietta, if you will permit me to ask: what is your favoured book?'

'Well, sir, now you are delving into my intimate secrets. I don't know if I shall permit you . . .' For a moment she did not continue, but the smile on her face assured him that she but teased. '*Don Quixote* is the great novel, I believe. Sadly, not written by an Englishman. Have you read it?'

'My Spanish is not up to it.'

'Motteux has done a credible translation.'

'So I am told, but in my limited knowledge, all translations are failures of one sort or another.'

'That is true, but even second-rate Cervantes is better than no Cervantes at all, I think.'

'Rather like ships,' Hayden said, 'a fifth rate is better than no ship at all.'

'He has you talking ships!' Mrs Hertle said as she swept back into the room.

'Not at all. We were discussing the merits and demerits of Cervantes,' answered Henrietta.

'Ah, the Carthew family patron.' Mrs Hertle took a seat. 'Did you know that Henrietta's family gave each other the names of the characters from *Don Quixote*? It was something of a parlour game, wasn't it, Henri? One had to find the name most befitting the persona of each sister and their father. What name would you choose for Lieutenant Hayden?'

'Don Quixote del Mar,' Henrietta answered without hesitation.

A delighted laugh escaped Mrs Hertle. 'Well, there you are, Mr Hayden; you have the principal role. A high honour.'

He caught Henrietta smiling at him, amused, perhaps, at his expense.

Robert put his carriage at Hayden's disposal after supper, the rattle of wheels over paving stones interrupted, now and again, by a prolonged hiss as they passed through irregular pools, the carriage slowing with a gentle lurch like a boat running up on sand. Darkened streets, greasy with rain, inhabited by linkmen and beau traps.

As the driver checked his team at a corner, swaying torches, smudged by the door-pane, burned through the smoky fog. Candled faces down a narrow alley, hands aloft, a shadowy gathering below. Hayden pressed back into his seat as though to hide, and then the company erupted onto the street – guildsmen upon some progress, gin-ruddy and grinning vapidly.

'*Merde,*' Hayden whispered, the sight too familiar and bearing with it feelings from another place – Paris, a few years earlier.

Visions of that wretched man, Doué, who, for all Hayden knew, had been innocent of all his alleged crimes. Had anyone possessed a crumb of proof that he speculated in the grain market, or that he had really joked the hungry should be fed hay? The mob did not much care for such particulars once they got hold of him.

Hayden had witnessed the man being dragged through the street to the nearest lamppost. A wreath of nettles had been clasped about his neck and a bouquet of thistles thrust into his hand by jeering *sans-culottes*. His mouth forced open and stuffed with hay until he gagged, and then they hanged him, kicking, from the lamppost.

Hayden pressed palms to his forehead. The terror upon the man's face could never be erased from memory. As he had been dragged past, Hayden imagined that he'd looked at him – *l'Anglais* in his French coat – appealed to him, even as Hayden had heard his own voice calling out to hang the man.

Doué's son-in-law, who had been some kind of official in Paris – an *Intendant*, perhaps – had been treated much the same, and then their heads had been severed and paraded through the streets on pikestaffs. Every now and then the slack faces had been thrust together and the crowd had called out, *'Kiss Papa. Kiss Papa,'* as though this were some terribly funny jest. Three days later Hayden had been back in England, ashamed of what he'd done, horrified to find out that even he could be drawn into a mob.

4

Hayden could not remember so much bustle and noise in Plymouth Harbour. The coach delivering him to that city had been held up more than an hour by insolent drovers with a herd of bullocks for the Victualling Yard. And now that he was upon the quay, the commotion was beyond all, the great harbour awash with boats plying to and fro among the ships as His Majesty's Navy prepared for war.

Ships brought out of ordinary were having their protective shells removed, and the sheer hulk plied among them, raising spike-like masts for the riggers to practice their arts. A powder hoy upon its rounds called out for a ship's fires to be extinguished, and all the boatmen gave it the widest possible berth.

'Mr Hayden, sir . . .'

Hayden looked down to find the young lieutenant – not so far removed from the midshipmen's berth – waving a hand in his direction. He had disappeared a few moments before, promising to carry Hayden out to his new ship. In a moment several sailors had scrambled across a noisome lugger and up onto the quay to take his baggage in hand. Hayden followed them back across the narrow deck of the fishing boat and down into the stern-sheets of the cutter. Sweeps flashed out, and they set off into the fray, the coxswain straining to see over the heads of the oarsmen, ever alert in such a crush.

'It was a stroke of luck, to find you, Mr Janes,' Hayden said to the boy, whose face had only just met the razor, Hayden was certain. 'And my congratulations. When did you stand before the board?'

'I passed my examination in March, Mr Hayden.'

'Well, you've overhauled me, Lieutenant, and I remember when you first set foot aboard ship, I think.'

Janes all but blushed. 'I may have equalled you in rank, Mr Hayden, but not in skill.'

'I would not be so sure of that,' Hayden objected, and then cast his eye toward the opening of the Hamoaze. 'You are sure the *Themis* is still there?'

'She won't have gone anywhere, sir. She had but one mast standing when I passed her this morning.' Janes was silent a moment, a bit awkward in the presence of his former superior officer, now his equal, which caused them both a little embarrassment. 'Have you been aboard her before, Mr Hayden?'

'I've never laid eyes on her. An eighteen-pounder, thirty-two, I'm told – certainly something of an anomaly.'

'They have several more in frame, sir. One, I believe to be called the *Pallas*, in Woolwich, set to be launched before year's end. The *Themis* is a handsome little ship, sir, despite all. Some say a bit undersized to carry a full deck of eighteen-pounders, but I've heard she sails well and is not at all overburdened.'

'She sounds like some Admiralty scheme to save half a crown. Surely a thirty-six- or thirty-eight-gun frigate will stand a better chance against the frigates the French are building.'

'I should take a thirty-two-gun frigate manned by Englishmen over a thirty-eight manned by French . . .' the newly passed lieutenant clearly remembered Hayden's parentage at that moment and coloured terribly.

They came within view of the dockyards at that moment, and Hayden began to search among the moored vessels for his new ship.

Janes raised a hand and pointed. 'There, Mr Hayden, before the seventy-four that is just crossing her yards.'

And there, indeed, she lay; one hundred, thirty-five feet on her deck, Hayden guessed. Bigger than a twenty-eight, but still a small fifth rate. Janes was right: she was a handsome little ship, even missing two of her limbs. For a ship only recently commissioned, however, she looked rather the worse for wear, and Hayden hoped it was the sign of hard service and a great deal more action than his friend Robert had hinted at.

'She looks as though she's seen a bit of fighting,' Hayden observed.

Janes gave a stiff little nod and glanced over at the far shore so that his companion could not see his face.

Hayden was received aboard His Majesty's Ship *Themis* without ceremony, met as he came over the rail by a single officer.

'Second Lieutenant Herald Landry, sir, at your service.' Lieutenant Landry was a man of small stature, perhaps five and twenty, of unremarkable appearance but for an abundance of freckles and a chin so small that one had to look twice to find it. He tipped a hat that, in contrast, appeared comically large. 'You are the new first, I take it – Lieutenant Hayden?'

'Charles Hayden. Good to make your acquaintance, Mr Landry.'

'I shall introduce you to the other officers, Mr Hayden, then show you to your cabin.'

'I should like an audience with Captain Hart; as soon as is convenient to him, of course.'

'Captain's ashore, sir. We don't expect him to return much before we sail.'

'I see.' Hayden stopped a moment and surveyed the deck, which was in the most ungodly disarray he had ever witnessed aboard a ship that had not recently been raked by enemy fire. The deck itself was squalid, tobacco-stained, and fouled by gulls. There was but one mast standing: the foremast. Two others, obviously new, lay upon the deck like fallen giants. Men lounged here and there, eying him with suspicion. From the gun-deck he could hear a fiddle playing, and the laughter of what might be called the 'fairer sex,' had he not met such women before.

'What orders did the captain leave you, Mr Landry?'

'To prepare the ship for sea.'

'Well, then we have a great deal to do. Assemble the officers, young gentlemen, and warrant officers on the quarterdeck, and ask the lieutenant of the marines to muster his men.'

'Aye, sir.' Landry swept off, not hiding a look of alarm.

A corpulent man made his way through the clutter and sailors on deck.

'Able Barthe, Mr Hayden, sailing master. Welcome aboard the *Themis*, sir.'

'Thank you, Mr Barthe.'

The master, hatless, his colour high, stood catching his breath, as though he'd been running. A man of indeterminate years, Mr Barthe had hair the red of new brick, though mixed with grey – ashes among the flames.

'I apologize for the state of the ship, sir,' the man went on, 'with both captain and first lieutenant gone . . .' The sentence was never completed, and the man shrugged in embarrassment.

Men began appearing from out of the gangways, and emerging from the waist, where the merriment did not falter or even miss a note. Hayden followed the sailing master onto the quarterdeck. In a moment, Lieutenant Landry reappeared, accompanied by another man in a lieutenant's uniform. The young officer was clearly trying to shake himself awake.

'Third Lieutenant Benjamin Archer, Mr Hayden,' Landry said, presenting the man, who was somewhat less than presentable. 'Mr Barthe you have met, I see. And . . . Where is Mr Hawthorne?'

'Forward, sir. Mrs Barber had need of his attentions.'

'Our goat,' Barthe explained, seeing the look on Hayden's face. 'Mr Hawthorne is quite an authority on animal husbandry. Mrs Barber has taken ill.'

'Ah, Mr Hawthorne . . . our new first, Mr Hayden.'

Dressed in dirty sailor's slops, Hawthorne looked anything but a senior officer of marines. Despite his dress, he made a graceful leg and swept off what was apparently a hat. 'Your servant, sir. My company shall be ready for inspection at your pleasure, Mr Hayden.' He did not appear the least embarrassed by his dress – one would think, by his attitude, that the man wore his scarlet marines' coat, the straps all pipe-clayed an immaculate white.

'The midshipmen,' Landry continued. 'Lord Arthur Wickham, Mr Hayden.' A dimpled youngster tipped his hat, appearing for all the world like a cheerful schoolboy. 'James Hobson, and Freddy Madison. There are three other middies, sir, all given leave to go ashore and visit their families.'

'Where are the bosun and the carpenter?' Hayden asked, making an effort to keep his voice even.

'Coming directly,' the master offered.

A brawny, broken-nosed man led another onto the quarterdeck, and was subsequently introduced as the bosun. The carpenter was an ancient seaman who appeared to have been constructed of wood himself – all angles and heavily sparred. His clothes hung limp, like sails in a calm. Landry named them Franks and Chettle, respectively.

'What is the hour, Mr Landry?' Hayden asked.

'About half-two, I should think.'

'Then the day is yet young. Send all women ashore. There will be no women aboard by day, and none aboard at night if I am not satisfied with the day's efforts.'

The lieutenant hesitated. 'That won't be popular with the men, Mr Hayden,' he said quietly.

'It is not my custom to make decisions according to what is popular with the men. Did Captain Hart tell you when he is expected to return? When we are to go to sea? For what duty we are to prepare?'

There was an embarrassed silence. 'Captain Hart doesn't

commonly take us into his confidence, Mr Hayden,' Landry confessed.

'He did tell you we're at war with France, did he not, Mr Landry?' Hayden said, his temper getting the better of him.

The little second reddened. 'Sir, we're well aware of it.'

'Good. How long have the masts been waiting upon your deck?'

'A week, sir.'

'And what has become of the sheer-hulk?'

'The bosun of the sheer-hulk said he would get to us by and by.'

'Very kind of him. Have you not materials necessary for the work?'

The two lieutenants glanced at the bosun, who hesitated.

'Everyone seems to be looking to you, Mr Franks,' Hayden said, addressing the bosun.

The man appeared to grimace, revealing a dark gap in the row of yellowed teeth. 'We have all blocks and cordage, Mr Hayden, but I'm not sure how the captain will want it done,' the bosun admitted.

'In his absence, and without specific orders, to the common practices of the Navy, Mr Franks.'

There was another awkward silence.

'What Mr Franks is trying to say, if I may be so bold,' offered Lord Arthur, 'is that no matter how the work is managed, Captain Hart will find much to criticize, Mr Hayden.'

'Thank you for that, Wickham,' Hayden said, 'but I assume Mr Franks can speak for himself.'

The bosun looked at the deck. 'I've been . . . tarrying, Mr Hayden, for fear of the captain's displeasure.'

'I would imagine that finding the masts on the deck when he returns will earn even greater displeasure. We shall begin with the mizzen. Have you spars we can use for sheers?'

'I do, sir.'

'Then gather your mates and begin preparation. Mr Landry, a crew will be needed to raise the sheers.'

Landry looked to the bosun, who grimaced as he spoke. 'Most of the men are half seas over, Mr Hayden,' he said apologetically.

'Drunk, I assume you mean? After the women have been put into boats, take the men who are insensible and pile them in the waist. The firemen can douse them, assuming we can find anyone sober enough to man the pump. Any able seamen who can walk a single deck plank unaided, send aft to assist Mr Franks. Everyone else will set to and clean ship.' Hayden glanced around. 'This deck is a disgrace, Mr Landry.'

'Yes, sir, I'll have it scrubbed immediately.'

'No, I want to keep the quarterdeck dry so we can work. Have it swept clean, and everything properly stowed. I would like to get the sheer legs up by nightfall.' He turned to the third lieutenant. 'Let us make a quick inspection of the mizzen step, Mr Archer.'

The third lieutenant and two of the mids led Hayden below, down into the darkness. The step for the mizzen proved solid, as one would expect on a ship so recently commissioned, but still something of a surprise to Hayden, given the neglect apparent everywhere. The *Themis* clearly had been honestly built to begin. Blessedly, the mast partners were also free of rot.

An ugly scene awaited them when they returned to the deck. Drunken seamen struggled with the marines as the visiting women were pried bodily from their clutches. An hour's battle was engaged, by which time the women had been slung into the boats, and the foremast hands subdued, though not without many a hard beating. There was a moment when Hayden thought the entire thing would get out of hand, and had been on the verge of ordering the armourer to fetch pistols for the officers and warrant officers.

It took some time to subdue the mob, and then set them

all to work, cleaning and stowing. The surgeon cleared his table, and the wounded were carried to him, many so drunk they did not feel their injuries and only wondered later that a seamstress appeared to have been at work upon their battered derma.

Hayden oversaw raising the sheers, and was soon aware that Mr Franks was a sad excuse for a bosun, and his hapless mates had learned their trade from him. It said much of Hart that he could not find good men to serve aboard his ship. What young Lord Arthur Wickham was doing there was a mystery, for he came from a good and influential family.

'You need a block for a girt line, Mr Franks,' Hayden said, as the bosun stood gazing dumbly at the recumbent mizzen mast, a horny finger scraping a scab on his ear. 'Tail-tackles must be rigged fore and aft at the foot of the sheers, and the feet should stand on stout planks that span at least three beams, and four would be preferred. Shore the beams from below. Then a leading block must be positioned so we can take a line forward to the capstan.' He turned to find Landry, who stood looking on, unsure what to do. 'We'll need hands to man the capstan in about four hours, Mr Landry. Will we have enough sober by then?'

'I'm sure we will.'

'How goes the deck cleaning?'

'I'll see for myself, Mr Hayden.' The lieutenant picked his way forward, careful to get in no one's way.

Hayden took the measure of each man as he worked. An able seaman named Aldrich was the only man who took any initiative. He clearly had been at sea long enough to have learned his trade thoroughly, and had raised a mast before. Young Wickham was everywhere, watching, studying the way tasks were managed, holding the fall of a rope, fetching a block.

The crews of his respective ships had long been Hayden's special province of study, partly out of fascination with mankind in general but also because the crew was the instrument through which an officer accomplished the tasks bestowed upon him by the Lords Commissioners. Hayden had seen both good crews and bad, and spent much time considering how any given collection of men could become either one or the other. He'd seen bad crews evolve into the most willing under the tutelage of good officers, and he had witnessed an apparently willing crew turn sour and froward by the introduction of a single foremast hand. He thought of a crew as being like gunpowder, a mixture of elements that, in the right proportion, produced the desired effect, but in the wrong proportions was of no use whatsoever. The greater the proportion of experienced seamen, especially those who had fought in several actions, the better, for these men would be looked up to by the younger and less experienced Jacks, and their manner and habits emulated. Hayden could see few if any such men among the crew of the *Themis*, and this was a cause of some concern.

'Damn your worthless hide, Manning,' Hayden heard one of the hands mutter, 'take up the strain on that line. Put your fat arse into it.'

To Hayden's great surprise, some pushing ensued among the men, and Franks, the bosun, took up his rattan, which brought order, though the damning and muttering continued.

Stepping back, Hayden asked a servant for water, and stood observing the crew muddle through their work. It was not just the spirit of co-operation that was lacking; the men appeared to actively thwart one another, moving to impede another's efforts, tossing a marlin spike beyond the reach of the man who required it, watching men struggle with some task that clearly required more hands, yet not jumping to and aiding where a willing crew would. Hayden also observed men labouring at some chore too great for them but never asking help – knowing none would be forthcoming, he suspected. Dark looks and glares, mouthed curses and warnings, jostling a man precariously balanced. He had never seen the like. He wondered if Philip Stephens had any idea what went on aboard this unlucky ship.

Aldrich appeared to have his acolytes – men who deferred to him, who seemed to surround him almost protectively – yet it appeared he did not desire to be placed in such a position. Gently, he turned aside all attempts to raise him up or to distinguish him in any way – a curious phenomenon to the new first lieutenant, who was quite aware that he himself had always craved responsibility and recognition.

He reminded himself that among this gathering of men, there was at least one murderer, and, witnessing the animosity that existed between the hands, it no longer surprised him.

The officers' orders were heeded to the least degree possible – the smallest increase in disrespect and negligence would have seen the crewmen flogged, but they had found the greatest degree of insolence that the officers would tolerate and this was now their habitual manner.

Doffing his coat and hat, Hayden weighed into the fray, attempting to bring order to the confusion. Usually he enjoyed such a challenge, but among these men, and the palpable hostility, he felt like a stage actor pretending to be at ease, to relish the task at hand. In the past he had often found that his enthusiasm would spread to others, but these men did not seem to notice and treated him with suspicion if not hostility.

Hayden had detailed a large sailor to make up the lashing that bound the head of the sheers, but soon realized neither the man's skills nor his inclination were equal to the task.

'What is your name?' Hayden asked him.

The man raised a large, pock-marked face, all nose and brow. 'Stuckey, sir. Bill Stuckey.'

Hayden guessed Stuckey was fourteen and a half stone, or thereabout, and taller than he by a good three inches. Ill-fitting slops, sweat-soaked, clung to his torso, and out of the end of his sleeves thrust big, turnip fists.

'I will make up the lashing with you, Stuckey, for it is, I think, a task new to you.'

The man rose and stepped back. Around them the work stopped. 'I'm a landsman,' the big man drawled, 'taken from my chosen profession and forced aboard this bloody ship.' Stuckey eyed him insolently. 'The sea is not my calling nor will I have it be . . . *sir*.'

Hayden faced the man full-on, despite the disparity in size, aware that everyone watched. 'I am pleased to hear it, Stuckey, for I am always on the lookout for a man to perform the myriad labours that are beneath the skills of seamen. You will begin by cleaning the heads.'

Hayden turned back to the gathering of men, all of whom had stopped their work to stare silently. 'Where is the bosun?' Hayden called out.

The broken-nosed bosun stood up from among the men crouched over their work.

'Mr Franks,' Hayden said evenly, 'have one of your mates follow Mr Stuckey with a knotted rope. If he is not about his work with a will, he should be started, sharply.'

'For how long, sir?' the bosun asked, looking perplexed.

'As long as it takes, Mr Franks.' Hayden turned back to the big landsman. 'When you are ready to learn your new trade, Stuckey, come and speak to me. Now be about your duties.' Hayden turned away as one of the bosun's mates approached, knotting a rope.

Hayden would assign the man the most back-breaking work on the ship as well as the most demeaning. Two days would either see him come to Hayden asking to learn his trade or he would become completely insubordinate and require flogging. But Hayden had run up his flag for the men to see. Now to convince them that he was both fair and reasonable, for it was not enough to be severe, not if one was to earn the crew's respect – and no officer could expect to govern for long without it.

The men applied themselves to their tasks with renewed energy after that, and by nightfall, the sheers were raised and guyed in place, like a great, inverted V standing on the quarterdeck. Block and tackle and brute strength saw the mast positioned, ready to be raised. Hayden was confident they would get it in before the next day was very old.

He dined that night with the gunroom mess and invited guests. Mr Franks was so fagged by his afternoon's effort that he perpetually nodded at the table, much to everyone's amusement.

'There was one among them that could take on any man aboard,' laughed Hawthorne, the marine lieutenant. 'Laid out Smithers with a single blow. I think we should have kept her. Could lead a boarding party, that one. The French would not stand against she!'

The assembled men laughed.

'Will you not take a little wine, Mr Barthe?' Hayden asked, noting that the sailing master's glass had not been filled.

The laughter dried up like paint in the sun, though a few half-suppressed smiles – smirks, in truth – remained.

'I hope you will forgive me if I do not, Mr Hayden,' Mr Barthe replied evenly. 'You see, I have taken a vow of temperance from which, for all my honour, I dare not deviate . . . though it causes much amusement to certain of my messmates.' Smiles were further suppressed around the table. Barthe went on. 'You need not be concerned, Mr Hayden; I will not be pressing temperance pamphlets upon you or recommending the works of Hannah More. It is entirely a personal matter. A defect in my character will not allow me to partake of strong drink, even wine or ale, without the most disastrous consequences. I hope you will forgive me, therefore, if I toast with plain water. No disrespect is meant.'

'By all means, Mr Barthe, forgive me for even bringing up the subject.'

'No need. I tell my fellows in the gunroom to make not the slightest allowance for my vow. Partake as usually you would and never for a moment worry about the effects of this upon me. To be always coddled and have our people drinking away from me would deprive me of much good company and in the end I would be only the weaker for it, for one must learn to resist temptation. One must drill just as men do at the guns. The longer I resist, the stronger I become.'

The small clatter of cutlery on china, glasses raised and returning to the table.

'Did you see much action on your recent cruise?' Hayden asked, breaking the awkward silence.

It seemed for a moment that no one would answer – or that each waited for some other to speak.

'No, sir, Mr Hayden,' Landry said quietly. 'We had no luck at all.'

'It goes that way sometimes,' Hayden said. 'You lost a man, all the same, I understand?'

Again, an uncomfortable moment.

'Penrith,' Hawthorne said. 'Rated able. A good seaman.'

'I'm sorry to hear it. They found the man that did for him, though?'

The men glanced one to the other.

'It's a subject of some debate, Mr Hayden,' Lord Arthur answered.

'And what do you think, Wickham?'

The youthful nobleman's dimples disappeared as he weighed the evidence, as solemn as a magistrate. 'I think the man hanged was innocent, Mr Hayden.'

The other men shifted uncomfortably.

'And what say you, Mr Landry?'

'The captain believed McBride was guilty,' Landry answered, 'and I'd never gainsay Captain Hart.'

'No,' Hawthorne said, 'I am sure you wouldn't.'

The look Landry gave the marine was not friendly.

'If it was not this man McBride,' Hayden said, bringing his gaze to bear on Hawthorne, 'then, pray, who did for Penrith?'

'I have no proof, Mr Hayden, only my own suspicions, and it would not be fair to speak those in the event the man is innocent.'

'Do be careful, Mr Hawthorne,' the sailing master warned. 'The captain would not take kindly to such criticism.'

'Certainly no one here would report gunroom conversation to the captain . . .' Hayden said, but the silence this brought told him that, indeed, someone would.

After servants cleared the table, Hayden found himself briefly alone while the other officers all saw to one duty or another. He hoped that the dinner had done something to acquaint the officers with his methods and outlook. There was, invariably, a brief period of uneasiness when a new first officer came aboard, and especially so in this case, with the captain away. Both crew and officers would be anxious to comprehend the standards and expectations of the new lieutenant. Many men, he well knew, would rather maintain the most disastrous situation than have change, whereas some smaller number would welcome it. His job was doubly difficult because the standards of Captain Hart were unknown to him and it was the captain of a ship who set the height of the bar that men must jump, not the first lieutenant.

Griffiths emerged from his cabin and nodded to the new lieutenant. Thin-boned and narrow-faced, the doctor stood a hand taller than Hayden, but two or three stone lighter. Prematurely grey, for he could not have been much over thirty, he appeared almost always serious, his scholarly demeanour seldom altering, even when he made a jest, which he did not infrequently.

'I feel rather foolish,' Hayden confessed, 'pressing wine upon Mr Barthe when he is a temperance man.'

'No need for concern. It was the duty of his messmates to advise you, but we were remiss. Mr Barthe is not thrown out by such small things. He has been sober now these seven years, and shows no signs of returning to his former life of dissipation. You will find him a thorough, responsible officer, I believe.'

'I am certain of it.'

Griffiths regarded him a moment. 'Our sailing master's name is unknown to you?'

'Indeed, I had never heard it before stepping aboard.'

The surgeon took a seat across the table, leaning forward on arrowhead elbows that he might speak quietly. 'Mr Barthe's story is not a happy one, I fear. You see, he was once a young lieutenant of some promise in the King's Navy, but was court-martialled. His ship was wrecked and though there was some evidence of incompetence by the captain, because some few aboard claimed Mr Barthe drunk at the time, he was convicted for dereliction of duty. He claims it is untrue. Unfortunately, at least for his family, that was not the greatest mischief that resulted from Barthe's drinking. He had a tendency to gamble, though without a matching tendency to win. He was, at the time of his court-martial, much in debt. But not all his friends deserted him; Mrs Barthe, who must be a tower of saintly strength, did not abandon him to his dissipation but appealed to him again and again to change his ways, giving him opportunity after opportunity to redeem himself. And, surprisingly, given the history of many similar marriages, he did. A captain whom he had once served obtained him a master's warrant and he sailed for several years with this officer until the poor man died of yellow fever. Barthe's luck looked as though it had turned against him again, when Hart took him on, perhaps being unable to find another to fill the position.

'Mrs Barthe has a brother who has made a great success of himself in some branch of trade, and he eliminated all of Mr

Barthe's debts, allowing the sum to be paid back slowly and at no interest, which our good sailing master has been diligently doing these many years, to the great impoverishment of his family, I fear. Did you know that Barthe has six daughters? They all, very happily, have taken after their mother where it comes to their looks, and are beauties from the eldest to the youngest. Mr Barthe is at great pains to keep our good lieutenant of marines away from them.' Griffiths laughed.

'Has Hawthorne a bad reputation, then?'

'It depends upon whom you ask. Among the crew he is much admired. Mr Hawthorne has the same weakness for women that Mr Barthe had for drink; he is constitutionally unable to resist. And, happily for him, the female of our species cannot more easily resist the dashing Hawthorne. Much trouble has come of it. Hawthorne has fought two duels, with great misfortune on the other side.'

'Every ship must have at least one rake. It is good to know we have our quota . . .'

'Hawthorne is as far from villainy in his heart as a man can be, I am convinced, but he is no more in control of his actions regarding women than an opium-eater is where it comes to his pipe. I have seen him in great distress over his conduct and the heart-break it has caused, but it does not long check his actions. He was blessed with too pleasing a countenance, I fear, and in both manner and address he lacks nothing. He is the most agreeable man aboard, and a great favourite in the gunroom, but if there is a woman to whom you are particularly attached do not introduce her to Hawthorne. You have been given fair warning.'

'I shall heed your words, Doctor; the fairer sex show no signs of being unable to resist my charms. In truth, they manage it with very little effort, I fear.'

'In this you have many a brother, Mr Hayden.' The doctor's mouth turned down slightly at the corners – as though he had tasted something bitter. 'You will find this crew an odd collection of misfits and fumblers, I fear.'

Hayden was not quite sure what to say to that, but knew full well it reflected badly upon the captain.

'The middies seem first-rate,' Hayden observed.

'Indeed they are. Outside of the service Captain Hart has a different character, I am told, and through Mrs Hart, many an influential friend.'

'Which explains the presence of Lord Arthur Wickham . . .'

The doctor nodded. 'But not all of the ship's people have landed here because of incompetence. Some of us merely have no interest.'

Hayden glanced quickly at Griffiths, wondering if the doctor referred to him, but then decided the comment was not meant so. 'I am sure there is many a good man aboard ship, Doctor. I shall not tar the entire crew with one brush.'

Griffiths made a small bow of acknowledgement, or perhaps of thanks. 'I must see to my charges, if I may, Mr Hayden.'

'By all means, Doctor, do not let me detain you.'

Mr Landry had assigned him a servant, a boy of twelve who went by the name of Joshua. He'd served the previous lieutenant in the same capacity and seemed to know his duties tolerably well. A 'writer' was also assigned to him: a young Irish boy with the unlikely name of Perseverance Gilhooly. He was known as Perse, and seemed too alert for his station in life.

As Hayden was arranging his cabin, a space about eight feet square, there came a knock at the open door.

'Ah, Mr Hawthorne,' he said. 'Is there some service you require?'

The marine lieutenant slouched under the low deckhead, at his hip a heavy book resting upon the crook of one hand.

'I just wanted to report that I have stationed reliable men by the boats. No one will get ashore this night except they swim.'

There were no women aboard that night, and no doubt this was causing some men to reflect upon the relative proximity of the shore. From what the doctor had said, he might be led to suspect the marine of being one of them. 'Thank you, Mr Hawthorne.'

But the man continued to hover outside the door.

'What is it you read, Mr Hawthorne, if you will permit me to ask?'

'*A Course of Experimental Agriculture*, Mr Hayden, written by Mr Arthur Young.'

'That would seem an interest greatly removed from the sea.'

'It is my hope to have a farm one day, Mr Hayden, though it causes my fellows in the gunroom no end of amusement.' He hesitated a second, colouring a little. 'I published, a year ago, in the *Annals of Agriculture*, a brief treatise entitled "Observations on the Practice of Keeping Productive Laying Hens at Sea."'

Hayden could not help but smile at this surprising bit of information, delivered with rather poorly concealed pride.

Barthe entered the gunroom just then, appearing behind the marine, moving a chair as he made his way past the table. 'Is he telling you about the great estate he will one day own, Mr Hayden? How he will apply principles of scientific farming to make a great success of it all.'

Hawthorne did not appear the least offended but pretended to be put upon, rolling his eyes. 'It is a terrible burden, Mr Hayden, the petty jealousy of the uninformed.'

'It is the price of being ahead of one's time. My mother's family have extensive lands in grapes, so I have witnessed scientific agriculture up close, for good and ill.'

Hawthorne gazed at Hayden closely, no doubt trying to see if it were true that he had differently coloured eyes. 'Not in England, surely?'

Hayden knew the truth would come out eventually; the service was a paradise for gossips. 'France, Mr Hawthorne.'

'France . . .' the marine echoed, clearly caught aback.

'A large nation beyond the English Channel, Mr Hawthorne,' Barthe observed as he stepped into his cabin. 'Most recently they've had a revolution. Have you not heard?' The master's cabin door ticked closed, obscuring a wicked smile.

Hawthorne laughed to hide his embarrassment. 'You're half-French, then, Mr Hayden?'

'That's right, but I am an Englishman at heart. My father was a post captain in the King's Navy.'

'It was not my intention to question your loyalties, Mr Hayden. If it seemed so I do apologize.'

'No need, Mr Hawthorne; it is me that feels an explanation is required.'

Hawthorne made a small bow of acknowledgement and continued to stand outside Hayden's door, clearly uncertain of what to say. Or perhaps he had intended to tell Hayden something more than the title of his single piece of published wisdom.

'Is there something else, Mr Hawthorne?'

The marine opened his mouth to speak, hesitated, then smiled. 'Nothing, sir.'

The marine lieutenant slipped away to his own cabin, leaving Hayden bemused, wondering. Perhaps Hawthorne would say whatever it was he had meant to when he knew Hayden better – or so the new lieutenant could hope.

He rolled into his cot some time later, but lay awake, listening to the burble and cant of water, to a small breeze whispering among the shrouds.

5

Hayden woke to a distant whisper.

'Doctor? Doctor Griffiths?' The urgency of the voice reached deep into his sleep and drew him to the surface, where he sat, twisting knuckles into eye-sockets and shaking his head.

From the other side of the gunroom he heard Griffiths, apparently none too happy with being wakened. 'What is the matter?'

'It is Tawney, sir. A sentry found him in the cable-tier, bloody and not able to be roused. He appears to have been beaten, sir.'

Hayden rolled out of his cot and began pulling on clothes.

'Jesus, Mary, and Joseph . . .' the doctor muttered, and Hayden heard feet strike the deck.

The first lieutenant emerged from his cabin at the same moment as Griffiths, and both set off at once for the orlop-deck, the marine who had called them scurrying before, lantern in one hand, musket in the other. They pummelled down the steps and made their way quickly forward.

They saw two shadowy figures, one bent beneath the low deckhead, a lantern clutched in his fist, the other crouched in the waist-deep darkness created by the thick rounds of anchor cable. Hayden scrambled over the hawser after the doctor, who pulled spectacles from his pocket.

A man lay crumpled on the dark planks, limp as a sleeping child, mouth slack and swollen.

'We've not moved him, Doctor,' one of the men said. 'Left him as he was, just as you always say.'

Griffiths appeared not to hear, but felt at the man's throat for a pulse. A long moment as the others held their breath.

'He is not done for, at least. Bring the light closer.'

The lanterns were lowered to cast their faint glow upon the sailor's bloodied face. The flesh appeared bloated to bursting, inky-dark and crimson. Eyes were swollen shut, jaw oddly displaced.

'Who did you say he was?' Hayden asked.

'Dick Tawney, sir. Foretop-man.'

'Who would have done this to him?'

No one had anything to say in response. The doctor gently probed the skull, and then, with Hayden's help, turned him on his side.

'It is a wonder he has not drowned in his own blood,' the doctor observed, a barely controlled anger creeping into his voice. 'Jump aft, Davidson, and fetch a cot from the sick-berth, if you please.'

Tawney moaned, stirring a little. Griffiths took hold of the man's shoulder and hip, bracing against a shift in the man's weight, keeping him on his side. Blood dripped from his shattered nose and mouth. A moment later Davidson and the surgeon's mate, Ariss, appeared bearing a cot. Under the doctor's direction they shifted the deadweight of the sailor onto the sailcloth-covered frame. Tawney muttered something unintelligible, then his head lolled to one side.

Bent low beneath the beams, they raised the cot, sliding it over the coils of anchor cable, waiting while Hayden and one of the seamen scrambled over, then bearing up the weight again. Tawney's feet began a convulsive jig.

'Is it the death rattle, Doctor?' the marine asked, clearly unnerved by what he saw.

'No. It is like to a fit – from blows to his head. With luck it will not persist.'

In the sick-berth, the cot was slung from rings set into the beams. Gently it swayed forth and back and forth. One of the patients woke to see what went on, the fevered whites of his eyes peering out from beneath a thick dressing that swaddled his skull.

'It's all right, Hale, go back to sleep.'

'Wot 'appened to 'im?'

'Exactly,' the doctor muttered. 'Let us clean his wounds, Mr Ariss. Then cut open his shirt; there is blood, here, on his rib-cage.'

Hayden stepped out of the way, watching as the surgeon and his mate went about their work with a practised, dispassionate air, fingers moving mysteriously in the smudged light. Twice Hayden was called to help restrain poor Tawney as he was taken by another convulsive fit, but then the man would fall limp again, unmoving. The doctor checked his carotid pulse each time, as the man had gone so still.

Finally satisfied that he had done everything possible, Griffiths motioned to Hayden and the two stepped outside the sick-berth. Leaning, one against the bulkhead of thin deal-board, the other against the ladder, they pitched their voices low so as not to be overheard.

'Tawney looks to be a broad-chested, well-made fellow,' Hayden said. 'I should say that he was not so badly beaten by one man – unless there is a veritable giant aboard, with a cruel disposition.'

'You are right, Mr Hayden. I should guess that such a beating would take four men or more. Tawney is nine and twenty, or perhaps eight, strong as the proverbial ox. I should have said he was well thought of among the crew.'

'Did someone say he is a foretop-man?'

'I believe that is so.'

'His mates won't be liking this, I should think.' Hayden shook his head. The top-men were commonly the strongest, most experienced seamen – the cocks of the walk among the foremast hands. 'I will have you inspect the crew after breakfast.

A beating like that will leave some bruised hands, maybe a broken knuckle or two.'

'If they employed their fists. By the damage I would say he was cudgelled.'

Hayden shifted his weight against the stair. 'One man murdered, another beaten half to death . . . As I worked today, raising the sheers, I sensed among the men such ill will. I have never witnessed so unobliging a spirit, so many little things done to impede another's efforts. It is imperative that a ship's crew pull together, for their own safety if for no other reason . . . Has this fractious mood arisen since Captain Hart departed? Certainly it cannot have been so when you were at sea?'

The doctor removed his spectacles and massaged each eye in turn with the heel of a hand. 'It has, perhaps, become more pronounced since the captain quit the ship and the first lieutenant the service, but it is by no means new to the *Themis*.'

Hayden waited for the doctor to say more and, when he did not, said: 'I have never seen the like, Doctor. How an officer would take a ship from anchor and get under way with such a crew is a mystery to me. How do the officers tolerate it?'

The doctor shrugged. For a moment he remained silent, but then leaned closer to Hayden. 'You were asking earlier about Penrith. I cannot tell you who was responsible for the man's death, but on the night he went missing I overheard one of the hands say to some others, "They've done for Penrith," or words to that effect. Before the finger was found the next morning members of the crew already seemed to know it was a murder, though it was initially thought by the officers to have been misadventure.'

'Who said this, Doctor?'

'I know not. It was dark, most of the crew were too ill to stand, and we were caught in the most dreadful gale. I confess, my thoughts were elsewhere. I was frightened and not thinking clearly.'

Ariss, his mate, rounded into view at the moment. 'If you please, Doctor; Tawney has taken to convulsing again.'

With a perfunctory nod, Griffiths disappeared back into his lair. For a moment Hayden stood dumbly, then climbed the stair and slipped silently into the gloom of the gunroom, where he found Barthe in the light of a single candle, alone at table, staring fixedly at a glass of wine set out before him.

Hayden was not sure what to say, or even if he should acknowledge what he saw. But the sailing master tore his gaze away from the glass and regarded Hayden, apparently unembarrassed.

'No doubt you are wondering what I am about . . . ?' Barthe whispered hoarsely.

In truth, Hayden was not – the master was apparently drinking.

'I am testing my will.' He nodded to the full glass, the wine lead-dark in the dim light. 'I must do this from time to time – face the temptation. Today I could hardly focus my thoughts for want of drink, and now I must make my penance. I know it must seem passing strange, but I have been sober these seven years and have my own way of remaining so. If I can manage this tonight, tomorrow I shall feel no want of it.'

'Do pardon my intrusion, Mr Barthe,' Hayden offered, and went immediately to his cabin, pulling the door to behind. Even as he did so, the image of Barthe appeared in the small opening, softly aglow in his nightshirt, eyes fixed upon the glass, hands laid gently on the table to either side, and on his face, a tormented resolve.

6

A sullen and sickly crew appeared the next morning, and Hayden put them to work. A frigate named for the goddess of order should make a better showing, he thought. His subsequent inspection of the ship, however, was enough to dishearten the most stolid officer. The bosun's stores were in disarray. There was but one useable cable in the cable tier – the others having been allowed to rot. The quarterdeck leaked and required repitching, and there was everywhere a general want of cleanliness and order.

The captain of the hold seemed to know his business, and smartly reported the state of their stores, though the reclusive purser did not know it himself. Hayden's most disastrous find, however, was in the forward magazine. By the dim illumination, which came through a pane of glass in the light room, he examined the powder – but it was the smell of it that truly angered him.

'Who is the gunner, Mr Landry?' Hayden asked. He'd met the man but the name now escaped him.

'Mr Fitch is acting gunner, Mr Hayden.' Landry, who the day previous had been most obliging, was now sullen and resentful of Hayden's presence, as though the first lieutenant interfered in the running of the frigate. Having been found with his ship in such disarray was perhaps at the root of it, but Hayden did not care for the man's manner.

'Would you call for him, Mr Landry?'

Landry hesitated by the door a moment, as though he might refuse, but when Hayden turned and faced him, he touched his hat. Before he could comply, however, Lord Arthur, who had become Hayden's shadow, interceded.

'I'll fetch him directly, Mr Hayden,' the boy offered, and was off at a run.

Landry walked out onto the orlop, bent low, as though he would examine the cables.

Hayden watched him, with more detachment than he would have expected of himself. He had known his kind before. Landry was a sad little fellow, he had decided, awkward and ungracious in both manner and address – the boy whom everyone picked on at school.

A moment later the acting gunner, the bald and tattooed Mr Fitch, shuffled into the magazine, followed by the second lieutenant. He glanced nervously at Landry as he made his way down the three steps.

'Is it not your duty, Mr Fitch, to keep this storeroom aired and dry at all times?' Hayden asked.

The man did not answer but nodded dumbly.

'Then how do you explain this?' Hayden reached into the powder barrel and removed a handful of tacky powder, which he let fall in doughy dollops back into the barrel. The acting gunner winced.

'What became of the gunner whom you replaced?'

'He died, Mr Hayden,' Landry offered. 'The surgeon said his heart gave out. We slipped him over the side some weeks ago.'

'You are relieved of your duties as gunner, Mr Fitch,' Hayden stated. 'I will leave it for the captain to decide your fate when he returns.'

'It was Captain Hart who appointed Fitch, Mr Hayden,' Landry said, eyeing him with poorly concealed hostility.

'So I assumed, Mr Landry, but I will put another man in his place until the captain returns. We cannot have our powder thus neglected. Can we?' He gestured to the door. 'You may go, Mr Fitch. Mr Landry will find you other duties. Count yourself lucky that I am not captain, here, for I would have you flogged this very day for negligence such as this.' The man made an awkward knuckle and then backed up the stairs, retreating into the dimness, the quick padding of bare feet marking his flight.

Hayden turned to Landry. 'Although there is little point, let us test this powder before I write to the Ordnance Board for more. Have a few cartridges made up for the carronades, if you please, Mr Landry.' Hayden went out and left the lieutenant to suffer his resentments alone. Wickham followed quickly behind.

A few moments later they were on the quarterdeck, the tompion removed from a thirty-two-pounder carronade. The first cartridge did not fire at all and had to be drawn out with a worm – a long, corkscrew-like rod – a task no one relished for obvious reasons. The second made a dull thump, though much debris was left in the barrel. They managed to fire a ball after two more misfires, but as Mr Barthe observed, he could 'throw it further himself.'

Lieutenant Hayden would now have the unenviable task of requesting powder to replace that which had been spoiled. The quantities of powder in the magazines, however, did beg another question.

'How often do you exercise the great guns, Mr Landry?' he asked after the final cartridge was drawn out, split, and its contents spilled over the side.

'Never, Mr Hayden. At least not since I've been aboard. Gun drills are done without powder or shot.'

Hayden felt his eyes close, and it took some effort to keep his face impassive. He turned quickly away. 'Ready to raise the mast, Mr Franks?'

Men placed at the capstan put their chests against the bars and pushed, drawing taut a line running through the leading block to the sheer pendant. It creaked like an old door as it stretched, and the mizzen lifted a few inches.

'Stand clear!' Hayden ordered.

When the mast was raised a little more, it slewed suddenly to one side, swinging heavily back and forth.

The men at the capstan bars continued to turn until the mizzen attained an angle perhaps fifteen degrees shy of vertical. The back line, reeved through a block made fast to one of the sheer heads, was then hauled. It had been attached to the mast under the bibbs, and this brought the spar almost to vertical. Hayden and some of the larger men put their shoulders against it, and with the help of a tackle, wrestled the heel of the mast over the aperture where it would step through the deck. Slowly the great spar was lowered. It did not want to pass cleanly through the lower deck, but was finally coaxed and cajoled upright enough that it passed, the heel tenon seating neatly in the step beneath.

‘’Tis home, Mr Hayden!’ came a call from below.

‘Well done!’ Hayden said to the men around him, then the same to the men at the bars. ‘We shall make up the shrouds, Mr Franks,’ Hayden ordered. ‘Perhaps Aldrich can assist you.’ He was sure that Aldrich would soon have the job in hand, if Franks did not get too much in the way, but Franks surprised him. Despite the man’s obvious lack of proficiency in his trade, he exhibited a great capacity to learn, and was not embarrassed to do so, though many in his position would have attempted to bluster their way through, hoping to hide their defects. It raised Mr Franks considerably in Hayden’s opinion. A man willing to learn was never a cause lost.

He assigned Stuckey another day of demeaning work, and set the bosun’s mate to chase him about. Such an act could backfire, Hayden well knew, if the crew sympathised with the offender, but it seemed that Stuckey had little sympathy from the others, though no one had the nerve to mock him either, a fact Hayden took note of.

The shrouds were made up and the tops got over the mast. Attending to some job of work, Hayden lifted his head to glimpse something large plunging from above. A tumbling man grasped at the shrouds, his fall checked, lost his grip, fell, then caught hold of the still-slack shrouds once more, burning his hands as he slid too quickly the last thirty feet to the deck, landing with an awkward thump. Somehow on his feet, the boy – for it was a boy, despite his massive size – leaned against the rail a moment, shaken. Wickham approached him.

'Are you injured, Giles?' the young nobleman asked.

The boy shook his head, unable to quite catch his breath. 'No, sir,' he whispered. 'Begging your pardon. I'll be all right in a moment, sir.'

Hayden crossed the deck and realized the lad, who still trembled, was a good half a foot taller than he, and much broader across the shoulders and chest. 'Giles? Is that your name?' Hayden asked.

'Aye, sir,' the lad answered. His face had turned pale as a fish belly.

'Sit down on the deck and put your head between your knees. Someone bring the boy some water.'

Giles slid down the bulwark and hung his head, great forearms thrown over his neck, elbows on the knees, none of this structure too steady. 'Sorry, sir,' the boy whispered, his voice barely audible.

'Don't apologize,' Hayden bid him. 'You've had quite a fright.'

'If I hadn't grabbed the shrouds . . .'

Hayden crouched down, trying to get a glimpse of the boy's face. The lad lolled to one side and would have slid limply to the deck, but Hayden and Wickham caught him and supported his ample weight. The doctor appeared then, fetched from his charges by Mr Archer.

Griffiths bent over the boy and felt for the carotid pulse. 'What happened?' he asked.

'He fell from the mizzen top,' Hayden reported, 'but managed to catch hold of a shroud or he would have come to much harm.'

'He didn't fall to the deck, then?' the doctor asked.

'No. He slid down the shroud,' Wickham said, 'but then turned ashen and light-headed.'

'Got the vapours,' one of the crew whispered and the men laughed.

'Well, he'll come round in a moment, I'll venture,' Griffiths said, and the boy did move at that instant, one eye slitting open. 'There you are, Giles. All of a piece, I see. Nothing broken, no severed arteries, not even a modest contusion. I think you'll live. No, don't try to sit up. Lay still a moment and let the blood find its natural level.' Griffiths looked up at Hayden and nodded. 'He'll be perfectly hale in a moment. Saved the deck a nasty bashing, I should think.'

Hayden retreated with Wickham in his wake, and a servant called them for the midday meal.

'That was a bit of luck that he saved himself that way,' Hayden said, as they reached the top of the companionway. 'You know him, do you?'

Wickham nodded. 'I do, sir. We are the same age but for three days.'

Hayden must have shown his surprise.

'He has great size for his years, doesn't he?' Wickham stated.

'For any tally of years, I would venture.'

Wickham looked around rather furtively and then leaned closer to Hayden, pitching his voice low. 'Did you hear the men whispering, sir? saying that Giles didn't fall?'

'What did they mean, he didn't fall? We saw him come tumble—' But then he realized what was meant. 'They believed it was not an accident?'

'That's what I assume, sir.'

Hayden pressed a palm against his forehead, appalled. 'Did anyone see what happened? Did they see someone push the boy?'

'I don't know, sir.'

'Send young Giles down to me.'

A moment later Giles descended the companionway stair and Hayden met him outside the gunroom. Not being captain, he did not have a cabin suitable for private interviews, so he led the boy down to the orlop and ranged forward of the sick-berth – the nearest thing to privacy they would find at that time of day. Giles' big, simple face could not hide the apprehension he felt, and Hayden wondered how much of that was just being young and called by a superior officer.

'Feeling better, Giles? No harm done?'

'I'm perfectly hale, Mr Hayden.'

Hayden fixed his gaze on the boy-man, trying to read his doughy, rather inexpressive face. 'Tell me honestly, Giles, did you fall from the mizzen top, or were you pushed?'

A small flare of alarm, open to interpretation. 'Pushed, sir?! Why, Mr Hayden . . .' but his sentence devolved into incoherency. Finally, in a small voice, he managed, 'I lost me balance and tumbled, sir. There's nothing more to it than that.'

'You are certain?'

'Yes, sir.'

Hayden eyed him a moment more, but the boy's gaze slid down to the deck. 'Who was on the mizzen top with you? I did not notice.'

'Why, I hardly remember . . . Cole, I think. And that Dutchman van De . . . They call him The Demon, sir, but I don't know his right name. Oh, and Smithers, though he'd shinnied up the mast a bit by then.'

'And no one bumped you or collided with you in any way?'

'No, sir. Just born awkward, that's all.'

'All right. You may go.'

Hayden followed the boy up the stairs, where he encountered Wickham outside the midshipmen's berth, clearly waiting for him. His eyes followed Giles up to the gun-deck, his footsteps heard retreating across the planking.

'Giles assured me it was an accident,' Hayden observed in response to the midshipman's raised eyebrow, 'but I am not convinced he told me the truth. Do you know Cole, a Dutchman they call The Demon—'

'Van Damon, sir.'

' – and Smithers?'

'Harry Smithers I know well enough, Mr Hayden. He is a bit slow-witted but of good character, I think. Van Damon and Cole came aboard from the *Hunter* when she was decommissioned. I've never had any cause to think ill of them. Cole is a good seaman.'

'Thank you, Mr Wickham.'

'Not at all, sir.' The midshipman turned to go, but then stopped. 'There are some good men in the crew, sir.'

This brought Hayden up short and he paused with his hand on the gunroom door. 'I have no doubt of it. But what made you say such a thing?'

Wickham appeared suddenly reticent. 'I don't know, sir. I suppose it's because of the ship's reputation . . .'

'And what reputation is that?'

'Well, you know, Mr Hayden; that the crew are all shy and don't know their business.'

'Is that the character we've been given? Well, we'll have to change it, won't we?'

Wickham nodded, suddenly animated. 'I should like nothing better, sir.' The boy touched his hat and turned to go into the midshipmen's berth, but then turned back a second time. 'Oh. Stuckey asked me what he might do to get back into your good graces, Mr Hayden.'

'Next time I give him an order, he can answer "Aye, sir" and then get to it. And if he doesn't know how the job is to be done, he should speak up and I will find someone to show him. Tell him to come to me after I've eaten and we will begin his education as a seaman.'

When he returned to the deck, much fortified, the landsman, Stuckey, approached, made a knuckle, and stood with his eyes cast down.

'So, I am told you'd like to become a sailor. Is that correct, Stuckey?'

'If you please, sir.'

'I am pleased. I'll put you to work with Aldrich. But if I find you are not learning your duties or are not applying yourself with a will, Stuckey, you shall wish you had not wasted this opportunity.'

'I shan't waste it, sir,' he promised.

'Then be about your duties.'

The man went quickly off, but Hayden was sure that there were many harder cases aboard this ship than Stuckey, and he did not think Stuckey had been born anew. The man would cause him trouble yet, unless Hayden's judgement had abandoned him.

Griffiths emerged, pale-faced, from his sick-berth, down in the depths of the ship.

'And how fares Tawney?' Hayden asked the doctor, who appeared to have no other purpose but to take in a little air and expose his chalky skin to the sunlight.

Griffiths looked a bit confused by the question, his mind clearly elsewhere, but then his focus returned. 'He is in an odd state – conscious but not sensible, if you take my meaning. Not a word has he spoken, but he watches every move of my assistant and myself as though we might at any point turn and attack him. But, odd to say, this state is an improvement over last night's. I think he shall come around, by and by.'

The day flew by, and so did the next. Hayden wrote to the Victualling Yard about stores, and to the Ordnance Board, begging powder. The lieutenant also wrote his first letter to Philip Stephens – or, rather, to Mr Thomas Banks Esq. at the address the First Secretary had provided. It was a task he dreaded and every word was set down with the ink of resentment. Hayden had agreed to send these reports to Stephens, so felt honour-bound to a dishonourable task. How to write anything resembling the truth without appearing to undermine Captain Hart, who after all was not aboard ship, was near to impossible – but then he expected Stephens would not much mind if Hart came off poorly.

My dear Mr Banks:

I am pleased to say that I arrived safely at Plymouth on the 23rd day of July, and am aboard my new ship, HMS Themis, *the frigate we spoke of when last we met. Captain Hart is not aboard, nor is he expected much before we sail. In his absence, the ship, I am dismayed to tell, was in a state of dreadful disarray. Two of her masts had been lifted out and new masts left lying on her deck, with no attempt being made to get them in. Preparations for sea were not under way, though Captain Hart had left orders that the ship was to be ready upon his return. The vessel was rather overrun with women of a certain type, and the officers seemed barely in control. In the captain's absence, I have assumed command and reinstituted order. We are presently refitting for sea.*

Perhaps the most distressing thing I have learned since coming aboard is that many of the officers and warrant officers believe a man named McBride was falsely convicted for the murder of another seaman and subsequently hanged for it. A terrible miscarriage of justice, if true.

I hope all is well with you, and that your endeavours proceed apace.

I remain, sir, your humble servant,
Lieutenant Charles Hayden

7

Tom Worth lay in the swaying darkness, hammock gently moving in a small harbour swell. The seeping stench of his fellows he seldom noticed, now – no more than the two dozen other foul odours that infected HMS *Themis* – so it hadn't been that that had wakened him. Then he heard the low, urgent whispering. They were at it again – the same damned arguments.

'You're all being led to a flogging . . .' the deep voice of Bill Stuckey intoned, 'those that aren't hanged. You'd do well to remember McBride being hauled aloft by the neck . . . Signing that petition could be signing your own death warrants. That's the truth. I'll never sign, that's certain.'

'You've changed your story, Bill,' another whispered. 'I've a memory of you cursing the captain with more passion than any.'

'I haven't changed a word. I say Hart is a coward, a tyrant, and not fit to command, but no petition or even a refusal to sail will see him replaced; any who believe otherwise are deceived. The Lords Commissioners love their blue-eyed son too dearly. Being flogged or hanged will not rid us of that whoreson, but I do not hate him less.'

'Nor England,' one of the men muttered.

'I am as loyal an Englishman as any, Pierce, but the English way of governing is near its end. That's as sure as old age and a shrivelled cock. The Americans and the French are but a few years ahead of us in their pursuit of liberty.'

'Aye, let us have government in the French manner – government by the mob . . . That'll suit us.'

'A few necks might have to be severed to bring us the liberty we deserve.'

'Severed? We've already had a man with a severed finger lost overboard, another hanged – and if there was ever a less likely murderer than Mick McBride I'd like to hear his name. Now Tawney's beaten bloody, and Giles takes a little tumble from the mizzen top. I think we've suffered enough and got no liberty for it.'

'Liberty is not so easily bought, Mr Pierce. The Americans signed a Declaration of Independence, not a fucking petition.'

'If we don't sign the petition or refuse to sail, then what is left us, Mr Stuckey? Will you tell us that? A daily serving of Hart's beatings while he flies from every transport that ships a six-pound gun?'

'Sentry . . .' the lookout hissed, and the men scurried into their hammocks.

The sheer-hulk finally appeared and lifted the main mast into place, more than doubling the riggers' work, though Hayden knew it would go more quickly as the men grew confident of their skills, especially the bosun, who appeared to have been just waiting to learn his trade but had never had the opportunity.

As they were in port, the mail arrived regularly, and Hayden was surprised to find one day a package, carefully wrapped, come from London. Upon opening the mysterious bundle, he discovered a copy of Motteux's translation of *Don Quixote*, accompanied by a short letter from Mrs Hertle.

My dear Lieutenant Hayden:

This rather substantial volume was sent me by Miss Henrietta Carthew with the request that it be passed on to you when next we met. As I have no way of knowing when such a meeting might occur, and fear it might be later rather than sooner, I am sending the book along to you in the post. With it come my fond wishes that such a gift will give you much pleasure, as much for the spirit in which it was given as from the many hours of delight that reading such a prodigious book must provide.

Mrs Robert Hertle

It was, admittedly, a somewhat aged volume. Hayden took it up, running his fingers over the cover. There was no inscription, to his disappointment, but a leather placemark stood proud, and he opened the book to it. Someone had tooled a small image of a mounted knight with a lance facing what might have been a windmill – it was difficult to be certain. For some reason, he began to read at the open page, and in a few lines found this:

That's the nature of women . . . not to love when we love them, and to love when we love them not.

Hayden shut the book with a dusty 'clap,' and stared at the faded cover. Had Henrietta meant him to read this, or was it merely coincidence? Perhaps there was a message here from the long-dead Cervantes – or from his hapless hero. 'Don Quixote of the Sea' she had named him, but then he had the impression that she was fond of the Quixotic in men. He decided he would take the book as Mrs Hertle seemed to suggest he should – as a sign of favour. As encouragement. The fact that he was rather easily encouraged he would not give much credence this day.

Some weeks after Hayden found his way aboard the *Themis*, Lieutenant Landry received a letter from Captain Hart stating that he would arrive three weeks hence, and expected the ship to be ready for sea. To manage all that was to be done the workday was lengthened and Hayden oversaw the rigging crew, spending much time teaching the arts of the sailor to landsmen.

'How is it,' he asked Landry as they took a meal in the gunroom, 'that we have so few seamen aboard this ship? I've never seen the like.'

Landry shrugged. 'We take what the impress gangs turn up, Mr Hayden. Prime seamen are in short supply.'

They were certainly in short supply aboard the *Themis*, Hayden was sure of that. After dinner, as Hayden was about to mount the stair to the quarterdeck, he heard young Wickham above. 'I've learned more from Mr Hayden in a few weeks than I've learned the entire last year in the service. He's a thorough sea-going officer, our Mr Hayden. Don't you think, Mr Barthe?'

'The captain'll soon take that out of him,' the master growled.

Weeks passed, carrying summer away, and Hayden was pleased to see improvement in some fraction of the crew. It was not, by any means, a majority, but there were some who appeared to be gaining a measure of pride from all that they accomplished and in the smartness of the ship. These men went to work with a will and strove always to deliver their best. No more 'accidents' occurred nor were any men found beaten – at least none of whom Hayden was aware. Tawney had returned to duty, though Hayden thought him dull-eyed and hesitant. The seaman's claims that he remembered nothing of the night he was beaten were believed by the doctor, but Hayden thought the man appeared always cowed and fearful.

Topmasts and yards were swayed up and the rigging completed. The ship was scraped and painted, and sections of deck suspected of leaking were repitched (time would, no doubt, prove their notions wrong in this – deck leaks were devilishly tricky to track down). The ship was gradually put in order, victuals stored by the master and the holders, and the ship watered. September saw the days shrink, but summer appeared determined not to be banished that autumn and the days remained warm late into the month, the fall rains delayed.

As the sails were being bent one such afternoon, the powder hoy came alongside, her people calling for all fires to be extinguished. The unsettling business of loading and storing powder took longer than one would imagine, for all the care put into it. There was, aboard, a peevish disquiet readily discernable among the men until the barrels were all safely stowed in the plaster-lined magazines. Then the crew began to breathe again, smiles appeared, and all hands went back to their business in the usual way.

'All the powder is stowed, Mr Barthe?' The two officers and Wickham stood watching the crew of the powder hoy cast off their lines.

'That was the last barrel, Mr Hayden.'

'Well, I am glad of it. I don't know why, given that we handle powder almost daily, but the loading of powder unsettles me. I never get past it.'

'I feel much the same, and think it just as odd.'

Hayden reached into a pocket for a handkerchief to wipe his sweating brow, but found, instead, a folded square of paper. Opening the sheet revealed a crude drawing – a caricature, really – of a sailor with a quill, signing the name 'Jack Tar' to a long sheet of paper entitled 'Petition,' but at the same time, another, identified by the label 'Lord Commissioner,' was crossing out the word 'Petition' and writing above, 'Death Warrant.'

Hayden stared at the sketch for a moment.

'Is something the matter, Mr Hayden?' the master asked.

'I have just found this in my jacket, though I am certain it was not there when I first donned my coat this morning, for I placed my handkerchief in this very pocket.' He passed the drawing to Barthe, who became suddenly grave.

Wickham tried not to appear intrigued, but let his gaze stray toward the sketch. Barthe returned it to the lieutenant, who passed it to Wickham.

'What does it mean?' Wickham wondered. 'I mean, that it was in your coat?'

'It means someone very sly slipped it in my pocket, but why? that is the question. Do either of you have any knowledge of a petition being circulated – either among our own people or among the fleet?'

Both shook their heads but Barthe appeared very out of sorts, his hands suddenly agitated, a blush creeping over his face.

'Gather the officers and young gentlemen in the gunroom, if you please, Mr Barthe.'

The master touched his hat and hurried off, leaving the lieutenant and the midshipman alone at the rail. Hayden began to search his memory for any man who might have been close enough to him that morning to slip something into his pocket, though he could still hardly believe it might be done without his knowing.

'The men bending the fore-staysails, Mr Wickham – do you know them?' Hayden had not yet learned the name of every man aboard.

'There you have Starr, Worth, and Marshall, sir.'

'And how were these men employed before they came aboard the *Themis*, I wonder?'

Wickham tugged at his ear. 'Starr worked the cod and haddock fishery, Mr Hayden; he's been all his life afloat. Marshall laboured in a limestone quarry – he says that life in the Navy is like to a holiday for a quarryman. Worth apprenticed as an Adam Tiler.'

'An Adam Tiler . . .'

'I believe so, Mr Hayden. I'm sure that is what he told me.'

'And do you know what an Adam Tiler does?'

Wickham looked a bit embarrassed. 'Is he employed in the repair of roofs, sir?'

Hayden forced himself not to smile. 'An Adam Tiler is the associate of a *Fork*, better known as a pickpocket. When the Fork has relieved his victim of their valuables he immediately passes these goods to an Adam Tiler, who slips off with them.' Hayden turned to regard the men bending sail forward. All three had been near him that morning as the powder was slung aboard. It was not difficult to guess which might have been able to slip a bit of paper into his pocket unnoticed.

'It would appear, Mr Wickham, that Worth completed his apprenticeship and moved on to a higher calling.'

'Will you want to have a word with him?' Wickham asked quietly, clearly chagrined that Worth had practised upon him so successfully.

'No. You understand how the sailors feel about informers,' Hayden said, feeling his face grow warm at these words. 'I would rather have a man provide anonymous warnings than none at all – which is what will happen if I confront him with this. Say nothing to Worth about this matter, Mr Wickham, nor to any other. I should not like to have him suspect that we are in the least aware of his . . . *gifts*.'

Those who resided in the gunroom took the chairs. The remaining warrant officers and the young gentlemen gathered at the table's end nearest the door. Hayden stood opposite them, the incriminating sketch folded into the fingers of one hand.

'Pass this along, if you please.' Hayden handed the sketch to Barthe, who unfolded it, glanced at the contents, and passed it on. From one set of hands to the next it made its way down the length of the table to Mr Franks, standing at its end. The men around him leaned forward to catch a glimpse of this mysterious object, then it made its way up the table's starboard side and back into the waiting hands of Lieutenant Hayden.

The men stared at him expectantly with only the occasional glance from one to another. A throat was cleared.

'Does any man among you,' Hayden began, 'know of a petition being circulated, either aboard the *Themis* or among other ships in the harbour?'

Perfunctory denials, general shaking of heads, but few present met the gaze of their first lieutenant as this went on. Hayden felt his frustration build. He had no doubt that some were not telling him the truth – the very men he hoped to win over, whose trust he must gain.

The two rows of faces gazed back at him now, looks of studied blankness frozen in place. An outburst was bubbling beneath Hayden's surface – but then understanding washed over him like a cool wave. If there were a petition, it was almost certainly to request Hart's removal – and none of these men but Landry would oppose such a scheme. They might even secretly be encouraging it. How would *that* be received within the Admiralty?

'I want you to consider carefully what goes on aboard our ship,' Hayden said, struggling to keep his voice calm. 'Penrith was murdered. Tawney beaten . . . brutally. I am not convinced that Giles did not have some help falling from the mizzen top. If there is a petition being circulated aboard the *Themis*, it has stirred up some rather notorious passions, and it would seem that the petitioners are determined to have it signed . . . no matter the cost. All of us should have learned by now that revolts can start with a list of apparently reasonable demands. Any officer who is cognisant of such a petition who does not speak up will certainly face a court-martial. If you have heard even a rumour, unsubstantiated though it may be, it is your duty to speak out, now.'

Again the heads shook, though barely.

'None, sir.'

'Not a word, Mr Hayden.'

Hayden felt utterly betrayed, his frustration waxing into a blistering anger. 'Return to your duties,' he snapped, making no attempt to hide his feelings.

The men filed out rather hurriedly, leaving only the doctor, who sat at the table's opposite end. When the room was empty he fixed Hayden with his intelligent gaze.

'You realize, Mr Hayden, that if there were a petition to remove Captain Hart, most of those men would happily add their names, would it not mean the end of their careers.'

Hayden sat down in a chair. 'I do realize it.'

'Do not take this matter personally, Mr Hayden. It does not mean these men do not respect you or hold you in high regard.'

'I cannot imagine what else it could mean, Doctor.'

'Their dislike, even hatred, of Hart outweighs their loyalty to you, whom they have known only a short time. Hart they have endured for many months or even years.' The doctor swept some crumbs off the table with the flat of his hand. 'Do not expend your energies defending Captain Hart, who would not do the same for you.'

What was Hayden to say to that? The First Secretary had put him aboard to bear Hart up, not to allow him to be undermined, no matter how justifiable the men's cause.

'A man has died, Doctor. Another was beaten bloody. Whoever circulates this petition, and I assume such a document exists, deserves punishment. It does not matter how legitimate their grievances might be, their methods condemn them.'

A brief memory of a man being hauled up into the Paris night, above a throng of enraptured faces.

Griffiths nodded. 'Yes. Of course, you are right.'

Hayden closed his eyes an instant to drive the image away. 'You know nothing of this matter, I take it?'

'Nothing – and that is God's truth.'

'I doubt it has come from such a high authority.' Hayden

gazed up at the white overhead. 'I shall be obliged to bring this matter to the attention of Captain Hart.'

This captured the doctor's attention. 'You might consider the case of McBride before doing so,' Griffiths cautioned. 'Captain Hart's idea of justice resembles firing a musket ball into a mob – he does not much care whom he strikes, believing the lesson will be that much stronger for its randomness.'

Hayden closed his eyes. For a brief moment he found himself feeling a black resentment toward Philip Stephens for placing him aboard this cursed ship.

'Then what am I to do, Doctor? If I choose not to bring this matter before Hart, hoping to protect the innocent, I will be protecting the guilty at the same time.'

'You have described my years of service under Captain Hart most accurately. It is always thus – damned no matter what course is chosen. All I might say to relieve your distress is that one grows used to it over time, even if one never learns to like it.' The ship's bell tolled, and Griffiths nodded to Hayden. 'I must look in upon my charges.' He rose to his considerable stooped height, but did not take his leave immediately, regarding Hayden seriously. 'Do not be so downcast; Hart deserves whatever comes to him.'

'Perhaps,' Hayden said quietly, 'but do I deserve it?'

The muffled clatter of footsteps, a knock on the door. Hobson's round face appeared in the narrow opening.

'Mr Barthe has sent to tell you our wind is fair, Mr Hayden.'

'Some good news, at least. I shall be on deck directly. Have Mr Barthe prepare to weigh.' But Hayden stopped suddenly. If the men will sail, he thought.

Despite taking the deck with some trepidation, Hayden found his fears were groundless; the men went to their stations without complaint. No delegation approached him on the quarterdeck bearing a list of demands. Of course they were only moving a half mile, the fair wind allowing them to shift their berth, from the Hamoaze out into Plymouth Sound. Hayden longed to take the *Themis* out of the sound and stretch her shrouds and stays, to gauge their efforts, but that exceeded his authority, so they came to anchor in the mostly open sound and hoped the wind would not veer south.

Hayden walked slowly around the deck, inspecting the ship. He had been up the masts and over every inch of the rigging. With her new paint she all but gleamed in the sun.

The master, Mr Barthe, descended the main shrouds and stopped when he reached the rail to examine the deadeyes and lanyards critically. Noticing the first lieutenant standing nearby he tipped his hat, his manner most deferential, almost fawning. Hayden suspected it was from feelings of guilt – from refusing to admit he knew of the petition.

'She looks very well, Mr Hayden,' the master ventured. 'Your efforts have not been in vain.'

Hayden pressed down the desire to confront the man with his duplicity, realizing it would do no good. The officers had made their decision and would not change it now.

'I think she's up to whatever chance might send, Mr Barthe. Are we up to it? that is what I wonder.'

The master glanced quickly away. 'She'll take all the weather Biscay can send us, I should think.'

'*On deck!*' came a call from aloft. 'Captain approaching.'

Barthe called for his glass, and peering through the brass cylinder, he nodded. 'Captain Hart,' he said, lowering the glass, and then, beneath his breath, 'Damn my eyes.'

8

Captain Hart came over the rail, wheezing heavily from the effort. Corpulent, florid, choleric – these were Lieutenant Hayden's first impressions. Hart's small boots settled on the deck and he looked around angrily, as though searching for some offender. Hayden glanced at Landry, who stood frozen in place, pale as a cloud, his gaze fixed straight ahead. Realizing the second lieutenant would not introduce him, Hayden stepped forward.

'Lieutenant Charles Hayden, Captain Hart, at your service.'

Hart stared at him as though he had offered some insult, the man's jowls quivering with barely suppressed anger.

'So you're the Admiralty's beached lieutenant,' he spat out, 'undeserving of even a brig-sloop. Well, you can hardly be worse than the last.' Then, almost as an afterthought, 'Damn his eyes . . .'

Hart turned away from the startled lieutenant and glanced up at the masts. 'Landry?'

'Sir,' the little lieutenant said, taking half a step forward.

'Who got the masts in? You?'

'Lieutenant Hayden, Captain Hart.' Landry's gaze dropped to the deck like a fumbled twelve-pound ball.

Hart turned back to the still-shocked Hayden. 'How is it, sir, that you passed for lieutenant without learning even the rudiments of rigging?'

'I can't imagine what you mean, sir,' Hayden said through clenched jaw, all his considerable anger thrown against its restraints. 'Perhaps the captain would be so kind as to explain . . .'

'I'm sure you don't, sir.' Hart pointed at the shrouds. 'Are they not cable-laid?'

'They are—'

'Did no one ever explain that the tails of the shrouds on the larboard side should lie forward?'

Hayden could not believe what he'd just heard. 'I believe they should lie aft, Captain Hart . . . as they do on every ship in His Majesty's Navy.'

'Damn your insolence, sir!' Hart thundered, spraying the deck with phlegm. 'Bring me a glass,' he ordered, and in a moment a running midshipman placed a glass in his hand. Hart thrust it at Hayden and pointed at a nearby frigate. 'Do me the honour, sir, of inspecting that ship's rigging.'

Hayden raised the glass to his eye, forcing his hands, which trembled with anger, to be still.

'Do you see? The tails of shrouds on her larboard side lie forward,' Hart stated.

'You will pardon me, sir, but they lie aft. I can see it plainly—'

The glass was snatched from his hands. 'Are you blind as well as simple?'

'Sir! I protest—'

Hart, who had begun to turn away, spun back toward him, his face now crimson, jowls ashiver. He waved the glass in the air as though he might strike Hayden with it. 'You protest? You protest! Damn your insolence, sir! Aboard my ship you protest nothing! Aboard my ship you heed my orders. You do not protest. You do not offer your precious opinions unless they are asked.' He glanced to his right. 'Does this amuse you, Mr Landry?'

'No, sir.'

'Then make ready to get under way. We sail with the tide.'

Captain Hart stormed below, servants scrambling to bring up his effects. Left standing in his wake was a stunned first lieutenant. Hayden had not been treated thus since he was an ignorant midshipman.

Hawthorne caught his eye and raised an eyebrow. He was suppressing a smile. 'Welcome to our brotherhood, Mr Hayden,' the marine said softly. 'We call ourselves "The Blind in Heaven," for our eyes have been damned to Hell with such passion and frequency that we shall certainly proceed to the Hereafter without them.' He tipped his hat, smiled, and set off about his duties.

Hayden gathered the shreds of his dignity and secluded himself on the aft-most portion of the quarterdeck, where he struggled to control his rage and to soothe his much-wounded pride. He had challenged a man to a duel for a less significant offence than he had just received from Hart! If the man had not been his commanding officer . . .

Almost worse than the treatment he had just received from Hart were the eyes of the crew upon him. If he glanced along the deck, members of the crew would quickly fix their attention elsewhere.

'Mr Hayden, sir?' It was Wickham, standing a few paces off, looking somewhat embarrassed. 'There is a lighter alongside and a civilian asking permission to come aboard . . . Shall I call the captain?'

'I will find out what the man wants.'

Hayden went forward in time to meet a gentleman as he came over the rail.

'George Muhlhauser, from the Ordnance Board,' the man offered, then extended a hand and Hayden took it. 'Are you the first lieutenant?' the gentleman asked softly.

'So I thought . . .' Hayden responded, still incredulous at the treatment he had just received.

The man looked a bit confused at this response but then went on. 'No doubt Captain Hart told you I'd be along . . . ?'

Hayden shook his head.

'I'm to sail with you to test a new gun of my own conception . . . Lieutenant . . . ?'

'Hayden. Charles Hayden.' He tried to shake off the rage that still boiled inside him.

'I will require the aid of the carpenter and his mates, and likely the gunner, too. We'll have to unship one of your present guns and put the new in its place. Not a small job, I will admit, but easily done by capable men who set about their work with a will.'

'Am I to understand, Mr Muhlhauser, that we will be testing a gun on our cruise? That that is our purpose?'

'You are to make no allowance for the new gun whatsoever, Lieutenant, but to go about your business; engage the enemy as you see fit. The benefits of the new design will very quickly become apparent. It can be traversed easily, for it sits upon a truck that has transverse wheels at its stern. It then pivots . . . but you will see, Mr Hayden. Let us bring the gun aboard.'

Hayden went to the rail, where a number of men had gathered to stare down into the lighter. Around him he could feel the palpable tension. A few men made efforts to conceal smirks. The new lieutenant had just received his comeuppance, pleasing the indolent no end. Hayden tried to concentrate on his task and push his recent encounter with Hart out of his mind – with only very partial success.

'Mr Barthe, rig tackles, if you please,' Hayden ordered.

A gun of novel design was hoisted aboard. It was followed by an iron carriage of a type wholly unfamiliar to Hayden. The men gathered around to stare at this oddity.

'It looks like a foreshortened eighteen-pounder Blomefield, Mr Muhlhauser,' Hayden speculated. 'Is it not somewhat compressed in the chase, almost a cousin to the carronade?'

'It is a special casting, keeping all the best features of the Blomefield gun but shorter, as you say. Even so, it has most of the range of a standard eighteen, and far more than a carronade.'

He patted the strange carriage. 'But herein lies the real difference – like a carronade carriage but of iron and with many small advancements, as you will see.'

The second lieutenant appeared, and the bosun sent the men to their stations.

'Mr Landry,' Hayden said, 'which gun would the captain have us replace with Mr Muhlhauser's invention?'

'I cannot say, Mr Hayden.'

'Well, could you inquire of him?'

'I could, sir, but he would just damn my eyes for not being able to make a decision on my own. Though were you to make a decision without consulting him he would berate you for overstepping your authority. You will be damned either way.'

'Then let us be damned for independence rather than being poltroons.' Hayden turned away from Landry. 'Mr Muhlhauser, it is common to mount carronades on the quarterdeck and the heavier long guns below. As your gun is neither of these I am unsure where it should be placed.'

'On the gun-deck, if it is possible, Mr Hayden. It is meant to replace long guns, not carronades.'

'Then we shall mount it on the gun-deck, sir.'

The *Themis* did not sail on the tide that afternoon, for the wind dropped away to a sigh and then the tide turned against them. As the captain did not invite any of his officers to dine with him, even though one was new to the ship, Hayden messed in the gunroom. Had he dined with the captain, Hayden might have been tempted to mention the cartoon he had found in his pocket, but it was scant evidence. The captain would likely think it nothing more than a prank on a new officer, and certainly Hayden had no more evidence than that to show Hart, so resolved to say nothing.

Mr Muhlhauser was invited to join them, which he happily accepted. With the town of Plymouth almost within a pistol shot, they dined well that night, and would continue to do so until their fresh victuals were exhausted.

After their earlier gathering in this very cabin, when Hayden had presented the officers with the sketch discovered in his pocket, there was a general air of discomfiture, which the men did much to disguise with heightened spirits and false goodwill. All were especially solicitous and respectful of the first lieutenant, perhaps to take the sting out of his upbraiding at the hands of the captain, or out of guilt at having lied to him earlier in the day, which Hayden remained convinced they had done. It mollified his doubly bruised feelings somewhat, though he wished they would not laugh so heartily at his attempts at wit, as it embarrassed him more than a little – the hilarity being far more than his small jests deserved. In truth, he was still out of harmony with his messmates and had not yet recovered from the great humiliation he had received at the hands of the notorious captain.

'Naval gunnery has shown little advancement over the years,' their guest said. 'The Army has made better progress in the use of artillery.'

'It is uncommon for the Army,' Hawthorne suggested, 'to use their guns upon ground which is heeled, rolling, pitching, and occasionally yawing, all at once. Claret, Mr Hayden?'

'And they don't have to work their guns crouched like monkeys,' Mr Barthe added, his eyes involuntarily following the progress of the decanter as the marine raised it toward the first lieutenant.

'What Mr Hawthorne says is true,' Hayden said, holding out his glass so that it might be refilled, 'but here I must agree with Mr Muhlhauser – thank you, Mr Hawthorne – our accuracy at a distance is poor. Most actions are fought at less than a cable-length – often considerably less – where rate of fire and weight of broadside are decisive.'

'That is my thinking almost exactly, Mr Hayden!' Muhlhauser

enjoined with considerable passion. 'The carronade is a wonderful weapon, and magnificently effective at very short range, but the long gun . . . I believe, is a weapon whose day has passed. Actions fought at one hundred to two hundred yards – that is what my new design is meant to address. It is shorter, so it will be quicker to run out and altogether easier to load. It can be readily traversed, making it more effective – to some degree one can aim the gun rather than aim the ship, if you take my meaning. The gun is elevated, like a carronade, by a screw through the cascabel. The carriage of iron and wood, by careful arrangement of its constituent parts, is not as heavy as one might think, and the slide and pulley system I have devised dampens the recoil and allows the gun to be run out with alacrity. Because of the use of wood in the slide, there need be no fear of sparks, which, of course, would be disastrous. With its robust pivot below the gunport, the carriage can never topple, with the injuries that commonly ensue, nor should one ever have a loosed cannon. Small improvements, but we must begin somewhere.' He leaned forward into the lamplight, his enthusiasm for his subject clear on his face. 'What I imagine will happen one day is that the cascabel will open so that the gun can be loaded from the rear.'

'And how would that be managed?' Landry asked.

Their guest shrugged. 'As of yet, I cannot say. I have thought that the cascabel might screw out, allowing the wadding, shot, and cartridge to be pushed into the afterbarrel, but I wonder if the explosive effect of firing powder would seize the threads, making it difficult to open. It is the recoil of the gun that most engages my curiosity, though.' He began to make descriptive gestures with his hands. 'It has occurred to me that the recoil of one gun, through a lever arm and pivot, could be used to run out a second gun. Do you see? All guns would be mounted in pairs, each pair connected by an arm with a pivot at its centre point. The gun in the aft position would be loaded, and the firing of the forward gun would drive the other ahead and into the firing position. The great weight of one gun would dampen the recoil of the other, for there would be, if not quite an equal, at least an opposite reaction.'

Hayden was about to comment on the genius of this suggestion, though he might have also wondered about some of the more practical problems that would have to be solved, when the surgeon came in. The doctor had been called up to the captain's cabin just as the meal commenced. Folding his tall but sparse frame onto a chair, his legs tucking under the table with some difficulty, he nodded to his gunroom companions.

'Dr Griffiths,' Mr Barthe greeted the newcomer. 'I've kept your dinner warm and defended it from the ravenous hordes as best I was able.'

'Thank you, Mr Barthe. I shall ask the captain to mention your singular act of bravery in his next submission to the Admiralty.'

This brought laughter from the others.

'And how is our patient this evening?' Hawthorne wondered. 'Down for a few days, do you think?'

Everyone looked hopefully at the surgeon.

'Perhaps. Difficult to know.'

'Well, I dare say Mr Hayden can command the ship, if need be.'

The others nodded eagerly, agreeing too heartily. Muhlhauser glanced at him, but Hayden was in new waters himself.

'Is Captain Hart often unwell?' Hayden asked, fearing that he sounded dreadfully uninformed.

'Often enough,' the surgeon answered, after it became apparent that no one else would. 'He must pass a small stone. After that a day of rest will see him on his feet again. As you are new here, Mr Hayden, and do not know the signs, the captain is often at his most . . . bilious when he feels the onset of the pains that signal his body is about to pass a stone. One is best to do nothing to raise his ire during such times.'

'Advice I shall do everything to heed.' Hayden felt a small change in the ship's motion. 'Is the wind making, Mr Barthe, but in the sou-sou'west?'

'I'm not sure, sir. Shall I have a look?'

'Don't interrupt your meal, Mr Barthe,' Landry said. 'I shall send a midshipman up to take stock of the weather.'

'No need, Mr Landry.' Hayden rose from his seat, certain now that the wind had come up and not from a favourable direction. 'I will see for myself.'

He excused himself, happy to be out of the atmosphere of forced good cheer, and made his way out of the musty warmth up to the deck. From the south, across the Channel, a breeze of wind bore landward the sea scent – the bitter iodine of salt and rot. A shadowy squall darkened the horizon, thin stalks of rain dangling down into the sea. Against this bruised sky, caught in a spike of light, the glittering wings of gulls scythed down the rain like so much blackened wheat.

The master appeared a moment later. 'So it has come around, just when the tide has turned against us.'

'Yes, the weather glass is falling and the air has cooled noticeably.'

A vast acreage of woollen, grey cloud drew slowly over the blue and a pennant at the masthead began to flutter and snap.

'I believe we shall have a gale, Mr Barthe.' Hayden stood looking out to sea. 'Will the hands sail, do you think, Mr Barthe, or will they come forward with a petition to be passed to the port admiral?'

Barthe slapped his palm on the rail cap – once, then twice more. 'I don't know, Mr Hayden.'

'Well, we have no choice but to find out.' Hayden hesitated only a second. 'Call the hands to veer more cable. I fear this will soon become an uncomfortable berth, but the tide will be against us for some time yet and we have little choice but to sit here and take whatever the weather sends. The moment the tide turns slack we will call all hands to weigh and clear the sound. Then we will know what the crew plan, I assume.' Hayden looked around the sound. 'A dozen other ships are preparing to do the same, and it will be to our advantage to be ahead of them and weather the headlands by dark.'

'And if the crew won't sail, Mr Hayden?' Barthe asked softly.

There were too many possible answers to such a question, so Hayden confined himself to the most practical. 'Then we shall need another anchor. Prepare the small bower, Mr Barthe. I don't know if we will be able to row it out if this sea gets up, but we might be forced to try.'

'Aye, Mr Hayden.'

Landry appeared on deck then. 'Captain Hart wishes us to weigh and make sail, Mr Hayden. He wants us clear of Plymouth Sound before the gale freshens.' The little lieutenant appeared grey-faced in the failing light.

'But there is yet a strong flood against us, Mr Landry.'

'I made the captain aware of the tide, Mr Hayden. He was most emphatic in his disregard for it.'

'I'm sure he was,' Barthe mumbled.

Hayden took a long, calming breath. 'Rig the capstan bars, Mr Barthe,' he ordered.

The master leaned over the rail to assess the tidal current. 'With this wind and foul tide we'll be lucky to hold our own, Mr Hayden.'

'You are remonstrating with the wrong man, I'm afraid. Are we coiled down? Chafing gear fitted?'

'We are, sir.' Barthe glanced at him, his manner suddenly guarded, shoulders round, his commonly ruddy face grown pasty.

'Then make ready to loose sail as the anchor breaks free. Larboard tack, Mr Barthe. Mr Franks?' He looked about and found the bosun six paces off. 'I can have no tardiness among the sail-handlers. I want to lose as little ground as possible when the anchor heaves.'

Franks made a knuckle, then nodded to his mates, leading them forward, though his common swagger was not apparent this evening.

Hayden took stock of the situation in the sound, marking the positions of other ships, gauging the distances with a practised eye.

'Helmsman? Have you spun your wheel?'

'I have, Mr Hayden. She runs free, the rudder answers, and I inspected the tackles and tiller-rope meself.' The man at the helm – a master's mate named Dryden – raised a knuckle to his brow, tipping the invisible hat. 'If I'm not speaking out of place, sir, this wind freshens. The sea will get up before you can say Jack Ketch.'

'It will be a wet beat, that is certain. Cawsand Bay is filling with ships. We must be ready to come about. Do you hear, Mr Barthe? We will have to tack smartly at Cawsand Bay. We must shift our yards and trim sail with all speed.'

The wind continued to freshen until white horses streaked across the bay, breaking now and again against the bow, spray flying up into the rigging.

The gentleman from the Ordnance Board appeared on deck and took hold of the rail to steady himself. 'Your gun is secure, Mr Muhlhauser?'

'It is, Mr Hayden.' He looked a little pale, suddenly. 'We are beginning to plunge about . . .'

'Hardly a ripple. We shall see much worse in an hour's time.'

Hands were called. Some came at a run while others lagged behind, a look of resentment clear upon their faces. Hayden had found some followers among the crew – men who were deeply displeased with the way their ship was run and who took pride in both her handling and appearance. These men were not in the majority, however. Hayden could see them setting to work around the deck, everywhere thwarted in their efforts by the shiftless and embittered. It was almost a contest – those who worked with a will and those who strove against them. Some men stood openly engaged in no duty whatsoever. But no party came forward with a petition or even a list of grievances.

'Shall I muster the marines, Mr Hayden?' Hawthorne had appeared at his side, and he too was unsettled by the scene unfolding.

'That will be the captain's decision, not mine.'

'Captain Hart is in his cabin. In his cot, in fact, too ill to take the deck, I should think.'

'Nonetheless, it is the captain's decision, so let us wait and see what transpires. There appears to be no unity of purpose among the men.'

'That might be so, Mr Hayden, but some are clearly choosing not to hear orders.'

The other officers and a few young gentlemen appeared on the quarterdeck, having abandoned their suppers. Upon their pale faces both anxiety and hope mixed, though they said nothing, gathering in a silent, waiting knot of blue coats.

Hayden felt his one chance to return to sea, to prove himself, slipping away, for certainly if Hart were removed the First Secretary would recall him as well. But Hayden had been trained never to vacillate, and began to make his way purposefully forward. He could see that the men were not all of one mind at this moment, and Hayden knew he must exploit that before the insubordinate faction got the upper hand.

'Ship the capstan bars,' he ordered, making eye contact with one man after another. 'Starr. Freeman. Marsden.' He made certain to call them by name so that they must refuse the orders of an officer directly before witnesses. If it came to a court-martial this would weigh heavily against them.

'You heard the lieutenant,' a deep voice growled. 'Ship the

bars.' It was Stuckey, and Hayden turned in time to see the landsman give an ungentle shove to a seaman named Green.

'Mr Barthe?' Hayden said loudly. 'Whom else have you detailed to the capstan? Call their names.'

The master began a roll of names. Hayden found each man as Barthe named him.

'Smyth. Marshall,' Hayden repeated. 'Take your places.'

Slowly, the men fell into place. Hayden noted that there were a few among the crew who pressed men forward. Threats were muttered. Clearly the crew was divided. A man stumbled to his knees, certainly shoved from behind, but he rose and went to his place. The carpenter and his mates came forward, for they had their parts to play.

Wickham moved among the men, prompting them, warning that he would take down their names if they refused. Hayden glanced aft to find most of the other officers and young gentlemen gathered by the taffrail – officially off-watch unless called. Landry had come forward to offer his aid, but the hands often ignored his orders and waited until either Hayden or Wickham had called them instead.

Hawthorne gathered up all the marines on sentry duty and led this small company, under arms, onto the gangway – only half a dozen men, but the mustering of red coats did not go unnoticed.

Even when the capstan was completely manned, the hands stood passively, none putting their chests against the bars. Hayden approached them.

'I have called you all by name,' Hayden said, keeping his voice calm but firm, 'and will do so again if you refuse to follow orders.'

Franks steered for them, brandishing his rattan, but Hayden raised a hand to stop him.

'Mr Franks, if you please.' Hayden turned his attention back to the men at the capstan. 'If it comes to a court-martial, and you have refused to answer orders, I will be forced to give your names to the president of the court. You have all been read the Articles of War. Be sure your cause is worth your lives, for that is the gamble you take.'

It was a decisive moment. A completely united crew would likely have their demands met – the Admiralty had done it before, usually removing unpopular officers – but part of a crew in revolt almost certainly would be dealt with most harshly and the men were well aware of it. Hayden had to prey upon the men's fears, though it shamed him to be driven to such methods.

'Mr Franks, prepare a boat. I will send Mr Archer to the nearest ship. We must inform them that we approach a state of mutiny here.'

'Aye, Mr Hayden.'

This had the desired effect. The hands began glancing one to the other, Hayden's words finding their mark.

'Who wants to be hauled aloft like Mick McBride – kickin' and squirmin'?' Stuckey asked. 'That's where you lot are headed. Shall I tell Mrs Starr and the wee ones that you died in a good cause, eh, Jimmy boy?'

Hayden could almost feel the collective will of the hands vacillating. The wind chose that moment to die completely and ominously away, leaving only a little breeze wafting this way and that across the deck. The hands looked only straight ahead – not at their mates – each man seeing himself flying aloft, rope about his neck. Stuckey nodded to Cole and the two pressed their chests against the bars, bracing themselves to push. For a moment no one followed, and then Starr joined them . . . and then another did the same, then another. The men stamped bare feet on the planks and began to press the bars forward – stamp and go. With an eerie creak the cable stretched, and the wind, redoubled, returned, a gust lifting a mist of spray over the rail.

Hayden heard himself exhale – a long-held breath. Around him the men went, one by one, to their places, looks of fear and frustration upon their faces. Wickham appeared at his side.

'You've done it, Mr Hayden,' the boy said quietly.

'We are not out of the sound yet.' Hayden caught the bosun's eye. 'Mr Franks? Thrashings will not aid us at this moment; indeed, they might work against us. Order your mates to start no one. And tell Mr Archer there is no need to go off to another ship – at this time.'

'Aye, sir.' Franks hurried across the deck, waving at his mates.

Hayden gazed up toward the sail-handlers waiting above.

'They will have the common sense to loose sail when the anchor heaves, will they not?' Wickham asked.

'That is my hope, Mr Wickham. If they do not, we will be ashore in a moment.'

The capstan turned and in due course the anchor broke free, streaming a dark trail of mud as it reached the surface. It was fished and catted by sullen hands, many an accusation and whispered threat among them. Under any other circumstances Hayden would have called for silence, but this situation was more volatile than gunpowder dust. He dared not inflame the men's already simmering anger.

To Hayden's lasting relief, sail was made, the ship fell off, then gathered way. Yards were braced sharply around, and they began the short board toward Cawsand Bay.

Hayden turned and made his way aft past Hawthorne's marines. 'Thank you, Mr Hawthorne. I think you might return these men to their duties now.'

Hawthorne touched his hat. He looked as relieved as anyone aboard, for he realized how close they had come to lowering muskets and taking aim at their own fellows.

Hayden approached the wheel as the off-duty officers retreated below, hardly glancing his way, involved in their own whispering and recriminations. Barthe, Hawthorne, Wickham, and Hayden collected by the larboard rail, gazing out to sea.

'That was a near-run thing,' Wickham breathed.

'Too damned near,' Hawthorne intoned. He gripped the rail with both hands, rocking back and forth twice. 'And where was our brave captain during this affair? In his cot! Had you not stepped forward, Mr Hayden, I think it would have gone against us. I really do. Thank God Mr Franks and his mates did not shirk. They, and a few of the hands, made all the difference.' The marine was suddenly very still, a look of dumb surprise on his face. 'I never thought I should be the one trying to preserve the rule of Captain Josiah Hart.' He shook his head. 'Duty is a strange mistress.'

Hayden glanced over at Mr Barthe. The man had done his duty and supported him as he should, but he now looked like a man who'd lost a child. Such misery spread over his face, Hayden thought he might weep.

Landry hurried onto the quarterdeck then, whipped off his hat, and combed fingers through his thinning hair. He was so agitated he could not stand still. 'Well!' the little lieutenant said. 'Well! That was as near a mutiny as I shall ever want to see.'

'Yes, Landry,' Hawthorne answered, eyeing the officer with dislike, 'we preserved your hero from the consequences of his own folly.'

'Mr Hawthorne,' Hayden cautioned. 'All our passions are running high. Let no one speak words he later will regret.'

The anger and pent up frustration of the men around him was palpable, but they had not given in to their feelings and had instead chosen reason and duty.

'Mr Hawthorne speaks the truth,' Barthe growled. 'We have saved Captain Hart so that he might damn our eyes and abuse us at every turn. That is what loyalty to England will bring you.' He spat over the side. 'God save the King.' The master turned away and crossed the deck to speak with the helmsmen.

'We all have duties to attend.' Hayden watched the master

go, a little shocked by his oath. 'I will keep the deck until we are in the Channel. Stay alert, this matter is not behind us yet.'

The *Themis* was a weatherly ship, but her new rigging stretched a little, and she did not hold her own against wind and sea. By the turn she had lost ground, and then she was among a dozen ships beating out of the bay in a small gale, white-maned seas streaming across the sound and breaking against Hawkers Point. Slowly, board by board, they gained against the rising wind. Penlee Point passed beneath their lee with the last dim light, and a hard rain began to batter them as they stood out into the Channel under reduced canvas.

Hayden felt the muscles of his back release. 'Your watch, Mr Landry.'

'Aye, Mr Hayden.'

'Keep the lookout sharp. At least a dozen ships fled the sound as we did. Mr Hawthorne has stationed more of his men about the ship than is usual, but keep your wits about you this night. We have had enough "accidents." '

The little lieutenant touched his hat, a mechanical gesture. Even in the growing darkness Hayden could see the fear.

Below, Hayden found Muhlhauser in the gunroom with Hawthorne and Griffiths, the surgeon, who sharpened an amputating knife upon a small stone. The marine lieutenant raised a decanter. 'I am no medical man, Mr Hayden, but I believe our doctor might prescribe a small restorative . . . ?'

'God, yes . . . if the doctor recommends it,' Hayden answered, and Hawthorne filled a glass. Hayden shed his dripping coat, Perseverance taking it forward to hang by the ship's stove.

'A little perseverance goes a long way,' Hawthorne said as the boy disappeared.

Hayden actually laughed as he sank down on a chair. 'Well, with a little help from the ebbing tide, we weathered, and are in the Channel proper. Are your marines all with us, do you think, Mr Hawthorne? I fear there will be much recrimination and ballyragging among the hands. We don't want it to break out into a brawl.'

'I believe my men are loyal, Mr Hayden.'

'Even so, put those you trust most to watch over the arms chest and the magazines.'

'I've already done so, sir.'

Hayden nodded his thanks, then turned to the civilian guest, who sat looking out of sorts and ill.

'How are you feeling, Mr Muhlhauser?'

'Better, sir, thank you.'

'He fed the fishes,' Hawthorne offered, 'and that set him up.'

Finding the gunroom excessively warm after the gale on deck, Hayden excused himself and retreated to his cabin to shed his waistcoat. As he unbuttoned it, someone came into the gunroom, huffing and stamping – Barthe, Hayden assumed. The rustle of clothing being shed, and then the laboured complaint of a chair.

'Four boards we made against a flooding tide,' he heard the master protest, 'and lost ground on every one. You do not gain a crew's confidence by such seamanship.'

This brought an awkward silence.

'Has Landry run to the captain to tell what transpired?' Barthe wondered aloud.

'Be wary, Mr Barthe,' Hawthorne warned.

'The little snitch isn't here,' Barthe responded. 'Well, Doctor, what do you say now? Did I not warn you that we would have such capers before long?'

A whispered warning, uncertain in its source. Hayden emerged from his cabin and Barthe all but jumped in his chair at the sight of him.

'What do you mean, "such capers," Mr Barthe?' Hayden asked directly.

Barthe glanced around at the others as though appealing for help.

'Mr Barthe has a theory that our crew has, for some time,

been on the edge of mutiny,' the doctor said, scraping steel over stone, 'just waiting their moment. Then they will murder all their officers and . . . and . . . Well, I'm not quite sure what they will do then, other than hang.'

'And did we not just have a near-mutiny, Doctor?' Barthe demanded. Rising from his chair, the master began pacing back and forth along the length of the table opposite Hayden. The slow pitch and roll of the ship hardly seemed to matter to him, he had been so many years at sea.

'I was below seeing to my patients, Mr Barthe. I heard no sounds of fighting. Did I somehow miss those?'

'Mr Barthe,' Hayden interrupted, 'how is it that you did not speak out when I gathered all the officers in the gunroom this very day?'

Barthe continued his pacing, hands tucked behind his back like thin wings – his arms could not quite encircle his substantial girth. 'The disaffection of the crew is no secret, Mr Hayden; you have spoken upon the subject yourself. It can be witnessed at almost any hour of the day by those who choose to see it. Perhaps I should have spoken up when you quizzed us, but I possess no more evidence than any observant man might gather himself in a few hours. It is true that for quite some time I have felt among our crew a resentment simmering, which I have at times opined might boil over into something more violent.'

'At times . . . ?' Griffiths wondered.

'What do you mean, Doctor?' Hayden asked, unable to hide his annoyance that neither man had bothered to speak of this earlier. Only the fact that Barthe had supported him so strongly when they weighed in Plymouth Sound kept him from roasting the man – sailing master or not.

'I think Mr Barthe should explain,' the doctor answered. 'It is his hobby-horse.'

Barthe stopped to take a drink of penitent water a servant had fetched him, then glanced at Hayden, clearly uneasy with his situation. 'No doubt you have felt the same things as I, Mr Hayden. I cannot offer you names, but I believe there is an element among the foremast Jacks – not all of them, by any means, but a good number – who have the other men cowed, frightened of them. Penrith's murder was at their hands, I believe.'

'Ah . . . Penrith's murder . . .' the doctor intoned theatrically.

'I have heard the whispering among the crew!' Barthe said passionately, turning on the doctor for an instant. 'And seen how quickly they fell silent when an officer or even another crewman drew near. You were not upon the deck just now, Doctor, but if Mr Hayden had not acted so decisively we should have had a mutiny, I'm certain of it.'

'Now, Mr Barthe – you overstate matters,' Hawthorne cautioned. 'The crew might have refused to sail – were on the verge of it, I think – but that is not quite a mutiny in the sense that you mean. I don't think it would have come to violence.'

'But we have already had violence,' Barthe sputtered. 'Penrith murdered. Tawney beaten.'

'Were the same men responsible for both, Mr Barthe?' Hayden asked.

Barthe shook his head. 'I – I know not. As I say, I cannot offer you names, but that does not mean I am not right. You saw what happened this night.'

'I did, though it was difficult to make out who took what side. Stuckey and Cole clearly pressed men forward and supported my efforts, for which I have not yet thanked them. A few men went to their stations as soon as they took the deck, but any number of them might have been merely waiting to see how events fell out. There appeared to be a great deal of indecision upon the part of many. But I must tell you, Mr Barthe, if it is your belief that this ship is in danger from mutineers it is your duty to report it to Captain Hart.'

Barthe stopped walking and stared into the darkened stern,

where the rudder swept squeakily back and forth. He then fixed his gaze on the first lieutenant. 'Mutineers are executed, Mr Hayden. One doesn't want to go about accusing anyone without strong, one might say incontrovertible, evidence.'

Hayden glanced at Hawthorne, whose face remained a mask of mildness and disinterest.

'That is true, Mr Barthe,' the first lieutenant continued, 'but one might express one's concerns to the captain in general terms without naming any particular man. It would then be upon the captain to find the truth of the matter.'

Barthe glanced around at the others, as though looking for someone to rescue him. 'After what happened to McBride, sir, I would be afraid to speak.'

Hayden felt a shiver run through him. 'Then you think McBride was innocent, as well?'

The master shrugged. 'He swung on a very slim rope, Mr Hayden, if you take my meaning. I shouldn't like to see it happen again.' Barthe reached up and steadied himself by grasping a beam. 'And what of you, Mr Hayden? Will you report what happened this evening to the captain?'

Hayden was taken aback by this. 'I have no choice but to inform the captain. It is my duty.'

'Whereupon you will be asked to name the men who were insubordinate, or nearly so, and some or all of these men will be flogged.' Barthe stopped and turned quickly toward Hayden, surprisingly agile for a man of such girth. 'Do you believe that will lessen the resentment of Hart among the hands?'

'Are you suggesting I should say nothing, Mr Barthe?'

'Certainly it is not my place to tell you how to execute your commission, Mr Hayden.' He glanced up at the low deckhead. 'I wonder if we haven't carried the mainsail too long? If you'll excuse me. Gentlemen.'

The door clicked shut, leaving the gunroom silent but for the distant sounds of the wind, the creaking of the ship as she worked in the seaway. The smell of smoke and burning candles overlayed the odours of too many men living too close together.

Hayden turned his gaze to the marine lieutenant. He was tempted to ask Hawthorne if he shared Barthe's opinions, but knew full well that he dared not offend his supporters, who were too few as it was. 'It seems that there are several men who don't believe in McBride's guilt. Did no one speak up on the unfortunate man's behalf?'

'Wickham did,' the doctor said, holding his amputating knife up to the light to examine its glittering edge.

'And no one else?' Hayden asked, shocked.

The doctor reapplied his blade to the whetstone. 'Only Lord Arthur has been granted immunity from the captain's wrath. Where one man is accused for so little cause, can there not be two? Or three?'

Hayden could hardly stay in his seat, and pushed it back from the table, bracing himself against the roll of the ship. 'These are very serious accusations, Dr Griffiths.'

'They are not accusations, Mr Hayden. Merely observations. I did not speak out because I had no information either for or against Mr McBride, though I believed him a man of mild disposition and unlikely to commit murder. Certainly that is no defence, as others of similar temperament have been proven guilty beyond a doubt.'

A knock on the gunroom door preceded the face of the captain's servant. 'Captain wishes to see you, Dr Griffiths, if you please.'

'Immediately,' the doctor answered, without looking up from his task, and then, as the door closed, he added softly, *'Damn my eyes.'*

9

Hayden lay in his cot, mulling over the events of the day – the near-mutiny or insurrection or whatever one was to call it. Even a refusal to sail until demands were met was, by definition, a mutinous act – though surely there had been many such cases and in most the crew's demands had been met.

He wondered now what the First Secretary had known about circumstances aboard the *Themis*. Did he realize how deep the crew's disaffection went? Was it Stephens' belief that Hayden could remedy it? Did the First Secretary not realize that a first lieutenant, no matter how competent, without the complete confidence and support of his captain was next to powerless? Lieutenants merely wielded the captain's power in his place – and possessed no more authority than their superior allowed them. Hart's upbraiding of his officers before the crew undermined what little authority they had, and made the performance of their duties doubly hard.

What a contrast was his present situation to his position aboard the *Tenacious* under the able Captain Bourne. There was an officer who had not forgotten what it was to be a lieutenant! He would never criticize his officers before the crew, but instead spoke privately with them regarding any matter he felt had not been handled as it should. He guided his officers, aided them – oh, he demanded a great deal of them, but no one complained. They knew what a great service he offered. To graduate from Bourne's school was to have a most thorough knowledge of one's trade. Hayden had never imagined that he would ever find himself so thwarted by his own captain.

For a long time sleep remained elusive, and Hayden fell into a reverie of Henrietta Carthew, recalling her eyes, the high colour of her face, the delicate curve of her neck. A dream swept up and enveloped him like a wave. The slow motion of the ship became the act of love – Henrietta beneath him, the soft cushion of her breasts against his chest as she rose to meet each cresting sea. All around them water, warm, infinite, breathing, breathless.

10

The south-west gale freshened throughout the night, veering to west-sou'west, which ended all progress on their desired course. At first light, Hart ordered the ship into the shelter of Torbay, where the captain remained below, still laid low by the stone that would not pass. All through the squalling night, the surgeon had been in and out of Hart's cabin, plying him with physic that appeared to do little but mollify the pain.

Through the doctor, Hayden requested an audience with the captain upon a matter of some urgency. After being left standing for three quarters of an hour outside the captain's cabin before an increasingly embarrassed marine sentry, he was admitted into the sick-room.

Despite the greyness of the day, the cabin was darkened by curtains and a tarp covering the skylight on deck. Hart lay in his cot, barely swaying in the calm. His face appeared swollen, eyes narrow and glazed.

Griffiths stood to one side and favoured Hayden with a slight nod.

'What is it, Mr Hayden, that is so urgent?' the captain snapped, his voice a rasping whisper.

'I felt it my duty to inform you, Captain Hart, that yesterday, when we took the ship from anchor, there was a moment when I feared the men would refuse to obey the officers' orders. It appeared that a significant faction of the crew had some half-formed plan to refuse to sail.'

'Is that so?' Hart pressed a hand to his forehead and closed his eyes in apparent pain. 'Well, I am not greatly surprised. No doubt, in my absence, and without experienced officers to govern them, the crew formed many strange notions. I must tell you, I am amazed, sir, that you would come in here to inform me of events that do nothing but reflect badly upon you. Let me assure you, Lieutenant, that had I been on the deck, the men would have gone about their business with a will. Do not disturb me with such trivialities again. I am ill and do not wish to be plagued by confessions of your incompetence. Now leave me in peace, sir.'

With barely a glance at the doctor, Hayden swept out of the cabin in such a fury that the sentry stepped back from him in no small alarm. Unwilling to meet his messmates in such a rage, Hayden climbed up into the air, where he paced across the quarterdeck before the taffrail, trying to master his anger. He had almost certainly saved Hart from being relieved of his command. *And this was the thanks he received!*

A fine, misting drizzle formed a glistening haze upon his coat, and chilled his face and neck. His temper, however, was not so easily cooled. An hour he paced until a deluge forced him below, where he secluded himself in his cabin and tried to smother his feelings in a forced reading of *Don Quixote*.

The anchorage at Torbay was crowded with an Atlantic-bound convoy forming, along with its escort of three frigates and two brigs. There was also a seventy-four-gun ship at anchor, having sought refuge to repair some damage to her bowsprit and jib-boom. The *Themis* had found a berth among the crowd, and settled down to await a fair wind, or at least the cessation of the present gale.

Hayden sat writing at the tiny table in his cabin. Even on the berth-deck, the howl of wind in the rigging could not be ignored, and now and then a blast of wind would strike the ship on either bow and she would sheer ponderously to one side or the other before regaining her proper attitude, head to wind.

Hayden examined two lists that had been delivered to him: the first, the sick-and-disabled list for the night of Penrith's murder, delivered to him by the doctor; the second, an enumeration of the crew. He began by writing names of men who were not ill on the night of Penrith's murder. With a crew of two hundred and six, this took a little time, but finally he had a list of men who had escaped illness on the night in question. This list he compared with the men who had appeared to be considering refusing to sail, though this was a rather uncertain roll.

After some time spent in contemplation, he decided there was no clear correlation between these lists that he could see. Stuckey, he noted, had not been ill the night of the murder, but nor had someone as noble of nature as Giles – the foremast giant. Smithers had been well, as had Smyth, Price, Starr . . .

'Mr Hayden, sir?'

Wickham stood in the doorway to his cabin, a number of books in hand. Were it not for the uniform, he would have looked like nothing so much as a cherubic schoolboy, curly flaxen hair and all.

'Mr Wickham.'

'If I am not interrupting, sir. There is a matter upon which I would ask your counsel.'

'As long as it isn't marriage, Wickham. I know nothing of women – who, despite men's observations about ships' feminine qualities, I have found to be rather unlike ships.'

Wickham did not smile but looked instead rather troubled. 'No, sir, it is about these . . .' From beneath one of the books he took two worn pamphlets, and looking around quickly at the empty gunroom, passed them to Hayden.

To his surprise, the lieutenant found himself holding copies of *Common Sense* and *The Rights of Man*, penned by Thomas Paine.

'I found these among some books that Mr Aldrich returned

to me.' The boy bit his lip. 'I was not sure what to do with them, sir.'

Hayden gazed at the stained paper, and took a long, deep breath. Would there be no end of this? Holding up *Common Sense*, he asked, 'Do you know what this is?'

'A pamphlet, sir, that criticizes the King and the English form of government.'

'Aye, it is that and more. This little tract was read by almost every literate person in America when it was published. It inflamed a great deal of resentment toward the crown.'

Wickham nodded. 'I think Mr Aldrich gave them to me by accident, sir.'

'I dare say, you are an unlikely convert to revolutionary ideals. You read them . . . all the way through?'

Wickham nodded again. 'Do you think Mr Barthe is right, Mr Hayden? That there are radicals among the crew, who are mutinous?'

'I don't know, Wickham. You witnessed what happened so recently in Plymouth. The captain is of the opinion that it was the result of the ship being left in command of incompetent officers. But mutiny . . .' He glanced down at the pamphlet in his hand. 'It takes a great deal of disaffection to drive a crew along that road, for more often than not it ends badly for the seamen involved. I don't think a little pamphlet will lead a crew to mutiny.'

'It led a colony to revolt, sir.'

'Perhaps it helped that particular cause, but the Americans had a better chance of success – most mutinies end with the perpetrators hanging from the yard.'

Wickham considered this. He had the rather emotionless affect of a child when he deliberated – it was impossible to tell what he was thinking or feeling from his too-innocent countenance. 'Then we should let the matter be, Mr Hayden? Say nothing?'

Having recently gone to the captain to report the insubordination in Plymouth, he was reticent to take him these pamphlets. Hart was likely to berate him as anything else. He glanced at the midshipman, wondering why the boy had brought this matter to him.

Perhaps Wickham had not forgotten what befell McBride – he'd been the only one to speak up on the man's behalf – and was afraid of such a thing occurring again. Hayden, however, had responsibilities. It was not the first lieutenant's place to keep secrets from his captain, nor was it within his authority to be dealing with possible sedition. At the same time, he was afraid of what Hart might do. After all, Aldrich was the best of the able seamen – diligent in the performance of his duties. Hardly the stuff of a mutineer.

'I will speak with Aldrich,' Hayden heard himself say. 'It is only a pair of pamphlets, after all, even if the author has been charged with seditious libel.'

Wickham nodded and gave him a tight-lipped smile that revealed some relief: the matter was out of his hands and he hadn't had to report it to the captain.

'Can we keep this between ourselves, Mr Wickham?'

'I shall never repeat a word of it, sir.' But the boy still stood in the door, and Hayden had a sudden fear of what he might reveal next. 'It is strange, is it not, Mr Hayden, that a few words should be perceived as such a threat to the King? That a little pamphlet such as that could stir up such a fever for revolution?'

'I am of the opinion that ideas are born that fit their age, and this is the age of republican ideas – liberty and the rights of men. We have only to look across the Channel to see what ideas can do.'

'Though helped along by a great incompetence of governance,' Wickham said thoughtfully. 'I don't believe there can be revolution where there is a just government, Mr Hayden.'

He waved a hand at the pamphlet. 'That is but a seed, sir. It must land on fertile ground to grow, don't you think?'

Hayden was reluctant to admit anything of his beliefs to this young nobleman whom he did not really know. 'Many would agree, Lord Arthur. Many would agree.'

'Have you been to America, sir?' the midshipman asked.

'I have. My mother lives there, in Boston.'

'She's American, then – your mother?'

'She married an American . . . some years ago.'

'Then your mother is English?'

'French, actually.'

'Is that why you speak it so well?'

Hayden nodded.

'I speak it a little, as well,' Wickham said in French. 'I had a French nursemaid when I was a boy.'

'Commendable accent, Wickham. Very commendable.'

'Thank you, sir. You've been to France?'

'Many times.'

'Then why have they turned so murderous, sir? Mr Aldrich says it is a thousand years of pent up resentment.'

Hayden felt a sudden oppression settle over him. It was a question that often haunted him late at night. 'With all due respect to Aldrich, it is more complex than that. Have you ever witnessed a mob in motion, Wickham?'

The boy shook his head. 'I have not, sir.'

'It is not a sight you soon forget.' Hayden drew in a long breath. 'Mobs are lawless by nature, almost by definition. It is impossible to know who the mob might turn against, for its mood is both violent and volatile. Fear is what drives the people, I have come to believe. Once you are swept up in the pack you are in danger. To prove that you belong, a person must win the approval of the others – at any cost – and to accomplish this one must stand out, be seen performing some act more violent than the last. If one man breaks a shop window, someone else must steal the goods, another sets the building afire. And thus it escalates, each actor claiming his place in the mob. The shop owner and his family are dragged into the street. Someone kicks the owner, another strikes him with a club. Bodies are disfigured, men and women murdered. It escalates from acts that are lawless to atrocities, even abominations – drinking your victims' blood, eating their organs. Nothing is taboo.'

'I read about what was done to the prisoners . . . in Paris,' Wickham whispered, his face terribly serious. He hesitated, went to speak, stopped, and then finally asked hoarsely: 'Do you think the hands feel such resentment toward us, Mr Hayden?'

'Perhaps some do, at least aboard this ship. I have found that the foremast Jacks respect officers who are fair, though not lax, in the performance of their duties. A tyrant might be feared but he will never be respected. But you have nothing to fear, Mr Wickham. You are well thought of by the crew, it is quite clear.'

'Why thank you, sir, but I know I have much to learn.'

'As do we all, Mr Wickham. The sea is a harsh schoolmaster and we will never learn all that we must know. But you have made a very credible start.'

Wickham tried to smile. 'Good night to you, then, sir.'

'And you, Wickham.'

The little midshipman went out the door to the gunroom as one of the servant boys stole in. Hayden slipped the pamphlets under his crew list.

'Well, well,' he muttered. Young Wickham was proving to be a more interesting charge than he had expected. Having spent his quota of years in the midshipmen's berth, Hayden had, more often than not, found his companions to be a heedless lot and not much concerned with scholarly pursuits. But these midshipmen, in company with Third Lieutenant Archer, had formed a debating club, and read and debated every book they could acquire. And most, if not all, of these books Wickham lent to Aldrich. A strange alliance: a foremast Jack and the son of a nobleman. Hayden thought it said much for both man and boy.

He noted that Wickham had timed his visit well – there was no one in the gunroom, only Archer, asleep in his cabin. He was no fool, young Wickham, and a good judge of character, too, it seemed – or so Hayden flattered himself. But could he live up to the boy's obvious esteem? In truth, Wickham had put him in an awkward situation. His duty was to tell Hart about the pamphlets, but he knew now what that would lead to. He would have to deal with Aldrich himself, though he was uncertain what his course of action should be.

The lieutenant called for Perseverance and sent him to search out Aldrich. The able seaman appeared a few moments later, pressing a knuckle to his brow. It occurred to Hayden, and not for the first time, that Aldrich had the best mannerisms of a gentleman, though dressed in a seaman's slops. He was modest in character, assured but never boastful. The men before the mast esteemed him greatly, for he was the best seaman aboard and was always helpful to those finding their way. What struck Hayden most was the keen look of intelligence in the man's eye, as he observed all that happened around him. The high, smooth forehead, indicative of intelligence, was crowned by lank, yellow hair.

'You sent for me, Mr Hayden?'

'I did, Aldrich.' Hayden was not quite sure how to start this interview, and for a moment regarded the sailor, too tall for the low deckhead, stooped in the open cabin door. 'You are a prodigious reader, I am told?'

'Aye, sir.'

'Where did you learn it?'

'From the parson upon the *Russell*, sir. I was his servant boy and he taught me reading and proper speech.'

'Is it true you have read all the doctor's medical books, for so he told me?'

'Yes, sir. They were hard sailing, Mr Hayden, but I doubled all the capes of anatomy and navigated the perils of physic and bleeding.'

'Is that your desire, then, to be a surgeon's mate?'

Aldrich looked a bit surprised by the question. 'No, sir. I once assisted Dr Griffiths with an amputation when his mate was ill . . . It was a sight I hope never to witness again.' The man made a face.

Hayden almost smiled. 'Yes, I don't think it would be my calling, either. But you could be a bosun's mate and no doubt a bosun in short order.'

'With all respect, Mr Hayden, I should never want a position where I might have to beat or flog my fellows.' He paused a second. 'Nor is it my desire to have authority over others. Mr Barthe once offered to put my name forward for master's mate, but I told him I could not accept.'

'All men are created equal?'

Aldrich nodded tentatively.

'Which brings me to these . . .' Hayden retrieved the pamphlets, which he had hidden a moment before. 'Wickham was showing me some books he had from you, and these were lodged among them.'

Aldrich looked suddenly apprehensive, his mouth forming a tight line and a crease appearing between his eyebrows.

'This man, Thomas Paine, has recently been convicted of seditious libel and outlawed from England. I do not want to know if these are your property, or even how they came to be among Wickham's books, which, I realize, have been read by numerous men aboard. I have only one question: are you party to any subversion of, or mutinous designs upon, this ship or her officers?'

Even in the warm lamplight Aldrich appeared ghostly pale,

stooped in the doorway. For a moment he regarded the cabin sole, and then raised his head and met Hayden's eyes.

'I'm not a mutineer, sir.'

Hayden felt a little wave of relief. There was something in Aldrich's tone, in the way he carried himself, that would not brook disbelief. 'No, I don't expect you are . . .'

'I must, to be fair, tell you, Mr Hayden, that I do believe even a lowly sailor has the right to protest his treatment if it is manifestly unjust.'

Hayden closed his eyes. 'Please tell me that it is not you, Aldrich, circulating this petition.'

Aldrich lifted his head a little until it made gentle contact with the deckhead.

'I withdraw that question,' Hayden enjoined quickly. 'Do not answer it. I hope, however, that this crisis has passed and there will be no trouble when next we weigh . . .'

'I doubt there will, sir. The men seem resigned to their situation, if no less resentful.'

'There is no petition circulating presently?'

Aldrich hesitated, a struggle clear upon his face. 'None presently,' he said under his breath.

'Aldrich, I must caution you: the Jacks esteem you greatly, and if you go about promoting the ideas of Mr Paine or circulating petitions it could put you in grave danger. More than one of the officers believe that Penrith was murdered by subversive elements aboard the *Themis*. A pamphlet like this could get a man flogged – or worse.'

'I do not preach mutiny, sir. But only common sense. Our own ship proves the point: you are the most capable officer aboard, yet you are not the captain. Where is the sense in that, sir?'

Hayden raised a hand. 'Mr Aldrich, if you please, sir! There is talk that I cannot countenance as an officer of His Majesty's Navy.'

Aldrich gave a quick bow of the head. 'I'm sorry, sir. I misspoke myself.'

For a moment Hayden was at a loss for what to say. 'If you do not desire a master's warrant, then what is your wish?'

A look of almost happy contentment came over the man's face. 'When this war is over, and I pray it will be soon, I would, upon my discharge, find a ship and work my passage to America, sir. There I might become a farmer, Mr Hayden, or a lawyer . . .' He shrugged, a little embarrassed at this fancy.

'Have you been to America, Aldrich?'

'Not upon the land, sir, but in the harbour of New York.' The man's eyes shone a little, as though he spoke of a sweetheart.

Hayden hesitated. 'Well, I hope you land there one day. Until then, I might caution you to show great prudence. I fear there might be trouble aboard the *Themis* yet, and I would regret it most profoundly if you in some way were caught up in it.'

Aldrich nodded.

'You may return to your duties.'

Aldrich put a knuckle to his brow. 'Thank you, sir.'

Hayden sat at his little writing-table, staring at the letter he had begun. What a ship I am on, he thought. The captain is a coward and tyrant. The midshipmen are all parliamentarians, and the most able seaman is a *philosophe*. And someone aboard is a murderer. He stoppered his ink bottle and cleaned his quill. He was not sure how to explain all that to the First Secretary. He was not sure how to explain it to himself.

A knock on the gunroom door, and a boy put his head in. 'If you please, sir,' he said, 'I have been sent to remind you that you are to supper in the midshipmen's berth.'

'Thank you. I shall be along directly.'

11

The gale did not show any signs of abating, and the ship rode uneasily to her cable, rain battering down upon the swelling planks, like a drummer beating to quarters. The midshipmen were hosting the three lieutenants and the doctor for supper, and putting on their best for it. A rather passable claret had been procured – from smugglers, Hayden expected – and the main course of mutton, pease (boiled), and boiled potatoes was wholesome if not inspiring. The claret was the highlight of the meal.

Hayden looked around the crowded table. Beside Wickham was seated Mr Archer, then an unusually pensive Dr Griffiths, Freddy Madison, James Hobson, Landry, and the two other mids who had rejoined the ship a few days before Hart's return. Their names were Tristram Stock and Albert Williams. Trist and Bert, they were called by their fellows, who were forever after finding nicknames for the crew – most of which they could not use to the men's faces. Hayden thought it would be better not to know what they had christened him.

He wondered how a captain such as Hart had come by such a fine crop of middies. Certainly he did not deserve them . . . nor did they deserve him. But then Hart's wife was so well-connected it was perhaps not to be wondered at.

Hayden was answering questions about his service, and was a little embarrassed by the way the midshipmen hung on his every word. 'After I passed for lieutenant, I was Third aboard a sixty-four.'

'I've never been aboard a sixty-four,' Madison said. 'Was she crack, did you think?'

Landry looked up from his food, a dab of gravy upon his tiny chin almost lost among the freckles. 'Everyone knows the sixty-fours are all crank, Madison,' he said sourly. 'A seventy-four is the ship you want to serve aboard.'

'Is that true, Mr Hayden?' Madison asked, earning him a foul look from the second lieutenant.

'What Mr Landry says is true of many of the old sixty-fours, which is why they have been given such a poor character. But the ships built to the draught of the *Ardent* – the *Agamemnon* is one – they are fine sailers. Almost as handy as a frigate, but with a greater weight of broadside, of course, for they have a full deck of twenty-fours as well as a deck of eighteens. They lie-to very close, do not pitch overly, and almost never gripe or yaw. I don't remember ever missing stays if there was even a breath of wind. All in all, fine ships.'

'Why, then, does the Admiralty not order more of them to be built?' Landry asked, gazing at him darkly.

'Well, Mr Landry, that is a good question. I believe it is because they are not really heavy enough to stand in the line of battle, unlike the seventy-four, which makes them very high-priced frigates. I have been told that one can build two frigates for the cost of a sixty-four-gun ship, so that is your answer. I have often thought the natural employment for a sixty-four would be to carry a commodore's flag in a frigate squadron. Three or four frigates and a sixty-four would make a formidable little fleet – fast and deadly.'

The midshipmen glanced at one another, all of them now persuaded of the admirable qualities of a sixty-four. Landry went sullenly back to his meal.

'If you please, Mr Hayden, tell them the story you told me,' Archer said, a little smirk appearing. 'About the man on the mizzen gaff . . .'

Hayden had to smile himself, for the thought always amused

him. 'I was a middy at the time,' Hayden said. 'On the North American station.'

'During the American War?' Wickham asked.

'In 'eighty-two. I was on the quarterdeck, and we were about to get under way with other ships of our squadron. Aboard a twenty-eight named the *Albemarle*, we all saw a man climbing out to the end of the mizzen gaff, apparently to clear a flag pendant. A visitor on the quarterdeck asked what the man was about and a lieutenant proposed that he was preparing to protect the flag with his own life, to which a wit responded, "It must be Nelson." '

The middies laughed.

'Who is Nelson?' Stock asked, though he had joined in the mirth.

'Captain Horatio Nelson,' Archer said, rolling his eyes. 'It is all well and good to have your faces stuck in books, but you should pay attention to events within your own service!'

'He is a fine officer,' Hayden said, 'but known to be a little . . . *zealous* at times. *He* has a sixty-four now, I've been told.'

'Who is the finest captain you ever served with?' Williams asked.

'Bourne, without question,' and then Hayden quickly added, 'not to disparage Captain Hart, whom I have only served for a day. We used to say that if the men aboard his ship had been allowed to elect their captain from among all the souls aboard, they would choose Bourne without a dissenting vote, he was that well-loved. You have never seen such a seaman, nor a braver man in action. I believe I learned the greater part of my trade from him, and one could not ask for a better master.' Hayden thought it was time to turn the conversation away from himself. 'And you, Mr Landry . . . what was your favourite ship?'

'My service has been small compared to many: I was a reefer aboard an ancient seventy-four to begin, but she was condemned after my first real voyage, and later broken up; then I was aboard the *Niger*, a thirty-two-gun frigate; a little brig named the *Charlotte*; a ship-sloop; and our present ship. The *Themis* is by far the best, though I much liked the little brig as she was so very handy, and she bore us through a frightful winter storm in the Atlantic. We all lavished great love and care on her after that.'

No one seemed much interested in Landry's career, and fell silent a moment. Hayden had never known a man passed for lieutenant who had served aboard so few ships, and wondered at it.

'Tell me what you've been reading,' Hayden said to the middies in general. 'There seem to have been some lively debates in the midshipmen's mess these past weeks.'

'Mr Burke, sir,' Madison offered, with a look of some pride; '*Reflections on the French Revolution.*'

'Have you read it, Mr Hayden?' Wickham wanted to know. The small midshipman peered at him intently in the lamplight.

'My friend Captain Hertle was kind enough to lend me his copy,' Hayden said. 'Did you think well of it?'

'Mr Archer liked it overly,' the normally quiet Hobson answered.

Hayden turned to the young lieutenant, who concentrated upon his mutton. 'Did you, Mr Archer? And what was your judgement?'

Archer patted his mouth with a napkin, taking a moment before answering. 'I thought it contained more common sense than the writings of that man Paine, who is such a darling of the radicals—'

'Burke is a radical himself!' Landry interrupted. The second lieutenant drew himself up in his chair, glaring at Archer, who did not seem overly intimidated. 'He supported the cause of the American colonists, and should have been expelled from England for his treason. Let him go live in America if he bears such love of the place, say I. If not for the success of the Americans the French would never have dared turn on their King. But now it is like a plague passing from one nation to the next, the French determined to spread it throughout the Low Countries, and even across the Channel. And the guillotine will travel with it, for the radicals are ever anxious to murder their betters. To murder anyone at all who dares speak out against their excesses.'

'If you took the time to read *Reflections*, Mr Landry, I think you would soon see that Burke is very far from being a member of the Revolution Club,' Archer offered in defence. 'And I might remind you that there was no guillotine in America. Indeed, most of the loyalists were allowed to leave.'

'Oh, America will not prosper,' Landry predicted. 'You will see. The colonies will turn on each other out of jealousy and greed. Without the English rule of law their precious solidarity will be cast aside at the first hint of imbalance of wealth or power and they will fall to warring among themselves.'

'I think they will prosper very well,' Wickham said. 'And they will quickly rival the great powers of Europe.'

Landry waved this suggestion away as though it were a few buzzing insects. 'Radicalism is a disease,' he pronounced firmly. 'You all saw it yesterday aboard our own ship. Men do not jump to do their duties as once they did, but obey their orders in a desultory manner, a look of naked insolence upon their rum faces. We shall have mutinies aboard His Majesty's ships. Mark my words. Men will have to be hanged, for that is the physic that cures the disease. Men will have to be hanged.'

There was a moment of silence, the lanterns overhead swaying, as a gust of wind shook the ship and moaned painfully in the rigging.

'You talk like a Frenchman,' Archer said, 'prescribing a good course of hanging to cure the ills of the Navy.'

Landry did not much like the mirth that this caused.

'Paine has written a clear answer to Burke's *Reflections*,' Madison offered into the silence.

'And was charged with sedition for it!' Landry said. 'You have not been reading that tripe, I hope?'

Madison turned his attention to his dinner. 'It was in the papers.'

An awkward silence settled over the cabin, and Hayden found himself listening to the wind, hoping to hear it moderating a little – but in truth it moaned as loudly as ever.

'And what of you, Doctor?' Wickham asked. 'What has been your recent reading?'

'Medical texts, Mr Wickham. I have given up on finding a book that will give me pleasure as earlier volumes did. I do not know why authors can but repeat what others have done before. Shall we forever make new books, as apothecaries make new mixtures, by pouring only out of one vessel and into another? Are we forever to be twisting and untwisting the same rope?'

'Perhaps the difference lies in nuance, Doctor,' Archer answered. 'A sonnet will always be a sonnet – the same metre, the same scheme of rhyme, perhaps much the same subjects – but in the hands of a man of genius each can be different from the other in subtle ways.'

'As sheep are different one to another,' Griffiths replied. 'I prefer one book to be a sheep, the next a fish, then I should like to read a hawk.'

'Perhaps, Doctor, you can invent a new species of book,' Hayden suggested. 'The authors of this world would like a new pattern to copy, I should think.'

The others laughed, and toasts were offered to the fortunes of their cruise.

'Is it true that Admiral Lord Howe's officers will not drink his health in their own wardroom?' Wickham asked.

'That is the truth,' Stock answered. 'Pellin, a lieutenant aboard the seventy-four anchored off our larboard quarter, told me the same not two hours ago. They say Howe is shy and will not quit Spithead for fear of the French.'

'Do you think the admiral is shy, Mr Hayden?' Williams asked. The thought seemed to disturb him a little.

'No,' Hayden answered firmly. 'I am uncertain of his tactics, but he is not shy.'

'What do you mean, "his tactics"?' Madison looked at him over the rim of his wine glass, the last few crimson drops disappearing down an indelicate chasm.

'He has chosen to keep the Channel Fleet at Spithead, trusting to frigates and smaller ships to watch the French fleet in the harbour of Brest. If the French put to sea, Howe will soon know and set out after them. But I believe these tactics will give way to a close blockade, such as has been arranged at foreign ports in times past.'

'He will preserve both men and ships by this method,' Landry said, 'while keeping the sea is destructive of both, especially by winter. Men are ever too quick to call another "shy" who have the good sense to apply a modicum of reason. *Shy . . . !*'

'That is true, Mr Landry,' Hayden responded. 'None can deny it, but if the French fleet slips away on a fair wind and the Channel Fleet is becalmed, as could well happen, the French might do terrible damage before they are found. But I do not mean to criticize Lord Howe, who I believe is a brave and able commander and should not be excoriated so by men who ought to know better.'

'Then let us drink his health,' Wickham said, raising his glass. 'Lord Howe.'

'Lord Howe!' the others echoed.

Glasses clattered back onto the table.

'We are to look into the harbour at Brest and assess the strength of the French fleet,' Landry said, retrieving his fork.

Hayden clamped his jaw shut, trying to hide his anger. Hart should have told him of their orders before Landry.

'And then will we return to England or continue to cruise?' Williams asked.

'We are to trace the coast of France south,' Landry said, 'looking into every harbour large enough to warrant inspection, and to cause all annoyance to the enemy as we go.'

'Let us hope we cause more "annoyance" than last we managed,' Madison said.

'We were unlucky, that is all,' Landry pronounced too loudly.

This brought a troubled silence in which everyone became interested in their suppers, faces a bit flushed.

Landry seemed to take this as criticism. 'You cannot go about firing upon neutrals or taking on enemy squadrons. We have only a deck of eighteen-pounders, I should remind you. It is all well and good to be a fire-breather when you are a midshipman, but a captain has to weigh each situation to a nicety and preserve his ship and crew . . . or face court-martial. Is that not so, Mr Hayden?'

'Indeed it is, Mr Landry,' Hayden answered. 'Indeed it is.'

12

My dear Mr Banks:

We are presently anchored in Torbay, awaiting a change in the weather. Plymouth Sound was left in our wake at nightfall yesterday, though not before an unsettling incident as we prepared to weigh anchor. Many of the crew would not, to begin, answer the orders of the officers. As Captain Hart was too ill to take the deck, I was forced to call each man to his station by name. With the assistance of some of the officers and crew we carried the day and the crew all went reluctantly to work. I reported this incident to the captain, but he seemed to think it was due to his recent absence from the ship and the resultant loss of discipline. I was not allowed the opportunity to assure him that discipline had not been lacking in his absence.

Second Lieutenant Landry informs me that our Orders are to cruise down the French coast assessing the strength of the enemy in various ports and to annoy the French wherever possible. Captain Hart remains laid up, waiting to pass a stone, the Doctor says. I am also told the poor man suffers from persistent migraines. I thank the Lord for my good health.

It seems that the recent endeavours of the Americans and the French have spread even to His Majesty's Navy. Two of Thomas Paine's pamphlets were discovered in the possession of one of the crew. The Midshipman who found them was reluctant to take this matter to the Captain, I think due to the recent hanging of McBride, whom the Midshipman believed innocent. The crewman involved is without doubt the best of our able seamen, and the most diligent in the performance of his duties. I spoke with the man and he expressed a desire to one day live in America – the new promised land for seamen, apparently. I don't think he is in any way a danger to the ship or her officers. There is no doubt in my mind, however, that there is a great deal of disaffection among the crew, and if the situation were to be mishandled, the consequences could be severe.

I remain as always, sir,
Your humble servant.

With a strong feeling of distaste, Hayden pressed his seal into the wax and gathered up the rest of his correspondence.

'You don't want the last letter copied, Mr Hayden?' Perseverance asked. The boy was standing by the door to his cabin, waiting to take the lieutenant's mail, his face serious, freckled, contemplative.

'Thank you, no, Perse. It is of a personal nature, and I copied it myself.'

The boy nodded, apparently disappointed. It was one of his several qualities that Hayden had come to admire; he never shirked his work or complained of it. In this, he lived up to his name.

Hayden passed his letters to the boy, who hurried out to add them to the shore-going mail. For a brief moment Hayden almost went after him. What would Stephens do if Hayden refused to send in his hated reports? But Hayden let the boy go, fully aware of his promise to Stephens – his word was worth something, even if it was in such a disreputable cause.

Madison appeared at his door. 'Captain requests your presence on the quarterdeck, Mr Hayden.'

The lieutenant slipped on his coat and, out of respect for the low deckhead, tucked his cocked hat under an arm. In a moment he was on the quarterdeck, where Landry, Barthe, and Archer all stood awkwardly by the captain. Several of the midshipmen attended at three yards' distance.

'Ah, Mr Hayden,' Hart said as his lieutenant appeared, 'kind of you to join us.'

'My apologies, sir,' Hayden said quickly, tipping his hat. 'I was unaware that I was wanted.'

Glancing up at the sky, Hayden could see that the gale had almost blown itself out, great blue tears appearing in the woollen cloud. The wind remained in the south-east, but had moderated, and the rain stopped, though the decks were still dark from it. Beads of water hung from the mizzen boom, where they swelled until plucked by gravity. A cold drop struck Hayden on the neck as he tipped his hat.

Hart regarded his first lieutenant with a squinty gaze, eyes hazy-blue, almost hidden beneath a slightly bulging brow. The man's face was lined and waxy, and glistened with a thin film of sweat. Hunching a little, as though the pain had not entirely abandoned him, he reached out and took a spoke of the wheel in hand.

'This wind will fall away shortly,' Hart said, pressing his words out. 'And I anticipate it will veer to the north or nor' east. Let us quit this berth while there is yet light. Whose watch is it, Mr Hayden?'

'Dryden's, sir.'

The captain glanced up at him, his face turning a little red. 'Dryden? The master's mate?'

'Yes, sir,' Hayden said.

'Who are the officers of the watch, then?' Hart demanded brusquely.

'Lieutenant Landry, Mr Archer, and Mr Dryden, sir.'

'You do not stand out of watch on my ship!' Hart growled. 'Where did you ever get such an idea?'

'It was so upon every frigate I served aboard, sir.'

'Well, it is not so on my ship. You will stand watch like the other lieutenants. Get us under way, Mr Hayden. Shape our course for Brest.' He released the wheel and motioned for Landry, who hurried to him so that the captain might put a hand on his shoulder. 'Try not to foul another's anchor,' Hart snapped at Hayden. 'I shouldn't like the good name of my ship tarnished by your incompetence.'

Griffiths, who had been hovering nearby, came to Landry's assistance, and the two of them helped the captain down the companionway.

'Well, Mr Barthe,' Hayden said, fists clenching, thoughts of violence hovering about the edge of his consciousness. 'Let us prepare to get under way.'

'Aye, Mr Hayden,' the master said, giving him what he thought was a look of sympathy, 'and let us hope that the hands are more willing than when last we weighed.'

'It is the officers I worry about, yourself and a few others excepted, Mr Barthe. Where is Mr Franks?' Hayden asked, looking around the deck for the broken-nosed bosun.

'He took the mail over to the *Captain*, sir. It was his intention to view our masts from forward as he returned.'

Orders were called, and to Hayden's relief, men began to bustle about the deck, coiling down halyards and sheets, rigging bars to the capstan and readying the messenger line to weigh anchor. The hands did not appear happy in their work, but had returned, at least, to their former level of deficiency. Franks came over the side in the midst of this, ordering his boat taken in.

'How stand our masts, Mr Franks?' Hayden called out to him.

'Straight and true, Mr Hayden.'

'Will you see to the paunch mat on the main-course yard? It all but chafed through in the gale, and I should not want it to do so again.'

'It will not, sir!' Franks took one of his mates and Aldrich aloft to see to the paunch mats and hanging mats that protected various parts of the rigging from chafe.

The boats came over the side and were stowed on the reserve spars. A tackle was readied to cat the anchor, and men took their places at the capstan bars.

'It is a wonder to me that order can be brought to such goings-on,' a voice opined, and Hayden turned to find Muhlhauser before the binnacle, regarding the spectacle with a mixture of awe and amusement.

'There is much to do at once,' Hayden agreed, 'but the men know their business tolerably well.' In truth they were slow and badly organized, he thought, but he would soon put that to right, if Hart would let him. Hayden, too, observed the men, noting faces, dredging up names. Some worked with a will, several stood by, mystified, and still others bent to their appointed tasks only when Mr Franks or one of his mates came toward them brandishing a rattan or a rope end.

'Would one refer to this crew as "motley"?' Muhlhauser asked, forcing Hayden to suppress a laugh. He glanced at the man's face to be sure he was not jesting, but the look of wonder and innocence told him he was not.

'I believe, Mr Muhlhauser, that the term would not miss the mark by a great deal.'

Hawthorne stood on the deck a yard away, smiling. 'It is perfectly correct, I think,' the marine said. 'You should see this crew wear ship, Mr Muhlhauser. They even wear motley.'

This made Wickham and Madison both laugh, and in company with the marine lieutenant, they quit the quarterdeck rather hastily.

The look on Muhlhauser's face changed. 'I believe I have been mocked,' he said indignantly.

'Not at all, sir,' Hayden assured him. 'It was a play on words meant to amuse you, I'm sure.'

'A play on words? How so?'

Hayden cleared his throat and pressed down his own laughter. 'To "wear ship" is to come about by bringing the wind across the stern. 'Motley,' beyond its common meaning, is a word for the costume of a fool or a jester. To "wear motley" is to dress as a fool, or by extension, to be a fool. Mr Hawthorne only meant that the crew run about like fools when they wear ship. An insult to the hands, if to anyone.'

Muhlhauser did not look either amused or mollified. 'Well, if you are certain he did not intend insult . . .'

'I am quite certain he did not. Mr Hawthorne has not a mocking bone in his body.'

This seemed to satisfy the inventor, and he tried to shake off his anger. 'It was rather clever,' he offered.

Hayden smiled. Too clever, apparently, he thought.

'What is it we do now?' Muhlhauser asked.

'We will back the fore-topsail as the anchor heaves. At the same time we will brace the yards around on the main and mizzen topsails. As the anchor heaves, the ship will begin to make sternway – travel aft – and by putting the helm over we will turn so that the wind will strike the ship upon the starboard bow. Do you see? Smartly, we will brace the fore-yards around, the sails will fill, and the ship will gather way and we will be off . . . if all goes as planned.'

The men began to push their chests into the capstan bars then, and after a moment of straining, the capstan began to slowly turn. It was another long moment before the ship began to inch forward, the anchor cable stretching taut. Although there was a great deal of bustle both on deck and aloft, the ship moved only very slowly, its great displacement resisting the men's efforts at the bars. Due to the great girth of the anchor rode, it could not be made to turn around the small circumference of the capstan, so it was tethered by nippers to a much smaller messenger cable, and the nippers were removed as the cables neared the capstan. Slowly, so very slowly, the anchor cable was hauled in and arranged in the tier below.

'Aloft, sail loosers!' the master called into his speaking trumpet.

Finally, the anchor heaved, and sail was loosed, tumbling down like falls of water, Hayden thought. The fore-topsail backed, pressing against the mast.

Midshipman Williams stood by the rail, staring down into the water.

'Do we make sternway, Mr Williams?' Hayden asked.

The boy spat down into the water and watched the little cloud as it dissipated. 'Not yet, Mr Hayden . . .' Then, after a moment, 'Aye, sir.'

'Put your helm over, if you please, Mr Dryden.'

The wheel spun and the ship moved aft. Hayden looked around, gauging the distance to each vessel, assuring himself for the fifth or sixth time that they had room enough to manoeuvre.

A little brig had appeared at first light and anchored too close astern of them in an awkward arrangement. He could see her commander ordering men to veer more cable, but Hayden was confident they would stand clear of her.

The head of the ship appeared to fall off onto the starboard tack, and the headyards were braced around. Sails filled with a *thup* – a sound no sailor ever forgot. For a moment the ship made leeway, then her great mass began to slide forward, passing near the bow of the brig. Hayden nodded to her commander as the ship passed. The mizzen and jib were quickly set to balance the vessel.

'Stand by!' Barthe called up to the yardmen. 'Let fall!' And the main and fore course cascaded down, bellying immediately to the small wind. The sand-glass was turned and the ship's bell rung. Staysails flew up their respective stays, and the ship heeled but a little, and then stiffened. The *Themis* passed among the convoy, her new paint rain-slick and shining dully in the fading light.

There was something a little forlorn in the scene: the gale-battered ships lying to their anchors in the quiet bay, like seabirds with heads tucked beneath their wings, the single frigate standing out into the channel as darkness threatened. Hayden felt both pride and sadness mix in his breast: pride that it was his ship setting out to carry war to the enemy, and sadness . . . he knew not why. There was a loneliness to the scene – all the ships with their crews hunkered below out of the weather, the lone frigate going forth.

The *Themis* stood out into the channel, and was not four miles from shore when the wind died away, leaving the ship rolling in the seas left behind by the gale. Hayden took hold of the mizzen shrouds.

'Look at this slop!' the master cursed. He cast his gaze around the horizon. 'And where is our wind?'

'It will find us by and by,' Hayden said, 'and this will go flat at the turn of the tide.'

Muhlhauser clung to the shrouds nearby, his face ashen and shiny. 'And why should the tide turning flatten the seas?' he asked.

Barthe pivoted toward the poor man, his face kindly. 'When you have wind blowing in one direction while the tidal current runs in the other it results in steep seas, but when the tide turns, the sea will flatten in a moment. I have seen it many times. Have you not, Mr Hayden?'

'Many times, as you say, Mr Barthe. And this sea is just left-overs from the gale. It will not last.' The ship pitched and rolled terribly, and the sails began to slat fiercely. Hayden braced his feet and gazed up.

'I think we shall have to get the sails off her, Mr Barthe, or they will flog themselves to rags.'

'Damn this sea to hell!' Barthe swore. 'Mr Franks? Call the hands, if you please. We must have the sails off her.'

The clouds tore to ribbons overhead, and the sun blazed

through just as it set, going down into the sea in flames and glory. It was dark before the Jacks descended from the yards, muttering imprecations against the 'fucking bloody sea.' The work aloft had been hard with the ship rolling, not steadied by the wind in her sails. Men went to their much-delayed suppers then, and Hayden's servant brought him coffee, which he drank with his rump backed up against the rail and his feet spread like sheers.

After several hours of flailing about, the wind filled in from the north-west, and the crew made sail again. With the favourable wind, the *Themis* easily laid her course.

'The French coast by morning,' Hayden said to Wickham, who was midshipman of the watch. 'What is she making?'

'Just less than four knots, sir,' Wickham reported.

'Well, perhaps by mid-afternoon.'

The two stood by the rail, staring out at the last shreds of daylight. Around them, the familiar noises of a ship under way offered some comfort, though the forlorn cries of gulls pierced through.

'Does it feel strange to you, sir?' Wickham asked. 'Going to war against your mother's people?'

The question took Hayden by surprise.

'I'm sorry, Mr Hayden,' Wickham said quickly. 'Have I been too familiar?'

'No, Wickham. It's just not a question I've ever been asked, though perhaps I have been anxious to answer it. I suppose, in a way, my left hand has gone to war against my right, given my parentage, but one can feel compassion for the French and none for their government, for I will own that I had some sympathy for the French people when they overthrew Louis, but the revolution has gone awry . . . the so-called leaders of the revolution have fallen upon each other. In Paris the Jacobins and the mob have ascendancy, and much evil must come of it, I believe. It is imperative that the French are beaten before they carry their bloody revolution across the breadth of Europe – even across the Channel. To the extent of my knowledge, none of my French relations serve in the Navy, so I am unlikely to ever have to stand against them directly, which I admit is a comfort.' He patted the rail. 'Despite the great disparity of the populations of the two nations, I have faith in Britain's wooden walls, Mr Wickham, and in those who man them.'

Hayden could barely make out the boy's silhouette in the darkness, but did see him nod.

'How came you to be a midshipman on the *Themis*, Wickham?'

'My mother has known Mrs Hart all her life, I think. They are upon Christian names, and have been since girlhood. As I have three elder brothers, it was either a parsonage or the Navy for me. I feared the parsonage might be a bit dull, so I begged Marquis Westmoor to let me join the Navy. Captain and Mrs Hart came often to our home before the war, and I thought him quite the greatest man I had ever known. Far greater than my poor father, who was only an earl.' The boy laughed; an infectious, child's laugh. 'I know a little more now. If I pass for lieutenant I will seek a position aboard a flagship.'

'You will pass. How long until you are nineteen?'

'Three years, sir.'

'Not long, and you could almost certainly earn your commission at eighteen, as the examining board is not likely to be too diligent about establishing your age.'

'Was your examination exacting, Mr Hayden?'

Hayden remembered the three captains seated before him in the deathly quiet room. How stern and intimidating they had seemed. 'Yes, they posed me any number of perplexing questions. It seemed to me after a while that they wanted me to fail, but I did not, and in the end the senior captain on the examining board paid me a very fine compliment, saying that he had never known a midshipman to stand up to such a rigorous grilling. Then he corrected himself, and said, "I mean a lieutenant."'

'I have heard of midshipmen passing upon being given a good character by a captain on the examining board.'

'Yes, and they are commonly the most deficient lieutenants in the fleet!' Hayden said with passion. 'It takes a great store of knowledge to properly run a ship, Mr Wickham. Be certain that you have mastered your trade before you sit your exam, on the chance that they pass you without question. You don't want to be one of those blockheads who cannot take a ship from anchor without ruin trailing in his wake.'

'No, sir,' Wickham said. 'It is my intent to know my trade most thoroughly, Mr Hayden, so if they tax me as they did you I shall answer up smartly and to everyone's satisfaction.'

'Good for you, Wickham. Now trail the log, if you please, and tell me that we are still making just shy of four, then change the lookout aloft, for I do believe I hear him snoring.'

'Aye, sir.'

Hayden wakened to a knock on his cabin door, and the face of Madison, holding a lantern in his hand. The lieutenant swayed in his cot, a dense fog of sleep obscuring his thoughts.

'What is it, Madison?'

'Two sail due south, Mr Hayden,' the boy said excitedly.

The lieutenant sat up. 'What o'clock is it?'

'Sun's not quite up, sir.'

Hayden rubbed a knuckle into his eye. 'If you would be so kind as to light my candle, I shall be on deck directly.'

'Aye, sir.'

A moment later Hayden ran up the companionway ladder and a midshipman put a glass in his hand. Pale turquoise washed the eastern horizon, though overhead stars glittered. A few frayed clouds, dark as smoke, spattered the sky. Hayden could still sense the gale in the air – a desultory dampness, and hollow quiet, the sea cloudy and drab.

Far to the south he could just make out two grey irregularities on the horizon. He focussed his glass there, bracing against a carronade as the ship rolled.

'Well, it is impossible to say what they are, but we could hope they are French transports blown up-channel by the gale, and now desperate to make some westing. Certainly we should make a closer inspection.' He quickly searched the horizon in all directions, then lowered his glass. Mr Barthe had been roused from his berth as well, and stood bleary-eyed before him.

'What does the weather-glass say, Mr Madison?' Hayden enquired.

'Rising, sir.'

'Excellent.' Hayden took a quick but careful look around the horizon, assessing the condition of the sea, the sky, the wind. 'We will require more sail, Mr Barthe. And we must shape our course to intercept these ships: west-sou'west, I should think. We'll beat to quarters in one hour.' He glanced up at the main-top. 'But I want a close watch kept. It wouldn't do to be surprised by an escorting frigate catching up with its charges,' he waved his glass at the horizon, 'or by these two turning out to be frigates looking to prey on a lone English thirty-two.'

The rest of the midshipmen tumbled up onto the deck then, pulling on jackets as they came, hats left behind in the rush.

'Are there ships, sir?' Wickham cried out. All their faces were flush with excitement.

'Have you never seen a ship before?' Barthe demanded, apparently offended by their high spirits.

'But this close to the French coast,' Williams said, 'they must be French.'

'Or neutrals, or part of an English squadron, or any number of other explanations.' The master turned around to look over his shoulder at the distant ships, only just visible in the frail light. 'Go about your duties, now, and don't make a nuisance of yourselves. It will likely be a lot of bother over nothing.'

The midshipmen retreated from the master, gravitating toward Madison, midshipman of the watch.

They all focussed their glasses on the distant sails. 'What does Mr Hayden make of them?' Wickham asked Madison quietly.

'He's only said that we shall make a closer inspection . . .' the boy whispered, 'but possibly transports.'

This received a little buzz of excitement and approbation.

Landry appeared then, as did Dr Griffiths.

'Sail, Mr Hayden?' Landry asked.

The first lieutenant handed Landry his glass and pointed toward the horizon.

The little man gazed through the brass tube a moment, then lowered it. 'I shall inform the captain.'

'He has only just fallen asleep, Mr Landry,' Griffiths asserted. 'Could you not wait until you know what ships these might be? Likely there will be no reason to call him, as we well know.'

Landry stood there, wavering on the deck, his narrow brow pressed into creases. 'Captain Hart's orders are to call him whenever we see ships that might represent a threat to the *Themis*.'

Barthe stood nearby, and Hayden saw him roll his eyes. 'These might or might not,' the master said. 'Why don't we draw a little nearer, and if we are at all uncertain as to their nationality, we can call the captain.' But then his patience ebbed like a tide. 'Good Lord, Mr Landry, is it necessary to call the captain every time we wipe our noses?'

'Mr Barthe!' the offended lieutenant rejoined. 'I am only following orders! You, of all people, know the price of provoking Captain Hart's displeasure.'

'And you think to gain his approval by waking him because sails have been sighted? This is the English Channel! It is a veritable highway of shipping!' Barthe turned to the doctor in exasperation. 'Dr Griffiths, you say the captain is not fully recovered?'

'He passed his stone,' the doctor said carefully, 'but is in need of much rest now, or migraine will certainly result.'

The master turned back to Landry. 'There can be no harm in leaving him in peace for a little while. When we draw near the chase, we will call him if it is necessary. Will that satisfy you?'

'I will bear any blame,' Hayden said, sensing Landry's anxiety.

'Oh, Captain Hart will choose whom to blame, Mr Hayden,' Landry answered, 'not you.' He glanced back at the horizon. 'In an hour it will be light and we shall have some sense of what ships these be. Then I will call the captain.' The little lieutenant thrust the glass back at Hayden and quit the deck, his manner stiff with anger.

'You know Mr Landry is right, Mr Barthe,' Hawthorne said. He stood a few feet away, his red jacket like a sunrise. 'The captain will not be pleased.'

'Nor would he be pleased if you woke him, nor if you woke him in one hour, or in two. Let the man have his rest. The ships will likely be neutrals or English cruisers, then we will simply carry on – without our poor eyes being damned, for once.'

Barthe departed, calling hands to make sail. As the light grew it became apparent that the ships were closer than Hayden had first thought. A hoist of signals went up from the nearer ship, and they wore almost in unison, heading toward the French coast.

'Well, I think that answers one of our questions,' Archer declared. 'They are not English cruisers.'

'Indeed they are not!' Hayden agreed. 'I think we shall have to call the captain, Mr Archer. They are making for Le Havre, and with a little luck we might overhaul them. Let us beat to quarters. Ah, Doctor, your arrival is most propitious. May we wake Captain Hart? Our chases have turned tail and are running for the French coast.'

'I shall inform him myself, Mr Hayden.'

The drummer took his place and began the roll that caused every heart to pound. Men came streaming up the hatches, some rushing aloft with buckets on long painters to soak the sails, others freed the guns, while men and boys began moving eighteen-pound iron balls up to the shot racks on the gun-deck. It was the first time Hayden had seen all the men respond with a will. They were of one mind about prize money, apparently.

Hayden left Archer in charge of the quarterdeck, and made his way forward to have a better look at the fleeing ships. A few moments later, Hart arrived with Landry and the doctor in tow. The captain's colour was improved, but he looked like a man struggling to wake from a deep sleep, and with the temperament to match.

'What do you mean, Mr Hayden,' he demanded, 'beating to quarters without my express instructions?'

'Enemy ships are in sight, Captain Hart. I am only following naval custom.'

Hart shook his head. 'And where are these "*enemy ships*"?'

Hayden handed the captain his glass and pointed. The sterns of the ships were quite visible now. Through the glass, men could be made out, staring at the English frigate through their own glass eyes.

Hart raised the glass and regarded the ships briefly. 'French frigates,' he announced, lowering the cylinder. 'Mr Barthe!'

The master stepped forward.

'Alter our course for Brest.'

'But with all due respect, sir,' Hayden responded, his jaw tight. 'When seen abeam they appeared to be transports. It would seem prudent to take a closer look. Certainly frigates would not turn tail so quickly when they have the greater number.'

Hart turned his hazy blue eyes on his first lieutenant. 'They are frigates, sir, as any fool can see! Would you have us take on two French thirty-eights with more than double our weight of iron?'

Hayden could barely control his own rage. 'Certainly I would chase them, in hopes of catching one while the other was distant.'

'That is why you are still a lieutenant,' Hart said cruelly. 'You have not the common sense to command a ship.'

Hart thrust the glass into Barthe's hand and spun on his heel. 'We are for Brest, Mr Barthe,' he announced loudly. 'And for God's sake, leave off beating to quarters!' Hart stormed back along the gangway and in a moment he was below, leaving his stunned officers gathered on the foredeck.

So that is why they call him Faint Hart, Hayden thought. The lieutenant had never been aboard a ship where the captain had acted thus – with the enemy clearly in sight.

Landry turned on Hayden. 'I warned you, Mr Hayden. The captain tolerates no defiance of his orders.'

'But those are French transports, almost without doubt, not frigates, as any landsman can see.'

'Not according to Captain Hart, who has been at sea longer than either of us.' Landry turned and marched back along the deck in the wake of his captain. The midshipmen hesitated a moment, then, gazing down at the deck in disappointment, went off about their business, leaving Barthe and Hayden alone on the forecastle.

The same disappointment was upon the faces and in the carriage of every man aboard. Hardly a word was muttered, but words were not necessary. The sail trimmers slunk to their places without energy, and the men on the quarterdeck began housing their guns, shaking their heads as they did so.

'For shame,' someone muttered. 'For shame.'

'Please tell me, Mr Barthe,' Hayden intoned softly, 'that this is not the common practice aboard Hart's ship.'

The master took off his hat and slapped it against his thigh in frustration. 'It is always thus,' he said too loudly. 'There is ever a reason not to engage the enemy.' He tipped his head toward the escaping ships. 'Every man aboard – even Landry – knows them to be transports. And yet we must all pretend they are powerful French frigates, though they flee like we are a ninety-eight-gun ship. I am sorry you found your way aboard this ship, Mr Hayden. You deserve better.'

For a moment Hayden closed his eyes, the roiling anger he felt like a brewing gale. He had his duty to think of and, when he addressed the master, tried to speak in an even tone. 'I must caution you, Mr Barthe,' Hayden said so that no other might hear. 'Though I admire your zeal to meet the enemy, speaking out thus will bring you into conflict with your captain.'

The corpulent master drew himself up, face redder than his hair. 'I have given in to his fancies for too long, Mr Hayden, until I have been unmanned by my own deference. I shall do it no more. Let him court-martial me, if he dares. If he dares have it be known how he has fled the enemy times too numerous to count over the past months. And the way he speaks to you, Mr Hayden, and before the crew! Conduct unbecoming of a gentleman, sir. Were you not his subordinate you would call the man out. I believe you would.'

'Mr Barthe! You forget yourself!'

'No, sir. I do not forget myself. I have only just remembered who once I was.' The master spun and began giving orders to shift the yards and trim sails to shape their course for Brest. Hayden looked once more at the fleeing ships. Every man aboard would have welcomed the prize money – he not least of all – but even more important, taking an enemy ship would do much to change the spirits of the crew; Hayden had seen it before.

What, he wondered, would Philip Stephens make of this? Clear dereliction of duty. Hart could be court-martialled. He *should* be. But unless his actions, or lack thereof, were witnessed by a fellow captain or senior officer it would likely never come to pass. It was more likely that Barthe or Hayden would be court-martialled for insubordination – for attempting to pursue the enemy!

And where was the common sense in that?

Hayden sat at the table in the empty gunroom. Try as he might, he could not turn his mind away from what had just occurred – Hart had refused to chase a pair of under-armed transports! – and his indignation and anger could not be mastered for more than a moment. To think that he had to serve under such a pusillanimous ass! Perhaps it would be better to have no career, and to repair to America in Aldrich's place. Better to be a street-sweeper!

He tried to calm himself and bring his attentions to bear upon the work before him. Opening a folder in which he kept the accounts and correspondence that required his attention, he found a note, in an unfamiliar hand, scribbled upon a scrap of paper. It was only a single line misspelt:

The leftenants servent hears yor privat conversasions.

Hayden stared at the note for a long moment. It did not say which 'leftenant,' but then it didn't need to.

'The Adam Tiler,' Hayden muttered to no one. How in the world had Worth, a foremast hand, slipped into his cabin? It should not have been possible. He slid the scrap of paper in among his letters and took out the hated accounts, his head beginning to throb at the mere sight of them.

It was more than an hour later when the doctor came in and found Hayden and Perseverance hard at work at the gunroom table.

'Am I interrupting . . . ?' he asked gently.

'No, Doctor, I am done with this . . . *damnable* business for the day!' He slammed the account ledger closed. 'Let us have a glass of wine!'

He quickly gathered up his papers and gave them all into the care of Perseverance. The boy had more organizational abilities, at least when it came to paper, than Hayden would ever possess, and the lieutenant had not hesitated to take advantage of this invaluable skill.

The doctor took a chair and one of the gunroom servants drew off a glass of wine for each of them from the little quarter-keg that stood on a shelf beside the door. The doctor slumped back in his chair and raised his eyebrows, then his glass in turn. 'Confusion to the enemy,' he intoned, and shook his head.

Hayden lifted his glass in response.

Among the common sounds of a ship at sea came a familiar voice from above, much muffled, the words indistinguishable but the immoderate rage unmistakable.

'Who is the captain's victim this evening?' Hayden wondered, with a glance up to the ceiling, where stout beams and planks separated the gunroom from the captain's cabin.

'Mr Barthe, I believe,' Griffiths answered, his gaze following Hayden's. 'The captain will not have liked the master's description of the "frigates" sighted today. It will not do to have the official account of the cruise differing notably from the captain's own journal. The governor and his deputy have come into conflict over this precise issue before. No doubt it will not be the last time, either.'

They sat for a moment, discomforted by the row overhead, but then the captain fell silent. Griffiths waved the servant out, put his elbows on the table, and leaned closer. 'Mr Hayden,' he began, 'let me ask you, if I may . . . you seem very confident of your facility to fight an action with the French, and Lord knows you have proven that your seamanship is beyond reproach, but would you have really gone after two French frigates?'

'They were not frigates, Dr Griffiths . . .' but Hayden stopped in mid-sentence. He rose and circled the table, taking care to walk quietly. Without knocking he jerked open the door to Landry's cabin and the second lieutenant's servant boy all but fell out into the gunroom.

The doctor rose from his seat, indignation and anger written upon his face. 'Why, you young whelp!' he stormed. 'You were eavesdropping upon our conversation!'

'I was not, sir! I swear to you—' Seeing the rage in the doctor's face, the boy leapt to his feet, but not before the surgeon administered a boot to the child's retreating rump.

'Now, Doctor . . .' Hayden said, placing himself squarely in the man's way as Landry's servant flew out the gunroom door. 'I suspect the boy was not eavesdropping of his own inclination . . .'

The doctor, still a picture of perfect outrage and indignation, stood a moment before he took Hayden's meaning. 'Why, I shall go to the captain!' – but then he calmed enough for his mind to catch up, and he slumped down into a chair, a look of some horror on his face.

'I rather doubt that will serve much purpose,' Hayden said evenly.

The doctor cursed softly but with impressive eloquence.

Hayden called for Perse, whom he stationed at the gunroom door with orders to alert him if anyone ventured within hearing. The surgeon then opened the doors to all the other cabins surrounding the gunroom. There was no one else present.

The doctor took a drink of his wine, several long breaths, and mastered himself. 'Do forgive my outburst,' he said evenly. 'This cursed ship and its people . . .' but he did not finish. A moment more, and then he turned to Hayden. 'I – I have forgotten the subject upon which we spoke . . .'

Hayden sat down and leaned across the table so that no other might hear. 'You asked if I would have chased two French frigates, and I believe my answer was that they were not frigates.'

'Yes, of course.' The doctor, too, leaned over the table. He appeared to compose his mind for a moment. 'Let me speak more to the point, Lieutenant. Captain Hart is often out of sorts when first he sets to sea . . . Anxiety, and the strains of command, I believe. Gradually, his condition improves. I should expect him to regain his health in three or four days. After that his migraines and other disorders will see him laid up with less frequency. As the commander of this ship, who might be called upon at any time to use his judgement to preserve his crew, I attempt always to give Captain Hart the smallest measure of any physic that might impair that judgement. There might be times, however, when his afflictions require greater doses of physic, large enough that he might not be fit to command for several hours, perhaps the better part of a day. I just want to forewarn you, for you might have to assume command for that period of time, and make all decisions as to the preservation of the ship and her crew, including decisions to engage or not engage enemy vessels. Do I make myself perfectly clear?'

Hayden was afraid to answer. 'If you were utterly certain that such physic was necessary to the captain's health, Dr Griffiths, I should be prepared to do my duty . . . to carry out the Admiralty's orders as best I comprehend them.'

The doctor nodded. 'We have an understanding, then?'

'I believe we do, and I thank you, Doctor, for making me aware of this possibility.'

'I thought it my duty,' Griffiths said, then leaned back and took up his wine glass. 'Let us drink the captain's health.'

Hayden raised his own glass. 'Captain Hart,' he said, and both men drank.

For a moment Hayden closed his eyes. Conspiracy to take command of the ship, even temporarily, would call down upon the conspirators a punishment too terrible to contemplate. He was placing entirely too much trust in a man he did not know well. But there was revolution in the air upon His Majesty's ship *Themis*. The Jacks whispered among themselves, and the officers were in all but open rebellion. Somehow, Hayden didn't think this was quite what Philip Stephens had in mind when he offered him the position aboard the *Themis*: his agent conspiring with others aboard to set Captain Hart aside – at least for a few hours. But what else could they do? Flee the enemy upon every meeting? Hayden would never live with himself if he did so.

The lieutenant had a nightmare image of the poor man, Penrith, who'd been murdered: a seaman swinging from the main yard out into the darkness, clinging to life with the tips of his fingers . . . before the knife fell. The image came to Hayden now, but it was he who clung to the yard. He who saw the blade falling.

13

The cliffs of Brittany, broken blocks, stacked and shattered, were almost aglow in the day's last light. The sight produced a tide of emotion in Lieutenant Charles Hayden. As a child, he had played upon these cliffs with his cousin Guillaume. Disobeying every edict of his aunt and uncle, they had explored the ledges and gullies to gather seabird eggs. He shuddered to think of it, the bravado they had shown – rather short of common sense, he now thought.

But his reaction was more perplexing than that – he felt a great distress to be so close to one of his two homelands and know that he could only set foot there if he carried war to the French, who had once been as much his people as were the English. At the same time, it was in France that he had been swept up in the mob . . . and he now felt an odd disquiet, almost an apprehension of the place and the people. He could not trust himself among them. He did not know what he might do or what passions might be drawn up through the thin surface of his English rationality.

'I will tell you honestly, Mr Hayden,' Barthe stated, breaking into his thoughts, 'in all my years in these waters, I have never chanced the Four Passage.' He gazed at the surrounding waters, impressed, but then his face changed and his manner grew anxious. 'Are you satisfied with our situation?'

'I should like it better if the wind had not gone around to the west, Mr Barthe, but as long as it does not die altogether we are in no danger.' Hayden extended his glass toward the shore. 'Point St Matthew. The Outer Water of Brest Harbour lies just beyond.'

They had fallen in with the French coast some hours before, and carried a following breeze along the cliffs of Brittany, steep-to and littered with off-lying rocks and shoals, much to the master's discomfort. Hayden, however, had sailed these waters before and was confident, if wary. His vigilance had been compounded an hour before when the breeze had shifted to the west, though it showed no signs of rising.

The lieutenant gazed out toward the western horizon. 'What do you think this weather will do?'

The sailing master's gaze followed Hayden's. The sun had set, and low in the west a thin band of broken cloud glowed like hot coals. A low, easy swell barely disturbed the ship, and shags and grebes swam and dove in her shadow. Fitful north-east winds had carried them slowly across the Channel, until they had raised the Brittany coast, four days after escaping Plymouth Sound.

'We might be in for a few more days of calm and light breezes from all points, Mr Hayden.'

The first lieutenant glanced around, gauging the distance to shore and the nearby islands and shoals. 'Yes, I'm afraid you're right. I'll be glad to get into more open water. If the wind dies, the tide could carry us into difficulties. You have our anchor readied?'

Barthe nodded, but his response was cut off.

'On deck,' came a call from aloft. 'Sail. Two points off the larboard bow.'

As the *Themis* rounded the high point, the Outer Water opening before them, a ship did appear. Hayden and the sailing master crossed over the forecastle to have a better view.

'Mr Hayden, sir . . .' the lookout called. 'There is a second ship.'

'So there is!' Hayden said, glimpsing the sails, half-hidden, behind the first. Lieutenant Landry appeared at his elbow, fixing a glass on the two ships.

'Transports, by the look of them,' Barthe offered.

'Yes, but well out of our reach,' Landry pronounced.

Hayden did not lower his glass. 'Do you think, Mr Barthe, that we could overhaul them before they pass through the Goulet?'

Barthe did not hesitate to answer. 'We certainly can try, sir!' The master lowered his glass and looked expectantly at the first lieutenant.

'But this wind does not favour us,' Landry objected. 'We might be becalmed just outside the harbour itself, and easy prey for gunboats.'

'Oh, I think we are more than a match for a few gunboats, Mr Landry,' Hayden said, feeling a tightness in his chest and yet an accompanying elation as well.

'The captain will never allow it,' Landry said.

'Let us not have this argument again!' Hayden said hotly. 'We have orders to assess the strength of the French fleet anchored in Brest Roads. To do this properly we must sail up to the mouth of the Goulet – if there are transports there at the time, we would be remiss in our duty if we did not try to take them.' Hayden faced the second lieutenant, trying to control his anger. 'Would you do me the honour of going aloft, Mr Landry? I trust no one else to make an accurate count of the diverse ships.'

Landry turned crimson. 'Mr Hayden, someone must inform the captain. You exceed your authority, sir.'

The surgeon arrived on the forecastle at that moment.

'Ah, Dr Griffiths,' Hayden greeted him. 'How is Captain Hart? able to take the deck, I hope?'

The surgeon shook his head, his manner very grave. 'I have only just given him laudanum for his migraine. I don't think he can be wakened.'

'Would it be your medical opinion, Doctor, that Captain Hart will not be fit to command the ship for some time?'

The doctor considered seriously before offering his judgement. 'Likely four to six hours.'

Hayden raised his glass to view the transports again. 'As it is our duty to "take, burn, or destroy" the enemy wherever we find them, then I'm sure Captain Hart would not disapprove of an attempt to seize one of these transports before it makes the harbour.'

'The wind *is* going very light, sir,' Barthe cautioned, his enthusiasm curdling. He gazed anxiously at the nearby cliffs, and the shoals and islands to starboard.

Hayden lowered his glass. 'So it is, but I have spent some time in these waters, and I can tell you that a reliable breeze almost invariably sweeps down off the land just after sunset, and in but a few hours the tide will turn in our favour as well. With luck, we can snatch one of those ships, and be carried out to sea immediately thereafter.' He glanced up at the sails, which the small zephyr barely kept full. 'Royals and studding sails, Mr Barthe, if you please. And, Mr Landry, the Admiralty will want to know every ship and her rating, at the very least.' He turned away, leaving Landry uncertain whether to be more angry or more frightened. 'Mr Archer, we shall go to quarters with as little noise and fuss as possible. Do you understand?'

The third lieutenant, no doubt fresh from his cot, nodded. 'No drum, sir. But it will be impossible to clear for action without some noise, Mr Hayden.'

'Yes, I know. But leave the bulkhead to the captain's cabin standing. We will do without the aftermost guns, which I think will be unnecessary.' Hayden turned back to view the ships. 'Mr Landry, why are you standing there, sir? Why are you not aloft?'

Landry eyed him with rancour, and the doctor after him. 'Captain Hart will have much to say of this when he wakes.'

'Let us hope it is only to congratulate us on our prize, Mr Landry,' Hayden replied.

The little lieutenant glowered at them, then spun on his heel and went to the shrouds to climb aloft.

The surgeon stood by Hayden a moment as the lieutenant once again raised his glass to quiz the enemy ships.

'Are you confident of this beneficent offshore breeze, Lieutenant?' Griffiths asked quietly.

'It is well known hereabout, and, unless the moon has stopped in its cycle, the tide will begin to ebb soon, for we are almost at high water. My fear is that wind and tide will turn against us before the enemy can be reached, for we will never work to weather in the light breeze that I expect – not against the tidal current that rushes out of the Goulet.'

'I shall go prepare my instruments, then. I pray my skills will go begging.'

'If we catch one of these ships, Doctor, I predict she will haul down her colours without a shot being fired, except perhaps one across her bow.'

'If only all sea battles were so economically decided.' The surgeon went back down the larboard gangway, dodging among the hurrying men. The drumming of hammers taking down the bulkheads below echoed hollowly through the ship, and Hayden glanced quickly aft, half-expecting to see Captain Hart appear to stop this small endeavour. He searched aloft and found Landry there, his glass fixed on the inner harbour.

Mr Barthe arrived back on the quarterdeck. 'We shall have royals and stunsails directly, Mr Hayden.'

'Thank you, Mr Barthe.' Hayden felt a strong sense of elation at having the cowardly Hart out of the way, at having an opportunity to take an enemy ship, even if only a transport. He had known Hart less than a sennight and already he felt an almost violent disdain for the man. Tyrant captains were not unknown in the British Navy, but the few Hayden had encountered were superb seamen and knew how to fight a ship – one had to respect them for that. They would never shrink from a battle or try to put themselves out of harm's way in an action. Even their miserable misused crews had a grudging admiration for them. Hart did not inspire even that.

The master gazed off at the slowly fleeing quarry, trying to gauge their speed. 'Do you think there is any chance we'll overhaul them?'

'It is in the hands of Neptune, Mr Barthe. They are becalmed for a moment, now and then, while we have the wind, then the reverse is true. They might try to work into the Rade de Camara – there under the batteries, but I can see there is no wind within the little bay. We might overtake them just beyond range of the long guns.'

A flock of wailing gulls swarmed after a small fishing boat that pulled for the harbour entrance, the fishermen eying the British frigate that had suddenly appeared around the headland, but Hayden paid it no mind. His eye and thoughts were fixed upon larger quarry, with only a glance now and then towards the opening into Brest Harbour, sensible to the fact that the port admiral would send gunboats out as soon as he was alerted to the presence of the *Themis*. These little craft, with their heavy guns, were more of a threat than he would admit to Landry.

'Are there not batteries on the northern shore as well?' Barthe asked, sweeping his glass across the cliffs.

'Further into the neck, Mr Barthe – the Goulet, as it is called. We will not venture so far.'

A jet of smoke erupted on the nearest chase, followed quickly by the thunder of the gun echoing off the nearby cliffs.

'Mr Hayden . . . !' Landry called down. 'They're firing at us, sir.'

'Just trying to gain the attention of the port authorities, Mr Landry,' Hayden called. 'No concern to us.'

There was some muffled laughter among the crew, for it was clear to anyone watching that the gun had been fired toward the harbour, and therefore would not have contained shot. The men, formerly so sullen and fractious, now went about their duties with a quick, light step, aquiver with anticipation. An action was just the tonic they required, Hayden thought.

Hayden glanced to westward. The sun was well set now, and the dusk would soon be upon them, rising, as he thought, like a dark mist from the lightless depths of the sea. He looked back anxiously at the transports. Their sails waved languidly as the breeze fell away. The *Themis'* sails filled with a dull *thup*. Across the water's surface, little cats'-paws could be seen scurrying, but without pattern that the sailor could discern.

'Do you know,' the master said, 'I think we make better speed than they when the wind touches us. These transports must have very foul bottoms.'

'Thank God for our copper, Mr Barthe,' Hayden said, for the bottoms of British Navy ships were sheathed in thin copper plates, against worm and to keep them from fouling overly in their long months at sea. 'Who is our cleverest helmsman?'

'Dryden, sir. He's at the wheel now.'

'We'll have to catch every puff, every zephyr if we hope to overhaul those transports. Once the ship is cleared, have the sail trimmers at their stations. We will send them down to the guns at the last possible moment.'

'It is a curse that we are so undermanned, Mr Hayden.'

'We shall have to make the best of it.' Their civilian guest arrived on the foredeck at that moment. 'Ah, Mr Muhlhauser. I don't know if you will have a chance to exercise your gun.'

The inventor appeared very nervous, rocking from foot to foot, his face a little pale and taut. 'Well, it is an education just to see a ship ready for action, Mr Hayden. All my years in the Ordnance Board and I have never seen a gun fired in anger.'

'We shall be lucky if we get to fire a chase-piece in warning, but I hope we will fulfill your desire in the near future.'

'On deck,' came the cry from above. 'Sail in the Roads, sir.'

'Gunboats,' Landry called down from his perch.

Hayden turned and found his second lieutenant in the foretop, among red-coated marines bearing muskets.

'How many, Mr Landry?'

The little lieutenant gazed through his glass a moment, then lowered it and called down. 'Three that I can see, sir, but there are other sail in the Inner Waters – I can't tell what they might be other than a Chase Mary.'

'And what in this world would that be?' asked Muhlhauser.

'A *chasse-marée*; "chase-tide" in English. Boats used for fishing, coastal trade, and a little privateering, when the opportunity presents itself. They're luggers, and quite fast when well sailed, which usually they are.'

'The gunboats do not concern you, I take it?' Muhlhauser said, attempting to sound casual.

'It will be difficult for them to beat through the Goulet in this little breeze. When tide and wind turn, they will carry us as well as them.'

'Where are the shoals in the Goulet?' Mr Barthe asked. 'I cannot make them out.'

Hayden pointed. 'They are barely awash on this high a tide. I know them well, Mr Barthe. Do not fear. If the captains of our chases know their business they will try to put Les Fillettes, the black rocks, between their ships and ours. Try to draw us onto the rocks, but we are sensible of their design.'

'Surely you will not go in so far?' Muhlhauser blurted.

'Just inside Les Fillettes, no further. I do not want to expose us overly to their batteries.' Hayden looked around. 'Oh, give us a wind! It is a race between snails! The wind is dying. The transports have distance and darkness on their side, and we must overcome both.' He looked around for the gun captain. 'Ready the starboard bow-chaser, Baldwin. We might hope to bring one of these transports to.'

The breeze teased them, pushing them forward for a

moment, then dying away. Filling the sails of the transports, then leaving them slatting in a calm.

The Goulet opened before them, and the masts of the distant French fleet stood out in the last light like strangely angular, barren trees.

'Mr Hayden, it is a very substantial fleet!' Wickham observed. He was crouched, steadying his glass on the barricade beside the bow-chaser. 'A number of three-deckers, and a passel of seventy-fours, not to mention the frigates.'

'It would seem the French fleet has returned, then. The word in Plymouth was that it had been discovered anchored in Quiberon Bay.' Hayden fixed his glass on the enemy fleet and felt a little wave of apprehension – the great ships so near and only his little frigate to stand against them.

'Will they send frigates after us when the wind turns, Mr Hayden?' Wickham asked.

'It is unlikely. The darkness will be complete by then, and it would be too easy for us to slip away, or for them to be separated, which might leave one alone for us to prey upon. They don't like to fight when the odds are even, Mr Wickham.'

'That is rather cowardly, sir.'

Hayden found this offended him, to his surprise, and he tried not to let it show. 'Well, the French have great armies, and we a superior navy.' Hayden lowered his glass. 'It makes for a strange war.'

The wind left the transports then and Hayden could see that the area around the enemy ships was mirror-calm.

'They've fallen into a wind hole!' Mr Barthe said, his voice rising a little in excitement. He glanced up at the sails, then out to windward. 'If we can just carry this breeze up to them.'

Hayden was trying to estimate the distances. 'What do you make them out to be, Mr Barthe? a league from the Goulet? Perhaps two miles from the protection of the batteries above Camara Bay?'

'I believe that is so, sir. And somewhat more than a mile from our present position.'

'We might just overtake them, yet,' Hayden muttered softly, almost afraid to say it aloud. He felt his heart pounding, and his breath was just a little short – excitement, not fear. He kept expecting to hear Hart take the deck and break off the engagement. What excuse would he make, Hayden wondered?

'Shall I whistle, sir?' Wickham asked, a little smile appearing on his youthful face.

'Never on a lee shore!' the master warned.

Deep in the Goulet, Hayden could see the gunboats tacking to the north. They still had wind, which, the lieutenant knew from experience, gained in strength as it funnelled between the high cliffs.

The gun captain unstopped his powder horn and primed the bow-chaser, anxious to fire the shot that might bring a prize. Hayden could almost see the greed shining in the men's eyes. He glanced back at the enemy transports and his heart sank a little. They appeared to be in shadow now, as though dusk had overtaken them as they lay becalmed.

'I think they're lowering boats, Mr Hayden,' Wickham announced.

'They'll try to tow her into harbour,' Hayden speculated, 'or at least into some wind.'

'That is a bit of desperation, isn't it?' the master said.

'It is, and we should be prepared to man our own boats. If we can get close enough to bring our guns to bear we will need boats to take our prize, in the event that we are becalmed. Mr Archer? I want enough men to handle sail and fight one side of the ship left aboard, but everyone we can spare should be armed and ready to go into the boats.'

Archer tipped his hat and hurried aft, calling out orders as he went.

'Begging your pardon, Mr Hayden,' the gun captain said,

touching a knuckle to his brow. 'Shall we fire a shot now? Put a scare into 'em, sir?' The man had a trunk with no waist, skinny arms and legs fastened in a haphazard fashion, like an ill-made child's doll.

Hayden suppressed a smile. 'Patience, Baldwin. I think we'll scare 'em more if we're in range. Don't you?'

The man looked a little sheepish. 'Aye, sir.'

They continued to creep across the bay, barely leaving a ripple astern. The tension on the ship was palpable, men standing at their stations, peering off at the distant transports, which drew ever so slowly nearer. Hayden glanced seaward, as he had every so often over the last hour, making certain that they were not surprised from that quarter. A French seventy-four or frigate appearing around one of the headlands would turn his little enterprise into a debacle. He did not want to give Hart that satisfaction, or turn his chase into desperate flight.

He raised his glass again. Even in the failing light, Hayden could now make out the anxious faces of the officers and crew of the transport. They were watching the *Themis* with the same intensity that Hayden's shipmates watched them, though with differing emotions, the lieutenant was sure. Wind rustled the near transport's sails, and everyone's gaze went aloft, but the canvas only slatted a little and did not fill. Hayden could almost see the disappointment in the candle-pale faces.

'How many guns will they have?' Muhlhauser asked.

'A handful,' Mr Barthe said. 'Likely six-pounders. They're no match for us, and know it well.'

'Mr Hayden!' Landry called. 'Frigate preparing to heave her anchor and make sail.'

Hayden turned his glass toward the anchorage. 'I see it, Mr Landry. Thank you.'

'Is that one of the French thirty-eights?' Muhlhauser asked, professional interest overcoming his nerves.

'Difficult to be sure from this angle,' Barthe said, 'but very likely.'

'Eighteen-pounders, then?'

'Yes, but they will never reach us.'

'On deck!' called the lookout. 'Second frigate preparing to weigh, sir!'

A little buzz passed among the crew, as they all seemed to shift positions at once.

'Thank you, Sparrow,' Hayden answered loudly. 'They will not weigh with tide and wind against them, but keep me informed.'

Barthe smiled, then said quietly to Muhlhauser: 'That was for the benefit of the crew. Best to keep their mind on the prize and not on the frigates.'

'Mr Hayden, sir?' A distressed-looking Madison hurried onto the forecastle. 'There is trouble on the gun-deck, sir.'

Hayden continued to peer through his glass, but a cold wave passed through him. 'What is the nature of this trouble, Mr Madison?'

'The gun crews are . . . quarrelling among themselves.' He paused as though unsure what to say. 'And insubordinate, sir.'

Hayden lowered his glass. 'Call Mr Hawthorne and a dozen marines. Have the armourer issue all the officers pistols and cutlasses. Mr Hobson: there is a brace of pistols in my sea-chest. Would you have my writer fetch them out, load, and bring them me?' Hobson raced off. Handing his glass to Muhlhauser, Hayden followed. 'Mr Barthe, overhaul those transports, if you can.'

'Aye, sir.'

Hayden was on the larboard gangway in a moment, noise from the gun-deck becoming louder. Men were arguing and petty officers shouting, but the situation was no longer under their control.

Hawthorne and the marines came pounding along the deck,

and Hayden relieved a marine of his weapon. In the fading light he could just make out the gun crews below in open confrontation.

'Train your weapons down into the waist,' Hayden ordered the marines, then, pulling back the cock, fired the gun out to sea.

The men all looked up and found the muzzles of a dozen muskets pointed at them. Hobson appeared with Hayden's pistols just then, and the first lieutenant seized one, turning it on the nearest man standing below in the gloom.

'You will return to your appointed stations.' Hayden hardly raised his voice, but the tone of it left no one in doubt. 'Any man who refuses to fire his gun when ordered or who does not work smartly to follow the officers' commands during this action will be deemed in open mutiny and shot where he stands.' The men hesitated scarcely a second and then hastened to their guns. Only one or two men were slow to comply or glared up at the lieutenant as they went back to their places. In the gathering gloom Hayden could not be sure who they were, though he suspected one of being Bill Stuckey.

'Lieutenant Hawthorne, I will leave this situation to you. Cry out if you require more men.'

The armourer and his mate stood aft of the gangways, about to arm the boat crews but hesitating. Hayden knew immediately what went on – the armourer was afraid to surrender weapons to men who might be insubordinate.

'Mr Hawthorne?' Hayden called out. 'The rest of your marines will join the boat crews, if you please.'

Hawthorne began calling out the names of men for the boats, and Hayden went to the armourer, a steady, sober man who he was sure knew the Jacks better than he. 'Arm those you trust, Mr Martin,' Hayden said quietly, 'tell all the others they are wanted for the ship.'

He heard Barthe calling orders to the sail-trimmers.

'Have you a pistol, Mr Hobson?' Hayden asked.

'I have, sir,' the midshipman answered smartly, his voice a little thin.

'Yourself and Mr Madison will take charge of the forward guns on the gun-deck. If any man tries to take your pistol, you must shoot him. Can you do that?'

The boy looked a bit disturbed but not frightened – at least not overly. 'I think so, sir.'

'Don't think so. Your life will depend on it, as will the lives of many of your shipmates.'

'I will do it, Mr Hayden.' The boy gripped his pistol tightly.

'Good for you, Hobson.'

The midshipman called to Madison, and the two of them descended the stair into the waist, and though they might have walked a bit too closely together, they were admirably resolute, given that the Jacks were almost, to a man, larger than they.

'Mr Landry!' Hayden called out as he returned to the forecastle. 'I will require your presence on the deck, if you please.'

Something caught Hayden's eye at that moment: there was a sail beyond Île de Beniguet!

'Where in deepest hell did that come from?' Hayden said, pointing. 'Look sharp aloft! Is that not a sail in the offing?' The lieutenant's heart suddenly began to race.

'Frigate to the west!' the lookout sang out, but he was in trouble now, as the lookouts aloft always were if any man on deck discovered ships, land, or any other object of interest, before they did.

'Damn!' Barthe said under his breath, wheeling around to gaze out to sea. 'We are for it, now.'

'Aloft, there!' Hayden called, forcing his voice to sound calm for the sake of the crew. 'Is she one of ours, can you see?'

Landry was standing in the tops, his glass trained out to sea.

Smoke bloomed from the distant frigate, and a hoist of flags floated aloft – the private signal. At the same time, British colours broke out at the mizzen.

Hayden closed his eyes for a second and uttered a silent thanks. If the frigate had belonged to the enemy, they might have been ending their day in a French gaol. 'Well, I shall be happy to share our prize money, if there is any to be had, just to know that isn't a Frenchman to the west.'

'We shall not let Landry forget that!' Barthe declared. 'Even if he was detailed to count the fleet.'

'Everyone had their eye on the prize money, I think,' Wickham said.

'Who is midshipman of the watch?' Hayden asked.

'Williams, sir,' one of the crew answered.

'Have him answer the private signal and hoist "Chasing." ' He turned back to the transports. 'Let the French frigates see that we have an ally.' It was unlikely that the distant English ship could reach them in the failing wind, but Hayden still felt a strong sense of relief just knowing the ship was there. If nothing else, his crew would be unlikely to mutiny knowing a British frigate lay in the offing.

Landry appeared a moment later, looking both frightened and resentful, but Hayden had no time to be conciliatory.

'Here are our circumstances, Mr Landry. I believe Mr Hawthorne and the officers can keep the crew in their places aboard the *Themis*, especially now that there is a second British frigate within sight, but I am concerned about the prize crew. I feel I must go with the boats, if it comes to that, lest they turn against the marines and officers. That will leave you to command the ship. Are you prepared to see this action through? I know you were against it from the start.'

Landry looked around sulkily. 'I see little choice now. We cannot break it off and let the crew think we are afraid of them. It would never do.'

'No, it wouldn't,' Hayden agreed. He waited, but Landry

offered no more. 'Will you take command of the ship, then?'

Landry nodded unhappily.

'Mr Barthe?' Hayden called. He quickly drew a sketch of the narrows that led into the harbour of Brest, indicating where the rocks lay in the entrance. Hayden suspected that Landry did not have the mettle to see the thing through if anything at all went awry; he would turn the ship out to sea the first chance he got, perhaps even if it meant leaving the boats and their crews behind. Hayden would then be relying on Barthe to support them.

What a position he was in – and he felt a fool for it. Never for a moment had he thought that the men would shy from action or that they would turn on their officers in a crisis. This was a far cry from signing a petition or even refusing to sail.

Hayden directed his gaze to the transports. The far ship had moved ahead, almost certainly beyond their reach now, but the near ship lay becalmed on the dark sea. Hayden looked down into the inky water, trying to gauge his ship's speed. Hardly two knots, he thought. But the chase was almost within range.

'How distant is that transport, Mr Barthe?' he asked the sailing master.

'Five hundred yards, Mr Hayden. Perhaps five hundred fifty. It is difficult to be sure in this light.'

'I think you're right. Closer to five and fifty, I should think. I don't imagine they'll deem us a threat at this distance, even if we could put a shot across their bow.'

'I fear you're right. It will be a close-run thing, Mr Hayden. They are almost beyond our reach.'

Hayden turned to find the third lieutenant. 'If you please, Mr Archer, embark the boat crews. And hold a place for me in a cutter.'

Overhead, the stars began to appear in the last dispersed light of the sun. Hayden could still make out the transports – silhouettes against the dark cliffs. The nearest had her boats out before, men straining at the sweeps to pull the ship out of the calm that gripped them. The second transport had abandoned her sister and was making for the harbour entrance, perhaps catching the eddy that ran beneath the cliffs on the outgoing tide. Beyond her, the gunboats had tacked again, and still further into the bay the frigates awaited the change of wind and tide.

Perseverance appeared in the dim light with Hayden's night glass, taking his ordinary glass under an arm. 'Thank you, Perse,' Hayden said.

'Can you make out the rocks in the narrows with that?' Barthe asked.

Hayden lifted the instrument and gazed into the gathering dark, the world suddenly upside down, for the night glass inverted everything and took some familiarity of use. 'Just.' He pointed. 'Our present course will see us pass to seaward of them.'

For a few moments they carried on, the fitful breeze bearing them over the dark, glassy waters. Hayden turned and could still distinguish the marines standing over the men in the waist, muskets raised. Even in the near-dark he could discern the fear and tension by the attitude of their bodies. Lanterns were lit, and the ship's bell rung. Along the deck, one of the sail-trimmers whispered to another, and a bosun's mate smacked the offender with his rattan.

A powder monkey, an orphan of ten or eleven, carried a cartridge up onto the forecastle, but the gun captain, Baldwin, turned the lad around. 'That is for the carronades, Lytton,' he whispered, and sent the boy off with a pat on the shoulder, as though he were his own child.

They were good men, most of them, Hayden thought. But the rest were a mystery: secretive and cunning. Murderous, too, perhaps.

It was becoming increasingly difficult to judge the distance to the chase, which was still utterly becalmed and barely making headway with the boats hauling.

'Baldwin? Aim your gun, if you please. We will put a shot across her bow. Try not to kill the men rowing.'

'Aye, sir.'

A handspike was used to shift the chase-piece, and the gun captain elevated the barrel, sighting carefully along its length.

'Ready, sir.'

'Wait a moment yet . . .' Hayden held up his hand. As if that were a sign, the wind died away completely.

'Damn!' Hayden swore.

Still, the great mass of the ship meant that she would carry her way for some distance.

'It is now or never, Mr Baldwin.'

'Aye, sir.' The gun captain took one more look along the length of the barrel, moved clear of the recoil, and pulled the firing lanyard. The report of the six-pounder broke the stillness, sending up a flock of seabirds. The smoke vomited out before the bow, and slowly the boat drifted into the cloud.

Wickham ran out to the end of the bowsprit, stood a moment in the cloud of smoke, and then pulled off his hat and cheered. 'They've struck, sir! They're hauling down their colours.'

Hayden felt himself sigh. 'The ship is yours, Mr Landry. But you must support us until the prize is secured. Do you understand?'

The sour little lieutenant nodded; he glanced resentfully over his shoulder at the distant British frigate – witness to all that would occur.

'The tide will turn of a moment, and soon there will be a breeze from out of the bay. We must get the prize away before the frigates can reach us.'

Again Landry nodded, and just as sourly.

Hayden returned the gesture, then hurried along the deck. 'You have this in hand, Mr Hawthorne?' he asked as he passed.

'Not to worry, sir. Just secure our prize.'

'That I will, Mr Hawthorne.'

Hayden took his cutlass from his servant and scrambled over the side, finding a place in the bow of the cutter instead of in the stern-sheets by the coxswain. He would be at the back of the men at the sweeps, who could not see him unless they turned; an advantage, given the state of affairs.

'Away boats,' he called. 'Make for the prize, Mr Childers.'

The boats pushed off and the sweeps flashed out. Hayden stared into the gloom a moment, the prize a dusky mass against the cliff.

'These Frenchmen might play us a trick yet,' Hayden said to the men, 'especially now that the *Themis* has lost her wind and might be unable to bring her guns to bear. We must be prepared for them to attempt to repel boarders.'

'They would never—' but then Childers caught himself. 'Would they, Mr Hayden?'

'If they were French Navy I would trust them to be honourable, Childers, but the masters of these ships could also be the owners, and they might be a little more desperate, and not think through what resistance might mean. But let us hope that is not the case.'

Hayden looked up toward his own ship, almost still upon the calm sea. A voice broke the evening quiet.

'What the bloody hell is this? Landry, damn your eyes! Who fired that gun?' A second's silence. 'Mr Hawthorne . . . what is it you do, sir?'

The marine's answer was too quiet to understand.

'I feel unwell . . .' came Hart's voice, travelling freely over the water. 'Give me your arm, Doctor. Landry . . . ?'

'Sir,' Landry answered, the quaver in his voice clear at two hundred feet.

'Steady on, lads,' Hayden said quietly. 'There is no turning back now. Our prize money is there for the taking.'

Would Landry have the sense not to tell Hart the boats were away?

'Are these the cliffs of Brest?' Hart asked. His voice was heavy, the words slurred.

'Damnation!' Hayden whispered. *'Pull!'*

'We were reconnoitring the French fleet when the wind died, Captain,' Hayden heard Barthe announce loudly.

Good man, Hayden thought. Draw the captain's attention away from the prize and the boats. It was now so dark that Hayden thought the boats might be all but invisible from the deck of the frigate.

He turned to see if the prize showed signs of resistance. The barge was to starboard of them and pulling hard – gaining on them, actually. The second cutter was just in their wake, but keeping station. With a little luck, the master of the transport would not know how many men came from the English ship, which might make any thought of resistance less appealing.

Hayden stood up in the bow, cupped his hands to his mouth, and called out with the greatest confidence he could muster: *'Préparez-vous à être abordés! Au moindre signe de résistance, notre navire ouvrira le feu.'**

He waited, wondering if a musket ball would be the answer, but there was only hushed conversation in French.

'Mr Hayden!' came Landry's voice out of the dark. 'Captain Hart requires that you return to the ship at once.'

'Fucking poltroon!' one of the rowers muttered.

'Silence, there,' Hayden snapped. He looked back at the *Themis*, barely visible in the gloom.

'What shall I do, sir?' the coxswain asked over the heads of the men.

Hayden hesitated only a second. 'Row on. They can court-martial me if they wish. I will do my duty, even so.'

*'Prepare to receive boarders! Do not make any sign of resistance or our ship will open fire.'

One of the men at the oars spoke up. 'I'm sure Lieutenant Landry said, "Return *with* the ship at once." He must mean the chase, sir. Return with the chase.'

'Wickham . . . ?' Hayden said. 'Is that you?'

'Yes, sir.'

'How did you get aboard?'

'I thought you might need some help, sir.'

Hayden almost laughed. 'Are you sure Landry said "with the ship"?'

'Quite certain, sir.'

'Then I'm sure you're right. Row on!' he ordered, and was gratified to see the other boats did not hesitate but stayed their course.

'Mr Hayden . . . !' Landry called.

The steep topsides of the transport loomed out of the dark, and the sharp report of a musket and a tongue of flame greeted them. The ball struck the oarsman nearest Hayden, who grunted once then slid limply down.

Raising his pistol, Hayden fired at the dark form above, and a man toppled into the sea not a yard distant. The boat came alongside with a thump, and gunfire cracked all around as his own men brought their weapons to bear. Hayden threw a grappling hook at the shrouds and scrambled up the side of the ship. He fought a man off with his cutlass as he came over the rail, but a second man managed to run a bayonet through his jacket. Wickham shot the Frenchman as he pulled back for a second try, tumbling him to a deck turning rapidly bloody.

Gunfire quickly gave way to the clash of steel, the English sailors grunting and cursing as they went to work. It was all over in a moment, or so it seemed, the crew of the transport unwilling to give up their lives for their cargo. Many escaped in the boats, and the few who remained were herded together on the forecastle.

Wickham appeared out of the dark, flushed with excitement. 'Are you hurt, sir?'

'A scratch. Mr Franks? Are we secure below?'

'Aye, Mr Hayden. Flushed a few Frenchies out of their hidey-holes.'

'Well done.' Hayden stared along the deck, barely visible in the cold starlight. A few men were down, tended by their fellows, and some others were being slid over the side – he hoped they were not his. 'Wickham? Spin the wheel, if you please, and see if the helm answers.'

The boy jumped to the helm.

Hayden knew if the French master had disabled the steering they would be in trouble. Walking quickly about the deck, Hayden assessed the situation. The sails were still set, though they wafted about with every roll of the ship, no wind to make them sleep. The brief altercation had done no damage to the ship that he could see. As he came onto the quarterdeck, Wickham spotted him.

'The helm answers, Mr Hayden.'

'Then we have a chance of slipping away. I want a lookout aloft. Price – up you go.' One of the crew jogged to the shrouds and ran lightly up. 'Can you see the gunboats?'

There was a moment of silence. 'Lanterns in the necks all, sir.'

'That will be them, I think. The French frigates . . . can you see them?'

'No, sir, but there's a mass of lights in the anchorage, Mr Hayden.'

'I'm sure there is,' Hayden said to himself. 'Can you make out the *Themis*?'

Silence from aloft.

'There she is, sir!'

Hayden suspected the man was pointing, but he could barely make him out in the dark.

'Where away?'

'Nor'west by north. A mile or more, sir.'

'Tide's turning, Mr Hayden,' Franks reported.

Hayden stood a moment, aligning the top of the nearby cliff with a distant star. 'So it is, Mr Franks. Let it carry us out to sea.'

Hayden took the wheel. 'Mr Wickham, will you make a count of our wounded . . . and any we've lost.'

'I will, sir.' The boy went to the nearest gathering of men all crouched about a comrade, and Hayden heard him whispering. The boy had a good touch with the men. There was sincerity in his manner that could not be feigned. The men sensed his concern was genuine.

Hayden lined up another point on the cliff and a star, gauging their speed. A breeze rustled the sails. He felt it on his face – a warm, fragrant wind off the land. A fair breeze. Whether it would also carry gunboats, he didn't know. It blew a moment, then died away.

'Mr Franks? You are now sailing master and bosun together. Station the men as best you can to work the ship. Square the fore-topsail yard. As soon as we have sternway I shall put the helm over for the starboard tack. We must get clear of these cliffs and out to sea, if we can.'

'Aye, sir.'

Franks began calling out names, and much to Hayden's relief, the hands responded with a will, just as they had when boarding the ship. The disaffected aboard the *Themis* had not come off in the boats, apparently – either that or prize money had temporarily dulled their republican ideals.

The yards were shifted just as the breeze filled in. Hayden put the helm over, and in a moment the ship began to answer. As the bow fell off, the sails filled gently, and the fore-topsail yard was braced around quickly. Hayden could feel her motion check. Slowly the ship began to make way.

'Keep the wind on the quarter, Mr Franks. When we are able, we'll wear and stand out to sea on a south-westerly course. Aloft there! Can you see the *Themis* or the other frigate?'

'The *Themis* is on the other tack, Mr Hayden,' came a voice from aloft. 'The other frigate . . . I can't see, sir,' the lookout called. 'Wait, sir! I can see lanterns. Due west, Mr Hayden.'

'That will be she,' Hayden said. 'Keep her in sight, if you can.'

Wickham came quietly onto the deck, his manner very grave. 'Two dead, sir: Green and Starr. Six wounded.' He hesitated. 'Though Smyth won't live out the hour, I don't think. We can't stop the bleeding.'

'I am dismayed to hear it. We need Dr Griffiths, but we'll never catch the *Themis* in this bucket.' Hayden had no illusions of his own medical abilities, but handed the helm to Wickham and went forward to see to Smyth.

The man lay on the foredeck, tended by his mates. They had made him as comfortable as they could, but a thick pillow of cloth pressed to his side was quickly turning sodden with blood.

'Are you in pain, Smyth?' Hayden asked the man, his face barely visible in the moonlight.

The wounded sailor did not speak but only shook his head – a silent lie, Hayden was sure. He stayed a moment longer, then took his leave, beseeching the men to do what they could for his comfort. In a moment he was aft, where he took the wheel from a sad-looking Wickham. The two stood in silence for five minutes.

Hayden gave the wheel a spoke. 'So, that was your first action, Wickham?'

'Yes, sir. It was. I should have thought better of it had we not suffered men killed and wounded.'

'Yes, damned French master. He hauled down his colours and then had a change of heart when the *Themis* could not bring her guns to bear. The villain!'

'He paid for it, sir. Franks cracked his pate.'

'Is he still aboard?'

'No, sir. We put him over the side – dead.'

Hayden had no answer for that. The man had paid dearly for his treachery, but so had Hayden's crew: two dead, likely three by morning. And then there was the wait to see whose wounds would develop putrefaction. The sailors feared that more than death in action.

'Did you hear about the cargo, sir?' the boy said, his mind turning away from the sad news.

'I did not.'

'Grain, sir.'

'Well, that is good news!'

'Aye, sir. My first prize.'

'We have not got away yet, Wickham. There are frigates and gunboats and shoals and rocks, and nary a handkerchief of wind to carry us to safety.'

'We will slip away. I have no doubt of it.' The boy's confidence was heartening. 'But what will happen when we find the *Themis*, sir?'

Hayden knew precisely what the boy meant. He wondered the same thing himself. Hart would no doubt be furious. They had disobeyed a direct order – and he was not sure their claim not to have heard it properly would hold much water. But they had taken a prize and reconnoitred the fleet in Brest Roads. Hart had been too ill to command the ship, and when he did come on deck and give orders his speech was slurred and he could not stand unaided. His competence could be brought into question.

'Sir?'

'Pardon me, Wickham,' Hayden said quietly. 'I don't know what will happen. I am not Captain Hart's protégé, that is certain. Prize money might not counterbalance disobeying orders and getting three of his crew killed.'

'Oh, he shall not be troubled about the deaths, sir. I can assure you that. Disobeying his orders, though . . . The captain does not like to be defied in the least thing. Mr Arnold, our old first, used to say that if the captain ordered you to steer south and you deviated to avoid wrecking the ship he would have you court-martialled for insubordination.'

Hayden wished the men would not speak to him so – as though they all conspired against the captain and so could say whatever they liked. Yet what was he to do? Defend Hart? He had just disobeyed the man's orders and conspired with the doctor to take command of the ship, however briefly.

Lurking beneath the surface was an awareness that he had done more than disobey Hart – he had proven to the crew that he was not in the least shy. Let Hart abuse him in public all he liked, the timid captain would now never be shut of the knowledge that Hayden could do what he could not – and that the crew were, to a man, sensible of it. All Hart's bullying would now be seen for what it was – malice inspired by envy.

'Divide the crew into two watches, Mr Wickham . . . I will stand the first watch and you the second. The off-watch may sleep on the deck. It will be a quiet night, I expect.'

'Aye, sir.' Wickham went off about his business, without question.

He posted lookouts, for there were frigates about and maybe gunboats, too. His disposition of the crew showed an admirable balance between the needs of the ship and the requirements of discipline, while still rewarding the men for their part in the action by easing the regulations a little.

Some spirits were found and the off-watch – and some of the men on watch, he feared – sat on the deck in the moonlight and got quietly drunk. Hayden cautioned them to make no noise as there might be enemy ships in the dark. He purposely carried no lanterns and trusted to sharp eyes and starlight to keep them safe. If his prize were run down by a British frigate he would look the fool, but they were no match for a French frigate and had to trust to darkness to keep them safe.

The shore breeze carried them a few miles out to sea, where Hayden hove-to for the night. Two hours after midnight the wind died away altogether, and the ship lay on a glassy sea. The waning moon rose at midnight, forming an almost unbroken silver path to the shore.

Hayden could not sleep. It was not worry about the morrow, though his mind did stray there, now and again. More he thought of his childhood visits to Brittany and his mother's people dwelling there. How different they had seemed to his parents' friends in England. The smells of the houses came back to him on the land breeze. The scent of gardens or baking bread, hay new-mown. He felt what he could only describe as a deep longing for his mother's homeland – a place where he had known great happiness as a child. How he regretted those few weeks in Paris now, for they had tainted his perception of his mother's people, and made him question his own understanding. If only he'd been at sea for that time, far from the mobs and inflammatory speeches, the calls to the barricades.

Until he had taken this commission, Hayden had always found matters clearer at sea. The enemy sailed under a known flag and one was never puzzled about their culpability – it was a simple matter of sinking or taking them before they did the same to you. The sea he had known since childhood, and he had managed a ship in almost every imaginable condition. He trusted himself at sea far more than upon the land. But clarity aboard ship had been surrendered the day he set foot on the *Themis*, where nothing was as it seemed. To find himself, now, but a few miles from his uncle's home, aboard a French prize, waiting to be castigated for doing his duty – it was a strange pass.

Hayden had been on voyages where the wind and the sea would not allow you to go where you wished. The forces of weather were too great to contend with, leaving the captain either to wait until the weather favoured him, or to adjourn to some place the weather would allow. He wondered why he persisted in His Majesty's Navy when the Navy itself was like a force of nature trying to turn him back. There was no indication that this weather would ever change.

But he had sided with the English in this improbable war, and there was a part of him that believed success in his career would mean acceptance among his father's people.

Hayden's self-awareness was certainly enough that he knew his father could not be forgotten in this matter. He had been a promising officer whose career had been cut short. There was a trust there. A task to be completed. A standard to be taken up. Foolish, perhaps. Sentimental, certainly. But he wished to finish what his father could not.

'You cannot make a dead man proud,' he muttered to himself.

A throat quietly cleared not a yard away, making him spin around.

'I think it is my watch, sir,' Wickham said. The moonlight threw a shadow net of rigging over the boy.

'Is it?'

The midshipman nodded. 'Yes, sir.'

'Then the deck is yours. You won't object if I sit here on the rail? The moonlight is very fair.'

'So it is, sir.' Wickham came and stood by the rail, looking out to sea. 'It is a strange night, sir. Reflective, I suppose.'

'Why is that?'

The boy shrugged. 'Even a small action, like the one we fought today, makes a body philosophical. It is hard to grasp that a man can be alive one instant and dead the next. Like a candle being snuffed. I ran my cutlass through a Frenchman's breast – right through the heart, I'm sure. He fell, and I could see his face as I withdrew my blade. He knew in that instant that I had killed him. I shall never forget his expression, sir. What an appalling thing to have done – stolen away a man's life . . .' The boy fell silent.

'Yes, it is. There is nothing worse. Was that the man who tried to bayonet me?'

'Aye, sir.'

'You killed him, but you saved my life, for which I have not thanked you.'

'No need, sir. You might save my life someday. Shipmates,' he said, as though it were all the explanation necessary.

'The Frenchmen we killed today,' Hayden said suddenly. 'I felt I knew them. The harbour at Brest was well known to me when I lived here, and the docks were thick with such men, all in their Breton sailors' caps, shirt-sleeves rolled.' Hayden glanced at Wickham in the moonlight, only to find a look of desperate distress on the boy's face. 'I wish I had some sage advice for you, Mr Wickham, but I think the best a man can say is: it is a war. Those men would have killed you without a moment's hesitation. It is a terrible thing, but the radicals must be stopped. Best we keep the guillotine on their side of the Channel.' Hayden wondered if his own misgivings made his words sound as false as they felt.

The boy nodded, trying valiantly to regain his composure. 'Yes, sir. It was just the first time . . . I'm sure I'll make my peace with it.'

'I'm sure you will.'

One of the crew walked by, keeping himself awake on watch by staying on his feet.

'It is rather like a holiday, isn't it, sir?' Wickham said, making Hayden laugh. 'I mean, the men all sleeping about the deck, and no one turning the glass or striking the bell.'

'Yes, exceedingly like a holiday,' Hayden agreed.

'The men are all very pleased about the prize money, Mr Hayden.'

'Tell them not to spend it before our claim has gone through the Prize Court.'

'Is it true that the men aboard the other frigate will share in our prize?'

'It is, yes.'

'That hardly seems fair.'

'Well, a prize might not strike so quickly if there were not another ship nearby. So even if she does not fire a shot, a second ship can influence the action.'

'But the other frigate could never have reached the transport on that wind, and we were forced to fight, despite her presence.'

'All that is true, but one day it will be your ship in the offing and you receiving a share of the prize money for doing little or nothing, and then you'll see the justness of it, I'll wager.'

Wickham laughed gently. 'Perhaps you are right, Mr Hayden. I will leave you to your thoughts, sir.'

Hayden was not sure that he wanted to be left to his thoughts. The many notions that found him in the dark of night – anxieties and doubts – come morning, often seemed not worth all the anguish. But these ideas visited him by night whether he made them welcome or not.

14

Hayden woke at first light, groggy and out of sorts. His sleep had been full of dreams, some dark, violent, and cruel – reliving the brief skirmish he'd just survived – but others had been so sweet they had made his heart ache. Dreams of a girl he'd adored as a boy spending the summer of his tenth year in France. In his dream she had told him his blue eye was 'for the sea' and his green 'for the earth,' though in real life she had been much given to laughter and not to sounding like some gypsy fortune-teller.

'Good morning, sir.' Midshipman Lord Arthur Wickham was standing at the taffrail, perusing the sea with a French glass. 'I can see the *Themis*, sir. And the French coast is just visible to the east.'

They were under way in a faint north-west breeze, making perhaps two knots due south. Hayden rose stiffly and turned a slow circle, examining the sea. The sky was opalescent, splashed across the eastern horizon with volcanic orange and red. High, irregular clouds dappled the vault, the moon in its last quarter pale among them. It was shaping up to be a fair day.

'Good morning to you, Mr Wickham. And how fare our sick and wounded this morning?' Hayden asked.

The boy made a face. 'We lost Smyth, sir, though he clung to his life for a beastly long time.'

'I'm sorry to hear it. May God rest his soul.'

'Aye, sir. So said we all.'

'If you please, Mr Hayden . . .'

Hayden turned to find the coxswain, Childers, bearing a tray. 'It's just boiled porridge and apples, sir. But that's the French master's own coffee. Mr Wickham said you might not mind eating on deck, sir.'

'I would not. Thank you, Childers.'

The coxswain made a knuckle and retreated back to his duties as steward, apparently. Hayden sat himself down upon a little bench-seat built up against the taffrail, and placed the tray on his knee. He was, to his surprise, famished.

'What of the prisoners, Mr Wickham?'

'Mr Franks is seeing to their needs, sir. He rousted out their own cook and put him to work. He said French victuals would be good enough for the prisoners, but wouldn't answer for Englishmen.'

Hayden, who had grown up on French fare, hid his smile. A few bites into his breakfast, and the lookout called: '*On deck!* Sail sou'west by south.'

'Is it the second frigate, Mr Lawrence?' called Wickham, who seemed if not his usual self, at least not overly subdued, which Hayden was happy to note.

'I think it is, Mr Wickham. It's making to intercept our course about where we'll meet the *Themis*.'

'You can't make out her colours?'

'Not yet, sir, but when the sun's up . . .'

'Thank you, Lawrence.'

Hayden sipped his steaming coffee and almost sighed. He had been killed half a dozen times over during the night, and here he was the next morning, drinking his morning coffee aboard a prize.

It had become apparent, during the dark hours, that his side stung and his shirt clung to his skin where the bayonet had run through his jacket. Finishing up his meal, Hayden stood, coffee in hand, and regarded the distant frigates. One was undoubtedly the *Themis*, and the second was almost as certainly British. Hayden couldn't imagine a French frigate sailing so boldly toward the *Themis*, knowing there was a second British ship in these waters.

The sun's limb touched the horizon, lifting slowly through the thin band of cloud.

'*On deck!* British colours at the mizzen,' the lookout called down.

'Thank you, Mr Lawrence,' answered Wickham. Seeing the first lieutenant had finished breaking his fast, the midshipman tipped his hat. 'Your orders, sir?'

'You seem to have everything in hand, Mr Wickham. You might want to place me in irons before you take me aboard the *Themis*, but otherwise, carry on.'

Hayden removed his jacket, unbuttoned his waistcoat, and found his shirt pasted to his side by a sticky mass of blood.

'Oh, sir, you're wounded!' Wickham said.

'Not compared with many another. Childers?' Hayden called the coxswain. 'Is there some water on the boil?'

'There is, sir.'

'May I have a bowl?'

'Aye, sir.'

Hayden used the hot water to wash his wound as best he could, and found, to his relief, that it was a comparatively minor gash about three inches long. Childers bound it up for him and one of the men washed most of the blood from his shirt and waistcoat and hung them up to dry. A shirt was found among the dead French master's linen, and Hayden pulled it on, slipping a jacket over top, not unaware that his uniform now reflected his parentage – part English, part French.

The *Themis* scratched a small wake across the blue surface of the sea, barely rocking in the calm waters. She turned to starboard as the two ships closed, clewed up her main and fore-course, and backed her main topsail. It took Hayden some time to wear the transport, due to their small crew, but they were soon hove-to thirty yards from the frigate. One of their cutters was brought alongside, and leaving Franks in charge of the prize, Hayden and Wickham descended into the boat.

'Well, now I'm for it,' Hayden said, feeling his resentment kindle.

'You just took a French prize, Mr Hayden. You should be cheered as you come aboard.'

'I don't imagine huzzas are what Captain Hart has in mind.'

They were soon alongside the frigate and Hayden clambered quickly up the side, feeling that no matter how much abuse was heaped upon him, he would, in some intangible way, have the upper hand in his struggle with Hart until the captain proved himself in battle. As he came over the rail he was met by silence from the crew, but Hawthorne gave him a hand, smiling broadly.

'Well done, Mr Hayden! Well done!'

'How went our mutiny?' Hayden asked quietly, glancing fore and aft. There were more marines than usual stationed about the deck, but otherwise all seemed quiet.

'There were some floggings, sir, but it amounted to very little,' Hawthorne said quietly, but looked worried all the same. 'We shall speak of it later.'

Mr Barthe came smiling down the deck and shook his hand. 'Our first prize of the war,' he said warmly, 'and all on your account, Mr Hayden.' He shook Wickham's hand as well. 'What is aboard her?'

'Grain,' Wickham said.

Barthe's smile broadened. 'Let the sailors of Brest go without their mealy French bread,' he said. 'Their misfortune is our fortune.'

Landry was standing nearby, hands clasped behind his back. 'The captain would see you in his cabin, Mr Hayden.'

Hayden nodded, glanced at Hawthorne, who raised an eyebrow and shook his head. The first lieutenant walked toward the quarterdeck companionway, sure his court-martial would be announced momentarily. As he went below, he glimpsed the other frigate ranging up under a press of sail.

A marine at the captain's door announced him and Hayden

doffed his hat and stepped into the great cabin. Hart stood by the stern windows, hands behind his back, staring out at the sun-dappled sea. Hayden waited for some time before Hart finally turned toward him. Instead of the anger he expected, Hart's features were composed, even aloof, as though he had been put upon by some other and had retreated into exaggerated dignity.

'Never in my years of service have I had an officer disregard my orders so thoroughly as did you last night. Nor have I had a lieutenant under my command wilfully put my ship and her people into such peril.' The look of haughty disdain disappeared, and the hazy eyes narrowed. 'The courts-martial shall put an end to your capers, sir. Try to make me look the fool! It is nothing but damned luck that you did not wreck the *Themis* and drown my crew.' He slammed his fist down on the paper-strewn table. 'Damn your eyes, sir! You shall not serve aboard a ship in the King's Navy again! I will see to it!'

Through the open window came a hail from another ship. The second frigate had ranged alongside.

Hart looked around as though confused, then gathered his wits. 'You shall take the prize to Portsmouth and, upon my return, face a court-martial. Now remove yourself from my sight.'

Hayden made a small bow, and left the cabin. It was no worse than he had expected. Hart had much influence with the Admiralty, so his threat was not empty, prize or no prize.

Very little aboard a ship was secret, and Hart's threat would have been heard. Within the hour everyone would know. Well, at least he would be off the ship. He would return to Portsmouth and make his report to Philip Stephens. One could hardly say he had fulfilled his commission, and he didn't believe the First Secretary would think so either.

Up in the sunlight, Hayden could see the men gathered along the rail, and the masts of the frigate beyond. Hart appeared on the deck almost immediately, and went to the rail, where the midshipmen and warrant officers parted before him, everyone sensing his anger. Hayden pushed through the men and found himself looking at the *Tenacious*, her captain standing on the rail, holding on to the mizzen shrouds with one hand.

'Hart, you young fire-breather!' Henry Bourne called across the calm water. 'That was as neat a piece of work as I have ever seen! It took some bottom to slip in there with gunboats and frigates threatening, wind dying away, darkness approaching – not to speak of Les Fillettes! I feel avaricious to claim my share . . . but my crew do not agree.' A charming grin spread over his face. 'I could not see all that happened in the dark. We could just make out the Frenchman hauling down his colours and then we heard musket fire and some hot work, or so it seemed. What was it that transpired?'

Hart hesitated a second and then answered, 'They hauled down their colours, but then the captain found his courage when the wind died.'

'The scoundrel!' Bourne cried, still grinning. 'Well, I shall take the greatest pleasure in writing my report for the Admiralty. This is one action where I shall not have to exaggerate the courage or enterprise of the men involved. Who led the boarding party?'

'One of my lieutenants,' Hart said casually.

'Tell me who it was so that I might mention him by name . . .'

'No need, Bourne. I shall see he gets all that he deserves,' Hart answered.

Bourne turned his gaze to the crew gathered at the *Themis'* rail, then shaded his eyes. 'Is that Mr Hayden?'

The first lieutenant doffed his hat and raised a hand.

'Well, now I understand!' Bourne continued. 'You had aboard a pilot. There is no man in His Majesty's Navy who knows the port of Brest more thoroughly.' He glanced down. 'My boat is launched. Let me come across to you. There is a matter I wish to speak of.'

Hart gave a little bow and a wave of the hand. The agile

Bourne was down into his cutter in a moment. Marines were quickly lined up and the bosun's mate piped the captain aboard. The marines stamped the deck and presented arms.

The genial Bourne shook Hart by the hand, offering his congratulations again. He turned to Hayden. 'It wasn't you who led the boats, was it, Mr Hayden?'

'It was, sir. The men did not shrink from the danger in the least. It was an honour to lead them.'

'Spoken like the gifted officer you are,' Bourne said, then turned to Hart.

'You are a fortunate man indeed to have Mr Hayden as your first. Were it within my power to grant, he would have made his post by now.'

Hart hid his reaction to this, but neither did he make any sign of agreement.

The officers were introduced, and Bourne, who was a man of great charm, won them all over with little more than a smile and his apparently genuine pleasure to make the acquaintance of each one of them. He took special notice of Wickham when told that he had been in the boarding party that had taken the prize.

'I believe Mr Wickham saved my life,' Hayden told him.

'For that you have my thanks,' Bourne said, 'for Mr Hayden is dear to me.'

They repaired below, Bourne sweeping Hayden, Wickham, Landry, and Barthe up in his wake. The table in the captain's cabin was soon set with a light meal, and Bourne spread his particular charm and good-will over the gathering. The company, aware of his reputation, hung on his every word. In a moment he was telling stories, some featuring exploits in which Hayden had played some small part – though Bourne did much to exaggerate this and to sing his praises.

As the meal came to an end, Bourne asked Hart if they might have a word.

‘Certainly Mr Hayden may stay,’ Bourne said, as the gathered officers began to file out.

When the door was closed, Bourne turned to Hart, fixed him with that natural smile, and asked, ‘I don’t know whom you would send home with the prize, but I have a second lieutenant who has a pressing need to see England. His wife gave birth to a new daughter but ten days past. He is a thorough sea-going officer. Were you to grant him the command, your prize would arrive in Portsmouth in good order, I have no doubt.’

‘I had planned to send Hayden,’ Hart said, not looking too pleased.

‘I know it is a great favour I ask, and somewhat irregular, but the young man’s heart is not upon the sea at the moment, and it will allow you to keep your first lieutenant with you, which I’m sure would meet with your approval. Let me assure you, Hart, I am not seeking in any way to claim even the smallest part of the honour you deserve for your bold endeavour. You may be assured of that. And I should be forever in your debt.’

Hayden could see that Hart had no wish to comply, and certainly did not give a damn for any second lieutenant with a newborn child. ‘Who will make up the prize crew, then?’

‘If you wish it,’ Bourne offered, ‘I will make up half the muster from my own men. Will that answer?’

‘I *am* short of crew . . .’ Hart mused, then nodded reluctantly.

Bourne patted Hayden on the shoulder. ‘Then you and Mr Hayden will be left to harry the unsuspecting French. Wait till I inform the Lords of the Admiralty that you sailed into the Goulet so far that I thought you would touch jib-booms with the ships in the anchorage. Not much further and the batteries would have had you in their sights. That took some nerve!’

Hart nodded graciously and rose to his feet. ‘I suppose we should be about our duties, then.’

Hayden followed Hart and Bourne up to the deck.

'If you can spare Lieutenant Hayden for a brief interval,' Bourne said to Hart as they reached the rail, 'there are several of his former shipmates who I'm certain would like to see his handsome face again.'

'Mr Hayden has duties aboard the *Themis*,' Hart said curtly.

The smile on Bourne's face barely wavered. 'Quite right,' he said. Bourne made his good-byes, thanked Hart again, and went nimbly down the ladder and into his cutter.

As soon as Bourne was out of earshot, Hart turned to his first lieutenant but did not meet his eye. 'It seems, Mr Hayden, you shall have a reprieve,' he said quietly, 'due to the intervention of your friend Bourne. I hope you will endeavour to earn my approval in the future.'

'I have never done anything but, sir,' Hayden answered.

This caused Hart to raise an eyebrow. 'Take yourself over to the prize and make a complete inventory of the ship. I don't want to find we've been cheated in any way when we reach the Prize Court.'

Hayden drew himself up. 'Sir, Captain Bourne is a man of unimpeachable honour.'

Hart fixed him with a dark look, and Hayden touched his hat.

'A boat, if you please, Mr Archer,' the lieutenant called out.

Hayden swiftly assembled a few men who could both count and write, and bore them over to the French transport.

As the only one perfectly fluent in French, Hayden took on the task of going over the ship's papers, searching for the manifest and bills of lading. The captain, whose name had been La Fontaine, was a man who had believed in order, and Hayden quickly found what he was looking for. In a drawer he also found a letter, unfinished and dated the day previous.

It read:

Ma chère Marie,

*Je t'écris en toute hâte, car alors même que nous pénétrons dans Le Goulet qui mène à la Rade de Brest, une frégate anglaise est pratiquement sur nous. Les vents ne nous permettent d'espérer les secours d'aucun navire. Nous nous rendrons s'il le faut, mais nous nous battrons si nous avons une chance. J'ignore ce que nous réservent les prochaines heures. Mon destin est entre les mains de Dieu et si je dois me présenter devant Lui, je n'aurai d'autre regret que la perte des jours que j'espérais passer auprès de toi.**

A quick search revealed a box of private correspondence. The lieutenant added the unfinished letter to this, found what other personal belongings he could, and carried them up into the sunlight.

'What have we there, Mr Hayden?' Franks asked, a yellowed smile appearing. 'A bit of treasure?'

'The personal effects of the ship's master. I will send them on to his widow.'

The smile disappeared from the bosun's face. 'Very kind of you, Mr Hayden. Very "genteel," as the French would say. That is what they say, isn't it, sir?'

'Très gentil.'

'Just as I said . . .'

A boat came alongside from the *Tenacious*, and with his second lieutenant, Captain Bourne appeared on the transport's deck.

Hayden gave the young second the appropriate papers, and

* My Darling Marie:
I write in great haste, for though we are entering the Goulet that leads into the Rade de Brest, an English frigate is all but upon us and the wind will not allow any ships to come to our aid. We will surrender if we must, but fight if we can. I do not know what the next hours will hold. My fate is in the hands of God, and if I meet Him I will regret nothing in this life but the loss of the days I had hoped to share with you.

left him to go over the ship on his own. No officer would take command of a vessel without ascertaining her seaworthiness and the general state of her gear. As he expected, the second lieutenant was exacting, efficient, and amiable.

'That was a most agreeable luncheon,' Bourne ventured once they were alone. He then took Hayden by the sleeve. 'Let us repair below a moment, if I will not disrupt your labours.'

'You will not.'

In a moment they were in the master's cabin, seated at a little table.

'So tell me, Charles, what really transpired in the dark? We heard shouts ordering you to return to the ship . . .'

'Could you make those out? We weren't sure ourselves,' Hayden answered.

Bourne smiled. 'So you plunged ahead and carried the transport by force majeure?'

'More or less, yes.'

'And where was our intrepid Captain Hart during all this?'

'In his cabin, suffering from migraine. I believe the doctor had given him a soporific. We were away in the boats when the captain came on deck.'

Bourne sat back a little in his chair, his face betraying that he had guessed as much. 'He had no notion of what went on?'

'Not until we fired the bow-chaser to bring the transport to.'

Bourne was quiet a moment, his look troubled. He drummed his fingers on the table.

'I owe you a great debt, sir,' Hayden said quietly. 'I was to be court-martialled before you appeared this morning.'

Bourne blew out through his lips. 'Court-martialled! On what charge? Immoderate bravery?' He shook his head in disgust. 'How did you ever land aboard Hart's ship? I thought you were to be made Master and Commander when you left me.'

'It did seem that such an appointment was in the offing when I left the *Tenacious*, but it did not come to pass. I was ashore without prospects when the First Secretary honoured me with the offer of this position.'

'Stephens?'

'Yes, sir.'

'Well, let us not be disingenuous; it is a bad situation, Mr Hayden. Hart has a particular character within the Service. Even so, he has his supporters among the Lords Commissioners of the Admiralty. But you will not prosper under his command. I will send my report, and not be coy in revealing your part in the business, but even so, Hart will receive the credit.' Bourne sat, lost in thought a moment, then looked up at his former lieutenant. 'Don't get yourself killed trying to gain the attention of the Admiralty by daring. It is likely that they will never hear of it from Hart, unless, like last night, there are other witnesses.'

'I was not trying to get myself killed. I merely saw the chance of taking an enemy vessel, judged the risks to be acceptable, and did my duty. I knew the waters. The ebb was bound to carry us out to safety, even if the offshore breeze did not fill in. What else was I to do?'

'Exactly, Charles, and I did not mean to imply that you exhibited less than proper caution. You weighed everything to a nicety and acted without hesitation – as I would have expected. Many another would have dithered until the chance was lost. But you've shown Hart to be less than stout-hearted before his crew, not that they did not realize it, but even so . . . Hart will feel the sting of it.'

'There is not a thing I might do that would please Captain Hart. The second lieutenant does nothing but capitulate to him in every little thing and Hart despises him as much as the next man. I shall face a court-martial before I will become another Landry.'

'And that is completely understandable. But men such as . . .' Bourne hesitated, and then leaned over the table and spoke quietly but earnestly. 'Men who secretly know of their own shyness – they hate officers such as you, Charles. Your very existence is nothing less than a constant threat to reveal the horrid truth about them. That is their greatest fear of all – that the world will learn the truth.'

Hayden lowered his voice as well. 'But as you have said, everyone in the Service knows of the man's character.'

Bourne held up both his hands. 'Indeed, that is true. But our good captain fantasies that this is not so, that the world has been deceived. He would like nothing better than to be thought the most valiant man in the Royal Navy, but he will never even attempt the deeds that would gain him such a reputation.'

'Did you not always tell us, "Do not seek acclaim; deserve it"?'

Bourne smiled. 'So I did, and you have taken it to *heart*, I see.'

Hayden laughed. 'Poor man. His name lends itself too easily to such wit.'

'I am only saying, Charles, that you should be wary of this man. He will do you damage, if he can – at least destroy your reputation.'

'I have no reputation. I was fortunate to be offered even a situation such as this.'

'Apparently you do have a reputation. Philip Stephens did not choose you because you were a blunderer. He chose you because he knew you were a man of great ability, but without any interest to speak of.'

'At least the latter is true, unfortunately.'

Bourne rose to his feet, looked down at his former lieutenant, a great deal of concern creasing his noble face. 'It is only my intention, Charles, as a friend, to caution you. If Hart cannot break your will, and I don't believe for a moment that he can, then he will attempt to ruin you. Do not underestimate him. His kind have a vast genius for vindictiveness. A vast genius.'

15

The French transport was soon small on the horizon in a moderate sou'west wind; beyond the reach of French privateers, Hayden hoped, many of whom lurked nearby in the hole-in-the-wall harbour of Conquet. Hart had sent along his official report of the action, as had Captain Bourne. A letter to Hayden's particular friend, Thomas Banks, Esq., had also been included in the home-going mail, detailing the lieutenant's singular view of the events.

Writing the initial missives to the First Secretary had made Hayden feel like a traitor – loyalty to his captain had always been reflexive with him – but after witnessing Hart's dereliction of duty, not to mention the way he treated his first lieutenant and the rest of his crew, Hayden felt more like a conspirator than an informer. The man inspired loyalty in no one – except Landry, apparently.

Hayden was not sure what Philip Stephens would do with his letters, but if they would in any way undermine Hart within the Admiralty, Hayden had decided he would not trouble his conscience over it. Fear that his letters would not be kept secret did trouble him, however; informers were despised in the service. If Stephens was not very masterful in his attempts to discredit Hart, and discreet about the source of his information, Hayden would face a future of ostracism; remaining in the service would become impossible. Indeed, he would almost certainly have no choice but to quit the country altogether. The idea of being disdained by his fellow officers distressed him terribly – especially late at night – but he had made his devil's bargain with Stephens and only hoped it would never come to light.

Despite all this, he wondered what Hart had written about the action. He did not need to speculate about what Captain Bourne had communicated to the Lords Commissioners; discreetly, his old champion had sent a copy of his letter to Hayden while still aboard the transport. It had been an utterly fair account and did not make use of any information gained in private conversation with Hayden, but only things he could have known from his position out at sea, and from what he had been told aboard the *Themis*. Even so, Hayden did come off as the hero of the action, and though Hart was praised for his nerve in going into the Goulet after the transports, Bourne had also noted that First Lieutenant Charles Hayden had intimate knowledge of the harbour and its surrounding waters. He let the Lords Commissioners draw their own conclusions from that. Tactfully, Hart's order for the boats to return to the ship before they had reached the transport was overlooked. Only Philip Stephens had that information.

Hayden lowered his glass, brushing the prize from his mind, though he did carry a little buoyant feeling for the prize money that would be due upon some future date. Money was not something Hayden had ever possessed in abundance, and a small windfall would not go amiss.

A general throat-clearing came softly from behind.

Hayden turned. 'Mr Archer. May I be of some service?'

'The captain sends his compliments and asks that you attend him in his cabin, Mr Hayden.'

Hayden rather doubted that Hart had phrased his request in quite those words, but appreciated Archer's adjustment of the language. 'I shall go down immediately, thank you, Mr Archer.'

Archer smiled. 'My compliments on the prize, Mr Hayden. It was nobly done, sir.'

'I'm not sure how nobly it was managed, but we did take the damned ship and that was worth something. Is anyone taking up a subscription for the dead men's families?'

The young lieutenant glanced down, brushing at some detritus on the planks with a polished boot. 'Yes, sir. Mr Hawthorne. He asked that everyone contribute one twentieth of their prize money to the widows, but some of the men refused. Others would contribute some share of their money to one man's family but not to another's. It is all a bit of a muddle, sir.'

'I'm sorry to hear it. Please tell Mr Hawthorne that he can count on me in the amount of one twentieth. If you will excuse me . . .'

'Certainly, sir. Thank you.'

Only aboard the *Themis* would such meanness have occurred in the matter of widows and children. The first lieutenant shook his head, feeling his spirits plunge as he descended the stair. The marine at the door announced him and he found Captain Hart toiling at his table, a pair of spectacles perched upon his nose. The captain's hands were small and fleshy, the knuckles wrinkled little rings joining sections of bloated sausage. Childishly tiny fingernails brought the ends of his stubby fingers to near points – the hands of a gnome or stunted troll. As Hayden watched, Hart gripped his pen awkwardly between thumb and rigid forefinger and stuttered down marks upon the innocent page. He looked up at Hayden over the small lenses.

'I understand you're half a Frenchman, Mr Hayden.'

'I am an Englishman, sir. It is my mother who is French.'

'You speak the language like a Frenchman, though?'

'I do.'

'Good.' He slid a sheet of paper out of a neat pile and pushed it across the table toward Hayden. 'I am not satisfied with your assessment of the French fleet, Lieutenant,' he said. 'Without greater confidence, I dare not send such an account to the Admiralty.'

Hayden was taken aback. The numbers were Landry's, which

he almost explained, but then realized that Hart would likely know this already as the assessment had been written in the second lieutenant's hand.

'There is also the anchorage inside Île Longue, which we have not looked into at all. You can manage a much more thorough survey from the land. I will put you ashore this night and retrieve you on the morrow, one hour after midnight at the northern-most end of the beach below Crozon. Is that clear?'

'It is, sir . . . but Brittany is hardly a safe place for Englishmen, even for those who can pass for French. If *The Times* is to be believed, the province was near to insurrection as recently as July. The people are said to be hiding priests who have refused to sign the civil constitution of the clergy. Not long before we sailed, I read that it was believed several bishops were being hidden near Brest.'

Hart eyed him, pushing up the centre of his lower lip so that his chin dimpled oddly. 'I will hear no excuses, sir. You will be put ashore and I will tolerate no arguments.' For a moment he struggled to find his train of thought, and then went on. 'Mr Landry was clever enough to salvage some clothes from the French transport. We'll put you and Lieutenant Hawthorne ashore once it is dark.'

'Mr Hawthorne doesn't speak French, sir,' Hayden blurted out.

Hart fixed Hayden with the same glare over the top of his spectacles. 'Some French money was found aboard the transport and I retained it for just such an excursion.' He unlocked a small iron box and took out some French monies that he then slid over to Hayden. 'Tomorrow morning, one hour after midnight.'

'I understand, sir.'

'That will be all.'

Hayden found Hawthorne and spent the rest of the afternoon

drilling him on a few words and phrases in the French language. If luck favoured them they would stay out of sight by day and speak with no one, but if they were unlucky it would be best, even if Hayden did all the talking, if Hawthorne could not appear to be a mute. He gave the marine lieutenant a French name and tried to explain the manners of their enemy. It was not an entirely successful exercise, though he did feel that Hawthorne's *'Bonjour,'* if mumbled, would almost pass muster.

After some hours of attempted French, Hayden sensed a respite was needed, and poured poor Hawthorne a glass of wine.

'Tell me,' Hayden said, passing the marine a glass, 'what finally transpired with our little mutiny on the gun-deck?'

Hawthorne closed his eyes and massaged his temples, as though their language studies had left a residue of pain in his overworked mind. He reached inside his jacket, which hung over the back of a chair, and removed a folded sheet of paper. 'I have been trying to give you this.'

Hayden unfolded it, and found two columns of names written within. He glanced up at the marine. 'It signifies what, Mr Hawthorne?'

'It seemed to me at the time that the gun crews had divided into two camps. No. That is not precisely true. Most of the men at the guns remained aloof from what was happening, but these two groups of men were at odds, though I know not why. It was nearly dark and the whole matter caught me off guard, I am ashamed to admit, so I was not thinking clearly nor were my powers of observation engaged as they should have been . . . but even so, I feel this list cannot be far wrong.'

Hayden examined the list of men again.

'But were they mutinous or just two factions who did not care for each other? I have seen crews where one group of men had greater hatred for some other than they ever had for the French.'

'I cannot rightly say, Mr Hayden. They were at odds, and I think if you had not deployed my marines so quickly we would have had blood spilt, I truly do – even with an action looming.'

'And you heard nothing said? No words shouted in anger, which would give us any indication of the nature of this dispute?'

'Oh, there was a great deal of name-calling and damning each other to hell and the like, but it was the general sort of cursing such as you might hear at any time among provoked seamen.'

'And Hart flogged some men this morning?'

'Yes, a rather random collection after he had spoken to myself and a number of midshipmen and the master-at-arms. I'm quite certain that if any ringleaders were punished it was utterly by providence.'

Hayden sat back, ran his fingers into his hair, and eyed the marine. 'You say the majority of the men were not involved. That is a good sign, at least.'

Hawthorne ground his teeth together. 'I did say that, and it is more or less true, but . . . it seemed to me that the men who watched were weighing things up . . . I can't rightly explain, but they looked like gents at a cockfight, trying to decide where they would lay their money.'

'I had that same feeling at Plymouth, when it appeared the hands might refuse to sail; some were merely waiting to see which direction events might take.' Hayden applied himself to his wine. 'The men don't understand the risk they run, Hawthorne. "Mutinous assembly," "concealment of mutinous designs" – even "mutinous language" – can all be punished by death.'

'What of cowardice in the face of the enemy?' Hawthorne countered. 'How should that be punished?'

'Our positions do not give us the luxury of seeking justice in all things, Mr Hawthorne, as you well know. It is our sworn duty to prosecute a war against the enemies of England, and a ship of war cannot be governed by elected assembly, no matter how much we might wish it could.'

Hawthorne sat back and regarded him. 'So, men might hang who are in the right, and officers might be promoted who have shied from the enemy at every turn?'

Hayden wondered what perverse twist of fate had landed him in this position – defending a man like Hart. 'If you want to live in a just world, Mr Hawthorne, you will have to remove to America, where I'm told all is now perfection.'

Hawthorne smiled. 'You sound like Aldrich, our foremast philosopher.'

'Yes, and Aldrich should learn to be more circumspect or he shall pay a heavy price, I fear.'

The smile disappeared from the marine's face. 'I have told him the same thing, but Aldrich believes that if one speaks the truth any man capable of reason will eventually have to agree . . . bloody fool.'

A little before sunset, Hart ordered the ship to fall in with the coast. The helm was put over, yards shifted, and sails trimmed with a certain alacrity. Men had been flogged that day for insubordination, but Hayden did not think that was what inspired the crew's unusually efficient work. They had taken a prize, and not only was every man aboard materially richer, but their spirits had been enlivened as well. Granted, the prize was only a transport, but they had taken her under circumstances that any sea-going man would have to admit required bottom – many had heard Bourne himself say it. They no longer would be the butt of jests in any anchorage where British ships might gather, and such would raise the spirits of any man.

The wind fell away until it was nothing but whispers of its former glory, and the little frigate barely disturbed the waters as it passed, lifting only a little on the breathing sea. When it became clear that they would not close the coast that night, Hart ordered a cutter over the side.

'You will have to pull for shore,' he said. 'Carry the French our compliments, Mr Hayden.' It was the only attempt at a jest Hayden had yet heard pass the man's lips.

'But we are several miles distant,' Hayden objected. 'The boat will never make the beach and return to the ship before dawn. The French will suspect you've put men ashore.'

'They will never guess it,' Hart said. 'You can pass for a Frenchman, in any case. Get on with it. Don't waste the night left you.'

Hayden and the marine lieutenant went over the side and down into the cutter.

'Away boat,' the coxswain said quietly, and the men bent to their sweeps.

Hayden glanced over at Hawthorne, just visible in the stern-sheets.

'How do I look?' Hawthorne inquired, clearly uncomfortable in his French rig.

'Like an Englishman decked over with a Frenchman's clothing.'

'I thought as much. Let us hope we meet no one.' He was quiet a moment, and in the faint moonlight Hayden could just make out the concern on his face. Leaning toward Hayden, he whispered, 'Do you think this endeavour has been designed to be shut of us?'

Hayden made a warning sign to the marine.

'Oh, you needn't worry about Childers.' Hawthorne jerked a chin toward the coxswain.

The same thought had crossed Hayden's mind, and secretly he wondered if Hawthorne was not right. 'We chose duty in Plymouth. Can we choose differently now?'

'Exactly so,' answered Hawthorne, and they fell silent.

The little boat rocked over the low swell, and as the thole-pins had been muffled with rags, there was barely a sound to be heard but the water hissing past the hull and whirling off astern. Hayden was struck by the beauty of the unseasonably warm night – the moon waning towards new, stars hanging bright and crisp in the heavens' dark depths. He felt a strange excitement at returning to France; excitement and trepidation – like meeting again a woman one still loved after a long separation. Feelings washed through him like a running sea, though he could not name them. In vain he tried to push these emotions down, to focus his mind on the task at hand; he had Hawthorne to keep safe, after all. The Brittany where they were about to set foot was not the land of his youth – it was a dangerous place now, and for many reasons.

The pull to shore was long, and as Hayden had predicted, it was near to dawn when they finally slid up on the sand beneath the village of Crozon. Hayden had caused them to be landed at the northern end of the beach, as distant from the small jetty as possible. As Hayden and the marine lieutenant splashed ashore, sailors jumped over the side to push the boat off, knowing that if it were seen by morning and the French could guess from where they had come, a search would certainly follow.

'Good luck to you, sir,' Childers whispered as the boat was pushed astern into the lapping waves.

'And you,' said Hayden.

The men shoved the boat bodily out until they were waist-deep, then clambered aboard. The long, shadowy oars flashed out against a moon-silvered sea.

'Double time,' Hayden said, starting down the beach. 'Sun will be up soon.'

'Aye, sir,' came a voice from behind, 'we've not a moment to lose.'

Hayden spun around. 'Wickham!'

'Aye, sir. I thought you might need another who can speak to the natives. I found some French clothes that fit, do you see?' The boy's face was barely visible in the moonlight, but even so, he looked terribly sheepish.

'You are returning to the ship . . .' But when Hayden turned out to sea, the cutter was already beyond hailing without him calling out loudly. He rounded on the little midshipman.

'Mr Wickham, this is the second time you've come away in the boats without anyone's sanction. Hart will be in a fury when he learns of it.'

'You needn't worry, Mr Hayden,' Wickham said softly, and only slightly abashed, 'the captain will never miss me. You'll see. And last time I saved your life, or so you said.'

'And this time we might all lose ours.'

'There is nothing for it,' Hawthorne said, touching Hayden's sleeve. 'Come. We must be on our way. Perhaps Lord Arthur will be an addition to our little *ruse da gar*.'

Hayden was torn between relief to have another who could pass for a Frenchman – or French boy – and his very real vexation at Wickham's cavalier attitude toward discipline.

'Ruse de guerre,' Hayden corrected as he began to trot along the margin of the sea where the sand was firmest and they could make the best time.

'Just so,' whispered Hawthorne and fell in behind Wickham.

They found the little jetty where a fire burned on the beach, illuminating boats drawn up above the tide line. There were, no doubt, men there, but they were asleep by the fire, Hayden was certain. The Englishmen struck the path that wound up the bank and hurried on.

'Were those guards of some sort?' Wickham whispered as they stumbled up the path.

'So I would guess. Some French variant of Sea Fencibles or Militia. Perhaps even soldiers. I hope we meet no more. Shh . . .'

The noise of them tripping up the path had attracted attention, and someone challenged them in French.

'Shall we make a run for it?'

'Only if you can swim to the *Themis*.'

Hayden answered the challenge in French, and led his companions forward.

At the head of the path they were met by two men in matching tunics and round hats – local militia, Hayden suspected. They pointed their muskets at the strangers, though they did not seem to be overly worried that they would meet the enemy here.

'And who are you?' one of the men demanded. 'We don't know you.'

Hayden knew the accent immediately and answered them not in French but in the local language. At the mere sound of their own speech, the muskets were lowered.

Hayden introduced his companions and rapid-fire conversation took place, some money changed hands, and the three Englishmen were off into the darkness.

When they had gone a hundred yards, Wickham whispered, 'That wasn't French . . . was it?'

'Breton,' Hayden answered. 'They think you are my son, despite the fact that I would have sired you at eight, and they believe Mr Hawthorne is an English smuggler. They look forward to a long and lucrative friendship.'

'They knew me as English!' Hawthorne whispered indignantly. 'I said only a single word: *bonjour*.'

'Yes, well . . .' Hayden responded, and led them on without further comment.

The seaward side of the narrow peninsula was barren and treeless – a heath battered by winter gales off the cold Atlantic. But over the crest of the hill, facing Brest Harbour, the landscape changed to fertile pastures and luxurious woods, as though they had passed into another land entire.

Cottages were avoided, as was the tiny hamlet of Crozon, its church spire visible among the stars. They kept to narrow lanes and fields whenever possible, stealing through the shadows of trees and hedges. Hayden's boyhood memories let him down, now and then, but for the most part they served tolerably well, allowing him to guide his companions if not unerringly, at least tangentially to the place he wished to go. Unfortunately everything looked different by night – all moonlight and shadow. He was forced to stop frequently and match the stark shards of visible landscape with his store of memories.

Dawn was upon them too soon, and they went to ground in a stand of trees, eating a little of the ship's biscuit they bore. Hayden also carried a collapsible telescope and a pistol in his satchel. He had added a book he possessed, on the birds and other animals of eastern Europe, hoping it would suffice as explanation for the glass, if not the flintlock: a natural philosopher observing the miracle of botanical and avian life. By luck, the book had been written in Italian, not English.

In truth the wood was alive with many examples of this miracle: chaffinch, wood lark, blue tit, wren. The men lounged in the morning sunlight, which swam over them, broken and dappled by wind-shivered leaves.

'How much further might it be?' Wickham asked.

'Not more than a mile.' Hayden shifted to one side to avoid a root that dug deep into his buttock, but landed upon another. 'I think we should stay here most of the day. No sense wandering about in daylight more than is required. People here are curious of strangers, and we don't want to set them to talking or asking questions. If we break cover an hour before sunset that will allow us to reach the point of land where we can reconnoitre Brest Roads, then make our way back toward Crozon through the dusk . . . and starlight, if need be. We shall bribe our friends, the French militiamen, and be on the beach before midnight.'

'As easy as rolling downhill,' Hawthorne agreed, but his grin said otherwise. 'I must say, I don't think much of their agricultural practices. Have they never heard of planting clover? Of rotation? Did you see that patch of abandoned cabbages? Runty and infested. A cobbler could grow better.'

Hayden laughed. 'We shall not have time for you to improve their methods along scientific lines, I'm afraid, Mr Hawthorne.' He looked around. 'We are fairly well hidden here and should sleep by turns. It could be another long night. Mr Wickham—'

'I will stand first watch, sir,' the midshipman interrupted.

Hayden smiled, and lay down upon the hard ground. 'And Mr Hawthorne? I strongly advise against snoring. It will give you away as English.'

'I shall sleep like a Frenchman, Mr Hayden. You may count on it.'

For a while Hayden lay awake, breathing in the forest scent, which kindled strangely powerful childhood emotions. He had spent a good part of his youth not far from this place, had once played in this very wood with his cousin. The happiness he had known then, the contentment and feeling that the world was both safe and just, flooded back. How much that world had changed! As a boy he had been either French or English by turn, depending upon which country he was in, but circumstances and age would no longer allow that. One must choose – but it was like a child choosing between one's mother or one's father, an unbearable loss either way.

He remembered telling Henrietta that in France he felt like an Englishman masquerading as French. When had that begun? For the life of him he couldn't remember. Of course he never expected it to be so true as it was that night.

Hayden did not know how long he'd slept, but wakened from a deep slumber to a hand on his shoulder. He opened his eyes to find himself in a patch of unseasonably warm sun, overly hot in his French cloak. 'Is it my watch?'

‘Not yet, sir,’ Wickham whispered, ‘but there are people nearby.’

Hayden sat up, boiling warm, muddle-headed, and dizzy. He shook his head and tore open his cloak, allowing the small wind to reach him.

‘Where away?’

Wickham rose to a crouch and crept through the sparse underwood, pressed aside a branch, and pointed silently. Two young ladies and a throng of children were in the throes of doing what could only be described as gambolling.

‘Damn . . .’ Hayden whispered.

‘What are they about?’ Wickham asked.

‘Out for a frolic, I would say.’ He noticed the older girls carried baskets over their arms. ‘Collecting mushrooms, perhaps.’

‘I don’t suppose they’re cousins of yours?’

‘No. My uncle’s family removed to Arcachon some years ago.’

‘Bad luck.’

Hayden gazed with a certain sadness at the scene; two pretty young women beneath ribboned straw bonnets, aglow with youth and high spirits. The children skipped and ran about them, like a little moving sea, overwhelmed now and then by gales of laughter. How far removed these innocents seemed from the *sans-culottes* of the Paris mob. It was a shock to think that he warred against these people, too.

‘If they come into the wood we shall have to slip out the other side, which I do not much favour, as there is a lane and a large farmhouse in that direction and we shall almost certainly be noticed.’

‘Do you think they’ll come into the wood?’

‘Very likely, yes. It is a warm day to sit in the sun, and if they’re seeking mushrooms, they will come looking in the shade.’

'Then I suppose we can only wait,' Wickham said, letting the branch go slowly back into place.

'Yes. Better wake Hawthorne. I can hear him snoring from here.'

'Aye, sir.' Wickham slipped quietly away, leaving the lieutenant to listen to the children's laughter.

Wickham and the marine were back in a moment, Hawthorne looking decidedly out of sorts.

'A drum, Mr Hayden, from the sou'west.'

The lieutenant trotted as quickly as he could through the stand of trees, and, crouching behind a fallen log and some low bushes, saw a company of French Regulars heave into view. They marched in perfect columns, rows of blue coats, their officers seated on horseback.

'The forces of the revolution,' Hayden whispered. 'How they would like to seize some English spies.'

'We're not spies,' Wickham protested, sounding a little offended. 'We're officers of the British Navy.'

'In uniform, that is true. Dressed as we are, they would declare us spies, and condemn us as such.'

Wickham looked surprised. 'What is the penalty for spying in France?'

'The guillotine is the punishment currently favoured.' He saw the look on the boy's face grow dark. 'But you needn't worry, Lord Arthur. Your father sits in the House of Lords. You they would exchange. Hawthorne and me . . .' He shrugged. 'English spies are not their interest at the moment, I suspect. Many in Brittany do not support the convention, and as good papists, they have been hiding reactionary members of the clergy. A military presence here has very little to do with the English.'

At that moment the lieutenant of marines blundered through the bush.

'There you are,' he whispered, falling down beside them.

'One of the children came into the wood, unbeknownst to me. I was observed.'

'Jesus, Mary, and Joseph!' Hayden crawled backwards from the log for two yards. 'What did they do?'

'I don't know. The child sped off, screaming like an Irish banshee.'

'Stay here – both of you.' Hayden crawled another few yards into the wood, then was on his feet, running as lightly as he could over the moss and roots. Sunlight from the meadow appeared through the branches, and then the anxious young faces of the ladies. Hayden retrieved his glass from his satchel, and the book as well, smiled broadly, and stepped out of the trees.

'Bonjour, bonjour, mesdemoiselles.' He then switched to Breton. 'What a perfect day God has granted us! Sunlit and warm, all His creatures abroad.' He held up his glass and book, smiling as though a bit embarrassed. 'Excuse us for skulking, my friends and me; we were seeking the Sardinian warbler, *Scorbutus cani*, leagues beyond its natural range. You cannot hope to observe one by any strategy but unworldly stealth. He is wary, mesdemoiselles. That little bird is wary.'

He could see the apprehension changing to amusement.

'But I have not introduced myself.' He made an elaborate, even comic, bow. 'Yves Saint Almond at your service.'

The children tittered, and the young women smiled. His Breton accent and his clownish manner put them at ease.

'You are not from around here,' one of the boys said, eyeing him suspiciously.

'How perceptive you are,' Hayden congratulated the child. 'But when I was your age I visited this place often. My uncle lived only a short walk away.'

'Who might that have been, monsieur?' one of the girls asked. They were much alike, the two of them: willow leaf–shaped eyes, with a little archipelago of faint freckles scattered across their cheeks. They looked as though they had been well fed on farm victuals all their short lives, and were all milky skin and corn-silk hair, supple and tall.

'Gabriel Saint Almond.'

'Ah!' the taller said. 'The Saint Almonds moved away.'

'To Arcachon,' Hayden said, and saw all doubt disappear from their faces.

'Marie was heartbroken,' the other girl said, and laughed, receiving a cuff on the arm from her friend.

'You knew Guillaume?' Hayden said innocently.

The girls both giggled. 'I am Anne Petit,' the tall girl offered, 'and this is my cousin, Marie. These little brats are a pack of wild wolves, seeking innocent lambs to devour.'

'I thought they looked very fierce,' Hayden declared gravely. 'My friend, he said to me, "Yves! I was set upon by a pack of wild wolves!" He was almost mad with terror.'

The children giggled.

'Guillaume had an English cousin, too, did you know?' Anne asked; she regarded him oddly. 'He, too, had differently coloured eyes, monsieur.'

'My cousin Charles!' He waved a hand at his face. 'It is a family trait, the eyes. But he is in America now, where his mother married a wealthy merchant, and they all live in a big house where they have grown fat and contented.'

Anne nodded as though this were what she expected. 'We met him, when he was young and we were just children.'

'He was not so handsome as Guillaume,' Marie said wistfully.

'But wittier,' Hayden pronounced. He suddenly pricked up his ears, turning his head from side to side. 'Did you hear that? My Sardinian warbler! It calls. If I may beg your leave . . . ?'

The young women smiled and waved for him to go. Hayden slunk back into the trees, pausing just before he disappeared, to raise his glass and examine the high branches of an oak. He waved once and entered the shady hallways of the wood.

A few moments later, he found his companions still watching the French soldiers march by.

'You should come away from there, before someone remarks your pale, English faces,' Hayden whispered.

'What about the children?' Hawthorne asked.

'I think I have convinced them we are innocent, if somewhat ridiculous, natural philosophers, seeking the rare Sardinian warbler.'

'What in God's name is a Sardinian warbler?' Hawthorne demanded.

'A bird that eats sardines, for all I know. There, the tail of the French serpent, at last.'

The final soldiers passed, the blue-backed company snaking down the road. Hayden took a long breath and felt his knotted shoulder-muscles relax. And then a French officer on horseback, a young boy up before him, came trotting back and left the road to pass east of them.

'Apparently we are not out of the wood yet,' Hawthorne said unhappily. 'That is the boy who discovered me.'

'They did not tell me he had run off after the soldiers.' Hayden stood. 'Bloody hell.'

Wickham leapt to his feet. 'Shall we make a run for it?'

'With two hundred French soldiers around the bend? I don't think it would answer.' Hayden wiped away the sweat on his brow with a rough sleeve. 'I will have to speak with the officer, though I doubt he'll be as credulous as the young ladies. Damn; I wish I had not named my uncle now.'

Hayden ran quickly back across the small wood, emerging on the other side to find the officer, head bent, listening to the ladies. The English lieutenant erupted from the wood, waved his telescoping glass, and cheerfully greeted the officer in Breton.

The Frenchman fixed him with a serious, measuring gaze, and answered in French. Hayden repeated his greeting in that language.

'Oh, here he is,' announced Anne. 'But we know him, it turns out. He came here often as a boy, to visit his uncle, Gabriel Saint Almond, who was our neighbour.'

'And what is your business here, monsieur, if you will permit me to ask?' The officer did not seem overly suspicious, but rather a man performing his duty with admirable thoroughness.

'I am here for reasons of sentiment, monsieur, to see once again the place where I spent many childhood summers. Today I am taking note of the birds.' He held up his glass and removed the book from his satchel.

'He is looking for the Sardinian warbler,' Anne offered.

The officer's face did not change, but his tone did. 'The Sardinian warbler makes its home upon the shores of the Mediterranean, if I am not mistaken, and flies south for the winter.'

Hayden cursed his foolishness – mentioning a bird of which he knew nothing. 'That is true, monsieur, so you can imagine my surprise to hear one singing in this wood so late in the year. But of course they have been known to wander even further north. A pair was collected in the Low Countries not two years past.'

'You sound like a man of education, monsieur . . .'

'He speaks Latin,' Marie said, as if this had made a particular impression on her.

'Do you indeed?' the officer asked, his interest piqued.

'Not with the fluency I would like,' Hayden said modestly, realizing how imprudent it had been to have uttered a word in the tongue of the clerics.

'And what other languages might so learned a man speak?' the officer asked.

'A bit of High German; Italian, to a degree; Spanish, but only a little better than my Latin.'

'Do you speak English, as well?'

'I can ask my way and order a meal.'

'We are looking for English spies. Three men came ashore last night near Crozon, we believe, and are now at large in the countryside.'

'And what did they look like?' Hayden asked, narrowing his eyes.

'Why do you ask?'

'I saw three men upon the road to Folgoit, early this morning. They hurried along unnaturally, as though pursued.'

'I shall have enquiries made in Folgoit. Where are your friends, monsieur?'

'In the wood, seeking our warbler.'

'I would be remiss in my duties if I did not speak with them, as well. I hope you will forgive my intrusion.'

'Duty is a cruel mistress, monsieur,' Hayden answered brightly, 'but you may rely on us to offer every assistance.' He favoured the officer with a smile, though he felt his heart sink. He had failed to divert the man's curiosity, and one word from Hawthorne would give them away. Hayden was not sure he could bring himself to shoot the officer, here, before two young ladies and a mob of children. Hawthorne, however, might not share his misgivings.

Hayden turned toward the wood, but, before he had taken a step, the officer said, 'Let one of these children bring your friends, monsieur.'

'If you wish.' Hayden stopped and tried his best to look both unconcerned and of mild disposition. He hoped he would not have to open his satchel, because his pistol, he now realized, was of English manufacture.

Two boys were detached and sent running into the wood, fearless now with the French officer nearby. In a moment they returned with Wickham in tow.

'May I introduce my nephew, Pierre le Pennec,' Hayden said, resting a hand on Wickham's shoulder.

'Monsieur,' Wickham said, making an appropriate bow.

'And where is it you hail from?' the officer asked, his face a carefully composed mask of neutrality.

'Arcachon, monsieur.'

'I see. And what is it your father does in Arcachon?'

'My father is dead, monsieur, but he was a barrister.'

'My condolences, but I must ask – how did he die?'

'The doctors called it consumption, but I think they did not really know, monsieur. He took very ill and hovered at death's door for several weeks.' Wickham cast down his gaze, as though the memory were painful to him.

The officer regarded the boy a moment, still showing no sign of emotion.

'Is there not another?' He searched among the children until he spotted the boy who had brought him there. 'Is this the large man who frightened you?'

The boy shook his head, still too fearful to speak.

'My uncle's servant crossed over the road, chasing a bird he hoped to collect.'

'Then let us go find him,' the officer said. He doffed his hat to the young ladies. 'Mesdemoiselles.'

With two English spies beside him, the Frenchman rode slowly around the wood. Although he showed no outward signs of fear, when he thought no one looked he loosened one of the pistols holstered on his saddle.

Hayden wondered if he thought him a cleric in hiding, or a nobleman sent to raise the population of Brittany in rebellion. Perhaps he even believed them to be English spies. Each of these prospects was as dangerous as the other.

They slipped down a steep, grassy embankment to the road below – two greyish tracks separated by a swath of trampled green. A dry-stone wall topped the southern slope, and the little wood where they had hidden overshadowed the north. Birds called in the quiet afternoon and the low drone of insects all but drowned out the retreating beat of the drum.

'Where is your servant, monsieur?' the officer asked, his voice perhaps betraying a bit of anxiety.

'I don't know,' Hayden answered truthfully. 'If he is off after a warbler it might lead him some distance.'

The officer twisted about to look north and something flew out of the southern forest and drove the man from his saddle. Hawthorne and the officer tumbled in a writhing heap, the Englishman on top for a moment, the French officer trying to call out.

Hawthorne attempted to choke off the man's windpipe, but a strangled cry did escape. The horse leapt clear of this, trotting a few yards. Hardly realizing what he did, Hayden leapt at the pile of thrashing limbs, grabbed an arm he hoped was French, and wrestled it to the ground. Another muffled cry escaped the man, and then something large and heavy was driven down from above. A horrible impact, and then a second, and the officer lay still, the arm Hayden pinned limp as a cable.

Wickham stood over them, holding a stone the size of a twenty-four-pound ball, a look of keen distress on his young face. Hayden leapt to his feet, casting his gaze desperately down the road, left then right. He saw no one in either direction.

Hawthorne, who was half under the dead Frenchman, disentangled himself and got to his knees, gasping for breath, his nose bleeding. He put a hand to his eye, blinking quickly.

'Are you injured, Hawthorne?'

'Struck me twice in the eye.' He shook his head as if to clear his vision. 'Nothing to speak of.'

Hayden looked again down the road in the direction the company had disappeared. Wickham still stood, staring at the body in horror, the bloody rock in his hands.

'What shall we do, sir?' he almost whispered. 'We're spies and murderers now. I wouldn't have killed him, but flailing around, he found your pistol.'

For the first time Hayden noticed, almost beneath his feet,

his own flintlock lying but a few inches from the officer's limp hand.

'Bloody hell!' Hayden muttered, retrieving the gun. Doing so, he looked, accidentally, into the dead man's blue eyes. The Frenchman lay, mouth agape, staring blindly up at the sky, his skull shattered and bloody, arms and legs thrown out unnaturally.

Hayden rose and gazed at the little tableau.

'They're going to be after us now, Mr Hayden,' Hawthorne said. 'As soon as they find this Frenchie.'

'Not if we keep our wits about us.' He looked desperately about as though there might be something lying nearby that might be used to save them. Pointing down at the depression of damp earth from which Wickham had clearly pried his stone, he said, 'Set your stone back down there, Mr Wickham, if you please. Have a care to place it just as it lay when you snatched it up – the dirt-coated side down. Just so, yes.'

Wickham carefully replaced the stone and Hayden knelt and pressed the turf close around it. He was back on his feet in a moment, examining the ground. 'We must all march here, in the dirt track, to cover our boot-prints. Do you see? It must look like a company of soldiers has passed. No marks of anyone standing or moving about the dead man. But don't overstep any of the horse's hoof-marks. He came after the soldiers.' Hayden pointed. 'Something spooked the horse, here, and he threw his master. Do you see, where Hawthorne threw himself from the trees? The horse's hoofs dug in as though he sprang forward, frightened. The Frenchman was thrown from his saddle and by the worst luck struck his head on this stone. It is all plain as morning.'

He began marching over the dirt, and the others fell in behind. They covered their boot-prints with others heading in the same direction as the soldiers. Hayden quickly ran his eye over the ground in the area, walking up the lane to where they had joined the path, and marching over their prints so that it seemed only the French officer had passed this way. The horse had come trotting back and stood grazing a few yards from its master, who lay, a mass of blue and white, fallen like a bit of cloud and sky.

'Let us hope the girls and their charges do not learn of this man's fate before the day is out,' Hayden muttered. He waved down the road. 'Come. This way.'

He set off after the French troops, trotting along the road's grassy marge.

'But Mr Hayden . . .' Wickham said, catching up with the lieutenant and jogging alongside. 'The soldiers went this direction. Surely they will send a rider back to find out what has become of their comrade.'

'Yes, but we cannot go back the other way without risking discovery. On that tack lie houses. And this is where we must go to view the Rade. Pray the soldiers do not miss their officer for a few moments yet.'

Luck, which had been running against them, reached slack then, and they managed to find a little hollow where they could leave the road without being observed. They crossed a pasture, liberally littered with sheep droppings, and dove into a thick hedge of chestnut and oak, a dense underwood beneath. But as Hayden suspected, down the centre ran a narrow path, shaded and hidden from hostile eyes.

'This is rather snug,' Hawthorne observed as they hurried along.

'Not an uncommon feature in this part of France,' Hayden answered, 'but these paths are well used and we'll be fortunate not to meet the locals abroad upon the same track. Hurry on.'

Two hours' time found them peering out of a thicket at a small company of blue-coated soldiers beating the bush beyond a wide, sloping meadow.

'Are they looking for murderers?' Wickham asked, 'or just

some possible English spies who came in from the sea this evening last?'

Hayden shook his head. 'Let us hope it is some bishop still loyal to Rome.'

'Damn Hart for sending us forth so close to dawn!' Hawthorne cursed. 'I swear, he did not intend us to return.' The man's face was red with anger and drawn with fear. 'The countryside is awash with French soldiers hunting our poor British hides. I should turn myself in before I give us all away. The two of you can pass for French without me.'

'I will not hear of it,' Hayden said firmly. 'We will swim together or sink as one.'

Wickham immediately echoed Hayden and the marine nodded, grateful but uncertain.

The party of soldiers disappeared over a small rise, and Hayden waved his companions forward. 'Now, before others appear.'

They ran, bent low, over an open meadow, along a shattered, dry-stone wall, then down into a wood. The Rade de Brest was visible through the trees, the blue waters broken by small whitecaps whipped up by a sudden breeze.

'It is a miniature sea,' Wickham observed.

'Five leagues, or thereabout, from south to north, with three sizeable rivers spilling their waters into the harbour. It would contain our entire fleet, and never see an anchor fouled.'

They broke out of the trees, and the Rade opened before them, enclosed within the battered, ancient cliffs, though here and there the green sloped down to the water's edge. Brown tidal flats spread, smooth as skin, along the distant shore and inside Île Longue, which was below them and some distance to the left. Across the bay, to the north-east, the French fleet lay at anchor, the ships barely rocking in the wind.

'Well, sir,' Wickham said, staring out over the harbour, 'there are no ships anchored inside Île Longue.'

'No. I didn't expect there would be,' Hayden answered. Open pasture angled down toward the cliff top perhaps a quarter-mile distant, with only a few hedges and meandering, low stone walls breaking up the sward. With his glass, Hayden carefully examined the open area and the edges of the wood.

'I think we're alone here, for a few moments,' he said. 'Let us make a count of the ships, and be off. The sun will set in two hours, and there will be no moon until after midnight, so we would be wise to reach the coast before darkness is complete. We don't want to miss our boat.'

'If only someone would cut down that stand of chestnuts.' Hawthorne pointed. 'It is spoiling our view.'

Hayden looked around. 'Mr Wickham . . . you like to climb trees, don't you?'

The boy smiled, knowing what came next. 'More than pudding, sir.'

The lieutenant gestured at a tree. 'Up you go, then.'

The two men boosted the midshipman up to the lowest branches and he made his way to a high vantage point.

'Keep a sharp eye for any sardine-eating warblers, will you, Mr Wickham?' Hawthorne whispered up.

'I will, Mr Hawthorne,' the midshipman said seriously. 'There's a big three decker with her topmasts housed, Mr Hayden. A hundred guns, perhaps one hundred twenty.'

'Yes, I see her. *La Côte-d'Or*, I think,' Hayden said, gazing through his own glass. Hawthorne scratched the numbers down on a sheet of paper. Thirty minutes later Wickham dropped out of the branches and brushed lichen from his hair and coat.

'What do you think, sir?' he asked as Hayden finished the tallies.

'I think these are precisely the same numbers Landry gave Hart.'

Hawthorne shook his head, unable to disguise his dismay. 'Fucking hell,' he muttered. 'We've risked our necks for nothing.'

Wickham gave him a bitter smile. 'The moon is not on our side, is she?'

Hayden considered their surroundings. 'No, she will not rise for some time. We will have to travel by dusk, and trust to luck. Either that, or swim out to the *Themis*.'

'Which we might be doing anyway,' Hawthorne added resentfully.

'Whatever do you mean?' Wickham turned his innocent gaze on the marine.

Hawthorne glanced at Hayden, suddenly awkward. 'Only that I wonder if Hart did not put Mr Hayden and me ashore to be rid of us.'

Wickham nodded seriously. 'I don't think my father would much approve of such a plan,' the boy said.

Hayden looked at the boy with new-found appreciation. 'Is that why you slipped ashore with us?'

'Not at all, Mr Hayden. It is unthinkable that a captain in the King's Navy would strand officers on a hostile shore. I came to appraise the agriculture.'

'And does it meet with your approval?' Hawthorne wondered, breaking into a broad smile.

'Well, I do not comprehend scientific agriculture as some gentlemen do, but the hedgerows are unequalled in all of Surrey.'

They made their way back through the trees, and paused to search the margins of the pasture with a glass.

'I think it is all clear, Mr Hayden,' Hawthorne said, passing the lieutenant the glass.

'Quickly, then.' Hayden set out at a trot, bending low and making as little noise as he could.

They were just scrambling over a low stone wall when a cry broke the quiet evening. A French soldier emerged from a hedge to the south and gestured frantically, pointing at the Englishmen caught out in the open.

'Damned luck!' Hawthorne said.

'I don't think we'll bluff them this time,' Hayden said to Hawthorne, and the marine nodded, understanding immediately: his French would give them away.

The three began to run. Glancing back, Hayden saw the French soldier raise his musket. The dull *crack* of a firearm sounded, but the ball missed its mark. They redoubled their speed just as more cries reached them. Hayden dug a hand into his satchel as he pounded across the grass. Drawing out his pistol, he wondered how long he could keep up such a pace. Life aboard ship did not build up one's stamina for a foot-race, and to make matters worse, he was sure he'd opened the gash on his side, which stung like he'd been flogged.

More gunfire broke the quiet, and as they finally reached the hedge, a blue coat appeared out of the trees ten feet away. Hayden shot the man before he could raise his musket. Three more French soldiers appeared behind the first. Hawthorne and Wickham each counted for a man with their pistols and Hayden clubbed the last man to the ground with his gun, hammering him repeatedly until he lay still. The Englishman could hardly catch his breath, and his heart felt as though it would break out of his chest.

Hawthorne snatched up a musket, took careful aim, and shot the lead soldier crossing the field. Immediately he threw that gun aside, seized another, and fired again. The soldiers threw themselves down behind a stone wall and began to return fire. Putting a tree between himself and the enemy gunfire, Hayden loaded his pistol with shaking hands.

'Take these!' Hawthorne ordered Wickham as he stripped a dead soldier of his powder and shot. The midshipman barely hesitated, unbuckling a fallen man's shoulder straps, even as he lay moaning, blood oozing from a wound. The muskets were quickly loaded and the Englishmen were off again at a run, each bearing a French gun and a freshly loaded pistol.

They took to a path that ran down the centre of a hedge, shouts and calls breaking in on all sides. Unable to keep up the pace, the three slowed to a jog, gasping for breath. A sharp pain stabbed into Hayden's side, and Hawthorne was forced to stop for a moment, almost reeling.

'Go on,' he gasped. 'I'll keep them at . . . bay.'

'We leave no one behind,' Hayden managed, bent double, hands on his knees. Over the sound of three men struggling to breathe, he could hear the cries of French soldiers, though it was difficult to gauge their direction. Within the hedgerow, shadows were thickening, spreading out from beneath jumbled limbs.

'Sun should set in a few moments,' Wickham observed. The midshipman was the least affected by the run, standing upright, pulling aside branches in an attempt to look out into the surrounding fields.

'A hay field to the sou'east, Mr Hayden,' he whispered.

'How long are the grasses?'

'Well tasselled, sir, but I don't think there's half a fathom over the bottom. About two foot, I would wager.'

'Who leaves hay standing this late in the season?' Hawthorne muttered.

A drumming reached them, and Hayden stood upright, listening.

'They're coming!' Hawthorne whispered urgently, and the fugitives dove into a thick bramble, forcing their way through and leaving bits of clothing and skin behind.

They were on their bellies, snaking forward through the shallows of the hay field. As the French soldiers thundered by, led by an officer on horseback, the Englishmen lay still. Hayden thumbed the flint on his musket, expecting to hear a cry of discovery, but the company passed. Hayden began crawling again, no thoughts for knees or elbows. It took an ungodly long time to cross the field, the sweet smell of dry grass and clover all around them in the gathering dusk. When finally they surfaced on the field's far shore, they lay for a few moments, listening, letting the darkness grow and deepen.

Finally, Hayden sat up and whispered for the others, who were not too distant. They all rose from the whispering hay, and slipped into the dark hedge. Hawthorne's large, pale face appeared in the dimness.

'Mr Hayden?'

'Here, Hawthorne. Where is Wickham?'

'Behind you, sir.'

'Glad you accompanied us now, Wickham?' Hayden asked pointedly.

'Aye, sir,' the boy said quickly.

Hayden shook his head. 'This hedge is tending in the right direction, but I'm a bit lost. We have a good distance to travel before our boat arrives, so we cannot creep along too quietly. We must risk some noise, for if we are stranded in this country it will be only a matter of time until the French run us down.'

He could barely make out the others' faces nodding in the dark. Good night-vision allowed Wickham to lead the others to a narrow path out onto the field beyond. Staying to the shadows, they made their way at a slow trot, stumbling now and then in the poor light.

Even without the ship's bell, Hayden was aware of the time passing by. Midnight would be upon them before they knew it. He was not sure what they would do if they missed their meeting with the boat. Go to the same beach one hour after midnight the next night and hope Hart would not give up on them, he supposed.

A road opened before them, and Hayden gathered the others into the darkness beneath an overhanging tree. Unfortunately, they could not afford to wait the time that Hayden would have preferred, and after ten minutes he waved them on. A call broke the stillness a hundred feet off, and they scrambled over a low wall and raced across an open field, the light of the stars casting faint but frantic shadows before them.

Musket fire cracked and Hayden pressed himself on, Wickham ten feet ahead and Mr Hawthorne two yards to his left. The marine stumbled, and Hayden dragged him up. Hawthorne dropped his musket and clutched his arm as they ran.

'Hawthorne's been shot!' Hayden called.

Without hesitation, Wickham stopped, took careful aim, and fired, then fell in behind them – the last place Hayden wanted the boy. They tumbled over a stone wall, and Wickham took the lieutenant's musket and fired at their pursuers again.

'Where were you shot?' Hayden demanded of Hawthorne, who was ripping awkwardly at a hole in his cloak.

'I cannot see – there, behind the meat of my arm,' he spat out through clenched teeth.

Hayden tore the coarse cotton away, feeling it warm and sticky with blood.

'Lean this way so I can see.' Hayden stared at the wound in the cool starlight. 'An angel was apparently watching over you. It is barely a scrape. I don't think there is a musket ball lodged there at all.' Taking his knife, he cut and then ripped a strip off the tail of his shirt and used this to bind the wound. All the while Wickham had been keeping up a constant fire, moving down the wall and then back, so that no two shots came from the same place. He had the French pinned down across the field, not by the rapidity of his fire but because he seldom missed. He crawled quickly up, as Hayden finished his ministrations.

'How's your patient, sir?'

'He should live, but he'll never have children. How goes it with you?'

'I think I've felled four, sir. Three for certain.'

'Oh, a knighthood for you, without question!' Hawthorne said.

Hayden tried to gather his wits about him. 'This gunfire will, undoubtedly, draw more soldiers. We have to move. Can you travel, Mr Hawthorne? Not too light-headed?'

'I'll keep up, Mr Hayden. You needn't worry.'

'We're going forth on all fours, anyway. Give you a moment to regain your equilibrium. This way.' He pointed and they set off crawling on the damp grass along the base of the wall.

A hedge loomed out of the darkness, and they trotted along in its shadow, Hayden in the rear. Hawthorne had definitely slowed and was no longer so sure-footed, wandering from side to side and stumbling. It worried Hayden more than a little.

Small companies of French soldiers could be seen in the distance, searching the hedgerows, calling one to another. Shooting broke out some distance off and drew both infantry and horsemen at a gallop.

'There's a bit of luck,' Hawthorne whispered. They had stopped beneath a tree to catch their breath. 'Whom are they shooting at, do you think?'

'Likely each other,' Hayden answered quietly.

'One can always hope,' Wickham said.

Expecting this distraction would draw most of the soldiers in the vicinity, the Englishmen slunk off, making the best speed they could.

Two hundred yards, and they paused in another shadow, surveying their surroundings. A little spring flowed here, and Hayden was doubly happy to find it, as he now knew exactly where they were. The three slaked their thirst, which was considerable after all their exertion.

'Are we not north of our destination?' Wickham asked.

'We are,' Hayden answered, keeping his voice low. 'I'm sure they will be watching for us at the head of the path below Crozon.'

'But the western shore is cliffs for many miles!' Hawthorne said, clearly distressed.

'Yes, but there is another way down. It will require a bit of climbing, though nerve rather than strength will be called for. How is your arm, Hawthorne?'

The marine lifted the wounded limb and worked it back and forth a little. 'A bit crank, but it will serve.'

'Then we should be off. The cliff is not distant, but time grows short.'

A final dash and they found themselves gazing down onto the beach below, the ocean spreading out to a distant horizon. Small, pale crests could be seen throwing themselves on the shore, and a salt wind rustled their clothes.

'It seems a long way down,' Wickham said, staring at the beach below.

'It appears farther at night, for some reason,' Hayden answered, thinking that the fall was much longer than he remembered.

'Where is the path down?' Hawthorne asked.

Hayden pointed to their right. 'Along here. Not far, I think.'

They made their way along the cliff edge, Hayden crouching low here and there to look at various crevices leading down. Each time he shook his head and passed on. After ten minutes of searching he stopped, thoroughly confused.

'What is it, sir?' Wickham asked.

'The way down should have been here,' Hayden answered. 'I must have passed it in the dark.'

He looked both north and south along the cliff, hoping to see some landmark that would tell him where he was, but there was nothing. Unsettled, he turned back the way they had come, examining the cliff top carefully. A shout echoed over the wind, and Hayden stood up.

'There, sir!' Wickham pointed south along the cliff.

Though still some distance off, a small party of men came trotting toward them.

'They're armed, sir,' Wickham warned.

Hayden called out to them in Breton, but the answer was in French.

'Well, Mr Hayden,' Hawthorne said. 'There are more Frenchmen than Englishmen here. If we have no line of retreat, I suggest we draw them as near as we can and then open fire.' He held a pistol in his good hand, cocking it with a thumb.

Hayden looked around desperately. 'Here!' he said. 'This looks to be it . . .' The uncertainty in his voice gave him away.

Hawthorne cast a cynical eye at the narrow fissure in the rock. 'Are you sure, Mr Hayden? I'd rather die fighting than falling.'

'Not entirely certain, but come. It has to be here.'

Hayden threw down his musket, turned, and went backwards over the edge, his boots finding footholds on the battered rock. Ten feet down he struck a ledge, more than two feet wide, which ran almost level in both directions. 'Climb down! Climb down!' he called up. 'This is the way.'

A flash from above, and the report of a musket. A second shot, and then answering fire from the French. Wickham scrambled nimbly down and then Hawthorne lumbered down behind, both looking more frightened than he had seen them so far.

'This way.' Hayden led them along the ledge, and fortunately around a little point in the rock and out of sight of the French. A few shots still sounded.

'They're killing shadows now,' Hawthorne hissed. A wide crevice opened before them.

'The steepest bit is at the top,' Hayden explained, pointing down. 'Stay to the near side. There is no shortage of handholds or footholds, but test them well. I have had more than one chunk of rock break away under foot, or torn it off easily with a hand.' He looked at his companions. 'Arm holding up, Mr Hawthorne?'

'Good as gold, sir.'

Hayden nodded at Wickham, then began to climb down. The faint starlight illuminated the cliff in patches, which was both good and bad. They were in shadow, which would make them harder to shoot from above, but the climbing was doubly dangerous. Hayden felt his way down, scraping his boots over the stone, searching for a toehold, a place where one might place a foot. Handholds were more easily found, but he had not gone far before one of these broke free and went tumbling down the cliff face. Hayden put his forehead against the cool stone and tried to calm his breathing.

'Everything all right, Mr Hayden?' Wickham asked from above.

He could just make out the midshipman above.

'Yes, broke off a bit of rock, that's all.' He made himself go on, well aware that if his companions had the same misfortune the rock would come hurtling down on him. He knew that imagination was fertile ground for fear, and tried to concentrate on climbing. Moving one foot down, while maintaining two handholds and one solid foothold. Then moving a hand. Progress was slow and uncertain. Sometimes he searched for a foothold for a long moment before finding one, and had to treat with the panic that would ensue.

'I can hear them above us,' Wickham whispered.

Hayden looked up at the cliff top, black against the stars.

He could almost feel the eyes searching for them, examining each little projection. He tried to mould himself into the narrow fissure, then willed himself to be still as stone. A trickle of dirt sprayed over his face and down his collar. Hayden closed his eyes and wondered if that was from one of his own men or if it was sent down by some Frenchman's boot.

The voices faded and Hayden felt himself relax a little, but then they grew louder again. The soldiers had moved down the cliff top to the north and were now discussing what might be a man and what might only be an irregularity in the cliff face. A flash and almost simultaneous report, and a musket ball glanced off the stone ten feet away. He heard Hawthorne curse under his breath.

'They're sniping at Mr Hawthorne, sir,' Wickham whispered.

Hayden cursed as well. 'Tell him not to move . . . And to stay quiet.'

Steeling his nerve, Hayden began to climb down as rapidly as he dared. A shout from the cliffs and a musket ball exploded two feet away, shards of stone showering Hayden's face.

A second ball sailed by his back. Hayden reached a platform of stone and traversed quickly to the right and into the lee of a little point where he was out of sight of the marksmen. Much shouting in French rained down from above, and he heard the soldiers running along the cliff, looking for a vantage from which to shoot at him again. Hayden hoped they had not left a man behind, because he traversed back a few feet, found secure footing, and fished his pistol out of his belt. He balanced it on a little projection of stone and took aim for the cliff top. A bit further away than he would like, but he allowed for the distance and a little for the wind as well.

The second the Frenchmen appeared, Hayden fired, and was gratified to see the lot of them retreat from the cliff top. 'Climb!' he whispered, and when he was sure that the others followed, he thrust the pistol into his belt at his back and began down again. In ten minutes he came to a little triangular landing large enough for his party entire. The cliff top was not in view from here, so they would be safe for the time being.

Wickham was down in a moment, and then, more slowly, Hawthorne appeared. Hayden had used the time to reload and prime his pistol.

'I think you hit one of them,' Hawthorne reported when he reached the landing.

'I don't think it likely,' the lieutenant admitted, 'but I drove them back for a moment. Come, this way.'

He clambered down about two feet and followed a narrow ledge around a point to the north. He waited there with his pistol raised. As he feared, a shot was fired from the cliff face as Wickham came into view, but Hayden fired back and hoped that would give Hawthorne a moment.

'Did they find you, Wickham?'

'No, sir,' the boy reported. 'Holed my satchel, but came no nearer.'

'That's near enough.'

As Hawthorne rounded the point, three shots were fired, but the large man escaped unharmed.

'I think we are safe from them now unless they climb down after us, which I fear they might do.'

'I think they sent a man running south, Mr Hayden, so we will likely have men coming at us along the beach from Crozon.'

'We will be down long before they can reach the spot. Let us not tarry. The way down is not so formidable now.'

In a few moments they were on the sand beach. Hayden kept them in the shadow of the cliff, scanning the sea with his glass, looking for the *Themis* or her cutter.

'Difficult to pick out a boat without a moon in the west, sir,' Wickham offered.

'Yes. How is your arm, Mr Hawthorne?'

'A good climb was just the tonic it required, Mr Hayden. It is on the mend.'

Hayden smiled. He searched the long arc of the beach, picking out the fire by the quay where the fencibles would be guarding the fishing boats hauled up on the beach.

'What hour would you estimate?' Hayden asked.

Hawthorne looked up at the sky. 'Near to midnight, by the stars.'

'Then where is Mr Childers and our boat?'

'If he is late I shall flense him, render his fat, and light my lamp by it,' Hawthorne growled.

'And a fitting lesson that shall be,' Hayden replied.

Wickham came up then. He had been scavenging along the cliff base, and now held up a musket triumphantly.

'Is that one of ours?'

'I threw them off the cliff before I climbed down,' the boy said, a bit smugly. 'One had its lock shattered on the rocks, but this one will fire again. A bit of sand in the barrel, that's all.' He cocked the gun and pulled the trigger. 'There. You see? Good as new.' He crouched down and began cleaning and loading the flintlock, and when he was finished, did the same with Hayden's pistol.

'May I have a look, Mr Hayden?' Hawthorne asked. He was trying not to appear anxious or impatient, but failing.

Hayden passed the marine his glass, and Hawthorne took a moment to search the secret sea. 'Dark as Madeira out there, sir.'

'I'm afraid you're right. Can you see any Frenchmen trotting up the beach?'

Hawthorne turned the glass down the curving sand and shook his head. 'No, sir, but it is very dark and I can't say for certain.'

The lieutenant cast his gaze around the beach, then more anxiously out to sea. 'We will be in a bit of a bind if Childers' cutter does not soon appear. I don't think we dare climb up again. Men will be waiting at the top. If the fencibles come along the beach it will be fight or swim, and I don't think there is much profit in either.'

Wickham stood gazing at the horizon, putting his hard-gained knowledge of the heavens to use. 'I should hazard a guess that the hour of midnight has passed, sir.' He said it calmly, no tone of despair to be heard.

'Mr Hayden . . . ? I believe I see men coming along the beach – double time.'

Hayden cursed. Hawthorne passed him the glass.

'They did not tarry, did they?' Hayden said. He searched the sea desperately one last time, and then pointed his glass down the beach where the French were advancing. He glanced up once. 'There will be shadow along the cliff base until the moon rises and shifts into the west. With a little boost from luck we will hide here and let these Frenchmen pass. We'll have to seize a boat and get out to sea. Tide is past slack, but the fall will not be great; even so, there is not a moment to squander.'

They set out along the base of the cliff, their boots muffled by the soft, dry sand. When the French came huffing along the margin of the sea, small waves breaking around their feet, Hayden and his company lay down at the cliff's base and hid their pale faces. The party, three soldiers and several fencibles, passed them by without a glance, eyes fixed on the end of the beach, where the English had managed their descent.

When the French were well past, Hayden and his mates leapt up and continued jogging along in the cliff's shadow, which grew narrower as the bluff became less steep. Very soon they were crouched in a thin ribbon of jagged shadow, staring out at the watchman's fire burning near the foot of the jetty.

'How many men can you make out?' Hayden whispered to Wickham.

'I count three, sir.'

'I could shoot one from here,' Hawthorne offered, 'then charge and overwhelm the others with pistol fire.'

'All three will be needed to launch a boat. We are too few to manage it alone.' Hayden thought a moment. 'Go down the beach beyond the fire. There is enough shadow left. When you are in place, I shall walk out and speak to them in Breton, as though I have just come down the path from Crozon. When I have their attention, come at them from behind and train your pistols on them. Are we in agreement?'

'Aye, sir,' Wickham said, and Hawthorne nodded. The two crept off, leaving Hayden crouched at the cliff base, watching the men by the fire. He fervently hoped there were no more asleep on the ground but reasoned the French soldiers had taken most of the guards with them down the beach, and any who remained would be awake and either too wary or too ashamed to go back to sleep.

Waiting what he hoped would be the proper time, Hayden went to the path leading to Crozon, slipped up it a dozen feet, and called out in Breton, emerging from the path a moment later. The silhouettes by the fire raised their fowling pieces and aimed them at the stranger. Hayden dearly hoped these were not the men he had met at the head of the path the previous night.

'Where have they cornered these foolish English spies?' he asked jovially. 'I promised madame I would shoot one and bring her home a fat reward.'

The guns were not lowered, nor were the men reassured by his Breton. He guessed they had been warned that there was a Breton-speaking Englishman abroad in their little corner of Brittany.

'You'll take her home your fat ass,' one man said. 'They have been cornered down the beach, or so they say. Who are you?'

'Pierre Laviolette,' Hayden said. 'And behind you are my two friends.'

The men glanced back, confused, and found Wickham and Hawthorne aiming guns at their backs.

Hayden raised his own pistol, and the three Frenchmen looked suddenly very anxious.

'Put your muskets on the ground, if you please,' Hayden said civilly. 'We will need your help to launch a boat.' Hayden looked at the boats drawn up on the sand and chose the largest one he thought could be launched by five men – twenty feet or so, bluff-bowed and deep-bodied with a sweet curving sheer and a square little transom. It lay with its stern already in the water, a short, deep little fishing boat that looked much like an English pilchard driver and with a similarly proportioned two-masted rig. A brisk inventory indicated that she had all her gear aboard, and to this was added a quarter-cask of wine from the beach and all the guards' food.

The Frenchmen went sullenly to work, Wickham and Hayden helping while Hawthorne stood with a musket to his shoulder. It was a risky venture, the odds even and only one man holding a gun, but none of the Frenchmen seemed willing to risk their lives over another man's boat.

The burdensome little boat resisted their efforts to make it water-borne, but finally broke free of the sand and slid into the shallows. Hayden put his shoulder to the hard planking, and pressed the boat up and out into the lapping waves.

'Take up all the weapons and load them aboard,' Hayden ordered the marine, who complied swiftly. 'And now you, Mr Hawthorne.'

The man tumbled over the side, quickly training his musket on the Frenchmen again. Wickham went aboard next, then Hayden. He forced the men to push the boat until the water was around their shoulders, then sent them back. Oars went into place and the three Englishmen pulled out into Douarnenez Bay. They had not gone thirty yards when they heard the guards calling out, and then there was a crack of gunfire and a flash of powder near the beach fire. The shot struck the topsides with a *thwack*.

'My apologies, Mr Hayden,' Hawthorne said, putting his back into the work. 'I thought I had accounted for all their weapons.'

Wickham unshipped his sweep, snatched up one of the muskets, and returned fire, emptying all the guns before setting his oar between the thole-pins again. There were no more shots, and they were soon lost in the darkness, small rollers sweeping under them. As the others manned the oars, Hayden sorted out and bent the sails, shipped the rudder, and soon had them under way.

He glanced back once at the dark shore, receding quickly, and felt such a terrible sense of loss – utterly at odds with his situation. A father leaving behind a child could hardly have been more disconsolate. For a moment he thought he might weep. But their circumstances would not allow this, and he turned his mind away.

Hawthorne breathed a long, audible sigh. 'That was a little closer than I would have liked,' he said. And then: 'Do you think it would be an inappropriate time for a meal?'

'I think we shall suspend etiquette for the moment, Mr Hawthorne,' Hayden said from the helm, forcing a jocular tone, 'and perhaps indulge in a small luncheon – nothing immoderate, just enough to break our fasts.'

'Just so,' Hawthorne answered, 'a small repast. I wonder what our hosts have so kindly provided?' He began to search through the foodstuffs, some wrapped in paper, some in small satchels. 'Bread we have, of the French variety. Some small portion of cold pork, wine, a few stunted apples, and quite capital carrots. Hardly a feast, but . . .'

'Well, it is a beggars' banquet, Mr Hawthorne, so we cannot properly complain. I have a prodigious thirst, if there is a cup of wine to be had?'

They ate and drank beneath the starlight, as Hayden piloted them out of the bay toward the open sea. The little craft was not weatherly, and making considerable leeway, much to Hayden's distress. They were actually sailing back into the bay on this sou'west wind, though the next board would allow them to shape a course seaward. He sensed a change in the weather coming. A gale from the south-west, he expected. The wind was already making.

When Hawthorne remarked upon this change in weather, both Hayden and Wickham were suitably grave, which gave the marine pause.

'Is this cause for concern?' he asked, apprehension

appearing where there had previously been elation at their narrow escape.

'We need to gain some sea room,' Hayden said. He pointed with a stick of bread. 'If we can weather Cap de la Chèvre in good order, cross the Outer Water, and slip by Ushant, we will have the entire Channel before us and all the sea room we shall likely need. But if we are blown back on the shore here,' he waved his bread toward the cliffs, 'we might be in some difficulty. This little tub makes such terrible leeway, and the tide does not favour us . . . yet.' He looked around the boat. 'Mr Wickham, would you be so kind as to take the helm?'

A small fish room was roughly formed by boards tree-nailed to frames athwart ships. Hayden managed to kick the longest plank free, and with a liberal use of the available rope fashioned a crude lee-board and thrust it vertically down into the water.

'Why, Mr Hayden,' Wickham marvelled, 'that eased the helm wonderfully.'

'You may thank the Dutch,' Hayden said, 'who, as far as I know, contrived the first lee-boards, though others make the claim for the Chinese.'

Exhausted by their flight across country, Wickham and Hawthorne lay down upon the nets and fishing gear and were soon fast asleep. Hayden, who knew they must escape the bay, kept to the helm, shaking his head often and even pinching and slapping his cheeks in an attempt to stay awake. Overhead, the stars began to founder in the blear, their light much diminished. The sou'wester grew in strength and though they were still within the protection of a long peninsula to the south, the fetch of some six miles allowed the seas to mount, small crests soon breaking around them.

Hayden stood several times to peer into the darkness, and finally woke Wickham to help put the boat about. The main was a dipping lug and could not be readily tacked by one man. Wickham was fuzzy-headed and stiff, but managed his part of the little evolution all the same. He took the helm while Hayden transferred the makeshift board to the starboard side, doubling the lines as he did so. They decided then to tie reefs in both sails, and woke Hawthorne to help. It was not an easy task on a strange boat in utter darkness, and took some little while.

'There!' Hawthorne declared, and then, showing a frightening disregard for sailors' superstition, added, 'Now damn the wind!'

The midshipman lay down and was asleep immediately, indeed Hayden was not certain the boy had been awake. Even reefed, the little boat lay over on her side with every gust, and Hayden kept the mainsheet in his hand in the event it must be cast off to avoid a knockdown. Hawthorne sat with his back to weather, still as ballast. Hayden could sense the heavy exhaustion that weighed the marine down.

Spray came over the rail, soaking the lieutenant and sloshing about in the bottom. Wickham was wakened by the cold slap of a wave and sat up, shaking his head. He cursed with an eloquence Hayden had seldom heard from one so young.

'Is there a bucket, Mr Wickham?' Hayden asked. 'I think a little bailing is in order.'

'Aye, sir.'

Hayden could hear the boy searching around in the dark.

'Two buckets and a tin cup, Mr Hayden,' he reported.

'Good news. Let's not let too much water accumulate or it could be the ruin of us.' Hayden knew that water shifting could quickly destabilize a small boat. He heard the sound of metal scraping over wood, and water being spilled – into the bucket, he assumed. In a few moments the bucket was emptied to leeward, and the scraping commenced again.

Two more boards were needed before Chèvre Point passed their lee and Hayden heaved a sigh of relief, though he knew their situation was only marginally improved. A long groundswell reached them then, presaging a sou'westerly gale. He feared daylight would reveal their circumstance as desperate –

set either to be driven into the cliffs or into the harbour of Brest itself.

The moon, not long risen, slipped behind dense cloud, leaving the English sailors in darkness. Hayden had no compass and could only navigate by the wind, keeping the little boat full and by. The ropes he had used to construct his lee-board creaked and he wondered if they would hold in the deteriorating conditions. Chèvre Point was somewhere in the gloom – off his starboard quarter, he hoped, but it was impossible to tell; the other shore of the Outer Waters lay somewhere ahead. He strained to hear the crash of surf, but with the wind rising it was difficult to discern surf from the general din of the gathering gale.

'Damn, it's close,' Hawthorne said. 'Will the *Themis* carry her lanterns?'

'I believe so. *Tenacious* might still be in these waters and there is any amount of coastal traffic.'

'Do you think we can find her? The *Themis*, I mean.'

Hayden shrugged. A gust of wind forced him to let the sheet run. For a moment the wind battered them, pressing the boat over, but then it eased.

'We might find her come daybreak,' Hayden answered. If she hasn't left us utterly, he thought to himself. 'Time for a change of duties, I think. If you would be so kind as to take over the bailing, Mr Hawthorne. I will pass the mainsheet to Wickham, and I will take the mizzen sheet. No sleeping on duty, Wickham. If you fail to let the sheet run when a gust strikes we will be on our beam ends of an instant.'

'Aye, sir. I'm fully awake now.'

'I'm glad to hear it. Take only a half-turn around cleat and keep the sheet in your hand. You can't see a gust coming in this darkness.'

The wind seemed to be increasing and the seas piled up now that there was no shelter from the land. Hayden wanted to hang on to as much sail as he could for as long as possible;

the shore could not be far off in the dark. He was afraid they might even be losing their battle, and being set to leeward. Another dollop of sea slapped him across the face and chest, and he heard Hawthorne dutifully bailing. The lines holding his lee-board creaked loudly, and the wind moaned. Seas came hissing at them out of the dark, lifting them and carrying them a little to leeward, or so Hayden imagined. He hoped the little flax sail would hold.

In his mind the lieutenant was constantly calculating their position, keeping a running dead-reckoning. The speed of the boat could be estimated with reasonable certainty, and he knew their position when they passed Cap de la Chèvre. Their course he roughly guessed. Leeway must be allowed for – greater than he'd like. And this gave him a crude position. He feared that they were being pushed back toward the Goulet or the cliffs to its north.

Rain came hard on the wind, slatting against the planks, though the three sailors could not have been any wetter.

'I don't think we'll weather Ushant,' Wickham said, letting the sheet run as a gust struck them.

'No. In this darkness, we don't even dare draw near.'

'Do you have any notion of our position, Mr Hayden?'

'Somewhere north and a little west of Cap de la Chèvre. I will be forced to go about soon, and with the leeway we are making we will be set toward the cliffs north of Chèvre or perhaps Pointe de Penhir. With a little ill luck we could be driven back into the bay from which we set out, though I don't plan to go so far south.'

Seas began to break dangerously about them, and with some difficulty they tied the second reef in their sails, shifting tack and clew, for the sails were without booms. The clew of a thrashing sail struck Hayden on the cheek, and the side of his face immediately began to swell and pained him terribly. It did, however, draw his mind from the painful gash in his side.

'I think there were only two sets of reef points,' Wickham observed as the three men resumed their places.

'We shall have to try to scandalize the sails if the gale grows worse,' Hayden yelled over the wind.

They came about and ranged now south and a little east, heading back toward the long peninsula that made up the southern shore of the Outer Waters. It could not be helped; to the north lay shoals and islands, with the Island of Ushant some miles beyond. Their little boat would be dashed to pieces there. In these winds and seas, Hayden would not dare venture there even by daylight.

Twice crests broke over them, and they were forced to bail for their lives. They tacked again, setting course by wind – nor' west by north, Hayden guessed, and hoped he was not being too optimistic.

The world began to shade toward grey from black, pale crests now visible at a little distance. They were, all three, drenched and chilled by cool October wind. Hayden had them bail by turn, which warmed them a little. Wickham was a good helmsman, but Hawthorne could not keep them by the wind for all his efforts, and the two sailors were forced to share the helm between them, watch and watch. The little boat had no business out in such a sea, and was only kept afloat by the skill and vigilance of her crew.

'I think we shall have proper daylight within the hour, Mr Hayden,' Wickham observed. The midshipman wrestled with the helm, the scene being slowly revealed around them all of white-streaked seas, higher and steeper than they had guessed in the dark.

'I think you're right,' Hayden said and twisted around to stare east. They were on the larboard tack now, heading roughly north-west. A dark shadow, jagged and ominous, could just be made out through the rain. It was impossible to be sure it was land, or to discern how distant it might be.

An hour saw the world change, the coast appearing, perhaps three miles distant.

'It's blowing a full gale now,' Wickham called over the wind. His hair was plastered about his face, his skin glistening and translucent, a deep blue beneath. He looked cold and unwell, but the determination in his eyes had not diminished. Hawthorne was seasick, but kept to his bailing without a word of complaint. The motion of a small boat was so much different than that of a ship that many men who were never ill aboard a frigate would turn green aboard a cutter when but a little sea kicked up. Hayden had seen it many times and was thankful that mal de mer had never descended upon him.

'We have more offing than I dared hope,' Hayden observed. He smacked the gunnel with the flat of his hand. 'This little driver has done herself proud.'

'It was your lee-board that did the trick, Mr Hayden,' Wickham said.

Hayden stood, holding on to the mizzen, and peered out to sea, searching for a sail among the white crests.

'Any sign of her, Mr Hayden?' Hawthorne asked. He had slumped back against the side of the boat, taking a rest from his bailing.

Hayden scanned the great expanse of sea, and shook his head.

'I shall take my trick at the helm now,' Hayden offered, lowering himself to the aftermost thwart. He relieved Wickham of the tiller, exchanging mainsheet for mizzen sheet. The boy slipped forward and slumped down beside the marine. They were a sorry sight, and Hayden suspected he looked no better.

'I fear we are dicing with our lives out here,' Wickham said.

Hayden nodded. The boy was right. It would be safer perhaps to scud, but the land lay too close to leeward for them to run off.

'If we could gain a little more sea room we might slip in

behind Ushant. There is a small nook there – the Baie du Stiff – in which a little protection might be found. It would not be without risks, for people dwell there and might offer us aid.'

'It seems a great risk,' Wickham said, 'even if there were no people. There are islands and shoals aplenty between ourselves and Ushant.'

That stopped the conversation for a moment.

'What do you think has become of Hart?' Hawthorne wondered.

'That would be dependent upon his position before the gale struck. He would have tried to put as much distance between himself and France as he could if he found himself south of the Raz. If he were north of Ushant he would lie-to and try to preserve his westing.'

'If he did not cross the Channel, perhaps all the way back to Torbay,' Wickham said. The boy had the dull, blank look of exhaustion and chill. Men could die in such conditions. The wet and the cold wind drew off the heat from their bodies. There was little he could do for them, however.

'Both of you should eat,' the lieutenant ordered.

Hayden wondered if he should turn about and run back into Brest Harbour. Would they be noted as anything but fishermen returning from the sea? No doubt, it was known that the English spies had escaped in a fishing boat, so there was a danger that a cutter would be sent to question them.

They stood out to sea all that morning, bailing constantly, Hayden and the midshipman exchanging tricks at the helm. Mercifully, the rain abated, except for the occasional squall that would loom up to windward like a black ghost. The wind both chilled and dried them. Sitting at the tiller was the worst – in the full blast of the wind – but tending the mainsheet, even hunkered down in the boat, condemned one to inactivity, and the cold would get a hold of that man too. Bailing seemed to help, but after one's turn at the bucket, they would soon be shivering. Hayden kept them all eating small amounts of food and drinking wine or water.

After one such refreshment, Hawthorne put his head over the lee rail and was horribly ill. He slumped back in the boat, wiping a hand across his mouth.

'Fish were hungry,' he offered, and closed his eyes. A moment later he roused himself and went back to bailing, fighting off the lethargy that he knew might be his death.

Late in the forenoon the wind began to take off, and the seas soon grew less steep and threatening, but a low, heavy swell still ran. Though the immediate danger was now much reduced, Hayden was still unsure of their course of action. Much of their bread had been ruined by the spray and the crests that broke aboard, and they would soon have no provisions at all. To sail back to the English coast at the three knots they would make under the best conditions would be an undertaking. A good nor'easter might blow them out into the Atlantic.

'Sail, Mr Hayden!' Wickham pointed sou-sou'west. 'It looks like a two-sticker. A little brig, or a snow.'

Hayden had taken his turn with the bailing cup and raised himself up to look over the long, green swell. A patch of white could be seen, riding over the big seas, perhaps five miles distant.

'Do you think she's one of ours?' Hawthorne asked, though his tone suggested he thought such a thing unlikely.

'I can't tell,' Hayden admitted. 'If she is French they'll likely think us fishermen caught out in a blow. Not a common occurrence in a little boat like this, but not unheard of either. I'll beg some food, if they draw near.' Hayden began a careful search of the surrounding waters, and then he swore.

Wickham twisted around to look nor'east. 'Looks like a Chase Mary, sir.'

Hayden dropped his tin cup into the bilge. 'Yes, and she's a damn sight nearer than the brig.'

'You don't think she's after us . . . ?' Hawthorne looked up from his place, hunkered down out of the wind, his head drawn down into his collar like a turtle.

'What shall I do, sir?' Wickham asked, his hand holding the tiller a little tentatively.

'Stay your course, Mr Wickham. If the brig is English she might make for the *chasse marée*, hoping to catch a privateer. Then we'll know whether to try to reach her or stay clear.'

'Has the brig seen the *chasse* yet?' Wickham wondered.

Hayden estimated the distance of the two ships. 'I don't think so. The *chasse* is closer but the brig has the wind in her favour. It will be a close-run thing, that is certain. Come up a little, Mr Wickham, as close to the wind as you dare. We shall try to intercept the brig . . . and hope.'

For some time it seemed the brig would reach them first, though whether this would prove good or ill they still could not know. But when half of the hour had passed Hayden began to think that the *chasse marée* would win the race. Clearly, she was intent on catching them.

'That's a fast lugger, Mr Hayden, and that's for sure,' Wickham observed. 'I dare say, those are cannon on her deck.'

'I believe you're right,' he said, turning toward the brig, which was making sail in an attempt to reach them first, suggesting to Hayden that perhaps she *was* English. 'The *chasse* is hoping to snatch us, go about, and make all sail possible to gain the harbour before the brig can effect our rescue. Mr Wickham, would you mind very much if I took a trick at the helm?'

'No, sir,' and the midshipman gave up the tiller with obvious relief. Both reefs were shaken out as the wind fell away, and the boat picked up a little speed, bobbing over the long, emerald swell.

The *chasse marée* was directly astern of them now, close enough that Hayden could make out the faces of the French crew gathered on the foredeck. The little ship was painted a deep blue, and as she rode over each swell, arcs of white were thrown from her bow. Her canvas was full and taut, as they sailed her by the wind, heeled well down. A mushroom of smoke appeared before her, and a ball splashed into the sea two dozen feet to windward. The report of the cannon was ominous on the empty sea.

Wickham raised one of the muskets he had been busy loading and returned fire, to little effect, apparently, as no one left the foredeck or even recoiled.

The English ship – they could see her colours now – fired a warning shot, the ball holing a wave between the *chasse* and the fleeing Englishmen.

'"Lodged in the middle" has taken on new meaning,' Wickham observed. 'If the French don't sink us the British might.'

'But who do the British think we are?' the marine lieutenant wondered aloud. 'Three men in French kit in a French boat . . . but pursued by a privateer.'

'They might not be giving us much thought. It is the privateer that interests them.'

A second shot was fired by the French and this one sailed so close overhead that Hayden and his companions threw themselves down.

'Bloody hell!' yelled Hawthorne.

A musket cracked then, and the Englishmen all kept themselves low; only Hayden had his head up to steer. Hawthorne overcame his sore arm and he and Wickham began firing back, though found the little fishing boat an unstable gun platform. Another ball was fired and the yard on the mizzen was shattered, the sail thrown down over the men, splinters spinning everywhere.

The boat yawed terribly, but then Hayden recovered and kept her going, though he was forced to pay off, for the balance was lost. Their speed was reduced to a crawl, and the crew of the privateer gave out a shout. The lugger was almost upon them.

'Don't fire!' Hayden warned Wickham as the boy emerged, flailing, from beneath the fallen sail. He had a musket in one hand and more than a little rage in his eye. 'If we shoot now they will return fire and almost certainly kill us.'

A succession of reports came from the English ship just then, for she had turned to larboard and fired a broadside. Several shots found the chase, and sails came crashing down upon the deck. Of an instant, the *chasse marée* was in flight, her stern lifting high to the following sea. It was the turn of the English to cheer then, and the men in the little fishing boat joined them. The brig drew up a few moments later, and Hayden and Wickham shipped oars and brought their boat alongside as the brig backed sails.

Hayden sent the midshipman up the side first, then Hawthorne. He looked back once at the fleeing privateer and gave his head a shake. Pushing their little boat clear with a foot, Hayden climbed up the side of the heaving ship and scrambled over the rail.

'I see they've finally given you a ship, Hayden,' someone said, and the lieutenant looked up to find the concerned face of his friend Robert Hertle hovering nearby. The two clasped hands.

'I am even happier than usual to see you, Robert,' Hayden said warmly.

'I have no doubt that you are.' Robert glanced at the other newcomers. 'And who are your French friends?'

'Nary a Frenchman among us. Lieutenant of Marines Colin Hawthorne and Midshipman Lord Arthur Wickham.'

Robert shook them by the hand. 'You have a story to tell, I can see. Come down to my cabin and we shall get you into some dry clothes, then eat and drink to your escape. I have my own tale to tell.'

16

The gale had broken and the brig lifted to the low swell, a breeze filling her sails and the sun angling in through the stern windows. The men from the *Themis* sat in their crumpled French dress, now dry, trying to exhibit some self-control as they devoured the food on the table before them. Captain Robert Hertle merely picked at his meal – a show of politeness.

' 'Tis the greatest wonder we are sitting here,' Hayden concluded, and lifted his glass of claret. 'To Lady Luck.'

'Lady Luck,' the others echoed.

'I shall drink to the aforementioned Lady, and gladly,' said Hertle, 'but your exploit took a great deal of pluck and enterprise. I should not want to climb down that cliff in the dark.'

'There was starlight,' Wickham said, attempting to sound casual.

'Well, that makes it a walk in the park, doesn't it?' Hertle said, smiling. But then his face grew serious. 'Now it is my turn for a story, though not so full of daring as your own.' He fell silent a moment, troubled and thoughtful. 'As we travelled north, bearing dispatches from Gibraltar, we met this morning a frigate. Immediately, we made the private signal, to which she in turn responded, convincing us that she was one of ours. We spoke the ship at about eight in the forenoon. Realizing that this was none other than your own *Themis*, Charles, I enquired of Captain Hart as to your well-being. To my great distress, I was told that you and another man had been put ashore to assess the strength of the French fleet in the harbour of Brest, but you had not made your appointed rendezvous with the ship's boat and were assumed captured. I asked if they had not gone back the next night at the same time and was told that they had sent a boat for you but one night only. There was some other small exchange, and then she proceeded south.'

'There was no boat,' Hawthorne broke in indignantly, 'at least not at the appointed hour.'

'He must have sent a boat,' Hertle objected softly. 'There were officers aboard, young gentlemen.'

'It might have been sent to a different place,' Wickham said, looking up from his food, something he had barely done this last hour.

'A misunderstanding . . .' Hertle said. 'You're suggesting it was a misunderstanding?'

Wickham looked wary. 'Perhaps, sir.'

Hertle turned to Hayden. 'What did Hart say you, Charles?'

'That we would be met one hour after midnight, at the north end of the beach below Crozon.'

A crease formed between Captain Hertle's eyebrows. 'To me he said "south," not "north." In fact he made a point of saying this twice, which I thought odd at the time.'

'We were put ashore at the beach's most northern end,' Hayden said, 'and were to return to that spot.' He had been wondering about this very thing for some hours. What had become of the cutter that was to have met them?

Hawthorne glanced at him darkly, raising an eyebrow.

Hertle shook his head, as though unwilling to consider the possibilities, and continued his story. 'After parting with the *Themis*, I ordered my ship on, determined to send a cutter ashore this night. And what strange sight should meet us as we closed on the coast south of Brest? A little lugger sailing away from the coast into the final gasps of a gale, and with what appeared to be a privateer in hot pursuit.' Hertle smiled. 'I have heard it said that French privateers will go after anything that floats, but this prize seemed a bit inconsequential even for them. As we have no liking of privateers, we thought we might look into this matter. And here you are – not captives of the French after all, and there are three of you, not two, as Captain Hart had stated.'

'That is another story,' Hayden said, glancing at the midshipman, who concentrated all his energies on his victuals.

'Well, by whatever strange paths you have come, you are now guests of mine and I shall carry you back to England with me.'

The guests having eaten and drunk their fill, servants cleared away. Hawthorne stood, hunching beneath the low deckhead. 'Come along, Mr Wickham. I'm sure Mr Hayden and Captain Hertle would like to speak in private.'

The two excused themselves, though not without profuse thanks to Robert Hertle for their delivery, and for the recent, much needed, meal. Once the cabin was empty, the two friends regarded each other a moment.

'It would seem that good Captain Hart made very little effort to recover his first lieutenant and lieutenant of marines,' Hertle observed. 'Only enough to satisfy any enquiries that might be made by the Admiralty.'

'Neither Hawthorne nor myself have enough interest at the Admiralty to warrant any enquiries at all.'

Robert sat back in his chair and stretched his legs out before him. 'But one could not say the same of young Lord Arthur Wickham, whose father is a man of influence.'

'Hart didn't know Wickham had come ashore with us. The boy stowed away in the cutter, and only revealed himself when it was too late for me to send him back. His mates in the midshipmen's mess were to conceal his absence, if it became necessary.'

'I should like to see Hart's face when he discovers that he abandoned the son of the Marquis of Westmoor ashore without so much as a backward glance, let alone a concerted effort to learn what had become of him.' Hertle chuckled. 'And now that I've recovered you, his lack of action shall look doubly derelict. I almost feel sorry for the man. Mrs Hart might have some influence among the Lords of the Admiralty, but I should think that an aggrieved Marquis of Westmoor will have more. What say you?'

'On deck,' came a call from above. 'Sail, due south. A frigate, by the looks.'

Hertle raised an eyebrow. 'I will wager that is Captain Hart, in something of a lather, having discovered that he's marooned the son of a marquis on a French beach.'

The two men went on deck, and after a cursory examination with a glass, agreed that this was the *Themis*, making all possible sail in her effort to get north. Hertle ordered his ship hove-to and the two friends retired below again, and as quietly as he could, Hayden related all that had transpired since he had gone aboard the *Themis*. Hertle heard him out, his face growing darker and more grave by the moment.

'You have been deucedly lucky, Charles,' Hertle said when Hayden had finished. 'First Bourne and now myself. You cannot count on a friend coming to your rescue again.'

'I know that only too well.' Hayden gazed out over the now sunlit ocean, gulls and gannets swinging and wheeling in their wake. 'I wish Hart had gone off south and you could carry us home.'

'As do I, but it is not within my power.' Hertle sat at the small table, gazing at his friend, lost in thought.

'Will you carry a letter back home for me?' Hayden asked.

'Let me find you ink and paper.'

Pen and ink were produced and a few clean sheets of hot-pressed paper. Hayden applied himself with a will, and before the *Themis* had ranged up and, at a signal from Hertle, hoved-to, the lieutenant had completed his letter to 'Mr Banks' detailing all that had happened and written in such a way that the First Secretary could hardly help but understand their stranding had been almost certainly intentional. When Hayden turned the letter over to Robert Hertle, his friend had the goodness to ask no questions.

Joining his shipmates on deck, Hayden watched as Hertle's crew quickly and expertly lowered a boat. Hayden could not help but wish his own crew were so adept. The three climbed down and in a moment were aboard the *Themis*. Hayden turned and raised a hand to his friend Robert as he stepped onto the deck of his own ship again. Robert waved back, and then turned to his duties.

The crew of the *Themis* were gathered about, but there were no huzzas or indeed any words of welcome at all. Only an unnatural and uncomfortable silence. The men all knew what had transpired, and if Hayden needed any proof, this was it.

He led his small party down the gangway to the quarterdeck, where Hart stood, a little distant from his officers. Only Barthe and the surgeon had a smile for the men returned. The others would hardly meet Hayden's eye.

Hart did not feign pleasure at his lieutenant's deliverance. 'What do you mean, sir!' he began, addressing Hayden in the most belligerent tone, 'taking Mr Wickham on a dangerous sortie without so much as asking my leave?'

Wickham stepped forward. 'If you please, Captain Hart, Mr Hayden did not know I was ashore. I stowed away on the boat without anyone being aware of it.'

Hart was taken aback for a moment. 'Mr Wickham, your loyalty is misplaced. You cannot intervene. Mr Hayden must accept responsibility for your presence—'

'I do accept it,' Hayden interrupted.

Hart was surprised, but a little gleam of triumph glittered in his eye. The corner of his mouth raised just perceptibly. 'Then you admit you knew of his presence . . .'

'I was not aware, but it was my responsibility all the same. If Lord Westmoor wishes to hold anyone accountable, then it will be me. Mr Barthe may write it in the log and I will sign it.'

Hart looked, for a moment, confused, as though Hayden must be playing him some trick. The first lieutenant tried not to smile. Wickham, he was sure, would tell his father the true story of their adventure – and Hayden would receive no admonishment from that quarter.

'You might also write in the log,' Hayden continued, 'that we were at the arranged rendezvous point at the proper time, but no boat appeared.'

'What? Damn your eyes, sir!' Hart blustered. 'What do you mean by that? Damn your impudence! Are you accusing me of . . . of—'

'I'm making no accusations, sir,' Hayden said evenly, 'only stating a fact. The boat did not arrive as it should – though I know not why.'

'It was sent to the south end of the beach below Crozon, as we arranged!' Hart thundered. 'And no one can deny it. Childers will tell you the same himself.'

'It was to have fetched us from the beach's northern end, sir. That was our arrangement.'

'You are mistaken!' Hart said. 'Very much mistaken. Is that not true, Landry? Did you not hear me tell Mr Hayden to meet the boat on the beach's southern extreme?'

'That is true,' Landry said, meeting no one's eye. 'I heard it most clearly, sir.'

'You were not even present,' Hayden said with disdain.

'No, sir, but by happenstance I arrived at the captain's door as he spoke his instructions. Realizing he had you with him, I went away, intending to have my word with the captain when he had concluded with you.'

Hawthorne snorted, almost pawing at a plank with his foot, head shaking in disbelief.

'Have you something to say, Mr Hawthorne?' Hart demanded.

'Yes, sir. Mr Landry was on deck seeing to some small damage done to one of the boats in the taking of the prize. He did not leave the deck until Mr Hayden emerged from speaking with you. I was present myself, as were others, and can attest to this.'

Hart's face turned crimson. Hayden thought he might strike the marine with his balled-up fist. 'Are you calling Mr Landry a liar, sir? Clearly you misapprehend what occurred.'

'I am not mistaken, sir. Mr Franks and one of his mates were with Mr Landry at the time. You might ask them.'

'It is not necessary for me to ask them,' Hart bellowed. 'I know what I said, sir! Mr Hayden misheard me, and almost brought his shipmates to ruin as a result. Now get about your duties. I shall have you question me no more!' Hart spun around and retreated below, muttering to himself.

Landry started to back away.

'Running off, Landry?' Hawthorne asked quietly. 'Just when I think you can sink no lower, you surprise even me with your cravenness.'

Having nothing to say for himself, and being too cowardly to challenge Hawthorne, the second lieutenant slunk off. Hayden and his companions slipped below to wash and change into uniform.

Barthe came in almost immediately, shaking his head, his lips pressed into a tight line, manner stiff. 'It is an outrage,' he hissed, 'the way the man treats you, Mr Hayden. Strands you on the beach and then, when you have the audacity not to be captured and executed as spies, he assails your dignity and all but accuses you of insubordination.' Barthe threw himself down in a chair and raised his hands in a gesture of helplessness.

'Mr Barthe,' Hayden entreated the master, 'I might remind you to be more circumspect.'

'This is very good advice, I'm sure,' the master said, 'and I should heed it, were I not offended beyond all—'

Wickham burst in at that moment without even a knock on the door. His face was pale and though he opened his mouth to speak, no words came.

'Lord Arthur,' Hayden said, concerned. 'What has happened, sir?'

Wickham worked his jaw soundlessly for a moment and then managed, 'He flogged Aldrich while we were ashore, sir.'

'Aldrich . . . ! Whatever for?'

'For having possessed Mr Paine's pamphlets,' Barthe interjected, 'and for preaching unrest among the crew.'

Hayden sat down hard in a chair. 'But what proof had he of that? I have the pamphlets in my trunk.'

'Hart had no proof at all,' Barthe said, 'but he questioned Aldrich and the man admitted to having possessed the pamphlets.'

Hayden reeled back as though struck. 'Has Aldrich no sense at all?'

'He is an honest man, poor fool. Two dozen lashes he took for it. The best able seaman aboard. He's in the care of Doctor, for his back was slashed to ribbons.'

Hayden hurried down to the orlop and into the small space partitioned off for the use of Dr Griffiths. Half a dozen cots swung here, their occupants all but invisible behind weather clothes. The surgeon's apothecary-chest stood against one bulkhead, its locking doors ajar, squeaking softly as the ship rolled. In the dim light, Hayden could see Griffiths bent over a cot, his mate holding aloft a smoke-stained lantern.

'Doctor,' Hayden said softly, and Griffiths looked up, nodded perfunctorily, and went back to his ministrations. The mate made a knuckle with his free hand.

Drawing near, Hayden found Aldrich, stretched out upon

his stomach, eyes closed and face bathed in sweat. Even in the poor light, Hayden could see Aldrich's cheeks were crimson, almost glowing. Very gently the surgeon tugged free the dressing, revealing a back that appeared to have been slashed with a razor. Hayden recoiled from the sight, then regained his self-possession.

'May I help in any way, Doctor?' Hayden asked.

'Is that you, sir?' Aldrich asked between teeth clamped tight.

'It is, Aldrich, and terribly distressed I am to see you in such a state. It was not my doing in any way, Aldrich. I want you to know that.'

'I never thought for a moment that it could be, sir. Never for a moment . . .' He grunted to cover a cry of pain.

'Mr Hayden,' Griffiths said. 'If you would be so kind . . .'

Hayden nodded, retreating quickly from the sick-berth.

For a few moments he lingered at the foot of the ladder, pacing back and forth, his rage barely under control. The doctor finally came to him, wiping his hands on a cloth.

'What is his condition, Doctor?' Hayden whispered.

'You saw, Mr Hayden,' Griffiths answered, his tone almost hostile. 'Two dozen lashes. Cut near to the bone in places.' He removed his spectacles and leaned back against the ladder stringer, his anger dissolving visibly. 'He is in much pain, though makes every effort to hide it.' Griffiths spoke so low Hayden could barely make out his words, and the lieutenant answered in kind.

'And this was over pamphlets that Aldrich did not even have in his possession?'

The surgeon looked up at him sharply. 'You must not misunderstand this, Mr Hayden. Hart did not give a damn about Aldrich and his pamphlets. This was a message to the crew. Any who supported you will be at pains to hide it now, for Aldrich's punishment will be fresh in their minds.' He drew a long breath. 'And it is a message to you. Any man whom you befriend is in danger. That is the corner he has you in.'

'How did Hart even know about these pamphlets?'

Griffiths raised an open hand, his gaze moving just perceptibly toward the gunroom.

Hayden should not have needed to ask. 'Please, keep me informed of his condition, Dr Griffiths.'

The surgeon nodded, and Hayden climbed up to the berth-deck, where the young gentlemen regarded him with troubled, silent faces. As he entered the gunroom, Hayden slammed the door behind him. He spotted Landry in his cabin, the door half-open. Barthe and Hawthorne sat either side of the table.

'I should like a word with Mr Landry,' Hayden said, and the two men scrambled up from the table, retreating quickly toward the door. 'Mr Barthe? Ask the middies to find themselves some duty upon the deck.'

'I will, sir.'

Landry looked as though he would bolt after the master, but Hayden blocked his way.

'You know that Aldrich is the finest able seaman aboard this ship, and yet you had him flogged . . .'

Landry looked left and right, then stepped back against the wooden bulkhead. 'The captain had him flogged. Not me.'

'Only because you've been reporting gunroom conversations to him, Landry.'

The little lieutenant drew himself up. 'Sir, I am a gentleman—'

Hayden snorted. 'You are an embarrassment to the service, running to the captain with every little thing that's said, currying his favour at any cost. Have you never thought what becoming Hart's protégé will mean to your career?' The letters to Mr Banks came unaccountably to mind – a dash of cooling rain on Hayden's rage.

Landry's indignation dissolved visibly and he sank into one of the chairs. 'I do not have a career, nor do you, Hayden. We both gave that up the day we stepped aboard the *Themis*.' His gaze flicked toward the deck beams, the captain's cabin overhead. For a moment Hayden thought the man would weep. 'He . . . he is the ruin of us, with his shyness and his petty tyranny. But what am I to do? No other captain will have me now. And yet the sea is all I know. I am not fit for any other life. Hart has taken everything from me, and I can do nothing now but acquiesce to his every bidding, submit to each indignity, for without him I am lost.' He glanced up at Hayden almost imploringly. 'I am like a man fallen into the sea, clinging to some bit of wreckage, knowing that in but a short time even that will fail and I shall go under. And that is you, as well, Hayden, though you do not know it yet. Hart will break you. I see a crack in your pride already, where Hart applied his lash to Aldrich. The captain knows your weakness now. The crew will be held hostage, and if you dare defy him he will flog another innocent man, and yet another after that, until you come to heel. And then one morning you will gaze into your looking-glass, Mr Hayden, and find *me* staring back.'

The first lieutenant was at a loss for words. Was there a man buried deep inside Landry, after all?

He leaned closer to Landry. 'Does Hart not know how close this crew is to mutiny?'

Landry shook his head. 'He believes the lash protects him.'

Hayden slumped down in a chair. 'Aldrich was the voice of moderation before the mast. Flog another like him and Hart will find the deck beneath his feet is paper-thin.'

Landry regarded him evenly, almost a look of sympathy, of brotherhood. 'Do not overvalue the bravery of this crew, Mr Hayden. They have been forced into cowardice for so many years they no longer know where to find their courage.'

'They took the transport in the Goulet,' Hayden retorted.

'A poorly defended transport is not a frigate, Mr Hayden. Take them into a real battle and you will soon see what they're made of.' Landry rose, bobbed his head to Hayden, and stepped toward the door. 'You fight in a lost cause, Hayden. The *Themis* is full of rot. She crumbles around us, and one day will take every man Jack aboard down to the lightless depths. And we shall not be missed.' Landry went quickly out.

Hayden sat a moment, staring at the empty table, his thoughts awhirl. Was it possible that Landry had once been like him, full of zeal and the desire to make his way in the service? That the rot that spread throughout the ship had crept into him, eating away until he was but an empty shell – the Landry Hayden knew? If that were true, what would prevent it from happening to him? Certainly, if Hart flogged some innocent member of the crew every time he wished to punish Hayden the lieutenant would be brought up short. The crew would not misunderstand why these floggings were being applied and would quickly come to despise him. He would have no allies then.

During the early months of the French Revolution a number of noblemen had taken up the side of the revolutionaries, turning against their king and, in some cases, their families. Most had been farsighted men – men of conscience – but others had stood by king and caste against the voice of their conscience. Hayden felt like one of these men now – but in Hayden's case conscience pulled him in both directions. Hart was a tyrant, but Hayden believed the English cause – officially, *Hart's* cause – was right. The grievances of the men were legitimate – just, in many ways – but this was not the time to protest or refuse to perform one's duties. England was at war, after all. Never in his life had Hayden felt himself so torn. His poor brain was being distorted by its inability to make peace among all the contradictions. He wanted to scream with the frustration of it.

And then there were the letters to Mr Banks . . . How he now wished he had let that scrap of paper lie on Philip Stephens' desk. Better to have no ship and keep one's honour intact – one's future! For surely Landry was right: no captain would have him now.

He took up his hat and climbed onto the deck, into the sunshine. There were no greetings, or even a friendly face. The Jacks seemed to gaze at him blankly, distantly, as though they were condemned men and he but a bystander watching the hangman's cart roll by.

He turned to find Hart standing by the rail, and he was gazing at Hayden as well. The captain smiled.

'Is it not a perfect day, Mr Hayden? The storm brought the rains, sweeping away all that God did not deign good, and now the world is made anew. And I . . . I am content with it.'

Hayden lay in his swinging cot, still deeply fatigued from his exertions ashore, much of his body stiff and aching. The door to his cabin was closed, and he ignored the sounds of conversation in the gunroom beyond. The slow pitching of the *Themis* as she made her way south would have soothed him had his indignation not been so inflamed. The creaking of the wooden ship as she worked in the small seas, the dull thud of a barrel rocking in the hold below – all familiar, even comforting, sounds, but there was no solace for Hayden that night.

In his hands he gripped Mr Paine's pamphlets that had caused such trouble of late. He read *The Rights of Man.*

All hereditary government is in its nature tyranny. An heritable crown, or an heritable throne, or by what other fanciful name such things may be called, have no other significant explanation than that mankind are heritable property. To inherit a government is to inherit the people, as if they were flocks and herds.

17

The gun boomed and was thrown back, the wooden slide screaming along the iron frame, thudding to a percussive halt. Hayden put a hand on the iron frame and found it surprisingly warm.

'I'm still fearful of sparks,' the gun captain muttered unhappily. His opinion of the new gun was not in doubt.

'Never a spark!' Muhlhauser answered brightly. The little man from the Ordnance Board was so happy to see his gun finally fired that he hardly took notice of the crew's reaction.

A good number of the watch below had gathered to witness this spectacle and stood about, shaking their heads and speaking low among themselves, a few grinning vacantly at the sheer novelty of this contraption.

'Iron is too brittle to take this battering,' Barthe observed. 'It will break at last, I fear.'

'Not were you to fire a hundred rounds a day,' Muhlhauser assured him. 'We have not brought it to sea without first testing it thoroughly on land. You will see, Mr Barthe, there will be no sparks, no sudden failure of the structure. And do you note how quickly it can be reloaded and run out? Faster than a standard eighteen-pounder. I shall not be surprised to see this new gun replace many of the long Blomefields in the near future.'

Before the gun could be fired again, the cry of 'sail ho' propelled Hayden up onto the quarterdeck, into the golden sunlight of Biscay Bay, glass in hand, cocked hat slapped roughly in place. It was another warm fall day, as though the headlong rush of summer had gained too much momentum to be stopped by mere numbers on a calendar.

'Where away?' he asked Archer, who indicated sou-sou 'east.

A small gathering of seamen aimed the Cyclops eyes of their various glasses toward that point of the compass, and Hayden joined them at the rail.

'It looks to be a brig,' Wickham suggested.

'Or a snow,' the master added as he followed Hayden to the rail.

Hayden found the angular dab of stained white among the small, cresting seas. Whether brig or snow, she was still hull-down and her colours, if they were flying, obscured.

'Do you think she's one of ours, Mr Hayden?' Wickham asked.

'All I see, Mr Wickham, is a bit of sail. Whether the cloth is British I cannot say.'

'So near to the coast, she is very likely French,' Hart pronounced, 'an outlier to a squadron, most likely.' He lowered his glass. 'Mr Barthe? Alter our course to west-by-north, if she will lay it.'

'But what if she is one of ours, sir?' Barthe asked.

Hart turned on him, his volatile temper flushing crimson into his face. 'Mr Barthe, when you are captain of this ship you may give the orders. Until such time the duty still falls to me. West-by-north.'

'I did not mean to question your authority, sir,' Barthe stated evenly, unwilling to be intimidated. 'I'm merely suggesting that this is a bold little brig to be sailing directly for us . . . unless she is British, in which case she might have need of our assistance.'

'She is sailing hard,' Wickham chimed in. 'She might have a Frenchie in her wake.'

'Perhaps I should go aloft,' Hayden said softly, 'and see if I can make her out . . .'

Hart did not hide his frustration well and glanced at Landry, who looked quickly away. The captain's officers were united against him.

'Lay aloft, then, Hayden,' the captain ordered, 'but I will not endanger my ship if you are less than certain.'

Hayden touched his hat and hurried forward towards the main shrouds.

'Shall we beat to quarters?' Archer asked.

'Aye,' the captain said reluctantly. 'But stand ready to alter course, Mr Barthe, and to make all sail, if required.'

Hayden went quickly up to the main-top and found Wickham already there; the boy had slipped up the starboard shrouds.

'And what do you make of her, Mr Wickham?'

The midshipman did not lower his glass but kept it fixed upon the distant sail. 'I cannot tell, sir. Her hull is just now coming into view.'

Hayden raised his own glass as the vessel fired a cannon to starboard and ran up a hoist of flags.

'On deck,' Hayden called down. 'I believe she is one of ours, unless some Frenchman has penetrated our signals.'

Hart reluctantly altered his course to meet the brig but required Hayden remain aloft in case she turned out to be an enemy practising a bit of subterfuge. As the ship drew closer it was clear she was not being chased; she was, however, almost certainly British.

In less than an hour she ranged alongside – an old-style brig-sloop replete with raised quarterdeck – backed sails, and quickly lowered a boat. Her commander came over the rail in haste, touching his hat, hardly a moment to be civil. He was younger than Hayden by several years and wore only a lieutenant's uniform. Small and neat with precise movements, like a little automaton.

'Herald Philpott, at your service, Captain Hart,' he announced, 'acting commander of the sloop *Lucy*. Captain

Bourne has sent me to request your aid, sir. He has four transports, a brig, and a French frigate at bay in the roadstead east of Belle Île. With the wind in the sou'west, sir, no ships from L'Orient can yet come to their aid. He respectfully requests that you rendezvous with him a league north-west of Belle Île, where he endeavours to tempt the French into making a run for L'Orient. Captain Bourne believes, with your aid, some or all of these ships can be taken or destroyed before their rescue can be effected.'

'Are these Frenchmen not anchored beneath the batteries on the island?' Hart asked.

'I believe they are, sir.'

'Then what does Bourne expect me to do?' Hart demanded indignantly. 'Place my ship within range of twenty-four-pounders?'

The little man's face hardened, and his stiff manner became more so. 'I'm sure Captain Bourne has weighed the risks most judiciously, Captain Hart.'

'Has he, now? Well, all events must occur once, as they say.' Hart stepped away from the visitor, turning his gaze out to sea.

'Shall I inform Captain Bourne that you refused him aid in this action, Captain Hart?'

Hayden almost smiled. Certainly Bourne had instructed the young lieutenant to say precisely this. Refusing to aid a British ship in anything but the most ill-conceived endeavour – one certain to lose an officer his command – would result in court-martial. If Bourne was even partially successful without Hart's help, then Hart would appear shy. If Bourne failed, but could make an argument that he might have succeeded if Hart had joined the action . . .

'I did not say I refused,' Hart replied quietly, perhaps realizing that the young commander had chosen to have this exchange on deck, attended by numerous witnesses, not all of them in

Hart's camp. Seeing Hart receive a measure of his own physic gave Hayden great pleasure.

'I fear, Captain Hart,' the young officer stated softly, 'that I must insist you do one or the other: come to Captain Bourne's aid or refuse.'

Hart's anger flared – the lack of respect being shown him was scandalous – but he looked quickly around like a man trapped, and then, with great self-control, nodded. 'I shall meet with Bourne and try to dissuade him from pursuing such a hazardous endeavour. Mr Barthe, shape our course for Belle Île.'

Lieutenant Philpott glanced over at Hayden, revealing, for the briefest instant, a little smile of triumph. He quickly took his leave and clambered down into his boat, the toes of his polished shoes rapping against the topsides as he descended.

The deck came to life then; men were called to their stations to trim sail, yards were shifted, the helm put over. In a moment they were heeling to a healthy beam wind, and making seven knots towards the little French island that had, for several years during a previous war, been under the control of the British.

Wickham ranged up beside Hayden, who had shifted to the forecastle, largely to put the length of the deck between himself and Hart, who was at his worst when both angry and frightened.

'Have you been to Belle Île, sir?' Wickham asked.

'Twice,' Hayden said. 'It is well named, for there is hardly a more charming island that I can think of.'

'Perhaps we should have kept it?'

Hayden laughed. 'I don't think its present inhabitants would welcome our return. I understand that a goodly number of them are Acadians – Canadians who would not submit to English rule. They were moved here after the Treaty of Paris, and hold no love for us, I fear.'

Hayden raised a glass. The distant horizon was awash in a

white haze, and the lieutenant could not be sure if he perceived a dark mass within or if it were merely his imagination.

Wickham looked quickly around, then stepped a bit nearer, saying quietly, 'What will Hart do? He cannot tell Bourne that they are not French ships, or that they are three deckers we dare not engage.'

'Oh no,' Hayden whispered. 'Bourne will not let Hart wriggle free, as he knows full well Hart will attempt to do. No, he has set the hook deep, and our good captain can do nothing but flop up onto the deck. It's the fish room for him.'

Boot-steps from behind ended the conversation and Hayden turned to see who approached.

'Mr Muhlhauser. Were you satisfied with your trial, sir?'

'Most satisfied, Mr Hayden, though it would have been even better had we had the opportunity to fire another two dozen rounds. But now I am given to understand there is some small chance my gun might finally get an honest trial?'

'Honest trials are rare in this age, Mr Muhlhauser, but we shall soon see. How is your gun crew? Are you pleased with their efforts?'

Muhlhauser looked like a man asked a most embarrassing question. 'Well, Mr Hayden, if they do not mutiny I think they will answer.'

'What do you mean, sir? Have you cause to doubt their loyalty?' Hayden asked.

'No more cause than I have to doubt any of the Jacks, but that leaves reason enough, don't it?'

'I'm afraid you're right, Mr Muhlhauser. Perhaps I shall see you issued a pistol.'

'I have a brace in my cabin, thank you.' The man said this without bluster; in fact he looked a little frightened.

'Then you are well set up. We shall trust in Mr Hawthorne and his marines to assure the devotion of the crew, and all go about our duties.'

Muhlhauser nodded.

Another joined them on the forecastle then.

'Dr Griffiths, how fares Mr Aldrich?' Muhlhauser asked.

'As well as a man can be who has had his flesh torn to ribbons.'

This brought an unhappy silence to the forecastle, but then Muhlhauser spoke up, raising his hand to indicate a bird that hung in the air not distant from the frigate's side, almost motionless on some eddy caused by the sails. 'What species of bird might that be, Doctor? Can you tell?'

'Why, it is *Avis albi*, Mr Muhlhauser,' Griffiths answered. 'Very common in this part of the world.'

'Ah,' Muhlhauser responded. 'I had wondered . . .' He then crossed the forecastle at the behest of the gunner, to see to one of the chase guns.

'*Avis albi*, Doctor?' Hayden repeated quietly.

'Is it not a bird, Mr Hayden? Was I not correct?'

'It is indeed a bird.'

'And is it not white? for so it appears to my eye.'

'White as a ship's wake, Doctor.'

'Then *Avis albi* would seem to be an accurate description, would it not?'

'I cannot deny it, and it is my hope that our guest will always find this description satisfactory.'

The doctor gave a small bow and quit the foredeck.

Hayden had not forgotten Muhlhauser's reaction when he had believed himself mocked by Mr Hawthorne; how would he respond when he found out Griffiths was practising upon him?

Not ten minutes later Hayden overheard Muhlhauser speaking to Mr Barthe.

'Do you see this white bird . . . ?' Muhlhauser asked.

'I do,' Mr Barthe answered.

'*Avis albi* it is called.'

'Well, I know not what the Romans named it,' the sailing master replied, 'but we ignorant seamen call it a gannet.'

Sometime later Griffiths reappeared and stood by Hayden. For a moment he regarded the eastern horizon, as many did aboard the *Themis* that afternoon. 'So, your friend Bourne will draw us into an action?'

'It seems likely.'

'Is he as rash as the men say?'

Hayden shook his head. 'In all of his endeavours, he thinks first how he might preserve the lives of his crew. His actions only seem rash to those who do not have his imagination, for he perceives weaknesses in the enemy others do not and devises the most ingenious methods to exploit them. No, if Bourne has a plan it will be thoroughly thought out.'

'But what will he do about the shore batteries?'

'Oh, Bourne is not much concerned about shore batteries. Once we have laid our ship alongside a Frenchman they will be unable to fire for fear of killing their own. As long as there is wind to keep us moving we shall pass through their cannonade in short order, though not without some damage. Although you would hardly know it aboard the *Themis*, it is a war. A little risk cannot be avoided.'

Griffiths turned to regard him, his look quizzical. 'Mr Hayden, the prospect of action invariably seems to cheer you.'

'And how could it not, Doctor? If not for the odd bit of actual warfare, this would be the most tedious career in the world. One might better be a banker or a law clerk. After all, look at you, Doctor. Certainly you could have opened a surgery in Bath and spent all your days listening to old ladies complain of infirmities innumerable and afflictions too ghastly to name, but you chose the Navy. There must have been a reason.'

'I was endeavouring to escape my family, Mr Hayden.'

The lieutenant laughed. 'It is this regard for the sacred bond of family that is responsible for almost the entire officers' corps in His Majesty's Navy, Dr Griffiths. But most of us were sent to sea to be shut of us. Your case is somewhat singular.' Hayden raised his glass and announced, 'The beautiful isle.'

Bourne bent over the table in what had been his cabin before the carpenter's mates had knocked down the bulkheads. All the others clustered around. A stained and worn chart of the waters surrounding Belle Île had been spread for their viewing, and the host tapped the paper with a crooked finger. 'The French frigate lies to her anchor here, at the southern end of the anchored ships. The transports are arranged, more or less, in a line north, the one nearest the frigate having lost her main and foremast. The frigate towed her in last night, and we damned near caught her, too.' He looked up at the others, a smile overspreading his face as he recalled the chase. 'All six ships had sustained some damage . . . in the recent gale, no doubt. But now they are in difficulties, aren't they? One ship is disabled, though I think they will abandon her without much of a fight if the others think they can make L'Orient.'

The young commander of the brig was also present, as were Bourne's two senior lieutenants and his sailing master; all as excited as Hayden himself.

'I will round the island from the south and engage the frigate. There is a little brig to the north – I think she might once have been ours. I have marked her place. We shall put the *Lucy* on her, then I'll have no worries of being raked by her guns while I board the frigate, for even six-pounders are deadly when fired through the stern gallery at close range. Once we have engaged the first ships, the others could cut their cables and run for L'Orient, so we might have to chase them down. I should hate to sink any of them, for they are valuable as they are and I don't like to murder Frenchmen any more than I must.' He glanced quickly at Hayden, then back to his chart.

Hart shook his head. 'I am touched by your concern for the lives of Frenchmen when our own English crews shall be subjected to much worse from the guns ashore. Forgive me, Bourne, but it is not a serviceable plan. Come, you must admit, there will be much loss of life aboard our ships.'

Bourne straightened as much as the low deckhead would allow. 'I am not much afraid of the fortress guns, for we will slip in at dusk, if this wind holds. It will take the gunners ashore just that much longer to find us, for it will be difficult for them to perceive where their first few shots strike the water. Once we have laid our ships alongside the enemy's the shore gunners will be unable to fire upon us for fear of striking their own. But the shore batteries should not much concern you, Hart, for it is my suggestion that you lie off the northern tip of the island, in plain view, to discourage the transports running for port.'

Hart could not completely conceal his surprise. 'It is a small part you ask me to play,' he grumbled, as though he were not delighted with the prospect of prize money for so little effort.

'Well, my crew profited from your enterprise at Brest. We shall repay you in kind. It is my hope that the mere sight of the *Themis* will stop the French transports from attempting to make L'Orient, but they might fool us and cut their cables, thinking that you cannot intercept all three. We shall see. If the *Lucy* can disable the brig quickly without sustaining substantial damage, then there will be two British ships for the chase.'

'The *Lucy* is more than equal to a French brig, sir,' Lieutenant Philpott offered. 'I am confident of it.'

Bourne smiled kindly upon the young man, but then turned his attention to Hart. 'I do have one other request, Hart. Although Lieutenant Philpott is prepared to take on a French three decker if I would allow it, I have decided to override his enthusiasm. With all due respect to Lieutenant Philpott, who is an excellent officer, and as acting commander of the *Lucy* has performed admirably, it is my preference to have a man of more experience in charge of the *Lucy*. Would you allow Lieutenant Hayden to take command of the brig?'

Hart glanced at Hayden, then back to Bourne. 'What happened to the brig's original captain?'

'As we chased these ships in behind Belle Île, Captain Wilson had the terrible misfortune to have been struck by one of the French frigate's eighteen-pound balls, which killed him instantly, may God rest his soul.'

Hart shivered visibly. 'Have you not a lieutenant of your own to whom you can grant command of the *Lucy*?'

'Neither is as experienced as Mr Hayden, and I should like to have them aboard when we engage the frigate.'

Hart appeared to dither a moment and then nodded. 'Then I shall put Mr Hayden temporarily under your command, and may we all be the richer for it. Eh?' He laughed, as though they were all brothers sharing equally in the enterprise.

But Bourne laughed, too, no sign of censure upon his pleasant face. 'I might also ask if you could spare a dozen good men to crew the *Lucy*, for she is not over-manned and might well find the French resistant to her intentions.'

Hart nodded. Hayden thought Bourne might ask anything of Hart as long as he spared him taking the *Themis* into action. Bourne must have known Hart would resist any attempt to put him in danger, so devised this ancillary role for the *Themis*. Hart had, rather quickly, given up his argument that the shore guns would kill too many Englishmen, once his own valuable life had been exempted from that particular risk.

'My plan is simple,' Bourne began, 'and I'm sure you will all see that immediately. I will take my ship and beat down the seaward side of Belle Île – there is just enough daylight left for me to manage it. Take your ships around the northern tip and into the channel between Quiberon and Belle Île. When

I round the southern end of the island I will have the wind behind me, and come up rather quickly on the French frigate. Once I have engaged her, both of your ships should make for the little French brig, but the *Themis* will sheer off and stay just out of effective range of the guns ashore. It is my hope that the guns will waste some time firing at the *Themis*, allowing the *Lucy* to come alongside the French brig and board or disable her. If my crew can do the same to the frigate, the transports will all be ours, and they will know it, too.' He looked up from his chart where he had been watching the battle play out in his mind's eye. 'If the transports cut their cables and try to run, their capture will fall to you, Hart. Are we in accord?'

All the officers present gave their assent.

'Darkness will fall not long after you have engaged the frigate,' Hayden observed. 'If we are to chase the transports – and maybe the frigate too, if she runs – we should have some means to tell friend from foe.'

'Two lanterns, one above the other, on the main topmast,' Bourne offered, 'and a blue flare shewn on the stern every five minutes for half a minute. Will that answer?'

The others nodded. There was no time for even a toast, as there was only enough daylight left to manage the affair.

Hayden returned to the *Themis* with Hart, to find his dozen men and retrieve his pistols. Neither man spoke as the barge made its way quickly back to their ship, hove-to nearby. Hayden found himself regarding the distracted captain as the Jacks plied their sweeps. The lieutenant had known incompetent officers in his time. He'd met men of limited understanding – too many, in truth – and captains who could manage a ship in the most desperate conditions but had not the least notion of how to fight her. But outright cowards were very rare in His Majesty's Navy. For the briefest moment he almost felt pity for the man – but then he remembered Aldrich, face-down in the surgeon's cot.

Hayden followed Hart over the side of their ship, where the captain called for the officers to join him in his cabin.

As he passed, Hawthorne drew Hayden aside. 'Will we fight? Has Hart agreed?'

'Yes and no. Hart will no doubt explain your part in a moment. As for me, I am for the brig-sloop, and I will take a dozen good men with me.'

The hastily called council of war convened in the captain's cabin, a place few were invited for anything but ship's business. Hart quickly laid out Bourne's plan, presenting it as though he had played a significant part in its creation. A chart was laid on the table, and with the reflected sunlight playing on the deck beams overhead, Hart sketched in the positions of the anchored French ships.

'Should we not attack the transports when Captain Bourne and Mr Hayden take their ships into action?' Barthe asked. 'We could put our ship between two of the transports, anchor, and force them both to haul down their colours. The third ship could be dealt with thereafter, and the last is disabled.'

'Bourne and I have considered all eventualities, Mr Barthe,' Hart said, 'and agree that this plan is the best. It is too late to change it now, at any rate.' The florid-faced captain looked around at his gathered officers. 'We will, of course, go to Captain Bourne's or Mr Hayden's aid should it be required. After all, a few guns ashore will not unnerve the likes of us, eh?' He chuckled a bit too loudly. 'A night's work, gentlemen, and we shall all have some coins to rattle in our purses. Are we cleared and in all respects ready for action, Mr Landry?'

'We are, sir.'

'Mr Archer, will you find a dozen men to accompany Mr Hayden aboard the brig?'

'I will, sir.'

Hayden thought Hart was doing a passable imitation of a decisive commander – an imitation of Bourne, to be more precise. It was a wonder how greatly the man's spirits had lifted when it had become clear he would not be involved in the actual fighting.

An hour later Hayden climbed down into one of the cutters, and as soon as he settled himself in the stern sheets, picked out Lord Arthur Wickham seated in the bow.

'Mr Wickham,' Hayden began sternly, 'I hope you have no designs to even set foot upon the deck of the *Lucy*.'

'I have the captain's sanction, Mr Hayden!' Wickham countered.

'Why does that seem so very unlikely to me?'

'Truly, sir. I approached Captain Hart, arguing that it was not possible to go safely to war, and he said I might as well proceed with his blessing as I would likely swim over to the *Lucy* anyway.'

'If past experience is accounted for, this would seem to be true.'

'You had need of another, anyway, sir,' Wickham said as the boat pushed off. 'A dozen plus yourself made thirteen – a most unpropitious number. Now we are fourteen, and fortune sails with us.'

'We have been relying too frequently on having fortune aboard, Wickham, but I hope you're correct.'

18

They were piped smartly aboard the brig, Lieutenant Philpott tipping his hat to the new acting commander. Hayden immediately took Philpott aside.

'I hope, Lieutenant, that you harbour no resentment over my appointment, which was as much a surprise to me as to you, I must say.'

Philpott nodded in his precise manner. 'It was not a surprise to me, Mr Hayden. Captain Bourne had made his intentions known to me before meeting with Hart. I have had the deuced bad luck of never having fought in a significant action in my short career. I agreed entirely with Bourne that, for the safety of the *Lucy*'s crew, a more experienced officer should have his hand on the helm. Do not devote a moment to concern over my pride, Mr Hayden. It has taken far greater blows than this and staggered but an instant.'

Hayden smiled in spite of himself. 'You are a protégé of Bourne's, I see.'

Philpott looked slightly embarrassed, the automaton becoming more human. 'It is difficult to be around such a man and not see the wisdom of his methods.'

'Yes, if we become half the seaman Captain Bourne is, we shall be all right, I think.' Hayden glanced up at the sun. 'We haven't a great deal of time. I should like to look over the ship and see for myself your preparations.'

The *Lucy* was not large and Hayden quickly had the measure of her. Twenty six-pounder guns constituted her armament, along with two swivel guns that could be moved either fore or aft or to either side of the deck. She was an odd little vessel, neither fish nor fowl – larger than a single-decked brig; almost a ship sloop but for her double-masted rig. Her guns sat higher above the water than on a conventional brig, and her quarterdeck looked very old-fashioned, though handsome in its own way – like a well-turned-out dowager, Hayden thought.

'She's uncommonly handy, sir, and I think you'll find her crew more than willing, though hardly more experienced than myself in close action.'

As they rounded the tip of Belle Île, Hayden and Philpott stood at the rail, gazing out over the French ships in the roadstead beyond Le Palais. The French two-master could be seen swinging to her anchor behind the transports, the sleek frigate just visible beyond. Outside the village of Le Palais, a citadel stood upon the heights, and Hayden could see the mouths of the big guns, staring like unblinking eyes down at the British ships.

'Strike a course east-sou'east, Mr Philpott. It is my intention to sail toward the Île de Hœdic, then come about when Bourne appears around the southern cape. It is about one league from the southern point to the Rade du Palais, where the ships lie. On this wind, it will take Captain Bourne half of the hour to reach the French frigate. I would like to engage the brig just before Bourne arrives, to draw fire away from him, if possible. We will have the wind on our beam and can make or shorten sail as needed, but either way, shall make straight for the Frenchman.' He glanced up at the pennant flying from the top. 'If the wind does not shift, we shall be forced to take some fire as we approach, but it is my intention to sail across her stern and rake her once, then range alongside and fire another broadside. Can your crew work their guns so smartly?'

'I believe they can, Mr Hayden.' Philpott said this with certainty, which gave Hayden confidence.

'Then we'll board and, if God wills it, carry her.'

Philpott's concentration creased his brow like a ploughed field. 'I shall hold your men in reserve for boarding, Mr Hayden, if that suits you, though we may require a few hands temporarily to assist in reducing sail.'

'They shall be yours, Mr Philpott.'

The ship was put on the desired course and sailed freely toward the small Île de Hœdic, the low peninsula of Quiberon licking out toward them from the north-east, Île d'Houat off their larboard bow. On their starboard quarter, the *Themis* took up her place under reduced sail. There was no doubt in Hayden's mind that the crews of the French ships, and the gunners on the heights above, had their eye on the British frigate; the little two-sticker that scurried along before, like a lapdog on a leash, was hardly worthy of regard.

Timing the appearance of Bourne would be critical. The great seaman had told them how long he believed it would take, given sea, wind, and tide, and Hayden did not think he would be far wrong. It was incumbent upon him and Philpott to be within striking distance of the French brig at that moment – about two and a half miles or a little less, they both calculated. This meant they would have to come about and take up the course of their attack before Bourne actually appeared, which was a bit of a risk, but there was nothing for it.

Wickham came up then. 'Is this your first action, Mr Philpott?'

'I must admit that it is, Lord Arthur, though we did take some fire chasing the transports here, and damned unlucky that proved for Captain Wilson. Rest his soul. Is it your first, as well?'

'No, sir, though until recently I was in the same position as yourself. Mr Hayden contrived to take a transport right in the throat of Brest Harbour – an enterprise I had the good fortune to join – and then we went ashore, where we fought several small actions with French regulars and fencibles.'

The young lieutenant was clearly impressed. 'It sounds as if you've had quite a time of it lately, Lord Arthur.'

'Entirely due to Mr Hayden,' Wickham said. 'He'd rather fight than drink gin, the Jacks say.'

Hayden laughed. 'I'd much prefer the gin, Mr Wickham,' he said. 'Which proves you should never trust the wisdom of the foremast hands.'

'Excepting Mr Aldrich, sir,' Wickham answered earnestly.

'Aldrich is the exception to all rules,' Hayden agreed, his spirits brought low by the thought of the able seaman lying wretchedly in Griffiths' sick-bay, his back flayed and bloody.

From the fortifications on the Île d'Houat, a bloom of smoke mushroomed, followed by the sound of an iron ball scraping the sky. Twenty yards before the *Lucy*, it threw up a spout of water, alarming a little whale, which sounded with a splash. The first shot was quickly followed by another. For the next half hour the French kept up a fairly consistent cannonade, one ball passing through the fore-topsail of the *Themis*, but doing remarkably little damage otherwise. Hayden held his course and was somewhat surprised to see that Hart did the same. The lieutenant was taking some satisfaction from subjecting Hart to enemy fire, for it would be difficult for Hart to turn his more powerful frigate away while a lowly brig-sloop sailed through. The little ship was already taking the frigate's rightful place in the action – Hart's rightful place – and the least Hart could do would be to play his small part without shrinking.

They held their course until they judged the time right, then put the ship about. The battery on Île d'Houat did not give up its cannonade, and as the *Lucy* tacked, a ball pierced the sea so close alongside that it soaked the officers standing at the rail.

Hayden wiped the salt water from his eyes with a sleeve, looked at Philpott, who was as wet as he, and they both began to laugh.

'Damned Frenchmen . . .' Philpott managed. 'They could see I wore my new coat!'

The two lieutenants and the midshipman all doffed their coats and hats, which were taken away by Philpott's servant. As Hayden had no second coat with him, all three gentlemen agreed they would have to fight in waistcoats.

'The men aboard the *Tenacious* will think we have removed our coats out of fear of snipers,' Philpott said.

'Then we shall be at pains to prove we are not shy,' Hayden replied.

'*On deck!*' the lookout called. 'Sail. South-by-east.'

'It is Captain Bourne,' Wickham said excitedly, giving a little boyish jump.

'And so it is,' Hayden said, scrutinizing the ship rounding Pointe de Kerdonis, the island's south-eastern tip.

As he watched, the *Tenacious* slipped into the shadow of the island, making sail as the wind took off a little with the setting sun. She looked ominous and formidable in the failing light, Hayden thought, and was happy he was not aboard the French frigate watching her bear down under a press of sail.

'The French ships all have boarding nets rigged, Mr Hayden,' Wickham observed. He stood with his glass screwed into his eye, gazing toward the anchored vessels.

'Bourne's carronades will make short work of those.' Hayden raised his own glass. 'Is that an anchor cable I see ranging from the stern quarter of the frigate?'

Wickham shifted his attention to the southern-most ship. 'I think it is, sir. Why have they done that?'

'So they can veer more cable to their bower and let the head of the ship fall off, bringing their broadside to bear on Captain Bourne no matter how he approaches.'

'That is clever, sir,' Wickham said. 'Will Captain Bourne be aware of their design?'

'I don't know.' Hayden looked to the west, where the sun

was quickly descending. Already Belle Île cast a long shadow out toward the anchored vessels. A single cable would soon be invisible, even at a short distance.

The fortress guns on Belle Île, which had fallen silent briefly, began to fire, throwing shot beyond the anchored frigate, even though Bourne was not quite within their range.

'They will not so easily scare off Bourne,' Philpott said confidently.

'That is the oddest thing . . .' Wickham declared, still looking through his glass. 'I could swear I saw a French regular, like the soldiers we met ashore, emerge from the frigate's companionway, only to be chased back down by an officer.'

Hayden fixed his glass upon the frigate but could see no sign of blue coats. 'Are you certain, Mr Wickham?'

'Most certain, sir.'

'Damn!' Hayden lowered his glass. *Tenacious* was now only a few cable-lengths from the French frigate. 'Alter course for the frigate, Mr Philpott, and make the signal to break off the engagement.'

'Whatever are you saying, Mr Hayden?' Philpott stood staring at him, utterly confused.

Hayden turned on the smaller man. 'While Bourne was west of the island, French troops must have been ferried out to the frigate, and now lie hidden below, waiting for Bourne to board. They hope to carry the *Tenacious* by main force.'

'But how can—'

Hayden turned away from the lieutenant. 'Who has charge of the signals?' he demanded loudly.

A midshipman stepped quickly forward. 'I do, sir.'

'Make the signal to break off the engagement. Quick as you can!'

'I shall fetch my signal book,' he said and ran for the companionway.

Wickham went directly to the cabinet where the signal flags

were stored, and began pulling them out, spreading them carefully in order. As if to make up for his obstinance, Philpott pulled the flag halyard from its pin and began attaching the flags himself.

'Mr Harland?' Philpott called. 'Make ready to fire a gun to larboard.'

Hayden turned back to the frigate, now in shadow but for the tips of her masts. A sail ran up from the end of her jib-boom, luffed sharply, and then was backed to starboard, setting the ship's head off on the opposite tack.

'On deck!' a lookout called. 'The Frenchman's making sail, sir.'

Philpott glanced up at Hayden from his signal flags.

'Only backing a jib and paying off on the starboard tack,' Hayden told him. 'They'll veer cable and bring a broadside to bear on Bourne. Damn! Gun captains! Make ready to fire the larboard battery. Helmsman, I want to luff up off her stern and rake her the length of her gun-deck.'

Philpott ran up the hoist of flags and ordered a single gun fired.

Everyone watched the *Tenacious* anxiously.

'She is ignoring our signal, Mr Hayden.'

'I feared she would. Bourne is not one to give up a fight.'

Tenacious had swung out to the east, planning to do as Hayden had intended with the *Lucy* – cut across the enemy's stern, rake her, then luff up alongside, pour in a broadside, then grapple and board. The Frenchman had foiled him, though, paying out his bower cable.

Shot from the fortress began to fall around them in earnest; the fearsome, unforgettable scream as it passed overhead. Hayden tried to ignore it. A ball either had his name on it or did not. Cowering would not change that.

He wondered what Bourne would do now. The French captain was paying out his cable slowly, keeping his broadside aimed toward the approaching British ship. The man's coolness was to be admired, as he did not waste his shot on a distant target.

Philpott ranged up alongside. 'It looks as if *Tenacious* will beat us to the Frenchman by a good five minutes.'

'I fear you're right. It is my guess that Bourne will pass downwind of the Frenchman, exchange broadsides, luff up across her stern, fire again if time will allow, carry his way forward, turn to larboard, and let his ship drift down on the Frenchmen, intending to board.' He turned to find Wickham, who stood a few paces off. 'Where is the *Themis*, Wickham?'

'To the north-east, sir. Half a league or a little less. She's still taking fire.'

'Difficult to believe they've spared any for her,' Hayden said. 'I don't think the Frenchman will let his ship go much beyond beam-on to the wind. By the time we reach her she should have the *Tenacious* alongside, and be in the process of boarding their attacker, much to Bourne's surprise. I don't imagine they'll reload their larboard battery, which means we may pass by without much fear of their guns.'

'Shall we pour in a broadside as we pass?' Philpott asked.

'No, our little six-pounders can be better employed, I think. Let us luff up across her stern and fire, each gun in turn, the length of her gun-deck. If there is a company of French soldiers aboard we might do much damage. We'll then throw our grapnels over the sterns of both ships and board the Frenchman over the taffrail. All more easily said than done. I shall ask you to bring the *Lucy* up along the Frenchman's stern, as I do not know how far she will carry her way.'

'Leave that to me, Mr Hayden.' Hurrying immediately to the wheel, Philpott relieved the helmsman and bore off just a little.

A tremendous explosion, and the French frigate was enveloped in a dark, roiling cloud. *Tenacious* seemed to stagger, losing her rhythm with the sea, but then she bore up again, and pressed on, her rig and sails much shot away, spars hanging, shattered, in their gear, swaying forth and back. Hayden could see the men rising to their feet, throwing torn canvas and fallen cordage over the side so the guns could be worked. Two men gently slid the limp and bloodied body of a ship's boy over the rail, and for an instant Hayden closed his eyes, though the sight did not go away.

When Hayden raised his glass, Bourne appeared amid the wreckage, gesturing, calling out orders, his hat gone and the left side of his face a smear of red. Tentacles of smoke wafted down on the *Tenacious*, but still Bourne held his fire. Hayden could see him standing on the gangway, his cutlass raised, gun captains bent over their cannon. The instant a gun was run out on the enemy frigate, the cutlass swept down, and the English broadside boomed, echoing back from the cliffs of Belle Île.

Splinters scythed up through the smoke, humming as they spun. Bourne was by before the French had recovered, and their ragged broadside was fired into the pall of smoke, striking nothing. Hayden could see the Jacks aboard *Tenacious* furiously swabbing, then ramming home powder cartridges.

Tenacious swung slowly up into the wind, topsails shaking for a moment, then pressing back against the masts and rigging as the yards were squared. Quickly, the yards were shifted again and the ship came through the wind, and was blown down on the Frenchman's starboard side. At less than ten yards the two ships fired their broadsides and the sharp *crack* of musket fire began. In a moment the two vessels thudded dully together, and the crews of both sides sent up a cheer. British sailors leapt the distance from rail to rail, brandishing their tomahawks and cutlasses. They fell upon the French crew just as blue jackets erupted from the companionways fore and aft. As the infantry massed, they began to push the British back, but they were hindered climbing out the companionways by the smallness of the ladders and lack of room on the deck. Hayden could see the crew of the *Tenacious* fighting furiously at the bulwark, but in a moment the blue jackets would be like a great wave, throwing them back, breaking over the rail and pouring onto the British deck.

Through his glass, Hayden could see the English Jacks being bayoneted, and falling upon their own mates. He lost sight of Bourne and wondered if the indomitable commander had finally overreached. Men on the *Lucy*'s fore-top began firing their muskets, and though Hayden was not sure of the effect, he did not stop them. To stand by and watch the slaughter was more than anyone could bear.

As the *Lucy* passed by the French frigate, Hayden braced himself to take a broadside, but only the muzzle of a single gun stood proud, and it did not speak. There was a deathly silence on the brig until they passed, and then a sigh seemed to course through the entire ship.

'I'm going to bring her up, sir,' Philpott announced, and spun the helm.

Hayden made his way quickly to the forward gun, saying to each gun captain as he passed, 'Do not fire until I give you the command.'

He found Wickham a few feet behind and waved him up. The boy had a cutlass in one hand and a pistol in the other.

'Mr Wickham, if I am shot you must take command of our guns. Fire as the frigate bears, one gun at a time down the length of her gun-deck. Kill as many blue coats as you can.'

The boy nodded grimly, his face flour-pale. 'Aye, sir.'

The little sloop carried her way for some distance in the failing wind, but Philpott knew his ship and she just barely maintained steerage as they ranged up along the Frenchman's stern. Men stood on the rail with their grapnels in hand, ready to lock the ships together.

'Wait until she loses headway,' Hayden cautioned them over

the din. The sound of fighting was loud. Muskets cracked in the rigging and the clash of steel rang in the evening air.

Smoke still lingered on the decks and stung Hayden's eyes and nose. He looked upon the scene before him – a frenzy of violence and brutality – and for a moment felt such utter repulsion he was almost ill upon the deck.

'We're going to pass the Frenchman, sir,' the gun captain warned him.

'Be patient,' Hayden responded, clearing the images from his mind. He stared at the shuttered windows of the frigate's stern gallery. When they were all but up with the last window, Hayden tapped the gun captain on the shoulder.

'Fire,' he shouted over the chaos.

The gun jumped back, its ball smashing the dead-light and glass beyond. Hayden moved to the next gun and waited a few seconds until the same window was open to them. Through the shattered frame he could see light stabbing down into the frigate's waist, twenty yards away. Blue coats were still mustered there, but had been thrown into disarray.

'Fire,' Hayden ordered, and the second gun reared back, a deafening explosion battering his ears. The third gun came to bear and fired in its turn, shattering another of the stern windows.

The *Lucy* slowed to a near stop and Philpott put the helm over as the men threw their grappling hooks over the frigate's stern, bringing the *Lucy*'s raised quarterdeck level with the frigate's stern gallery. Due to the height of the quarterdeck, the guns mounted there could fire directly the length of the gun-deck.

'Load the guns with grape,' Hayden ordered. 'Rake the gun-deck.'

In a moment they were climbing up over the rail and running along the deck. Hayden realized that Wickham and Philpott were to either side, and then they threw themselves on the rear of the mass of blue as the *Lucy*'s gunners fired again down the length of the gun-deck below. Hayden shot a man, who turned, startled to find the British behind him. Throwing away his pistol, Hayden dove into the fray, thrusting with his sword, feeling it slide horribly into flesh.

Hayden fought his way to the rail and clambered up, preparing to jump across to the *Tenacious*, when a gun sounded, and a crowd of Frenchmen before him were scythed down like wheat. Wickham leapt up on the rail beside him and pointed with a bloody cutlass.

'Our men have one of the quarterdeck guns,' the boy shouted. And sure enough, Hayden could see through the smoke members of his own crew madly loading one of the *Tenacious*' guns. Hayden held up the man beside him, and the gun was fired again, to equal effect, though it reared back, smashed into the stern rail, and turned on its side.

Hayden leapt across the chasm, grabbing the frayed end of a broken shroud. Bounding down on the deck, he slipped and fell in the blood, and was dragged up by Philpott.

They dove into the fight, overwhelming the French soldiers and sailors, who were not expecting to be attacked from behind, and in a moment they were throwing down their weapons, though on the forecastle the fighting was still fierce and undecided.

In the growing twilight Hayden gathered some of the *Lucy*'s crew and charged into the melee on the foredeck. In five minutes they tipped the balance, and the enemy cast down their arms.

Leaving Philpott in charge of the forecastle, Hayden hurried back along the gangway, stepping over many fallen. The cries and moans of the wounded came to him now, as the sounds of battle were all but extinguished. Hayden found Bourne standing by the jury-rigged wheel, a cloth pressed to his bleeding face.

'Hayden! I thought you would be overrunning the French brig, but here you are . . . delivering us from certain destruction. However did you know to come?'

'Wickham observed a French regular stick his head up the frigate's companionway only to be chased back down by an officer. I surmised they had reinforced the ships with troops from the garrison, and was fortunate to have been proven right.'

'You penetrated their deception when we did not. Wickham . . . Was he the young middy with whom we dined?'

'The very one.'

'I shall thank him most profoundly. Will you do me a service, Hayden? See if you can find if the French captain is alive. I desire the honour of accepting his surrender.'

'Mr Hayden!' It was Wickham calling from thirty feet up the shrouds. 'The transports have cut their cables, sir. And so has the brig, I believe. They're making sail.'

Bourne looked at Hayden. 'Do you think Hart has the bottom to take on a little brig and some transports?' he asked quietly.

'Not if he thinks they've been reinforced by infantry.'

'How shot up is the *Lucy*?' Bourne asked, casting his glance over the rigging of the brig-sloop.

'She's virtually untouched, as you can see.'

'Then let us quickly secure the prisoners and get you under way. My own ship is too damaged, I fear.' Bourne looked about the deck. 'We've paid dearly for this Frenchman. If you can keep even a single transport from reaching harbour I shall regret it less.'

Hayden nodded. 'Mr Wickham?'

The boy answered from the shrouds, where he was clambering quickly down.

'Gather up our crew . . . and find Mr Philpott if you can.'

'I'm here, Mr Hayden,' Philpott called as he appeared in the after companionway.

Hayden cast his gaze around, assessing their situation in the gathering gloom as Philpott crossed the bloody deck to him.

'Are you uninjured, Mr Philpott?'

'Barely a scratch, sir.'

'I'm happy to hear it. We are swinging around head to wind, which makes me think the frigate's stern cable has parted. Gather up all the men who are fit to serve. We will make sail and give chase.'

All the *Lucy*'s crew fit for action were collected from the decks of the two frigates. Hayden and Philpott led them down a boarding net onto the gun-deck of the French frigate, thinking it would be somewhat easier to climb aboard the *Lucy* through the stern gallery. Upon the gun-deck the effect of the *Lucy*'s fire could be seen. Their cannonade had caught a large company of French infantry unawares, and the blue coats lay everywhere, their bodies ripped apart. The Englishmen stopped, frozen by the sight.

A young infantryman moved, causing Hayden to whirl, raising the sword he still carried, but the man, hardly older than Wickham, only reached out silently, as though appealing for aid. Wickham turned aside to go to the man, but Hayden caught the midshipman's shoulder.

'You cannot help him,' Hayden rasped, and then Wickham recoiled in horror.

The infantryman, partly covered by his fallen comrades, had been blown nearly in half, his glistening entrails spreading out from his blue jacket.

Wickham pressed a sleeve across his powder-stained mouth, eyes wide. 'Good God, sir,' came his voice, muffled and choked. 'How many widows have we made this hour?'

Gently, Hayden drew the midshipman away.

Philpott caught his eye. The lieutenant's face was waxy-pale. 'Our gunners raked the deck with grape,' he whispered. 'Smashed the ladders. They had no place to hide.'

Hayden tried to fix his eyes to the fore, and stumbled towards the shattered stern gallery. He had ordered this terrible cannonade, had even directed its fire to inflict the most damage. The thought came to him that it was almost a sin for him to look away.

Afterwards Hayden had no memory of climbing out the stern window and onto the bloodless deck of the *Lucy*. All he could recall was standing by the wheel, drawing in great draughts of clear air, darkness settling around them, the stench of carnage and powder smoke drifting down from the two frigates. He made his way to the wheel, and when he turned, discovered he'd left behind a trail of bloody footprints, growing less distinct with each step but never gone.

19

Hart flinched as a shot screamed overhead, half throwing up an arm as though it would ward off an iron ball. He recovered himself quickly and stared off toward the *Lucy*.

'What is Mr Hayden doing?' Barthe asked aloud.

The officers stood at the *Themis'* rail, watching *Tenacious* converge on the anchored French frigate. To their amazement, the *Lucy* had changed course and appeared to have given up her intention to attack the French brig.

'Oh, you know our Mr Hayden. He comprehends a great deal more than Captain Bourne or myself. So he has ignored his orders and is going to the aid of the *Tenacious*, as though a captain as capable as Bourne has need of him.'

'Shall we go after the brig ourselves?' Barthe asked. 'I mean, if the *Lucy* will not?'

Hart shook his head and made a sour face, though he did not deem to look at his sailing master. 'By no means. We will lie off here, to keep the transports at anchor, as was planned. I wonder what Bourne will have to say to his precious protégé after this?'

'There must be some reason for Mr Hayden to disregard his orders so,' Archer stated firmly. He had his glass fixed on the British ships approaching the French frigate in the lengthening shadow of Belle Île.

'Mr Hayden has nothing but disregard for orders,' Hart said disdainfully. 'And now he is displaying his incompetence for all to see. Imagine, our fire-eating first lieutenant afraid to attack a little brig . . .'

Hart might have said more, but at that moment the French

captain fired his broadside all at once. Smoke enveloped the anchored frigate and at that range the effect on the *Tenacious* was tremendous. Gear and sails fell, the main-topgallant mast toppled slowly over the side, and yet the ship only seemed to stagger, then bore on.

'You see,' Hart announced, waving a hand at the ships, 'Bourne has not faltered. He has no need of Mr Hayden, whose efforts will only cause offence.'

The two frigates appeared to draw so near that surely they would soon collide, yet there was no reply from the British guns.

'Why does Bourne not fire?' Archer muttered.

'Because he knows his business thoroughly,' Mr Barthe answered. 'He will wait until he can inflict the greatest damage – until the Frenchman is about to fire again, and then he will give them the whole weight of iron at once.'

'The Frenchman's run out a gun,' Landry cried.

And as he said this the *Tenacious* herself was enveloped in smoke, the deep boom of the cannon echoing off the island, as though the first cannonade was followed immediately by a second.

'There, do you see, Mr Archer?' Barthe asked. 'That is how it is done. Never for a moment would Bourne lose his nerve. Never for a moment.'

Tenacious ranged up past the frigate's stern, but before her guns could be reloaded. Smoke veiled the French ship, only the tips of her masts visible through the dark cloud.

'There, too late for the Frenchman to fire again now. Bourne is by.'

Tenacious carried her way past the French ship's gallery, backed sails, shifted her yards, and came through the wind. But instead of gathering way the backed sails pushed her down on the French frigate. For a moment she seemed to hang there, and then both ships fired their broadsides at once.

Barthe reeled back from the rail, lowering his glass. 'My God! They cannot have been ten yards distant. The butcher's bill from that broadside alone will be too painful to tally.'

'And look . . .' Hart pointed. 'There is our foolish Mr Hayden, who cannot give up his misguided enterprise, now.'

The two frigates came together in a cloud of smoke, and the cheers of the crews carried over the water. Musket fire broke out, but little could be seen in the smoke. The *Lucy,* almost in Bourne's wake, ranged alongside the frigates, passing into the cloud as it detached itself from the larger ships.

'Now Hayden will get his comeuppance,' Hart all but gloated. 'A deck of eighteen-pounders at that range will teach him a lesson long overdue.'

The men on the quarterdeck all held their breath, watching the little brig-sloop half-obscured by the drifting cloud. But the French did not fire. The British sloop passed by, put her helm over, and came head to wind across the Frenchman's stern.

'Well, he is either damned lucky or bloody astute,' Landry announced, half in admiration. 'I cannot say which.'

Hawthorne, who stood a few paces back from the officers at the rail, felt a little smile spread over his face. Hart could barely contain his fury that Hayden had not suffered a cannonade at close range. What matter that the entire crew of the *Lucy* would have been slaughtered into the bargain?

As the smoke swept away, sections of the frigates' decks were revealed, and an unholy melee was under way there.

'Sir,' Archer said, surprised. 'There is infantry aboard that French ship! Do you see?'

'That is our explanation,' Hawthorne muttered, as surprised as Archer.

'Now, how in God's name did Hayden know that?' Barthe asked loudly.

Hart swept up his glass and gazed at the terrible scene just as the *Lucy* fired a gun, and then another.

'Mr Hayden has not arrived a moment too early,' Archer observed. 'Poor Bourne is getting the worst of it.' And indeed it was true; by sheer numbers, the blue-coated infantry were driving the British crew back onto their own decks.

Even without a glass, Hawthorne saw Hayden climb over the rail onto the deck of the French ship, cutlass in one hand, pistol in the other. Wickham was right behind, both officers in waistcoats, and then in their wake, a swarm of *Lucies*. A cheer went up from the crew of the *Themis*, and Hawthorne joined in before he knew it, earning a black look from Hart.

'Three cheers for Mr Hayden!' a crewman yelled from somewhere down the deck, and the rest of the men *'huzzaed'* with a will.

A ball from the battery on Belle Île chose that moment to tear a hole in the mizzen, not twenty feet above the officers' heads. Hart all but dropped his glass, but Barthe looked up calmly, and then turned back to the battle on the frigates, his face an admirable mask of calm.

'And we've just restitched that sail from foot to peak,' he observed.

'Cut our grappling lines, Mr Philpott,' Hayden said, clearing his throat, struggling to master his reaction to the carnage on the gun-deck. 'Make sail. We have a brig and some transports to chase.'

Axes were taken to the grappling lines, and the ship began to drift north-west, beam on to the wind. Hayden ordered the helm put over as the sail loosers scrambled aloft. In a moment the little ship began to make headway, her bow turning slowly to the north. Gulls passed over as they made their way out to sea, lamenting sadly. The smoke of twilight hung in the air; Belle Île, jagged and dark, silhouetted against the faint light still clinging to the western sky.

Hayden took his night glass and climbed the foremast shrouds.

Bracing himself in the fore-top, he gazed into the gloom ahead. Far off, the lights of L'Orient glimmered, and in between the inky, rippled sea spread before the dying wind.

'On deck,' Hayden called just loud enough to be heard. 'A point to starboard. I see a ship. Send the men to their guns, Mr Philpott – quiet as you can.'

'The wind is going light,' Philpott whispered, 'shall I call for stun-sails?'

Wickham clambered onto the platform at that moment.

'If you please, Mr Philpott,' Hayden answered.

The midshipman gazed into the darkness with his glass. He was the only midshipman aboard the *Themis* to possess a night glass, and his eyes were famously sharp.

'There is a second ship, I think, Mr Hayden. Almost dead ahead, but further off than the first.'

Hayden searched the darkness. 'Yes. I see it. Is that the brig, do you think?'

'Perhaps so, sir. I can't make out a mizzen.'

Sailors scrambled up past them and onto the yards, running out the stunsail booms. The tip of Belle Île passed to larboard, and on the western horizon the last gasp of light was drawn in like a breath. Low across the sky, a few clouds charcoaled haphazardly. Overhead, stars winked into being, casting their cold, faint light down onto the darkened sea.

'Will these transports have infantry aboard, sir?' Wickham asked.

'I don't know if the garrison on Belle Île is that large, but it is possible.'

'We haven't enough men aboard the *Lucy* to carry ships so heavily manned.'

'No.'

Wickham lowered his glass and turned to Hayden in the faint light. 'Then what shall we do, sir?'

'We'll try to bring them to. Force them to surrender.'

'But the Frenchman in the Goulet hauled down his colours then attacked our boarding party.'

'And now you see how ill-advised a course that truly was. We are far more likely to fire upon a ship until much of her crew is dead than trust them again. Damned, villainous master! He has put his own countrymen in peril.'

Hayden cupped his hands and whispered down to the deck. 'Have you our blue flare in readiness, Mr Philpott?'

'I have, Mr Hayden. To be shewn for half a minute every five once darkness is complete. I'll order it displayed now, sir.'

A blue flame appeared at the stern, the seaman who held it dimly illuminated in the garish light. And then it winked out.

Hayden raised his glass and searched all of the sea that was not hidden by the *Lucy*'s sails. 'Bloody wind,' he whispered. 'Just when the French run for port, it takes off.'

Clearly offended by Hayden's impudence, the wind died altogether, to much muttering from the deck below. The *Themis*' lieutenant slung his glass over a shoulder, swung out, grasped the backstay, and went, hand over hand, down to the deck. He found Philpott on the darkened quarterdeck.

'Extinguish all lanterns,' came the whisper. 'Captain Hart's orders. No lights to be shewn.' The master-at-arms stood at the head of the stairs leading down into the waist, and Hawthorne passed his order on without question. On the quarterdeck, however, the marine could hear an argument as he ascended the ladder.

'But it was agreed we would carry lanterns on the mainmast and burn a blue flare,' Barthe said firmly, his frustration barely in check.

'It was Mr Hayden's idea,' Hart shot back, 'and a bloody foolish one, as you would expect.'

Hawthorne could barely make out the captain and master in the gathering darkness. A glance overhead told him the stars were succumbing to a high overcast.

'But we might be fired upon by our own ships,' Barthe contended.

'Damn your eyes, Mr Barthe,' the captain swore. 'The *Tenacious* and the *Lucy* have a French prize to deal with, not to mention substantial damage to hull and rig. We share these waters with four French ships, and lights and flares will only make us known to them. We shall be fired upon in the darkness, without warning. There will be no lights. That is my order.'

Hawthorne took himself forward along the larboard gangway. For a moment he gazed down into the darkened waist where the gun crews were at their stations. He wondered if there would be trouble down there beneath the cover of darkness.

A man bumped him, and the marine almost tumbled from the gangway. A knuckle was made, an apology muttered. Hawthorne had no idea who it was. He carried on, feeling his way along the bulwark, finding his sentries in their places.

'I thought I saw something, sir,' a corporal whispered to him. 'There. Almost abeam. Perhaps a half-point forward.'

Hawthorne stared into the hushed dark. The distant light on Île de Groix provided the faintest illumination, but a fog appeared to be setting in from the sea, obscuring everything.

'Do you see it, sir? A light, maybe . . . ?'

'I'm not certain. Let me inform the captain.'

He hurried back to the quarterdeck and found Hart on the starboard side, pacing. The wind had died away to a whisper, and Hawthorne was sure they were all but stationary on the water.

'One of my sentries thought he saw a light – to larboard. Almost abeam. Maybe half a point forward.'

Hart crossed to the larboard rail, Landry in tow, or so Hawthorne thought. The night was becoming so close that almost nothing could be seen. The captain and his lackey stood gazing into the night, their anxiety palpable.

'I think it is a light,' Landry said. 'For a moment I saw it.'

The fog crept in from the west, silent, unyielding. It cast itself over them like some amoebic creature, absorbing man and ship into its limpid mass.

'Do you think they know we're here?' Landry whispered, his voice breaking.

'We will know if a six-pound ball cuts you in half,' came the sailing master's voice out of the dark and liquid night.

'We will fire a broadside,' Hart announced suddenly.

'But Captain,' remonstrated Barthe, 'we can't be sure it is even a French ship.'

'We are in French waters,' Hart contended, 'it can be nothing else. Mr Landry, prepare to fire the larboard battery.'

'But where is our target?'

'Helmsman,' Hart ordered, 'give her a spoke to starboard. Our target will be directly abeam. Now jump to it.'

Hawthorne heard Landry stumble forward to give the orders.

'The sky grows hazy, Mr Hayden,' Philpott observed. A damp, cold mist washed slowly over the rail at that moment.

Hayden glanced up to find the stars reduced to blurs. 'As if we weren't having enough trouble finding our quarry.' He leaned close to Philpott and whispered so that only the lieutenant could hear: 'Under any other circumstances I would put the men into boats and attempt to board that ship in the offing, but there is no way to know if they have infantry aboard. I must say, it seems unlikely. How many men could the garrison on Belle Île spare?'

Philpott nodded in the darkness. 'That is the question. There were a goodly number aboard the French frigate: no fewer than an hundred, I should think. They can't have reinforced four transports and the brig as well. It seems a defensible risk. I will lead the boarding party, gladly.'

Hayden was impressed with the younger man's pluck. There was no hesitation there. This was no Captain Hart in the making.

'If I am to send men to fight a shipload of French infantry I will lead them myself. You will assume command of the *Lucy* in my absence.'

Philpott nodded, genuinely disappointed, Hayden thought.

'I shall put all your own men from the *Themis* in the boats, and as many as I think we can spare.'

'Mr Hayden?' came Wickham's whisper from above. 'Is that a ship to starboard? Do you see? Half a point aft of amidships.'

Hayden went to the rail and peered into the thick night. 'Can you make her out, Philpott?'

The lieutenant's answer was lost in an explosion of long guns, and Hayden was hurled to the deck. For a moment he lay, dazed, debris spread both over and around him. Propping himself up on an elbow, he shook his head.

'Mr Philpott?' he whispered, then looked up at the ruined rigging. 'Wickham, there?'

'I'm here, sir,' Wickham called down, 'but I think the rigging is badly damaged, sir.'

'I'm sure it is. Are you whole, Mr Wickham? Can you climb up and extinguish the lanterns?'

'I can, sir.'

Hayden searched the shadowed deck with his eyes. 'Mr Philpott?'

Someone moved a few feet away, and Hayden scrambled over and found Philpott on his back, limbs writhing unconsciously. He saw another shape rise up a few feet away – the helmsman, he guessed. 'Find the surgeon,' Hayden ordered. 'Mr Philpott has been wounded.'

A moment later, Wickham appeared at his side.

'Are you injured?' he asked the middy.

'A splinter or two. Not worth a surgeon's attention.'

Hayden forced himself to stand, dizzy. 'Those were not the brig's six-pounder guns,' he declared. 'Look at the ruin they made of us . . .'

A second broadside roared, but only a single shot struck forward. The rest screamed off into the darkness, holing the sea some distance off.

A man began to cry out in pain.

'Silence that man,' Hayden ordered. 'Quiet on the deck.'

'Mr Hayden . . . ?' Philpott tried to sit up but was unable to.

'Carry Mr Philpott below,' Hayden whispered to two men who appeared out of the darkness.

'No . . .' Philpott breathed. 'No. I don't believe I'm injured. Just . . . dazed.' In the blackness Hayden could make out the lieutenant's pale hands brushing limbs and torso, searching for wounds. 'I appear to be whole, as remarkable as that seems.'

The two men helped him to his feet, where he stood a moment, wavering like a stalk of wheat in the wind, but then he found his balance. 'What in hell's name was that?' the man managed.

'Eighteen-pounders,' Hayden whispered. 'Or so I would judge.'

'Where did a French frigate come from?' Wickham asked.

'It's not French,' Hayden said firmly. 'I'll wager it's the *Themis*.'

Someone cursed in the darkness, and low muttering spread forward.

'Then we should hail her,' Philpott said quickly.

'No,' Hayden answered just as quickly. 'If we're wrong it would invite another broadside.'

Guns boomed again, lighting up the water two hundred yards away, illuminating for an instant the rigging of a ship. The report rolled across the water, like a wave, but the shots were aimed some distance ahead of the *Lucy* now.

'What do they shoot at?'

'Phantoms,' Hayden said. 'Shadows. We must not show a light that any can see.'

'But we are much damaged and the starlight is quickly fading.'

A little breeze from the east touched them then, backing the rolling sails.

'Asleep at last,' Philpott whispered, looking up as the sails pushed against the mast and rigging.

Hayden went to the helm, spinning it quickly. 'We are caught aback, Mr Philpott. We must shift our yards.'

'What course shall we make?'

'I should still like to catch us a Frenchman – north toward L'Orient.' He stared off into the darkness. 'Send men aloft to survey the damage. We shall make what repairs we can. Is there water in the hold, Mr Wickham?'

'I will go down and see for myself, Mr Hayden.' And Wickham disappeared toward the companionway.

Sailors padded quickly around the deck, throwing aside torn sails and broken gear. Others went aloft as fast as darkness would allow. Whispers began to seep down from above.

'Fore-topsail brace, larboard side, shot away.'

'Main topsail hanging in her gear, Mr Philpott.'

'Main starboard shrouds in a hell of a mess, sir,' whispered the bosun.

'Will they stand, Mr Plym?' Philpott asked.

'May'est, in this little breeze, sir.'

'We'll jury-rig what we can, Mr Plym. Reeve a new fore-topsail brace, to begin. That sail will be needed.'

'Lash the main topsail yard to the rigging,' Hayden whispered up to the men. 'Let's not have it coming down on our heads.'

The yards were braced around and the sails filled. The ship seemed to hover, like a gull on the wind, and then began to make headway. In a moment there was a burble of water along her hull – three knots, or so Hayden guessed. He kept glancing up nervously at the main, expecting it to go over the side at any moment.

Wickham popped out of the after companionway. 'We're making no water, Mr Hayden, as far as the carpenter can tell.' He came and stood by the wheel. 'But we've one sizeable hole in the hull, three feet above the water line.'

'Tell the carpenter to show no lights while he makes his repairs, even if we have to hang some old sails over the side.'

'I already did, sir. He grumbled, but I explained that if our light were seen he'd have a few more holes to bung, maybe in his gut.'

'Well said. Now take yourself out to the end of the jib-boom with a night glass, if you please. See if there is a brig or a transport somewhere before us. It wouldn't do to collide with one in the dark.'

Wickham jogged forward, disappearing in a few paces. Hayden could no longer see the bow of his own ship, for the stars sank into cloud and the fog was growing thicker by the moment. The breeze now was off the shore – almost due east – perfect for the Frenchman trying to make L'Orient before the British ships could overhaul them. Hayden took off his waistcoat and half-covered the binnacle, smothering what little light there was. He could only just make out one of the compasses now, but was steering by the wind largely, anyway.

'Now, if my waistcoat doesn't catch fire,' he muttered.

One of the midshipmen appeared, his arm in a sling. 'We have a bit of coloured glass we can slip into the binnacle, Mr Hayden. I'll put the other light out. Can't be seen at ten yard, then.'

'Yes. Do that. How fares your arm?'

'A few stitches. The doctor says not to use it for a week. Be right as rain, I'm sure.'

Overhead, he could hear men working in the rigging. A line was carried aloft to haul up cables to replace the main shrouds that had been shot away. The men were working in almost complete darkness, but knew their little ship from keel to truck. Monkey fists thudded to the deck and crewmen fastened to these the materials needed for repairs, the bundles disappearing up into the darkness.

A shadow with Mr Philpott's voice appeared. 'Shall I have you relieved at the helm, Mr Hayden?'

'If you please, Mr Philpott.'

A quartermaster's mate took the helm, and Hayden fetched his waistcoat from the binnacle, where the middy had shipped a piece of smoke-stained glass to dim the compass light.

'Where is the frigate that fired upon us?' Hayden asked. 'Can any see her?'

The lookouts all reported that she had been lost in the darkness and fog. A distant glow, bearing north-west by north, was almost certainly a light upon the Île de Groix.

'Are you familiar with these waters?' Hayden asked Philpott.

'Moderately so. Presently, we are in open water, perhaps six leagues south of L'Orient. The glow in the north-west is the light on the southern tip of the Île de Groix. There are sizeable fortifications there. To the east, the coast forms a long arc tending north then curving round to the west. But then, you likely know all this.'

'On such a close night it is reassuring to hear another agree with one's own perceptions. If we do not catch a Frenchman in the next two hours, Mr Philpott, I fear we shall be forced to give up this business.' Hayden searched the sky for a moment. 'It seems we are in for a change of weather. This land breeze will die away and I would expect a wind from the south-east – perhaps a small gale. A little sea room would be welcomed.'

Hayden made his way forward along the darkened deck. A distinct *thud* sounded a few feet ahead, followed by many curses and much muttering by the men on deck. It was a mallet fallen from above, it appeared.

'You up there!' one of the waisters hissed. 'Drop another like it and I'll be up to pound your little toes to flats. Do you hear?'

'Captain on deck,' a man near Hayden announced, and the argument died away.

Hayden stepped carefully among the men working in the waist, and in a moment was on the forecastle. They seemed to have sailed out of the fog – or perhaps the land breeze was driving it back. 'Wickham?' he whispered.

'Here, Mr Hayden,' came the middy's voice from somewhere out in the dark.

'Any sign of our quarry?'

Wickham came in along the bowsprit, landing nimbly on the deck, his natural agility unhampered by the darkness.

'Can you see in the dark, Wickham?'

Wickham chuckled. 'Not quite, sir, but I flatter myself that I manage better than most. I think there is something in the distance. Do you see? Half a point to starboard and perhaps a third of a league distant . . .'

Hayden tried to part the darkness, first with his naked eye, then with his night glass. 'A lantern,' Hayden said. 'Is it a lantern?'

'That's what I thought, sir. It blinks in and out as though obscured from time to time by sails or rigging.'

'Or men upon a deck,' Hayden said.

'That would likely mean she's coming our way, sir.'

'Precisely so.'

'Is it the *Themis*, do you think?'

'I don't know, Wickham. If it was the *Themis* that fired on us, Hart was not carrying two lanterns high on the main mast, so perhaps this is he.'

'He's turned back, then.'

'So it would seem, unless a ship from L'Orient could have been carried here on this wind.'

'It's been blowing two hour, sir. At four knots that's eight miles.'

'Slip back along the deck. Tell everyone to make not a sound. Enemy ship in the offing. Ask Mr Philpott to alter course to the west.'

Wickham reached out and grabbed his shoulder. 'Ship dead ahead!'

Hayden whirled around. 'Go, take the helm. Not a word of English from anyone.'

Hayden cupped his hands to his mouth and called out, *'Navire droit devant! À tribord toute!'**

From out of the darkness came shouts in French, and as the *Lucy* veered to larboard, the bow of a large ship loomed over them. Hayden began cursing the ship in his most colourful French.

An officer with a lantern in hand appeared at the rail.

'Pourquoi voguez-vous toutes lumières éteintes?'† he demanded in a broad Provençal accent.

'Une frégate anglaise nous a tiré dessus,' Hayden complained. 'Look what a ruin she left us in.'

'Where is she now, this frigate?' the man called.

'Lost in the darkness two leagues astern, thank God.'

As the ship passed, the man hastened along the deck so that they still might speak. Hayden kept pace, hurrying aft. At the taffrail the Frenchman stopped, still holding his lantern aloft.

'How many were there? How many frigates?'

'Two or three, a sloop, and a sixty-four-gun ship,' Hayden called.

The officer swore, and in a moment the gloom swallowed him whole.

There was not a sound on the *Lucy* for a long time, and then Philpott said under his breath, 'Bless your linguistic gifts, Mr Hayden. They had guns run out.'

'Yes,' Hayden answered. 'They'd heard the cannon fire, no doubt. I think we should stand out to sea, Mr Philpott. Who knows how many French ships have put out from L'Orient.'

Men were sent to their stations to trim sail and brace the yards, course set to take them out into the deep Atlantic.

*'Ship dead ahead! Alter course to larboard!'

†'Why are you showing no lights?'

20

The sun cleared the horizon, pressing back the cool night. A small breeze, east-south-east, brought the ships beneath the transitory shade of a passing cloud. Around the horizon, a dense, distant fog hung low over the sea, obscuring all but the highest terrain of the French shore. The *Lucy* appeared at the centre of a bubble of blue – sea and sky – surrounded by a thick, frosty haze. At the rail of the little brig-sloop stood Philpott, commander again, watching Hayden's cutter rise on the dimpled swell as it made its way toward the *Tenacious*. In the raw light of the new sun, Philpott's face appeared haggard and pensive. It had been the kind of night that aged a man – even a very young one.

Philpott's crew swarmed over the little brig-sloop, putting her shattered rigging to rights as she rolled and heaved on the slow, ocean swell. To the east, a similar scene of feverish activity was being re-enacted aboard the *Tenacious*, and upon the French frigate as well, for Bourne had put a prize crew aboard and taken her out to sea.

'She looks a crack ship,' Wickham offered, waving a hand at the French vessel. 'Not long off the stocks, I would wager.'

Before Hayden could agree, the boat came alongside the British frigate and Hayden stood, balancing, waiting for the sea to lift him – ship and cutter not of one mind in their motion. Upon the crest, he grasped the ladder and swung his foot nimbly up as he had done many hundreds of times. In a moment he came over the rail, followed by Wickham, met there by a row of marines and a bosun smartly piping them aboard. The marines raised their muskets and fired a salute just as guns rang out from both the *Lucy* and the prize. Aboard all three ships Hayden was given a loud '*huzza*.'

Bourne pumped his hand and a great smile spread over the captain's face. 'Welcome aboard, Mr Hayden. I believe I speak for all my officers and crew in expressing my most profound gratitude for delivering us from the French, for certainly we should all be prisoners upon Belle Île this morning if not for your swift action.'

'The credit should be shared by Mr Philpott and the crew of the *Lucy*,' Hayden responded, a bit flustered by the praise. 'And Mr Wickham, here, who detected the infantryman emerging from below the Frenchman's deck only to be chased back down again.'

Bourne shook Wickham by the hand. 'You have my thanks, as well, Mr Wickham. Great powers of observation will stand you in good stead for a life at sea.' Bourne waved a hand aft. 'Come down to my cabin, both of you. There are decisions to be made and I would hear your thoughts on these matters.'

To be so included by such an officer left Wickham almost transported, but he managed to put one foot before the other. As they made their way along the deck, Bourne turned to Hayden. 'I gather that was not your cannon fire last night sinking a French transport?'

'No, sir. It was the poor *Lucy* receiving a broadside; we lost a man, too.'

'I am sorry to hear it,' Bourne declared. 'The brig seems quite heavily damaged for the victim of a few six-pounders . . .'

'Doesn't she though?' Hayden replied.

Bourne's look turned very sour, but he said nothing more.

In the captain's pleasant cabin the men were all seated and food and drink served by efficient servants. Hayden could not fail to note how happily these men went about their work, in contrast to the crew aboard the *Themis*, who all crept about in fear of undeserved censure and ceaseless humiliation.

'Here is our present situation, gentlemen,' Bourne began, setting down his glass after offering a toast to their success and another to the King. 'We are two leagues and a half distant from the French coast with an enemy frigate in our possession. Hart is nowhere in sight, though my lookout thought he detected a ship sailing north just before sunrise. She was lost in fog before any other saw her.'

'North?' Hayden said. 'That can't have been the *Themis*. She was to sail south, down the coast of France and Spain all the way to Gibraltar.'

'Well, then my man was wrong,' Bourne replied, 'but Hart is still nowhere in sight and I fear has gone off about his own business and left you gentlemen behind. I can think of no other explanation for it.'

Wickham glanced at Hayden, who had no answer for the unspoken question. Hayden was certain that Hart would leave him behind without an instant's hesitation, but Wickham . . . That seemed unlikely in the extreme.

'At least one French warship sailed from L'Orient last night. It passed us in the dark. Do you think the *Themis* might have been taken?' Wickham asked.

'If she was,' Bourne replied, 'Hart surrendered without even a pistol being fired, for we heard no cannonade other than the broadsides that apparently damaged the *Lucy*. Now, here is what I propose,' Bourne continued, not overly concerned with the fate of Captain Hart, apparently. 'You will take the French ship *Dragoon* back to Plymouth. We will have to make up a prize crew as best we can. You have your dozen men from the *Themis*, and Mr Wickham, of course. I hate to take any men from the *Lucy* as she is undermanned as it is . . .' Bourne raised his hands. 'I will have to make up the rest, in the absence of Captain Hart.'

'Who will expect his share of the prize money all the same,' Hayden observed.

Bourne's benevolent look did not falter. 'Well, Hart is gone and there is nothing for it. There are, aboard the French ship, many prisoners, though no small number took to the boats when the battle turned in our favour. But even so, there are still well over a hundred, though we killed as many.'

'They lost a hundred men?' Wickham exclaimed.

'Seventy-some infantrymen – many of whom were caught on the gun-deck by your fire – and then another sixty-odd from the ship's crew. An awful tally, I fear, for such a short little action. And that does not take into account the wounded, all of whom are under the care of the French surgeon and his mates – about fifty men on the sick-and-hurt list, some most grievously injured.'

'I have never heard the like . . .' Hayden said, almost at a loss for words.

Bourne nodded, his manner now sober. 'It was hot work and our broadsides at such short range took their toll.'

'Even so . . .' Hayden put down his fork, his appetite gone.

'We have little time to mourn the losses – on either side,' Bourne observed. 'I would like to see the *Dragoon* safely back in England. She is a good, sound ship, though lightly built as these Frenchmen tend to be. Even so, I can't think of any reason why she should not be brought into the service.'

'I will gladly sail the prize home, but I wish Hart were present to give me this commission himself. He will likely be vexed when he finds I have gone off and taken Lord Arthur with me.'

'Hart put you under my command. In his absence, and as we cannot know if we shall meet him again, I will give you orders to take command of the captured vessel and return her to Plymouth. Hart might complain as he likes, but I will take all responsibilities, and if the Admiralty have anything to say it will be me who answers. I wish to get you under way as quickly as possible. There is, yet, a French squadron in L'Orient and they might decide to come out and take their frigate back.' Bourne turned to the midshipman. 'Mr Wickham, would you mind terribly if I had a word alone with Mr Hayden?'

Wickham almost leapt to his feet. 'Not at all, Captain Bourne.' The young middy was out the door in an instant.

'What do you make of him?' Bourne asked, nodding to the just-closed door.

'I think he'll be a fine officer one day.'

'That is what I think, as well.' Bourne sat back in his chair and regarded his former first lieutenant seriously. 'You believe it was Hart fired on you last night, not a Frenchman?'

'It is difficult to be certain, but I don't think a French ship could have reached us so soon. The wind had not long turned.'

'You carried your lights as we agreed?'

'We did.'

Bourne looked troubled, confused. 'It is a damned unpleasant business, though of course not unheard of. I've seen friend fire upon friend of a dark night, but even so . . .' Bourne shook his head. 'Perhaps Hart has proceeded south and you are shut of him – you and young Wickham.'

'But when I return to England I will be without a ship once again.'

Bourne's expressive face showed real dismay. 'I will do what I can for you, Charles. Perhaps we can find you a first lieutenant's position, at the very least. Less than you deserve, but upon a good ship with a fighting captain the opportunity to distinguish yourself in action will become a possibility.'

'It would be a relief to have a captain eager to fight the enemy, rather than a captain I have to contest with to engage even a lowly transport.'

'You did the best you could in a bad situation. Taking the transport at Brest and bringing the *Lucy* to our rescue should gain you some attention within the Admiralty. I shall do my part to see that they do, you may rely on that.'

'You have ever been my greatest champion, Captain Bourne, for which I thank you.'

'It is unfortunate that I have so little influence among the Lords Commissioners. Has not one of them a daughter you might marry?' A broad smile spread over the captain's face. 'Love, pure and true, might profit you greatly.'

'Alas, the Lords of the Admiralty do not troll their daughters at the depths I swim.'

Bourne laughed. 'Alas for us both. I have my second lieutenant on the *Dragoon*. She sustained some damage to both hull and rig. Not so much that we will not all receive a pretty penny when she is bought into His Majesty's Navy.' Bourne went to a diminutive writing-desk and took up some papers lying there. He passed Hayden a sheet. 'Your orders.' This was followed by several letters. 'I have written the Admiralty saying that, having lost contact with Captain Hart, and having no way of knowing when he might be met again, I have commissioned you to return with our prize to Plymouth. I have also given a full accounting of our battle at Belle Île, though saying nothing of your adventures during the night. I will leave that for you to report, though you might be circumspect regarding who fired on you in the darkness. Hart's own log should tell the tale, not that it will matter. Such things happen and are seldom grounds for even the mildest sanction. An accident of war – regrettable but impossible to prevent. I'm sure you are anxious to be aboard your command.' Bourne touched a hand unconsciously to his wounded skull, his look of benevolent pleasure wavering.

'How is it with your wound?' Hayden asked.

Bourne returned from his thoughts, his smile reappearing. 'Oh, it's nothing. I've sustained worse wounds during my morning skirmish with the razor.'

Hayden followed Bourne onto the deck into a blue Biscay day.

‘A fine morning to set sail for England. My crew are most anxious that you not neglect our mail, Mr Hayden.’

‘Not for a moment.’ He shook hands with Bourne. ‘I cannot thank you enough for your kindness.’

Bourne looked almost perplexed. ‘Kindness? I should never grant you more credit than you deserve, Mr Hayden. The Admiralty might promote the careers of men who are undeserving, but I would never do it. Luck to you, Mr Hayden.’

Hayden went quickly over the side and down into the cutter. The French ship had no boats, as some of her crew had escaped in them to Belle Île, so Bourne had given them one of his cutters – a great sacrifice on his part. If fortune did not favour Hayden, having a ship’s boat might save his vessel and the lives of his crew.

As he was rowed over the slowly heaving sea, Hayden found himself staring at the captured frigate – a lovely-looking vessel, all told. If he had remained in France, with his training and background, he might have just such a command now. It was an unsettling thought, in part because the idea was as attractive as it was repellent. It was with some trepidation that he took hold of the ladder rung and scaled the topsides.

Unlike his reception aboard the *Tenacious*, little fuss was made when he reached the deck of the French prize. Bourne’s acting second lieutenant congratulated him heartily, but then Hayden’s disquiet was thrust down so that he could attend to business. His own men from the *Themis* were ferried over from the *Lucy*, and he made Wickham his acting first (and only) lieutenant. The ship was surveyed from stem to stern and keel to truck, all her damage assessed.

Forward on the orlop-deck, substantial bulkheads had been erected to curtail the liberty of the French prisoners. Hayden called for the master-at-arms to unlock and open the door. The low murmuring of his mother’s tongue died away as he ducked into the dim chamber. A little light and air funnelled down from a grated scuttle, but the air was musty and noisome all the same. The prisoners lounged about the cramped space, staring darkly at the Englishmen who had suddenly appeared in their midst. They had a dolorous, aggrieved air about them, as though they had somehow been falsely accused and imprisoned unjustly. Hayden was about to speak, but his mouth went suddenly dry, and he backed quickly out the door, nodding to the sentry who threw the bolts and clapped the lock in place. He had a desperate need for air, but before he could retreat toward the ladder, Bourne's lieutenant spoke.

'There is one among the prisoners who appears to be shunned by the others,' the man informed him. 'He has been trying to speak to us, but we have not enough French among us to fathom what he is saying. The only Frenchman who appears to speak a little civilized English will only shrug when we ask what the man is saying. Likely a pederast, I would think. The French crew call him something that sounds like "*Le Boho,*" whatever that might mean.'

'Boho?' Hayden repeated, surprised. 'Do you know the man's name?'

The young officer stopped and gazed at Hayden. 'He calls himself Fournier, I believe, but the prisoners name him Sanson.' And then, seeing Hayden's reaction, 'Have you heard of him?'

'Sanson is a name not unknown among the French. Can you bring the man out to me?'

'I can.' The young lieutenant hurried off.

Hayden retreated to the light and air of the quarterdeck, where Wickham found him.

'Stores are adequate to see us to England, Mr Hayden,' the newly minted officer reported, 'though little further. Powder, shot, cordage all sufficient to our needs. The only commodity we seem to lack is grog, sir, though this appears to have been made up for by a surplus of wine.'

'The poor hands shall have to make do with French claret,

then,' Hayden answered, not without a smile, 'and French victuals, too.'

Bourne's lieutenant appeared in the companionway, accompanied by a man with his hands bound, watched over by two sailors with muskets. Hayden took the measure of this Frenchman, feeling both repulsion and intrigue. He was young, early twenties, and darkly handsome, though of small stature. His manner was grave, wounded, as though he expected to be badly used, yet he carried himself with some pride all the same, or perhaps defiance.

'Monsieur,' Hayden said.

'Capitaine,' the man replied, making a deferential nod, a slight raising of the bound hands as though in supplication. 'I am Giles . . . Sanson,' he said in the French of an educated Parisian. 'It might be of little consequence to you, monsieur, but if I am left among my own countrymen they will likely do me harm, for the few junior officers who remain have not the authority to restrain them.'

'And why would they do this, Monsieur Sanson?'

The man hesitated only an instant – a quick glance into Hayden's eyes. 'Though I have tried to hide it,' he replied, 'they have learned that my family have been . . . executioners for many generations. We are disdained, monsieur, and though I have never so much as assisted at an execution – in truth, have endeavoured to separate myself from the occupation of my family – they hate me all the same. I must throw myself upon your mercy, *Capitaine*, and beg for your protection. Without it I believe I will be gravely harmed, perhaps murdered.'

Hayden regarded the young man. He had heard of *les bourreaux* during his time spent in France, but like most of the inhabitants of that country, he knew little about them. A small cadre of families had been the executioners for several centuries; despised, feared, ostracized. They married among themselves, lived often in proximity to one another, and maintained a mysterious little society of their own, keeping the guillotine and passing the secrets of their trade down from one generation to the next. Hayden's uncle had told him that some individuals had conducted several hundred executions during their tenure. And here stood a child of such a family, hands bound, appealing to him for protection.

'I can keep you separate from your countrymen, Monsieur Sanson, but I will have to put you in leg irons while you remain aboard ship.'

'*Capitaine*, I will accept this gladly rather than stay among my countrymen, but if there is any small service I might perform I will give you my oath that I shall not attempt to escape, or cause you the least distress.'

Hayden regarded the man's eyes, trying to sense a lie. 'What was your position aboard ship?'

'I assisted the chef until it was discovered who I was, and then the men would not deign to touch food I had prepared. The *capitaine* allowed me to act as his servant, though I believe that secretly his feelings toward me were no different from the others'.'

'Then you will be my servant, though if you make any trouble I will toss you back in with your countrymen in a moment. At night you will be put in leg irons.'

The man bowed his head. 'I shall do everything within my power to repay your kindness, and I swear, I will act, under any circumstances, as an Englishman would.'

Hayden waved a hand at the Frenchman and said in English, 'Release him. The man will act as my servant until we reach Plymouth.'

Sanson's bonds were removed, and he chafed his wrists, his eyes glistening with tears barely held back.

'I have come aboard ship with no kit. Not even a razor,' Hayden stated to the Frenchman. 'I shall have to scavenge what I can from among the French officers' belongings.'

'The late *capitaine* has no need of his effects now,' Sanson replied. 'I will see if they are still in order, if you wish.'

'Yes, go down into his cabin and find what you can. We will speak later.'

The man bobbed his head, and then with a glance at the two seamen who still trained their muskets on him, he slunk away.

'I trust you know what you're doing, Mr Hayden,' Bourne's lieutenant observed.

'That is my hope as well.'

'Who is he, Mr Hayden?' the man asked. 'Why do his fellows treat him so?'

'They think him a gypsy,' Hayden lied.

'Ah,' the lieutenant said, 'he has a dark countenance, doesn't he? Don't you worry that he'll steal from you?'

'He won't steal from me.'

The lieutenant looked a bit embarrassed, uncertain of Hayden's blunt response. 'I'm sure you know what you do,' he repeated. 'I'll take myself back to the *Tenacious* if you have no further use for my services.'

Hayden thanked the lieutenant for his assistance, and shook his hand as he climbed over the rail.

He turned to Wickham then. 'Did you understand the conversation I had with the Frenchman?'

Wickham took off his hat and wiped a sleeve across his brow. 'I did, Mr Hayden. How . . . remarkable.'

'I would ask that you repeat it to no one. The man appears to have been persecuted enough.'

Wickham nodded. 'Of course, sir. Not a word. But when we reach England it will be into the hulks for him. You won't be able to protect him then.'

'No, but for the next few days he can live without fear. That I can manage. Come, we have much work to do. I want to be under way before the sun reaches its zenith.'

But the sun's zenith had passed, if only by a little, before Hayden had his ship under sail. He gazed out over his new command, the tiny crew – forty men – running about the deck and scrambling aloft. He prayed the winds would be fair all the way to England, for he had hardly men enough to reduce sail, let alone deliver them from a gale of wind.

'Does she not move handsomely through the water?' Wickham asked. The young midshipman stood by the man at the wheel, gazing over their ship, eyes fairly gleaming. His first commission as acting lieutenant. It did not matter that he had only received it due to a terrible shortage of officers and because his own ship had sailed off and left him. He was an officer – at least for a few days.

'That she does, Mr Wickham.'

'I think she is making better speed than would the *Themis* in the same wind and sea.'

'Very possibly,' Hayden answered, suppressing a smile. He went to the stern rail and looked about the horizon. The *Tenacious* and the *Lucy* were both dropping astern, and in towards the French coast he could just make out some specks of sail half-submerged in the low fog – coasters or fishermen, hardly worth his notice even if he had enough crew to fight his ship, which he certainly did not. If they encountered the enemy he would be forced to subterfuge and prayers, for his tiny crew could not hope to man even a few guns and at the same time handle sail.

Hayden patted the rail – French oak. Although the ship was only distinguishable from an English frigate in her details, she felt both familiar and terribly alien.

'*On deck!*' came the familiar cry. 'Open boats, point and a half off the starboard bow.'

Hayden gave his head a shake and turned to his duties. 'Are they fishermen, Price?'

'Don't appear so, sir. Look like ship's boats. Cutters, mayhap.'

'Run aloft and see what you make of them, if you please, Mr Wickham.'

'Sir.' The midshipman hurried forward and scrambled up the shrouds with the same energy he always displayed, and Hayden was glad to see his temporary rise in status had not gone to his head, making him feel that such a task was beneath him.

A moment later Wickham stood in the foretop, looking down at Hayden, who had made his way forward. 'I would wager that Price knows his business, Mr Hayden. These are ship's boats or I'm a blackfish.'

'Alter course to starboard, if you please,' Hayden called back to the man at the wheel, 'a point and a half. Sail trimmers to their stations.'

Crewmen were in such short supply that Hayden helped slack the sheet of a foresail himself, almost having forgotten what salt-hardened hemp felt like. He called for his glass and stood at the bow a moment gazing at the distant boats, too far off to make out clearly as they were swallowed and then bobbed up to the top of a wave. He swung the leather strap of his glass over a shoulder and joined Wickham on the fore top. The acting lieutenant had his glass trained on the sea almost dead ahead.

'Do you know, sir, there is a man sitting in the bow of the nearer boat that looks for all the world like Mr Barthe. I swear I can see his red hair, grey strands and all.'

Hayden fixed his glass on the closest boat. 'You have better eyes than I, Wickham. I can make out the boats, but little more, though I did think I detected a flash of red in the further boat.'

Wickham moved his glass a little, and for a moment concentrated silently to focus his glass on the moving boat, trying to allow for the motion of his own ship as well. 'There *are* men in red jackets, I think,' the boy said. 'Do you suppose a French ship might have sunk out here?'

'Perhaps, but those boats are travelling north with the wind, not toward the shore as you would expect. Do they wave a jacket or do anything at all to gain our attention?'

'They don't appear to, Mr Hayden. They are an uncharacteristically retiring assembly of castaways, I should say. Perhaps they've mistaken us for an Englishman . . .'

'Which would be no mistake, but I take your meaning. We shall have our answer by and by.'

Hayden was about to set out for the deck, when Wickham exclaimed, 'Sir! Those are British marines; I swear to it.'

Hayden returned to his position, braced himself against the roll of the ship, and tried to fix his glass on the distant boat. To keep the tiny object centred in the lens was maddeningly difficult, but after a few moments he at least agreed that there were a number of people dressed in red. Whether they were marines, or even men, he could not say, but Wickham had better eyes than he.

Hayden climbed down to the deck, though a strange feeling of disquiet began to overtake him. During the course of the next half hour he twice made the journey forward with his glass, where he paused to gaze at the distant boats, their white oars flashing rhythmically in the bright summer light. As he stood by the bow-chaser the second time, trying to hold the little boats in the wavering eye of his glass, Wickham called from aloft.

'That *is* Mr Barthe, Mr Hayden! Those boats are from the *Themis*. I can see Mr Hawthorne, I'm sure.'

A small breeze of whispers passed among the men on the deck, and more than a few hurried to the rail and leaned out to peer forward. A half hour crept slowly by. The boats crested a wave and the dispirited – some, bloodied – faces of Hayden's crew mates became unmistakable. Wickham raced down the shrouds and appeared beside Hayden, who stood at the forward rail.

'What has happened?' the midshipman wondered, but Hayden had no answer.

The lieutenant could hardly remember seeing such looks of dejection. The boats, overcrowded in the extreme, were brought alongside, their occupants silent as mourners. Mr Barthe stood in the bow of one cutter and addressed the ship in broken French.

'You may speak the King's English here, Mr Barthe,' Hayden answered. The sailing master was, for a satisfying moment, held speechless.

'Mr Hayden?' he finally managed. 'This is the French prize! God be praised.'

This revelation raised the men's spirits noticeably, and they began to scale the ladder. A good number required assistance and a few wanted slings, too injured to climb. Almost all the men were bruised and powder-stained, their clothing torn and soiled.

Barthe came over the rail stiffly, and collapsed against the hammock netting. He gathered in a long, ragged breath and closed his eyes a moment. Hawthorne reached the deck, showing great concern for his fellows, and Mr Barthe in particular.

'What has happened, Mr Barthe?' Hayden asked, feeling deeply shocked to see his own crew mates in such a state. 'You look as though you've had a terrible battle.'

'Where is the *Themis*?' Wickham interrupted. 'Is she lost?'

Hawthorne himself looked as though speech would fail him, but then he managed in a harsh, parched voice, 'No, Mr Wickham. And yes. There was a mutiny, and we are the men loyal to the King. They put us into boats – out of fear, I think – and sailed off toward Brest, where I assume they intend to offer our frigate to the French.'

Hayden heard himself curse, and the men gathered round filled the air with muttered oaths.

'Quiet on the deck!' Wickham called out.

'Have a care there!' Griffiths called out from one of the cutters. 'Captain coming aboard.'

The tackles creaked, and, barely able to keep himself in the bosun's chair, Captain Hart was slung aboard. Landry scrambled over the rail at the same moment and eased the captain down onto the deck, Hart moaning terribly as he did so. The captain's coat, thrown over his shoulders, slipped off as he was lowered, and silence washed over the gathering like a cold sea. Hart's back was flayed to bloody ribbons.

Landry looked up, his face powder-burned and eyes sunken into dark pits. 'Two dozen lashes,' Landry declared, 'applied with a will.'

'Who did this?'

'It was Stuckey who swung the cat . . .'

'Stuckey . . . ?' Hayden heard himself echo.

Griffiths came onto the deck then, needing a little help to stand steady. 'We must get Captain Hart below,' he said, wiping the back of a hand across his unshaven face.

'The French surgeon has a sick-berth rigged forward,' Hayden instructed.

'I will treat him myself,' Griffiths insisted.

'Of course.' Hayden bent to help lift the captain. 'Take him up gently, now. Gently.'

Hart was eased below and settled into a cot, where Griffiths began to converse with the ship's surgeon in halting French. Hayden left them, hearing the sounds of Hart crying out and demanding succour, as he retreated.

A moment later he was on the deck, calling for Hawthorne and Barthe. At moments like this a fierce determination came over him, and his mind seemed to focus utterly. All his years of training under able captains like Bourne came to the fore, and he made decisions with exceptional rapidity, weighing a thousand pieces of information with an uncanny kind of intuition.

'Tell me the number of men who came away in the boats?' he asked them.

'Fifty-one,' Hawthorne answered promptly. 'But O'Connor departed this life and we put him over the side.'

'How many can fight or work a ship?'

Hawthorne glanced at Barthe.

'Eight in ten, Mr Hayden,' Barthe replied, 'though they are all hungry, thirsty, and in need of rest.'

'Food and drink we have. There is no time for rest. How many were left aboard the *Themis*?'

'Dr Griffiths estimated that there were thirty killed and about half again that many too injured to stand watch. You were fourteen that set out for the *Lucy*. By my count that leaves near to eighty able-bodied men aboard the *Themis*, though a good number of them landsmen.'

'We have roughly the same numbers,' Hayden said. 'Mr Barthe, will you be our sailing master?'

The man reached up to touch his hat but had none. 'If you are captain, Mr Hayden, I am your sailing master.'

'Mr Wickham?' Hayden called.

'Here, Mr Hayden,' the boy said, coming forward. He had been passing among the castaways, who were sprawled on the deck. Hayden realized that he had quill and paper.

'What have you there?' Hayden asked him.

'I'm making a list of who came away in the boats and of the men who are hurt. We're moving the wounded down to the doctors as they can receive them, sir.'

'Mr Wickham, if you become any more efficient you will be the next First Lord. We must arrange the crew as best we can. Feed the men from the *Themis*, then make up watches.' He turned to Barthe. 'How far ahead do you think the *Themis* might be?'

'Not so far as you might think; they were a long time arguing among themselves over what was to be done, both with the ship and with the deposed officers and loyal crew.' Barthe ran a hand through his unbound hair in thought. 'Perhaps three leagues, but under reduced canvas for want of able seamen.'

'Then it is top-gallants, Mr Barthe, and stunsails, too, if you please. We might not catch the *Themis*, but it will not be for lack of will. As soon as the men are fed and their places made known, we will clear for action.'

Hayden climbed the mainmast himself and loosed the gaskets on the top-gallant. In a moment he was down to haul away on the halliard, and the men could hardly have done it without him.

'Begging your pardon, sir,' said one of Bourne's crew, making a knuckle, 'but that's the first time I've hauled a top-gallant halliard home shoulder-to-shoulder with the ship's captain.'

'I only hope I have acquitted myself passably,' Hayden said.

'Oh, managed most handsomely, sir,' the man assured him, to laughter from his mates.

'What is your name?' Hayden asked.

'John Lawrence, sir; rated able.'

'Well, Mr Lawrence, you are captain of the main-top now. Can you manage it?'

'I will not disappoint your confidence, sir,' the man mumbled. 'That is to say, your confidence is not misapplied. Not one whit.'

'I am glad to hear it.'

A few moments later Hayden was on the quarterdeck, where he found Barthe and Wickham bent over a chart. They had sailed into the fog, which was patchy and varied in density – here thick as a sheep's coat, a moment later thinner than gauze.

'What see you there, gentlemen?' Hayden asked.

Barthe looked up, touched his invisible hat, and then laid a finger on the chart. 'Before we plunged into the fog, Mr Wickham and I agreed our position was in this vicinity if not precisely at the tip of my fingernail. I have estimated the position of the *Themis* at the time we were set adrift. She was still hove-to when we lost her in this damnable fog, so it is impossible to predict her course or speed over the bottom. It was the impression of both the doctor and myself that the faction favouring sailing into Brest Harbour and turning the ship over to the French would carry the day, and the flogging of the captain made that almost certain, I would venture. Be that as it may, the *Themis* cannot be far ahead, though one must admit that in this fog they could be easily missed. One could sail past them within pistol shot and not know it, if they had the common sense to stay silent.'

Hayden regarded the chart a moment. 'We can do nothing, Mr Barthe, other than shape our course for Brest. If we happen upon the *Themis*, all the better. If not, we may pray we arrive off that harbour before the mutineers. We will hold our position there as long as we are able and await their arrival, where we'll welcome them into the revolutionary fold with a great cannonade.'

'You have my agreement there, Mr Hayden. They mistreated us terribly after they'd taken the ship, and killed many a good man in their bloody coup. I would like nothing better than to catch Bill Stuckey with a sharp blade, that I would.' He made another hatless salute. 'If you please, sir, the fore-topsail yard is not braced to my liking.' The corpulent little master hurried forward, calling out for hands to aid him.

'Mr Barthe is much distressed by the loss of one of his mates . . . and many another friend.'

Hayden turned to find the marine lieutenant watching the master disappear forward.

'So it would seem, Mr Hawthorne. But you can't have more than a dozen marines remaining. I assume none of them joined the mutineers, which means you lost nigh on twenty men yourself . . .'

Hawthorne nodded, his gaze drifting off toward the

luminescent fog. 'Yes. They caught us unawares – no rolling cannon-balls or anything like. Six bells and they jumped the men guarding the armourer's stores and the forward magazine. One of the crew – the loyal crew – raised the cry and then it was pistols and muskets. We were driven back onto the quarterdeck and into the aft section of the ship. Landry and a few of the middies and servants held the gunroom for some time, making the bastards pay dearly, though Albert Williams and my corporal were killed. I had rushed on deck as soon as I was roused, in my night-shirt, cutlass in one hand, pistol the other. We were poorly armed or I think we might have prevailed, but the crew had pikes and hatchets and finally muskets too, and most of all they had powder, while we soon ran dry.' Hawthorne paused, swallowed, could not continue, then found his voice again. 'No one shirked, though, or surrendered without a fight – excepting maybe Hart, though I can't say what befell him in the darkness. It was a bloody business; men knocked to the deck suing for mercy were beaten to death – crewman fighting crewman – but finally it was lost and the few of us who remained on the quarterdeck threw down our arms. They herded us together like cattle and made us lie face-down on the gangways, half atop one another, while they debated what was to be done. Once the ship was taken there was little among the mutineers to make common cause – hatred of Hart, perhaps, was all that had bound them together. Some, led by Stuckey, were for sailing the ship into Brest and offering her to the French in return for asylum. Others thought they should set out for foreign parts, though there were a good many who looked deeply remorseful and dismayed by what they had done. Setting aside Hart had been their intention, with little thought to what would come after, I fear. But then Stuckey and his followers, who held the captain, lit upon the idea of flogging him, "on Mr Aldrich's account," they claimed. Before anyone realized what went on Hart was seized up to the grating and Stuckey near tore his arm out, such was his fury. I've never seen such a savage flogging. Stuckey fell down to the deck afterward and couldn't catch his breath for a few moments. And that was that – it was Brest then, for the Admiralty would spare no energy to hunt them down and they all knew it. There was talk of flogging Franks and Landry, but Aldrich came up on the deck, out of the doctor's care, and admonished the men to do no more flogging, and certainly none on his account. He would have said more, but he fell in a dead swoon and was carried below.'

'What became of him?' Hayden asked.

'The mutineers would not give him up, saying he was one of them, though I am not sure that was true. We were much bullied as we lay there, every Jack who had a score to settle, or was still in a rage, found some helpless man to ballyrag. It was a relief when it was decided we would be put into boats, for the prospect of staying among those brutes was enough to unnerve the strongest among us.'

'I'm surprised they did not take you with them so the French could imprison you.'

'We were surprised as well, but Stuckey wanted us put into the boats, as though he were afraid to keep us aboard.'

'With his mutineers divided he might well have been wise to do so – if one can call such a man wise.'

'Yes, well, he took *us* by surprise.'

'And for good reason. Stuckey was one of the men who stood against the disaffected in Plymouth.'

This seemed to trouble Hawthorne. 'So he did, but it must now be said that Stuckey and a few others were trying to stop the petition because they had larger designs. They did not want Hart removed, for he was the greatest aid to their cause, provoking the hands so that Stuckey and the others might prey upon their indignation. Once Aldrich had been flogged without reason, the crew's resentment was easily worked up. He made fools of us all.'

Hayden felt enormous distress at this. He had misread the situation entirely. 'You will have to put your head together with Mr Barthe and the doctor and make a list of all the men killed, on both sides, the mutineers, the men who stayed loyal to Hart, and any, like Aldrich, who were ill and could take no side.'

'Yes, we'll do that. There is one man who will have a list of his own – a division of one.'

'Who was that?'

'Giles.'

'Young Giles? The giant?'

Hawthorne nodded. 'He fought neither for nor against the mutineers. In fact he seems to have hidden himself away, and would have come away in the boats but Stuckey would not allow it, saying a man who had murdered his crew mate had better stay among the mutineers, though he was much cuffed and kicked for not coming to the mutineers' aid. "Let him come away in the boats if he wants to," argued Mr Barthe, but Stuckey would have none of it. "You don't want him," old Bill says, a sneering grin on his ugly face. "It was him 'at killed Penrith. Him and no other, though unlucky McBride swung for it." '

This silenced Hayden for a moment. 'And did you believe him?'

'Not for a moment, but then I saw the way the boy hung his head. "Tell them you didn't do it," one of the middies said to him, for they like the boy overly, but he couldn't answer. "Oh, he did it all right," Stuckey said. "Old Penrith got Giles to put his name to the petition and when Giles came to his senses there was no taking his name off. Giles and Penrith had a little conversation up on the main yard, and Penrith went for a swim, didn't he?" Thought he was quite a wit, apparently. They kept Giles with them, anyway, and he looked like a guilty man.'

Hayden felt distress lay her cold hand upon him. 'Well, the

boy is like not to speak up on his own behalf. I should not take the word of Bill Stuckey, who might have committed the murder himself and only blamed it on Giles.'

Hawthorne did not look convinced by this. 'Hard to imagine why he'd bother. Stuckey's going to hang if the Navy ever lay hands on him, anyway.'

'True enough; still, the man is a liar and a coward. The good news is, if they have elected a landsman like Stuckey as captain the ship will not be well sailed.'

Wickham came hurrying along the deck. 'Mr Hayden . . . Captain Hart is asking for you, sir.'

Hayden glanced over at the marine lieutenant, who raised an eyebrow. 'If you will excuse me, Mr Hawthorne . . .'

Hawthorne gave a little bow of the head.

The sick-berth had been made up on the forward gun-deck beneath the forecastle, though it would have to be moved when the ship cleared for action – a regrettable nuisance. The stench of the place struck Hayden as he descended the forward companionway: the pungent odour of alcohol and physic mixed with the meat-rotting reek of septic wounds. The cots hung in neat rows, so close the surgeons and their mates could barely make their way among them. Overhead, a grated hatch let twenty little squares of light play over the slowly swaying cots, skittering from one side to the other as the ship rolled. Lamps brought a little more light to the darker recesses, from which came inhuman moans and occasional cries of agony.

Hayden spotted Landry forward and made his way along the row of cots, trying to smile at the men and look full of hope, hiding the horror he felt, pressing down his own desire to flee the place out into the pure sunlight and clean air.

Hayden found Griffiths standing by the cot of Captain Hart, separated from the rest of the sick by a makeshift bulkhead of sailcloth. The surgeon applied a glistening film of some liquid, perhaps oil of olives, over the captain's flayed back. Hart grunted and moaned at brief intervals, muttering curses and prayers that could hardly be distinguished one from the other. A pale-faced Landry moved aside to let him pass.

Griffiths finished his application and, looking up, nodded. 'Captain Hayden,' he said.

Hart shifted so that he could bring Hayden into the corner of his vision, his usually florid face now utterly crimson. 'What is this I hear, Hayden, that you intend to chase the *Themis*?'

'That is correct, Captain Hart. I hope to overhaul her before she can reach the harbour of Brest.'

'You will do nothing of the sort!' Hart stormed. 'Do you want to see us all killed? We few were lucky to get away with our lives. You will proceed to Plymouth with all speed.'

'With all respect,' Hayden said evenly, 'it is my intention to chase down the mutineers and, if it is at all possible, either sink or take their ship.'

'Damn your impudence, sir!' Hart thundered. 'I am your superior officer. You will take my orders or I will have you removed from your post.'

'You put me under the command of Captain Bourne, sir, who granted me command of this vessel. You are my guest, and in no state to take command or even the deck, were it your place to do—'

'Damn your eyes, sir! Mr Landry, you will assume command of this ship and proceed to Plymouth, forthwith.'

Landry squared up his narrow shoulders and cleared his throat. 'Begging your pardon, Captain Hart, but I believe Mr Hayden is in the right – we are guests aboard his ship. Castaways rescued and under his protection. To attempt to seize control, were it possible, would be mutiny . . . sir.'

'Blast you to hell, Landry!' the captain said, shifting about so that he fixed his clouded eye upon his second lieutenant. 'I will see you court-martialled with Mr Hayden, broken of rank, and drummed out of the service!'

'Perhaps you will, sir,' Landry said mildly, 'but even that will hardly be more harm than has been done by my past years of service. I will do my duty and support Mr Hayden's attempt to retake the *Themis*.' The little lieutenant made a stilted bow and disappeared behind the sailcloth wall, where his shadow could be seen walking stiffly away.

'*Landry!*' Hart called, but there was no answer.

The captain let out a moan of pain, and then, shifting about so that his squinty eye fixed upon Hayden, he whispered, 'You cannot even imagine the harm I shall do you, Hayden. When we return to England—'

But Hayden interrupted. 'Threatening the captain of a ship, sir; I might caution you that it contravenes the Articles of War. Good day to you.'

Hayden could hear Hart cursing and crying out in pain as the acting captain made his way back among the wounded, all of whom had heard every word that had been said. There would be no lack of witnesses to his refusal to obey Hart's orders . . . but Hayden had taken all the orders from that man he could stomach, and refusing to take more was like throwing a carcass off his back.

As he mounted the steps he heard himself mutter '*Fucking Englishman!*' and was rather taken aback.

Landry stood waiting for him as he emerged onto the deck, diffuse sunlight throwing faint shadows onto the worn planks. The second lieutenant touched his hat.

'I am not certain, Landry, the Admiralty will agree that Bourne's commission overrides Hart's authority. You would be safer not to throw in your lot with me.'

'Mr Hayden, after what has happened, I have no doubt that this will be my last voyage aboard a ship of His Majesty's Navy. As a last act, I would dearly like to retake the *Themis*, a ship lost due to incompetence of command, in which I played no small part. I have done nothing to earn your confidence, Mr

Hayden, but if you will allow it I will endeavour to change that.' The little man looked so earnest, so needing of his approval that Hayden felt some part of his dislike for the lieutenant melt away.

'Come, Mr Landry,' Hayden said. 'We have much to do.'

On the quarterdeck Hayden called all his officers together: Barthe, Landry, Archer, and Franks, as well as the midshipmen.

'Where is Mr Wickham?' Hayden asked.

'He's only just found out about Williams, sir,' Madison answered.

'Ah . . . a terrible loss,' Hayden said softly, a strange tightness across his chest.

'I'll fetch him,' Hobson offered, disappearing down the companionway.

In a moment a sober and red-eyed Wickham arrived on the deck, attempting mightily to regain his acting-officer dignity. 'Captain,' he said, touching his hat, 'now that you have two commissioned lieutenants aboard I must give up my position as acting first lieutenant.'

'I'm afraid you must, Mr Wickham,' Hayden agreed with real regret. 'I will make you acting third lieutenant. Mr Landry and Mr Archer will be first and second officers. Mr Barthe, sailing master. Franks, bosun. Have we watches set?'

'Aye, sir.' Wickham withdrew a folded sheet of paper from his jacket and tactfully gave it to Landry to pass on.

Hayden glanced over the list, largely to be sure the small number of men were distributed as intelligently as possible. 'Well done, Wickham. How fare the castaways?' he asked of the men in general.

'They are being fed now, sir, and look all the better for it,' Landry answered up smartly.

'Mr Archer, gather a crew and move the sick-bay down to the orlop-deck. I know there is little room, but it will have to be done all the same. I would move them into my cabin, but it is no place for wounded men and doctors in an action. Mind you attend to Dr Griffiths' instructions, and take great care with the wounded. Once that is done we will clear for action. We haven't enough men to sail the ship and man the guns, so the gun crews shall go a man shy and we will keep the most able seamen on deck to handle sail. I should think it would be best to put Bourne's crew on deck as they work together well.'

Landry reached out an open hand, nodding to the watch and station bill Wickham had made up. 'I will organize the crew, if you like, Mr Hayden.'

'If you please, Mr Landry. I have another task for Mr Wickham.' Hayden turned to the young acting-lieutenant. 'Back to the masthead for you, I fear; the curse of having the sharpest eyes on the ship. I'd rather we spotted the *Themis* before they us.'

'I won't allow that, sir,' Wickham said, touching his hat and hurrying off.

The wind, which had blown with great consistency, but faintly, all through the forenoon, now began to sigh, then hold its breath, only to sigh again. The ship would steady as her sails filled, then lose her wind and all her gear would slat terribly on the low swell. Even at this stammering pace they soon sailed into the bright, frosty mist that clung low to the ocean. Lookouts were posted in various places about the ship, even a man out on the end of the jib-boom. The fog, which fairly glowed a snowy, crystalline white, thinned to wisps at times, then gathered its powers and pressed close again.

Hayden paced about the deck, observing the efforts of the crew, speaking now and then with Mr Barthe about the set of the sails, for the inconstant wind forced them to tend sheets with frustrating regularity if they were to keep the ship moving.

'Mr Hayden, sir . . .' Wickham called from aloft, interrupting his circling of the deck.

Hayden turned his attention upward, and found the acting third lieutenant perched upon the topmast trestle-trees, glass in hand, gazing down at the deck.

'I can see the tops of several masts, sir. Three or four large ships of war, I would guess.'

'Are they showing colours?'

'Not so I can see, sir, but they appear to be seventy-fours. One, perhaps, larger. They pass south, and seem unaware of us.' Wickham peered off into the mists again, then leaned over and called down, 'Gone, sir.'

'You might want to rid yourself of your British jacket, Mr Wickham,' Hayden called up, and then to Archer nearby, 'We might all do the same, in the event that we must pass for Frenchmen.' He looked around the deck. 'Monsieur Sanson? Where is my servant?'

'Ici, mon capitaine.'

'Can you find us coats and hats from the French officers?' Hayden enquired in French.

'I believe so, monsieur.' The Frenchman inclined his head in a precise motion.

'We will keep them ready to hand in case we need them. Find yourself an officer's uniform as well. I might need another who can speak French.'

Hayden continued his rounds, finding the men adapting easily to the new ship. He spoke with several members of the *Themis'* crew, almost all of whom appeared deeply distressed by what had happened. Hayden had never been forced to kill a member of his own crew, so he could only imagine what a whirl of confusion must be going on inside them. And now they were hunting the *Themis* and would engage her people again, if Hayden had his way.

As he detached from a small knot of men, Hayden found Barthe gazing at him thoughtfully, a purple cheek, shiny and swollen, contrasting with his brick-coloured hair.

'You look very pensive, Mr Barthe, as do most of the castaways, I note.'

'To be ill-used by your own crew mates. To see your friends murdered at the hands of these very same men . . . It is enough to send a sound mind spinning into melancholy, that is certain.'

Hayden felt himself nodding. 'Yes, I'm sure you're right. And now I wonder . . . will the men who came away with you in the boats fight their fellows, do you think? Have they the heart for it?'

'No one's heart will be in it, but I think we will fight all the same. You will see. They are stout fellows, though Hart did everything he could to unman them.'

The ship passed into fog, and was then becalmed within its unearthly grasp. A fanciful world of wafting mist and invisible, oscillating sea.

'It could be a level of Hades, could it not?' Hawthorne observed as he and Hayden drank coffee on the quarterdeck. 'A hell where seamen are stranded – cast away – until the end of the world. Look, we appear to be afloat in roiling mist.'

'As infernos go it is rather dank,' Hayden answered, surprised by the marine lieutenant's seriousness. 'But we are not the men in hell. Not this day. It is Bill Stuckey and his confederates who must feel the nearness of the flame. I have no sympathy for Hart, who brought this calamity upon himself, but the poor sods who suffered under him are almost certain to find justice, and a terrible sentence it will be.'

'Perhaps we should pray not to overhaul them . . .' Hawthorne ventured, watching Hayden's reaction.

The lieutenant shook his head. 'No, despite all the sympathy I feel for every man who endured beneath Hart's boot, we cannot win a war without ships, even ships under the command of tyrants.'

'What of shy tyrants?' Hawthorne said quickly. 'Men too cowardly to meet the enemy?'

'Hart should have been removed from his command – you will get no argument from me on that point – but it was the place of the Admiralty to do it. Not the crew.'

'Unfortunately the Admiralty were not fulfilling their trust, but supporting their man instead.'

'Mr Hawthorne, I agree it is a moral morass, but we will only compound it by taking matters into our own hands. It is our duty to take the *Themis* if we can do it by any means short of our complete destruction. That is what I will attempt and I will draw my pistol against any man who will not follow those orders.'

'And I will draw mine beside you, Mr Hayden, but it is all a muddle. The only justice that has been done since I boarded that ship was the flogging of Hart, and that was done by a mutineer.'

'Mr Hawthorne . . .' Hayden cautioned.

At that moment the wind filled in, the sails bellied, and the ship slowly gathered way. Sun, obscured in a watery haze, began to burn through the mist, which thinned visibly around them. Even so, their world was only reduced to an irregular circle, two leagues broad and circumscribed by a bright, crystalline fog.

Hayden could not help but notice that the middies were a melancholy lot, having lost the well-loved Albert Williams, the Bert of 'Trist and Bert.' Tristram Stock was red-eyed and embarrassed for it, though he looked to commence weeping again as Hayden spoke with him.

'I will tell you this, Mr Hayden,' he whispered, 'most of the men did not want the mutiny but the captain drove them to it. You could see it in their faces once it was all over. I'm sure they are a sorry lot this day. Many had wives and children whom they'll never see again. We mayn't have had a crack crew, like the *Tenacious*, but they were mostly good-hearted men, good-hearted men driven to folly.'

They spoke a little of Williams, of how he liked to use the word *eloquent* to describe the most unlikely things ('I have the most eloquent little course change for you, Dryden.' 'An eloquent measure of grog for you, sir'), and his love of debate, having been known to reverse his opinion completely upon another conceding he was in the right. They agreed that he would have made a fine officer one day, as one always did of young gentlemen who departed this life too soon.

The fog edged away all that long afternoon and the dusk seemed to press in as the mist finally disappeared altogether.

'I don't know how we'll ever find her now,' Barthe complained. 'Fog all day and now the night is setting in. Unless we overhaul them in the darkness and arrive at the harbour of Brest before them, they have slipped away, Mr Hayden.'

'Sail ho,' Wickham called from aloft. 'Hull down and dead before us.'

Hayden hurried forward to a place where he could see the midshipman high above. 'Is it the *Themis*?'

'I cannot say that, Mr Hayden, but I cannot claim it is any other ship, either.'

By the time Hayden reached the top-gallant trestle-trees the dusk had grown all but impenetrable. A faint, pale patch, possibly angular, was all that Hayden could make out even with a night glass, but he had no doubt Wickham was right – it was a ship. But was it their ship? That was the question everyone asked.

'They are on our exact course, sir,' Wickham noted, 'and not carrying top-gallants in a fine top-gallant breeze, indicating that she might well be undermanned.'

'My hunches have never paid me much at the gaming table, but perhaps at sea my luck is better. I think this is our ship, Mr Wickham. Keep us in her wake as long as you can.' As

Hayden descended to the deck, the stars began to fill the sky, a great river of luminosity passing overhead, stars so densely packed that no one could rightly explain it.

Despite Wickham's gifted night vision, Hayden knew the most likely method of overhauling the ship was to keep their course diligently. He and Mr Barthe arranged tricks at the wheel for the most capable helmsmen, and with their small muster, that left both the master and acting captain to stand a trick themselves. Hayden did not mind. Truth was, he liked to take the helm now and then, but as an officer this small pleasure was denied him. Once he had the spokes in his hand, Hayden imagined he could feel the sea breathing beneath him, could feel each rise of the ocean's breast as the wave carried them forward, and then left them settling into the trough. The wind caressed his neck, whispering its origin on the compass rose, and he steered, feeling the billowing sails draw them on.

The ship's bell sounded the night's depths. Midshipmen heaved the log, noting their progress and marking a position upon the chart.

Landry approached him at the wheel. 'Idlers and watch below are in their hammocks, sir.'

'Thank you, Mr Landry.' Hayden finished his trick at the wheel and was relieved by Mr Barthe. Leaving the deck to Landry, he went below to the dead captain's cabin, a place he had been avoiding for reasons he did not quite fathom.

Five tapers in a silver candelabra illuminated the table. The white overhead spread this soft light to all corners of the cabin, which was revealed to be much damaged by the *Lucy*'s cannonade. An elaborate place-setting lay upon the table and it occurred to Hayden that Williams would have termed it 'eloquent,' as though it spoke. All but one of the gallery windows had been destroyed by cannon fire and were covered now by stout planks, caulked and payed. Before the undamaged window sat Giles Sanson – the executioner's son. In his hands he held something angular, bringing Hayden up sharp.

'Monsieur Sanson?'

'*Capitaine* Hayden,' the man responded, but his gaze remained on the object he held. 'I believe I told you that my *capitaine* protected me from my countrymen . . . And yet I betrayed him. Is that not strange? Perhaps it is as the others say – I am tainted, my blood impure from the thousand murders of my family. I am inherently an evil being, cursed in the sight of God.'

'A man is defined by his deeds, not his blood,' Hayden said. 'Is that not why your countrymen deposed their king and nobles?'

'Yes . . . perhaps.' He was silent a moment. 'When I reach England what will become of me?'

'You will be imprisoned, likely in a hulk.'

'With my countrymen?'

'Yes, until you can be exchanged. And I'm sorry for it.'

The young man nodded, as though he had known this all along. 'My father told me that I could not escape what I was. That I would be driven back, and perhaps he was right, at least in part.' He held up the object he contemplated. 'The signal book of my *capitaine*, monsieur. I was charged with throwing it into the sea, but I did not, hoping that I might trade it, use it to buy protection from my fellow citizens.' He stood and gently placed the book on the table. 'For your kindness. Do not turn the ship around on my account, *Capitaine* Hayden,' he said softly, 'my pockets are filled with grape.' With that he lifted the window sash and, without hesitation, threw himself into the obsidian sea, the window slicing closed behind him. Hayden rushed to raise the sash and thrust his head out. There was nothing to be seen but the slightly luminescent wake scratched upon the glassy waters.

'Poor, sad bastard,' Hayden muttered. He knew it was his

duty to put the ship about and search for the man but he also knew that he would find nothing. Sanson had joined the thousand victims of his family.

A knock sounded on his door, and the marine posted there let Archer in at a word from Hayden.

'Sir,' the young man said, flushed from having run down the ladder, 'quarterdeck watch said that something fell from your cabin. There was a splash.'

'It was Sanson.'

Archer looked confused. 'The gypsy, sir?'

Hayden nodded. 'He threw himself out the window.'

'Shall I have the ship put about, sir . . . ?'

'No, Mr Archer. Sanson weighted his pockets with grapeshot. He will not be found in this life. Have Mr Barthe write it in the log . . . the French captain's servant, one Giles Sanson, likely of Paris, self-murdered. Due to the circumstances of his death, which I have just explained you, no search was made.'

'Aye, sir.' Archer started to back out the door but then stopped. 'Why did he do it, Mr Hayden?'

'Because he was a good man unjustly persecuted due to the circumstances of his birth.'

'Because he was a gypsy, you mean?'

'Something like that, yes.'

'So much for liberty, equality, and fraternity.'

'Yes, so much for all three.'

Archer reached up and tipped his French hat, and backed out, closing the door. Hayden took up the volume left on his table. It was heavy due to its lead covers. Inside he found the signals of the enemy – something that the Admiralty would be very happy to possess even if the advantage provided would be brief.

He collapsed into a seat, realizing suddenly that he was exhausted beyond measure. Too much had happened in the last twenty-four hours and he'd had hardly a wink of sleep to bolster his defences. And now this melancholic Frenchman had brought death into the cabin. It occurred to him then that he would be overwhelmingly relieved to have this cursed voyage over.

A soft rap at the door was followed by his writer, Perseverance Gilhooly, bearing a tray of food.

'It's French food, sir,' the boy said with distaste, 'but Mr Wickham said you might not mind.'

'I will manage, Perse. You were not injured in the mutiny, I take it?'

'Hardly, sir, though I fought alongside the middies and Mr Barthe in the gunroom.'

'Good for you, Perse.'

'Thank you, sir. Will you be needing anything else?'

'No, thank you . . . Where is Joshua?'

The boy hesitated, hovering by the door, his face suddenly pale and drawn. 'He . . . he departed this life, Mr Hayden.'

Hayden felt a hand go to his forehead, though he had not commanded it do so. 'I am so sorry,' he replied softly. 'What became him?'

'I did not see it, sir, but was told one of the mutineers threw him over the side.'

'My God! The child could not swim a stroke . . .'

Perseverance choked back a single sob, nodded, then stepped out of the cabin.

Hayden ignored the meal upon the table and went to the window, staring out over the dark, moving sea. Here he was aboard a French frigate, wearing a French captain's coat and hanging his hammock in his cabin. A feeling of kinship came over him at that moment for the poor Frenchman who had thrown himself into the bottomless waters. Hayden, too, could not escape his family or his heritage, it seemed. This strange masquerade appeared to have been contrived to make this point unavoidable.

'And now am I an Englishman in a Frenchman's coat?' he whispered.

Though he had no appetite, the acting captain forced himself to eat, tasting nothing, but knowing his body had need of sustenance. He lay fully clothed in the former captain's cot and slept for an hour – a haunted hour – and woke feeling utterly unrefreshed.

21

Four bells – midpoint of the middle-watch – two of a morning upon the land. Hayden mounted to the quarterdeck and gazed around all points of the compass, assuring himself that the weather was much unchanged, the stars still alight in a pitchy sky.

'All is well, Mr Landry?'

The first lieutenant was a shadow figure, eyes lost in black pools, his diminutive chin all but invisible in the dark.

'It is, Mr Hayden, but for some thick little patches of fog and a weak-willed breeze.'

'Biscay will always demand her pound of flesh. Our chase?'

'Wickham is on the forecastle, sir, and says he saw a light some time ago. I could not see it myself, but his eyes are more cunning than mine.'

'Indeed. You may take some rest, Mr Landry,' Hayden said. 'Two hours in a cot and some victuals will not go amiss, I should think.'

'They would not, Mr Hayden.'

The shadow figure tipped its French officer's hat and retired. Hayden made a tour of the ship, assuring himself that Mr Hawthorne's marines had the prisoners secure, although he did not have the door opened this time. To see his mother's people so confined and defeated was not a sight he bore easily.

Upon the foredeck he found Wickham, his night glass trained forward.

'I understand there was a light . . . ?'

Wickham, decked out in a too-large French lieutenant's coat, like a child playing grown-up, lowered his glass and touched his hat. 'For the briefest instant, Mr Hayden. And twice since, I've seen the same. Whoever she is we are in her wake, sir.'

'Let us hope it is the *Themis*, for having heard what befell my servant, I should, myself, like to hang the man who flung poor Joshua into the sea.'

Wickham nodded. 'Mr Hawthorne told me, sir. It saddened me terribly.' A moment's silence. 'And now this papist, Sanson, has followed behind, I am told . . . ?'

'Yes. A whole family too intimate with death, I think, though Sanson certainly was melancholic, and such people often take their own lives.'

'I had a great-aunt did the same, sir, much to everyone's sorrow.' Then his arm shot up. 'There! Did you see? Just a dull flash, almost dead ahead.'

Hayden squinted into the dark, attempting to force a light to appear, without success. For ten minutes he stood on the foredeck, staring into the night, but then he gave it up with a shake of his head, a heave of his taut shoulders.

'Keep me informed of any sightings, Mr Wickham. It torments me to think that she might be sensible to our presence and drop back in darkness to give us a broadside.'

'I shall never allow that, sir.'

As Wickham made this vow, the ship sailed into a dank cloud. In a moment, beads formed on the bulwarks and darkened the deck.

'Damned bloody fog,' Barthe growled as he joined the others on the foredeck. 'Thick as molasses where you find it, but hanging low over the sea, hardly stretching to the masthead. Aloft there,' he cried. 'Are you above this deuced fog?'

'We're in the thick of it, Mr Barthe.'

'Well, it is still low to the sea,' Barthe intoned, 'you can be certain of that.' The corpulent sailing master had a dwarf-like silhouette due to the slight stoop in his carriage.

'I have no doubt you're in the right, Mr Barthe,' Hayden

assured him. He gestured at the slowly swirling fog. 'In this we could ram the *Themis* before we knew she was there.'

Barthe stood by the starboard rail, staring anxiously into the night. 'I will be more pleased to see the dawn than I am commonly, and that is saying a great deal.'

'A few hours, Mr Barthe, and we shall have a shred of light.' Hayden made a slow circuit of the deck.

Wind and sea, the two things sailors discussed with greater frequency than even the fairer sex, proved that indecision was not exclusively a human distinction. The wind would make for a time, sending the ship rushing through the waters, and then would take off to a mere zephyr. A ground-swell would reach them out of the darkness, and see the men rushing aloft to reduce canvas, expecting the wind that such seas foretell, but the wind would not materialize and the seas would die, mysteriously, away, leaving the old salts to mutter and shake their heads. Stunsails were not reset, though top-gallants were held to.

The watch crept on, bell by bell, until the morning watch was called. Two hours more and a meagre brightening of the eastern sky marked the advance of the autumnal morning. Hayden was standing by the taffrail when he heard the sailing master's deeply felt sigh.

'Your much-longed-for daylight at last, Mr Barthe,' Hayden remarked.

Barthe gazed a moment more, then turned his bruised face toward the acting captain. 'It was a damned long night given the number of hours encompassed.' Barthe looked around. 'Where is Mr Wickham? Has he our chase in sight?'

'Lieutenant Wickham is on the foretop, Mr Barthe,' Hobson reported.

'It is a bit close for even Wickham to see any distance. Would you join me for a breakfast, Mr Barthe? Mr Landry will take the deck in a moment, I'm sure.'

'Sail ho!' Wickham shouted from high up among the rigging. 'On the starboard beam.'

Hayden went to the rail and a glass was placed in his hand, but all he could discern was a landscape of varied grey – fog and sea – a scene that reminded him, inexplicably, of winter London. The ship rose and fell, parting the mist and sending it spinning in little dervishes behind. He felt his breath coming in short gasps and endeavoured to master it.

'Mr Franks,' Hayden addressed the bosun softly. 'Go to quarters . . . but with as little noise as can be managed. Mr Archer? There you are. Silence fore and aft; pass the word.'

'Aye, Mr Hayden,' Archer whispered.

Breakfast was forgotten. The watch below was roused quietly – no piping up hammocks – and bleary-eyed sailors crept onto the deck. The bulkheads had been taken down the previous day, and the gun-deck was clear but for the captain's cabin, which Hayden could hear the men dismantling as silently as could be done. Landry popped out of the companionway aft, glanced around, and came immediately to the rail.

'Is it the *Themis*, Mr Hayden?'

'We don't know, Mr Landry, but very likely.'

Guns were run out, sails dampened, the boats streamed aft. Glancing one to the other, men shifted about, saying nothing – anxious and excited, wondering if today would make their fortune or see them dead. A tired-looking Wickham materialized at the rail.

'Did she appear to be the *Themis*, Mr Wickham?' Hayden asked the acting lieutenant, who was a little out of breath.

'I think it was, Mr Hayden, but couldn't be certain. She keeps to the same heading or very nearly so.'

Hayden nodded and was silent a moment, calming his mind so that he might weigh their situation. 'Mr Barthe? Prepare to wear ship. Send the men to their stations and stand ready to shift our yards.'

'What have you in mind?' Landry asked.

'We will wear and try to range up astern of them. Before they know we're there, we'll rake them once.'

'Sail, sir!' Wickham's arm shot up and he pointed into the mist.

Slowly, a ship began to take shape, sails and rigging, the dark smudge of a hull – impossible even to count the gunports.

'She is the *Themis*!' someone blurted.

'Silence, there,' Landry cautioned. And then to Hayden: 'I do think the man was right. That is our ship . . . is it not?'

Whoever she was, Hayden was certain she was a frigate. She lay about an English mile distant, under lowers, topsails, and top-gallants, but the inconstant fog still obscured her sufficiently that Hayden could not be certain she bore the mutineers.

Wickham was gazing intently into his glass. 'They're going to quarters, sir.'

'And so passes our small advantage.' Hayden raised his own glass, damning the fog.

'Men are at their stations, Mr Hayden,' Barthe informed him. 'Shall I give the order to wear?'

Hayden lowered his glass but did not take his eye from the distant vessel. 'Wait but a moment, Mr Barthe. Let us be certain of this ship. We might want to slip off into the fog yet.'

'She's running up her colours, Mr Hayden,' Wickham said quietly.

Hayden raised his glass in time to see a flag jerk to the mizzen gaff, waft once, then spread against the grey. 'That would appear to be the *tricolore* upon the canton,' he said.

The silence was broken by whispering.

'She could easily be the *Themis*,' Mr Barthe asserted. 'We flew the French ensign to confuse our enemies many a time. Many a time.'

Smoke blew out from the ship and a hoist of signals hauled

aloft. An instant later the report reached them over the seas.

'If it is the *Themis* then they are hoping the fog will make that appear to be the French navy's private signal,' Wickham ventured.

'Where is my writer?' Hayden asked. 'Someone find Perse and send him down to my cabin for the book I had him put away this morning.'

Barthe looked at Hayden oddly, as though he thought it a strange time to do a little reading.

A moment later Perseverance Gilhooly came running onto the deck and put the weighty, sailcloth-covered volume into his master's hand. Hayden tucked his glass under an arm and began thumbing the pages. After a moment he stopped at a loose page that had been inserted. 'I fear, Mr Wickham, that these are not our mutineers. Either that, or they have learned the enemy's private signal.' He turned and glanced around the quarterdeck. 'Mr Archer? You read a little French?'

'I do, sir, though I do not speak it as well as yourself and Mr Wickham.'

'It will not matter.' Hayden gestured the young officer nearer, and showed him the book. 'Here is the answer to the private signal. Run it up immediately, if you please.'

'Aye, sir.' Archer took the offered book. 'Is this the French captain's signal book?'

'It is.'

Archer stood a moment, stunned, then hurried to the flag cabinet.

'How in the world was that overlooked?' Barthe asked. 'They had all the time in the world to throw it into the sea.'

'So they did, but it was entrusted to Monsieur Sanson, who kindly passed it along to me.'

'Three cheers for melancholy French gypsies, sir,' Wickham declared, making Hayden smile.

A moment later Archer ordered a gun fired and he ran up

a hoist of flags in reply. Hayden stared at the distant vessel, still half-obscured in the grey.

'What effect has that had, Mr Wickham?'

'Difficult to be certain, sir, but I would venture that they appear a little relieved.'

'We will know if they answer our signal with a broadside,' Barthe muttered.

'On deck!' the lookout cried. 'Sail. Almost dead ahead.'

'Mr Wickham. Would you hop forward and see if you can distinguish the nationality of this ship? I hope we're not in the middle of a French squadron. Mr Landry. Give the order – no calls in English. Let us not give ourselves away.'

Wickham jogged down the gangway, onto the forecastle, along with Hobson, and the two of them trained glasses forward. For a moment the middies made no move, and then Wickham whirled around.

'Capitaine,' he called out. *'C'est l'anglaise. La* Themis.*'*

'Fucking hell,' Barthe muttered. 'Mutineers ahead and a French frigate on our beam – no doubt fully manned. We're in the fire now.' The master worried the stay he held by one hand, unable to hide his alarm.

Hayden hurried the length of the ship, joining the two midshipmen on the foredeck. 'You're certain, Mr Wickham?'

'I am, sir. The fog parted a moment and I could see her plainly. That is our ship, Captain. I know her.'

Raising his glass, Hayden picked out the frigate in question. The mist obscured her somewhat while he watched, but not so much that he couldn't distinguish the French naval ensign as it was hoisted. A gun was fired and signals sent aloft, impossible to make out in the gloom.

'Well, they're not as foolish as one might hope,' Hayden observed.

'Do you think they'll deceive the Frenchman, sir?'

'Difficult to know.' Hayden glanced from the *Themis* to the

French frigate. His situation had turned rather abruptly: two hostile ships, one fully manned, almost certainly. He wondered if he shouldn't use the thinning fog to slip away, but somehow Hart lying below in a fury at his chase of the mutineers made this seem craven – the course a man like Hart would choose.

'Mr Wickham, if we open fire on the *Themis* do you think the Frenchman will realize we're Englishmen in disguise?'

Wickham lowered his glass and gravely considered the question. 'They will certainly presume that one of the two ships is British. What else could they think?'

An idea formed in Hayden's mind – a rash idea, certainly, an idea fraught with hazards . . . 'Exactly so,' he muttered. For a brief moment he hesitated – utterly unlike him – then turned to the other midshipman. 'Mr Hobson, jump back to the quarterdeck and have Mr Archer make the signal for "chasing enemy vessel" or whatever the French equivalent would be.'

'I will, sir.' The middy set off at a run.

Hayden stood for a moment, trying to regain his breath. It was a bold decision – and in very little time it might be proven foolish.

Wickham raised his glass again, but Hayden felt he was being regarded all the same.

'Is that not a dangerous game to begin, sir? The Frenchmen will almost certainly come to our aid.'

'But if we engage the *Themis* – without explanation, as it were – they will almost as certainly decide the chasing ship is British and come to the aid of the mutineers. We have no other choice but to sail away and let Bill Stuckey and his company take our ship into Brest Harbour. But confronted by two French ships I believe the mutineers will haul down their colours – their false colours. We will board and take possession before they realize we are their former shipmates.'

'But what will we do then, sir? That is what I wonder. That

Frenchman will have a full muster. What do we do if she sends a boarding party to aid us?'

'There is a heavy fog. We will have to slip away or at least deceive them long enough to do so.'

Wickham hesitated, lowered his glass, and turned toward Hayden. 'Your experience is beyond mine, Mr Hayden, and your judgement is proven. But I fear this Frenchman might penetrate our disguise' – a glance at his over-large coat – 'which is rather thin. Not everyone can pass for a Frenchman as you can.'

Hayden turned to see Archer running up a hoist of signals. 'We will have to keep some water between ourselves and this French frigate, then, Mr Wickham. Let us hope she is happy to stand off and let us do the fighting.'

They were silent a moment, staring into the roiling grey. The *Themis* – and Hayden was beginning to agree with Wickham regarding her identity – was under courses and topsails. This meagre suit of canvas was the only thing about her that would alert an observer to the truth that she was no longer a ship of His Majesty's Navy – but for her false colours. Her course was true, her too-few sails trimmed to a nicety, there appeared to be order on deck – not a scene of drunken anarchy, as one might expect. Four pale, colourless dabs at the taffrail were, no doubt, mutineers – peering through officers' stolen glasses.

'Are they clearing for action, Mr Wickham?'

'I believe they are. Starboard gunports are opening.'

'They've only enough men to fight one side of the ship, and even then the gun crews will be short at least a man.'

'What shall we do, sir?'

'Signal our sister ship to engage her starboard battery. We'll engage her to larboard, let the French pour in a broadside or two, and then we'll come alongside and board her, though I think she'll strike before then.'

'They might strike and try to talk their way out of this – if they plan to turn themselves over to the authorities in Brest, why not do it at sea?'

'Because there is a very real danger that any French captain will claim them a prize anyway, and then it will be off to a French prison until the end of hostilities, whereupon they will be returned to English soil and an appointment with Jack Ketch.'

'I have no doubt you're right, sir, but Stuckey and his gang are clearly not in the habit of looking so far ahead. Men are lying aloft, Mr Hayden . . . to set top-gallants, I believe.'

It was not managed in a seaman-like manner, but eventually the main top-gallant yards were raised and the sails loosed to belly in the breeze.

'Well, that is plain. They're going to run for Brest and keep their French colours flying. Not an unwise decision. Do you still think this the faster ship, Mr Wickham?'

'Not to be disloyal to the *Themis*, but I do, sir.'

'We shall soon see.'

Hayden went quickly back to the quarterdeck, where he found Landry and Barthe in conversation with Hawthorne. 'Mr Barthe, are you content with the speed we're making? The *Themis* has decided to run for Brest. Can we overhaul her?'

'I shall have the stunsails reset in a moment, sir.'

'Thank you, Mr Barthe.' Hayden found Archer examining the French frigate through a glass. 'Mr Archer, how goes our correspondence with the French?'

The second lieutenant lowered his glass and touched his hat. 'Well enough, Mr Hayden. They hoisted their number a moment ago. They're the *La Rochelle*, sir. Mr Barthe says she's a new-built thirty-eight, but hasn't been seen in these waters for a year. She's been in the West Indies, he believes.'

Hayden raised his glass and inspected the French frigate again – for as the day brightened she was a little easier to make out. She did have the look of a ship that had just crossed the

Atlantic: paint dull and flaking, some seams in her topsides in need of a caulking mallet.

'Excellent,' Hayden said to himself.

'Pardon, sir?'

'Let us hope Mr Barthe is right. If they've just crossed the Atlantic they likely won't have heard about the taking of the *Dragoon* by British seamen, and her bottom will be fouled, as well. It might be too much to hope that her crew are ill or depleted, but a foul bottom will let us slide away, especially in this slippery maiden.' He patted the rail. 'Let us hope the *Themis* does not outrun *La Rochelle*; I'm counting on her assistance.'

'Shall I make our number in return, sir? I found it in the book.'

'Yes. Do that, Mr Archer. We wouldn't want them to stop believing in us.'

If *La Rochelle*'s bottom were foul there was little sign of it. She set as much canvas as Hayden's prize, and held her place in the little triangle that the three ships made on the grey sea.

As the sun warmed it began to burn away the fog, revealing the *Themis* in all her mutinous glory.

'When we curse the damned fog, it will not leave us,' Barthe growled. 'And now that we have need, it will abandon us.'

'Helmsman,' Hayden said, 'half a spoke to larboard. Don't allow the Frenchman to narrow the distance between us.' Wickham had planted a little worry in Hayden's mind. He was willing to take this risk with the Frenchman because he could pass for one himself, but the rest of the crew were not so able. Perhaps the French would penetrate their ruse if they drew near enough. Now that the fog had left them, Hayden had no intention of letting that happen.

He turned a slow circle, subjecting the sea to a cold scrutiny. The coast of France formed an undulating blue line to the east; a headland, he was certain, must be Pointe du Raz. Beyond *La Rochelle*, a few flecks of white and oak bark stood out against the azure sea – the sails of fishermen and small transports. The breeze was filling in a little from the south-west, though there were still no whitecaps to be seen – seven knots, he reckoned. Before them the *Themis* rocked gently on the Biscay swell, her top-gallants billowing. It was too soon to know if the *Dragoon* was gaining on her, but he imagined she was.

Dr Griffiths appeared at that moment.

'Good morning, Doctor. How fare our sick and hurt?' Hayden was a bit embarrassed by his good cheer, for the doctor looked very grim and pasty with fatigue.

Griffiths drew nearer and then spoke quietly. 'We lost McLeod last night, Captain.'

'Oh, I am sorry . . .'

'And Captain Hart's condition appears to be worsening. He needs a physician. A hospital. And physic that I do not possess.' The doctor glanced around, noting the other ships. 'Have you taken into consideration what might happen if Hart were to die? He has many friends in His Majesty's Navy, Mr Hayden. If it appears that he might have been saved but for your insistence – against Hart's wishes – that you would attempt to take the *Themis* . . .'

'We do not sail for England every time a man is injured, Dr Griffiths, as you well know – certainly Hart never made an effort to take a flogged man back to port. Men live or die according to the will of God and the skill of our surgeons. I will not make an exception for Hart when there is a British ship about to be turned over to the French.' He pointed forward. 'Not when that ship is this close.'

'Yes, Mr Hayden, I know we do not return to port every time a man is injured, but Hart is a captain, a man of considerable interest within the Admiralty. There is a . . . *political* facet to this situation.' Griffiths seemed a little ill himself – in humour as well as appearance.

'I am aware of it, thank you, Doctor, but I believe I know

where my duties lie. I will have Mr Barthe note your concerns in the log in the event that Captain Hart's condition grows worse. You shall bear no part of the blame.'

'I am less worried about my future in the navy than your own, Mr Hayden. Rushing Hart back to the care of a physician, and his loving wife, would do more to further your career than taking any number of mutinous vessels. But I will say no more.' He glanced again at the not-so-distant ships. 'I don't suppose Stuckey and his mates will surrender without a fight?'

'If we can convince them we are French, they might, but even then I am not so certain. They don't want their ship to become a prize and themselves made prisoners.'

The doctor regarded him oddly. 'There has been hardly a dull day since you found your way aboard our ship, Mr Hayden.'

'Do you regret it, Doctor?'

Griffiths regarded him with his clear, intelligent eye. 'I do, as a doctor, for our lists of injured and dead have grown considerably, and much suffering has come to us. But as an Englishman, I am rather proud of what we've accomplished.'

'Well, Doctor, I shall, as always, try to limit our wounded to the smallest number possible.'

A cannon fired at that moment and a ball found the water not far off their starboard bow.

'The *Themis* is firing at us, Captain,' Hobson called, and was hushed by half a dozen for speaking out in English.

'I would say they don't mean to parley, or end as a French captain's prize. It will be a fight if we overhaul them, which I believe we will do in the next two hours.'

Griffiths reached up to touch a hat that was not there. 'I will ready my table. Send me as few as you can, Mr Hayden.'

'I do not send any, Doctor, it is the French who perform that service.'

Griffiths looked him up and down. 'But are not you the

French, sir? So it would appear.' A small smile appeared and the doctor retreated below.

The forecastle gun crews were mustered and Hayden went forward. The *Themis* kept up a regular fire with her stern-chasers, balls landing very near.

'We're just out of range, sir,' the captain of the starboard bow-chaser said as Hayden reached the forecastle.

'So it seems.' Hayden turned his glass on the stern of the *Themis*, and there he could plainly make out Bill Stuckey – a man he'd once imagined he'd reformed – wearing a cutlass and a brace of pistols. Chagrin and anger coursed through him.

Hawthorne appeared, musket in hand. 'Is that my darling Willy on the quarterdeck, sir?'

'I believe it is, Mr Hawthorne.'

'Sadly, out of musket range.'

'At the moment . . .' Hayden looked east, gauging the speed of *La Rochelle*. She appeared to be holding position, to Hayden's satisfaction. 'Mr Hawthorne, when we come alongside the *Themis* I will put a few of your best marksmen up in the tops. Tell them to keep their faces hid as best they can. I want no one recognized until we are on their deck. The rest of your marines will be in the boarding party. I will need every man I can find if we hope to carry the *Themis*.'

'My marines are yearning to have a bit of revenge, sir.'

'Good. They have the greater numbers, so we must use our guns and the guns of *La Rochelle* to even the odds.'

Despite the gravity of their situation, Hawthorne appeared to be suppressing a smile.

'What is it, Mr Hawthorne,' Hayden asked, 'that you find so diverting in our situation?'

Hawthorne's smile blossomed fully, and he took hold of the lapel of his French officer's coat. 'When I told Muhlhauser that this crew would "wear motley," I did not comprehend my own wit.'

Hayden shook his head, and laughed despite all.

The *Themis* fired again and the ball landed so near that a fine spray reached the tip of the jib-boom.

'I think it's time to return fire, Mr Baldwin, when you are ready. If you can dismount a stern-chaser I shall give you a half a crown.'

'That is handsome of you, Mr Hayden.' The gun captain made a knuckle and then turned to his crew. He bent over his gun with a great show of concentration, shifted it to larboard a few inches, sighted again, elevated the barrel a little, stepped clear, warned his crew, and jerked the firing lanyard.

The French gun was no quieter than an English one, and Hayden closed his eyes both from pain and from the caustic smoke. Immediately he forced lids open in hopes of seeing where the shot fell. Like the others, he held his breath, waiting for the breeze to carry some of the smoke away, which it did very ineffectively on this point of sail, for the ship was always sailing into the smoke as the wind carried it with them.

A white plume of water spouted in the wake of the *Themis*.

'The line is very true, Mr Baldwin,' Hayden observed. 'A little elevation and we'll see if these mutineers will stand upon the quarterdeck or scurry like rats.'

The gun crew went into their familiar routine, swabbing, inserting the cartridge, and ramming it down the barrel.

'Home!' Baldwin announced, for he held a small wire in the prick hole to feel for the cartridge. He pricked it with a practised motion and waited for the wadding, followed by the shot, and then more wadding. Priming the pan and the shot hole was the work of a second. The lock was snapped-to, cocked, and the gun run out. Baldwin traversed it a little to starboard this time, pried the barrel up, and wedged it. A warning to his crew, and then a sharp tug on the lanyard.

Again the terrible assault on the ears. Hayden squinted

through the smoke, watching for the plume of water, or, better, a spray of splinters. A moment of confusion.

'Through the mizzen topsail, Mr Baldwin!' Wickham announced. 'Did you see?'

'You've the eyes of a hawk, Mr Wickham,' Baldwin said in admiration. The gun crew jumped to their work, swabbing and ramming with a will. A jet of smoke at the stern of the *Themis* was quickly followed by the familiar, unnerving scream of a cannon-ball approaching. The fore-topsail dashed about, and there was the sound of shattering wood, splinters raining all around.

Hayden looked up to see the fore-course flapping and thrashing about.

'Mr Barthe. They've shot away the foreyard yardarm. We shall have to reeve a new brace and scandalize the sails. I should like to keep them set, if we can.'

Sailors went aloft at a run, and before the *Themis* could fire again, a jury brace had been rove. The sails quieted, and there was near silence on the deck as the men waited for the next shot.

The *Themis* did fire again, but whether they had aimed wide or it was a trick of the sea, the shot landed in the water to larboard. Everyone aboard laughed, including Hayden, though he did not know why.

Their bow-chaser bucked again, and again Hayden grimaced at the report. A second's wait, and one of the *Themis'* gallery windows exploded into shards. The men cheered.

A distant shot drew Hayden's attention, and he saw smoke wafting over the bow of *La Rochelle*.

'Our countrymen are not shrinking from the fight, Mr Hayden,' Hawthorne noted.

'They don't want to waste this advantage, Mr Hawthorne – two frigates against one. Our little *masquerade de guerre* is serving.'

But *La Rochelle*'s shot fell short by a cable-length.

'Mr Wickham, I think it might be wise for you to climb to the foretop and shout down to us in French as though you were the lookout.'

Wickham grinned, touched his hat, and ran to the shrouds.

'Pass the word for Mr Barthe,' Hayden said and then called out an order in French, expecting no one to understand or obey. Barthe appeared at the forward mast, speaking trumpet under his arm. 'I hope you don't plan to use that – unless you speak French?'

'No sir, my mate brought it me and I took it out of habit.'

'We are too swift. I don't wish to reach the *Themis* before the French frigate. Can you slow us a little without it seeming too overt?'

'I'll slack some sheets, Mr Hayden, and make ready to clew up our courses and take in our top-gallants.'

'You can do that, Mr Barthe, but I don't believe the mutineers will offer battle. They will run until we disable their ship; that is what I think. Courses and top-gallants will be needed yet.'

Barthe nodded, and was just turning away as something occurred to Hayden.

'Mr Barthe? You must find a hat, sir. Your red hair is far too distinctive. Tuck it away, if you please.'

Barthe nodded, and sent his mate scurrying for a hat.

The next ball passed so close that Hawthorne swore he felt the wind from it. Striking the deck at a low angle, it bounced once and thundered the length of the deck, hitting no one and nothing, before sending up a spout in their wake.

Hayden turned and looked aft, where all the men stood at their stations, faces pale and grim.

Wickham called out something in French and Hayden answered at the top of his lungs only to have his words drowned by Baldwin's gun firing. The shot sailed just wide of its target and the gun captain looked up at Hayden, embarrassed.

'My apologies, Captain Hayden. The ship yawed a little unexpectedly.'

'So it did, Mr Baldwin. I am on my way to the quarterdeck and I will have the helmsman relieved.'

The gunner touched his forehead, and Hayden left them to it, making his way without hurrying along the gangway, showing no signs of fear to his men, even though there was a broken plank where the ball had struck the deck. Hayden stepped over the spot, exhibiting more indifference than he actually felt.

Hayden called for a new helmsman and the master's mate came to take the helm, though he was red-eyed and pale of face.

'Have you had any relief at all from this wheel, Mr Dryden?' Hayden asked him.

'A little, sir. Not to worry. She's very easy on the helm and keeps a true course with the least effort.'

'I hope we shall take back our ship and return our crew to their stations by and by. Then I shall have Mr Barthe relieve you of duty for a watch to let you rest.'

The man looked entirely grateful and made a quick knuckle, only taking a hand from the wheel for an instant. Hayden was certain that there were many men as tired as Dryden, and felt a wave of guilt that he had spent time in his cot earlier.

'Have we had any more signals from our sister ship, Mr Archer?'

'She acknowledged your request to engage the enem – the *Themis*, to starboard, sir.' The usually recumbent Archer stood with a glass in his hand, the signal book tucked into his belt. 'I've been watching them for signs of suspicion, sir. An officer does quiz us, now and again, with a glass, but so far I believe they have not penetrated our disguise.'

The gun fired forward, a moment of anticipatory silence, and then a cheer from the men on the deck. Hayden turned his glass to their forward quarter and among the strands of fog he found a scene of chaos on the quarterdeck of the *Themis*.

'It would appear that I owe Mr Baldwin half a crown,' Hayden observed with satisfaction.

The *Themis'* undamaged stern-chaser lobbed a ball that passed through all of their topsails without doing any other appreciable damage. The *Dragoon*'s mizzen topsail, however, tore almost in two.

'Mr Barthe?' Hayden called, barely raising his voice.

'I will see to it, Mr Hayden,' the master replied as he came hurrying along the gangway.

They were, ever so slowly, drawing up on the stern quarter of the *Themis*. Hayden could see the mutineers plainly now, and with his glass he could make out their individual faces – drained of colour and filled with apprehension. They set the stunsails in a manner Hayden could only call lubberly, but it did not matter; the *Dragoon* was overhauling her and the mutineers knew it.

'If the *Themis* sheers to larboard, Mr Dryden, we must do the same. We cannot allow them to loose a broadside on us without being able to reply.'

'I have my eye on her, Mr Hayden. I won't let a lubber like Stuckey put one over on me.'

Muhlhauser was standing by the taffrail to larboard, appearing like a deer about to spring to flight. Hayden realized that the man had placed himself such that the masts were between himself and the cannon fire of the *Themis*. It seemed a little odd to the acting captain that the man from the Ordnance Board, whose function it was to create guns more able to inflict damage and carnage, was so frightened to be on the receiving end of his own creations.

'How fare you, Mr Muhlhauser?' Hayden asked solicitously.

'The ball that struck the deck almost did for me, Mr Hayden.

Had I taken another step I would have been in its path, I'm quite certain.'

'Ah. Many a sailor can tell a similar story, Mr Muhlhauser. It forces one to contemplate how narrow is the river between death and life.' Hayden tried to smile in a kindly way. 'It occurred to me that a man with your particular knowledge would be of great assistance on the gun-deck. I'm sure any of the gun captains would welcome your aid, and we are, as you know, terribly short of able-bodied men.'

Muhlhauser nodded. 'I shall be happy to do what I can, Mr Hayden.' He started away and then stopped. 'It takes more nerve to stand on the quarterdeck when the great guns are firing than anyone can know who has not done it.' He tipped his hat to Hayden and went briskly down the companionway.

Archer, who stood not far off, also tipped his hat to Hayden. 'In the midst of an action, that you would have a kind word for a landsman . . .'

'It is not much of an action,' Hayden answered. 'Not yet, at least. Mr Archer, is there not, among the prisoners, a man who speaks a little English?'

'You could call it English, Mr Hayden. An officer named Marin-Marie.'

'Have Mr Hawthorne dress him in an officer's coat and hat, and bring him onto the quarterdeck with an honour guard of two marines.'

With a look of only slight mystification, Archer went in search of Hawthorne, who was assisting the gunners on the forecastle. A few moments later, an apprehensive-looking Frenchman was brought onto the quarterdeck.

'Lieutenant François Marin-Marie,' Hawthorne announced. The man before him, slightly plump of face and form, could not have known the scrape of a razor, Hayden thought, for he was a mere boy – no older than Wickham. Even so, he made a graceful bow, and then stared at Hayden with a look of some disdain.

'Why 'ave you brought me 'ere?' he asked in English.

'I have need of your assistance, Lieutenant,' Hayden answered in French. He pointed toward the *Themis*. 'That is a British ship under the command of British mutineers. They believe your ship is still in possession of the French, which is why we are so dressed.' He gestured to his clothes. 'It is our intention to take back the ship from the mutineers, but as they are likely to recognize me and others of my crew, I would have you speak to them when we come within hailing distance.'

The boy drew himself up. 'And why would I do that?' he demanded, in French. 'It is no affair of mine.'

'Because your treatment when we reach England will depend on how well you have co-operated. It could be a very long war and I myself should not want to spend it in a hulk up some godforsaken backwater, my fate unknown to family and friends.'

The boy's armour of disdain cracked a little, and he swallowed noticeably. He glanced around at the Englishmen surrounding him. 'And what ship iz zat?' he enquired in English, nodding to the French frigate.

'Captain Bourne's *Tenacious*, under French colours.'

Another quick glance at the less-than-friendly faces. 'What would you 'ave me say? My English eez . . . poor.'

'I will stand behind you and tell you what to say.'

A ball struck the hull forward. Their own chase-piece answered. Another cheer from the men.

'Why do you do this?' the boy asked quietly in his own tongue. 'You are French. I hear it in your voice.'

'My mother was French, Lieutenant. I am an Englishman.' Hayden turned away. 'Mr Hawthorne? Have your men keep Lieutenant Marin-Marie here, on the quarterdeck, out of everyone's way. Unbind his hands. I will call for him at the appropriate time.'

Hayden went to the rail and looked forward. The *Themis* was without her mizzen topsail, which had been shot away. Even with guns traversed to their utmost degree, Hayden was sure they could not strike the mutineers on this point of sail. If they came up a little to bring their broadside to bear, the *Themis* would foot away, and unless their shot managed to bring down some sails, they would have to make up that lost distance. Better to stay their course, and wait until they could fire on this point of sail. A dull crash as the mutineers fired, and a ball touched the top of a wave and skipped off across the ocean, like a spinning stone on a pond.

A small group of sailors had gathered by the quarterdeck barricade, where they were conversing with the marine sentry.

'What's this about, do you think?' Landry, who had found Hayden to report the gun crews standing by, nodded to the men. 'Aren't they *Themis* men? I sent them down to the guns.'

Hayden saw the sentry glance his way, and walked quickly down the deck, Landry by his side.

'These men are asking permission to speak with you, Captain,' the sentry offered as they approached.

'They should all be at their stations,' Landry observed pointedly. 'What is this about, Lawrence?'

The gunner's mate, Lawrence, made a knuckle, then looked quickly at the five men who accompanied him. One of them nodded, as if to say, *You speak*.

Lawrence, who did not look overly comfortable with his role, glanced down at the deck. 'Begging your pardon, Captain. It's just that we believe some of our mates aboard the *Themis* never meant it to go so far . . . to a mutiny, and all.' He produced a piece of paper. 'Mr Martin writ down their names for us, if you please, sir.' He offered the scrap of paper to Hayden, who took it reluctantly.

'What do you expect me to do, Lawrence?'

'Well, sir . . .' He lost his train of thought a moment.

'Speak up, Lawrence. I'm not going to have you flogged, or even stop your grog.'

'Well, Mr Hayden,' he said in a small, dry voice. 'It doesn't sit well with a goodly number of the men to be firing on shipmates who never meant harm to any.'

Hayden glanced at the list – about twenty names, he guessed. 'Did these men participate in the mutiny or did they not?'

Hawthorne ranged up alongside him, and Barthe appeared behind the gathered men. Reaching over their heads, Hayden passed the list to the sailing master.

'Well, sir,' Lawrence stammered, 'some participated more than others, but none of them meant to. Samuel Fowler stepped in and saved Roth's life when two of the foretop-men were about to split his pate.' The man turned to Roth, who nodded concurrence, apparently. 'And the same Samuel Fowler argued against flogging anyone, even Captain Hart, sir, though he got cuffed for it by some of his mates.'

Barthe held up the list, pointing at it with a stubby finger. 'All of these men were in the thick of it at the end. Palley was one of the men firing his musket into the gunroom. I saw him myself. Mayhap he killed Williams, too. King was—'

Hayden held up a hand. 'Mr Barthe . . . We cannot convene a court-martial here.' He regarded the men, who looked both unnerved and wretched. 'It is not my place to grant anyone a pardon, Lawrence. Nor can I shirk my duty. You all had the good sense and loyalty to the King not to join the mutiny aboard the *Themis*. Do not start down that path now.'

Men raised their hands in protest, and Lawrence spoke quickly. 'Mr Hayden, we never meant for this to appear in the smallest degree mutinous—'

'Never for a moment did I think that, Lawrence. But let me tell you this: we are woefully short of men and I can excuse no one because of their conscience. You must all take your places at the guns and do your utmost to inflict damage upon men who were not long ago your shipmates . . . my shipmates. I will take this list, and if there is finally a court-martial, I will see that it is given due consideration. You may all have your say then. But today you must fight. There is no choice for any man aboard.'

The Jacks all looked one to the other, faces drawn and lined from their suffering.

Lawrence gazed down at the deck, and nodded. 'Aye, Mr Hayden, but it is a dark day. A miserable, dark day.'

'So it is, Lawrence,' Hayden replied. 'Return to your places now, and no more will be said of this matter.'

The men hung their heads, made quick knuckles, and turned to go down to the gun-deck.

Hayden watched them go, wondering how keenly they would fight if it came to that – which it almost certainly would. With this in mind, he crossed to the young French lieutenant, who stood at the taffrail, feigning indifference to both events and danger.

'Monsieur,' Hayden said, touching his hat. 'We shall stage a little play for these mutineers once we are within hailing distance, and you shall play the principal role – the only man aboard this French ship of war who speaks English.' He addressed the two marines who guarded him. 'Take him below. We can't afford to lose him to English fire, can we?'

'Monsieur,' the man addressed him quietly in his own language. 'You have made a mistake, taking the side of the English. But it is not too late. The French navy would embrace you. Find a way to release my crew mates; let us take back our ship, and you shall be a hero to your true country. You deceive yourself, *Capitaine*; in your heart you are a man of France. Look at you . . . Are you not more comfortable in that uniform than in your threadbare English lieutenant's jacket?'

'Take him below,' Hayden said again, but as the man reached the companionway, he glanced back over his shoulder, a knowing look on his face. Hayden stood a moment, forgetting what he had been about, his hands finding the fabric of his crimson jacket.

A discharge of flame and smoke from the French frigate caught his attention. They were almost within range now, and their bow-chaser lobbed a ball that landed not far short of the *Themis*. That would give the mutineers pause, he thought; two French frigates chasing, and they with less than half a crew.

The *Themis* fired her stern gun at that moment, and sent an iron ball howling among the men at work in the rigging.

'Mr Landry. Pass the word to the forward gunner; tell him to load with chain shot and aim up into her rigging, if you please.'

'I will, Mr Hayden.' Landry found a middy to run his order forward; some of the reefers served on the quarterdeck in action to carry orders to disparate parts of the ship.

Wickham chose that moment to shout aloft in French, and Hayden called out in answer. He was not at all certain their voices would carry to the *Themis*, but the distance between the ships was growing small. Best to keep the ruse alive.

Wickham then pointed at *La Rochelle*, now near enough that she was emerging from the mists. A shaft of sunlight brightened her sails, and threw her black hull into relief against a tract of jade-green sea. 'She is overhauling us now that we've had some sail shot away, Mr Hayden.'

'Yes, I think she will catch the *Themis* almost as we do.' Hayden turned to find his first lieutenant. 'Mr Landry, I think we should steer to come right up alongside the *Themis*, load our deck-guns with grape, fire a broadside, grapple, and board her.'

Landry considered a moment. 'What about your English-speaking Frenchman?'

'I will have him call out for their surrender as we draw near. If they refuse we will board. There will be time to fire one broadside as we bear up alongside, then the men at the guns must take up their arms and join us on deck.'

'Aye, sir. Shall I put Wickham on the gun-deck?'

'I would keep him with me, if I could. It will aid our cause to have orders shouted in French. Mr Archer shall have command of the gun-deck, and turn the signals over to Wickham.' He turned to find the converted middy. 'Mr Wickham? Did you hear?'

'Aye, sir.'

The signal book was dutifully passed from Archer to Wickham, and Landry and the second lieutenant repaired to the gun-deck, from where Landry appeared but a few moments later.

Shot from the *Themis* continued to do small amounts of damage, but Bourne's gunners at the forward chase-piece were far more deadly. Hayden actually found himself a bit chagrined that his own men were so deficient – the result of Hart exercising his guns so infrequently, and firing them in anger never. He wondered how the captain fared – flogged by his own men. Hayden couldn't think of another incident like it. When word of it reached England great infamy would befall the *Themis*, her crew, and officers.

Hayden wondered if this was not what was driving him to attempt this mad venture – retaking the *Themis*, with a French frigate a few cable-lengths away. If he returned to England with the mutineers in irons, and the *Themis* again under the British flag, there was some paltry chance he might save his career. He glanced down at his French uniform. If Philip Stephens could see him now. So much for becoming Hart's nurse-maid. He could also put paid to the notion that the First Secretary would become his patron!

'This ship is a flyer, sir,' Wickham pronounced from atop the rail, where he clung to the shrouds.

'Mr Wickham,' Hayden responded, 'I do appreciate your

exuberance, but if you fall into the sea the French signal book will surely be lost. If you please, sir . . .'

Wickham leapt down from the rail, landing with a thump on bare planks.

'Is it not a curious and ironic fact, sir, that we came to sea to fight the French and here we are on a French ship, dressed as French officers, about to engage the English?'

'Exceedingly curious. Mr Dryden?' He turned to the man at the helm. 'How fare you, sir?'

'Well enough, Captain,' he said, one of the few who appeared to use the title without any hint of the self-conscious.

'Captain Bourne's gunners seem to be shooting away the *Themis'* rigging as quickly as it can be renewed, so we are gaining rather handsomely, I note. What I want you to do is come up on her stern quarter, but be prepared to luff if she attempts to do so. Come up on her stern quarter, then simply run us alongside.'

The master's mate pulled his eye from the *Themis* for a second to glance quizzically at Hayden. 'Carrying all this sail, sir?'

'Aye, the sea is small and we are barely making four knots as it is. We shall take some fire from their chase-stern, but we will have to endure it. Once alongside, no doubt, both ships shall fire a broadside, but then it will be cutlasses and pistols. It is possible we might convince them to surrender, unless they realize we are terribly undermanned or are not what we appear. But that will not change our tactics, we shall run our ship alongside even so. Is that perfectly understood?'

'It is, sir.'

Hayden stood upon the quarterdeck with Landry and Wickham, watching the slow convergence of ships on the great, foggy sea. The small wind on their stern quarter appeared to be taking off, slowing the ships even more. Hayden ordered the crew fed, one gun crew at a time. Then a few men from the upper deck, followed by a few others. He, Landry, and

Wickham would not leave the deck and plates were brought to them where they stood, which they addressed without ceremony or even much notice of what they ate.

The sun lifted and arced westward, but the snowy fog appeared to resist its warmth, and still clung to the sea in silvery patches. As they neared the *Themis*, her stern guns began to cause more damage and put everyone on deck and aloft into a state of nervous apprehension.

Tristram Stock appeared on the quarterdeck, having traversed the gangway at a brisk, purposeful trot. 'If you please, Captain Hayden, the chase-gun captain asks permission to fire at the stern guns on the *Themis*.'

'That seems a good bet, given his recent record. Carry him my permission, Mr Stock, but tell him also that I regret I cannot give him another half-crown if he succeeds.'

Stock smiled. 'He has been telling everyone about his "half-crown shot." He was very pleased about it.'

'I'm sure he was, but I cannot be giving out half a crown to every gun captain who makes a lucky shot.'

'You needn't worry, sir, the men have their prize money, and very content with it they are.' Stock touched his hat and hurried forward.

The bow-chaser began a relentless cannonade of the *Themis*' stern, Bourne's gun-crew putting on a display of both accuracy and rapidity of fire. The stern gallery was soon a ruin and the quarterdeck a place of great danger. It became difficult to see through the clouds of smoke enveloping the stern of the mutineer's vessel and the bow of their own, but the guns finally fell silent on the *Themis* to a cheer from the men.

A solemn Perse delivered Hayden his pistols and cutlass. 'Have you a station, Perse?'

'Mr Landry sent me down to run powder,' the boy answered in his soft Irish brogue, 'though I'm as strong as some who man the guns, sure.'

'We all play the part asked of us and do not protest.'

'I was not protesting, Mr Hayden . . . well, not much.' The boy gave him a small bow, and slipped away.

Hayden pulled his sword from its scabbard and was pleased to find it polished to a high sheen.

'*Cultellus*,' Hawthorne observed from two yards distant.

'Pardon me?' Hayden responded.

'Latin, sir. The word from which *cutlass* was derived. *Cultellus*.'

Hayden smiled. 'Your scholarship is a constant source of inspiration, Mr Hawthorne.'

The marine laughed, as did Hayden.

'I hope to drive my *cultellus* into the arrogant throat of Mr William Stuckey,' Hayden said.

'Do you find his throat arrogant?'

'Terribly. Do you not?'

'Not so much as his hair.'

'Ah. Your marines are ready?'

'That they are, Captain.' Hawthorne paused and met Hayden's eye. 'I must tell you, Mr Hayden, it gives me great pleasure to call you *captain*.'

'I am only a prize-captain, Mr Hawthorne, and with my prospects, you shall be addressing me as *lieutenant* by week's end.'

'Captain Hayden, sir?' Dryden said from his place at the wheel. 'I'm almost ready to bring her up, sir.'

Hayden looked forward, the two ships were converging, and although the expert fire from the *Tenacious*' gunners had silenced the stern guns of the *Themis*, the crack of musket fire began in earnest. Hawthorne's own men returned fire from the tops and from the forecastle.

'Have a care, Mr Dryden. Do not run our jib-boom into their stern or tangle it in the mizzen shrouds.'

'Baldwin is to alert me if I come too near, Captain.'

Hayden turned to the marine lieutenant. 'Have Monsieur Marin-Marie brought on deck, if you please, Mr Hawthorne.'

22

At the last possible moment, Baldwin leapt up onto the gun-truck and waved a shirt to Dryden, who spun his wheel. The ship began a sluggish turn. Before them, Hayden could see the mutineers, armed and stripped to the waist, watching them with a mixture of outrage and dire apprehension. The second French frigate, *La Rochelle*, ceased to fire, as she was afraid of striking what she believed was another vessel of her own service. Even with her guns silenced, she was quickly ranging up to a position where she might unload her entire broadside into the *Themis*, and the mutineers could not have been insensible to it.

'Now, Monsieur Marin-Marie,' Hayden said to the prisoner, 'repeat every word just as I say, and no tricks or Mr MacPherson will be obliged to put a blade in you. *Do you understand?*'

The Frenchman nodded once.

Hayden then turned to the others. 'Not a word of English, now. And Mr Stock, kindly step behind the gunners, there, where you shan't be recognized.' Hayden himself made a screen of Marin-Marie and the *Tenacious*' gun-crew.

'You do realize that we both wear the uniform of a *capitaine*?' the Frenchman observed softly.

'These cullies will never know the difference. Mr Baldwin, can you bring your gun to bear upon that carronade?'

The man made a saluting motion, strictly observing the order to speak no English. He dug his Samson's bar into the deck, and in quick little stages, pried the carriage to the right as far as it would go. Even so, it did not bear on the carronade, quite, but they would not now be killed by the carronade before they could fire. Hayden could see only a few men on the deck of the *Themis* – the rest certainly remained below at the great guns.

Hayden took hold of Marin-Marie's shoulder. 'Now, as loud as you can: "Surrender your ship. We know you have less than half a crew. Haul down your colours or we will board." '

Marin-Marie played his part better than Hayden expected, his tone bold and commanding. And the words were not without impact. Mutineers on the quarterdeck began a fierce argument, but there was so little time.

One of the men – Jarvis – broke away from the group and came to the rail. 'We are English mutineers,' he called through cupped hands, though the distance between the ships could be measured in yards. 'We have removed our officers and wish to take our ship into Brest Harbour. We wish to join you. Do you understand? Join the revolution . . .'

'Say: "Lay down your weapons and we will talk," ' Hayden whispered to Marin-Marie.

'Lay down your weapons, monsieur, and we will parley,' the French officer called. Then aside to Hayden in French, 'Pardon, monsieur, I said *parley*.'

But Hayden did not care. He could see the carronade coming to bear, the men bent over it. He knew the Jack who held the firing lanyard – a sailmaker's mate named Dalford Black, his bald head shining with sweat. There was indecision on the *Themis*, no agreement on a course of action . . . and then it was decided.

'And find ourselves in a French gaol?' cried one of the mutineers. 'Not in this life!'

Hayden found the big landsman, Stuckey, among the crowd, just as he levelled a pistol and fired. Marin-Marie spun around and stumbled to the deck, clutching his arm.

'Fire,' Hayden said to Baldwin, and the gun, hot from its work, jumped, blasting a section of the *Themis'* bulwark to splinters. 'Off the fo'c'sle,' Hayden ordered, pushing men before him and pulling Marin-Marie to his feet.

'Take him to the doctor,' Hayden ordered the marines.

The carronade fired at that instant, showering them with splinters, but they were out of its direct line.

'Fire as she bears,' Hayden said to Tristram Stock, who turned and gave the prearranged signal to a man standing on the gangway. The order passed below and to the gun crews on the quarterdeck. Hayden then drew his sword, raised it high, and repeated the same words loudly in French.

Below, the first gun fired, shaking the deck and splitting the air. The *Themis* replied, and at such short range the report was terrible. Smoke ballooned up from between the hulls and hid the enemy. Through the cloud, musket fire fell, striking randomly. A ball found the blade of Hayden's sword and sent it clattering to the deck, but he swept it up, apparently undamaged.

Sail-handlers began letting go sheets, and down-hauls brought staysails rippling deckward. Upper yards were lowered so that sails hung in their gear, and the main and foresail were quickly brailed up to be clear of fire. It was a neat job, handled by the *Tenacious*' crewmen, and those aloft came hand-over-hand down the stays to take up arms.

The boarding party mustered on the gangway and quarterdeck. Hayden could not count them in the smoke, but he climbed up on the rail as grapnels were thrown aboard the *Themis*. There he found himself staring at men he had served with hardly more than a day before – Jarvis, Clark, Freeman, and a gunner's mate named Pool.

As each of the great guns came to bear, both ships fired almost at once, smoke blasting up on a wave of heat, the crash of splintering timbers deafening. There was soon no way an order could be heard as the two ships fired away at each other from a distance measured in feet. Men began falling in earnest on the deck, and Hayden drew one of his pistols and, through the smoke, found himself staring at William Pool – a kindly man who had invariably treated Hayden with respect. Pool raised a pistol, his look startled, and Hayden killed him with its single shot.

The collision of the two ships propelled Hayden across the distance created by the vessels' tumble-home. A heel caught up in the hammock netting and he landed awkwardly almost atop Pool, who had been thrown down in an unmoving tangle of limbs. Scrambling up, Hayden realized that the only reason he lived was that there were so few men on the *Themis'* deck. But then they came streaming up from below, having fired their guns once.

His own crew came over the barricades and Hayden was, immediately, in the thick of it.

'We'll not be taken by any poxy Frenchmen!' a man yelled and ran at Hayden with a pike.

Throwing himself aside, Hayden felt the pike tear away the shoulder of his coat. He slashed horribly at the man's throat, but cut across both his eyes instead. As the man fell, Hayden was beset by yet another. The mutineers fought with a fierce desperation, but the outrage of their former victims quickly equalled it. For a time the fighting see-sawed back and forth, but the mutineers' surprise at finding they battled not Frenchmen but their former mates shook them a little. Slowly the exhausted Hayden began to realize they were pressing the attack. Mutineers retreated along the gangways, some leaping down to the gun-deck.

'Mr Hawthorne!' Hayden called, finding the marine but two yards distant. 'We must secure the magazines.'

Hawthorne nodded, and began gathering a small party around him. Hayden ran along the gangway, sweeping up a group of men in his wake. They jumped down onto the gun-deck, where they found a scene of terrible ruin and death, the smell of smoke and blood thick in the air.

As they approached the companionway, mutineers came pounding up the ladder. Hayden and his party threw themselves down behind the great guns as firearms were discharged and lead balls cracked and rang against iron and wood. Before the mutineers could reload, Hayden led his men in a charge. The mutineers retreated to the top of the companionway, but there made a stand, fighting with a savage abandon, hardly taking notice of wounds.

'There you are, Franklin Douglas,' one of Hayden's men called. 'I owe you this, you bastard.' And he stretched out the mutineer Douglas with a single blow.

Fearing his men were pressed back, Hayden found his second pistol and shot the most ferocious adversary – a topman named Michaels. His ball caught the man in the mouth, and toppled him down the ladder in a slump. The mutineers held their ground a moment more, then broke and fled below. Hesitantly, Hayden went down the steps – crouched to look into the dark corners, expecting at any second to be shot – but the mutineers had retreated or lay on the deck. The sound of fighting had ceased from all points. A strange, ominous silence pervaded the ship. A group of his own men from the *Dragoon* appeared in the midshipmen's berth and signalled all-clear.

Hayden led his men down onto the orlop-deck and the half-sunken magazine, which he found swaddled in wet blankets against sparks. It was nearly dark here, but a little glow spilled out a square of glass in the light-room door, which had been so placed to provide illumination for the powder-monkeys.

The magazine door hung slightly ajar, and Hayden tugged it open a crack. Inside, lit by the stained glow emanating through the light-room glass, he could see one man, hunched in pain. The boy-giant Giles leaned heavily against the wall, one hand pressed to his side, the other holding a pistol aimed down into an open powder barrel. Around him, illuminated by the faint light, slowly swirled a fine cloud of motes – *powder dust.*

'Giles . . .' Hayden said, trying to keep his voice soft and reasonable. 'What is it you do?'

The boy could not hide his surprise. 'Mr Hayden? Is that you, sir?'

Hayden pressed the door open a few more inches so the two could see each other. Giles was contorted in terrible pain, he could see, his face pasty and slick with sweat.

'It is, Giles. Stay calm, now.'

'Have you gone over to the French, sir?'

'Not at all, Giles,' Hayden said, trying to keep all fear out of his voice, though his mouth and throat were parched. 'I am sailing the French prize we took at Belle Île and have dressed as a Frenchman to confuse the enemy. We found the *Themis'* officers and some crew adrift in boats.'

'They came to no harm, then?'

'None at all,' Hayden said cheerfully, and smiled. 'Mr Barthe told me that you did not join in the mutiny but Stuckey would not let you come away in the boats. He will say as much at the court-martial, and Mr Hawthorne will declare the same, for so he told me. You may put the pistol down. You will go free, I'm sure.'

The boy shook his head, and in the saddest tone said, 'Not the likes of me, Mr Hayden. Me they'll hang. Look what they did to McBride, and he wasn't even guilty . . .'

Hayden did not like the way this was said – as though Giles knew McBride was innocent. 'But you didn't kill Penrith,' Hayden stated firmly. 'Stuckey was lying.'

For a moment it looked as though the boy would weep, his gaze falling away. 'I didn't mean it to go that way, Mr Hayden. I thought I could put a scare in him – get him to take me name off the petition – Stuckey told me I would hang for signing it – but Penrith pulled a knife . . .'

'And you let McBride hang for it . . .' Hayden said without thinking, appalled.

'He was a lying fucking landsman. No one mourned when he went up.'

With difficulty, Hayden hid his revulsion. 'Put the pistol up, Giles. You'll kill everyone aboard, yourself included.'

'I'm shot through the gut, Mr Hayden. Blood and shit are leaking out of my arse.' For a second he closed his eyes. The hand holding the pistol began to tremble perceptibly.

'I've seen the doctor patch up worse.'

The boy shook his head. 'Tell your men to lay down their arms, Mr Hayden, or I'll blow the *Themis* to flinders.'

'You killed Penrith by accident, and you've been tortured by it ever since; I can see that. Are you really willing to murder two hundred?'

'I'm damned to hell already. What'll a few more murders mean on my ledger?'

Hayden saw him feel the lock with his thumb, assuring himself the gun was cocked.

'Giles . . . ?' came a soft voice from behind.

Hayden turned to find a gaunt and ghostly Aldrich making his way stiffly through the clot of men at Hayden's back. Every motion caused him agony, Hayden could see, but his eye was clear and determined. Stepping aside, Hayden let him pass, as though he were a superior officer. He almost reached for his hat.

'Haven't we had enough killing? We never intended this when we talked of sailing to America.' Aldrich pulled the low door gently open and then slumped down to sit with his feet on the inside step, leaning heavily against the frame, hardly able to support himself.

'Mr Aldrich . . .' the boy said, and tears began to slip down his cheeks. 'We are all dead men anyway . . .'

'Not all,' Aldrich said softly, his voice filled with sadness, disappointment. 'Not Mr Hayden or Mr Wickham, here. Not any number of your shipmates. I am not dead . . . yet.' He held out his hand. 'There's been enough killing among our own people, Giles.'

The boy began to sob, his hand shaking terribly. A thrust of pain doubled him over and he cried out.

'I'm sorry, Mr Aldrich . . . but this is what was agreed to. I swore to fire the powder if our ship were taken. We'll all hang if I don't . . .'

Hayden realized that the sounds of fighting had ceased. A hollow, eerie silence pervaded the ship. Of an instant, he expected the silence would be shattered by an explosion more terrible than any he had witnessed, and Charles Saunders Hayden would depart this life.

Giles closed his eyes again from the pain. And Aldrich stepped silently forward, a pale hand reaching for the gun.

Hayden plunged into the magazine after the seaman.

Aldrich grabbed the gun, but Hayden knew that in his weakened state he was no match for Giles.

Clenching his fist, Hayden drove it into Giles' abdomen, doubling the boy over. He grabbed the giant with both hands and hauled him bodily out of the magazine, Aldrich still clinging tenaciously. They tumbled down in a heap and Hayden searched for the gun in the tangle, but Aldrich rolled free, lying still, exhausted, the pistol in hand, resting across his chest.

Someone had the sense to shut the magazine door. Hayden pushed the boy off him and scrambled to his knees.

Giles lay twisted, his shoulders heaving. Crouching quickly, Wickham rolled the giant over where he convulsed terribly, eyes rolled back. But then he lay still, releasing a long, slow sigh, as though he had found some unexpected satisfaction in the last second of his life.

'Aldrich? Are you hurt?' Hayden asked.

The man shook his head, paused, then nodded. He began to weep, releasing the pistol so that it bumped gently to the floor. He covered his eyes and rolled onto his side, his flayed back coming to view.

No one knew what to say, but stood mutely, embarrassed, moved by the grief of this man they all respected. It was a hard but brief squall, and then Aldrich staggered to his feet, wiping away tears with callused fingers. Men jumped forward to assist him.

'That was a great chance you took, Aldrich,' Hayden said.

'I jammed my finger behind the trigger, Mr Hayden. He nearly crushed it, but the gun would not fire.'

'It was a brave thing to do, and but for it we might all be dead.' Hayden could see Aldrich was swaying on his feet. 'Please take Mr Aldrich back to the sick-berth. And ask the doctor to attend him as soon as he is able.' Like the crew, Hayden found himself calling Aldrich 'Mr.'

Hayden set three men as sentries over the magazine, climbed the stair, and made his way aft along the berth-deck. Near the gunroom he met Hawthorne emerging from the aft companionway.

'Have you secured the magazine, Mr Hawthorne?'

'I have, Mr Hayden, and an easy task it was, as there was no one near it.'

'You've left some men you trust to stand sentry over it, I suppose?'

'So I have.' The marine's hair was glued to his forehead from sweat, and one hand was wrapped in a crude bandage.

'Then will you take a company of men and search all the decks from stem to stern, and chase out any rats still hiding or they might do us some mischief yet.'

'I will, sir.'

Hayden returned to the deck, only to be met by a French officer climbing over the rail, naked sword in hand. The *Themis* men all stood about in dumb bewilderment. Thrusting down his sheer surprise, Hayden reached into his pocket, tore out a handkerchief, clapped it over his mouth, and said loudly in French: 'Monsieur! Monsieur! You must not board this ship. These English have the fever, the yellow fever. That is why they are only half a crew; all the rest are dead. Get off! Get off!' He waved his free hand to chase the man from the deck. 'Back into your boat – immediately!'

The officer hesitated only a second while his startled brain caught up with the meaning of the words being shouted at him, and then he scrambled over the rail, chasing the men who followed him back down the ladder.

Hayden went to the bulwark, and looked down at the Frenchmen in their boats.

'The fever,' they were saying. 'They have the fever.' And these words galvanized them, set them to flight in a clumsy scramble of backing oars and thumping hulls.

As the lead boat cleared the *Themis*' stern, Hayden heard a lone voice call out in French. 'They are English! You must listen. It is a ruse. They are English!' And then the voice was muffled. Hayden turned to find Marin-Marie being hauled bodily from the rail of the *Dragoon*, though he clung tenaciously to the shrouds.

'Return that madman to the doctor!' Hayden shouted in French. 'Have we not enough troubles without his foolish delusions?' Hayden turned to the French officer. 'We will do what we can here, and then tow the English ship into a quarantine berth. Will you go ahead and alert the harbour authorities so that no boats approach us, please?'

'Will you not require our assistance?' the officer called out, standing up in the stern sheets of his boat.

'No, thank you, Lieutenant. We will manage. I only hope you have not carried this terrible fever away with you.'

Hayden thought he could see the man go pale even at that distance.

'Good luck to you,' the man called, found his seat, and ordered his boat swiftly on.

'Mon Capitaine,' Wickham addressed him in French. 'What are your orders?'

'Round up the English prisoners, and separate the sick from the healthy. The wounded English must be kept apart from our wounded. Let their own doctor attend them.' Hayden's eye found Mr Barthe. 'We must make repairs and prepare to tow the prize into Brest.' And then quietly in English: 'We must repair the two ships, Mr Barthe, but not before nightfall. It is my intention to slip away as soon as darkness is complete.'

Hayden looked around the deck for the first time. It was a scene of shocking carnage, dead and wounded lying in grisly tableaux here and there. A few cowed-looking mutineers, clutching bloody wounds, were held by Hawthorne's marines and armed seamen. Archer moved among the prostrate men with a pair of midshipmen, terribly dividing the dead from the living.

Ascertaining the distance to the French boats, Hayden spoke quietly in English: 'What are our losses, Mr Landry? Do we know?'

'Mr Archer is making the tally, sir.' The first lieutenant hesitated, his demeanour disintegrating a little, but then he mastered himself. 'I fear it will be a terrible butcher's bill, sir. There aren't twenty mutineers left alive, and I dare say, they are all wounded, for they fought until they were killed or we subdued them. Not a one laid down his weapons of his own doing.'

'They didn't intend to be taken prisoner – by anyone. We interrupted Giles, about to fire the magazine.'

Landry ran his fingers back into his hair, this bit of news

shaking him utterly. 'And I felt lucky to have survived the fight . . .'

Hayden glanced up. 'If you please, Mr Landry, send men aloft to quiet those sails or they shall flog themselves to rags.'

Landry reached for the hat he'd lost in the fight, and then went rushing off.

With the *Dragoon* grappled to her larboard side, the *Themis* had swung slowly so that the wind now lay on her beam, causing her sails to slat about in their gear. Fortunately, both sea and wind were small.

Wounded were borne past to the doctor still aboard the *Dragoon*. A knot of sullen mutineers had been assembled just off the quarterdeck, and every few minutes another of their kind was added, flushed out of some hiding place below. Splinters lay everywhere, and the rigging hung in tatters.

'Captain Hayden!' The rather urgent tone of Wickham's voice interrupted his assessment of damages. Hayden found the acting lieutenant, not surprisingly, standing at the stern rail with a glass held up to his eye.

'The French captain still has his ship hove-to, and he's signalling, sir.'

Hayden shaded his eyes and regarded the ship, which was not nearly as distant as he would have liked. 'What has become of our signal book, Mr Wickham?'

'I'll fetch it, sir.' In a moment, Wickham returned, quickly thumbing through the open signal book. 'Here it is!' He jabbed a finger triumphantly at the page. 'It is the signal for "standing by to provide assistance."'

'Damned interfering Frenchman,' Hayden heard Hawthorne mutter, which expressed Hayden's sentiments with precision.

'Shall I make an answer, sir?' Wickham asked.

'Just acknowledge the signal. Set a man to keep watch on the French frigate, as well. I should like to think that they are only being helpful, but that damned Marin-Marie might have kindled some doubt in their minds – perhaps some little detail that struck them as being false, as being "un-French."' Hayden swept his eyes over the scene, wondering what it could have been.

But he had no time to dwell on that, or on the French ship hove-to nearby.

'Pass the word,' he said. 'No shouting from the tops or from the deck. Sounds can travel a great distance over water, as you all well know. Mr Barthe, you will have to make do with quiet commands or by sending men aloft with your orders.'

Mr Barthe saluted.

'Mr Hawthorne, I think our mutineers deserve to be in irons.'

To which Hawthorne grinned and nodded.

Hayden strode quickly forward. 'When you are quite finished there, Mr Archer, we must see to the gun-deck. Men still lie there – too many – though I fear they have all departed this life.'

A grim-looking second lieutenant glanced up at him. 'Aye, Mr Hayden,' he answered softly.

'Where is our carpenter?'

'In the hold, Captain,' Stock reported.

'Just the man I'm looking for. Mr Stock, jump over to the *Dragoon*, if you please, and learn if she is making water.'

The boy set off at a run.

On the gangway, Hayden stared down onto the gun-deck, and found Chettle emerging from below. 'What is the verdict, Mr Chettle? Do we sink or swim?'

'Swim, sir, for the moment. There's a terrible mass of damage, Mr Hayden: smashed planking, hanging knees blown to splinters, cracked frames, and the like. But she's making very little water, all the same.'

'All above the waterline, then. Have you seen to the *Dragoon*?'

The man squinted up at him. 'I shall slide over there and have a look, Mr Hayden.'

'I have sent Mr Stock to find if she's making water, but I would hear your more expert opinion.'

Chettle made a knuckle, and then, followed by his mates, wormed his way stiffly out one of the shattered gunports and into the ship lying alongside. Hayden went down onto the gun-deck to take stock of the damage himself, but found it difficult to see anything for the carnage. The two ships had been firing at each other from a few yards, and it looked it. Many of the gunports had been blasted and the rest ripped off in the collision. But the damage was not quite as bad as he had expected. The ship could be made more or less watertight. Enough to allow them to sail for England.

Wickham dropped down from the gangway, and could not hide his reaction to the sight.

'Where is Mr Franks, Wickham? Aloft?'

'He was taken to see the doctor, Mr Hayden.'

'Not too bad a hurt, I hope?'

'I don't know, sir. I only just learned it myself from Holbek.'

'I shall have to stand in for Mr Franks as best I can.'

Hayden divided the crew, putting Landry, Barthe, and Archer on the *Themis*, while he did what he could with one of Franks' mates, a handful of able seamen, and an only slightly larger group of landsmen and ordinaries. The two ships were pulled apart to stop them from thudding heavily together and to allow the hulls to be crudely repaired. A shortage of skilled seamen and the relentless westering of the sun meant the work could not be done to Hayden's standards, but they had to slip away that night before any other French ships happened upon them. Hayden was not sure his yellow-fever bluff would work twice.

The sea, which had been almost calm, developed a noticeable lump originating from the south-west. A chill air reached them as a smoky grey spread from the western horizon across the clear blue vault.

'Pass the word for Mr Wickham, if you please.' Hayden sent a ship's boy to find his only lieutenant.

A moment later, Wickham appeared, his overlarge uniform shifting about him oddly as he hurried along.

'There is a gale in the air, Mr Wickham, and the weather-glass appears to agree. Find the gunner and be sure all the guns are double-breeched where possible, and where the repairs will not allow it, lashed alongside. Coverings for all but the fore-hatch. We shall only have time to house the top-gallant masts, but the yards must be sent down. Lower the crossjack-yard. We shall double up tacks and braces, rig relieving tackles to the tiller, preventer braces to larboard on the lower yards.' Hayden stopped to run through his mental list.

'Heave in the boats, sir?' Wickham prompted.

'That, too. And the topsail yard parrel was contrived by a landsman; be sure it is well slushed, for we haven't time to make it anew.'

'We'll never have time to complete all the repairs before the gale strikes.'

'I fear you're right.' Hayden thought a moment. 'Go down to the French prisoners with some marines, if you please, Mr Wickham. Find out if their carpenter and bosun and any of their mates are still among the living. We will release them under Mr Hawthorne's care. Better to have a skilled French seaman doing the job than a lubberly marine, who will be put to better use watching over them. I would let some of these prisoners up on the deck, a few at a time, for they have not had air the whole day, but that damned French ship is still too near.'

Wickham left Hayden gazing out over a darkening sea. He consulted the weather-glass again and found it still falling. Men were taken off the hull repairs and scrambled aloft with paunch and thrum mats. Rounding was made up to guard against chafe, and the upper yards sent down in a seamanlike fashion, the men from the *Tenacious* working as efficient teams hardly in need of an order.

As the daylight waned, a boat came off from the French frigate, now at some distance, and made its way over a dull sea. Careful not to fall downwind, a surprisingly mature lieutenant stood in the stern sheets.

'Capitaine,' he called from just within hailing distance. 'My *capitaine* asks if you have the materials to make repairs, and if your doctor has all the medical supplies he will need.'

'Carry my most sincere gratitude to your captain, monsieur,' Hayden answered in French, 'but we will certainly make do with what we have. It is better if you do not come near. Many men have died of the fever on the English ship.' Hayden pointed toward the distant coastline. 'The Rade de Brest is not far.'

'A gale is nearing, Capitaine. Your hull was much damaged by the English. You should get under way as soon as you can make sail.'

'That we will, monsieur. That we will.'

It seemed for a moment that the man would say more; he waved. '*Bonne chance, capitaine.* May God be with you.' He found his seat and, to Hayden's horror, he ordered his coxswain over to the *Themis*. Too late, Hayden realized he should have called out that the English ship was well provided for as well, but now the man rowed nearer to the *Themis* and asked the same question.

Archer appeared at the rail and answered in French that they were making repairs and warned them to keep their distance due to fever.

The man in the ship cupped his hands to his mouth and shouted louder, a volume calculated to carry over the rising wind. '*Non, monsieur.* I inquired if you had the materials you needed to complete your repairs and if your doctor required any medicines that we might possess.'

'We will make do, monsieur,' Archer called, but not too loudly. '*Merci.* You are very kind.'

Hayden breathed a sigh of relief. At a distance, and against the background of rising wind and sea, Archer's voice had been difficult to make out – enough to hide his imperfect accent, Hayden hoped. But then he saw the French lieutenant conferring intensely with his coxswain.

Hayden called for his glass, and found the French lieutenant, bent near to the other man. 'Pass the word for Mr Wickham, if you please,' he whispered to Tristram Stock.

A moment later the acting lieutenant appeared at his side.

'Mr Wickham, I fear we have been found out. Gather every man we can spare from the hull repairs and prepare to make sail. Bring aboard all stagings. Fire a gun and run signals aloft for the *Themis* – British signals. We must get under way at once.'

Wickham did not wait to ask questions, but tore down the aft companionway, the soles of his shoes beating to quarters.

In a moment, men came padding onto the deck, but not nearly enough. Planks used for stages by the caulkers and carpenters were hauled aboard and thumped on the gangways.

The ship was hove-to under much-reduced sail – just enough to ease her motion – an aid to the men working aloft. Getting under way with such a small crew was laborious and slow. Hayden himself helped shift the yards, heaving on the braces, one eye on the French boat making its way over the rising sea. Darkness was closing in quickly, aided by gunpowder-black clouds.

Yards were squared and what sail they could prudently set, filled. The motion of the ship changed as she began to gather way.

'North-west by north, Mr Wickham.'

'Aye, sir. I wonder if one of us shouldn't glance below, Mr Hayden? The hull repairs are not finished, and I fear we will be taking on water.'

'I will do that, Mr Wickham. Have the pumps manned immediately.'

Hayden took a last look at the distant French ship. The boat, all but invisible on the darkening sea, had almost reached her. He could see the white oars flashing among the pale horses.

In the gathering dusk he clambered down a makeshift companionway ladder, and found himself in near-darkness, lanterns swinging here and there, or being held aloft by boys to illuminate some particular place a cursing carpenter was working.

'Captain on deck,' someone announced, and the men who did not have both hands full touched foreheads quickly. He had kept Chettle aboard the *Dragoon*, because her lighter structure had resulted in greater damage. A Frenchman, presumably a carpenter, was gesturing dramatically and speaking his own tongue at speed.

'I don't know anything about any damned *lay toop*,' Chettle was answering, his tone not kindly.

'What seems to be the trouble, Mr Chettle?'

'This bloody Frenchman – begging your pardon, sir. This Frenchman, God bless his black papist heart, is shouting something that we can't fathom, sir.'

Hayden addressed the Frenchman in his own tongue. Hayden almost laughed when the man finished.

'Well, I'm happy the man was only making a jest,' Chettle grumbled.

Hayden turned to the carpenter. 'He says your oakum – *l'étupe* – is driven too hard, and when the planks swell it will be pressed out.'

'Mr Swinburn has been a caulker these twenty year, sir; I think he knows his business. He did drive it very hard, sir, but these particular planks were near green and won't swell enough to notice. We then payed with pitch and spiked batons over the seams. On the berth-deck we did the same, but we laid tarred canvas over the new planks and then batons over – an unholy mess, sir, but the best method under the circumstances. Plugs simply would not answer in some places, for the two ships being so close the damage was very great. She will seep a little, Mr Hayden, until the dry planks take up. Then I reckon she'll be as tight as any ship can be, given the time and materials at hand.'

'As long as she'll see us through the gale.'

Chettle gave something between a nod and a shrug in answer, which did not fill Hayden with confidence.

Quickly, he went down to the berth-deck, holding aloft a lantern. Half an inch of water was sloshing across the deck and water seeped in around the few plugs every time the boat began to lift to a sea.

'If this water on the deck increases, we will have to address it, Mr Chettle. Even a few inches of moving water can present a danger to a ship's stability.'

Quickly, Hayden walked around the deck, examining what could be seen. The repairs had largely been effected to the outside of the hull, though shattered frames – roughly sistered – could be clearly seen. The work was crude, but Hayden thought it adequate.

They descended to the orlop and into the makeshift sick-berth. Hayden found his way among the swinging cots to find the hull untouched but water dripping down between the shrunken planks of the deck above. Buckets were scattered about to catch the drizzle, some hanging from the deckhead, but even so, the deck beneath was wet, and sailcloth awnings had been rigged over some of the cots.

'Can nothing be done about this water, Mr Hayden?' Griffiths enquired.

'She'll take up yet, Doctor,' Chettle answered for Hayden. 'Don't you worry.'

'I believe Mr Chettle is right, Doctor. The wood will swell

as it becomes soaked with water and the seams will grow tight. Until then, I will send men with moppats and buckets.'

'Let us pray this swelling does not take all night,' the doctor replied. 'Are we in for a gale?'

'I'm afraid we are. How goes your work?'

Griffiths had made his way closer, and now said quietly: 'All the worst is over, but we have so many wounded, with all the mutineers as well. Even with two surgeons – and Dr Bordaleau is very competent, especially with a bone-saw and amputating knife – we have all we can manage. More, in truth.'

'We are all taxed to our limits at this moment. I have a gale coming and hardly enough crew to reef the mainsail. I trust you will do your utmost, and we shall all do the same. How fares Mr Franks?'

'In a great deal of pain. He had his foot crushed by a falling spar. I will almost certainly have to amputate but will wait for the swelling to diminish before I decide. If the foot can be saved, we shall do it.'

'Poor Franks. I will try to visit him later, if I can. I must complete my inspection, if you don't mind, Doctor.'

As he turned to go he saw a man seated in a chair with his head and half his face bandaged. A carefully dressed hand raised stiffly.

'Mr Muhlhauser?'

The man nodded. 'I've been the victim of my own invention, Mr Hayden. I'm certain it was my very own gun that fired into the side near me, and look' – he gestured to arm and head with his good hand – 'it was a smashing success!'

'So it appears. Not too serious, I hope?'

'Just a scratch, sir, thank you for asking. I shall be ready to man a gun on the morrow, if you require it.'

'Let us hope that won't be necessary.' Hayden could not help but think the man looked rather pleased with his wounds and having served in an action. He'd be wanting a knighthood next.

Hayden refrained from telling him that his invention had been destroyed in the battle – or more likely had destroyed itself, the metal carriage having proved too brittle, as many had predicted.

He had the prisoners' berth opened, where the French were being held, and inspected the damage here as well. The prisoners looked frightened and angry, he thought. Hayden offered a few reassuring words in French, the men glancing one to the other when they heard their own tongue spoken without accent. Someone whispered, *'traître'* and then another, *'renégat'* – turncoat. Hayden stepped out of the lockup, his face burning, temper barely in check.

'Well done, Mr Chettle,' Hayden mumbled, as they mounted the ladder to the berth-deck. 'Sound the pump wells at each bell and report the depths to the officer of the watch, if you please. I will be on deck.'

Hayden emerged into a harsh wind, the sea gathering and cresting about them. Darkness was not quite complete. He could see the dark bulk of the *Themis* on their port quarter, perhaps a few cables distant. Aloft, the men were finishing their gale preparations, and on deck the boats were being covered and lifelines stretched fore and aft.

'Where is our Frenchman, Mr Wickham?' he asked the middy.

Wickham pointed to the south-west. 'I can just barely see her, sir. A lantern flickers now and again, if you watch carefully. She fired a gun and made a signal as we got under way: "Heave-to." I thought it best not to acknowledge, sir. I hope I didn't overstep my authority.'

'I would have made the same decision. There is little she can do to us with this rising gale and night coming on, but if she is still with us by morning and the wind and sea take off, she might cause us some mischief yet.'

Wickham gazed to windward and then made a slow circle. 'I think this gale will carry us clear to England. Are we sound enough to weather it? That is what I wonder. I have never had to frap a ship, sir, but I suppose we can manage it even with so small a crew.'

Hayden was glad the darkness hid his smile. 'She is a sound, new-built vessel, Mr Wickham. Damaged, yes, but still strong. Frapping will not be necessary, I think.'

'No, sir. I'm sure you're right.'

'How often are you relieving the men at the pumps?'

'Every bell, sir. We haven't enough to do more than that.'

'I think we shall have the Frenchmen man the pumps, Mr Wickham. Detail marines to watch over them, and have them relieve the Frenchmen often, for we have a goodly number and all might benefit from a spell of exertion.'

'Aye, sir.'

Hayden stood by the helm for a time, and rain began to fall, beating against his back. Perse appeared out of the darkness, bearing oilskins. 'The cook has made some foreign-looking victuals for you, sir,' the boy said in his soft Irish brogue. Hayden could almost see the scowl of disapproval in the dark.

Hayden pulled the coat on, thankfully. 'Has he, now?'

'Aye, sir. I don't fathom what he's saying, but he made me to understand by pantomime that he thinks it will spoil if 'tis not eaten right smart, sir.'

'I shall be down the moment Mr Wickham returns to the deck. Make certain no light escapes my cabin window, Perse, if you please. There is a French frigate out here and I do believe he's smoked us.'

'I have it trussed up tight, sir, as Mr Hawthorne told me. And the quarter gallery windows are shaded as well.'

'Well done.'

As Hayden stood waiting for Wickham, Dryden appeared out of the darkness. He held an arm up against the wind-driven rain, and hunched over like a man trying to stay warm.

'I'm concerned for our mainsail, Mr Hayden,' he hollered

over the gale. 'The yard is split for a fifth of its length. We fished it proper, sir, but I don't think it will take this.' He waved a hand into the wind. 'Perhaps if we reef the mainsail it might stand . . .'

'No, Mr Dryden, let us take it in. I don't want to send men aloft to reef, and then, an hour later, send them aloft again to take in the sail. If the yard gives way at an unpropitious moment, men will be killed. Take the sail in smartly, if you please, and then reef the main topsail as well.'

Dryden's nod was barely visible in the dim lamplight. 'Aye, sir. I took the liberty of rigging a quicksaver on the foresail. I hope that meets with your approval?'

'It does indeed, Mr Dryden.'

The young master's mate hurried forward, searching out the acting bosun. For the next three quarters of an hour, Hayden found himself staring upward into the impenetrable gloom, worried that the yard would give way and the yardmen would be tumbled into the sea or down onto the deck. But finally the task was managed by the too-small crew, and Hayden breathed a sigh.

'Shall I take the deck until you have eaten your dinner, sir?'

'Very kind of you, Mr Wickham. We must keep to this heading to be sure we clear Ushant, but once we are confident the island has been weathered, we shall set a course for Plymouth, for we have a fair wind, if too much of it.'

'We'll scud home, Mr Hayden.'

'*Fuir devant le temps*, Mr Wickham.'

'Pardon me, sir?'

'It is what the French say for *scud*: *fuir devant le temps*. Fly before the wind.'

'If we are to dress as Frenchmen we might as well speak like them,' Wickham ventured in French.

Hayden went below, shed his oilskins, and was relieved to find his cabin more or less dry. He then removed his French jacket as well, pulling on his worn blue wool, the brass buttons gleaming dully in the light.

He folded the crimson silk coat carefully, and tucked it in the French captain's trunk. A second's contemplation, and he closed the trunk lid softly.

'A mere British lieutenant – with no future – again,' he whispered, and went to the table.

His hen in brandy sauce with pickled champignons was utterly cold, as was everything that accompanied it. The French claret, he was happy to note, was nearly the perfect temperature and he savoured every sip – a fragrant Bordeaux from Paulliac, he guessed, from the French captain's own supplies. A knock, and his marine sentry opened the door to reveal Dr Griffiths.

'Come, Doctor, a glass of this magnificent claret will put some colour back in your cheeks.'

Griffiths nearly slumped in a chair. He removed his spectacles, and for a moment pinched the bridge of his nose with bony fingers, eyes tightly shut. Hayden held his peace until the doctor finally opened his eyes, crimson-veined and red at the rims. He received the offered wine with the softest thanks.

'It has been a difficult day in the sick-berth, I am sure, Doctor.'

'The most difficult I have known, but then Hart never got into a scrap, so we had only incidental injuries incurred in the course of running the ship. Today . . .' The man raised a hand, palm-up, then took a sip of his wine. 'I will tell you honestly, Mr Hayden, when men refuse to surrender they can be terribly cut up before they are subdued. I dressed the wounds of a man who was stabbed and cut more times than I could count. Only one or two wounds were of consequence, but the cumulation must have let all the blood he could afford.'

'That is one patient you won't have to bleed, Doctor,' Hayden offered.

Griffiths' eyes went wide and then he choked out a laugh. 'How can you make a jest at such a time?'

'Have you not asked me that very question before? I can't quite remember.' Hayden held up his glass so that the light of the lantern shone through the deep-crimson liquid. 'Jests are like wine, Doctor, they help ease our burdens, and allow us to see the world as a better place than truly it is. We took back the *Themis*, and though I know the cost was great, we prevented a British frigate being lost to the enemy.'

'Come have a closer look in my sick-berth and you will wonder if it was truly worth it.'

'I'm sure from the cockpit, in the middle of an action, all battles seem pointless. I would feel no different. But we cannot win a war without injuries and wounds – even deaths. I will pay a visit to your sick-berth once we have weathered this gale. It is important for officers to understand the human cost of their endeavours so that they do not spend men's lives too freely.'

Griffiths nodded his agreement. 'And where is our French frigate, do you think?'

'I hope she shaped her course for Brest, but all we can say with any certainty is that she cannot be seen at the moment. I think we have shaken her, or so I hope.'

Griffiths raised his glass. 'Confusion to the enemy.'

'Hear,' Hayden said, and they both drank.

'I have one more morsel of news that you should hear before I leave you in peace,' the doctor said. 'Being informed that you did indeed overhaul and take the *Themis* sent Hart into a rage. I have been plying him with alcoholic tincture of opium – laudanum – and he has been not quite in his right senses. I fear, however, that what he is saying is more the truth than not, and among his cursing and muttering he repeatedly said, "Thinks he will make me look the fool. He will see what I am made of when we reach England. I will do for him," and much more in a similar tone. I think the thing Hart fears most in this world is having the truth about his character revealed, which you have done quite handily.'

'Captain Bourne said much the same thing.'

'Well, so you know; Hart's senses might be deranged for the moment, but his threats are not idle.'

Hayden was too exhausted to feel the threat, but his tired brain told him that Griffiths was right. 'I will bear that in mind, Doctor. Thank you.'

In less than an hour, Hayden was back on the deck, wrapped in the dead captain's oilskins. There was no sign of the French ship now, but neither could he make out the *Themis*, partly because looking to windward was near impossible with the rain driving upon them. Landry would have the good sense to give them sea-room. A collision in the dark of a stormy night would bring both ships to ruin. The gale-driven rain pelted his back like gravel. As the seas and wind rose, Hayden ordered sail reduced until they were down to foresail and main topsail, both reefed – 'a skirt and bonnet.' The main topsail was clewed to the unsound mainsail yard, but Hayden hoped this sail, close-reefed, would not exert enough pressure to shatter the fished spar. He told Dryden to be certain the braces were carefully tended so that no undue pressure was put on one side or the other.

The night wore on and the gale freshened by the hour. Hayden set watches for his acting officers, but given the scarcity of able crew, condition of the ship, and severity of weather, he chose to keep the deck as long as he was able – through the night if necessary. Wickham was an exceptional middy, mature beyond his count, and with a grasp of seamanship that was rare in one so few years at sea, but he was still lacking in experience, and even a very dexterous mind would not make up for that.

The *Dragoon* rolled more heavily than he liked, and an increase in top-hamper would likely have aided her, but of course such spars were in danger in these conditions. She also had a strong tendency to yaw, which Hayden was sure could be corrected by stowing her hold to increase her draught aft.

Seas came hissing out of the darkness, lifting the stern high. They would carry the ship on their shoulder, and then disappear forward as the ship settled in the trough. Running before it could become dangerous if the seas mounted too high. Hayden had four men on the helm, as it was, and he paid careful attention to the ship's motion, noting that despite her tendency to yaw, the helmsmen were able to keep her more or less dead before it, though she slewed a little as each wave lifted her.

Occasionally a great, maned monster would take them from behind, thundering against her damaged stern, and Hayden would send a man below to be sure no harm had been done.

Dryden appeared out of the darkness, wrapped in a Frenchman's oilskins. He had been aloft, inspecting the mats and guarding the rigging against chafe.

'How fare your thrum mats, Mr Dryden?'

'Well enough, sir. Mr Barthe would not be too disheartened by the job we've done, if I do say so.' Dryden was quiet a moment. 'It is a prodigious sea, Mr Hayden, is it not?'

'Indeed it is, and will grow worse as we reach soundings. I hardly remember a late-summer gale more severe.'

'No, sir, though I have not been at sea so very long. Mr Barthe would say it is no great sea compared to "the grey beards of the southern ocean." '

Hayden laughed. 'And I'm sure he would be right, but with this damaged ship and her juried rig I do not want any more of it.'

'Yes, sir, but the wind appears to be making yet. I think we have not seen quite the worst of it.'

Dryden, it was soon revealed, was more prescient than usual. The gale did grow worse, and the sea more dangerous. The deck was awash more than once, and a particularly steep sea dumped green water over the stern, which almost washed the ship's captain off his feet. The ship, however, served them well, and Mr Chettle's repairs stood the test, though she was not as dry below as anyone would have liked.

Hayden relieved the helmsmen often, and after sending Wickham below for some rest and a time to dry and warm, he took a turn below himself. It was in the middle-watch, but Perseverance Gilhooly brought him a cold leg of mutton and a block of crumbling, only slightly mouldy cheese. Hayden chased it down with port.

For an hour he lay dozing in his cot, which he swung athwartship to accommodate the direction of the seas. It traced a great arc across the cabin, flinging him high, then swooping back down again. He had to remind himself that it was the ship moving in such furious gyrations, and the cot that remained more or less stationary. Sleep did not find him for more than a few moments at a time, and then dreaming and waking bled together, the sounds of the gale pressing into his fancies, until it was difficult to tell one from the other. Once he thought he heard whispering in French, and snapped awake, only to smile. The ship's bell rang, a glass was no doubt turned, and all was well.

Hayden stayed for a moment, his cot feeling uncommonly warm and snug. He listened to the sounds of the gale; the creaking of the ship, the high, shrill note of wind as it oscillated up and down in the gusts, the squeaking of the tiller as it moved. And then he heard the whisper again, '*Silence!*' – but pronounced by a Frenchman. Did he sleep or wake?

Disembarking from his cot was almost an adventure in itself, but long practice landed him upright on the deck. Quickly, he drew on his clothes, and snatched his cutlass from the rack. Outside his door he found the marine sentry slumped in the corner, head forward. Hayden stirred the man with his foot.

Then crouched before him, as the marine, Jennings, shook himself from sleep, a stupid, indignant look upon his face.

'Not a sound, Jennings,' Hayden warned him softly.

The man scrambled up, the indignation quickly replaced by consternation. Dereliction of duty would see a marine flogged.

But Hayden had not time for such matters now. He put a finger to his lips, and crept forward, bracing his bare feet against the ship's pitch and roll. The gale had not abated and the roar of seas and screaming wind remained loud. He made his way to the companionway, where for a moment he tarried, listening carefully. And then he heard it again – someone whispering; English this time but heavily accented.

'Move quickly; no sound.'

'But I am the surgeon . . .' came the reply, firm but frustrated. 'I don't have keys for the lockup or the armoury.'

Griffiths!

Then a whisper, almost drowned by the crashing seas – though Hayden was left with the impression, due entirely to speech rhythms, that it was French, as was the answer.

He put his head close to the marine's ear. 'Some Frenchmen are free on the berth-deck. Get yourself forward and find me some men. But keep them quiet.'

The marine nodded, and set off into the near-darkness, slipping out the door onto the gun-deck. A little blast of wind fluttered the candle in the single lantern, and he thought he heard the men below pause in their movements, though above the thunder of waves, he could not be certain.

He lay on his stomach near the companionway, wondering what time it might be – how near it was to the change of watch. If only someone would ring the bell. Trying to still his breathing, he concentrated all his energies on the single act of listening. How many were there? Marin-Marie, and at least one other, for he had heard him speak to someone in his own tongue. Straining to hear in the lull between gusts and rushing seas, he could not distinguish the rhythmic creaking of the pumps. The prisoners must have overwhelmed their guards. Eight Frenchmen plus Marin-Marie, then, though the latter was wounded. Too many for him to confront alone – and then there was the doctor, presently hostage. This was the only reason he did not raise a cry; if the Frenchmen barricaded themselves in the gunroom with one or more hostages, the possibility of harm being done to one of his crew would be great.

Hayden could not, however, let them reach the armoury, release their countrymen, or take control of either of the magazines. They were on the berth-deck, he a deck above, and the armoury was one deck below them, on the orlop. The magazines, fore and aft, were half-sunken so that they extended below the orlop a small distance into the hold. By the sound of their whispers, Hayden believed the Frenchmen to be outside the gunroom by the companionway stair – essentially in the midshipmen's berth. Due to the small crew, fewer sentries stood their stations than would have been normal on a frigate of this rate. Hayden also knew that the men in their hammocks forward of the midshipmen's berth were all exhausted beyond measure and would not be roused easily – and the fury of the gale would mask many a sound.

The loud hiss of the great waves passing; in the rigging, a high, modulating moan; the rudder working forth and back like an old door; timbers strained and complaining. Amid all of this, bare feet, perhaps, descending the stair, hesitant in the dim light, and then the stumble of booted feet – Griffiths, who could never adjust his gait to the roll of a ship in a gale.

Hayden slid slowly forward, resting a hand on a stair so that he could peer down into the dimness below. Beneath him, shadows. Whitewashed bulkhead, planks soot-smeared from candle smoke. A door, crooked in its frame but shut; beyond, the silent gunroom. All angles and lines, no irregular shapes that might be men.

Hayden glanced up at the door the marine had taken, wondering where in hell he could be. Silently he climbed down the stair, using hands and feet on the treads, like a child. The gunroom door had a tendency to creak, so he timed its opening with a sea crashing aboard, the hinges' tell-tale shriek lost among the din.

Inside he was met by utter darkness. Chairs would have been removed to some place where they could be restrained; the table, though, was bolted to the floor. Groping forward, he found its hard edge, and made his way, hand by hand, along one side. Hawthorne preferred the centre cabin to starboard, and Hayden hoped he had managed to claim it here.

Pulling open the door, he whispered, 'Mr Hawthorne! Mr Hawthorne, sir!'

A rustling, then a muttered 'Fuck off. I've only just gone to sleep.'

'Hawthorne, it's Hayden.'

Louder rustling. 'Mr Hayden? I beg you to forgive me, sir! I didn't—'

'Hawthorne. Some Frenchmen are loose in the dark and they have taken hostage the doctor.'

He heard the marine lieutenant fumble out of bed, perhaps breeches being pulled on, a muttered 'Where is my bloody sword?'

Hawthorne's hand found Hayden's shoulder in the dark. 'Dryden slings his cot across the way, if he's not on deck.'

In a moment they'd roused a muddled Dryden and went as three blind men out the creaking gunroom door. A marine almost shot them as they emerged into the dim light of a watch lantern.

'There you are, Jennings,' Hayden whispered. 'It appears there are nine of them, gone down onto the orlop with the doctor as hostage.'

Four men lurked behind Jennings – two marines and two

hands, the former with muskets, though perhaps too wet to fire, and the latter with handspikes. He and Hawthorne had cutlasses and Dryden was unarmed.

'We cannot let them release the prisoners or break into the armoury,' Hayden whispered. 'I shall try to negotiate their surrender, but we might have to fight.

'Shall I raise the off-watch, sir?' Dryden asked.

'Only a few men you can trust, Dryden. Too much noise will tip our hand.' Hayden crouched down by the companionway, listening, then lay down and leaned his head and upper body into the opening. He could hear no sounds of men, see no lurking shadows or movement. The cockpit was below; forward, the cable tiers; various storerooms, including the armoury; and right forward, in place of the sailroom, the temporary prisoners' lockup. Abaft this was situated the forward magazine.

There were two guards stationed there, though not necessarily marines, as there were so few of them aboard. From the deckhead between them, a lantern swung; a damnably sooty one, which cast only a frail circle of squalid light.

A grunt. The rasp of a strangled cry. Two bodies thudding dully to the deck. Whispers.

The Frenchmen would have two muskets now, and though the guards did not possess keys for the lockup, the locks or hinges could be prised, given time. The near-constant clamour of the gale would make such efforts almost undetectable. A sentry would begin his rounds at some point, the watch would change, but the Frenchmen would be free and likely have broken into the armoury by then. Once they were armed, the ship would be theirs.

Hayden found Hawthorne in the dark. 'We must take them by stealth. If detected, we must charge. The doctor will have to look out for himself.'

Hawthorne put his mouth near to Hayden's ear. 'We must be mindful of the powder-room.'

'Inform your musketeers,' Hayden whispered, and led them down to the orlop.

They crept forward, around the hatchway to the hold, keeping low, hiding behind the cable tiers, over the coils of massive cable for the anchors, the stench of salt and mud. Hayden could see the escaped prisoners, bent before the lockup door. A clatter to his right.

'Merde,' a voice muttered.

Hayden found himself face-to-face with a dark shape and without thinking drove the heel of his sword hilt into the man's temple, collapsing him like a tent. Hayden lowered the man to the planks and struck him once more to be certain he was gone.

They crouched behind the noisome coils, watching for an instant. A grating squeal as iron fittings were drawn through wood.

'As she lifts . . .' Hayden said, and as the stern began to rise, he vaulted over the cable. Crouching to clear the low deckhead, they crossed the few yards with as much stealth as speed would allow. The dim light, half hidden by the Frenchmen gathered about the lockup door, and the pounding seas, masked their attack. Only at the last second did they have the ill luck for one man to stumble, causing the prisoners to turn.

Hayden drove his blade into a man raising a musket, and it discharged harmlessly into the deck. Cries all around, both French and English. A desperate melee erupted as men were thrown forward by the motion of the ship.

Someone still prised urgently at the lockup door. Inside men threw their weight against it repeatedly. Another musket fired, dropping the sailor to Hayden's left. He slashed at a man bent before the door.

An explosion of light and pain and Hayden staggered back, stumbling down onto his haunches. A confused moment when the world reeled and he lurched onto his side. Above, shadow men locked in struggle; he was dimly aware of a flash, and then another. Men dropped from above, beating down the French, crouching over them and driving hard, callused fists into chests and faces. Then a voice – Hawthorne – shouting, 'Enough. Enough!'

'Mr Hayden?' a voice was saying, and not for the first time, Hayden suspected. 'Mr Hayden? Are you hurt, sir? Are you bleeding?'

'No . . . I don't believe so,' he mumbled, attempting to raise himself. 'Just a bit . . . dazed. A blow to the head.' Hayden tried to stand on the rolling deck, but the darkness seemed to press in, and he lost balance.

'Catch him! Don't let him fall.' And hands gripped his shoulders, lowering him gently.

'I require light!' a voice demanded loudly.

'Aye, Doctor.'

Hayden was laid on the deck, the world swaying and wobbling this way and that. He thought he might be ill. Dark shapes of men, some lying, others moving with exaggerated slowness. Men kept appearing from somewhere. Someone bent over him.

'Doctor! It's Mr Hayden.'

'Yes, I see that, Mr Wickham, but I can also see that he is not bleeding to death, as is this man. I need anything that can be used for a tourniquet. Yes, that will do nicely. Hold this arm up like so. Do not swoon, sir. Think of it as red wine.'

The lights went dim and when they slowly swam back into focus Hayden felt himself borne up, passed man-to-man up the companionway, into the light. The men who bore him staggered like drunks along the berth-deck among the off-watch, who were all roused now, empty hammocks swaying, oddly slack and lifeless, like shed skins.

'I believe I might stand,' Hayden said, making some effort to form the words.

'Doctor said to carry you to your cot, Mr Hayden. He'll be along by the by.'

He felt himself being handed again up a stair, then into his swinging cot. After a time he realized Hawthorne stood over him.

'Did you just recently pass for a surgeon, Mr Hawthorne?'

Hawthorne chuckled. 'This very morning. Feeling better, sir?'

'A little, yes. The world is still swaying about, but I think these sways are natural, given the gale. We prevailed, I take it?'

'That we did, Mr Hayden, but at the cost of three wounded and two killed. The French fared worse. Marin-Marie will not put his English to our service again.'

Hayden propped himself more upright and felt the side of his head. There was a great, prodigious swelling behind his ear, and a sticky bit of blood. It was painful to the touch.

Hawthorne drew in a whistle. 'You did catch one, didn't you?' He parted Hayden's hair so that he could see the wound. 'I've had worse from a brother,' the marine observed.

'You must come of a genteel family—'

A knock and Wickham opened the door, peering in. 'How fare you, sir?' he asked, clearly relieved to see Hayden sitting up.

'I have the blackest headache I have ever known, but otherwise, I am unharmed. Others did not fare as well, I am told . . . ?'

'No, sir. Marshall and Burchfield are both dead, and Jennings and White have beastly wounds. Jennings has lost a terrible quantity of blood.'

'Then we shall delay flogging the man for sleeping on duty,' Hayden replied.

'Was he really sleeping?' Hawthorne asked.

'Yes. Asleep with enemy prisoners aboard. Unforgivable, I'm afraid, no matter how great his wound.'

Hawthorne cursed. 'How did you know the Frenchmen were loose?'

Hayden pressed fingers to his forehead. He had not been exaggerating the ache in his skull. 'It was the strangest thing . . . I was dozing fitfully. Do you know that odd state where sleeping and waking mix and dreams become confused with the real? I dreamt that someone was whispering in French – and then it occurred to me that I was not sleeping. For a moment I was unsure if I had dreamt it, and then I heard it again, or so I thought. I was out of my cot, grabbed my cutlass. It was then I discovered my sentry, Jennings, slumped in the corner, snoring peacefully.'

'There is no excuse,' Hawthorne declared. 'Many were exhausted and still did their duty.'

'I sent him for reinforcements . . .' Hayden quickly told them the rest of the story. As he spoke, Griffiths came in quietly and examined his wound without interrupting.

'Why were you about, Doctor?' Hayden asked as he finished.

'I was worried about Freeman, and as the motion of the ship made sleep all but impossible, I decided to look in on him. As I left the gunroom I was met by Frenchmen, two bearing muskets.'

'They overpowered the two quartermaster's mates who were guarding them as they worked the pumps,' Hawthorne said.

'Marin-Marie was among them,' Griffiths went on. 'I fear he was not as badly wounded as I had supposed, and he must have slipped out of the sick-berth. They took me down to the orlop with them . . . and the rest you know. It was a miracle I was not killed in the action, but they had made me lie on the deck and as soon as the French were attacked I began shouting in clear English.'

'I do recall someone cursing and blaspheming . . .' Hawthorne mused, trying to keep from smiling.

'I cannot recall my exact words, Mr Hawthorne, but they were, by necessity, of an urgent nature.'

'We were fortunate not to have lost more men than we did,' Hayden observed. 'And I am very happy to see you unharmed, Doctor.'

'Mr Hayden did twice warn all of us that you were prisoner,' Hawthorne said.

'Tell me the state of our ship,' Hayden said to Wickham.

'The gale has not grown worse this two hour, sir, and we hope it will soon begin to abate. Mr Chettle's repairs have taken up and barely weep a tear now. Constant pumping is no longer the order, as we pumped the wells dry and the water flows in now but slowly. I think we shall see the wind begin to take off before sunrise. If the wind does not back, we might see England on the morrow.'

'Let us hope that is true, Mr Wickham. Perhaps I will take a tour of the deck . . .'

'I don't think that would be advisable, Mr Hayden,' the doctor said firmly. 'All appears to be in hand. It would be best if you rested for a few hours. Let us see what comes of the pain in your skull. After such a blow as you received, there can be bleeding within the cranial cavity, and exercise will only increase the flow.'

'Yes, no need to keep the ship flying,' Hawthorne commented. 'Once home we shall all face the court-martial, anyway . . . for the loss of our ship. No need to hurry that.'

23

An odd, hollow silence, indescribable in nature, had invaded Hayden's mind. Or perhaps it was a want of the usual patterns of thought, the normal business of the mind. Certainly the blow to his skull had altered whatever process of reason had normally occurred, though Griffiths assured him this would not be a permanent state. The order of his mind would return in the fullness of time.

His mental state was not helped by a repeating dream that he walked through the streets of Plymouth dressed in the French captain's silk coat, which he had only recently shed. Everywhere he went people would stop and stare in silent loathing. Waking from the dream was little relief as the feelings it engendered lingered, and like as not, he would fall into the same dream when he slept again. Dr Griffiths had no physic for this, and Hayden could only hope that the dream would cease when his mind recovered.

The *Themis* swung to her anchor in Plymouth Sound among the men-of-war, transports, and merchant vessels – a constant traffic of small boats, under both oar and sail, swarming among the great ships. Lighters and luggers weaving their wakes among the hoys and barges, cutters and smacks.

Their prize, the French frigate *Dragoon*, had been warped into a dry-dock and was undergoing repairs as well as being carefully surveyed. There were great hopes that she would be bought into the service, and Hayden was rightfully joyful because of it.

His report to the Admiralty of the voyage of the French prize, *Dragoon*, had, in his present mental state, been something of a trial, and his long letter to his particular friend, Mr Banks, had been more difficult still. How to write such a missive preserving the truth while not appearing to disparage Hart and serve his own cause was a dance whose steps only the most adept could master – and he was not feeling particularly light of foot.

Hayden was in temporary command of the *Themis*, as Hart had gone ashore some days before to be admitted into the care of a noted physician. The frigate was only lightly manned – the Jacks who had been aboard the prize with Hayden at the time of the mutiny, and those loyal to Hart (or perhaps Britain) who had been put off in the boats. Eighty men in all, twenty of whom would be returned to the *Tenacious* as soon as was practical. Landry and Archer had begged leave to go ashore, and Barthe was on and off the ship, as his wife and daughters had taken rooms in the town – an impossible luxury ordinarily, had it not been for the prize money that would almost certainly be his. During the day the sailing master came aboard to see to the work being done on the ship.

Most of the middies, including Wickham, had been allowed to visit their families, though all visits would be brief – there was to be a court-martial as soon as Hart was deemed recovered enough to bear it.

A few of the sick and hurt were taken ashore to be seen by a physician, but most were under the care of Dr Griffiths, including Franks, who still had his foot, though the doctor believed there were several fractured bones, and the bosun was in not-inconsiderable pain.

'Captain approaching!' one of the sentries cried.

Hayden picked out a barge being smartly rowed toward them, an officer of apparent post rank sitting in the stern sheets. He called for his glass and in a moment had fixed a beaming Robert Hertle in the lens.

Hayden had him piped aboard, a hastily gathered line of marines presenting arms sharply.

'I see you have made your post in fact, now,' Hayden said, doffing his hat and shaking his friend's hand.

'The Lords of the Admiralty have seen fit to honour me with the command of a new frigate. She is anchored in the Hamoaze at this very moment, being fitted for sea.'

Hayden's congratulations were both effusive and heartfelt, with barely a trace of envy. The two men repaired below to the captain's cabin. Hart had sent for all his belongings, clearly having no intention of setting foot on the *Themis* again.

'So, you are hanging your cot in the great cabin, in anticipation of promotion, I collect?' Hertle took one of the chairs.

'No, I'm still in my cabin in the gunroom. If Hart returned he would deem it an unpardonable trespass if he were to find I occupied his cabin. Even though he has called for all his belongings, I should never presume. I have, however, been using it for ship's business.'

'I am most anxious to hear your tale, Charles,' Hertle said, lowering his voice and glancing up at the open skylight. 'Plymouth is awash in rumours; mutiny, murder, captains flogged, enemy frigates taken, revenge, and confusion to the French. Last I saw you we had plucked you out of the jaws of a French privateer, and you were returning to an uncertain welcome from your captain. Pray, what followed?'

Coffee was delivered by the gunroom steward, and Hayden waited until he had gone before beginning his tale.

'We had hardly set out south to continue our cruise when an old-fashioned brig-sloop appeared, carrying all sail, intending to intercept us. Immediately Hart named her an enemy vessel, outlier to a French squadron, but his officers protested just enough to delay his flight, and allow the brig to make the private signal. She proved to be under the command of a lieutenant, having lost her commander the previous day chasing stragglers from a French convoy scattered by the recent gale. Bourne had sent her in hopes of finding us or some other

British ship that might help him take the transports which had sought refuge beneath the guns inshore of Belle Île.'

Hayden told his coffee-fuelled story, leaving out no relevant detail. When he was done, Hertle smiled.

'So you were not even aboard the *Themis* when the mutiny took place?'

'I was in command of the prize.'

'Then you will not be part of the court-martial at all,' Hertle said in obvious relief.

'It is possible that I will be called to give evidence, but neither Wickham, the midshipman who went with me into the prize, nor myself will be named in the proceedings, for which I am greatly thankful. Even though Hart and his officers will almost certainly be acquitted of any wrongdoing, such an incident can't help but tarnish a man's career, even so.'

'Hart's career is already tarnished. His character within the service could hardly be lower. One would hope that even his patrons in the Admiralty will withdraw their support at last, else they be stained themselves for championing such a man.'

'So do I hope.' Hayden's mind turned for an instant to the despised correspondence with 'Mr Banks.'

His friend regarded him a moment. 'You look out of sorts, Charles; I would say *melancholy*, if I did not know you better.'

Hayden tried to smile and failed. 'I do feel . . . strange. Perhaps it was the blow to the head, but I feel oddly removed from things, as though I have sunk a little deeper into my own poor mind.' For a moment words failed him. 'It was a peculiar cruise. I began as an English lieutenant contending with my captain for the privilege of making war on the French; then, for a time, I was a French *capitaine* chasing and taking an English ship of war; and now I am, once again, a mere lieutenant with no future in the British Navy.' He shook his head, glancing at his friend, who regarded him thoughtfully. 'I would be happier about my return to British cloth if the British themselves showed the slightest signs of welcome. Instead, I am a traitor to my mother's people, and spurned by my father's. But here I am, all the same, the only officer in the fleet who celebrates an English victory while at the same instant mourning the French defeat. I am torn in half, Robert, and don't know how long I can bear it.'

Robert shifted in his chair, leaning forward and placing an arm upon the table. 'You cannot make a decision to side with the British with your head alone, Charles – your heart, for want of a better word, must do the same. It is rather like choosing a wife – one might make the most reasonable, intelligent match in the world, but if your heart is not engaged as well you will never be happy. In truth, I believe you will always be in misery.'

'Perhaps you are right, but how does one make one's heart follow? That is what I do not know. The heart – at least my heart – has never been much governed by what my mind thought it *ought* to do.'

A knock on the door interrupted their conversation. Hobson stuck his head in.

'Begging your pardon, Mr Hayden. A boat bearing two ladies lies alongside. It appears one is Mrs Hertle, sir. I have ordered them to be brought aboard. I hope I have done the right thing.'

'I'm quite certain you have,' Hayden said, rising from his seat. A look of joy passed over his friend's face, prompting Hayden to observe, 'Well, it is apparent *your* heart and brain are in complete agreement, Robert – at least when it comes to your choice of mate. Let us go up.'

He followed Robert up to the quarterdeck, where they found not only Mrs Hertle but her cousin Miss Henrietta Carthew, looking about in charmed bewilderment. They were both pink-cheeked from sun and wind, despite parasols and bonnets, and blushed when they saw the two gentlemen, heightening the effect.

Hayden felt his lowered spirits take a sudden lift, as though a cool breeze had suddenly filled his sails after languishing for weeks in the doldrums.

As a captain aboard ship, Robert Hertle's greeting had not the affection he would normally have bestowed upon his dear wife, especially after so long a separation, but his pleasure could not be hidden. Henrietta curtsied elegantly, and greeted them by order of rank.

'Lieutenant Quixote,' she said, a smile half-suppressed in the most engaging manner.

'Miss Henrietta, how pleased I am for this opportunity to thank you for the kind loan of your book.'

'You may reward me with a tour of the deck, Mr Hayden, if that is permissible?'

'Certainly it is. Mrs Hertle? would you care to tour the deck?'

'Would I be impossibly rude if I begged your indulgence, Lieutenant Hayden? I feel I have had too much of this warm autumn sun . . .'

'By all means, would you care to repair below to the great cabin? It is much cooler there, and a noble breeze has found its way down the skylight all morning.'

Captain Hertle accompanied his wife below, and Henrietta favoured Hayden with a conspiratorial smile. A leisurely tour of the deck followed, many questions asked and answered. Upon the forecastle, Henrietta shaded her eyes and gazed up into the labyrinthine rigging.

'It is a regular cat's cradle, is it not, Lieutenant?'

'Indeed it is.'

'And each rope has a different function and some obscure nautical designation – such as *brace-girdle* or *top-slumper*?'

'Very much like that,' Hayden said, forced to smile. His present mental state made him feel very much her inferior in both reason and cleverness.

'And pray tell, Mr Hayden, who are these ropes here?' She nodded toward cables slanting down to the boom.

'Stays, Miss Henrietta.'

'Do they draw in the ship's waist?'

'Very much so.'

'And does the ship complain?'

'Only after supper.'

'That must be what is meant by a ship being *well-mannered*.'

Their tour circled the ship, bringing them back to the quarterdeck by the larboard gangway. The sailors working about the deck hid their fascination with this creature who had found her way into their little world – rather unlike most of the ladies of their acquaintance.

'Mr Hayden . . .' Henrietta regarded him with a tilt of her lovely head. 'I dare say, this dressing about your head is not some nautical fashion?'

'A rather ungrateful Frenchman struck me quite a blow, Miss Henrietta. I fear it has made me something of a dullard . . . though only temporarily, I hope.'

'I am sorry to see you injured, Lieutenant Hayden,' she said, a strange look that might have been anxiety spreading over her face – though quickly mastered. 'Our little circle would be much diminished by the loss of your thoughtful observations,' she added.

'It is the kindest thing anyone has said to me in a month.'

'The Navy apparently does not properly value your talents, Mr Hayden.'

Hayden feared he did not hide his reaction to this statement well. 'So I have often thought.' They had come to the wheel, and Hayden asked loudly, so that his voice would carry down the skylight, 'Shall we join Captain and Mrs Hertle?'

'I should like nothing better,' Henrietta answered almost as loudly.

They made quite a show of laughing and other polite noises as they descended the aft companionway, and Hayden knocked on the door, even awaiting a summons, before opening it.

'Is this your cabin, Mr Hayden?' Henrietta asked, looking around with a sense of approval, even surprise. 'It is much more commodious than I expected.'

'It is not my cabin, I regret to say, but the captain's, which I am making use of as he has quit the ship and I am, very temporarily, the senior officer.'

'It should be Mr Hayden's cabin,' Mrs Hertle stated firmly. 'I'm sure such a cabin will be yours one day, Charles.'

Hayden bowed at this compliment, but then noticed his friend Robert's face was quite dark.

'Is something amiss?' he asked.

Robert held out a copy of *The Times* of London. 'You have not seen this, I collect – *The Times* of two days past?'

'I have not.'

'Nor had I. Mrs Hertle brought it. Perhaps we should all sit down to tea.'

Indeed, there was a tea spread upon the table, a white tablecloth and the best china from the gunroom on apparent loan.

Henrietta rather noticeably took on the duty of pouring tea, which would have pleased Hayden no end had he not been put into a complete state of alarm by Robert's manner.

Robert Hertle opened the paper and reduced the creases with a single shake. 'Allow me to pass over the preamble,' he began. '"There can hardly have been a more eventful cruise than that of His Majesty's Ship *Themis*, a frigate of thirty-two guns sent this past month to harass the enemy upon her Atlantic coast. Under the able command of Captain Josiah Hart, the *Themis* began her cruise by taking a transport in the very entrance to the harbour of Brest, notwithstanding concentrated fire from the enemy's shore batteries, pursuit by gunboats, and the threat of two French frigates that weighed anchor to give chase. The entire enterprise was witnessed by Captain Bourne of the frigate *Tenacious*, who wrote that it was 'an exploit of great boldness carried out with a coolness and purpose that all true seamen must admire.'

"The courageous Captain Hart was, a few days later, called upon by the able Bourne, who had chased four French transports, a brig, and a frigate into the lee of Belle Île, where they lay at anchor beneath the batteries. Not to be turned away by mere shore guns, the two dauntless captains devised a plan to cut out the ships. With the aid of the *Lucy*, a brig-sloop of twenty guns under the acting command of Lieutenant Herald Philpott, the two frigates set upon the French at dusk. Astutely observing a French infantryman, who appeared upon the French frigate's deck only to be chased below by an officer, Hart deduced that troops had been carried aboard from the garrison on Belle Île and were waiting to surprise the British boarders. Unable to reach the French frigate before the *Tenacious* did so, Hart signalled the nearer *Lucy*, sending her to the aid of Captain Bourne. Without this timely assistance, Bourne admitted, he would have been overwhelmed, his ship lost, but with the aid of the *Lucy* he carried the enemy frigate.

"The remaining French ships cut their cables and ran for L'Orient, escaping under the cover of darkness. As a French squadron put out from this port on a fair wind, the *Lucy* receiving a broadside from one, the British ships turned out to sea, but not before securing their prize, and taking the French frigate, *Dragoon*, as a spoil of war.

"After this auspicious beginning, Captain Hart's cruise took a turn unlooked for by any, as his crew, no doubt influenced by French agents and republican sympathizers, mutinied during the night. Having put many of his best and most loyal sailors aboard the prizes, the noble captain was taken by surprise, and after a spirited fight and many wounded and killed, was forced to surrender his ship to a sorry collection of treacherous revolutionaries. Their passion for republican ideals was such that they flogged Captain Hart for the damage he had done to their chosen cause, and putting Hart and his loyal crew into boats, as had been done to the unfortunate Captain Bligh only a few years past, vowed to sail the *Themis* into the harbour of Brest and surrender her to the French authorities.

"But Captain Hart could not be so easily undone. Despite the thirty-six lashes he had endured, he intercepted the French prize, *Dragoon*, as it sailed toward Plymouth, and taking command from a lieutenant, ordered the frigate to pursue the *Themis*. They managed to overhaul the mutineers the day next, and dressing themselves in French uniforms and flying the hated tricolour ensign, deceived a French man-of-war into offering some nominal support in the retaking of the *Themis*. With this French ship standing by to offer aid, Hart overhauled and boarded the *Themis*, taking the ship after a desperate fight during which all but twenty of the mutineers were killed. Hart then made fools of the French, whose captain never discovered that the *Dragoon* was manned by a British prize crew numbering only eighty men! Under cover of darkness, the *Dragoon* and *Themis*, again under British flags, sailed for Plymouth in a rising gale, which place they reached not without further adventures. Although it is the policy of the Admiralty to hold a court-martial over the officers and crew of any ship lost by whatsoever means, knowledgeable gentlemen assure that Hart's hearing will be brief and he shall be exonerated of any blame in the affair, especially as the lost ship was taken back by his own efforts. There is much talk around London that the deserving captain will receive a knighthood for his efforts, and given the circumstances, His Majesty might not wait until the court-martial has been held, as its outcome is not in question." '

Robert looked up from the paper.

'There is not a word of truth in the entire account!' Hayden protested, still stunned by what he had just heard. 'Certainly, the public may be deceived by such invention, but the Lords of the Admiralty know better.' A thought occurred to him. 'You don't think this is in any way a reflection of Hart's report to the Admiralty? There is the ship's log, officers' journals.

Captain Bourne witnessed many of these events. He'd quickly put the lie to this.'

'Captain Bourne is far away, Charles, and not likely to return before the attention of the public has been engaged elsewhere.'

Some attempt was made to divert the flow of conversation into another channel, but to little avail. Hayden was unable to draw his mind from the damned litany of lies so recently recited, and the others were, all in their own ways, unsettled as well. After extending an invitation to dine that night, the guests excused themselves, leaving Hayden to watch the retreating boat. Mr Barthe emerged from the bowels of the ship, where he had been overseeing the shifting of several tons of shingle in an attempt to make the ship trim a little more by the stern when next she was stowed. Hayden invited the master down to the great cabin and spread the odious paper before him.

As the sailing master read, a blush of crimson appeared on his neck. It radiated out to his face, growing, by the sentence, deeper in colour until finally his skin glowed beneath his fiery hair like an overheated stove. The master's hands began to shake so that the edge of the paper trembled.

Barthe slammed the paper down on the table, his choler boiling over into several moments of near-incoherent bluster punctuated by extremes of profanity: 'The pusillanimous, cunt-ridden, goat-fucking . . .' But even the master's encyclopaedic vocabulary failed to delineate adequately the character of Captain Hart and his unnatural villainy – at least Hayden assumed it was Hart to whom Barthe referred.

After a few moments more of this volcanic outpouring, Barthe regained some semblance of sanity, and reverted to mild ejaculations of invective, interspersed throughout more or less coherent speech.

'Never in this life, Mr Hayden, never in this life have I read such a self-serving pack of vile lies! Hart should be flogged again, the fart-catcher!' Barthe's colour tempered so that it did not appear quite so alarming.

'You dishonour the profession of valet,' Hayden said, for *fart-catcher* was a crude term for a gentleman's valet, derived from the valet's practice of walking behind his master. 'But you assume this account had its origin with Hart. It might have been concocted by some Fleet Street flat who knit it together from rumours.'

'Oh, you give our glorious captain too much credit, Mr Hayden. Hart or some confederate fed this yarn to a cully at *The Times*.' He jabbed the paper with a finger. 'Do you see here? They quoted Captain Bourne, and assuming those were the good captain's own words, they could have come from no other source but the Admiralty. No, Hart wanted to get his broadside in first, before the court-martial might bring any guns to bear. Hard to find guilty such an ink-and-paper hero. Captain Sir Josiah Hart will be exonerated of all responsibility for the loss of his ship, and heartily praised for his sudden dedication to heroism, after a lifetime of infamous shyness. Bloody, craven martinet. And to think he has taken credit for all your enterprises, Mr Hayden; capturing the transport at Brest when he ordered the boats back to the ship, even spotting the infantry aboard the *Dragoon*, which he certainly did not. I stood on the quarterdeck beside him and heard him say about you the most infamous things! He all but named you a coward for going to Bourne's aid.'

'Well, it is only a newspaper account, after all, Mr Barthe. No one gives such things much credence, for they are inaccurate more often than not.'

'I will be glad of my chance to address the captains of the court, for my log and memory are accurate in every detail, you may be sure. Hart shall be exposed at least there, if not in the popular perception.'

'Do not count on that, Mr Barthe. You recall the court-martial of Breadfruit Bligh? The captains who sat in judgement wished only to ascertain that each officer and crewman had resisted the mutineers as best his situation allowed. And though no one appeared to have offered any resistance at all, they were acquitted, even so. When you consider all the men killed and wounded during the *Themis* mutiny, the judges of the court will be sure to hold no one responsible for the loss of the ship. Hart's contribution to the crew's resentment and disaffection will not be spoken of, nor will it be allowed to be spoken of. You may count on it.'

Hayden set out for the home of Robert's aunt in good time, not wishing to be a moment late. It was here that Mrs Hertle and Miss Henrietta resided while in Plymouth, an arrangement of great happiness to all, for Robert Hertle's aunt, Lady Wilhelmina Hertle – known as Aunt Bill, though not to her face – was the widow of Admiral Sir Sidney Hertle and lived alone but for a sickly, spinster cousin upon whom she had taken pity. To her great sorrow, Lady Hertle's children had all predeceased her: a daughter in extreme youth; another of some unnamed fever; and her only son – Robert's older and much-admired cousin – who died at sea, a promising young lieutenant whose service was cut short while trying to secure a gun that had broken loose in a gale.

Hayden was much surprised and relieved by the material improvement in his spirits at finding not only the Hertles in Plymouth, but also the engaging Henrietta Carthew. All recent confusion and resentments were pushed aft in his thoughts, and his mind, for the most part, was given over to the contemplation of far more pleasant matters.

Aunt Hertle stood in odd relation to both Robert and his wife, as well as Mrs Robert Hertle's cousin, Henrietta Carthew. Admiral Sir Sidney Hertle had been the eldest brother of Robert's father, thus Lady Hertle was Robert's aunt. Lady

Hertle's father had, in addition to the future Lady Hertle and her siblings, several children by a second and much-younger wife. Of these, one daughter married a certain Mr Carthew and brought the lovely Henrietta into the world. Another bore a daughter who grew up to marry Hayden's good friend, Robert Hertle. Divided by both blood and geography, Robert and Elizabeth lived in complete innocence of one another until the age of twenty, when they met by chance on a country house outing.

Thus Aunt Bill had the pleasure of counting among her nieces and nephews Robert, Elizabeth, and Henrietta.

Aunt Bill lived upon the rise above Plymouth Hoe, in a fine house with an overlook of the entire sound. Hayden found the address, and was greeted by a footman whom he recognized immediately as an old seaman, likely a servant who had attended the admiral. His hat was taken, and Robert Hertle came out to greet him.

'Charles, we are so happy you could escape your duties. Do come in; Aunt Bill awaits. I related the narrative of your recent cruise and she is very keen to make your acquaintance.'

Aunt Bill was something of a revelation, for she defied her years with astonishing vigour. Despite having passed her eightieth year, her dark hair was barely streaked with grey, and one had to look more closely than was polite to discern the almost invisibly fine lines around her mouth and eyes. She was tall, though to Hayden's eye too thin, not given to plumpness either in figure or in face, and her posture was almost military in its erectness. She had a clear, measuring eye, which she fixed upon Hayden.

'Lady Hertle,' he said, making a leg. 'It is a great pleasure to meet you at last.'

'And I you, Lieutenant, though I am much distressed to learn of your foul treatment at the hands of the Lords Commissioners.'

Hayden did not want to appear a grumbler, and so smiled and waved a hand. 'A few gales are common in every voyage, Lady Hertle. I cannot complain of mine when so many have met with evil weather before me.'

'But gales are made by God, Mr Hayden, and therefore serve a divine purpose. Nepotism and interest are contrivances of men, and serve only the narrow designs of a few, not even the wider aspirations of a nation.' She led him to a chair and took the seat next. 'My late husband, Admiral Hertle, valued capable, enterprising officers above all things and did much to promote their careers. Were he alive now he would come to your aid, I am certain, for injustice was abhorrent to him.'

'The good opinion of such a respected officer would be reward enough, Lady Hertle.'

She favoured him with a youthful smile.

'He is not habitually so charming,' observed a voice, and Hayden turned to find Mrs Robert Hertle and her cousin returning from the terrace. 'He has no small talk at all, I warn you.'

'I am very used to Navy men, Elizabeth, and know their ways as well as any. It should be noted that I have very little small talk myself, thank God, nor have either of you.' She apparently referred to the younger women.

'Why, Aunt, I am shocked to hear you say it. I can talk a great deal about fashion, carriages, events of no importance, engagements, foibles—'

'"She said this's; he said that's,"' added Henrietta.

'And I know all the latest court gossip.'

'There is a false claim if ever I have heard one.'

Henrietta threw herself down in a chair. 'I feel quite exhausted by all this small talk.'

'Oh, so do I,' agreed Mrs Hertle. 'Shall we ever have supper, Aunt, or do you mean to starve us?'

'Is my niece's behaviour not quite scandalous, Lieutenant

Hayden? And Henrietta, to whom I am related in some vague and distant way, is just the same. In my day such behaviour would have begun the whispering. Do you know what they call me behind my back?'

'I do not, Lady Hertle,' Hayden lied.

'Aunt Bill! Can you believe the impertinence? I, the widow of an admiral who had the honour of being a Grand Commander of the Order of the Bath!'

'Shocking.'

'Oh, Aunt,' Mrs Hertle managed, laughing. 'Henrietta tells me that the *ton*, the ladies within the circle of the Prince of Wales, are completely brazen. Why, they wear gowns so revealing that every man in London knows what only a husband once knew. You cannot name our behaviour scandalous when weighed against what has now become . . . common.'

Lady Hertle fanned herself affectedly. 'I am so glad to have retired to my small house far from such spectacles.' A servant entered, bowing to the mistress. 'Apparently I do have a supper for you, after all, Elizabeth. Starvation has been staved off once again.'

The dining room was capacious, though fell well short of being grand. Even so, it was a comfortable, elegantly appointed room, with a large dining table of teak wood, clearly brought back from somewhere in the Far East. A sizeable glass case displayed silver plate, much of it bestowed upon the late admiral for his many services.

Dinner was rather typically British, or more specifically English, something Hayden had learned to endure. Certainly, it was better than Navy food; soup, a course of fish, a roast duckling served with asparagus and peas, venison, plovers' eggs in aspic jelly – all served *à la russe*. Sherry. Madeira. A chocolate confection. Coffee. Walnuts.

The footmen varied in their skill, and Hayden suspected one was actually the gardener dressed in livery for the occasion.

The party was so small that there was little chance for a tête-à-tête, though he had happily been seated beside Henrietta, whose presence he could actually feel, as though she glowed like coals.

Lady Hertle was a skilled and gracious conversationalist, and clearly had been a Navy wife, for she soon revealed a great store of knowledge regarding the character of Lords Commissioners and admirals; more than Hayden could ever hope to know. When Hart's name came up she tactfully steered the conversation away.

Like Mrs Hertle and Henrietta, she read widely, and spoke with equal knowledge of poetry, the plays of Shakespeare, the histories of Rome. In her youth, she had accompanied her husband to many a post where his function had been as much diplomatic as military, and clearly had a great love of travel. She encouraged Hayden and Robert to speak of the many places they had visited, and this was no small number, given their chosen careers.

Hayden thought her eyes rather like the sea: shining one moment, then shadowed by a cloud of sadness, quickly dispatched by a little breeze of laughter – only to return again.

Hayden believed that his own conversation was dull and without wit, but if this were true, and not merely his perception, no one seemed to mark it. Indeed, it appeared that Henrietta attended to his words with particular care.

The Hertle family seemed to be distinguished by a studied disregard for convention, which made them natural allies to the Carthews, Hayden thought. He also noted that Henrietta treated Lady Hertle with great respect, and was at pains to hide her greater understanding of several topics of conversation, choosing her words with care so that no great contradiction was offered.

Roman historians were discussed with varying degrees of knowledge, and finally republicanism, traced from its earliest roots in ancient Greece to present-day America and the folly that took place across the Channel.

'Do you know,' Hayden said, 'that I have aboard the *Themis* an able seaman who has read, I believe, every book, pamphlet, or scrap of writing aboard ship to which he has been allowed access? He read all the doctor's medical books with a high degree of understanding, as well as recent writings by Burke and this man Paine. Among the midshipmen, who have made their berth into a kind of reading-and-debating club, he is much esteemed and they never seem to mention his name without attaching *Mister*, and spoken with a high degree of respect, too.'

Lady Hertle appeared very charmed by this. 'Why, I should like to meet this man,' she pronounced, to Hayden's surprise. 'Will he soon become a warrant officer, Mr Hayden? Admiral Hertle believed that the very best officers began their careers before the mast.'

'More than one officer has proposed to put his name forward for master's mate or bosun's mate, but at all times he has refused, saying, as he did to me, that he does not desire authority over others. You see, he believes in man's equality and his fondest desire is to dwell one day in America.'

'He was not one of your mutineers, I hope?' Lady Hertle asked.

'Not at all. He used the high regard accorded him by the other Jacks to intercede during the mutiny and stop the flogging of officers, though not until Hart had suffered this fate. It was also Mr Aldrich, for that is his name, who again used his influence to stop the boy who had been charged with igniting the magazine aboard the *Themis*, a singular act of bravery, which I witnessed myself.'

'Was this not the same Aldrich whom Hart had flogged for possessing Mr Paine's pamphlets?' Robert asked.

'It was, though no one else aboard the ship believed the

punishment was justified, and it engendered much resentment among the crew, for Aldrich had the respect and love of almost all aboard but for a few jealous of his learning and the great regard bestowed upon him.'

'For every genius, no matter how small,' Lady Hertle offered, 'there is another whose pettiness and jealousy cannot bear it. How many great men have been hounded by others, inferior in every way?'

A moment's silence followed, or perhaps was observed, the cloud of sadness passing over Lady Hertle's eyes again.

'Did you know, Mr Hayden, that Lady Hertle met Rousseau?' Elizabeth Hertle remarked.

'I did not know.'

Lady Hertle smiled and shook her head. 'He was a genius but a scoundrel, Mr Hayden. A complete scoundrel. How anyone could take seriously a single word said or written by such a man is a source of mystery to me, for he had no principle but avidity, no cause but *Rousseau*. How he escaped the gallows I do not know, for certainly many a thief more "noble" than he has been hanged. But perhaps I am suffering from pettiness and jealousy of his undeniable genius; even so, it seems to me that no matter how great a man's gifts he cannot be exempted from all laws and customs. Do you not agree?'

'I do agree. I have been among the Indian people of Canada, and I can tell you that they are not the "noble savages" Rousseau imagined, but a people living by complex, man-made laws and customs, a society as arbitrarily structured and hierarchal as any in Europe. So, at least, was my impression.'

After supper Hayden and Robert Hertle retired to the terrace, where Robert smoked, as Lady Hertle would not allow it in her home. The lights of scores of vessels scattered across the dark sound. It was a notably calm night.

'Your ship is in the charge of Mr Barthe, I take it?'

'No, Mr Barthe is ashore with his family. Mr Archer, the third lieutenant, returned to the ship this afternoon and has her in hand in my absence.'

'You have hardly mentioned him, Charles. Is he a good officer?'

'He is more than competent, but suffers from what I can only imagine is ambivalence regarding his career. Or perhaps it is merely a lack of passion or energy, I cannot say. I like him perfectly well. His society is pleasant, though he keeps much to himself, and appears to prefer the company of midshipmen to his fellows in the gunroom.' Hayden shrugged. 'Want of ambition will likely limit his career, or so I would imagine, for he does not lack ability.'

'Perhaps serving under Captain Hart has afflicted his passion for the service?'

'It is entirely possible.'

'How like you Aunt Bill?'

'She is remarkable. I only hope to be so vital in my eightieth year.'

'Yes. I don't know this for a truth, but I suspect that Mrs Hertle and our dear Henrietta will be the heirs of her estate. Not that she possesses great wealth, but even so, this house and a smaller one in London, not inconsiderable monies invested in diverse stocks and land . . . none of it entailed.'

'Why would you tell this to me, Robert?' Hayden asked, knowing the answer full well.

'Only by way of saying that Henrietta, in addition to her many obvious charms, will always have a comfortable living.'

'A man with my prospects cannot aspire to a match with a woman such as Miss Henrietta, had she not a farthing. Her family would never approve of it.'

'Have you met her family?'

'You know I have not.'

'Do not be too quick to assume what the Carthews might

or might not approve. Mrs Hertle believes that they are guided by the wishes of their daughters in such matters. At least so it was with Henrietta's older sisters, one of whom married a medical student who has not amounted to much, though no one among the Carthews seems to disapprove, for he is such a capital fellow in every other way.'

'Well, I am certainly capable of not amounting to much. Does this make me a candidate?'

Robert laughed. 'I can't say, but it does seem to me that Miss Henrietta treats you with a certain degree of favour – more so than I have observed with many a young buck who has taken notice of her. And I might say that there have been more than a few.'

'That I do not doubt.'

Mrs Hertle appeared in the door at that moment and called her husband in to attend Aunt Hertle on some matter. Hayden decided to spend a moment more in the fresh air, judging the strength and direction of the wind, observing the condition of the sky. The open sound was ever a problematic anchorage, and a sharp eye must be kept on the weather-glass and the various changes in atmosphere. He judged the evening relatively calm and likely to stay so.

The scrape of the door drew his attention, but rather than the return of his friend Robert, as he had been expecting, he found Henrietta emerge, arranging a shawl about her shoulders.

'You have been left unattended, Mr Hayden. How thoughtless of us.'

'Not at all, Miss Henrietta. Robert was only just now called away, and I have been observing the weather – an obsession of seamen.'

'And does it meet with your approval?'

'In every way, even if the night might be a little warmer, though it is not unseasonably cool, by any means.'

She came and stood by him, very near to the balustrade,

and looked out over the fine view, and up at the river of bright stars. 'Will you soon return to sea?' she asked.

'All is uncertain. There is a court-martial to be got through, and then . . . My prospects in His Majesty's Navy are not half so favourable as Robert's.'

She straightened her shawl with a sawing motion, then glanced at Hayden, her lovely eyes taking his breath away for an instant. 'It is a subject that oppresses you a great deal, I have observed.'

'I fear I let it oppress me more than it should. I hope I have not been inflicting my moods upon you?'

She shook her head. 'It is your chosen career; how could you not?'

'You are being very kind, but I confess, I should be a great deal happier if my future were more clear.'

'Would not we all?' she said with some feeling. 'Then duty will keep you in Plymouth for a fortnight?'

'Longer, I should think. The court-martial will not be convened until Captain Hart is entirely recovered, and it is my understanding that the good captain is not healing as he should.'

'From what Robert has told us, Captain Hart was ever ready to flog men, innocent or not, and to one poor man did much worse. That he should feel in full measure what he has so readily inflicted upon others is uncommon justice, I think.'

Hayden was surprised to hear such emotion in her voice. 'Yes, but he shall have his knighthood to console him, apparently.'

Henrietta displayed a bitter smile, her full, soft mouth turning down a little. 'Though you believe your prospects poor in the service, it is my prediction – and when I choose to make predictions I am seldom wrong – that you shall be given a ship. The Navy will be forced to recognize your talents, Lieutenant. Now see if I am not right.'

'I hope with all my heart that you are right, Miss Henrietta, but I did not know it was your talent to predict the future.'

She moved a little, side to side, favouring him with a charming half-smile. 'It is not, commonly, but from time to time I feel very sure that events will order themselves in a certain manner, and I flatter myself that often I am proved to be in the right.'

Hayden repeated that he hoped Henrietta was right, and immediately felt foolish for it. There was a moment of faintly strained silence.

'Perhaps we should join the others,' Henrietta said softly, giving Hayden the impression that he had said something she found unpleasant, though he could not think what it could have been.

As he opened the door that she might precede him into the house, she paused in stride and said, 'Then we might look for you to call upon us, Lieutenant Hayden?' And then, quickly, 'I'm sure Lady Hertle would be very pleased.'

'I would like nothing better,' he admitted, with a small sense of relief that whatever unpleasantness or misunderstanding had passed between them could be so easily overcome.

Inside, they found Robert overseeing the servants as they exchanged the seascape over the fireplace with a painting of the admiral. It was upon this matter that the newly minted captain had been called to consult.

Lady Hertle gazed up at the portrait of her husband, painted sometime in his fiftieth year, a pleasant-looking gentleman, round-faced and full-mouthed. Hayden thought he looked about to laugh or make a jest.

'You see, Elizabeth, it is much better when love creeps up on you unnoticed,' Lady Hertle was in the midst of saying. 'I knew the admiral for many years, for he would often visit us at our home, and never had the least suspicion that between us lay anything but the fondness you would expect when two young people were so much in one another's society. It was something of a surprise to me when I found myself thinking of him often, in a daydreaming sort of way. I was aware of this "sea change" in our feelings before the admiral, and was forced to bide my time until he saw it for himself, which happily he did. I must say that men who will engage an enemy in battle without a moment's hesitation are often the most irresolute when it comes to engaging a lady's affections. But finally he spoke, and it still fills my heart with joy to think on it.

'It is a very different thing when you imagine you are in love with someone soon after you have met; then your heart is all aflutter, you can never think what to say and make the most foolish answers to the most innocent enquiries. One lives and dies by every word, and parses every sentence, every look, seeking signs that one's feelings are returned.' She waved a hand as though pushing away something unpleasant. 'Don't you agree, Lieutenant? Is it not infinitely preferable to discover oneself in love with a young woman whom you have known for some time, rather than a complete stranger whose entire disposition must be created out of hopes and hearsay?'

'I'm sure that is the very best way, Lady Hertle, but one must take love however it finds one, I suspect, not that I am any authority on such matters, of course.'

Lady Hertle looked at him in some surprise. 'There is a great deal of wisdom in what you say, Lieutenant. Upon my word, you are full of surprises.' She turned to the others. 'Now, who shall play this evening? My fingers are all swollen and stiff. My dear Elizabeth, will you not play a little for your old Aunt Bill? I have just had the pianoforte tuned.'

Elizabeth did play, then she accompanied Henrietta as the latter sang; they then played, at Lady Hertle's insistence, a mistake-filled duet, provoking much hilarity. Finally, Henrietta favoured them with two lovely airs, her rich soprano filling the room. While she played, Hayden thought there was always about her face a look as though she would lose herself in the music – that it would overwhelm her – but that she resisted this fullness of feeling, staying always just within the bounds of what might be deemed acceptable expressions of the music's sentiment.

'You play with your heart, my dear,' Lady Hertle said when the songs were done. 'Your entire delicate heart.'

The evening passed too quickly, to Hayden's mind, and he found himself taking his leave of the company. Mrs Hertle leaned close in a moment when everyone's attention had been taken by a small dog escaping into their company, pursued by a horrified maid, who apologized profusely despite everyone's apparent delight and laughter.

'You did not miss the moral of my aunt's story of her courtship, I hope?' Mrs Hertle asked quietly.

'That one should marry a woman as much like one's sister as possible, but who is no relation at all?' replied Hayden.

'Oh, why must men at all times be so obtuse?' Elizabeth shot at him, and then joined the gathering around the little terrier, who had been swept up into Lady Hertle's arms and was wagging its entire being in excitement.

Having his leave-taking rather overshadowed by a small canine, Hayden went out into the dark street and made his way down to the harbour. Mrs Hertle's last words were not easily disposed of, and he found himself contemplating Lady Hertle's story about her courtship. Was she saying that he should have no aspirations towards her niece Henrietta, because they had known each other only a very short time? She had also opined that men most ready to engage the enemy were often the most reticent to engage a woman's heart – or words to that effect. Certainly she might have been sending a small message that he should not be timid in his pursuit of Henrietta, but if that were so, her other statement seemed designed to work against it. Hayden simply did not have a lady in his life whom he had known for many years, with whom he could suddenly find himself in love and then pursue boldly. He was of the opinion that Mrs Hertle had mistaken the intent of her aunt entirely. There was no message there for anyone, least of all him. Merely an observation of life, one of several she had made during the course of the evening. He determined then to put this matter from his mind.

An hour later he entered the gunroom to find Griffiths seated at the table, the *Times* spread before him, a look of mild indignation upon his studious face.

'Is that the account of our recent cruise, Doctor?' Hayden asked.

'No, it is the account of some other cruise entirely, for I recognize nothing about this story but the name of the ship, and oft-repeated name of the heroic Captain Hart.'

'It has not affected you as it did Mr Barthe, I see.'

'Our good sailing master was still in an indecent rage when he left the ship. I have never heard such cursing and damning. I even heard him damn the captain's eyes, which I had previously thought the prerogative of Captain Hart alone. But then he had much to say about many another of the captain's body parts. Quite a little anatomical catalogue.'

Hayden gestured to the slim newspaper spread upon the polished wood. 'It did not surprise you, then, as it did me?'

'Indeed, Mr Hayden, I was taken by surprise for a moment, but then almost immediately felt that my own naïveté alone had allowed this. Anyone more worldly would have realized that Hart would do exactly this.' He touched the paper with his fingertips. 'I have been to see our former captain this very evening. Or perhaps I should say, to his physician, who led me to believe that Hart was not recovering well. I even thought he made the slightest suggestion that my treatment of the captain was responsible for the tardiness of his healing, though perhaps in this I am mistaken, for when I asked him to state this more clearly he then complimented me on my medical skills – me a mere surgeon – though I dare say I have treated more men who have been flogged than he.'

'You did not see the captain, then?'

'No, he was not well enough to receive me, I was told, though I did discover he was quite well enough to meet with a barrister for some length of time this very morning. Terrible what gossips some loblolly boys can be.'

'A barrister . . .' Hayden mused. 'Certainly he knows that officers are seldom held accountable for losing their ships, except in the cases of the utmost negligence.'

'So one would think. But then Mr Archer spoke with his brother, who is a barrister himself, and that gentleman was of the opinion that any officer at a court-martial would do well to have a knowledgeable friend attend him at the court.'

'And will Mr Archer's brother be attending, then?'

'So I suppose.' He glanced toward the door of Archer's cabin, from which could be heard a soft, even breathing. 'Have you witnessed a court-martial, Mr Hayden?'

'I have not.'

'I wish I could say the same, but I was called to give evidences at the trial of Mr McBride . . . only to say that the finger that had dropped from the bunt of the sail appeared to have been severed with a knife, and to say also that no man aboard had so recently lost a finger. A small part, though I still feel like a Judas, even so, especially since all of our fears have been borne out and McBride proved innocent.'

'Do not take on Hart's sins. It was he who persecuted McBride, and the officers of the court-martial who found him guilty and passed sentence without proper evidence. It was not your doing.'

'But I played my part, even so. Perhaps less a Judas and more a Roman soldier. I digress. What I did learn on that day was how brotherly these captains are, for all their posture of disinterest. In McBride's case, the paucity of evidence carried far less weight than Hart's firm assertion that this was the guilty man. Which is a long way of saying they will not find Hart to blame if there is any other upon whose shoulders, perhaps I should say *back*, they can lay this burden.' The doctor gazed up from the *Times*, his silvery hair almost aglow in the candle-light.

'There shall be no blame ascribed at all, I'm sure. The resistance to the mutineers was so spirited that all will be held blameless, yourself included, so you may put your mind at rest on that matter. As to who is to blame for the mutiny taking place . . . the mutineers will be held to account for that. No one else. And do not forget, all the officers and loyal crew conducted themselves honourably in retaking the *Themis*.'

'Not all, Mr Hayden.' Griffiths brushed the paper with the backs of his fingers. 'Captain Hart was whimpering in the sick-berth at the time, and ordering you to return him immediately to England. He attempted to steal your command away so that you would not embroil him in a battle to retake the ship he lost. His behaviour was cowardly . . . nay, notorious. If it comes out it will ruin him, and I am not referring to just his career.'

24

Aboard the *Themis* work proceeded apace, despite the reduced crew – or sometimes, thought Hayden, because of it. The men who remained aboard went about their business with a will, and for those not yet rated able, opportunities were taken to teach them their trade, for it seemed the ship might be in port for some time.

All of the disquiet that had formerly infected the ship was now dissipated, and an easy sense of camaraderie came over the men before the mast. Hayden's orders were obeyed with alacrity, even good cheer, and poor Franks, the hobbled bosun, and his mates were almost at a loss, for they appeared never to have any cause to start a man. In short, the *Themis* became a happy ship for the first time in many years.

The promise of prize money made desertion unlikely, and Hayden began granting brief shore leaves to small numbers of men, who repaid this trust by returning to the ship more or less on time, though rather less sober. The battered frigate began to take on her former lustre as carpenters and riggers plied their trades. Several coats of paint concealed the usual multitude of sins.

Hayden felt that he was suspended upon the surface of time; the weeks of suffering under Hart were past, but great uncertainty lay yet ahead. Between these two terrible seasons, the halcyon spread its charm upon man and sea, and Hayden's spirit took on a strangely resigned contentment, although he suspected the presence in Plymouth of Henrietta Carthew played some part in this.

Hayden took the deck, on one of these golden mornings,

and was saluted sharply by crew and officers, several of the latter concealing good-natured smiles. He was wearing his best coat and very clean linen – a sure sign that he went to visit a certain lady – but his contentment was such that he did not mind in the least being the cause of amusement for his fellows.

'The ship is yours until I return, Mr Archer,' Hayden said as he went to the rail and his waiting boat. 'Do not neglect airing the magazines. There cannot be many more days such as this.'

'The magazine scuttles are already open, Mr Hayden. Enjoy your time ashore, sir.' Archer did not hide his smile very completely, but then neither did Hayden.

As Hayden's cutter pushed off from the *Themis* (he refused the bosun's insistence that he use the captain's barge), Hayden regarded his ship. Men sat on staging planks hung over the sides, and plied their brushes, a low murmur of amiable conversation, like bees on a bush, emitting from the ship. The cool airs of autumn appeared only at night, most days still unseasonably warm, the rains held at bay.

'She looks very well, Price,' Hayden called.

'Thank you, sir.' Price twisted around on his staging plank. 'If clothes make a cove a gent, then I reckon a coat will make this old lady a . . . well, a frigate, sir.'

'I could not have said it better,' Hayden observed.

In a few moments he was on the quay, and at the appointed place met Captain and Mrs Hertle in company with Mrs Hertle's cousin, Henrietta Carthew. He was favoured with a smile that never failed to quicken his pulse, and in a moment was walking with Henrietta while the Hertles fell a little behind, stopping to gaze at some object of interest or other.

'Is this not the most exceptional weather?' Henrietta declared. 'I can hardly remember an October day so warm.'

Hayden agreed that this was so.

'It must be a great boon for your crew and the refitting of your ship. How goes the work, Captain?'

'I am only a lieutenant, as you well know.'

'But your captain has quit the ship, I believe you said, and Captain Hertle tells me that in such cases, the acting senior officer is addressed as *Captain*. Is this not so?'

'Yes and no. Were I put in charge of the ship for some reason – a job-captain, as it were – the crew would address me as you say, but as Hart is still officially the captain and only away from the ship, I am nothing more than the first lieutenant.'

They had become very contented in each other's company, Hayden fancied. He even began to imagine that there was an understanding growing between them, though often doubts assailed him. But whenever his pessimism would get the better of him, Henrietta would say something to raise his hopes again, almost as though she sensed his thoughts, his moods.

As they walked along the bustling quay, weaving in and out among the costermongers and fishermen, Landry appeared from behind a knot of men and women. He hurried along with his head down, hardly minding where he was going. At the last second he managed to pull up, and as he raised his eyes to make his apologies, he gave a little start of alarm.

'Mr Hayden, sir. I do beg your pardon. I did not see you. Madame, please accept my apologies.' He quickly doffed his hat to Henrietta.

Hayden introduced the two. 'I am glad to find you under any circumstances, Mr Landry. There is much work yet to be done, and we are waiting on the press to bring up our numbers. But we will speak of it aboard ship.'

Landry looked suddenly uncomfortable, or perhaps embarrassed. 'By your leave, Mr Hayden, Captain Hart has need of my aid to prepare for the coming court-martial.'

'Prepare for the court-martial . . . Whatever do you mean, Mr Landry? Captain Hart will give his account of what occurred and the officers shall all say much the same. The ship's logs and the journals of the various officers will bear witness to his account. What need is there for preparation?'

'I know not, sir. I only know that the captain has told me he will require my services for several days.' He shrugged, raising his hands in a helpless gesture.

'He is the captain, Mr Landry,' Hayden said, 'of course you must do his bidding. How goes his recovery?'

'Slowly, sir, but I believe the worst is past.'

Hayden shook his head. 'It was a deplorable business, Mr Landry. Well, we should not detain you – a man in so obvious a hurry.'

Farewells, and Landry hastened on his way.

'So that is Lieutenant Landry . . .' Henrietta appeared to be deep in thought. 'He seemed rather alarmed to see you. As though he had been caught out in some shameful act.'

Hayden realized that he had thought the same. 'He did look rather dismayed.'

'Curious that he is aiding Hart. Did you not say that he defied the captain at the end, and Hart threatened him?'

'So it was, but apparently all is forgiven. Or perhaps Hart has no other upon whom he can call. Landry could hardly refuse him.'

'No, I am sure you are right.'

The walk continued, though Landry's unlooked-for appearance began to raise questions in Hayden's mind. How long had the man been in Plymouth? Odd that he was not staying aboard the ship, even if just by night.

When they found themselves in a situation that no other might hear, Henrietta had begun speaking to him in French, largely to practise her almost-perfect accent. Their 'private language' created a kind of intimacy between them, Hayden imagined, but at the same time he found the experience brought back the confusion and storms of emotion he had experienced on his recent cruise. As he did his best to hide this, Henrietta continued to speak his mother's tongue.

She observed that her cousin bore Captain Hertle's frequent, sometimes prolonged, absences rather stoically.

'Would you think such an arrangement intolerable?' Hayden asked.

'Intolerable? Perhaps. Wearisome, certainly, but then,' she said with a quick glance at his face, 'it would depend . . . Were I married to a man I loved deeply, I don't know if such a depth of feeling would make the separation unbearable or if such a bond would ease the burden. You are often abroad, Mr Hayden, how bear you this separation from your loved ones?'

'I have no family but my mother in Boston, and we are in each other's company so infrequently I cannot remember what it was like to be often near her. Were I to marry, though, I fear I should miss my wife terribly. I know Robert does so. How I wish this war were over and all of us returned safely home.'

'It is the fervent wish of us all, Lieutenant.'

She took his offered arm to step over a tread where several stones had become dislodged. Hayden thought she looked for excuses to do this, and a small glow of warmth would spread through him each time.

Hayden left them at Lady Hertle's, though not without paying his respects to the dear lady, and hurried down to find his boat. His coxswain had the cutter riding to a small anchor . . . just far enough from the quay that his men could manage a decidedly bawdy exchange with the waterfront sirens, but not so close that they could be tempted to ruin upon those notorious hearts of stone. Hayden hailed the boat and Childers soon brought her up to the stair, but before Hayden could take up his station in the stern sheets, a letter was placed in his hand.

'Mr Barthe sent this out from the ship, sir,' the coxswain

explained. 'He thought it might require your immediate attention.'

Hayden broke the seal, noting it had not come by regular post. Unfolding the single sheet, he found the briefest note directing him to a particular inn. It was signed 'Philip Stephens.' Hayden bid Childers to lie off again, and hurried back the way he had come.

The First Secretary had rooms overlooking the sound, and Hayden was immediately taken up to meet with him. There was no desk to hide behind this time, no jar containing a severed finger to be produced with a dramatic flourish. Stephens rose to greet him, and the two sat where the light from the open windows fell upon them in elongated squares. The First Secretary was not much given to pleasantries, and from a small stack of papers produced Hayden's last missive to his friend Mr Banks.

Slipping on his spectacles with one hand, Stephens tilted the letter to the sun, as though to remind himself of its contents. Hayden felt his resentment kindle at that moment, and begin to grow. It had been Stephens who had, in full knowledge, put him under Hart's command – an able lieutenant to bear up the weak-kneed captain, as someone among the Lords Commissioners had requested. But Stephens had possessed his own designs; perhaps to intrigue against Hart within the Admiralty, or to expose the well-connected captain to men who apparently were unaware of his true nature. And Hayden had been his instrument in this matter, much to the lieutenant's distaste.

The spectacles were removed, set aside, and the measuring gaze settled on Hayden. 'I must say, Mr Hayden, that your own account of your recent cruise differs significantly from the narrative published in *The Times*. Have you seen it?'

'It is a pack of disgraceful lies,' Hayden stated unequivocally.

This brought Stephens up short, and he fixed Hayden with

a most serious look, but Hayden was in no mood to be intimidated. Stephens had thrust him into an untenable situation aboard the *Themis* and his already precarious career had been brought lower as a result. He wanted no more 'favours' from the estimable Mr Stephens.

'You seem to be indignant, Lieutenant,' Stephens said, his throaty voice even and emotionless.

'And how could I not be, sir? You put me aboard a ship with a man who must be the most cowardly officer in His Majesty's Navy, a tyrant whose crew had already turned against him, and expected me to rescue him from his own folly. And what did this man do at every turn but undermine my authority and my ability to aid him. From this day forward I will have Hart's mutiny attached to my name, and I was not even aboard ship when it occurred – a ship, I must add, which was recaptured from mutineers against Hart's express wishes!' Hayden fell silent, his mind suddenly in a blur of resentment and rage.

Stephens did not appear to take offence at this outburst, nor did he appear the least contrite. 'I hope it will comfort you to know that your account has been related to certain gentlemen of influence, and if I have my way, Josiah Hart will serve in His Majesty's Navy no more.'

Hayden threw up his hands. 'Certainly it was worth my career to accomplish that,' he spat out.

Stephens turned his head and gazed out the window a moment, his thoughts impenetrable to Hayden. His eyes still fixed on the distant view, the First Secretary observed, 'The court-martial will begin in four days.' He turned back to Hayden and noted the lieutenant's reaction to this news. 'You did not know? Having received word that Bourne is soon to return, Hart is suddenly recovered enough to face a court-martial. Much . . . politicking has gone into the selection of captains who will make up the panel. I have done what I could in this regard, but we shall see. Others are perhaps more skilled in these matters than I.' He rose and offered his hand. 'Good luck to you, Mr Hayden.'

Hayden also rose, startled at this abrupt dismissal. Rather reluctantly he took the First Secretary's soft little hand, and in a moment was back on the street – quite stunned. The man had overseen the ruin of his career and did not even offer an apology. At least when first they met Hayden had been offered a commission. From this meeting he took nothing but a handshake.

Robert had warned that he should never have taken the position without some solid promise in return. Perhaps, as always, Robert had known more of the character of Philip Stephens than Hayden had been able to guess from their single meeting.

He cursed under his breath. There it was, clear as clear. The First Secretary had met with him, and nothing whatsoever had come of it. Lieutenant Charles Hayden had no future in His Majesty's Navy.

'But it was me that took the damned ship back,' he muttered to himself, gaining an odd look from a passer-by.

In this strange conflict between his two nations, Hayden had chosen England, but England had not chosen him in return.

Not three steps further on he heard his name called and looked up to find Mr Muhlhauser of the Ordnance Board, smiling at him as though they were old shipmates.

Hayden struggled to master his rage and resentment. 'Mr Muhlhauser. How good to see you, sir.'

Muhlhauser made a stiff leg. 'How is your poor head, Mr Hayden? You received quite a blow, indeed; the doctor was most concerned.'

'I am no more foolish than previously, so I suppose that is the best one can hope for. And your own wounds?'

Muhlhauser waved an arm that was still in a sling. 'All but healed. I should be free of this in a few days.'

'I am surprised to find you here. I thought you had returned home.' Hayden could not help but remember the failed gun-carriage of Muhlhauser's design.

'I am come for the court-martial, Mr Hayden, in the event that my own evidence is required. Though at this moment I am off to see the First Secretary.'

'Stephens?'

'Could it be another?'

'No . . . No, of course not. I should not wish to make you overdue.'

The two men parted. Stephens, it appeared, was familiar with a vast portion of the Royal Navy. It pained Hayden's poor, dazed brain to puzzle out what this might mean, so he gave it up, making his way back down to the busy quay and onto the now rather notorious *Themis.*

The gunroom door opened and Archer came in. 'Mr Wickham sends his compliments, Mr Hayden, having just returned to the ship.'

'And my compliments to Mr Wickham. I shall be glad to have him back. Is he outside?'

'No, sir. He scurried off to visit Aldrich in the sick-berth.'

'I should be able to release Aldrich from the sick-berth tomorrow,' Griffiths said. 'But he is not even to have light duty for at least a week.'

'Our ship's company is slowly trickling back, it seems,' Barthe observed.

'Yes, I saw Landry today,' Hayden informed the others. 'Bumped into him, as it were, on the quay. He is aiding Hart in his preparations for the court-martial, apparently.'

'We saw him, as well, Mr Hayden. He came aboard ship and fetched a few articles from his cabin. Hardly had a moment to be civil.'

They sat about the table, sipping claret, which they drew off from a quarter-keg that stood upon a shelf by the door. Barthe occasionally gazed hungrily at one of the glasses, the play of light through the deep, liquid red, but then he would master himself and glance away, or smile with a kind of bitter embarrassment.

'Perhaps I should write up my day,' he said, and rose from the table. 'There is such an abundance of work accomplished each day, I can hardly keep up my harbour-log.'

The master repaired to his small cabin, but in a moment, his door opened again, a look of bewilderment on the round face. 'You have not taken my log to write up some work, have you, Mr Hayden?'

'I should never do such a thing, Mr Barthe. The ship's log is your sacred charge.'

'It must be here,' the master muttered, and went back into his cabin. The clatter of instruments and books being shifted, a low curse. 'Someone has removed my log from its proper place,' he said peevishly. Reappearing, red-faced, the master looked around the gunroom as though expecting to find the book lying there, astray and neglected, on some shelf or table.

A general search commenced, to no avail. The others then began to quiz the master closely: when had he last written in the log? where had he done this? and so on. But Barthe claimed never to have taken the book from the gunroom.

Midshipmen and servants were interrogated. No one had seen the book in question. In the middle of this, Wickham turned up, looking overly pleased to be back aboard ship, Hayden thought.

Griffiths began tallying who, to anyone's knowledge, had cause to enter the gunroom that day, and as names were offered, that of Lieutenant Herald Landry was uttered. A horrible silence fell over the gunroom.

'The court-martial shall require the ship's log,' Archer said. 'My brother told me that all the officers' journals must be submitted, but the ship's log . . . that is the most vital, for it is the official account of our cruise.'

Barthe lowered himself slowly into a chair, his red face draining like a glass. 'I am charged with the safe-keeping of the ship's log-book,' he said. 'None other.'

Though it was never mentioned, everyone present knew that the master had once before been convicted of neglecting his duty.

'But clearly you have kept it safe,' Griffiths assured him. 'It has been removed . . . *stolen*, it seems.'

'If the official log is gone,' Wickham observed thoughtfully, 'then every event might be questioned, the captain and Landry saying one thing, the officers another. The captains of the court-martial will have to decide whom to believe.'

'And whom will the captains choose, I wonder?' Griffiths asked.

A very earnest discussion followed, for now that a date had been set, the prospect of the court-martial took on an immediacy it had lacked formerly. Those who had witnessed courts-martial gave lengthy accounts, interrupted by many questions.

'It is the King who will be prosecutor,' Barthe said. For reasons he did not like to dwell upon, the master knew more of courts-martial than the rest. 'All officers and crew will be tried for the loss of the *Themis*.'

'But it was a mutiny,' Wickham said, clearly confused. 'Are not the mutineers to be blamed?'

'Indeed, Mr Wickham,' Hawthorne explained, 'they shall attend their own court-martial, and will almost certainly all be hanged. Losing the ship is the single charge against us, for it does not matter by what means a ship is lost – there is a court-martial all the same. Am I not correct, Mr Barthe?'

'Indeed you are. When a ship is lost,' Barthe said patiently, 'it is sometimes due to an error or negligence on the part of an officer other than the captain – perhaps an error in navigation by the master – so all officers are charged. Of course, it is the captain who will be questioned most closely and is in the most danger.'

'Let Hart go to the devil,' Hawthorne said, 'I am more concerned with the gentlemen of my mess. How do we defend ourselves against these charges? I for one do not want to shoulder the blame, and certainly my part will be called into question, for it is the place of the marines to guard the ship against mutineers.'

'You must all write an account of what happened from the moment you became aware of the mutiny,' Hayden said. 'As accurate as memory can make it. I have no doubt that every one of you acquitted himself with honour. You have nothing to fear.'

The lamps burned long into the night in the gunroom, as the officers present framed their answers to any questions they could imagine the court asking.

While these accounts were written, Hayden climbed up to the captain's cabin and sent for young Worth. The boy – he could not have been nineteen – slipped silently in the door a few moments later. The term 'plain' applied to the young landsman in almost every possible way. There was about him a look so unremarkable as to pass all notice. Hayden doubted that anyone could tell another what he looked like five minutes after he had left a room. Hair some neutral colour that might deserve the descriptor 'brown,' features without distinction in either size or shape, height adequate, neither well-made nor ill. He could almost have been invisible so little impression did he leave.

'Worth, be at your ease, you are in no trouble, sir.'

The man, whose manner was taut and anxious, did not seem to find this reassuring.

'Do you know, Worth, that some member of the crew has been leaving helpful notes in the pockets of my jacket. This has been secretly done and I do not wish to expose the man who has done it, which means I can never thank him. Very odd, is it not?'

'Perhaps the man does not wish to be thanked, sir,' Worth said, his face utterly neutral.

'Which would make him very noble.' Hayden fixed his gaze on the man's face for a moment. 'It appears that Mr Barthe, through no fault of his own, has got himself into a bit of difficulty. I am seeking a way to extricate him but have realized I require assistance. There is, however, a significant risk to the man who might aid me, so I hesitate to ask . . .'

'What risk, sir?'

'Prison. Perhaps worse.'

The boy worried a thread sprouting from a seam in his trousers. 'That *is* a risk, sir. Might I ask what a man might do to aid Mr Barthe?'

'The ship's log went missing from Mr Barthe's cabin, which the officers of the court-martial will view as a serious lapse in the performance of his duties. They might also wonder if Mr Barthe has "lost" this book because the contents reflected badly upon him in some way.'

'I swear, Mr Hayden, I don't know where the book is.'

'But I do. Or at least I believe I do. Would it be possible to retrieve Mr Barthe's log from a house or some other lodging without appreciable risk to a nimble man with some expertise in such affairs?'

Hardly an eye-blink in reaction. 'Oh, I should think it would be, Mr Hayden.'

'How many men do you think such an endeavour would require?'

'Three, sir.' A slight pause. 'I believe I might recommend such men, if I may be so bold.'

'I will have the doctor write their names on the sick-and-hurt list. They will be far too ill to attend the court-martial, where I'm sure Mr Landry and Captain Hart will be engaged all of the forenoon at the very least.'

Hayden crouched low, inspecting the rudder trunk in the dim light of a lamp held aloft by the carpenter. Pushing the tip of a blade into the wood, he was appalled to find it sliding in with little resistance once the surface had been broken.

'It is amazing to me we have not even seen it weep when the seas built up. I don't know how you noticed it, Mr Chettle, but well done.'

'If not for a bit of new paint bubbling up, I should never have suspected for a moment, Mr Hayden. Rotten inside but, for the most part, sound out. We should have had trouble from it in no time, I'll warrant.'

'Yes. It will have to be rebuilt.' Hayden rose, ducking beneath the tiller. 'Sooner rather than later.'

'I'll see to it first thing, Mr Hayden.'

As Hayden turned away a marine corporal stepped into the circle of light.

'There you are, Mr Hayden,' the marine offered. 'There is a ship's master to see you, sir. Mr Hawthorne has put him in the captain's cabin to await your pleasure.'

'I shall speak with him directly.'

A moment later Hayden entered the great cabin to find a man seated by the table, hat in hand, his greatcoat thrown open. Glancing up to the door-sound, he rose, extending a hand, his manner business-like.

'Mr Hayden. How pleased I am to make your acquaintance at last. Ben Tupper, master of the *New England*. I come bearing mail from Mrs Adams, sir, and hearing that you were aboard the *Themis*, I carried it over directly.' He proffered a package heavily wrapped and bound in string.

'Why, how very kind of you, Mr Tupper. Very kind, indeed. Will you take a drink with me?'

'It would be my great pleasure, upon some other occasion, sir, but I have an engagement yet, this evening . . .'

'Then it will wait for another time, Mr Tupper. Pray, how fared my mother and Mr Adams, when last you saw?'

'They prosper very well, Mr Hayden. I was at supper to their home but six weeks ago, and Mrs Adams seemed very content and jolly. Mr Adams is also very cheerful, and thriving in his various endeavours. They spoke of you with great fondness, Mr Hayden, and desired I convey these letters to England, though I hardly expected to put them in your hand. I shall weigh in three days' time, Mr Hayden, and would gladly carry your letters with me, if you wish it.'

'I shall take the first offered moment to compose my replies and have them carried over to your ship before you sail, Mr Tupper. It is very kind of you.'

'Anything for Mr and Mrs Adams, Mr Hayden; they are very dear to me.'

Hayden escorted the American master up to the deck and saw him on his way, then hurried back down to his cabin to open his letters. His mother's delicate hand could not reduce her life to black and white, but captured the nuance of her thought, her mercurial emotions. French would give way to English, mid-sentence – once in the middle of a verb – and Spanish and Italian were added for spice. Much concern about her family in France – the little news she had – all well . . . so far. Three letters she had sent, all overflowing with the happiness of her new life in America. (How Aldrich would have approved of that, Hayden thought.) At the same time, her wickedly satirical observations about Americans made Hayden laugh aloud.

In the package he also found a dutiful letter from his stepfather, almost without content, and a longer one from Mr Adams' youngest daughter, twelve-year-old Emma, who admired him overly, he well knew.

Answers would have to wait, for there was much to do, and Hayden did not know how to explain his present situation. The truth was he did not understand it himself. He was not charged with the loss of HMS *Themis*, yet had a terrible feeling that on the morrow the full blame for this notorious affair would be his to bear. Perhaps these letters extolling the virtues of life in America meant more than was revealed upon their surface.

The next morning, very early, Hayden received a note from Landry, saying that Captain Hart was sending his barrister, Sir Hubert Chatham, K.C., to the ship to advise the officers on the coming court-martial.

At ten o'clock sharp Sir Hubert came aboard, Hayden meeting him at the rail. He led the man down to the captain's cabin, where he had gathered the officers, young gentlemen, and warrant officers. Introductions were made, through which Sir Hubert stood grave and impatient. Hayden thought he had never met a man so intent upon a single purpose. One had the notion that Sir Hubert never smiled, made a jest, or thought of anything but the business immediately at hand. True to this impression, he began to speak the instant Hayden had completed introductions.

'I have been engaged by your captain, Sir Josiah Hart,' he said, inspiring looks of surprise and then consternation all around, 'to advise him on the pending court-martial. As you are no doubt aware, you can be advised but not represented by counsel and must speak in your own defence, answering any and all questions put to you by the captains of the panel. The purpose of the court-martial is to enquire into the "causes and circumstances" of the mutiny. The circumstances are clear enough, and I'm sure all of you are in agreement as much as any men can be who might have witnessed the events from different parts of the ship or in different ways. If, however, your accounts differ significantly, one to the other, the captains who sit in judgement will have no choice but to ask many questions. It is for this reason that you must be certain that you are all in agreement on the salient points: the time and place; who was involved; what was done, by whom and to whom; how you came to be put in the boats. Your accounts need not concern themselves with your subsequent rescue or the events that followed. That is not the business of the court-martial.' He paused here, looking quickly around the circle of faces. 'Upon one point it is most important that you all agree, for if you do not, questions will ensue that will make many of you most uncomfortable. You must all state that you had no warning whatsoever of the mutiny. There is a very good reason for this. If you had warning, the captains of the court-martial will want to know why measures were not taken to avoid the occurrence of the mutiny. I cannot caution you strongly enough in this regard. I have made this point repeatedly to Sir Josiah: you must all agree that you had no warning of the mutiny, no suspicions of mutinous conduct or language among the crew. To do otherwise will lead to many questions that will aid no one in their future careers in the Navy, and will accomplish nothing, for certainly this mutiny was a surprise to everyone aboard. Am I not correct?'

A moment of awkward silence, and then a few present nodded their heads, some muttered agreement. But a few only gazed darkly at the barrister.

Sir Hubert Chatham did not linger to discuss the case further, but took up his hat and was quickly gone. As the door closed to the captain's cabin, the men seated round the table looked from one to the other.

'Sir Josiah bloody Hart,' Barthe spat out to muttered imprecations and much shaking of heads.

'I, for one, am not aware of any hints that our crew were mutinous,' Franks stated firmly. 'I'm sure you agree, Mr

Hawthorne? For if we had any suspicions you might have placed more guards. The arms chest might have been moved to the captain's cabin, or any number of things that we did not do because we were taken by surprise.'

Hawthorne nodded, his face dark and unhappy. 'As much as I mislike to uphold Hart in even the smallest thing, I fear this barrister is right – we were all set adrift in the same boat and if we do not all pull together we shall go down.'

'It will certainly be convenient for Captain Hart if we all agree,' Barthe said bitterly. 'For he does not want his part in all of this to come out, that is certain.'

'I don't know if you comprehended Sir Hubert's entire meaning, Mr Barthe, if I may say so.' The doctor fixed the sailing master with a very sober gaze. 'If Hart is brought to ruin by this court-martial – and God knows he should be – he will endeavour to bring down all of his officers with him. Mr Archer, Hawthorne, perhaps even Mr Hayden, and certainly he shall not spare you, Mr Barthe. Do not misjudge the vindictiveness of Captain Hart. If you take it upon yourself to expose his failings be aware of what it will mean to you and to your messmates.'

'Mr Hayden?' The scrubbed face of Midshipman Hobson appeared in the just-opened door.

The first lieutenant sat at the gunroom table, reading over the accounts of the mutiny written by the crew, or rather, dictated by the foremast hands, most of whom could not write.

Archer's brother, who had arrived from London the previous day, had taken on the defence of the officers, and offered much advice to aid them in writing their accounts. Having been privy to much of this, Hayden had put this valuable information to use in aiding the poor Jacks, most of whom were less able to defend themselves. Aldrich and young Perse had also transcribed numerous accounts.

'They have fired a gun from the admiral's ship, sir.'

'I shall be with you momentarily.' Hayden gathered up all the papers, arranging them carefully. Perse wrapped them in an oilskin to protect them from wet. Taking up his hat, Hayden went on deck, where he found the other officers of the *Themis*, all in their best uniforms, neck-cloths tied just so. A few tried to smile at him, but failed miserably, and their attempts to reassure one another seemed terribly forced. Hayden had not seen them so distressed, even before an action.

They took their places in the boats, which bore them quickly over to the seventy-four-gun ship that would act as their courthouse for the next few days. Despite having not been named in the charges, due to his good fortune of being aboard the prize, Hayden still felt a great deal of apprehension. The entire business was a sordid shame, and he could not help but fear his own fortunes would be brought low by what was about to transpire.

Hart had sent out a note the previous evening, asking that his barge be dispatched for him a quarter of an hour before the court-martial was to begin, and Hayden spotted him now: the stiff, unhappy faces of his oarsmen as they bent silently to work, Hart and Landry seated in the stern-sheets with Sir Hubert Chatham.

'Slack off a little, Mr Childers,' Hayden said to the coxswain, who had begged not to be sent for Hart. 'Let the captain go aboard before us.'

They hung back while Hart went up the side, painfully slowly.

'How has he healed, do you think?' Hayden asked Griffiths, but the doctor shook his head.

'Better than Aldrich, whose health has been ruined, I fear.'

A moment later they went up the side of the ship, where all the officers but Hayden and Wickham were placed in the custody of the provost-marshal.

'Good luck,' Hayden wished the men, as he and Wickham

– not named in the court-martial directly – were spectators only and were separated from the men charged.

A few moments later the rest of the crew – those who had been put off from the *Themis* in the boats – came aboard, for every man would be required to account for his actions during the mutiny. If the officers appeared daunted, the crewmen looked positively despairing, and Hayden went over and offered them what cheer he could, telling them that they had nothing to fear. Many of these men had been wounded or otherwise injured in defence of the ship, and still wore dressings or had visible wounds, a fact that Hayden thought could not be ignored by the court.

The captain's cabin had been cleared of its bulkheads, and three tables, the centre one hardly larger than a desk, set before the stern gallery. A rarefied autumn light streamed in the windows that day, reflections off the water sending brilliant ribbons rippling across the white deckhead. The twelve captains who would make up the judicial panel took their places at the tables, and at the centre, in place of the port admiral, sat Admiral Frederick Duncan, the senior admiral at that time present. Opposite Admiral Duncan, and facing the windows, stood a desk placed for the judge-advocate. Off to one side, at the sufferance of the court, was a small writing-table where the legal advisors of the accused could easily speak to their clients.

The spectators were to either side in neat rows of chairs, and separated from the court by ropes covered in green baize. The crew of the *Themis* arranged themselves behind the judge-advocate, officers and young gentlemen to the fore, warrant officers behind, and then the crew. They would be allowed to hear each other's testimony, a consideration that would certainly not be extended to the mutineers, who would face their own court-martial in the coming days.

Before the court-martial was called to order, Muhlhauser appeared, and took up a seat beside Hayden, with a whispered greeting. He still had one arm in a conspicuous sling, but otherwise appeared hale.

The captains were first sworn in, and Hayden found himself a little intimidated by the presence of these men, all but one of whom were high up on the captains' list and commanded ships of the line – seventy-fours and larger. They had about them, to a man, a sense of near-majesty, an aura of intimidating, almost frightening, authority. They were well used to giving orders that would see men's lives end, or would put into danger a ship's entire company. They would not hesitate to order an execution if they thought it justified.

The judge-advocate rose and stated the purpose of the court-martial: '. . . to enquire into the causes and circumstances of the seizure of His Majesty's Ship *Themis*, commanded by Captain Sir Josiah Hart, and try the said Captain Hart and such officers and crew as were present for their conduct on that occasion.'

The first man called to be examined was Hart and as he took his place, standing to the left of the judge-advocate, the onlookers fell completely silent, everyone leaning forward just a little. Hart appeared pale and aged, Hayden thought, his skin dull and flaccid. He leaned upon a walking stick in apparent pain.

'Can we not have a chair for Sir Josiah?' one of the captains on the panel asked. 'The good captain's health is yet fragile.'

This was granted without discussion, and Hart lowered his substantial bulk into the seat, though conspicuously mindful not to let his injured person contact the chair back.

'If it pleases the court,' he began in a thin voice, 'due to my recent mistreatment and trials, I should ask that my written statement be read for me by my advisor, Sir Hubert Chatham.'

This too was granted and Sir Hubert stepped forward. He began by thanking the judges for their indulgence, and then in a warm, refined voice read Hart's account, which Hayden guessed had been largely composed by Sir Hubert, for he recognized little of the tone of Captain Hart in the words, and not merely because no eyes were damned throughout the entire document.

'"Mr President, gentlemen, I most recently had the honour of commanding His Majesty's Ship *Themis*, a thirty-two-gun frigate sent by the Lords Commissioners of the Admiralty to harass the enemy upon her Atlantic coast and to assess the strength of the French fleet in as many of her harbours as we could look into. We had begun our cruise on the twenty-third day of September, leaving Plymouth in a south-east gale, and taking shelter in Torbay. Upon the cessation of foul weather we proceeded to the coast of France, where, in the entrance to Brest harbour, we had the good fortune to seize an enemy transport while in the process of assessing the fleet strength.

'"As we proceeded south, on the fifth day of October, we made common purpose with Captain Bourne of the *Tenacious*, a gentleman with whose reputation I am certain Your Lordships are well familiar. My ship then participated in cutting out the French frigate *Dragoon*, anchored beneath the batteries of Belle Île. My first lieutenant was given command of the prize and ordered to sail said ship to Plymouth, by which circumstance he and a number of other men were not aboard the *Themis* at the time of the mutiny. Upon the sixth day of October, at about seven bells of the middle watch, I was wakened by the sound of my cabin door being stealthily opened. Three men, one bearing a lantern, and the other two under arms, entered my cabin and ordered me, upon pain of death, to rouse from my cot and heed their every order. Clad only in my night-shirt, I was allowed first to pull on my breeches, before I was bound and made to lie on the floor of my cabin under guard. At that time a general cry went up and the sound of small arms was heard from diverse places about the ship. Very shortly I could hear, from the gunroom directly below my cabin, a very lively skirmish had been engaged, and the same from overhead on the quarterdeck. My spirits rose at this sound and I tried to reason with the two men guarding me, Dundas and Clark, saying that if they set me free I should see that no charges would be laid against them, but though they looked very concerned they told me only to hold my tongue or they should cut it out.

'"I heard the last shots fired in the gunroom, and soon after firing ceased upon the deck as well, but it was some minutes before I knew the outcome of these battles. Much shouting and cursing could be heard from about the ship and after a time of silence, I know not how long, a man appeared at my door and ordered me brought from my cabin. I was led up onto the deck, where I found my officers and many of our people had been gathered in the waist, a number of them bleeding and much injured from the recent fight. At first, I was put among my officers, where I received much abuse from the men who had joined in the mutiny. I was cuffed and kicked and struck with the flat of many a cutlass. I was not alone in being so treated, as many a private score was settled at that time, and I am sorry to say that two men who had been loyal to me were killed before my eyes. Before the hour was out, another departed this life, done in by the wounds he had received.

'"There ensued then a dispute among the mutinous elements of the crew as to what was to be done, some men favouring setting out for foreign parts and others wishing to sail into the harbour of Brest to turn the ship over to the French authorities. As this was argued, a small number of the crew led by William Stuckey took hold of me and seized me up to a grating. Although many even among the mutineers protested this act, the afore-mentioned Stuckey proceeded to inflict a vicious beating upon my person with a cat, saying as he began, 'This is on account of Mr Aldrich.' This statement quelled the resistance to Stuckey, and even some of the men who protested my treatment were heard to cry, 'Aye, on Mr Aldrich's account.'

I was afterward cut down from the grating and the doctor was allowed to come to my aid. The said William Stuckey and some others then seized upon acting First Lieutenant Herald Landry and would have flogged him as well, but at that time one of their leaders, Able Seaman Peter Aldrich, came up from below decks and ordered that there should be no more floggings and suggested that myself and the crew loyal to me should be put into boats and set adrift, which was done forthwith. As these boats were without sails and rig, we took to the oars and set out north-west hoping to find a British ship in the vicinity of Ushant, but chanced upon the French prize *Dragoon*, which was being conveyed back to England by my own first lieutenant.

'"As my lords are no doubt aware, with only eighty able-bodied men, we then had the good fortune to overhaul the *Themis* and take her back from the mutineers, returning her to the possession of His Majesty's Navy. This is, sirs, to the best of my knowledge and recollection, what occurred. I submit this account along with several lists: the first, of the men who actively joined in the mutiny; the second, a list of those men who came away with me in the boats; the third is less clear. A good number of men were killed during the mutiny and I have been at pains to separate the loyal men who died in the course of their duty and those who died as mutineers. They are clearly marked. As for those men killed but whose allegiance is unknown, I have placed their names on a separate tally and hope that their parts shall be brought to light in due course. All other members of the crew were away on the prizes or, as I have noted, under the care of the doctor in the sick-berth at the time of mutiny."'

Sir Hubert made a small bow and returned to his desk.

Wickham touched Hayden's arm. 'He has included Aldrich among the mutineers,' he whispered, unable to hide his alarm.

'It shall be set straight, I'm sure,' Hayden replied, though unsettled himself.

Admiral Duncan waved for a silence, as a little breeze of whispering had followed the barrister's reading.

'Sir Josiah,' he began, 'I have been informed that the ship's log has been lost. Is this possible?'

'I'm afraid it is, sir. I do not know the circumstances of it, Admiral, for it occurred while I was ashore under the care of a physician, but I'm confident that Mr Barthe, the ship's master, has an explanation. I have, sir, submitted my own journal, which will certainly make up for the loss of the ship's log.'

The admiral did not look happy with this answer, nor with the muttering among the *Themis'* people, but then asked if any of the captains wished to put questions to Captain Hart.

'Captain Hart,' a clearly displeased captain named McLeod asked, 'was such negligence common to the master?'

'I am sorry to say that it was, sir, as Mr Barthe's own naval record will attest.'

Hayden felt his back straighten, and he looked over to see Griffiths lay a hand upon the arm of Barthe, who had begun to rise, face glowing crimson, fists clenched. Only Hawthorne and the doctor kept him in his seat, though his response did not go unnoticed by any present.

'Captain Hart,' asked Gardner, captain of the seventy-four-gun ship *Goliath*, 'were you displeased by the conduct of any man during the course of these unfortunate events?'

'Of the officers who were aboard ship at the time of the mutiny, sir, I have nary a word of reproach. All of the ship's people resisted the mutineers to the best of their abilities. I believe this is proven by the long list of men killed and hurt in the defence of the ship.' Hart shifted in his chair, glancing around the cabin guardedly. 'Of some, who had the good fortune to quit the ship a few hours before the mutiny,' he growled, 'I was less pleased.'

'What mean you, sir?' the *Defiant*'s captain, Bainsbridge, enquired.

Hart did not seem to notice the apprehensive look upon the face of his legal advisor.

'I was absent from the ship for ten weeks before we set out upon our cruise, sir, and was returned only a few days when the mutiny occurred, yet I am on trial for it. Lieutenant Charles Hayden had command of the *Themis* for many weeks during my absence and was only off her for a few hours when the mutiny occurred, yet he is held guiltless who is most to blame.' As he made this statement, Hart's chin quivered with either anger or the frailty of age. The room fell utterly silent.

'What is it you are suggesting, Sir Josiah?' Bainsbridge asked softly.

Hart did not hesitate to answer, speaking out bitterly: 'That the disaffection of the crew began when Lieutenant Hayden, in my absence, took command of the *Themis* – until then there was no sign of it. But during those weeks that I was called away, so material a change in the mood of the crew occurred that, upon my return, I could not comprehend it, which is why the mutiny found me so utterly unprepared.'

Muhlhauser and Wickham both looked at Hayden in alarm.

The spineless little tyrant! Hayden thought. He knew full well that he had discord aboard before Stephens put him on that cursed ship. Had not a man been murdered at the hands of one of his fellows?

'We have not convened to try men who were not aboard the ship at the time of the mutiny,' Gardner stated firmly, 'no matter the good captain's opinion of their service.'

There was some protest among the panel of captains, but Admiral Duncan raised a hand. 'Captain Gardner is quite right. Let us proceed. Has anyone a question for Sir Josiah?'

Gardner leaned forward. 'You have commended your officers for their zeal in defending the ship, but do I understand you witnessed none of this defence yourself, as you were held prisoner in your cabin?'

'That is true, sir, but I am confident the testimony of my officers will bear me out. Allow me to say, in my defence, that if the mutineers had not come at me by stealth I should have joined in the defence of my ship with all my energies.'

'Given your illustrious service, sir,' Gardner replied dryly, 'who could doubt it?'

The meaning of the man's words was not lost on anyone present and there was muffled laughter, which made Hart shift uncomfortably, his face flushing with anger. Hayden remained too enraged even to smile. Perhaps this was one of Philip Stephens' votaries.

Bainsbridge waited for silence and then asked, 'So you were taken utterly by surprise, Captain Hart? There was, previous to that night, no occurrence, nothing at all that would have given you cause to believe there was, aboard your ship, a mutinous element?'

'No, sir. Certainly, the crew had become froward and undisciplined in my absence, but even so, every one of my officers was taken wholly by surprise. If there had been any reason to believe mutiny possible I would have ordered more sentries to be placed around the ship, and tipped my officers to be on the lookout, but there was not.'

Bainsbridge nodded, apparently satisfied.

'If I may,' the judge-advocate interrupted. 'I am looking over your lists, Captain Hart, and I make note that you have the name *Aldrich* in the tally of mutineers, yet there is also an Aldrich on the doctor's sick-and-hurt list, and by your own account, the men in the sick-berth did not take part in the mutiny. Had you two men of the same name?'

'There was but one, and he was chief among the mutineers. He was also in the sick-berth at the time of the mutiny.'

Gardner, who Hayden was beginning to believe not pleased to be part of these proceedings, pounced on this. 'If he was in the sick-berth, Captain Hart, how is it you are so confident of his part in the mutiny?'

'In my account, read by Sir Hubert, I made note that the mutineer William Stuckey said as he began to . . . beat me that he was doing it on "Aldrich's account." After this, Aldrich himself appeared on deck and ordered the mutineers to leave off flogging the ship's people, and they obeyed him immediately. Also, sir, the very same Aldrich was flogged but a few days before for mutinous language.'

Sir Hubert gave Hart a sharp look and cleared his throat softly.

Gardner raised a single, thick eyebrow. 'You flogged a man you have just claimed to be a mutineer, for using mutinous language, and yet you avow that there was no cause for you to suspect your crew were mutinous. Is having a man flogged for using mutinous language not a sign that your crew were talking of mutiny?'

Bainsbridge spoke before Hart could answer. 'I think we have established that neither Captain Hart nor his officers had any foreknowledge or reasonable suspicion of mutiny. Men are flogged for mutinous language with distressing regularity, and yet mutinies do not follow. That is undeniable.'

'Indeed, that is true,' Gardner countered, 'but in this case a mutiny *did* follow. It is our task to look into the causes of this mutiny, and flogging a man for mutinous language would seem very pertinent to this point.'

'I agree with Captain Gardner,' Admiral Duncan said. 'Let Captain Hart explain the circumstances surrounding the flogging of this man Aldrich.'

Hart cleared his throat and shifted uncomfortably in his chair.

'I should require recourse to my journal for the exact date, my lords, but suffice it to say that it was reported to me that

Aldrich, a seaman rated able aboard my ship, was in possession of certain inflammatory pamphlets written by the revolutionary Thomas Paine. I was also informed that he had been reading these pamphlets to the hands, causing discord and much dissatisfaction with their situation. I ordered Aldrich to be flogged as a result.'

Gardner looked somewhat confused. 'And you learned of this how, Captain?'

'It was reported to me by my second lieutenant, Mr Landry.'

'And how came Mr Landry to know of this?'

'Why does it matter how he learned of it?' Bainsbridge complained.

'Captain Bainsbridge,' the admiral cautioned. 'You may ask your questions in turn, sir.'

Hart did not look overly concerned that this line of questioning had been embarked upon, but the same could not be said of his barrister. 'I believe Mr Landry learned of it from the first lieutenant, Mr Hayden,' Hart answered.

'But Mr Hayden did not report it to you himself?'

'No, he did not.'

'Would it not be usual for the first lieutenant to report any matters of concern, such as mutinous language, to the captain himself?'

'It would, sir, but the first lieutenant was remiss, and Mr Landry took it upon himself to report the incident to me.'

'Why do you think he was remiss in this instance?'

'I don't believe he comprehended the seriousness of the transgression, sir.'

'But you did?'

'It was a breach of the Articles of War, sir.'

'Indeed it was. Which pamphlets of Mr Paine's did you seize from Mr Aldrich?'

'None, sir.'

'None?'

'That is correct.'

'On what evidence did you flog Mr Aldrich?'

'The verbal account of Mr Landry.'

'Had Mr Landry heard the pamphlets being read by this man Aldrich?'

'I don't believe so.'

'Then I confess I am confused. You had a man flogged, but you did not first assure yourself that there was in fact some evidence that he had contravened the Articles of War. After all, aboard a ship of war there is often antipathy between men of different temperament and I have seen cases where one has accused another of some offence out of spite or malice.'

'I asked Aldrich if he had been reading the pamphlets of Thomas Paine to the hands and he admitted that he had.'

This stopped even the able Gardner for a moment. 'He admitted this freely?'

'Yes, sir.'

'Mutineers are not commonly so forthcoming, in my experience, Captain Hart. Be that as it may, certainly you had some reason to suspect unrest among your crew. If you flogged Mr Aldrich for mutinous language, then surely the men to whom he read were guilty of mutinous assembly. Did you flog them?'

Hart was looking both angry and embarrassed by this line of questioning. 'I did not,' he answered peevishly.

'And why was that?'

'It seemed he had read the pamphlets to most, if not all of the crew, by his own admission.'

Several of the captains stifled laughter.

'It would appear, Captain Hart,' Gardner said, 'that you did indeed have cause to believe elements of your crew were mutinous, yet, despite this knowledge, you did nothing to ensure the safety of your ship.'

'I believe much is being made of a single incident,'

Bainsbridge said forcefully, 'an incident so common aboard ship that if we doubled a ship's guard every time mutinous language were heard we should have to carry thrice the number of marines to manage it.'

'Has anyone else a question for Captain Hart?' the admiral asked, but there were none.

'You are released for now, Captain Hart, but might be required to answer more questions at a later time. You shall also be given an opportunity to address any evidence given against you, should that be required.'

Sir Hubert rose quickly and assisted Hart up from his chair. By the look on Hart's face, Hayden believed this was no act – he was in considerable pain – but he felt no pity for it. The man had just blackened his reputation before the court. His already precarious career was now in serious danger of being sunk altogether.

'Let us speak with each officer in turn,' Admiral Duncan directed.

The judge-advocate called, 'Lieutenant Herald Landry.'

'Should we not speak with the first lieutenant?' Bainsbridge asked. 'Captain Hart has said most emphatically that the discontentment of his crew began when the first lieutenant had charge of the ship.'

'He had command of the prize at the time of the mutiny, Captain Bainsbridge,' the judge-advocate reminded the captain.

'So I understand, but it was he who first learned of Tom Paine's pamphlets. I should like to hear how he discovered this, and why he did not report it to Captain Hart, among other things.'

'Aldrich admitted himself that he possessed and read the pamphlets to the crew,' one of the captains observed. 'We do not need the first lieutenant to verify what has already been admitted.'

'Perhaps not, but I for one should like to know what the

first lieutenant thought about the state of the ship. Was he suspicious that the men harboured mutinous designs? He was, after all, on the ship until a few hours before the mutiny.'

'Is the first lieutenant even present?' the admiral asked.

'I am, sir,' Hayden answered, feeling his heart begin to beat heavily.

'You are under no obligation here, Lieutenant . . .' Duncan glanced at a sheet of paper, '. . . Hayden. No charges have been laid against you and if you would prefer not to speak I will not require it – unless you are called to give evidence by one of the accused.'

'I shall be happy to answer any questions, Admiral Duncan,' Hayden heard himself say. He was not going to stand by meekly and let Hart shift the blame to him.

Way was made for Hayden and he was, in a moment, let through the ropes into the centre of the great cabin. He took his place, standing where Hart had been allowed to sit. There was no doubt in his mind that not only was Gardner a confederate of Philip Stephens, but he had also been privy to Hayden's secret account of the voyage. His questions, though cleverly disguised, seemed too astute to Hayden, otherwise. Hayden also remembered that Stephens had shown little confidence that he could influence the membership of the panel enough for it to matter.

'Lieutenant Hayden, will you tell how long you had been aboard the *Themis*?' Duncan began.

'I came aboard on the twenty-third day of July, sir.'

'I realize you have had no time to prepare, or look into your own journal, but without being too specific as to dates and times, can you tell us how you came to be aware that Aldrich had been reading pamphlets to the hands?'

'I was not aware that he had been reading them to the crew, sir, but I can tell you how I came to be aware that he had read them himself.'

'If you please, Mr Hayden.'

'One of the midshipmen, Arthur Wickham, came to my cabin in the gunroom one evening. He carried with him several books that had just been returned to him by Aldrich.' This caused a response in itself. 'Among the books he found two pamphlets, both written by Thomas Paine.'

'Do you remember the titles of these pamphlets?'

'*Common Sense*, and *The Rights of Man*.'

'Go on.'

'Mr Wickham was not sure if possession of these pamphlets contravened any regulations and asked my opinion of the matter. I took possession of the pamphlets and told Mr Wickham that I would speak with Aldrich, aware then that we did not know how the pamphlets came to be among the books. I might bring it to the attention of this court that all of the midshipmen had read the pamphlets, and a number of the other officers had read, if not these particular copies, both *Common Sense* and *The Rights of Man*, as had I. I only mention this to demonstrate that one can read these pamphlets out of general interest, without having mutinous intent.

'I caused Aldrich to be brought before me and showed him the pamphlets, saying that they had been among the books he had returned to Mr Wickham. I believe what I said at the time was that I did not want to know how the pamphlets had come to be among the books or even if they were his, but only if he was party to any mutinous designs upon the ship or her people. He assured me most decisively that he was not. Because Aldrich was the most skilled seaman aboard, esteemed by officers and hands, and I believed him to be perfectly honest, which is borne out by his answer to Captain Hart when asked if he had read the pamphlets, I decided to say nothing more of it. I did not then and do not now believe that Aldrich had any mutinous intentions, nor do I believe that he was in any way part of the mutiny. He came up from the sick-berth because he had learned that the captain was being flogged and it was being said that it was on his account, and he would not have that. Because of the great regard the crew held for him they ceased the floggings when he asked them to. He then fell in a swoon, and was carried back to the sick-berth. It is true that later Bill Stuckey would not allow Aldrich to be taken into the boats, saying something like "He's one of us," but this was only his opinion. We do not know what Aldrich would have chosen, because he was never asked. I would venture with great certainty that he would not have stayed among the mutineers.'

'These events you are describing were not witnessed by you, Lieutenant?' one of the captains asked.

'I was not present at the time of the mutiny, sir, but relate the events as they were described to me by my fellow officers, all of whom were in agreement on the facts as I have just stated them.'

'I come back to your decision not to inform Captain Hart about your conversation with Aldrich,' Bainsbridge said. 'Captain Hart has said you were remiss. Did you not think it was the captain's place to make his own judgement of Aldrich's culpability, and not yours?'

'Certainly a first lieutenant is given some leeway in what he reports to his captain; after all, one must exercise judgement or otherwise all conversations would have to be reported. I was satisfied that Aldrich's interest in the pamphlets was merely a general curiosity, as it had been with the midshipmen, who read Mr Paine so that they might debate the merits and demerits of his argument. I did not feel any need to report the midshipmen's debating club, either.'

'Yes, but certainly the reading of these pamphlets to the crew might have contributed to the discontent, as Captain Hart has suggested.'

'That is true, sir, and at the time I warned Aldrich, who conceded that he should be more circumspect in the future, but it was too late to stop the reading of the pamphlets to the crew.'

Bainsbridge was not about to let this point go. 'Did you ask this man Aldrich if he were aware of crewmen who did harbour mutinous designs, or who talked mutiny openly?'

'I did not, sir.'

'And why did you not?'

'I had too much respect for Aldrich to ask him to inform on his fellows, sir. It also seemed to me that no mutineer would be likely to take Aldrich into his confidence. He was the precise opposite of a malcontent – a man who carried out his duties with zeal and great skill. Not the kind of seaman that a mutineer would likely try to recruit.'

'But you did not ask him?'

'No, sir.'

'It would seem, Mr Hayden, that you were remiss, and very much mistaken,' Bainsbridge said forcefully. 'You did not report this man Aldrich for mutinous language and a mutiny resulted.'

Hayden was taken aback by this assertion. 'If I may say so, sir, Aldrich's pamphlets were brought to the attention of the captain, Aldrich was punished, and the mutiny occurred all the same. I would conclude from this that if I had reported the incident to the captain he would have taken the same action with the same result. I might add that the flogging of Aldrich engendered a great deal of resentment among the hands.'

Bainsbridge's countenance grew dark. 'It does not excuse your lapse in judgement, sir. And if this impertinence is an example of how you habitually addressed your captain it is no wonder that he was dissatisfied with you.'

'It was never my intention to appear impertinent, sir, only to defend my actions, which is what we have been brought before the court to do.'

Bainsbridge was interrupted before he could say more.

'Mr Hayden,' Gardner cut in, 'what did the second lieutenant say when you brought up Aldrich and his pamphlets?'

'I did not discuss it with Mr Landry, sir.'

'Then how did he learn of it?'

'I do not know, sir, but he did not hear of it from me.'

'What I believe we would all like to know,' Bainsbridge said, making no attempt to hide his apparent dislike of Hayden, 'is how it was that you took command of what Sir Josiah assures us was a perfectly harmonious crew and in a few short weeks turned them into mutineers?'

Hayden drew a long breath that did not have the calming effect he had hoped for. 'The disaffection of the *Themis*' crew preceded me by several months, Captain Bainsbridge. A man was murdered on the previous cruise and one of Captain Hart's crew hanged for it. The very day I arrived aboard ship, a foretopman named Tawney was found beaten near to death. It came out much later that both were involved in the circulation of a petition and had appealed to the men to refuse to sail until the terms of the petition were met. When first I came aboard I found, I regret to say, a great deal of discord and a shocking lack of discipline among the ship's people. To attribute this to me is completely unjust.'

This caused a moment of silence among the captains, who had heard nothing of a petition until now. Certainly it had not been mentioned in Hart's journal. But every man in the cabin could guess what the petition demanded. A few members of the panel glanced over to Hart as though seeing him for the first time.

'Do you recall any incidents that would indicate a mutinous tendency among Captain Hart's crew?' McLeod asked Hayden. 'Were there floggings of men that, in hindsight, should have indicated to you that there was a problem aboard the ship?'

Hayden recalled the warning of Hart's barrister, but in the

face of Hart's accusations, Hayden realized, he had little choice but to defend himself.

'When we sailed from Plymouth the men were very nearly insubordinate; they did not refuse to obey the officers' orders but were very reticent to carry them out.'

'And how did Captain Hart manage this?' Gardner enquired very naturally.

'The captain was, at the time, too ill to take the deck. The other officers and I dealt with it by calling the men by name and telling them that if they refused a direct order it would be noted in any future court-martial.'

'And were these men among the mutineers, Lieutenant?'

'Oddly, many were not. Many resisted the mutiny – and some, who later led the mutiny, pressed the crew at Plymouth to take their places in weighing anchor, by which I conclude that the mutineers did not want the petition to succeed.'

This caused an unsettled silence as people present realized what this implied.

'Certainly you reported this to Captain Hart?'

'I did, sir. He told me that if he had been on the deck the men would have jumped to their places with a will, and that it was only the weeks that he had been away and the ship under the command of junior officers that had allowed this fractious attitude.'

'He blamed it on you?' McLeod asked.

'Apparently, sir.'

'That was the only incident of malcontent before the actual mutiny that you can recall?' Gardner prompted.

'There was another, sir, when we took the transport in the mouth of Brest Harbour. The gun crews began to argue among themselves and would not answer to the ship's officers. I was forced to muster the marines to send the gun crews back to their stations at musket point.'

'*You* were forced?' Gardner said. 'What of Captain Hart? What did he order?'

'He was under the doctor's care at the time, sir, and did not take the deck until we were about to board the transport.'

The captains all looked one to the other.

'Was the *Themis* in a state of mutiny, Mr Hayden?' another asked.

'I cannot say, sir. I went away in the boats to board the enemy vessel and left Mr Landry and the marines to ensure the men remained at their guns. Afterward, the marine lieutenant, Mr Hawthorne, said that he could not be certain the whole incident was not merely one group of men who greatly disliked another, for they argued among themselves, and there was a good deal of pushing and cursing, I was told.'

'And what was the result of this? What did Captain Hart do? Were the men punished?'

'Men were flogged, sir, but I was not aboard when it happened, as I was on the prize at the time.'

'You have been most fortunate in your absences, Mr Hayden,' Bainsbridge commented. 'What you are telling us, sir, is that at the time of both the incidents you have just mentioned, the *Themis* was under your command.'

'No, sir. Captain Hart was in command; I merely performed my duties as first lieutenant.'

'You are making a very fine distinction, I believe. Captain Hart was incapacitated and you were, in all but title, in command of the ship.' Bainsbridge turned to Duncan. 'I have heard all I need to hear from this man.'

There was a moment's pause. 'If there are no questions at this time,' Admiral Duncan then said, 'I shall have Mr Hayden stand down . . . ?'

A general shaking of heads.

'Thank you, Mr Hayden; you may resume your place.'

The judge-advocate looked up from his papers. 'Shall I enter Mr Hayden's name among the officers being tried for the loss of HMS *Themis*, sir?'

The admiral was caught off guard by this question, and for a moment looked bewildered.

'Certainly he should take his place among the men being tried here,' Bainsbridge said forcefully. 'The man had command of the ship for almost three months before the mutiny took place and was only by the greatest stroke of good fortune not aboard when the crew rose up against their officers. Justice demands he take his share of responsibility for these events.'

'It is, I believe, without precedent to try a man who was not aboard a ship when a mutiny took place,' Gardner countered, squaring off against Bainsbridge. 'And I have no doubt it would be a dangerous precedent to set. Shall we have officers trying to shift the responsibility for events to some poor soul who had command of the ship in the past? It is clear from Lieutenant Hayden's account that there was disaffection aboard the *Themis* before he was given his commission – men murdered and beaten near to death are not signs of harmony, we all must admit.'

This set off a heated debate, but Admiral Duncan raised his voice above all others and restored order to the cabin. 'I shall take this recommendation – that we include Lieutenant Hayden among the men being tried – under consideration, for as Captain Gardner has rightly stated, such a decision should not be undertaken lightly. However, if, in the course of this court-martial, more evidence comes to light proving Lieutenant Hayden contributed greatly to the discord among the *Themis'* crew, I will be forced to place Mr Hayden among the officers being tried.' Duncan nodded to the judge-advocate. 'Let us proceed, Mr Sheridan.'

Hayden was allowed to resume his place between Wickham and Muhlhauser. There was a brief pause in the proceedings, and Mr Muhlhauser leaned near. 'Well said, Mr Hayden,' he whispered.

Landry was next called, and the little lieutenant took his place, his account of the mutiny held in a faintly trembling hand.

'Mr President and gentlemen,' he began, his voice as quavery as his fingers. 'On the evening of October sixth I was asleep in my cabin when midshipman Hobson burst into the gunroom and hollered that the crew was in a state of mutiny. I leapt from my cot and stumbled out to question Hobson when I heard the report of a musket, followed by another. Mr Hawthorne, the lieutenant of marines, woke at the same time, and finding a pistol and cutlass in his cabin, rushed out of the gunroom. The midshipmen all came into the gunroom then, and I sent one of them to rummage all the officers' cabins to look for arms. A pair of pistols were brought from the cabin of Third Lieutenant Archer, and a marine joined us then with his musket. Almost immediately we were beset by mutineers, who began firing muskets at us. We piled all the furniture and bedding before the gunroom door and before the bulkhead, which had been constructed only of thin dealboard. Bashing holes in the bulkhead, we returned fire as long as our powder lasted, at which point the mutineers, who had gathered in numbers, charged and after a skirmish succeeded in forcing their way into the gunroom. We fought with cutlasses and clubs made of furniture legs, but were soon subdued, many of us wounded and two killed – midshipman Albert Williams, and the marine corporal Davidson. We were then much beaten and kicked before being forced onto the deck. Many of the crew had been made to lie on the gangways, where they suffered much at the hands of the mutineers, whose blood was up from the recent fight, and much revenge was taken on us for our resistance and for killing their comrades. An argument ensued between the mutineers as to what was to be done now that they had taken the ship. As this went on, Bill Stuckey and several others seized the captain to a grating and proceeded to flog him without mercy. They had just laid their hands upon my person, and were about to treat me the same, when Able Seaman Peter Aldrich came on deck and ordered them to stop. We were, soon afterward, put into the boats and cast adrift.'

Landry raised his eyes from his written account, and gazed up at the captains, his customary look of a dog about to be whipped even more pronounced here.

'Mr Landry,' Bainsbridge began, 'were you satisfied with the conduct of all the men you had with you in the gunroom? None shirked in their resistance to the mutineers?'

'Quite the opposite, sir. They all fought with great courage and energy. We killed a goodly number of the mutineers and I believe we would have been able to hold the gunroom for some time longer had we not run out of powder. Williams and Hobson were particularly courageous, as was the marine corporal, Davidson.'

'Can you tell us who was with you in the gunroom during this fight?'

'Mr Barthe, the sailing master; Davidson, whom I have just mentioned; Dr Griffiths; and the midshipmen Hobson, Madison, and Albert Williams, who was killed. Oh, and Mr Muhlhauser, who was from the Ordnance Board.'

'Eight of you in total?'

'Yes, sir.'

Gardner did not seem much interested in this line of enquiry and broke in. 'You have stated that Able Seaman Aldrich came on deck and ordered the flogging stopped. Can you recall his precise words?'

'Not exactly, sir. I believe he said that they should flog no more of the ship's people, and certainly flog no one on his account.'

'But did he *order* them to do it, or did he *desire* them to do it?' Gardner asked.

Landry looked uncomfortable and glanced at Sir Hubert, who sat stony-faced. 'I suppose it was somewhere in between, sir.'

'Did he implore them to flog no more of the ship's people, then?'

'Yes, sir, I should say that "implore" is what he did.'

'And then he collapsed; is that correct?'

'It is.'

'Are you of the opinion that Aldrich was one of the leaders of the mutiny or that he was even involved in the mutiny, and if so, why do you hold such an opinion?'

'I suppose I held this opinion because Bill Stuckey would not allow Aldrich to come away in the boats, when the middies asked for him. Stuckey said that Aldrich was one of them.'

'But Aldrich himself was never asked if he wished to come away in the boats?'

'Not to my knowledge, sir.'

'Then it is impossible to know how he would have answered, is it not?'

'That is true, sir.'

Admiral Duncan, who had remained silent until now, looked up from his clasped hands. 'Pray tell us, Mr Landry, what was your part in the defence of the gunroom?'

Landry shifted from one foot to the other. 'We had not enough firearms to go around, sir, so I loaded guns for the men who were firing.'

'Very commendable. Who fired the guns?'

'Davidson, Williams, and Hobson, to begin, sir, and then Mr Barthe and Dr Griffiths.'

'I see. Was this how Mr Williams lost his young life and the marine corporal suffered the same end?'

'It was, sir.'

'So firing the weapons would seem to have been the more dangerous task?'

Landry nodded.

'Permit me to ask, Lieutenant Landry, why you, as senior officer, were not at the forefront of this defence? Would this not be the usual place for an officer, rather than, say, a midshipman or the ship's surgeon?'

Landry had the decency to appear embarrassed by this line of questioning. 'It was simply how things arranged themselves. I was busy collecting the furniture to make a barricade thick enough that we would not all be killed, and when that was done the guns were already in the hands of others. I then did what I could to aid the men firing. When the mutineers broke into the gunroom I took up my cutlass and fought alongside the others. I believe the men who were in the gunroom will say that I did my duty and did not shirk, sir.'

'Permit me to ask, Mr Landry,' Bainsbridge began, 'if you felt the disaffection among the crew of the *Themis* existed before Mr Hayden came aboard or did the discord that later led to mutiny begin after Lieutenant Hayden took up his position?'

Landry pulled his tiny chin down into his collar, looking neither left nor right. 'I should say it began during the weeks that Mr Hayden had command of the ship in Plymouth, sir.'

Hayden experienced such a flash of outrage that he broke a sweat. And he'd thought Landry had, finally, made a decision to find his manhood!

'If you please, Mr Landry,' Admiral Duncan broke in, 'would you speak up so that those of us no longer in the bloom of youth might hear?'

'My apologies, sir. I believe the discontentment began after Mr Hayden took control of the ship at Plymouth.'

There ensued much muttering and shifting among the crew of the *Themis*.

'If I may say so, Admiral Duncan,' Gardner said peevishly,

'Mr Hayden is not on trial here. I believe this is merely a tactic to shift attention from the gentlemen who are actually being court-martialled.'

'It remains to be seen if Lieutenant Hayden will be subject to the same charges, Captain Gardner,' Duncan countered, to the obvious satisfaction of Bainsbridge and several other captains.

Gardner only glanced up at the deckhead, then back to Landry. 'Then let me ask you this, Mr Landry – how do you explain the murder of a member of your crew some weeks before Mr Hayden came aboard, and then the beating of the foretop-man the very day Lieutenant Hayden took up his position?'

'The murder was a personal affair, regrettable, but such things are not unheard of in the service. As to the beating, we do not know who was responsible, sir.'

'Mr Hayden has stated that the two unfortunate men were involved in circulating a petition and attempting to convince the crew not to sail. It is Mr Hayden's opinion that the future mutineers perpetrated both these attacks.'

'That is Mr Hayden's opinion, sir, but I believe otherwise.'

For a moment the panel seemed stymied, but then McLeod pivoted slightly toward the second lieutenant. 'Did you believe, Mr Landry,' he asked, 'that there existed among your crew people with mutinous intent?'

Landry hesitated.

'Answer "yes" or "no," Mr Landry,' the admiral ordered.

'No, sir, I did not.'

'Even after the troubles with the crew when quitting Plymouth and later at Brest?' Gardner asked quickly.

'Yes, sir, even after those troubles.'

'But it was you who then reported that Mr Aldrich had been reading pamphlets that espoused revolutionary ideals to the crew?'

'It was, sir.'

'Certainly this concerned you, lest you would not have reported it?'

'It did concern me, sir.'

'How did you learn of this, Mr Landry?'

'I don't remember, sir.'

'A man was flogged upon your informing on him, Mr Landry; surely you remember how you learned of his transgression?'

'I believe Mr Hayden told me, sir.'

'Mr Hayden claimed he did not tell you, sir.'

Landry hesitated.

'Mr Landry . . . ?'

'I believe Mr Hayden was mistaken in this, sir.'

'Ah. Was Mr Hayden often forgetful of conversations, Mr Landry?'

'I don't believe he was, sir, but only in this case.'

'And what became of the pamphlets?'

'I don't know, sir. Mr Hayden claimed to have taken them from Mr Wickham, but they were later found to be missing from Mr Hayden's trunk where he had placed them.'

'Perhaps they disappeared to the same place as the master's log?'

'I know nothing of that, sir.'

The panel of captains fell unhappily silent. Landry's evidence seemed a mass of contradictions. Hayden found it difficult to read the reaction of the captains on the panel, all of whom were gentlemen well used to keeping their own counsel and guarding their emotions from their crews.

'If there are no more questions at present, I shall allow Mr Landry to step down for the time being?'

The captains all agreed they had nothing more to ask.

'Thank you, Mr Landry,' Duncan said. 'You may resume your place, though you might yet be recalled to answer questions, and you shall be allowed a chance to speak in your own defence, should that be necessary. Let us hear from Lieutenant Archer.'

The young officer took his place, and of the men who had so far spoken, he appeared the most composed despite the fact that he was the youngest. Hayden wondered if Archer's lack of commitment to his chosen career played some part in this. As the other officers had done, Archer read from a written account of the story of the battle on the quarterdeck, which Hayden had heard more than once from Hawthorne, but which saddened him every time.

When he had finished, Archer delivered his account into the hands of the judge-advocate and stood calmly awaiting any questions.

'Pray, Mr Archer, you have made no mention of the numbers of mutineers who besieged you on the quarterdeck.'

'It was dark, sir, and difficult to be certain. The first party I saw on the gangway was perhaps a dozen or fourteen men, but there were scuffles going on forward at that time, and some men were climbing aloft who had no business to be doing so; I assume they were mutineers as well. Perhaps twenty or twenty-four men on the deck, all under arms. Most of the watch did little or nothing to resist them, sir. Some might even have joined with the mutineers, so we were greatly outnumbered as we were only fifteen, by my count, three of that number boys.'

'How many of these fifteen were killed or wounded, Mr Archer?'

'Mr Bentley of the marines was killed, as were Cooper and Joyce. Two of the three boys were killed – one thrown overboard by a mutineer for no reason that I know, sir. Almost everyone else was wounded in some way, large or small.'

'And what part did you play in the defence of the quarterdeck?'

'Bentley was killed almost immediately, sir, and I took up his musket and, with Mr Hawthorne, directed the attack as best we could. I spent all the powder Bentley possessed, and then it was agreed we should surrender, for the ship seemed lost and we were all certainly to be murdered were we to resist any longer.'

'Were you then mistreated as the others have told, Mr Archer?'

'Not so much, sir, though the quartermaster's mate, Elliot, was badly ballyragged, sir.'

'Mr Archer, would you look over the lists your captain has submitted and tell us if you know of any man there who you believe is improperly accused, or guilty of mutiny who has not been named.'

The lists were given to Archer, who read through them slowly. While he remained so engaged there was a small disturbance at the door and a moment later one of the marine guards delivered a wrapped package to Mr Barthe, whose surprise upon opening it could not be hidden.

Bless Worth and his nimble fingers, Hayden thought.

'Well, sir,' Archer said after a moment, 'I agree with Mr Hayden that Aldrich was not one of the mutineers and that they only desisted from the flogging due to the great esteem felt for Aldrich, not because he was their leader. There are several men here who are named as mutineers whom I cannot confirm or deny, for I saw them neither under arms nor resisting the mutineers. Bates, the cook's mate, was not under arms but was seen to do Stuckey's bidding, though I thought this might have been out of fear, as he was both young and of a timid disposition, though in his defence, he is a small boy. Otherwise this list appears to be correct, sir.'

'Mr Archer,' Gardner asked, 'did the unrest among the crew of the *Themis* predate Mr Hayden taking up his position?'

'I was not aware that there was any material change in the mood of the crew under Mr Hayden, sir.'

'But you have not answered my question, Lieutenant. Let

me phrase it differently. Precisely when did the unrest begin among the *Themis*' people?'

Archer looked somewhat embarrassed. 'I was not aware of any unrest until the night of the mutiny, sir.'

Gardner looked both annoyed and astounded. 'Mr Archer, a man was murdered and another beaten near to death, and you tell me that you saw no signs of unrest among your crew? What of the incidents at Plymouth and Brest? Did you not think these out of the ordinary, and did they not put you on your guard?'

Archer's next words came from a noticeably dry mouth. 'At Plymouth, sir, the men did all go to their stations once Mr Hayden took the matter in hand. And at Brest I believed the matter to be a brawl between two groups of men who did not much care for one another, sir – nothing more. Captain Hart ordered some of the men to be flogged and I thought that would see the end of it.'

One of the captains interrupted here. 'These men who were flogged, were they later to be found among the mutineers?'

'Some were; some were not.'

As there were no more questions for the less-than-forthcoming lieutenant, Archer was dismissed, though it was clear that certain of the captains on the panel were not satisfied with his answers.

Barthe was next called, and came huffing up to take his place, scarlet-faced and, Hayden recognized by his manner, irritable. The former lieutenant, who had stood in this same place once before only to see his career ruined, looked at once apprehensive and resentful. Barthe began by reading his prepared account, a story now familiar to everyone, of the gunroom defence and later bullying on the deck. Barthe, who was liked by the crew, had not been mistreated.

'Mr Barthe, I must begin by asking about the missing ship's log.' Duncan looked most displeased as he said this. 'This would seem to indicate serious neglect of duty. How do you explain it?'

'The log was stolen from my cabin, sir, but has just been returned to me unharmed.' Barthe raised the disputed volume and then delivered it into the hands of the judge-advocate.

Hayden carefully watched the face of Landry as this was announced. It was one of the more satisfying moments of his naval career. The lieutenant slumped in his chair, making weak little motions with his hands and opening his mouth as though to speak or catch his breath. For his part, Hart did not seem to grasp the significance of this moment. But then realization came over the captain – every occasion upon which he refused to engage the enemy would be enumerated in Mr Barthe's log, no matter how circumspect the language. Every incidence of negligence of duty. But perhaps even more shocking to the two officers was the realization that someone had known where to find the book and had retrieved it. If this came out in the court-martial there would be no saving them. For a moment Hart could not take his eyes from the offending volume, as though he considered dashing forward and snatching it away.

'Mr Barthe,' one of the captains asked, 'how is it that a log-book – a document of singular importance, as you well know – could go missing? And how is it that we find it returned at this moment?'

'As was reported, sir, the log had been removed from my cabin without my knowledge or permission. As to its return, I have only had it delivered to me this instant without explanation. I know not from where it came.'

This produced a reaction among the captains, none of whom appeared impressed with these goings-on.

'This is most irregular, Mr Barthe,' Bainsbridge observed.

'And I am deeply sorry for it, sir, but I cannot offer a better explanation.'

The captains glanced from one to the other.

'Let us hope that such an explanation will come to be known,' the admiral said. 'For now let us proceed. We return again to the issues regarding which we have quizzed your fellow officers. Were you in any way suspicious that there was, among the crew of the *Themis*, a mutinous or disaffected element?'

'I was.' Barthe shifted his weight from one foot to the other, his manner more combative.

'If you please, Mr Barthe, would you explain why you believed that.'

'When we were anchored in Plymouth Sound in the summer, having returned from a two-month cruise, there were rumours aboard ship that the crew would refuse to sail with Captain Hart and that they would send a petition to the Port Admiral requesting the captain's removal.'

This received a strong reaction among both the panel of captains and the onlookers.

'This is a very disputatious allegation, Mr Barthe,' Bainsbridge said immediately. 'How came you to know of this "rumour"?'

'It was reported to me by one of the marines, sir – Davidson.'

'Was this man not killed in defence of the ship?'

'He was, sir.'

'Did he tell you how he had knowledge of this petition, Mr Barthe?' Gardner asked.

'He was friendly with many of the hands, sir, and I had the impression that he was one of the organizers of the petition.'

'Did you report this to the first lieutenant?'

'The first lieutenant had quit the service, sir. I spoke of it to Mr Landry and certain officers, but we agreed we would say nothing unless we could learn more.'

'So when the captain returned you did not report this, nor did you report it to the First Lieutenant Hayden when he joined the ship?'

Bathe glanced Hayden's way, then drew in a quick breath. 'No, sir.'

'And why did you not, Mr Barthe?'

'It was only an unsubstantiated rumour. When the captain returned, the crew sailed with only a little grumbling, sir, so it seemed the crisis had passed, and I did not tell Lieutenant Hayden because he was new to the ship and did not then know the crew well enough to deal with such a problem.'

'Were you told why the crew would take this drastic step of petitioning the Port Admiral to have Captain Hart removed?'

'Because the crew believed Captain Hart to be a tyrant, sir, and because they also believed he was shy.'

'Shy, sir?' Gardner said, looking up at Barthe over a pair of round spectacles. 'Captain Hart? Why on earth would they believe that?'

'Admiral Duncan,' one of the captains interrupted before Barthe could speak, 'are we to allow the character of Captain Sir Josiah Hart to be traduced by the repetition of rumours? Captain Hart's record of service is unblemished, and many a good fighting captain has had crews grumble about his "tyranny" who only wished to run a crack ship and carry the war to the enemy. I dare say, we have all had the same grumbling upon our own lower decks. It is apparent, though, from the accounts of these officers that they kept much from the captain that would have allowed him to deal with these mutineers before they infected the crew with their radical ideals. Had Mr Barthe and Mr Hayden the common sense to keep their captain properly informed, these unfortunate events would surely have been avoided, preserving many a life. I dare say, Captain Hart has been ill served in this matter.'

The ship's bell chimed, and the admiral glanced out the stern gallery window, perhaps surprised by how much of the day had slipped away.

'Let us end for this day,' the admiral said, 'and return to Mr Barthe tomorrow with clear minds.'

The row back to the *Themis*, beneath a sullen and threatening sky, passed in silence, the officers misliking to speak of this matter before the oarsmen. They collected in the gunroom immediately upon reaching the *Themis*, all of them but Mr Barthe partaking of port. The steward and servants were sent off, and an agitated Barthe paced forth and back, three steps, before the rudder-stock.

'Well, it had to be said,' he blustered, sensing the mood of his fellows. 'The hands were talking mutiny long before we left for our cruise. Now it will all come out. Sir Josiah Hart! Knighted for notorious shyness!'

'Calm yourself, Mr Barthe,' Griffiths cautioned. The doctor appeared very concerned, his sombre manner even more subdued than usual. 'Although you are to be commended for your honesty, I believe Hart and Landry did a great deal to shift the blame for the mutiny to the shoulders of Mr Hayden and yourself. I am not sure what will happen on the morrow, for surely when two groups are so opposed in their understanding of events, the captains of the panel will be forced to find the truth by instinct. Not the best situation, for I fear it will be natural for them to believe one of their own.'

'Certainly the captains can see that *Sir* Josiah Faint-Hart is trying to preserve his now-great reputation?' Hawthorne pronounced with disgust.

'But why should Mr Hayden and Mr Barthe be doing any less?' the doctor countered. 'If Admiral Duncan decides to include Mr Hayden among those being tried for the loss of the *Themis*, I have no doubt that things will go badly for you both.' He glanced from Barthe to Hayden. 'It is clear that Hart has several supporters on the panel, and I dare say that even Admiral Duncan is not beyond the displeasure of Mrs Hart's family.'

'I, for one, was thoroughly deceived by Hart's lawyer,' Hawthorne noted. 'I truly believed that Hart would stand up and claim there was no foreknowledge of the crew's mutinous inclination. Clearly he had conspired with Hart to so throw us off.'

'If you had seen the look of dismay on Hart's barrister's face when the good captain began to blame Mr Hayden,' Wickham observed, 'you would change your thoughts, I think. No, shifting responsibility for the crew's disaffection was entirely Hart's idea, I'm quite sure.'

It was Hayden's turn to rise and pace. 'Not for a moment did I think, as we rowed to the admiral's ship, that I could be in the least danger.' His stomach turned over, and a little sour wine erupted into his mouth, swallowed quickly down.

Griffiths regarded him evenly. 'I warned you, Mr Hayden, of the threats Hart made against you while he was under my care. He said he would do for you when we returned to England.'

'And I fully expected him to do everything within his powers to ruin my chances for advancement, but never for a moment did I imagine this. Has anyone ever heard of a man not aboard a ship being tried for its loss?'

No one had.

Seeing the look of concern upon the doctor's face as he regarded him, Hayden forced himself to sit, though he did so with difficulty, so great was his agitation.

Hawthorne set his great arms upon the table, leaning forward as though in some pain. 'Hart is desperate to preserve his name. I don't think he would be above casting his pet, Landry, to the dogs if he thought it would save him.'

'Have you heard about Landry?' Archer asked quietly. 'I spoke to a lieutenant on the admiral's ship who told me that Landry is to have a position aboard a flagship. *Landry*, if you can believe it.'

A general disgusted shaking of heads and snorting among the men present.

'I was foolish enough to believe Landry had regained his manhood in the end,' Hayden said. 'Apparently he had his price, as they say every man does.'

'Poltroon!' Barthe muttered, resuming his pendulous crossing of the cabin.

'Landry's little verbal broadside inflicted the desired damage.' The doctor tapped a thin finger on the table-top. 'There was no mistaking the intent of that man – what was his name, the captain missing an ear . . . ?'

'Bainsbridge, Doctor.'

'Ah, yes, Bainsbridge. It was he who said that Captain Hart was ill served by his officers who kept from him knowledge regarding the crew's mutinous plans and intent. He also accepted it as undisputed truth when Hart asserted that the discord aboard the *Themis* began while Mr Hayden was in command. Hart shall be acquitted, and you, Mr Barthe and Mr Hayden, will be censured. That is what will occur, I am very sorry to say it, but I cannot see this affair turning out any other way.'

Hayden fought the urge to jump up again. 'But will Duncan allow them to bring charges against me? Surely, it will open up future courts-martial to all manner of manoeuvring. Why not blame the previous officers for all manner of ills – the state of the ship, the shyness of the crew?'

'I fear, Mr Hayden, that you underestimate the interest of Sir Josiah Hart. Precedents will be set, no matter how ruinous, if it will preserve our brave captain.'

'But Mr Barthe and Mr Hayden are not the only ones put in danger by Hart's vindictiveness,' Wickham spoke up, his voice filled with concern. 'We must, at all costs, be certain that Mr Aldrich is pulled to safety.'

'Mr Wickham is right,' Griffiths agreed. 'Aldrich had not the sense, when questioned by Hart, to deny possession of the pamphlets. He is too honest for his own good. Although I think it can be fairly proved that he did not take part in the mutiny, indeed it was by his influence that Landry escaped a flogging, but even so, his reading of Paine's pamphlets to the crew might be taken as a partial cause of the mutiny, and for this he might be punished.'

'But he has already been flogged for this offence,' Hawthorne pointed out. 'Certainly the court will not feel it necessary to punish him again?'

'So we might hope, but if Hart is to escape unscathed, then others must take his place.' Dr Griffiths picked unhappily at one of his fingernails. 'It is the way of things.'

'I will speak with Aldrich and caution him,' Hayden announced, glad to take his mind off his own predicament. 'But as Dr Griffiths has said, the man is honest to a fault, and such forthrightness simply will not answer before a court.'

Aldrich sat up in a cot in the sick-berth on the after-orlop, reading a book. To Hayden's eye he appeared perfectly hale, though there was always about him now a stiffness of manner, a hint of sorrow – or perhaps shame – about the eyes, which he did much to hide.

As Hayden entered and was greeted by the mate and loblolly boy, Aldrich touched a knuckle to his forehead.

'How went the court-martial, sir?' he asked.

'Not quite as anyone expected, Aldrich.' Hayden took a seat upon an offered stool. 'How are you feeling?'

'As well as ever, sir. I do not know the reason the doctor has me back in the sick-berth.'

'He tells me you have a fever again, which he cannot quite explain, for your wounds appear to have closed nicely.'

Aldrich shrugged. Like many a man he was embarrassed by his own illness. 'I do not feel fevered, sir.'

'Perhaps not, but I will trust the doctor in this matter. We were speaking of the court-martial . . .' Hayden gave him a detailed account of what had occurred that day, watching the seaman's face carefully when he revealed that Hart had named him a leader of the mutineers. Aldrich attempted to hide his distress at this news, but was not terribly successful. Hayden might be in danger of losing his career, but Aldrich could forfeit his life if Hart was successful in placing him among the mutineers. The poor seaman suddenly looked quite ill indeed.

'But I took no part in the mutiny, Mr Hayden, as Mr Ariss here can attest. Nor did I encourage or even speak of mutiny with the other men.'

'I know that full well, Aldrich, but Hart's statement to the court was damaging to you all the same, and now we must be very careful to extract you from among the mutineers. Your reading of Mr Paine's pamphlets to the crew will count as a black mark against you, and we must convince the court that you did not do this to inflame the crew's resentments or grievances.'

'Certainly that was never my purpose, Mr Hayden. Some of the ship's people asked me if I would read the pamphlets, for they were unable to do so themselves. I was happy to do it, as I believe all knowledge is uplifting, sir, and no one could use this more than the crew of our ship, most of whom, as you know, were brought aboard against their will.'

'Mr Aldrich, you must guard what you say. Such language before the court will place you in great danger, I fear. To say you read the pamphlets because you were asked to by others is all well and good. Better, even, if the pamphlets were not yours. But to undertake any manner of criticism of the press or to suggest that seamen should be brought to consider their state unjust in any way would be folly.'

'But the condition of the seamen in His Majesty's Navy is very unjust, as you must yourself agree, Mr Hayden. Imagine if it were you taken from your life ashore and forced into a life aboard ship, deprived of the love of your family for years on end. Deprived of the company of the fairer sex, deprived of a multitude of simple pleasures that all but the poorest ashore might know. It is terribly unjust and—'

Hayden held up his hands. 'Mr Aldrich! This is a debate that will see you hanged. There has been a mutiny aboard this ship and such talk will be your undoing. You must be prepared to deny any such ideas before the captains of the court-martial. You must say that you read the pamphlets to the crew because you were asked to do so – no more. Keep your opinions of the Navy's injustices to yourself. Deny any part in the mutiny or even any mutinous discussions. You have a very good character among the officers and young gentlemen and we will all speak on your behalf. You did not participate in the mutiny, which can be proven, and you used your influence among the crew to stop the flogging of officers, not to mention saving the *Themis* from being blown to flinders. All this will count on your behalf and should see you free, but if you begin to lecture the officers of the court on radical ideas or even reform of the Navy you will undo all that we might manage to do for you. Do you understand? You are in danger of being hanged as a mutineer, thanks to Hart's malice. You must now make a very careful defence – a single misstep and you will be lost. Is that understood?'

Aldrich nodded. 'I do understand, Mr Hayden. It is my weakness to let my enthusiasms overcome my better judgement.'

'Perfectly acceptable when you are debating the midshipmen or discussing matters with the doctor, but such talk among the crew, who are less educated than yourself and who might misapprehend your intent, could set the captains of the court against you.'

Aldrich nodded again, though Hayden feared the man did not comprehend his danger. Had he learned nothing from his flogging by Hart? Innocence would not protect him.

Hayden left the sick-berth, now doubly worried, for his own situation was equally unclear. Evidently Hart had influence among the panel of captains and they appeared to have conspired to shift the blame to him and to Mr Barthe, who had already been court-martialled once and was therefore a man suspect. The injustice of it offended his every sensibility. Had he not once been amused by Wickham's school-yard sense of justice? And now his own was being revealed. In the court of the Admiralty the courtiers would find some functionary to blame for their failures – and Hayden was just such a lackey. Certainly the First Secretary had treated him as one.

As he reached the berth-deck Perseverance Gilhooly came hurrying along, clearly relieved to have found his master.

'A Lieutenant Janes asked permission to come aboard but a moment ago, sir . . . to see you. He is waiting on the deck, if you please, having declined my invitation to repair below.'

'I shall go right along, Perse, thank you.'

In a moment Hayden emerged from the companionway into a cool, starry night. There he found Lieutenant Janes – he who had first carried Hayden out to the *Themis* that innocent day in Plymouth. It seemed so very long ago.

'Mr Janes. To what do I owe this signal honour?'

The man turned to greet him, and even in the poor light Hayden could see his manner was most serious.

'I am playing the part of messenger this evening, Mr Hayden. Since last I saw you, I have become third lieutenant aboard *Goliath*—'

'Gardner's ship?' Hayden could not have been more surprised.

'Yes. Captain Gardner has sent me to ask the great favour of you attending him aboard *Goliath*, at your earliest convenience.'

'Indeed . . .' Hayden replied, taken wholly by surprise.

Janes leaned forward and quietly added so that no other

might hear, 'By that I believe he meant, as soon as you could make your way across the small stretch of Plymouth Harbour that lies between our ships. My cutter is at your disposal.'

Hayden gave a small bow. 'Allow me to change my coat and speak with Mr Archer. Have you any notion of the cause of this summons?'

'I regret, I do not.' A polite lie, Hayden suspected.

Not half an hour later Hayden clambered up the side of *Goliath* and was quickly ushered into Gardner's surprisingly richly appointed cabin, where he found not only the *Goliath*'s captain but three others from the panel: McLeod, North, and Spencer. The four officers were seated about a table from which Hayden guessed the remains of a meal had recently been removed. Glasses of unfinished wine and port and cups of coffee were in evidence as were a number of bound books – among them Hayden's own journal. If he had not been certain Gardner was a friend of Philip Stephens he would have felt great anxiety at being called here under such circumstances, but his present emotions were largely of curiosity and surprise.

Instead of the pleasant joviality he expected of officers who had just eaten and drunk their fill, he faced four rather solemn gentlemen, all of them disconcertingly sober. Gardner rose immediately.

'Mr Hayden,' he began, 'I want to thank you for coming here this night and I do apologize for providing you so little warning. Please, take a chair. You know these gentlemen from earlier this day, but let me introduce you properly.'

Hayden made a leg as Gardner introduced his fellow captains, then took the offered seat. There were neither servants nor musicians present, which led Hayden to believe that the captains had been discussing matters of some delicacy – no need to wonder what these might be.

'Mr Hayden, allow me to be perfectly frank with you: it is our hope that you will be willing to aid our understanding of the events that took place so recently aboard the *Themis*. I do want to make it clear that you are under no obligation whatsoever to speak with us on these matters. You have not been charged with any offence; indeed, had you been we could not speak with you outside of the courtroom. Would you be willing to answer some few questions to this end?'

Hayden felt the eyes of these formidable men upon him, and his mouth went dry. 'It is difficult, Captain Gardner, to agree in advance, as I am unaware of the exact nature of the questions.'

'These enquiries are regarding certain discrepancies between your sailing master's log, the journals of the officers, and Captain Hart's own reporting of events. It is acceptable to me, Mr Hayden, that you choose to answer only those questions which, in good conscience, you feel you can.' He looked to the other men present and each nodded agreement. 'Can we proceed upon that understanding?'

'Yes, sir.'

At a nod from the others, Gardner began. 'You have signed Mr Barthe's log often in the last few months, indeed more often than your captain, but even so, Mr Hayden, I must ask you, is this log accurate in its depiction of events?'

'To the best of my knowledge, it is, sir.'

The captains all shifted slightly. From outside the stern-gallery windows came a dull murmuring punctuated by the swish of oars – passing boatmen – and then, from deep within the ship, a scratchy fiddle began a sad air.

Gardner continued. 'When you took the transport at Brest, Captain Hart was in his cot, ill. Is that correct?'

'Yes, sir, until some little time after we fired the warning gun.'

'And did he, in truth, order the boats back to the ship when you were about to board the prize?'

Whose journal contained that? Hayden wondered. He looked

from one captain to another. They were asking him to admit that he had disobeyed his captain's direct order.

Sensing the source of his hesitation, Gardner held out an open hand. 'Fear not, Mr Hayden. Nothing you say here will be used against you in any way. You have my word.'

Hayden drew in a long breath. 'Yes, sir. Captain Hart did order the boats back to the *Themis*.' He almost added that Captain Bourne had heard these orders most distinctly, but did not want to involve his friend without his permission. Bourne, Hayden recalled, had not included this damning information in his letter to the Admiralty.

'And when you came to Captain Bourne's assistance, after he had engaged the *Dragoon* at Belle Île, this was of your own initiative, not upon the orders of Captain Hart?'

'It was, sir. I believe Captain Bourne and the *Lucy*'s lieutenant will bear that out.'

'And finally . . . did Hart order you to pursue the *Themis* after you brought him aboard the *Dragoon*? Subsequent to the mutiny, I mean.'

'No, sir. He did not.'

'This was entirely your own decision?'

'It was, sir.'

'Did Captain Hart advise you in any way? Certainly he must have sent you his encouragement and blessing?'

'I regret to say that no such words were sent to me.'

The captains all looked one to the other, unable to hide their growing distress and resentment. No one wanted to speak aloud that Hart had, infamously, ordered the *Dragoon* back to Plymouth and had even tried to wrest control of the prize from Hayden, but clearly they were aware of it, even if they did not want to believe it of a fellow captain.

McLeod then took up the enquiry. 'Mr Hayden, soon after you sailed from Torbay it would seem that two unknown vessels were sighted but there ensued disagreement among the officers as to what they were. If one reads between the lines in your sailing master's account, one might be led to believe these were likely transports, not enemy frigates. What was your opinion?'

Hayden met the captain's gaze. 'I believed them to be transports, Captain McLeod. Certainly they turned and ran for Le Havre upon perceiving us, which I don't believe frigates would have done so quickly, given their superiority of numbers.'

McLeod appeared to be containing a slow-boiling rage. His speech was clipped and very clear. 'But you did not give chase to make certain?'

'Captain Hart ordered that we shape our course for Brest.'

McLeod shook his head, his eyes, for a moment, closing. 'My last question, Mr Hayden,' he said, turning his attention back to the lieutenant. 'You did indeed inform Captain Hart after the crew all but refused to sail when leaving Plymouth?'

'I did, sir, and he answered as I repeated in the court-martial today.'

'He blamed you?'

'More or less, yes.'

'Rather more, I think.' He turned to Spencer.

Spencer seemed either the most amiable of the gentlemen present or the most skilled at hiding his emotions, for he regarded Hayden very calmly. 'The discontent among the crew was manifest when you first came aboard Hart's ship? You have no doubt of it?'

'No doubt whatsoever, sir.'

Spencer seemed to have been quickly convinced. 'Then you have said all I need to hear.'

Gardner looked to the other gentlemen and Hayden could see North hesitating, then the man turned to Hayden. 'I would like to know, Mr Hayden, how the master's log went missing and how and where it was found.'

For a moment Hayden meant to answer, but then thought better of it. 'It was stolen from the master's cabin, but if you don't mind, Captain North, I would rather not answer the rest of that question.' There were others involved, and if one of these captains was not what he seemed, Hayden did not want to endanger Worth and his companions.

Gardner interrupted as North began to insist. 'We have assured Mr Hayden he could choose not to answer, and we must respect that. I think it is safe to assume that the log was stolen by persons to whom its contents offered the most harm. I don't think we need Mr Hayden to tell us who that would be.' He turned to Hayden and smiled. 'Thank you, Mr Hayden, you have been most helpful. I think you will agree that it would be best for all concerned if you did not speak of this conversation . . .'

Hayden quickly agreed.

'I will have you returned to your ship.'

Hayden rose, bade them farewell, and went to the door, but then, emboldened by frustration, turned back to the gathered captains. 'Sir. What is to happen to me tomorrow? Captain Hart has done much to damage me in the eyes of the panel.'

'There are twelve captains on the panel, Mr Hayden, and we are but four. Even so, we will do everything that is within our powers to aid you. I wish I could say that we will carry the day, but I cannot make that promise.' He patted the master's log. 'We have some ammunition, at least.'

'It is my impression that Captain Hart has many friends among the members of the panel.'

'Perhaps, but I believe there are still some willing to chance the wrath of Mrs Hart's family in a just cause. Or so I hope.'

25

'What shall we do with our Mr Aldrich?' Hawthorne lamented. 'For a man so learned he is frighteningly obtuse, is he not?'

The *Themis'* officers were spread rather randomly about the captain's barren cabin. They had been discussing what might occur on the morrow, and Hayden had just related his earlier conversation with Aldrich.

'I have seen it many times before,' Archer's brother said, 'a certain kind of genius married very closely to a ruinous imprudence. No offence meant to Mr Aldrich, but if he cannot limit that great and wandering intellect he shall come to grief, I fear.'

A knock was followed by officer of the watch, Lieutenant Archer, thrusting his head in the open door. 'Mr Hayden. The provost-marshal is alongside. He has come for one of our people, sir.'

'Whom?'

'He will only speak with you, sir.'

Hayden, Griffiths, and Hawthorne came to their feet as one, and hastened onto the deck. In the fading light, the provost-marshal stood waiting by the rail.

'May I be of service?' Hayden asked.

The man held out a folded and sealed letter. 'From the judge-advocate of the court-martial, sir. Regrettably, Able Seaman Peter Aldrich has been charged with the crimes of mutinous assembly and mutiny under the Articles of War.'

Hayden broke the seal and read the document, which, indeed, demanded that Aldrich be placed immediately into the custody of the provost-marshal.

'This cannot be,' Griffiths spoke up. 'Aldrich is in my care and I will not release him. His health will not bear it.'

'Sir, I have the licence of the court. He must be given up to me.'

'I must agree with Dr Griffiths,' Hayden said. 'Aldrich has suffered a serious reversal of his health. I will speak to the judge-advocate and the president of the court tomorrow and explain that we cannot release him into anyone's custody until his health is materially restored.'

But the provost-marshal would not be so easily put off. 'Sir, you put me in a difficult circumstance. I am ordered to place him among the other prisoners charged with mutiny.'

Hayden shook his head, feigning a look of great concern and seriousness. 'And I should happily comply, would Aldrich's health allow it. I shall take all responsibility for the court's displeasure, sir. I give you my word.'

The man wavered a moment, then nodded, made a little bow, and retreated over the rail down into the waiting boat. When the boat began to immerse into the gloom, Hayden said quietly, 'And I wondered, Doctor, why you had returned Aldrich to the sick-berth.'

'I feared these very circumstances. There is a great deal to be lost by appearances, as we all know. If he is among the mutineers he must extricate himself, but if he stands among us, and we can convince the officers of the court that he deserves to be with us, then they must prove him guilty.'

'I don't know if it will make any difference, but we shall do everything within our power.'

26

'It is judged by the court that there is enough evidence to justify these very serious charges that have been laid.' Admiral Duncan folded his hands together and placed them on the table. 'Peter Aldrich will have the opportunity to defend himself, as will every man so charged. If you can ensure his detention, Mr Hayden, we will leave him in the care of your surgeon for the time being.'

'He is far too ill to make any attempt to escape, sir, but we shall keep him under guard until he is recovered enough to be placed with the other prisoners.'

'That will satisfy, Mr Hayden,' Duncan replied.

'While we are deciding who shall be charged,' Bainsbridge broke in, 'let us return to the matter of Mr Hayden, who stands before us. I believe we now have heard enough evidence to conclude that the disaffection of the crew began while the lieutenant had command of the *Themis* in the absence of Captain Hart. In truth, I believe it is clear that Mr Hayden and his lax methods were the cause of it.'

Several members of the panel nodded their heads in agreement and more than one said, 'Hear.'

'Perhaps we have been attending different courts-martial,' Captain North countered quickly. 'I, for one, have not heard near enough "evidence" to make me wish to take the unprecedented step of including in this court-martial Mr Hayden or any other man who was not on the ship at the time of the mutiny. Quite the contrary.'

Several members of the panel began to argue this at once, but Duncan raised his voice over all and brought silence to the cabin. The people watching all leaned a little forward, and Hayden observed Wickham glance his way. He forced his hands to unclench.

'It is clear we are divided on this matter,' Bainsbridge offered into the silence. 'I propose we put it to a vote.'

'This is not a parliament, Captain Bainsbridge,' Duncan responded angrily, 'or so I might remind you. We do not vote on matters of jurisprudence. I have decided not to include any men who were not aboard the *Themis* at the time of the mutiny and that is my final word on the matter. You may return to your place, Mr Hayden.'

Bainsbridge did not seem the least intimidated by the anger of Admiral Duncan. 'Well, I am not satisfied. Mr Hayden is escaping a situation for which he was chiefly responsible. Justice is not being served.'

Duncan clearly took offence at this last remark, and drew himself up, face rigid.

Hayden proceeded to his seat, well aware that the dispute over his fate had not been decided.

Gardner spoke at that moment, his voice reasonable and calm. 'I believe Captain Bainsbridge is correct in one thing: we have not looked sufficiently into the question of who bears responsibility for this mutiny. It is clear that the unhappy event could not have been quite the surprise Captain Hart first suggested. I would like to revisit the incident at Brest . . . when the transport was taken. Let us call upon Captain Hart once again, for I have read the account in the master's log – in truth, I have read all the officers' journals – and have many questions. I realize that Captain Hart was in his cot at the time and only emerged onto the deck after Mr Hayden had gone away in the boats to take the transport, but certainly Captain Hart perceived trouble among the members of the crew – marines with levelled muskets were keeping the men at the guns, after all. And yet he has claimed there were no signs of unrest among his crew.

And what of the refusal to sail at Plymouth and this petition mentioned by the master? I understand the captain was once again in his cot, but surely he must have much to add to our knowledge of these events.'

'Yes,' a man behind Hayden whispered to his companion, 'strip the blackguard of his borrowed feathers.'

Bainsbridge began a quick kneading of the spot over his heart. 'I believe these matters have been dealt with most thoroughly, Captain Gardner.'

Hayden saw Hart's barrister glance at his client as though to say, *Did I not warn you?* Hart looked discomfited, but also a little confused. It occurred to Hayden that Hart did not quite perceive what went on. That his own perversity in bringing up Aldrich and the pamphlets and then trying to shift the blame to Hayden had begun all the difficult questions that followed. And now Gardner threatened to reveal all of his shyness and negligence of duty before the court.

Captain Gardner leaned forward and levelled his gaze at Bainsbridge. 'If we are going to talk of including officers who were not even aboard the *Themis* at the time of the mutiny, I say we should be doubly rigorous in our quizzing of those most likely to have answers: the officers and crew who *were* aboard at the time of the mutiny. The accounts of the master and of the officers suggest much fertile ground for such an enquiry.'

Bainsbridge was so taken aback by this that for a moment he could not speak. Surely he comprehended Gardner's repeated insinuation that there was damaging evidence against his friend Hart in the various logs and journals.

'Perhaps the admiral is correct in this,' Bainsbridge answered quietly, 'and I am being obdurate in the matter of Mr Hayden. But I strongly oppose going back over events that have already been deliberated. I object to it most emphatically.' He nodded in deferral to Duncan, but his eye was on Gardner, who sat back in his chair and interlocked his fingers on the table before him. Hayden thought the man might smile, but he did not.

Simpson, the youngest captain on the panel, waved a hand in dismissal. 'You both search in the wrong place to find the guilty. It is the men who attempted to deliver one of our frigates to the French who must bear all blame. I am only interested to know if Captain Hart and his crew did everything within their powers to resist these traitors, and it is clear from the evidence given by the gentlemen who have spoken thus far that their defence of the ship was more than spirited – it was exemplary. That is what we are here to discover. Let us move on.'

'Yes,' Duncan pronounced, 'let us proceed. Who is next to be heard?'

And proceed they did. Hardly a question was asked this day but what did each man do to resist the mutineers, and if they could not resist, why? Even Gardner had no questions about the causes, mutinous language, or assembly. He did not pursue Mr Barthe's assertion that the crew had been ready to refuse to sail with Hart and to petition the Admiralty for his removal. The warrant officers and midshipmen were very quickly heard, and then the crew even more perfunctorily. The great cabin was cleared so that the captains might consider their judgement in private, and Hayden went up onto the deck with a few of the *Themis'* officers, where they stood speaking quietly.

'What in hell's name has just occurred?' Barthe asked quietly. 'I had not finished having my say. What of the matters we spoke of but one day past? Have they forgotten?'

'Not forgotten, merely chosen to ignore,' Archer's brother said, earning a look of disgust from the ship's master, who then turned away. 'Some arrangement has been reached during the hours of darkness, but whom it will favour is beyond my powers to predict.'

Hayden's stomach had been worrying him all morning; now

it began to churn terribly at this news. He went to the rail and stared off across the listless bay. Gardner had not sounded overly confident that he could sway the panel, though Hayden owed him thanks for silencing Bainsbridge and protecting him from being charged. It was still possible that he would be censured by the court. They could hold him responsible but not find him guilty – which would have much the same effect on his career and on the way he would be perceived in the eye of the public. All his attempts to force Hart to carry war to the enemy had resulted in this?

For two hours the crew of the *Themis* paced the deck – a windless watch, the day metallic – leaden sky, mercuric sea. The gulls did not fly but bobbed slowly upon the harbour slick, mute, and mournful. The tension in the faces of the men, in their carriage, was not easily hidden. There was surprisingly little conversation, and that whispered.

'Do you think it will be much longer?' was asked several times within Hayden's hearing – each time by a different man.

The middies gathered together by the rail and talked quietly among themselves, solicitous of one another, their mouths all squared by anxiety. Hart and Landry stayed apart and were approached by no one – shunned. Several intense, whispered conversations ensued with their barrister, but no one took any notice. For all the brotherliness of captains, Hayden thought that Hart looked quite anxious – which well he should. If the truth ever came out about him he would never recover.

Perhaps an hour into this fretful watch Dr Griffiths stopped Hayden's deliberate progress across the deck.

'Was it just my misperception, Mr Hayden, or did it appear that Gardner and Bainsbridge reached an accommodation – no mention of mutinous assembly or petitions or incidents at Plymouth, and in exchange Bainsbridge left off insisting that you be included in the court-martial?'

Hayden could not speak of his meeting with Captain Gardner

and other members of the panel. 'I believe that was no misperception.'

'Good to have Gardner on your side. He seems formidable.'

'Those gentlemen are all formidable, and Hart has more friends on the panel than I.'

The doctor stood closer than normally he would, speaking very low. 'The longer they debate the less sure am I of the outcome. I thought that all was decided before we began today. I can't imagine what it is they argue now.'

'A baronetcy for Hart? Post rank for Landry? Infamy for all the rest?'

Griffiths tried to smile. 'It is too true to make jest of, I fear. I understand they require a surgeon of the hulks – my next commission.'

Hawthorne joined them. 'Did I hear laughter? Muted, but laughter all the same?'

'We are discussing our likely futures,' Hayden replied.

'Ah. Now, that is a subject for drollery. Do you think it possible to pay passage to Canada and buy a sizeable plot of land for ten pounds thruppence?'

'Why travel so far, Mr Hawthorne?' Griffiths enquired. 'Why not simply purchase a manor house here in England and ride to the hounds and spend the rest of your days at sport? Certainly you could do all that for ten pounds and have thruppence left to guard against misfortune.'

'You, Doctor, should know that any respectable manor house would cost at least three times that sum. No, it is the cold winters of Canada for me.'

'You have not a thing to smile about.' Barthe stopped in his orbit of the deck, his usually florid face pallid and doughy in the flat light. 'I have been in this exact position before – waiting upon the pleasure of the court – and I will tell you, no joy will come of it. Hart shall prance away with a light step and the court will bring down its harshest judgement upon those least able to defend themselves.' He gazed at his companions a moment, an odd look coming over his face. 'But perhaps you should laugh while you may. There will be no mirth when all is done.'

The officers and crew of the *Themis* went warily down into the great cabin and stood, hats in hand, their manner funereal, only the deck offering up an occasional complaint as the men shifted about upon the planks. Among the captains of the panel Hayden saw no smiles. Indeed, they appeared almost to a man out of sorts or displeased, as though what had transpired satisfied no one. The lieutenant felt his mouth go dry, fists forming into tight balls.

The admiral stood, taking up a sheet of paper that lay before him. 'It is the decision of this court-martial that Captain Sir Josiah Hart and his officers and loyal crew did vigorously defend their ship against the mutiny of the sixth of October but were overwhelmed by superior numbers and surprise. Captain Sir Josiah Hart, his officers, and crew are therefore honourably acquitted.'

There was, for a brief second, silence, and Hayden waited for Duncan to go on, to speak his name, announce the utter ruin of his career. But the admiral instead turned to one of the captains and began speaking quietly. The court-martial was over.

Hayden did not know whether to be relieved or enraged. He slumped in his chair a moment as congratulations were being offered all around. Someone pumped his hand. And then another. Over the babble, Muhlhauser shouted something that did not register. At least one frightened crewman hid his face and wept.

The crowd in the cabin all began to file out, following the jubilant crew of the *Themis*, some of whom began to caper before they reached the door. Hayden stood and waited for the people next him to move. Griffiths caught his eye and smiled, obviously relieved, though certainly the surgeon had never been in the least danger.

Hayden wondered if he should speak with Gardner, but then seeing the crush around the captains of the panel thought better of it. He did notice, as he shuffled out with the crowd, Hart approach Duncan and the other members of the panel. These gentlemen stood in small groups by their tables, speaking among themselves and to a few friends. As Hart came up to the admiral, Duncan turned his back on the man and began speaking to North in such a way as to brook no intrusion. For a moment Hart stood, a blush of crimson overspreading his face. He then turned his attention to Spencer, who cut him just as sharply. Bainsbridge and a few others came to Hart's rescue then, leading him quickly away.

Hayden noticed Wickham observing this same spectacle.

'And to think I once believed him quite the greatest man of my acquaintance,' Wickham said, unable to hide a certain sadness of tone.

So fall the heroes of our youth, Hayden thought, but said nothing.

He seemed to float in a kind of daze up onto the deck and down into the waiting boat.

As soon as they had travelled beyond earshot of the flagship, Barthe's rage exploded. 'Was that not the most perfect example of Admiralty justice?' the master wondered bitterly. 'The mutineers shall hang, and the man who drove them to it receives a knighthood. Fucking Navy!'

Hayden sat down at the table in the captain's cabin and wrote letters for several of the accused mutineers. In each he said that they had been, prior to the mutiny, men of upstanding character and diligence. He knew that the letters would have no effect whatsoever – the men would all be hanged – but he wrote them attentively anyway, perhaps for no other purpose than to give the men hope for a few days or to assuage his own conscience. He wondered now, in retrospect, if he could not have done something to avert the mutiny. It was a question upon which he went back and forth almost by the hour. Certainly, Stuckey and his friends had been very cunning to exploit the natural anger that resulted from Hart flogging Aldrich, and the captain's shyness at Belle Île – just when the men were gaining a measure of self-respect. No one could deny that Hart had done much to undermine his first lieutenant and had refused to listen to his warnings. But despite all that, Hayden wondered if he could not have done something more – gathered all the officers to repeat his warnings about the state of the crew, attempted to convince the captain again. He wondered if his wounded pride had led him to let the situation fester, thinking, 'I have done my duty, now let Hart reap what he has sown.' And now many a man would hang, whose major offence was no longer being able to bear the tyranny and shyness of Captain Sir Josiah Hart.

A knock was followed by the doctor, whom he invited in.

'How fare you this evening, Mr Hayden?' Griffiths said, slurring his syllables noticeably.

'I am writing letters attesting to the good character of several of the mutineers. A rather futile business, but I feel I must do it.'

'Good for you, but do not waste too much effort in grief for them. We all suffered under Hart's persecution and yet we did not choose to join the mutiny. For many it was the decision of the moment, perhaps, and their resentment betrayed their better judgement, which though it quickly returned, came too late. Even so, they so chose and we did not. Do not waste your energies in pity for them.'

'But I do.' Hayden leaned forward and spoke so very softly. 'After all, did we not once conspire to give Hart his physic at an opportune moment so that we might take a prize? Was that not our own little mutiny?'

'I have no idea of what you speak, Mr Hayden. Indeed, I fear you are drunk. Captain Hart suffered from migraine and stones. I gave him physic when such was required. Here, let me fill your glass.' He reached for the decanter, almost knocking it over.

'Have you not had enough, Doctor?' Hayden wondered.

Griffiths sat back in his seat and closed his eyes. 'Not nearly enough. I can still feel. I am not yet numb, to which state I aspire. Did you note how adeptly I said that? . . . *To which state I aspire*.' The doctor fell silent. For a moment Hayden thought he had passed out.

'Do you know,' Griffiths said softly, 'of all Hart's crimes, and they are manifold, the hanging of McBride is the one that seems to me most vile.'

'You should not blame yourself, Doctor; you only gave evidence that the finger did not belong to any man who remained on ship.'

Griffiths waved a hand drunkenly. 'Forget my part. I shall be damned for it or not. Hart had a man hanged for a crime he did not commit. Certainly McBride was an obdurate and quarrelsome individual, but he did not deserve death for it.' A pause. '*I* am quarrelsome on occasion.'

'I have never witnessed it, Doctor.'

'Hart should have been made a Companion of the Order of Blackguard Knights.'

Hayden laughed. 'An O.B.K.'

In the silence that followed, Hayden was sure he heard a voice call out that a captain had come alongside. The sounds of feet thumping down the companionway stair. A sharp rap at his door.

'Captain Gardner asking for permission to come aboard, sir.'

'Gardner? At this hour?' Hayden rose quickly. 'Help the

doctor to his cabin, will you, Mr Jennings. I believe he has a touch of the sea-sickness.'

'In port, sir?'

'I believe it was claret.'

Hayden hastened up the ladders, where he found Gardner climbing unceremoniously onto the darkened deck.

'Captain Gardner, my most profound apologies. Not even a bosun to pipe you aboard, sir—'

'It was my purpose to draw no attention to myself, Mr Hayden. It is I who should apologize for appearing unannounced. May I speak with you in private?'

'Certainly, sir. By all means.'

They repaired to Hart's cabin, where Hayden poured his guest some wine.

Gardner glanced around the barren compartment. 'Hart has taken his belongings ashore?'

'Yes.'

Gardner nodded approvingly. 'I do not think he will go to sea again.'

'With his knighthood and now great reputation can a pennant be far off? Admiral Sir Josiah Hart.' Hayden felt his bitterness and anger rise up like bile. His eye fell upon his guest. 'He has been saved by the court-martial, after all.'

Gardner turned his intelligent gaze upon Hayden. 'It was not Hart I wished to save, Mr Hayden, but you. Oh, in a perfect world, matters would have arranged themselves differently, and Captain Hart would have been exposed to the world for what he is . . .' Gardner paused. 'But the world is less than perfect and arrangements have to be made. Hart was held accountable for none of his failures, but in return you escaped censure. And I must tell you that without the support of Admiral Duncan, Hart's friends would have seen you blamed in Hart's place.'

'I apologize, Captain Gardner. I spoke without thinking, an unfortunate habit of mine.'

'We all must speak our minds now and then. But it should comfort you to know that Hart is done in the service. Even his supporters in the Admiralty must realize that now; his acquittal and knighthood are his compensation. It was a devil's bargain, perhaps, but something good came of it – your future in the service.'

'I owe you and your friends a great—'

'You owe me nothing, Mr Hayden,' Gardner interrupted. 'Both my good friends Mr Bourne and Mr Stephens – who is soon to receive a knighthood himself, much deserved in his case – have given you such an excellent character that I felt obliged to do everything in my power to extricate you from your unfortunate situation. In this I had help, for I could never have done it alone.' A grin, lopsided and conspiratorial, appeared on the man's face.

The grin disappeared. A sad shaking of the head. 'It is almost a crime that Hart should receive credit for your deeds, but I think the truth shall soon be in circulation.' For a moment Gardner was silent, as though he had lost his train of thought. 'There is another matter upon which we must speak, Mr Hayden. A matter worthy of your greatest attention. It was my distinct impression that this seaman, Peter Aldrich, was dear to all of the officers – with the notable exception of your gallant captain.' He paused but did not allow Hayden time to respond. 'The man is in very grave danger, Mr Hayden. He was flogged for mutinous language, and though the court will not punish him again for this offence, he is certainly guilty of mutinous assembly, or will be seen to be so—'

'But his reading of the pamphlets was done in complete innocence – because he believed knowledge to be uplifting. He would have just as happily read the crew the doctor's medical books.'

Gardner raised thick, angular hands, stark palms out. 'I do not doubt you for a moment, Mr Hayden, but the captains of the court do not know your Aldrich. It will be seen that he read seditious texts to the crew, who then mutinied while he was in the sick-berth, too ill to join them. It is true that he did stop the floggings, but even if the man is not seen as part of the mutiny, he will be perceived as contributing to the unrest that led to it. He may not hang, but he will almost certainly be flogged around the fleet – a hundred lashes if the court is lenient, three hundred if it is not.'

'He will not survive it,' Hayden said, feeling the blood drain from his face. 'Three dozen lashes were almost his end.'

After he broke his fast, Hayden paid a visit to Robert Hertle aboard his new frigate, christened *Fairway* by the Lords Commissioners.

'I suppose *Roadstead* was already taken,' Hayden observed, as his eye ran the length of the expanse of new-planked deck, almost virginal in its purity.

'At least it is not a name of the *Indomitable* school. *Indefatigable* et cetera.'

'*Impregnable . . . ?*' Hayden suggested. 'No women allowed.'

'*Indefensible,*' Hertle countered, 'for sea-lawyers.'

'*Irresolute?*'

'We all know whose ship that would be.'

They both laughed.

'I am so relieved that you were not dragged into the court-martial, Charles.'

'Hart and the others were all honourably acquitted.'

'Acquitted, perhaps.'

Hayden glanced up at the men working aloft, shading his eyes against the sun. 'When do you sail?'

'On the morning tide.'

'Mrs Hertle will be very sad to see you go.'

'She won't watch my ship leave – a superstition. Mrs Hertle and Henrietta went up to London yesterday.'

Hayden was rather taken aback. 'They left . . . ?'

'Yes.' Hertle glanced at him, and then down at the spotless deck. 'You should have spoken, Charles. *I* think you should have spoken. I know . . . you are dissatisfied with your prospects . . . but now Henrietta believes you are uncertain of your attachment. And I have begun to wonder myself.'

'I am not the least unsure. You cannot know, Robert, what an unrelenting cause for worry is a narrow income. Henrietta is used to a life of comfort, of going up to London whenever the whim strikes, of wearing the latest fashions – of *buying* the latest fashions. A lieutenant's eight pounds eight a month will not keep her in such style, and her father has numerous daughters. He cannot possibly offer them all a living.'

'Have you forgotten already Lady Hertle and her two fine homes?'

'It is not my practice to think of a woman in terms of her fortune.'

'You *are* uncertain of your own attachment. Certainly you must be, for these are the slimmest excuses. Henrietta Carthew shall never be poor, and do not think other men are insensible to this.'

'And would she follow a failed naval officer to America? Will she forsake England and her remarkable family for the uncertainties of Boston or New York?'

Robert crossed his arms and regarded his friend. 'If your attachment were profound you would not be asking such questions. You would not even be terribly concerned about having your suit rebuffed. I know of what I speak. When love is like a madness you care very little for how dignified you appear or about where or how you might live. It is better that you said nothing, Charles.' He pushed away from the rail where he had been leaning. 'Come, let us have the rest of our tour.'

Over a dinner in the captain's cabin, Hayden related recent

events, the court-martial, Hart's knighthood, the unheralded visit from Gardner. He chronicled these proceedings with little zeal or even interest, feeling the sting of Henrietta's rather abrupt removal to London and wondering all the while if he had made a terrible error. Perhaps he *was* unsure of his own attachment . . .

Hertle remained silent, pensive, while his friend spoke. When Hayden finished, his manner did not change, as though he placed everything said upon a scale and watched, now, as the balance rocked one way then the other.

'I believe it is good news that both Philip Stephens and Captain Gardner – who will soon have his flag – have gone to some effort to shield you from the taint that your fellow officers will never quite be rid of . . . Hart's mutiny.'

'Stephens made me no promises, which distressed you in the past.'

'Yes, but he has done much to preserve your reputation, so that you might find employment in the future, I would venture.'

'Perhaps he has some other captain who needs a nursemaid.'

'Stephens knows how diligently you prosecuted the war against the French on your recent cruise. Others must know it, as well, despite the *Times* account. Let us hope that something will come of it. But I will tell you, stealing back the master's log probably had more effect than you realize. Until then Hart probably thought he could lie and bluster his way through the court-martial, but after that some arrangement had to be reached.' Hertle sat back from the table. 'So, what is your opinion of my ship?'

'She is everything a man could hope for, though I dare say her crew will take some working up, as I have seldom seen a more unlikely collection of landsmen and bleaters.'

Hertle laughed. 'They shall take some labour. I will have someone read Tom Paine to them each evening to improve their minds. That should answer.'

But this jest did not sit well with Hayden, whose smile disappeared.

'I am very concerned about Aldrich, Robert. If he does not hang, Gardner believes he will be flogged about the fleet, which will kill him just as dead as a noose.'

'The man was very foolish to have read such pamphlets to a disaffected crew. It might have been done in innocence, but so have many a black deed. The courts do not much care for a man's good intentions if another's death has resulted. Aldrich showed very little common sense, if I may use the term.'

'Aboard our ship, common sense was on everyone's lips but in no one's character.'

After attending to some business ashore, Hayden returned to the *Themis* just as the sun set into a shoal of coal-dust cloud. Down into the bowels of the ship he went, seeking the doctor, whom he found in the sick-berth, decidedly pale if not ashen.

'Good evening to you, Doctor.'

'And you, sir,' Griffiths said, his face turning suddenly rosy – embarrassed, no doubt, by his antics of the previous night.

'Might I have a word with you?'

'You may.'

Hayden noticed Aldrich, who sat up in his cot, reading by the light of a lamp. 'How fare you, Mr Aldrich?'

'In the pink, sir, though the doctor does not agree.'

'I would heed Dr Griffiths, Mr Aldrich. He is a higher power in this place.'

Hayden led the doctor quickly up to the empty great cabin. A servant came scurrying in to light the candles.

'Sorry, sir,' the man said. 'Wasn't sure if you'd be using the captain's cabin this evening.'

Hayden waited until the man had gone and then closed the skylight overhead. He beckoned Griffiths to the stern gallery, and they both took seats on the sill-bench.

'What is so secret that we must cloister ourselves away to speak?' the doctor asked, looking both ill and somewhat alarmed.

'I had a visit from Captain Gardner this evening last.'

'Gardner? Of the court-martial?'

'The very one. He is of the opinion that Aldrich will be flogged around the fleet for his contribution to the mutiny – that is, if he escapes hanging.'

Griffiths did not argue, but his sallow look turned very dark, mouth forming a thin, harsh line.

'I do not think Gardner will be proven wrong in this,' Hayden whispered.

'Yes, absolutely. Damn . . .' Griffiths glanced up at Hayden. 'I don't think Aldrich's constitution will take it. Is there any hope for the King's mercy?'

'I think it unlikely, but even if that were not so, it is a thin rope to cling to.'

'Yes. I agree. Is it just my present lowered state or do I sense that you have not told me this without purpose?'

'Are you willing to risk your career, if not infamy?'

'For Mr Aldrich? My career, is yours. Infamy? You had better tell me what is in your mind . . .'

'There is an American ship in the sound, the *New England*; she belongs to a Mr Adams of Boston, who by chance happens to be my mother's new husband. I have spoken to the master. He will take Aldrich secretly aboard and convey him to Boston, upon the first fair tide . . . if we can find a way to get Aldrich to the ship.'

Griffiths' manner grew even more grave, and he rose and paced slowly across the cabin.

'I would not bring you into this, Doctor, but I don't think I can manage it without your help. I will row him to the *New England* in the jolly-boat, but I must get him out of the sick-berth and into the boat.'

Griffiths stopped and turned to Hayden, his sickly look pushed aside by one of determination. 'Leave that to me. Four bells of the middle-watch.'

'One of us must speak with him. There can be no argument. To stay here is to die. There will be no justice. He must be made to understand.'

The doctor reached a thin arm up to a beam, leaning his small weight against it. 'I will see it done – do not be concerned, Mr Hayden – but we will have to get him past Hawthorne's marines . . .'

Hayden himself stood, rubbing his hands together. 'I have not worked that out quite yet. I might call them away for a few moments on some pretext while you get him to the boat . . . ?'

'I think it better to ask Mr Hawthorne for his help.'

Hayden stopped, shaking his head. 'I was loath to involve yourself, Doctor. Let no others share the risk.'

The doctor gestured down toward the gunroom. 'Hawthorne is as attached to Aldrich as any, and he is angry enough at the injustice that has been done – bloody Hart being knighted! He will see the marines out of the way for a few critical moments, I am sure.' The doctor was silent a moment. 'I suspect Aldrich hasn't a shilling to his name . . .'

'I will give him what I can, but I own that will be very little.'

'Yes, I can do the same, and it will likely be less. We daren't ask anyone else.'

Hayden raised his hands. 'I shall give the master a letter to my mother requesting that she offer Mr Aldrich what aid she can.'

This did not seem to impress the doctor. 'Better not to have such things in writing. If Aldrich is apprehended we shall claim he escaped. Hawthorne is always bragging about his success at cards, perhaps he has some small sum he might lend . . .'

'Shall I speak with him?'

The doctor shook his head. 'I will do it. It was my suggestion.

But you may count on his aid, I am sure. Four bells. I shall meet you in the cockpit.'

The doctor went out and Hayden sat staring at the deck for some moments. Perse appeared a moment later, following a knock, respectful in its volume.

'The midshipmen are awaiting you, sir. Supper, if you remember?'

'Ah. Perse, my thanks. I am much distracted this day.'

Hayden quickly readied himself and went down to the midshipmen's berth, where a table had been laid, the young gentlemen in their best uniforms, clean linen, faces scrubbed to a seraphic shine.

The middies were in high spirits after their honourable acquittal, and many a toast was offered: to the justice of the court, to Mr Archer's brother, to Mr Archer for having a brother, to each and every captain of the court, to the admiral . . . Hayden had difficulty playing his part in the proceedings and he noticed that, alone among the young gentlemen, Wickham remained quite sober. Several times the lieutenant caught the nobleman watching him, an odd, quizzical look upon his young face.

The evening did pass, finally, the middies all more or less happily drunk; Hobson and Stock became somewhat quarrelsome toward the end. Taking himself through the doors into the gunroom, Hayden found Hawthorne and the doctor seated at the table with Mr Barthe. In manner, the three men appeared terribly grim.

'Three men too serious,' Archer declared as he stumbled through the door, then leaned upon the table with an exaggerated casualness. He was in the same state of inebriation as the middies, and was taken aback when no one smiled at his wit. 'Is something amiss?'

'No,' Griffiths answered, trying to smile, 'all is right with the world. But I fear your tomorrow, Mr Archer, will much resemble my today.' Griffiths rose from his chair. 'Good night to you, gentlemen. Until tomorrow . . .' He then nodded to Hayden, a slight tilt of the head toward Hawthorne.

Hayden retired to his cot, and the darkness of his cabin, but he did not go easily to sleep. He lay listening to the night sounds, the movement of the guards, the chiming of the ship's bell, and the calling of *All's well.* The wind backed to the north-east, and rain spattered down on Plymouth Sound. Hawthorne's infamous snoring droned – as regular as a clock's pendulum. Hayden imagined he could hear the doctor shifting restively in his cot – awake for the same reason as he.

Four bells of the middle-watch took him by stealth – he had fallen asleep perhaps an hour before. Rising quickly, Hayden pulled on his clothes as silently as darkness would allow, and slipped out of his cabin. Hawthorne appeared at almost the same moment, and the two went out the door, and quickly down the stairs. The middies were all too drunkenly sleeping to notice their passing.

At the foot of the ladder the doctor awaited them with a lantern, a sheepish-looking Aldrich at his side. Hayden put a finger to his lips and led them back up the ladder to the berth-deck. Up again to the empty gun-deck, no sentry there to take note of them. Pausing, Hayden put his head out the companionway. The rain had ceased sometime earlier, but the wind still blew uneasily, and the stars were not to be seen.

Hawthorne put a hand on Hayden's shoulder and pressed past him onto the deck. He waved a lantern at someone forward, and then motioned for the others to follow. A cold wind whipped Hayden's unbound hair about his face. The jolly-boat had been streamed aft without a boat-keeper that night. Hayden and Aldrich quickly drew it alongside.

'What is the matter here?' came a voice out of the dark.

Hawthorne spun about and raised his lantern to reveal Wickham, buttoning his coat against the night.

Griffiths stepped forward, placing himself between the midshipman and Aldrich, as though he would hide the seaman's identity. 'It would be better if you went back to your cot, Mr Wickham, and forgot what you saw here this night.'

'It would be better still if I came to your aid,' Wickham said. 'You are no oarsman, Doctor, and would be better aboard, where you might be called to see to a patient. Let me go with Mr Hayden and Mr Hawthorne. We three are old boat-mates, after all.'

'Do you understand what goes on here?' Hayden asked the boy.

'I believe I do, sir.'

'Then better you take no part in it.'

'Mr Aldrich is as dear to me as any of you, I dare say—'

'We have not time to argue,' Griffiths hissed. 'Let Mr Wickham go in my place, for he is not wrong about my skills as a boatman.'

The four men went quickly down into the jolly-boat, pushing off into the darkness, the chill wind immediately taking hold of their little ship so that she paid off to leeward.

'Take the tiller, Mr Hayden,' Hawthorne said, relieving the lieutenant of an oar. 'You know where it is we go.'

And so Hayden sat in the stern-sheets and acted as coxswain while the other three manned the oars. He guided them among the great, silent ships, giving each a large berth to avoid any boats rowing sentry. They did not want to be challenged that night.

In a short time they had crossed the sound to where the American merchantman swung to her anchor. Hayden brought them quietly alongside.

'Mr Hayden? Is that you, sir?' came a voice from above.

'It is, Mr Tupper. Shall I send our package up?'

'If you please.'

Hayden leaned forward and grasped Aldrich by the hand. A purse was pushed into the seaman's fingers.

'I cannot accept this!' Aldrich objected.

'You may pay it all back. Mr Tupper will give you the address of my mother and you may return the monies to her.' Hayden released the man's hand. 'Whatever your inclination, Mr Aldrich, never go to sea again. Stay to the land, for the British will ever be on the lookout for you. Do you understand?'

'I do, and thank you, sir. Perhaps one day you will visit me in America, and I shall have a house and a family of my own.'

'That is my fondest hope, Mr Aldrich. Now up you go.'

Aldrich took the others by the hand in turn, showering them with thanks before he went up the ship's side to disappear over the rail.

'Good night to you, Mr Hayden,' Tupper whispered from above.

'And you, Mr Tupper. I am in your debt.'

'Not in the least. I am so indebted to Mr and Mrs Adams for their innumerable kindnesses that your obligation is already cancelled. Good luck to you.'

They rowed blindly back to the *Themis*, finding her by a flash of lightning – the only such glare that night. A portentous crash of thunder rolled across the bay, echoing among the low hills.

'Apparently the Almighty is not pleased with our most recent act of rebellion,' Hawthorne whispered. He bent to his oar like a seasoned hand now.

'I take it as a sign of His approbation,' Wickham answered. 'How could it not be? Saving an innocent man from flogging, if not death. No, we shall not be damned for that. We shall be taken up into Heaven when our time comes – blind, perhaps, but blessed all the same.'

'Blind to our own follies, at least,' Hayden said. 'Here is the ship, at last.'

27

Aldrich's disappearance cost Hayden censure from the president of the court-martial, but Hayden apologized profusely, and bore it with well-concealed joy. Despite a reward being offered, Able Seaman Peter Aldrich was not to be found in or around Plymouth. There was much speculation that he had been swept out to sea as he attempted to swim ashore and had been drowned.

A new captain was appointed to the *Themis*, and as it was his intention to bring his own officers and midshipmen with him, all of the *Themis'* officers and young gentlemen found themselves ashore and going their separate ways. The dashing Hawthorne, never without an invitation, posted off to Bath to visit with friends, and no doubt many young ladies. Barthe went home to Kent. Griffiths to Portsmouth. After taking his leave of Lady Hertle, Hayden posted up to London in company with Lord Arthur Wickham. The boy's sunny disposition made what would have been a dismal retreat almost bearable. Wickham was not overly troubled about finding another ship, but Hayden could not allow himself to feel the same. He might soon be following in the wake of Aldrich.

Hayden also felt they were escaping the court-martial of the mutineers, which was to begin in a few days' time – neither Wickham nor himself would be called to give evidence as they had not been present. He was very glad that he would not be aboard for the hangings which would surely follow.

'Will you come by my father's house?' Wickham asked. 'I'm sure Lord and Lady Westmoor would be delighted to receive you.'

'Is Lord Westmoor in the habit of receiving lieutenants who have been dismissed their ships?'

'He is in the habit of receiving my friends.'

'How kind of you to think of me so,' Hayden said. 'I will certainly come by if it is at all possible. I dare say, I shall not be given a new commission any time soon, so I will almost certainly be at my leisure.'

'Is that what concerns you so, Mr Hayden? Gaining another commission?'

'Oh, that and the realization that I have been rather foolish in regard to a certain young lady.'

'Ah, I heard you had a visit from a lovely woman one day. It was all the talk of the middies' berth for a few days.'

'I did not know they were so indiscreet.'

'Oh no, sir. There was no disrespect meant to either Miss Henrietta or yourself. The middies all said that the lady in question was seen to treat you with a great deal of favour. They thought you most fortunate, sir.'

Hayden sat back in the coach seat, unable to hide his distress. 'I will tell you, Lord Arthur, if ever you set your sights on a woman, do not vacillate. Better to be refused than to have a woman slip away, thinking you do not care for her. No, never hesitate.'

Wickham looked at him oddly, as though he wondered if Hayden practised upon him. 'You would never be hesitant with a lady, Mr Hayden. I have seen you go right at a French frigate in a little brig-sloop without an instant of indecision.'

Hayden had to smile, at his own folly as much as Wickham's words. 'Apparently a woman is far more daunting than a frigate, Mr Wickham. A single verbal broadside, the tiniest hint of resistance, and I am thrown upon my beam ends. It is said that a fire-eater on the quarterdeck can be the shiest man in the ballroom.'

'Well, Mr Hayden, I am far too young and inexperienced in

these matters to venture an opinion . . . yet, if you let a prize slip away, you must contrive another plan and chase her again. That is how we do it at sea, and I think such a strategy will answer equally on land.'

'Do you? Well, it could hardly prove less successful than my actions so far.'

Their conversation covered much ground on their journey to London. Freed of the ship, Wickham proved to have a surprising breadth of interests for one so young. It came out, in addition, that his family possessed a large library in which Lord Arthur had been encouraged to roam from an early age. Hayden could not help feeling envious as the young middy spoke of volume upon volume that he had first encountered on the shelves of his father's library. Books were not inexpensive things, and to possess more than a few he thought a great luxury.

'I should rather have Lord Westmoor's fine library than a coach and four,' Hayden admitted to the young man.

'It is much better that a house have a good library than a fine ballroom, I think,' said Wickham. 'Though one could not condemn a house that claimed both.'

'No. One could not.'

The journey to London, atop a swaying mail coach, was a tiring business and Hayden was glad when it was over, and the crowded streets of the great city checked their headlong rush. He took his leave of Wickham at the posting inn, and arranged for his trunk to be delivered to his familiar lodgings. Setting out at a brisk walk, he was soon in the environs of Robert Hertle's home. It had been his intention to leave his card with the footman, hoping Mrs Hertle would send him a note at his inn, but found instead that Mrs Hertle was not at home, or, indeed, in London.

'I should not tell this to anyone else, Lieutenant Hayden,' the footman said, 'but Mrs Hertle is visiting Miss Henrietta's family . . . in the country.'

'How pleasant for them. If I may, John, I shall leave Mrs Hertle a brief note . . .'

Hayden repaired to his lodgings in not-the-best-of-inns. For a time he paced the small chamber, considering what he would do now that the Navy had seen fit to strand him ashore once again. He had written to a prize agent upon his arrival in Plymouth and it seemed now that a brief visit to them would be in order – first thing in the morning. He could make a call upon Philip Stephens to beg a commission, but then Stephens certainly was aware of his present situation – and likely not much troubled by it.

'Perhaps I should have taken ship with Mr Aldrich,' Hayden muttered.

That night he ate dinner in his rooms, after making a careful count of his available funds. Even the small sum he had given to Aldrich had pushed him perilously close to insolvency. If the ship had not been paid off, according him some monies, his straits would be dire. Because he had previously resided at this inn, the owner would likely extend his credit for some weeks, but he would need the prize money from his recent cruise very shortly.

After dinner he took a tour of the dim streets, walking through the theatre district and then back to his inn, where sleep did not find him. The complete absence of any motion coupled with the sounds of the city put him out of sorts, and he lay awake, feeling surprisingly alone.

A sunrise turn about the streets thronged with tradesmen's carts, and then a rude meal from a street vendor, did not lift his humour. He returned to his rooms in a rather foul mood, to find a note from Wickham's father, the Marquis of Westmoor, inviting him to dine in two weeks' time, and very considerately explaining that the great man would not be in London until that date. This notice from a man of significance raised his mood more than he would have supposed, and Hayden set off for his prize agent's with a better outlook, and a small bounce in his step. The city did not look so dingy, the people less ill-favoured.

His visit to the prize agent was not quite so cheering. The transport and its cargo had been valued below his hopes, and there was yet no word on whether the *Dragoon* would be bought into the service. Monies from the transport would be allocated, but he could not expect to see them for some weeks.

Upon departing his agent's he happened upon an acquaintance who was presently first lieutenant aboard a seventy-four-gun ship. They greeted one another with pleasure, and stood for a moment in the street speaking of their recent duties, mutual friends, and exchanging other gossip of the service. There was, finally, a lull in this flow of conversation and Hayden expected the man to excuse himself for an appointment with the very prize agent he had just left, but instead the other lieutenant lowered his voice and leaned nearer.

'I am not sure if it is my place to repeat this, Hayden, but I was to the country house of friends but two nights past and who should come to dinner but Sir Josiah and Lady Hart . . .' He took a long breath. 'Sir Josiah spent some time speaking of you in the most severe terms, disparaging your character and accomplishments in the most denigrating language. Before I might come to your defence, which I fully intended to do, that service was rendered by another – Lord Westmoor, much to everyone's surprise, for Lord and Lady Westmoor have long been friends with Sir Josiah and Lady Hart. His Lordship spoke of you in the most salutary terms, saying, "My son gave me a remarkably favourable report of Lieutenant Hayden's character and detailed accounts of taking a transport in the entrance to Brest Harbour, as well as cutting out a frigate beneath the guns at Belle Île. Hayden was in command of the brig that went to Bourne's aid, I understand, for my son was also aboard this ship and observed all that happened first-hand. A most enterprising young officer." As you might imagine, this was terribly humiliating to Hart and will perhaps teach him to be more circumspect in the future. I tell you this only that you might know Hart is endeavouring to blacken your character among gentlemen of influence.'

'Kind of you to tell me,' Hayden answered, feeling the heat of anger flush into his face. 'I cannot say that it surprises me, but it is distressing all the same. For no reason that I know, the man hates me like no other.'

'But it must lift your spirits to know that you have a man such as Lord Westmoor in your camp. I am sure it shall quickly pass among the families of London that His Lordship made a very severe rebuttal to Hart's claims, not to mention refusing to speak to the man the rest of the evening.'

'I don't think Hart will be so easily put off from maligning me. He has little self-control in such matters.'

They parted there, Hayden barely aware of what went on in the street around him as he made his way back to his lodgings. He could not imagine that Hart, who had all the glory of their recent cruise, a knighthood, and a place in society, should be reduced to attacking him at dinner parties. But then, perhaps Hart was afraid that Hayden went about telling people the true story of their cruise and so was trying to blacken *his* character to discredit *him*.

A week, then ten days went by in some isolation, Hayden hoping each day to receive a note from Mrs Hertle informing him that she had returned to town with her cousin Henrietta and was once again ensconced in their lovely home, but no such letter came. The daily disappointment of his hopes had the effect of reducing his expectations a little each morning, until he would no longer allow himself to hope for such a letter at all.

On the tenth day after his arrival in London, a letter did arrive, and though he had convinced himself it would be a letter from Wickham or some other shipmate, it was not. Nor was it a letter from either Mrs Hertle or Henrietta. Instead, it proved, upon opening, to be a missive from the First Secretary of the Admiralty, requesting he meet with him at the Admiralty building.

Far too impatient to send a polite answer and await an exchange of letters arranging a time for such meeting, Hayden hurried directly to Whitehall and sent up a note to Mr Stephens requesting a date for their proposed meeting. To his surprise (but answering his secret hope), the First Secretary caused Hayden to be brought to him that instant.

There again he found Stephens sitting behind the now-familiar writing-table, spectacles carefully polished. Polite inquiries of the briefest nature, while Stephens shuffled through a neat stack of papers.

'Ah!' he pronounced. 'Here it is.' But if this signified anything of import, it was not the First Secretary's intent to reveal it immediately.

'In the ebb and flow of men's fortunes, it appears, Mr Hayden, that you have had a change of tide. Despite the efforts of certain persons, the Lords Commissioners have taken notice of your recent enterprises. I don't know quite how this occurred, but they have seen fit to raise you to the rank of master and commander.'

Stephens smiled happily at Hayden's surprise.

'May I be the first to offer my compliments upon this happy occurrence.'

Hayden was so overwhelmed that all he managed was a stammered reply, hardly equal to the occasion.

'I have your commission here. But that is not the end of good news, or so I hope you will judge it. You have a ship,' he said, his eyes darting down to a piece of paper before him. 'The *Kent* – a ship-sloop of ancient vintage, I fear.'

'I know that ship,' Hayden replied. 'Many's the time I have

shared a harbour with her. A pretty little thing with a raised quarterdeck and forecastle. A deck of six-pounders, and swivels on the quarterdeck.'

'Carronades, now, I understand. An experiment by the Admiralty. More successful than the last you participated in, I hope. Poor Muhlhauser, he had such hopes for his new gun-carriage.' A second of wool-gathering. 'Your ship is en route to Plymouth as we speak, and should make that harbour tomorrow or the day next.' Stephens rose and extended a hand. 'I wish you great success in her, Mr Hayden.'

Hayden took the offered hand. 'I don't know how to thank you, sir . . .'

'In deeds, Mr Hayden, but I am certain the First Lord's confidence has not been misplaced.' Stephens reached toward another small hillock of paper. 'Lest I forget . . . Certainly you should have these, I think.'

A little bundle tied up in string was dropped into Hayden's hand, and it took him a second to realize what it was: his collected letters to Mr Banks.

'Thank you, sir,' Hayden said, some little feeling creeping into his voice.

'I'm not in the habit of apologizing, Mr Hayden . . .'

That unwavering, disinterested gaze fell upon him and Hayden mumbled something he hoped was polite.

He was on the street in a moment and almost run down by a hackney coach the next, such was his distraction. He almost sprinted the distance to his inn. A quick note to Mrs Hertle, sharing the news, and asking that she remember him to both Robert and Henrietta. A second to Wickham's father, regretting that he must quit London by the morning mail coach. A missive to his prize agents, alerting them to his new stature, followed by a letter of gratitude to Philip Stephens, and, finally, a letter bearing the good news to his mother, which would not be read for some weeks.

The carriage ride to Plymouth was oddly solitary, as the others stationed outside with him were all strangers one to the other and little given to speech. He missed Wickham's voluble presence, and in this forced reflection traversed an emotional landscape almost as varied as the terrain through which the mail coach passed. He was, for a time, elated at his good fortune. Master and commander at last! And then he felt a sudden deflation, realizing that others of similar length of service had command of post ships, and this chariness caused a certain disgust with himself, his ingratitude to the world revealing his overweening pride.

He would then turn from this to the subject of Henrietta. For a time he would believe that she cared for him still and that their understanding must surpass any small hesitation upon his part. Surely she would realize that they had, in truth, spent little time together – too little for either of them to enter into a plan to marry. Her common sense and reason, he told himself, were too great to mistake his intentions. Half an hour later, however, he was sunk in misery at his own folly, convinced that she felt he had rebuffed her when she had given him every opportunity to speak. He imagined her now the object of some gentleman of large property and even greater understanding. It occurred to him that he would be very unlikely to meet a woman more suited to his temperament. He would then enumerate her many qualities, a considerable list, only to increase his misery tenfold.

Thus passed the thirty-six hours of his journey to Plymouth.

Upon his arrival, he learned that his new command had not yet reached port, and he took a room overlooking the sound, still too excited to feel much disappointment. He sent a note to Lady Hertle, and received in return an invitation to visit.

At four o'clock he knocked on her door and was shown up to the drawing room, where he found Lady Hertle swathed in a thick shawl and huddled near to the hearth. She greeted him with great affection, and called for coffee.

'I hope you will pardon me, Mr Hayden, I have been beset by an autumnal cold and am only now on the mend. Henrietta has caught it from me and is abed with it yet.'

'Miss Henrietta . . . is here?'

'She set out for Plymouth some few days ago upon learning I was ill, dear girl.' She shook her head gently. 'As if I had not had a cold before. I am not so old and fragile that a sniffle will put me in my grave. She attended me dutifully, and now her good deed has been repaid by contracting the same illness that she so ably nursed me through. Poor child.' From a table, Lady Hertle retrieved a carefully folded letter. 'Henrietta asked me give you this, Mr Hayden, when she learned you were coming to visit.' Lady Hertle rose stiffly. 'You might read it, if you like. I must excuse myself a moment.'

Hayden was left alone, and had just broken the seal on Henrietta's letter, when he heard footsteps. Looking up, he was met by the sight of a pale, unhappy-looking Henrietta Carthew, eyes red and puffy, the fingers of her right hand kneading a handkerchief.

'Miss Henrietta,' Hayden said, rising from his chair. 'I am so terribly sorry to find you ailing.'

'A trifle, Mr Hayden. Hardly worthy of notice.' Her eyes travelled to the letter he held. 'You have read my letter?'

Seeing in her what he thought could be only extreme distress, a sudden dread came over him. 'I have but broken the seal.'

She came quickly forward, extending a hand, which trembled ever so slightly. 'May I ask the great favour of returning my letter, unread, Mr Hayden? I fear I wrote it in a distressed state of mind, and it is a foolish letter, describing perceptions that were fleeting and perhaps groundless.'

Hayden offered up the letter immediately, which she all but snatched from his hand. She then sat down quickly and covered her face with delicate hands, the letter still caught in her fingers and rustling faintly.

'I have caused you distress, I fear.' Hayden sat down on the same sofa, half-turned toward her.

She shook her head, and then whispered. 'It is just this wretched cold. It has deprived me of sleep and frayed my nerves.' She dabbed her eyes with a hanky, and forced herself to sit up. 'I'm recovered,' she lied, and tried to smile.

Hayden glanced at the door, expecting Lady Hertle to return at any time.

There was a moment of indecision, his breath suddenly absent. Then he recognized his hesitation and resolved to overcome it at last. 'Not knowing the content of your letter, I trust to your good nature to stop me if what I say is rendered senseless by what you have written.'

But Henrietta raised her hand, gazing into his eyes as she did so, an anxious, questioning look upon her face. 'I suspect you have received as much "advice" from Robert, and perhaps others as well, as I have from dear Elizabeth and my other cousins. All well-meaning, I am sure, but we must find our own way through this. That is what I have realized.'

Hayden sat back a little, nodding his head. 'Yes, Robert told me that I must doubt my attachment as I did not speak when last you were in Plymouth, but I do not doubt it. I have not spoken becau—'

'Because you are not ready,' she said, placing a hand upon his chest and then quickly drawing it away. 'Our acquaintance has been brief and I do not want you to speak until you are certain. I do not care what Elizabeth and Robert think. What do they know of our hearts?'

'Yes. Yes, exactly so. Then my hesitation has not injured you?'

'I was told it should. For a time I even half-believed it, but no, I think you were right. I should like to know you better, as well. Just because two people are good and kind does not mean they will make a success of life together. It is a great decision and we may make it in our own time.'

'I cannot tell you how relieved I am to hear you say this. When you fled Plymouth, I believed . . .' but Hayden was not sure what he meant to say and fell silent.

Henrietta reached out shyly and touched his hand. 'You need say no more. We are of one mind in this. Are we not?'

'Entirely of one mind.'

She smiled, and for an instant her small illness was banished. And then . . . she sneezed. 'Is this not romantic? Just like a novel? The heroine shivering with fever, eyes puffy, her voice reduced to a vulgar croak?'

With mock delicacy, she applied a hanky to her nose, and then laughed. Again she touched his hand. 'I am content to be patient, as long as I know I have not lost your attentions altogether.'

'I am as fascinated by you as ever, and that is saying a great deal.' Hayden raised her hand to his lips.

'Lieutenant Hayden! You take great liberties.'

'But I am lieutenant no longer. I have been made master and commander, given a ship, and upon my quarterdeck I shall be called "Captain."'

She smiled again. 'Captain Hayden,' she pronounced, as though appraising the sound of it. 'Did I not predict this happy event?'

Hayden had forgotten. 'Indeed, you did. And what do you predict today, I wonder?'

'I shall not press my luck in this. The gods might feel I have overstepped myself as oracle. No, I predict nothing. I will be patient and see what comes. To learn that my friends were wrong, as I knew in my heart they were, is enough.'

They were silent a moment, sitting near to one another on the sofa. 'But I do not wish to contemplate too much on the future,' Henrietta said thoughtfully. 'Even when it turns out happily it is seldom what one expects.'

'That is true.'

'You see? We *are* of one mind.'

Hayden could not help but smile, he felt so thoroughly content, joy coursing through him like a great sea. 'Now let us discover if we are of one heart.'

'Yes,' she murmured, 'let us discover that.'

History and Fiction

The War of the French Revolution and the Napoleonic Wars have been fodder for novelists from the outset, and novels set in the British Navy of that era have long been a species of their own. If anyone can lay claim to having invented the type, it would likely be Frederick Marryat (whose books appeared between 1829 and 1847). His novels were immensely popular and surprisingly highly regarded; he counted Dickens among his fans. Marryat actually served in the Royal Navy during the period, so we must assume he got the details right, although with the caveat that 'realism' as a literary movement was still many years in the future.

To set off into these same waters is to invite comparison, if not accusations of imitation. It can't be helped. Reviews of the early Patrick O'Brian novels compared them to C. S. Forester's Horatio Hornblower books and generally found Jack Aubrey came off second.

People always want to know, when reading a historical novel, what part is fact and what part is fiction. If the novel, as has been said, is about *truth* rather than *fact*, I think the question should be asked, 'What part is fact and what part truth?'

As to the facts, in writing *Under Enemy Colors*, I made every attempt to get the history right, to be accurate regarding the details, and to re-create the atmosphere to the best of my ability. In this I have been much aided by having spent most of my life by the water (I grew up in a house on a beach) and having sailed for thirty-five years. I am not, however, a trained historian. I am a novelist and I'm sure I have made some mistakes. My apologies to the experts among you.

Almost all the main characters are fictional, with the exception of the First Secretary of the Navy, Philip Stephens (later Sir Philip). Various historical personages are referred to but do not appear (Admiral Howe and Tom Paine, for instance). None of the fictional characters are based on specific historical figures, though I must say that Captain Bourne was influenced by the many great frigate captains of the era, Henry Blackwood being my personal favourite. All of the events could have happened, and in some cases similar events did happen. The characters in this book were so numerous that I reduced the size of the gunroom mess to essential members, which meant as important a figure as the purser was never seen. If I have taken some liberties with historical detail, it is in the court-martial, where accuracy has been slightly compromised for dramatic reasons. In every other way, I have tried to make the book as authentic as available resources would allow.

The *Themis* is a fictional ship and conforms to no class of frigate, though she would have been similar to the *Pallas* class. In fact, her existence in 1793 is slightly problematic, as the first eighteen-pounder thirty-twos (to the best of my knowledge) were not commissioned until 1794. I thought Captain Hart would have a thirty-two-gun frigate, because he had too much influence to be sent into a twelve-pounder twenty-eight, but his detractors would have prevented him from being given a larger thirty-six- or thirty-eight-gun frigate. The thirty-two seemed to suit him perfectly, and I wanted a battery of eighteen-pound guns so that she could feasibly take on the larger French frigates. Thus the *Themis* was slightly ahead of her time.

One of the things that always astonishes me when I'm watching a film that involves a sailing ship is how the captain orders a course change and the helmsman simply spins the wheel and off they go in a new direction. As anyone who sails knows, virtually every time you change course you trim your sails. Unless you are sailing in the trades or the westerlies, winds have a frustrating habit of varying, often in both direction and strength (in truth, they can do this in belts of 'constant' winds too). I remember a day when a friend and I set out to sail back to our homeharbour – an easy day's sail. We began the morning wearing bathing suits and sunglasses, with a lovely fair wind from the northwest. Sixteen hours later, in a howling southeast gale, we tied up at the dock wearing, beneath our foul-weather gear, every piece of clothing we had aboard. In between we'd had wind from all points of the compass. We'd been becalmed, drenched in a deluge, and chilled to the bone. We changed our headsail so often that I lost count and reefed and shook reefs out of the main over and over. Imagine how much sail-handling that would have meant aboard a square-rigged ship? You might have noticed, in this book, that, unless following a change of wind, every time the course was altered, sails were trimmed and yards shifted.

So much for the facts. As to the truth, well, everything that is not fact is my attempt to reach the truth.

For devotees of Laurence Sterne, yes, it's true, Griffiths' rant against the lack of originality in books is taken almost word for word from Sterne's *The Life and Opinions of Tristram Shandy*, but in Griffiths' defence, the brilliantly comic Sterne stole it from Burton's *Anatomy of Melancholy*. Sterne's book, and his theft from Burton, would have been well known to readers of that time, though apparently none of Griffiths' supper companions caught the reference.

Anyone interested in reading more about the British Navy in this era is in luck, as a little industry has sprung up publishing books to fill that need. I highly recommend Brian Lavery's *Nelson's Navy*, John Harland's *Seamanship in the Age of Sail*, and the nautical dictionary titled *The Sailor's Word-book*, for starters. If these three books do not satisfy your hunger, not to worry, there is a veritable feast of titles out there waiting for you.

Will there be another novel following the career of Charles

Saunders Hayden? One is in the works. And yes, Mr. Barthe should reappear, as well as Wickham, Griffiths, Hawthorne, and various others from the cruise of the *Themis*. Look for Mr. Hayden's new vessel to heave into view sometime in 2009.

Oh, and by the way, the scientific name for the Sardinian warbler is *Sylvia melanocephala*. *Scorbutus cani*, the name given by Hayden in the novel, translates roughly as 'scurvy dog.' Hayden, apparently, thought himself a wit.

S.T.R.
British Columbia
February 2007

Acknowledgments

This book, two years in the writing and many more in planning, would never have come into being without the help of many people. I'd like to thank my friends John and Francine, who put their many years and thousands of miles of sailing experience at my disposal and read the manuscript with great care. Many thanks to John Harland for his painstaking reading of the manuscript and for putting his encyclopedic knowledge at my disposal; any mistakes, however, are mine. For the French translations I have to thank author Margo McLoughlin and author and translator Guillaume Le Pennec (who so ably translated several of my previous books into French). My agent, Howard Morhaim, read numerous drafts and, as always, gave me the benefit of his insight. I thank my editors in New York and London, Dan Conaway and Alex Clarke, for their fantastic enthusiasm and constant support. Last, but first in my heart, I thank my wife, Karen, for her support and for all of her intelligent feedback on this book from inception through to final copy. I couldn't have done it without you, darling.